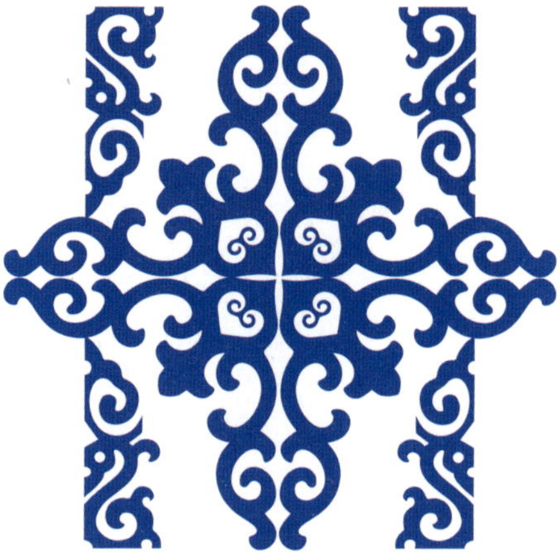

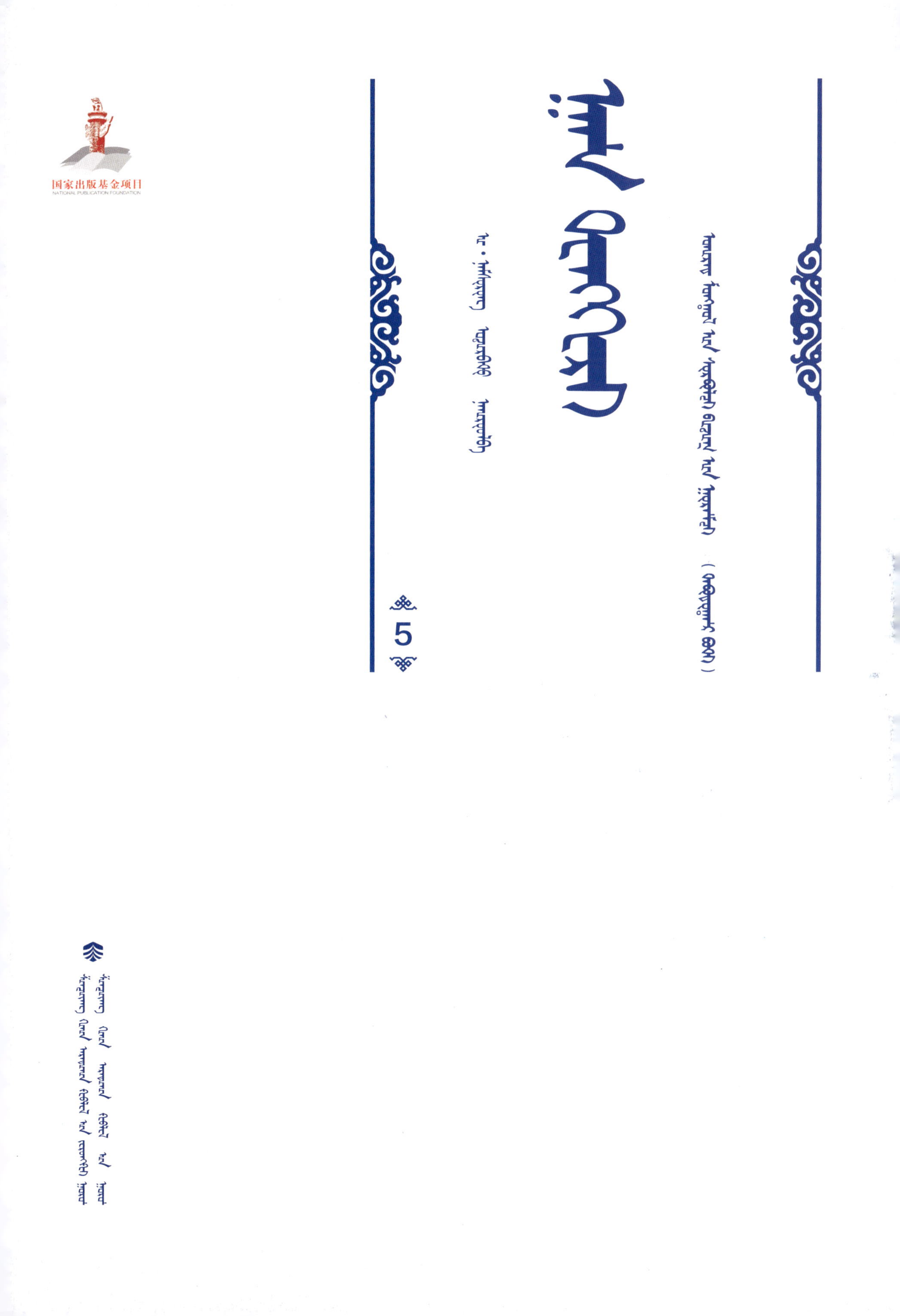

国家出版基金项目
NATIONAL PUBLICATION FOUNDATION

ᠵᠠᠩᠭᠠᠷ

5

图书在版编目（CIP）数据

汗腾格里：卫拉特蒙古文献集成.（5）：蒙古文 / 那木苏荣，敖其尔巴图编. -- 乌鲁木齐：新疆人民出版社，2020.12

ISBN 978-7-228-20458-8

Ⅰ.①汗… Ⅱ.①那… ②敖… Ⅲ.①蒙古族－少数民族文学－作品综合集－中国－蒙古语（中国少数民族语言）Ⅳ.①I291.2

中国版本图书馆 CIP 数据核字（2020）第 213392 号

选题策划：山巴依尔　吴樱格
责任编辑：山巴依尔
责任校对：朝克图
整体设计：舒　娜
技术编辑：王　娟

HANTENGGELI—WEILATE MENGGU WENXIAN JICHENG

汗腾格里——卫拉特蒙古文献集成

（第五卷）

那木苏荣　敖其尔巴图　编

出 版	新疆人民出版社 新疆人民出版社
地 址	乌鲁木齐市解放南路 348 号
邮 编	830001
发 行	新疆人民出版社
制 版	乌鲁木齐形加意图文设计有限公司
印 刷	北京富诚彩色印刷有限公司
开 本	787 × 1092　1/16
印 张	33.5
字 数	400 千字
版 次	2020 年 12 月第 1 版
印 次	2020 年 12 月第 1 次印刷
印 数	1 — 1000 册
定 价	68.00 元

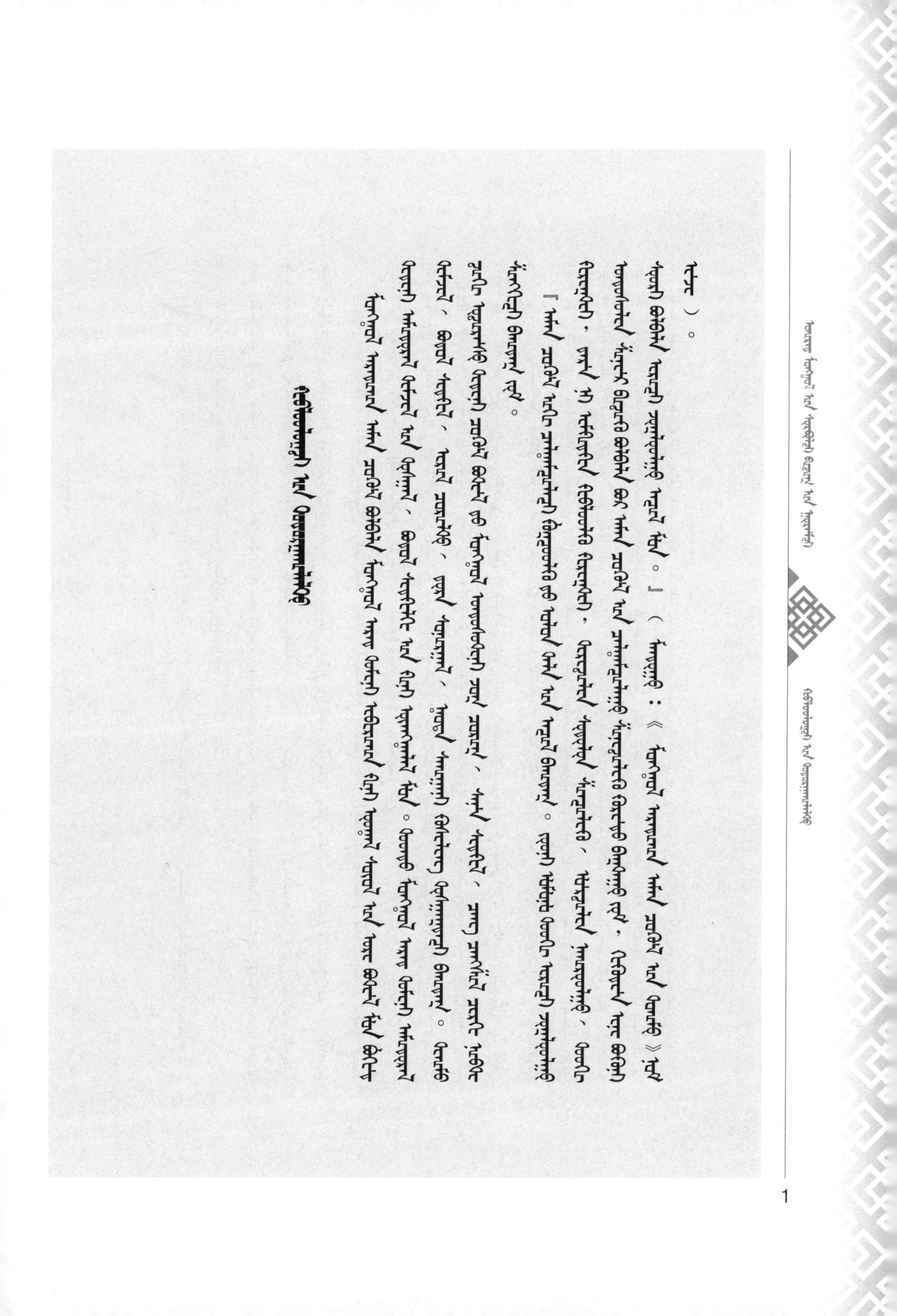

[illegible]

[illegible]

『[illegible]』（《[illegible]》[illegible]）。

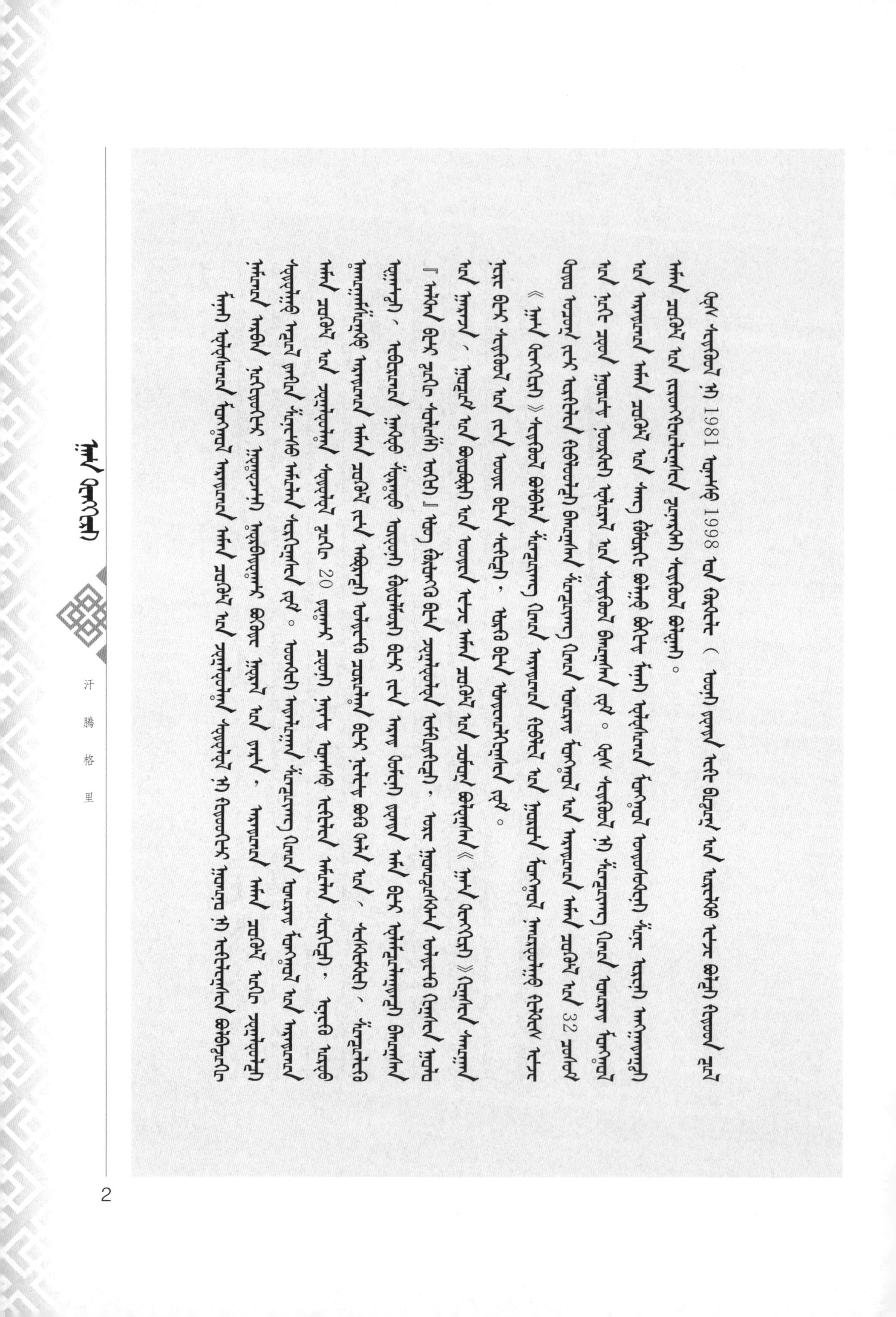

[illegible] 1981 [illegible] 1998 [illegible] ([illegible]) [illegible] 。

[illegible] 。 [illegible] 32 [illegible]

《ᠬᠠᠨ ᠲᠩᠷᠢ》 [illegible] 。

[illegible] 《ᠬᠠᠨ ᠲᠩᠷᠢ》 [illegible] 『[illegible]』 [illegible] 20 [illegible] 。 [illegible]

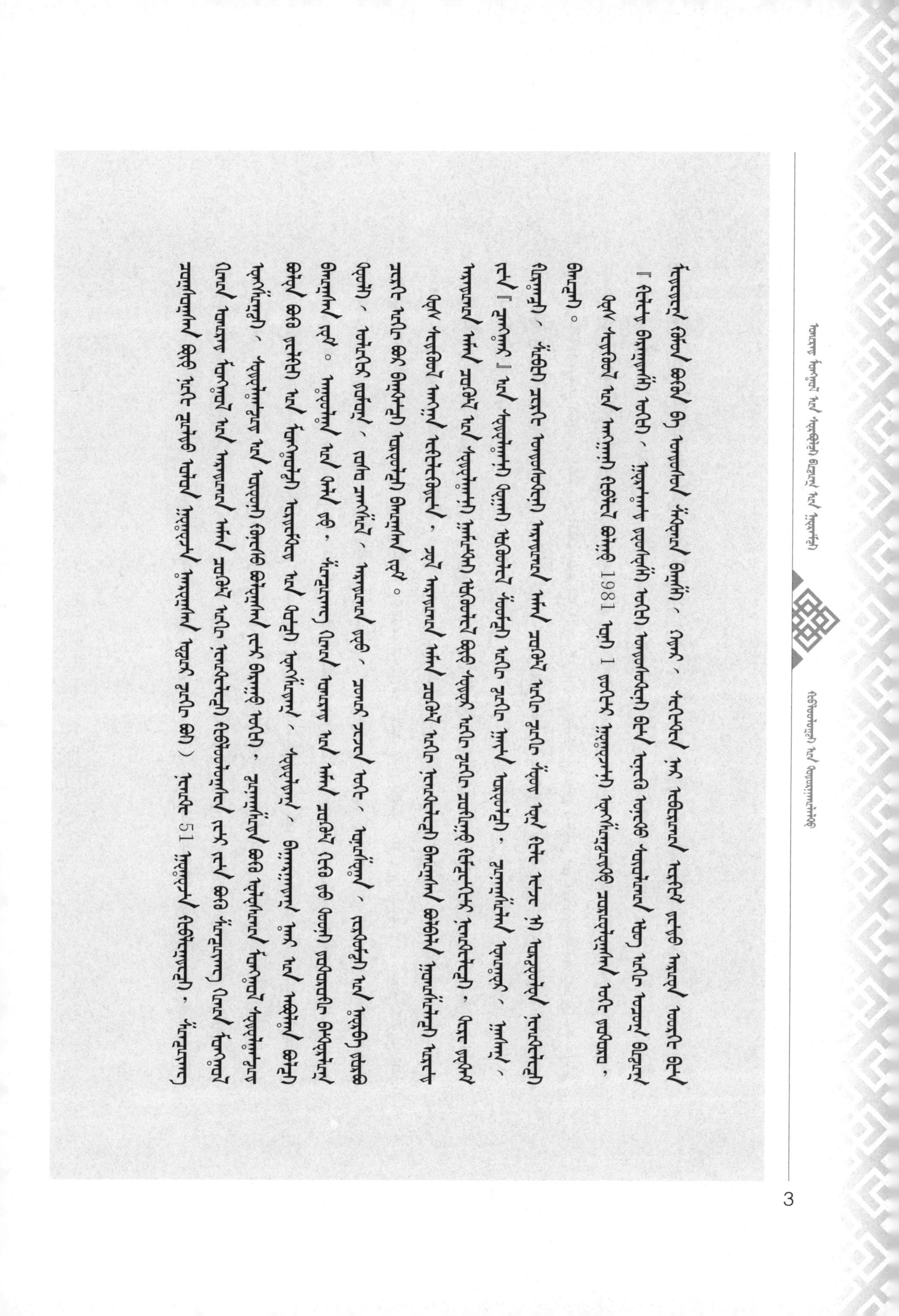

[illegible] ([illegible] 51 [illegible] ᠂ [illegible]

[illegible]

[illegible] ᠂ [illegible] ᠂ [illegible] ᠃ [illegible]

[illegible] ᠂ [illegible] ᠂ [illegible] ᠂ [illegible]

[illegible] ᠃ [illegible] ᠂ [illegible] ᠂ [illegible]

[illegible] ᠃

[illegible] ᠃ [illegible]

[illegible] ᠃ [illegible]

[illegible] 『 [illegible] 』 [illegible] ᠃ [illegible] ᠂ [illegible] ᠂

[illegible] ᠂ [illegible]

[illegible] ᠃

[illegible] 1981 [illegible] 1 [illegible] ᠂

『 [illegible] ᠂ [illegible]

[illegible] ᠂ [illegible] ᠂ [illegible]

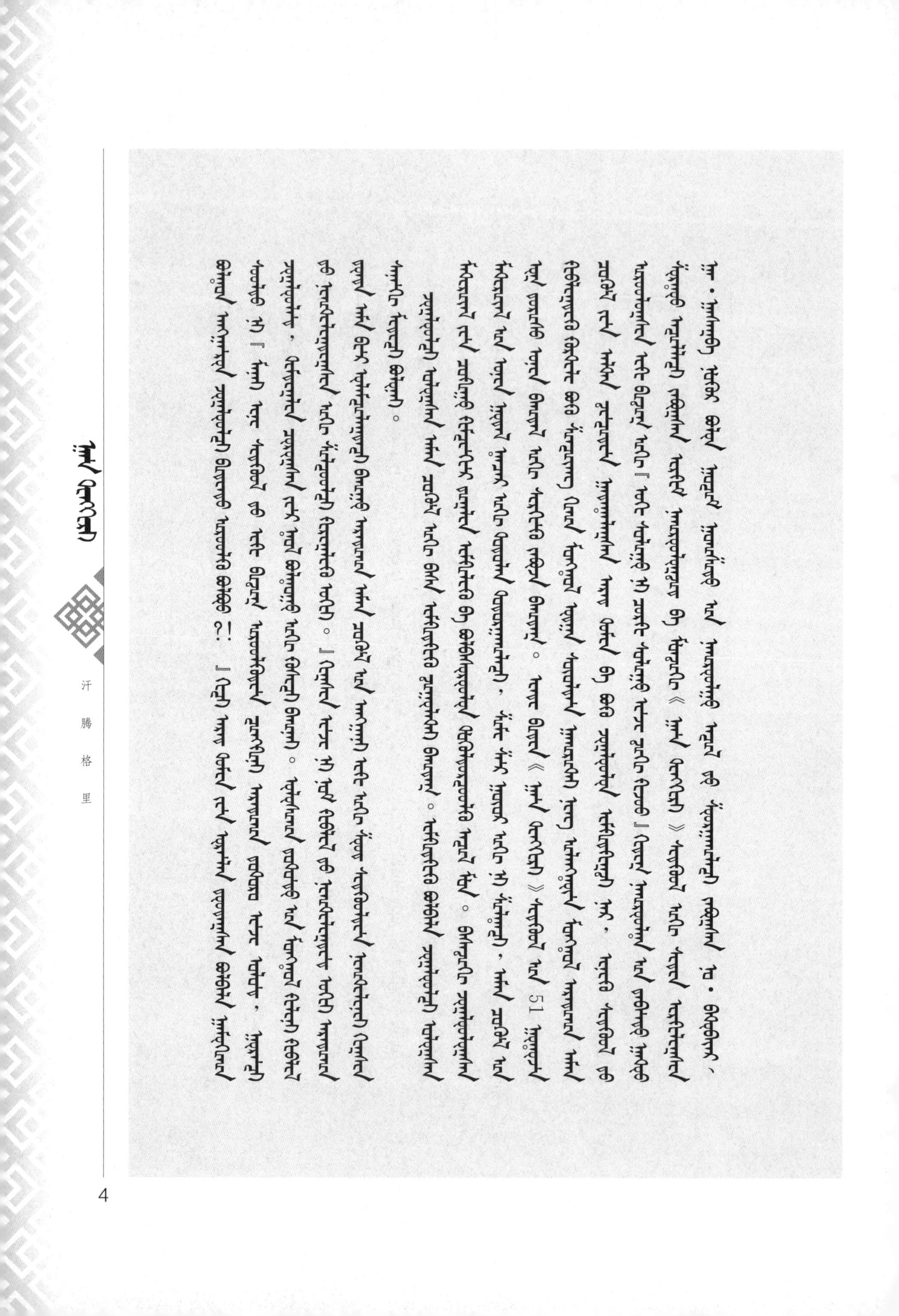

[illegible]

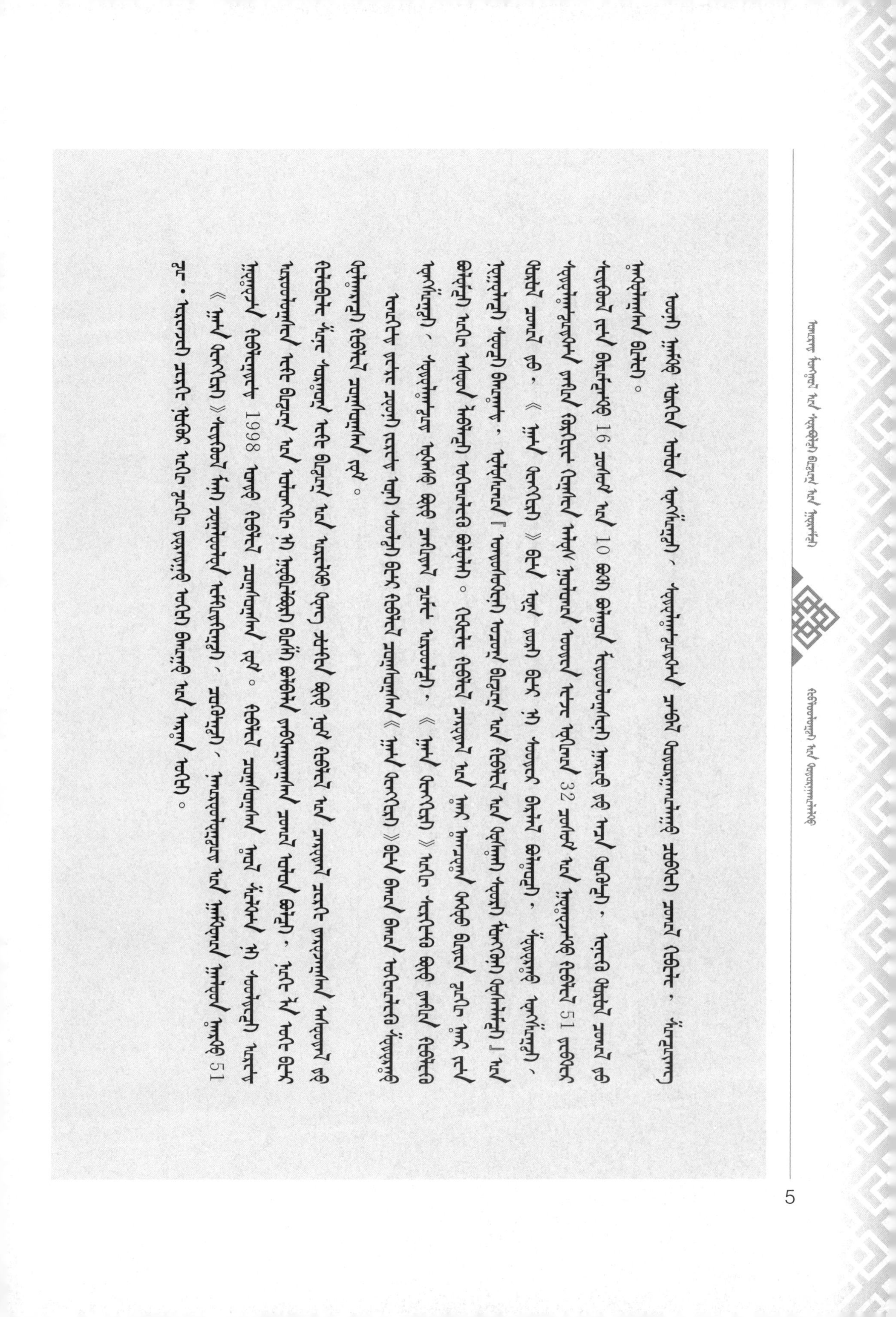

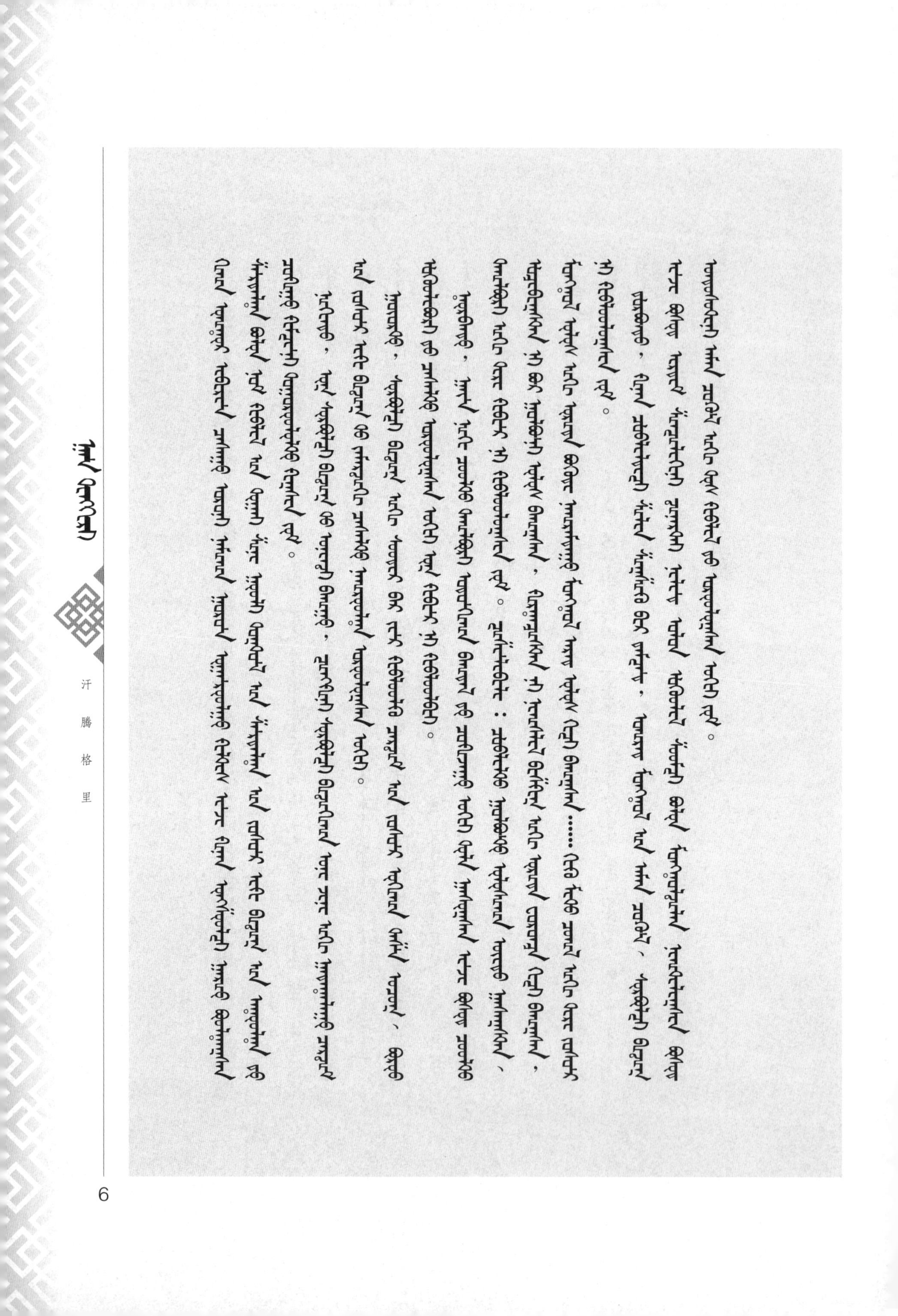

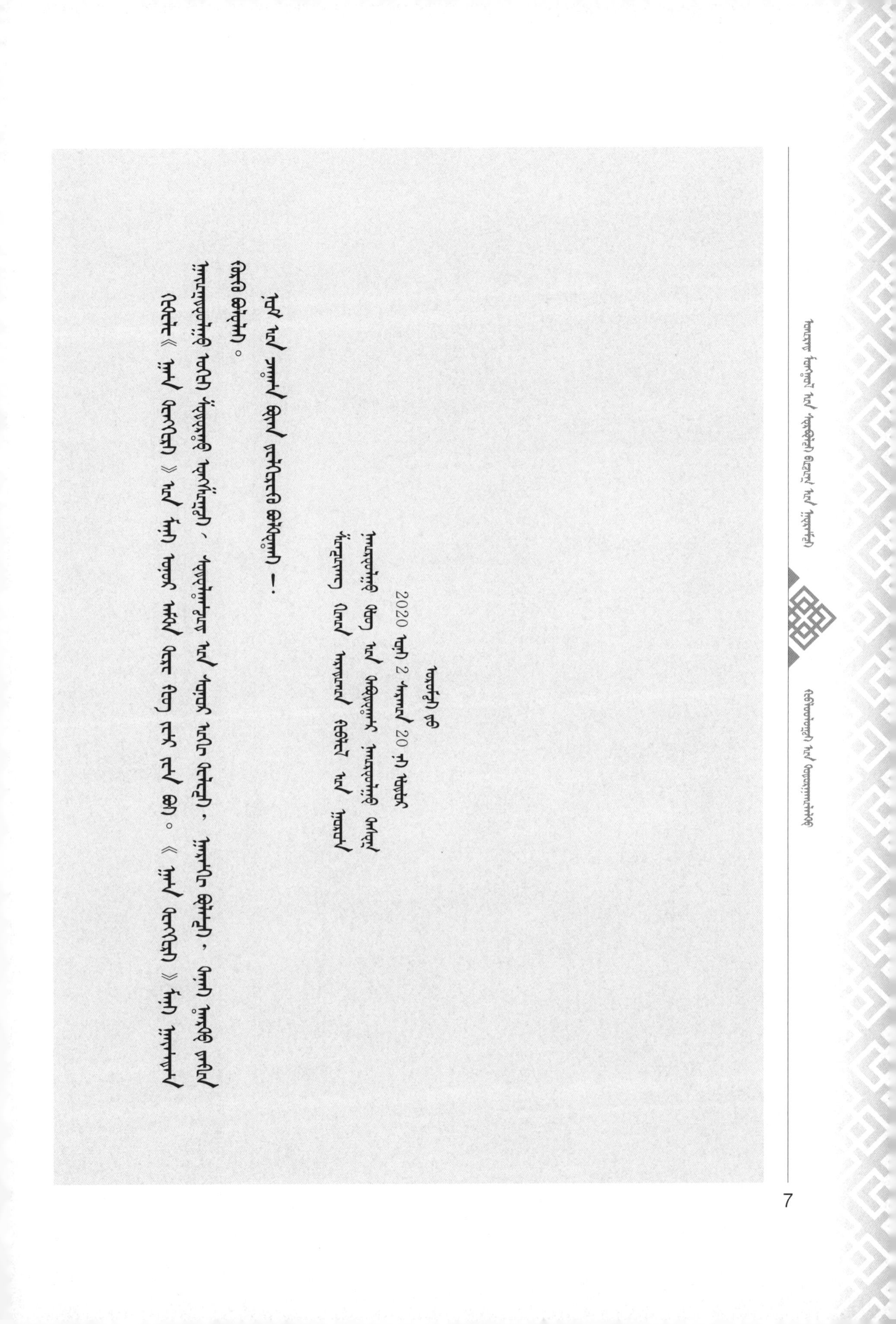

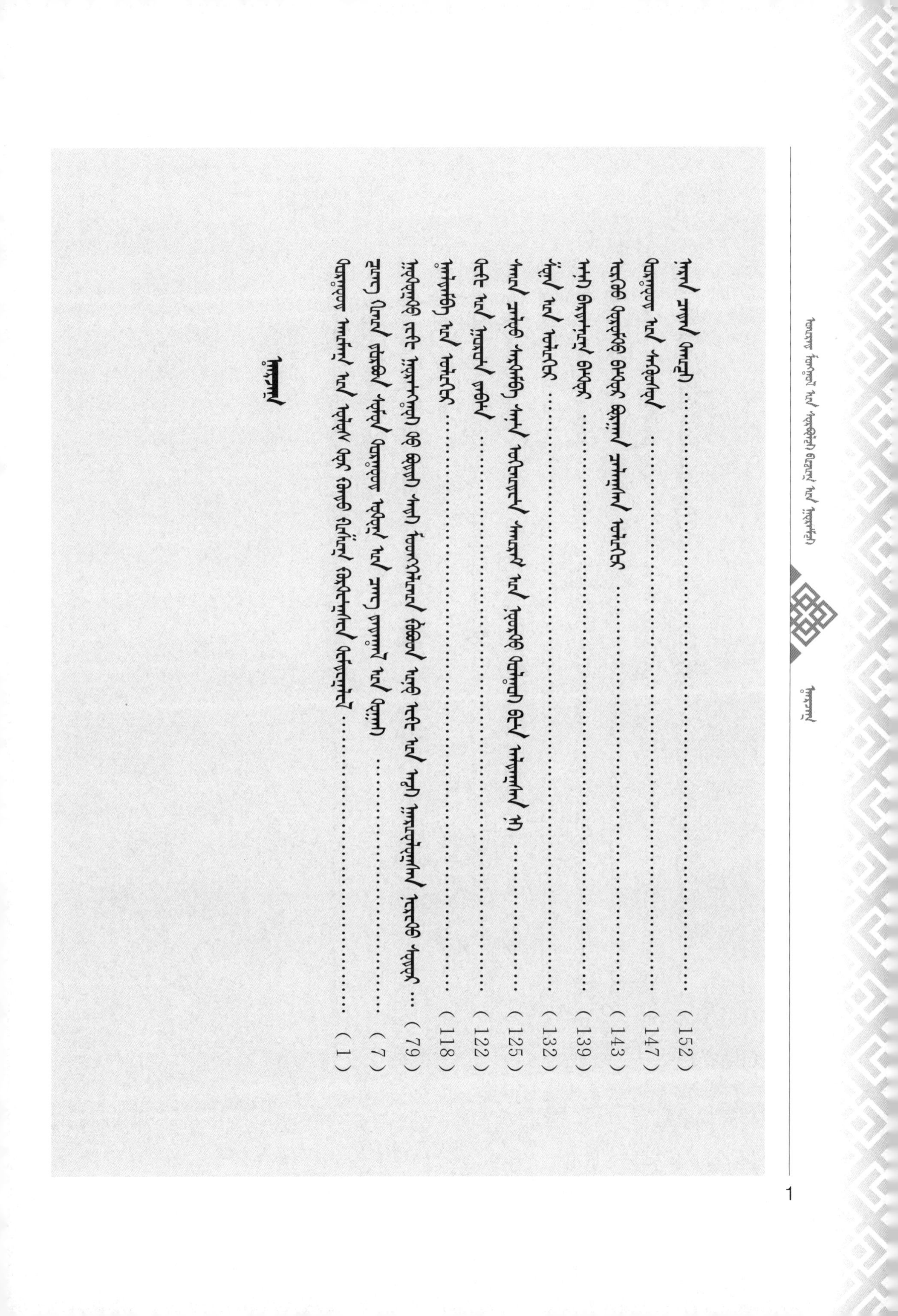

[illegible]

[illegible] …………………………………… (1)
[illegible] …………………………………… (7)
[illegible] …………………………………… (79)
[illegible] …………………………………… (118)
[illegible] …………………………………… (122)
[illegible] …………………………………… (125)
[illegible] …………………………………… (132)
[illegible] …………………………………… (139)
[illegible] …………………………………… (143)
[illegible] …………………………………… (147)
[illegible] …………………………………… (152)

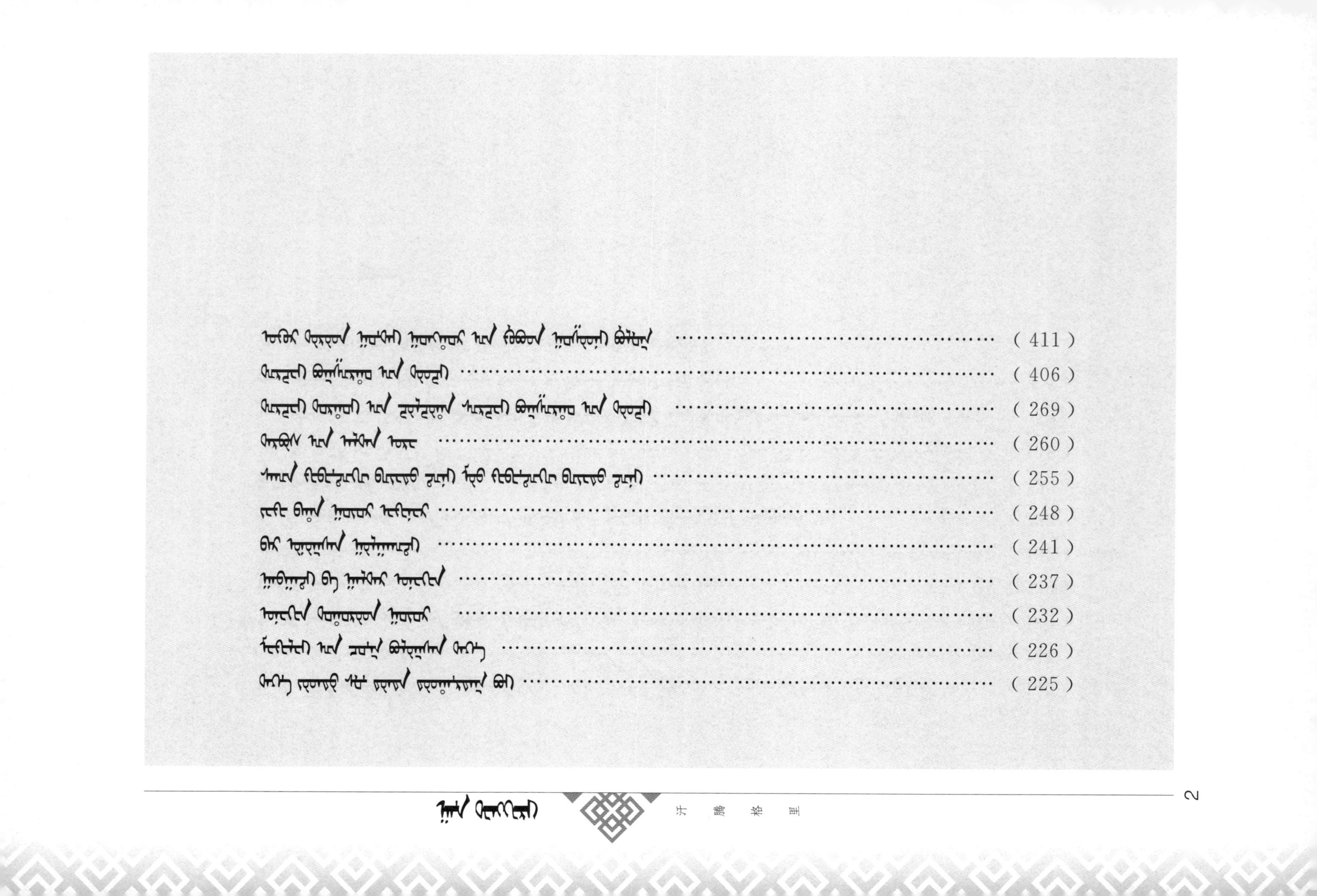

[illegible] …………………… (411)
[illegible] …………………… (406)
[illegible] …………………… (269)
[illegible] …………………… (260)
[illegible] …………………… (255)
[illegible] …………………… (248)
[illegible] …………………… (241)
[illegible] …………………… (237)
[illegible] …………………… (232)
[illegible] …………………… (226)
[illegible] …………………… (225)

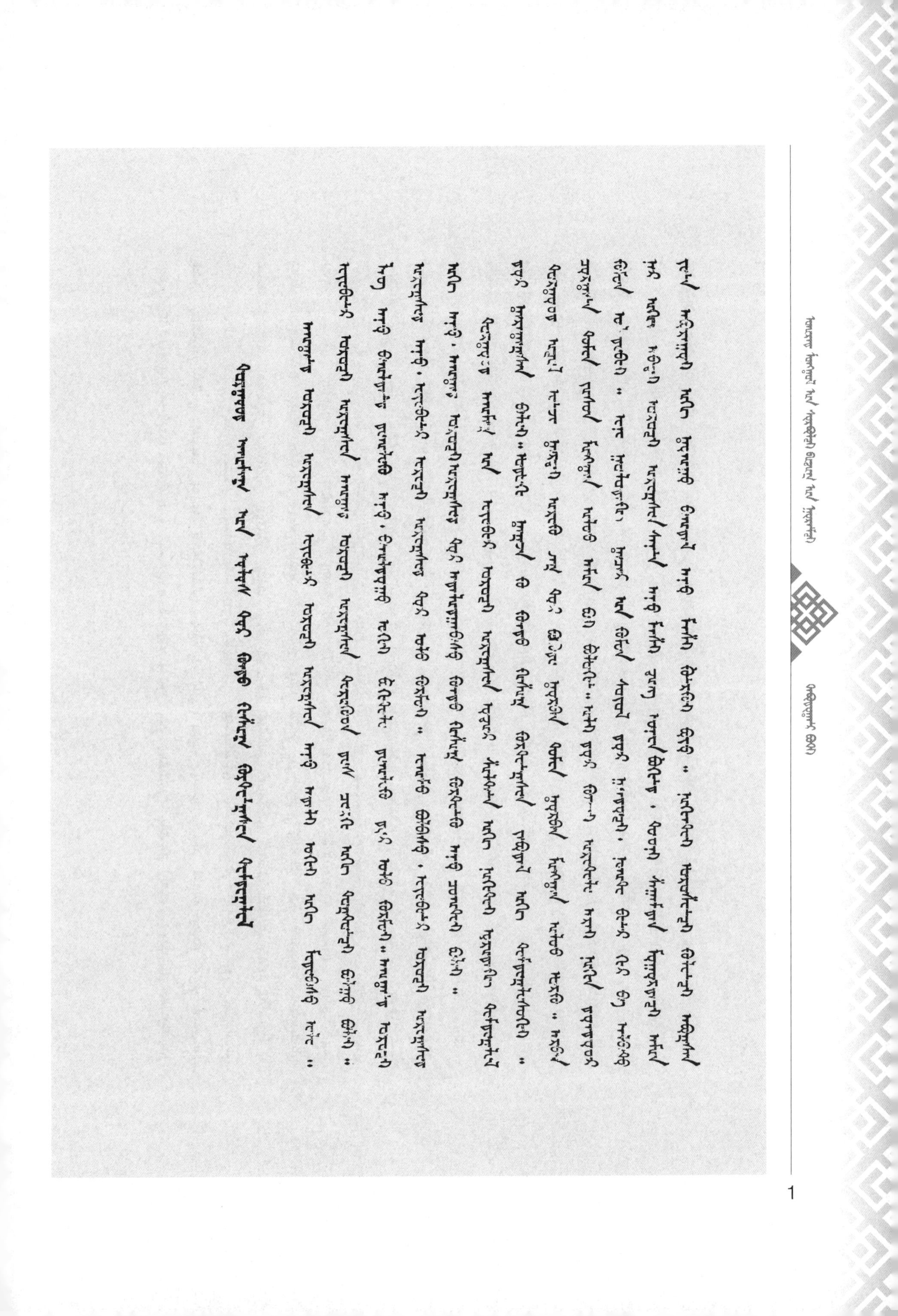

[illegible]

[illegible]

[illegible]

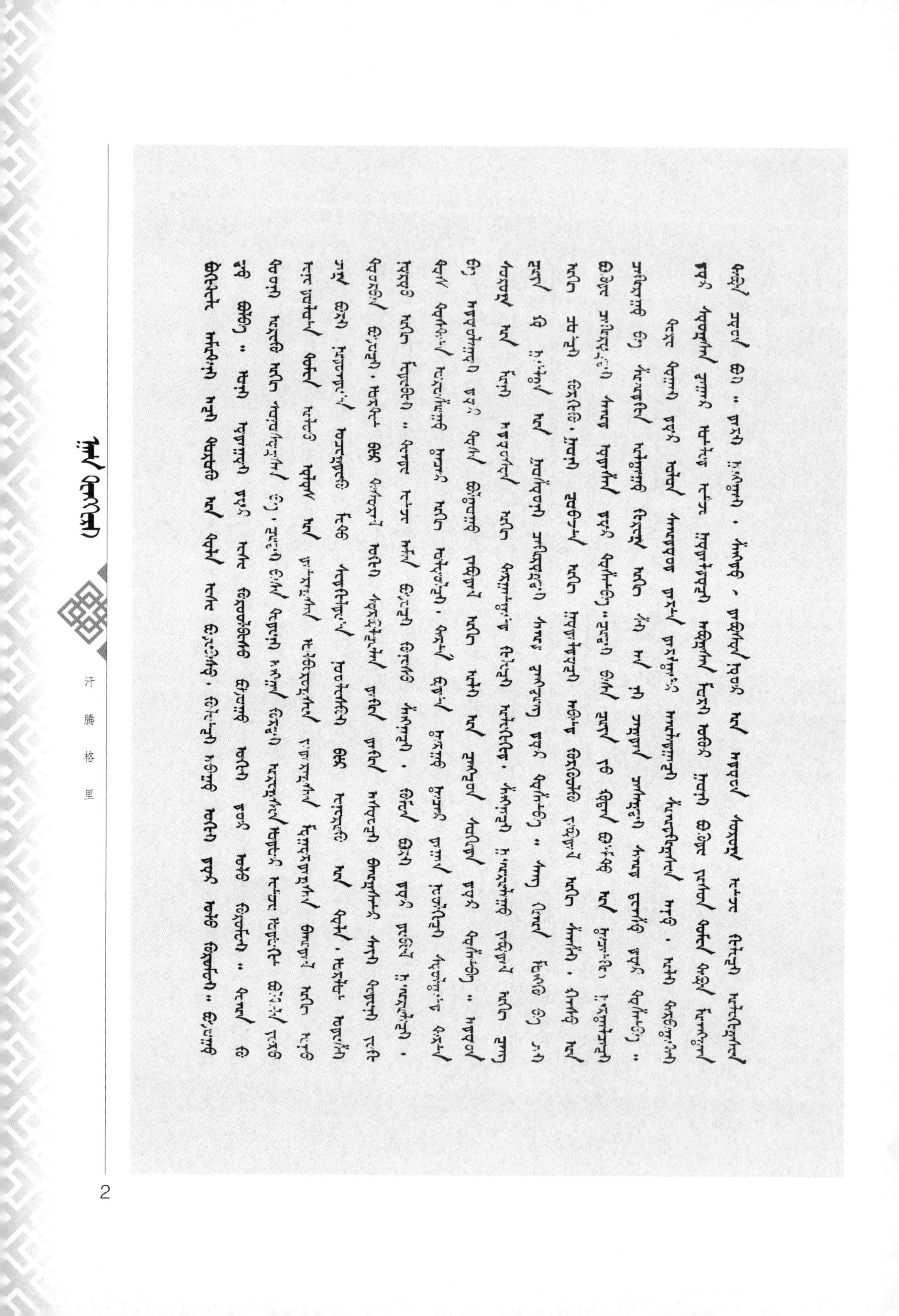

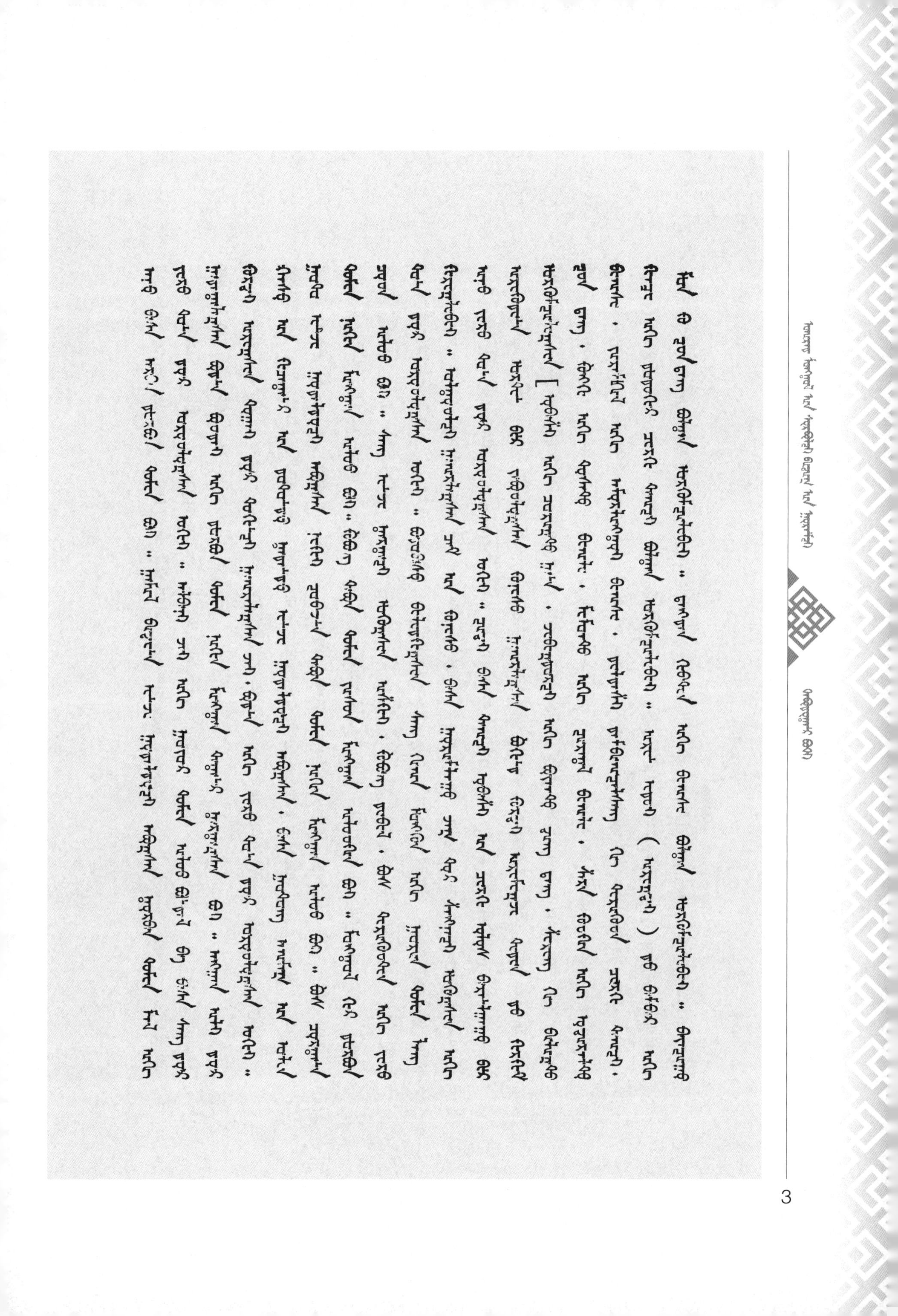

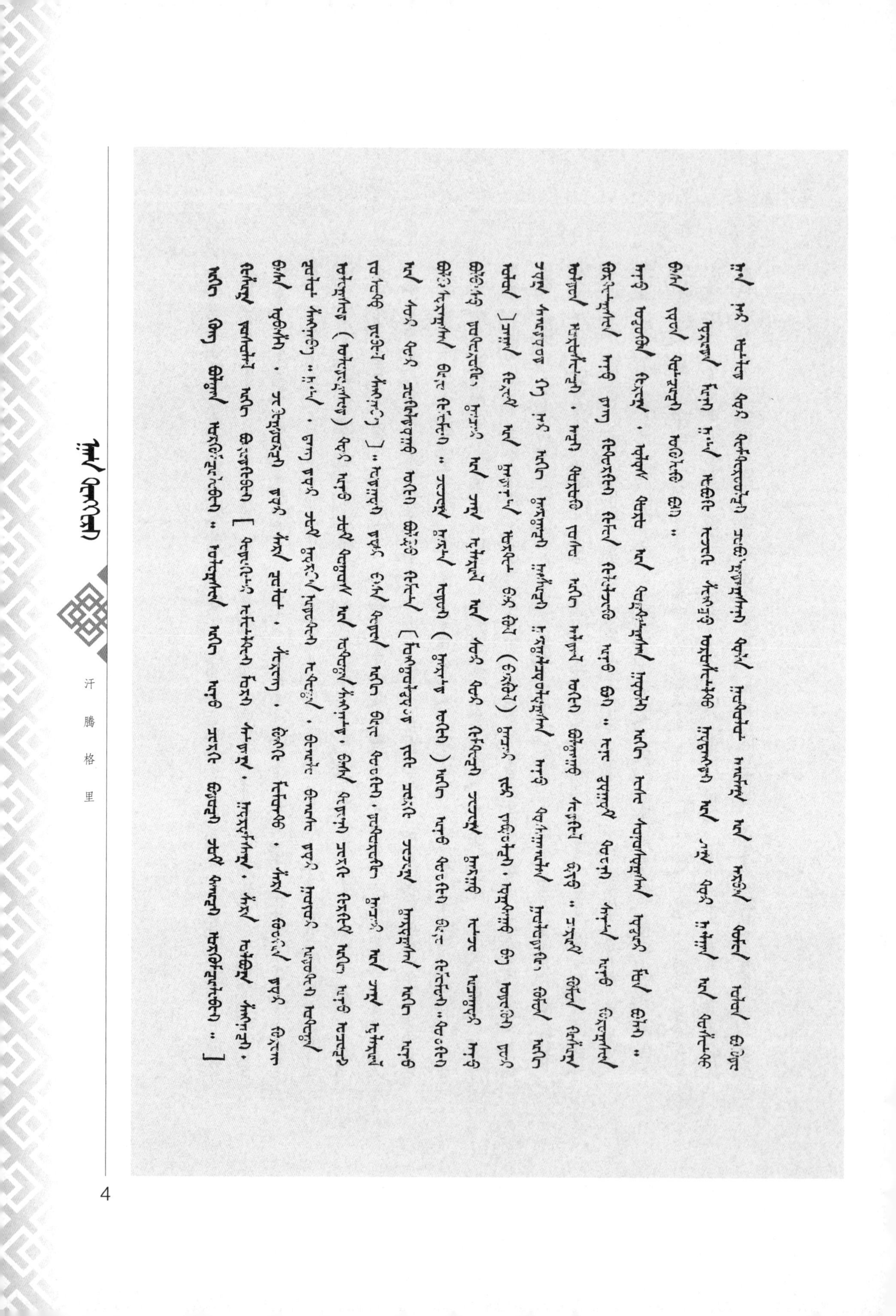

[illegible]
[illegible]
[illegible]
[illegible]
[illegible]
[illegible]
[illegible]
[illegible]
[illegible]
[illegible]
[illegible]
[illegible]
[illegible]
[illegible]
[illegible]
[illegible]

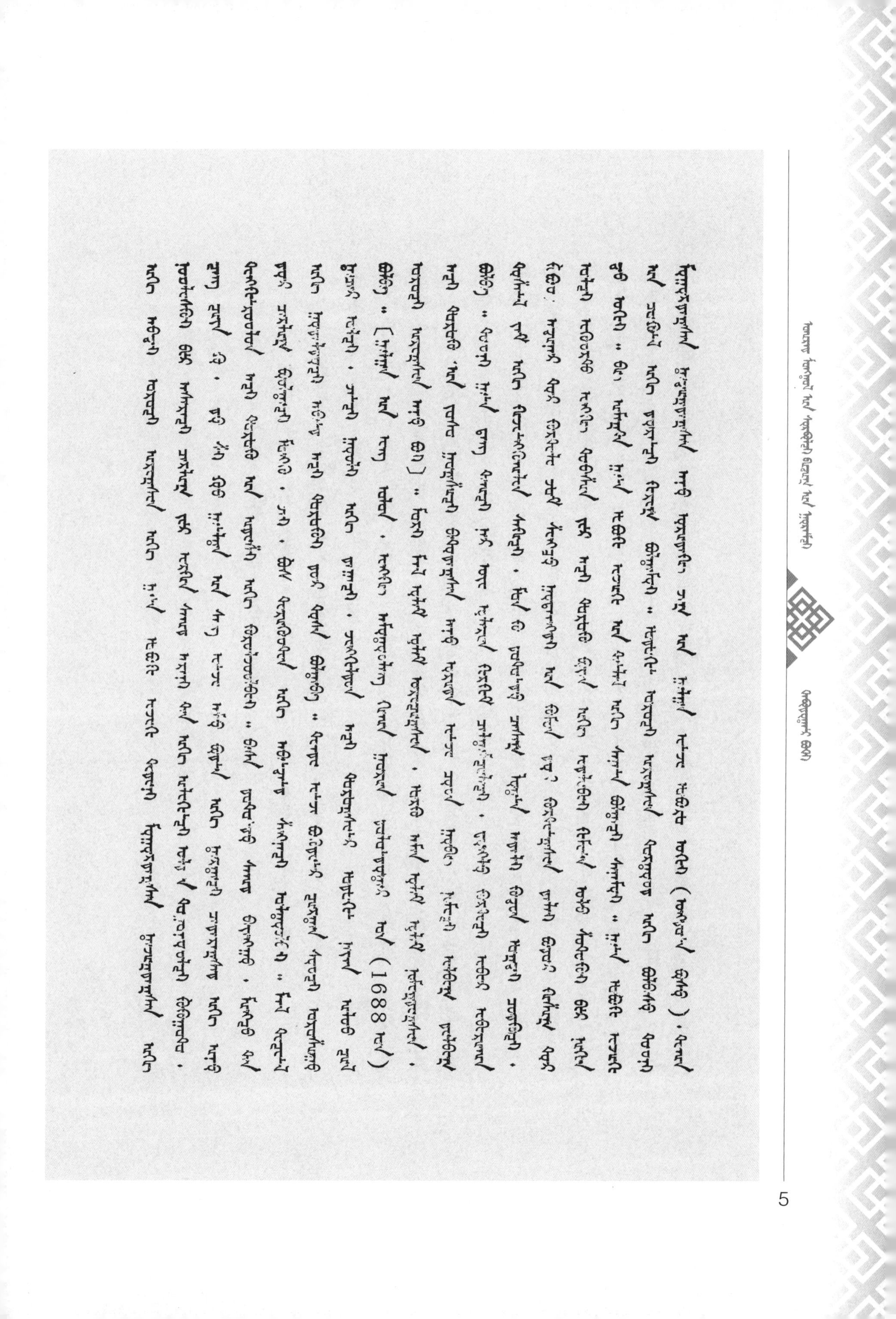

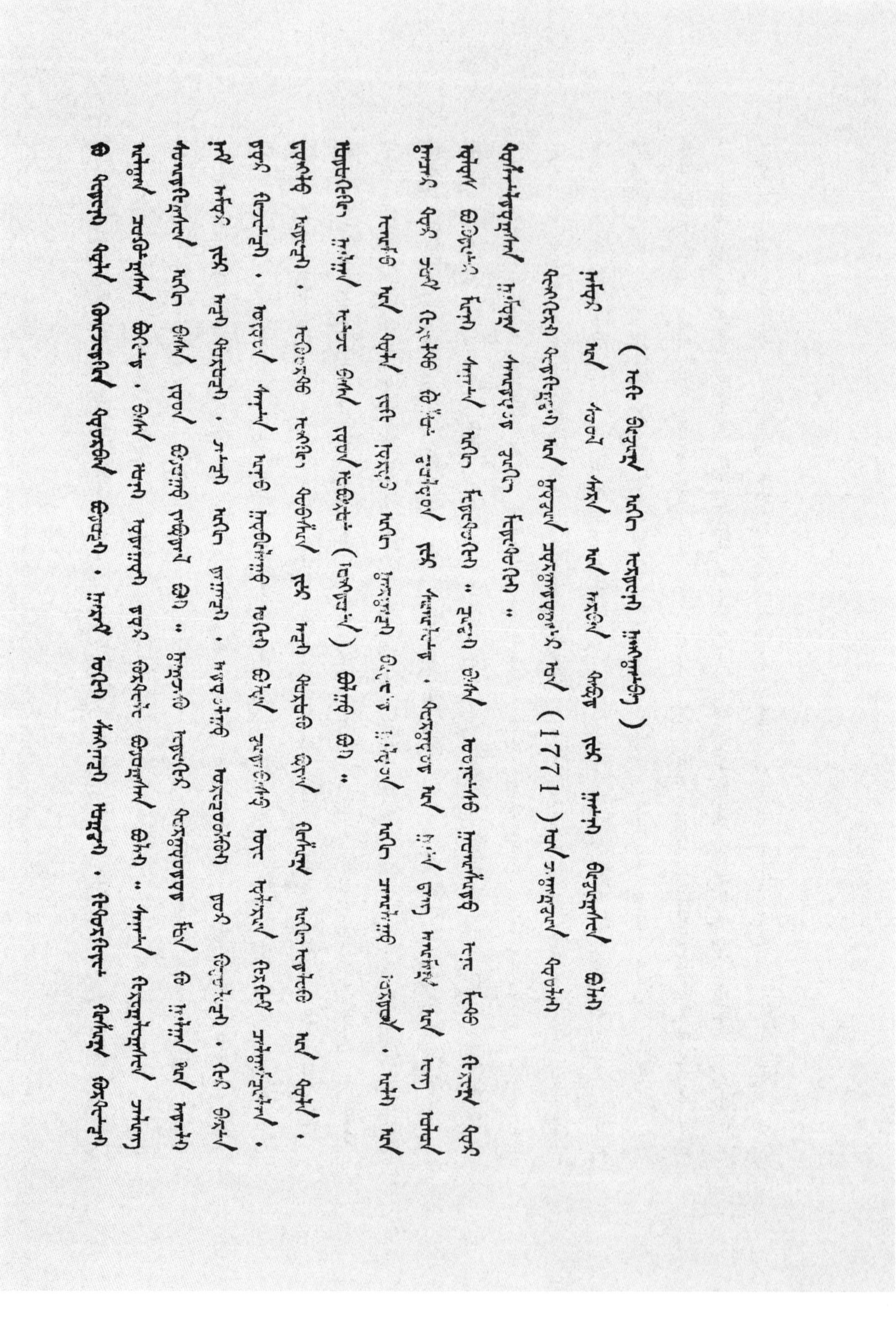

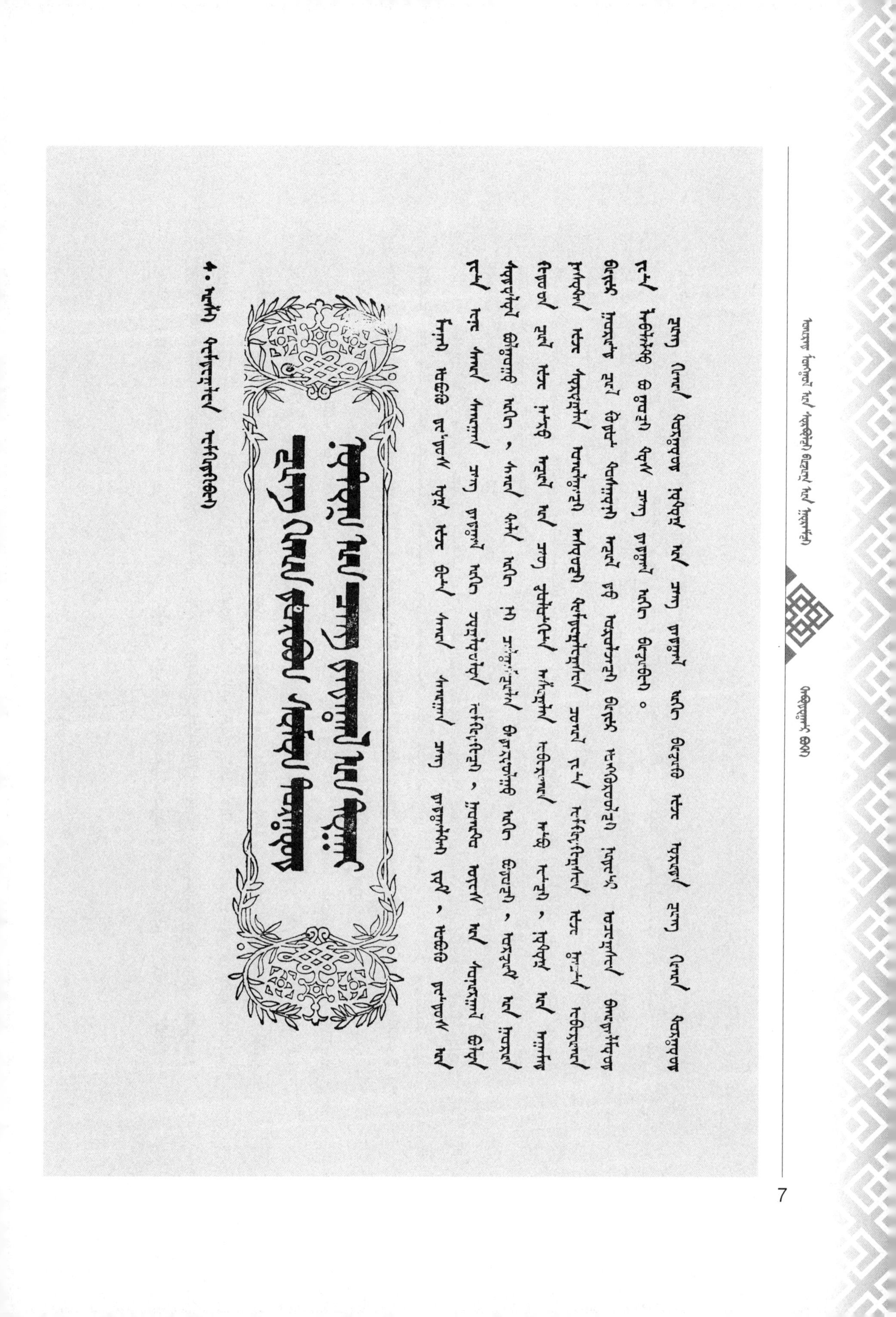

[illegible] ○

[illegible]

[illegible]

4. [illegible]

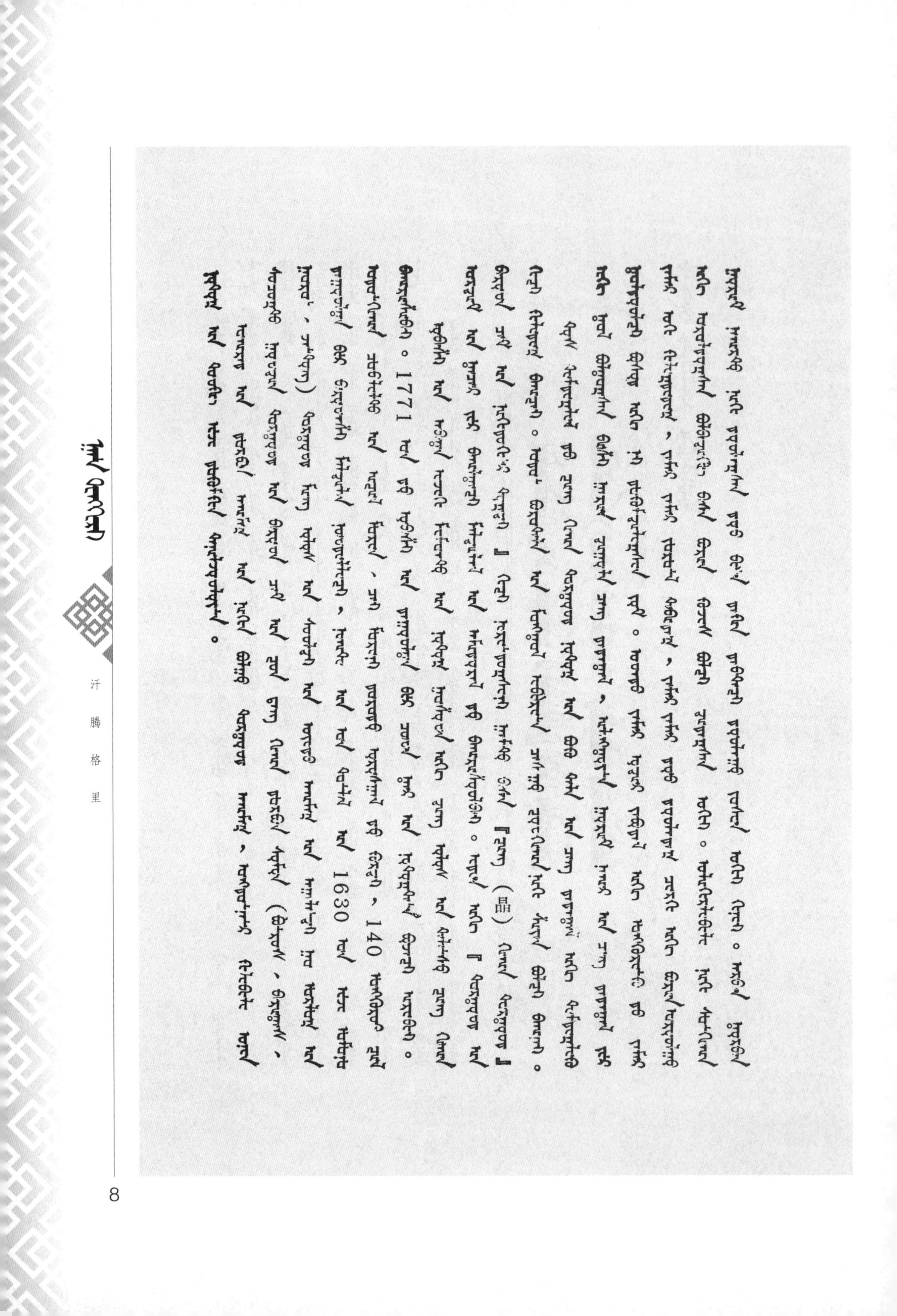

[illegible] 『ᠵᠢᠩ (晶) ...』 [illegible] 1771 ᠣᠨ [illegible] 140 [illegible] 1630 ᠣᠨ [illegible]

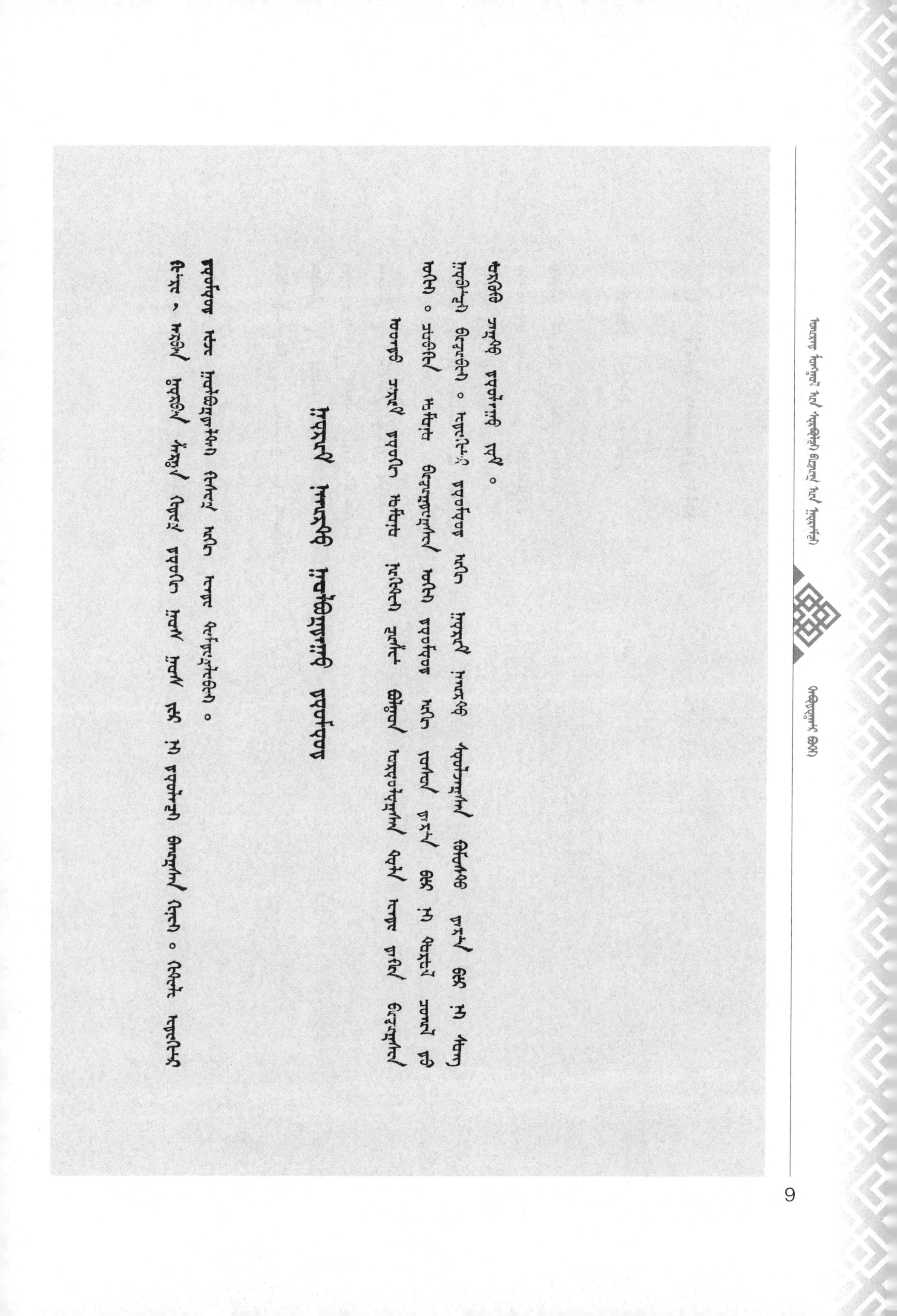

[illegible]
[illegible]

[illegible]

[illegible]
[illegible]
[illegible]
[illegible]

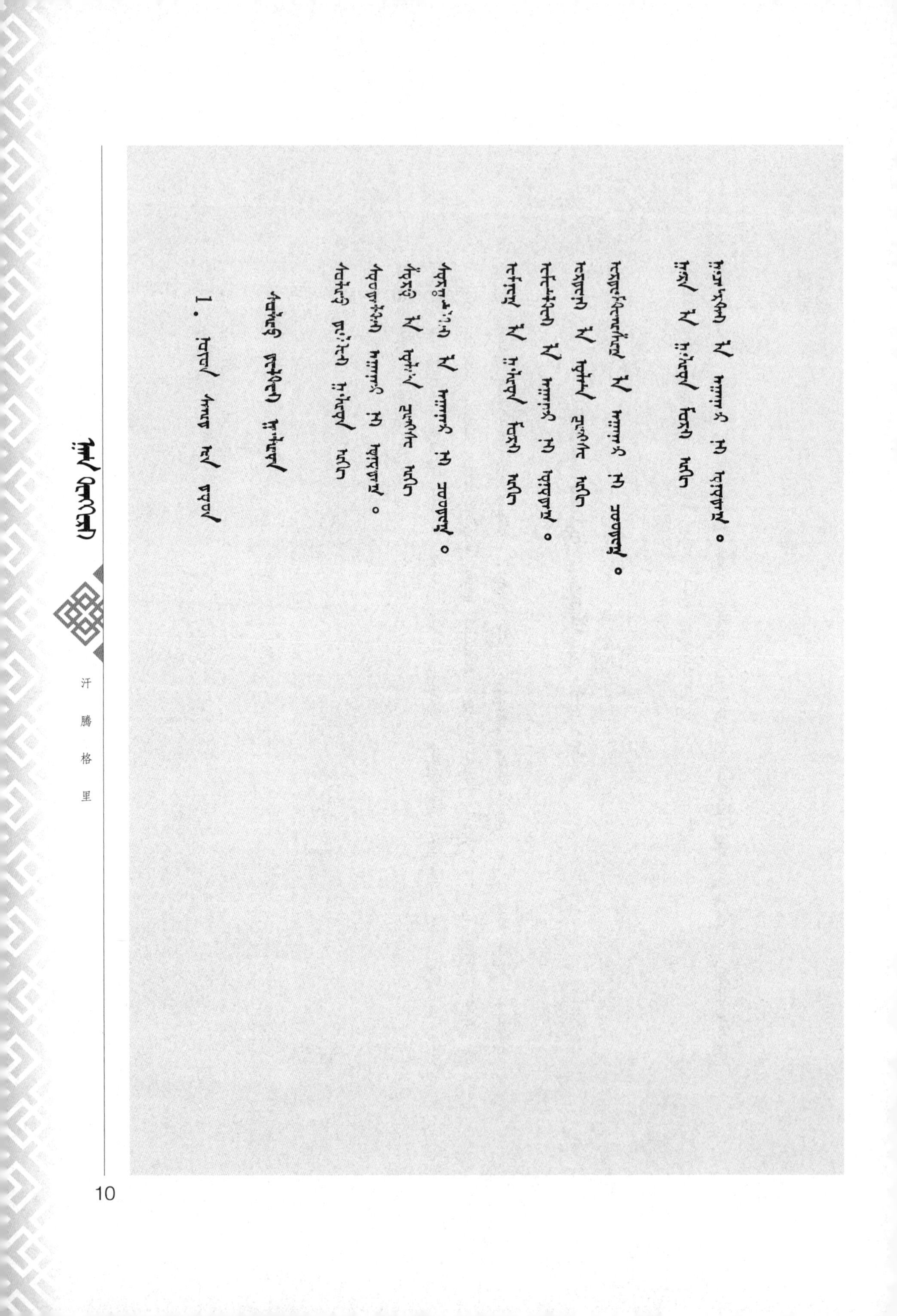

1. [illegible]

[illegible]

[illegible]

[illegible]

[illegible]

[illegible]

[illegible]

[illegible]

[illegible]

[illegible]

[illegible]

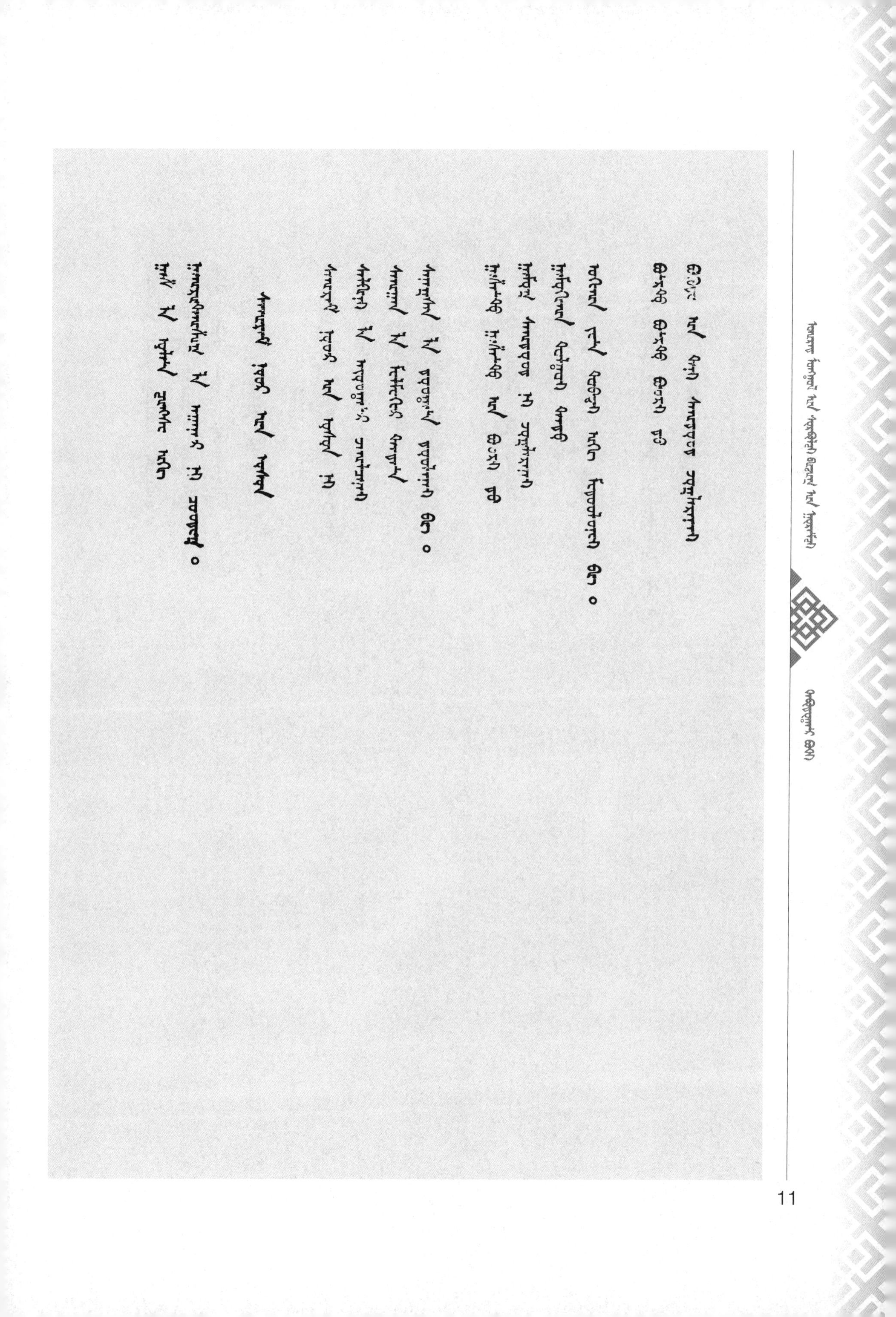

ᠨᡆᡕᡆᠨ ᡍᠠᠨ ᡋᡇᡍᠰᡄᠨ ᡎᠠᡑᡎᡇᡅ ᠃
ᡍᡆᡋᡇᠯᡎᠠᠨ ᡅᠨ ᡋᡄᡇᠯᡄᠯ ᡔᠠᡎᠠᠨ ᠪᠠ
ᡍᡆᡋᠠᠨ ᡋᡄᠨ ᡐᡇᡅᠯᡅ ᡔᠠᡎᡇᡑᠠᠯᡎᡆᠨ
ᡍᡆᡋᠠᠨ ᡔᠠᠨᡎᡆᠨ ᡍᡆᡑᠠᠨ ᠪᠠ

ᠨᡆᡕᡆᠨ ᡍᠠᠨ ᡋᡇᡍᠰᡄᠨ ᡎᠠᡑᡎᡇᡅ ᠃
ᠨᠠᠯᡋᡅ ᡋᡅᡍᡆᡎᡄᠨ ᡔᠠᡎᠠᠨ ᠪᠠ
ᠨᠠᠯᠠᠨ ᡐᠠᠯᠠᠨ ᡐᠠᠨᡎᡋᡅᡎᠠᠨ
ᠨᠠᠯᠠᠨ ᡍᡆᡋᡄᠯ ᡅᠨ ᡓᠠᡑᠠᡎᡑᡆᡑ ᠪᠠ

ᠨᠠᠯᠠᠨ ᡍᡆᡋᡄᠯ ᡅᠨ ᡓᠠᡑᠠᡎᡑᡆᡑ

2. ᡓᠠ ᠨᡆᡕᡆᠨ ᡅᠨ ᡋᡆᡋᡆᠨ

ᡐᠠᠯᠠᠨ ᡍᠠᠨ ᡋᡆᡋᡇᡎᠠᠨ ᡅᠯᡄ ᡍᡄᡋᡆᡋᡆᠯᡆᠨ ᡋᡅᠨ ᠃
ᡋᡅᡋᡅᡑ ᡅᠨ ᡋᡆᠯᡇᡎᠠᠨ ᡋᡇᠨᠠᡋᡅ

ᠶᠢᠷᠦᠭᠡᠯ ᠮᠢᠨᠢ ᠰᠠᠢᠬᠠᠨ ᠪᠣᠯᠲᠤᠭᠠᠢ ᠃
[illegible]
[illegible]
[illegible]

ᠶᠢᠷᠦᠭᠡᠯ ᠮᠢᠨᠢ ᠰᠠᠢᠬᠠᠨ ᠪᠣᠯᠲᠤᠭᠠᠢ ᠃
[illegible]
[illegible]
[illegible]

ᠶᠢᠷᠦᠭᠡᠯ ᠮᠢᠨᠢ ᠰᠠᠢᠬᠠᠨ ᠪᠣᠯᠲᠤᠭᠠᠢ ᠃
[illegible]
[illegible]
[illegible]

ᠬᠠᠷᠠᠭᠤᠯᠳᠤᠭᠰᠠᠨ ᠮᠣᠩᠭᠣᠯ ᠪᠠᠶᠢᠨ᠎ᠠ ᠃
ᠬᠡᠯᠡ ᠰᠤᠶᠤᠯ ᠨᠢᠭᠡᠳᠦᠭᠰᠡᠨ
ᠪᠢᠳᠡ ᠴᠤ ᠮᠣᠩᠭᠣᠯ ᠪᠠᠶᠢᠨ᠎ᠠ
ᠮᠠᠨᠳᠤᠯ ᠤᠨ ᠤᠷᠢᠳᠤ ᠰᠠᠶᠢᠨ ᠪᠢ

ᠳᠠᠯᠠᠢ ᠳᠡᠯᠡᠭᠡᠢ ᠳᠦᠷᠰᠦᠨ ᠃
ᠪᠡᠶ᠎ᠡ ᠶᠢ ᠳᠤᠷᠠᠨ ᠬᠦᠷᠭᠡ ᠬᠦᠮᠦᠨ
ᠪᠠᠭᠠᠲᠤᠷ ᠳᠡᠯᠡᠭᠡᠢ ᠳᠦᠷᠰᠦᠨ ᠃
ᠪᠦᠬᠦᠨ ᠳᠤᠭᠤᠳᠠᠨ ᠪᠢᠴᠢ ᠬᠦᠮᠦᠨ

ᠮᠠᠨᠤ ᠪᠣᠭᠳᠠ ᠶᠢᠨ ᠬᠡᠰᠡᠭ ᠃
ᠰᠠᠶᠢᠬᠠᠨ ᠳᠠᠭᠤᠯᠠᠨ ᠮᠠᠨ ᠰᠠᠶᠢᠨ ᠬᠦᠮᠦᠨ
ᠰᠠᠶᠢᠬᠠᠳ ᠮᠠᠨ ᠪᠣᠭᠳᠠ ᠶᠢᠨ ᠬᠡᠰᠡᠭ
ᠰᠠᠶᠢᠬᠠᠳ ᠮᠠᠨ ᠤᠷᠢᠳᠤ ᠰᠠᠶᠢᠨ ᠬᠦᠮᠦᠨ

ᠰᠢᠷᠡᠭᠦᠨ ᠰᠢᠷᠡᠭᠦᠨ ᠰᠢᠷᠡᠭᠦᠳ

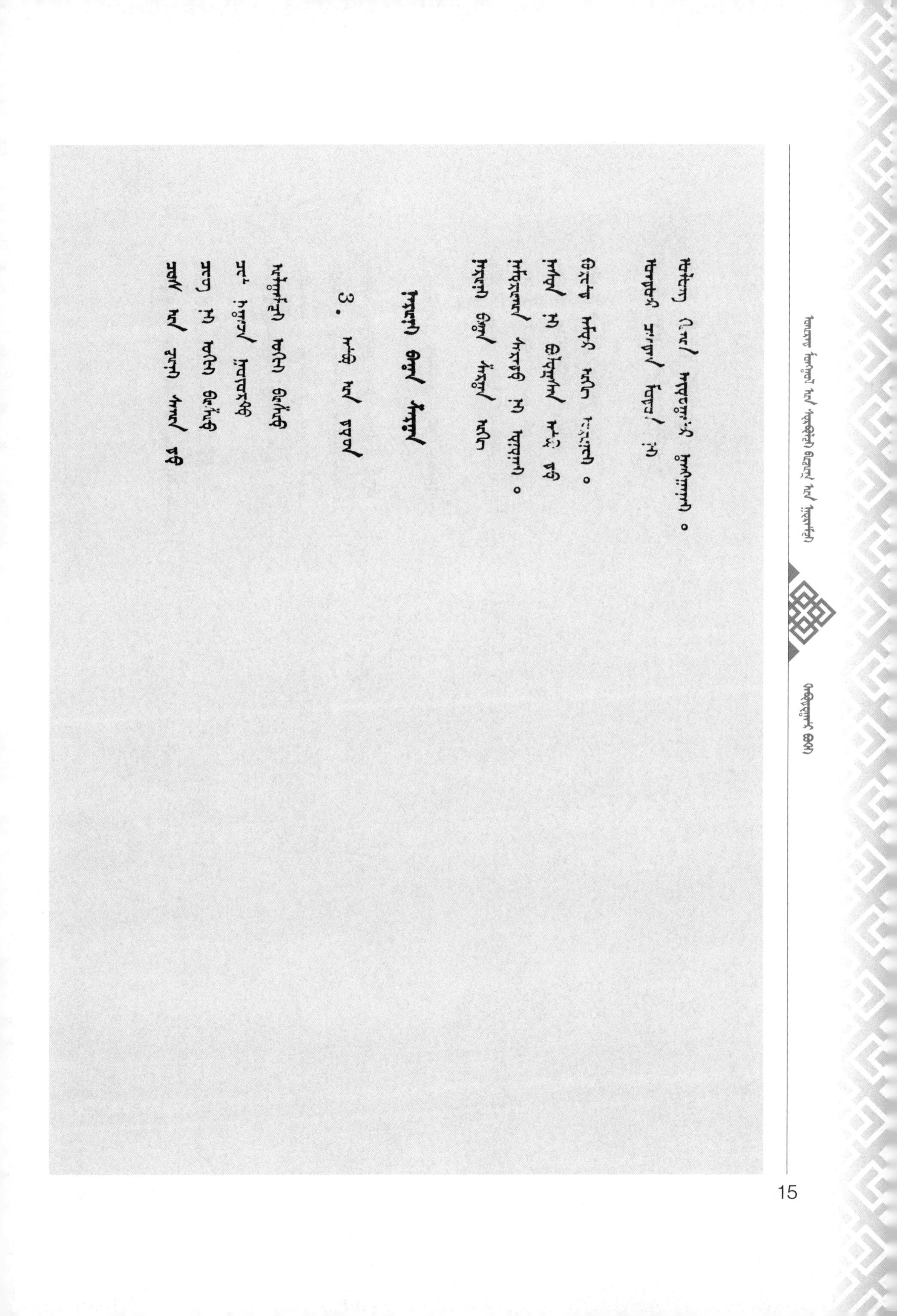

[illegible] ◦
[illegible]

[illegible] ◦
[illegible]
[illegible] ◦
[illegible]

[illegible]

3. [illegible]

[illegible]
[illegible]
[illegible]
[illegible]

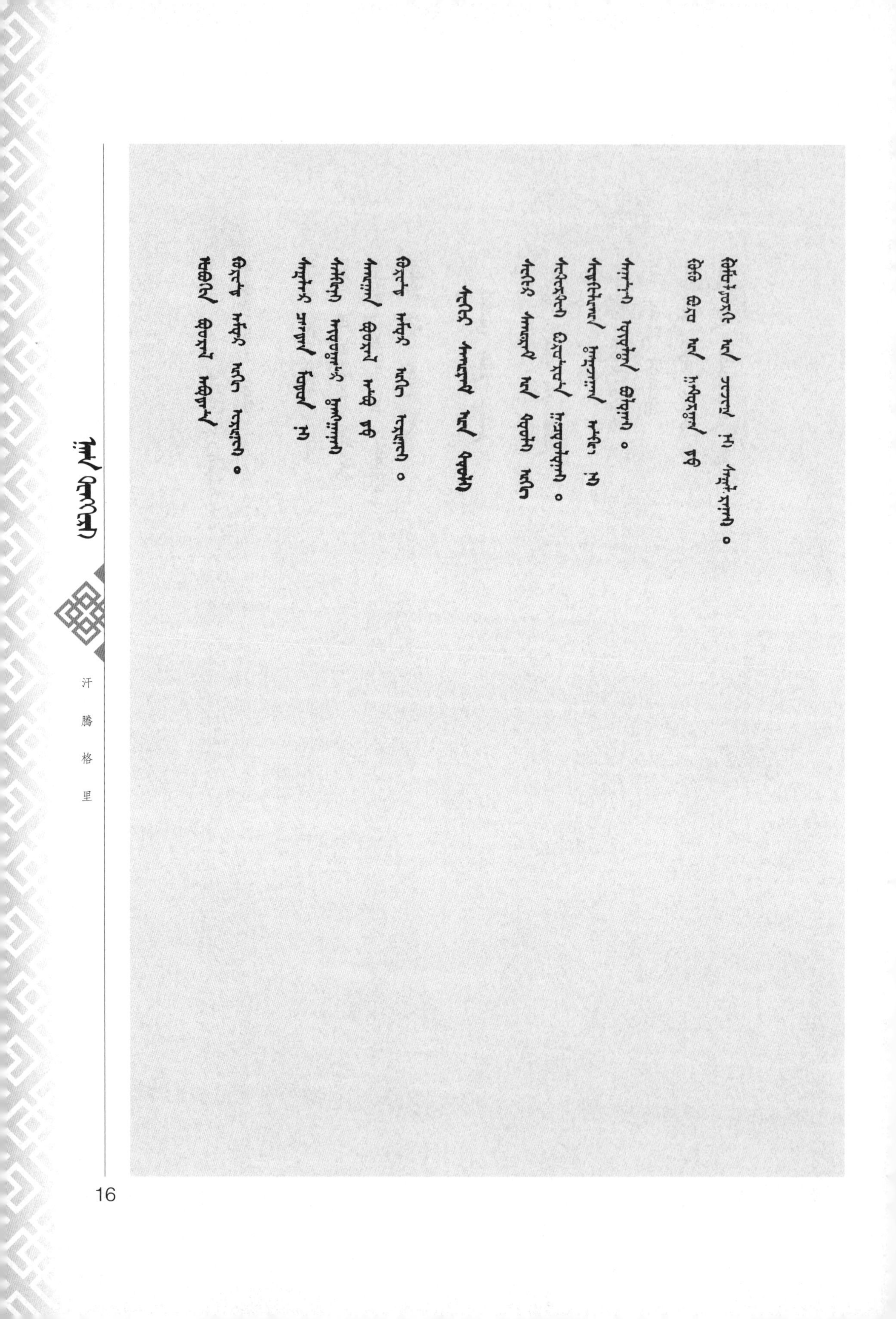

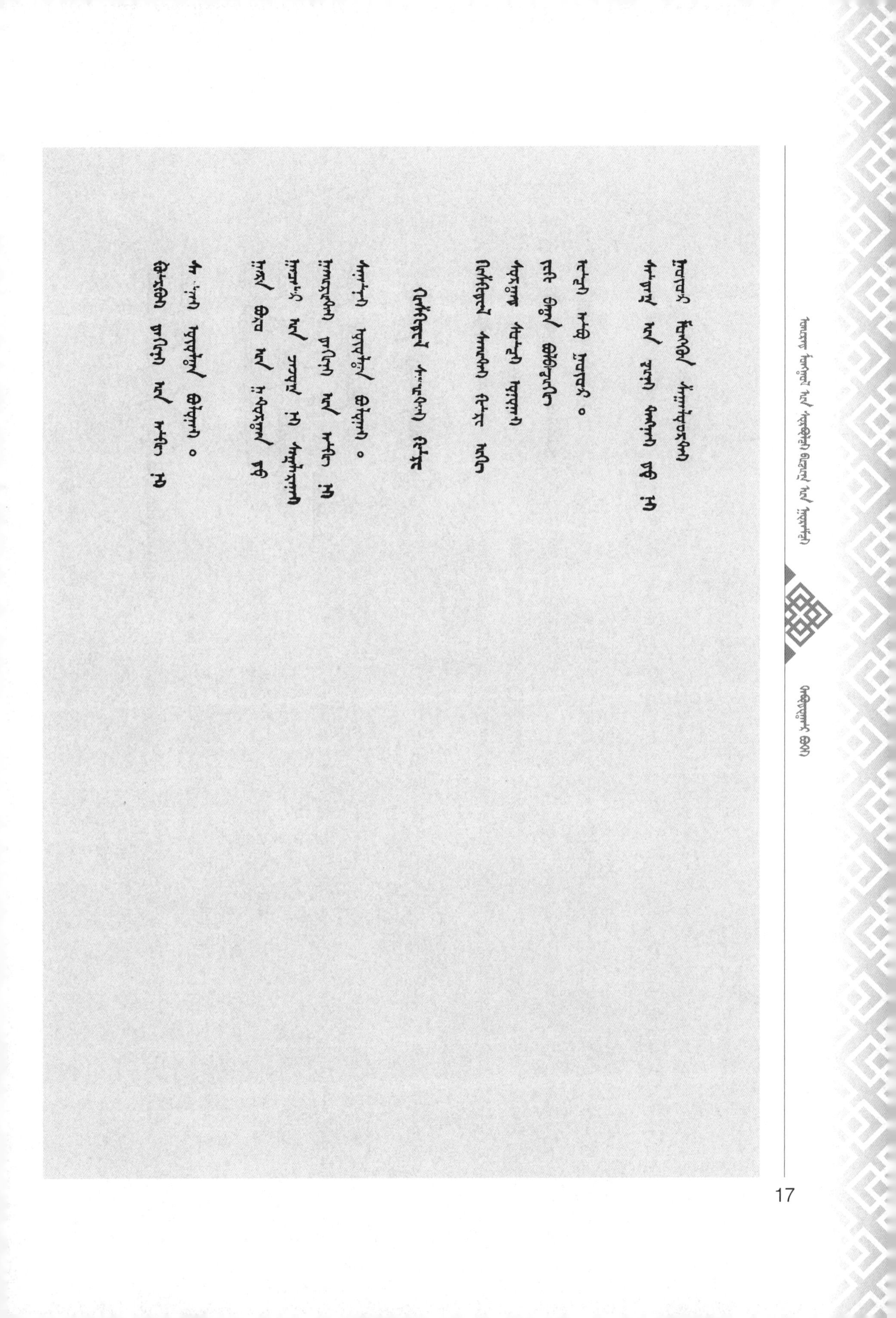

[illegible]
[illegible]

[illegible]
[illegible]
[illegible]
[illegible]

[illegible]

[illegible]
[illegible]
[illegible]
[illegible]

[illegible]
[illegible]

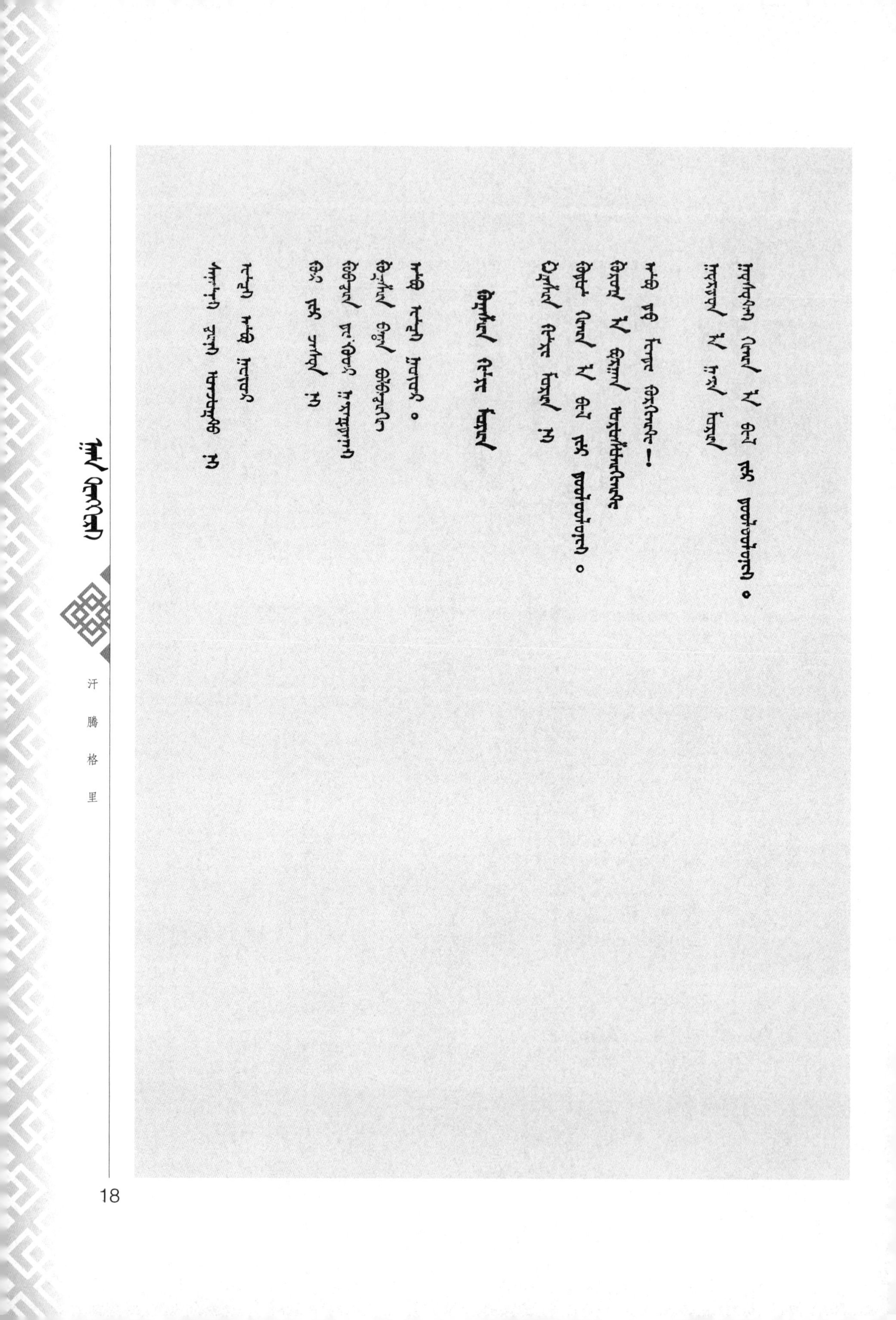

[illegible] 。
[illegible]

[illegible] !
[illegible]
[illegible] 。
[illegible]

[illegible]

[illegible] 。
[illegible]
[illegible]
[illegible]

[illegible]
[illegible]

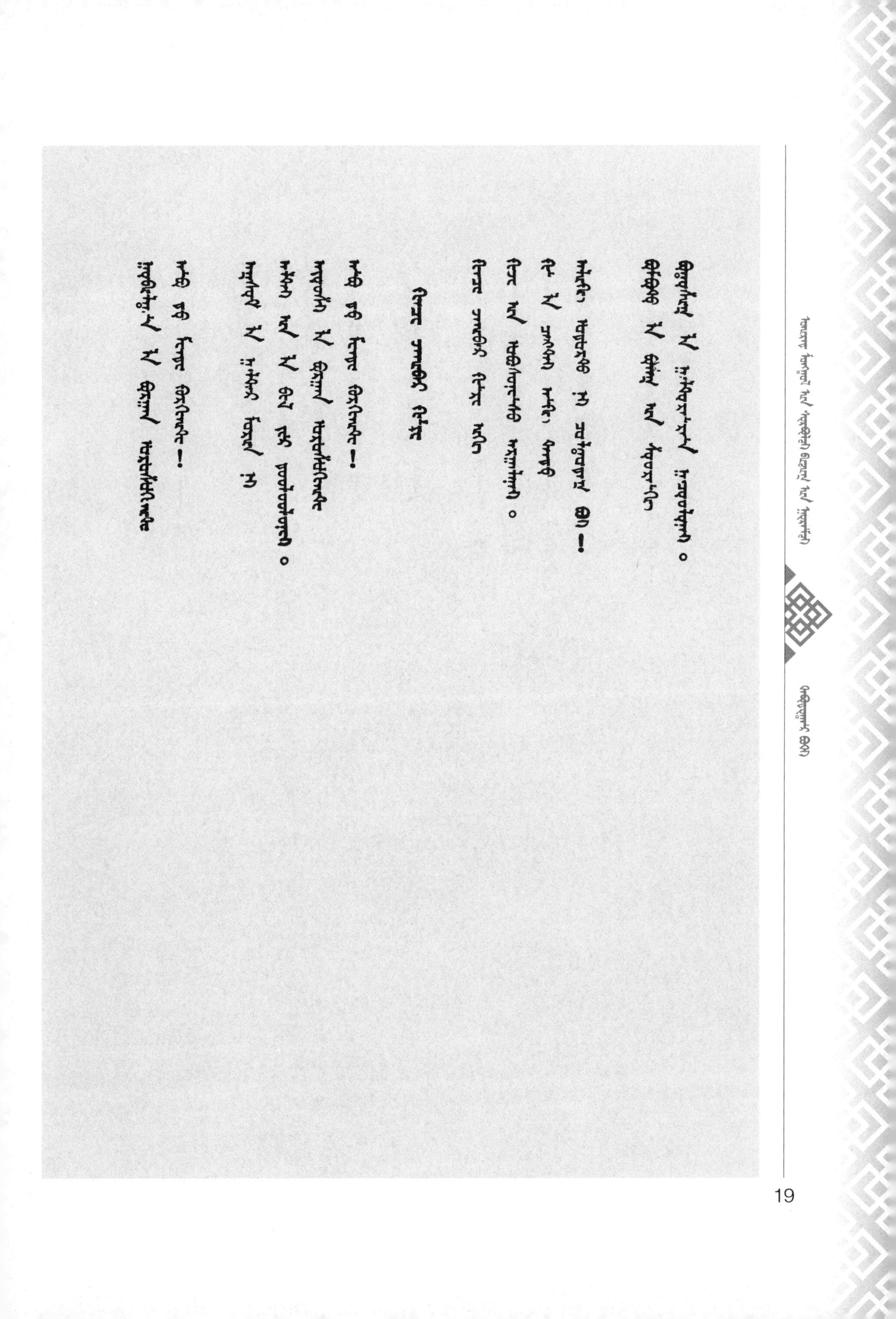

[illegible] ᠃
[illegible]

[illegible] !
[illegible]
[illegible] ᠃
[illegible]

[illegible]

[illegible] !
[illegible]
[illegible] ᠃
[illegible]

[illegible] !
[illegible]

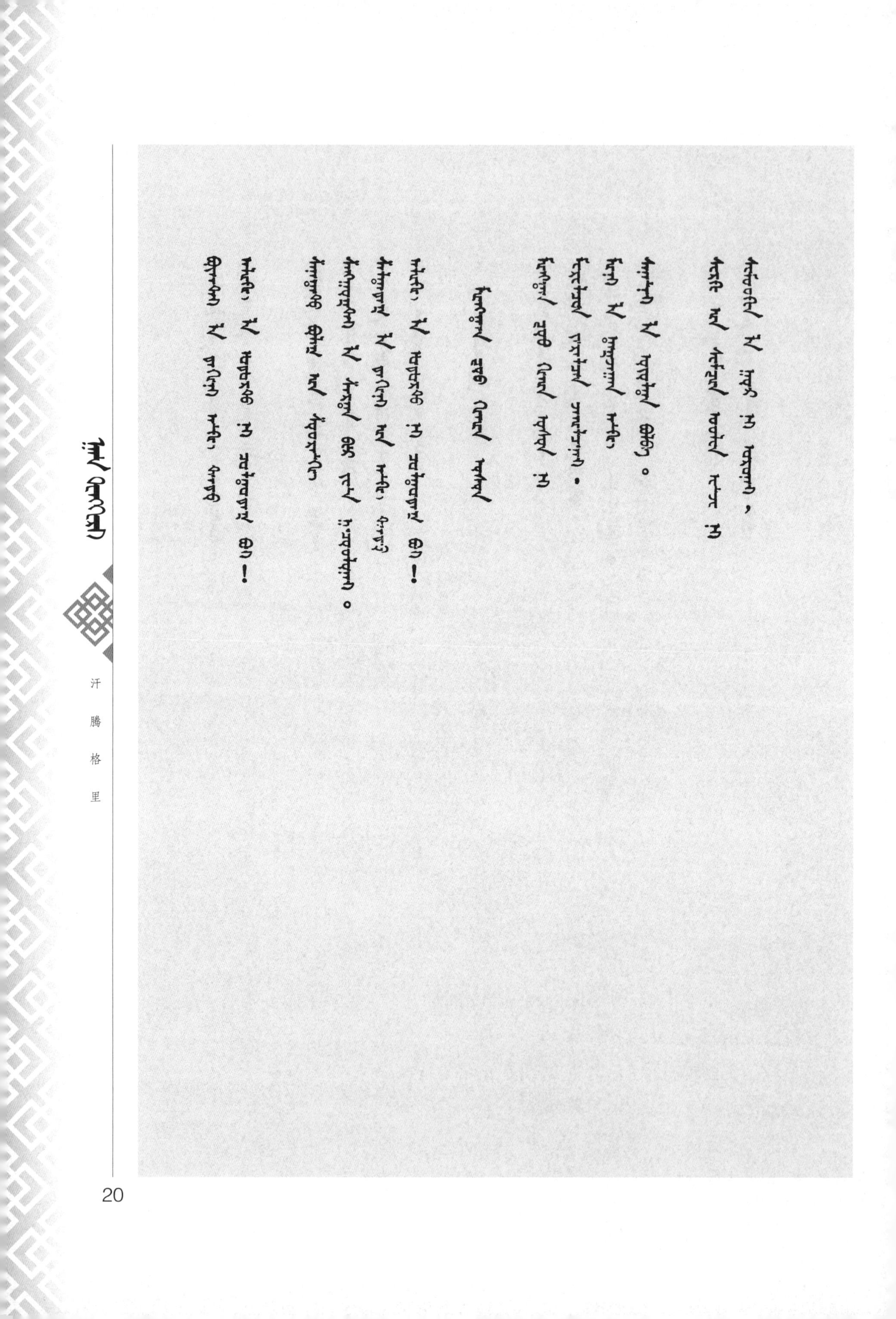

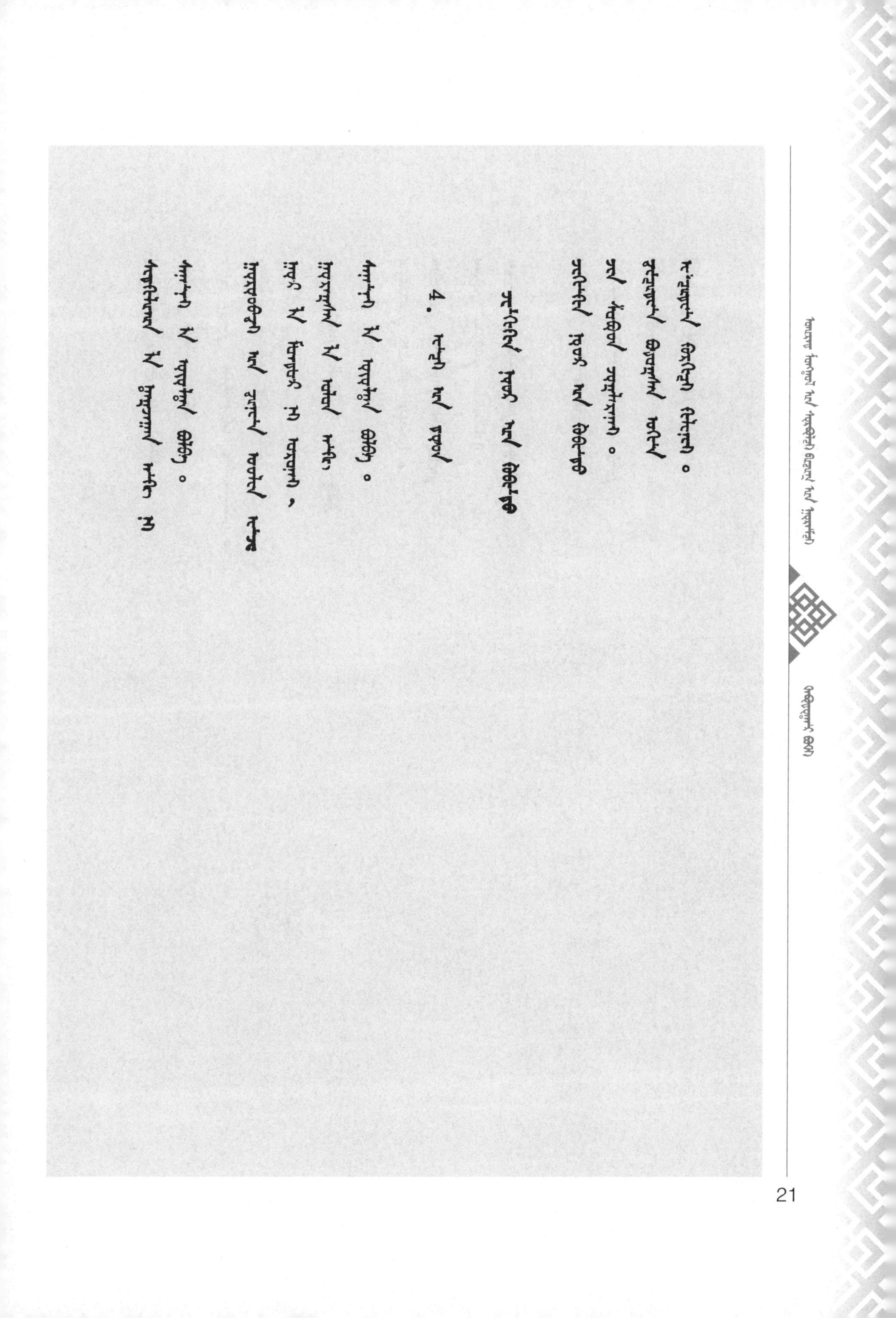

[illegible] [illegible] [illegible] ᠃
[illegible] [illegible] [illegible]
[illegible] [illegible] [illegible] ᠃
[illegible] [illegible] [illegible] [illegible]

[illegible] [illegible] [illegible] [illegible]

4. [illegible] [illegible] [illegible]

[illegible] [illegible] [illegible] ᠪᠣᠯᠤᠨ᠎ᠠ ᠃
[illegible] [illegible] [illegible] [illegible]
[illegible] [illegible] [illegible] [illegible] [illegible] ᠂
[illegible] [illegible] [illegible] [illegible] [illegible]

[illegible] [illegible] [illegible] ᠪᠣᠯᠤᠨ᠎ᠠ ᠃
[illegible] [illegible] [illegible] [illegible] [illegible]

[illegible]

ᠰᠠᠶᠢᠬᠠᠨ [illegible] ᠶᠢᠨ ᠥᠯᠭᠡᠢ

[illegible]

ᠰᠠᠶᠢᠬᠠᠨ ᠨᠤᠲᠤᠭ ᠤᠨ ᠥᠯᠭᠡᠢ

[illegible]

[illegible]

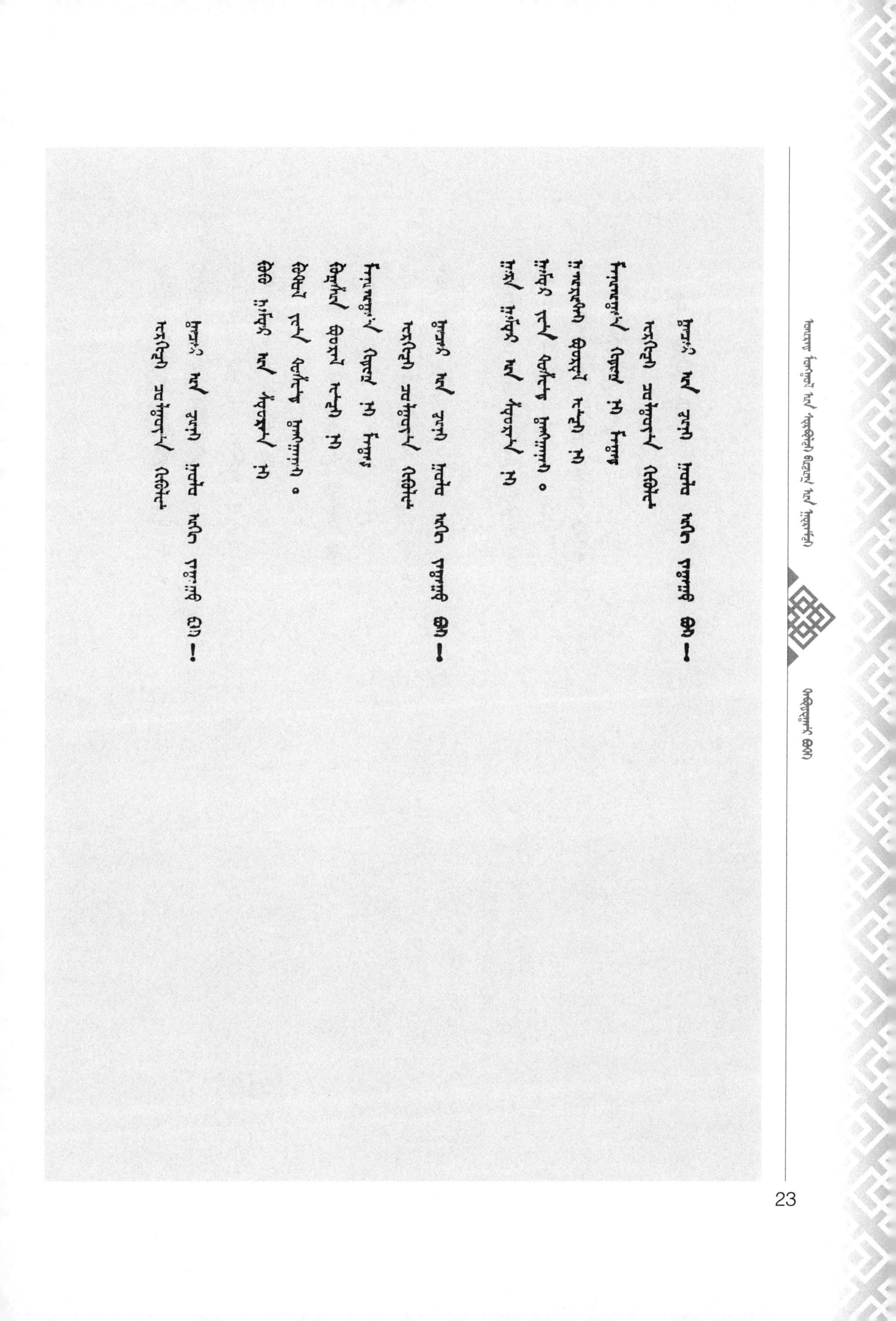

[illegible]
[illegible] !

[illegible]
[illegible]
[illegible] 。
[illegible]
[illegible]
[illegible] !

[illegible]
[illegible]
[illegible] 。
[illegible]
[illegible]
[illegible] !

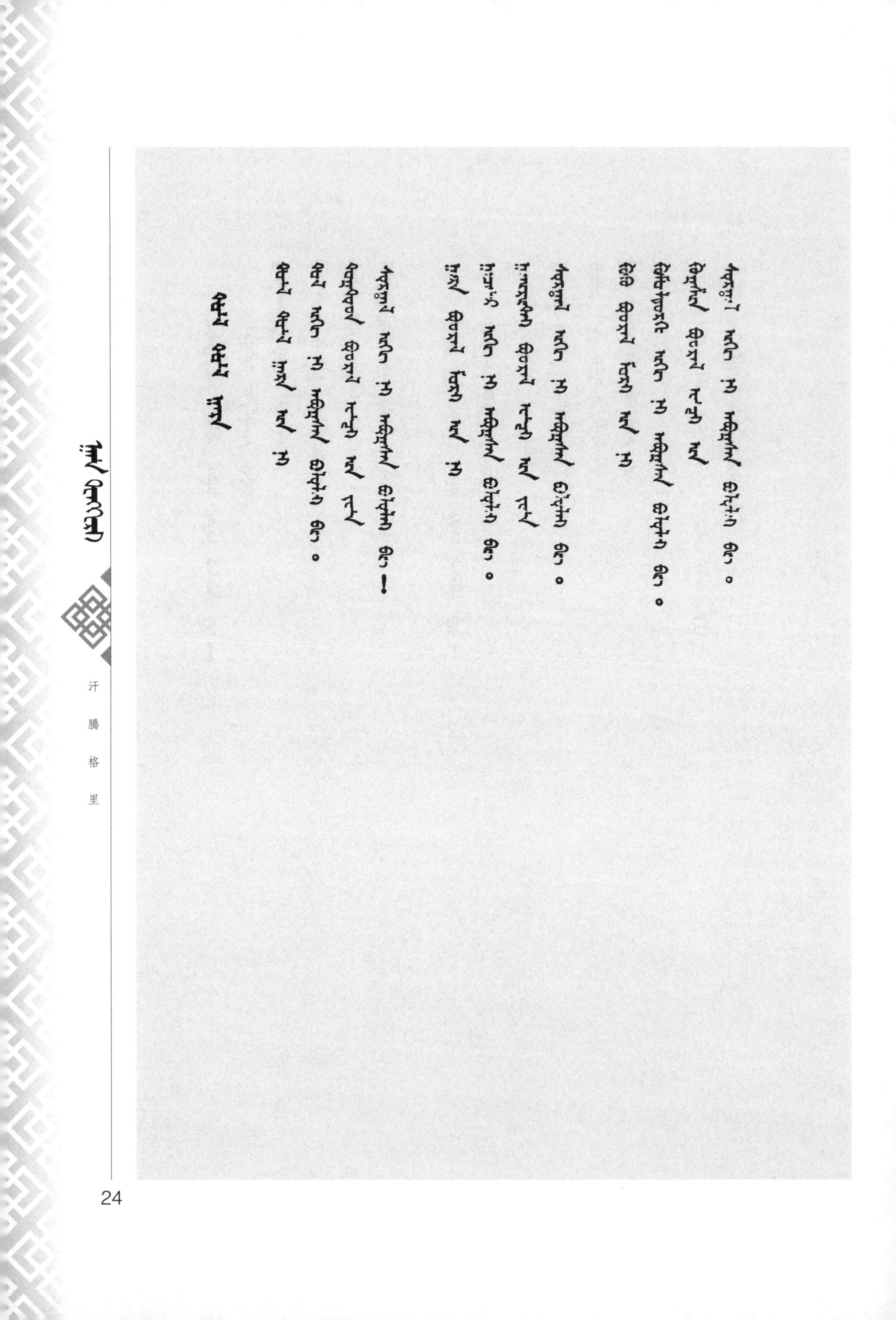

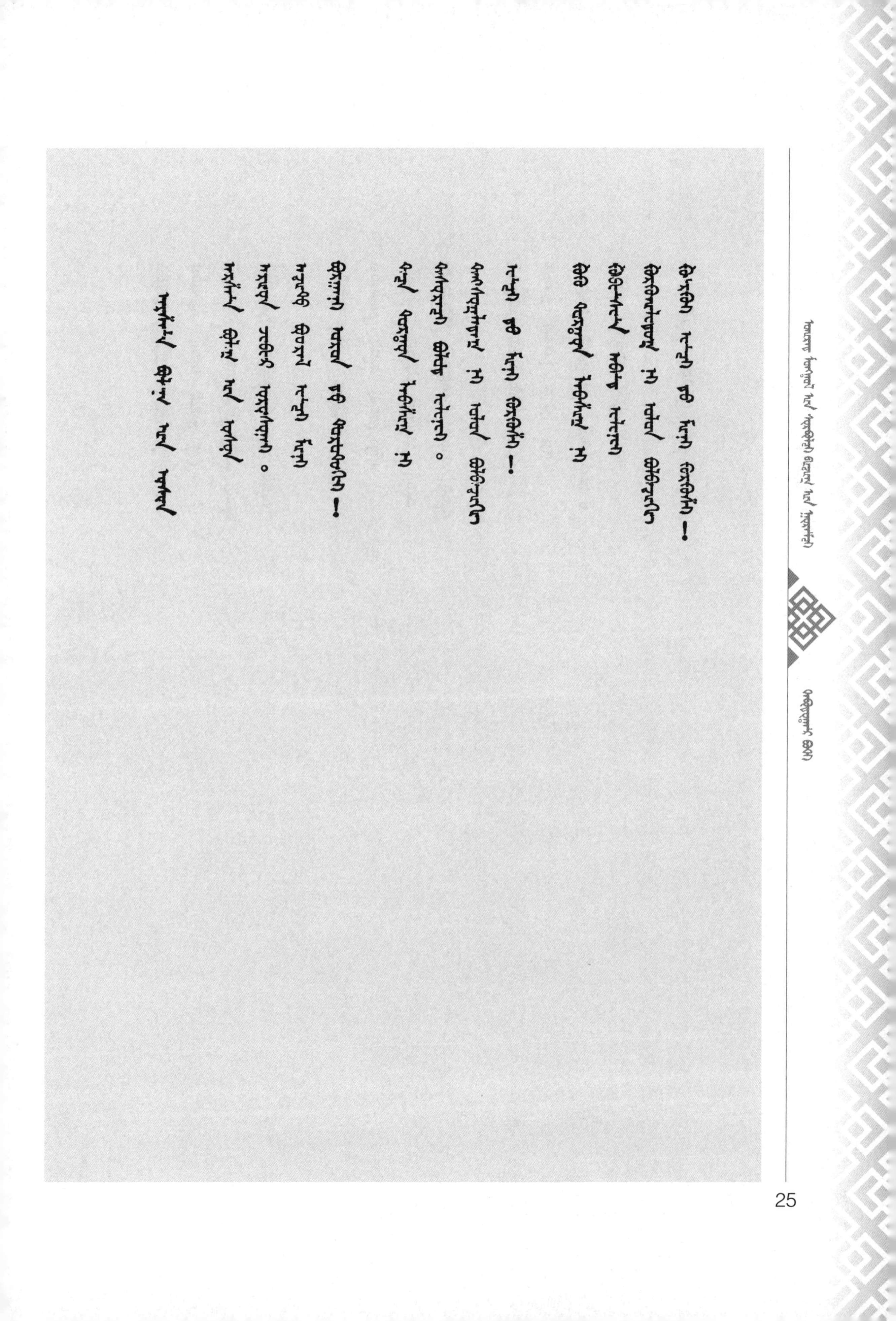

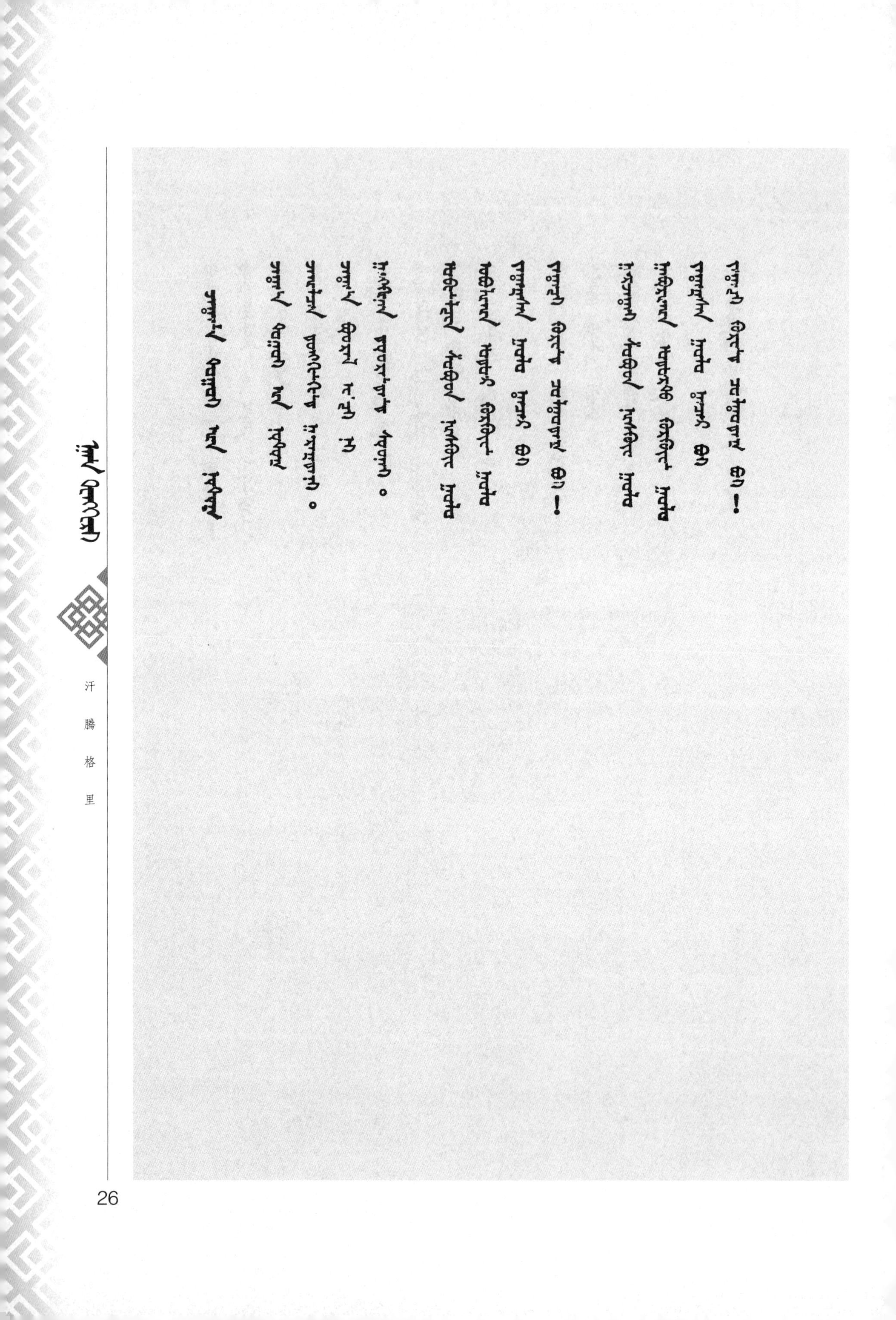

[illegible]
[illegible]
[illegible]
[illegible]

[illegible]
[illegible]
[illegible]
[illegible]

[illegible]
[illegible]
[illegible]
[illegible]

[illegible]

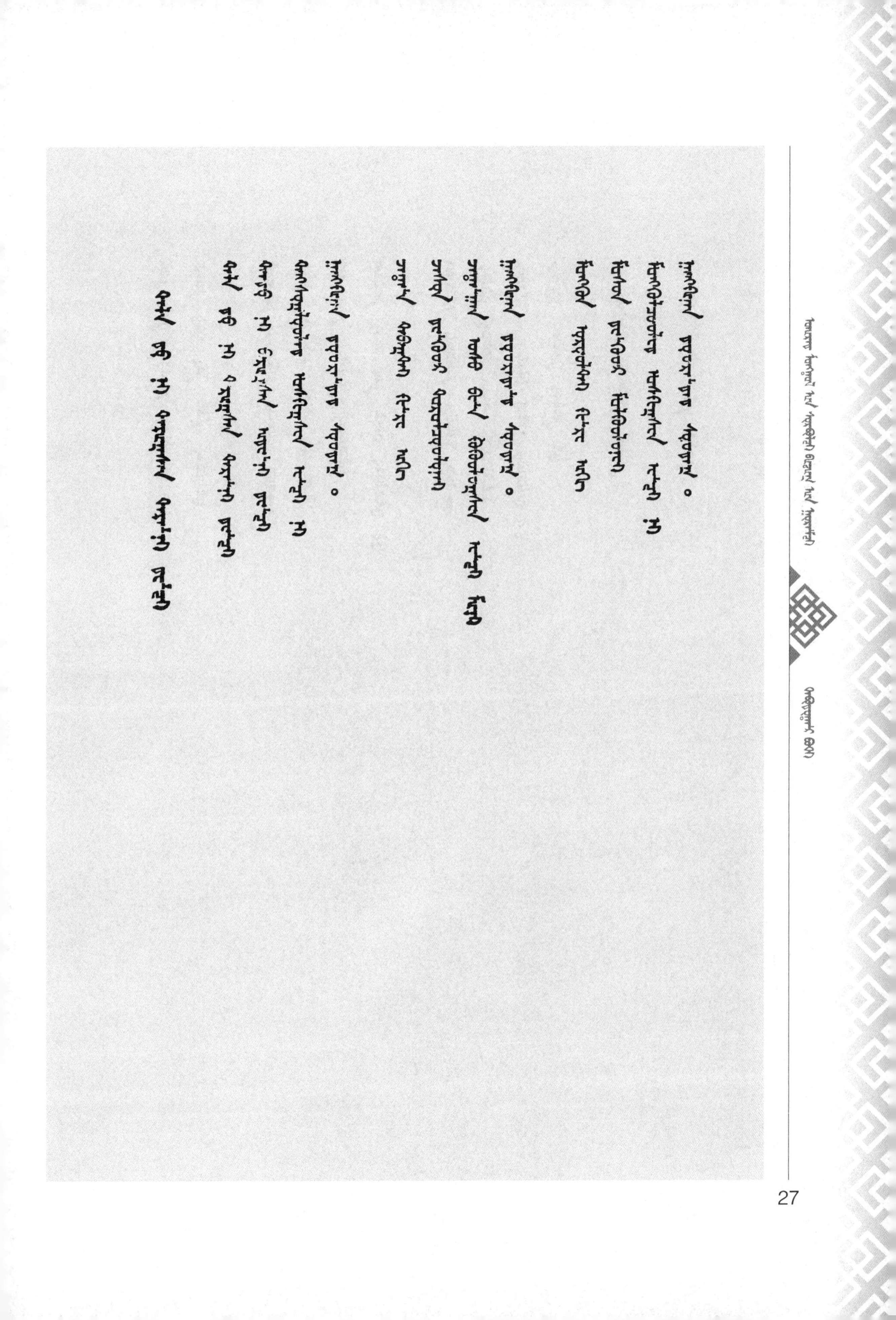

[illegible]

[illegible]
[illegible]
[illegible]
[illegible]

[illegible]
[illegible]
[illegible]
[illegible]

[illegible]
[illegible]
[illegible]
[illegible]

ᠵᠣᠭ ᠬᠠᠨ ᠬᠠᠢᠷᠬᠠᠨ ᠲᠦᠰᠢᠭᠯᠡᠭᠰᠡᠨ ᠪᠢ
ᠵᠣᠭᠣᠨ ᠪᠣᠭᠳᠠ ᠬᠠᠨ ᠲᠩᠷᠢ ᠲᠦᠰᠢᠭᠯᠡᠭᠰᠡᠨ

ᠡᠷᠬᠡᠰᠢᠶᠡᠨ ᠰᠡᠳᠬᠢᠶᠡᠨ ᠬᠠᠰᠢᠶᠠᠭ ᠪᠢ —
ᠪᠣᠯᠤᠨ ᠡᠨᠡ ᠲᠡᠷᠡ ᠬᠠᠷᠢᠭ ᠤᠳᠤᠷᠠᠭᠤᠯᠤᠭᠴᠢ
ᠪᠣᠭ ᠬᠠᠨ ᠬᠠᠢᠷᠬᠠᠨ ᠲᠦᠰᠢᠭᠯᠡᠭᠰᠡᠨ
ᠪᠣᠭᠳᠣᠨ ᠪᠣᠭᠳᠠ ᠬᠠᠨ ᠲᠩᠷᠢ ᠲᠦᠰᠢᠭᠯᠡᠭᠰᠡᠨ ᠦ

ᠡᠷᠬᠡᠰᠢᠶᠡᠨ ᠰᠡᠳᠬᠢᠶᠡᠨ ᠬᠠᠰᠢᠶᠠᠭ ᠪᠢ —
ᠰᠠᠶᠢᠨ ᠰᠠᠶᠢᠬᠠᠨ ᠬᠠᠷᠢᠭ ᠤᠳᠤᠷᠠᠭᠤᠯᠤᠭᠰᠠᠨ
ᠰᠠᠶᠢᠨ ᠬᠠᠨ ᠲᠩᠷᠢ ᠶᠢᠨ ᠰᠠᠶᠢᠰᠢᠶᠠᠯ ◦
ᠰᠢᠨᠵᠢᠶᠠᠩ ᠠᠷᠠᠳ ᠳᠠᠭᠤᠤ ᠡᠴᠡ

ᠰᠢᠨᠵᠢᠶᠠᠩ ᠠᠷᠠᠳ ᠳᠠᠭᠤᠤ

5. ᠬᠠᠰᠢᠶᠠᠨ ᠬᠠᠨ ᠠᠭᠤᠯᠠ

ᠪᠢᠳᠡᠨ ᠦ ᠣᠷᠣᠨ ᠠᠮᠢᠳᠤᠷᠠᠯ ᠵᠢᠷᠭᠠᠯᠲᠠᠢ ᠃
ᠪᠢᠳᠡᠨ ᠦ ᠡᠵᠢ ᠶᠢᠨ ᠬᠠᠶᠢᠷ ᠢᠷᠡᠭᠰᠡᠨ

ᠪᠠᠶᠠᠷᠯᠠᠯ ᠣᠷᠣᠨ ᠠᠮᠢᠳᠤᠷᠠᠯ ᠵᠢᠷᠭᠠᠯᠲᠠᠢ ᠃
ᠠᠵᠢᠯ ᠪᠠᠶᠠᠷ ᠬᠣᠭᠤᠯᠠᠨ ᠪᠡᠷ
ᠬᠦᠮᠦᠨ ᠦ ᠣᠷᠣᠨ ᠠᠮᠢᠳᠤᠷᠠᠯ ᠵᠢᠷᠭᠠᠯᠲᠠᠢ ᠃
ᠳᠡᠯᠡᠭᠡᠢ ᠳᠡᠯᠡᠭᠡᠢ ᠬᠥᠭᠵᠢᠵᠦ ᠪᠠᠢᠨ᠎ᠠ

ᠠᠮᠢᠳᠤᠷᠠᠯ ᠵᠢᠷᠭᠠᠯᠲᠠᠢ ᠃
ᠳᠡᠯᠡᠬᠡᠢ ᠶᠢᠨ ᠡᠩᠬᠡ
ᠳᠡᠭᠡᠳᠦ ᠡᠩᠬᠡ ᠳᠦᠷᠪᠡᠨ
ᠳᠡᠭᠡ ᠡᠩᠬᠡ ᠵᠢᠷᠭᠠᠯ

ᠳᠡᠭᠡ ᠡᠩᠬᠡ ᠵᠢᠷᠭᠠᠯ

ᠶᠢᠷᠲᠢᠨᠴᠦ ᠡᠩᠬᠡ ᠮᠡᠩᠬᠦ ᠪᠣᠯ !
ᠠᠮᠢᠳᠤᠷᠠᠯ ᠠᠮᠢᠷ ᠬᠦᠮᠦᠨ ᠦ ᠵᠢᠷᠭᠠᠯᠲᠠᠢ

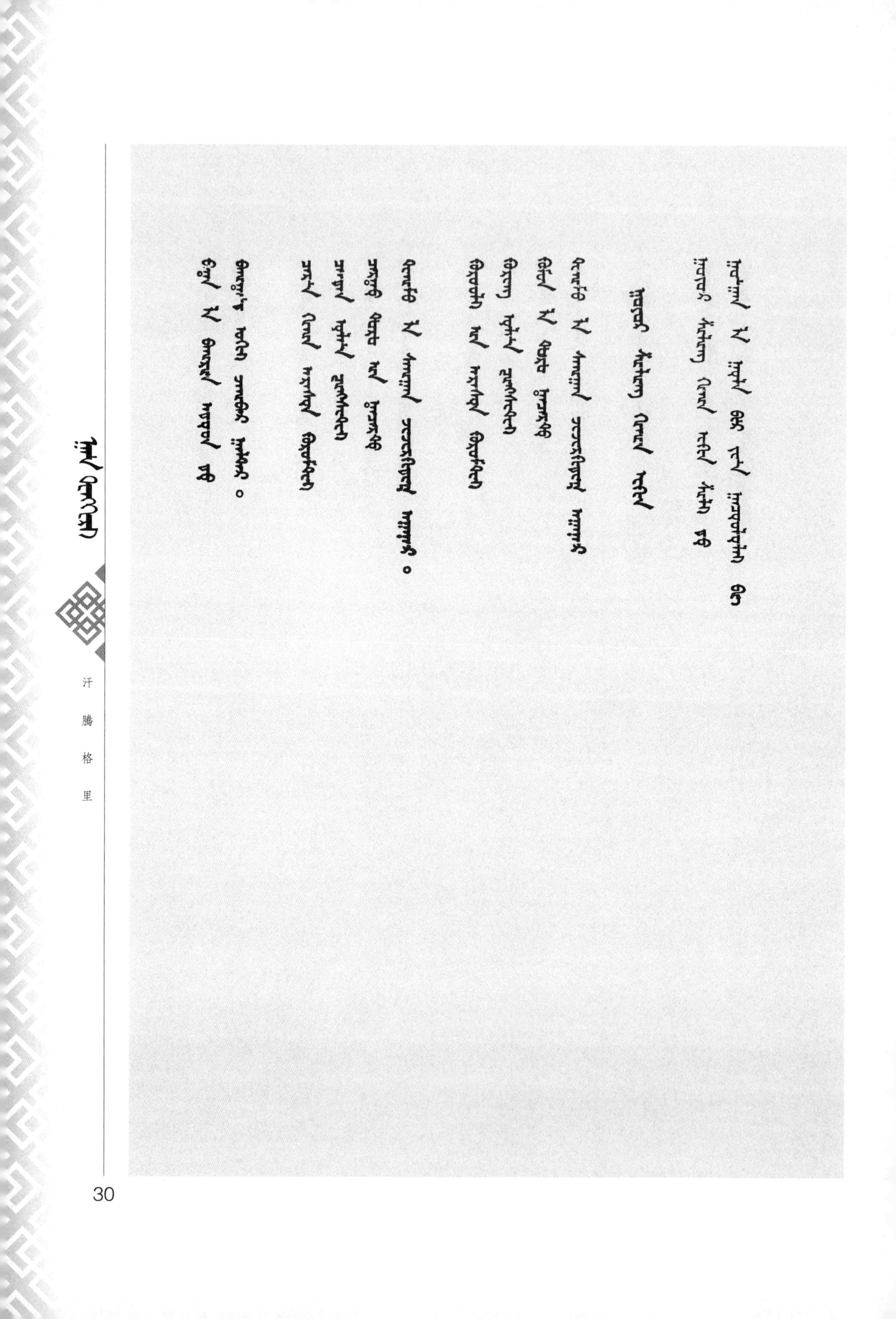

[illegible]
[illegible]

[illegible]

[illegible]
[illegible]
[illegible]
[illegible]

[illegible]
[illegible]
[illegible]
[illegible]

[illegible]
[illegible]

ᠪᠣᠯᠪᠠᠰᠤᠷᠠᠯ ᠠᠴᠤ᠂ ᠪᠢᠳᠡ ᠴᠢᠨᠢ ᠬᠦᠰᠡᠯᠲᠡ ᠃
ᠪᠣᠯᠪᠠᠰᠤᠷᠠᠭᠤᠯᠤᠭᠰᠠᠨ ᠲᠡᠷᠡ ᠠᠷᠠᠳ ᠤᠨ ᠪᠠᠶᠠᠰᠬᠤᠯᠠᠩ ᠮᠠᠨᠢ
ᠪᠢᠳᠡ ᠮᠠᠨᠢ ᠨᠢ ᠮᠠᠨᠳᠤᠭᠤ ᠵᠢᠷᠭᠠᠯᠲᠠᠢ ᠪᠢ᠂
ᠪᠢᠳᠡ ᠨᠢ ᠮᠠᠨᠢ ᠪᠠᠶᠠᠰᠬᠤᠯᠠᠩ ᠮᠠᠨ ᠤ ᠮᠠᠨᠢ

ᠲᠡᠭᠦᠨ ᠦ ᠠᠷᠢᠭᠤᠨ ᠰᠡᠳᠬᠢᠯ ᠢ ᠪᠢᠳᠡ !
ᠮᠠᠨᠳᠤᠭᠤᠯᠤᠨ ᠬᠦᠮᠦᠵᠢᠯ ᠳᠡᠭᠡᠳᠦ ᠶᠢᠨ ᠬᠠᠮᠤᠭ ᠮᠠᠨᠢ
ᠳᠡᠭᠡᠳᠦ ᠶᠢᠨ ᠴᠢᠮᠡᠭ ᠪᠢᠳᠡ ᠴᠢᠨᠢ ᠬᠦᠨᠳᠦᠯᠡᠵᠦ ᠪᠢᠯᠡ ᠃
ᠳᠡᠭᠡᠳᠦ ᠶᠢᠨ ᠠᠷᠢᠭᠤᠨ ᠰᠡᠳᠬᠢᠯ ᠮᠠᠨ ᠤ ᠠᠷᠢᠭᠤᠨ ᠪᠠ

ᠲᠡᠭᠦᠨ ᠲᠦᠮᠡᠨ ᠦ ᠠᠷᠢᠭᠤᠨ ᠰᠡᠳᠬᠢᠯ ᠢ ᠪᠢᠳᠡ !
ᠮᠠᠨᠳᠤᠭᠤᠯᠤᠨ ᠬᠦᠮᠦᠵᠢᠯ ᠦᠨᠳᠦᠰᠦᠨ ᠦ ᠬᠠᠮᠤᠭ ᠮᠠᠨᠢ
ᠦᠨᠳᠦᠰᠦᠨ ᠦ ᠠᠷᠢᠭᠤᠨ ᠰᠡᠳᠬᠢᠯ ᠬᠦᠨᠳᠦᠯᠡᠵᠦ ᠪᠢᠯᠡ ᠃
ᠦᠨᠳᠦᠰᠦ ᠶᠢᠨ ᠠᠷᠢᠭᠤᠨ ᠰᠡᠳᠬᠢᠯ ᠮᠠᠨ ᠤ ᠠᠷᠢᠭᠤᠨ ᠪᠠ

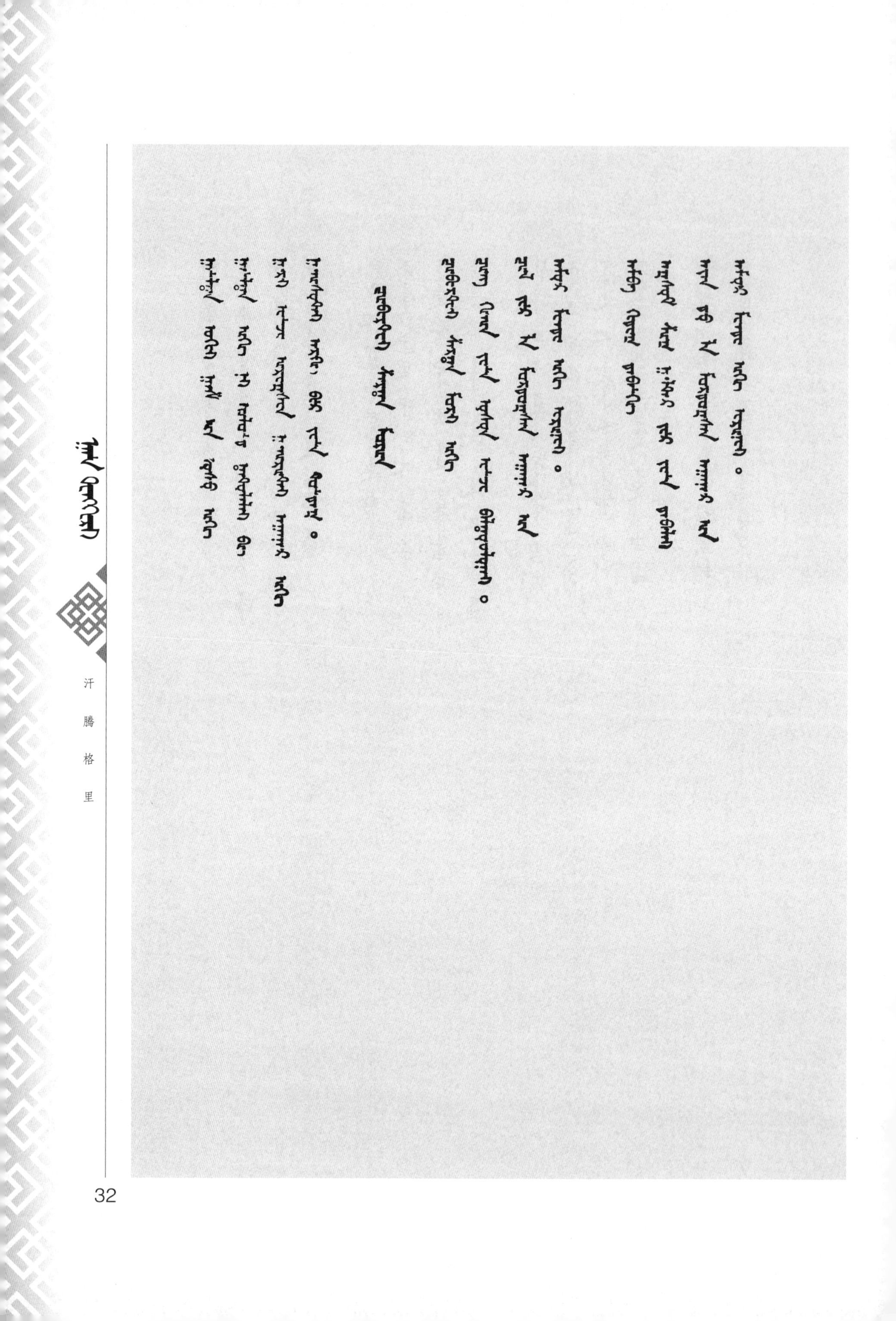

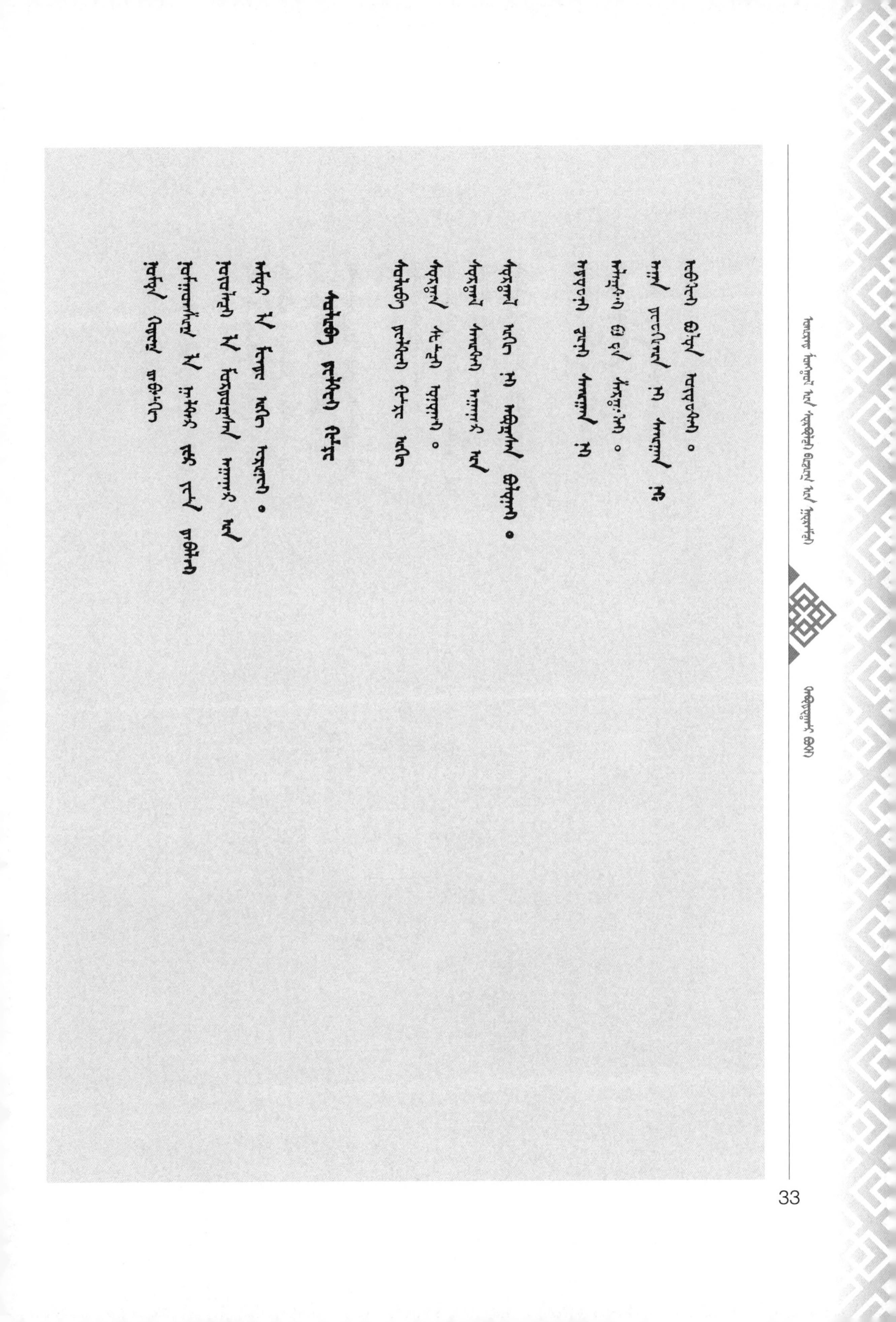

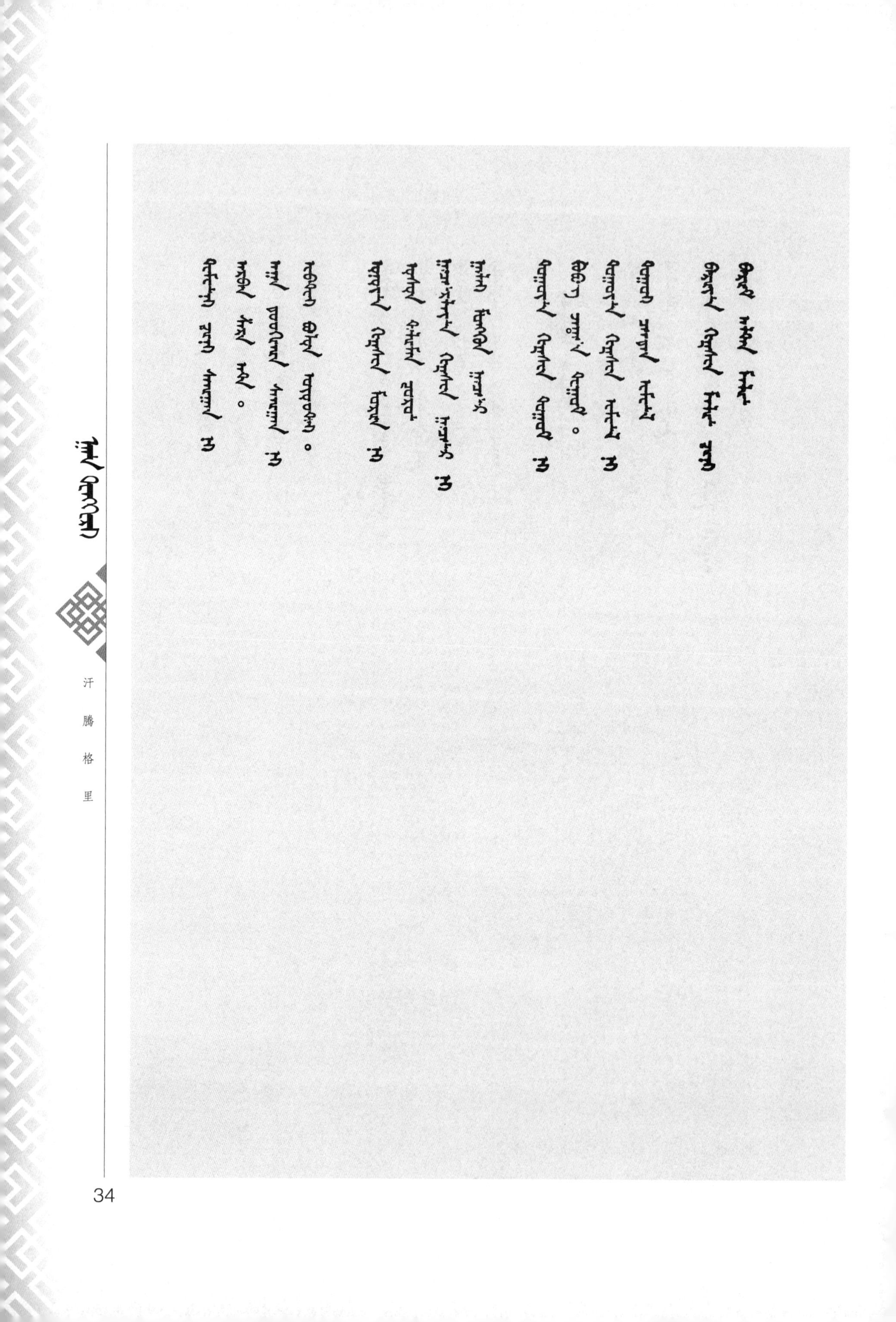

[illegible]
[illegible]

[illegible]
[illegible]
[illegible]
[illegible]

[illegible]
[illegible]
[illegible]
[illegible]

[illegible]
[illegible]
[illegible]
[illegible]

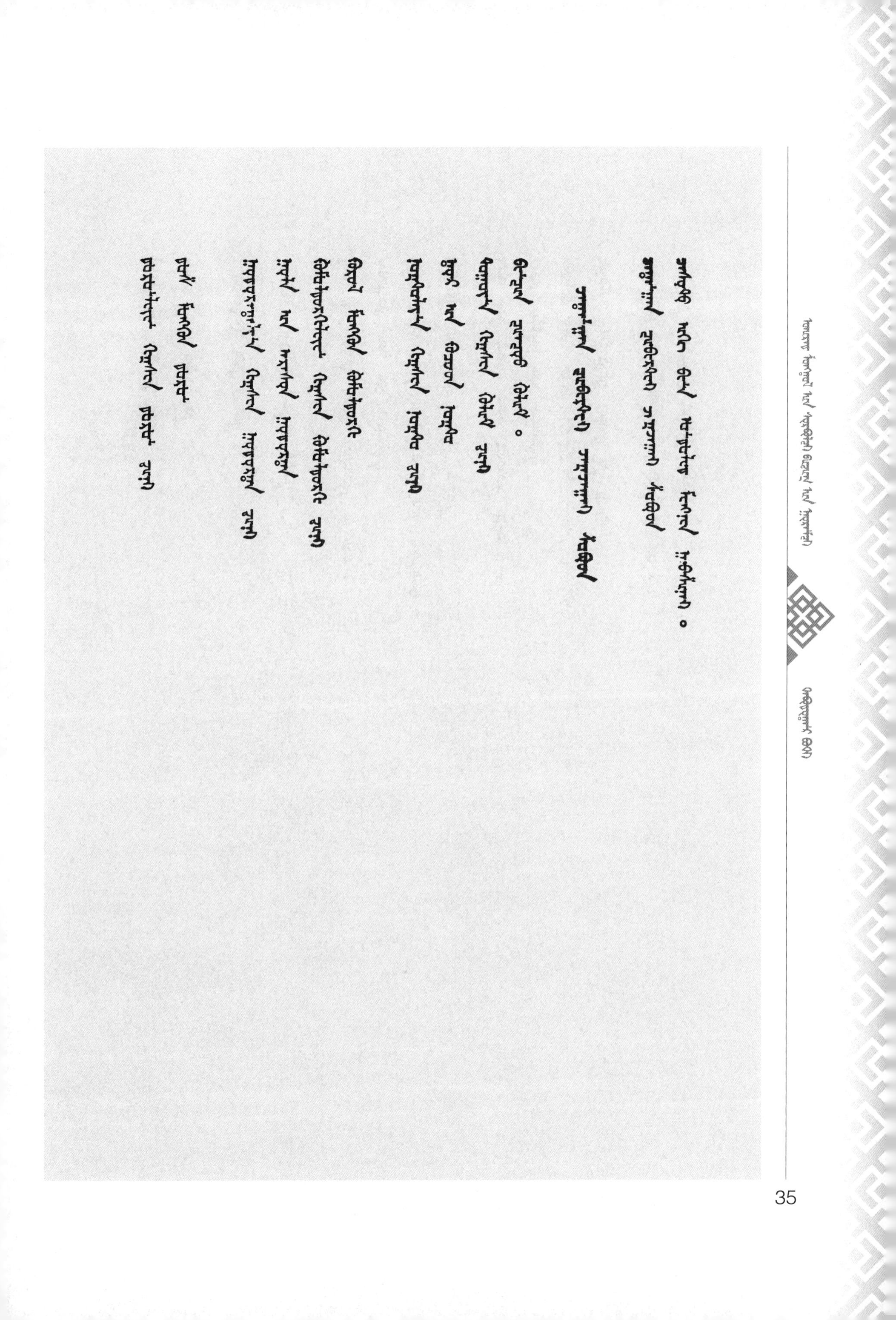

[illegible] 。
[illegible]

[illegible]

[illegible] 。
[illegible]
[illegible]
[illegible]

[illegible]
[illegible]
[illegible]
[illegible]

[illegible]
[illegible]

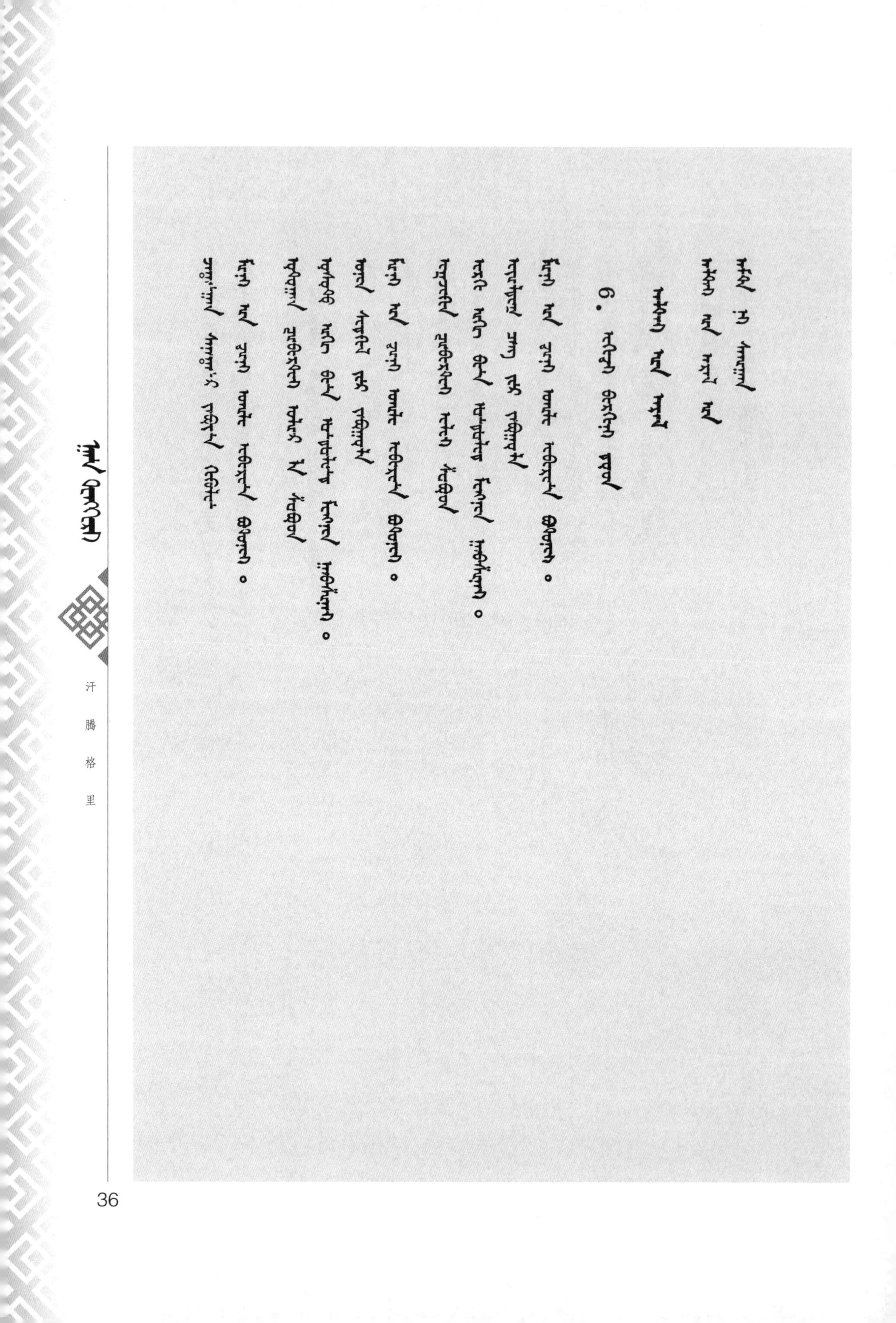

[illegible]
[illegible]
[illegible]

6. [illegible]

[illegible]
[illegible]
[illegible]
[illegible]
[illegible]
[illegible]
[illegible]
[illegible]
[illegible]

[illegible] ᠤᠨ [illegible]
[illegible] ᠤᠨ [illegible]

[illegible] ᠤᠨ [illegible]

ᠠᠮᠢᠳᠤᠷᠠᠯ ᠨᠢ ᠵᠢᠷᠭᠠᠯ ᠃
[illegible] ᠤᠨ [illegible]
[illegible] ᠨᠢ ᠵᠢᠷᠭᠠᠯ
[illegible] ᠤᠨ [illegible]

ᠠᠮᠢᠳᠤᠷᠠᠯ ᠨᠢ ᠵᠢᠷᠭᠠᠯ ᠃
[illegible] ᠤᠨ [illegible]
[illegible] ᠨᠢ ᠵᠢᠷᠭᠠᠯ
[illegible]

ᠠᠮᠢᠳᠤᠷᠠᠯ ᠨᠢ ᠵᠢᠷᠭᠠᠯ ᠃
[illegible] ᠤᠨ [illegible]

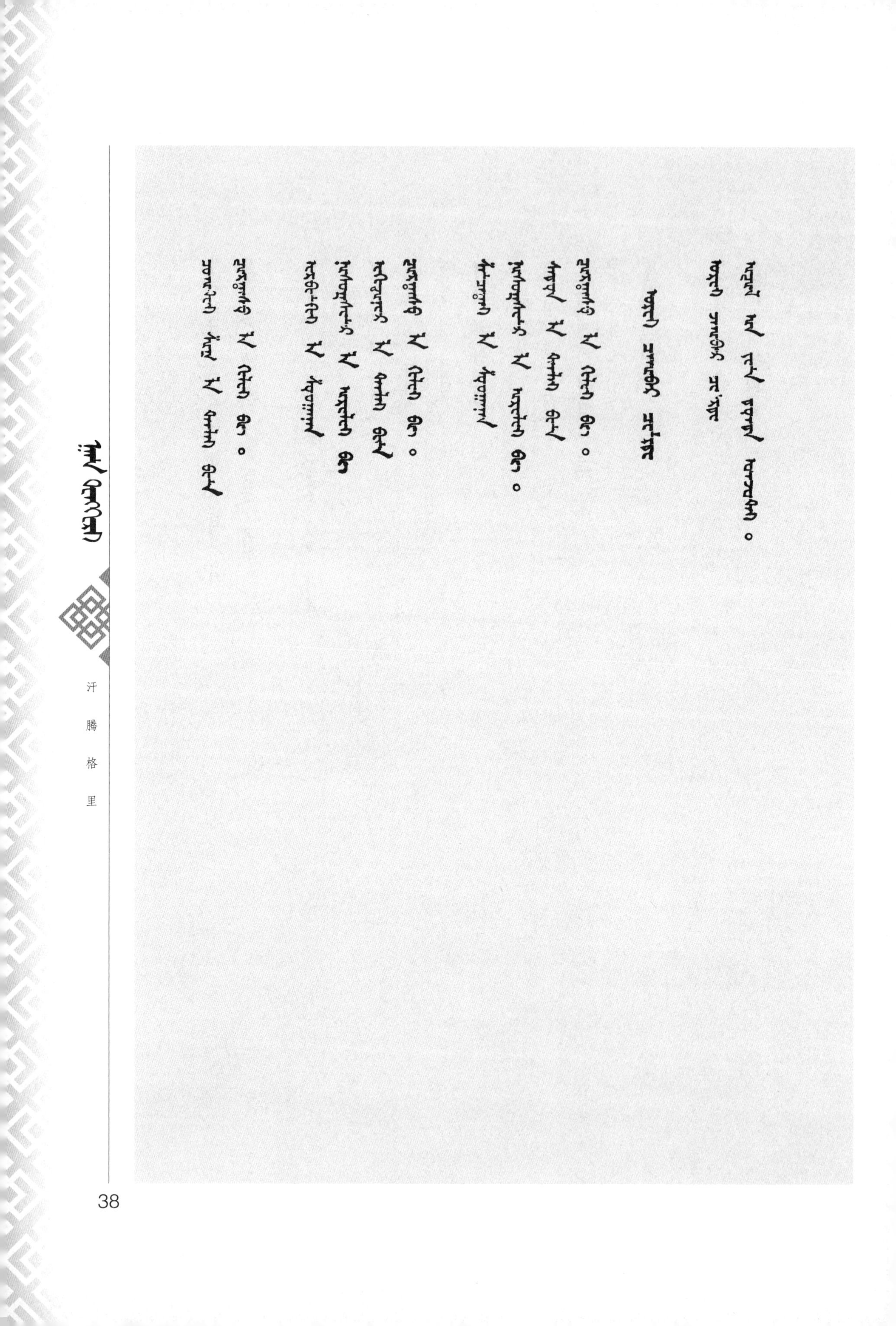

[illegible]
[illegible]

[illegible]

[illegible]
[illegible]
[illegible]
[illegible]

[illegible]
[illegible]
[illegible]
[illegible]

[illegible]
[illegible]

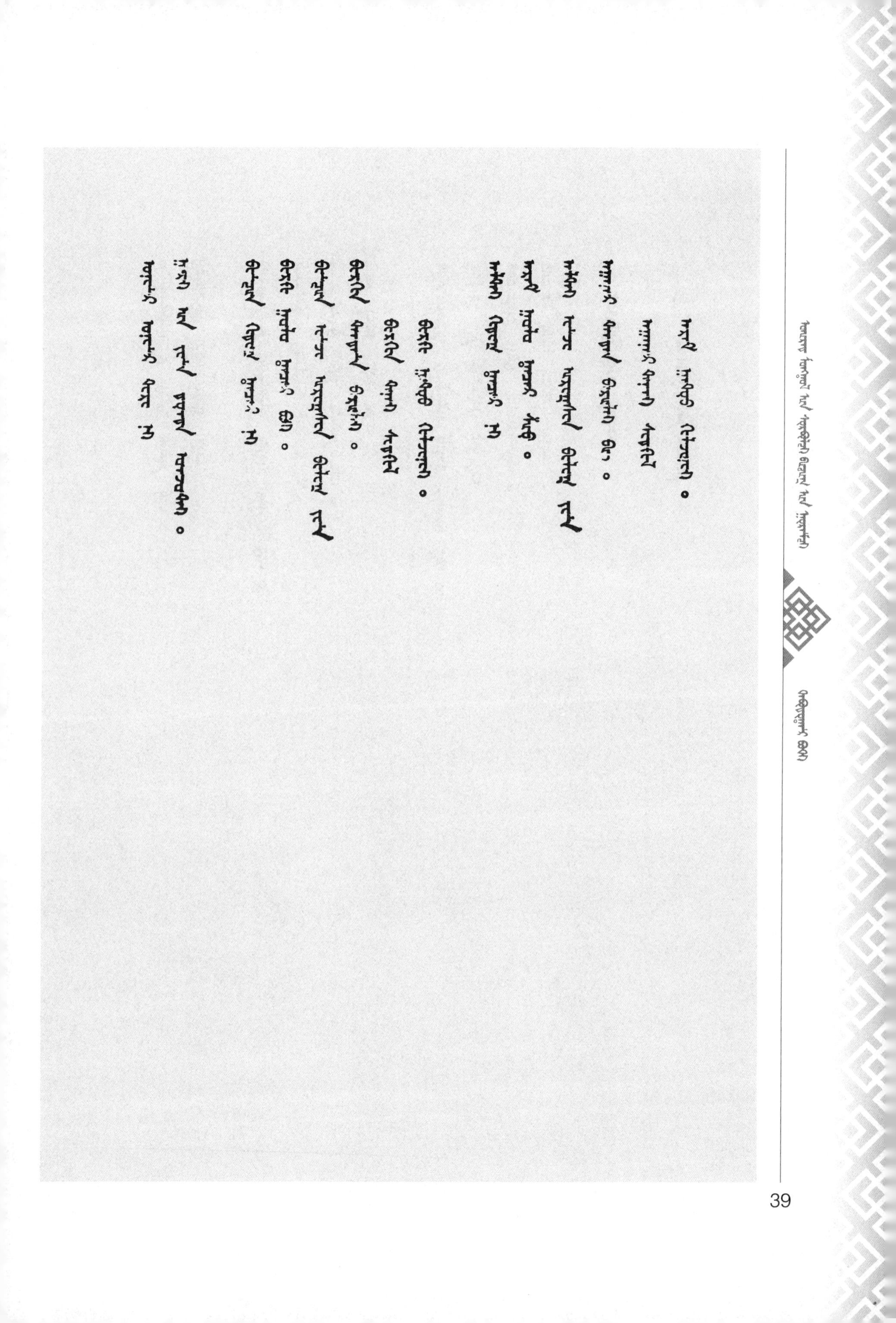

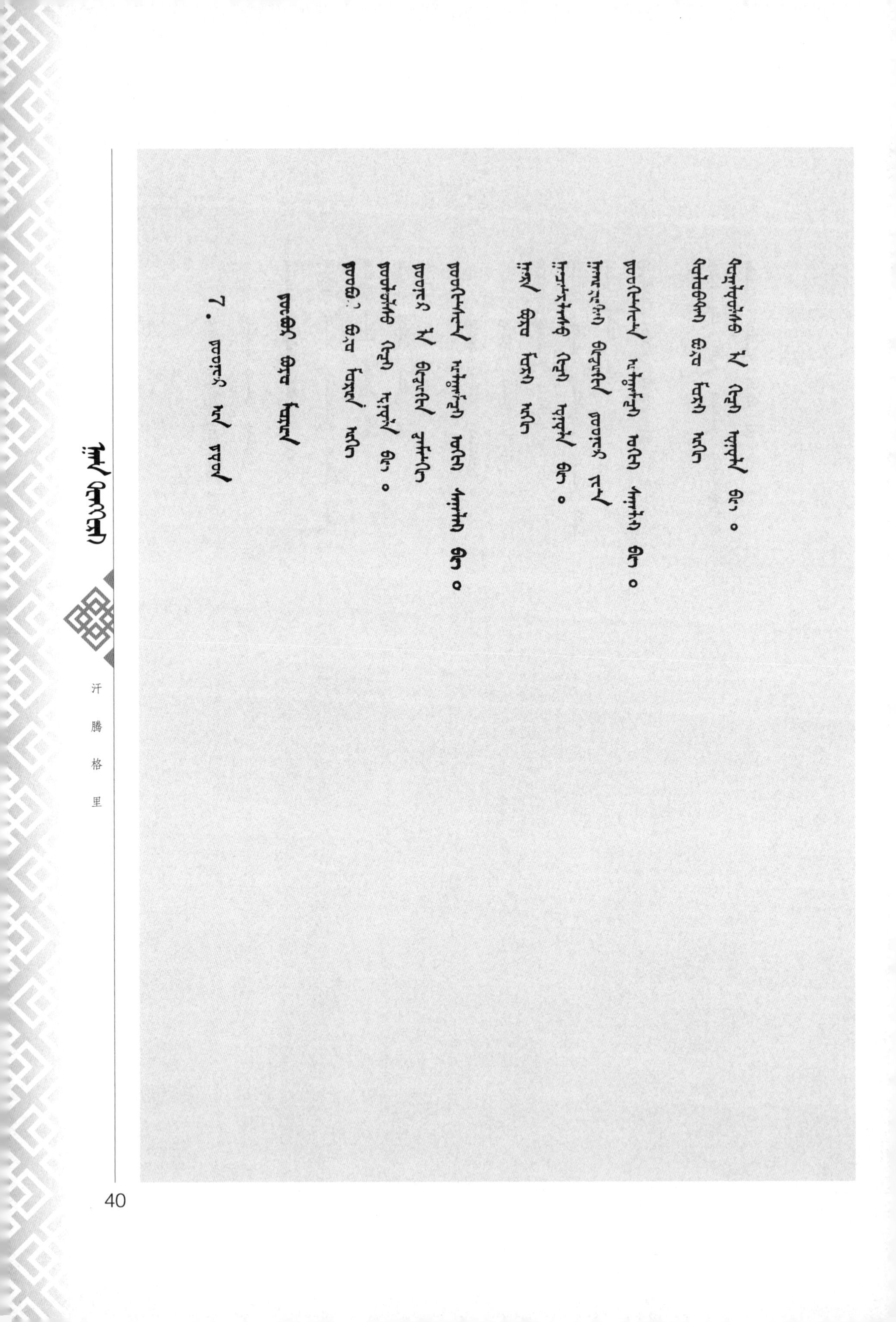

7. [illegible]

[illegible]

[illegible]
[illegible]
[illegible]
[illegible]

[illegible]
[illegible]
[illegible]
[illegible]

[illegible]
[illegible]

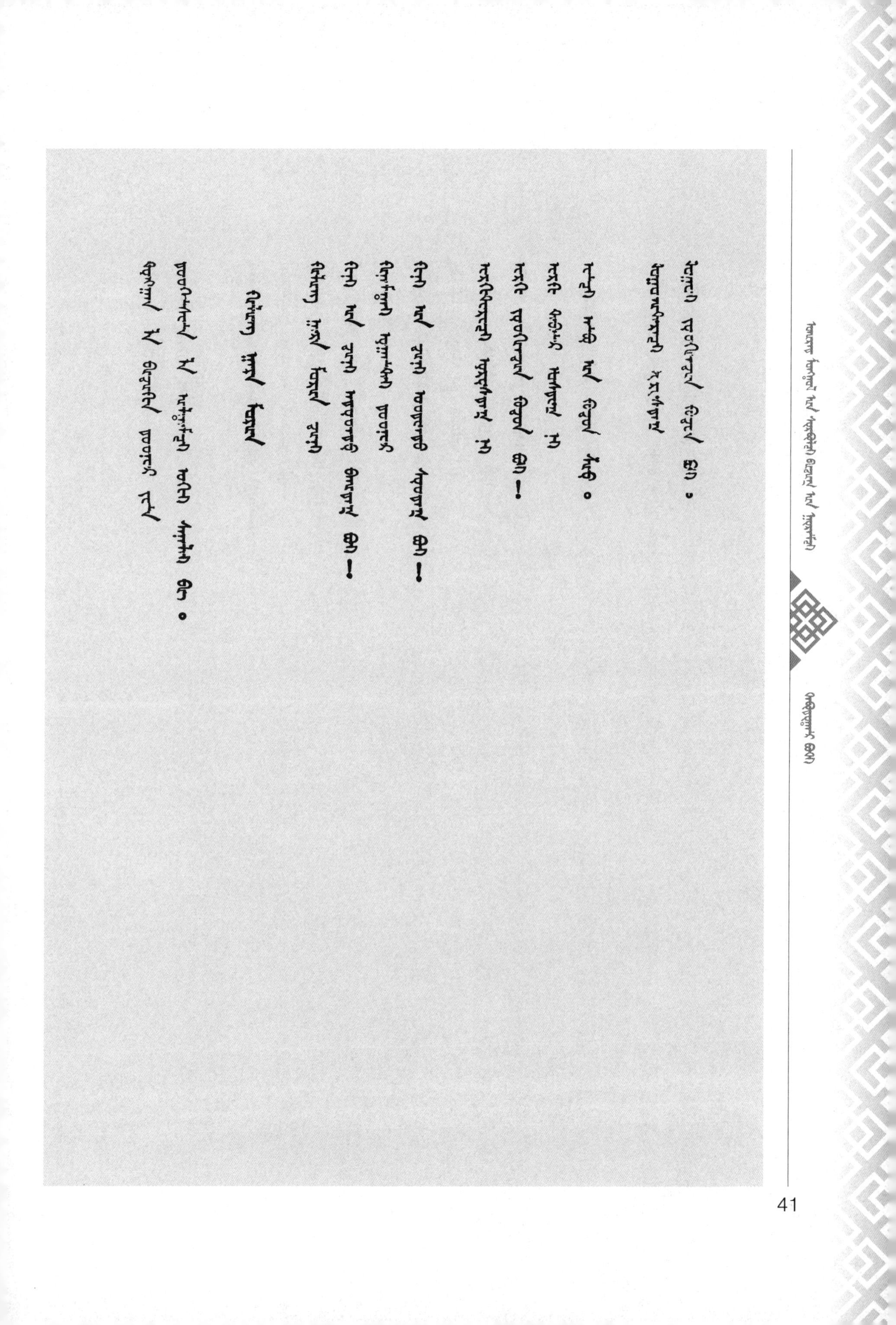

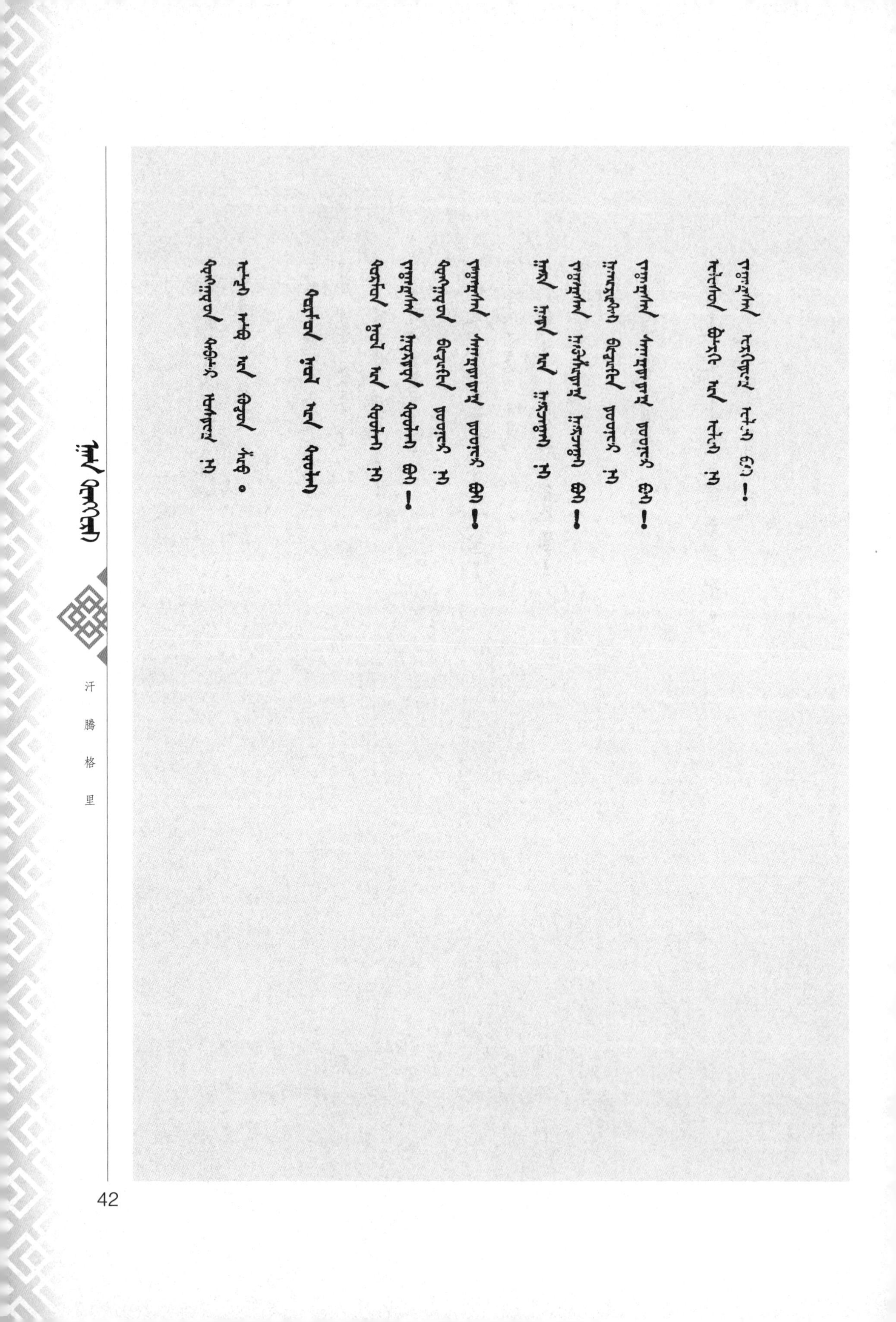

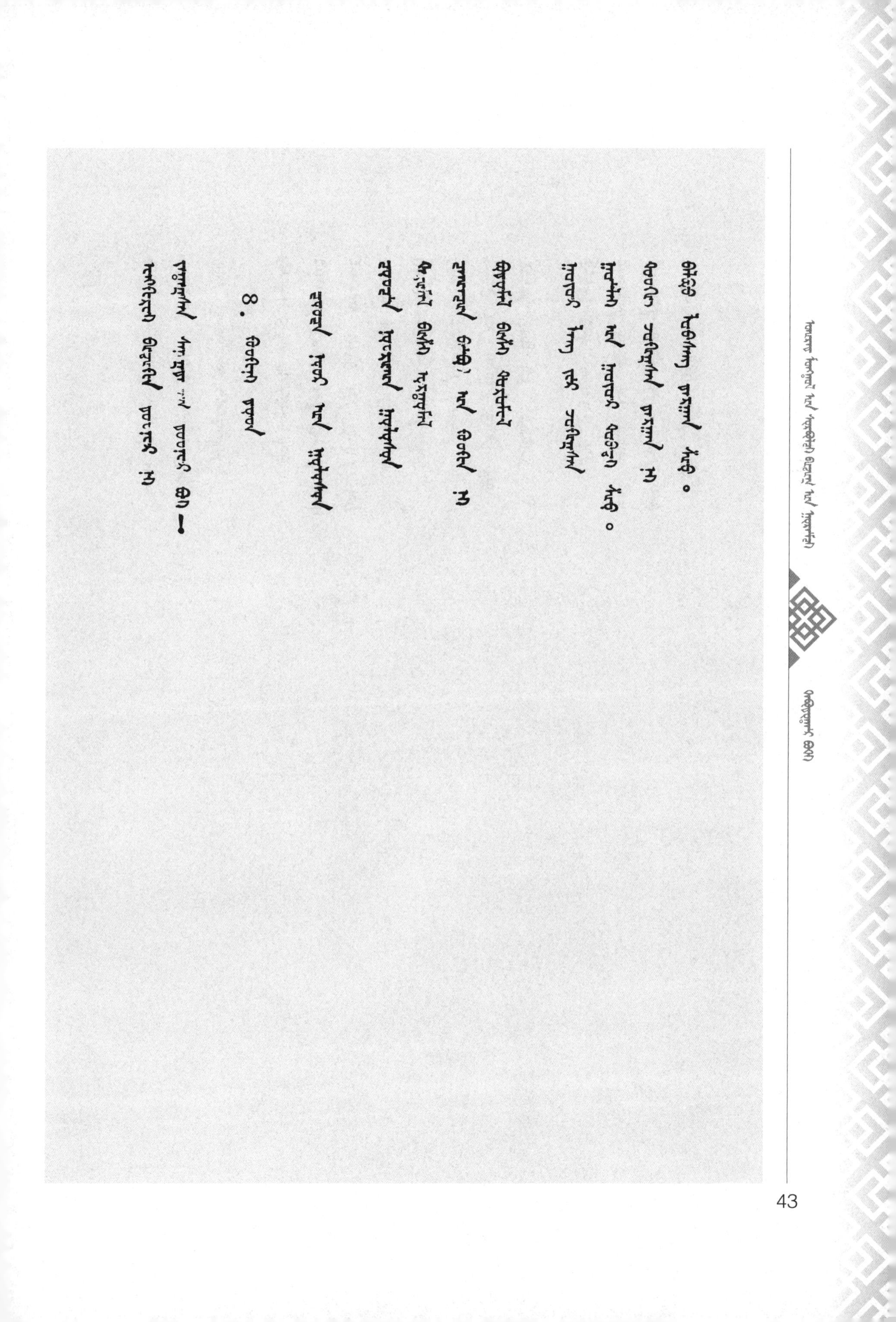

[illegible] [illegible] [illegible] [illegible] 。
[illegible] [illegible] [illegible] [illegible]
[illegible] [illegible] [illegible] [illegible] [illegible] 。
[illegible] [illegible] [illegible] [illegible]

[illegible] [illegible] [illegible]
[illegible] [illegible] [illegible] [illegible] [illegible]
[illegible] [illegible] [illegible]
[illegible] [illegible] [illegible]

[illegible] [illegible] [illegible] [illegible]

8. [illegible] [illegible]

[illegible] [illegible] [illegible] [illegible] [illegible] —
[illegible] [illegible] [illegible] [illegible]

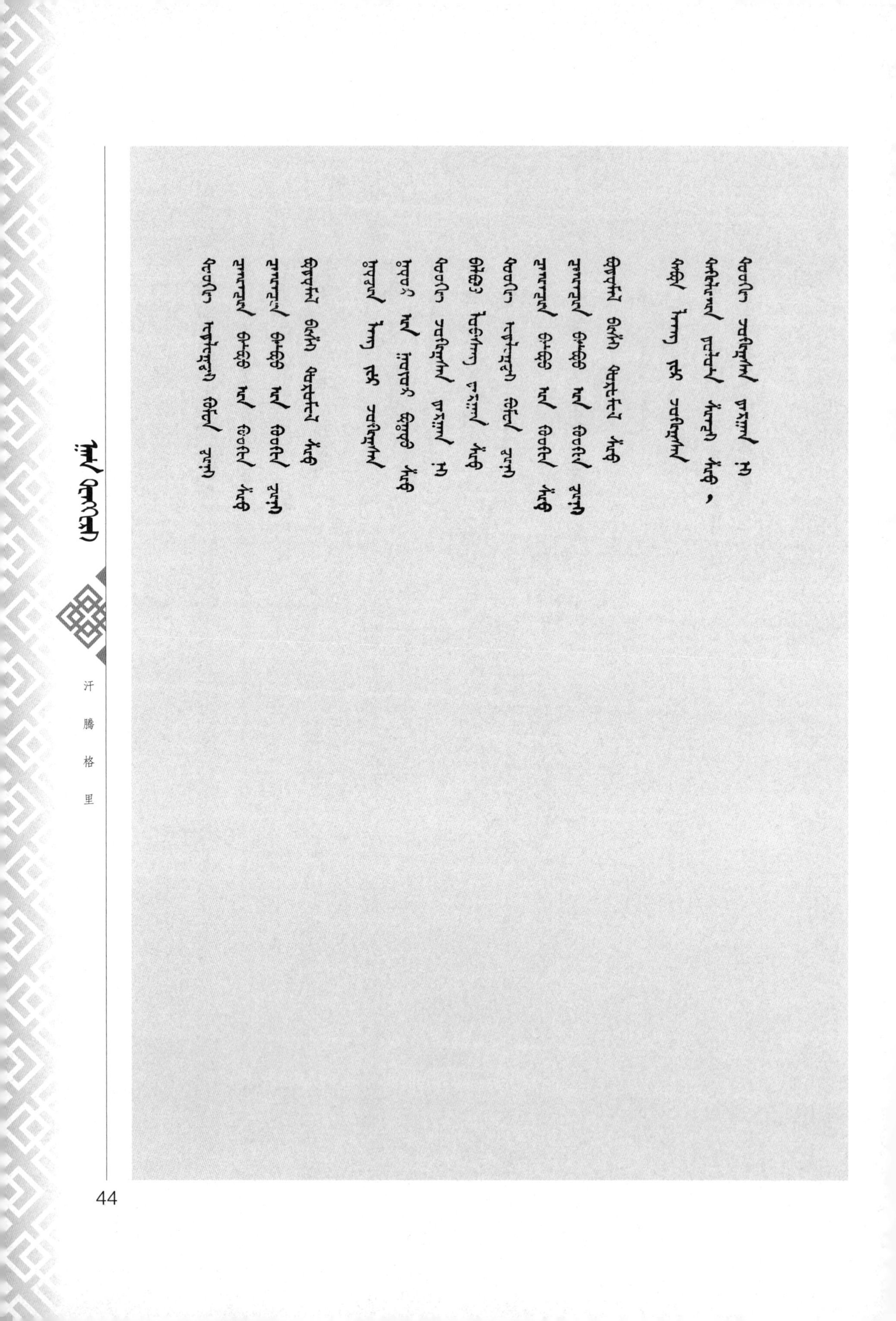

ᠪᠣᠯᠵᠢᠷᠠᠯ ᠵᠢ ᠨᠢ ᠰᠠᠷᠠᠨ ᠲᠣᠭᠠᠯᠠᠭᠠᠷᠠᠢ!
ᠪᠢᠳᠡ ᠳᠡᠭᠡᠷᠡᠨ ᠡᠴᠡ
ᠪᠣᠯᠤᠭᠰᠠᠨ ᠤ ᠰᠣᠨᠢᠨ ᠪᠣᠯᠵᠢᠷᠠᠯ ᠢ᠋ ᠦᠵᠡ
ᠪᠠᠶᠠᠷ ᠬᠦᠰᠡᠯ ᠪᠣᠯᠤᠭᠰᠠᠨ ᠢ᠋ ᠦᠵᠡ

ᠳᠣᠪᠳᠣᠯᠵᠣ ᠶᠠᠪᠤᠭᠠᠷᠠᠢ ᠮᠠᠨ ᠢ᠋ᠶᠠᠷᠠᠢ。
ᠳᠠᠭᠠᠭᠠᠳ ᠬᠦᠰᠡᠯ ᠡᠪᠡᠷ
ᠳᠣᠳᠣᠷᠠᠬᠢ ᠪᠠᠶᠠᠰᠬᠤᠯᠠᠩ ᠳᠠᠭᠠᠭᠠᠷᠠᠢ。
ᠳᠣᠮᠣᠭ ᠪᠠᠨ ᠤ ᠳᠣᠮᠣᠭ

ᠳᠣᠮᠣᠭ ᠪᠠᠨ ᠤ ᠳᠣᠮᠣᠭ

ᠪᠠᠢᠭᠠᠯᠢ ᠪᠣᠯᠤᠨ ᠰᠠᠢᠬᠠᠨ ᠦᠵᠡ。
ᠳᠡᠭᠡᠳᠦ ᠪᠢᠴᠢᠭ ᠤᠨ ᠪᠣᠯᠤᠨ ᠳᠠᠷᠤ
ᠳᠡᠭᠡᠳᠦ ᠪᠢᠴᠢᠭ ᠤᠨ ᠪᠣᠯᠤᠨ ᠦᠵᠡ
ᠰᠠᠢᠬᠠᠨ ᠲᠣᠭᠣᠯᠠᠭᠠᠷᠠᠢ ᠪᠣᠯᠤᠨ ᠨᠢ
ᠪᠢᠴᠢᠭ ᠲᠣᠪᠴᠢᠯᠠᠨ ᠰᠠᠷᠠᠨ ᠦᠵᠡ

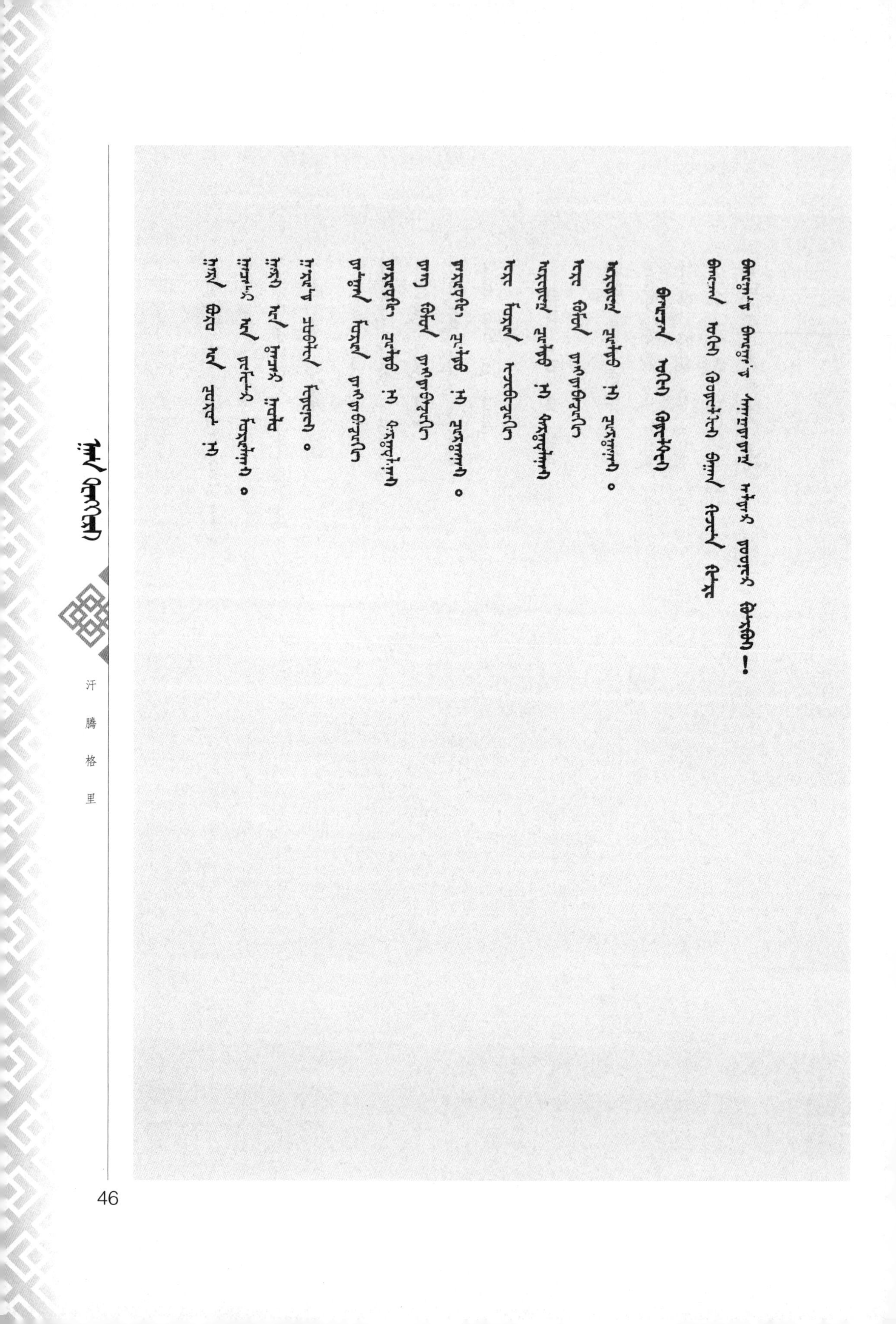

[illegible]!
[illegible]

[illegible]

[illegible]。
[illegible]
[illegible]
[illegible]

[illegible]。
[illegible]
[illegible]
[illegible]

[illegible]。
[illegible]
[illegible]。
[illegible]

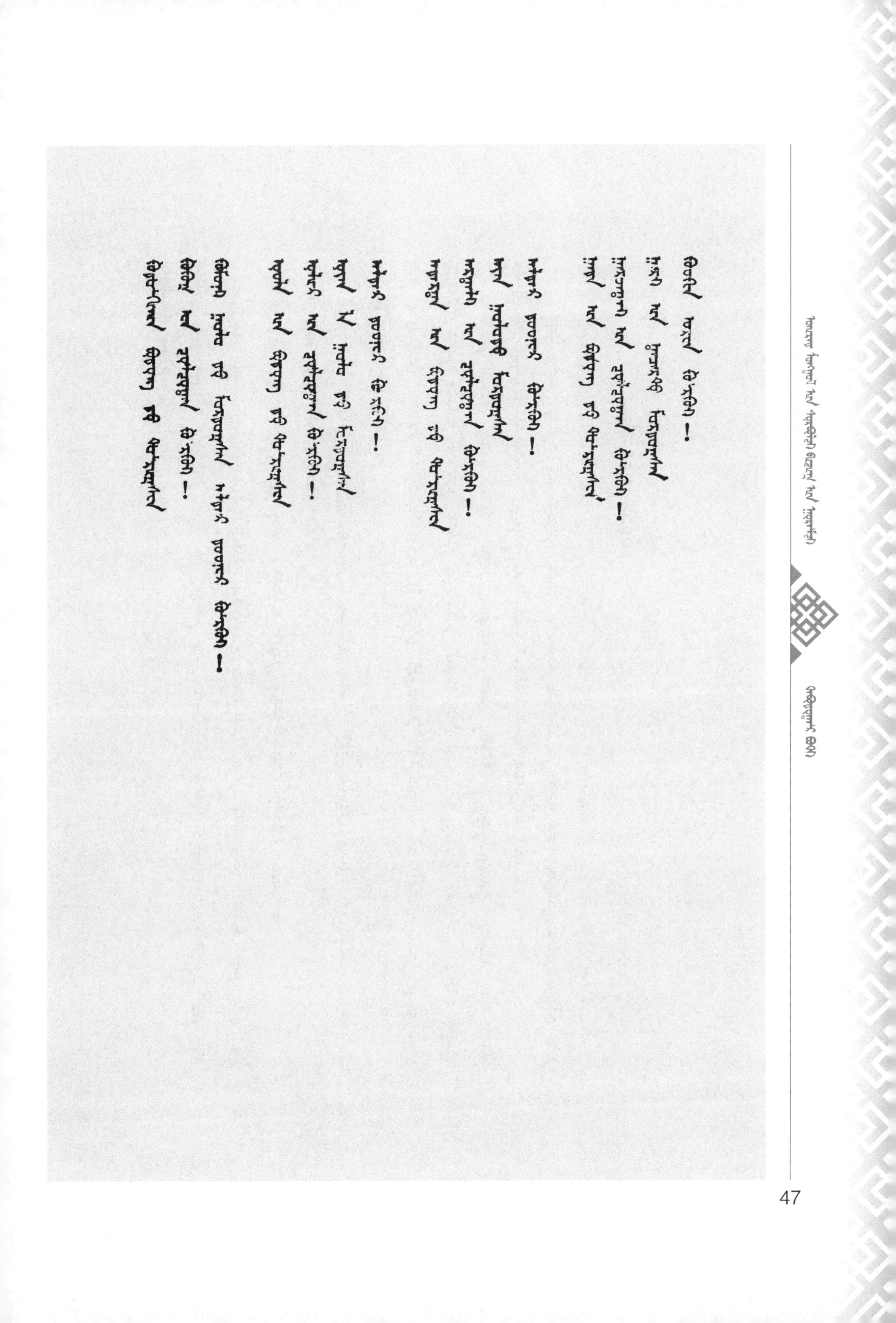

[illegible] !
[illegible]
[illegible] !
[illegible]

[illegible] !
[illegible]
[illegible] !
[illegible]

[illegible] !
[illegible]
[illegible] !
[illegible]

[illegible] !
[illegible] !
[illegible]

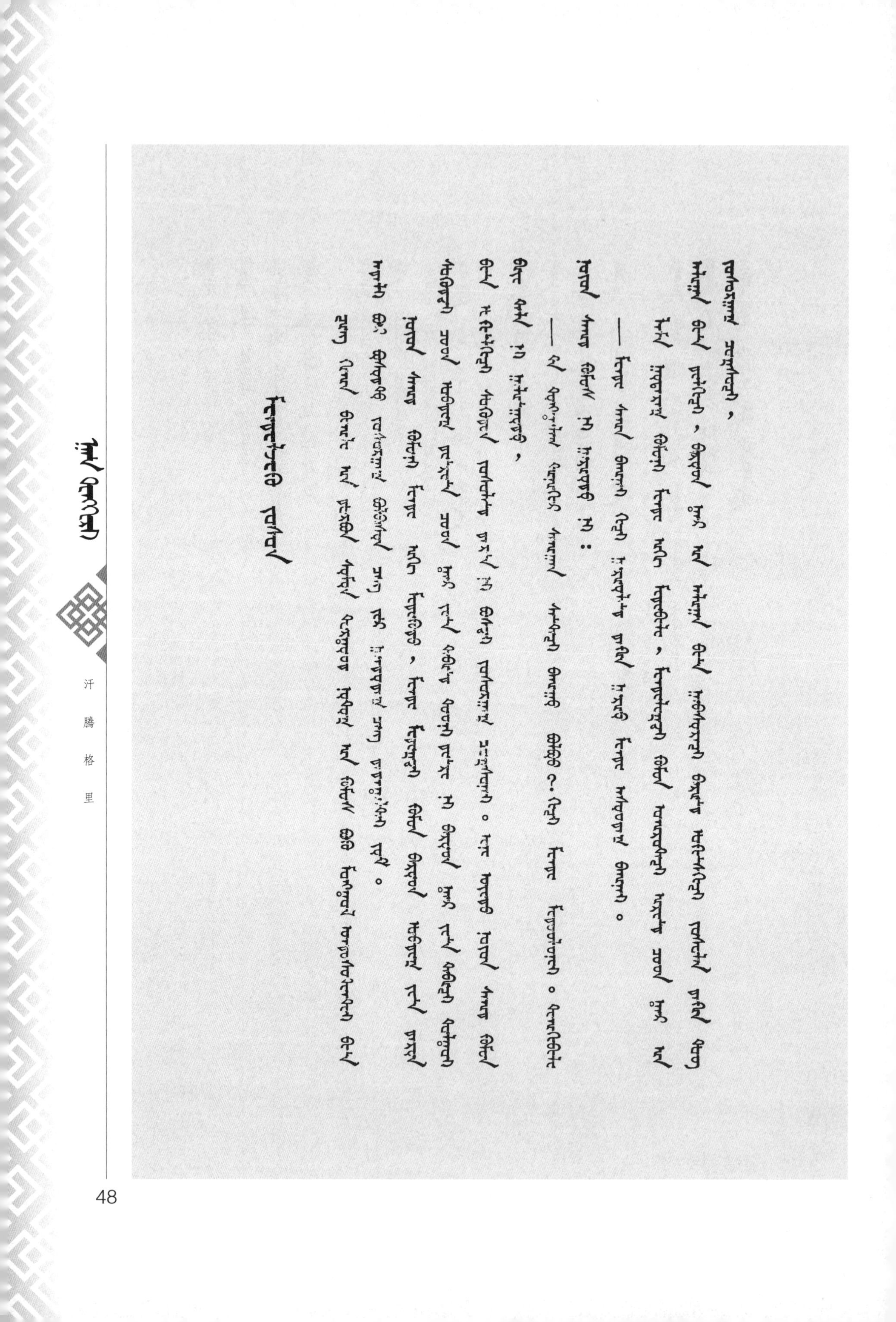

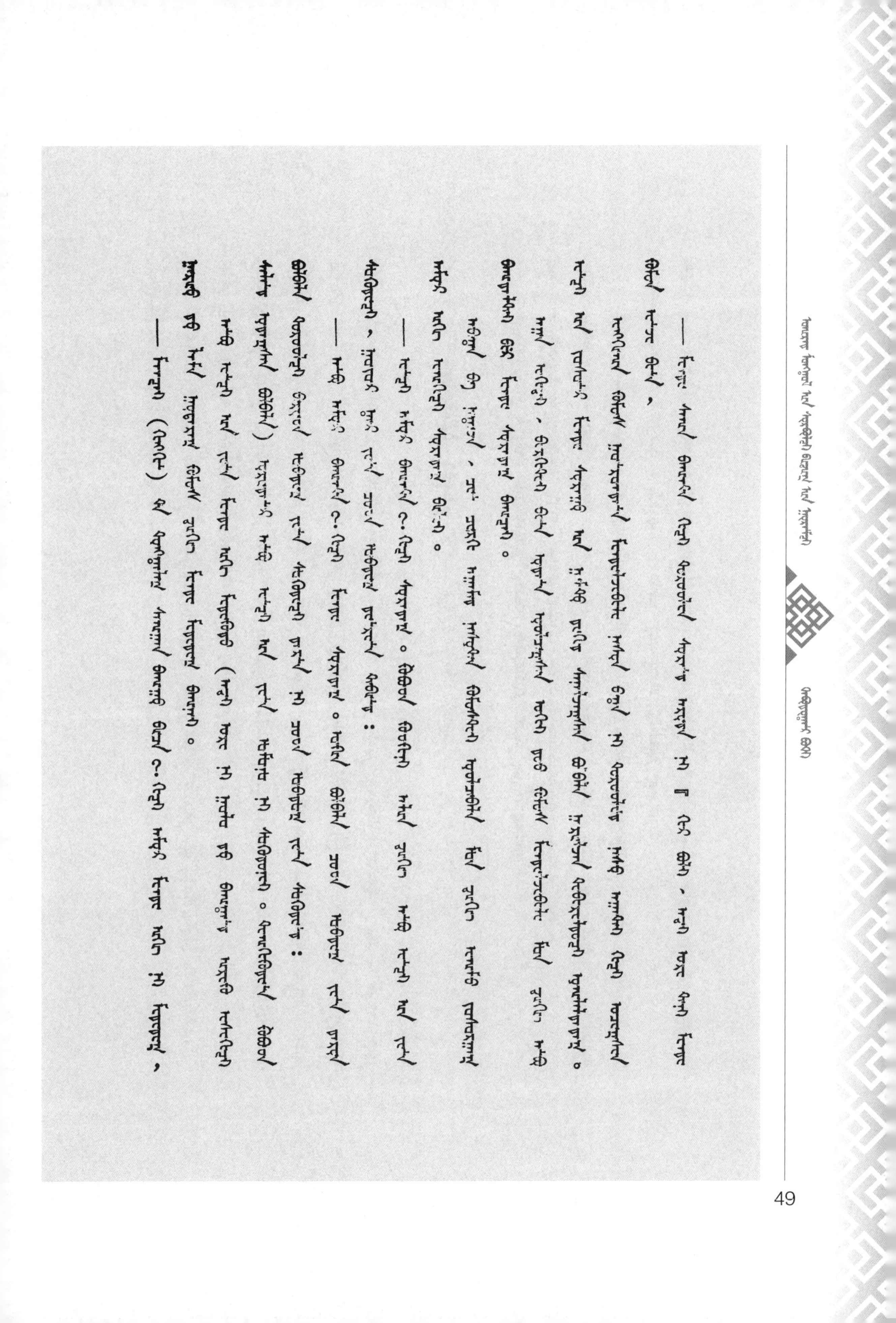

[illegible] ᠪᠣᠢ ᠤᠤ? 』 [illegible] ᠪᠠᠢᠨ᠎ᠠ ᠃

[illegible] ᠪᠠᠢᠨ᠎ᠠ ᠃ [illegible] ᠪᠠᠢᠨ᠎ᠠ ᠃

[illegible] ᠪᠠᠢᠨ᠎ᠠ ᠃

[illegible]

[illegible] ᠪᠠᠢᠨ᠎ᠠ ᠃

[illegible] ᠄

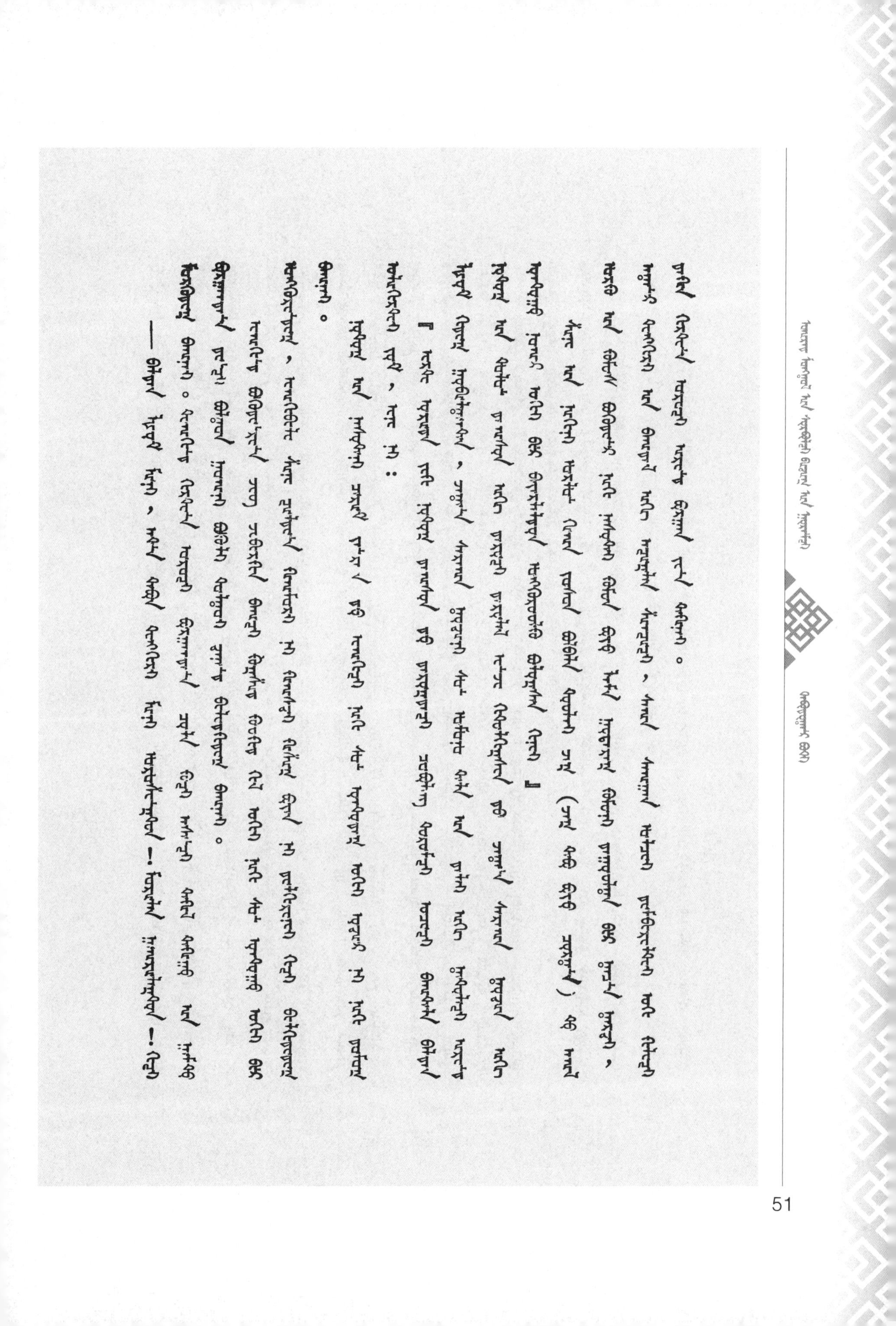

[illegible]

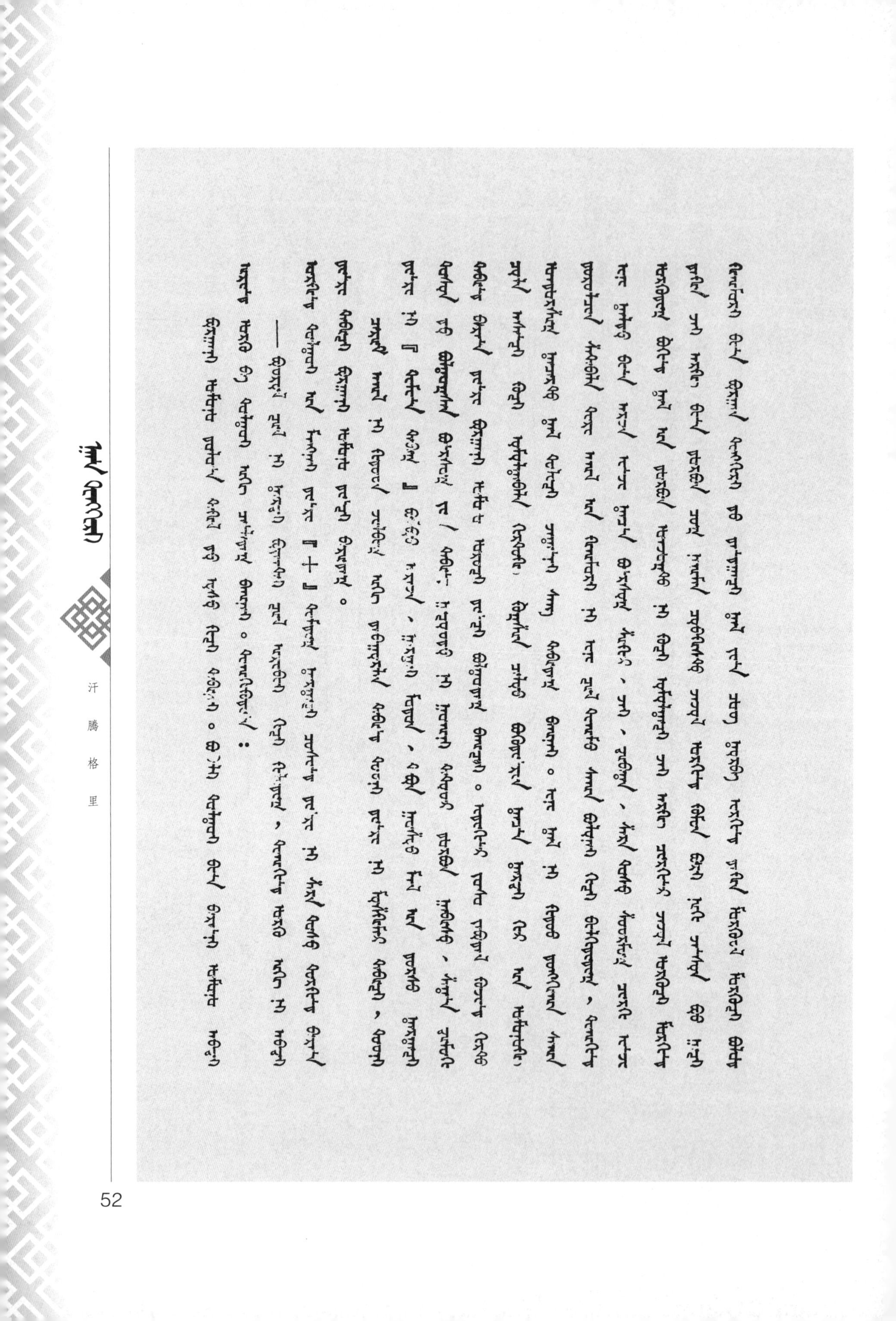

[illegible]

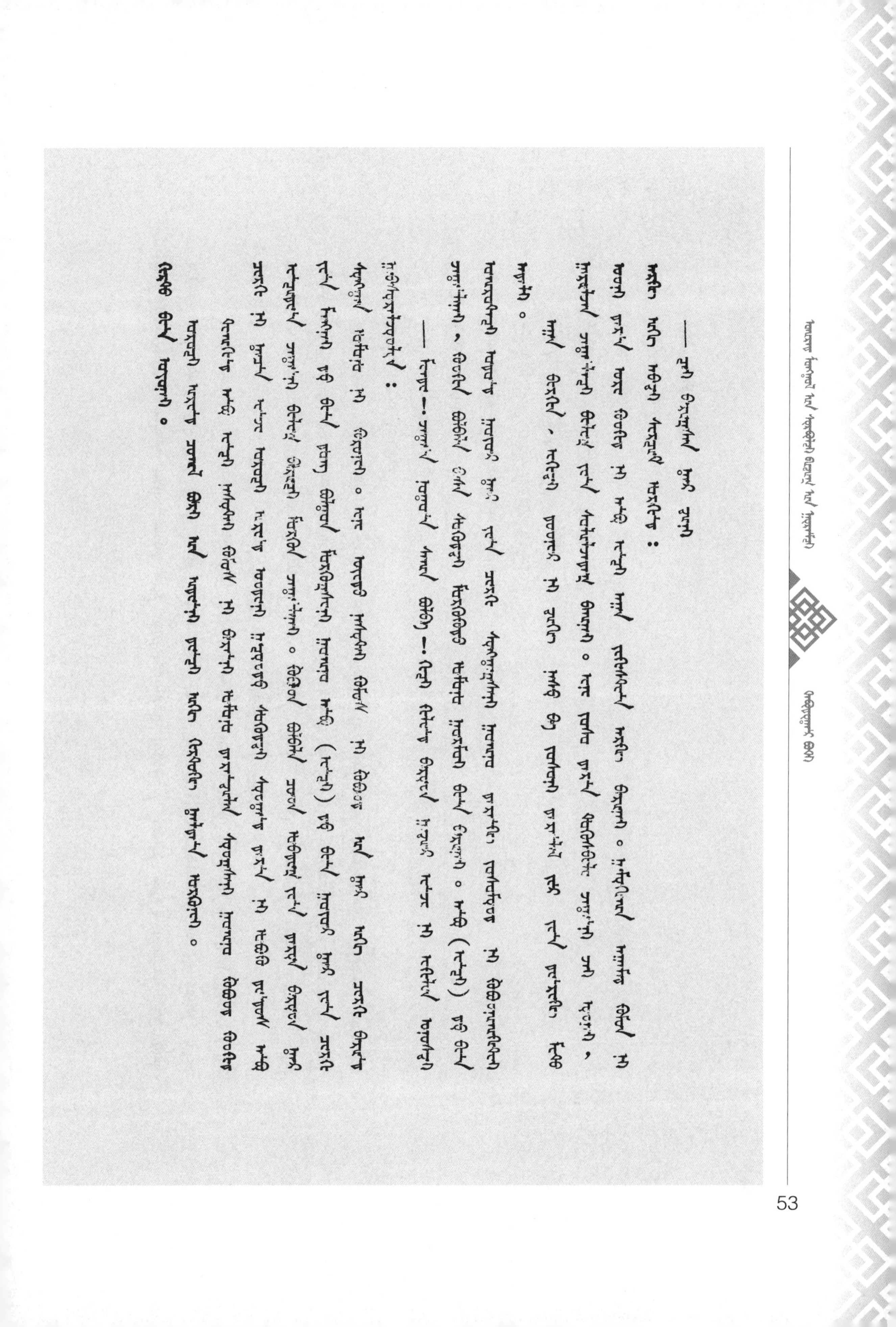

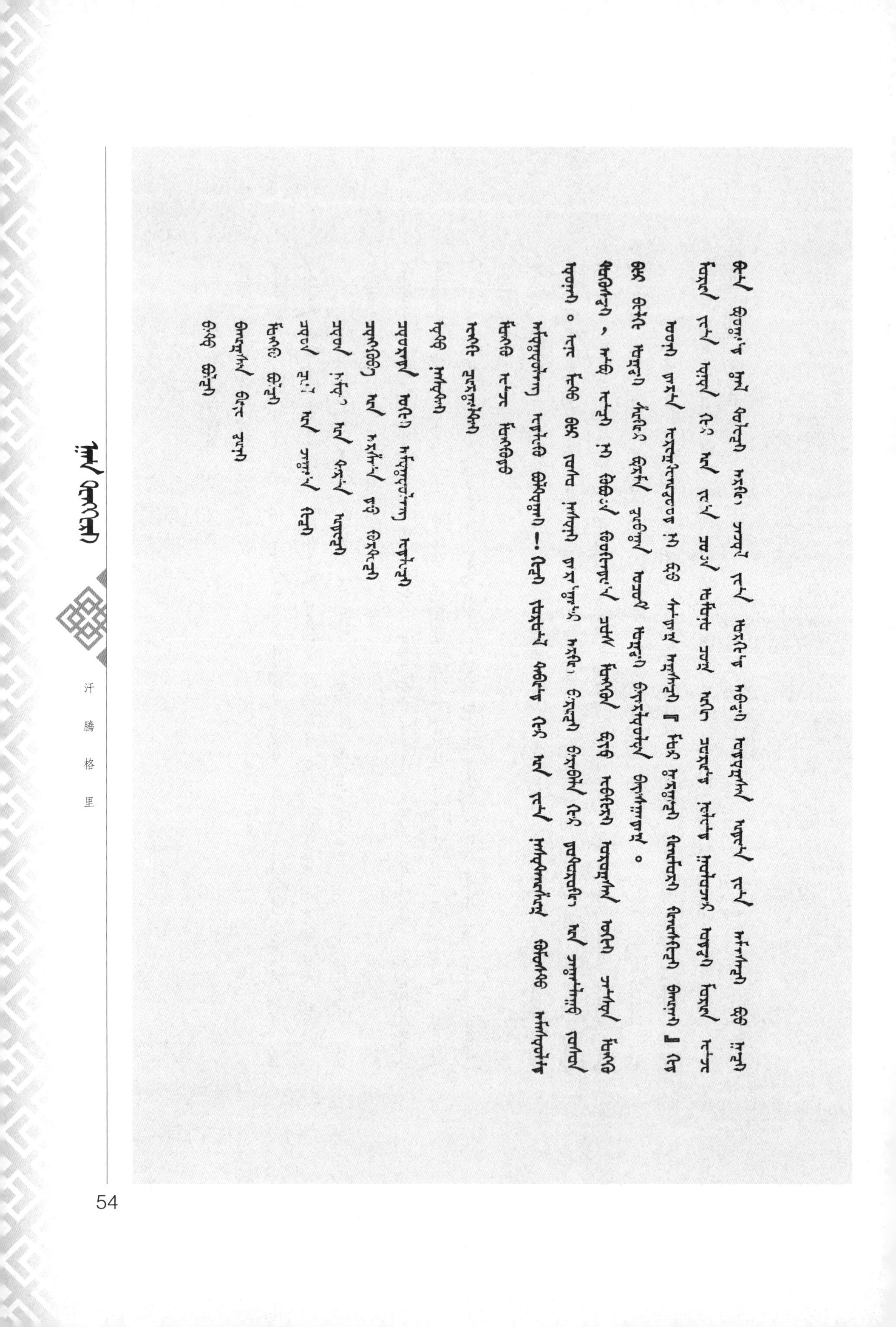

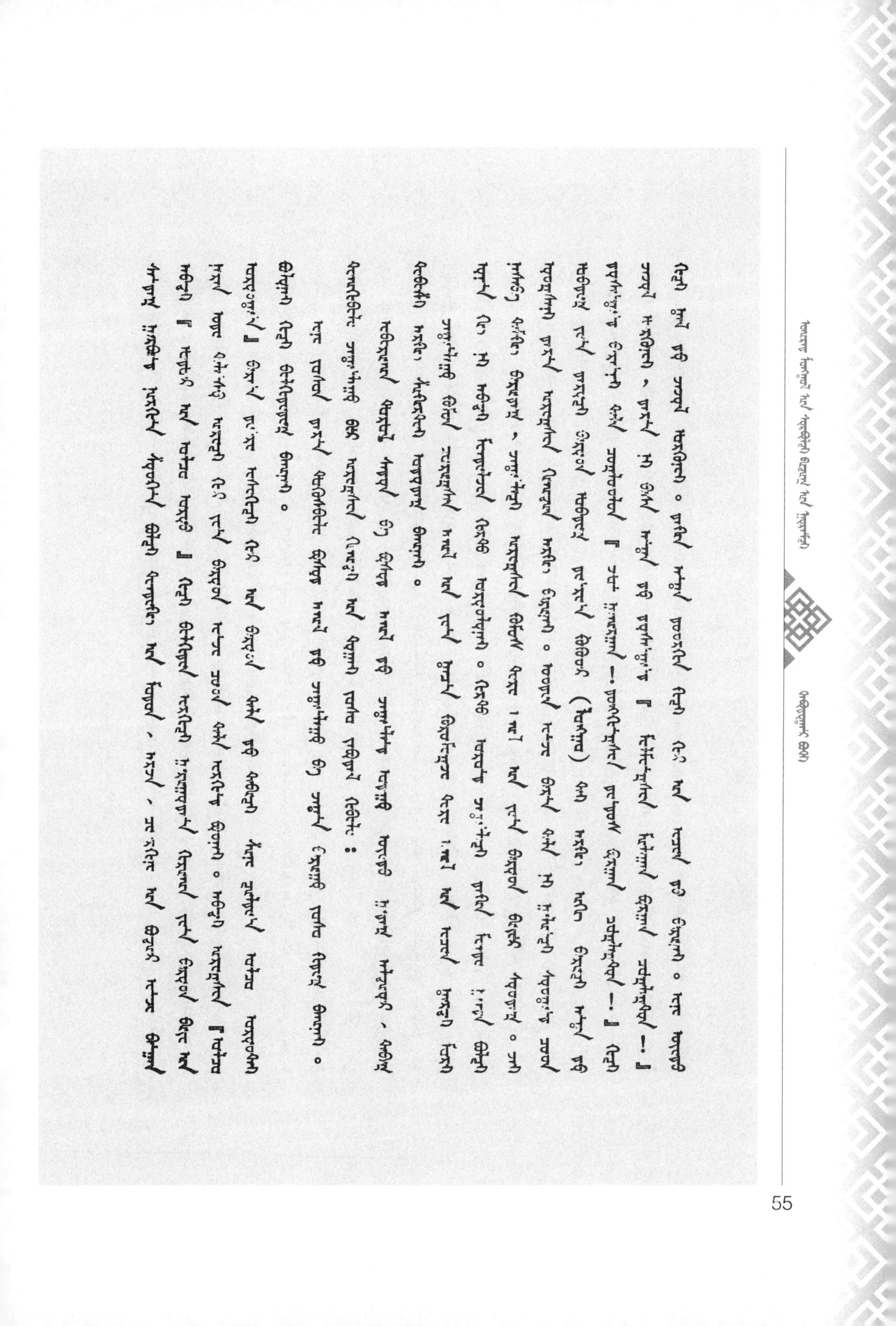

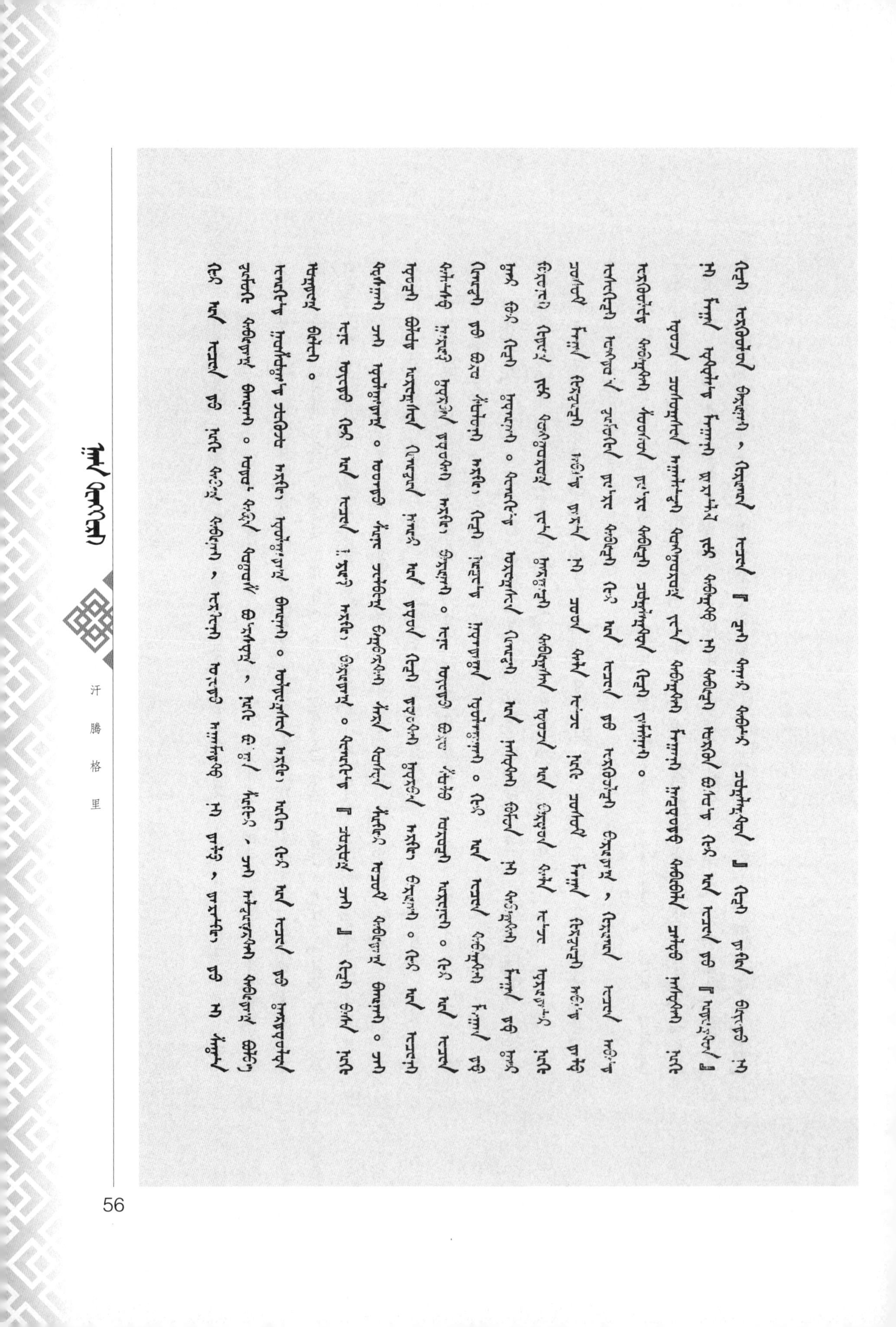

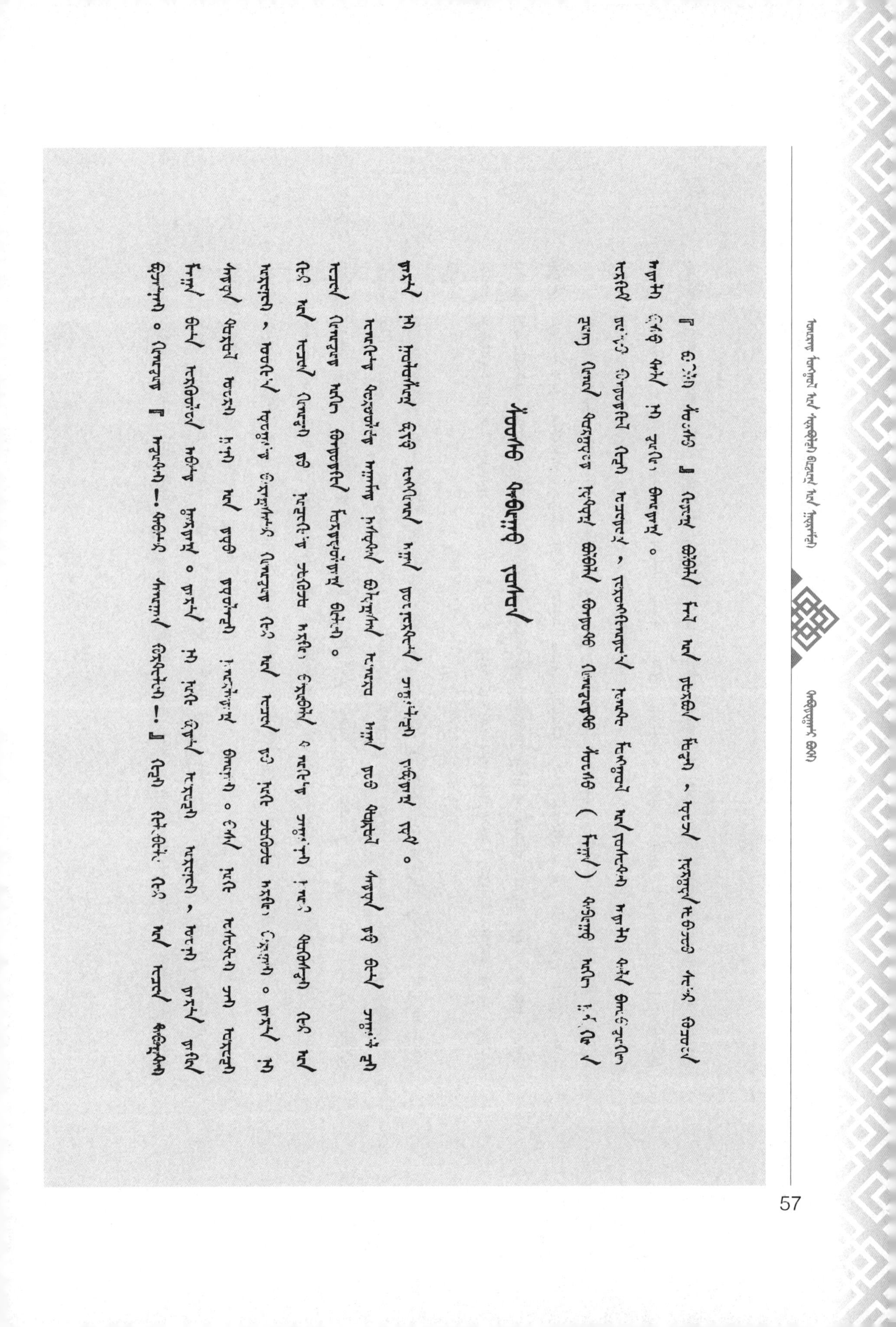

[illegible]

[illegible]

[illegible]

ᠪᠣᠯᠵᠠᠢ ᠂ ᠲᠡᠩᠭᠡᠷᠢ ᠶᠢᠨ ᠲᠠᠮᠠᠭ᠎ᠠ ᠪᠣᠯᠤᠨ᠎ᠠ ᠃ ᠡᠨᠡ ᠨᠢ ᠲᠡᠩᠭᠡᠷᠢ ᠶᠢ ᠲᠠᠬᠢᠬᠤ ᠶᠣᠰᠣᠨ ᠤ ᠲᠡᠮᠳᠡᠭ ᠪᠣᠯᠤᠨ᠎ᠠ ᠃

ᠲᠣᠭᠣᠷᠢᠭ ᠂ ᠳᠥᠷᠪᠡᠯᠵᠢᠨ ᠂ ᠭᠤᠷᠪᠠᠯᠵᠢᠨ ᠂ ᠨᠠᠷᠠ ᠂ ᠰᠠᠷ᠎ᠠ ᠂ ᠣᠳᠤ ᠮᠡᠳᠦ ᠲᠡᠮᠳᠡᠭ ᠂ ᠮᠠᠨᠢ ᠂ ᠲᠡᠩᠭᠡᠷᠢ ᠶᠢᠨ ᠲᠡᠮᠳᠡᠭ ᠪᠣᠯᠤᠨ᠎ᠠ ᠃

ᠡᠷᠲᠡ ᠦᠶ᠎ᠡ ᠳᠦ 「十」 ᠲᠡᠮᠳᠡᠭ ᠢ ᠲᠡᠩᠭᠡᠷᠢ ᠶᠢᠨ ᠲᠡᠮᠳᠡᠭ ᠪᠣᠯᠭᠠᠨ ᠬᠡᠷᠡᠭᠯᠡᠳᠡᠭ ᠪᠠᠢᠭᠰᠠᠨ ᠪᠣᠯᠤᠨ᠎ᠠ ᠃

ᠡᠷᠲᠡ ᠦᠶ᠎ᠡ ᠶᠢᠨ ᠬᠦᠮᠦᠨ ᠲᠡᠩᠭᠡᠷᠢ ᠶᠢ ᠲᠠᠬᠢᠵᠤ 「ᠮᠥᠩᠬᠡ ᠲᠩᠷᠢ ᠶᠢᠨ ᠬᠦᠴᠦᠨ ᠳᠦᠷ —!」 ᠭᠡᠵᠦ ᠮᠦᠷᠭᠦᠳᠡᠭ ᠪᠠᠢᠭᠰᠠᠨ ᠪᠣᠯᠤᠨ᠎ᠠ ᠃

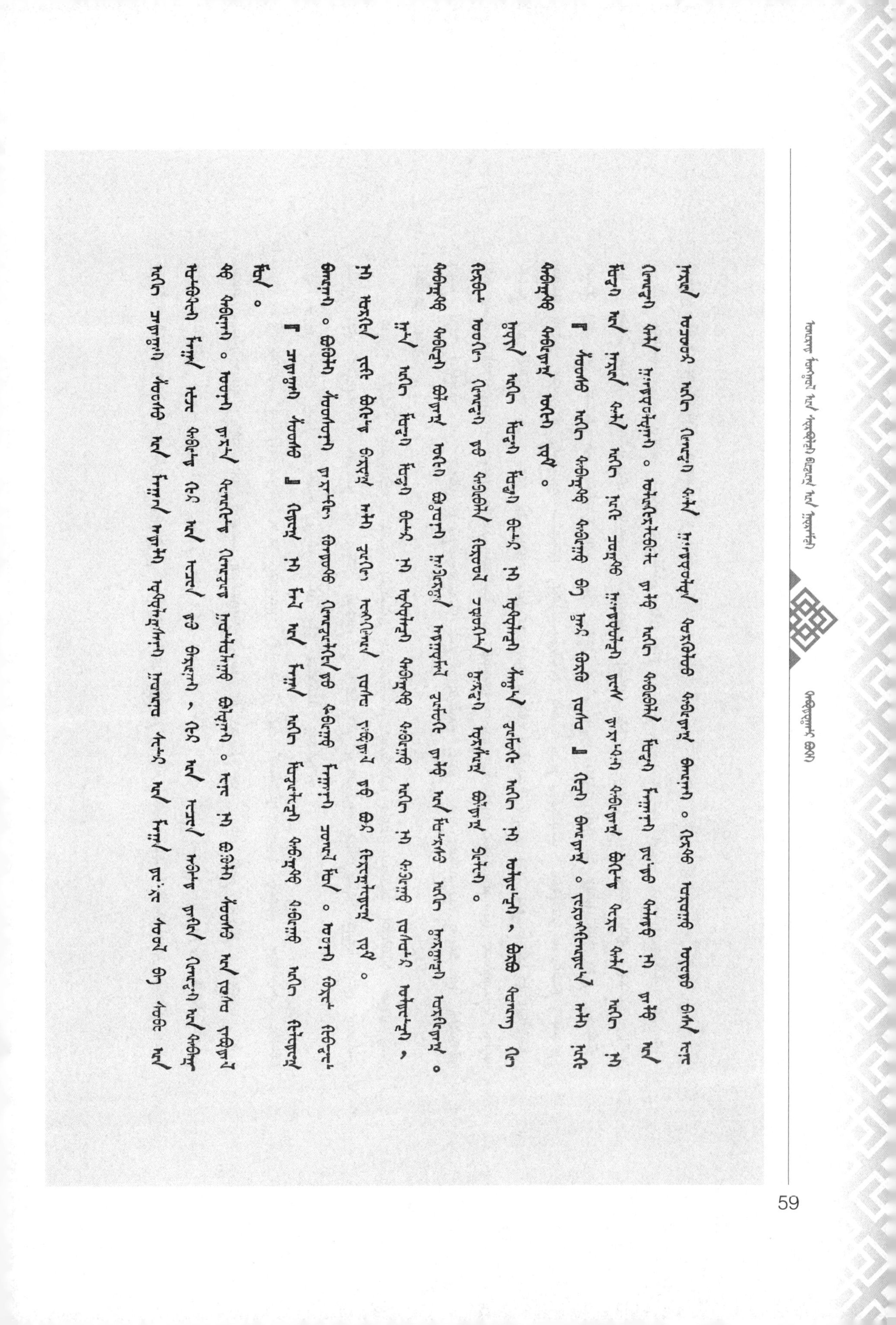

[illegible]

[illegible]

[illegible]

[illegible]

[illegible]

[illegible]

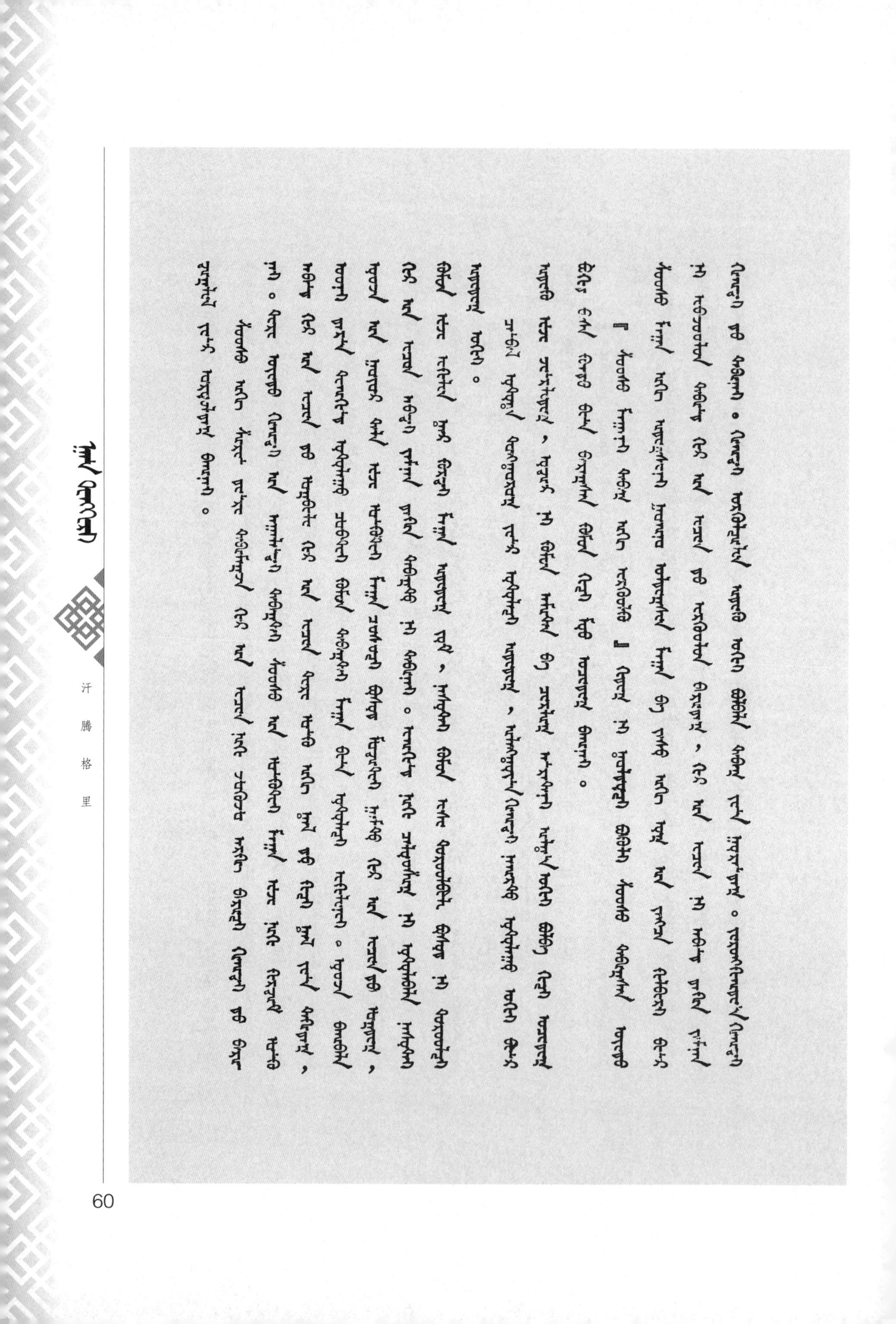

[illegible]

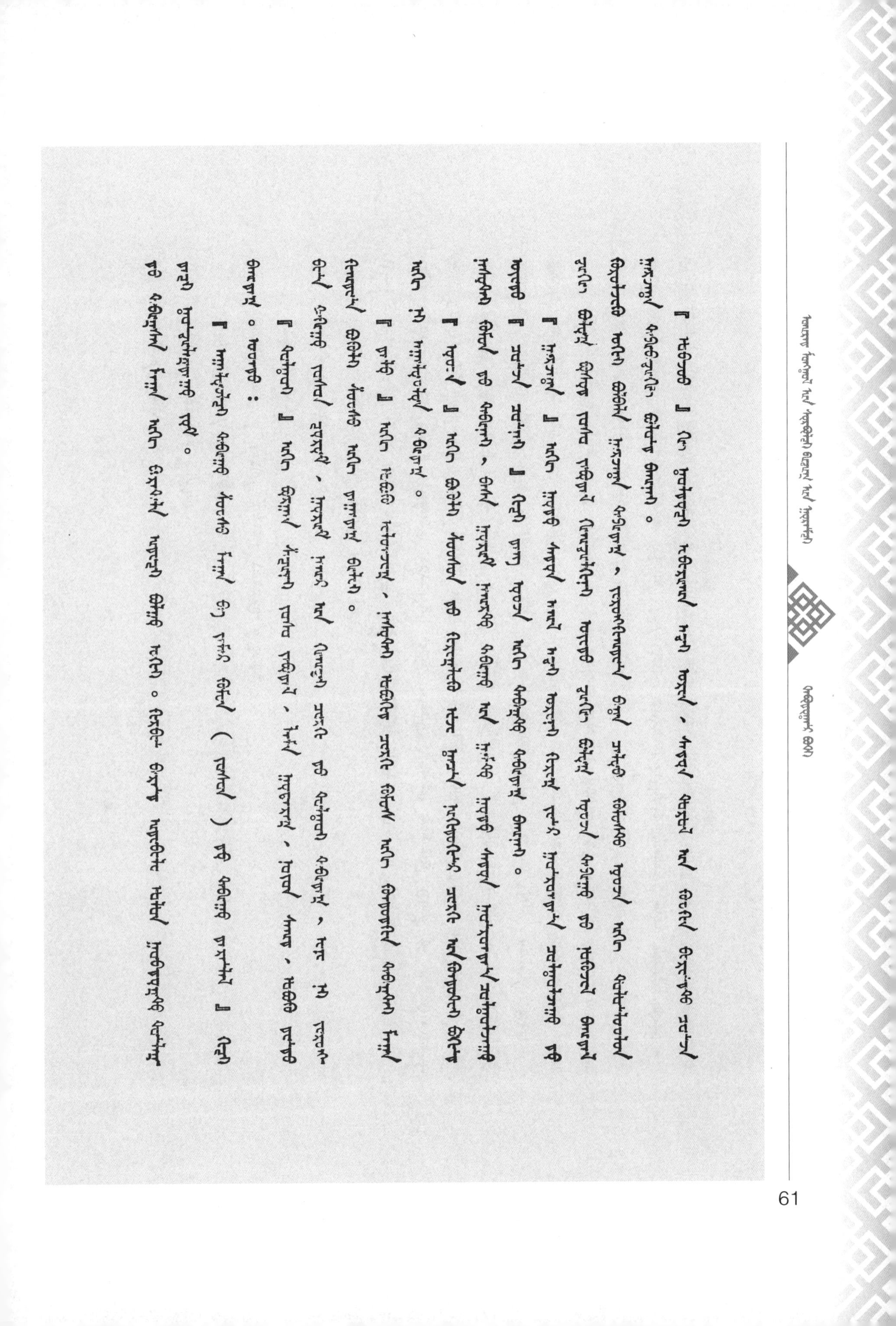

ᠮᠢᠨᠦ ᠪᠠᠶᠠᠷᠯᠠᠯᠲᠠᠢ
ᠭᠡᠷᠡᠯᠲᠡᠢ ᠳᠡᠯᠡᠬᠡᠢ ᠮᠡᠳᠡᠨ᠎ᠡ
ᠳᠡᠭᠡᠳᠦ ᠳᠡᠭᠡ ᠡᠷᠬᠢ ᠪᠠᠶᠠᠷᠯᠠᠯ
ᠭᠡᠷᠡᠯᠲᠡᠢ ᠬᠠᠰᠢᠶ᠎ᠠ ᠮᠠᠯᠴᠢᠨ ᠤ ᠰᠡᠳᠭᠢᠯ ᠰᠡᠷᠭᠦᠯᠡᠬᠦ ᠪᠠᠶᠠᠷᠯᠠᠯ
ᠭᠡᠷᠡᠭᠡᠢ ᠰᠠᠷᠠᠨ ᠰᠡᠷᠡᠯ ᠮᠢᠨᠢ ᠪᠣᠯᠵᠤ
ᠭᠡᠷᠡᠯᠲᠦᠯᠦᠯ ᠬᠤᠪᠢ ᠮᠡᠳᠡᠯᠡᠭᠡ
——ᠲᠩᠭᠷ ᠭᠡᠷᠡᠯᠲᠦ ᠶᠢᠨ ᠳᠠᠭᠤᠤ ᠮᠢᠨᠢ ᠶᠢ

ᠭᠡᠭᠡᠳ᠃ ᠬᠠᠷᠢᠨ ᠪᠢᠳᠡ ᠮᠢᠨᠢ ᠮᠡᠳᠡᠬᠦ ᠮᠢᠨᠢ ᠢ ᠮᠡᠳᠡᠭᠰᠡᠨ ᠮᠡᠳᠡᠬᠦ ᠮᠢᠨᠢ ᠢ ᠮᠡᠳᠡᠭᠦᠯᠬᠦ : ᠭᠡᠳᠡᠭ ᠮᠡᠳᠡᠯᠡᠯ ᠰᠣᠳᠣᠯᠬᠤ ᠲᠡᠭᠦᠨ ᠦ ᠬᠡᠪᠡᠷᠡᠭᠰᠡᠨ ᠳᠡᠭᠡᠷᠡᠬᠢ ᠶᠢᠨ ᠪᠠᠯᠭᠠᠰᠤ ᠢᠷᠡᠭᠡᠳᠦᠢ ᠬᠡᠯᠡᠭᠰᠡᠨ ᠪᠢᠳᠡᠨ ᠦ ᠲᠡᠭᠦᠨ ᠦ ᠲᠡᠷᠡ ᠪᠠᠯᠭᠠᠰᠤ ᠮᠡᠳᠡᠭᠡᠯᠡᠭᠰᠡᠨ ᠪᠢᠳᠡᠨ ᠦ ᠮᠢᠨᠢ ᠪᠣᠯᠪᠠᠰᠤ ᠮᠡᠳᠡᠬᠦ ᠮᠢᠨᠢ ᠪᠢᠳᠡ ᠦᠭᠡᠢ ᠲᠡᠷᠡ ᠮᠡᠳᠡᠯᠡᠭᠡ ᠶᠠᠭᠤ ᠬᠡᠯᠡᠬᠦ ᠲᠡᠭᠦᠰᠦᠨ ᠮᠢᠨᠢ ᠮᠡᠳᠡᠭᠡᠳ ᠶᠢᠨ ᠪᠣᠯ ᠬᠡᠯᠡᠨ ᠪᠠᠶᠢᠨ᠎ᠠ ᠂ ᠲᠡᠷᠡ ᠲᠡᠭᠦᠰᠬᠡᠭᠰᠡᠨ ᠦᠭᠡᠢ ᠬᠡᠯᠡᠬᠦ ᠪᠣᠯᠬᠤ ᠪᠢᠰᠢ !» ᠭᠡᠵᠦ ᠲᠡᠭᠦᠨ ᠢ ᠬᠡᠯᠡᠭᠡᠳ ᠂ ᠲᠡᠭᠦᠨ ᠦ ᠮᠢᠨᠢ ᠪᠢᠳᠡ ᠲᠡᠭᠦᠨ ᠦ ᠮᠡᠳᠡᠬᠦ ᠂ ᠪᠢᠳᠡ ᠮᠢᠨᠢ ᠮᠡᠳᠡᠭᠡᠯᠡᠭᠰᠡᠨ ᠪᠡᠯᠡᠨ «ᠮᠡᠳᠡᠭᠡᠯᠡᠭᠰᠡᠨ ᠲᠡᠷᠡ ᠶᠢᠨ ᠬᠡᠯᠡᠬᠦ ᠲᠡᠭᠦᠨ ᠦ ᠪᠣᠯᠪᠠᠰᠤ ᠂ ᠮᠢᠨᠢ ᠶᠢ ᠮᠡᠳᠡᠬᠦ ᠪᠣᠯ ᠪᠡᠶ᠎ᠡ ᠮᠡᠳᠡᠭᠡ ᠂ ᠲᠡᠷᠡ ᠶᠢᠨ ᠲᠡᠭᠦᠨ ᠶᠢᠨ ᠲᠡᠭᠡᠷᠡ ᠪᠢᠳᠡ ᠪᠣᠯᠬᠤ ᠪᠠᠶᠢᠬᠤ ᠮᠢᠨᠢ ᠶᠢᠨ «ᠪᠢᠳᠡ ᠲᠡᠷᠡ ᠲᠡᠭᠦᠯᠡᠭᠰᠡᠨ» ᠭᠡᠵᠦ ᠶᠢᠨ ᠪᠢᠳᠡ ᠮᠢᠨᠢ ᠪᠠᠶᠢᠭᠰᠠᠨ ᠲᠡᠷᠡᠭᠦᠨ ᠪᠣᠯ ᠮᠡᠳᠡᠭᠡᠳ ᠬᠡᠯᠡᠨ ᠲᠡᠭᠦᠨ ᠶᠢᠨ ᠲᠡᠭᠡᠷᠡ ᠶᠢᠨ ᠲᠡᠭᠦᠨ ᠢ ᠮᠡᠳᠡᠭᠰᠡᠨ ᠶᠡᠭᠡ ᠲᠡᠷᠡ ᠪᠣᠯ᠃

ᠲᠡᠭᠦᠨ ᠦ ᠮᠡᠳᠡᠯᠡᠭᠡ ᠪᠣᠯᠭᠠᠨ ᠲᠡᠭᠦᠨ ᠢ ᠮᠡᠳᠡᠭᠡᠯᠡᠭᠰᠡᠨ ᠲᠡᠷᠡ ᠮᠢᠨᠢ ᠬᠡᠯᠡᠨ ᠲᠡᠭᠦᠰᠦᠨ ᠲᠡᠭᠦᠨ ᠶᠢᠨ ᠮᠡᠳᠡᠭᠰᠡᠨ ᠪᠣᠯᠭᠠᠵᠤ ᠂ ᠪᠢᠳᠡᠨ ᠦ ᠮᠡᠳᠡᠬᠦ ᠲᠡᠭᠦᠨ ᠦ ᠬᠡᠯᠡᠯᠲᠡ ᠂ ᠲᠡᠭᠦᠨ ᠦ ᠪᠢᠳᠡ ᠮᠢᠨᠢ ᠲᠡᠷᠡ ᠲᠡᠭᠦᠨ ᠶᠢᠨ ᠬᠡᠯᠡᠭᠰᠡᠨ ᠪᠡᠷ ᠮᠡᠳᠡᠭᠡᠯᠡᠬᠦ ᠪᠣᠯᠭᠠᠵᠤ ᠪᠣᠯᠤᠨ᠎ᠠ ᠬᠡᠯᠡᠭᠰᠡᠨ ᠲᠡᠭᠦᠨ ᠦ ᠮᠡᠳᠡᠭᠡᠯᠡᠬᠦ ᠪᠡᠷ ᠮᠡᠳᠡᠭᠡᠯᠡᠭᠰᠡᠨ

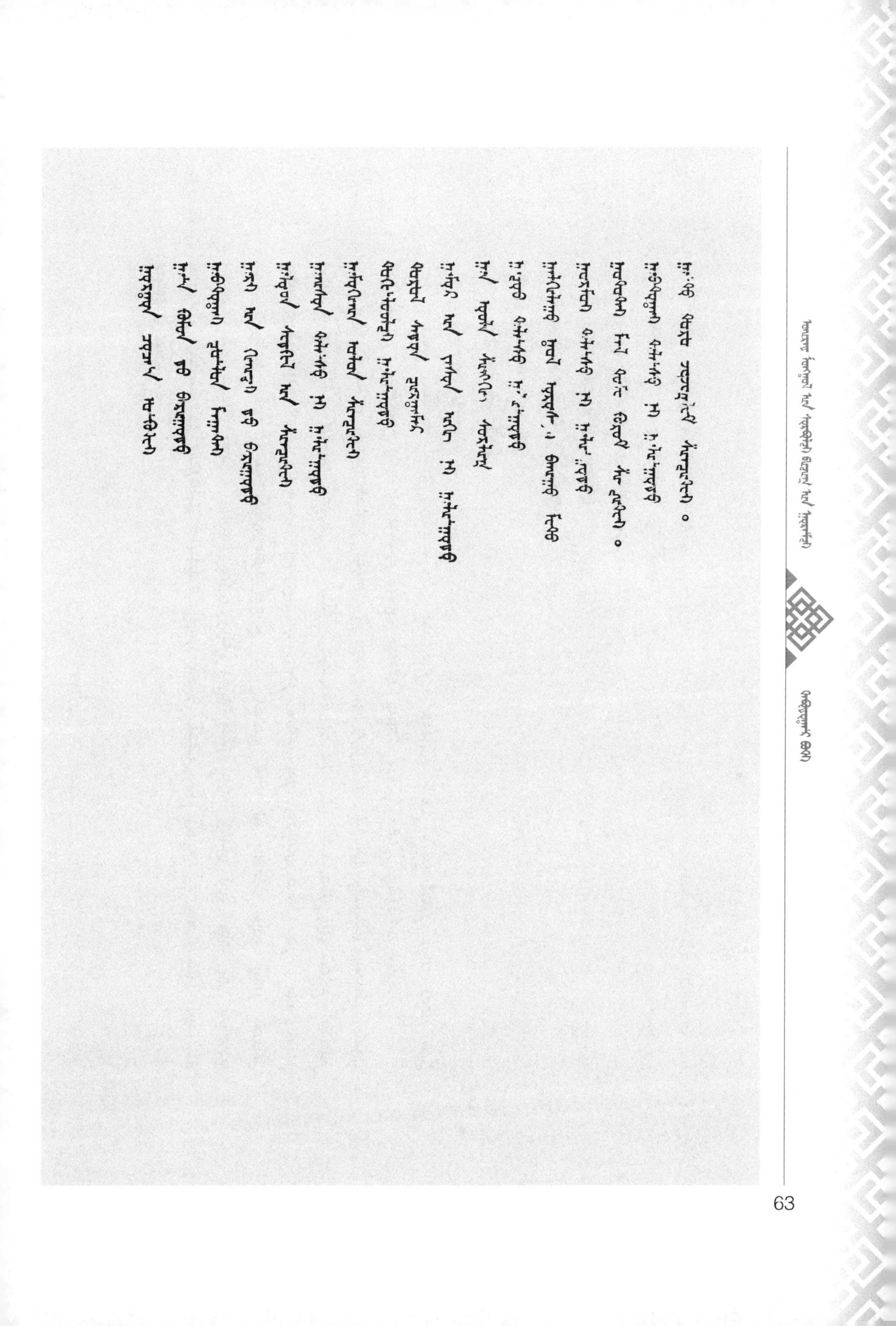

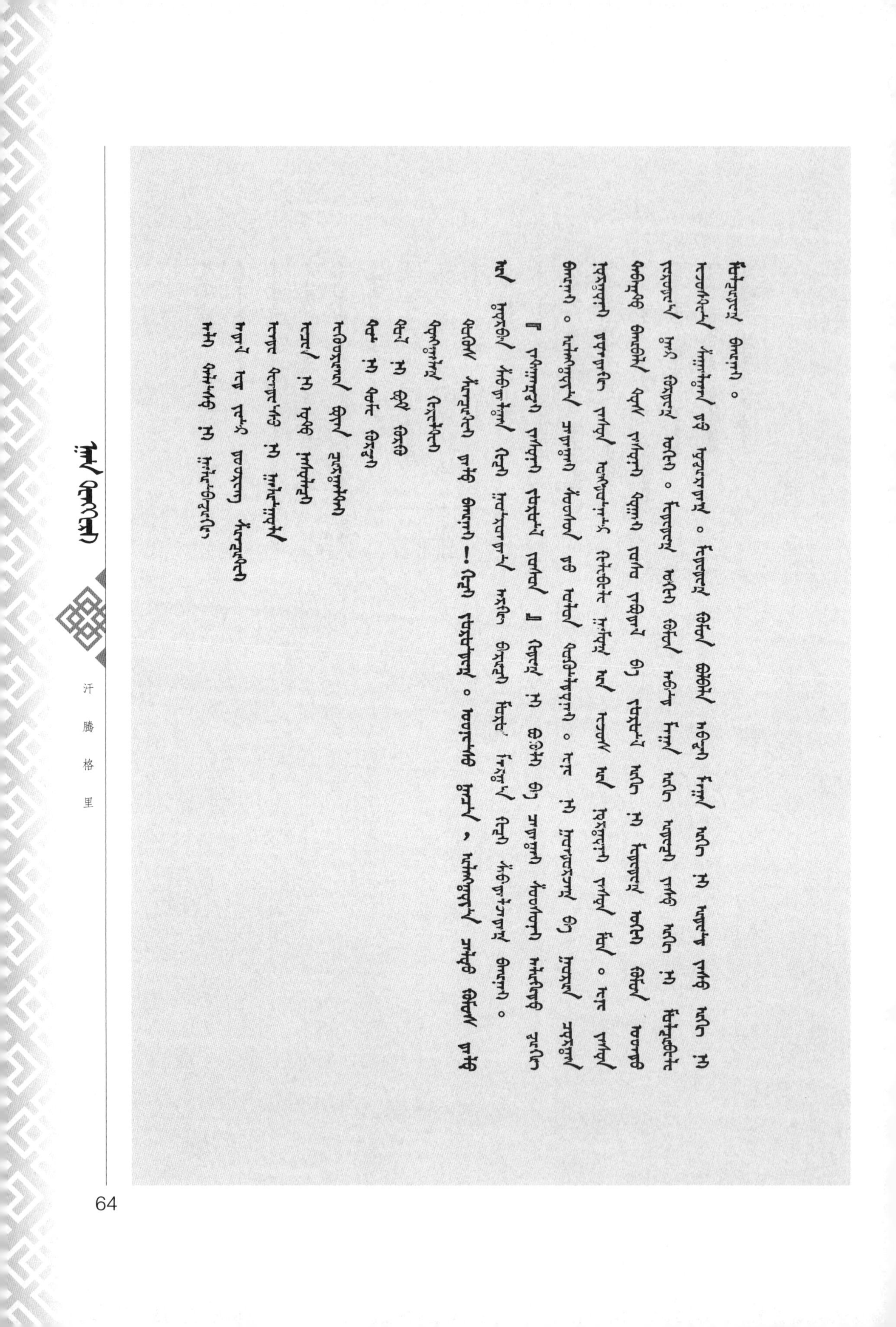

[illegible]

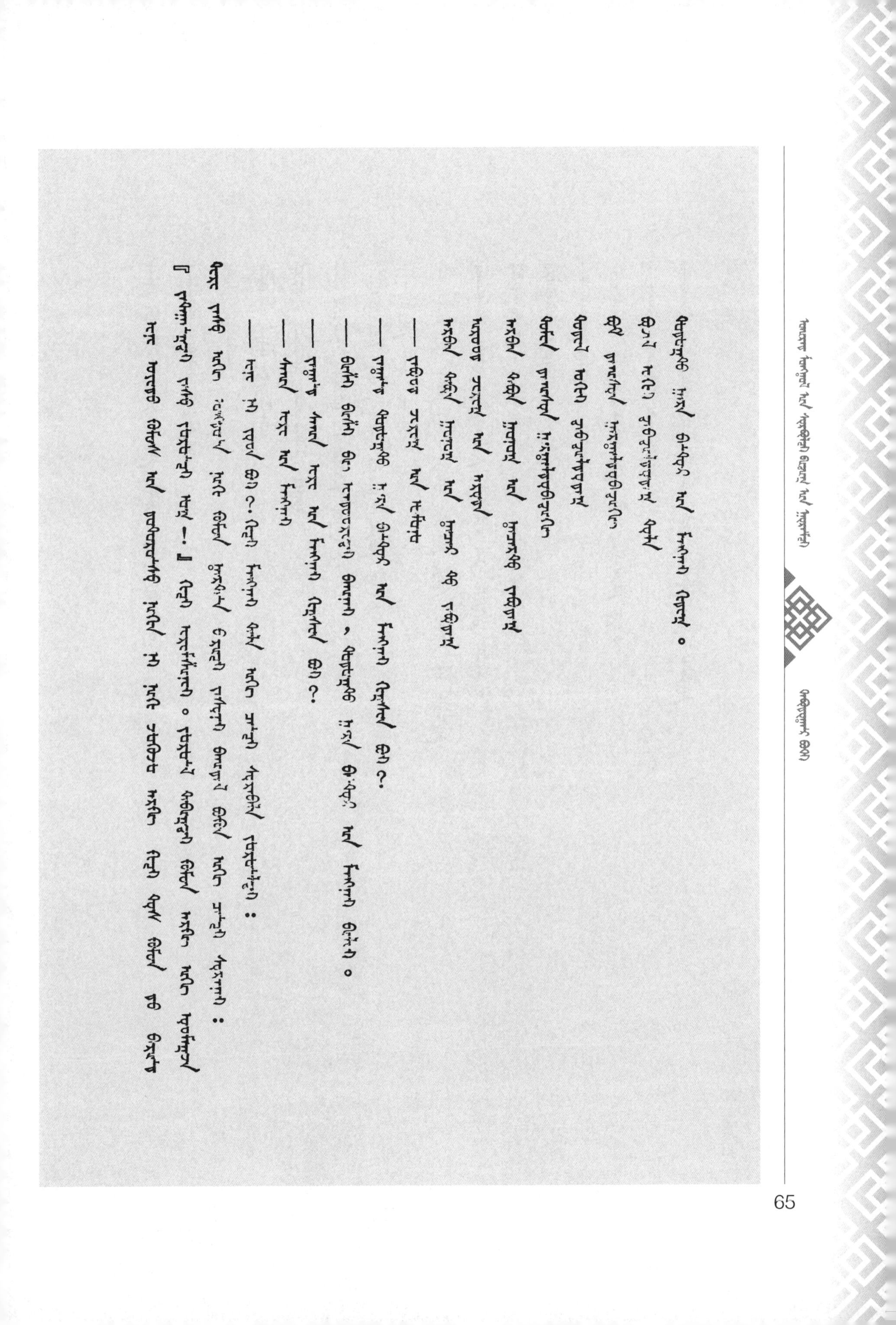

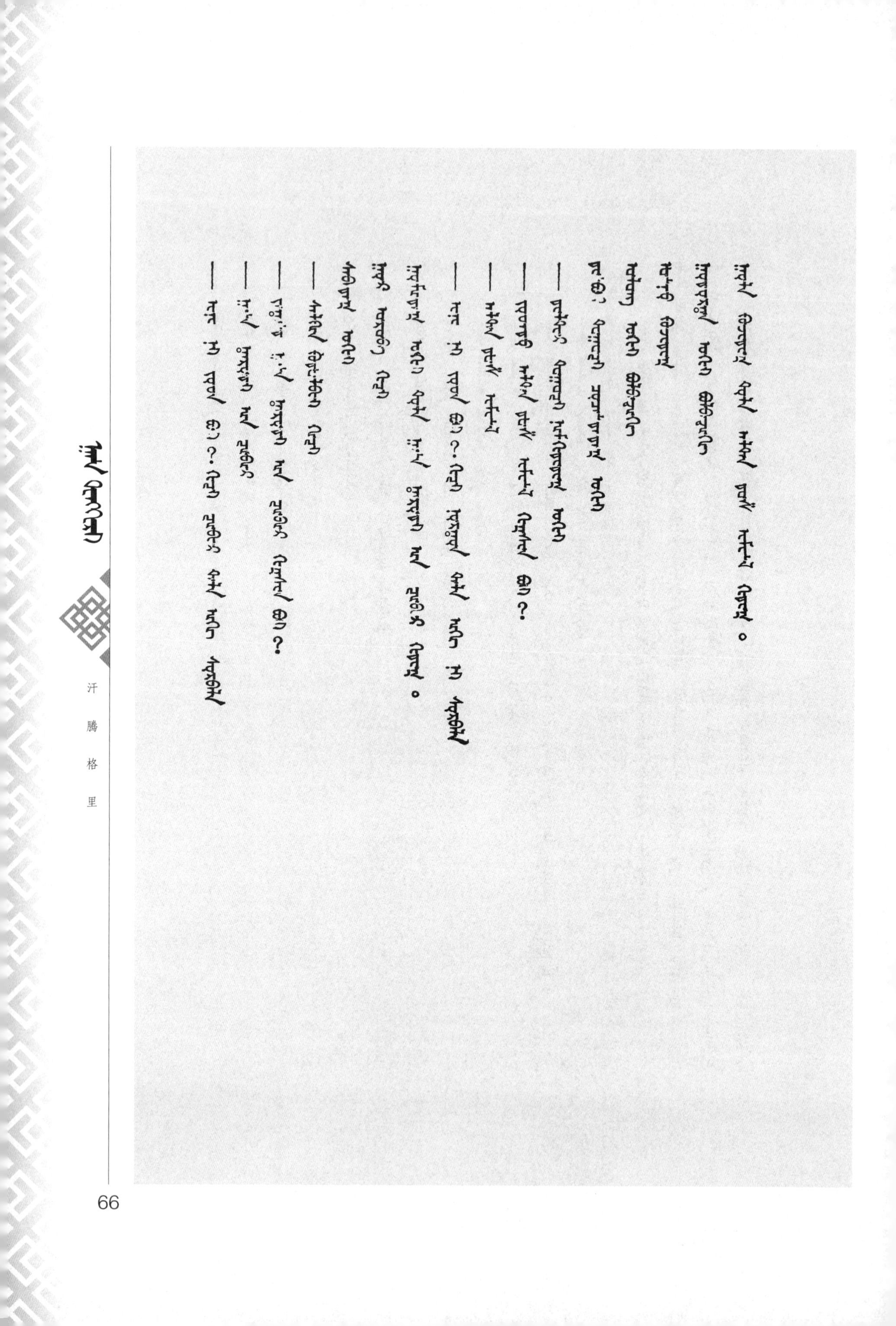

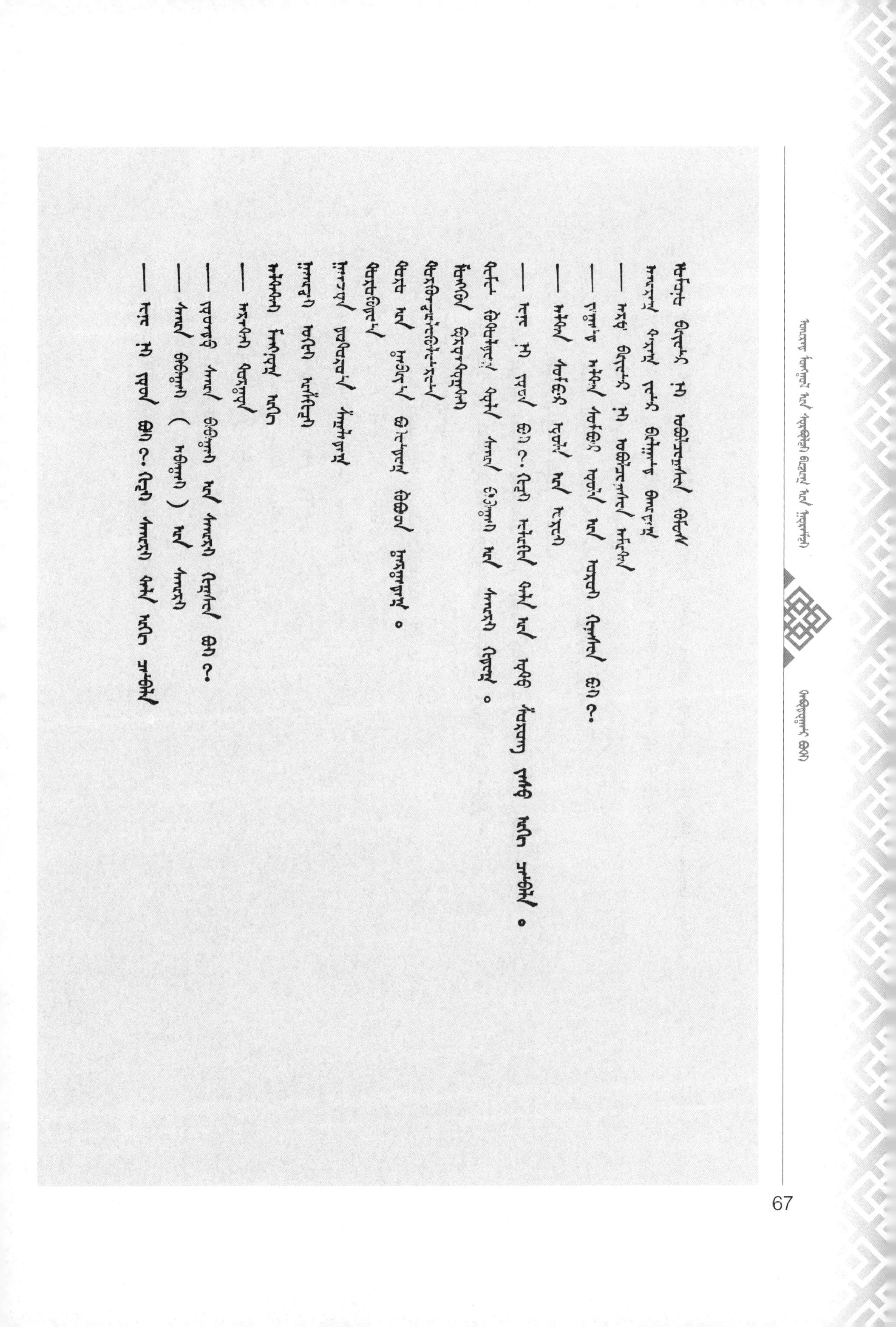

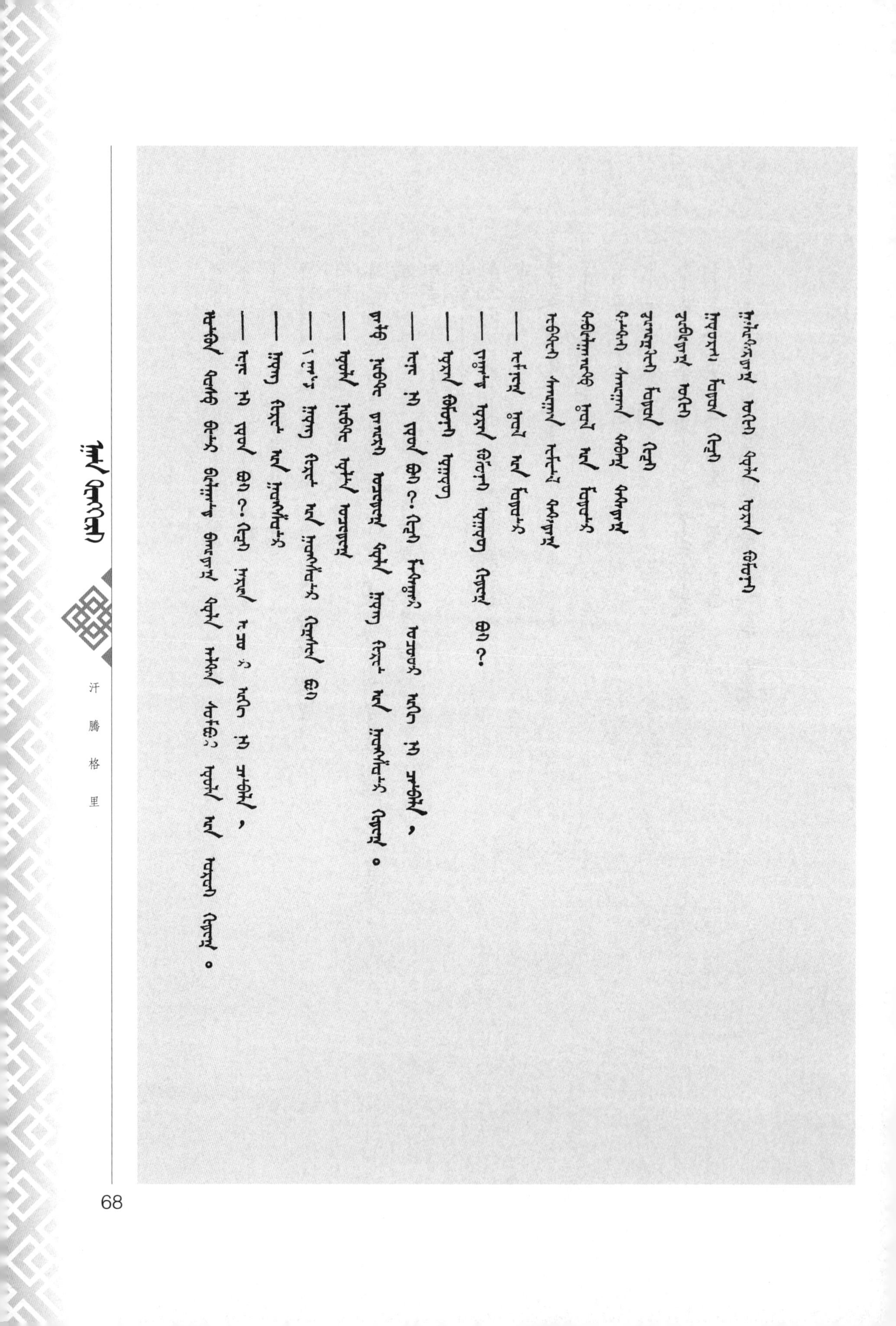

[illegible] 。

—— [illegible]

—— [illegible]

—— [illegible]

—— [illegible] 。

—— [illegible] ,

—— [illegible]

—— [illegible] ?

—— [illegible]

[illegible]

[illegible]

[illegible]

[illegible]

[illegible]

[illegible]

[illegible]

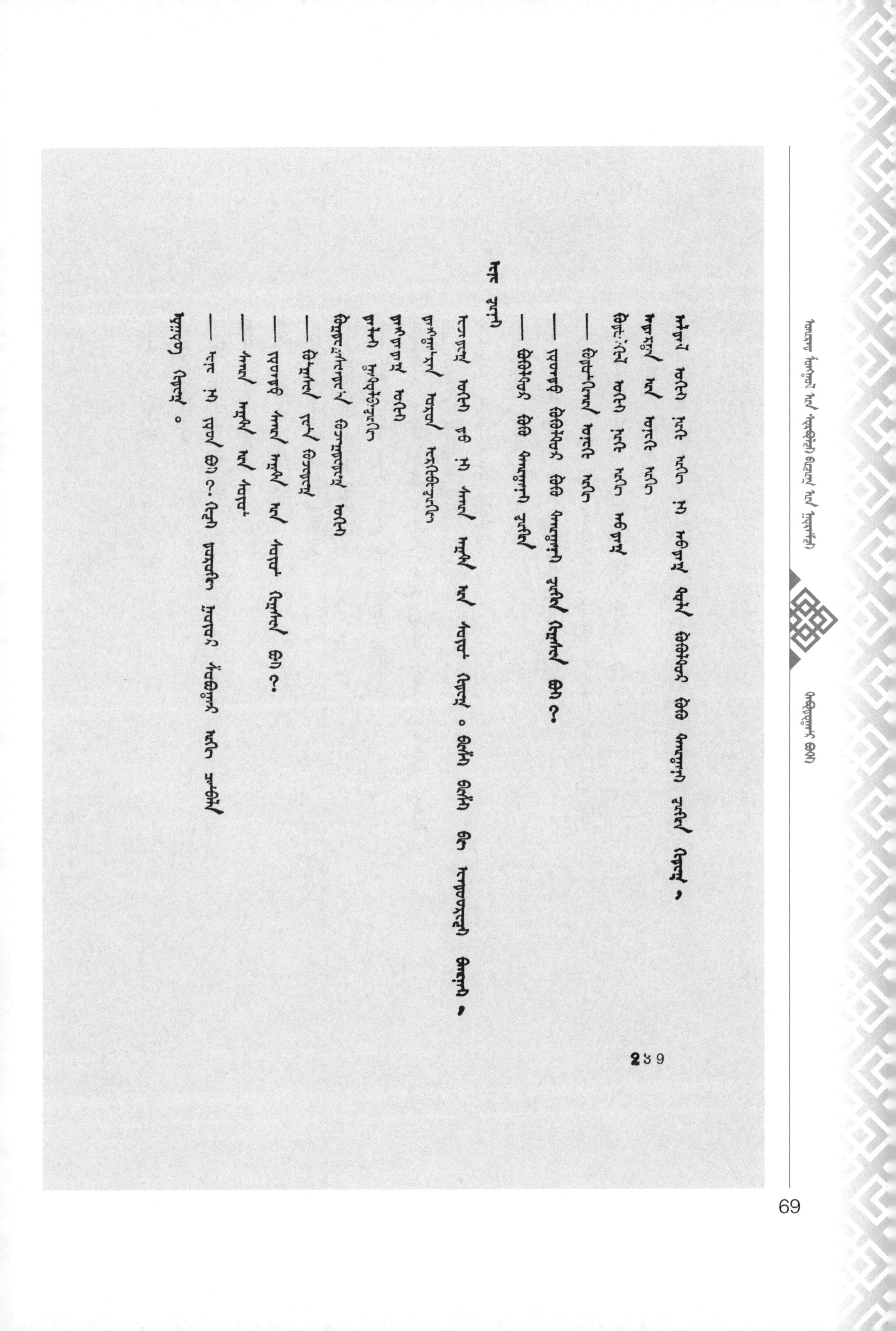

239

[illegible]

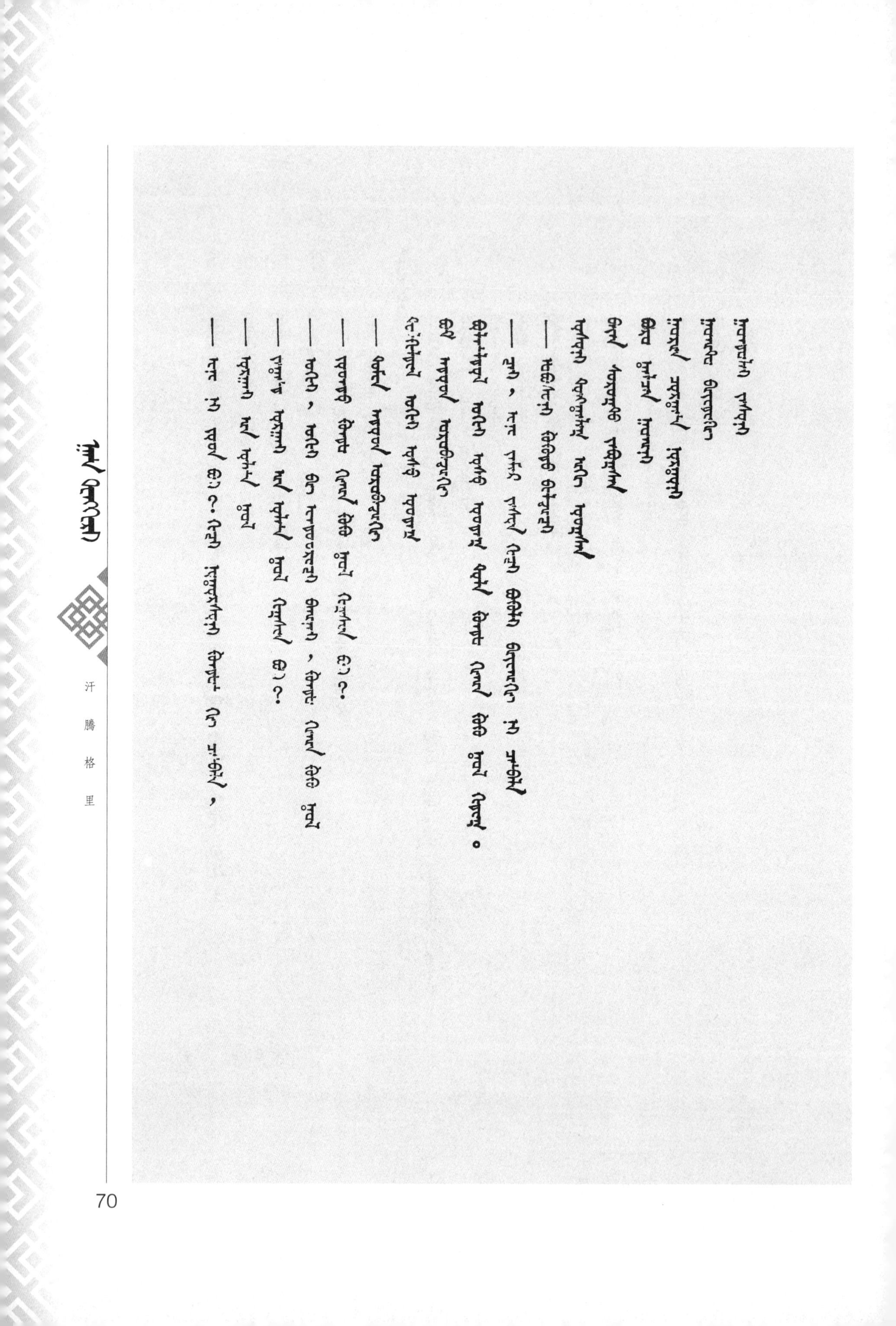

[illegible]
[illegible]
[illegible]
[illegible]
[illegible]
[illegible]
— [illegible]
— [illegible]
[illegible] 。
[illegible]
[illegible]
— [illegible]
— [illegible] ?
— [illegible]
— [illegible] ?
— [illegible]
— [illegible] ?

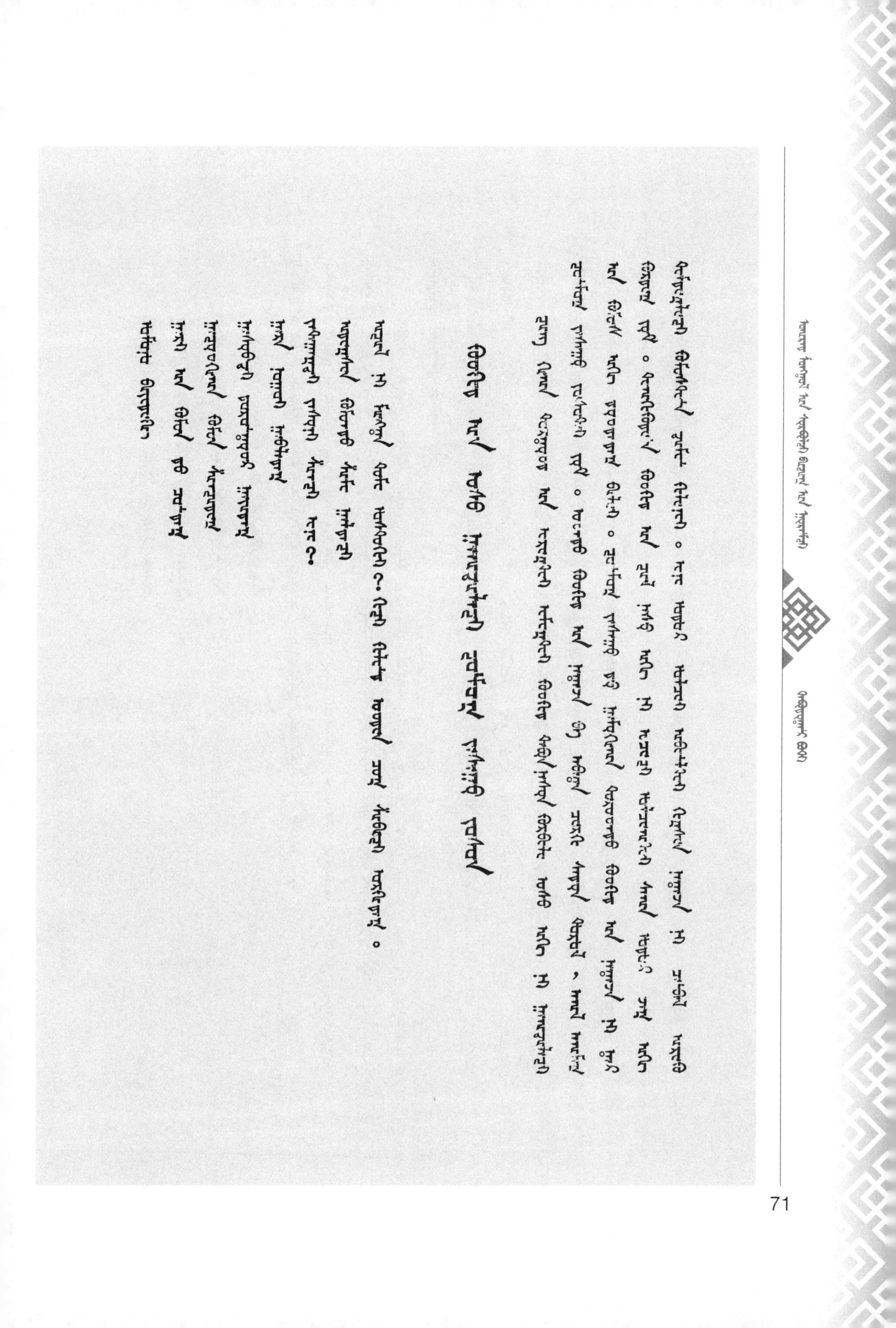

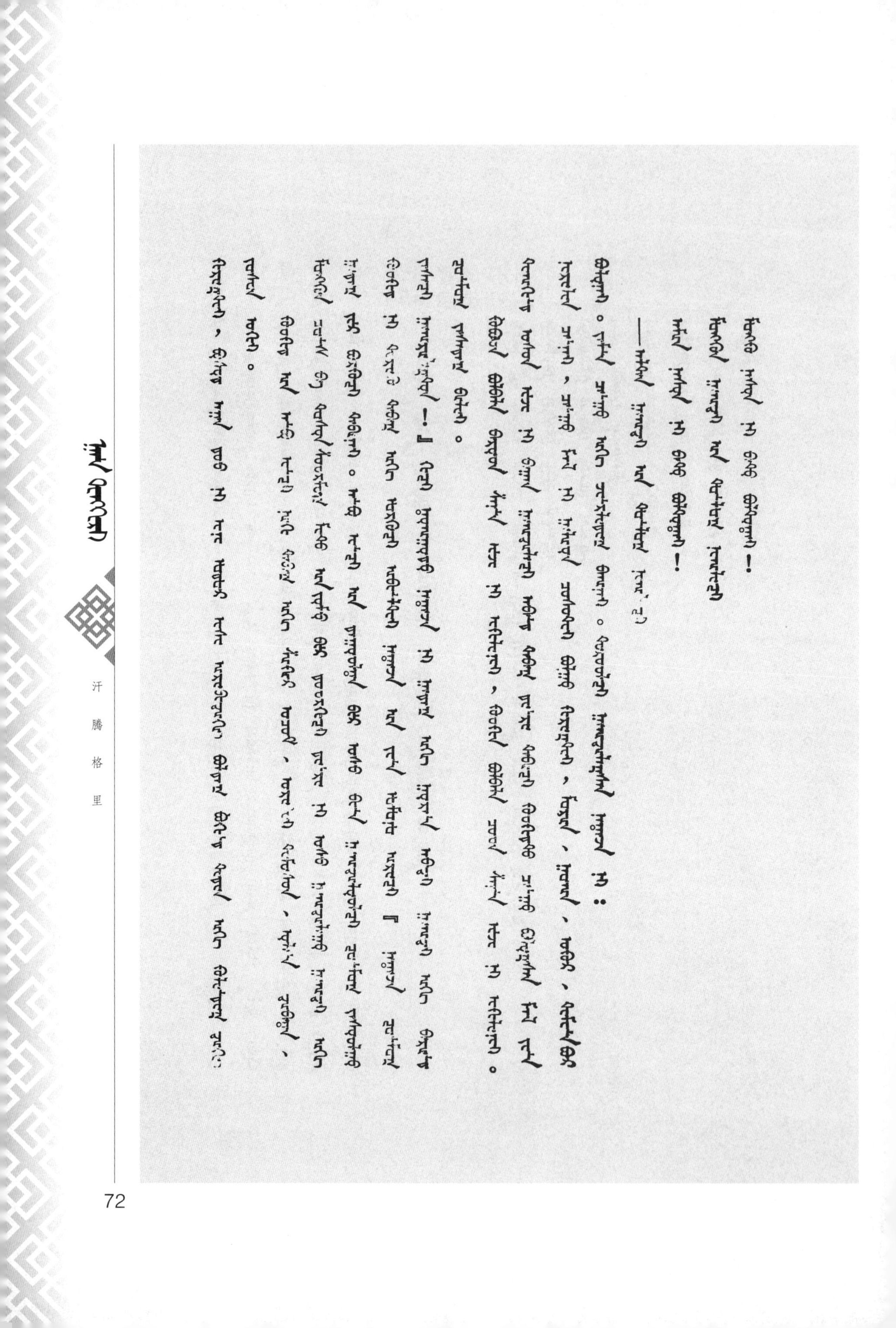

[illegible]
[illegible]
[illegible]
—— [illegible]

[illegible]

[illegible]

[illegible]

[illegible]

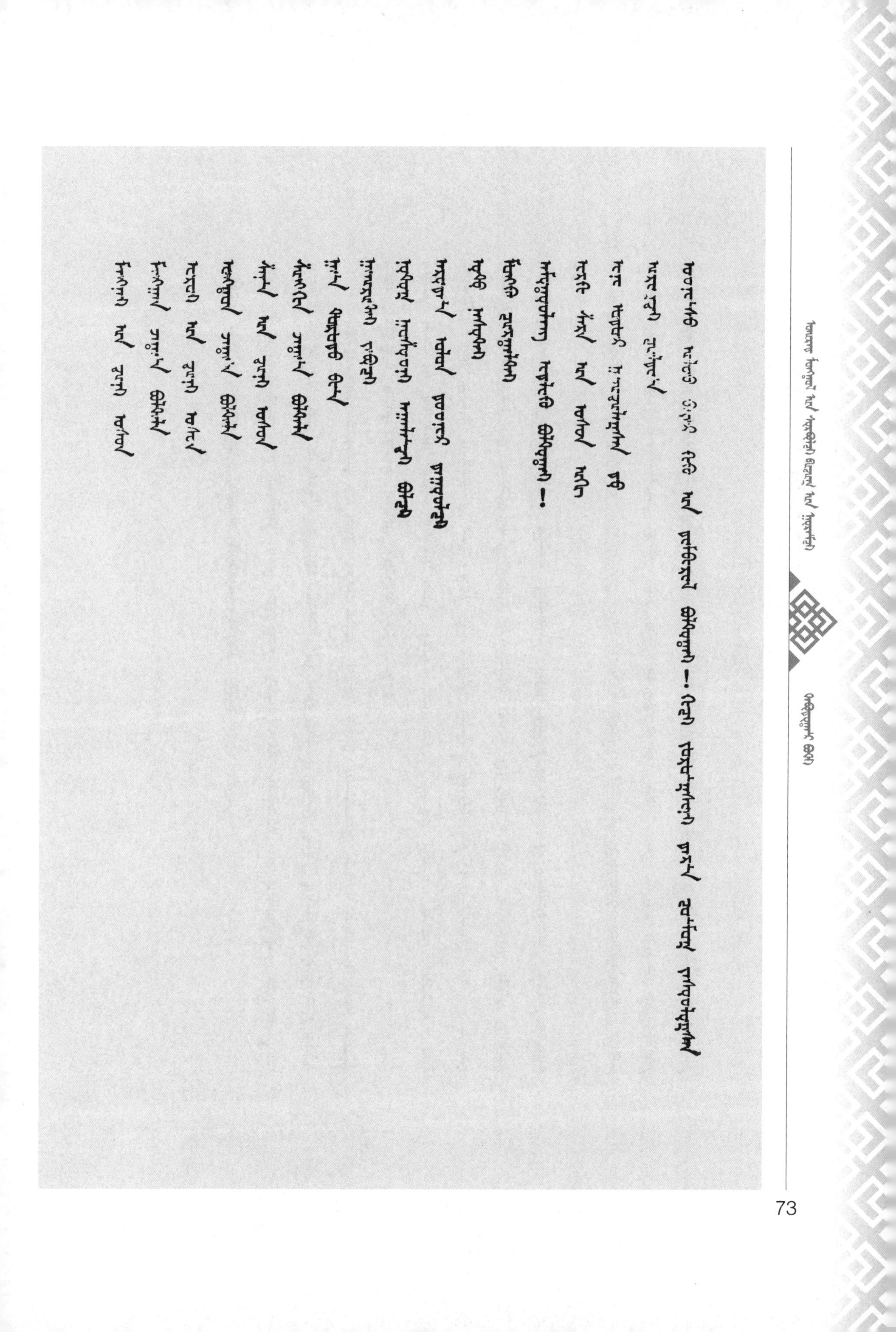

[illegible]

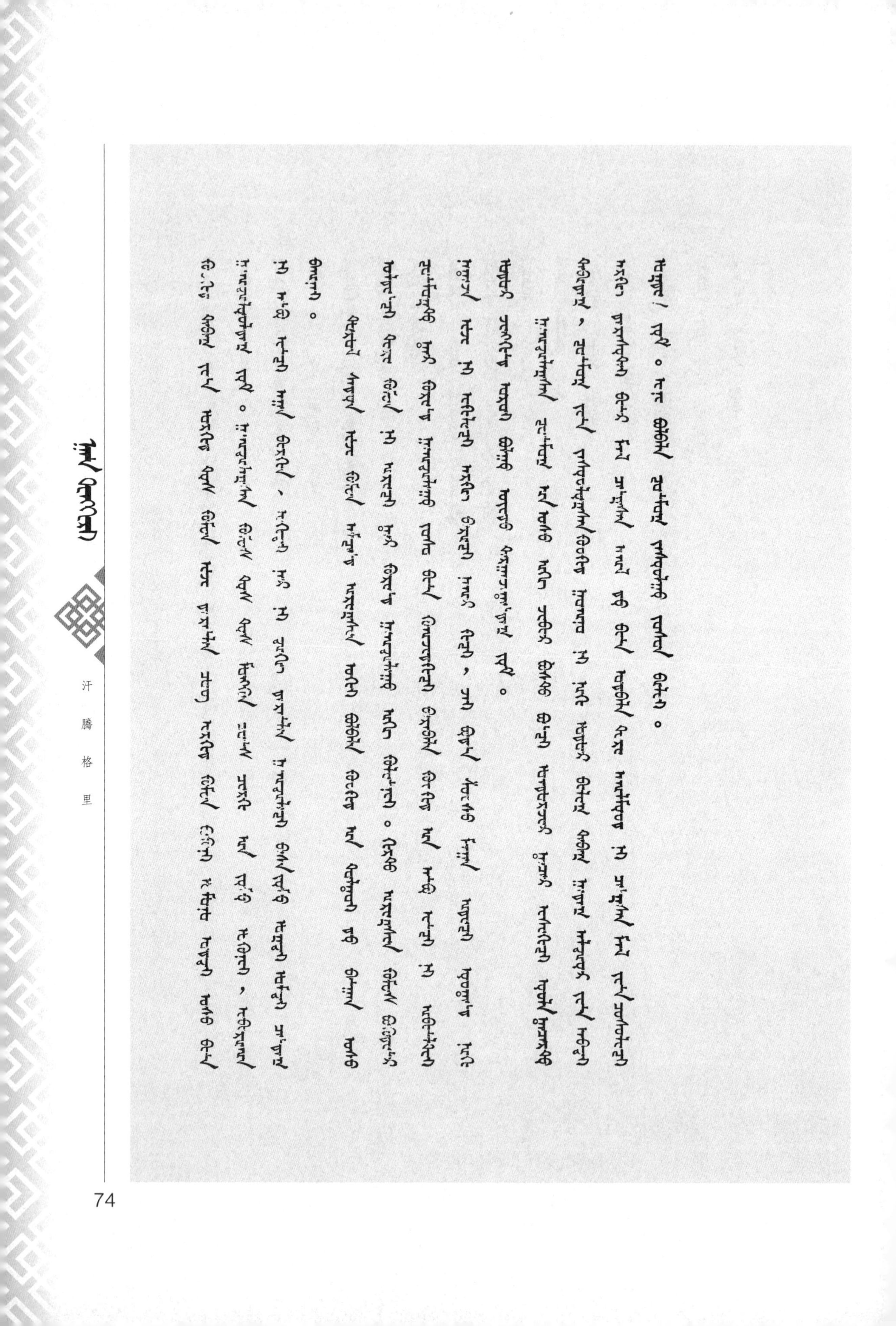

[illegible]

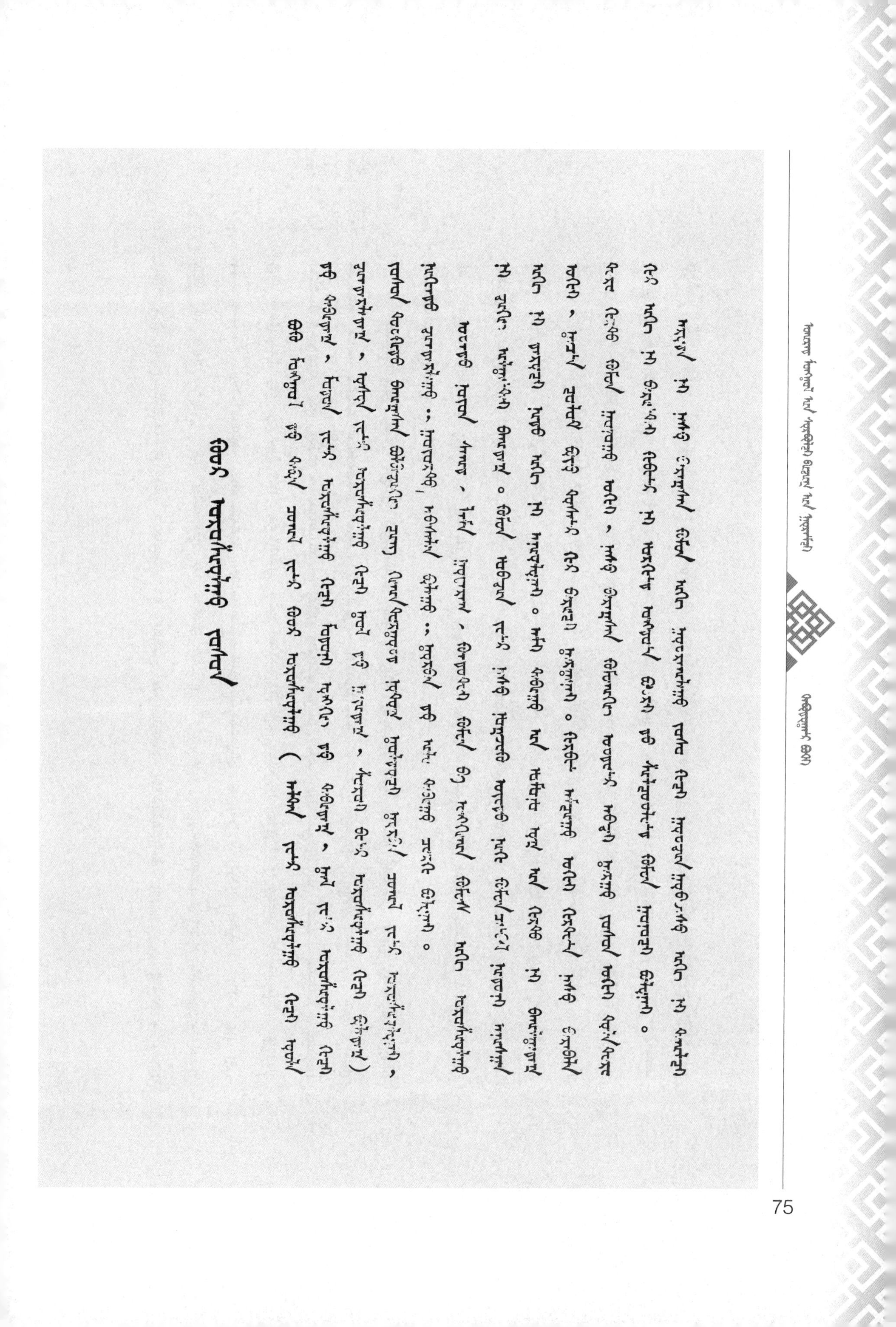

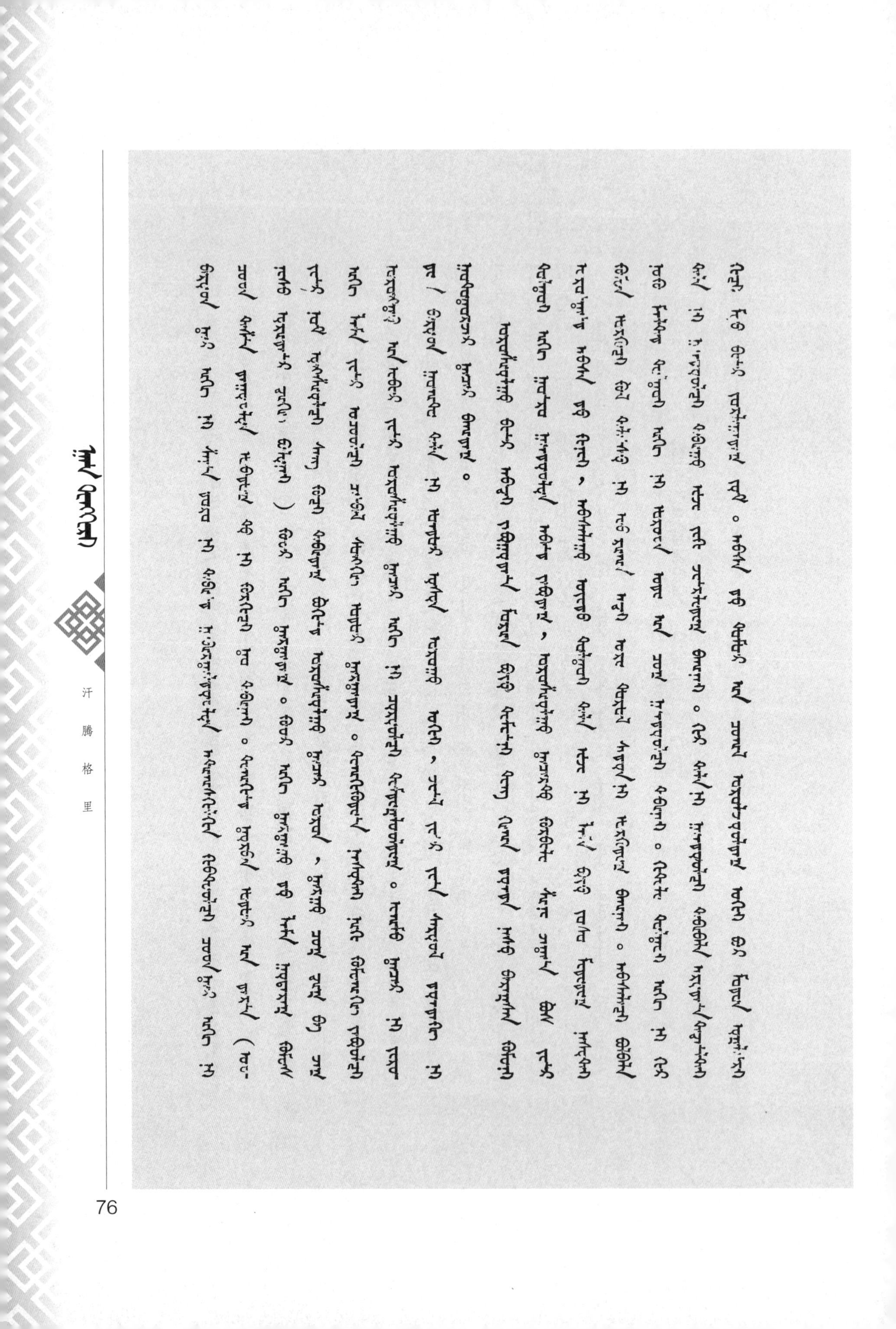

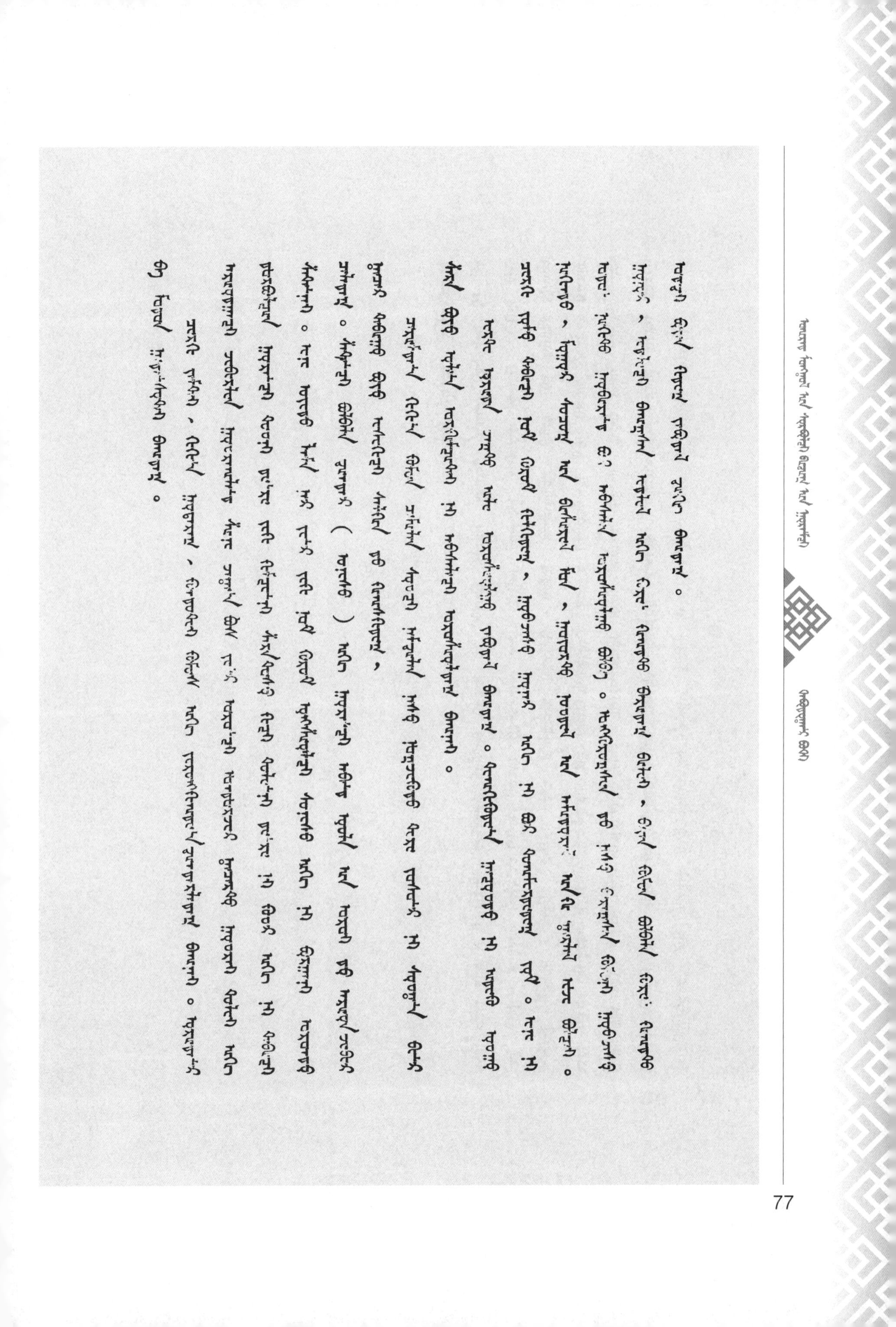

[illegible]

[illegible]

[illegible]

[illegible]

[illegible]

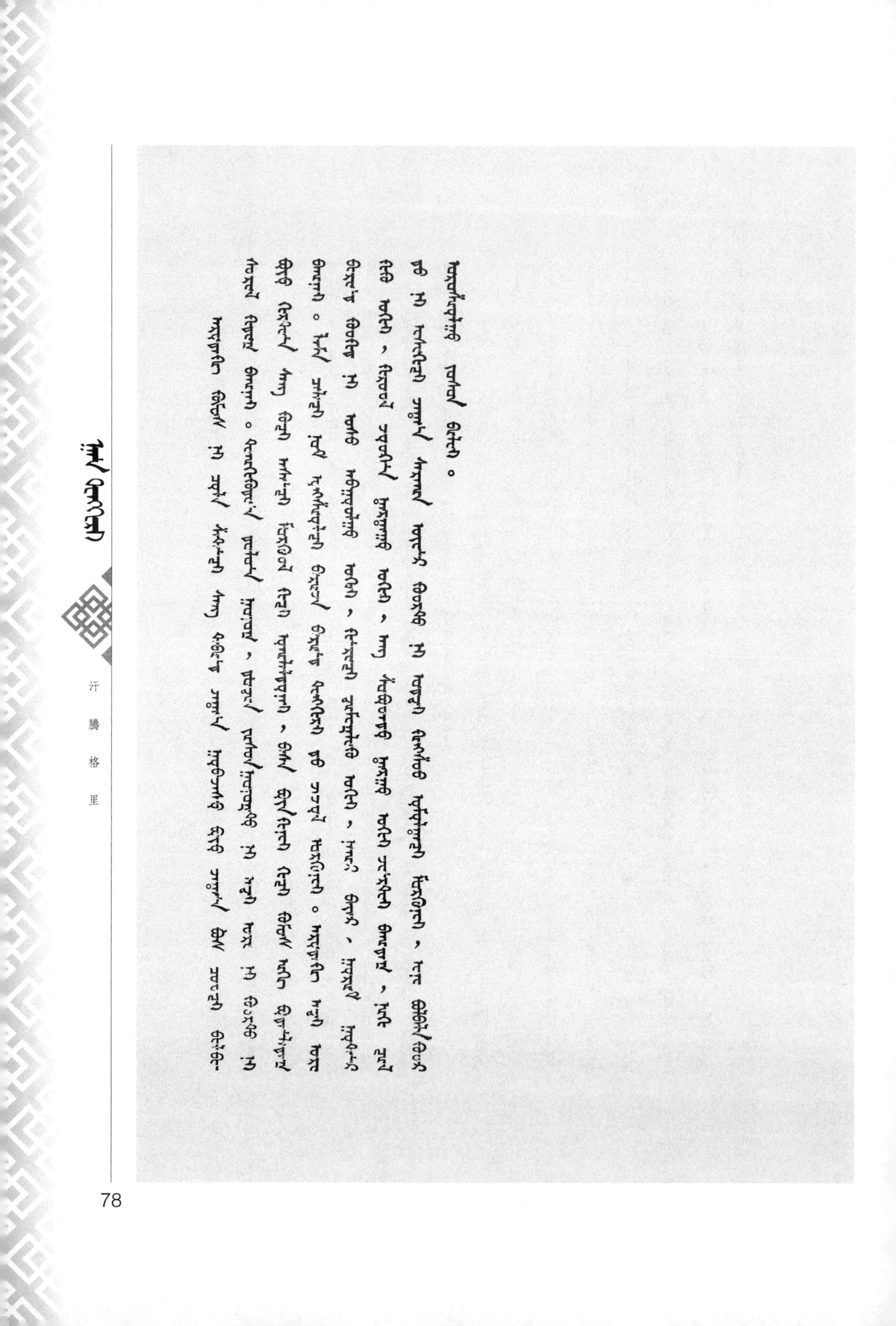

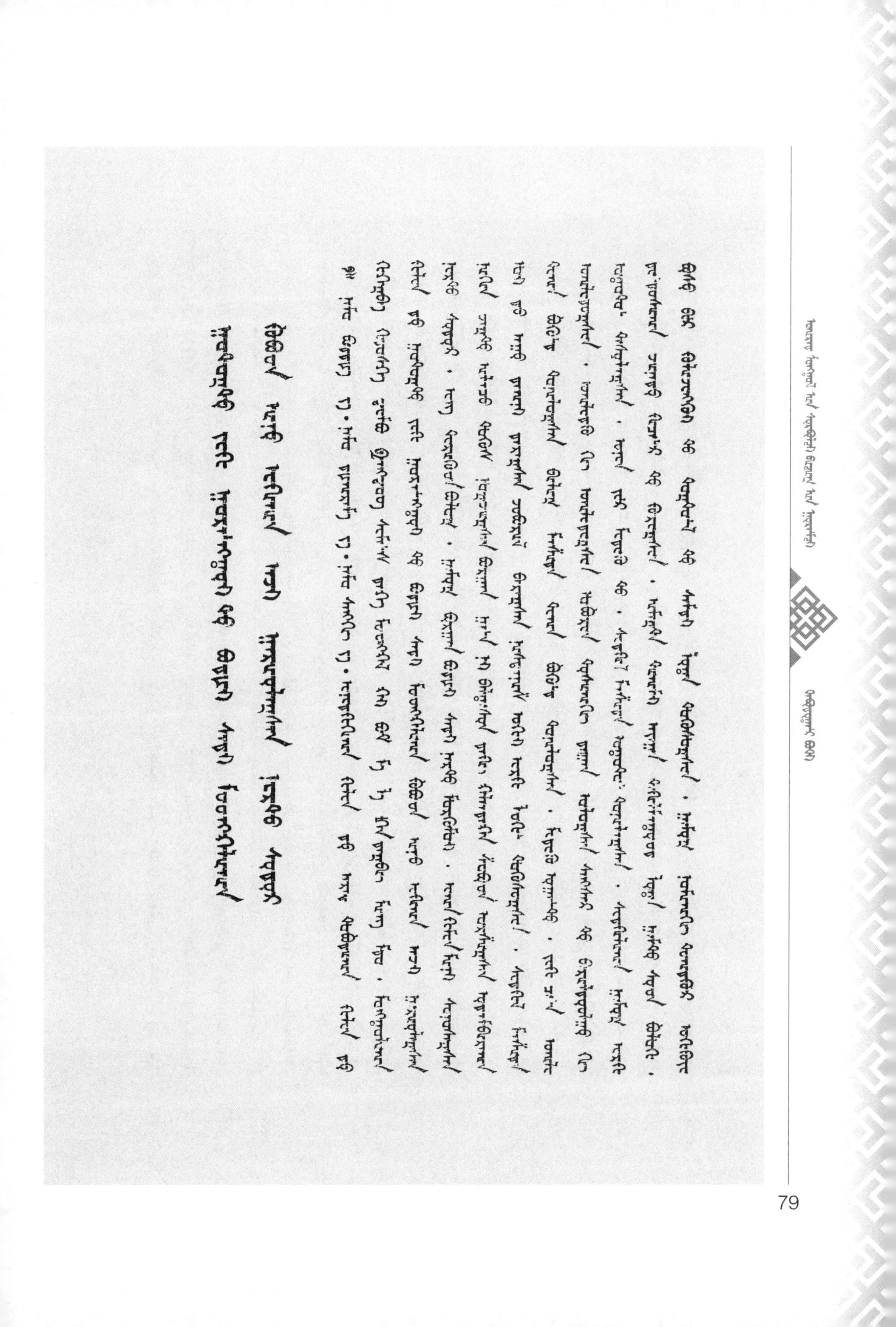

[illegible]

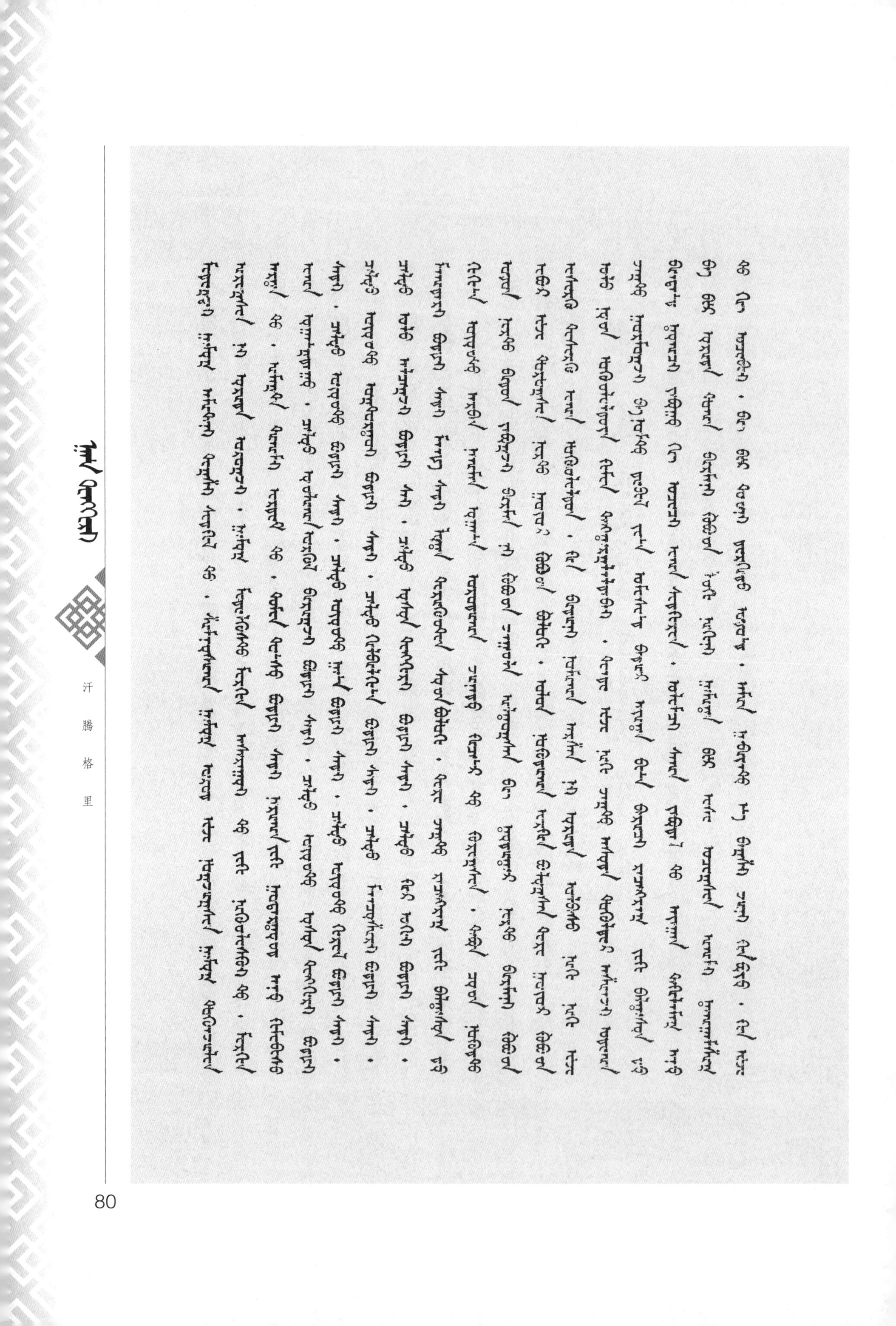

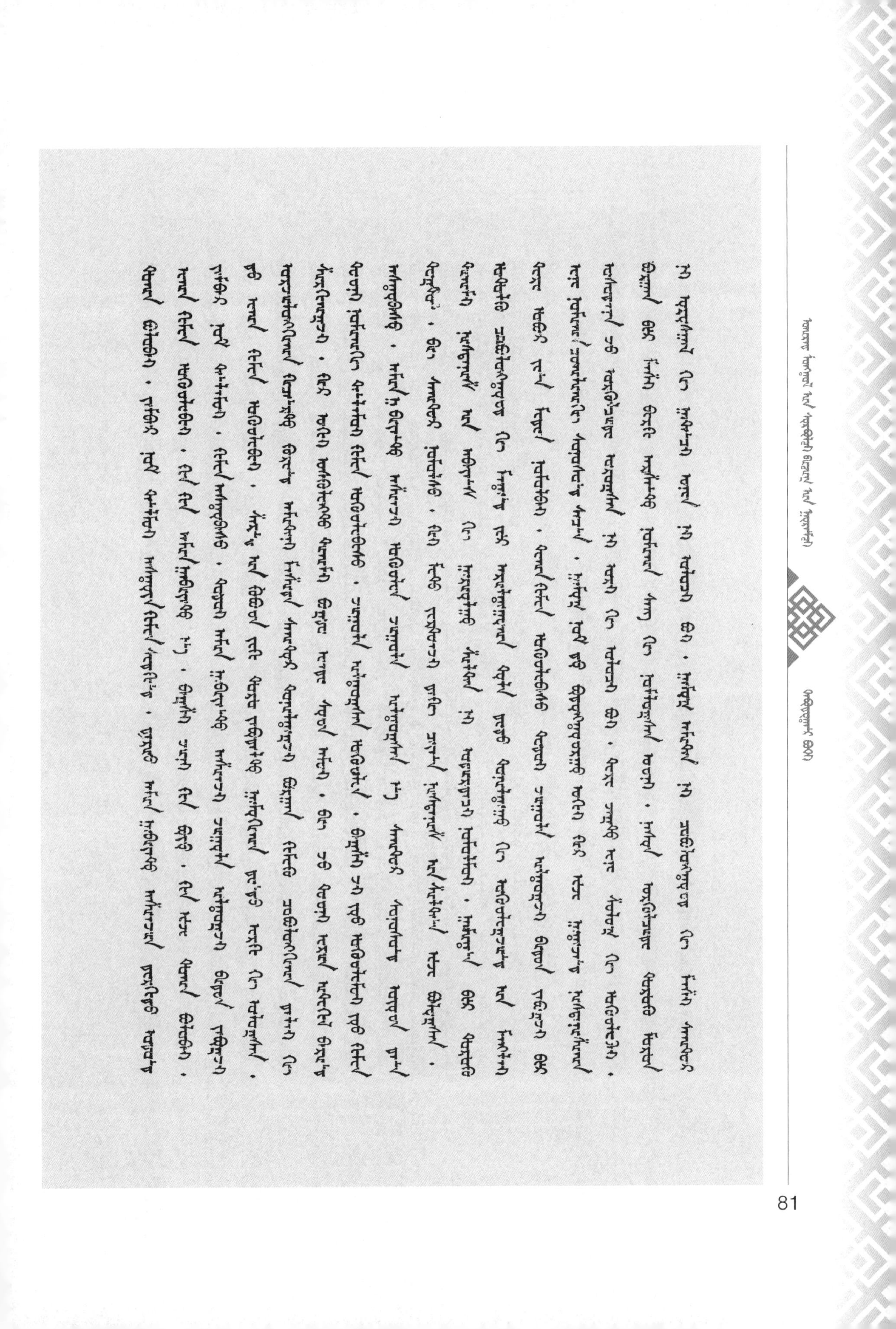

[illegible]

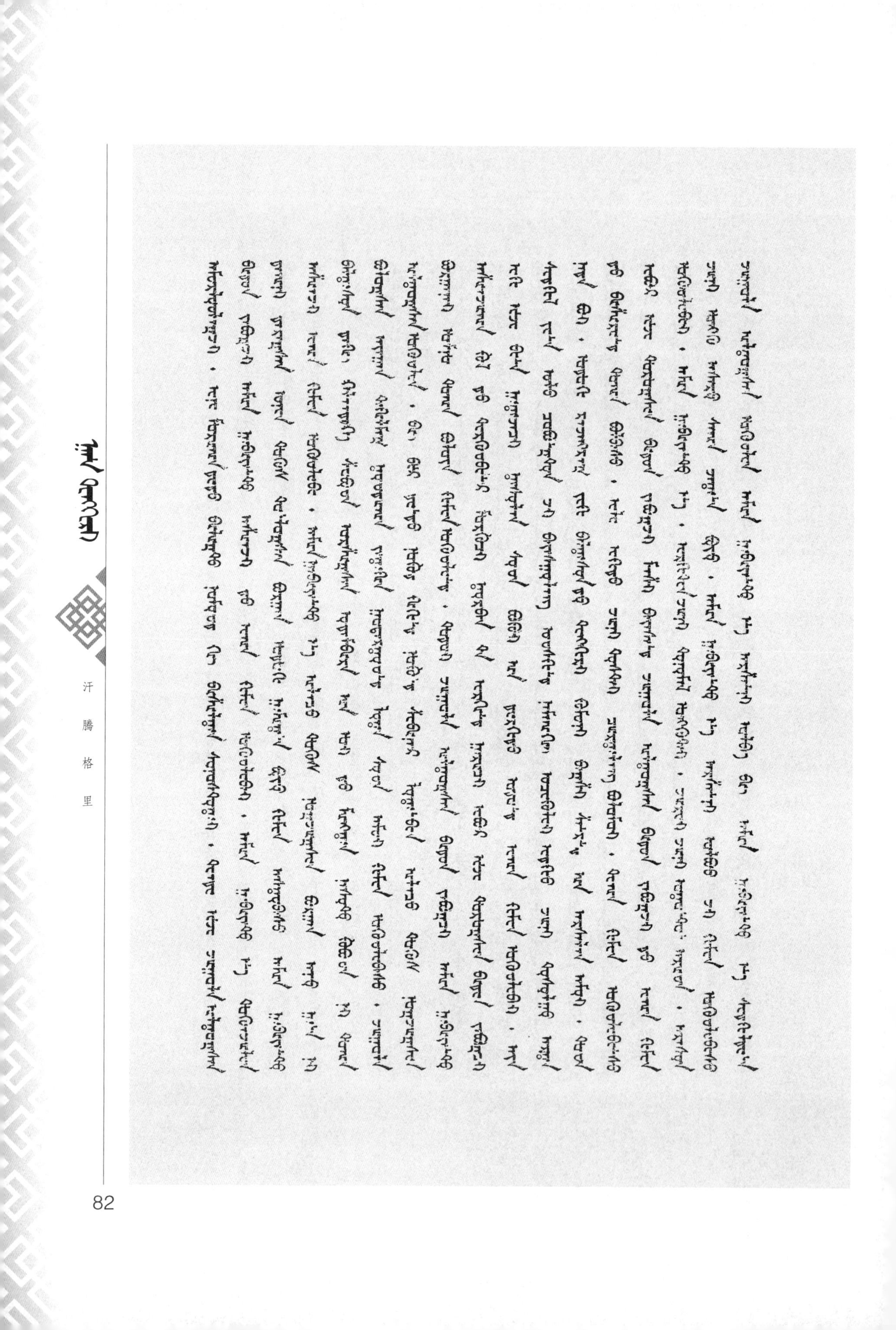

[illegible]

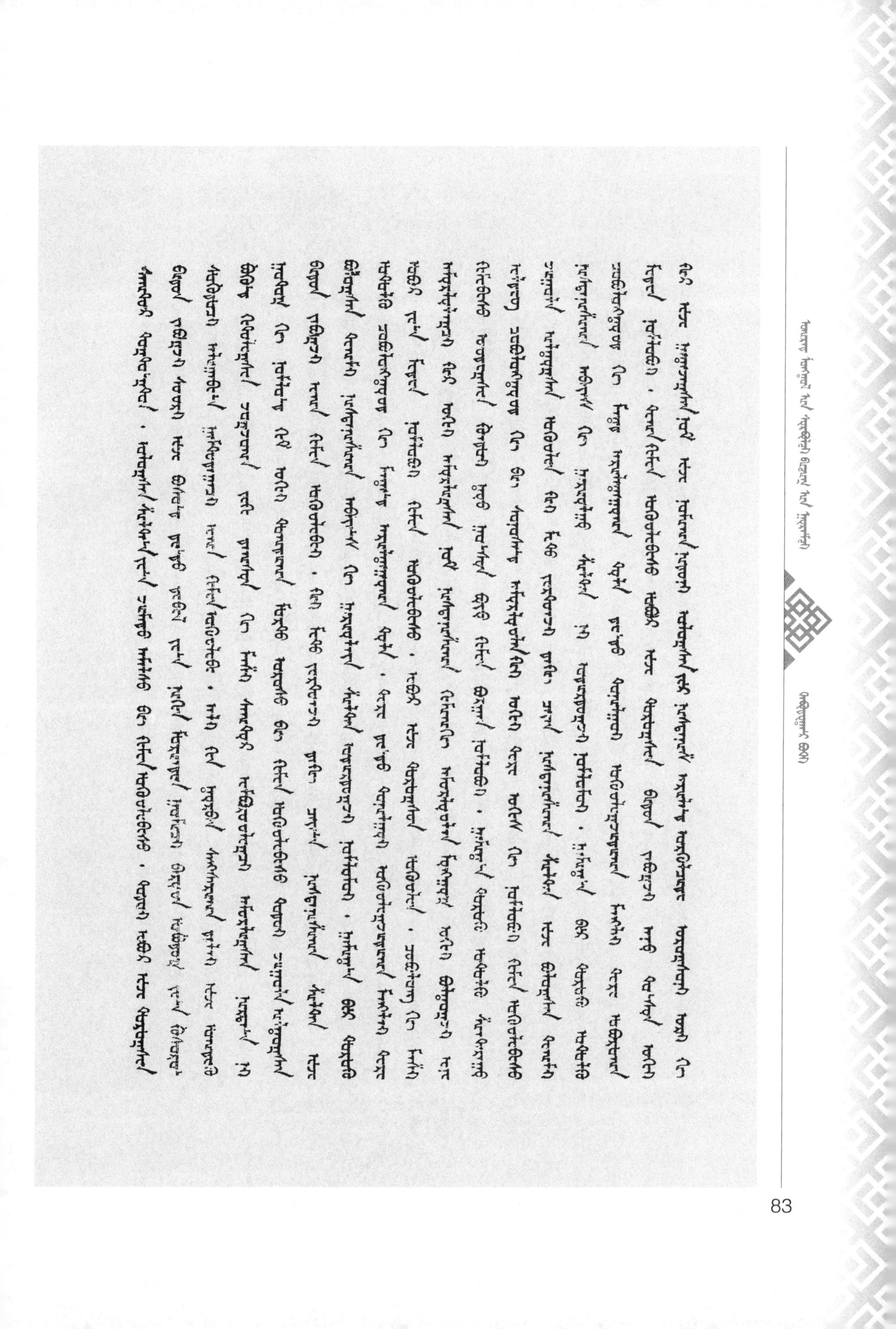

[illegible]

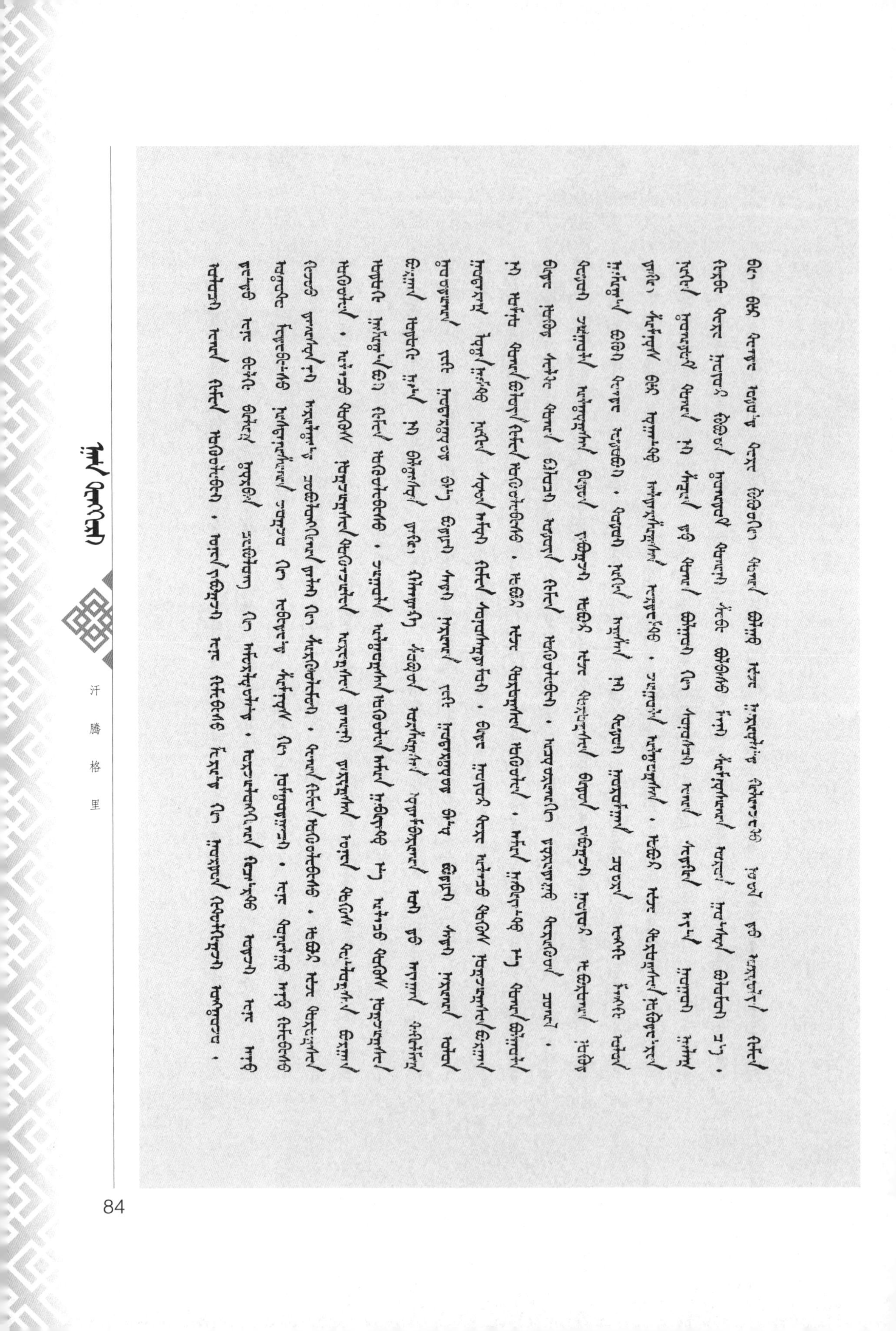

[illegible]

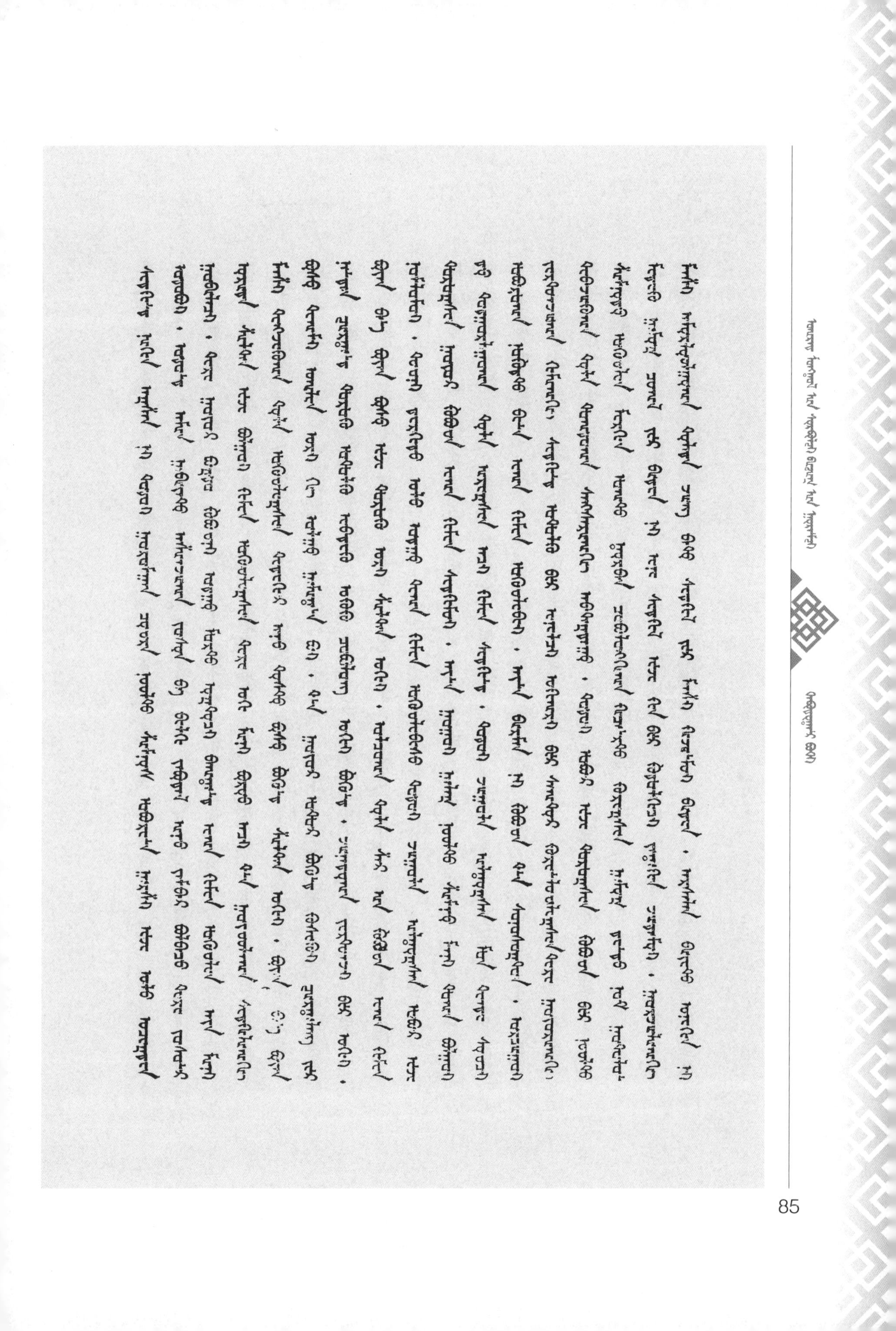

[illegible]

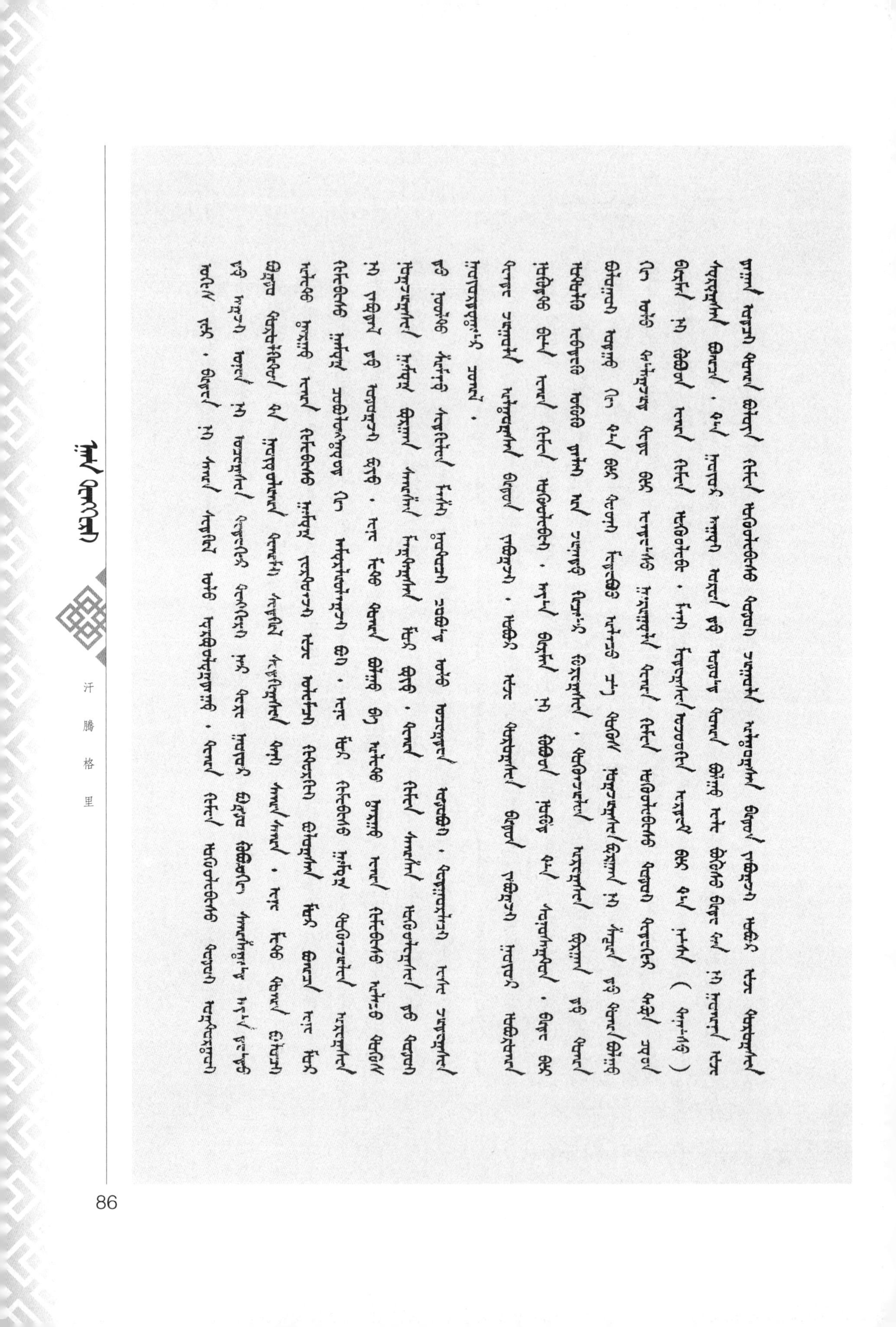

[illegible]

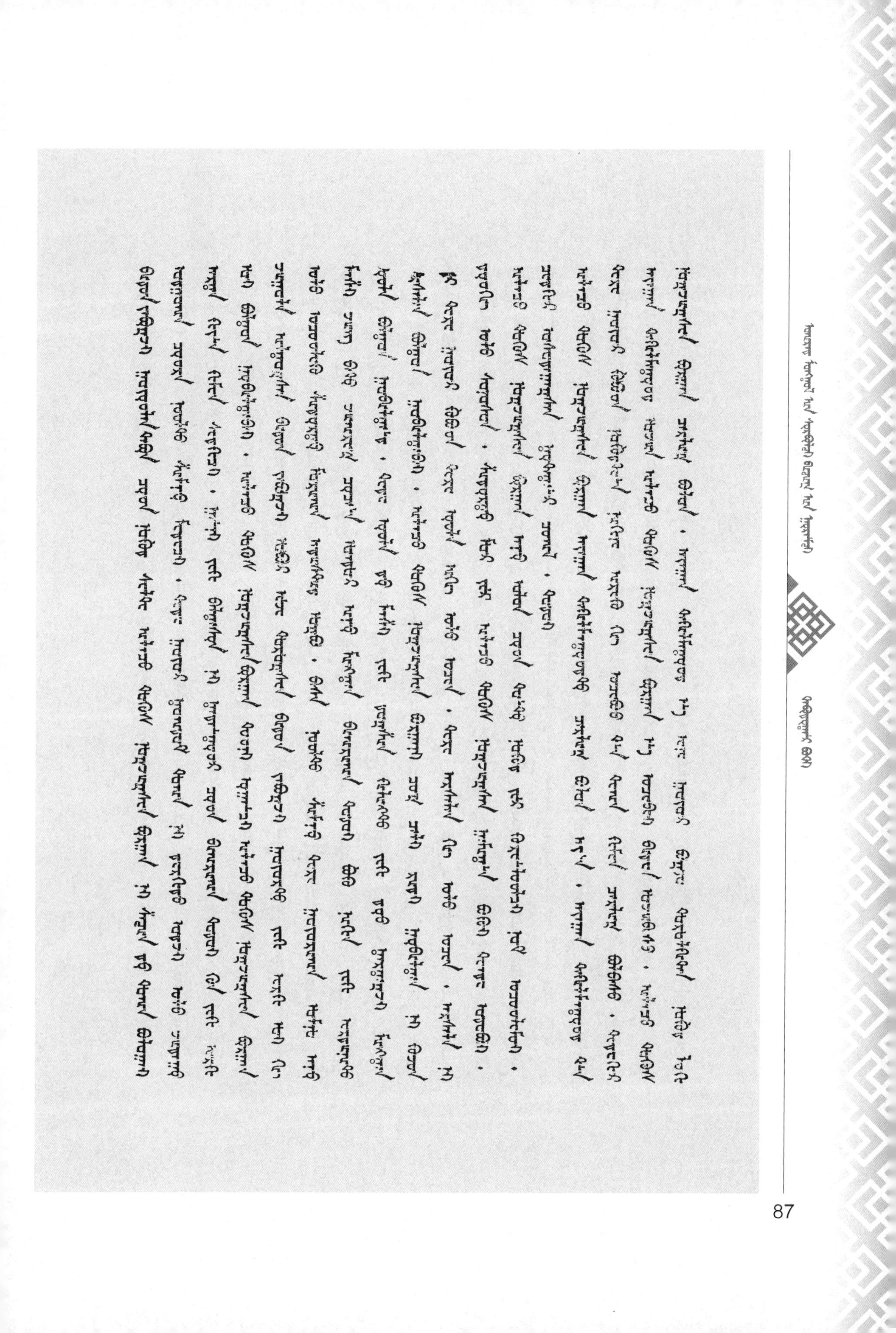

[illegible]

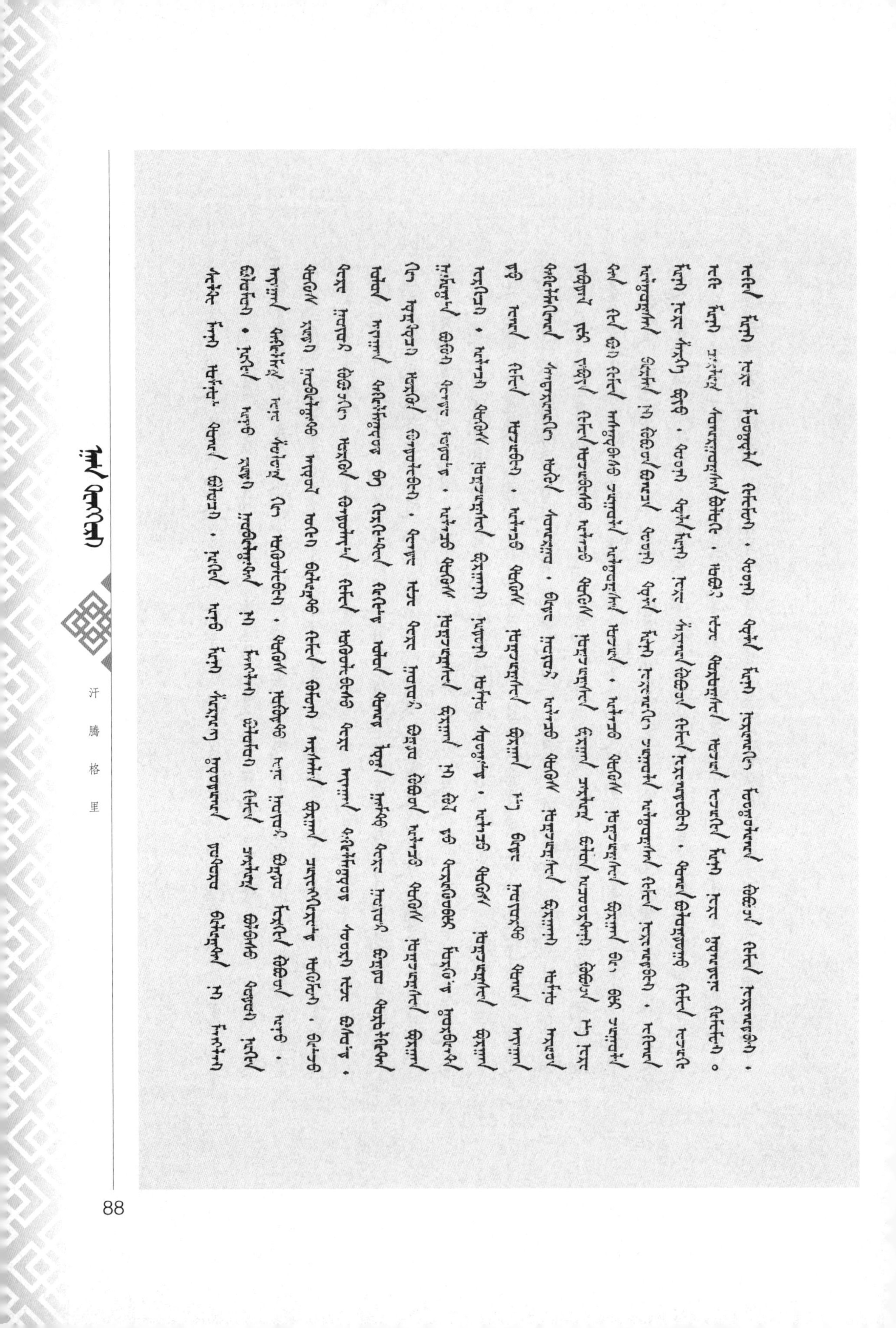

[illegible]

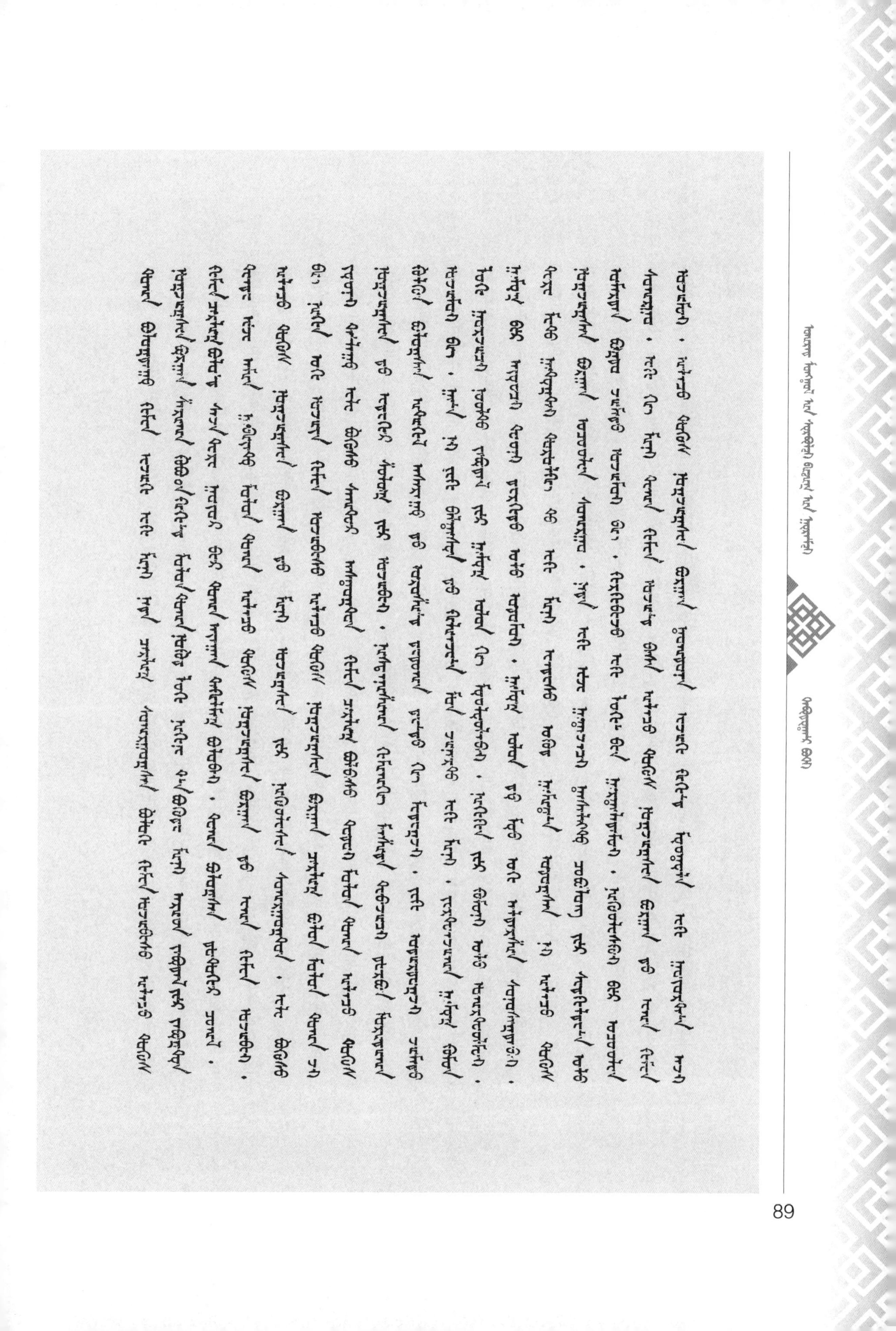

[illegible]

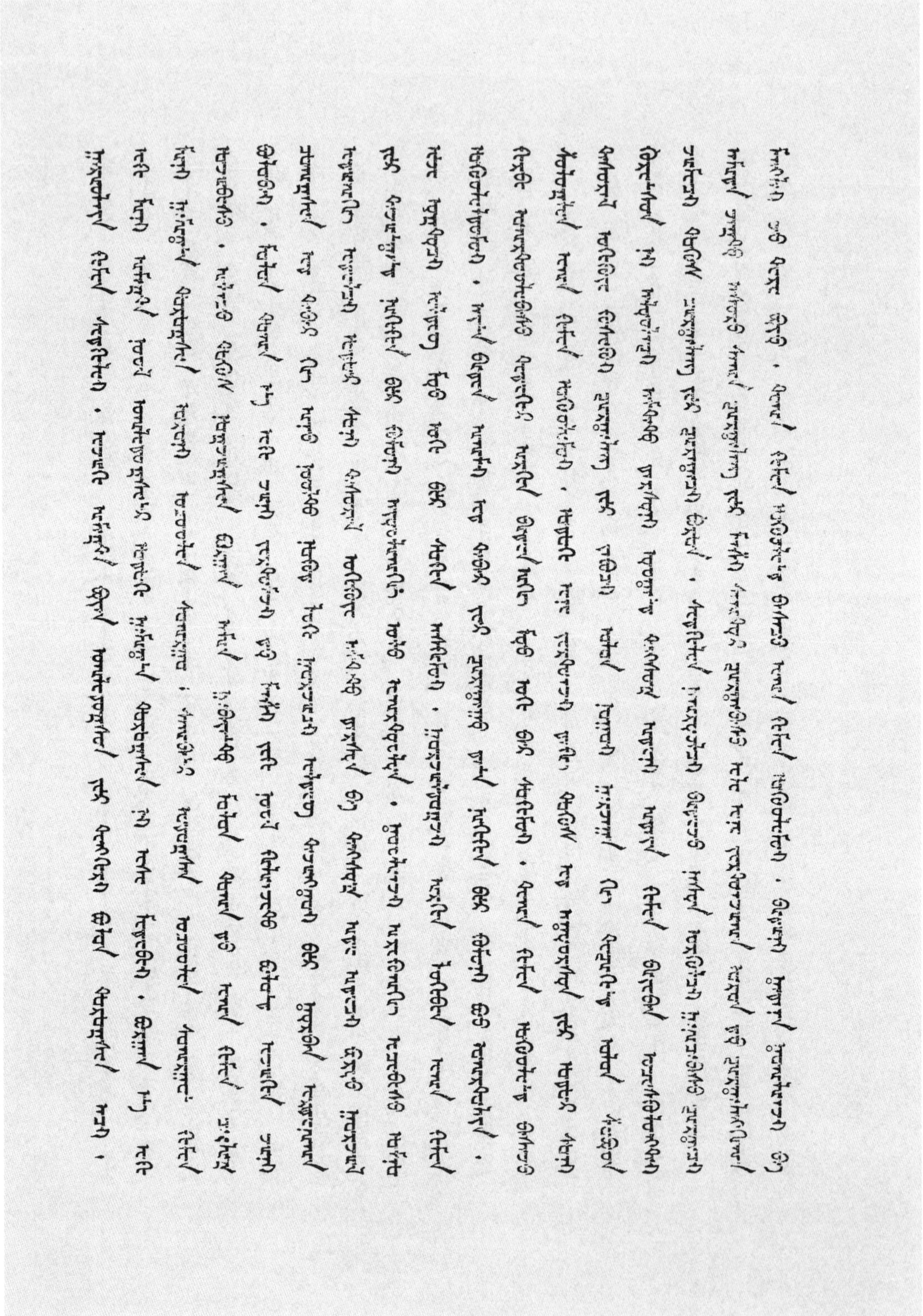

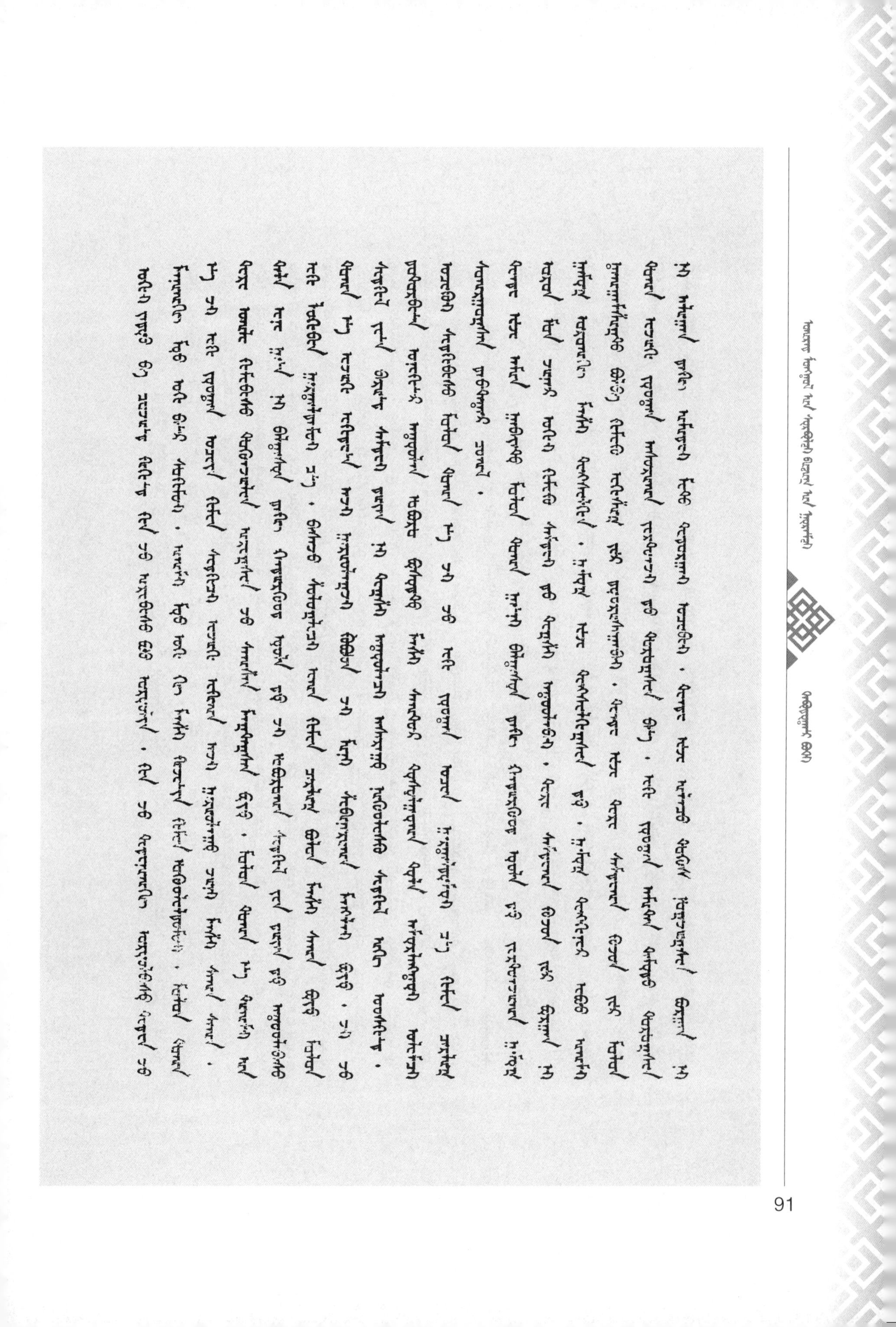

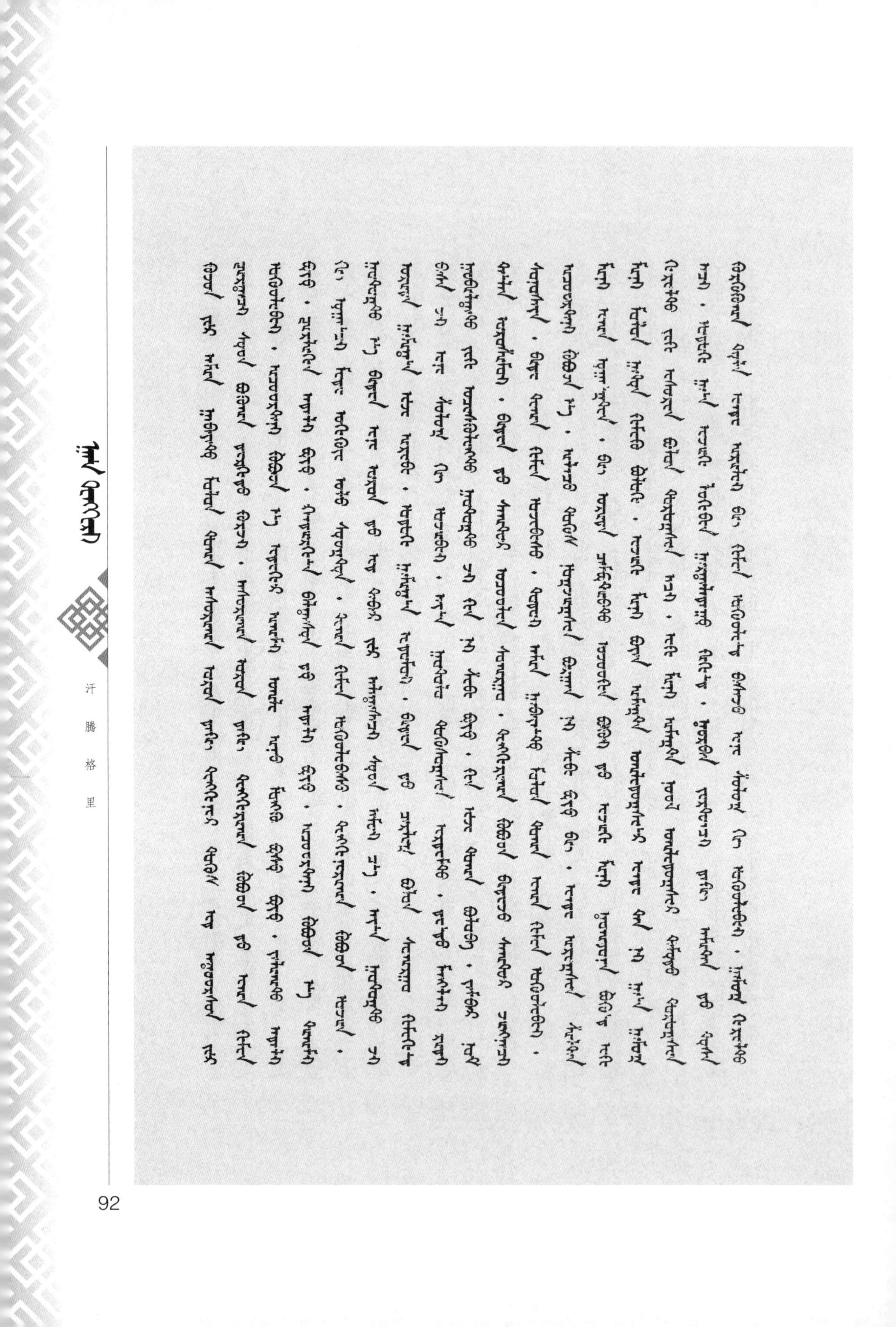

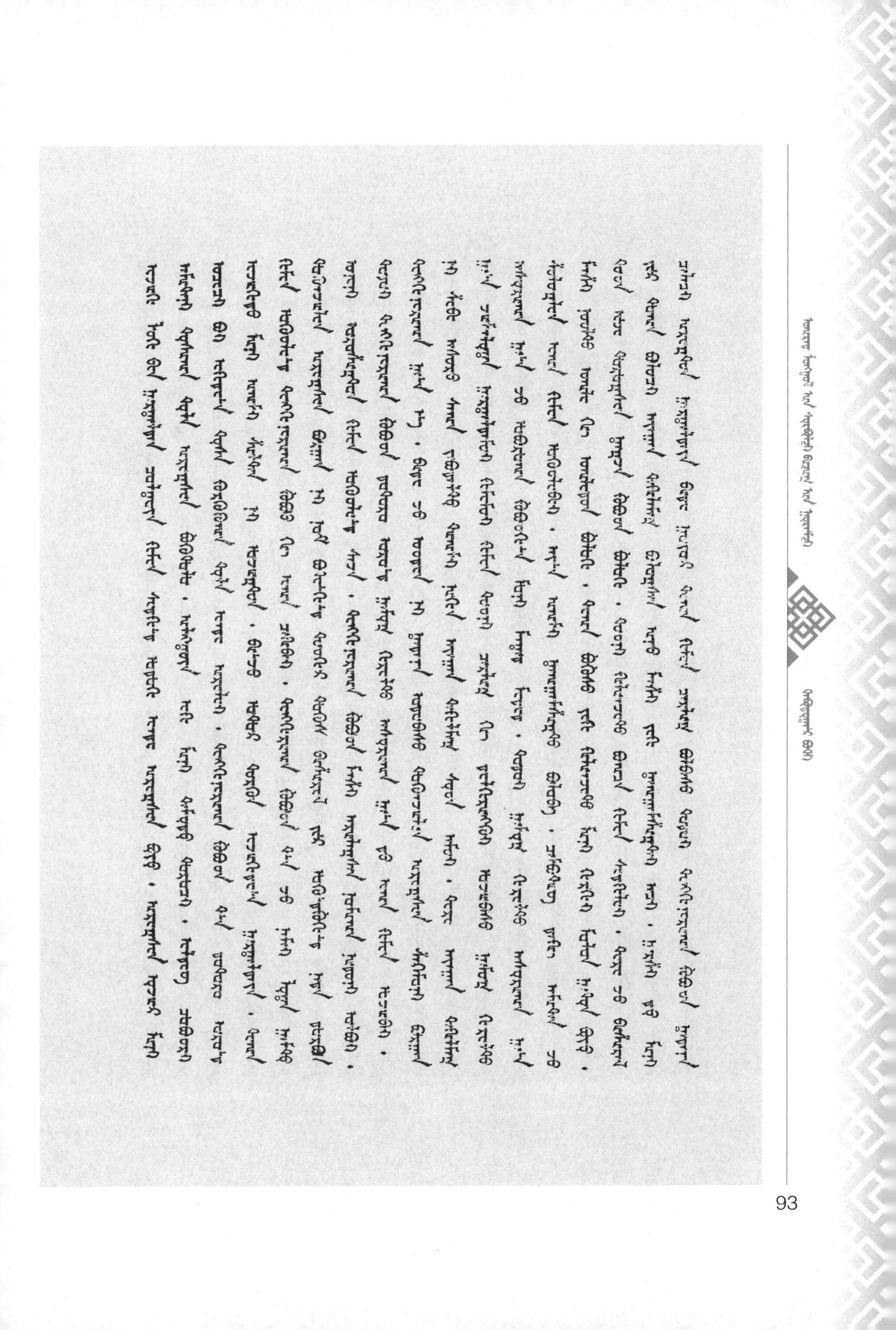

[illegible]

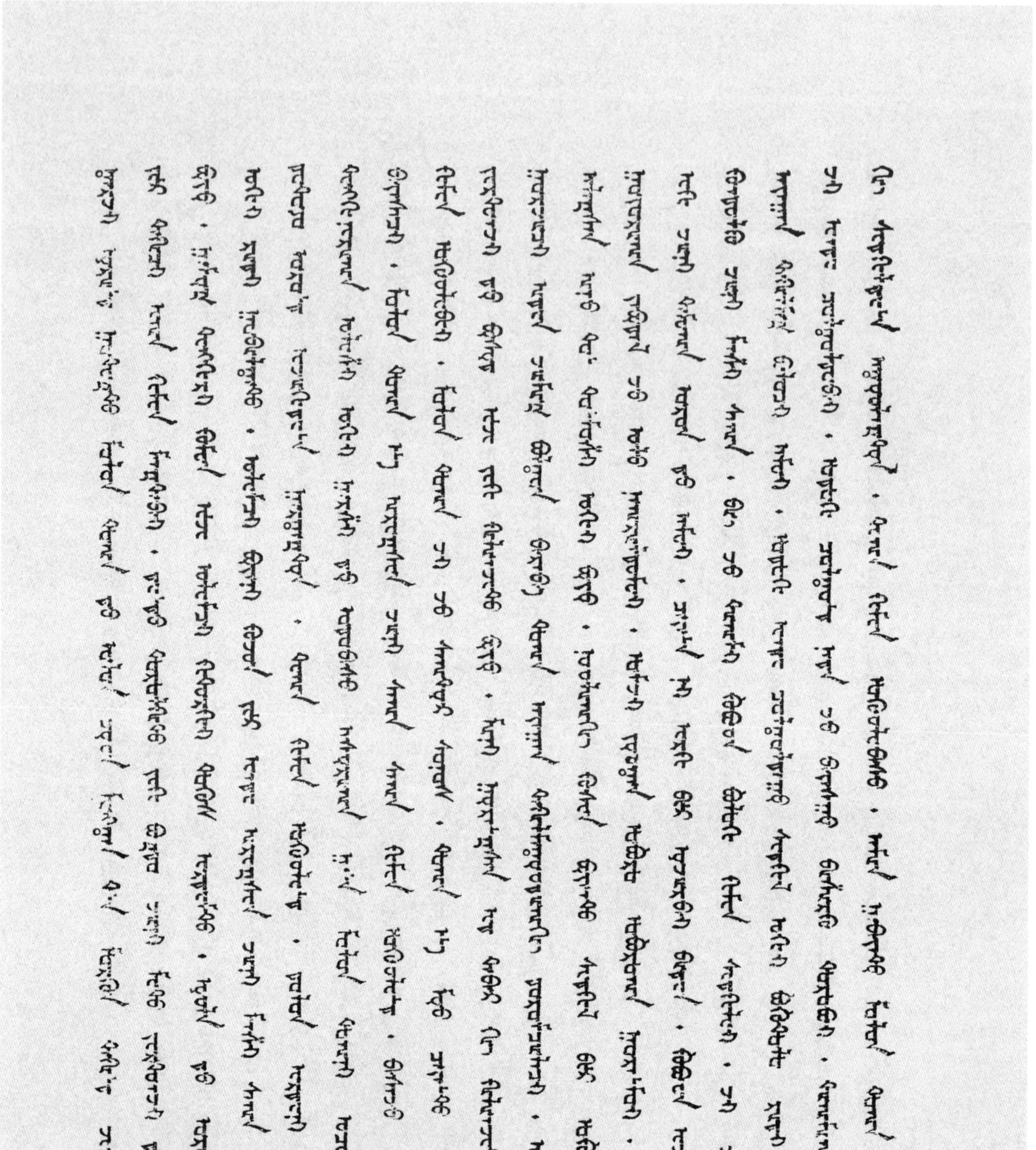

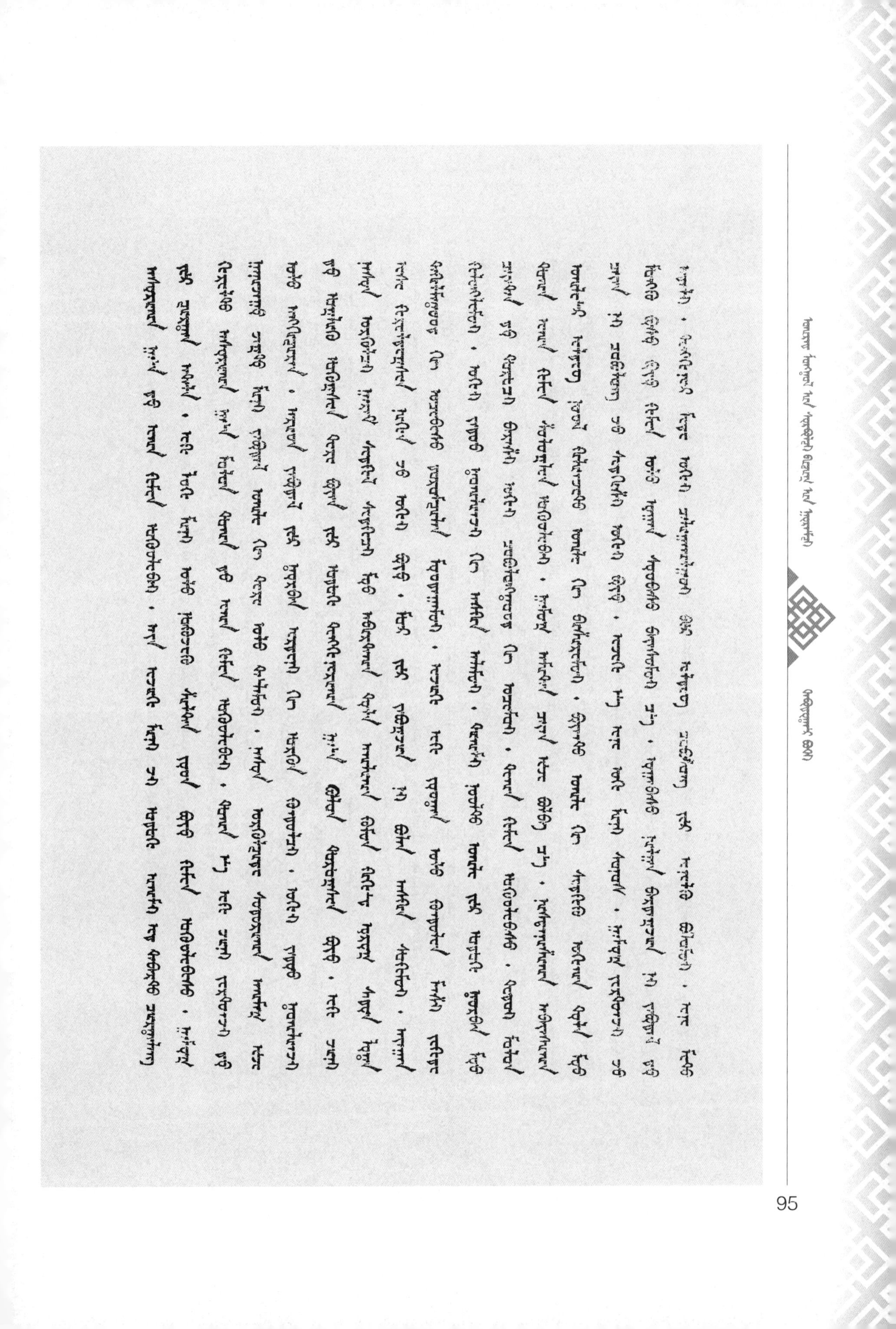

[illegible]
[illegible]
[illegible]
[illegible]
[illegible]
[illegible]
[illegible]
[illegible]
[illegible]
[illegible]
[illegible]
[illegible]
[illegible]
[illegible]
[illegible]
[illegible]

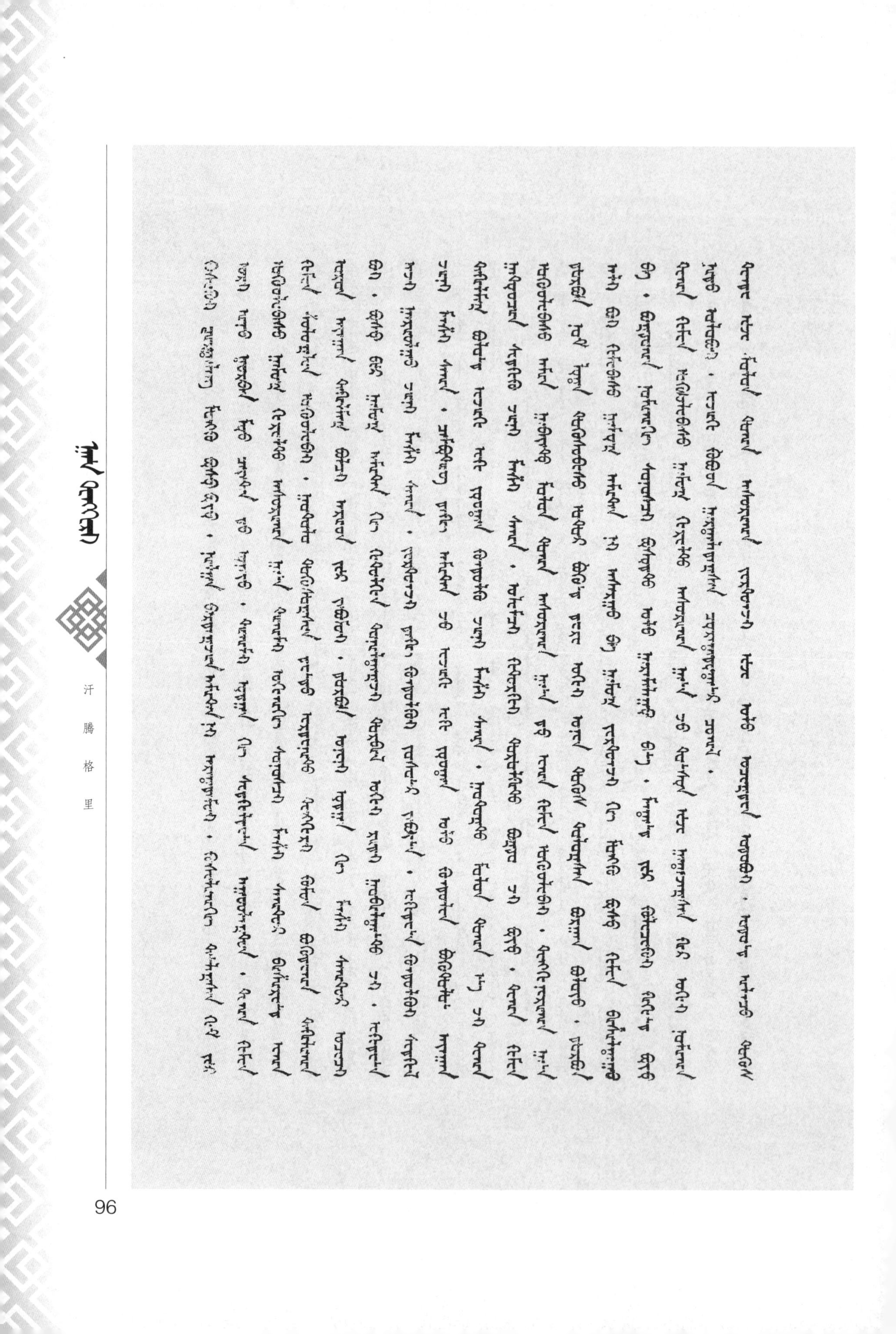

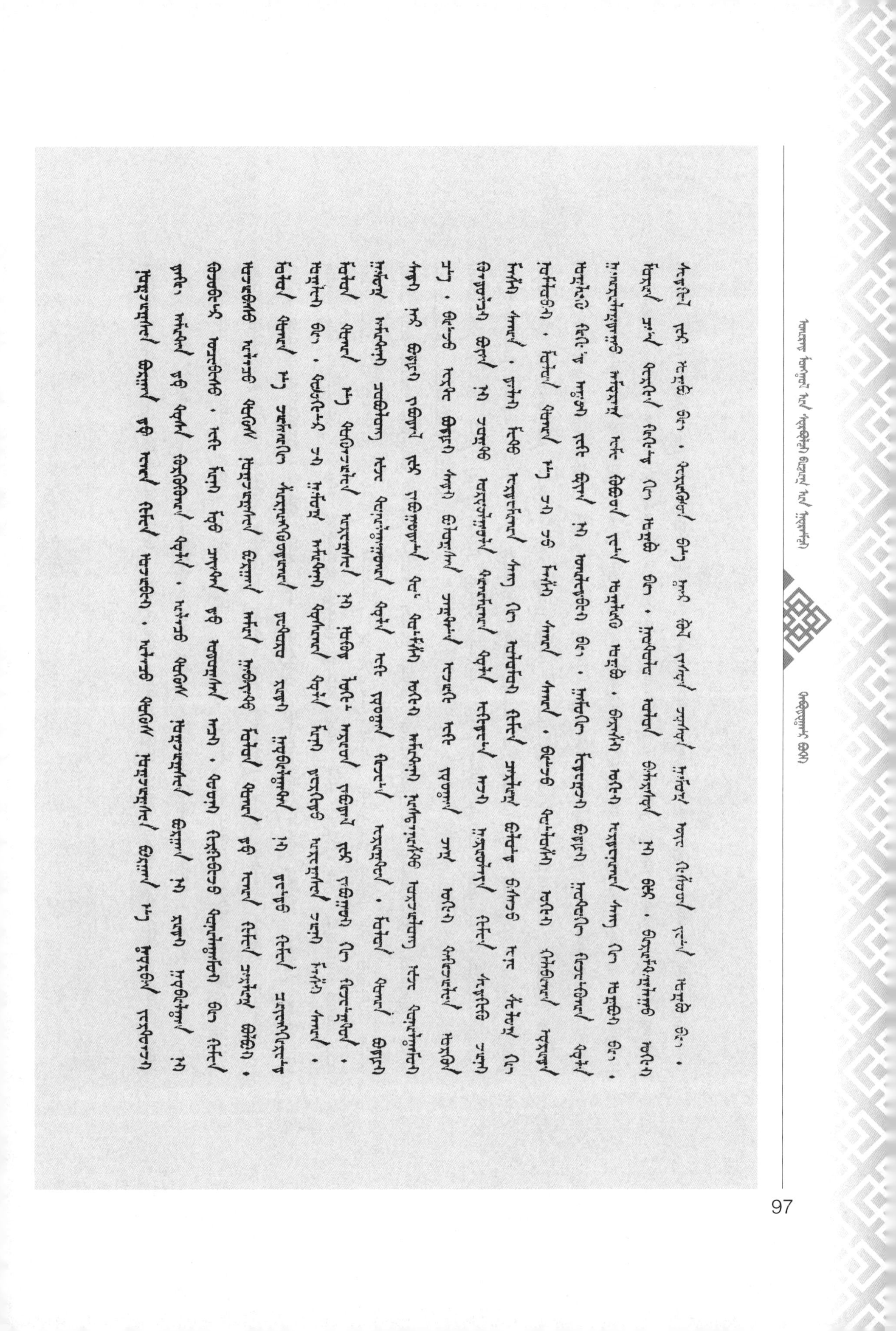

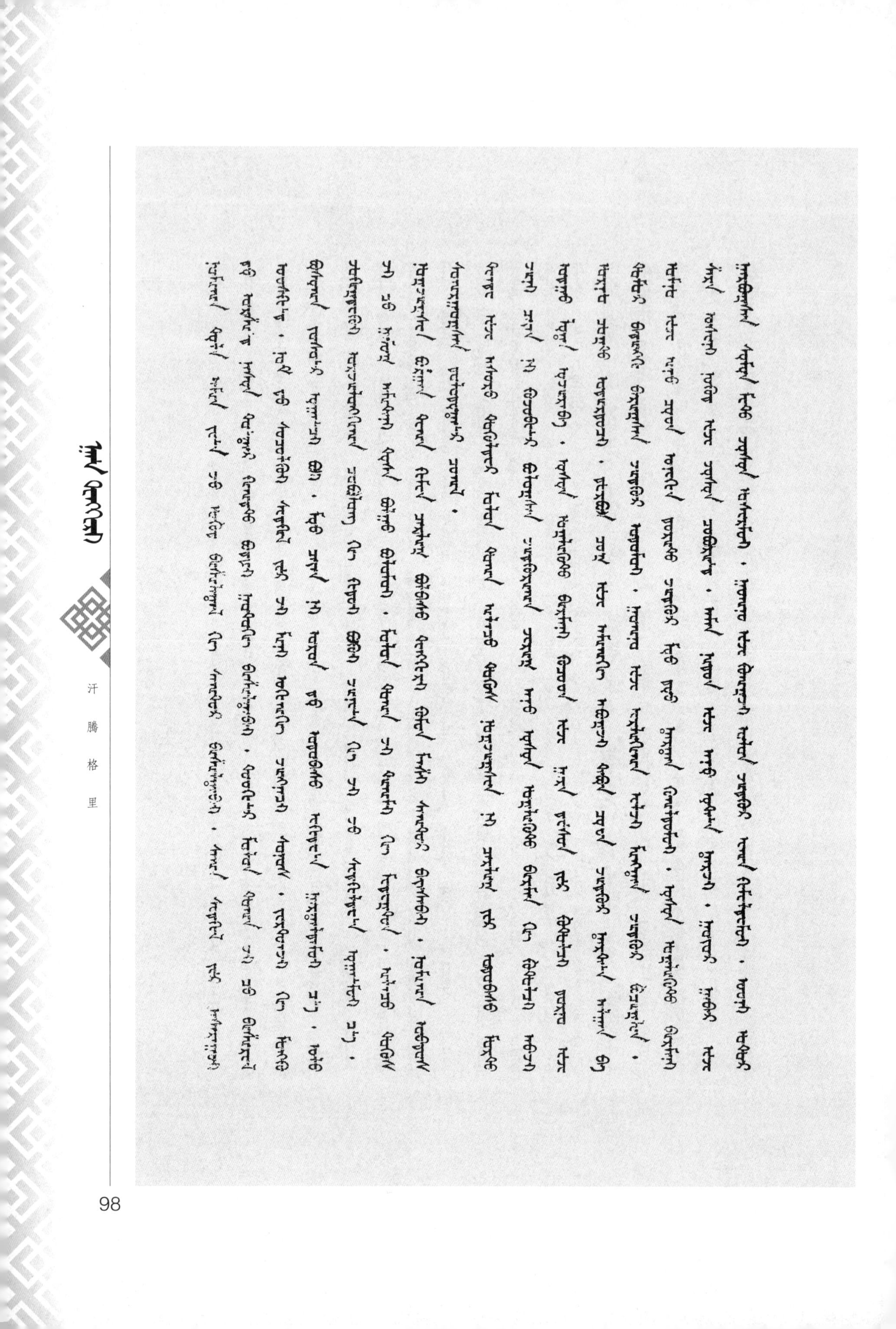

[illegible]

[illegible]

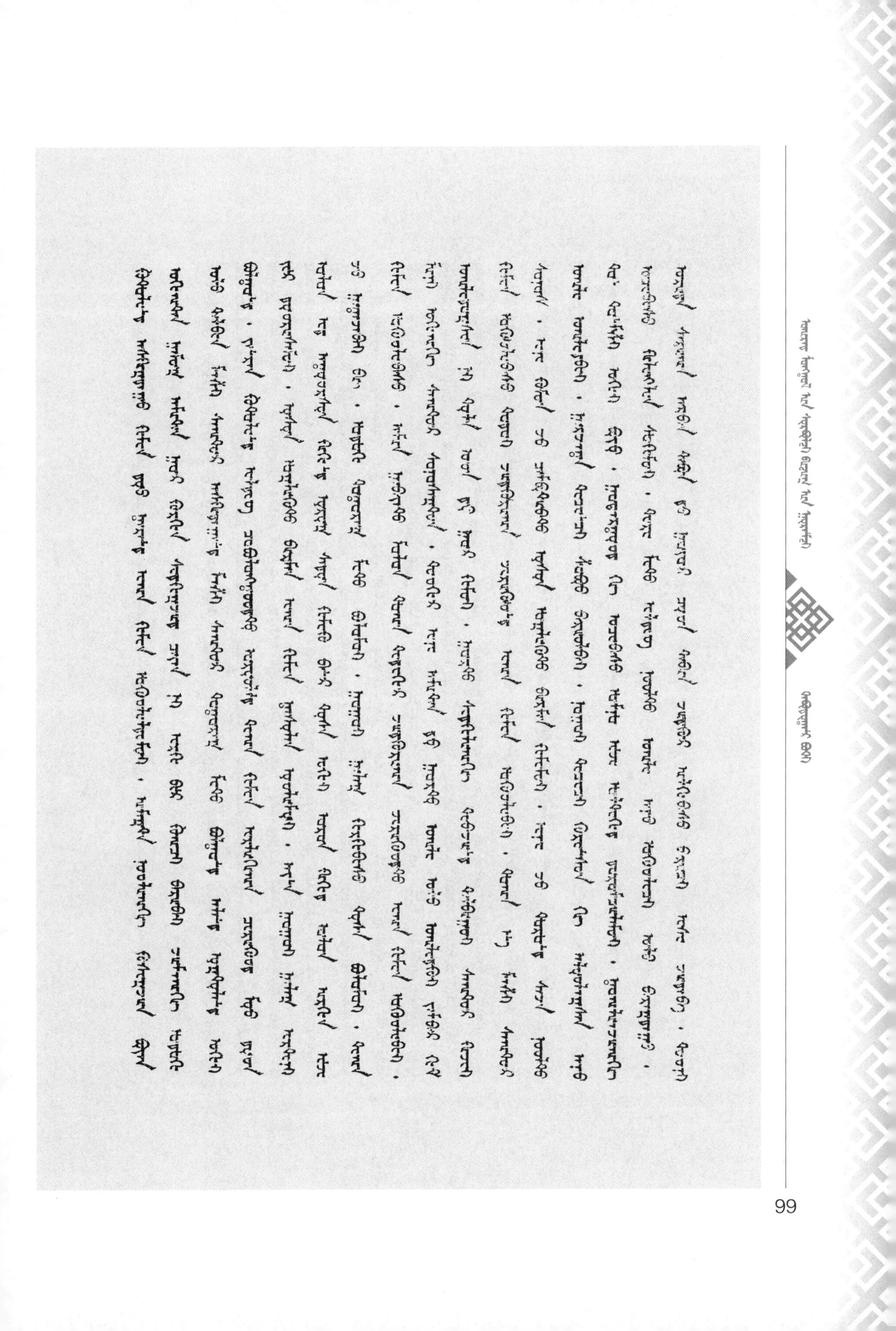

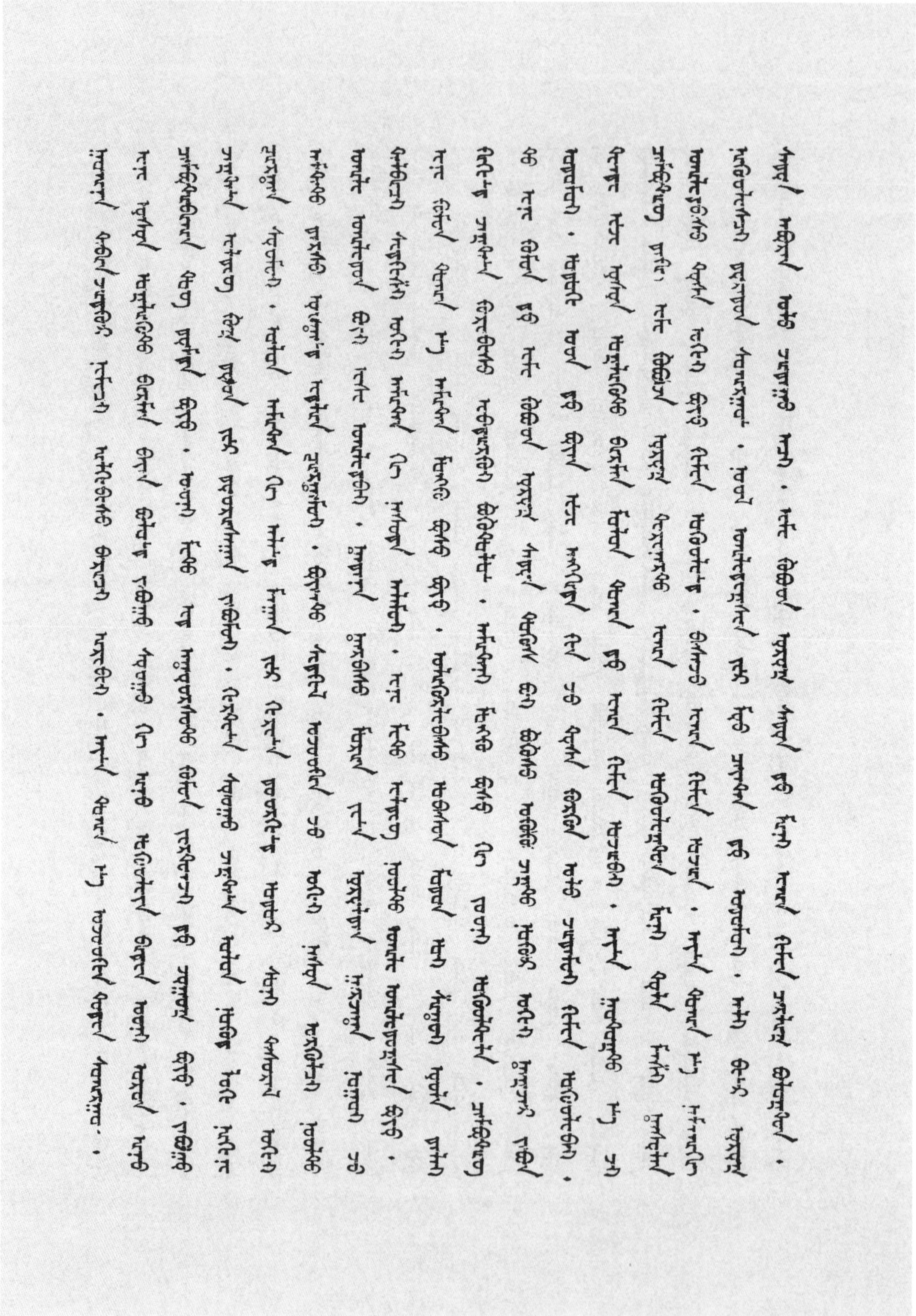

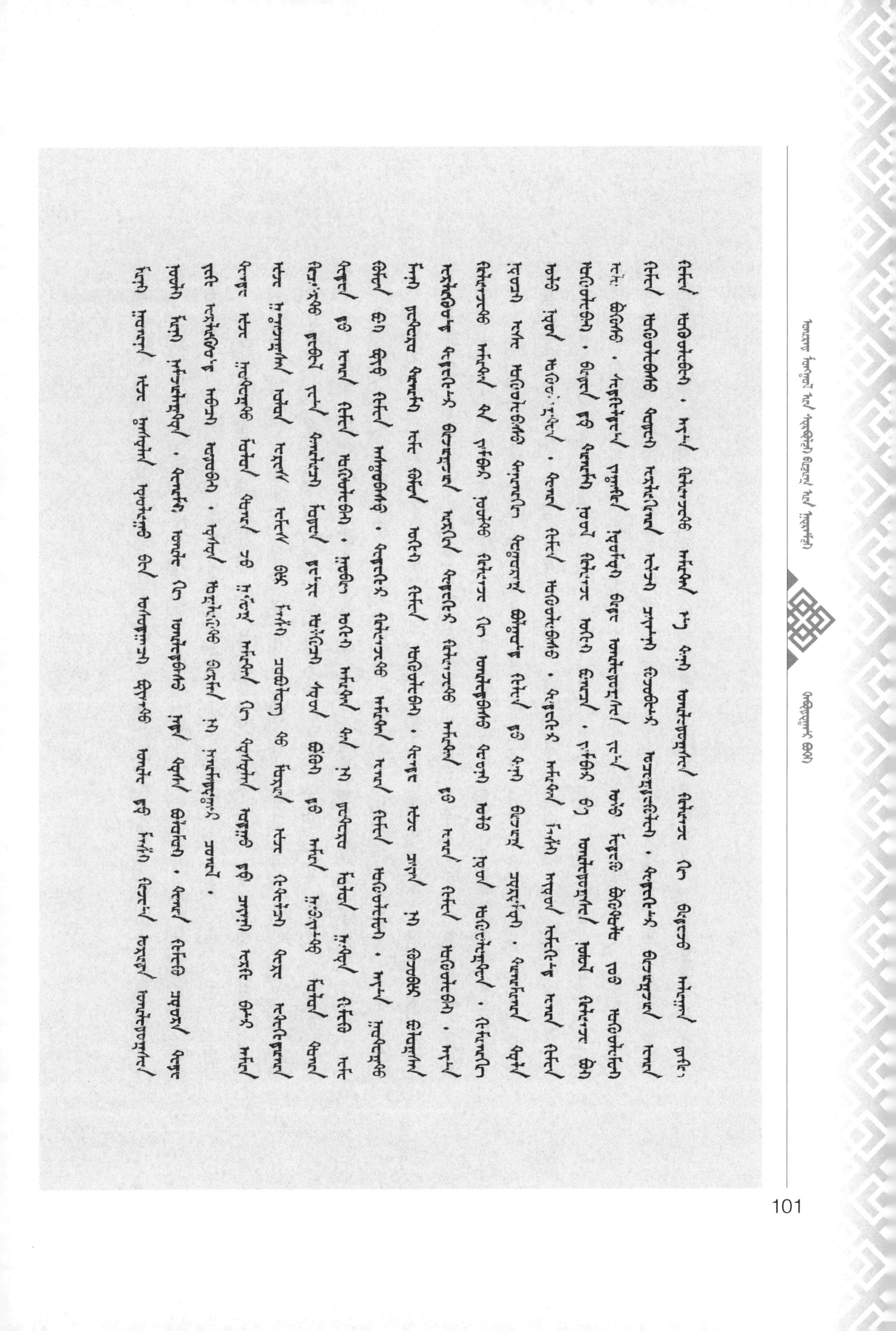

[illegible]

[illegible]

[illegible]

[illegible]

[illegible]

[illegible]

[illegible]

[illegible]

[illegible]

[illegible]

[illegible]

[illegible]

[illegible]

[illegible]

[illegible]

[illegible]

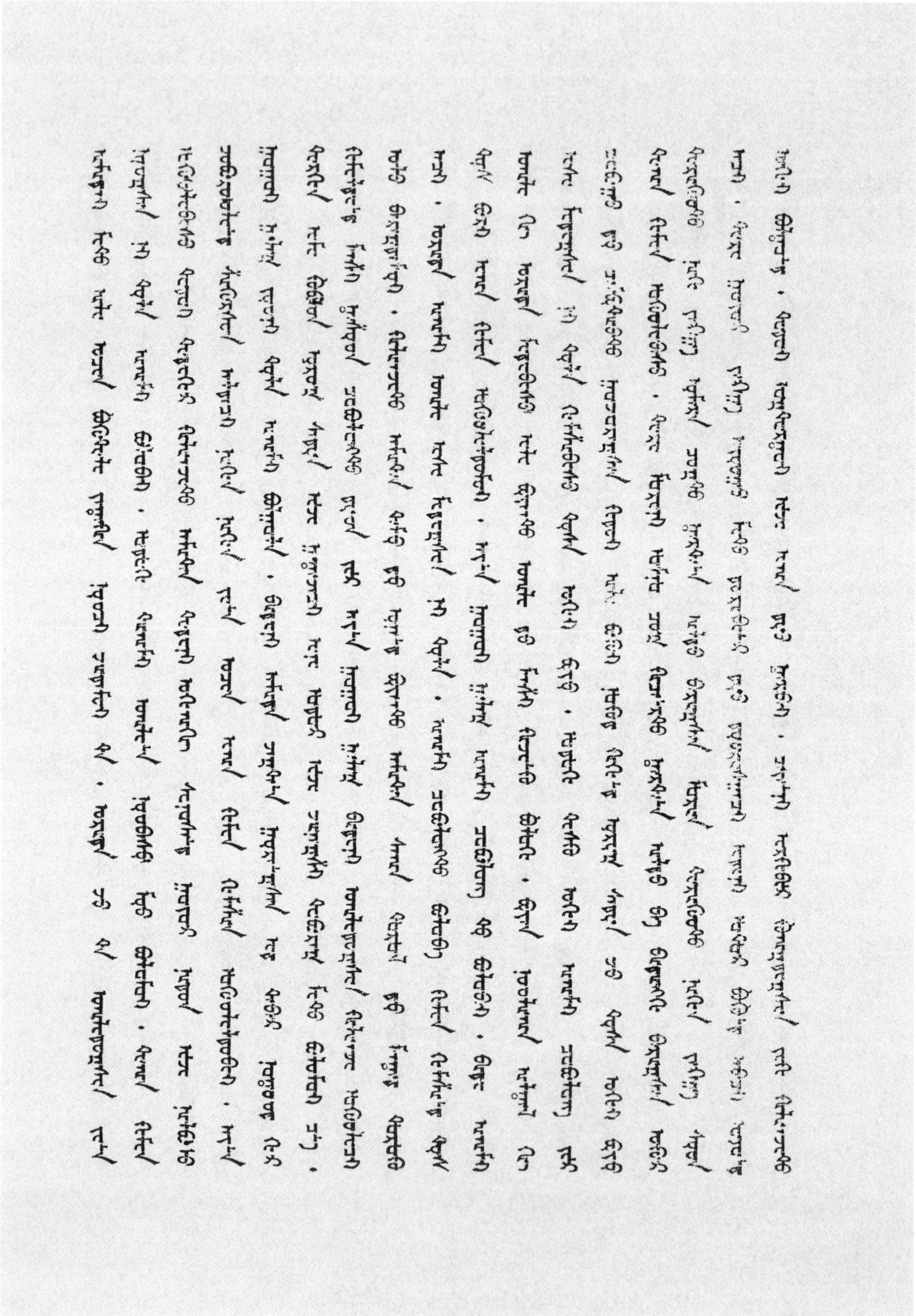

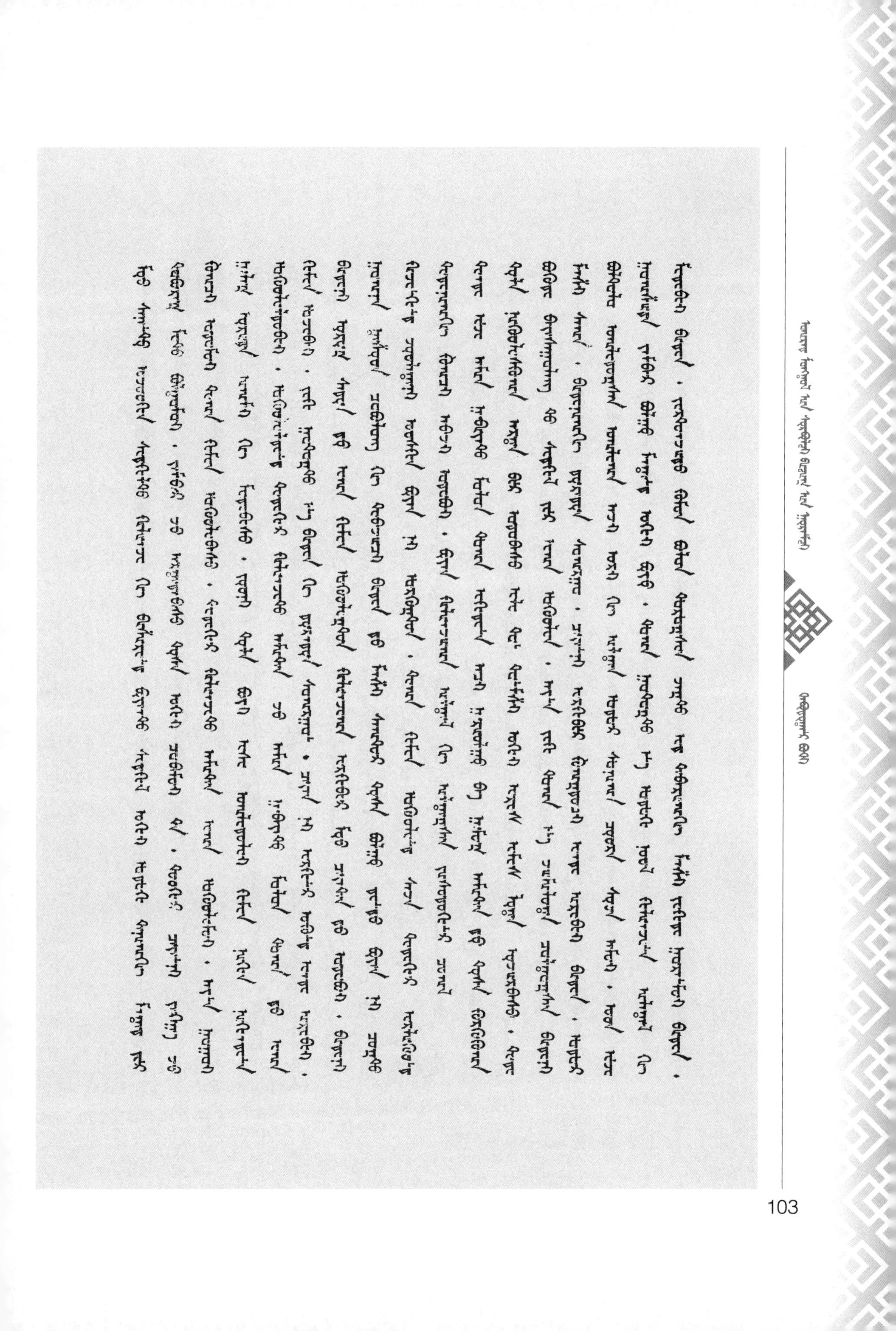

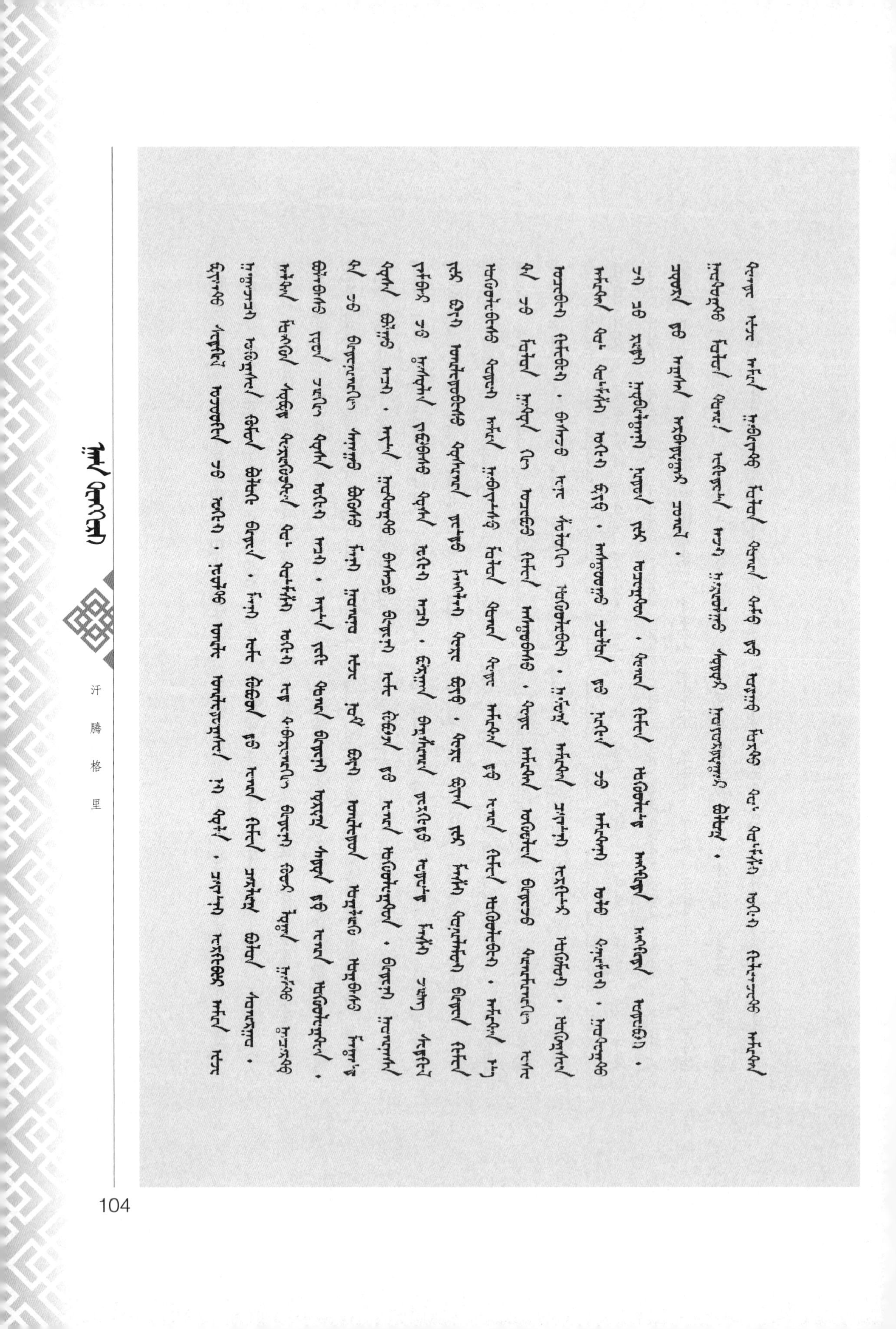

[illegible]
[illegible]
[illegible]
[illegible]
[illegible]
[illegible]
[illegible]
[illegible]
[illegible]
[illegible]
[illegible]
[illegible]
[illegible]
[illegible]
[illegible]
[illegible]

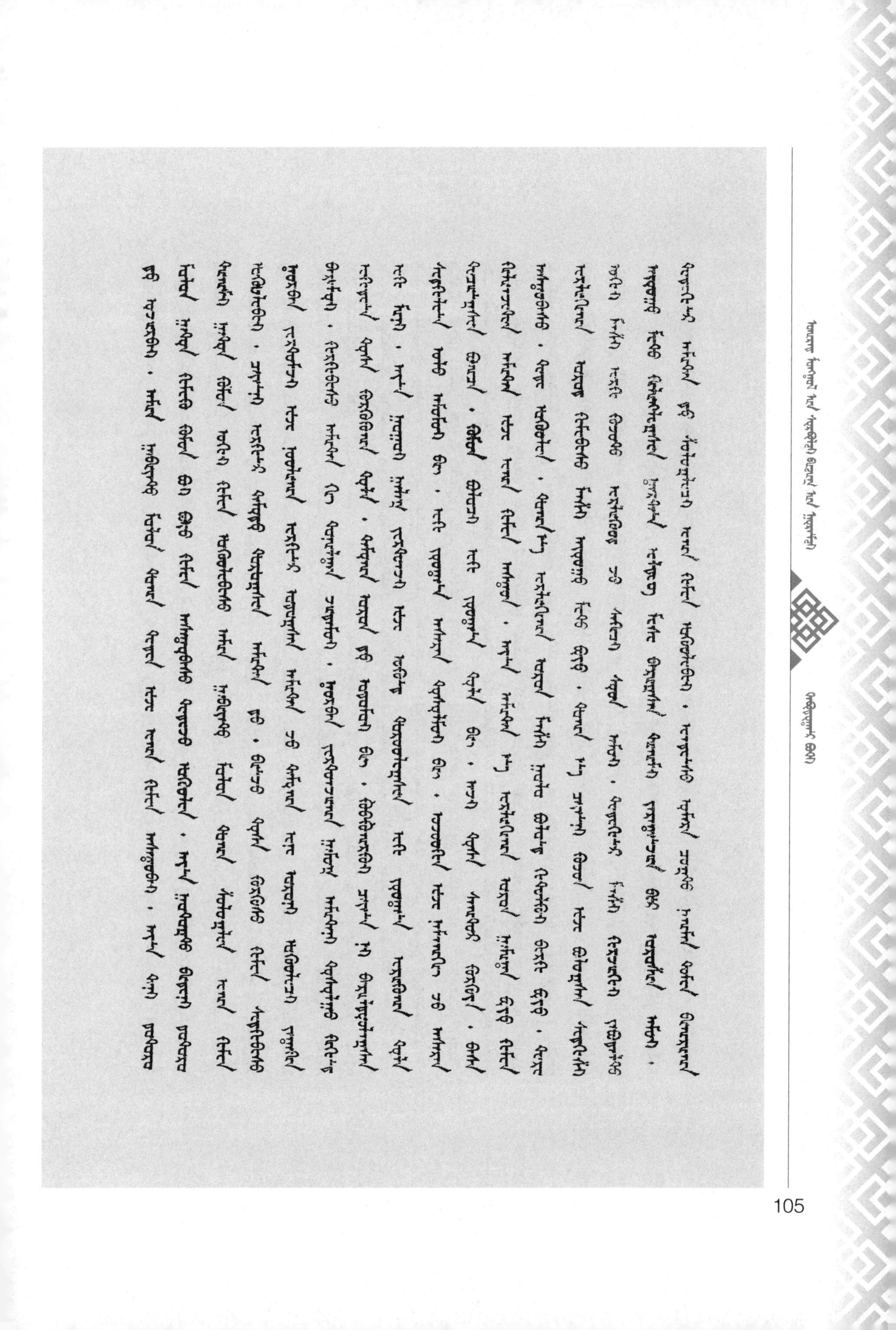

[illegible]

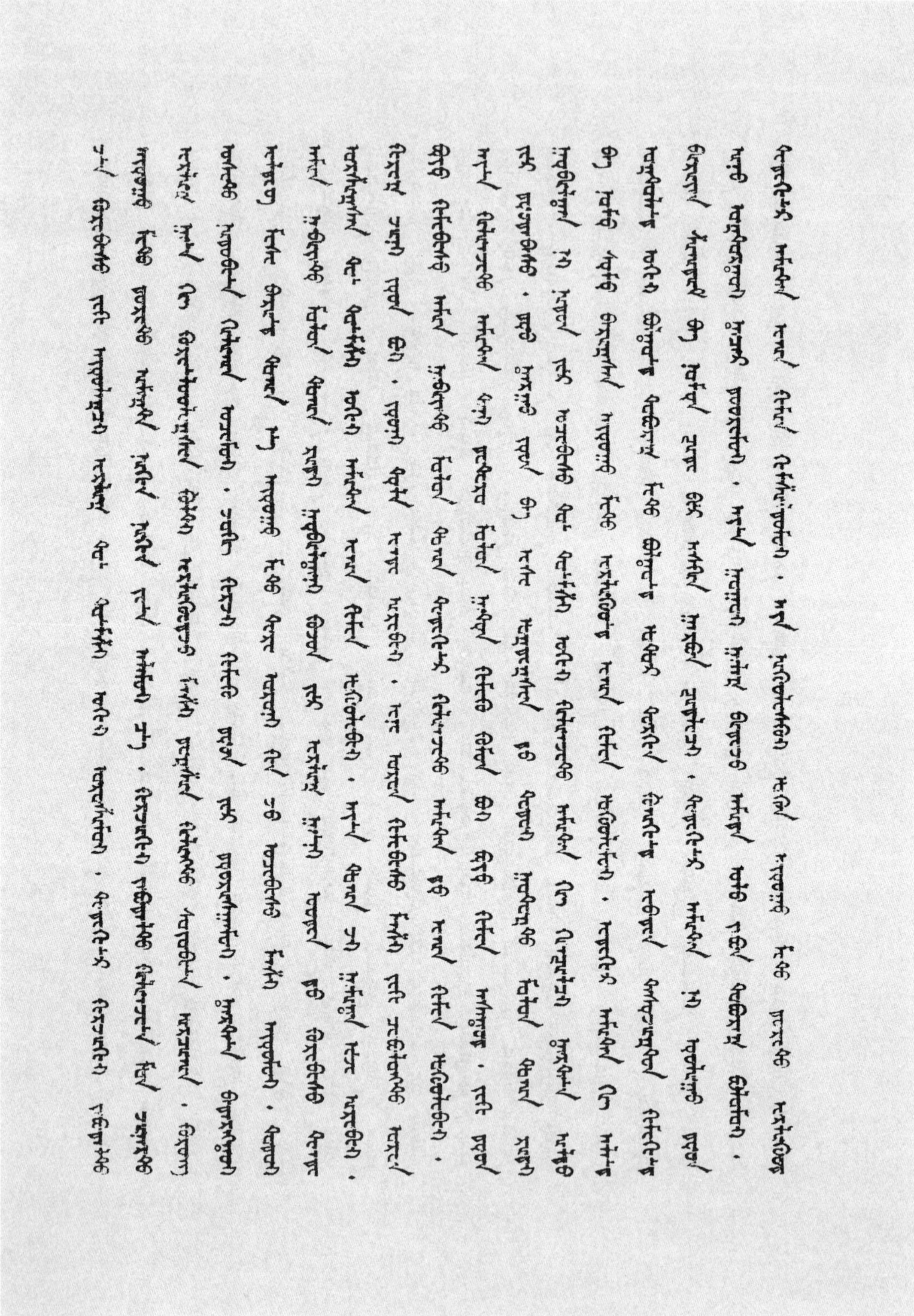

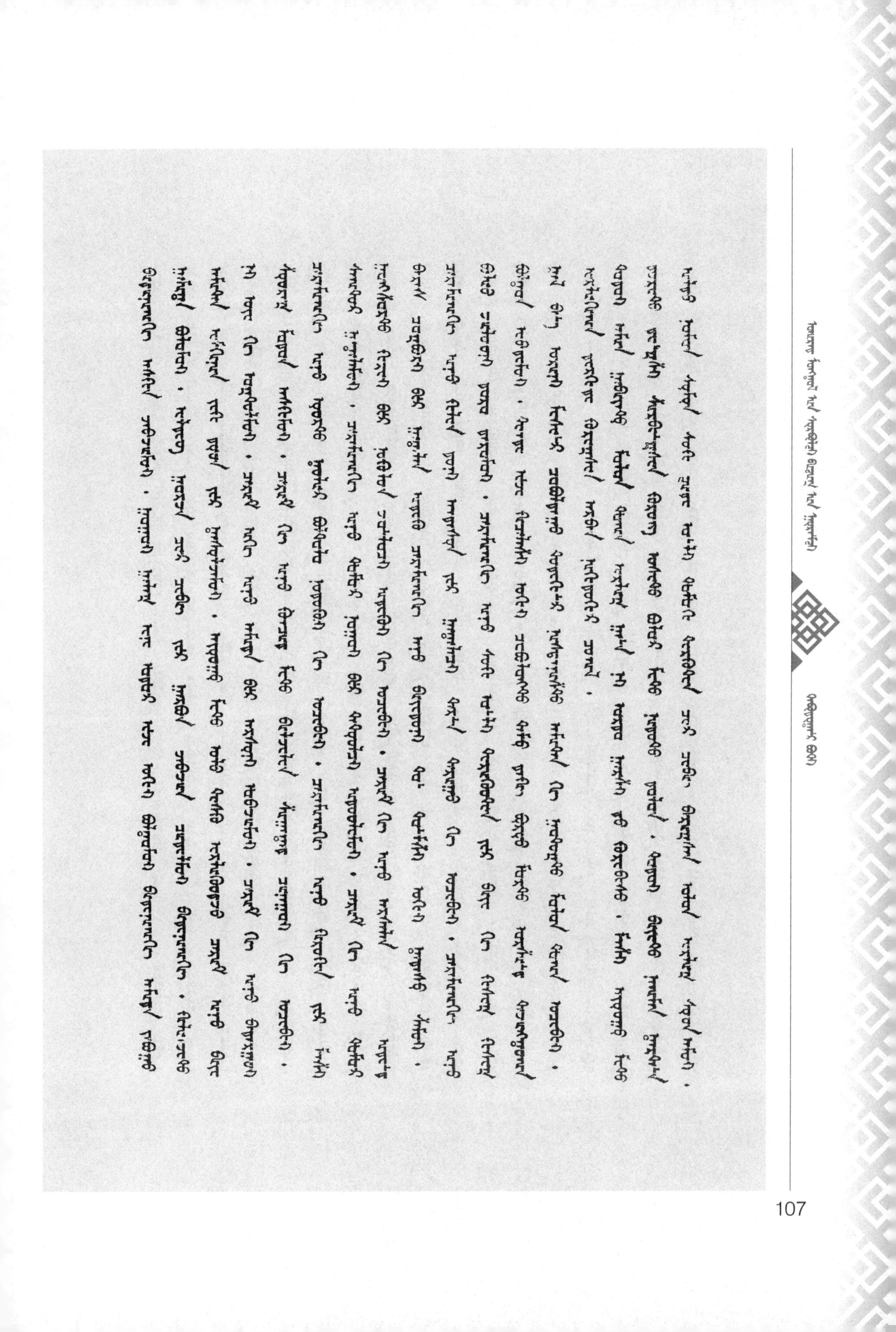

[illegible]

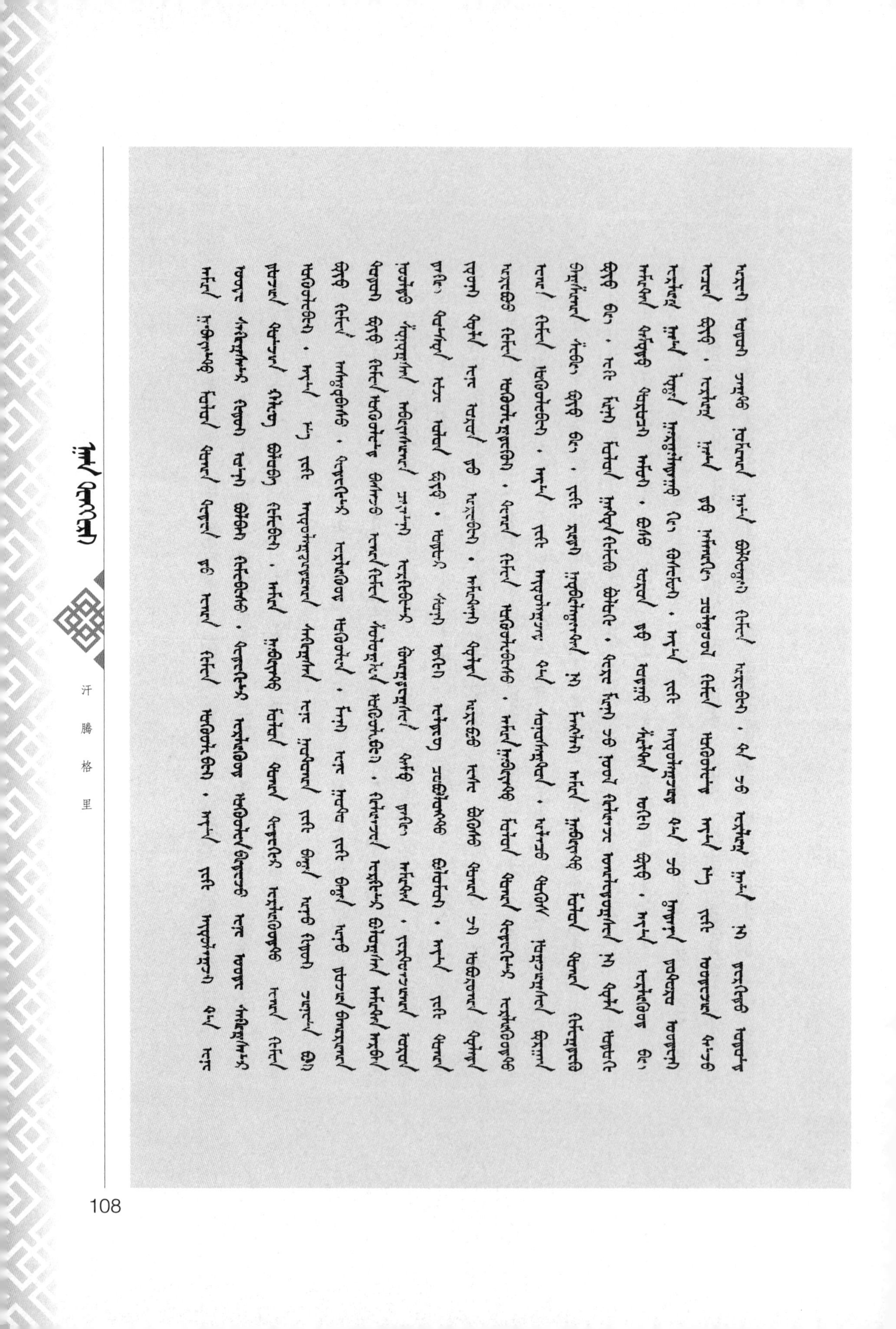

[illegible]

[illegible]

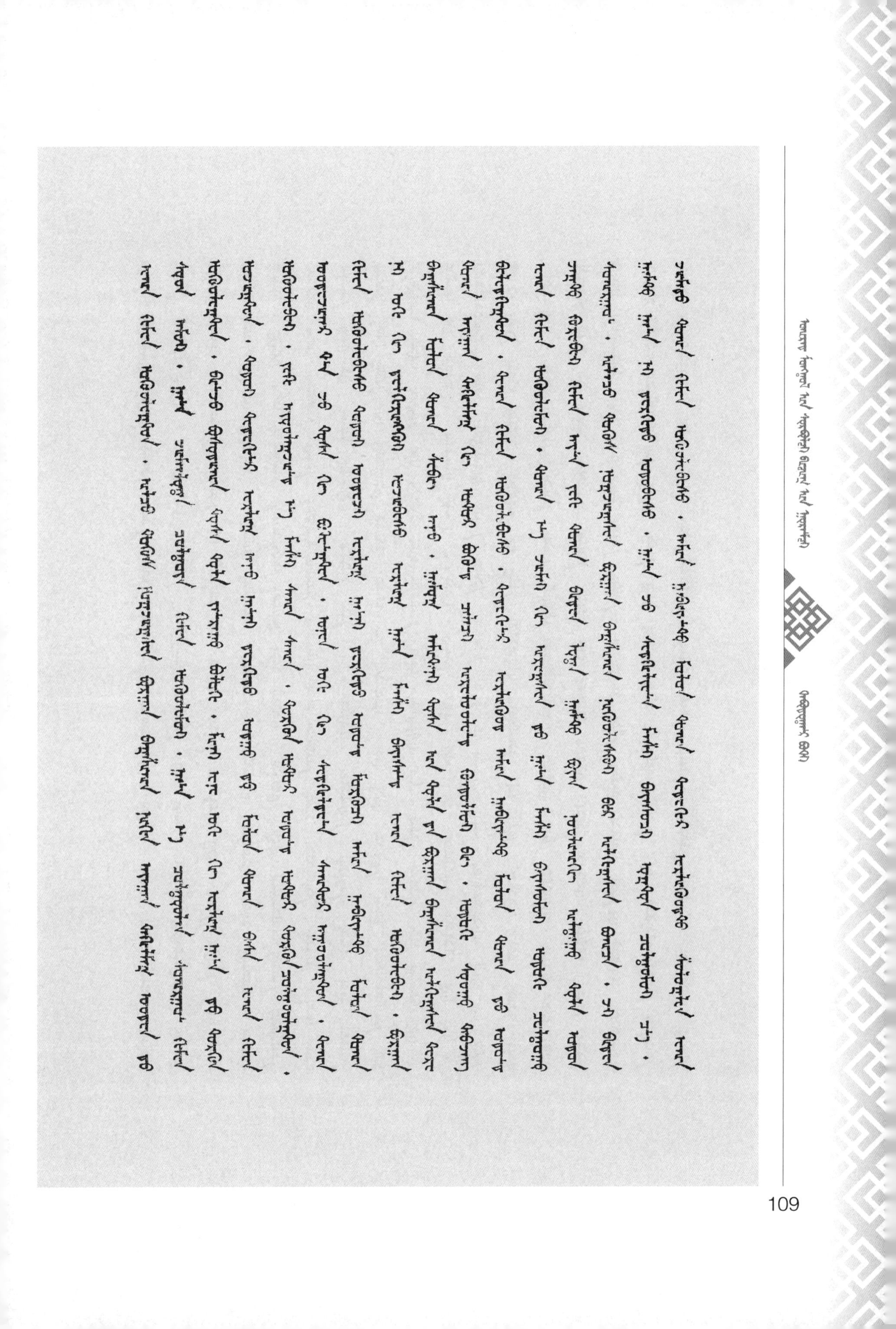

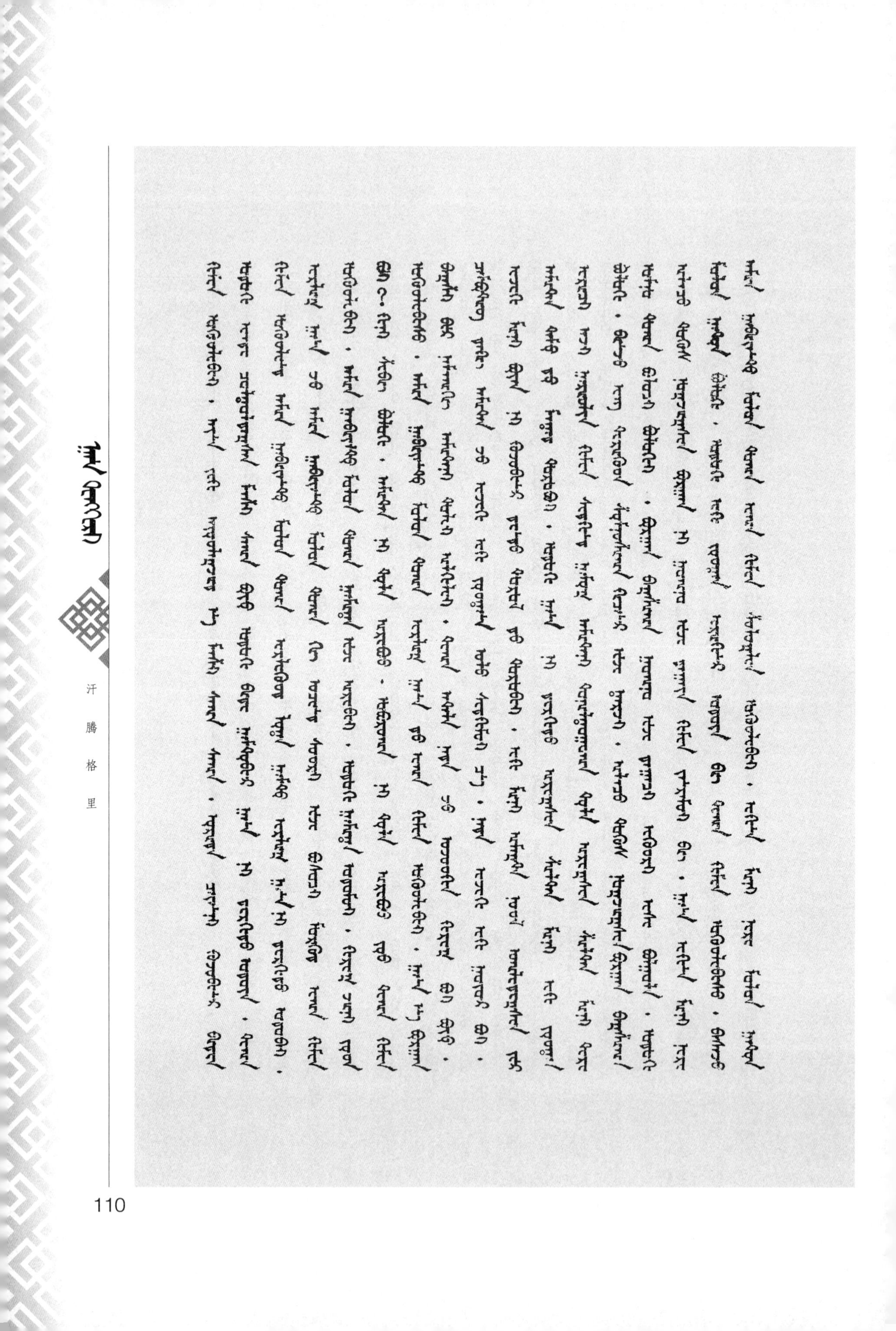

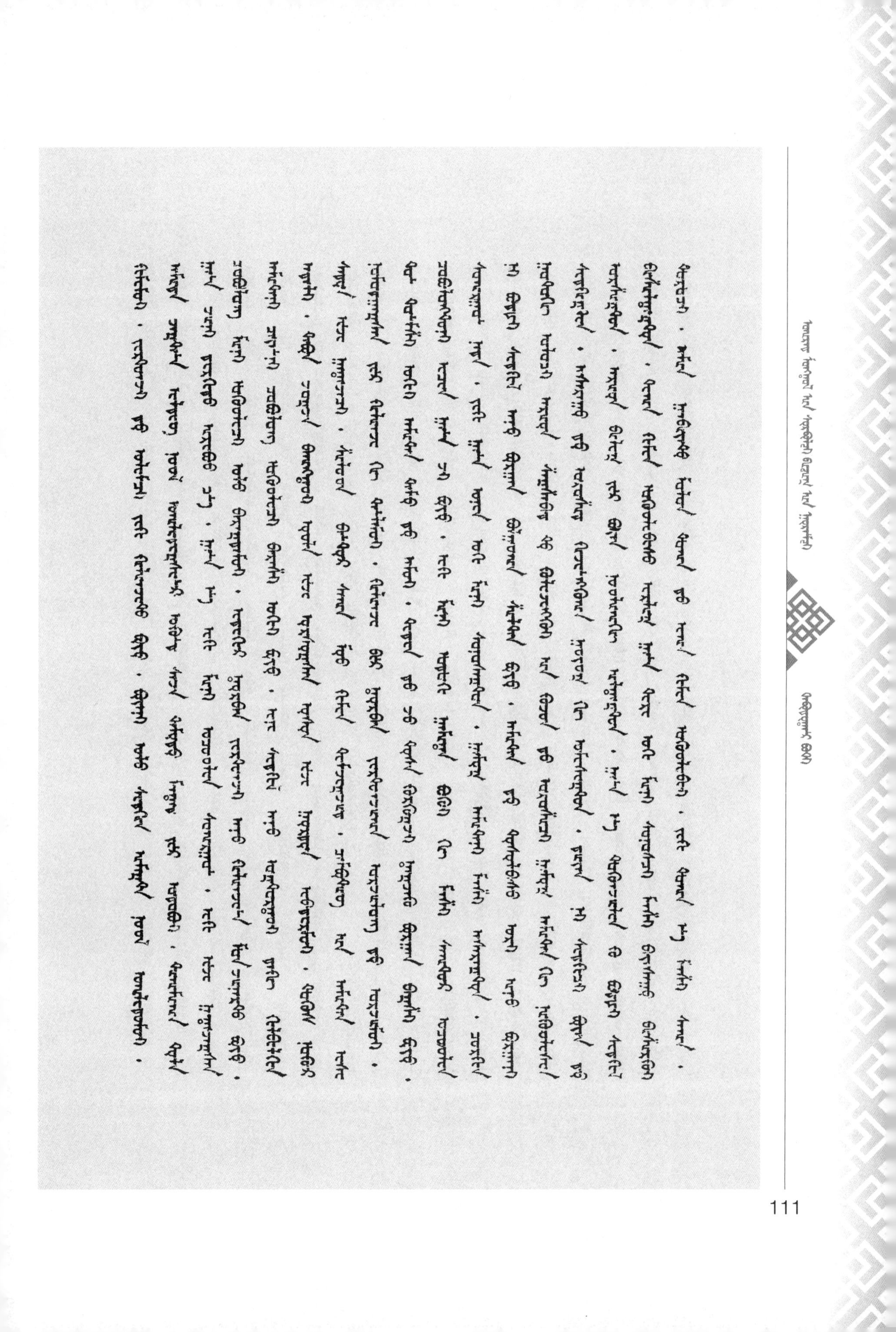

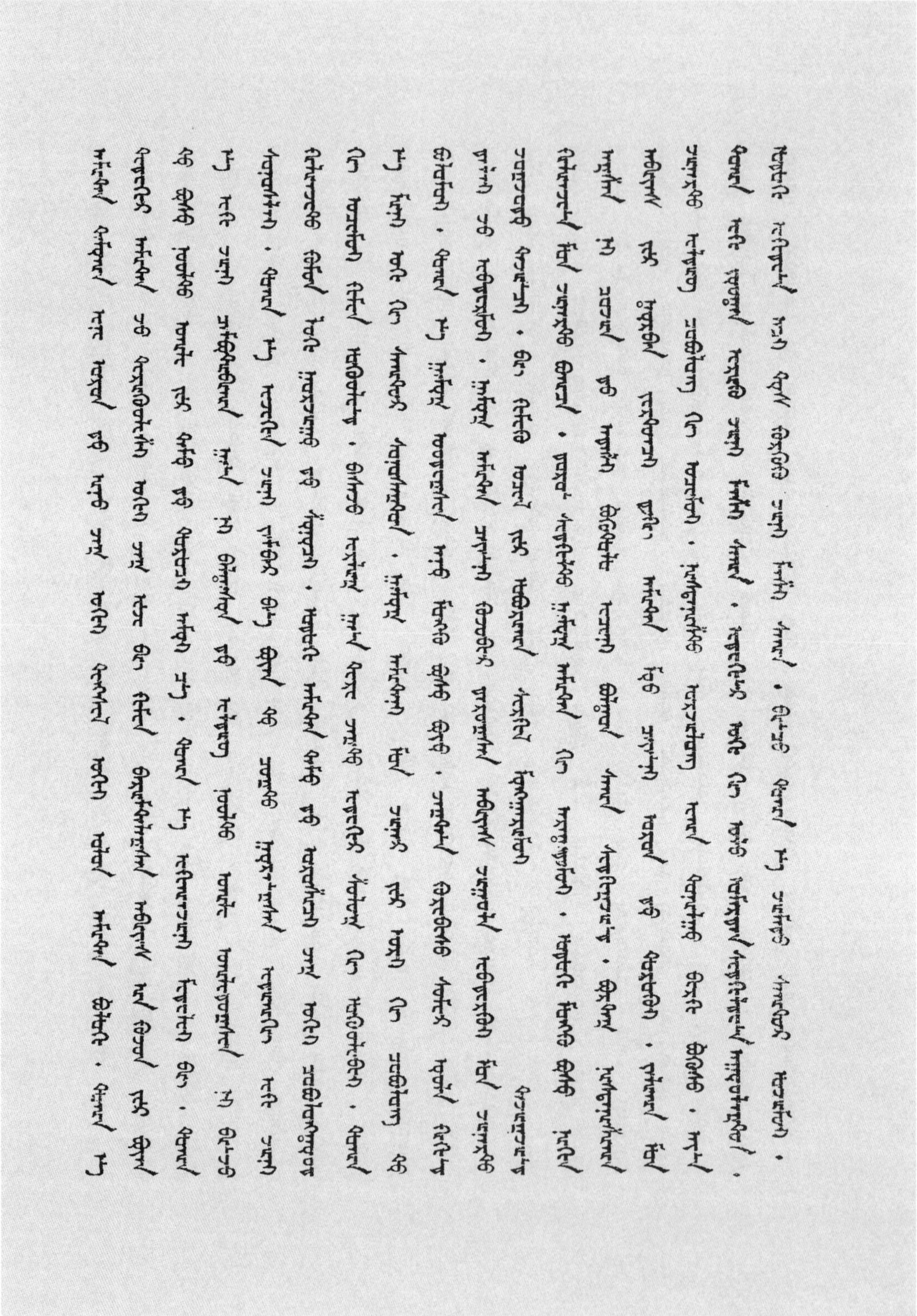

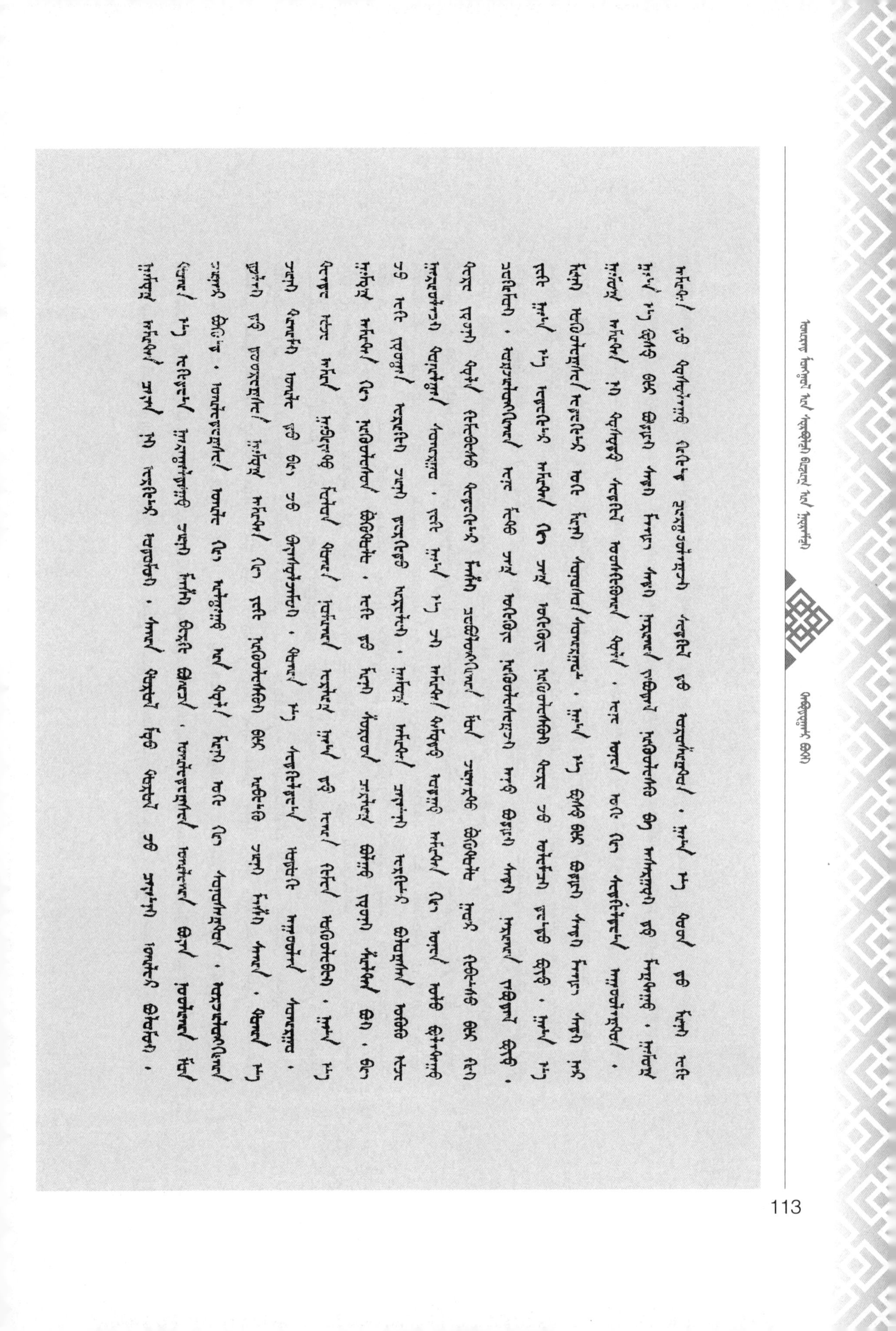

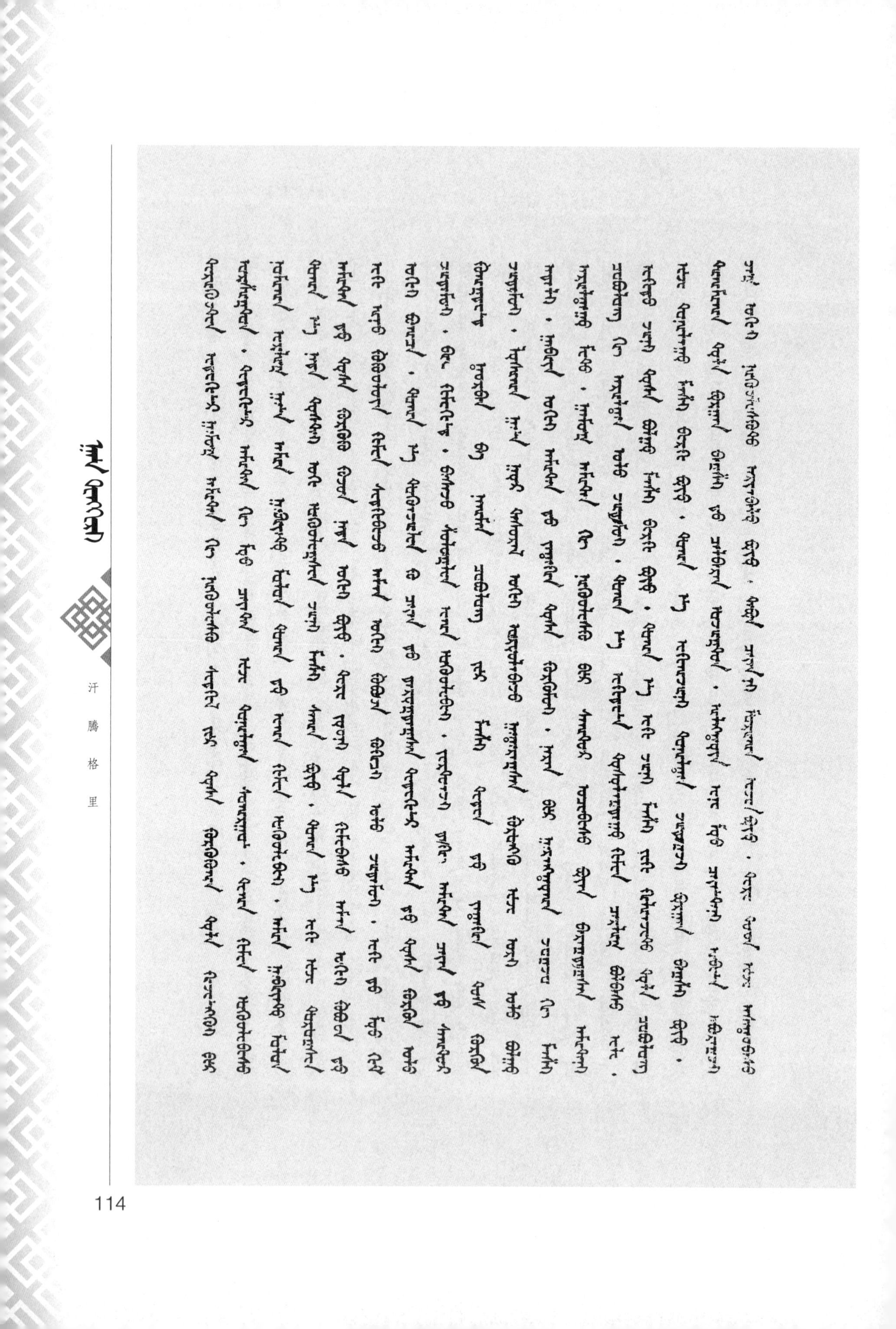

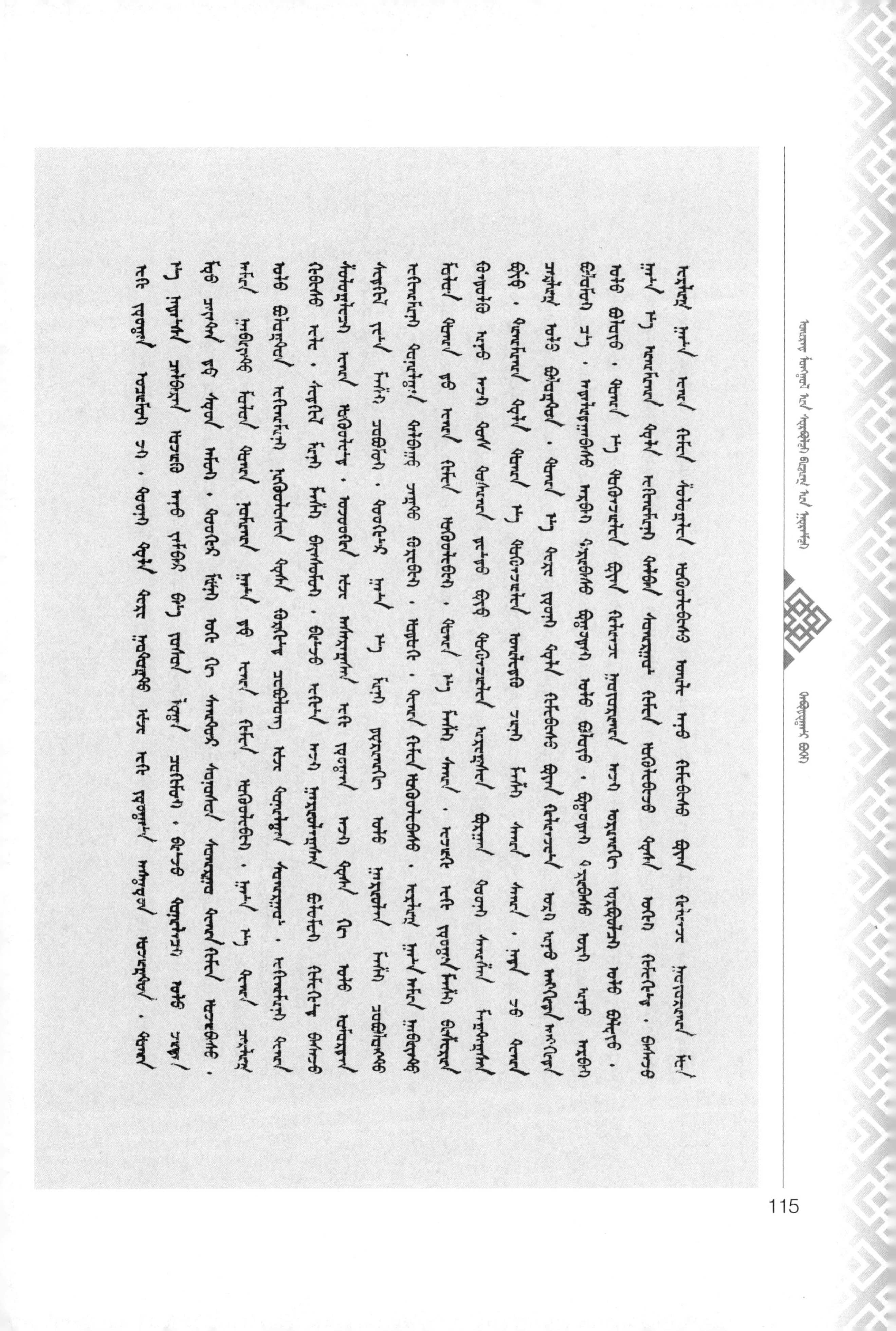

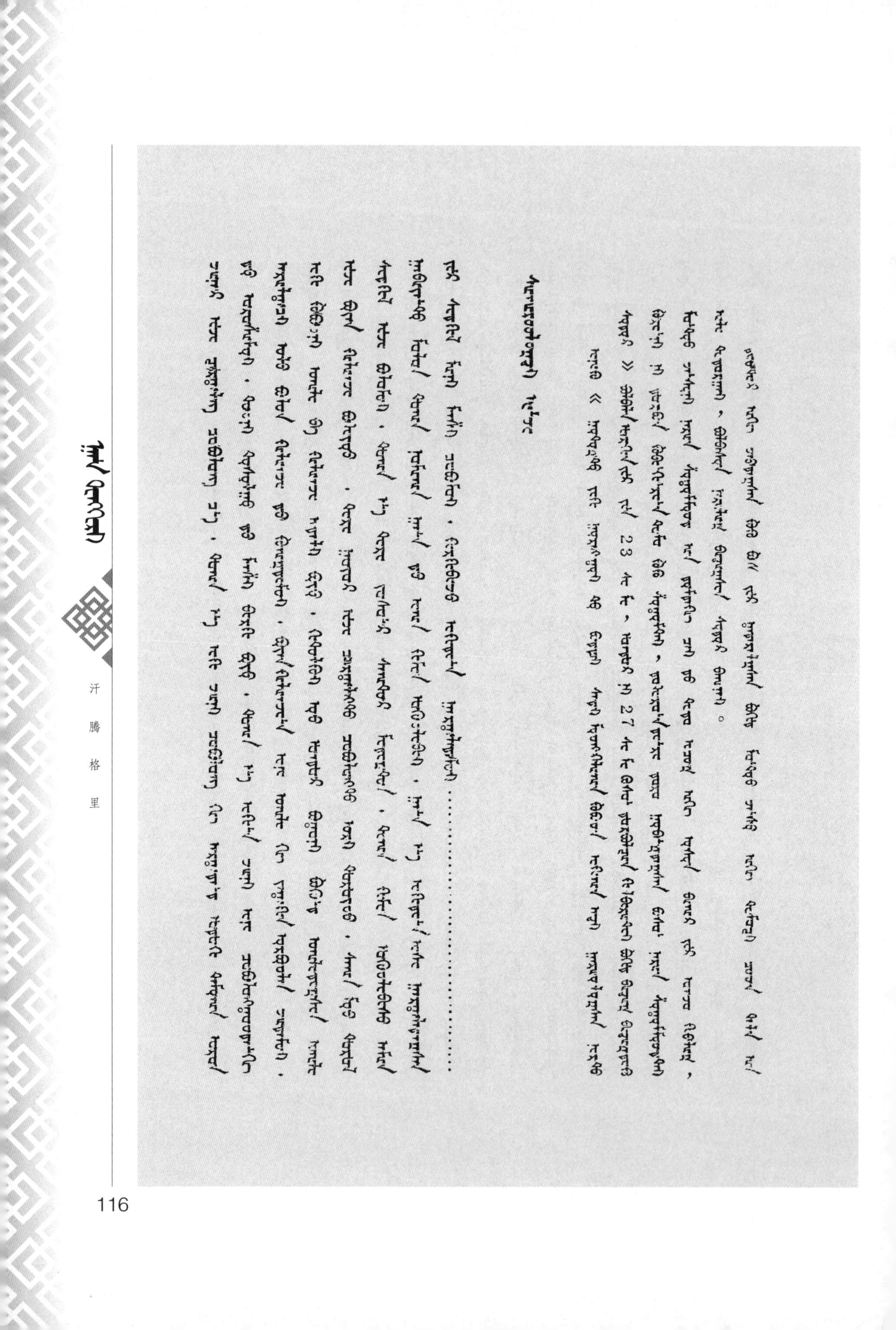

[illegible] 23 [illegible] 27 [illegible]

[illegible]

[illegible] ……………………………… [illegible]

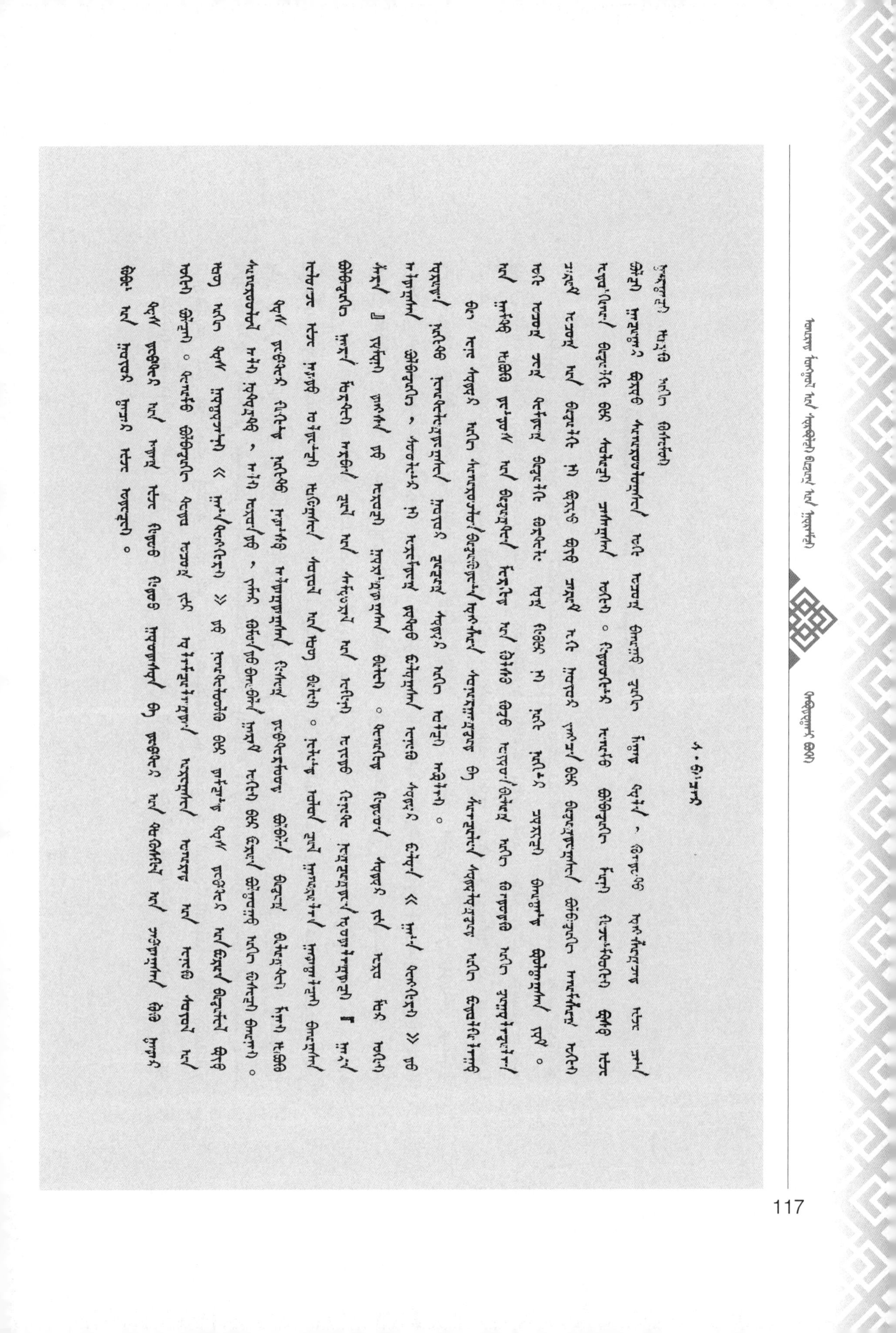

[illegible]

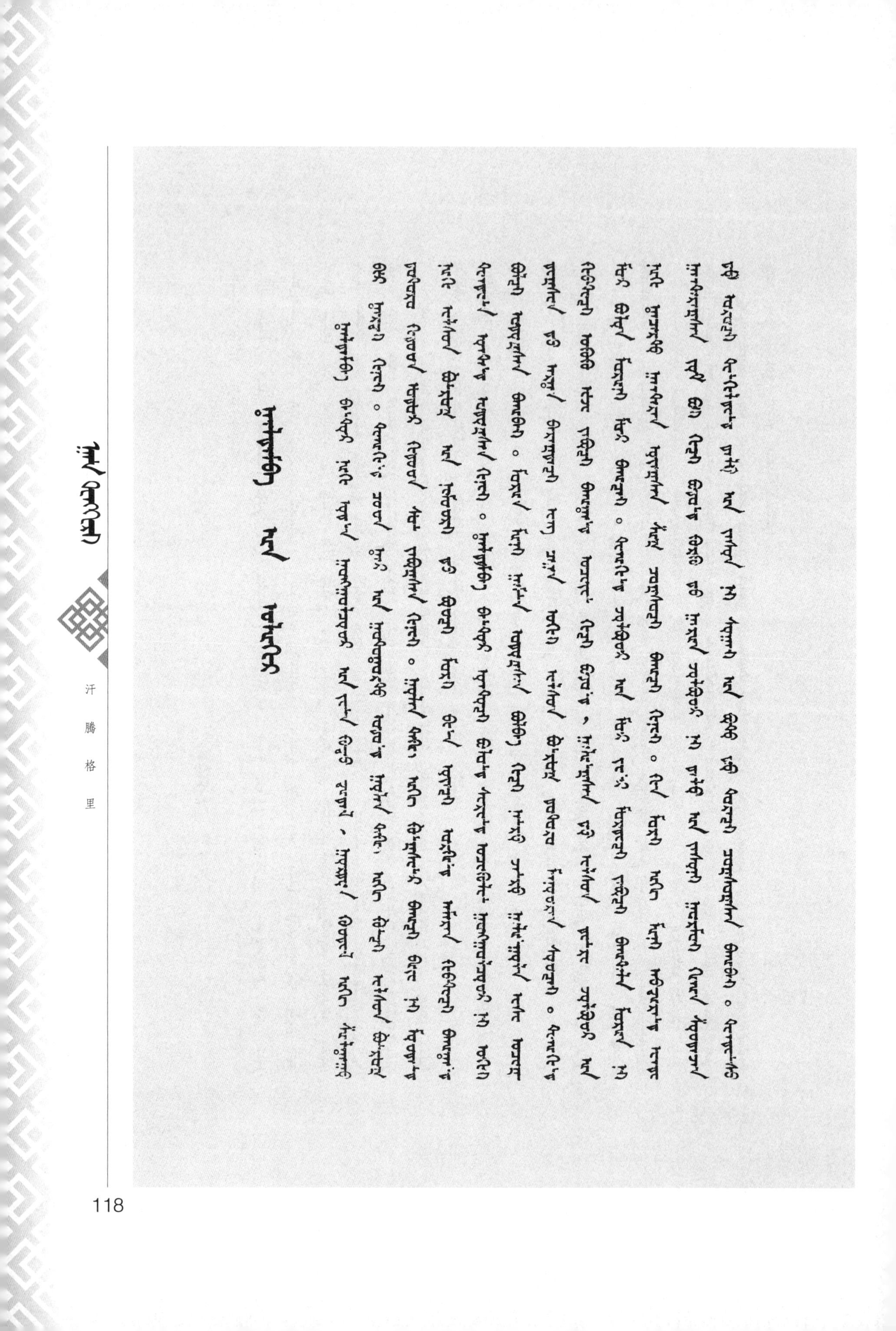

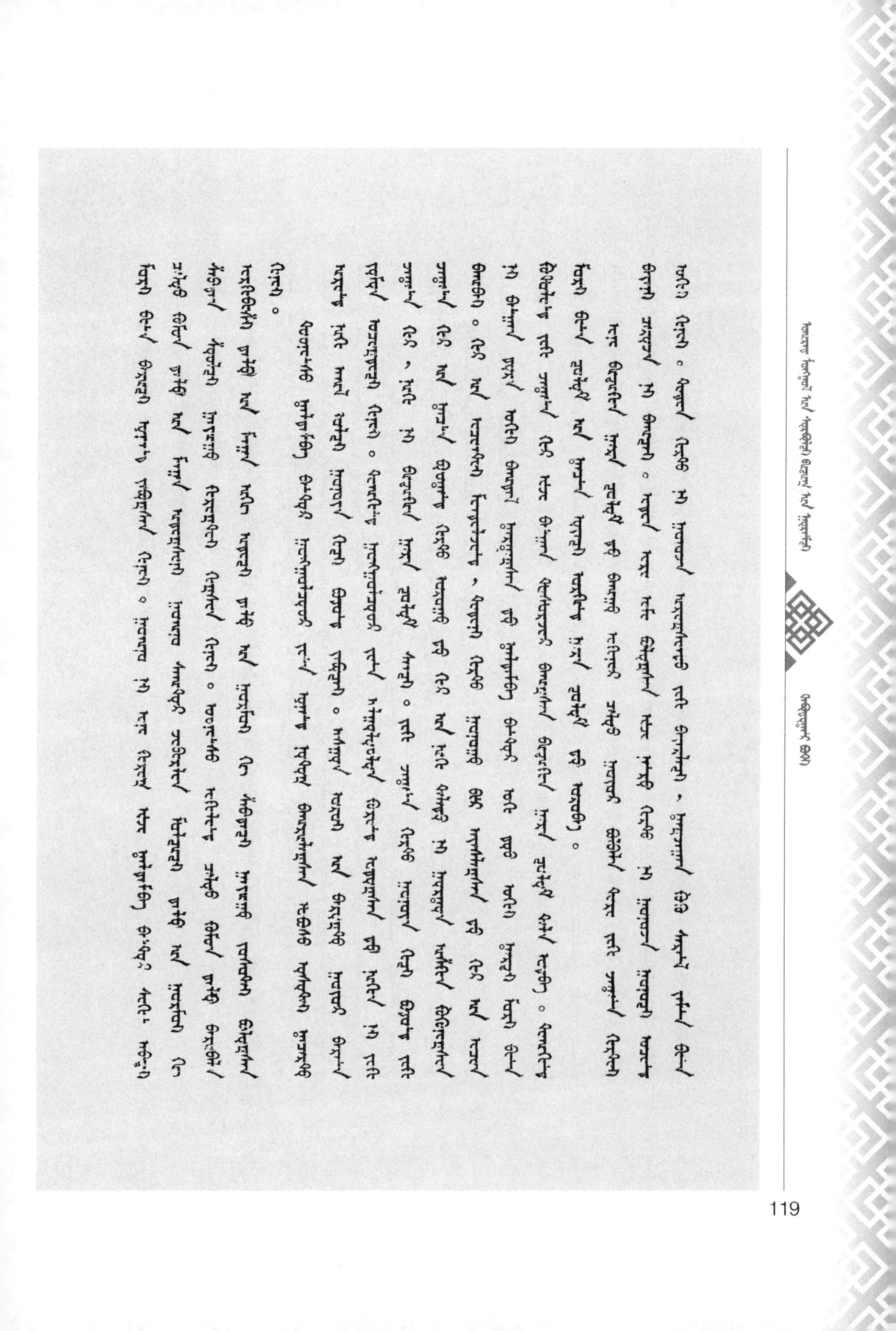

[illegible]
[illegible]

[illegible]
[illegible]

[illegible]
[illegible]
[illegible]
[illegible]
[illegible]
[illegible]
[illegible]

[illegible]
[illegible]

[illegible]
[illegible]
[illegible]
[illegible]

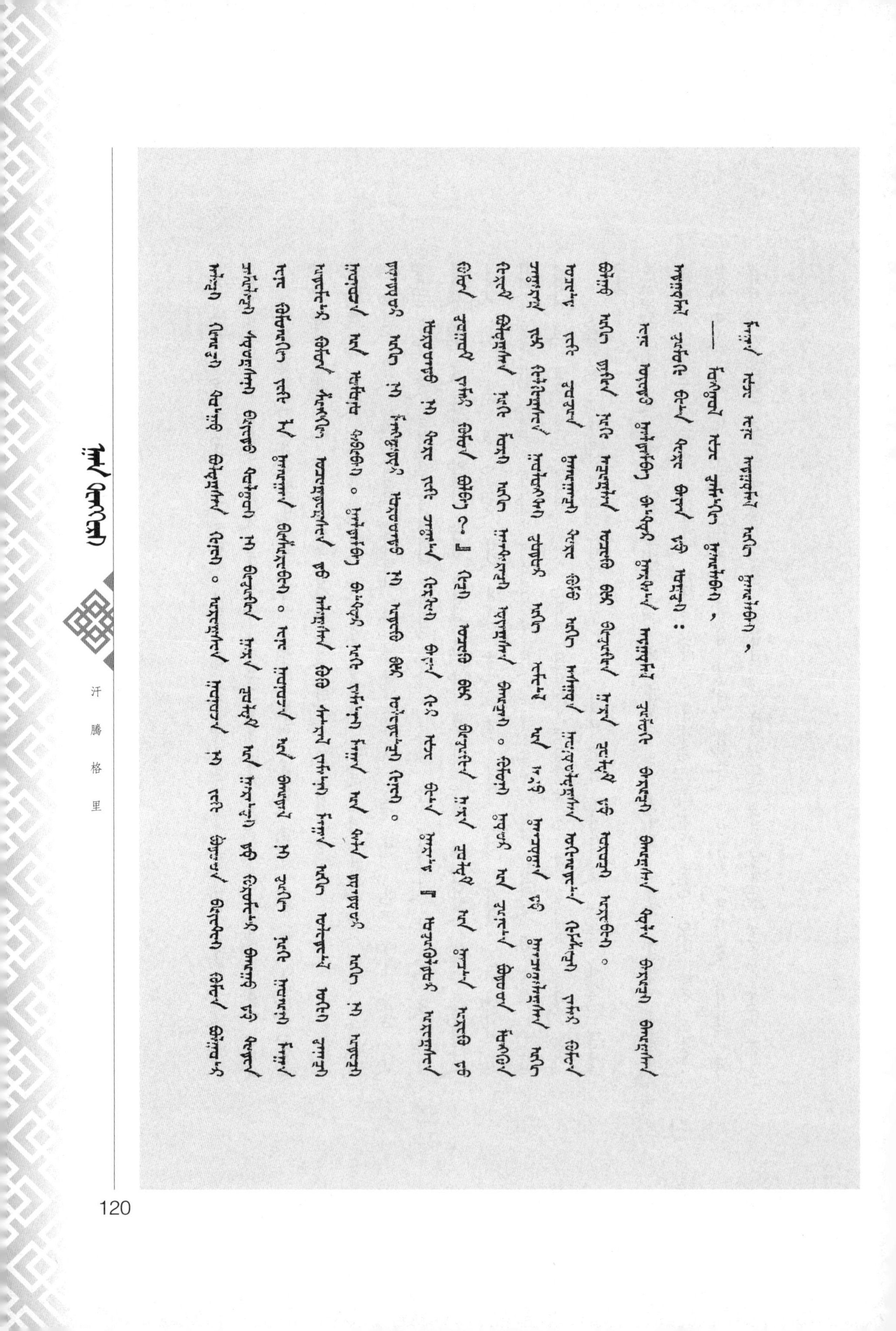

[illegible]

[illegible]

[illegible]

[illegible]
[illegible]
[illegible]
[illegible]
[illegible]
[illegible]

[illegible]
[illegible]

[illegible]
[illegible]
[illegible]
[illegible]
[illegible]

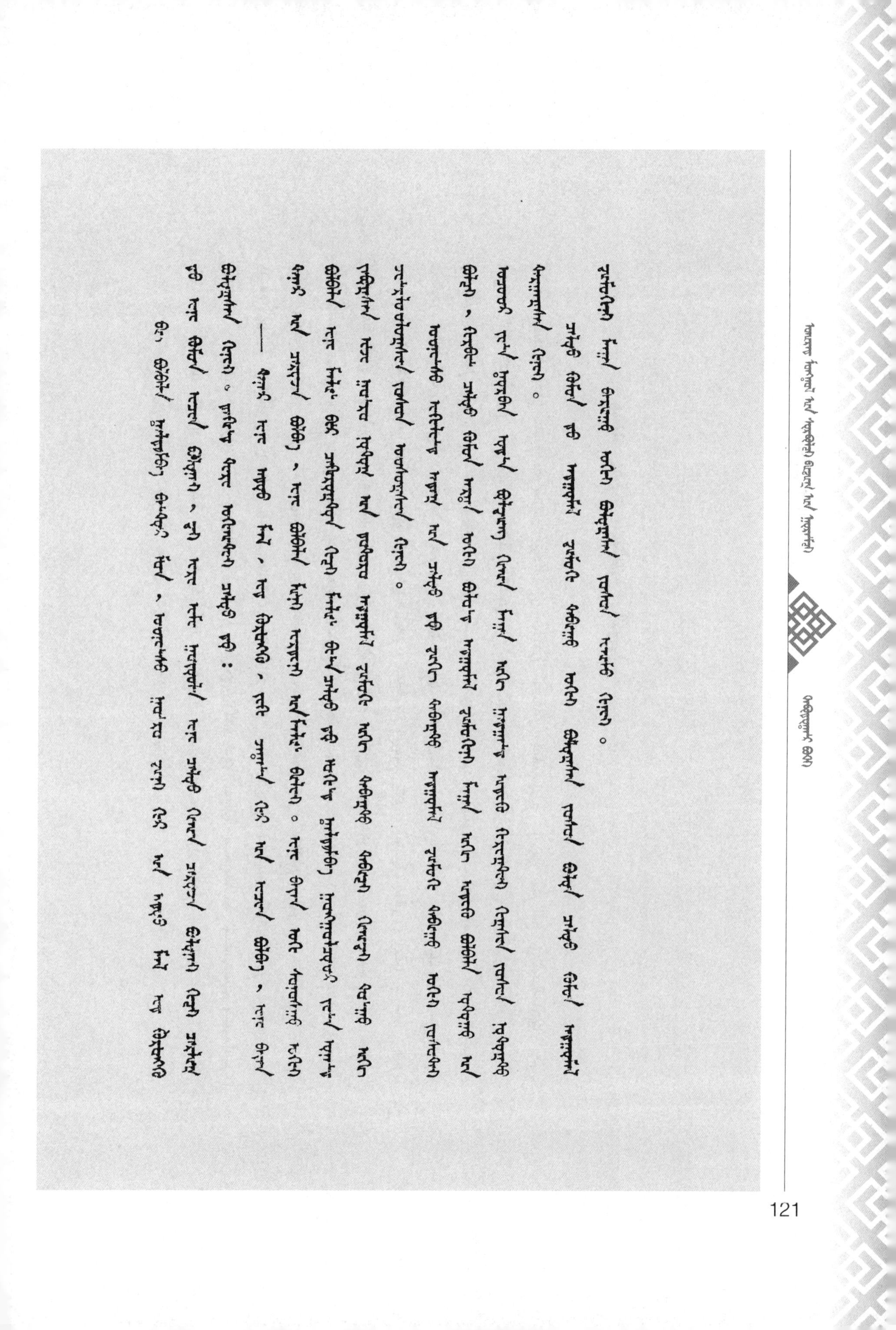

[illegible]

[illegible]

[illegible]

[illegible]

[illegible]

[illegible]

[illegible]

[illegible]

[illegible]

[illegible]

[illegible]

[illegible]

[illegible]

[illegible]

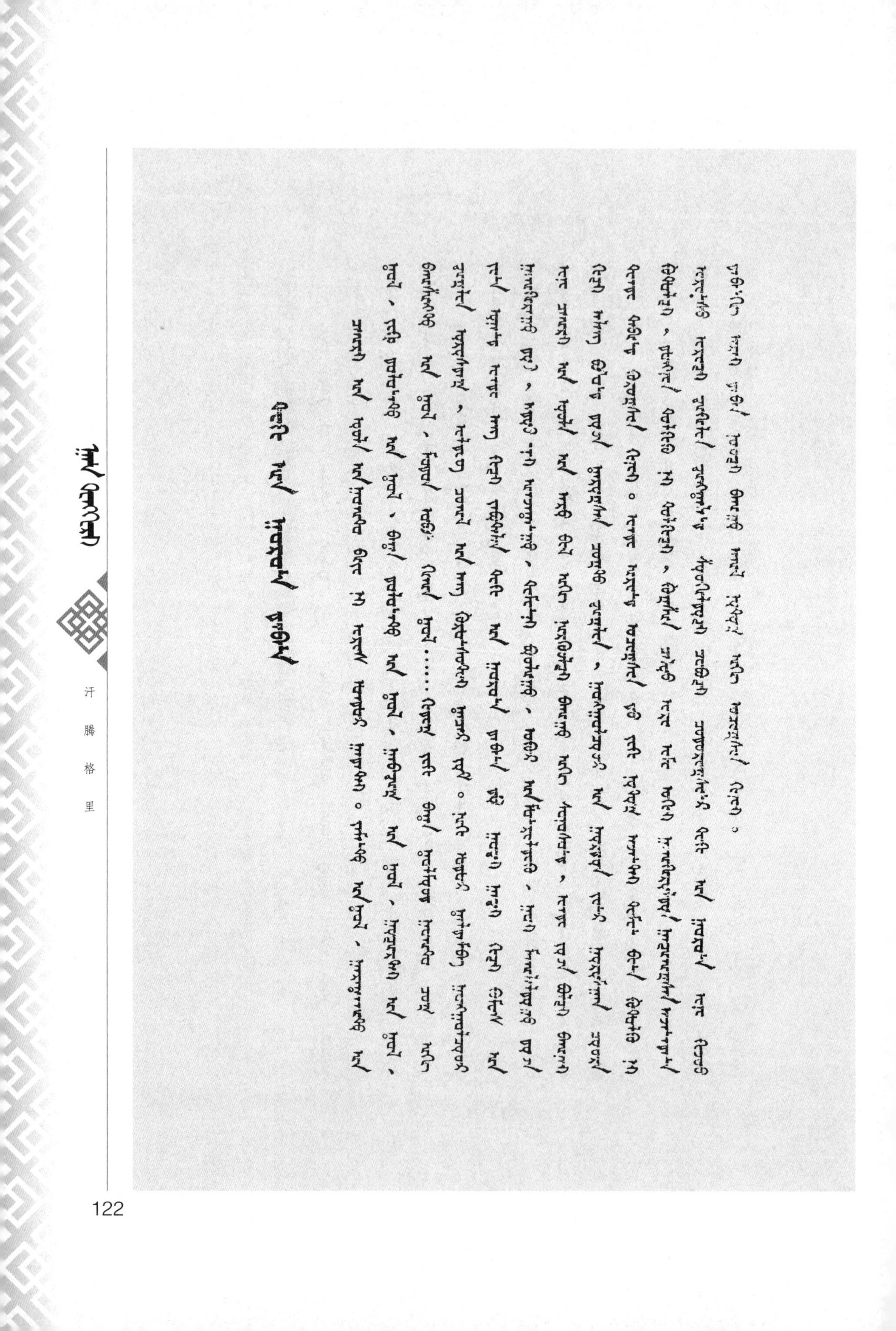

[illegible]

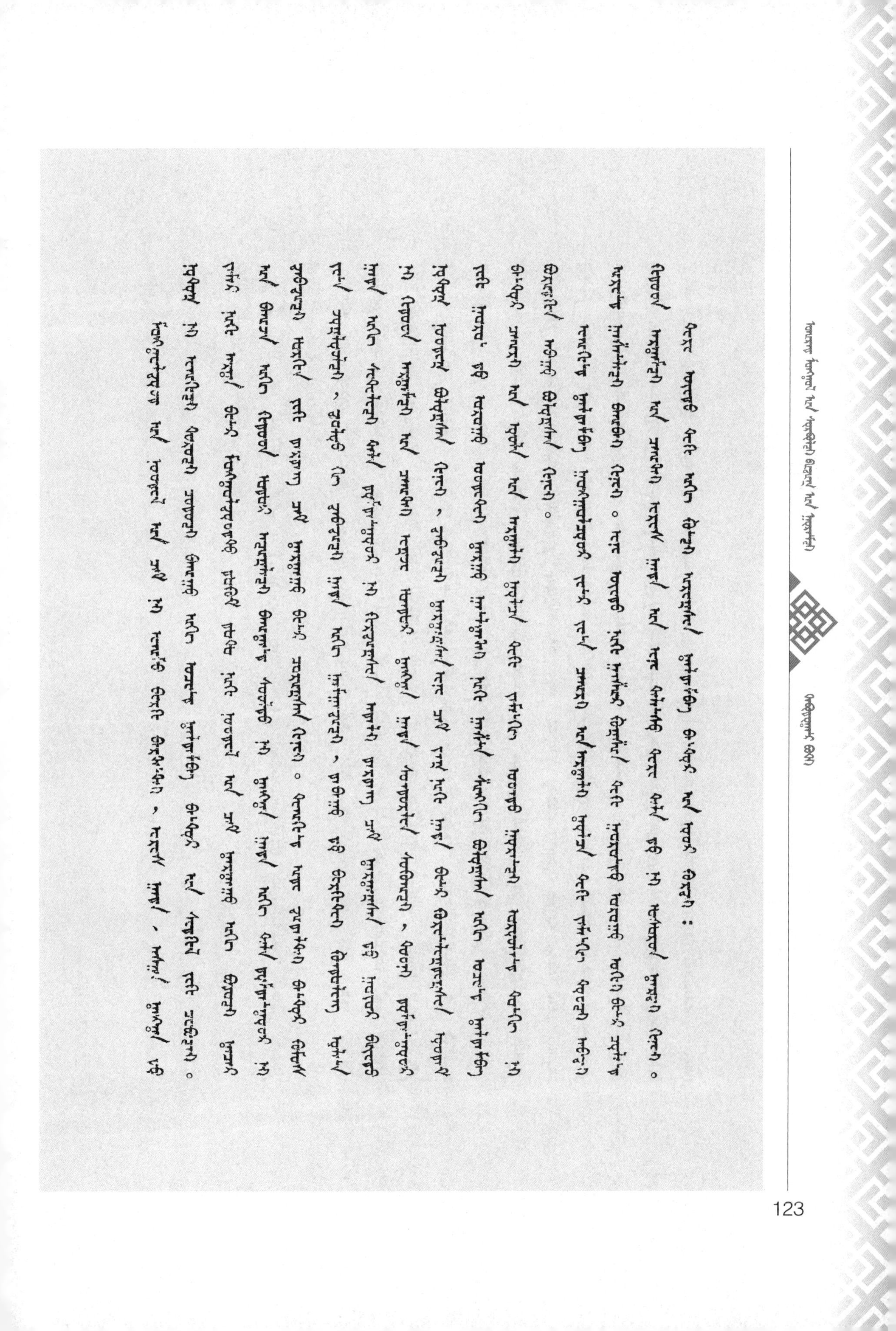

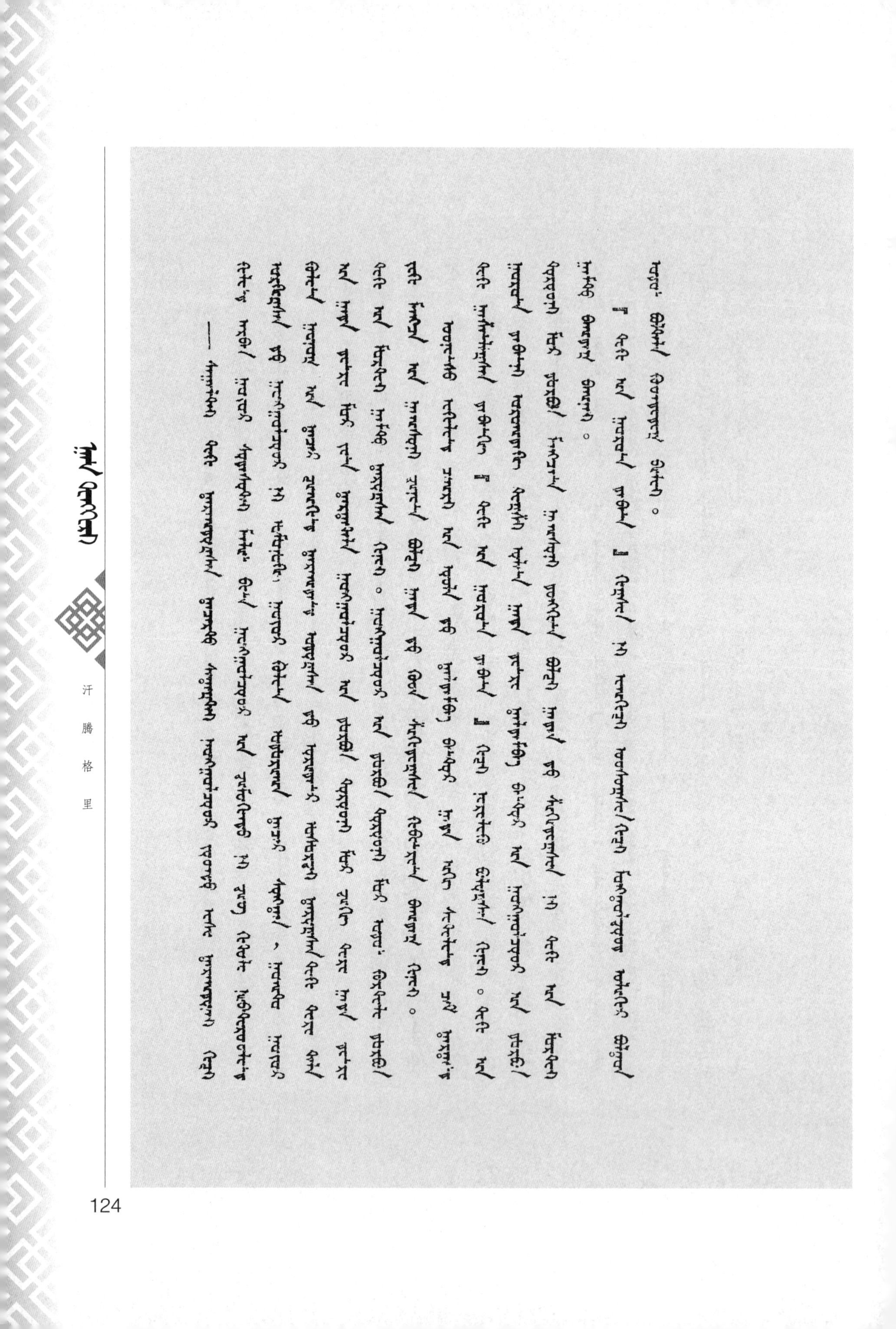

[illegible]

[illegible]

[illegible]

[illegible]

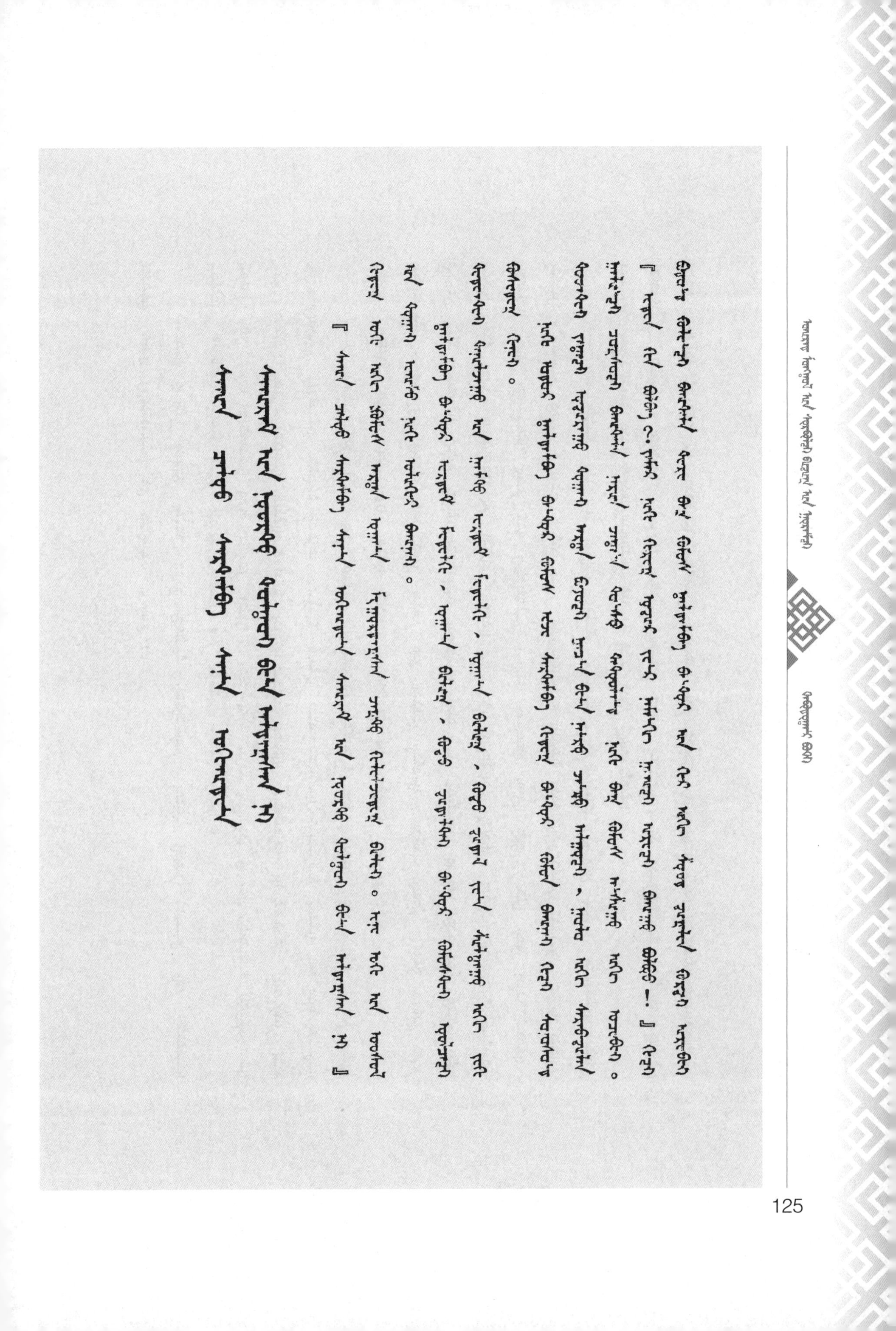

[illegible]
[illegible]

『 [illegible] 』

[illegible]

[illegible] 。

[illegible] 、 [illegible] 、 [illegible]

[illegible] 、 [illegible] 、 [illegible] 。

[illegible]

[illegible] 。

[illegible] 、 [illegible]

[illegible] 。

『 [illegible] —— 』 [illegible]

[illegible]

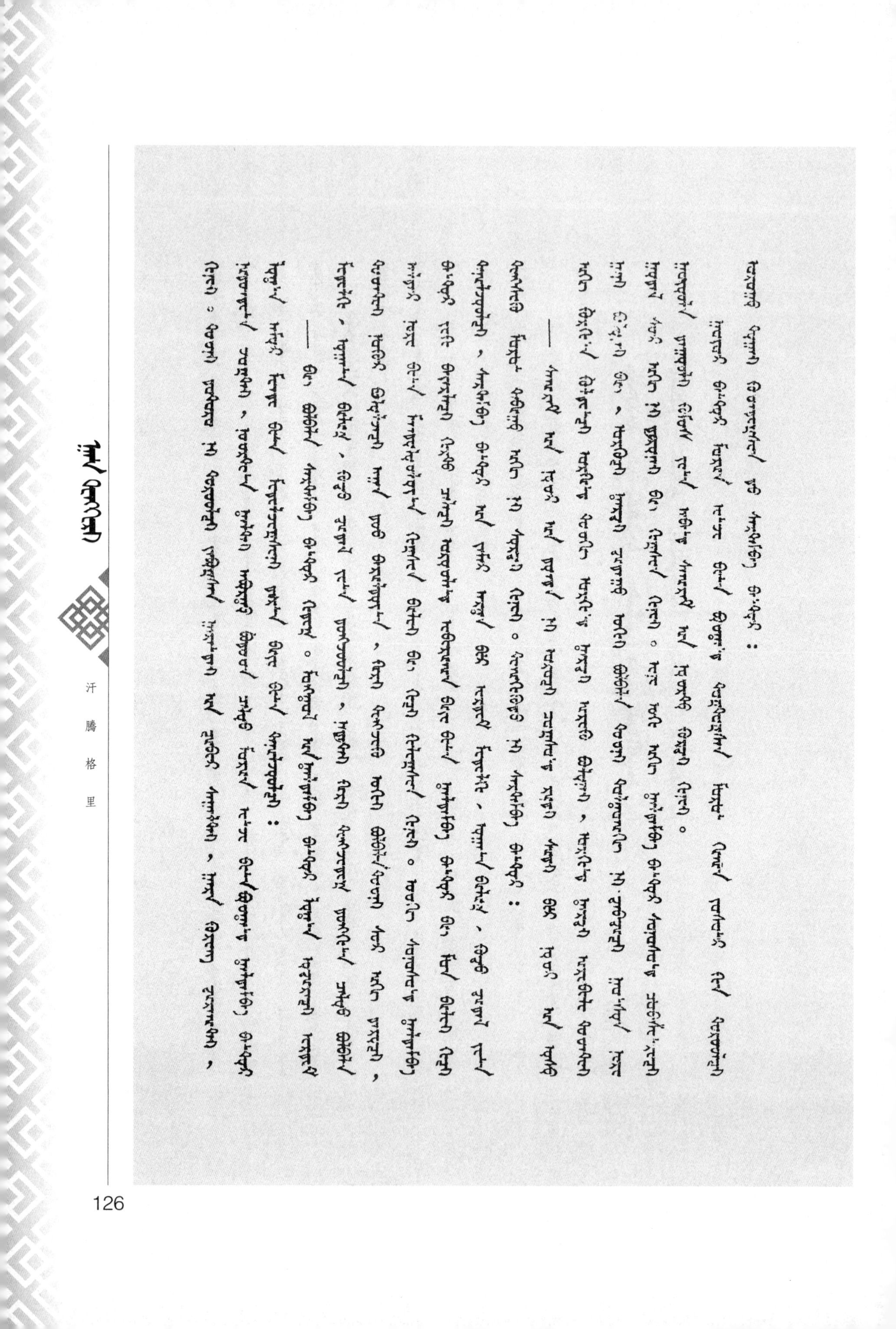

[illegible]

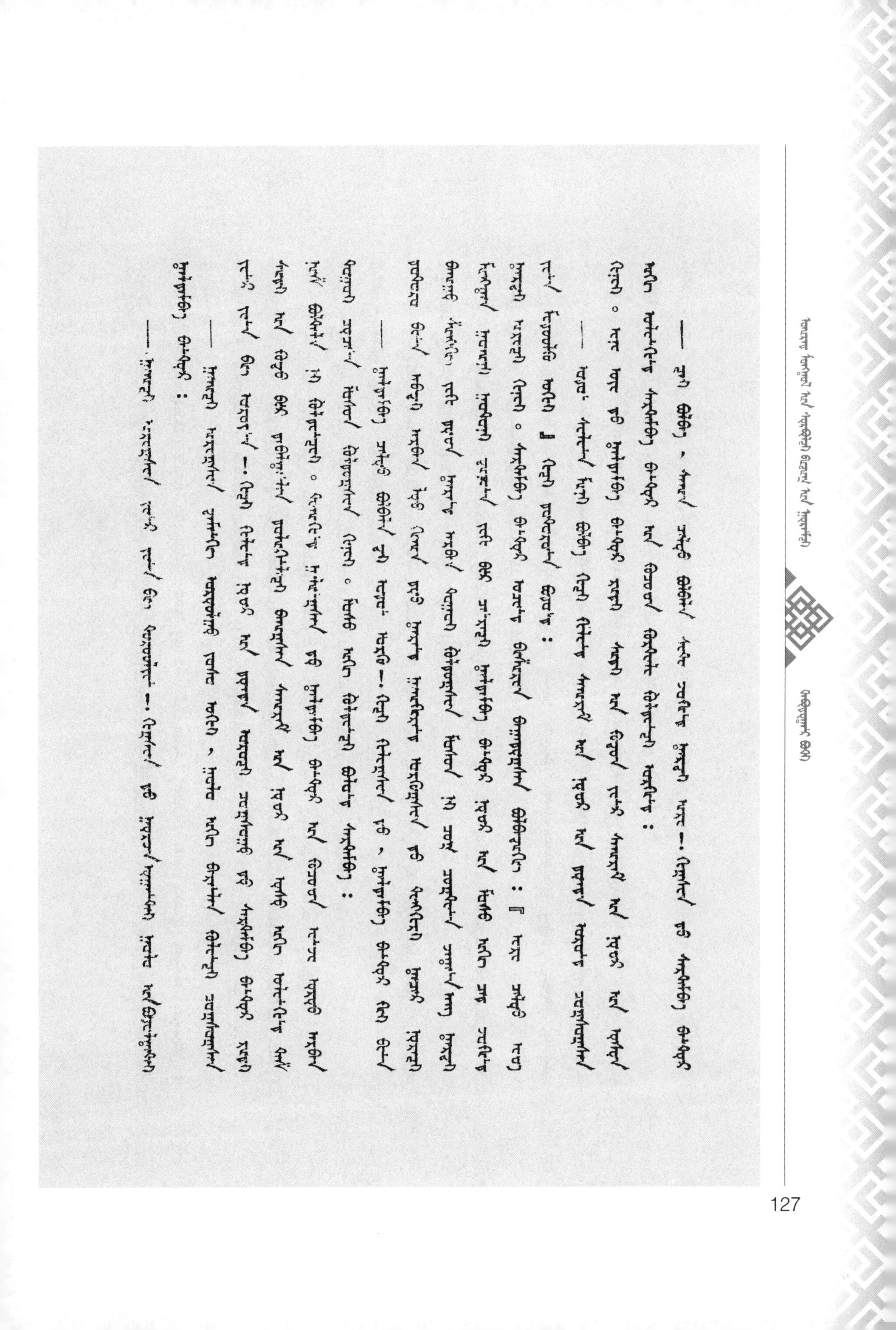

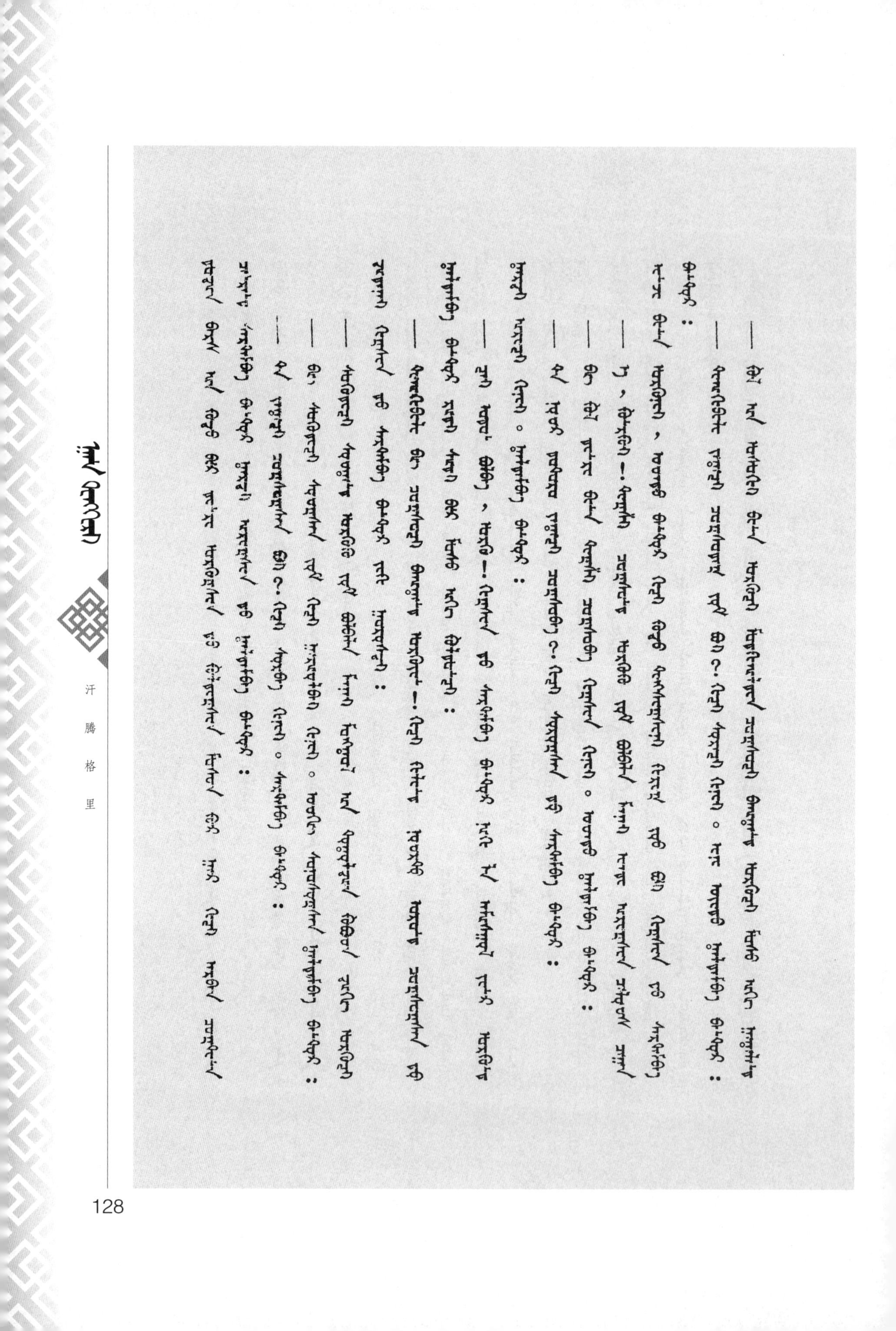

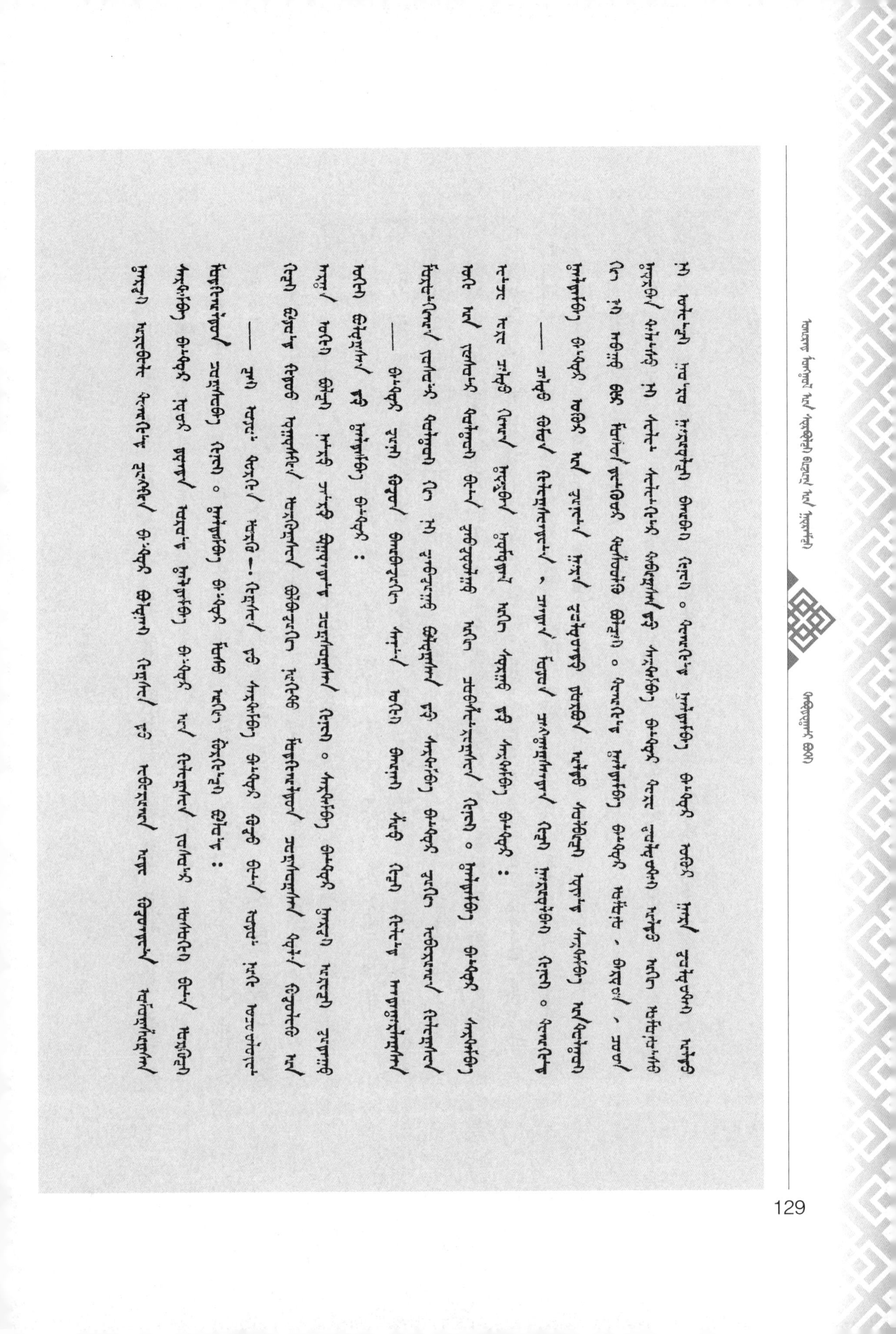

[illegible]

[illegible]

[illegible]

[illegible]

— [illegible]

[illegible] :

[illegible]

[illegible]

— [illegible]

[illegible] :

[illegible]

[illegible]

— [illegible]

[illegible] :

[illegible]

[illegible]

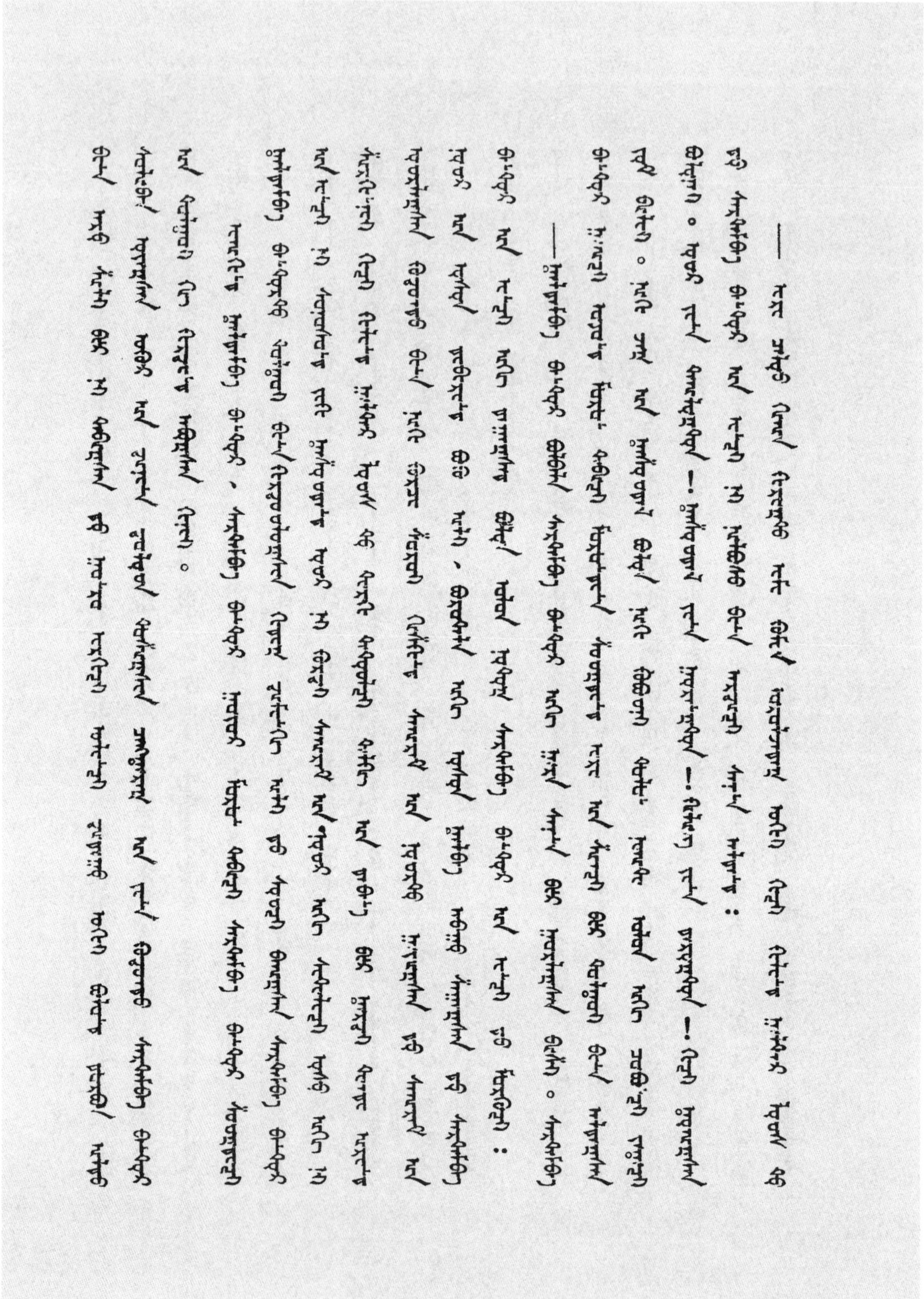

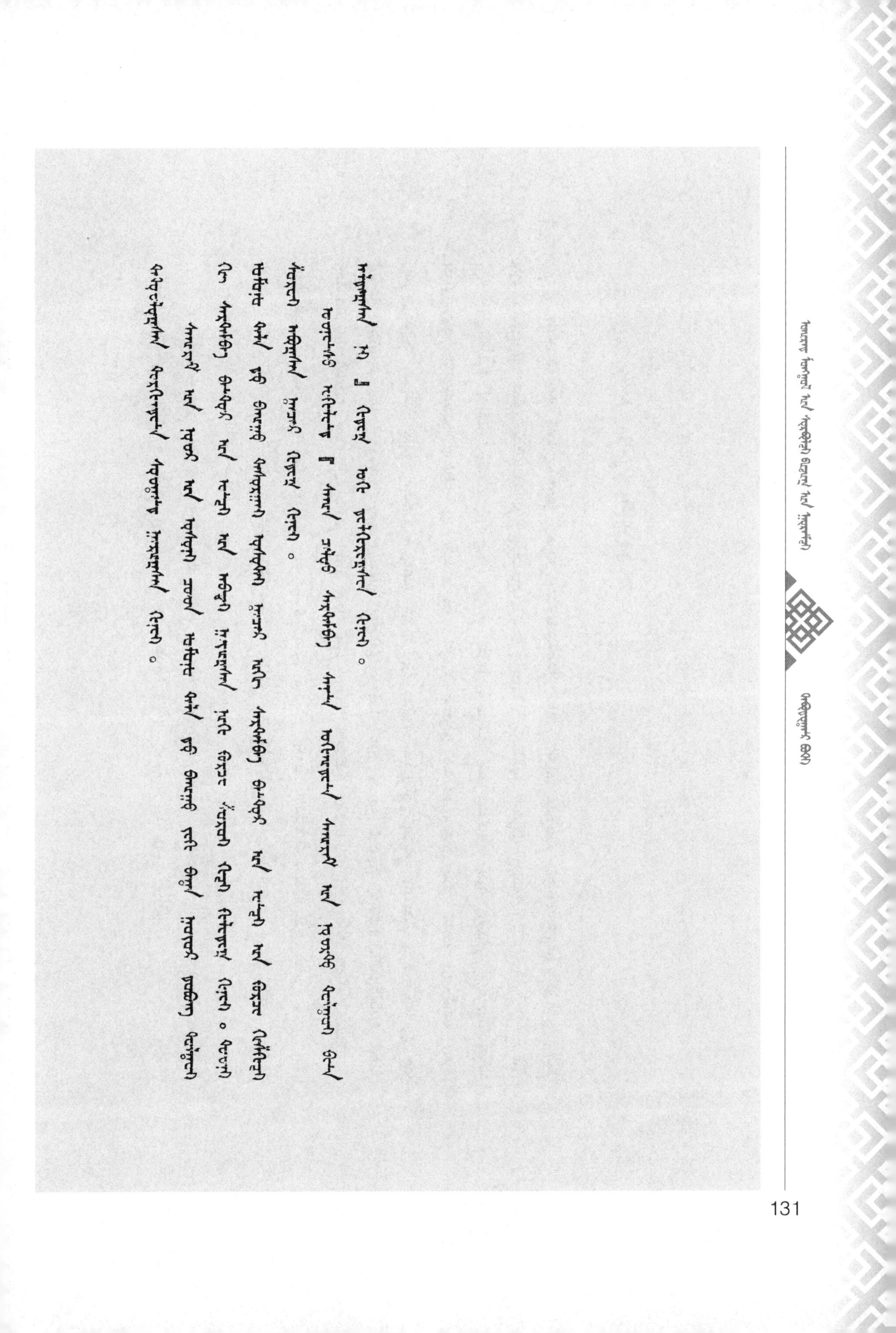

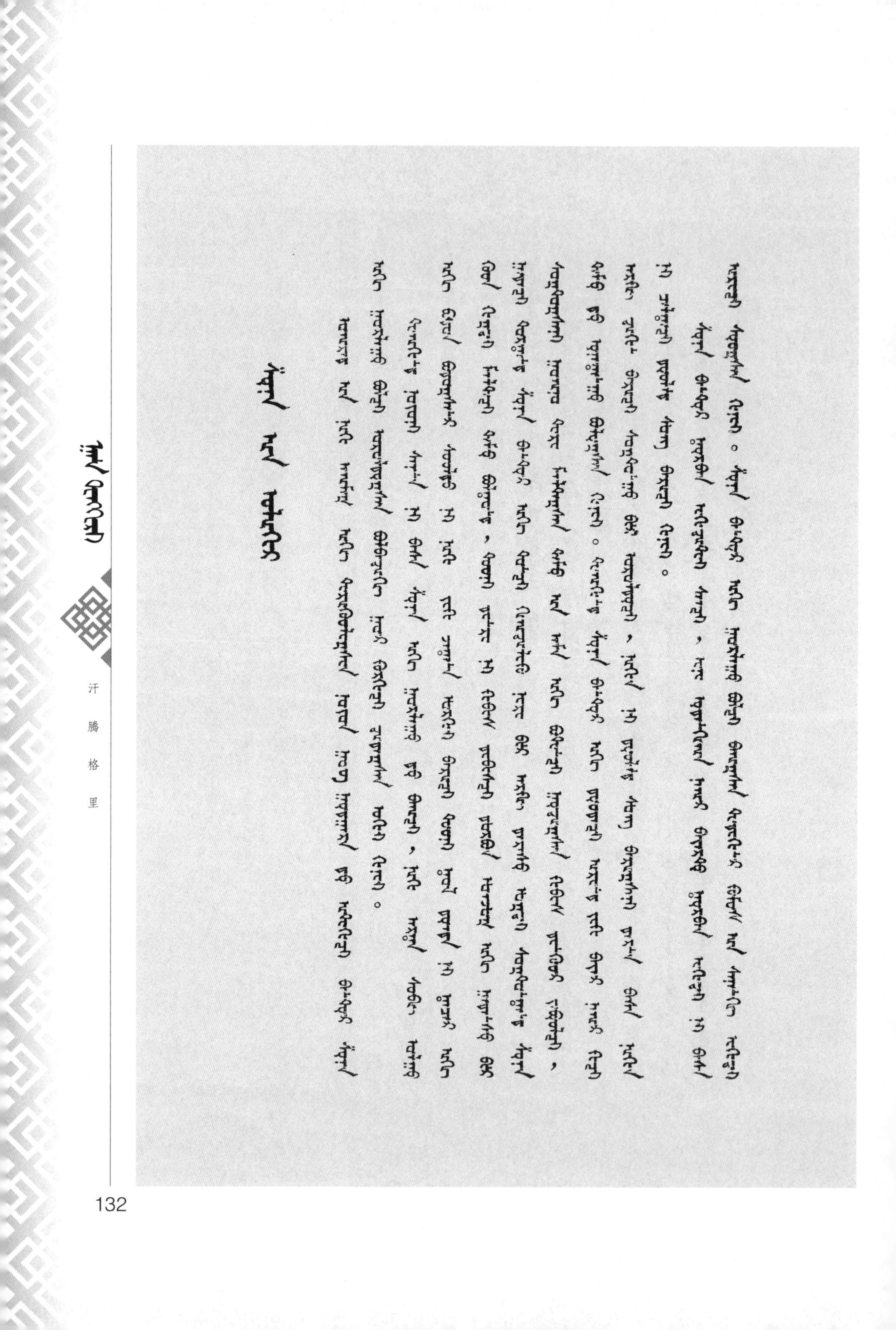

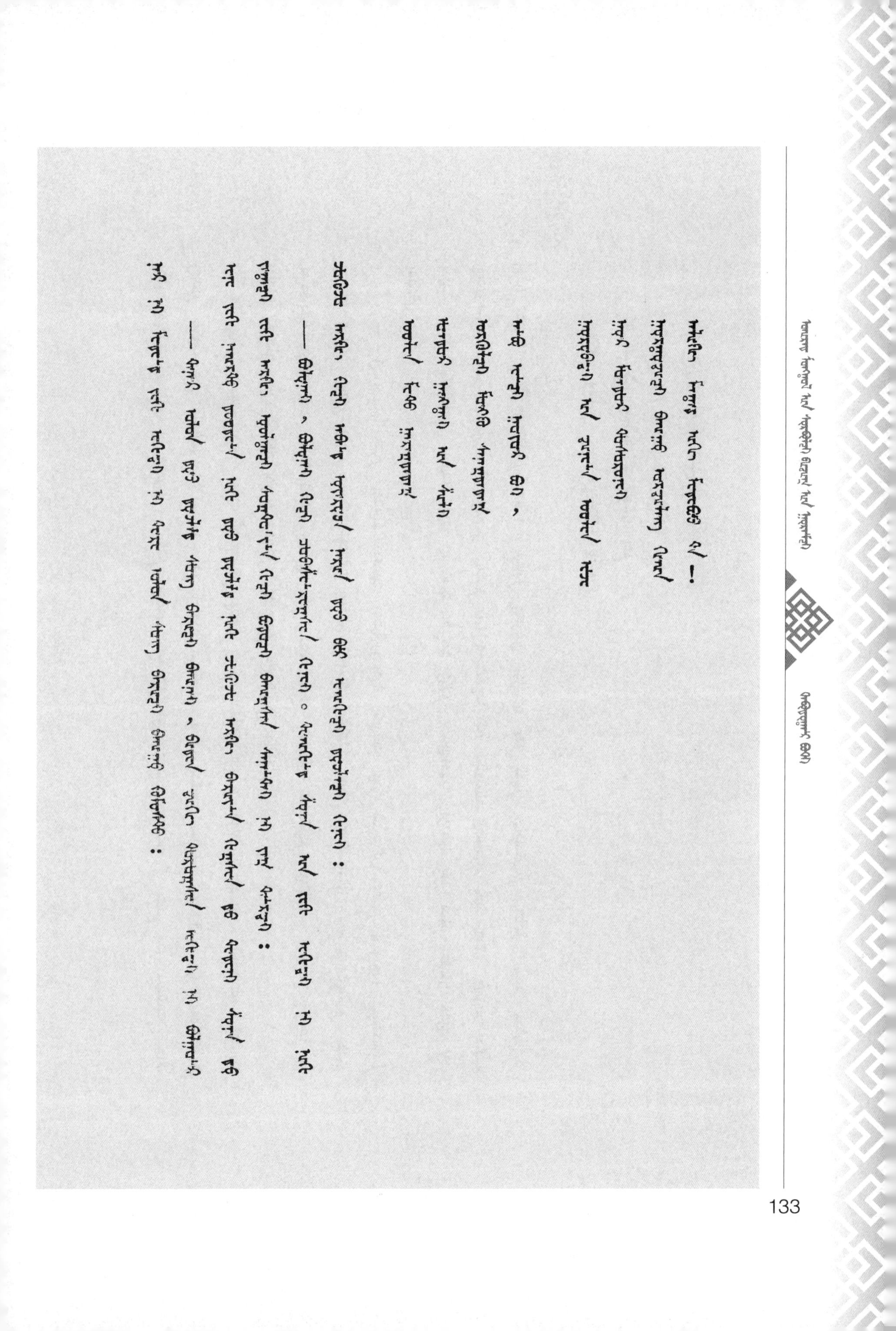

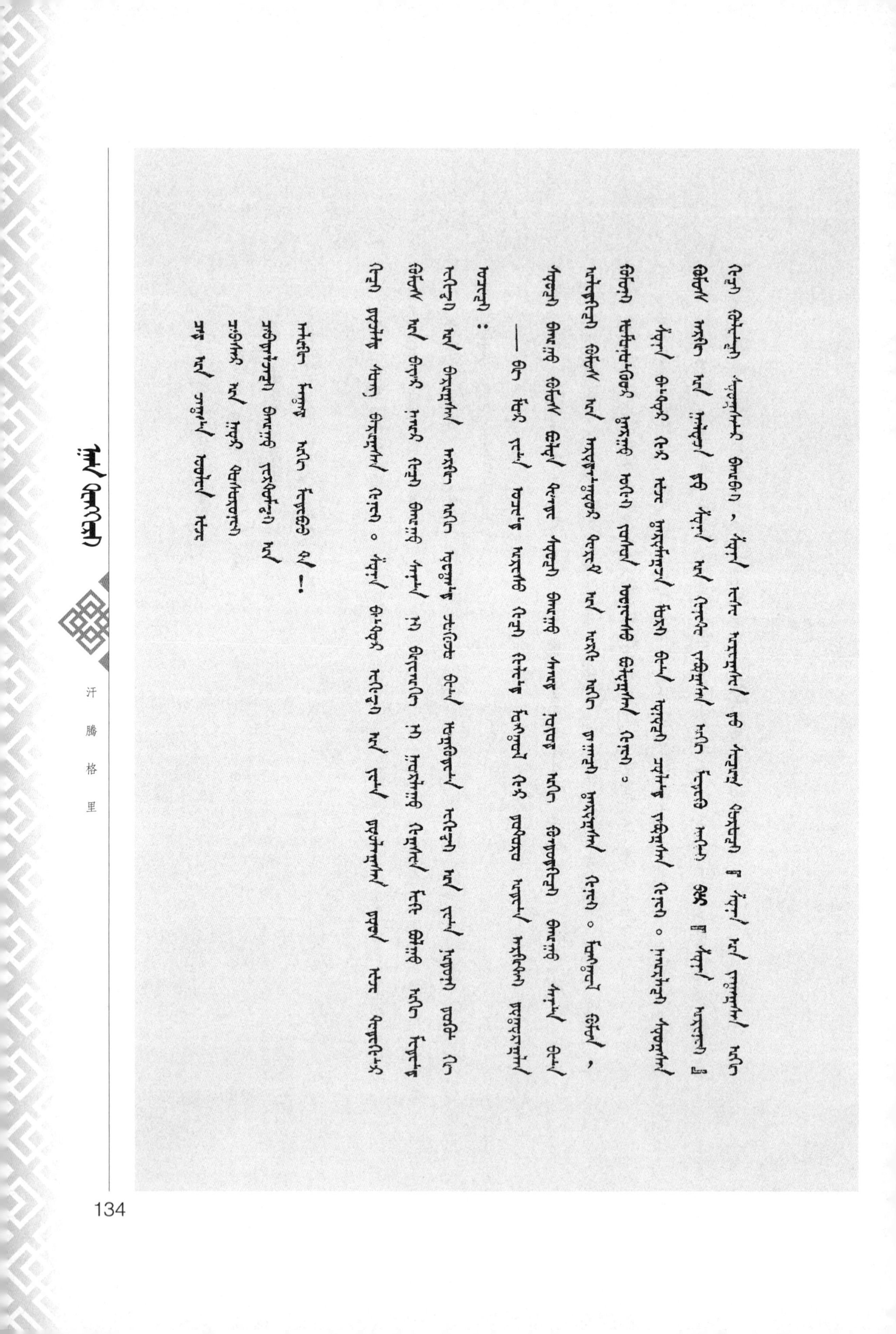

[illegible]
[illegible]
[illegible]
[illegible]

[illegible]
[illegible]
[illegible]
[illegible]
[illegible]
[illegible]
[illegible]
[illegible]
[illegible]
[illegible]
[illegible]

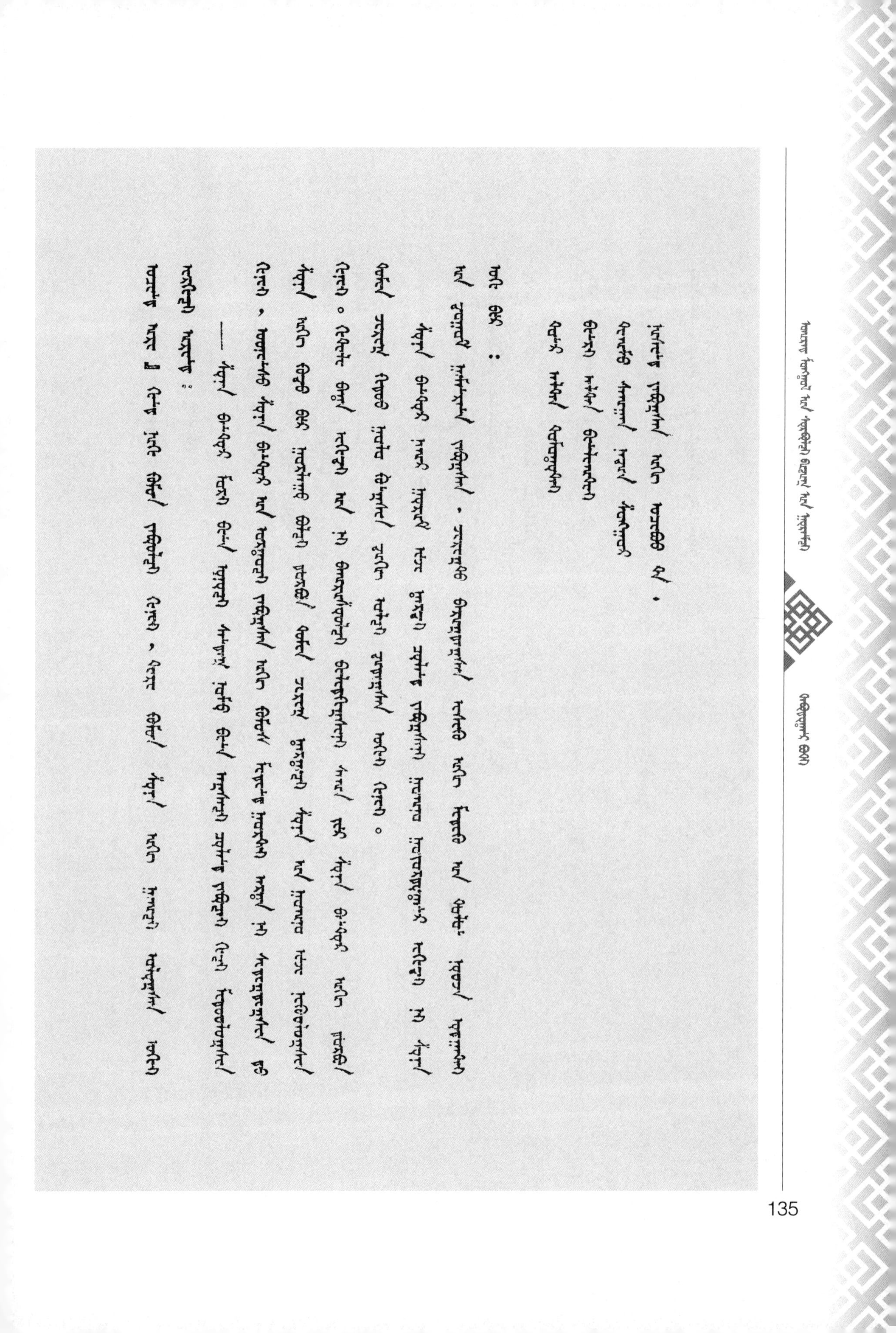

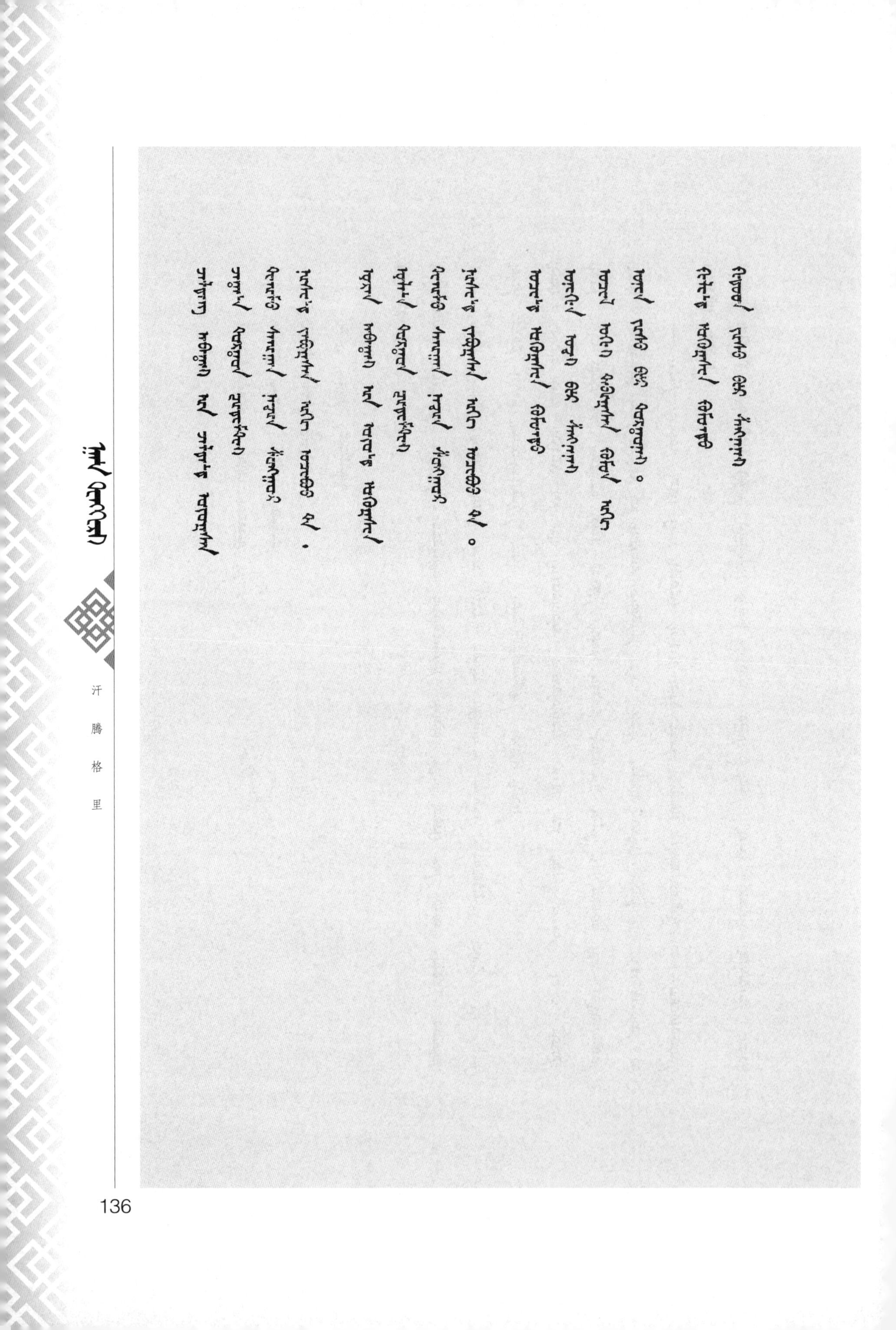

[illegible]
[illegible]
[illegible]
[illegible]

[illegible]
[illegible]
[illegible]
[illegible]

[illegible]
[illegible]
[illegible]
[illegible]

[illegible]
[illegible]

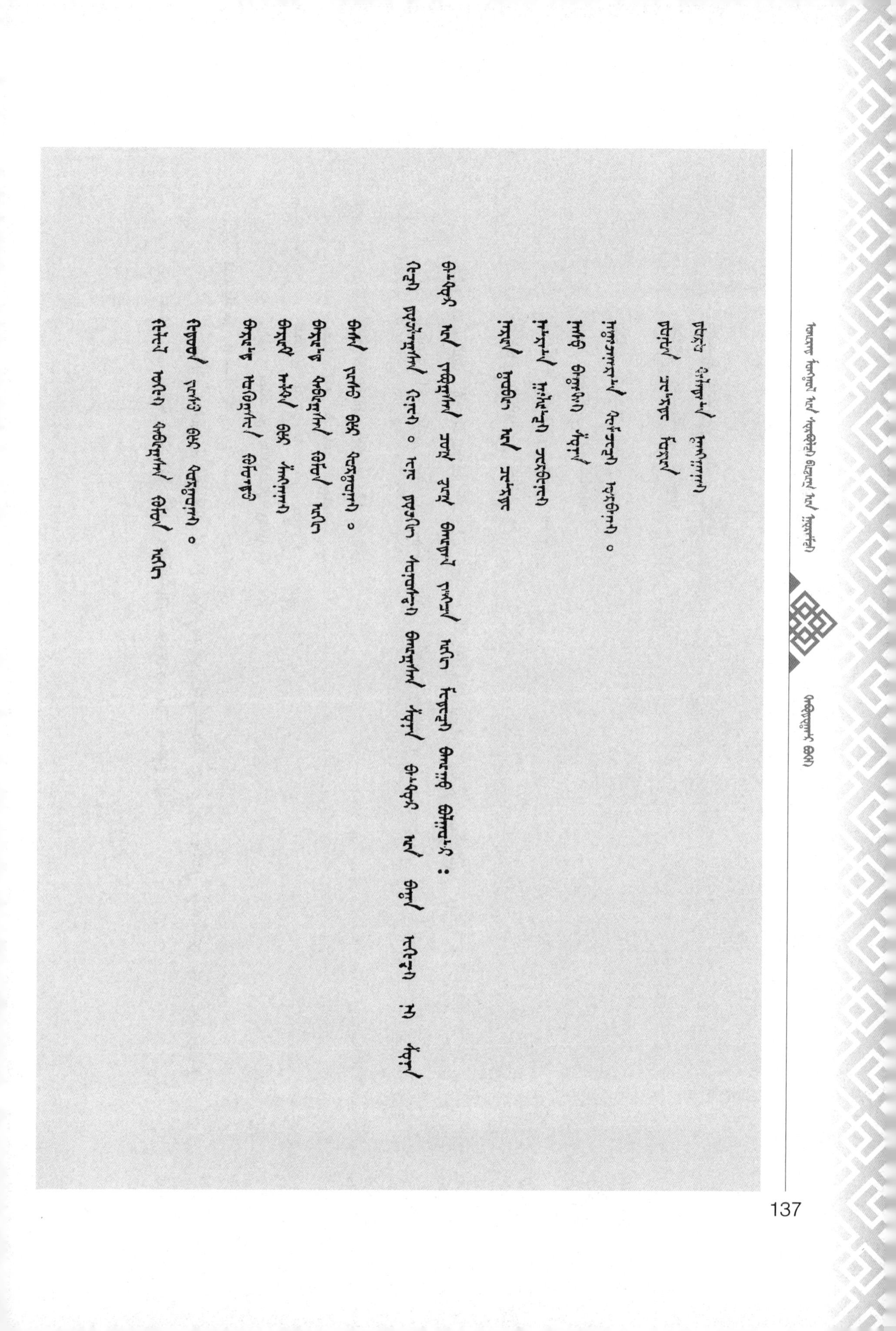

[illegible]

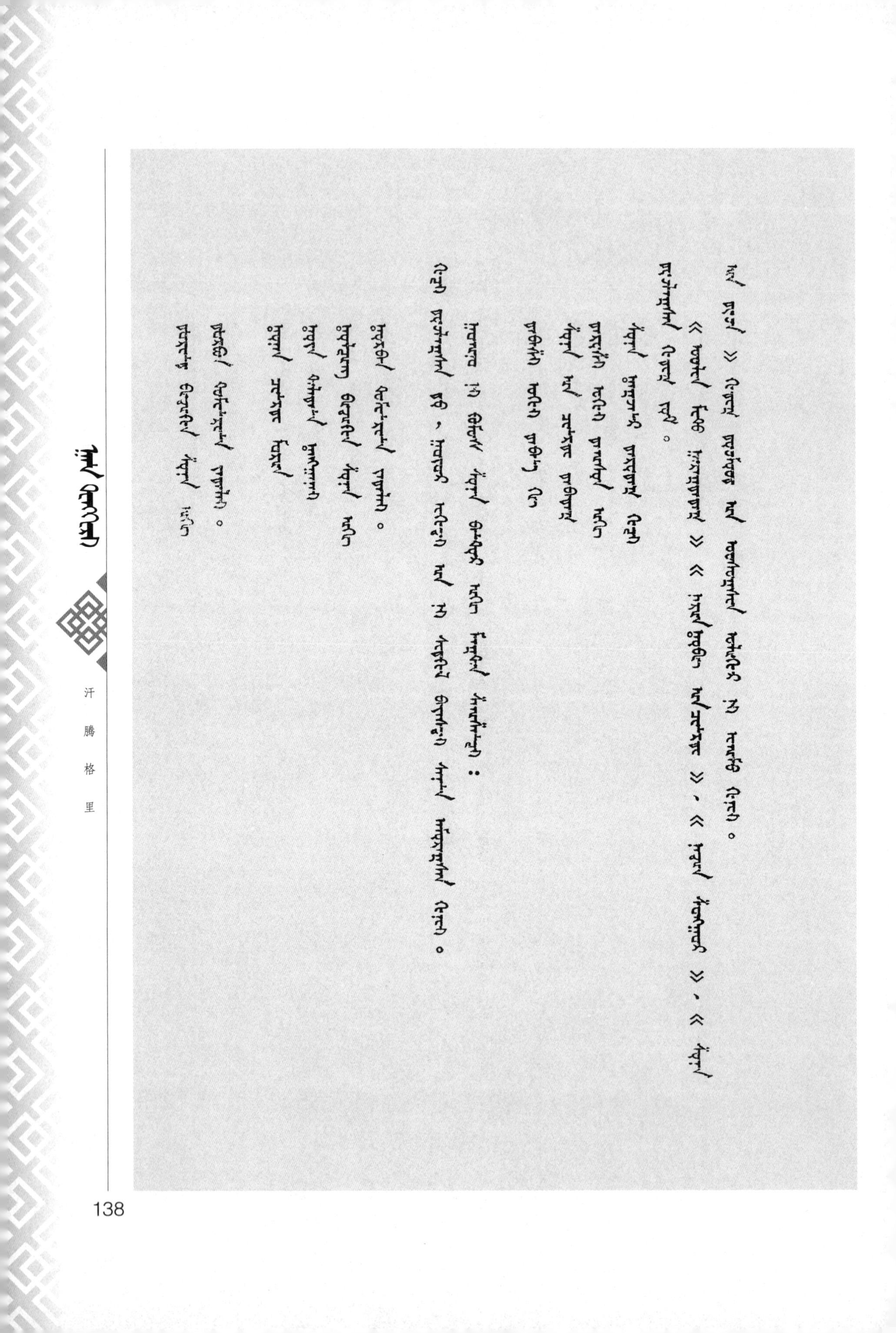

ᠬᠠᠨ ᠲᠩᠷᠢ 》 ᠭᠡᠳᠡᠭ [illegible] 。

《 [illegible] 》 《 [illegible] 》、《 [illegible] 》、《 [illegible] 。

[illegible]

[illegible] :
[illegible] 。

[illegible] 。
[illegible]

[illegible] 。
[illegible]

ᠬᠢᠲᠠᠳ ᠪᠢᠴᠢᠭᠯᠡᠯ ᠪᠢᠴᠢᠭ

[illegible] ᠪᠠᠢᠨ᠎ᠠ ᠃

[illegible] ᠪᠠᠢᠨ᠎ᠠ ᠃ [illegible] ᠪᠠᠢᠨ᠎ᠠ ᠃

[illegible] ᠪᠠᠢᠨ᠎ᠠ ᠃

[illegible] ᠪᠠᠢᠨ᠎ᠠ ᠃

[illegible]

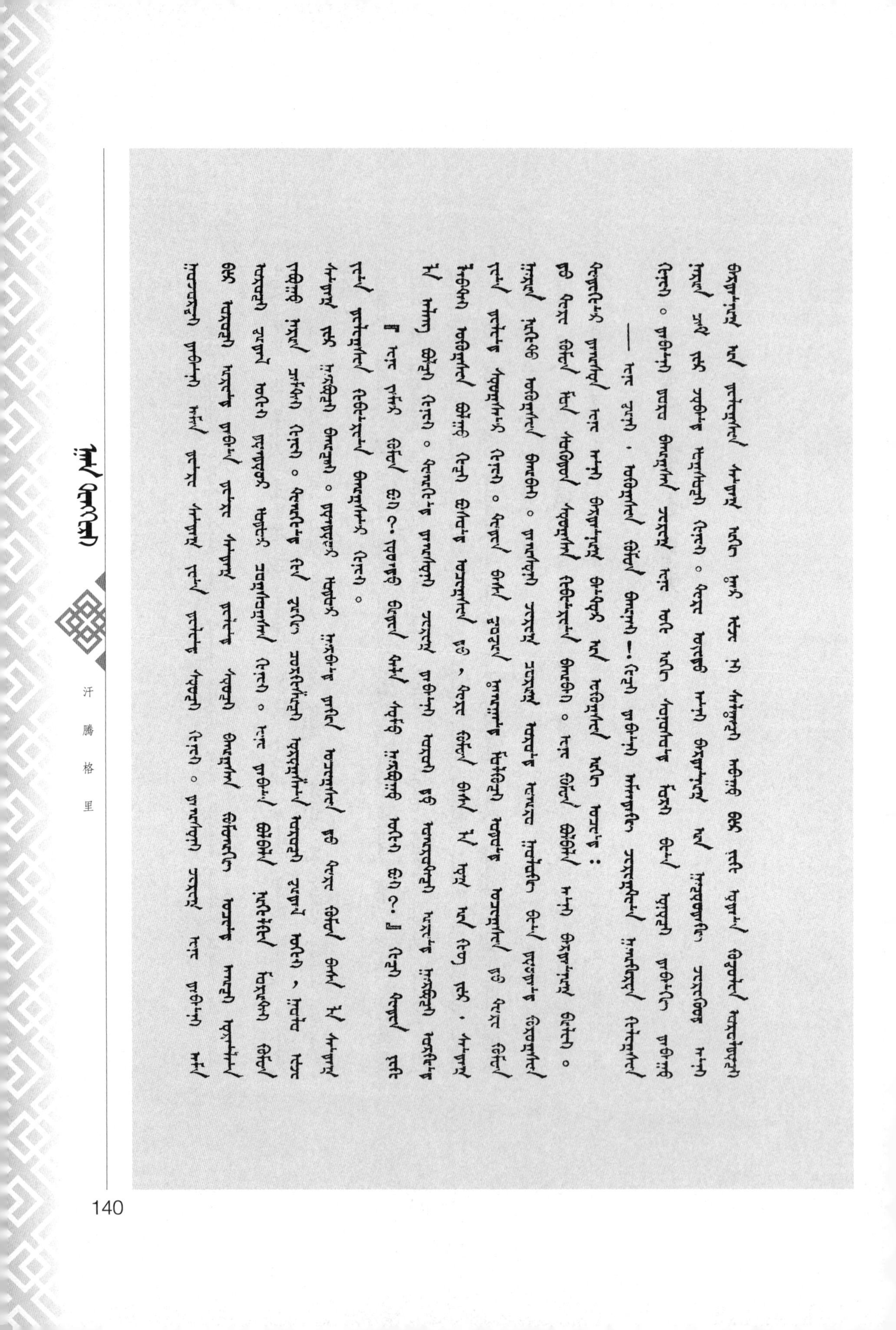

[illegible]

[illegible]

[illegible]

[illegible]

[illegible]

[illegible]

[illegible]

[illegible]

[illegible]

[illegible]

[illegible]

[illegible]

[illegible]

[illegible]

[illegible]

[illegible]

[illegible]

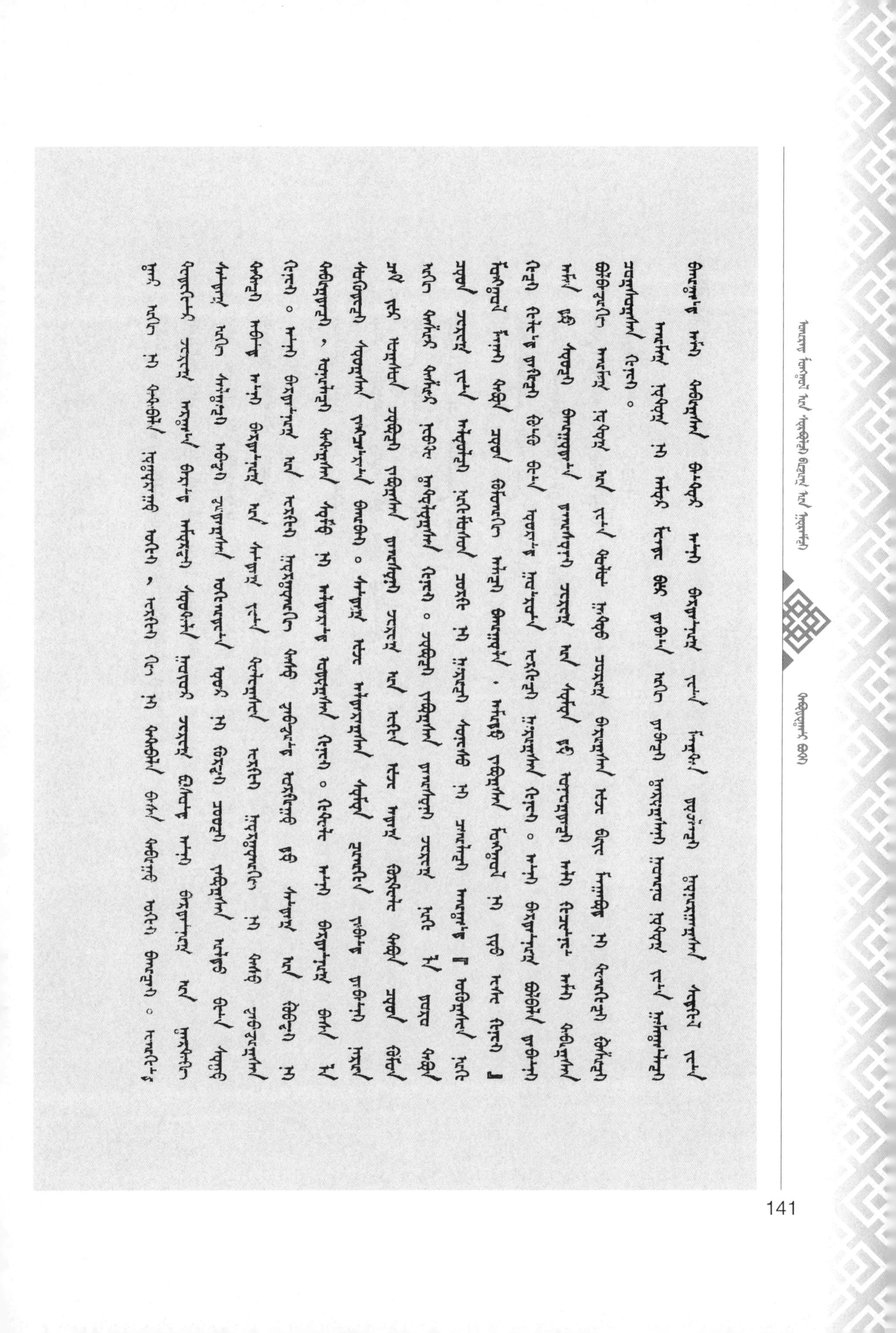

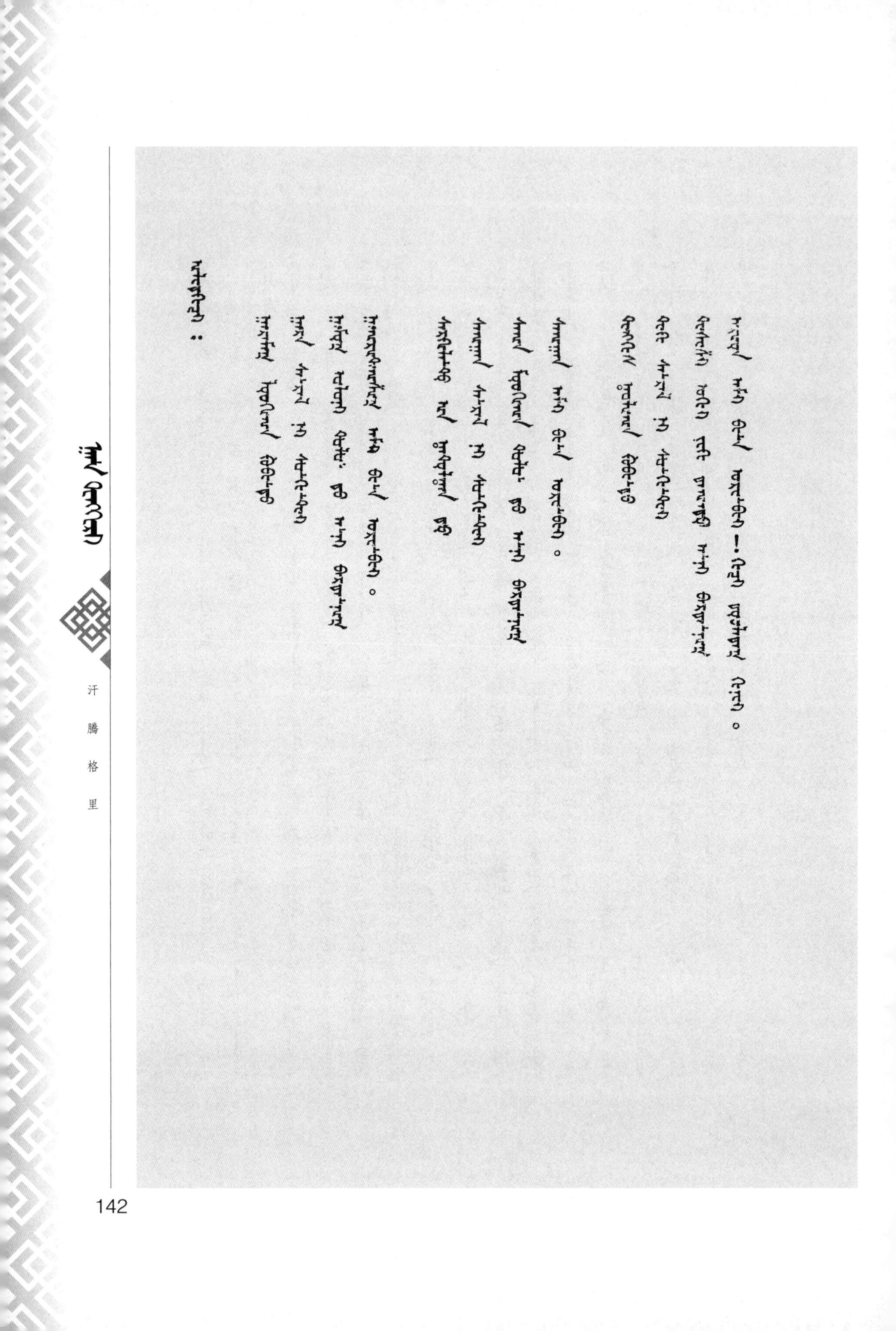

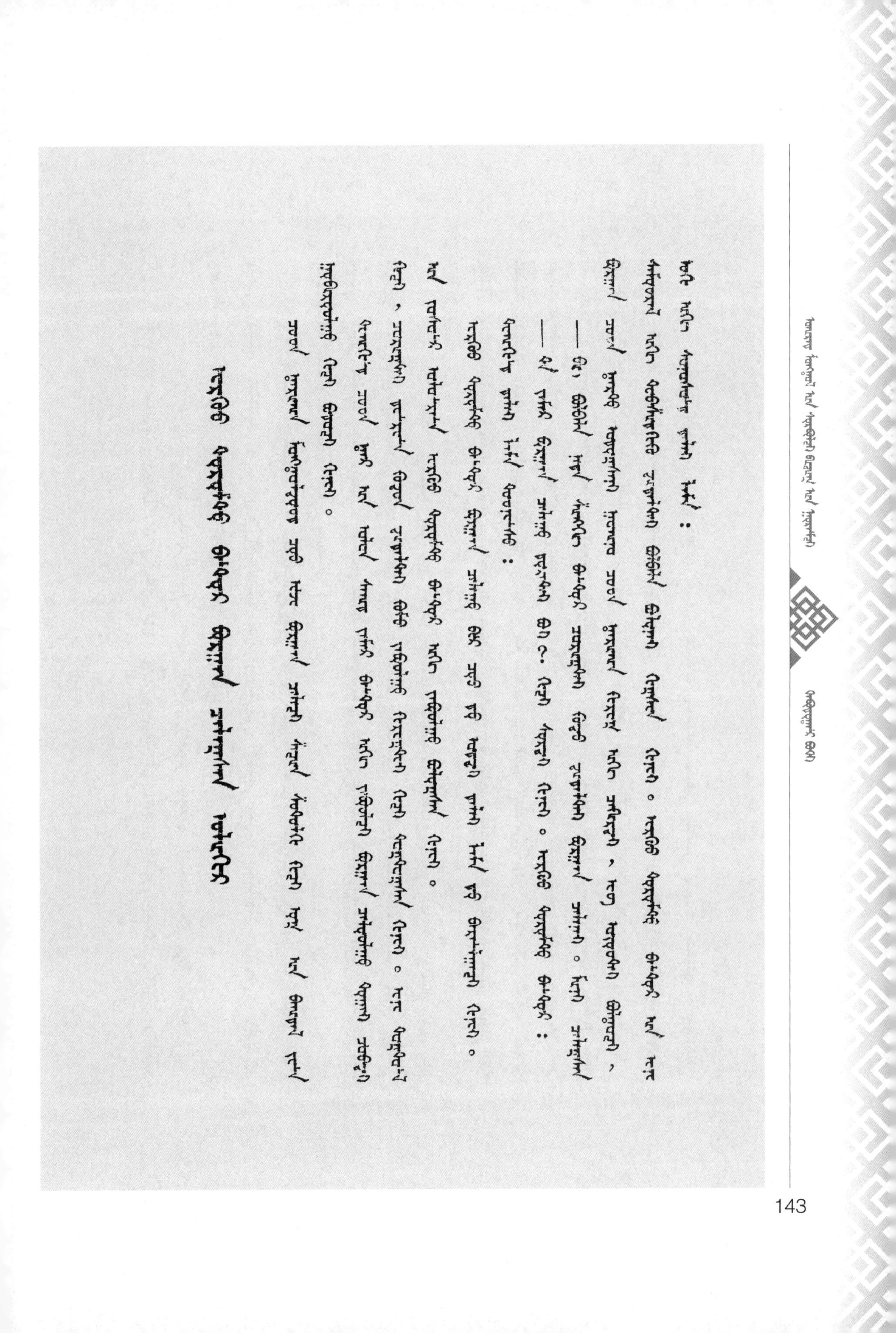

[illegible]

[illegible]

[illegible]

[illegible]

[illegible]

[illegible]

[illegible]

[illegible]

[illegible]

[illegible]

[illegible]

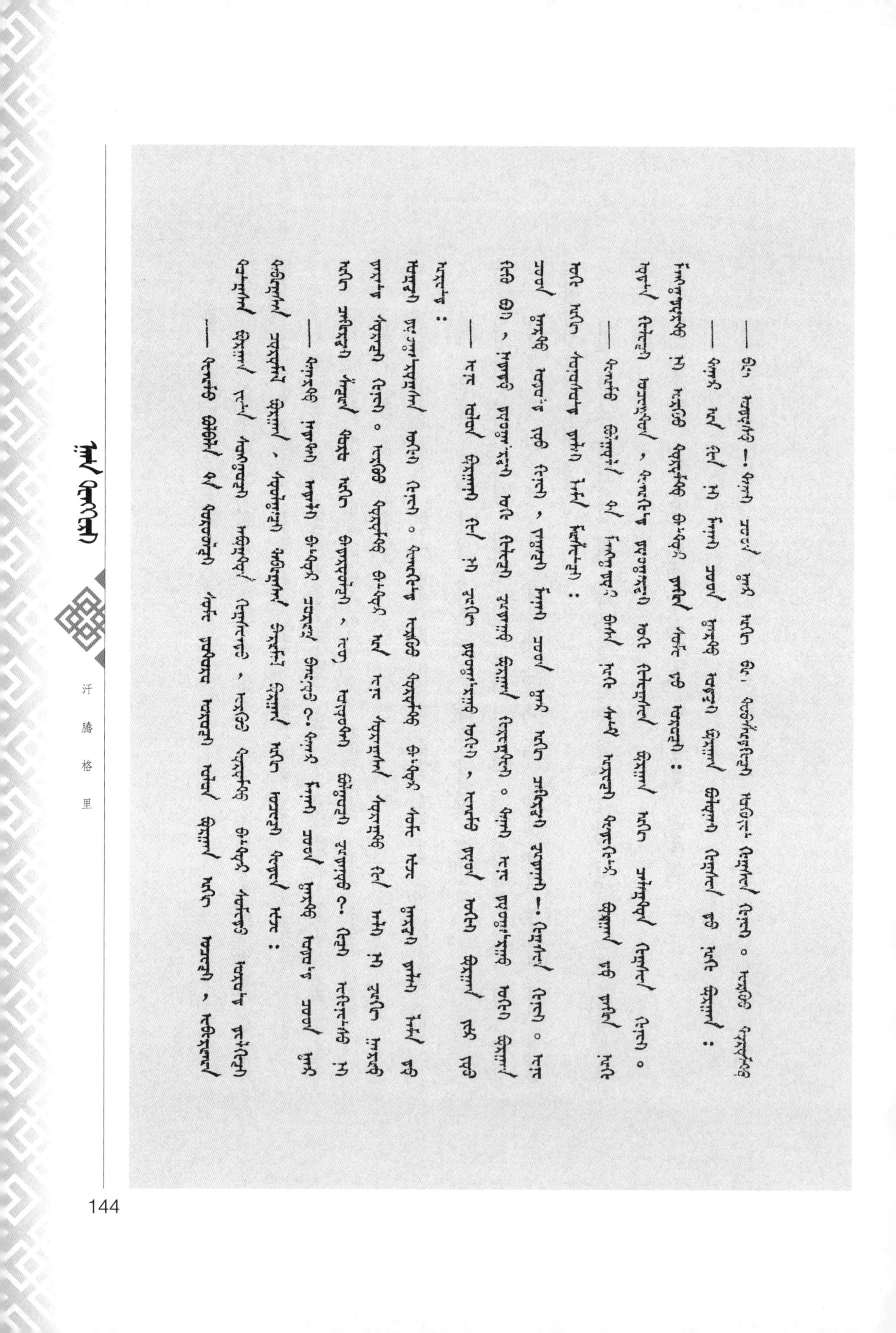

[illegible]

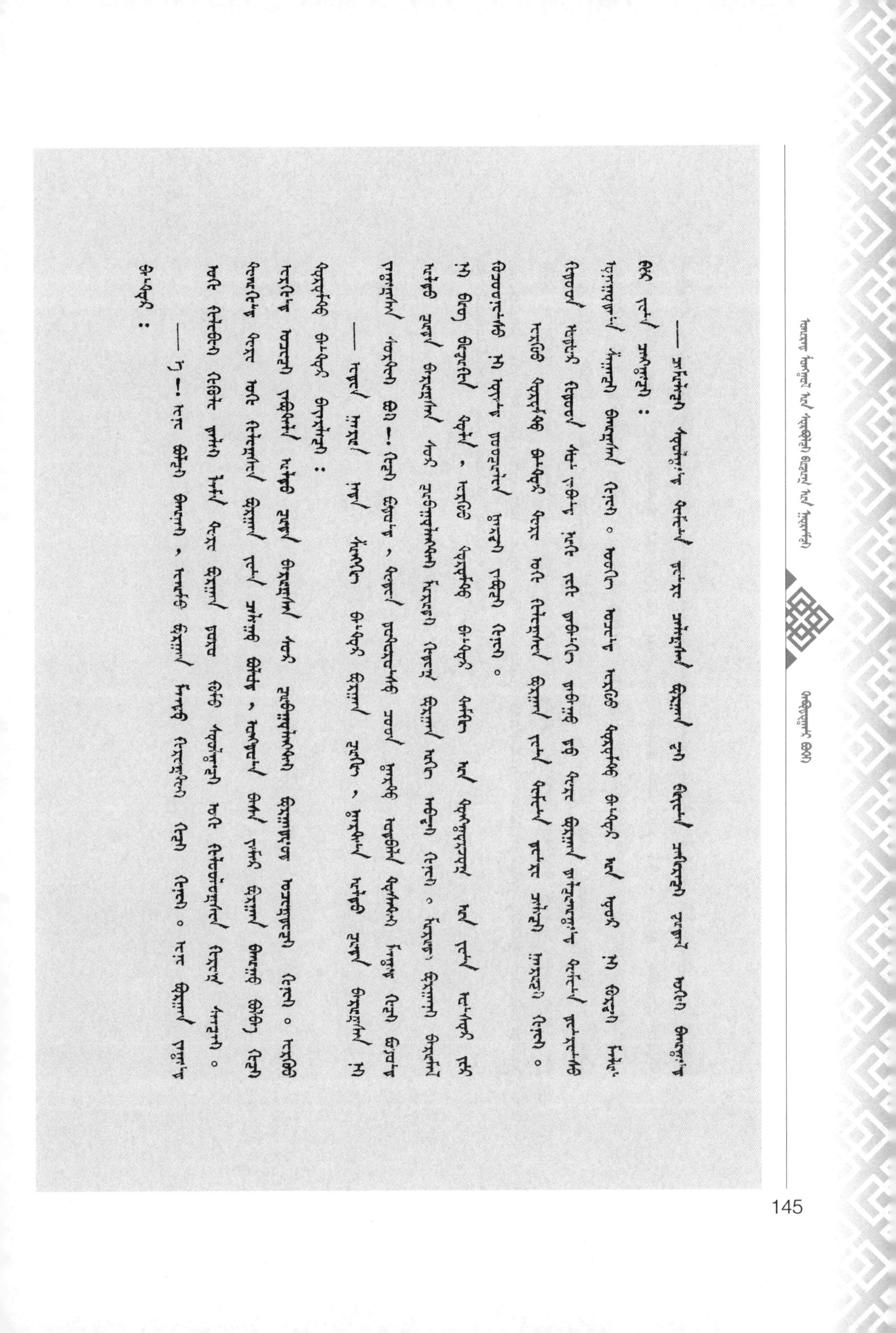

[illegible]

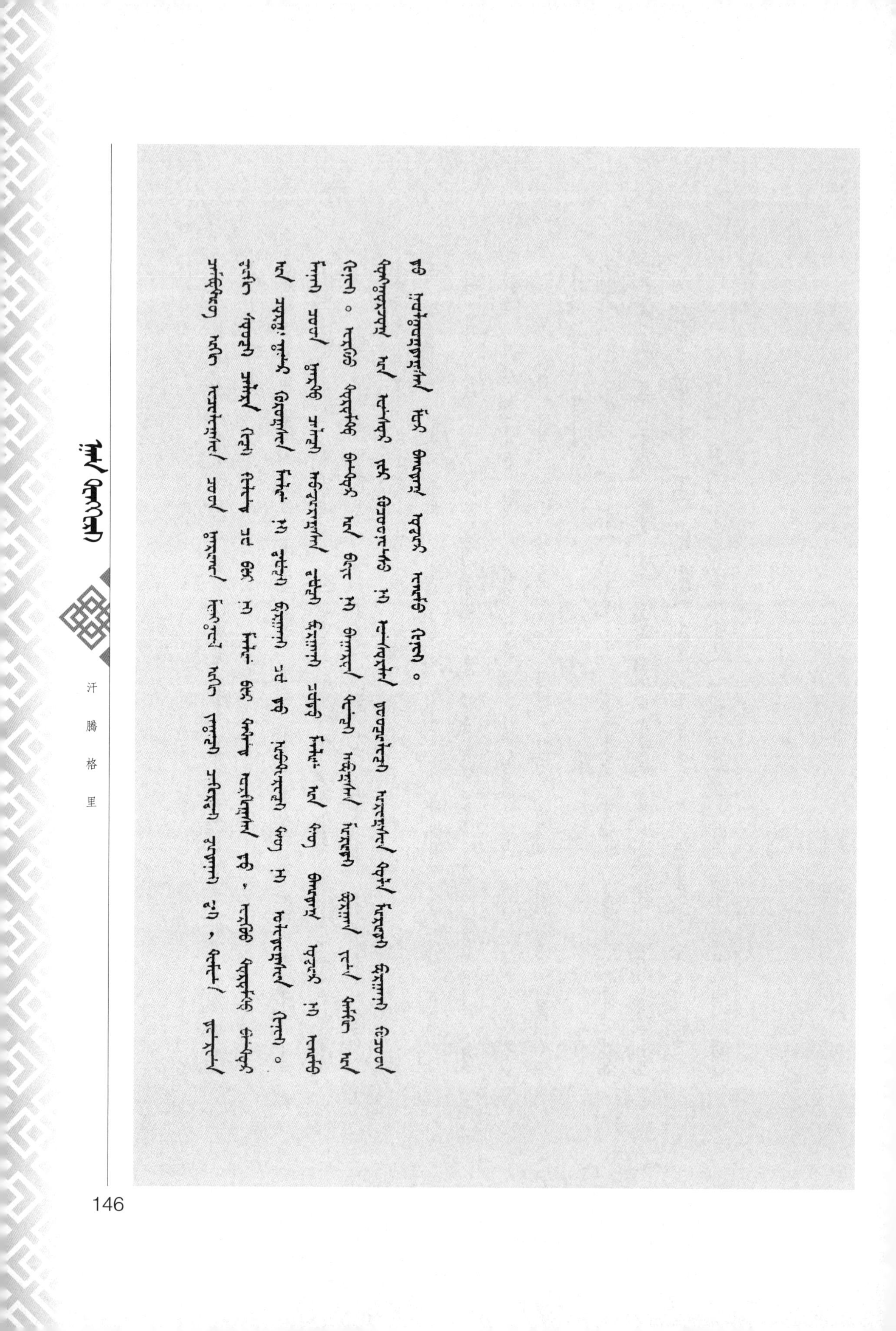

[illegible]

[illegible]

[illegible]

[illegible]

[illegible]

[illegible]

[illegible]

[illegible]

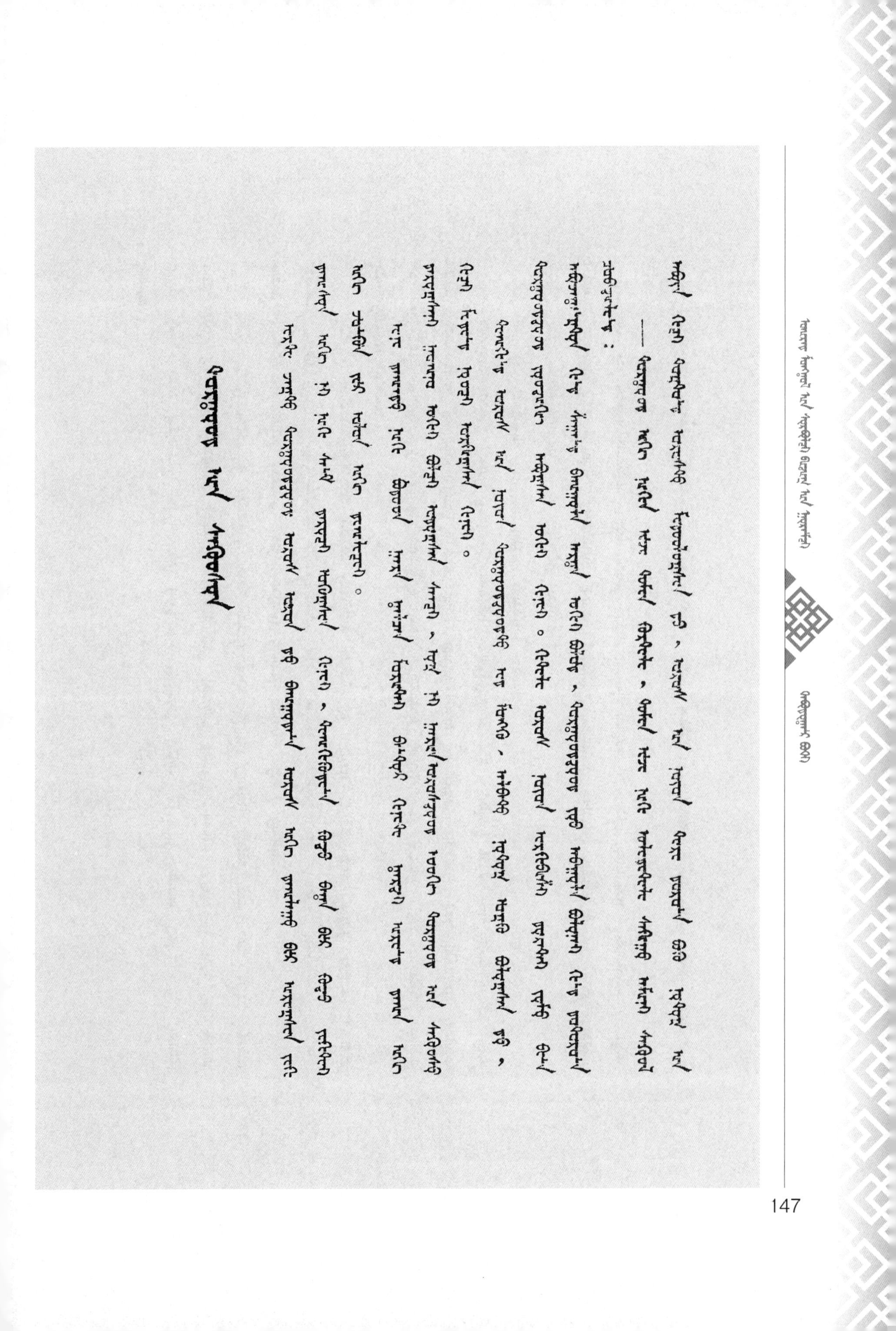

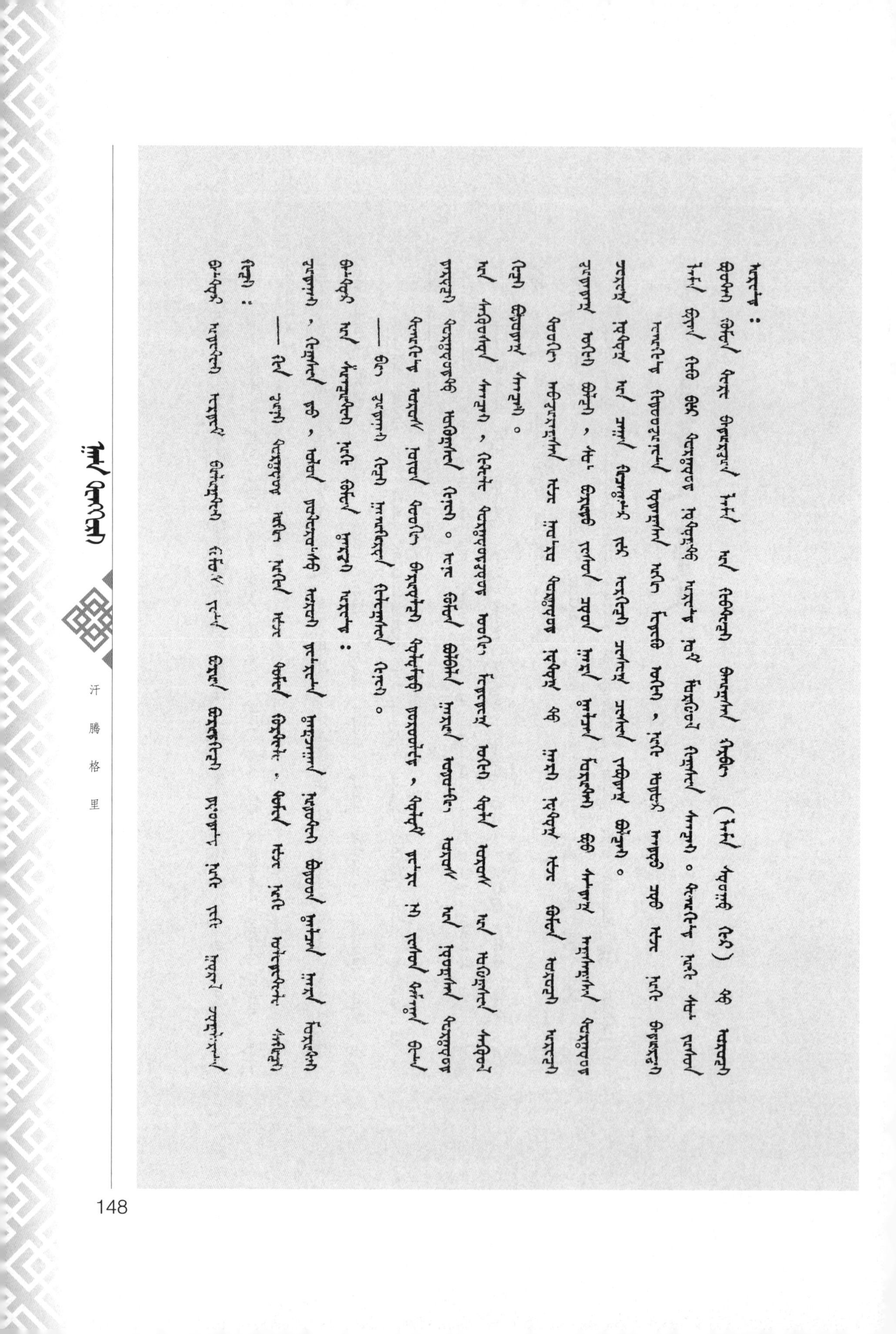

[illegible]

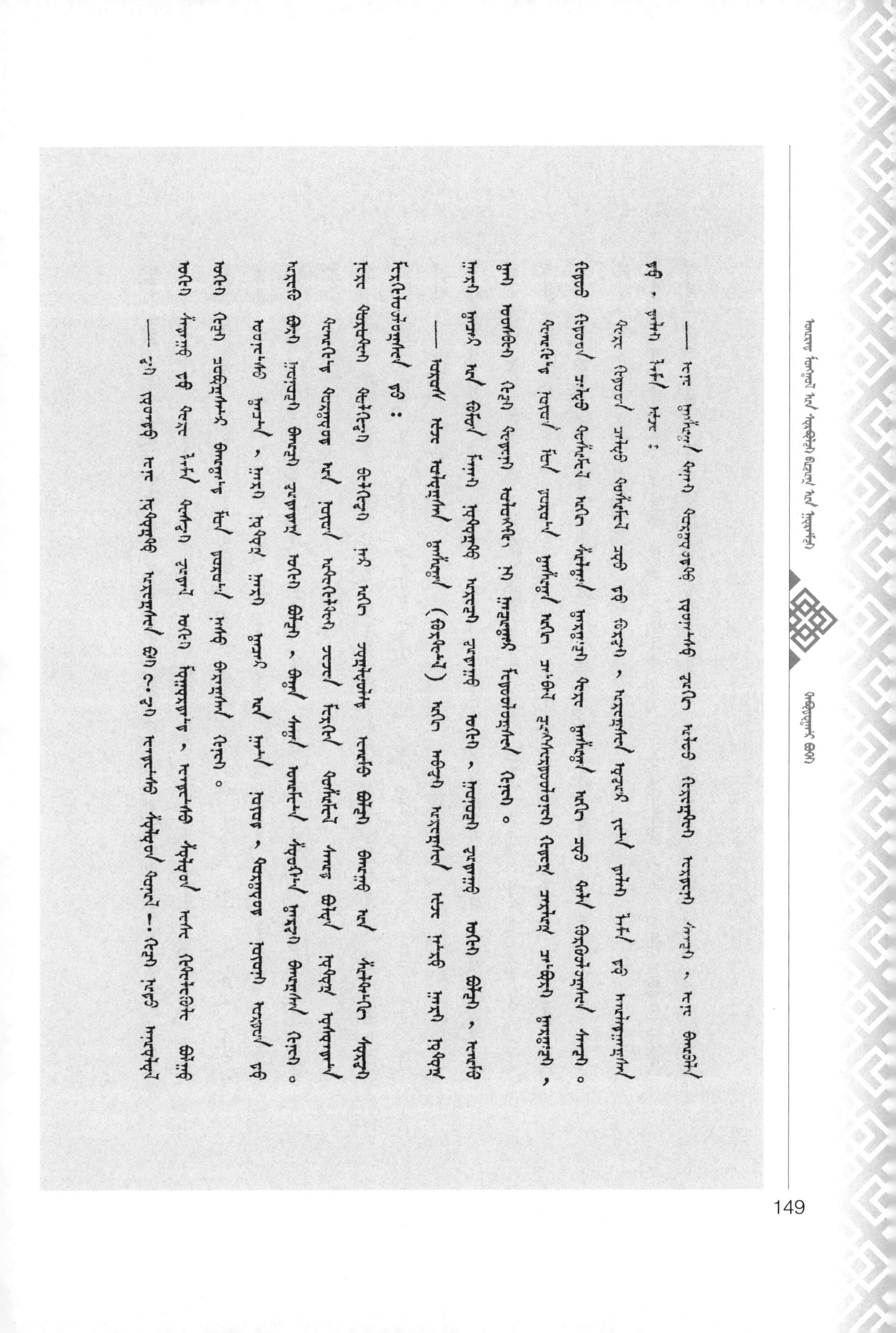

[illegible]
[illegible]
[illegible]
[illegible]
[illegible]
[illegible]
[illegible]
[illegible]
[illegible]
[illegible]
[illegible]
[illegible]
[illegible]
[illegible]
[illegible]
[illegible]

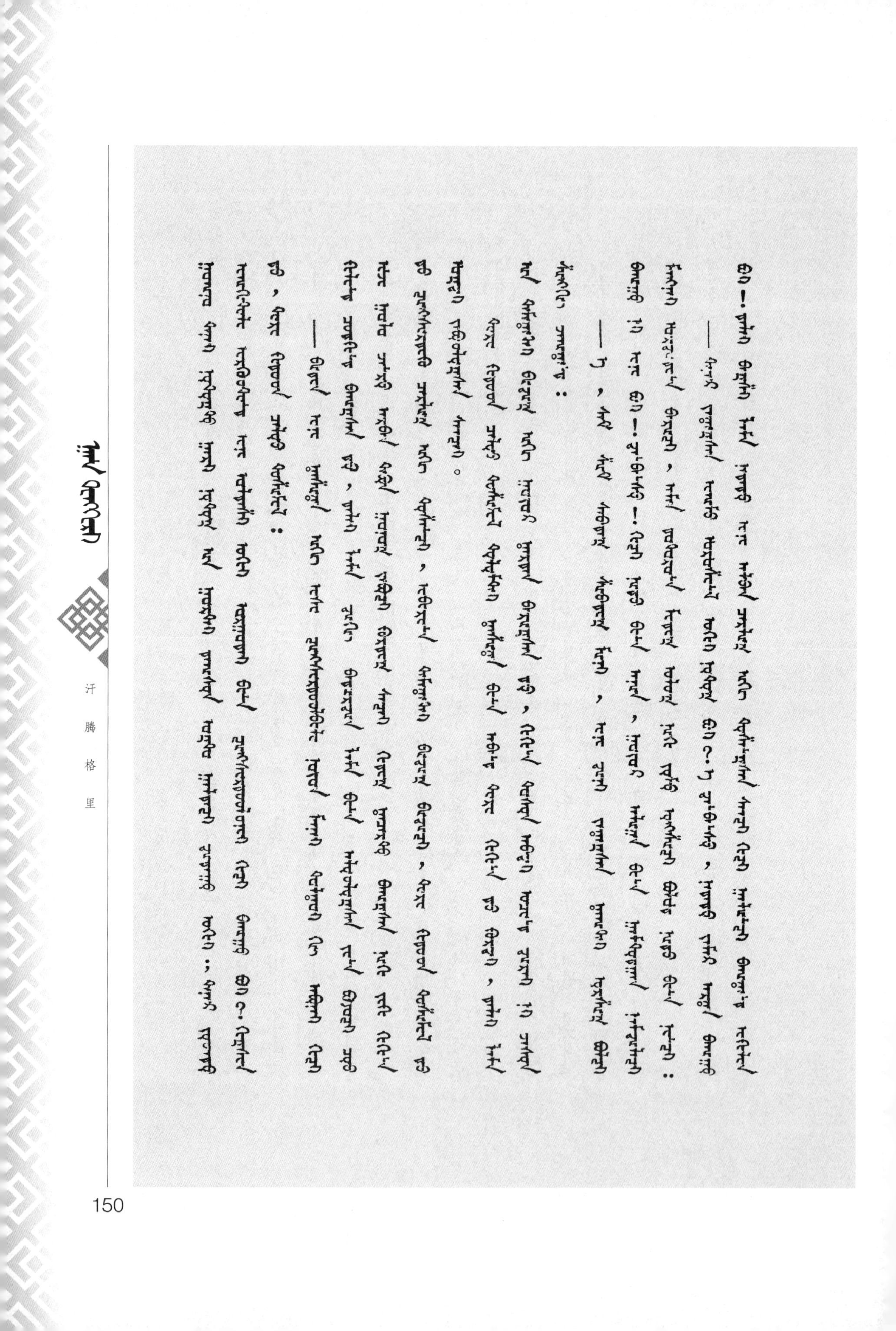

[illegible]

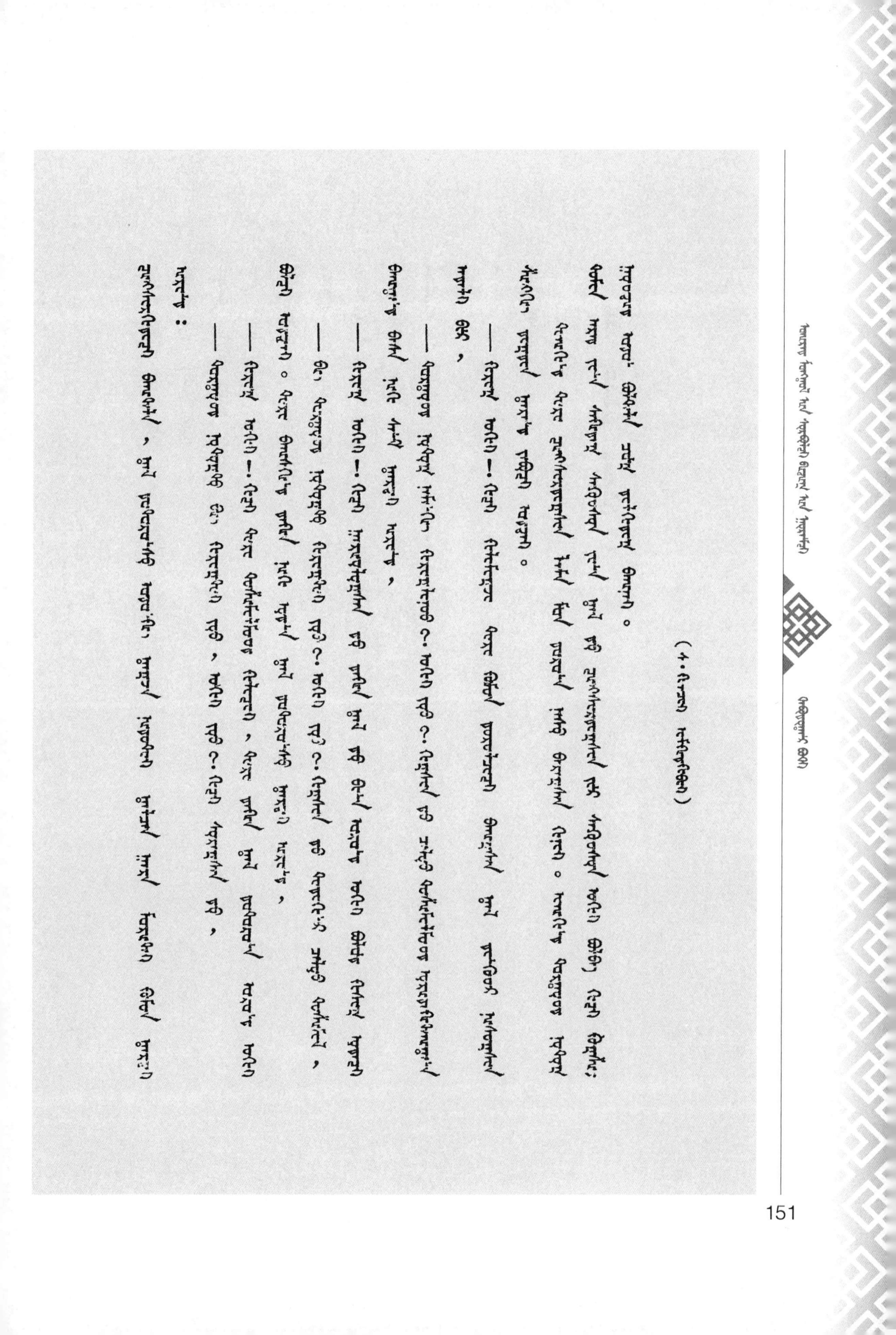

(4 · [illegible])

[illegible] ∘
[illegible];
[illegible] ∘ [illegible]
[illegible] ∘

—— [illegible] —· [illegible]
[illegible] ,

—— [illegible]
[illegible] ,

—— [illegible] —· [illegible]

—— [illegible] ,
[illegible] ∘ [illegible] ,

—— [illegible] —· [illegible] , [illegible]

—— [illegible] ,

[illegible] :

[illegible] , [illegible]

ᠨᠢᠭᠡᠨ ᠠᠯᠲᠠᠨ ᠮᠠᠯᠠᠭᠠᠢ

ᠨᠢᠭᠡᠨ ᠭᠡᠳᠦᠭᠡᠷ ᠳᠠᠪᠠᠭ᠎ᠠ
ᠬᠠᠳᠠᠭᠠᠰᠤ ᠳᠠᠭᠤᠯᠠᠭᠠᠳ ᠠᠮᠢᠲᠠᠢ ᠪᠣᠯᠤᠨ᠎ᠠ ᠃
ᠬᠣᠶᠠᠷ ᠭᠡᠳᠦᠭᠡᠷ ᠳᠠᠪᠠᠭ᠎ᠠ
ᠬᠠᠯᠢᠭᠤ ᠬᠠᠯᠢᠭᠤ ᠬᠣᠯᠪᠣᠭ᠎ᠠ ᠠᠮᠢᠲᠠᠢ ᠪᠣᠯᠤᠨ᠎ᠠ ᠃
ᠭᠤᠷᠪᠠᠨ ᠭᠡᠳᠦᠭᠡᠷ ᠳᠠᠪᠠᠭ᠎ᠠ
ᠶᠠᠭᠠᠨ ᠪᠢᠯᠠᠭᠤᠰᠤᠨ ᠠᠮᠢᠲᠠᠢ ᠪᠣᠯᠤᠨ᠎ᠠ ᠃
ᠳᠥᠷᠪᠡᠳᠦᠭᠡᠷ ᠬᠡᠰᠡᠭ ᠭᠡᠳᠦᠭᠡᠷ ᠳᠠᠪᠠᠭ᠎ᠠ
ᠪᠣᠯᠤᠭ ᠪᠠᠶᠠᠰᠬᠤ ᠮᠠᠯ ᠠᠮᠢᠲᠠᠢ ᠪᠣᠯᠤᠨ᠎ᠠ ᠃
ᠲᠠᠪᠤᠨ ᠲᠠᠯ᠎ᠠ ᠭᠡᠳᠦᠭᠡᠷ ᠳᠠᠪᠠᠭ᠎ᠠ
ᠠᠷᠠᠳ ᠪᠠᠶᠠᠰᠬᠤ ᠠᠮᠢᠲᠠᠢ ᠪᠣᠯᠤᠨ᠎ᠠ ᠃
ᠵᠢᠷᠭᠤᠭᠠᠨ ᠲᠠᠯ᠎ᠠ ᠭᠡᠳᠦᠭᠡᠷ ᠳᠠᠪᠠᠭ᠎ᠠ
ᠪᠦᠬᠦ ᠪᠠᠶᠠᠰᠬᠤ ᠮᠠᠯ ᠠᠮᠢᠲᠠᠢ ᠪᠣᠯᠤᠨ᠎ᠠ ᠂

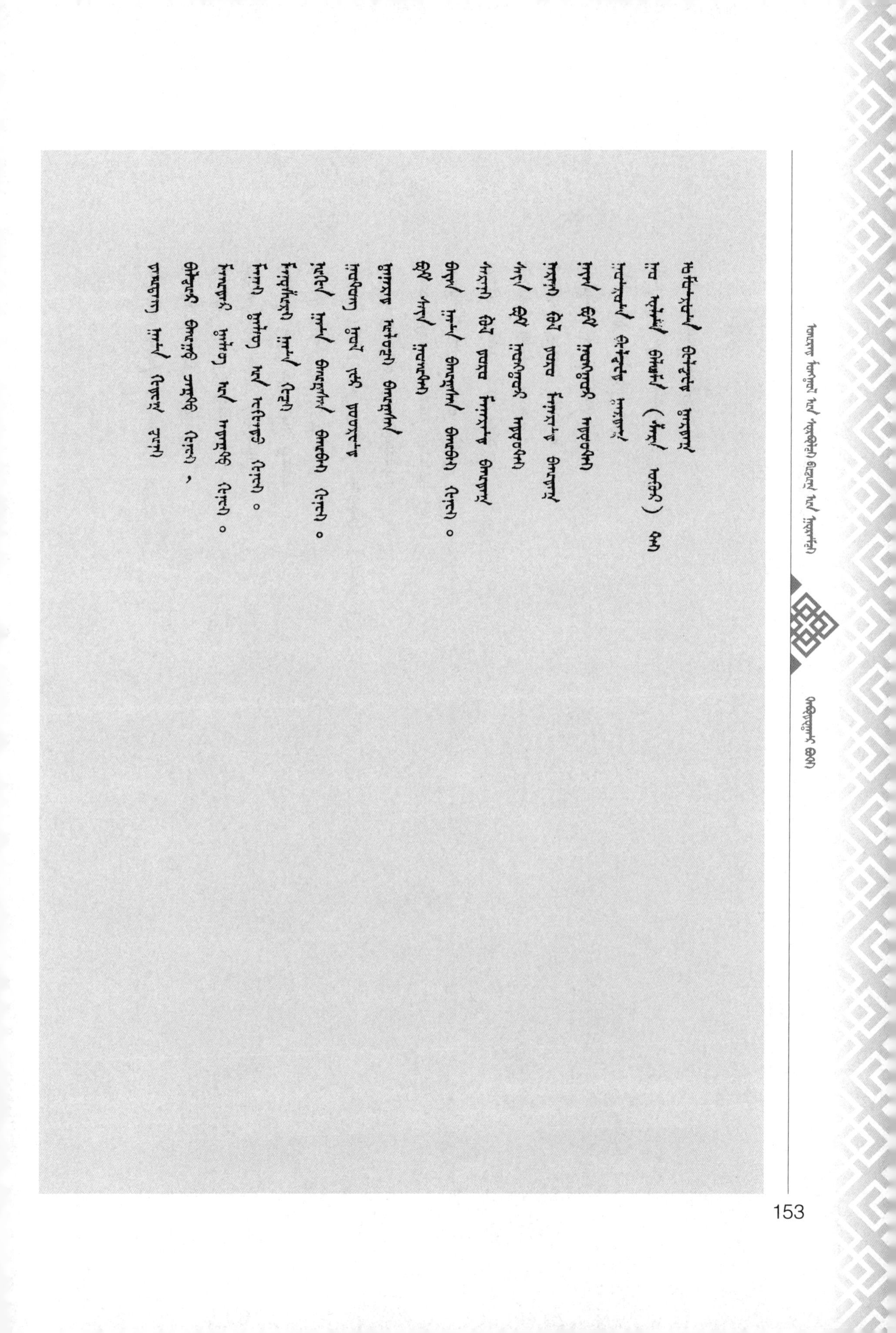

[illegible]
[illegible] ([illegible]) [illegible]
[illegible]
[illegible]
[illegible]
[illegible]
[illegible]
[illegible] 。
[illegible]
[illegible]
[illegible]
[illegible] 。
[illegible]
[illegible] 。
[illegible] 。
[illegible] ,
[illegible]

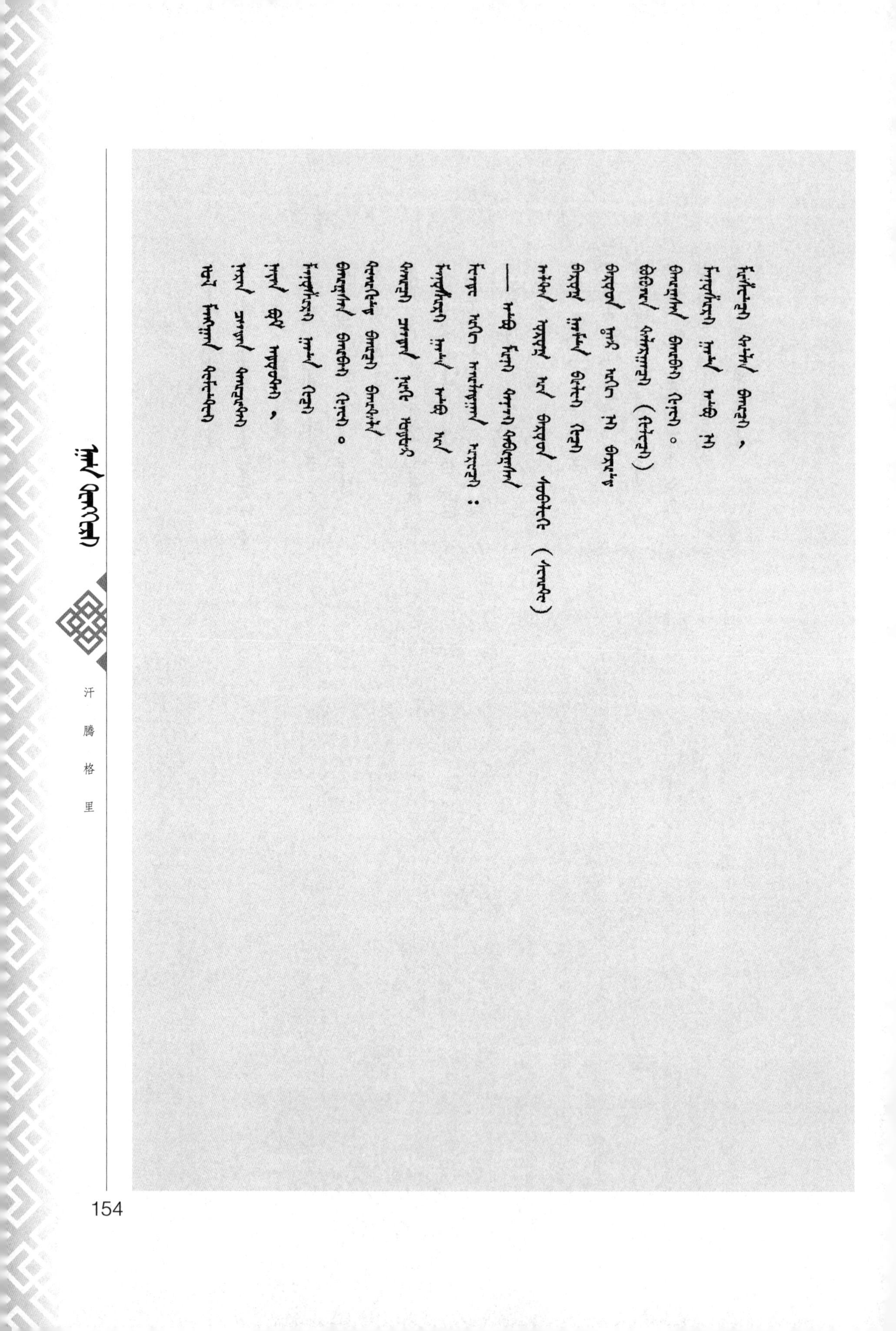

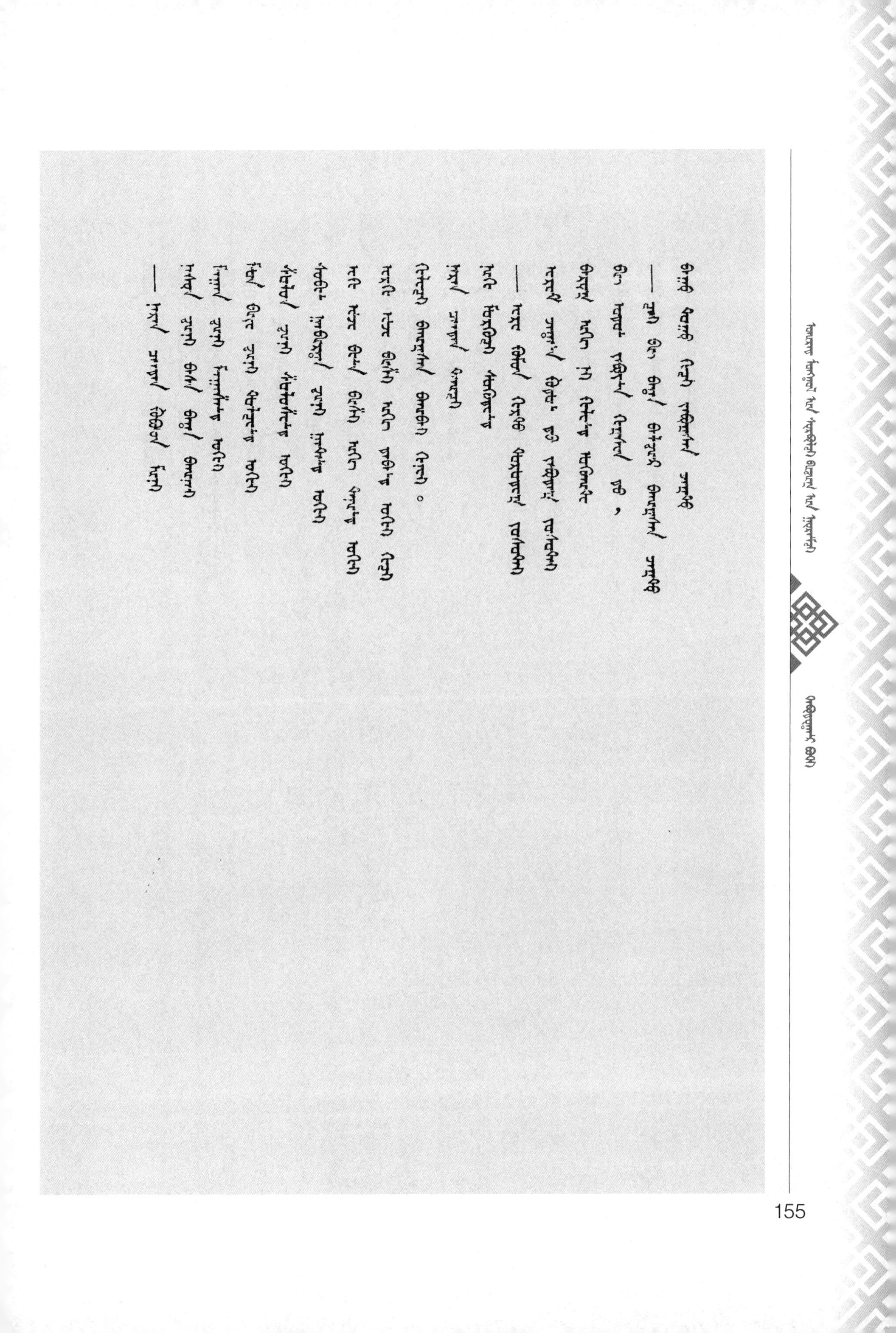

ᠶᠠᠭᠤᠨ ᠬᠦᠮᠦᠨ ᠲᠡᠷᠡ ᠴᠢ ᠪᠣᠯᠤᠭᠰᠠᠨ
ᠶᠠᠪᠤᠭᠰᠠᠨ ᠰᠡᠳᠬᠢᠯᠭᠡᠨ ᠦ ᠪᠢᠯᠢᠭ ᠦ? ᠡᠰᠡᠬᠦ
ᠶᠠᠭᠠᠷᠠᠯᠲᠠᠢ ᠰᠣᠨᠢᠷᠬᠠᠯ ᠶᠠᠭᠤᠨ ᠮᠡᠳᠡᠷᠡᠮᠵᠢ ᠪᠡᠨ
ᠲᠡᠭᠦᠨ ᠡᠷᠢᠬᠡ ᠪᠠᠢᠳᠠᠯ ᠪᠠᠢᠳᠠᠭ ᠤᠤ?
— ᠲᠡᠷᠡ ᠪᠣᠳᠣᠯᠭᠠᠨ ᠤ ᠡᠬᠢ
ᠲᠥᠷᠥᠯ ᠬᠤᠪᠢᠷᠠᠯ ᠬᠠᠷᠢᠭᠤᠯᠲᠠ :
ᠲᠡᠷᠡ ᠲᠡᠨ ᠳᠤ ᠪᠡᠨ ᠪᠣᠯᠤᠭᠰᠠᠨ
ᠬᠠᠷᠠᠭᠰᠠᠨ ᠲᠡᠭᠦᠯᠡᠨ ᠬᠦᠷᠲᠡᠯᠡ
ᠬᠠᠨ ᠲᠡᠩᠭᠢ ᠲᠡᠨ ᠲᠡᠭᠦᠯᠳᠦ ᠲᠡᠷᠡ
ᠬᠠᠷᠢᠶᠠ ᠶᠢᠨ ᠬᠦᠯᠲᠡ ᠬᠠᠷᠢᠭᠤᠯᠤᠭ᠎ᠠ
ᠬᠦᠮᠦᠨ ᠶᠠᠭᠤᠮᠠᠨ ᠰᠡᠳᠬᠢᠯ
ᠢᠷᠡᠭᠡᠳᠦᠢ ᠴᠢ ᠶᠠᠭᠤ ᠢᠷᠡᠭᠦᠯᠦᠯᠲᠡ ᠪᠢᠷᠡᠯ ᠢᠪᠡᠭᠡᠯ ◦
ᠬᠦᠷᠲᠡᠪᠡᠯ ᠲᠡᠨᠳᠡ ᠲᠡᠷᠡ ᠲᠡᠨ ᠲᠡᠷᠡ ᠲᠡᠯᠡ
ᠰᠠᠪᠤᠭ᠎ᠠ ᠲᠡᠯᠡ ᠬᠦᠷᠡ ᠬᠦᠷᠲᠡᠭᠡᠯᠡ
ᠰᠡᠷᠭᠦᠭᠡ ᠲᠡᠭᠦᠯᠡᠨ ᠬᠦᠷᠭᠡ
ᠪᠠᠶᠠᠰᠬᠤᠯᠠᠩ ᠰᠣᠨᠢᠷᠬᠠᠯ ᠪᠠᠶᠠᠯᠠᠭ
ᠪᠠᠢᠳᠠᠯ ᠬᠦᠰᠡᠯᠡᠯ ᠶᠠᠭᠤᠪᠠ

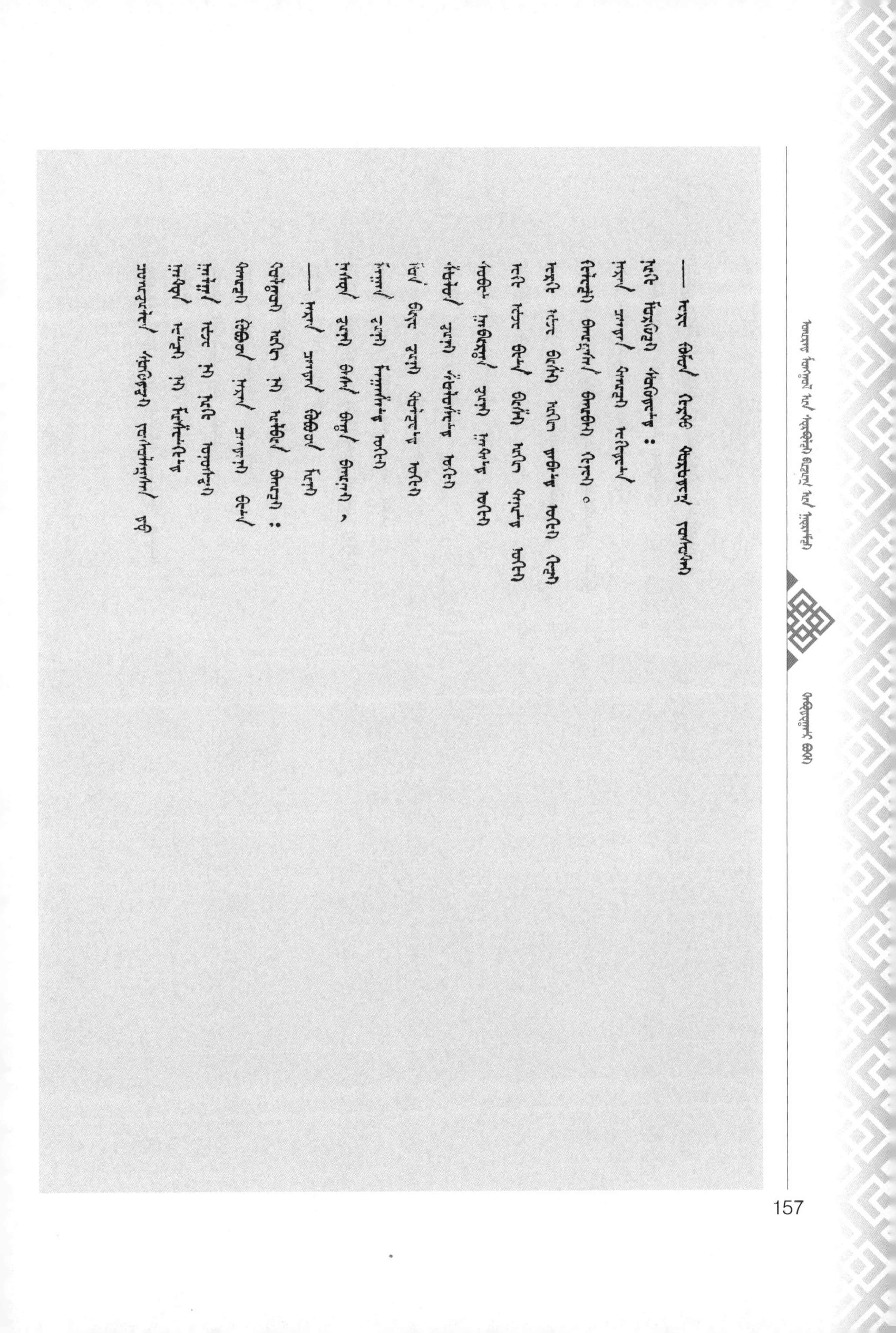

— [illegible]

[illegible] :

[illegible]

[illegible] 。

[illegible]

[illegible]

[illegible]

[illegible]

[illegible]

[illegible]

[illegible] ,

— [illegible]

[illegible] :

[illegible]

[illegible]

[illegible]

[illegible]

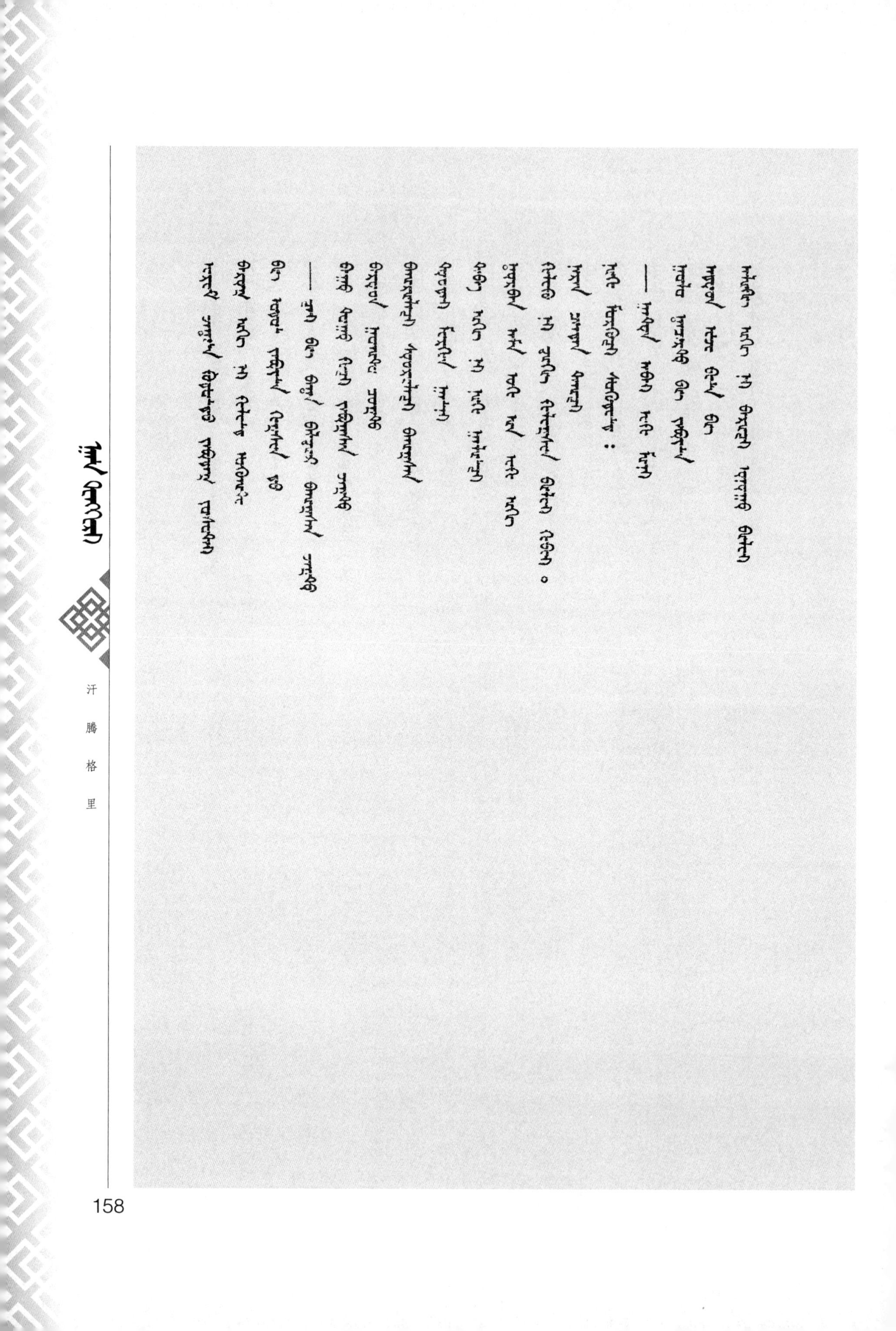

[illegible]
[illegible]
[illegible]
—— [illegible]
[illegible] :
[illegible]
[illegible] 。
[illegible]
[illegible]
[illegible]
[illegible]
[illegible]
[illegible]
—— [illegible]
[illegible]
[illegible]
[illegible]

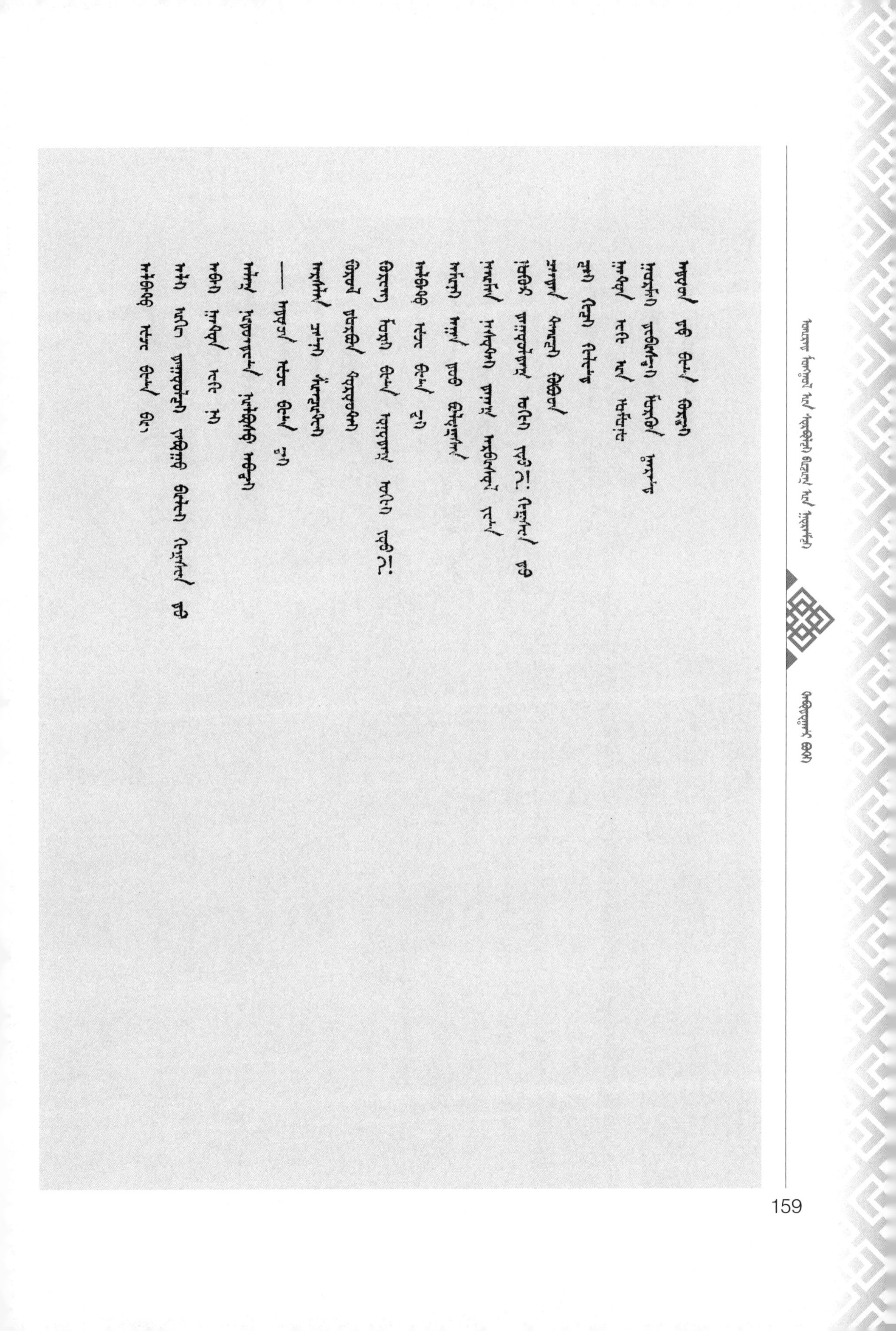

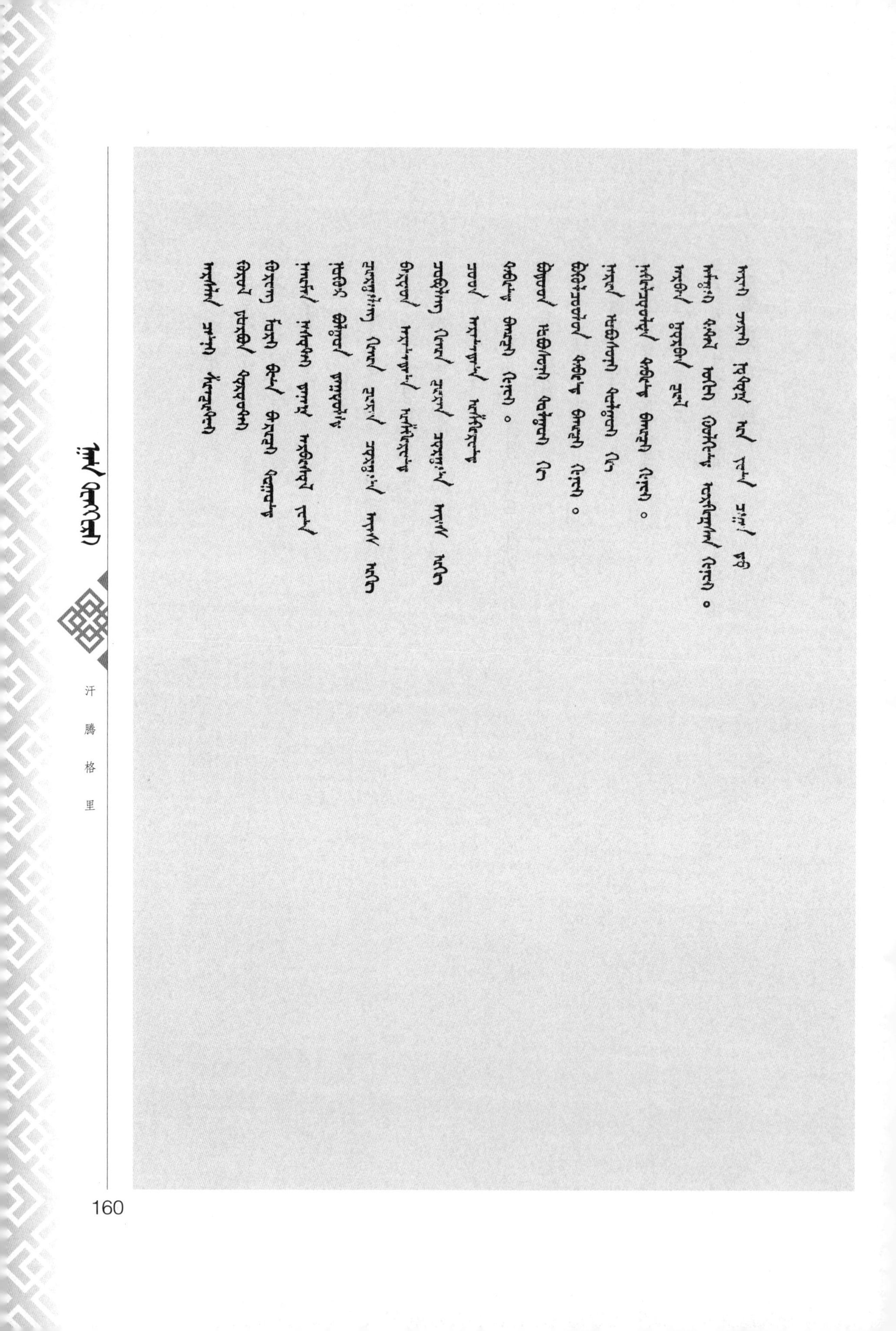

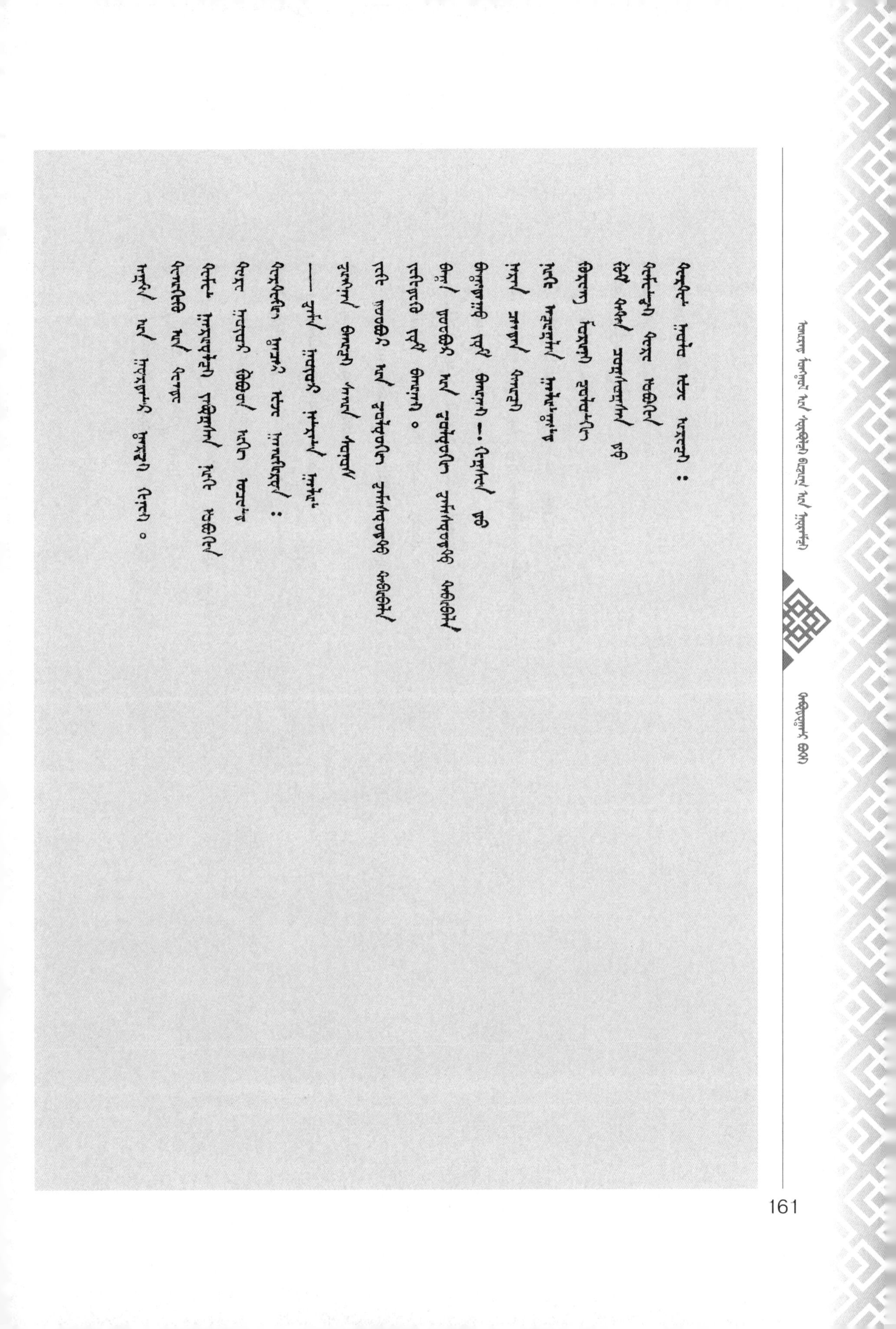

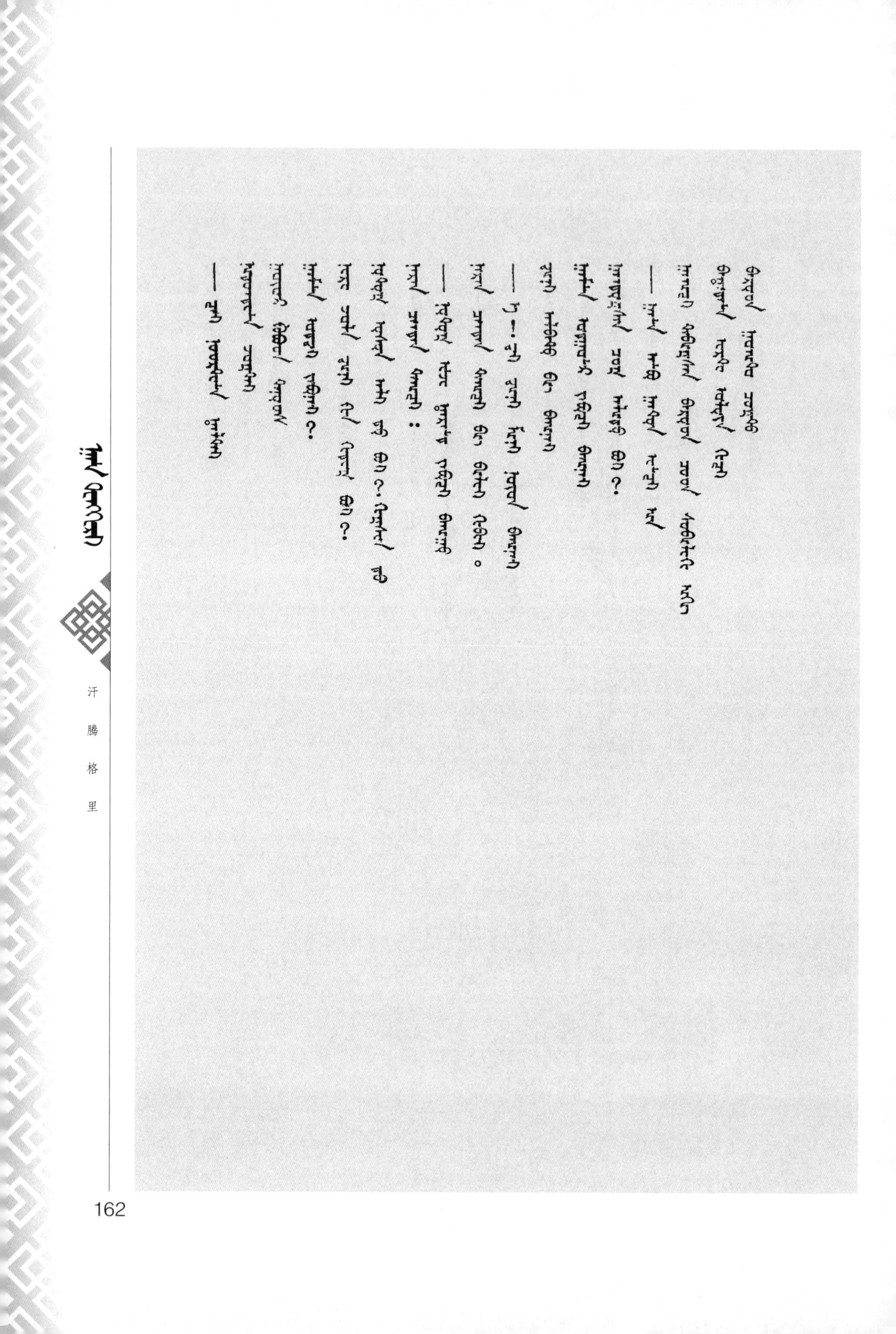

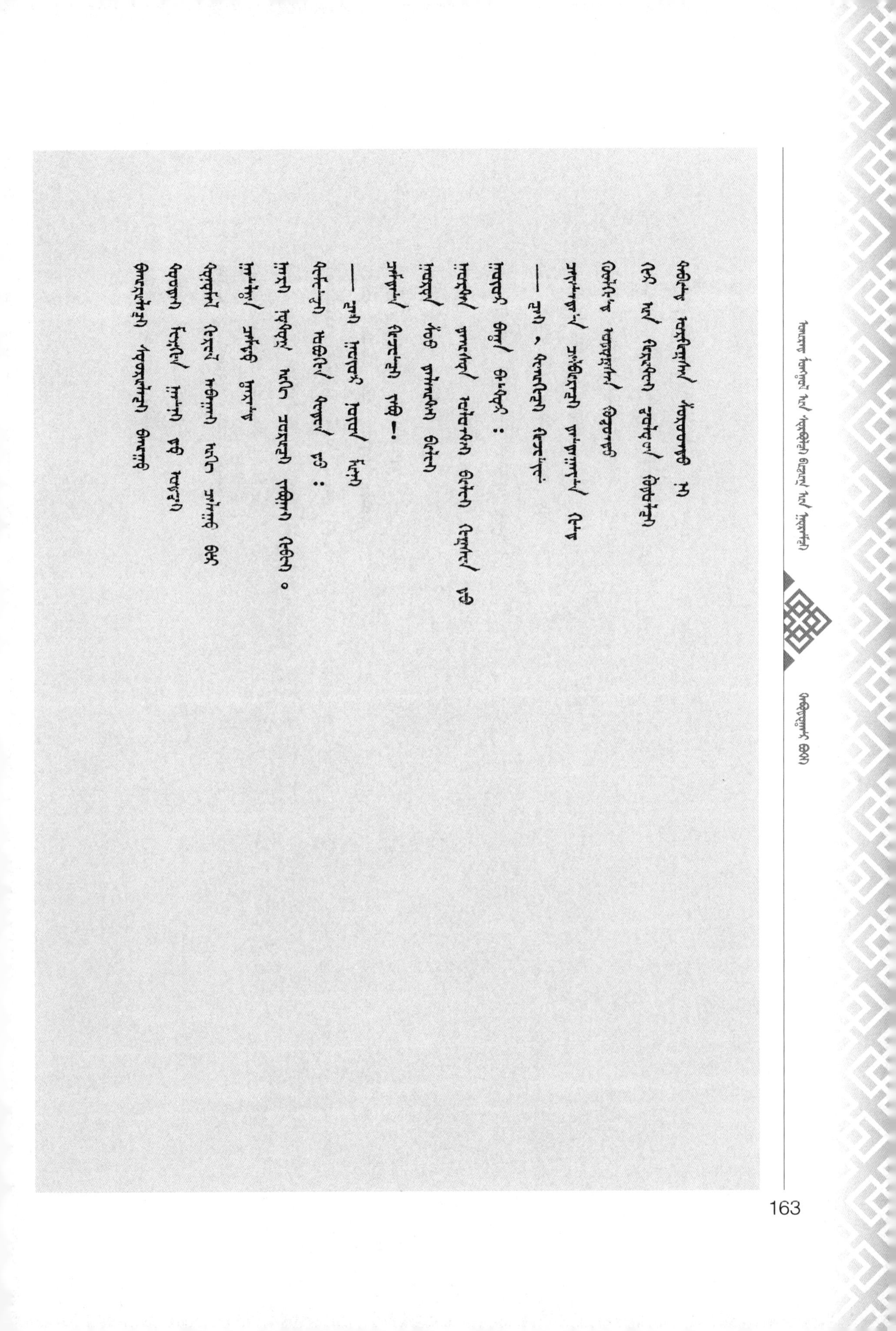

[illegible]
[illegible]
[illegible]
[illegible]
—— [illegible]
[illegible] :
[illegible]
[illegible]
[illegible] !
—— [illegible]
[illegible] :
[illegible] 。
[illegible]
[illegible]
[illegible]
[illegible]

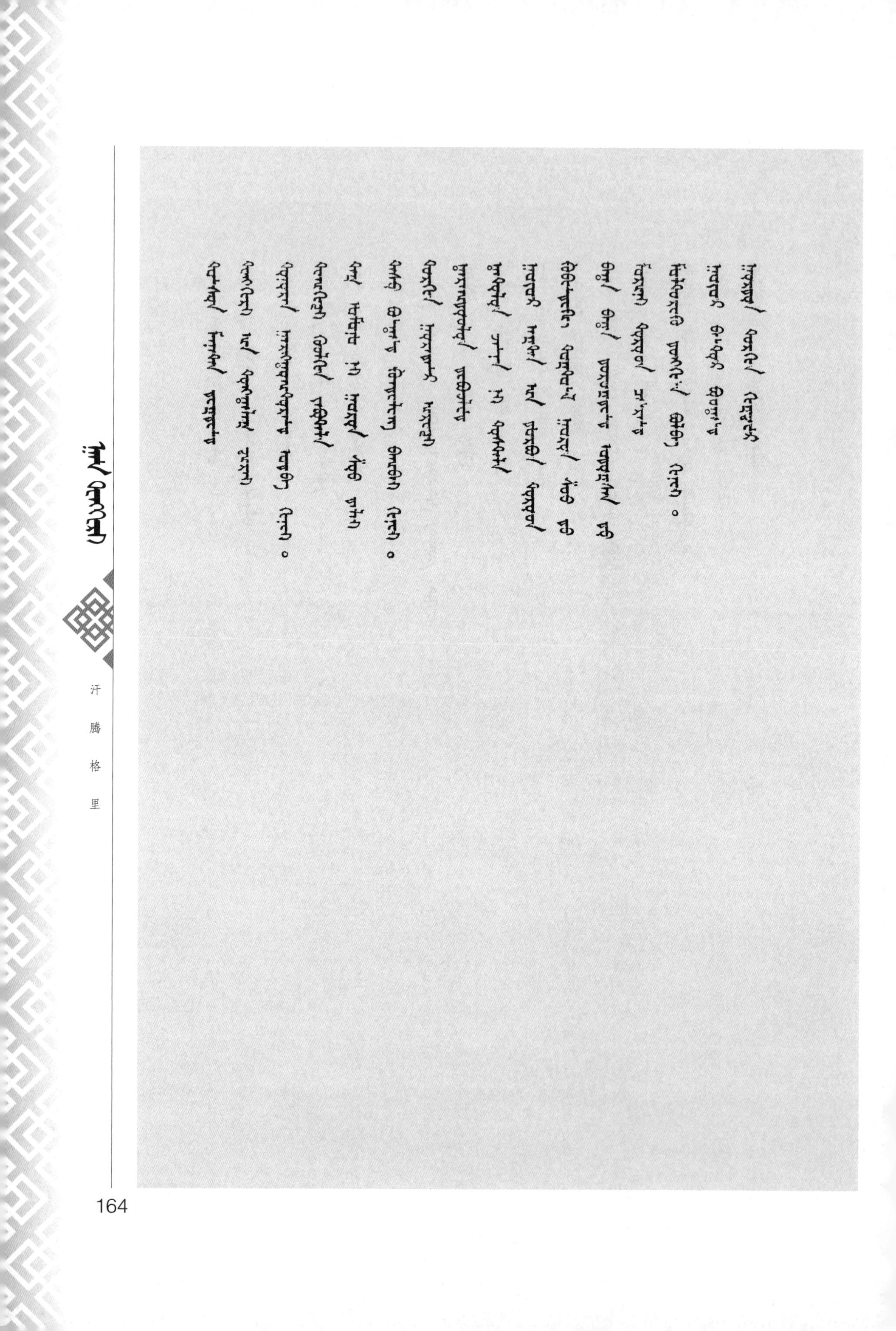

[illegible]
[illegible]
[illegible]
[illegible]
[illegible]
[illegible]
[illegible]
[illegible]
[illegible]
[illegible]
[illegible]
[illegible]
[illegible]
[illegible]
[illegible]
[illegible]

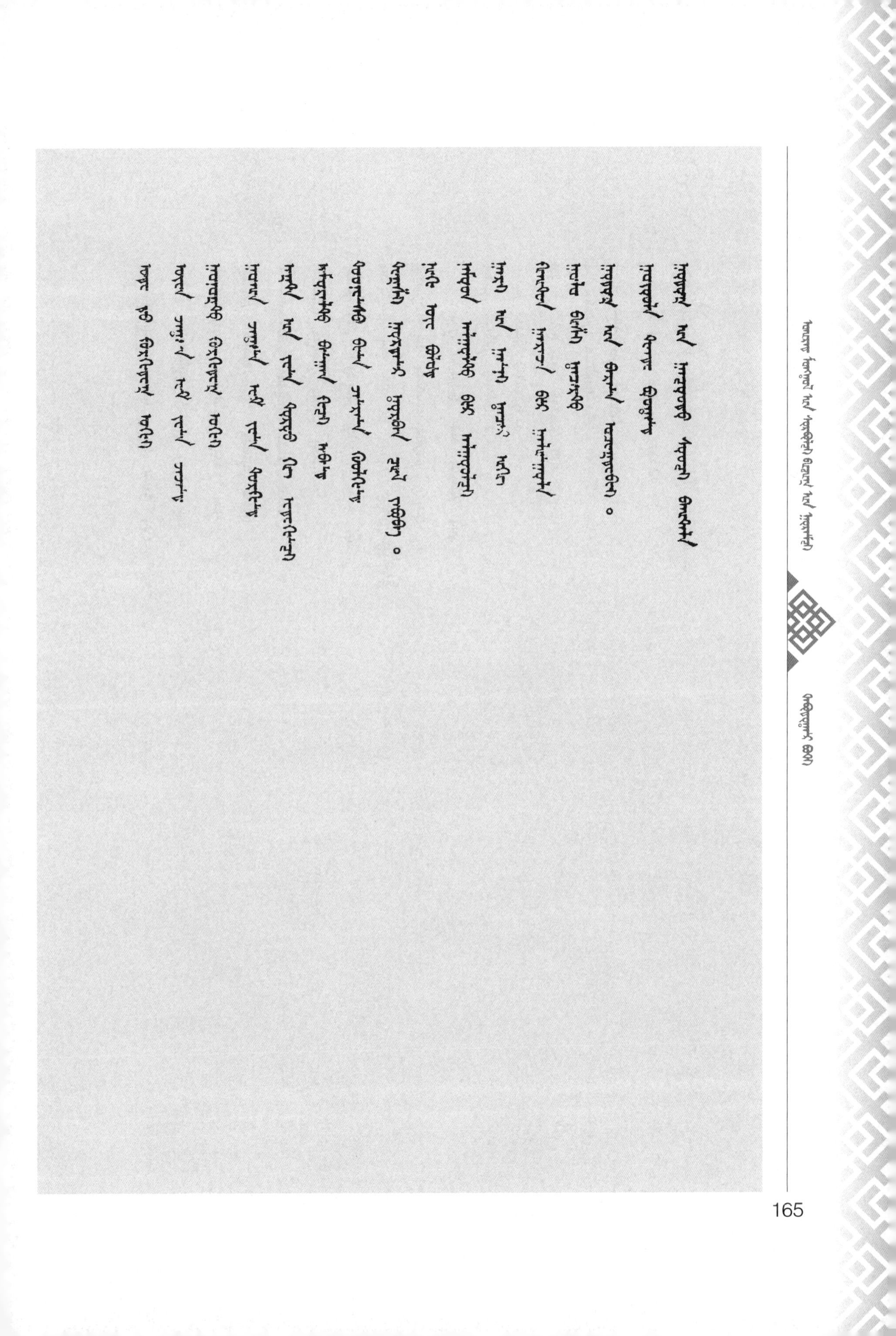

[illegible]
[illegible]
[illegible]
[illegible]
[illegible]
[illegible]
[illegible]
[illegible]
[illegible]
[illegible]
[illegible]
[illegible]
[illegible]
[illegible]
[illegible]
[illegible]

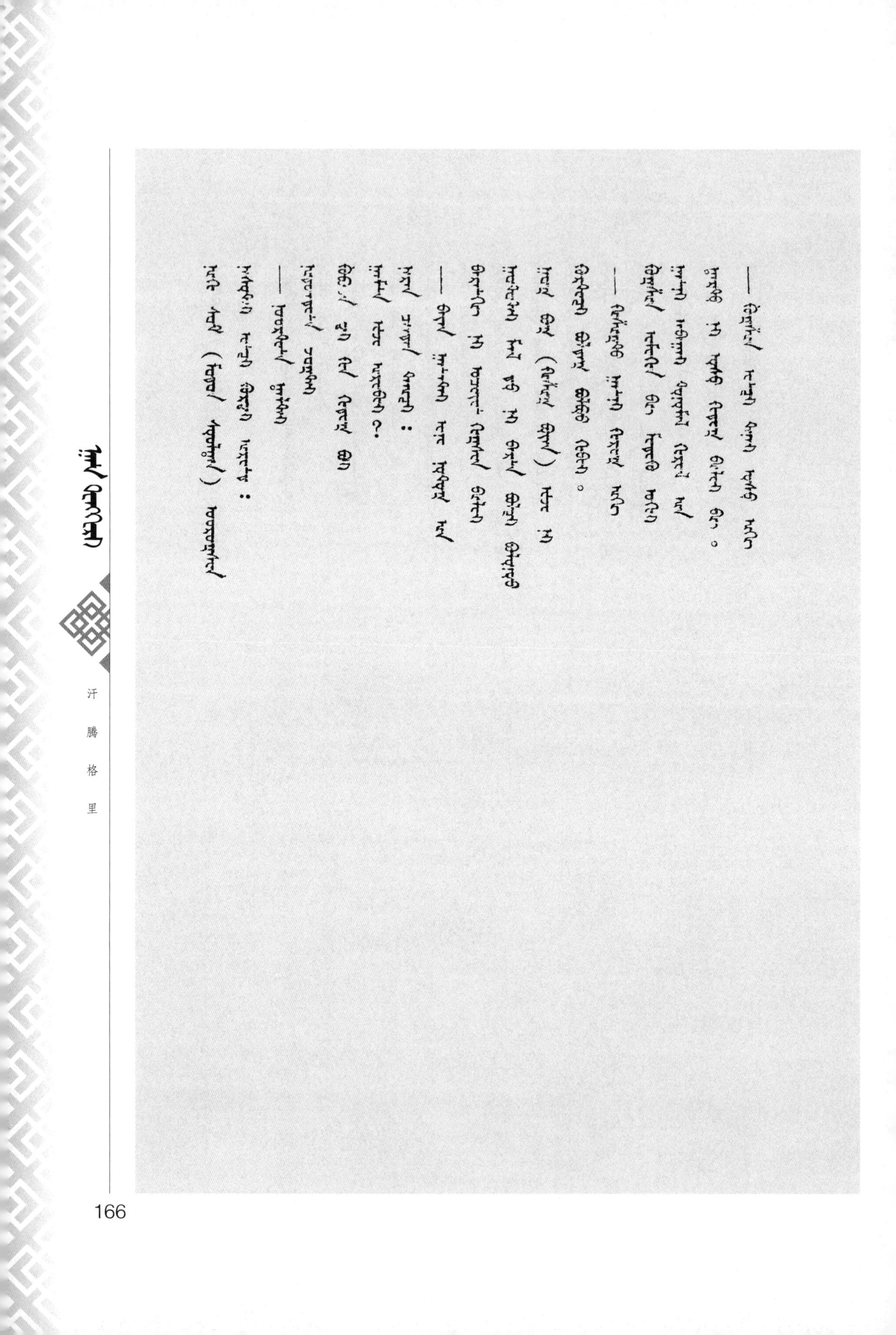

—— [illegible] [illegible] [illegible] [illegible] [illegible]
[illegible] [illegible] [illegible] [illegible] [illegible] [illegible] 。
[illegible] [illegible] [illegible] [illegible] [illegible]
[illegible] [illegible] [illegible] [illegible] [illegible]
—— [illegible] [illegible] [illegible] [illegible]
[illegible] [illegible] [illegible] [illegible] 。
[illegible] [illegible] ([illegible] [illegible]) [illegible] [illegible]
[illegible] [illegible] [illegible] [illegible] [illegible] [illegible] [illegible]
[illegible] [illegible] [illegible] [illegible] [illegible]
—— [illegible] [illegible] [illegible] [illegible] [illegible]
[illegible] [illegible] [illegible] :
[illegible] [illegible] [illegible] ?
[illegible] [illegible] [illegible] [illegible] [illegible]
[illegible] [illegible]
—— [illegible] [illegible]
[illegible] [illegible] [illegible] [illegible] :
[illegible] [illegible] ([illegible] [illegible]) [illegible]

ᠬᠡᠯᠡᠯᠴᠡᠵᠦ ᠪᠠᠢᠭ᠎ᠠ ᠪᠠᠢᠭ᠎ᠠ ᠬᠡᠯᠡᠭᠡᠳ

—— ᠡᠷᠳᠡᠮ ᠢ ᠡᠨᠡ ᠰᠠᠶᠢᠬᠠᠨ ᠪᠢᠯᠡ

ᠨᠠᠢᠷᠠᠮᠳᠠᠭᠤ ᠪᠠᠭᠰᠢ ᠡᠷᠳᠡᠮ ᠪᠤᠢ :

ᠨᠠᠭᠠᠷ ᠵᠢᠷᠭᠠᠯ ᠳᠤᠷᠠᠲᠠᠢ

ᠬᠠᠷᠠᠭᠤᠳᠠᠶ ᠰᠠᠢᠨ ᠪᠤᠢ ᠬᠡᠪᠡᠨ ᠬᠡᠨᠡᠨ ᠃

ᠬᠤᠪᠢ ᠪᠣᠯᠤᠭᠰᠠᠳ ᠮᠢᠨᠢ ᠤᠬᠠᠭᠠᠨ

ᠨᠤᠳᠤᠭ ᠰᠤᠪᠡᠯᠡᠭᠡ ᠶᠢᠨ ᠳᠡᠭᠡᠳᠦᠷᠡᠯ

ᠨᠤᠳᠤᠭ ᠡᠷᠳᠡᠮ ᠦᠨ ᠡᠷᠬᠢ ᠮᠡᠳᠡᠯᠭᠡ

ᠨᠤᠳᠤᠭᠤᠨ ᠮᠡᠳᠡ ᠰᠠᠶᠢᠬᠠᠨ ᠳᠤᠷᠠᠲᠠᠢ ᠨᠠᠢᠷᠠᠮᠳᠠᠭᠤ

ᠪᠠᠶᠠᠯᠢᠭ ᠦᠷᠡᠰᠦᠯ ᠬᠦᠮᠦᠨ

ᠪᠠᠭᠰᠢ ᠡᠯᠡᠭᠡᠳᠦ ᠰᠠᠢᠨ ᠮᠢᠨᠢ

ᠨᠠᠮᠤᠷ ᠬᠡᠮᠡᠨ ᠪᠠᠢᠨ᠎ᠠ

ᠨᠠᠭᠠᠷ ᠵᠢᠷᠭᠠᠯ ᠳᠤᠷᠠᠲᠠᠢ

ᠵᠢᠷᠭᠠᠯ ᠪᠢᠳᠡᠨ ᠪᠠᠭᠰᠢ ᠲᠠᠨ ᠬᠡᠷᠡᠭᠲᠡᠢ ᠪᠤᠢ

—— ᠲᠠᠨ ᠂ ᠳᠤᠷᠠᠲᠠᠢᠬᠡᠨ ᠳᠤᠷᠠᠲᠠᠢ

ᠨᠤᠳᠤᠭᠤᠨ ᠮᠡᠳᠡ ᠪᠢᠳᠡ ᠳᠤᠷᠠᠲᠠᠢ ᠮᠠᠯᠲᠠᠨ᠎ᠠ !

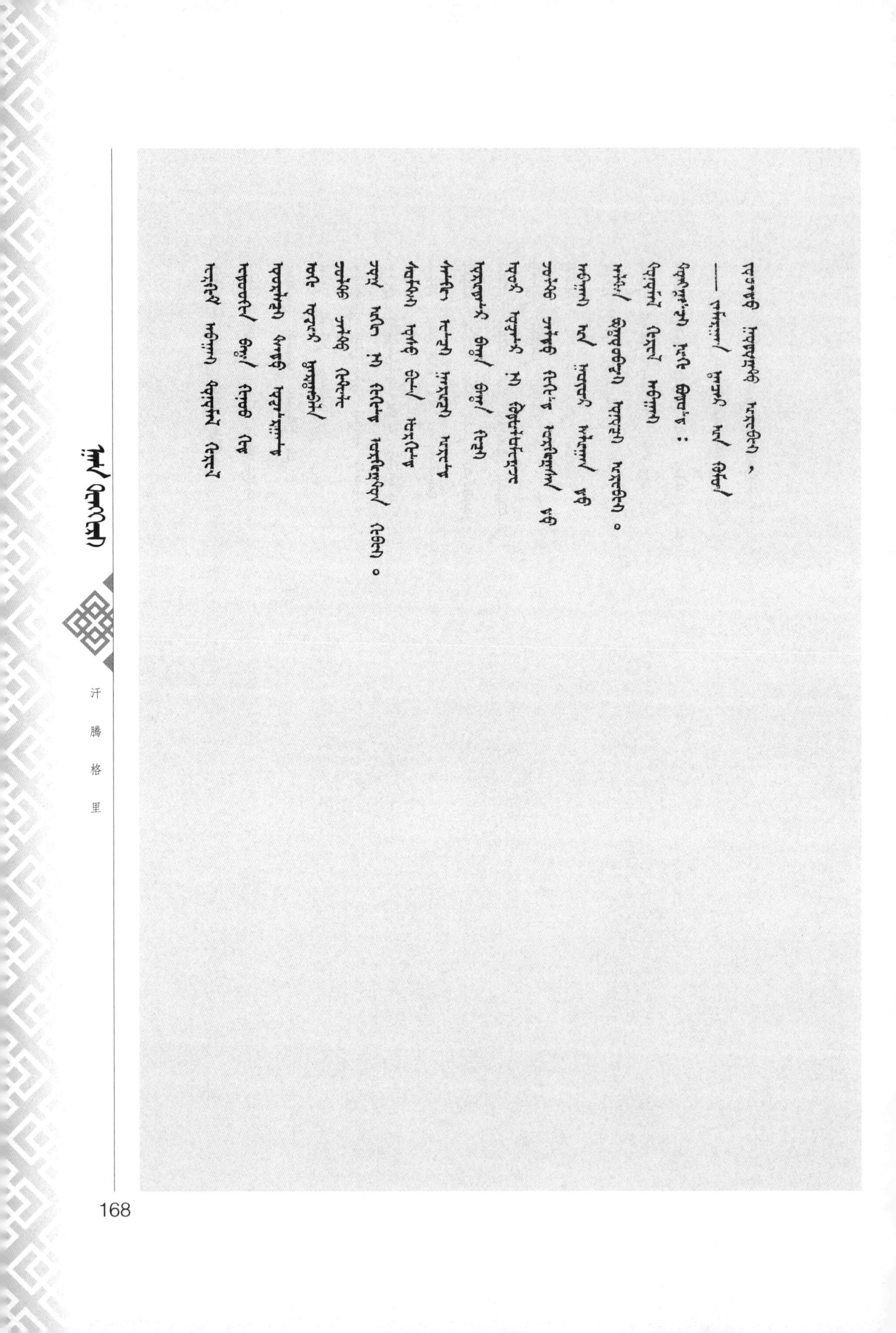

[illegible]

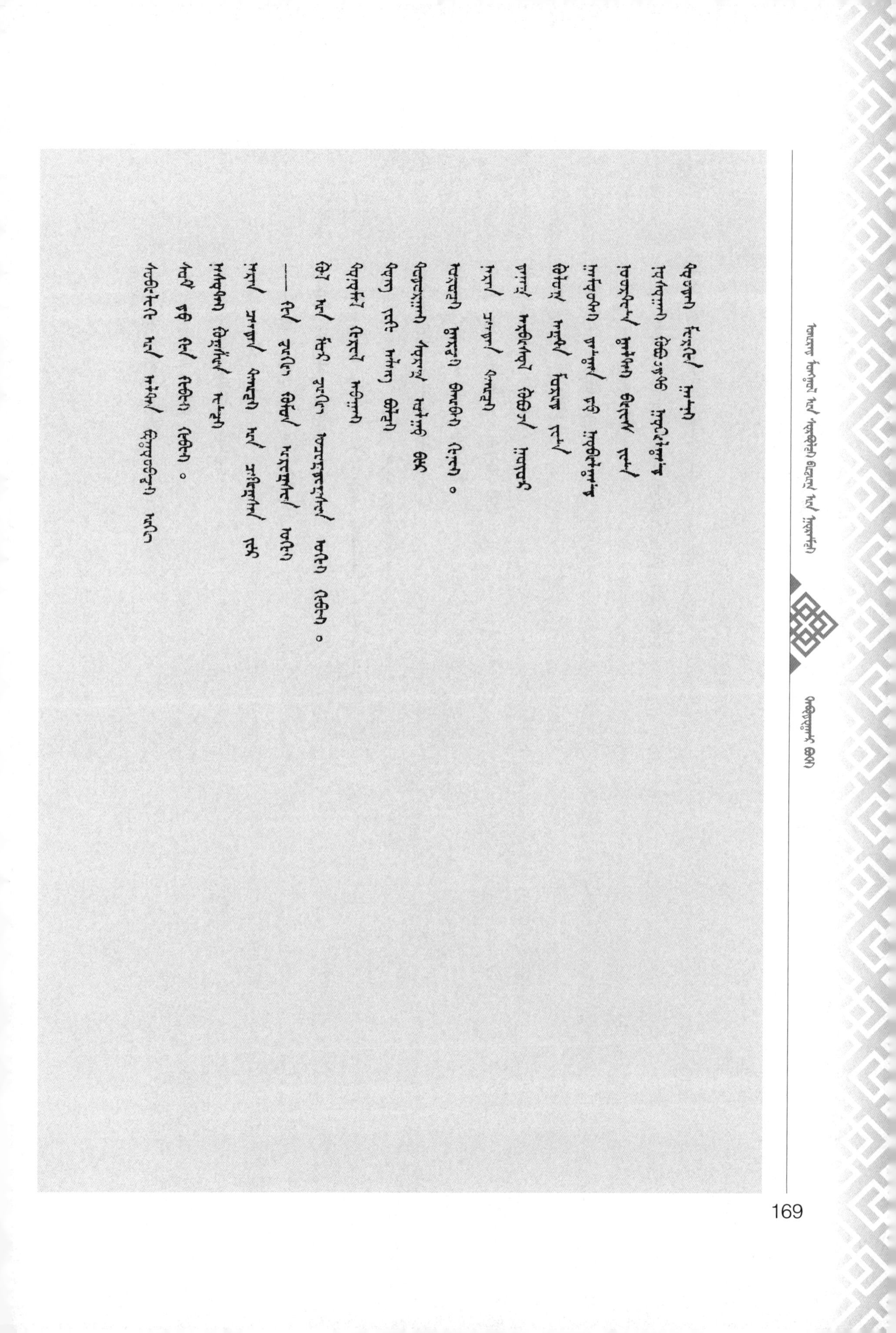

[illegible]
[illegible]
[illegible]
[illegible]
[illegible]
[illegible]
[illegible]
[illegible] ᠃
[illegible]
[illegible]
[illegible]
[illegible] ᠃
—— [illegible]
[illegible]
[illegible]
[illegible] ᠃
[illegible]

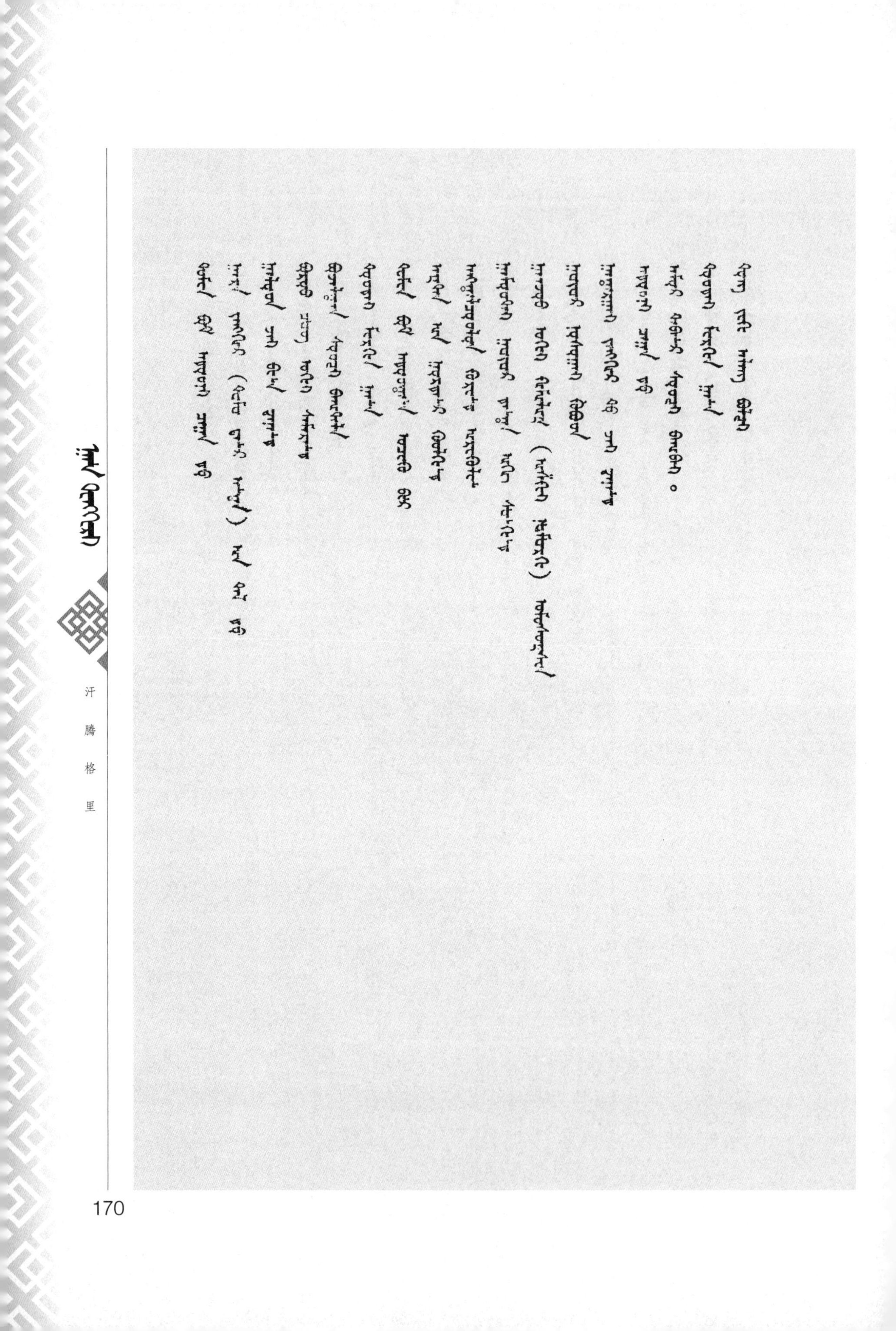

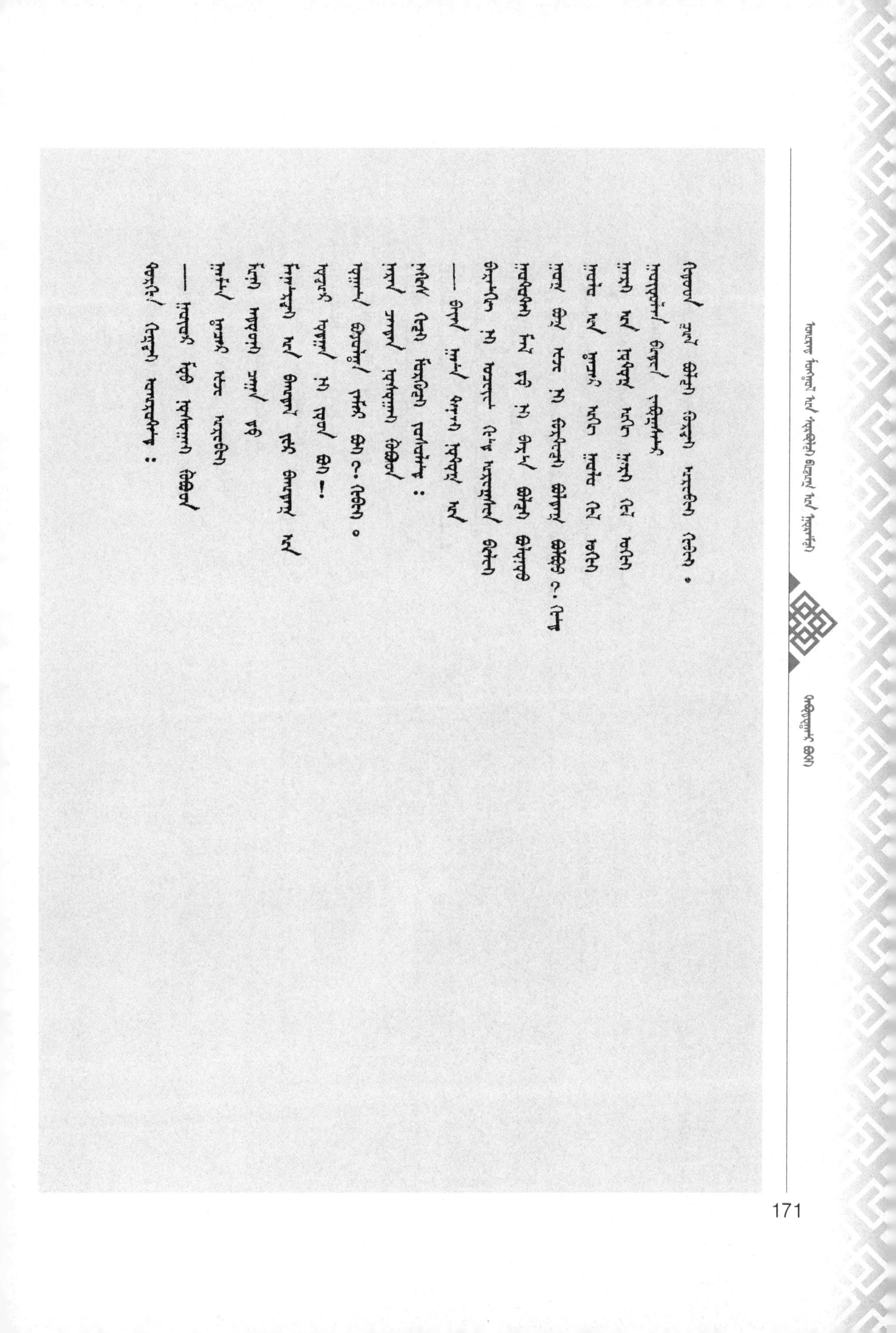

[illegible] •
[illegible]
[illegible]
[illegible]
[illegible] ? [illegible]
[illegible]
[illegible]
— [illegible]
[illegible] :
[illegible]
[illegible] ? [illegible] 。
[illegible] !
[illegible]
[illegible]
[illegible]
— [illegible]
[illegible] :

ᠮᠥᠩᠬᠡ ᠪᠠᠢᠨ᠎ᠠ ᠲᠠᠪᠤᠨ ᠬᠠᠷᠠᠭᠳᠠᠨ᠎ᠠ
ᠮᠥᠰᠦᠨ ᠮᠡᠨ ᠴᠠᠰᠤ᠂ ᠪᠠᠢᠨ᠎ᠠ ᠣᠷᠴᠢᠨ
ᠲᠠᠭᠤᠳᠠᠭ ᠨᠢ ᠪᠠᠭᠤᠭᠠᠳ ᠬᠠᠷᠠᠯᠠᠭᠰᠠᠨ
ᠲᠡᠩᠷᠢ ᠪᠠᠷᠠᠭᠳᠠᠰᠢ ᠲᠡᠯᠡᠭᠳᠡᠨ᠎ᠡ
ᠲᠡᠭᠦ ᠬᠦᠮᠦᠨ ᠨᠢ ᠪᠠᠭᠠᠵᠤᠯᠠᠭᠰᠠᠨ ᠲᠥᠷᠥᠯᠲᠡᠨ
ᠲᠡᠭᠡᠷᠡᠬᠦᠶ᠎ᠡ ᠨᠢᠭᠡ ᠬᠠᠷᠠᠭᠳᠠᠨ᠎ᠠ
ᠣᠭᠲᠠᠷᠭᠤᠢ ᠨᠢᠰᠬᠦ ᠰᠢᠪᠠᠭᠤ ᠪᠠᠢᠨ᠎ᠠ
ᠨᠠᠮᠤᠷ ᠬᠠᠭᠠᠯᠭ᠎ᠠ ᠬᠡᠯᠡᠨ ᠪᠣᠯᠤᠨ᠎ᠠ! ᠲᠡᠷᠡ
ᠨᠠᠢᠷᠠᠮᠳᠠᠯ ᠨᠢᠭᠤᠷ ᠰᠠᠷᠠ ᠭᠡᠭᠡᠭᠡᠨ ᠬᠠᠷᠠᠭᠳᠠᠨ᠎ᠠ
ᠨᠢᠭᠡ ᠰᠠᠷᠠᠯᠠᠭᠰᠠᠨ ᠰᠢᠨᠵᠢ ᠲᠡᠭᠦᠨ ᠵᠢᠷᠤᠭᠯᠠᠭᠤ
ᠨᠡᠷᠡᠢᠳᠦ ᠪᠣᠯᠤᠨ ᠠ ᠨᠠᠢᠷᠠᠭ
ᠨᠠᠢᠷ ᠪᠢᠷ ᠬᠠᠯᠠ ᠲᠡᠭᠡᠷᠡᠬᠦ ᠲᠠᠭᠤᠯᠠᠭᠤ ᠵᠢᠷᠭᠠᠯ ᠪᠢᠳᠡ
ᠨᠠᠢᠷᠠᠮᠳᠠᠬᠤ ᠰᠠᠨ ᠪᠣᠯ ᠪᠢᠳᠡᠨ ᠲᠠᠭᠤᠯᠠᠭᠤ ᠪᠠᠶᠠᠷ ᠪᠢᠳᠡ
ᠣᠷᠴᠢᠨ ᠮᠣᠩᠭᠤᠯ ᠣᠷᠤᠨ ᠲᠠᠭᠤᠯᠠᠭᠤ ᠪᠠᠶᠠᠷ ᠪᠢᠳᠡ!
ᠣᠷᠠᠭᠠᠭᠠᠳ ᠨᠠᠢᠷᠠᠮᠳᠠᠭᠰᠠᠨ ᠪᠢᠳᠡᠨ
—— ᠡᠨ ᠨᠠᠢᠷᠠᠮ ᠬᠦᠮᠦᠨ

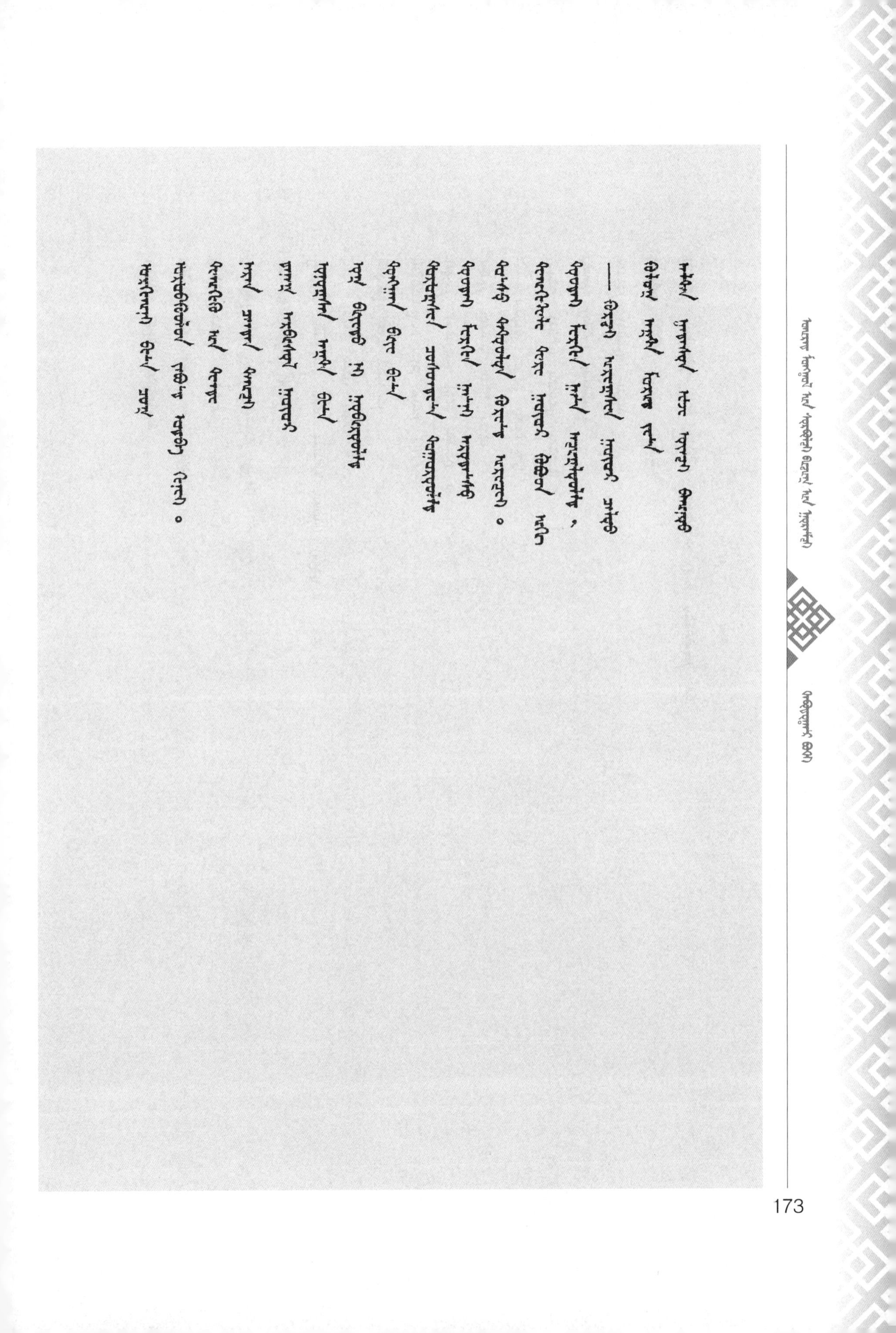

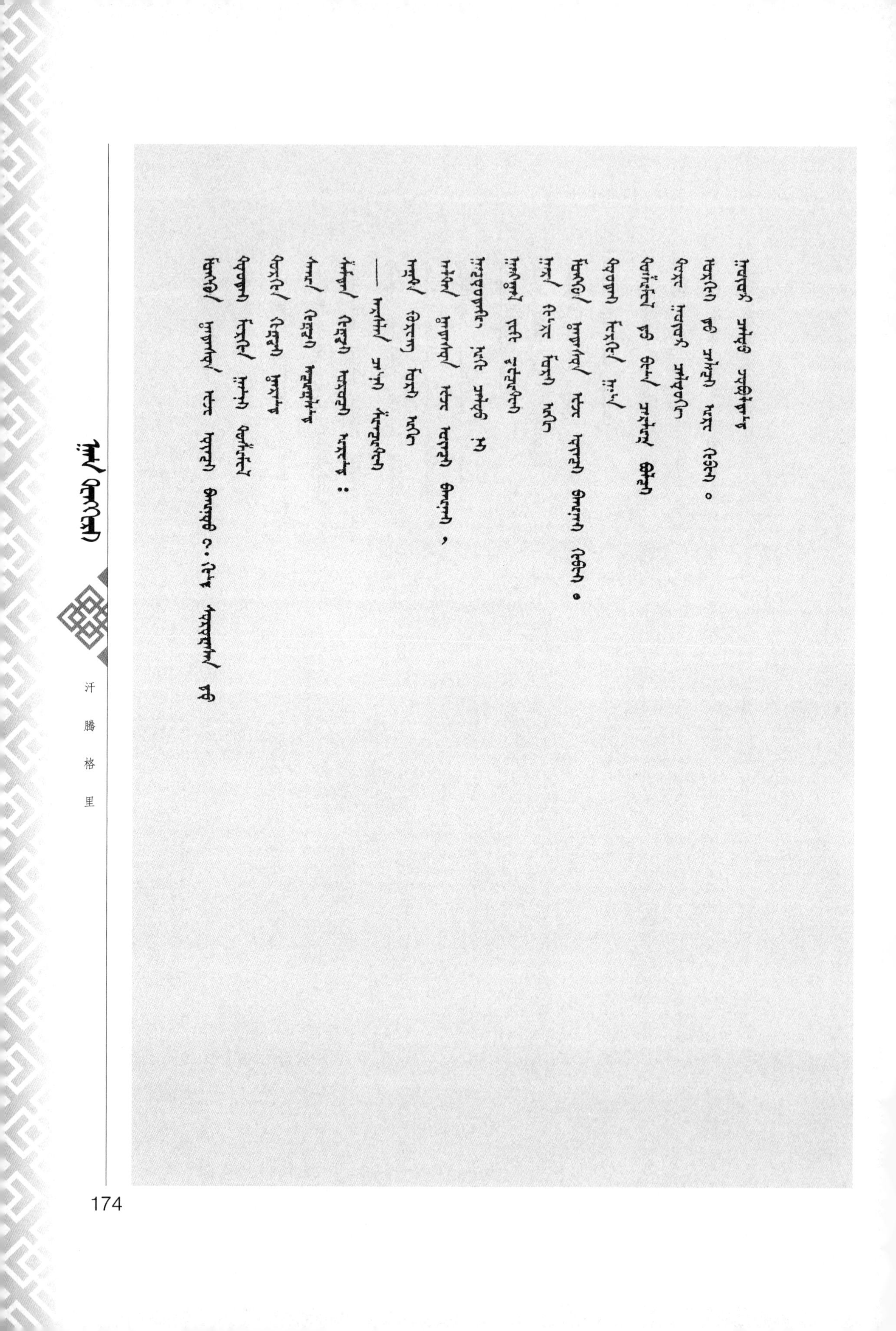

[illegible]

[illegible] 。

[illegible]

[illegible]

[illegible]

[illegible] 。

[illegible]

[illegible]

[illegible]

[illegible] ,

[illegible]

— [illegible]

[illegible] :

[illegible]

[illegible]

[illegible]

[illegible]

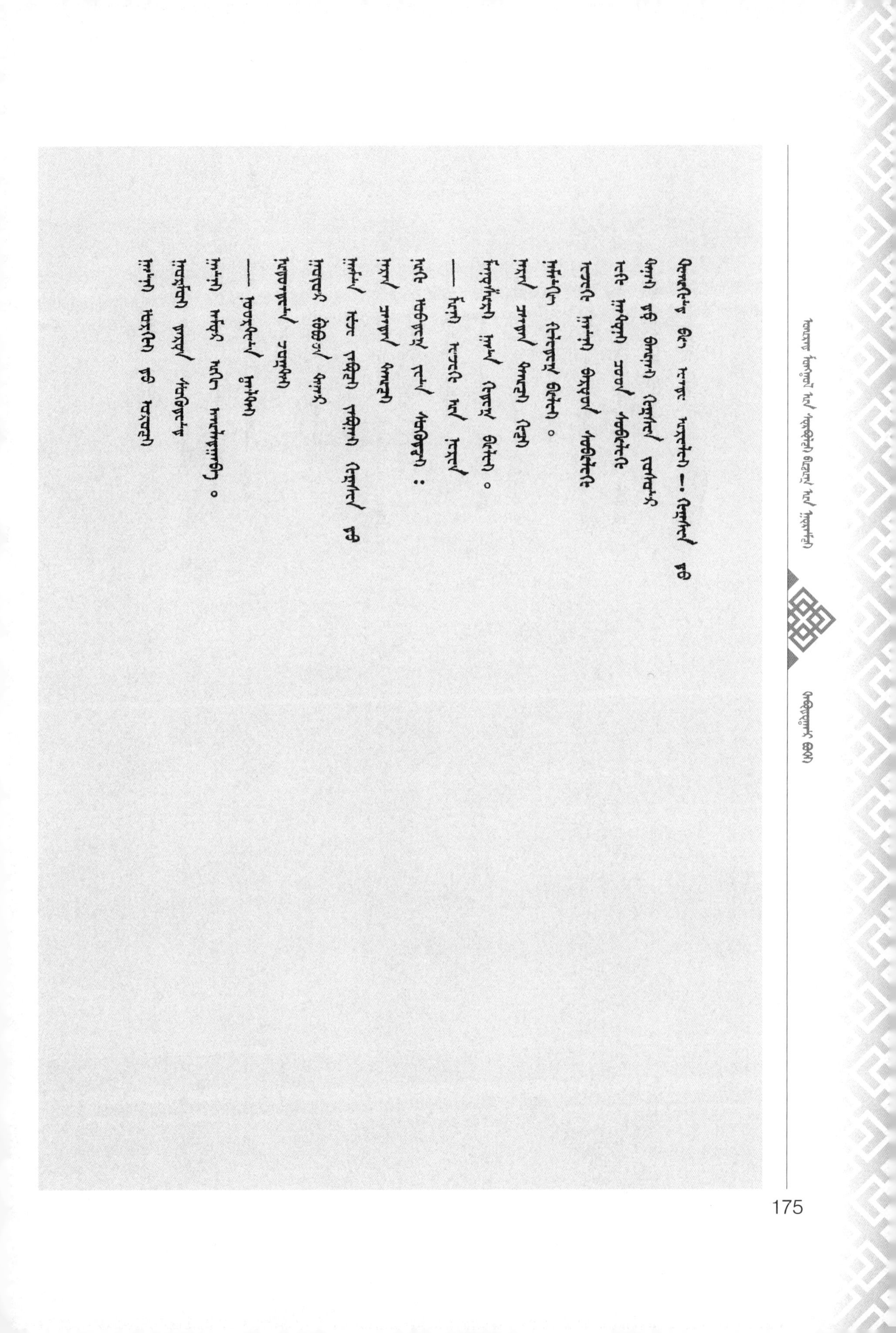

[illegible] ! [illegible]
[illegible]
[illegible]
[illegible]
[illegible] 。
[illegible]
[illegible] 。
—— [illegible]
[illegible] :
[illegible]
[illegible]
[illegible]
[illegible]
—— [illegible]
[illegible] 。
[illegible]
[illegible]

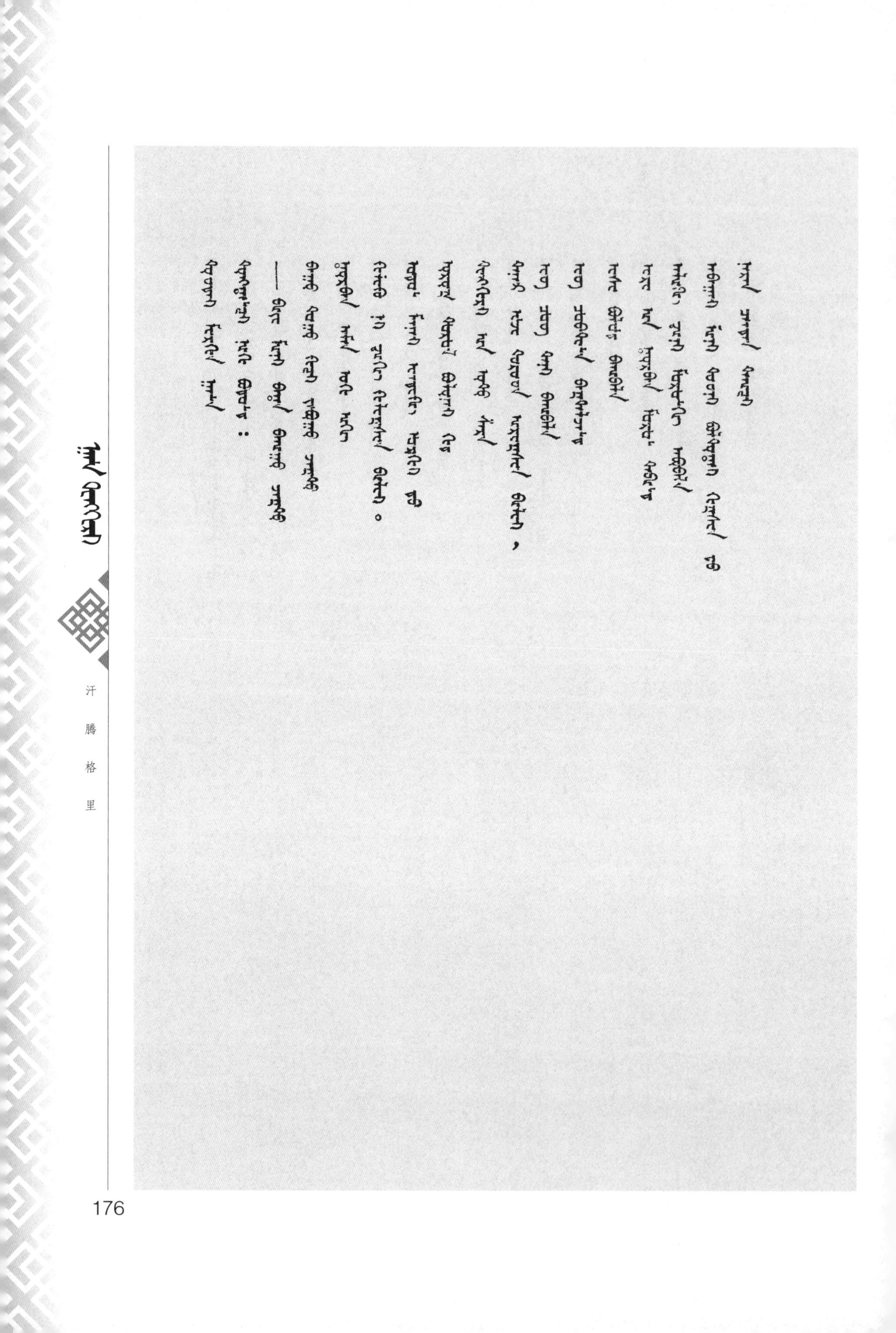

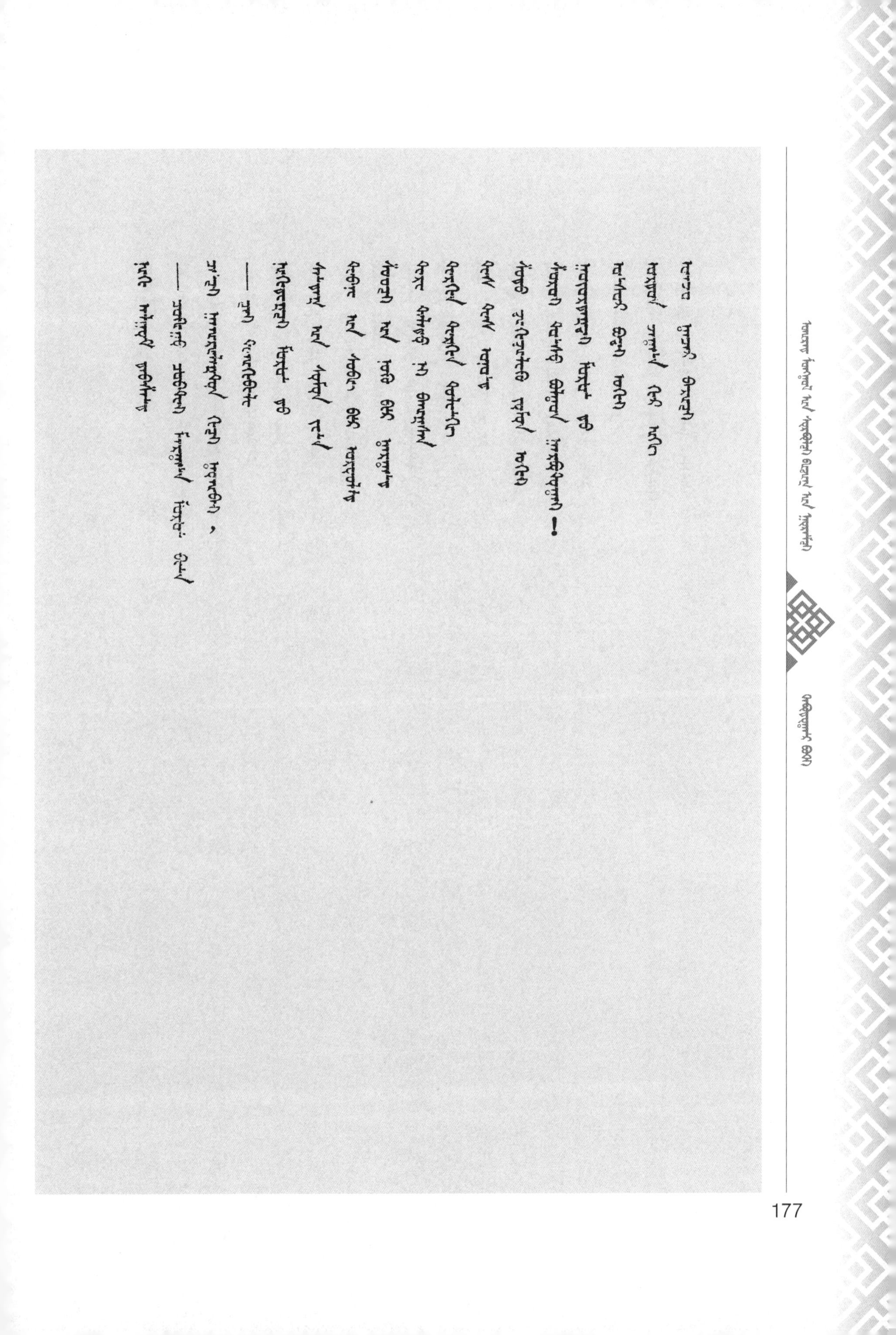

[illegible]
[illegible]
[illegible]
[illegible]
[illegible]!
[illegible]
[illegible]
[illegible]
[illegible]
[illegible]
[illegible]
[illegible]
[illegible]
—— [illegible]
[illegible],
—— [illegible]
[illegible]

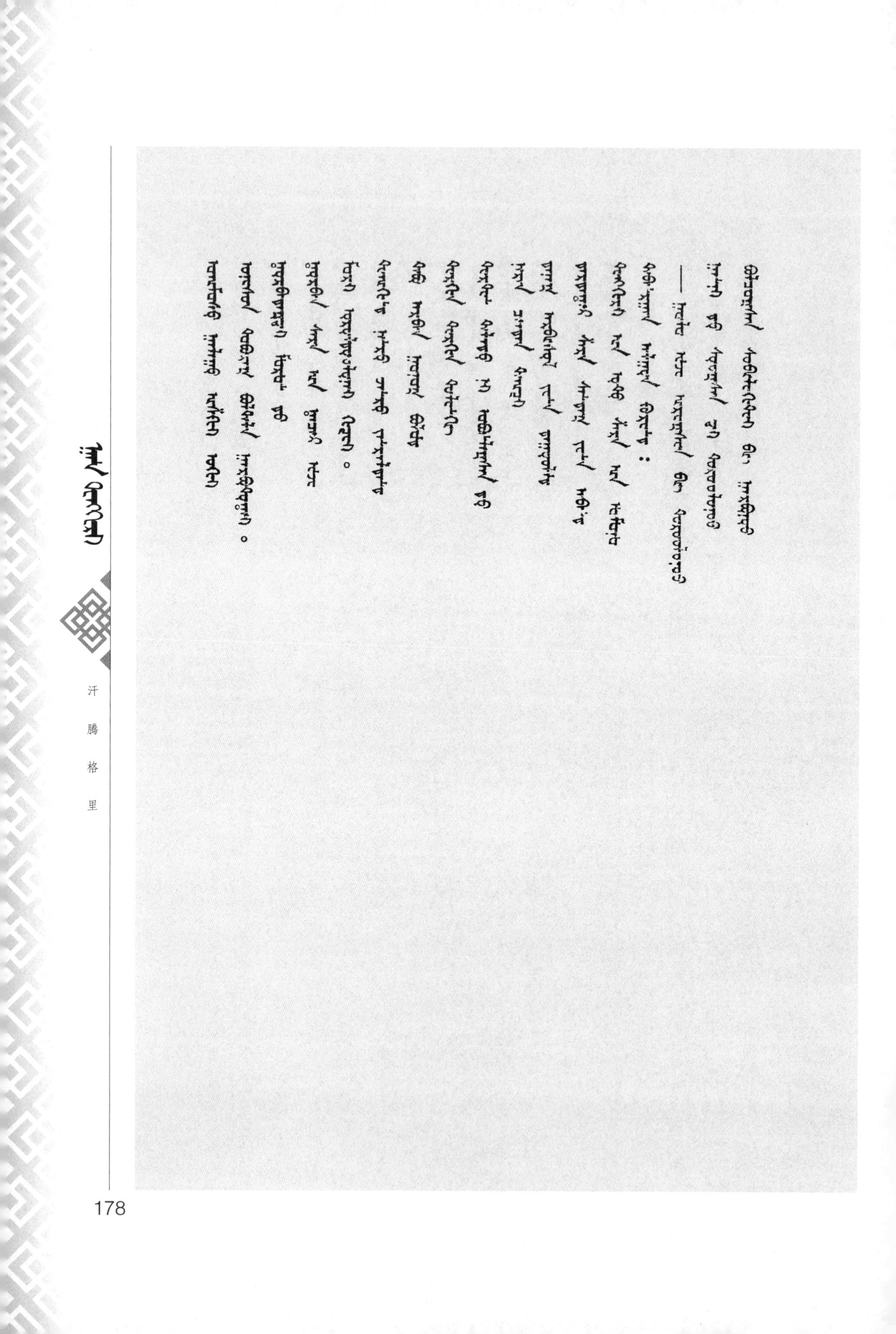

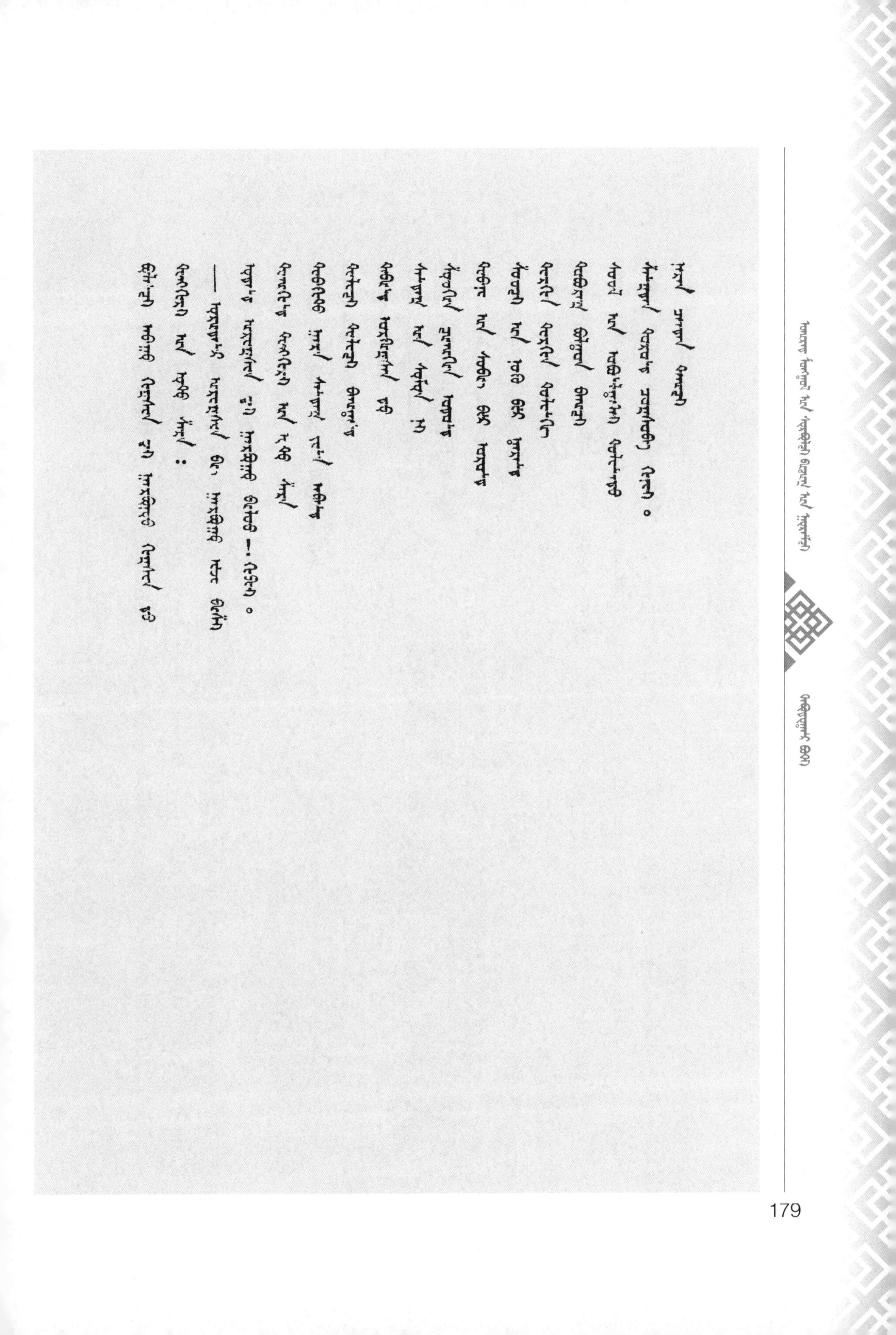

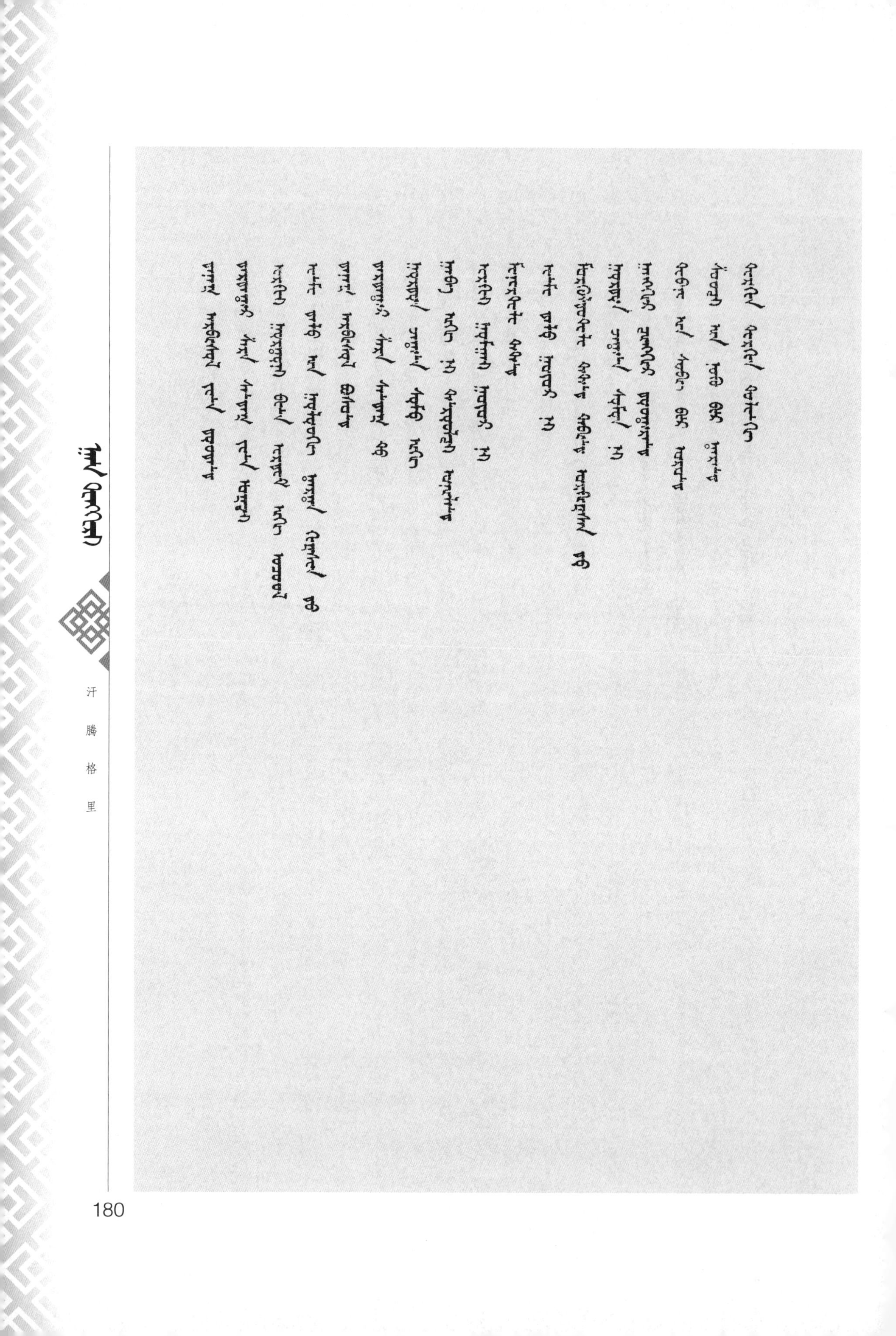

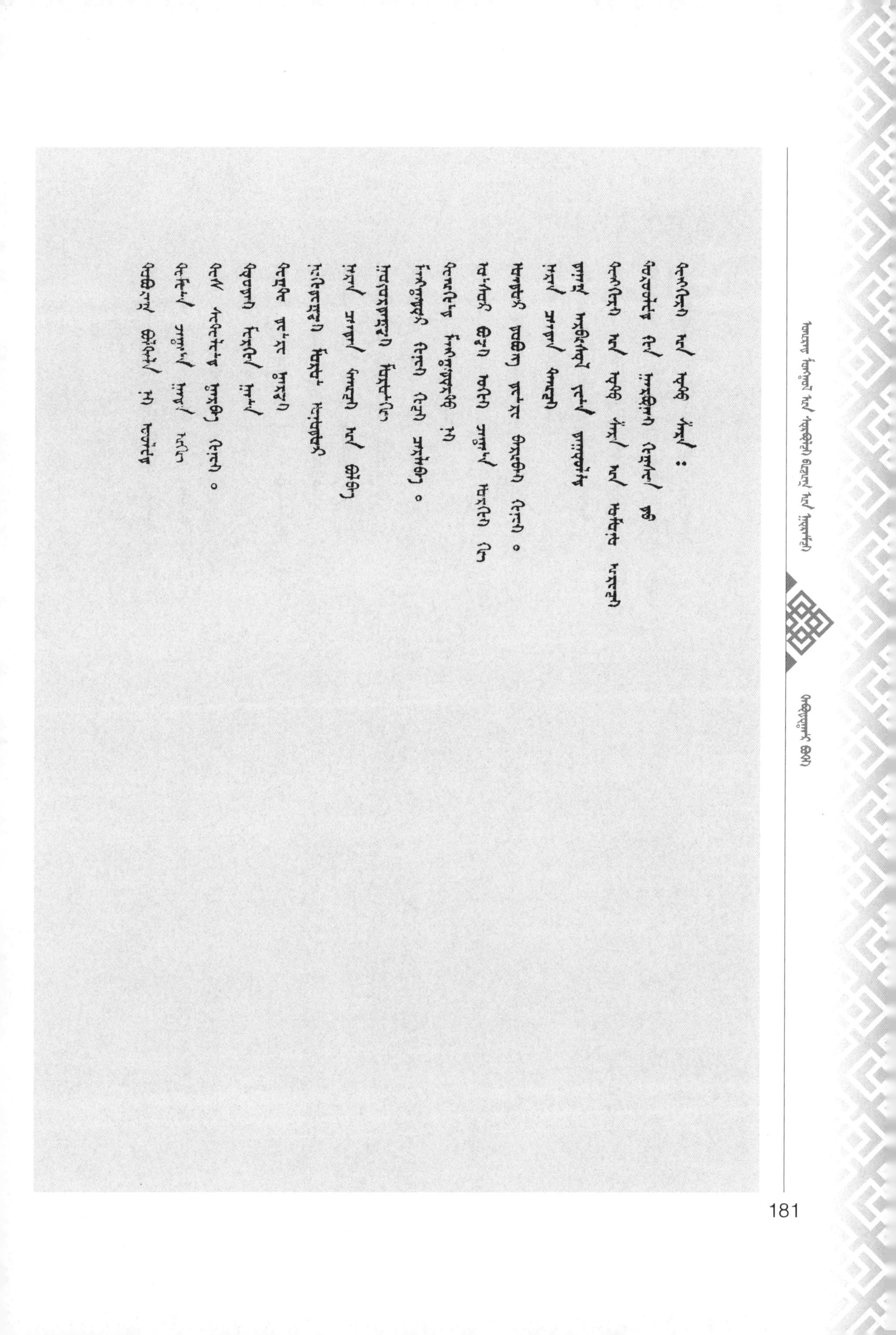

[illegible]
[illegible]
[illegible]
[illegible]
[illegible]
[illegible]
[illegible]
[illegible]
[illegible]
[illegible]
[illegible]
[illegible]
[illegible]
[illegible]
[illegible]
[illegible]

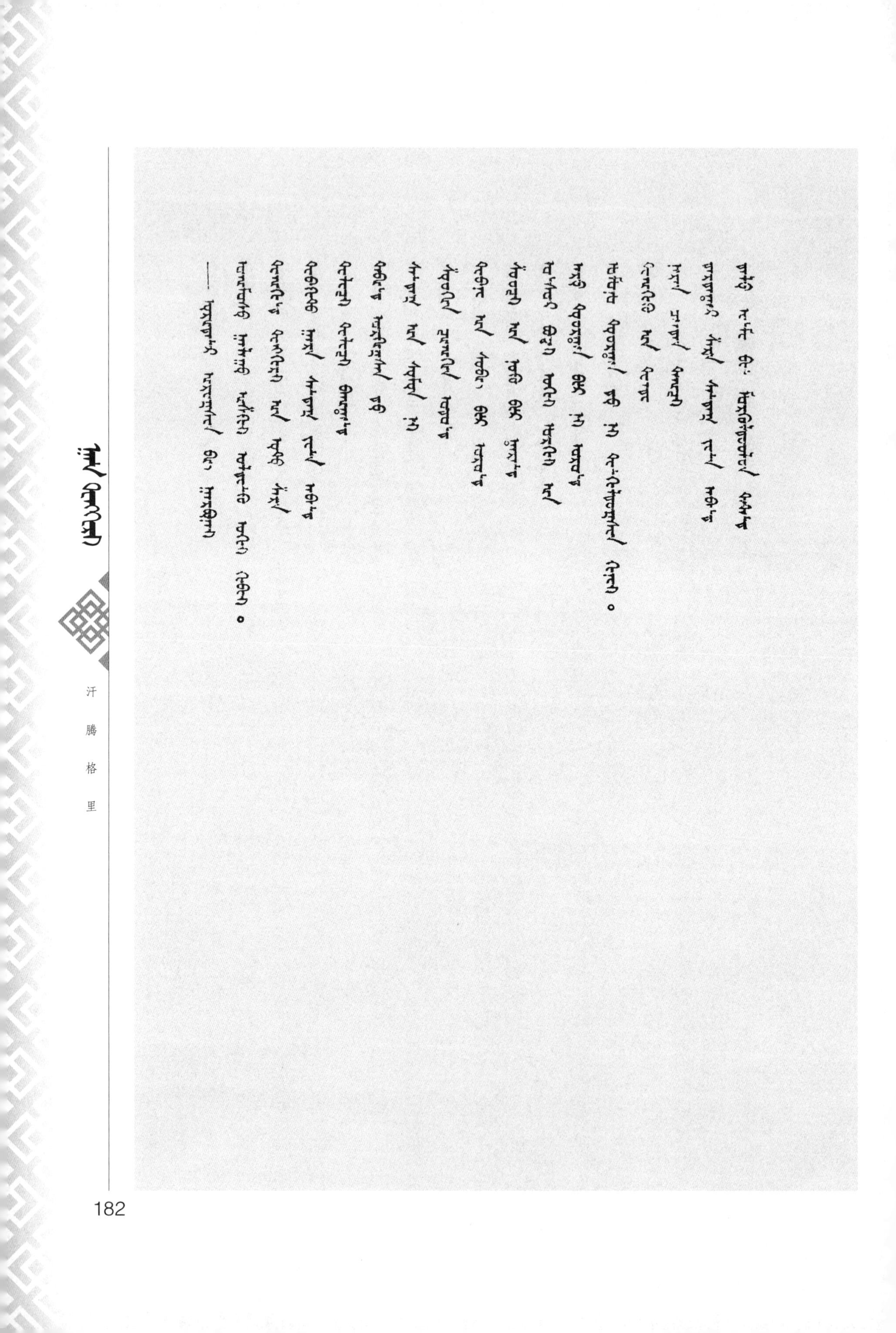

[illegible]
[illegible]
[illegible]
[illegible]
[illegible] 。
[illegible]
[illegible]
[illegible]
[illegible]
[illegible]
[illegible]
[illegible]
[illegible]
[illegible]
[illegible]
[illegible] 。
—— [illegible]

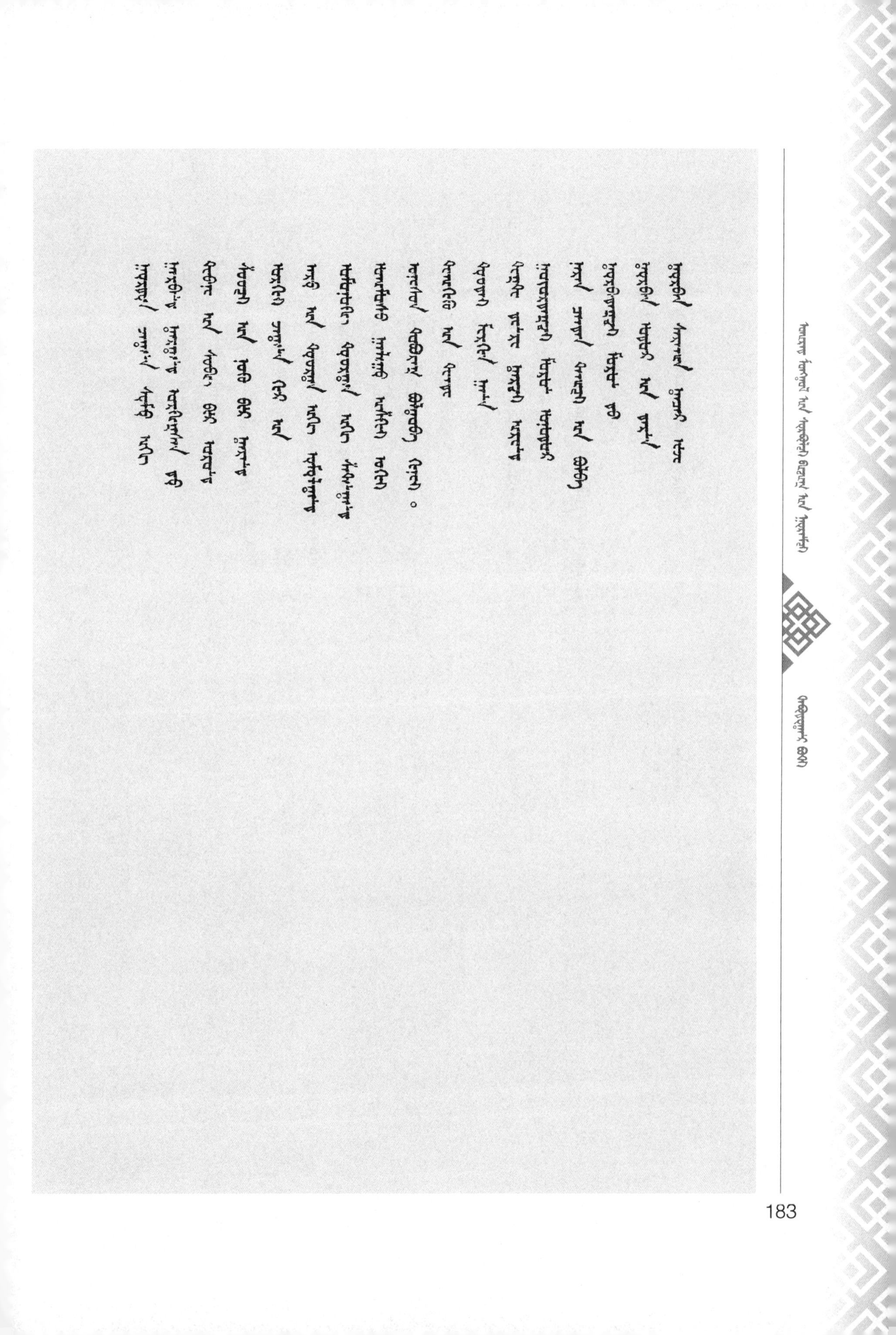

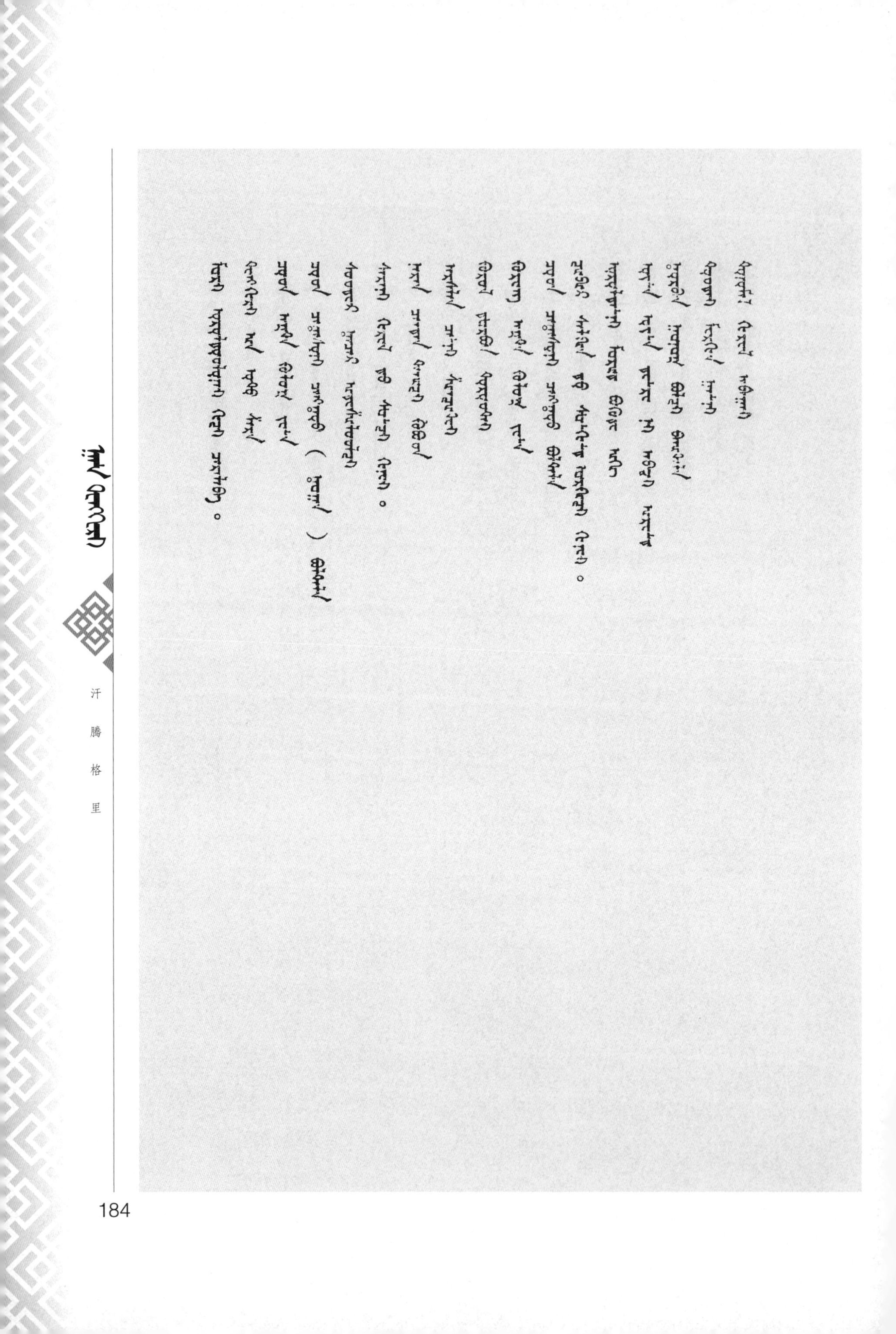

[illegible]
[illegible]
[illegible]
[illegible]
[illegible]
[illegible] ◦
[illegible]
[illegible]
[illegible]
[illegible]
[illegible]
[illegible] ◦
[illegible]
[illegible] ([illegible]) [illegible]
[illegible]
[illegible]
[illegible] ◦

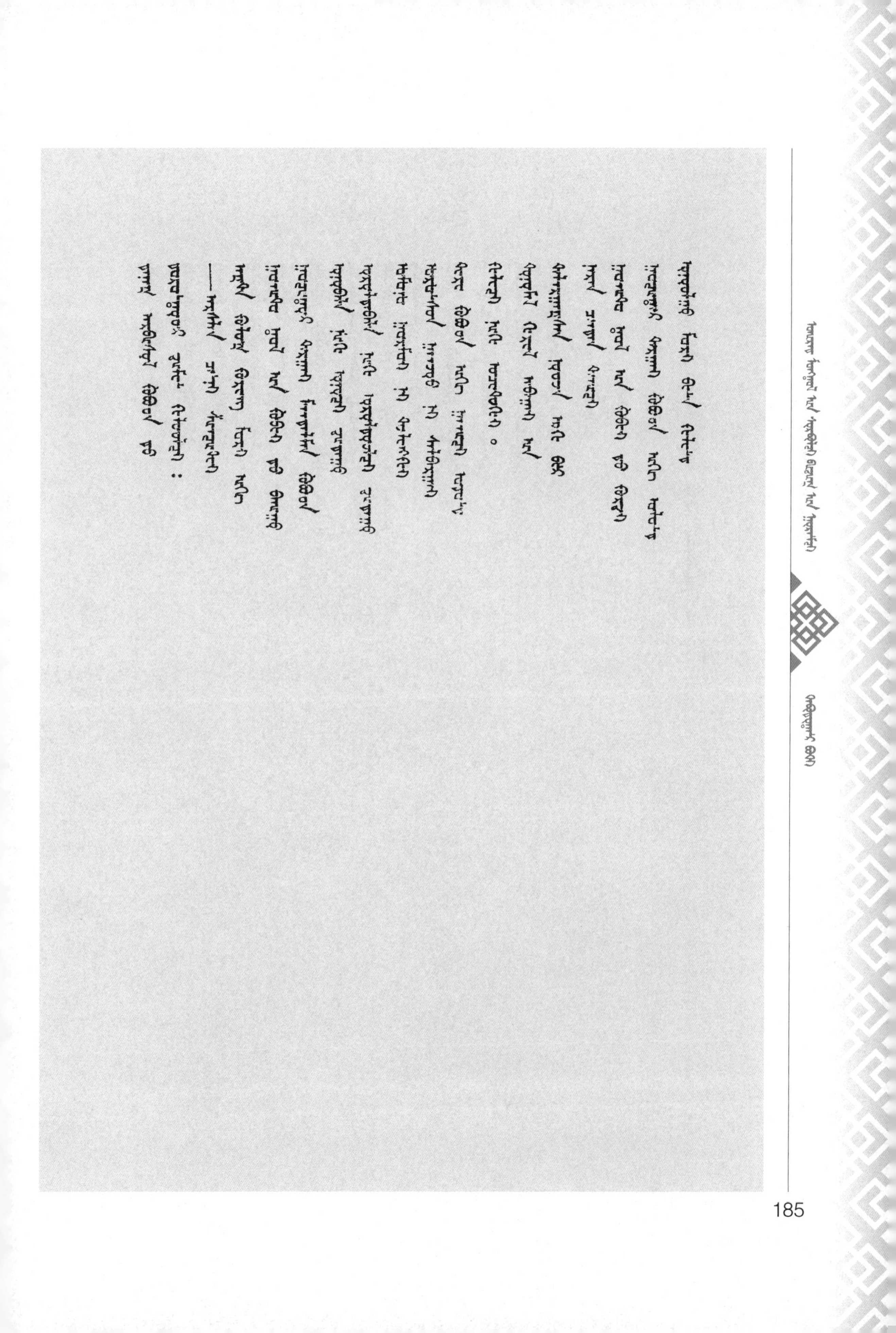

[illegible]
[illegible]
[illegible]
[illegible]
[illegible]
[illegible]
[illegible] ◦
[illegible]
[illegible]
[illegible]
[illegible]
[illegible]
[illegible]
[illegible]
[illegible]
—— [illegible]
[illegible] :
[illegible]

ᠬᠠᠷᠠᠩᠭᠤᠢ ᠳᠤ ᠭᠡᠷᠡᠯᠲᠦ ᠬᠠᠷᠠᠯ ᠬᠠᠮᠤᠭ ᠦᠵᠡᠭᠳᠡᠯᠲᠡᠢ ᠳᠤ
ᠦᠨᠳᠦᠰᠦᠯᠡᠭᠡᠳ ᠰᠠᠭᠤᠭᠰᠠᠨ ᠪᠣᠳᠣᠯ
ᠦᠯᠡᠮᠵᠢᠨ ᠪᠣᠯ ᠬᠦᠮᠦᠨᠵᠢᠯᠲᠡ
ᠦᠨᠡᠨᠴᠢ ᠪᠣᠯ ᠬᠦᠨᠳᠦᠯᠡᠯᠲᠡ
ᠦᠭᠡᠷᠡᠭᠦᠯᠦᠭ ᠬᠡᠯᠡᠬᠦ ᠬᠠᠮᠤᠭ ᠴᠢᠯᠦᠭᠡᠲᠡᠢ
ᠦᠨᠳᠦᠷ ᠬᠡᠮᠵᠢᠶ᠎ᠡ ᠪᠣᠯ ᠰᠠᠢᠬᠠᠨ ᠴᠡᠴᠡᠭ ᠃
ᠪᠠᠶᠠᠯᠢᠭ ᠨᠢᠭᠡᠨ ᠴᠠᠭᠠᠨ ᠮᠣᠷᠢᠲᠠᠢ
ᠨᠢᠭᠡᠨ ᠮᠥᠷᠲᠡᠢ ᠦᠵᠡᠭᠳᠡᠯ ᠬᠡᠯᠡᠭᠡᠨ
ᠬᠥᠰᠡᠭᠦᠯᠡᠨ ᠬᠠᠷᠠ ᠰᠠᠢᠬᠠᠨ
ᠬᠥᠭᠵᠢᠭᠦᠯᠦᠭ ᠨᠢᠭᠡᠨ ᠵᠢᠷᠭᠠᠯ ᠨᠢᠭᠡ ᠬᠡᠮᠵᠢᠶ᠎ᠡ ᠃
ᠬᠦᠰᠡᠭᠦᠯᠡᠭᠰᠡᠨ ᠬᠠᠷᠠ ᠰᠠᠢᠬᠠᠨ
ᠬᠠᠷᠠᠮᠰᠠᠯ ᠲᠠᠭᠤᠷᠢᠯ ᠵᠢᠷᠭᠠᠯ ᠨᠢᠭᠡ ᠬᠡᠮᠵᠢᠶ᠎ᠡ ᠃
ᠦᠨᠳᠦᠰᠦᠯᠡᠭᠡᠳ ᠰᠠᠭᠤᠭᠰᠠᠨ ᠪᠣᠳᠣᠯ
ᠲᠠᠯᠠᠭᠠᠨ ᠰᠠᠨᠠᠭ᠎ᠠ ᠬᠠᠮᠤᠭ ᠬᠡᠯᠡᠬᠦ
ᠦᠵᠡᠭᠳᠡᠨ ᠴᠢᠨᠠᠭᠰᠢ ᠦᠨᠳᠦᠷ ᠪᠠᠨ
ᠬᠠᠷᠠᠩᠭᠤᠢ ᠳᠤ ᠭᠡᠷᠡᠯᠲᠦ ᠳᠦ
ᠨᠢᠭᠡᠨ ᠴᠠᠭᠠᠨ ᠮᠣᠷᠢᠲᠠᠢ

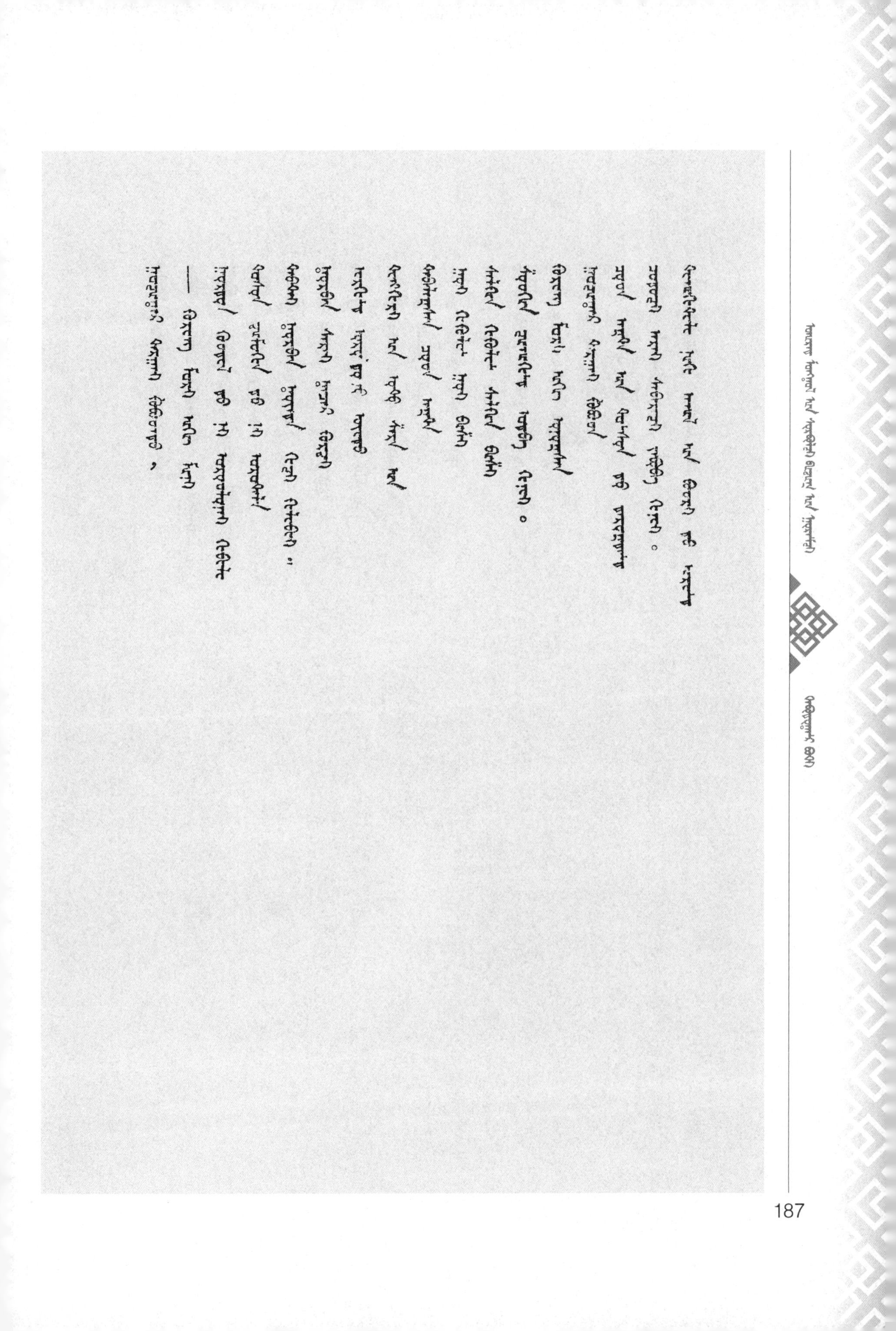

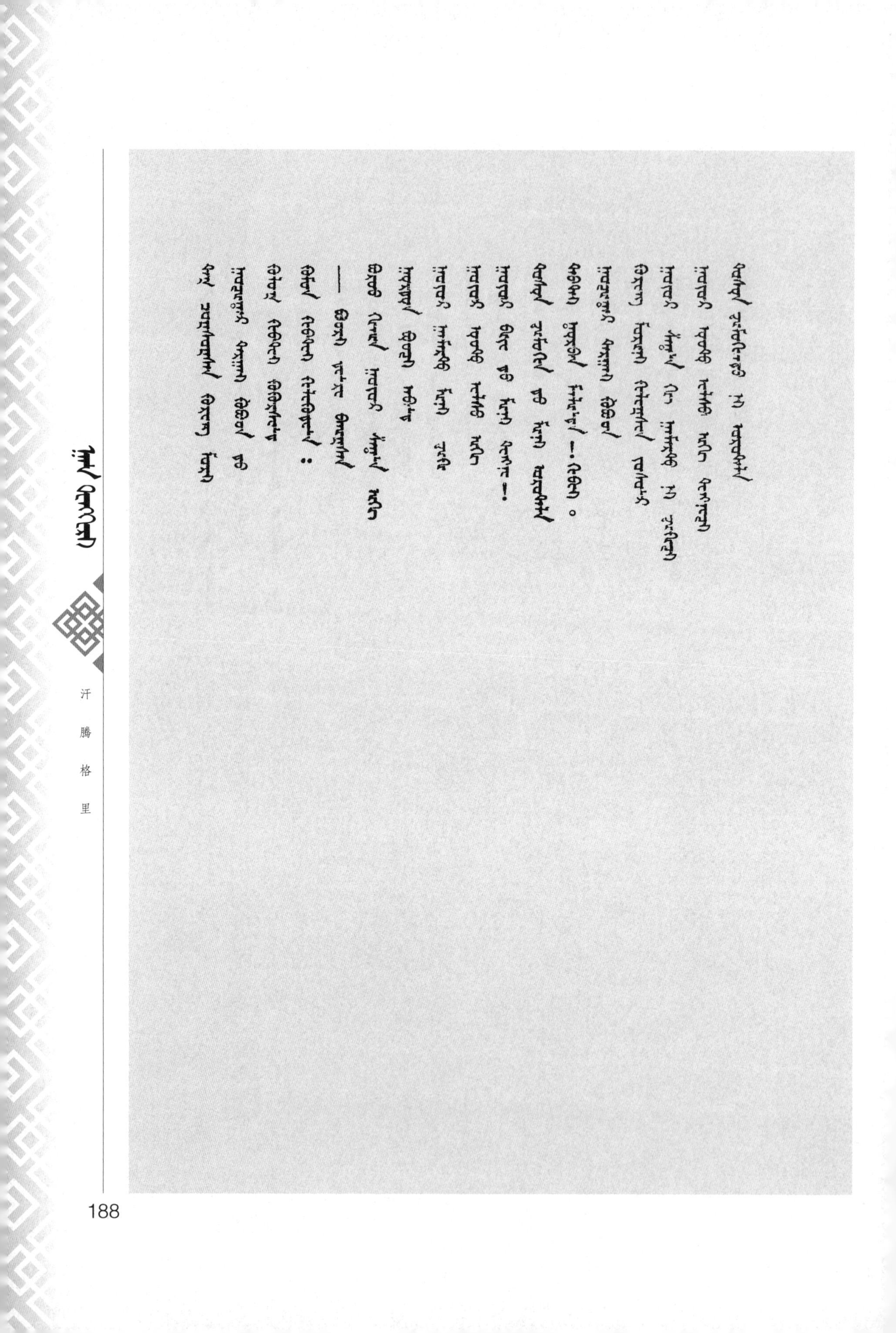

[illegible]
[illegible]
[illegible]
[illegible]
[illegible]
[illegible]
[illegible]
[illegible]
[illegible]
[illegible]
[illegible]
[illegible]
[illegible]
[illegible]
[illegible]
[illegible]

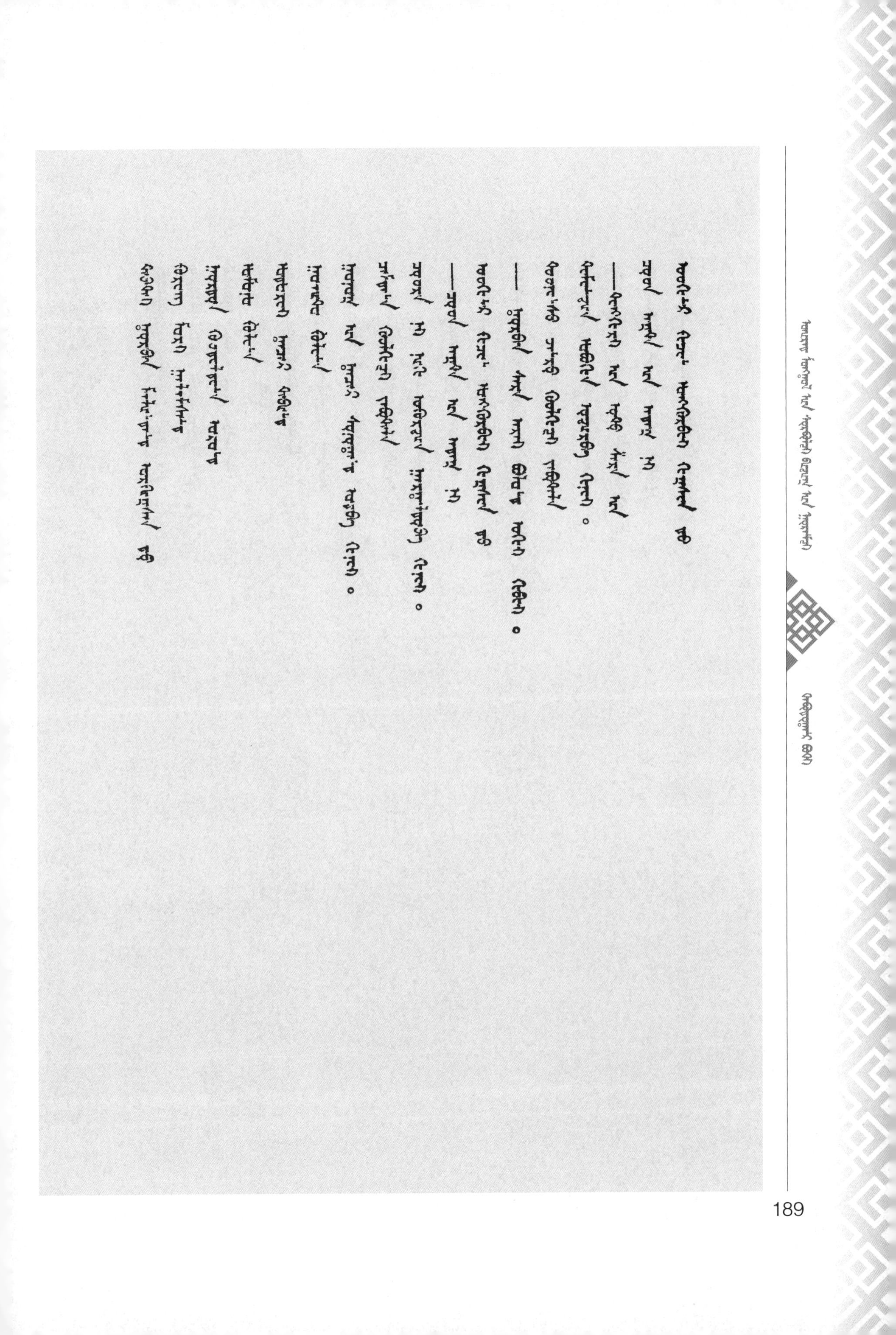

[illegible]

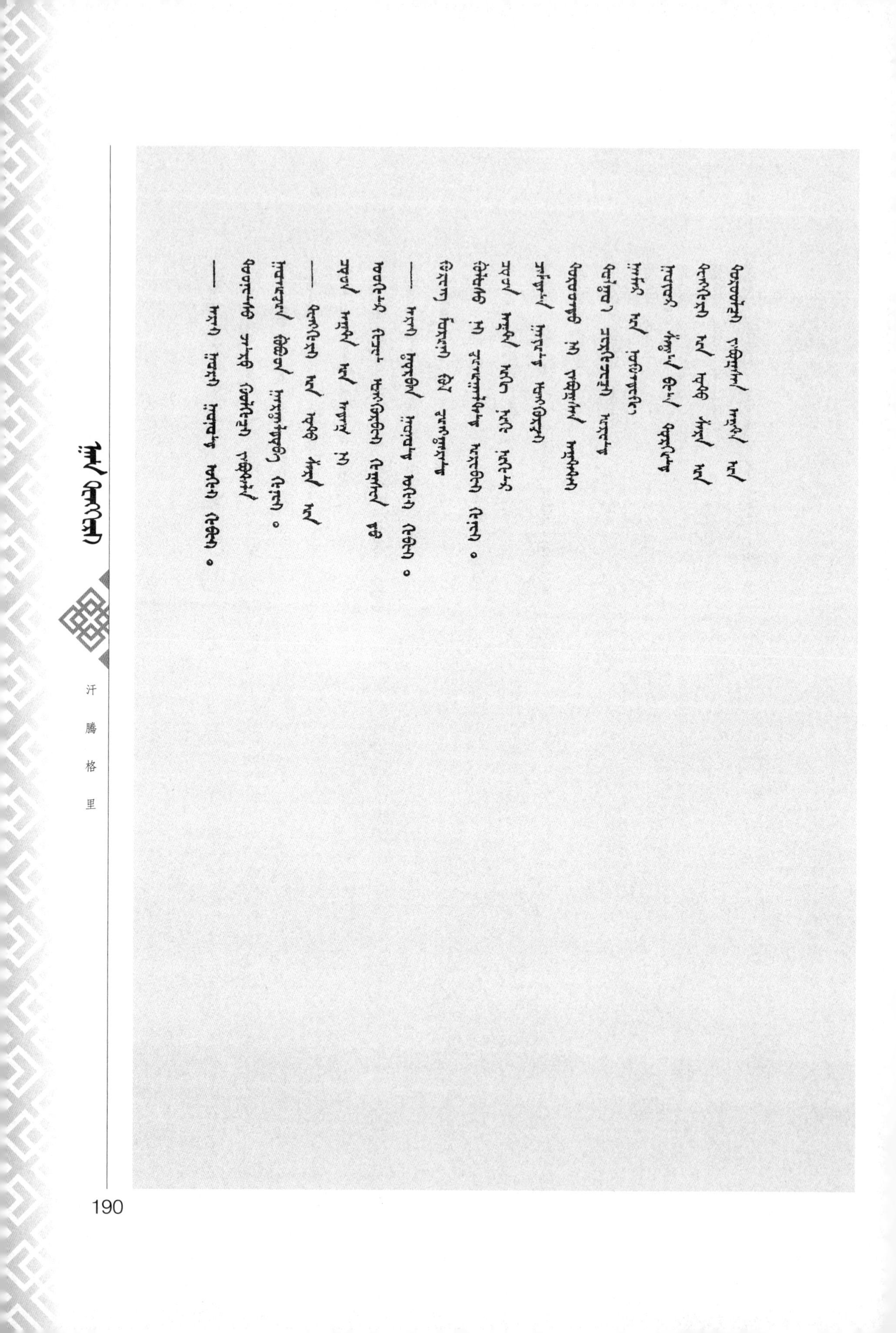

[illegible]
[illegible]
[illegible]
[illegible]
[illegible]
[illegible]
[illegible]
[illegible]
[illegible] ᠃
[illegible]
— [illegible] ᠃
[illegible]
[illegible]
— [illegible]
[illegible] ᠃
[illegible]
— [illegible] ᠃

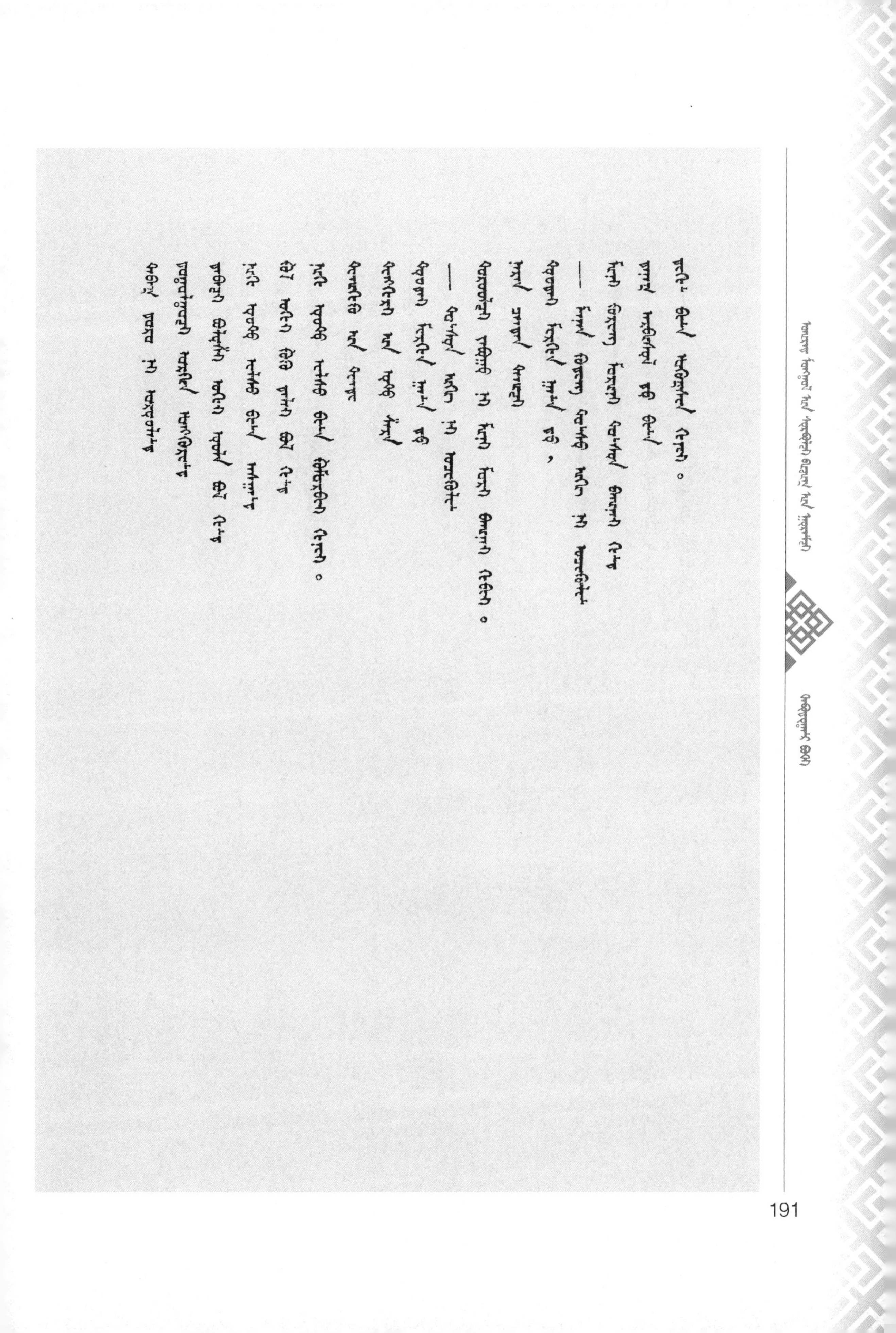

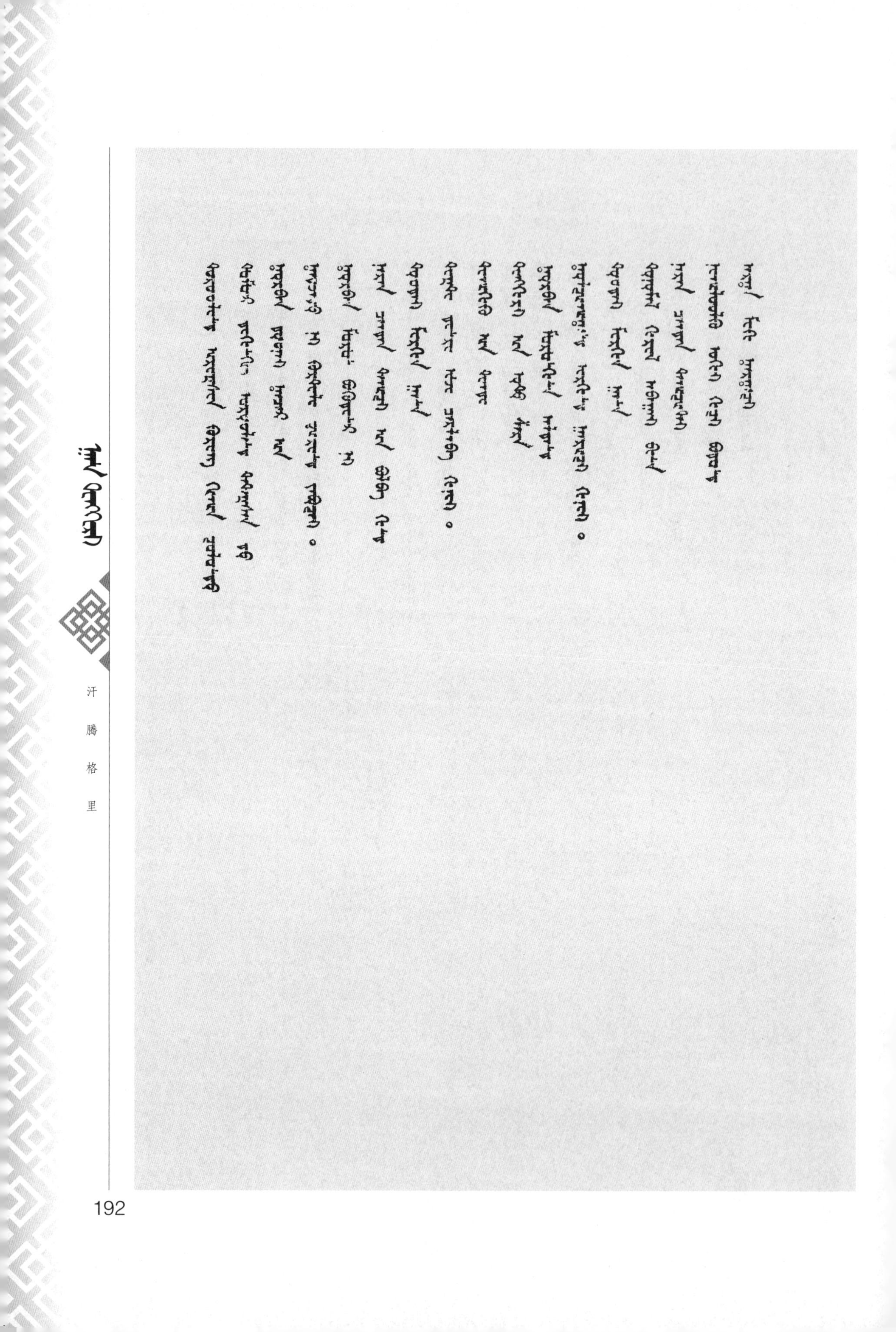

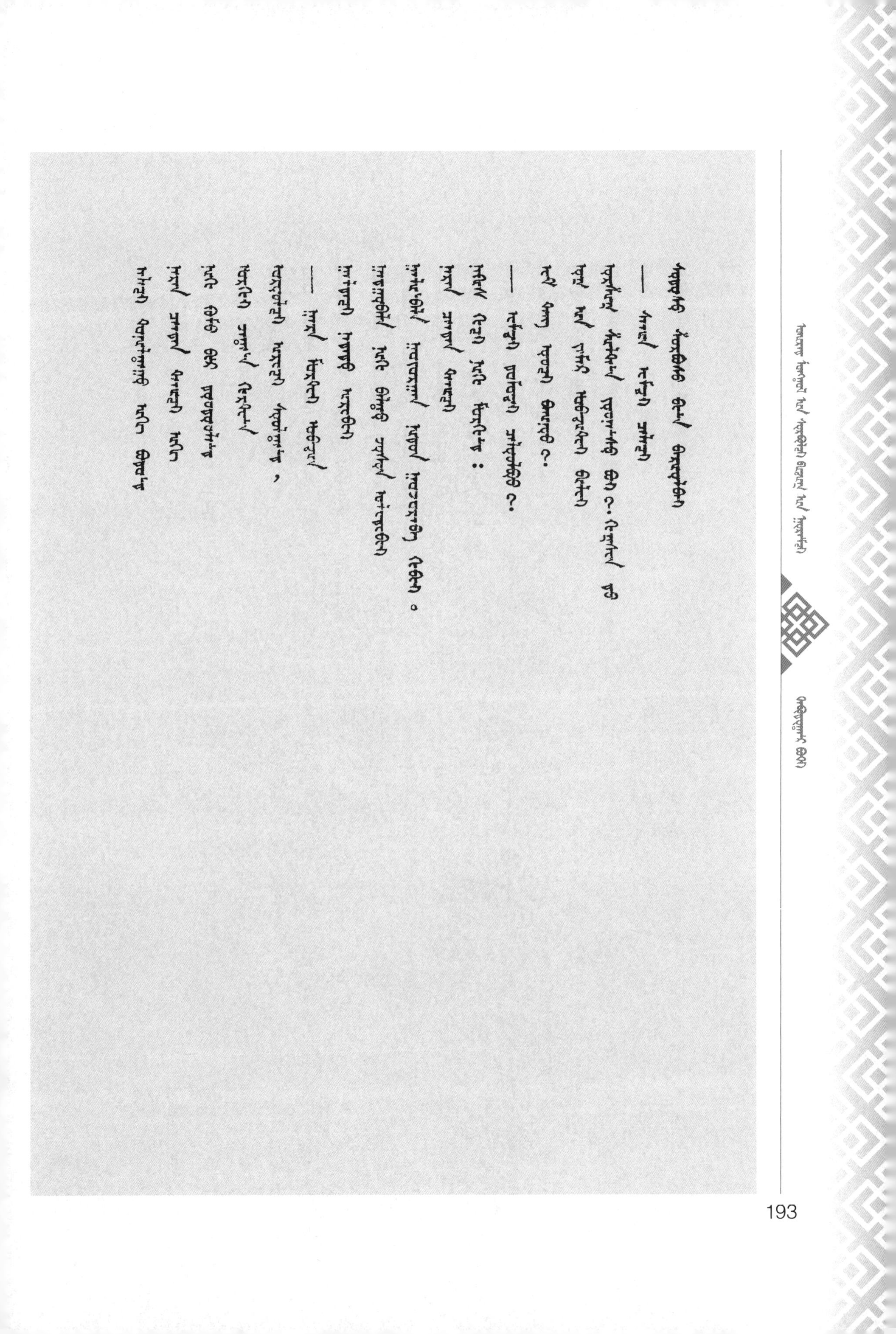

[illegible]

— [illegible]

[illegible] ?· [illegible]

[illegible]

[illegible] ?·

— [illegible] ?·

[illegible] :

[illegible]

[illegible] ◦

[illegible]

[illegible]

— [illegible]

[illegible] ,

[illegible]

[illegible]

[illegible]

[illegible]

[illegible]

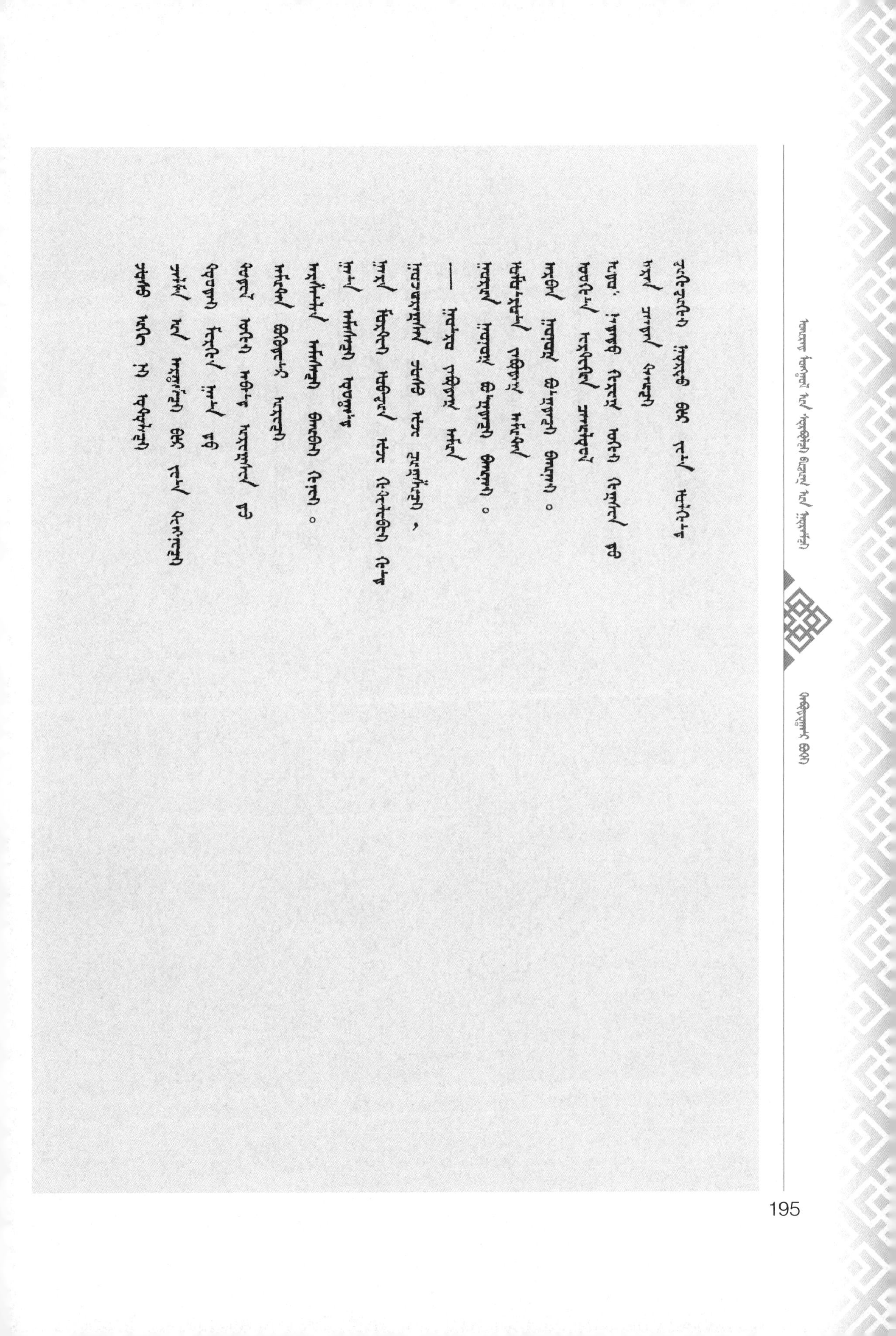

ᠶᠠᠭᠤ ᠪᠠᠢᠨ᠎ᠠ ᠶᠠᠭᠤᠨ ᠪᠣᠯᠵᠤ ᠪᠠᠢᠨ᠎ᠠ ?

— ᠶᠠᠮᠠᠷ ᠪᠣᠯᠵᠤ ᠶᠠᠪᠤᠭᠰᠠᠨ ᠪᠣᠯ ?

ᠨᠢᠭᠡᠨ ᠬᠡᠯᠡᠨ ᠨᠢᠭᠡ ᠮᠡᠳᠡᠬᠦ ᠪᠠᠢᠨ᠎ᠠ ,

ᠨᠠᠰᠤᠨ ᠰᠠᠭᠤᠭᠰᠠᠨ ᠪᠠᠭᠰᠢ

ᠨᠠᠢᠮᠠᠳᠤᠭᠠᠷ ᠨᠣᠮᠣᠷᠬᠠᠨ ᠨᠠᠰᠤᠨ ᠨᠣᠭᠣᠭᠠᠨ ᠬᠡᠪᠡᠷ ᠦᠭᠡᠢ ᠪᠣᠯᠤᠨ᠎ᠠ 。

ᠨᠣᠭᠣᠭᠠᠨ ᠨᠢᠭᠡ ᠪᠣᠯᠣᠭ᠎ᠠ ᠭᠠᠵᠠᠷ ᠶᠢᠨ ᠳᠡᠭᠡᠷᠡ

ᠨᠢᠭᠤᠷ ᠨᠢᠭᠤᠷ ᠢᠶᠡᠨ ᠬᠠᠷᠠᠭᠠᠳ 。

— ᠨᠠᠰᠤᠨ ᠮᠡᠳᠡᠭᠰᠡᠨ ᠶᠠᠪᠤᠭᠰᠠᠨ ᠪᠢᠯᠡ

ᠮᠡᠳᠡᠷᠡᠯ ᠪᠣᠯᠪᠠᠰᠤᠷᠠᠯ ᠶᠢᠨ ᠬᠡᠷᠡᠭ :

ᠨᠠᠰᠤᠨ ᠰᠠᠭᠤᠭᠰᠠᠨ ᠪᠠᠭᠰᠢ ᠶᠢᠨ

ᠰᠤᠷᠭᠠᠯ ᠶᠠᠪᠤᠭᠰᠠᠨ ᠪᠣᠯᠤᠨ᠎ᠠ

ᠶᠠᠭᠤᠨ ᠮᠡᠳᠡ ᠦᠭᠡᠢᠭᠡᠷ

ᠪᠣᠳᠣᠯ ᠮᠡᠳᠡᠯ ᠨᠢᠭᠡᠨ

ᠪᠠᠶᠠᠰᠬᠤ ᠶᠢᠨ ᠪᠠᠢᠨ᠎ᠠ

ᠨᠢᠭᠡ ᠪᠢ ᠨᠠᠰᠤᠨ ᠳᠤ ᠶᠠᠪᠤᠭᠰᠠᠭᠠᠷ ᠪᠠᠢᠨ᠎ᠠ 。

ᠨᠠᠰᠤᠨ ᠶᠠᠪᠤᠭᠰᠠᠨ ᠰᠠᠭᠤ

ᠰᠠᠪᠤᠭᠠᠨ ᠶᠠᠭᠤᠨ ᠶᠢᠨ ᠪᠣᠯᠣᠭᠰᠠᠨ ᠪᠠᠢᠨ᠎ᠠ

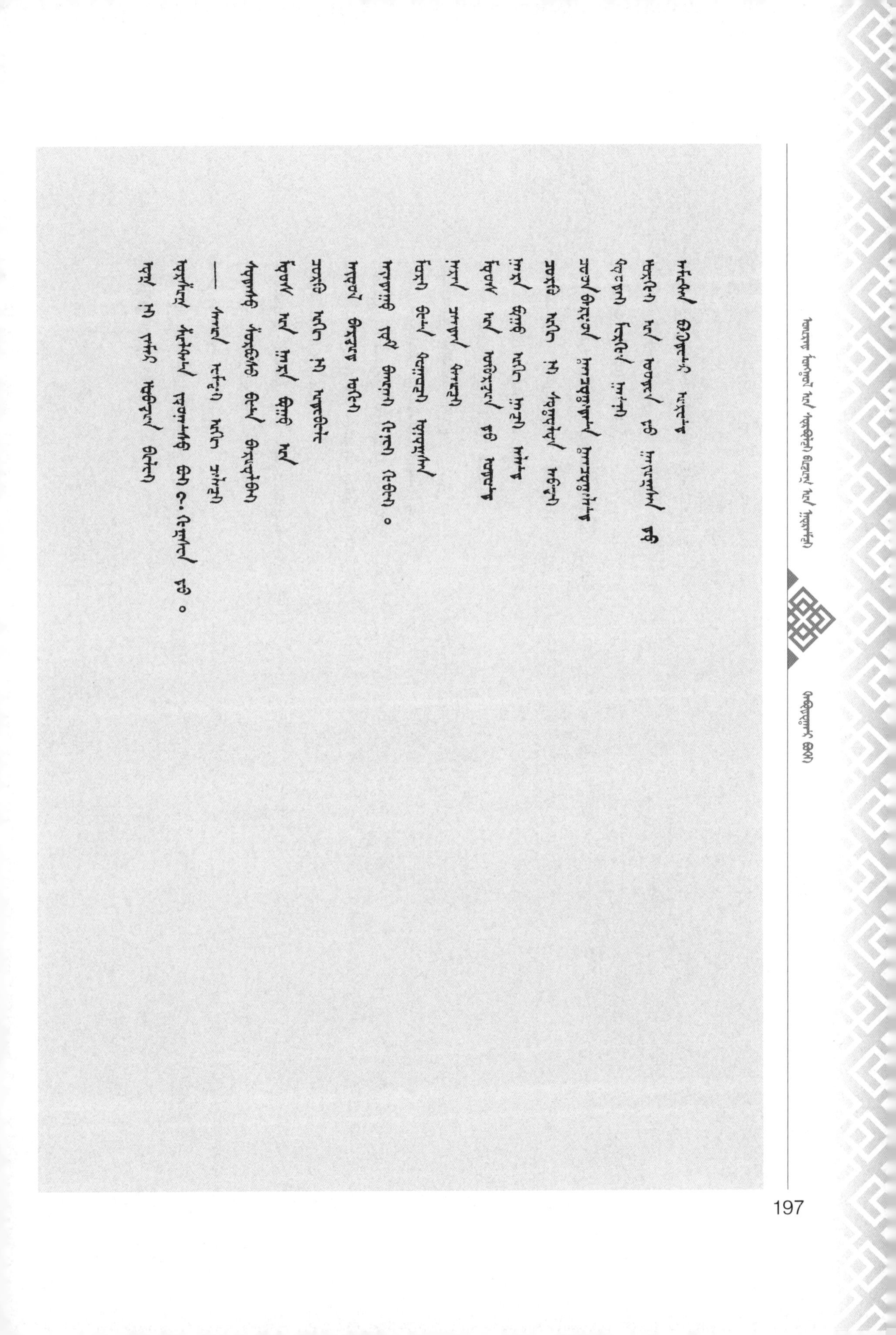

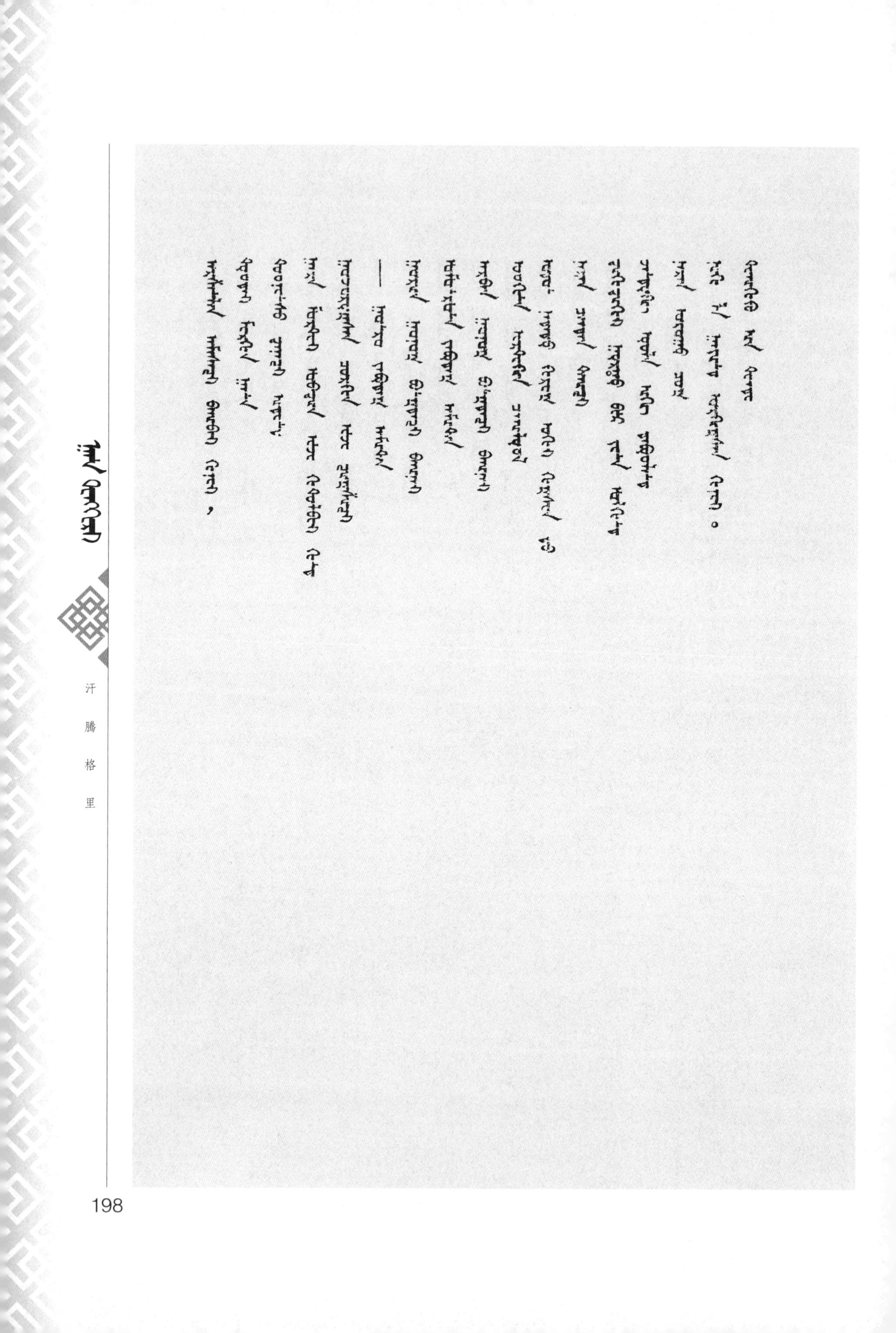

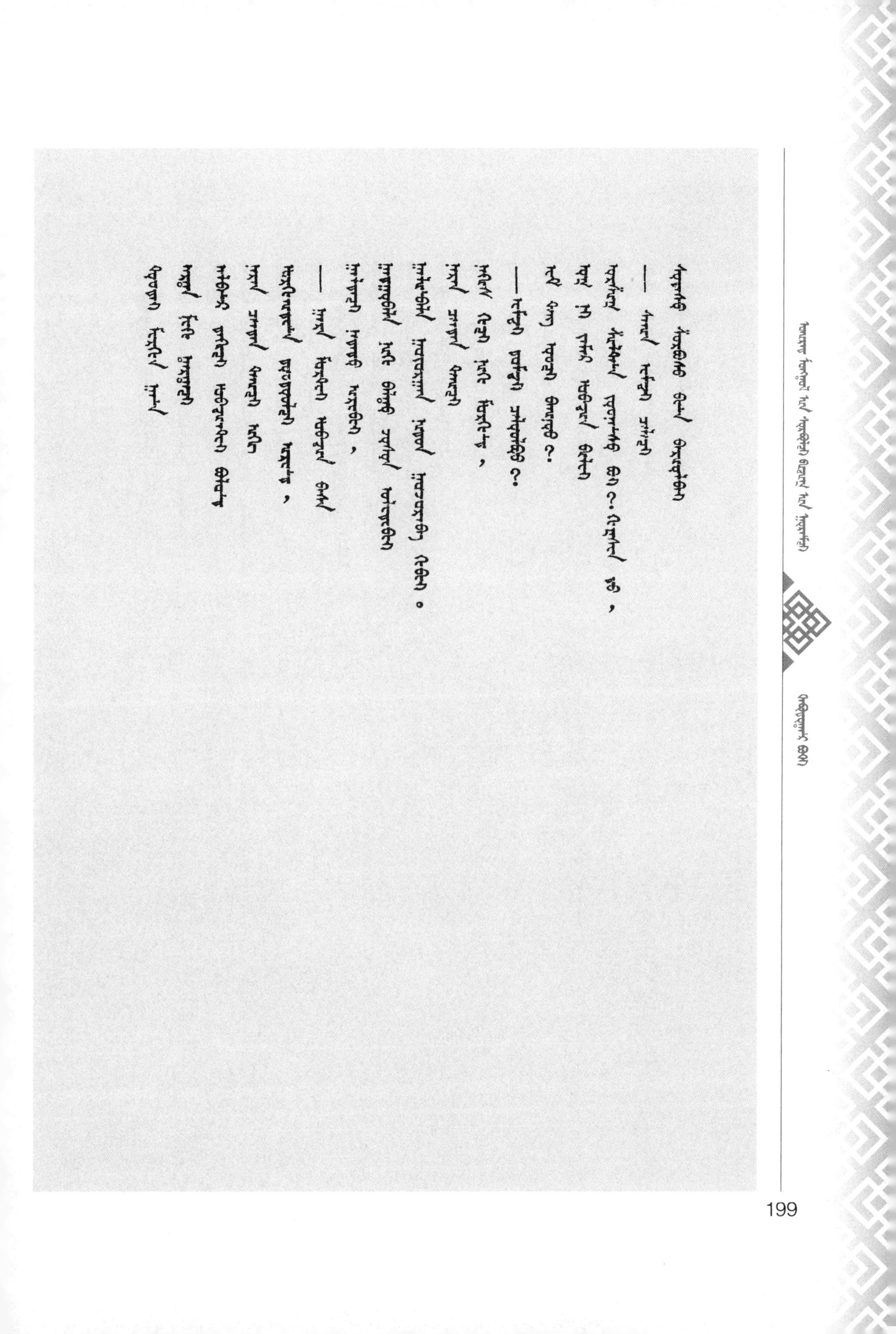

[illegible]
— [illegible]
[illegible] ?·[illegible] ,
[illegible]
[illegible] ?
— [illegible] ?
[illegible] ,
[illegible]
[illegible] ·
[illegible]
[illegible] ,
— [illegible]
[illegible] ,
[illegible]
[illegible]
[illegible]
[illegible]

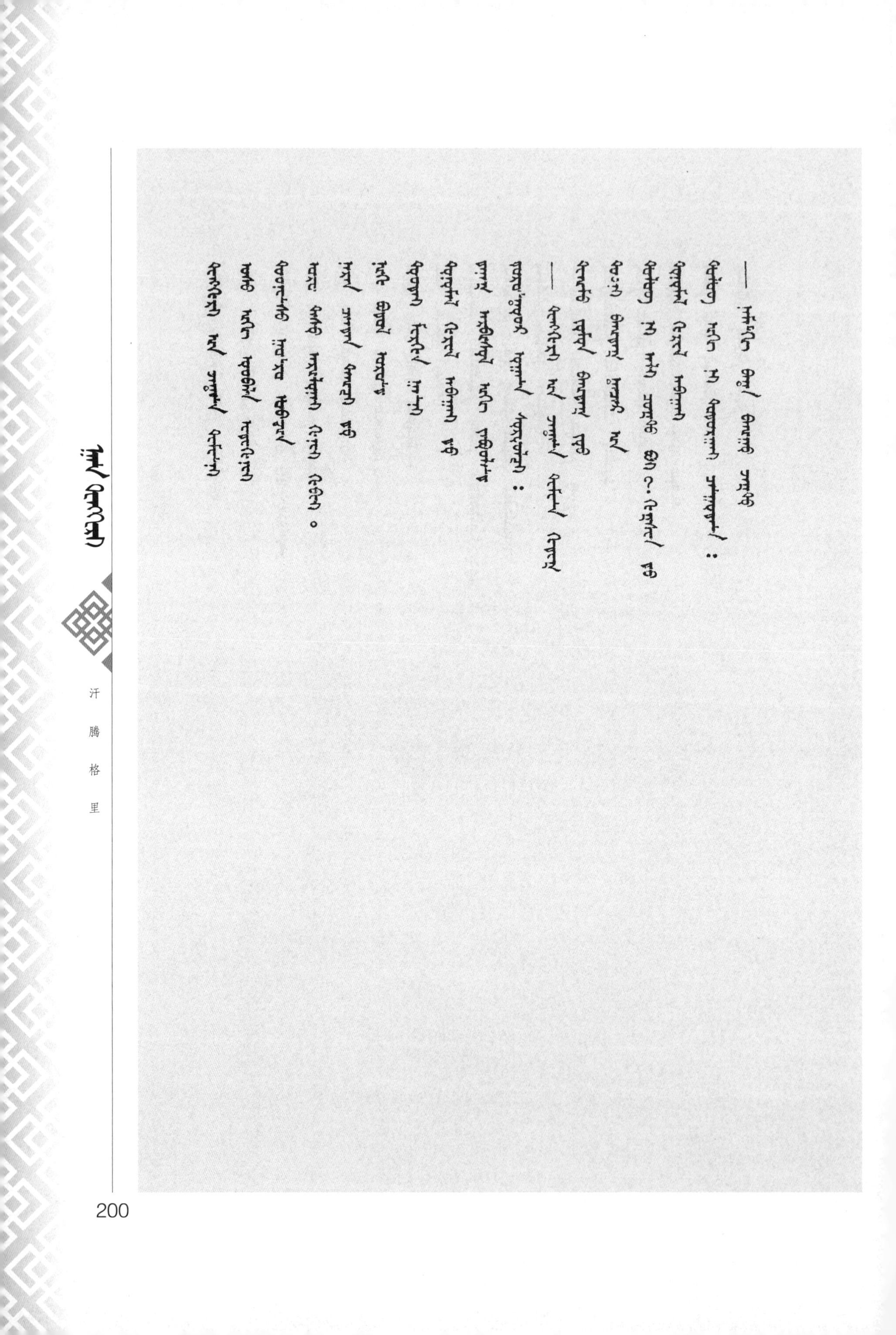

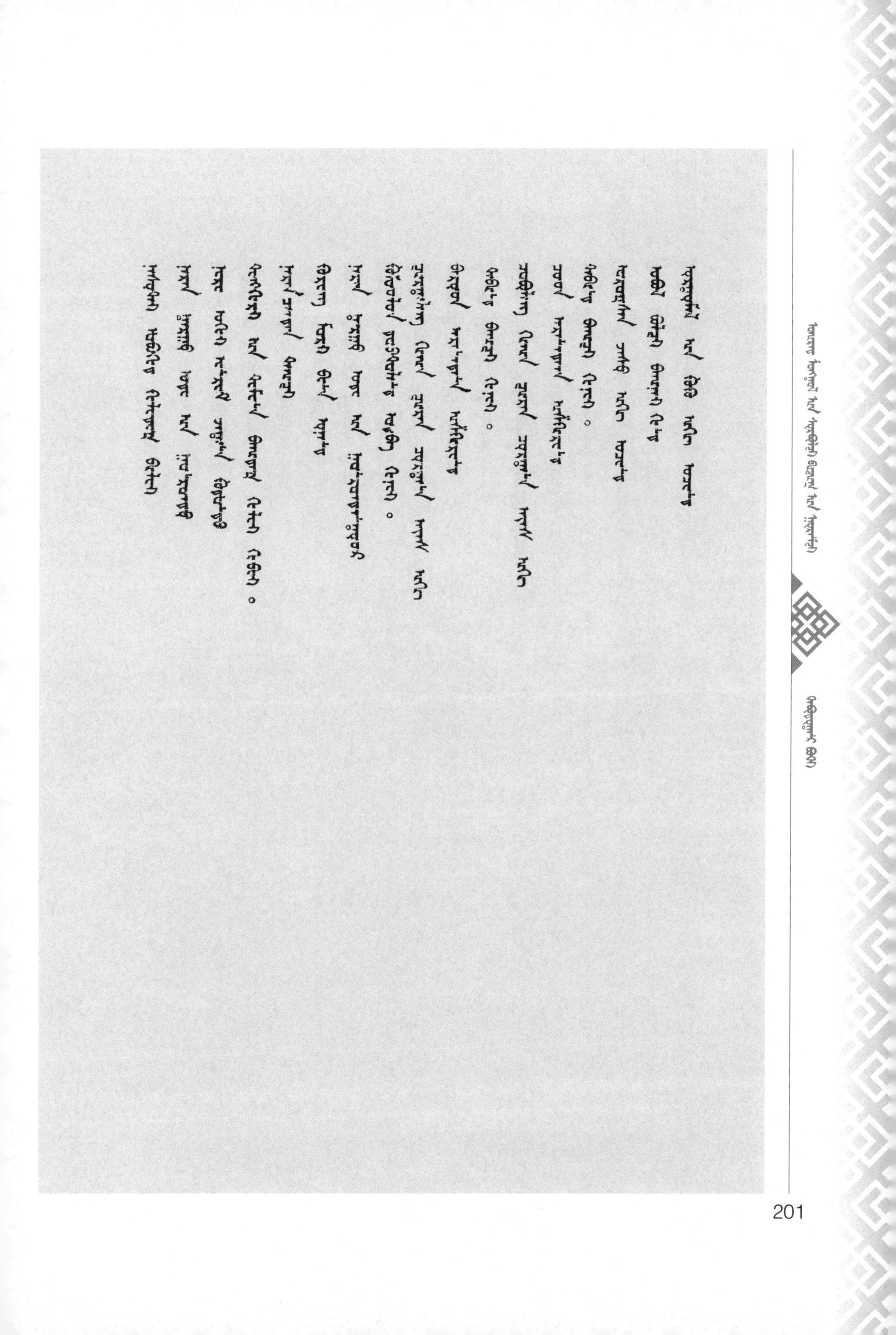

[illegible]
[illegible]
[illegible]
[illegible] 。
[illegible]
[illegible]
[illegible]
[illegible] 。
[illegible]
[illegible]
[illegible]
[illegible] 。
[illegible]
[illegible]
[illegible] 。
[illegible]
[illegible]
[illegible]

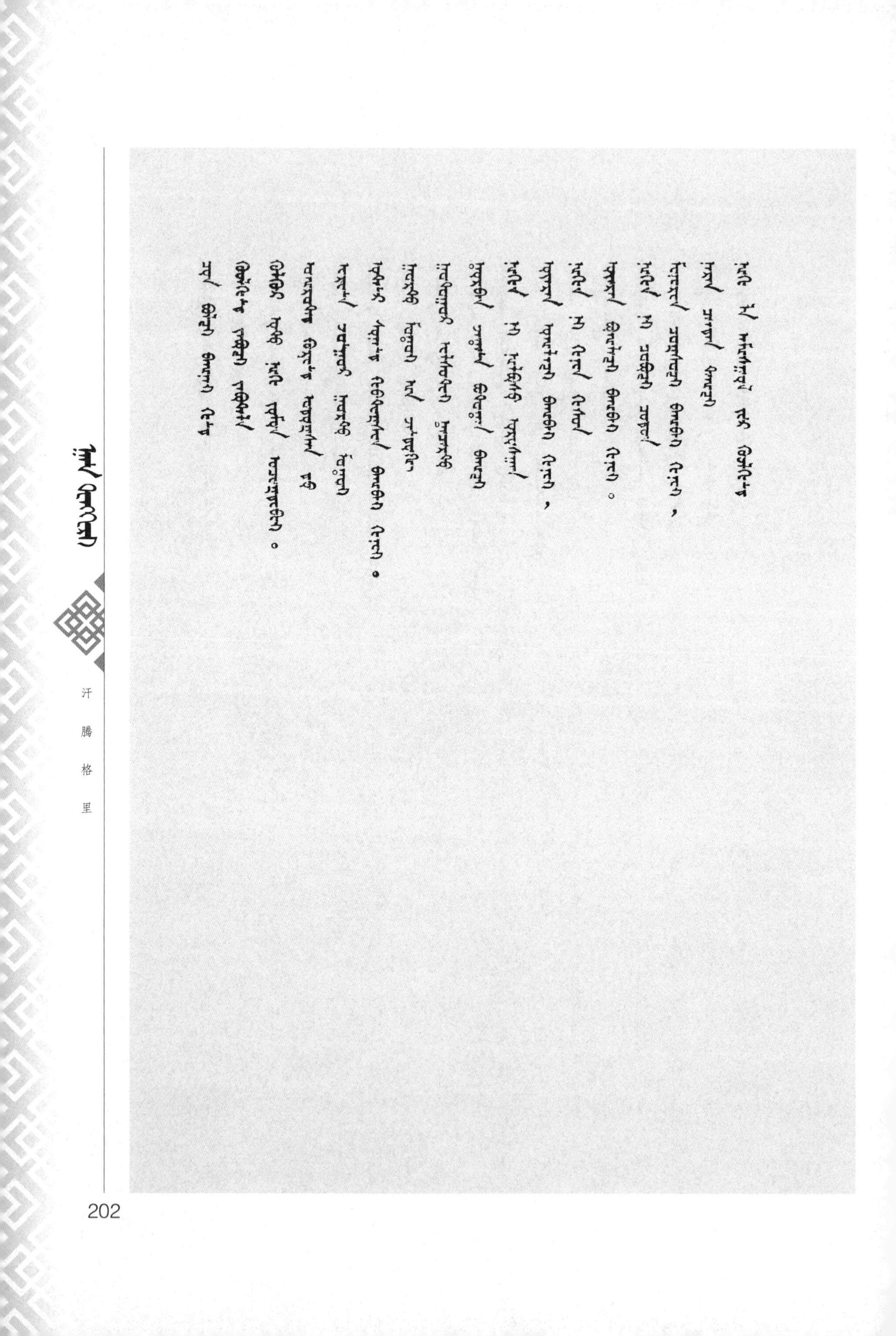

[illegible]
[illegible]
[illegible]
[illegible]
[illegible]
[illegible]
[illegible]
[illegible]
[illegible]
[illegible]
[illegible]
[illegible]
[illegible]
[illegible]
[illegible]
[illegible]
[illegible]

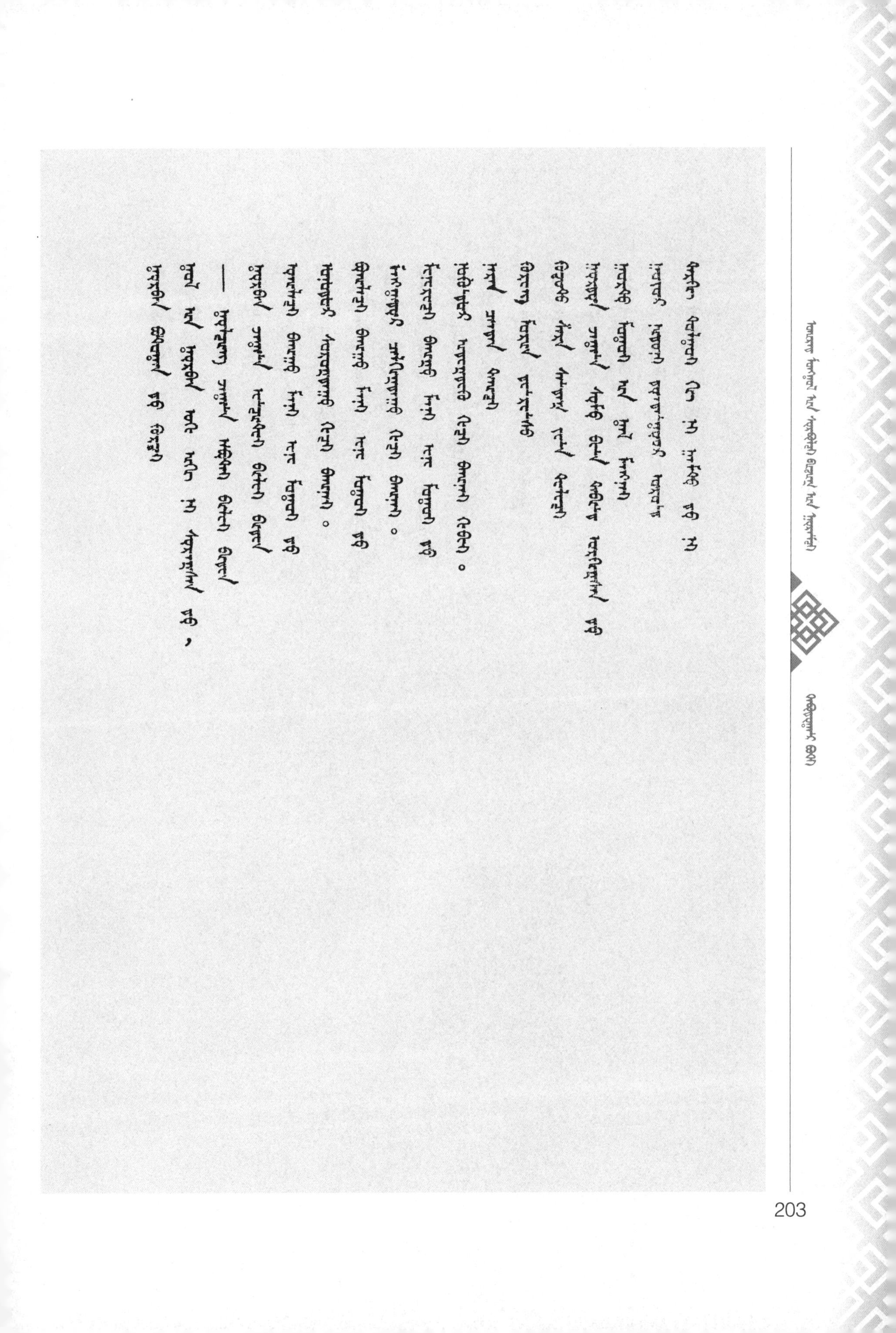

[illegible]
[illegible]
[illegible]
[illegible]
[illegible]
[illegible]
[illegible]
[illegible] ◦
[illegible]
[illegible] ◦
[illegible]
[illegible] ◦
[illegible]
[illegible]
— [illegible]
[illegible] ,
[illegible]

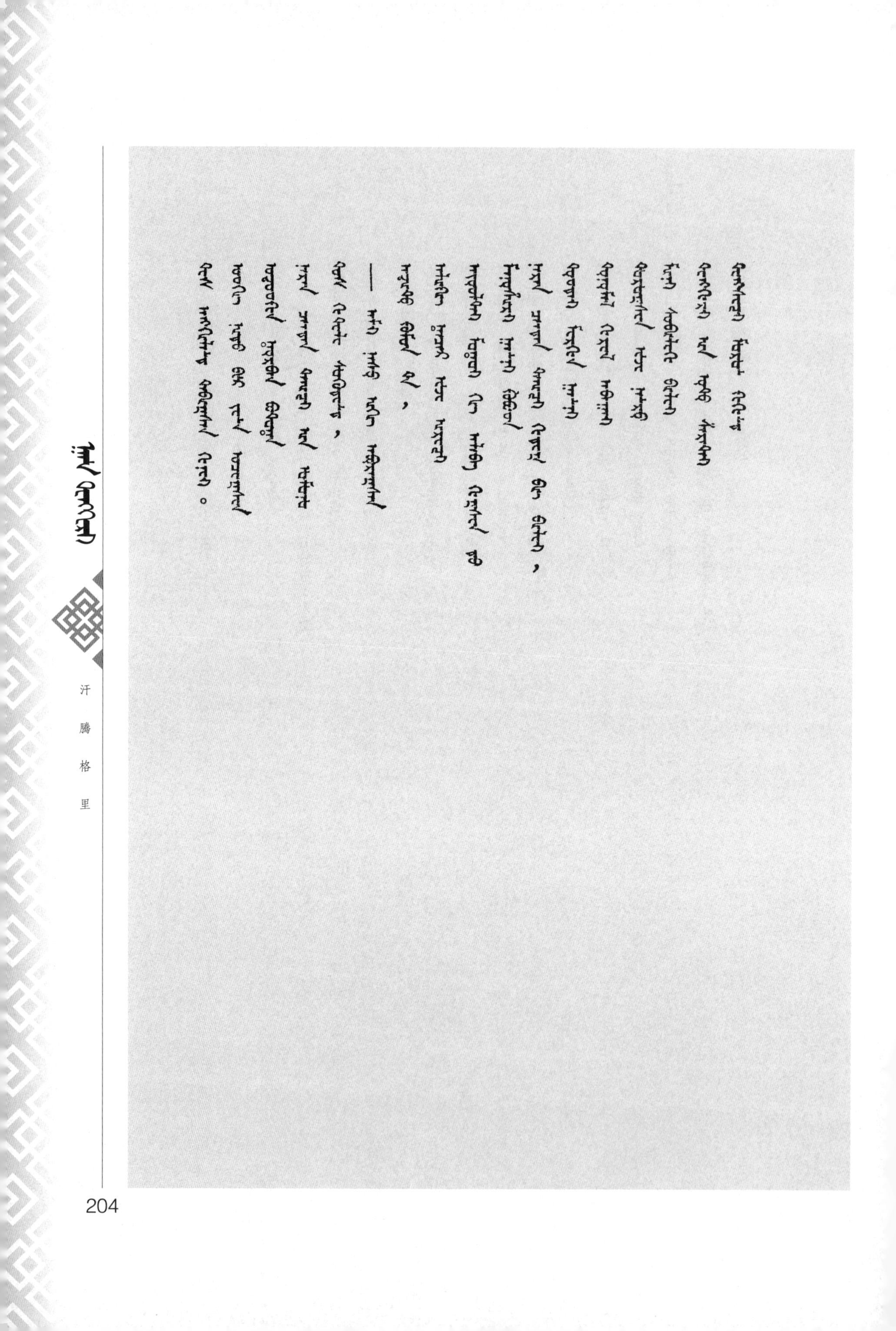

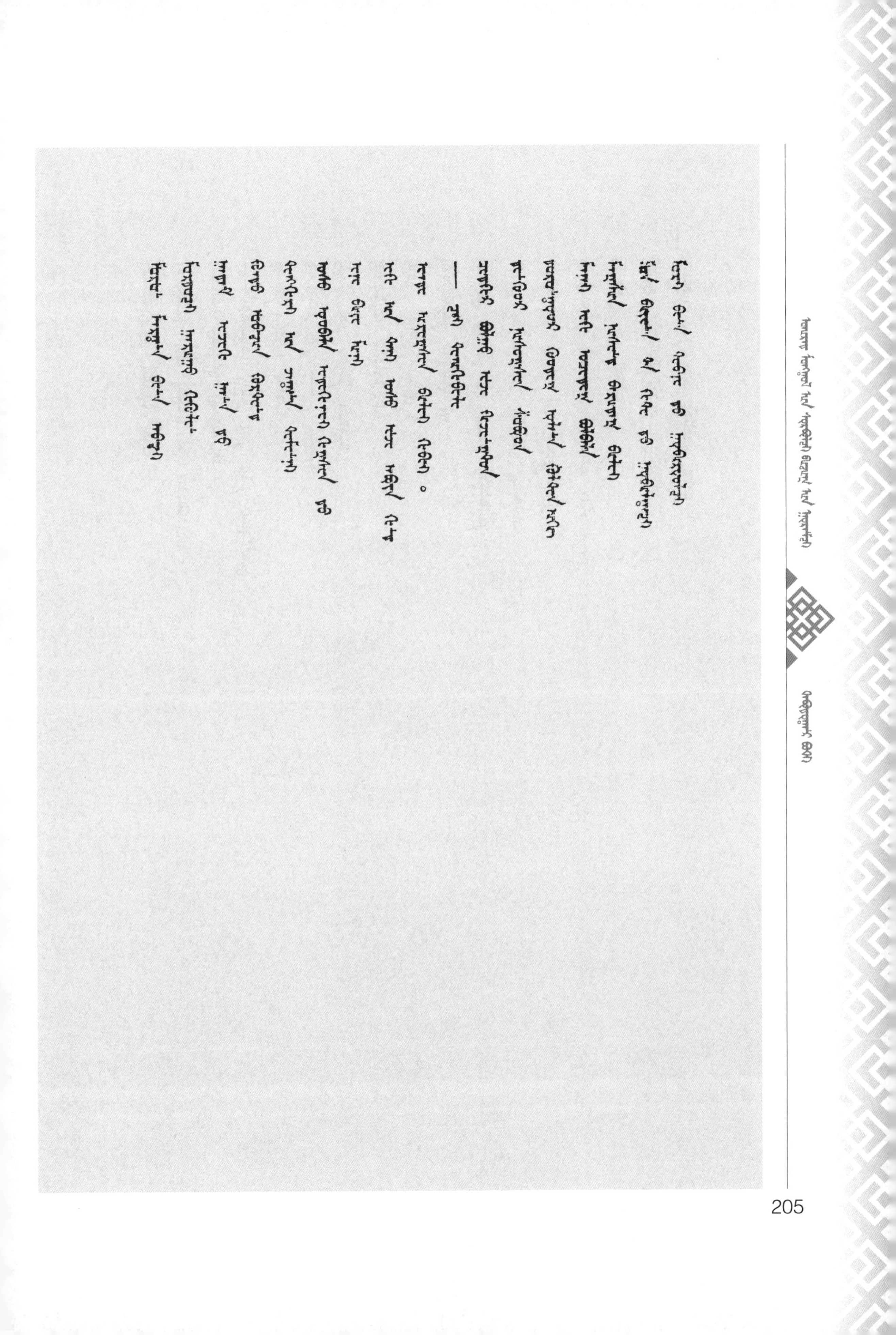

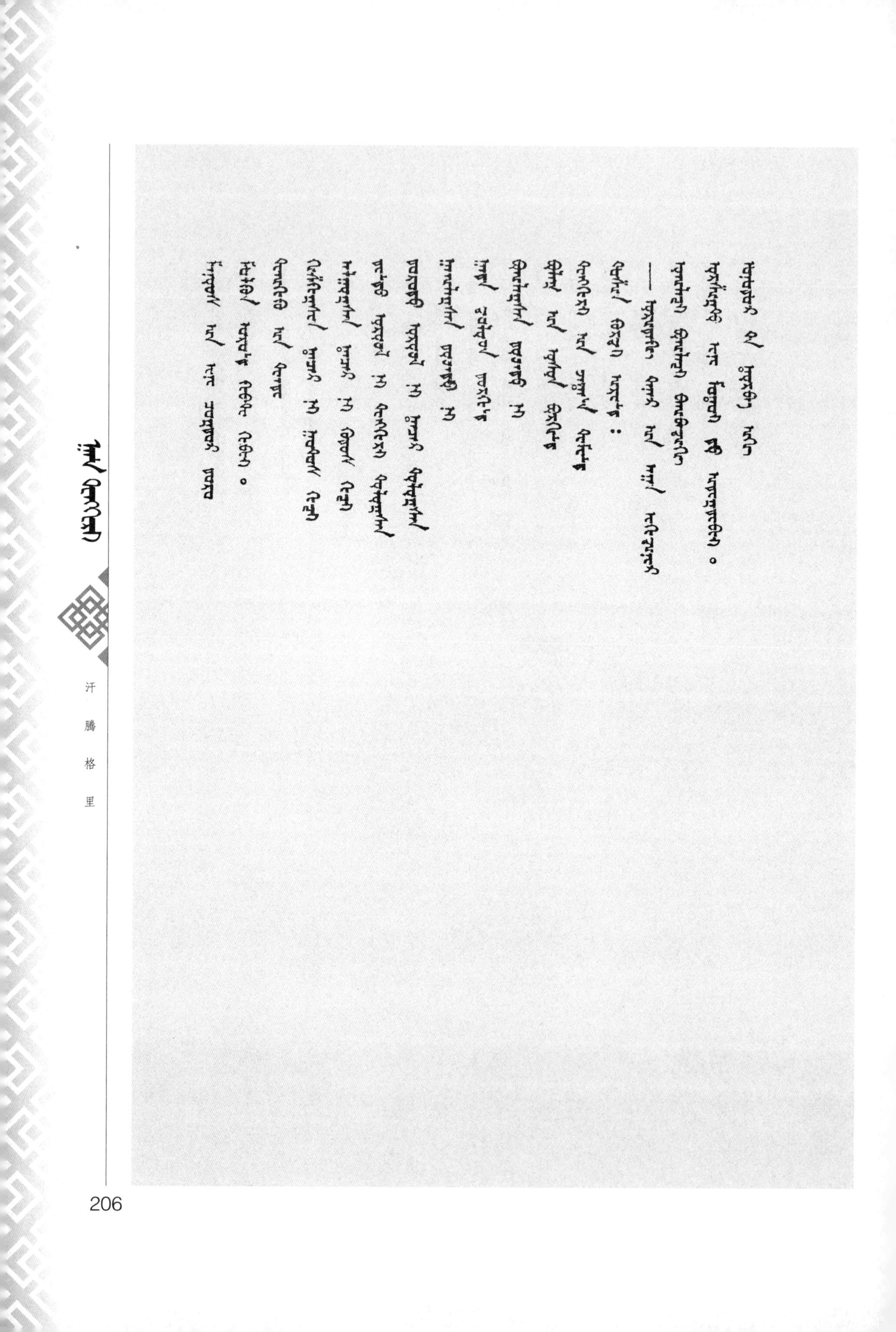

[illegible]
[illegible]
[illegible]
[illegible]
[illegible]
[illegible]
[illegible]
[illegible]
[illegible]
[illegible]
[illegible]
[illegible]
[illegible]
[illegible]
[illegible]

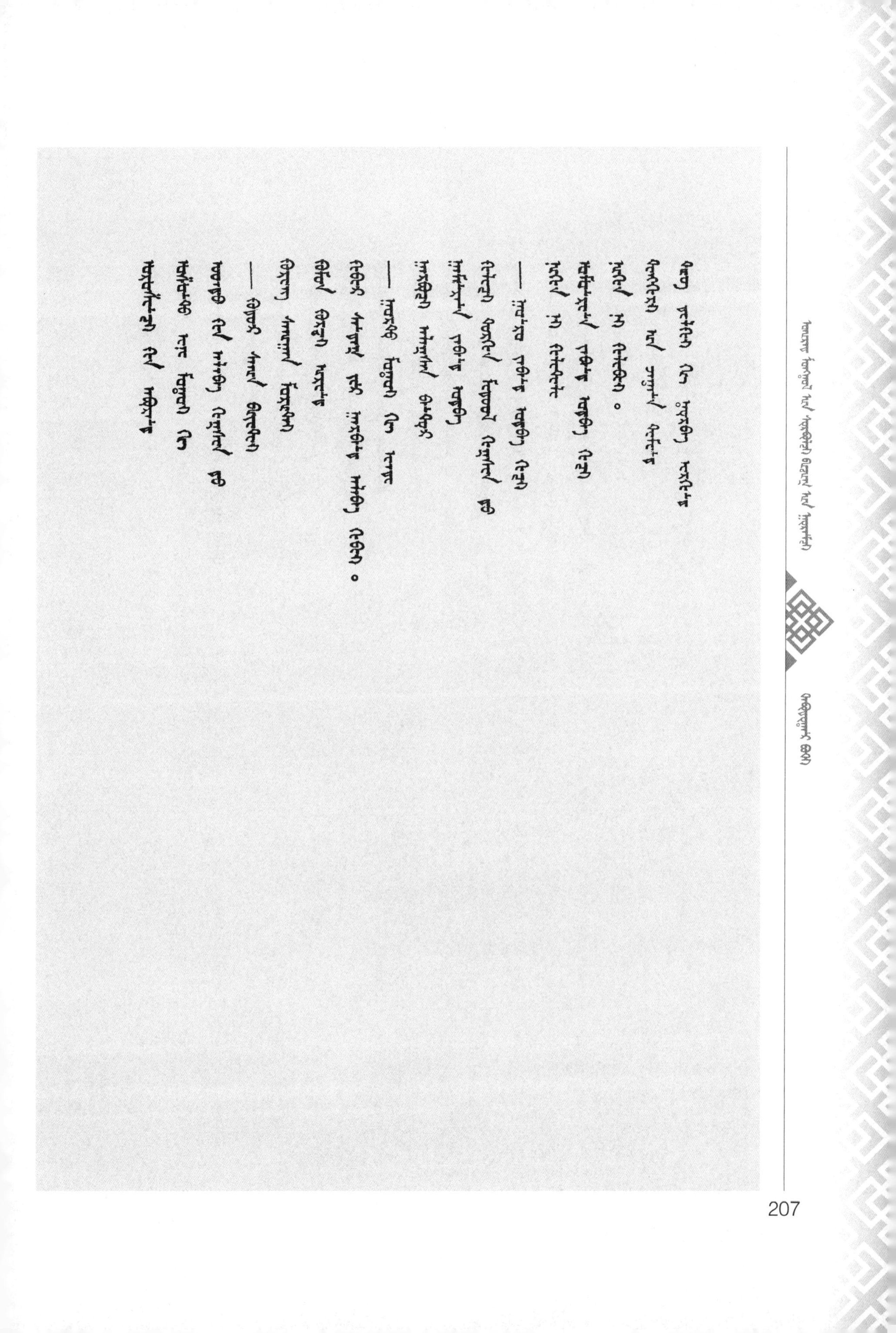

[illegible]
[illegible]
[illegible] 。
[illegible]
[illegible]
— [illegible]
[illegible]
[illegible]
[illegible]
— [illegible]
[illegible] 。
[illegible]
[illegible]
— [illegible]
[illegible]
[illegible]
[illegible]

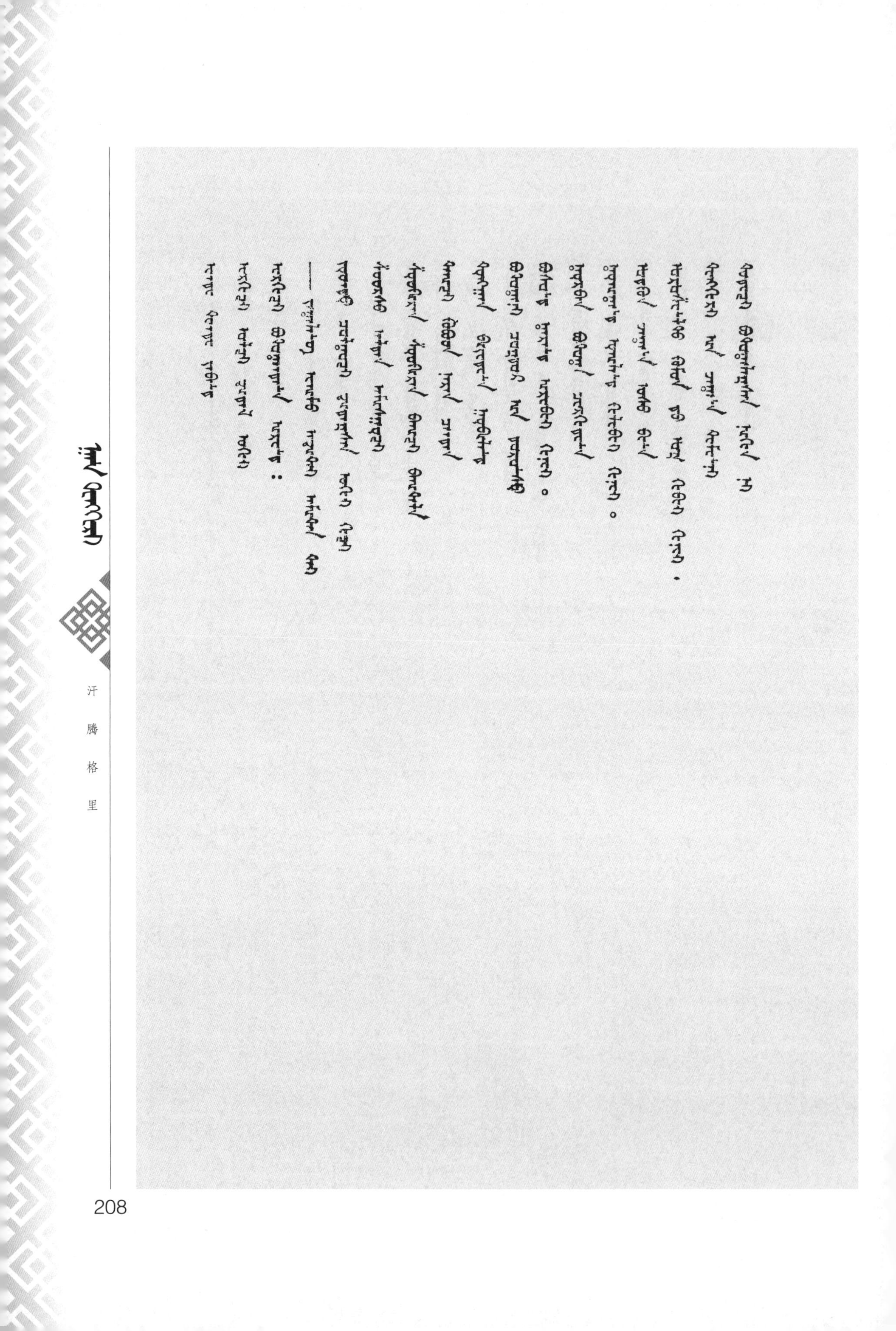

[illegible]
[illegible]
[illegible]
[illegible]
[illegible]
[illegible]
[illegible]
[illegible]
[illegible]
[illegible]
[illegible]
[illegible]
[illegible]
[illegible]
[illegible]
[illegible]
[illegible]

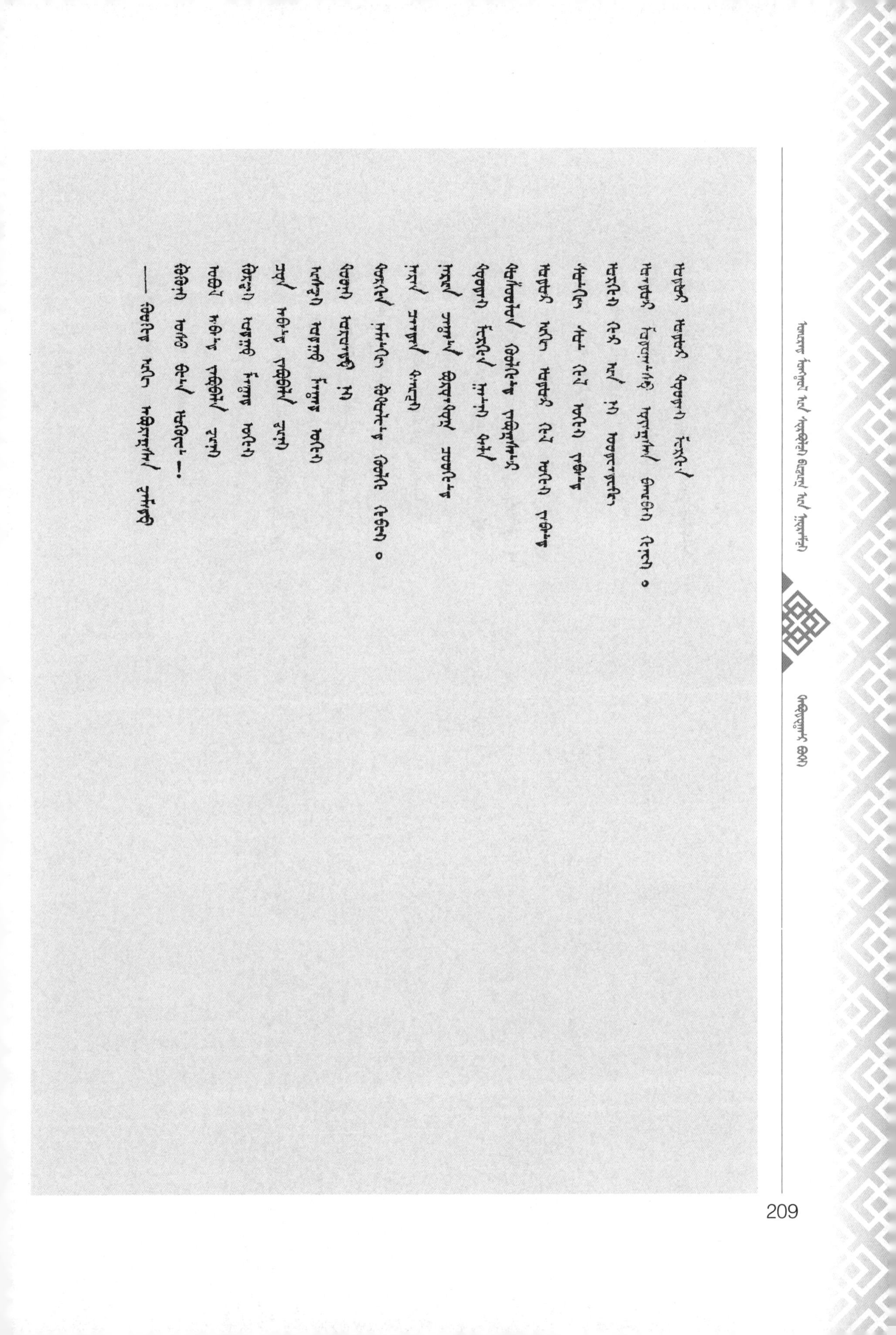

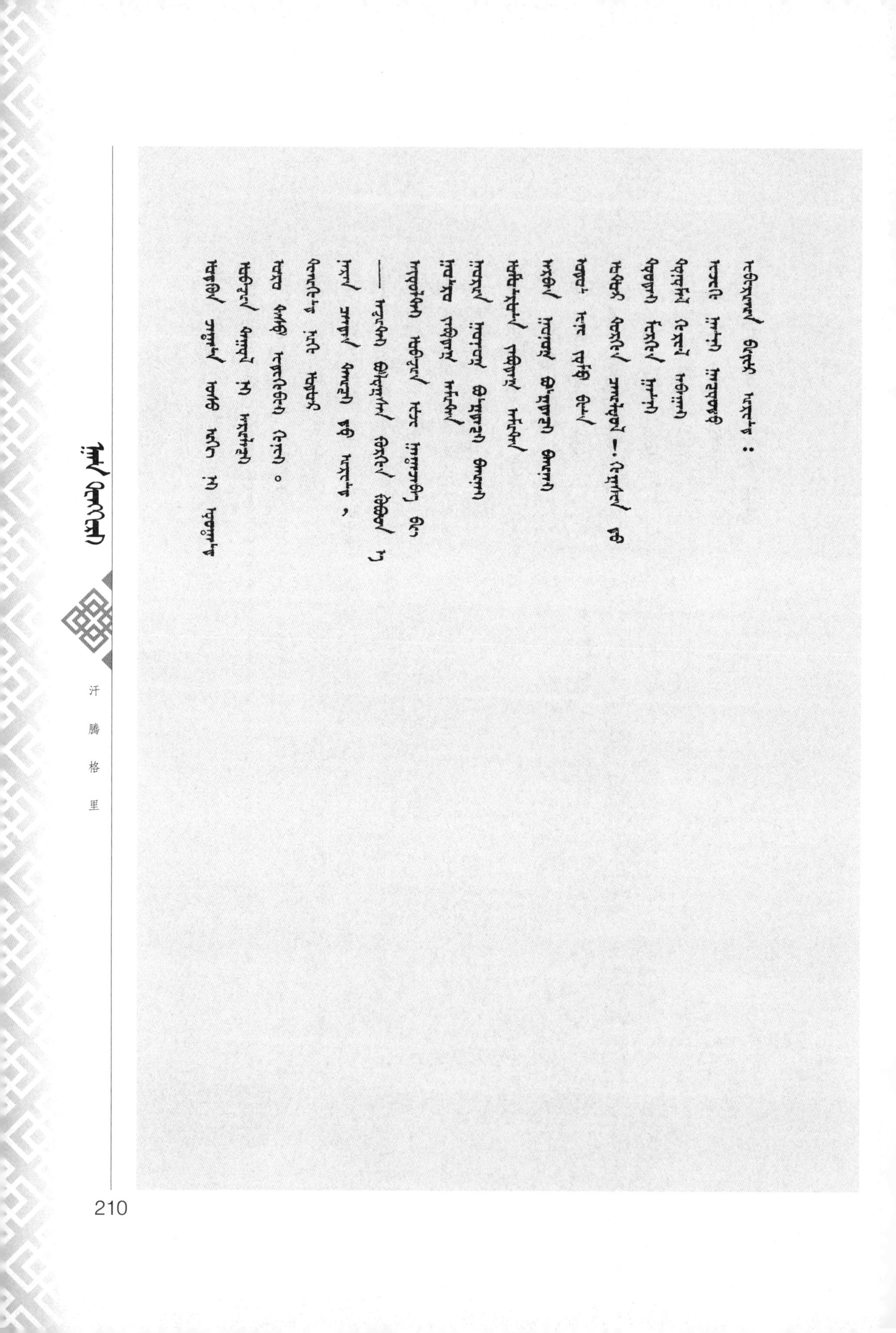

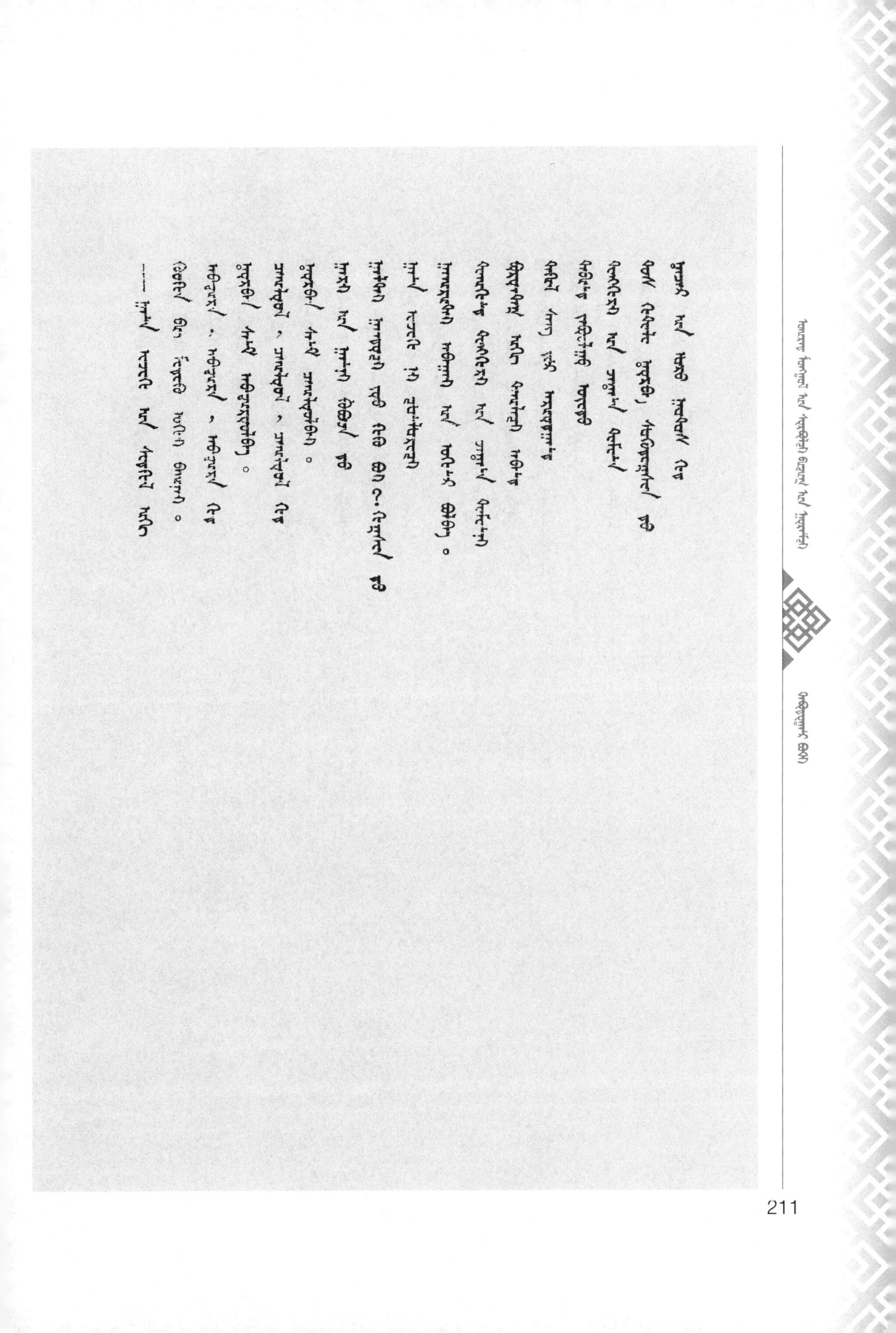

[illegible]
[illegible]
[illegible]
[illegible]
[illegible]
[illegible]
[illegible]
[illegible] 。
[illegible]
[illegible] ? [illegible]
[illegible]
[illegible] 。
[illegible] , [illegible] , [illegible]
[illegible] 。
[illegible] , [illegible] , [illegible]
[illegible] 。
—— [illegible]

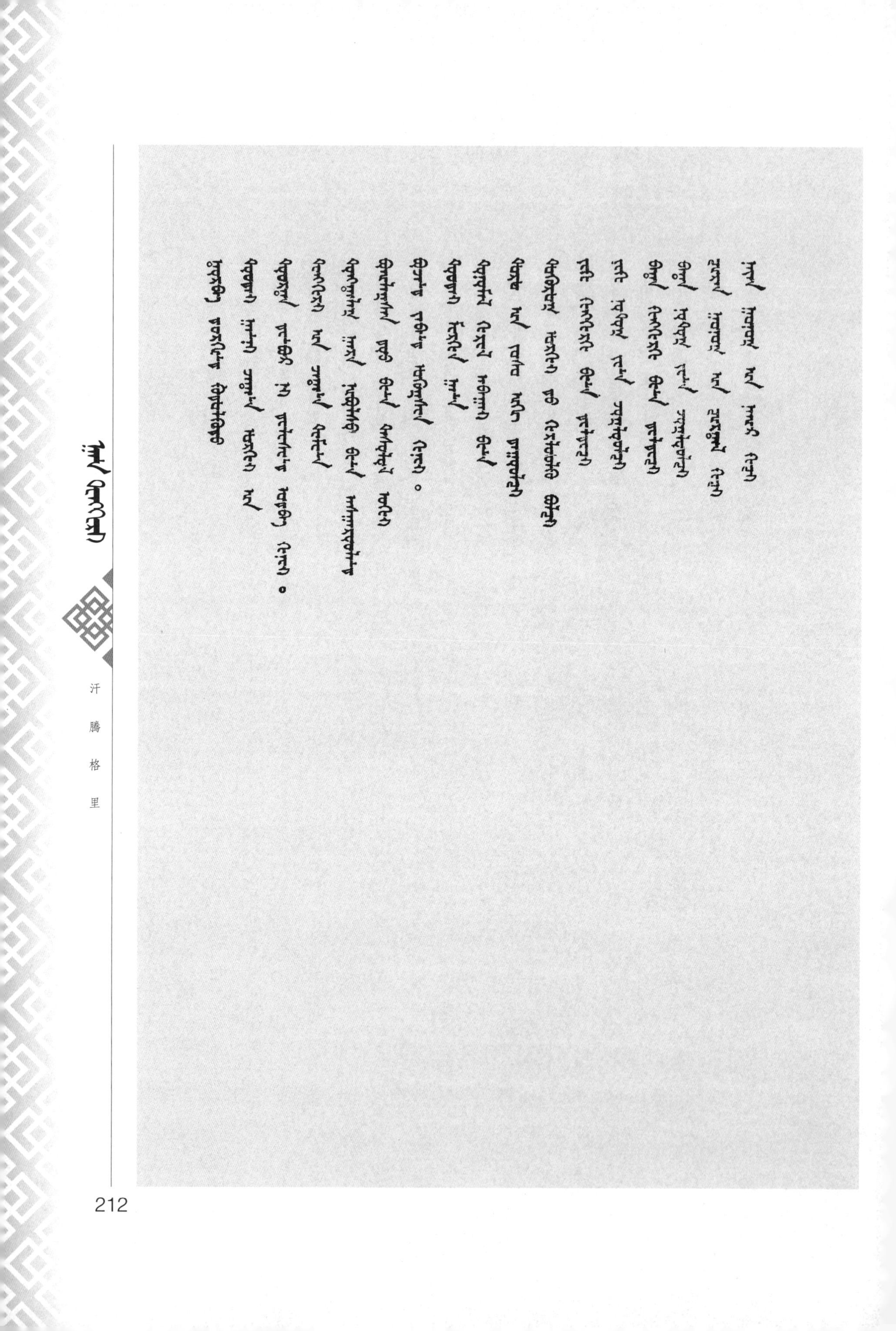

[illegible]

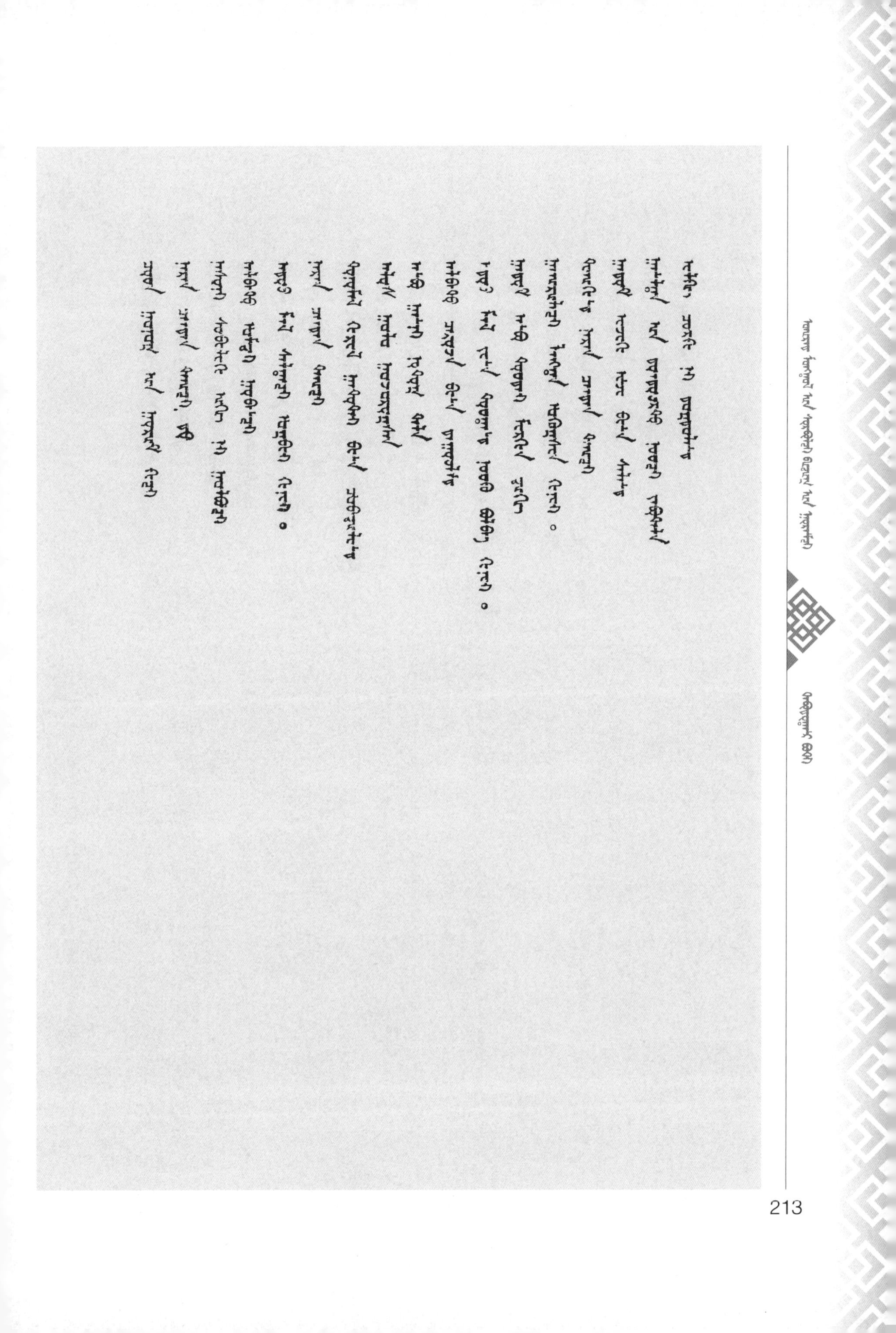

[illegible]
[illegible]
[illegible]
[illegible]
[illegible] ∘
[illegible]
[illegible] ∘
[illegible]
[illegible]
[illegible]
[illegible]
[illegible]
[illegible] ∘
[illegible]
[illegible]
[illegible]
[illegible]

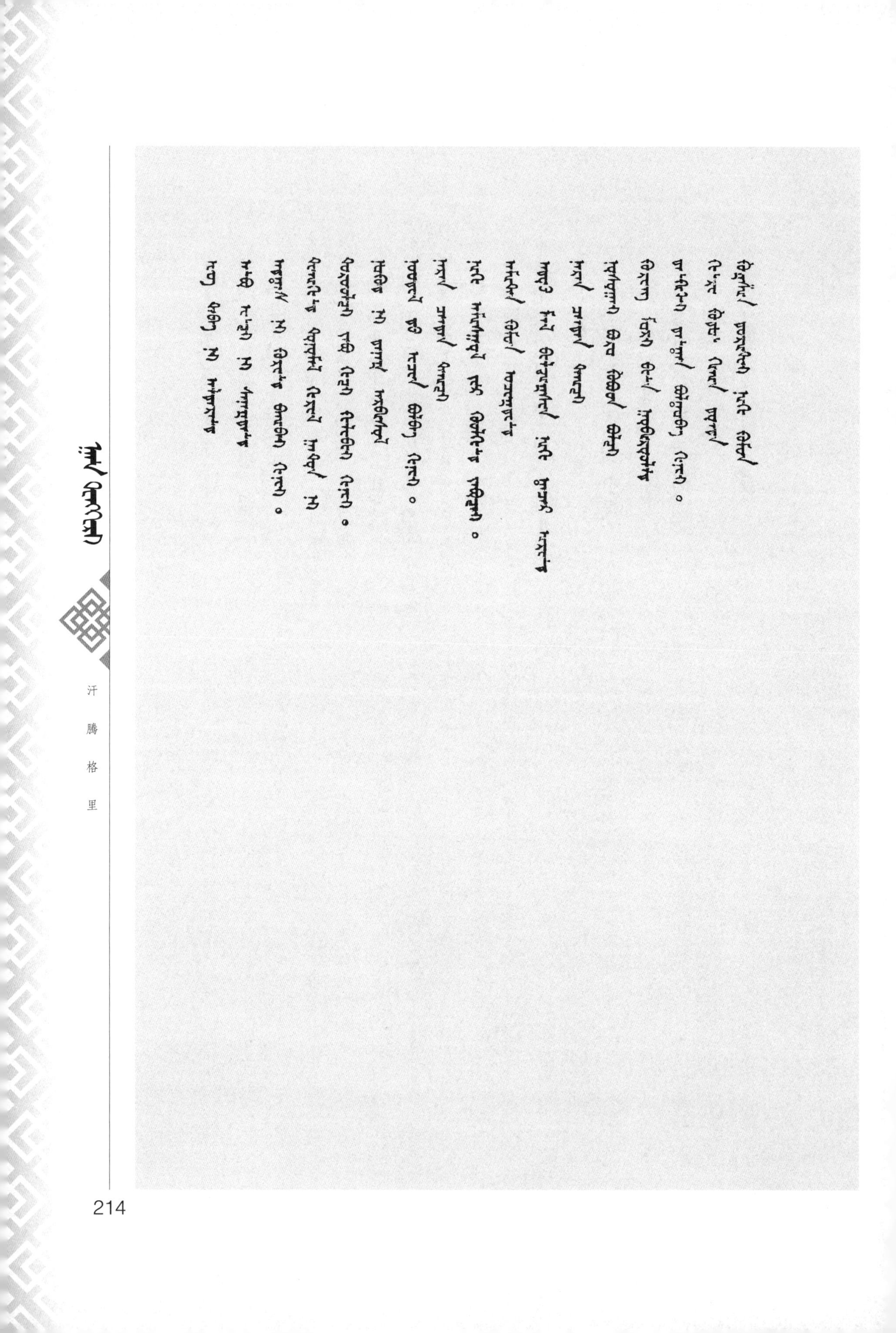

[illegible]
[illegible]
[illegible]
[illegible]
[illegible]
[illegible]
[illegible]
[illegible]
[illegible]
[illegible]
[illegible]
[illegible]
[illegible]
[illegible]
[illegible]
[illegible]
[illegible]

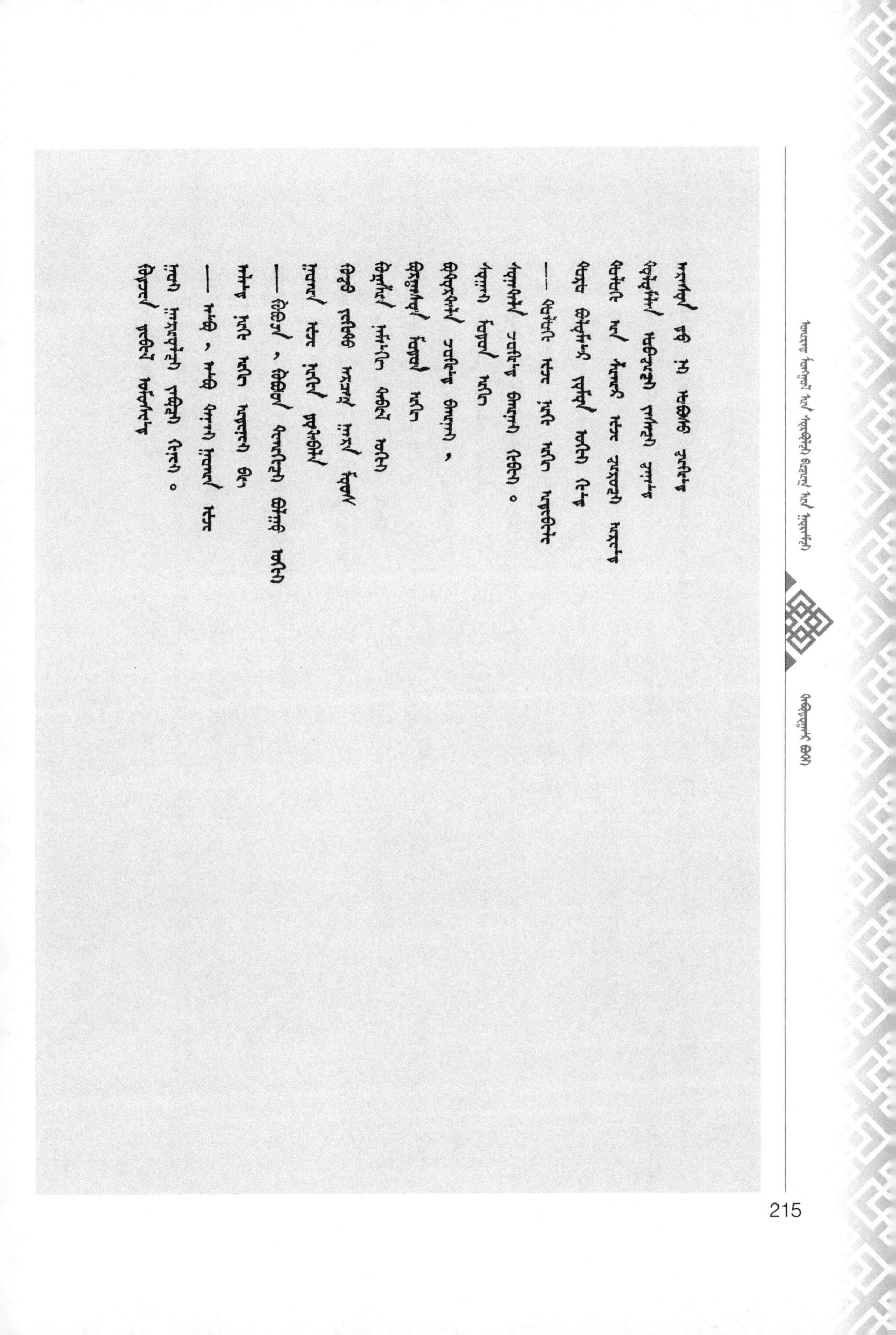

[illegible]
[illegible]
[illegible]
[illegible]
—— [illegible]
[illegible]
[illegible]
[illegible]
[illegible]
[illegible]
[illegible]
[illegible]
—— [illegible]
[illegible]
—— [illegible]
[illegible]
[illegible]

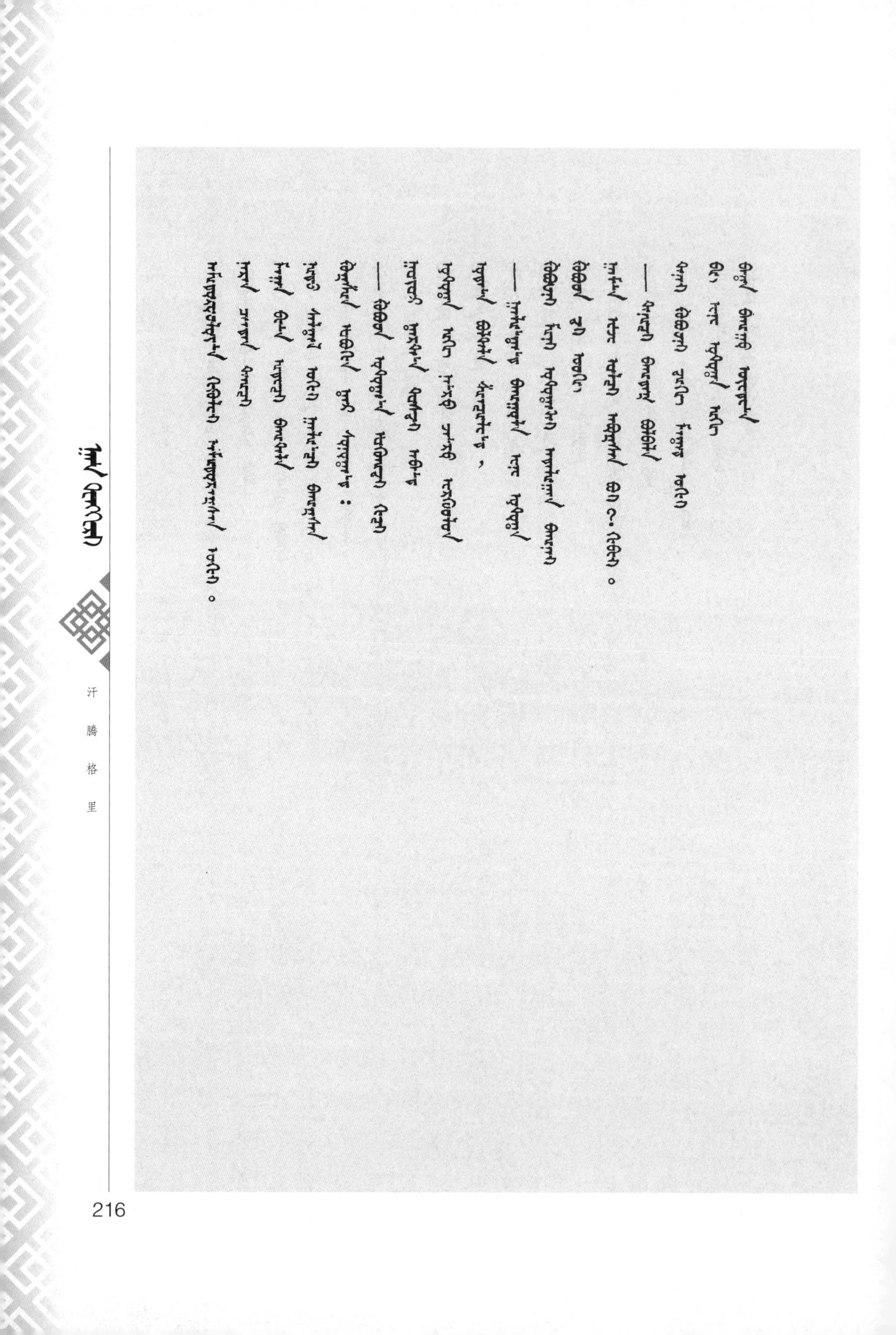

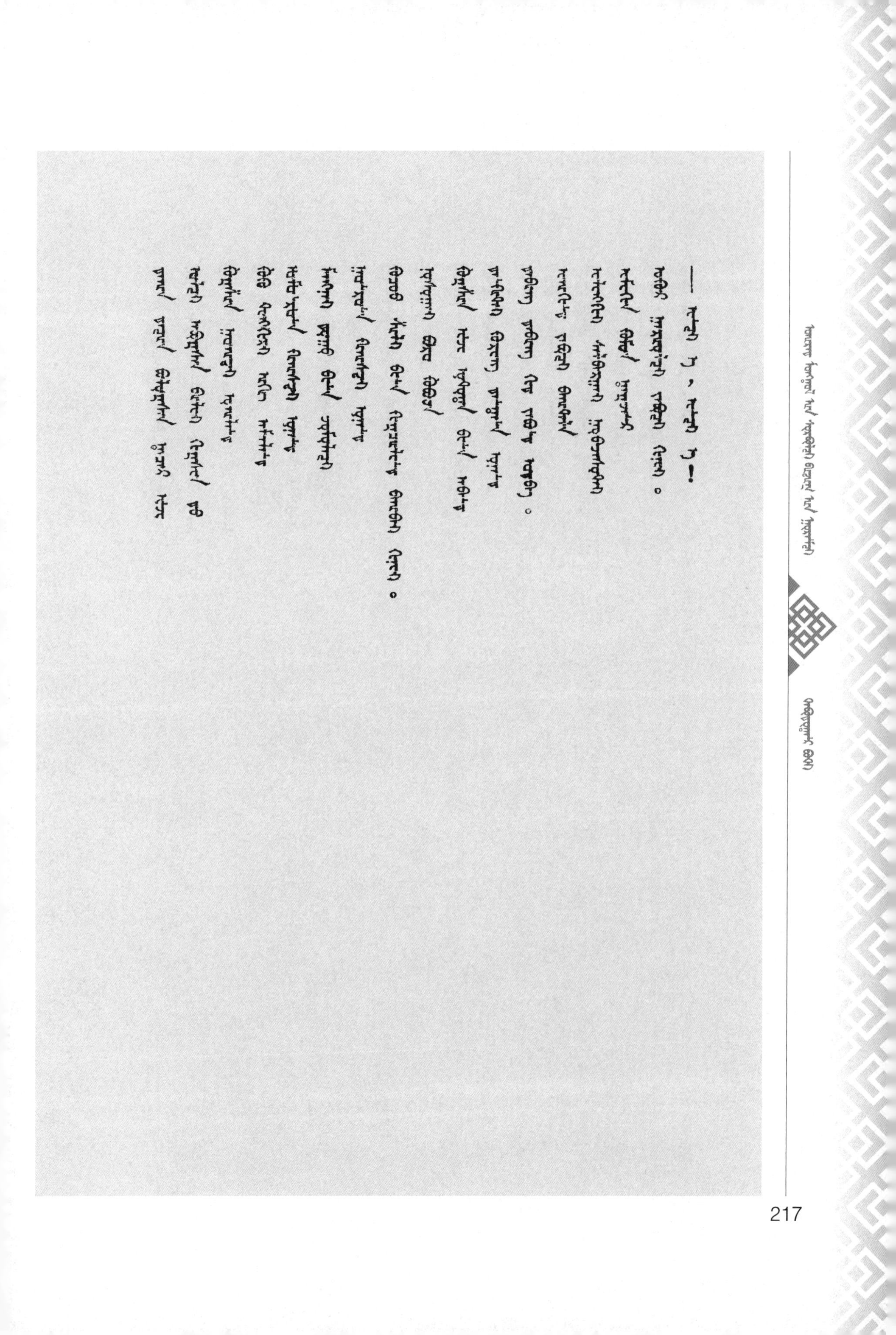

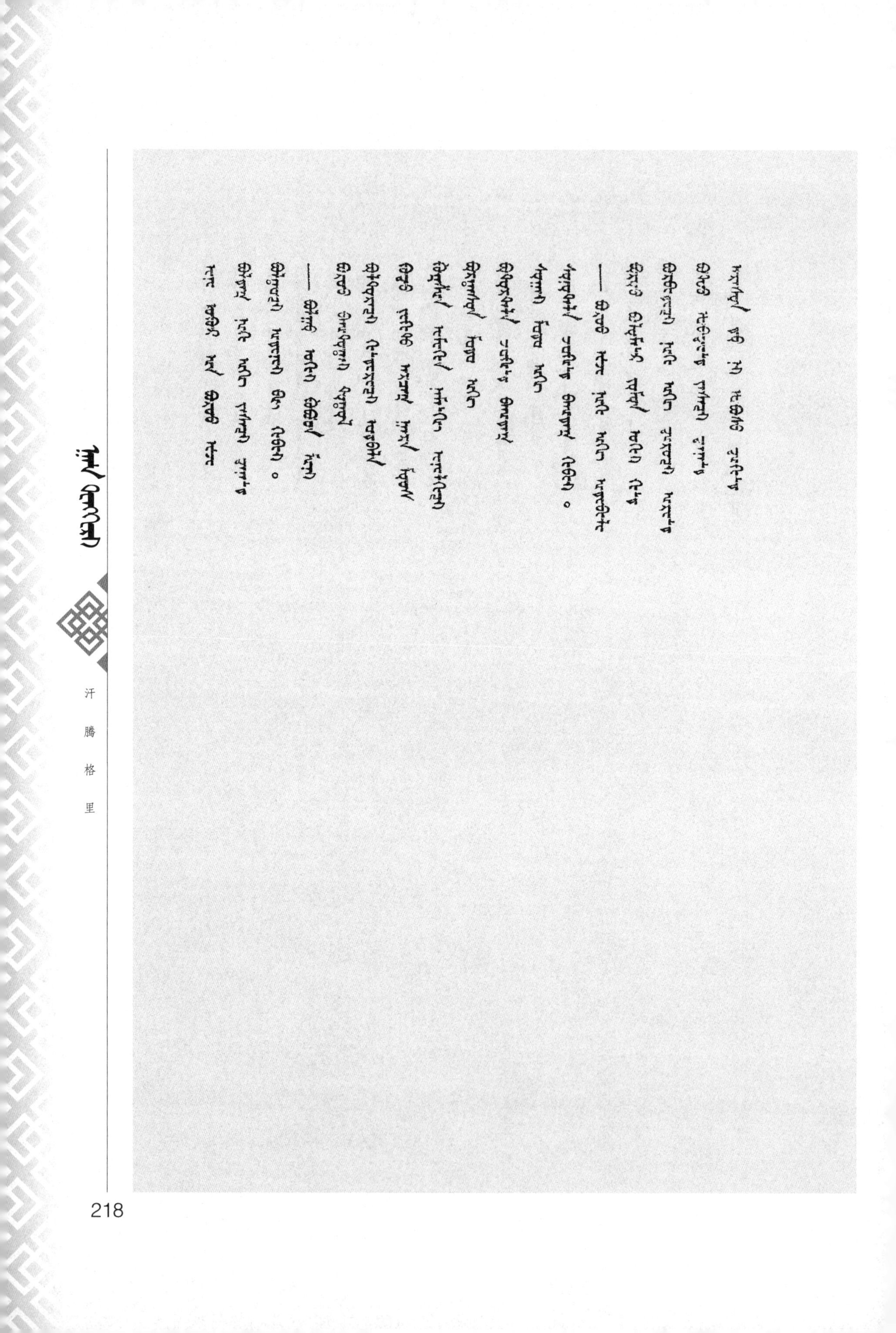

[illegible]
[illegible]
[illegible]
[illegible]
—— [illegible]
[illegible] 。
[illegible]
[illegible]
[illegible]
[illegible]
[illegible]
[illegible]
[illegible]
—— [illegible]
[illegible] 。
[illegible]
[illegible]

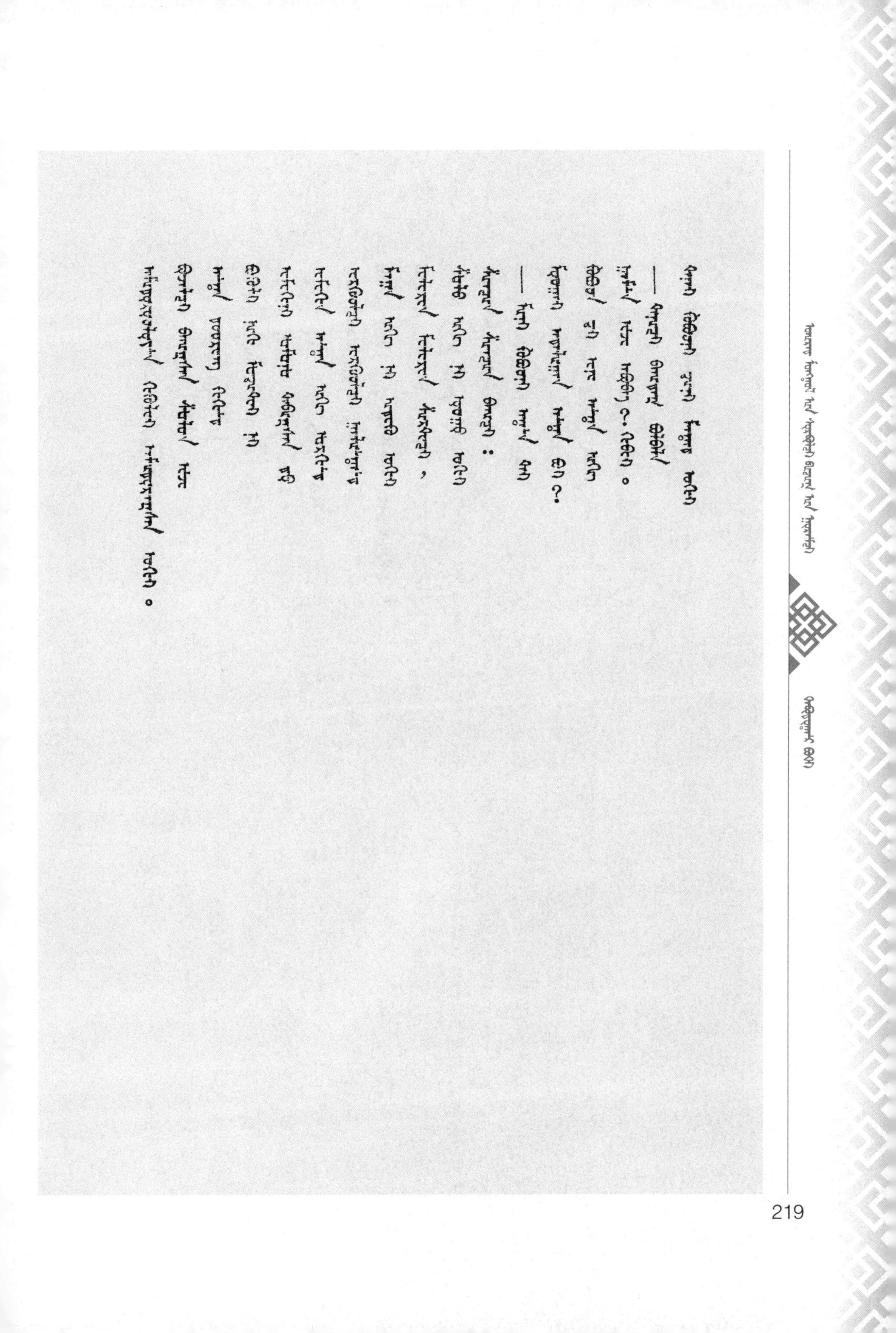

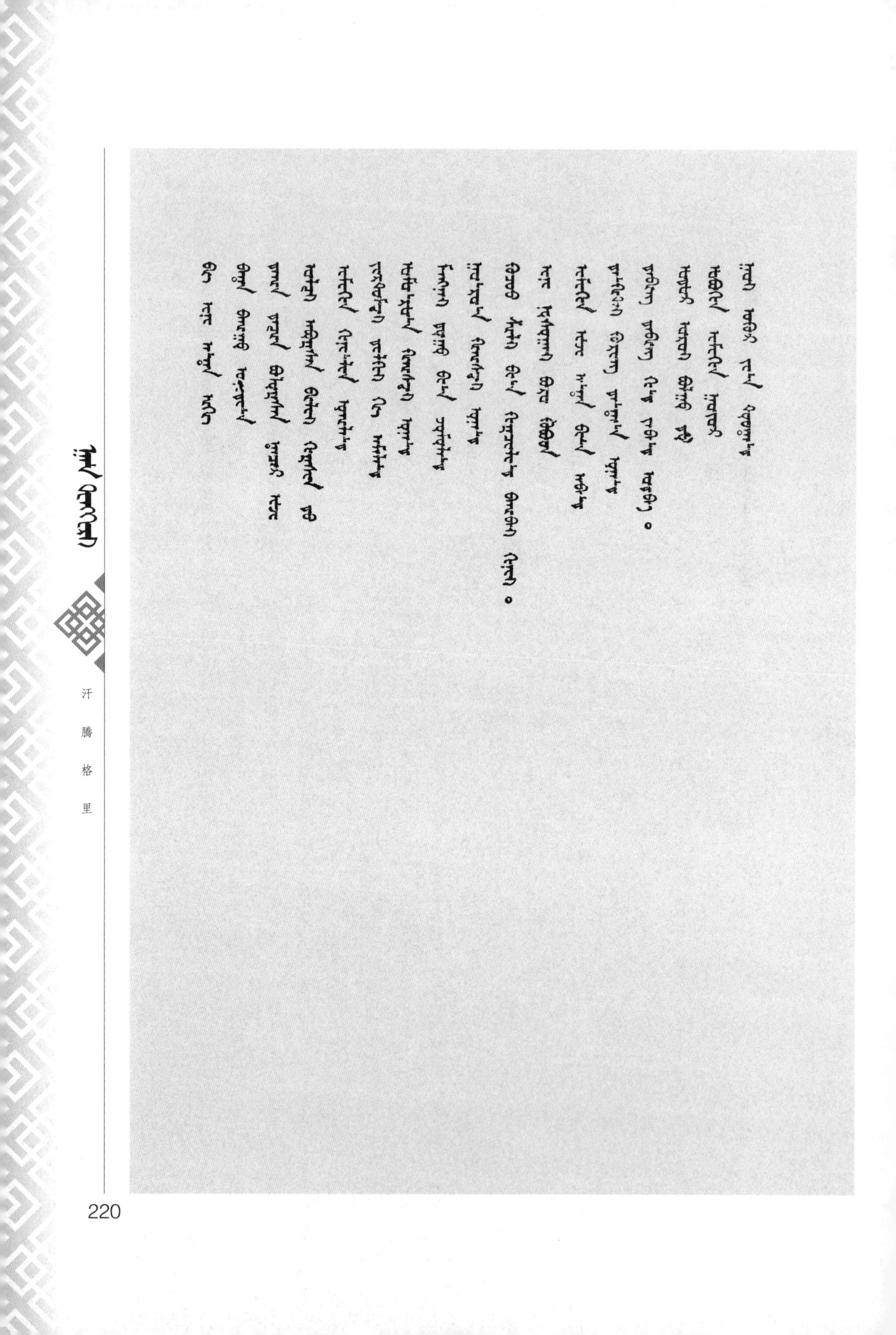

[illegible]
[illegible]
[illegible]
[illegible] ∘
[illegible]
[illegible]
[illegible]
[illegible] ∘
[illegible]
[illegible]
[illegible]
[illegible]
[illegible]
[illegible]
[illegible]
[illegible]
[illegible]

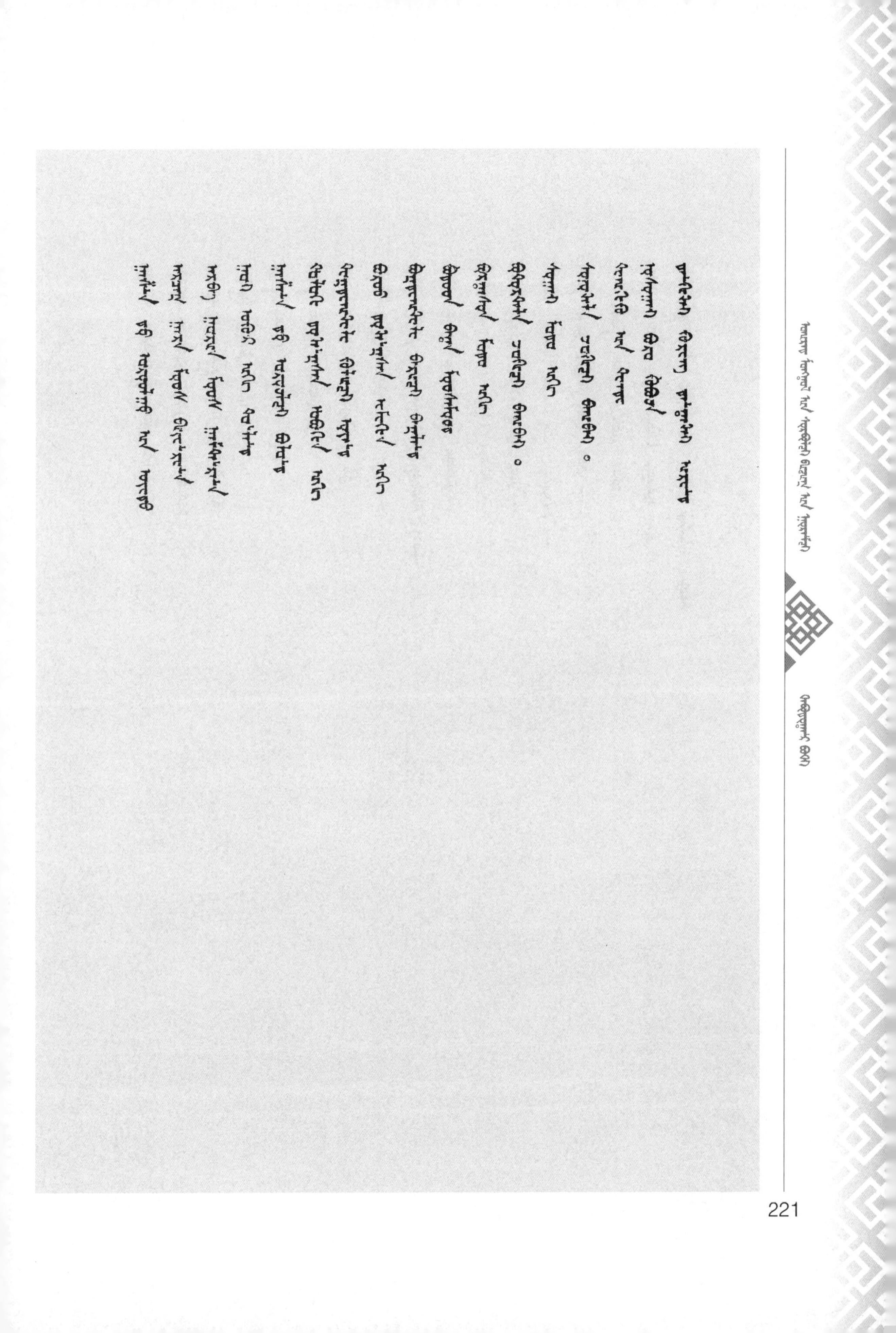

[illegible]
[illegible]
[illegible]
[illegible]
[illegible]
[illegible]
[illegible]
[illegible]
[illegible]
[illegible]
[illegible]
[illegible]
[illegible]
[illegible]
[illegible]
[illegible]
[illegible]

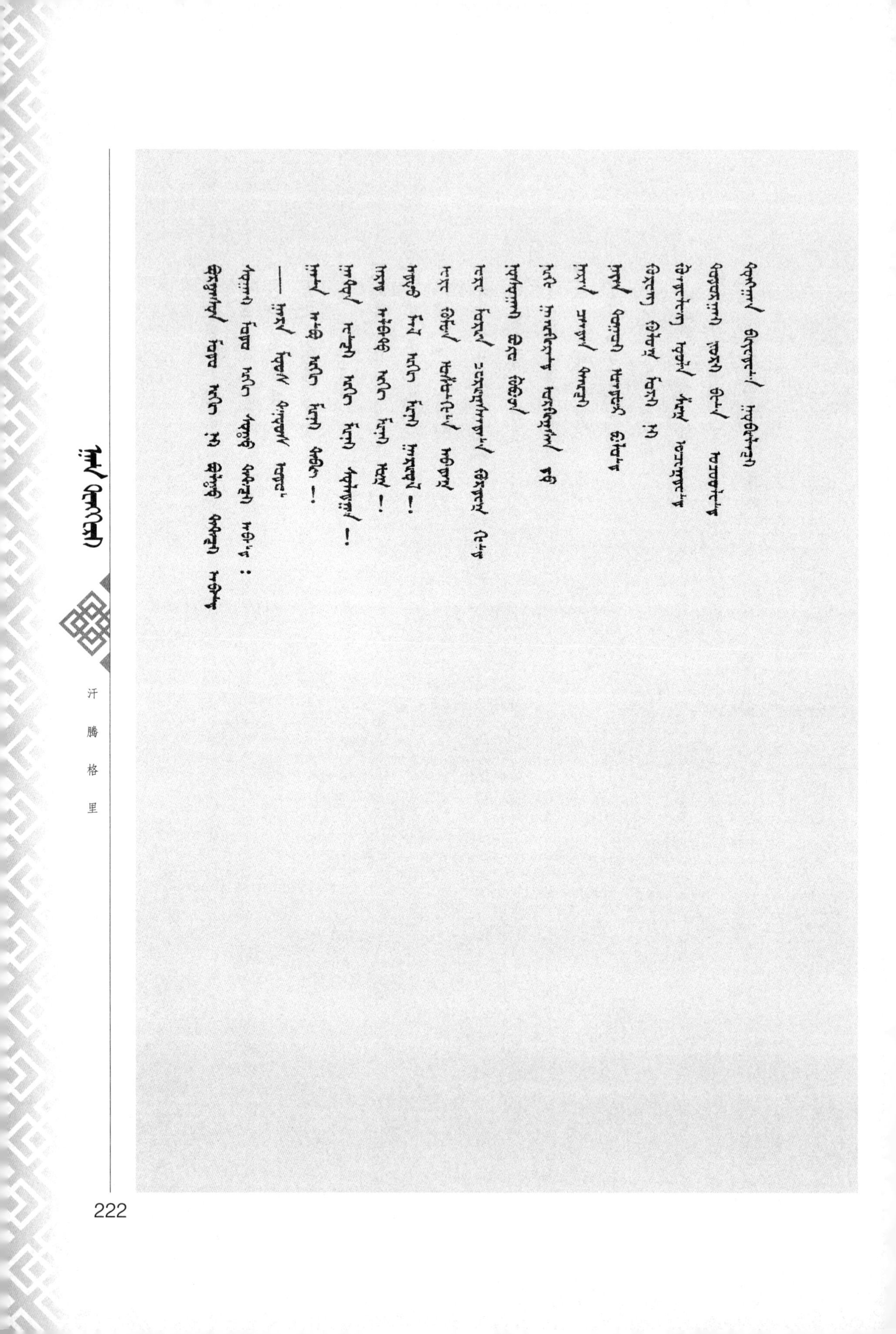

[illegible]
[illegible]
[illegible]
[illegible]
[illegible]
[illegible]
[illegible]
[illegible]
[illegible]
[illegible]
[illegible] !
[illegible] !
[illegible] !
[illegible] !
—— [illegible]
[illegible] :
[illegible]

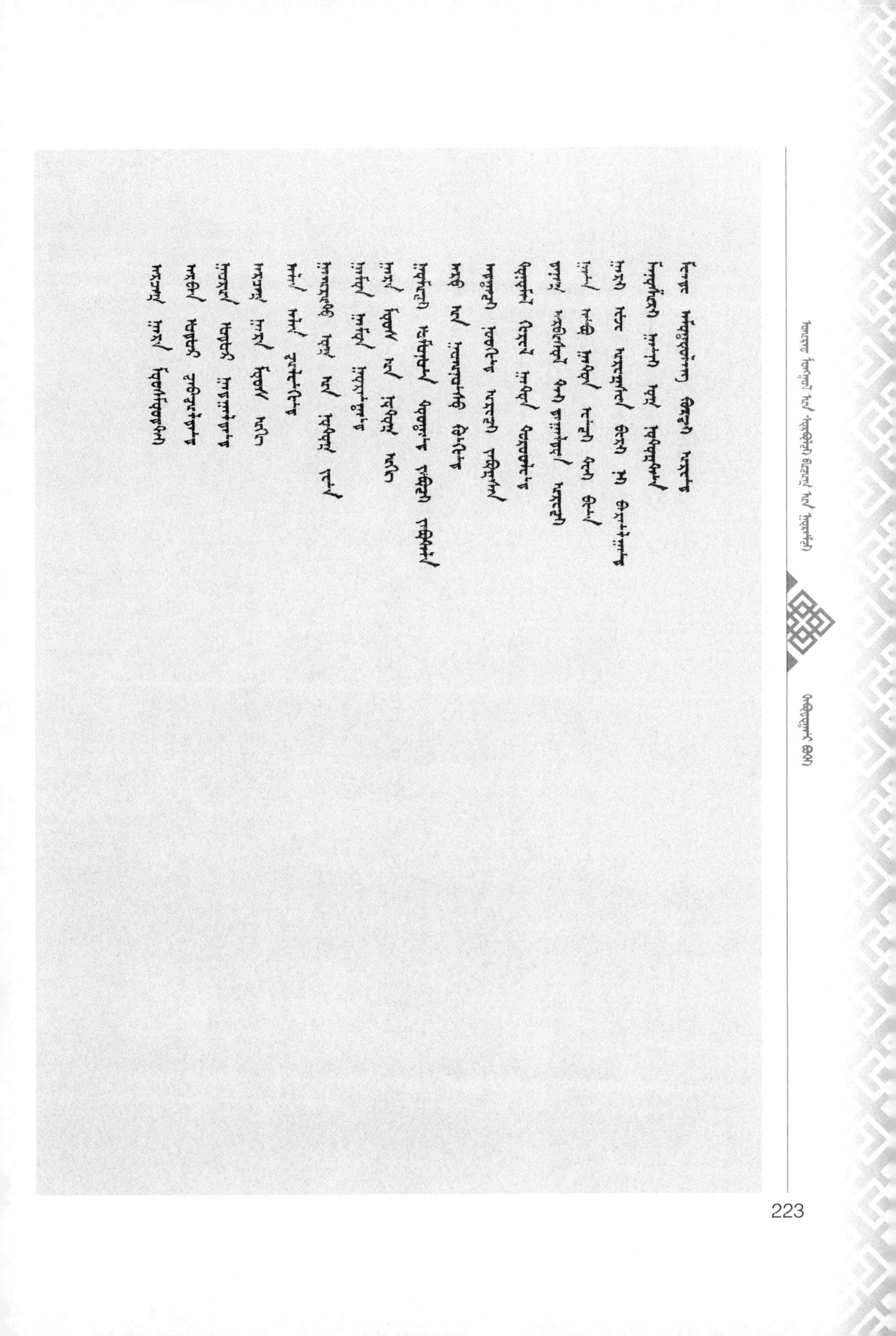

ᠶᠢ ᠳᠠᠭᠤᠯᠠᠭᠰᠠᠨ ᠪᠣᠯ ᠬᠠᠷᠢᠭᠤ ᠪᠠᠢᠳᠠᠯ ᠦᠭᠡᠢᠰᠬᠡᠯ ᠳᠠᠭᠤᠯᠠᠭᠠᠳ)
(ᠪᠢᠴᠢᠭᠰᠡᠨ ᠰᠢᠯᠦᠭ ᠤᠨ ᠲᠣᠭ᠎ᠠ ᠶᠢ 79 ᠬᠦᠷᠭᠡᠭᠰᠡᠨ ᠳᠠᠭᠤᠯᠠᠯ ᠪᠣᠯᠤᠨ᠎ᠠ
ᠠᠯᠲᠠᠨ ᠭᠡᠷᠡᠯ ᠳᠠᠭᠤᠯᠠᠭᠰᠠᠨ ᠪᠠᠢᠨ᠎ᠠ ᠂
ᠲᠡᠩᠭᠢᠰ ᠪᠡᠯᠡᠭ ᠳᠠᠭᠤᠯᠠᠭᠰᠠᠨ
ᠪᠡᠯᠡᠭ ᠶᠢ ᠪᠣᠯ ᠬᠠᠷᠢ ᠪᠠᠢᠭᠤᠯᠤᠨ
ᠪᠣᠯᠬᠤ ᠪᠠᠷ ᠪᠡ ᠪᠢᠴᠢᠭᠰᠡᠨ ᠪᠢᠯᠢᠭ ᠬᠠᠷᠢ
ᠳᠠᠭᠤᠨ ᠮᠠᠨᠠᠢ ᠶᠢ ᠬᠠᠢᠷᠠᠯᠠᠬᠤ ᠪᠣᠯ
ᠠᠯᠲᠠᠨ ᠮᠠᠨᠠᠢ ᠶᠢ ᠭᠡᠷᠡᠯ
ᠰᠡᠲᠭᠢᠯ ᠮᠠᠨᠠᠢ ᠶᠢ ᠪᠠᠶᠠᠰᠬᠤᠯᠠᠩ
ᠳᠠᠭᠤᠯᠠ ᠮᠠᠨᠠᠢ ᠶᠢ ᠳᠠᠭᠤᠯᠠᠭᠰᠠᠨ

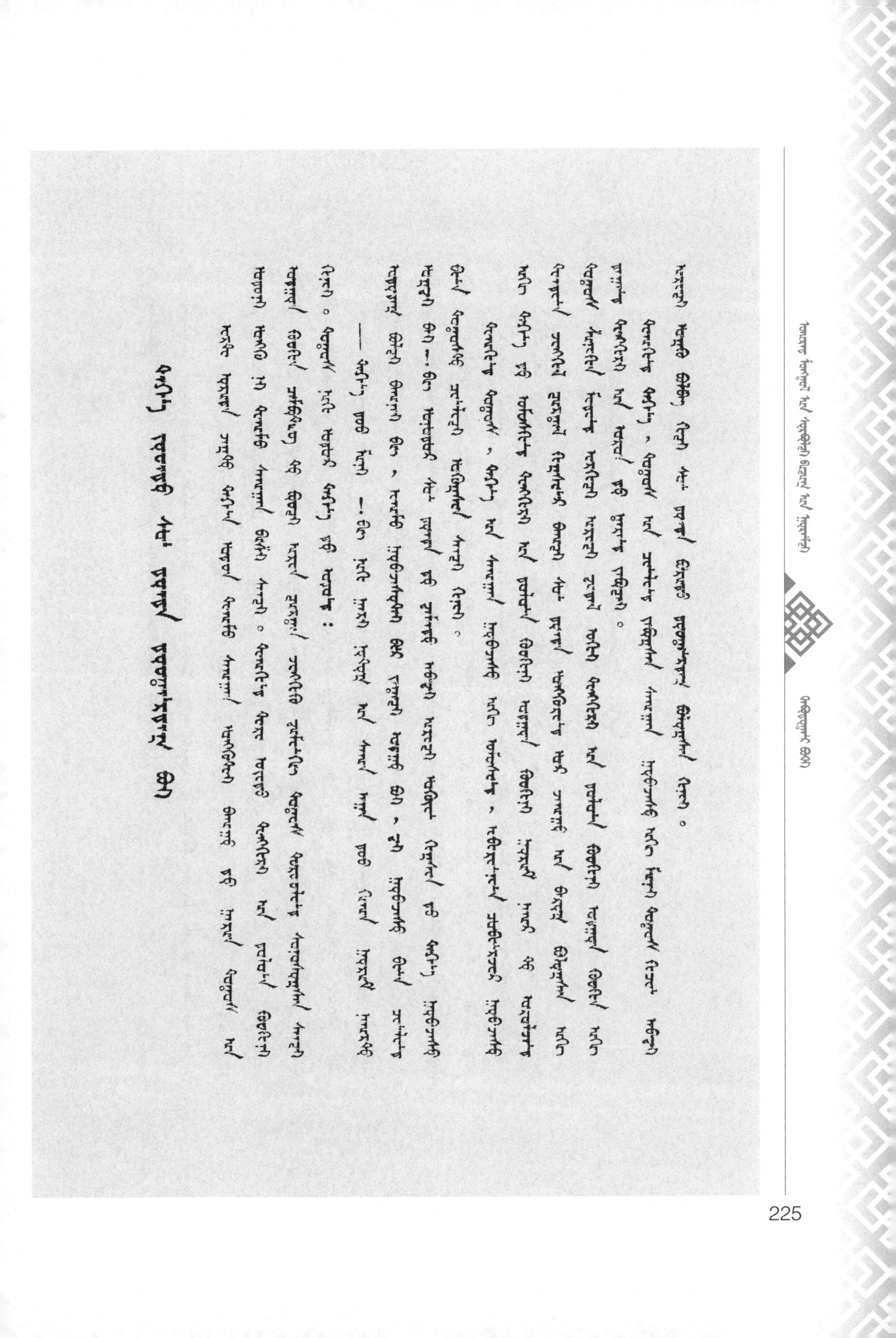

[illegible]

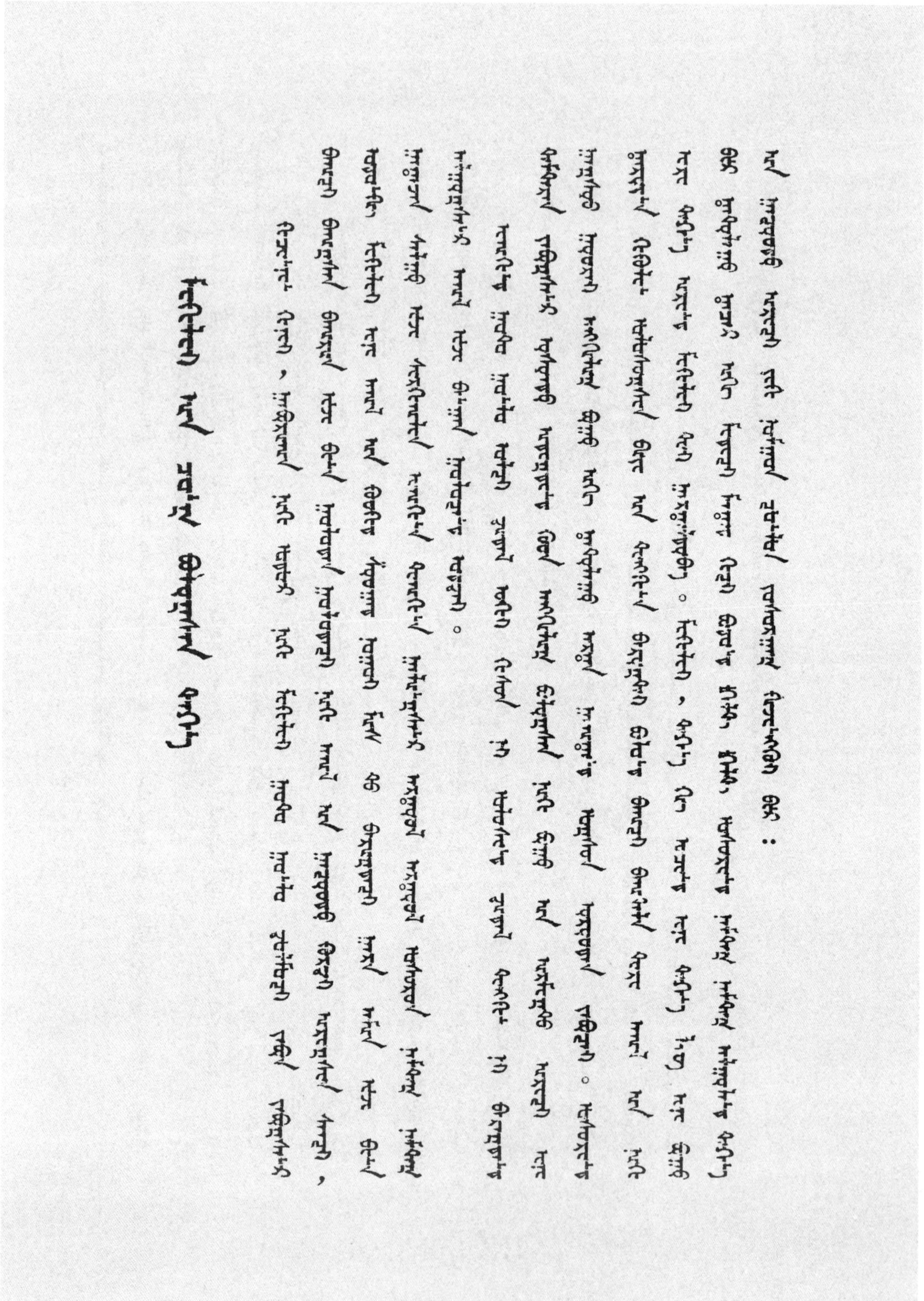

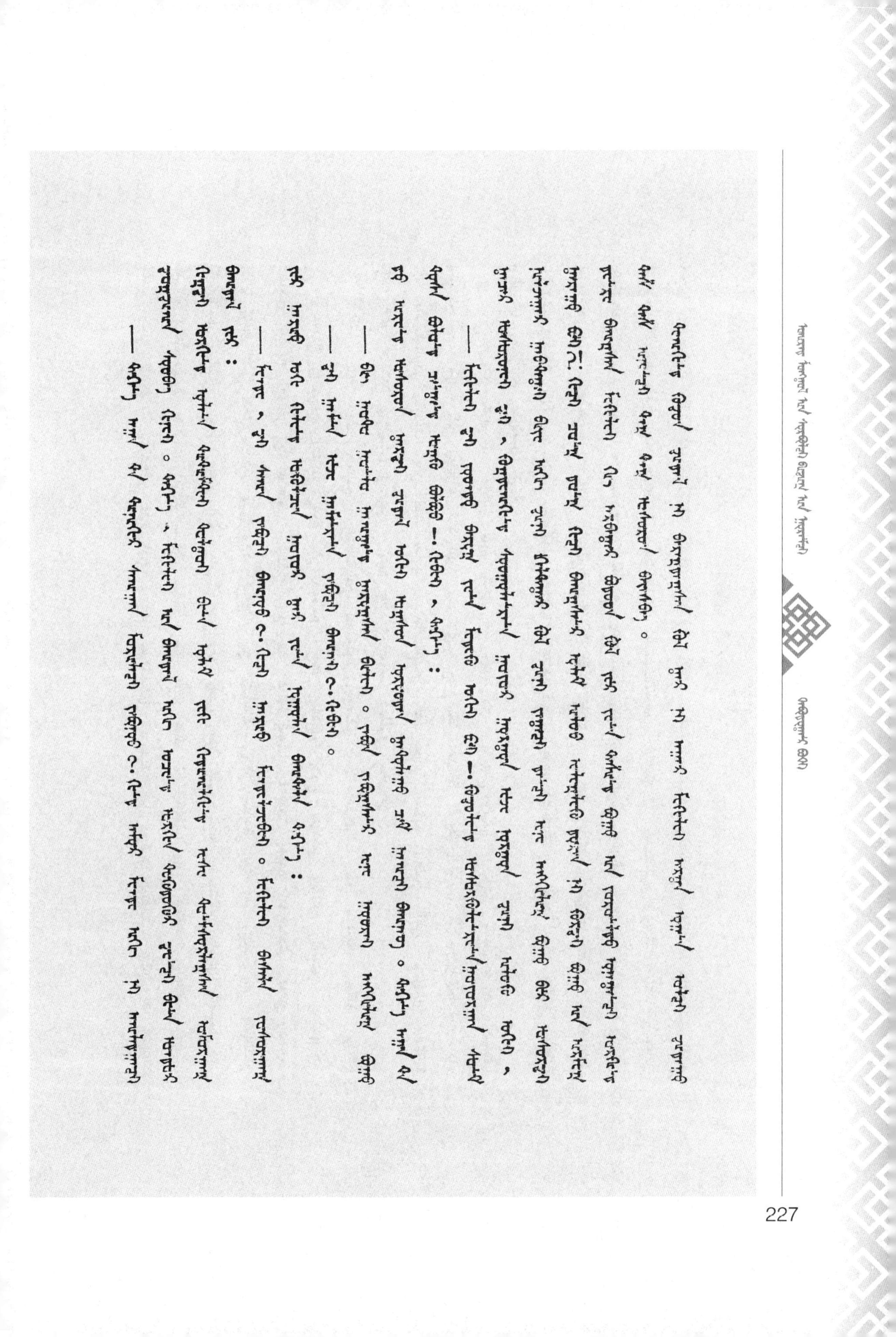

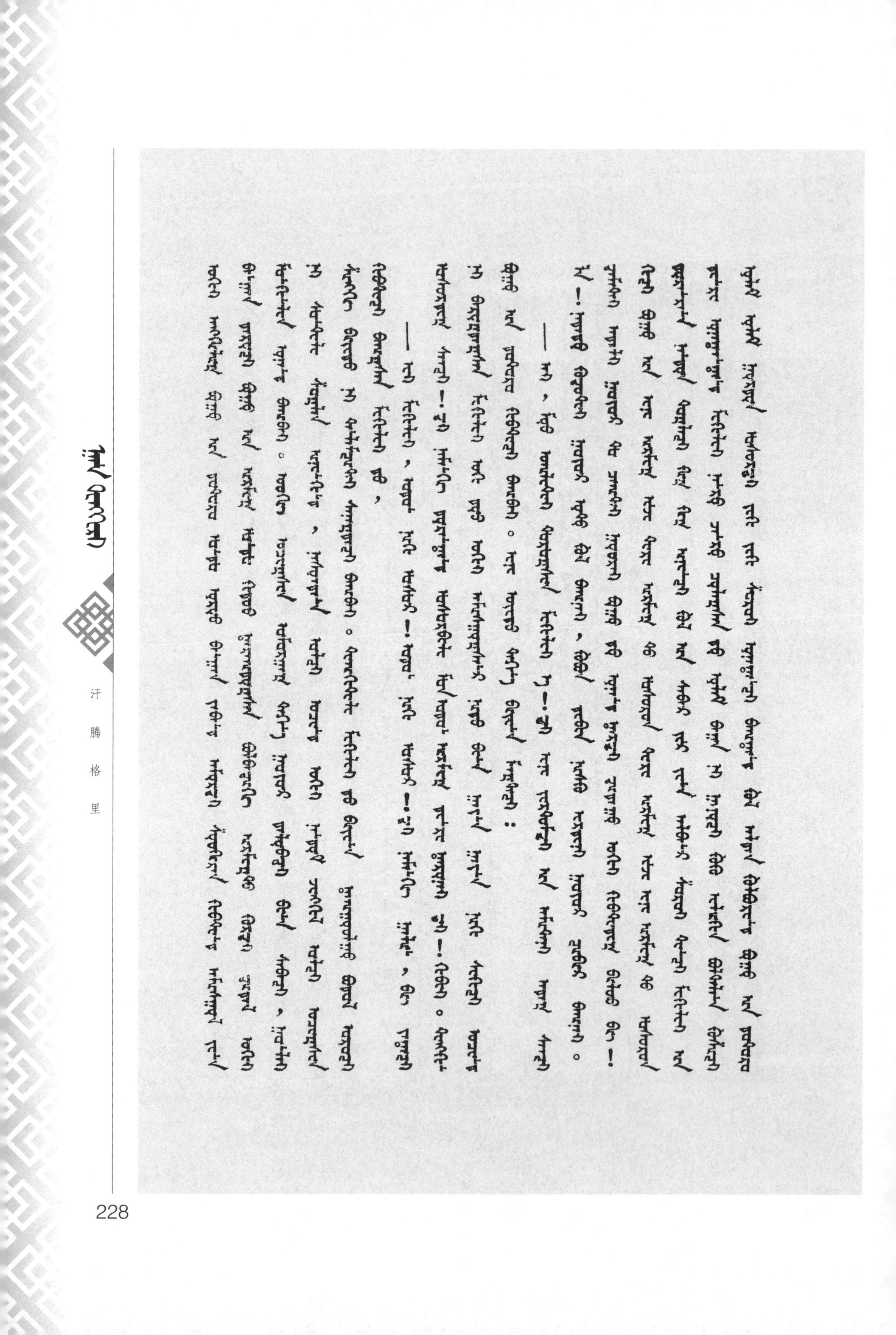

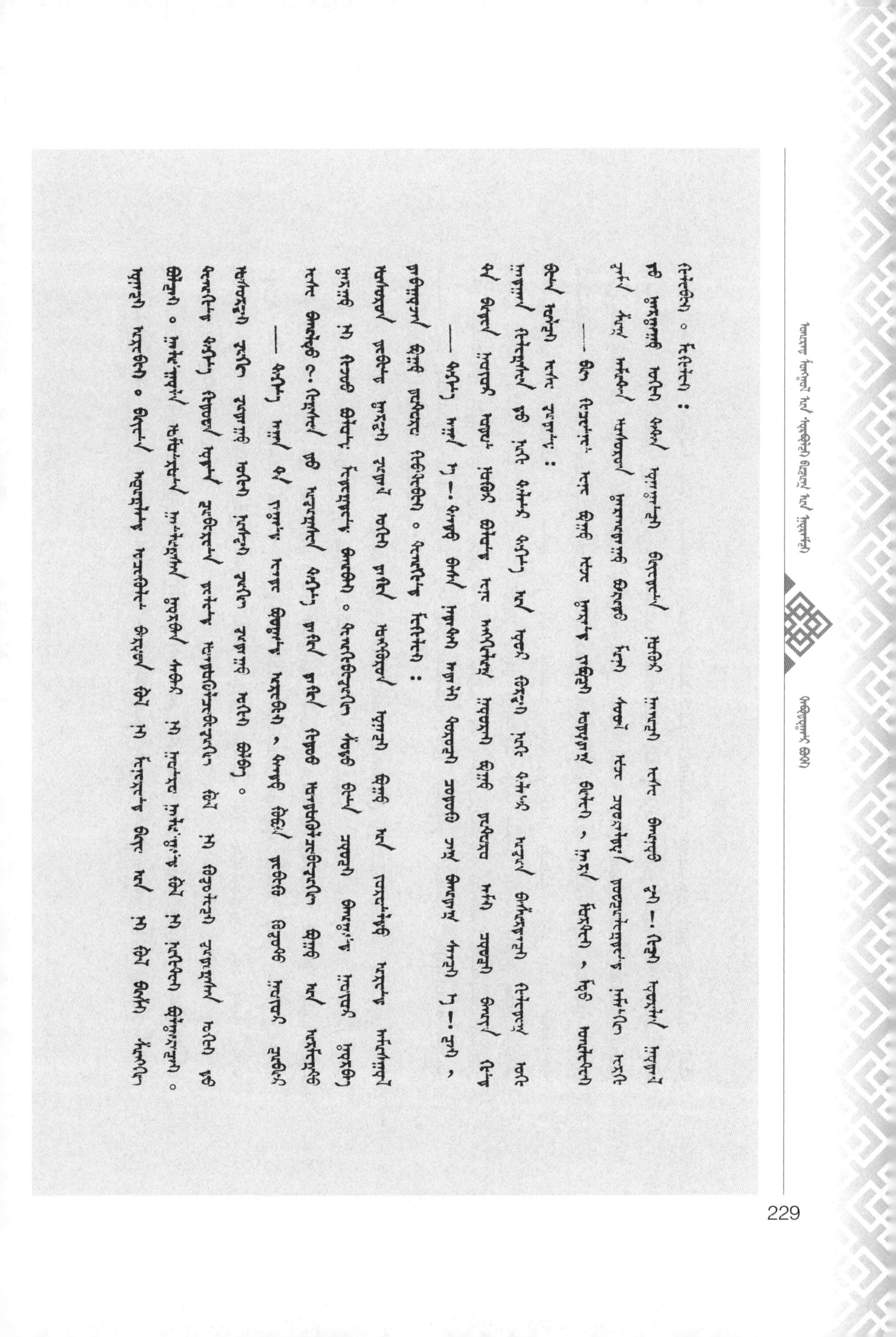

[illegible]

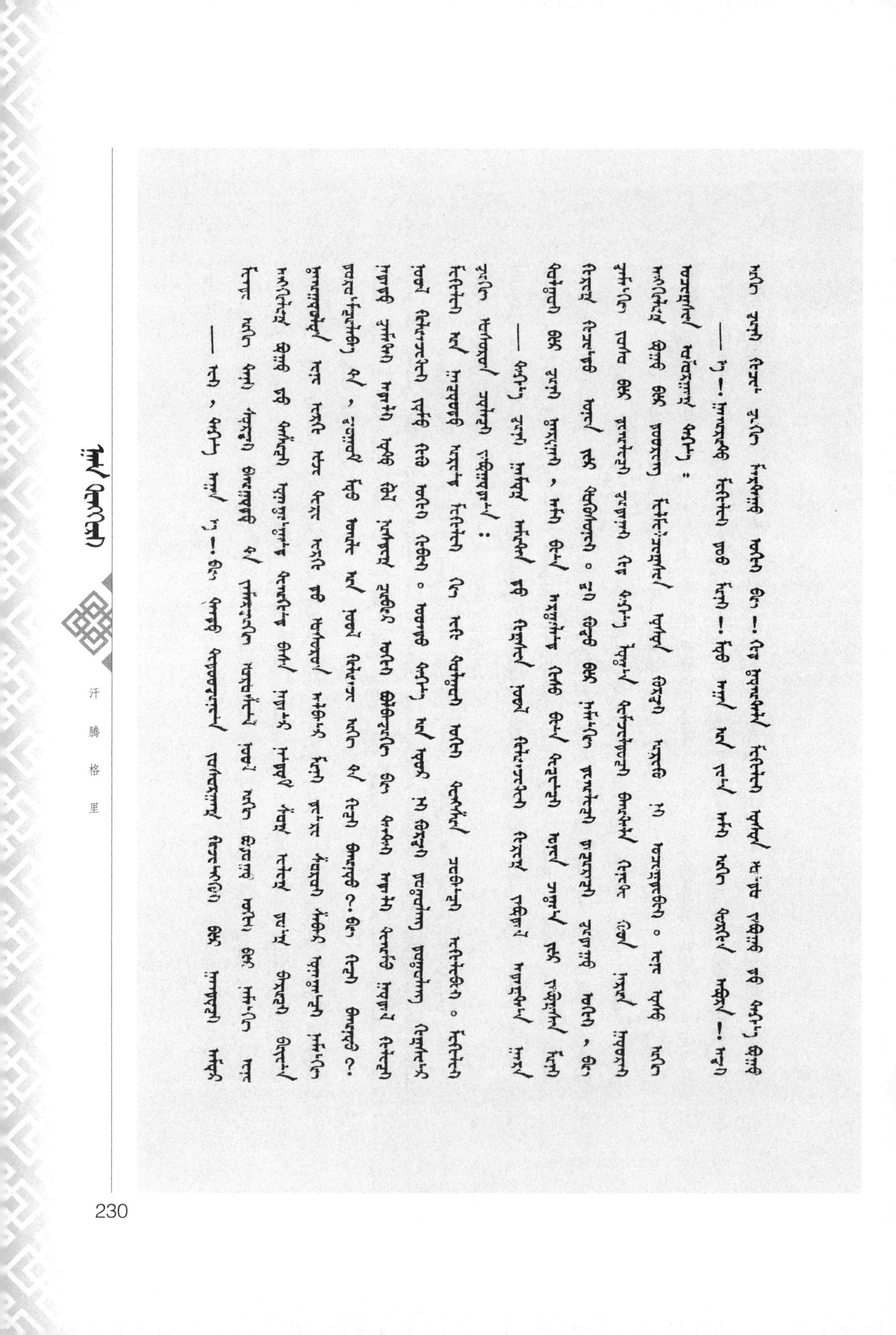

[illegible]

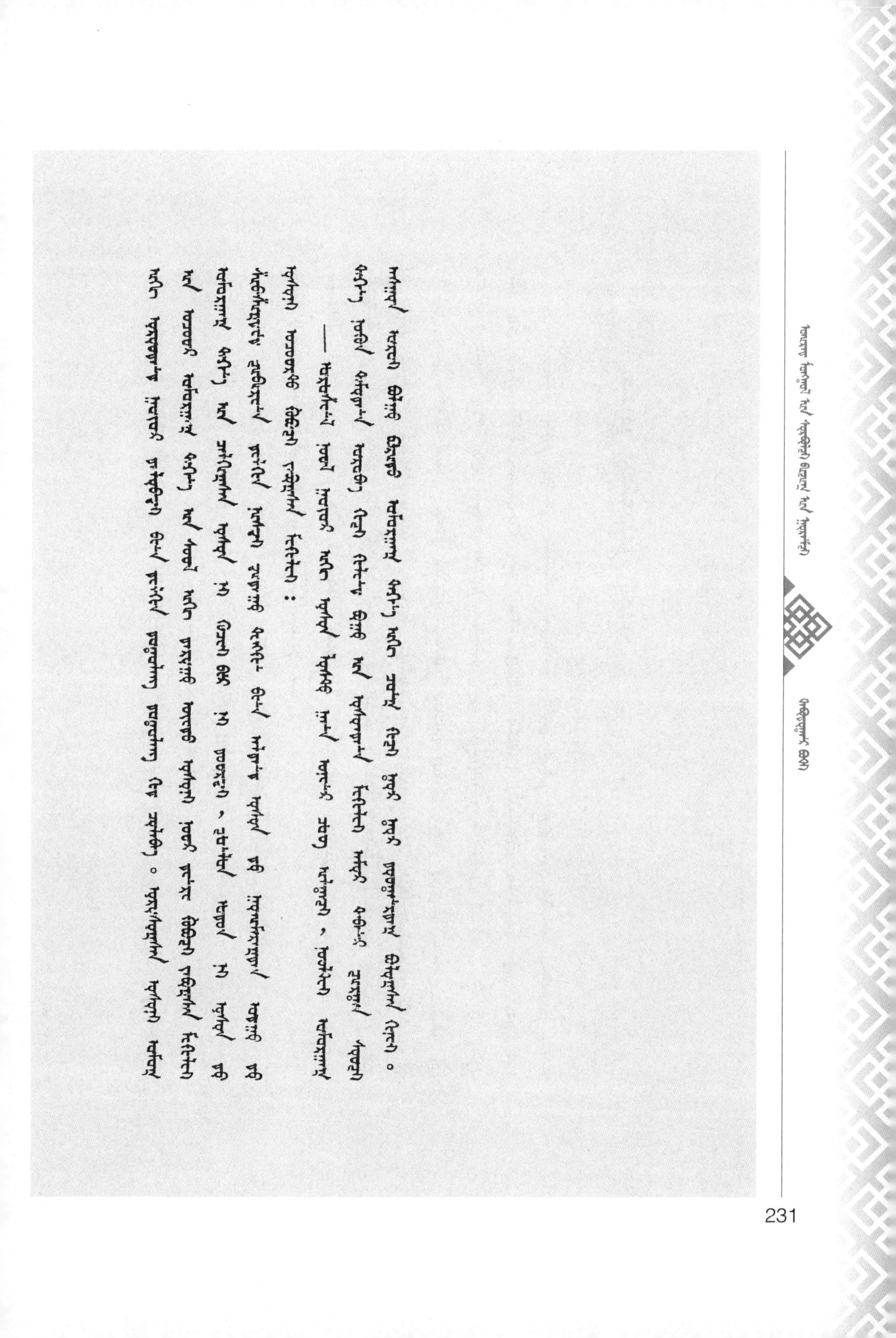

[illegible]

[illegible]

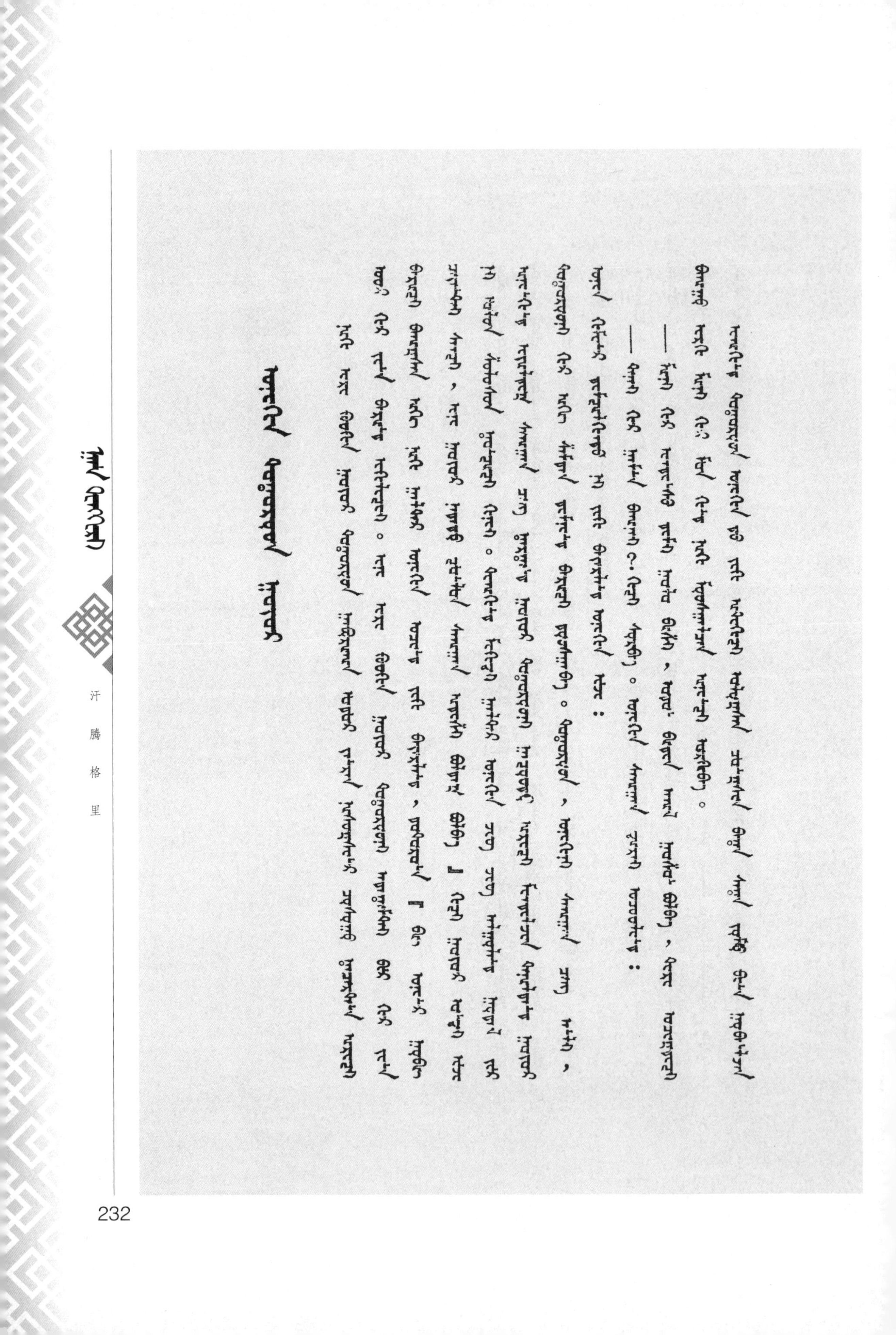

[illegible]

[illegible]

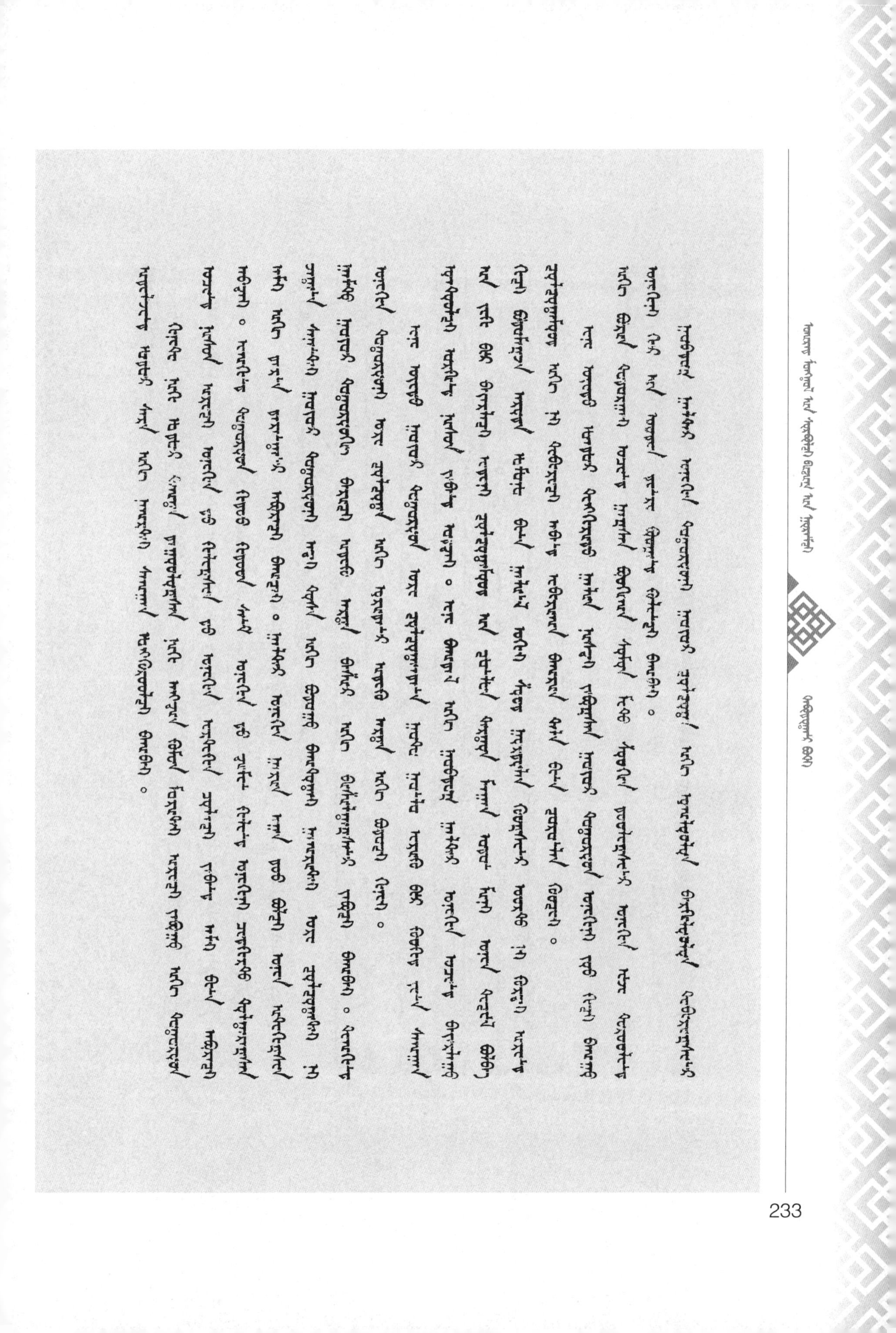

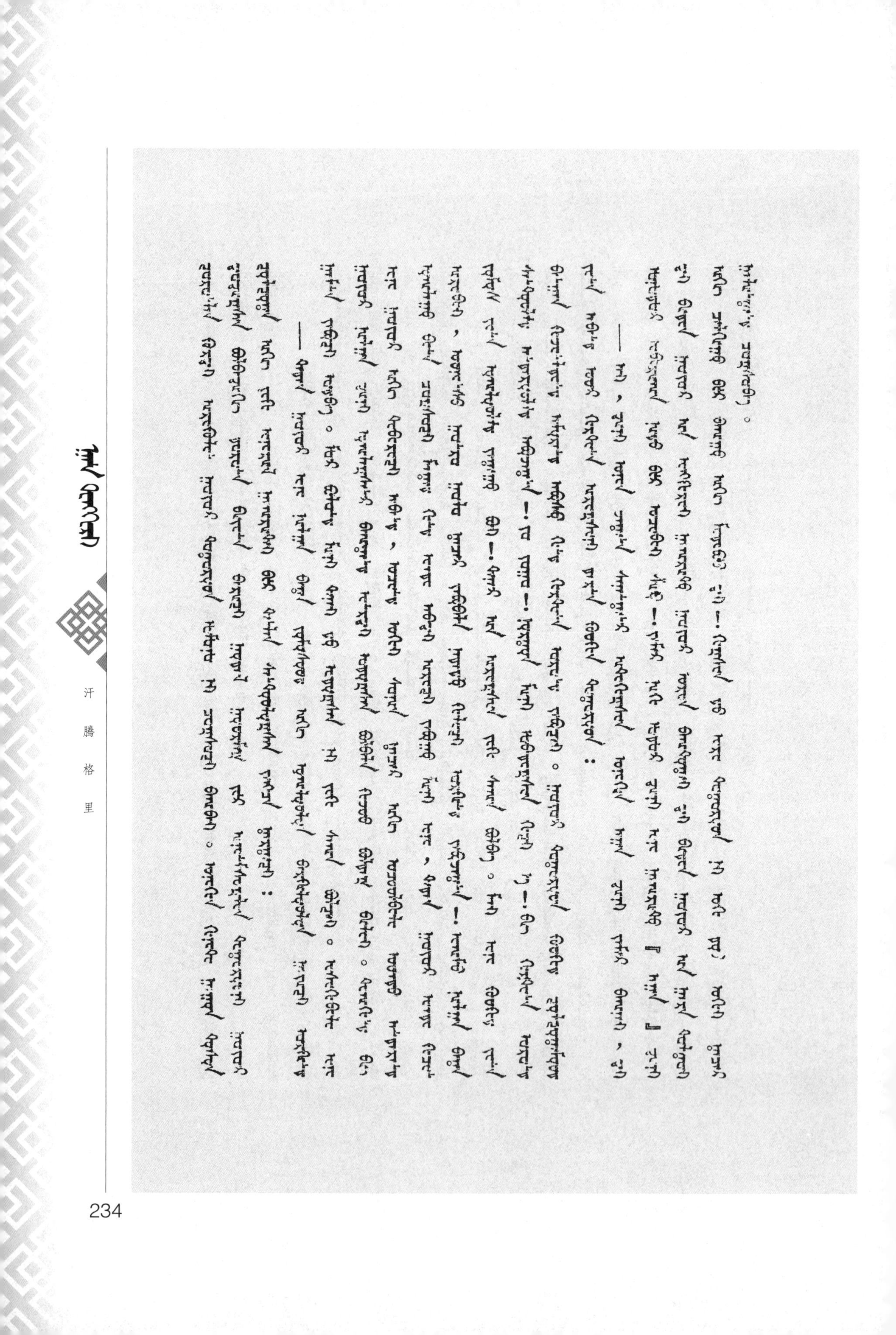

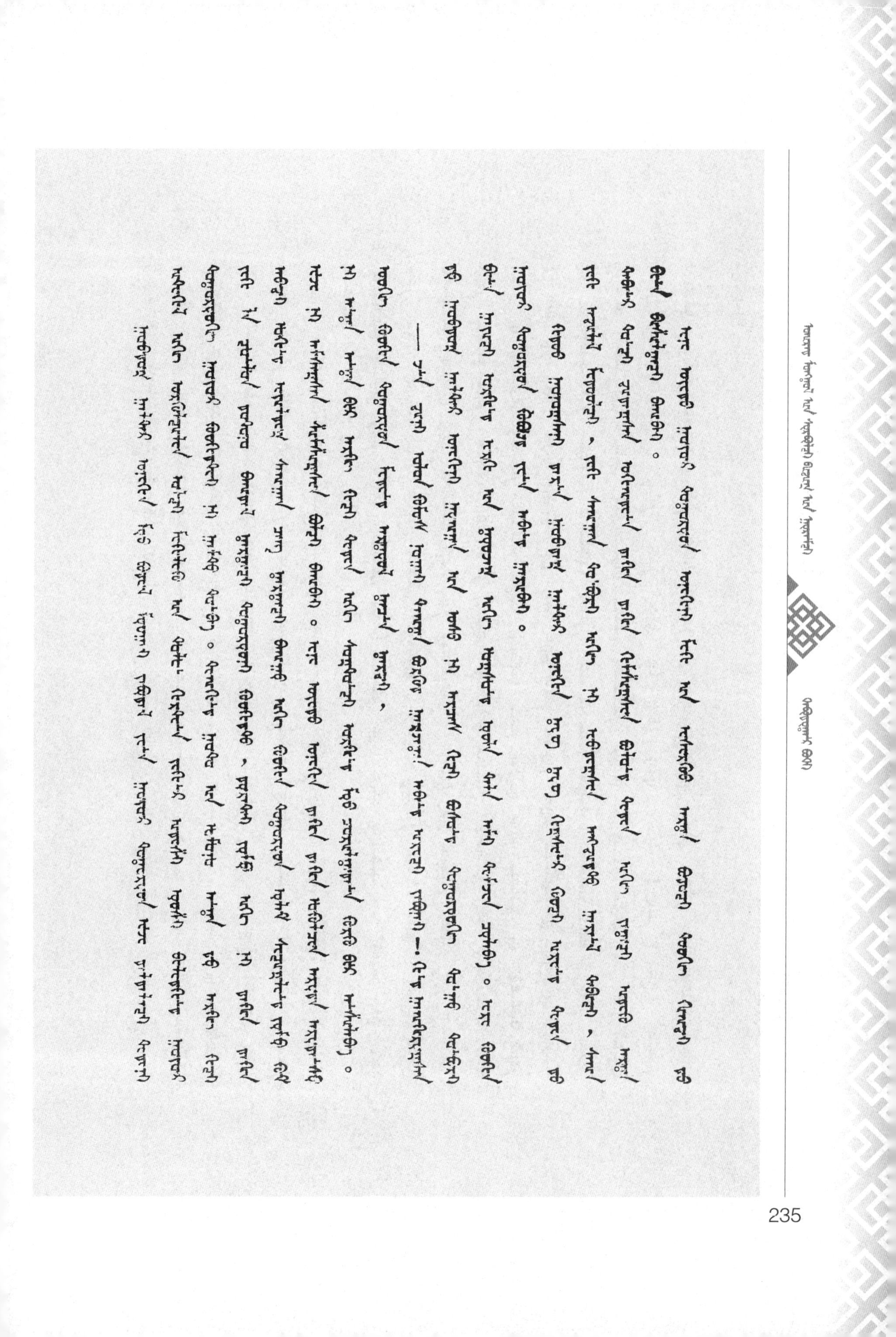

[illegible]

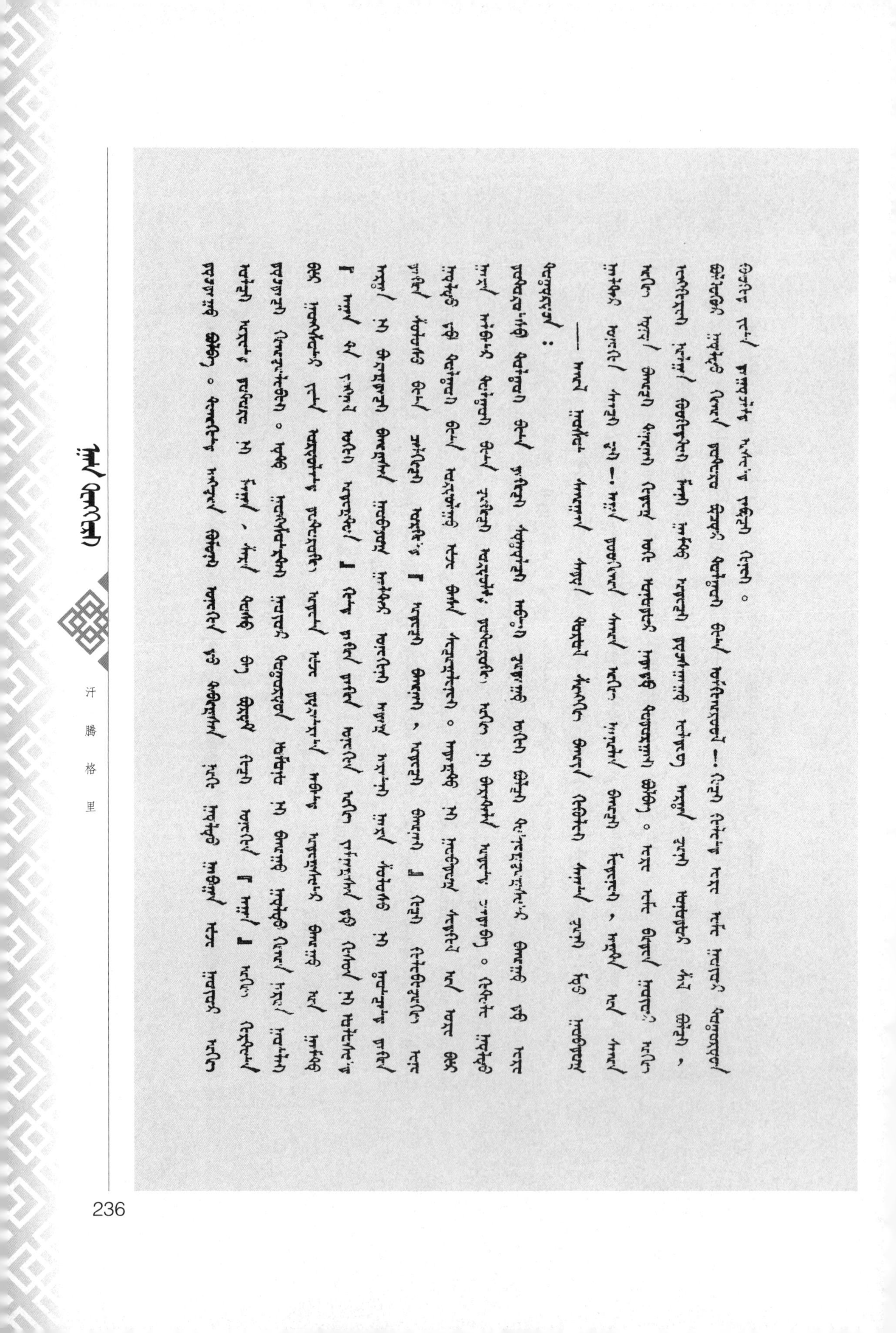

[illegible]

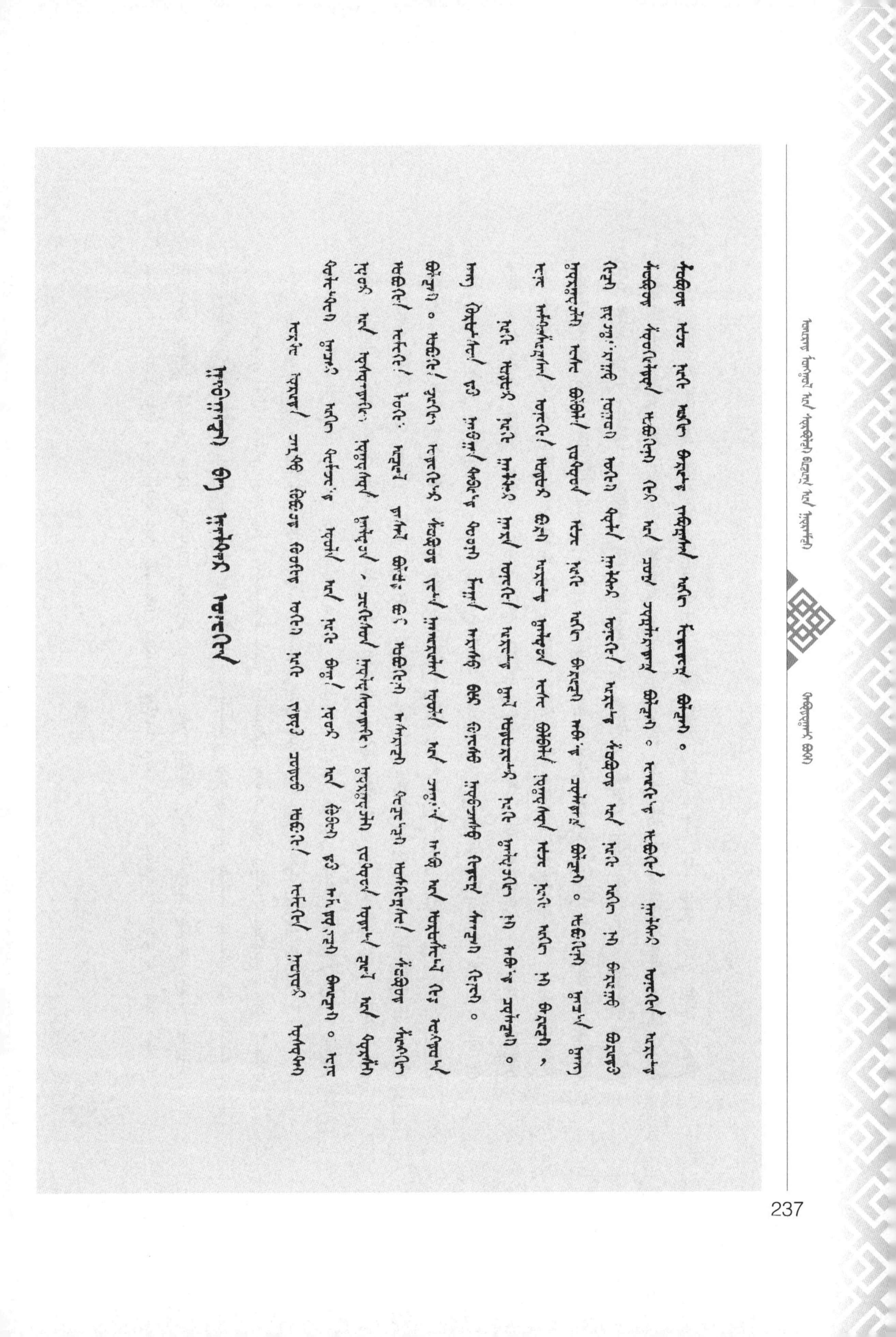

[illegible]

[illegible]

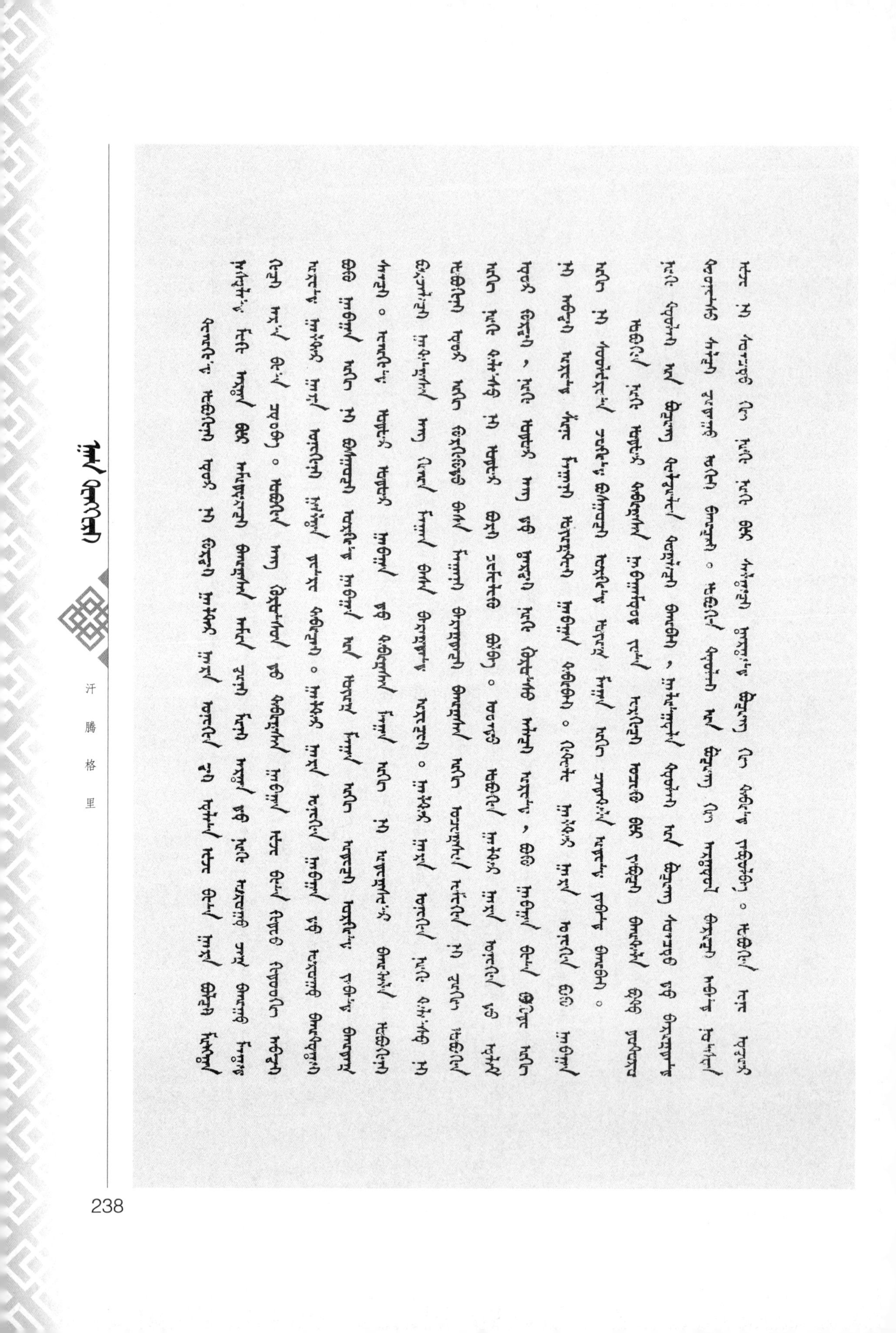

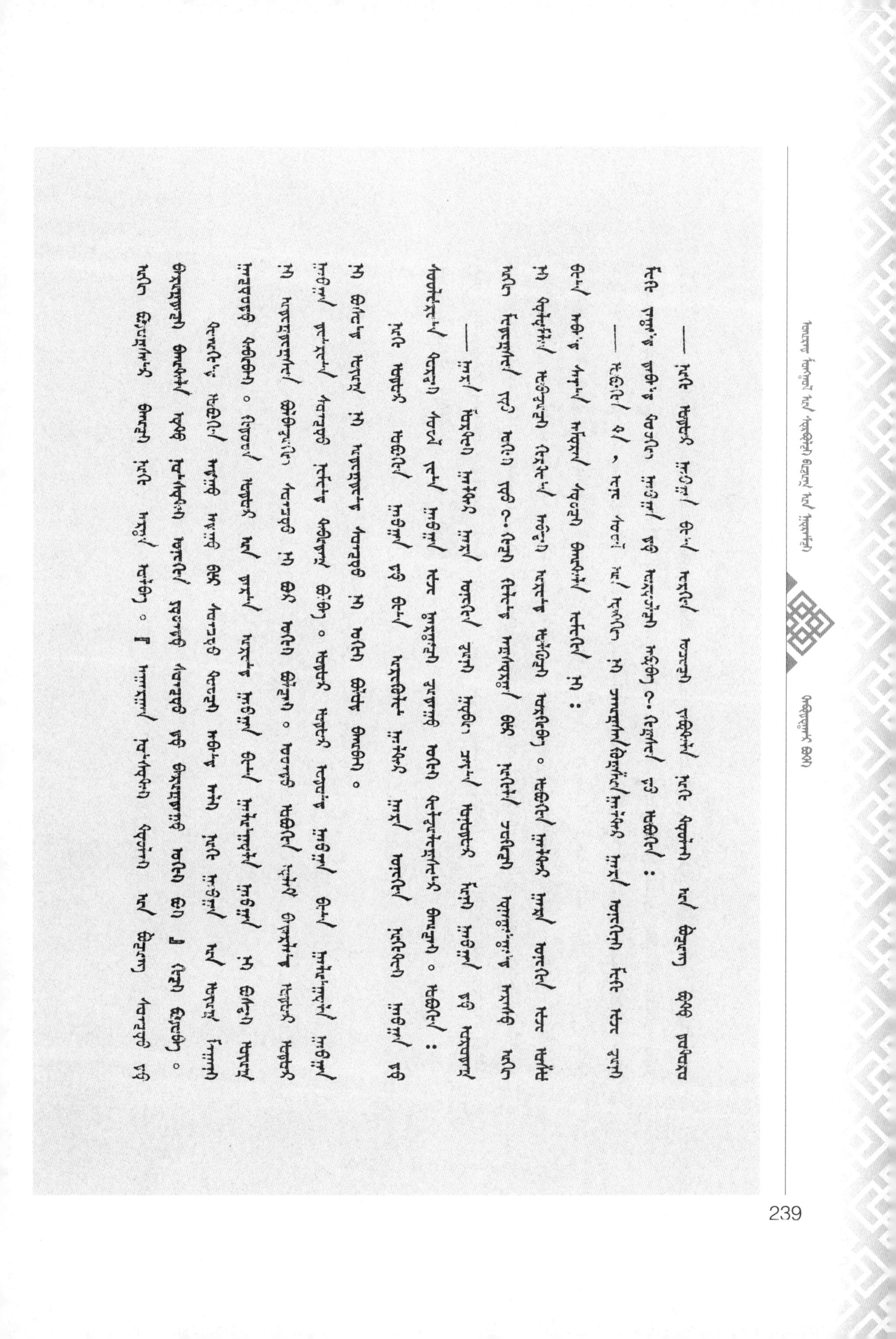

[illegible]
[illegible]
[illegible]
[illegible]
[illegible]
[illegible]
[illegible]
[illegible]
[illegible]
[illegible]
[illegible]
[illegible]
[illegible]
[illegible]
[illegible]
[illegible]
[illegible]

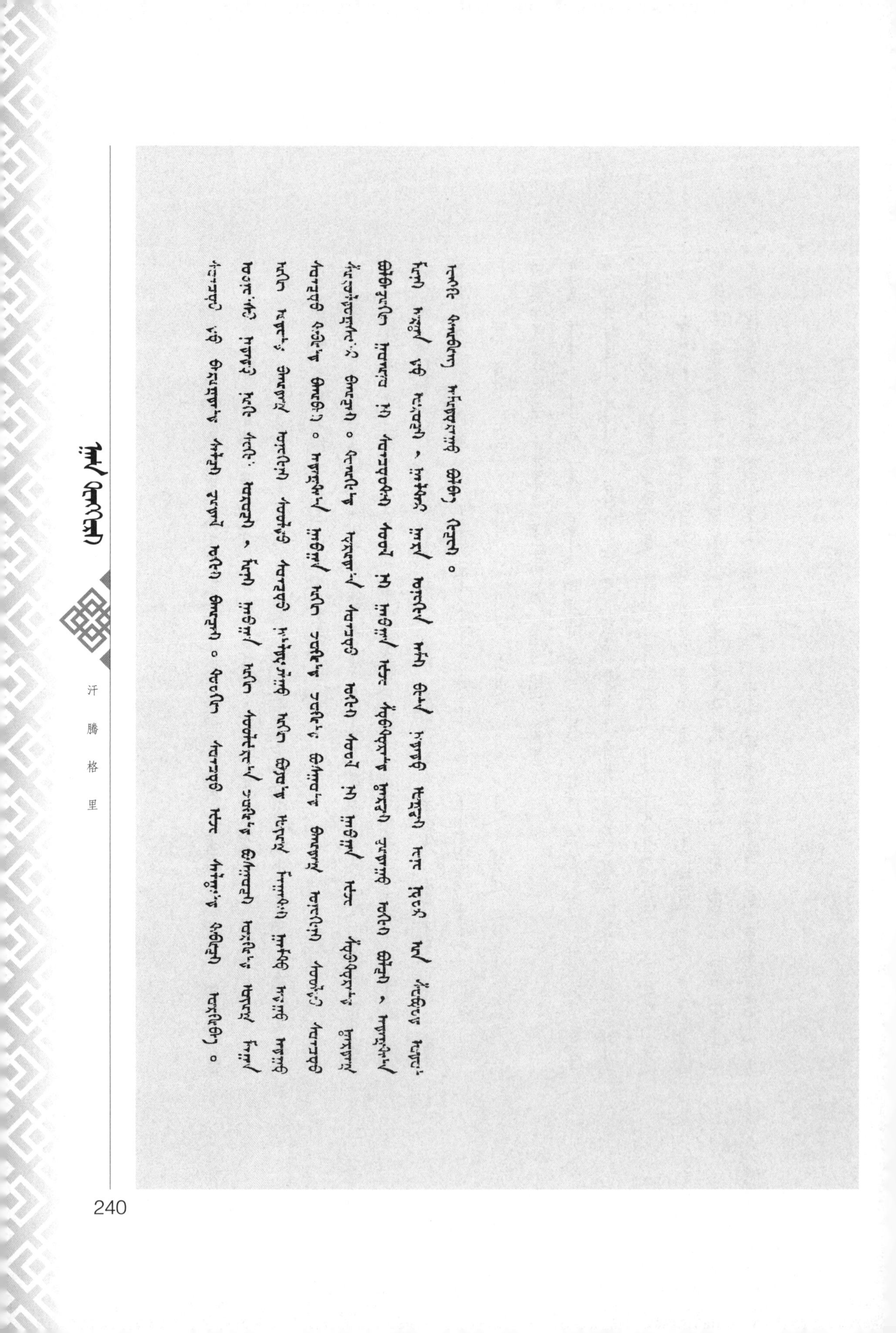

[illegible]
[illegible]
[illegible]
[illegible]
[illegible]
[illegible]
[illegible]
[illegible]
[illegible]
[illegible]
[illegible]
[illegible]

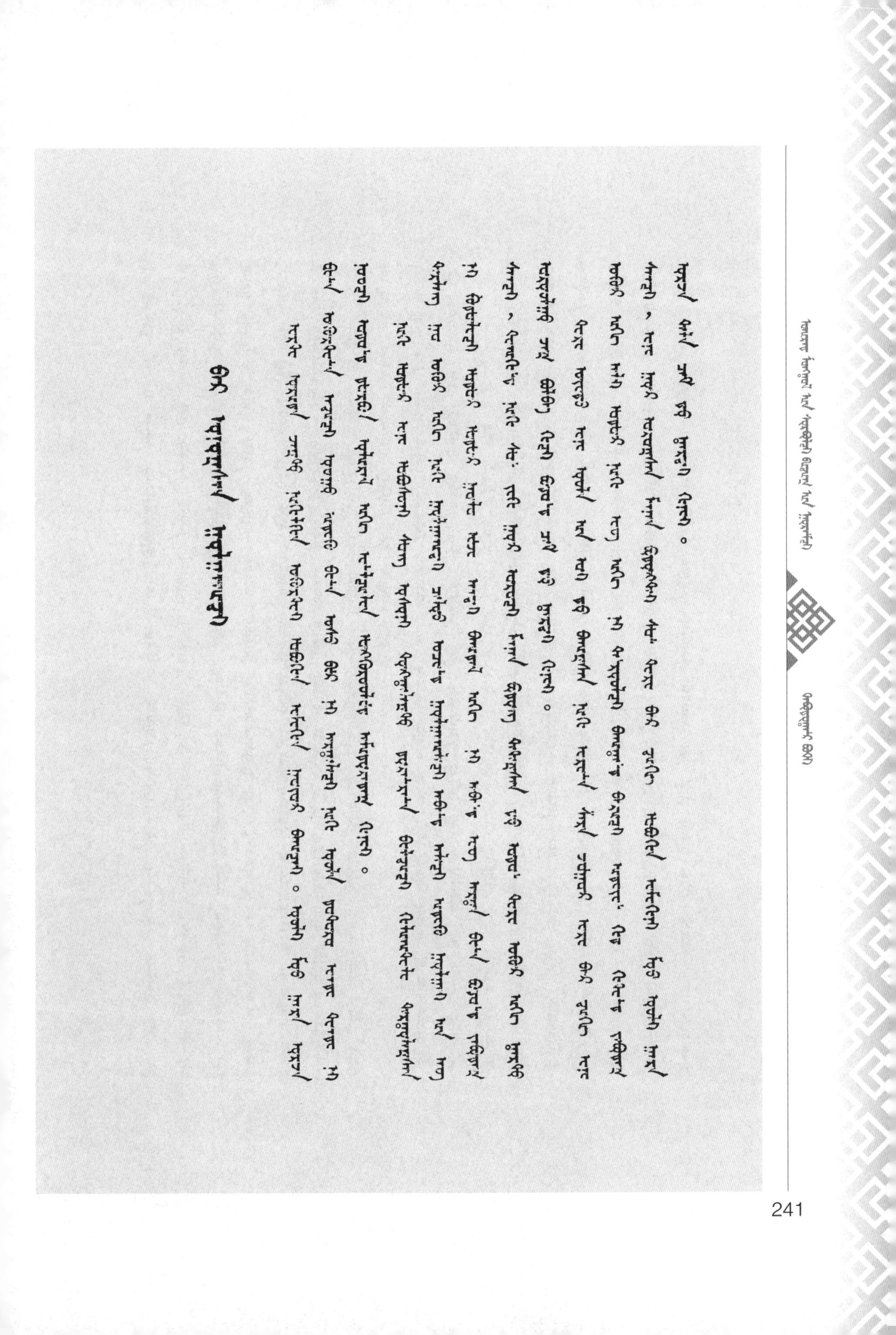

[illegible]

[illegible]

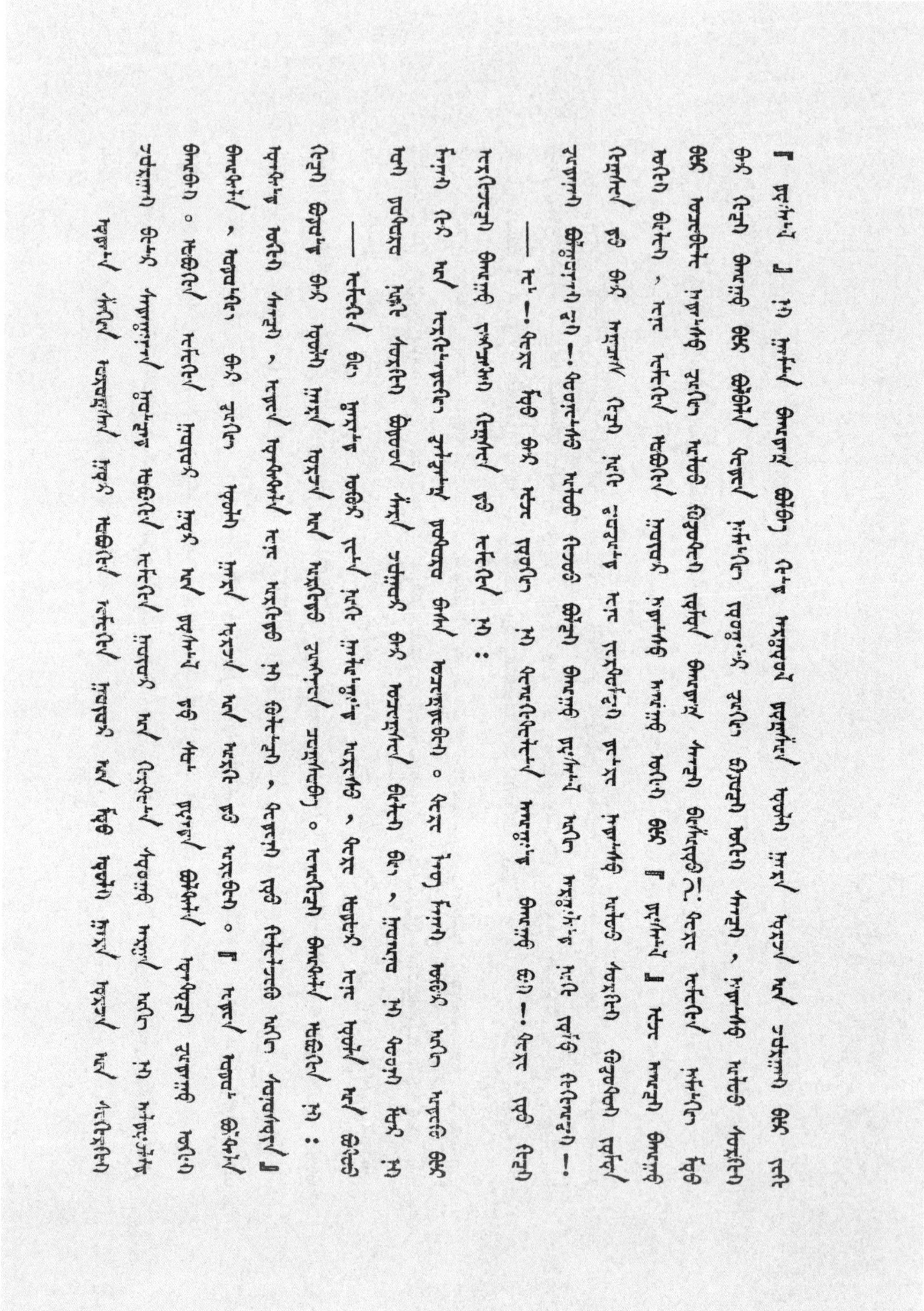

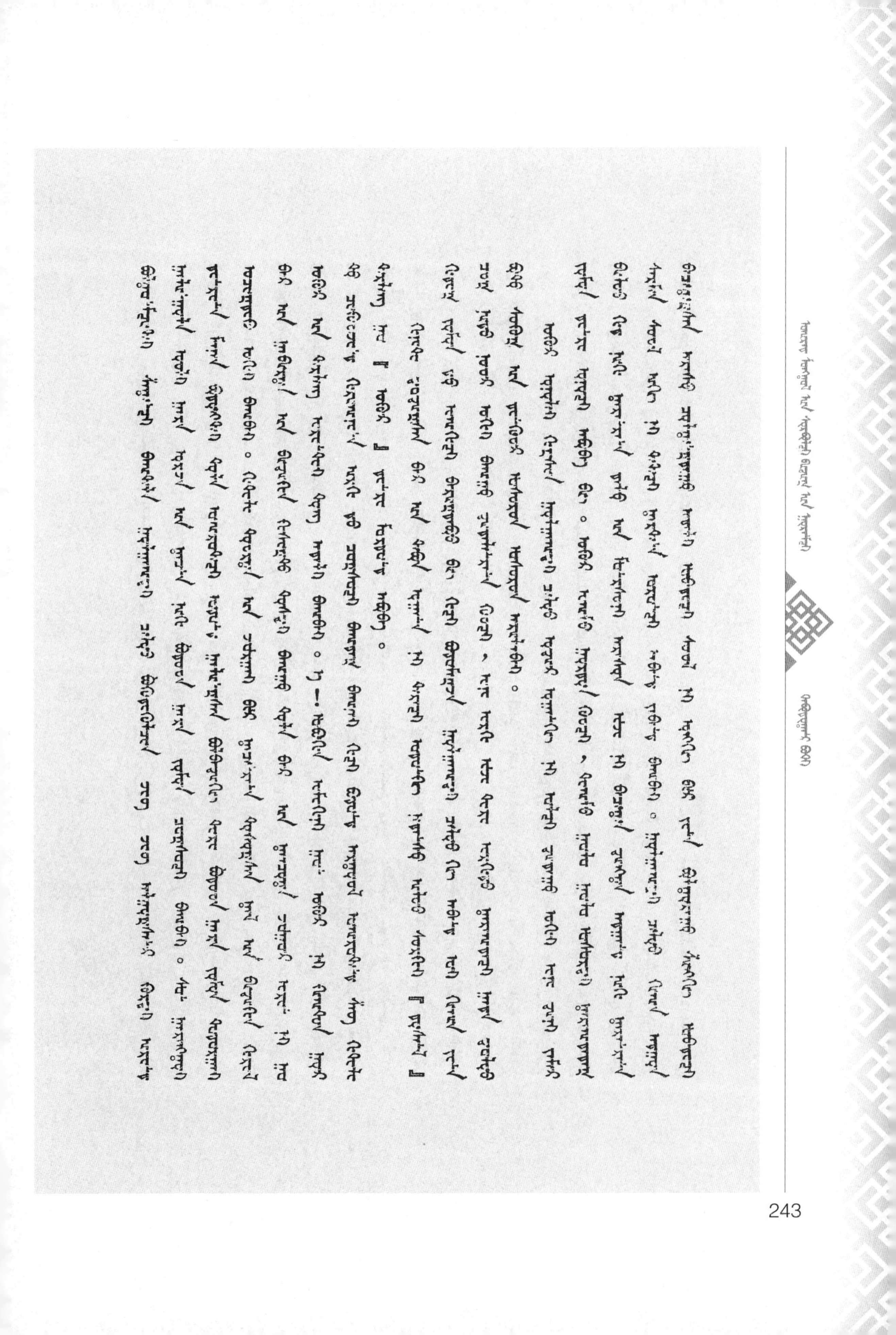

[illegible]

—— ᠬᠡᠷᠪᠡ ᠪᠣᠯᠪᠠᠯ ᠨᠢ ᠬᠡᠳᠦᠨ ᠵᠢᠯ ᠪᠠᠷᠢᠭᠰᠠᠨ ᠂ ᠲᠣᠭ᠎ᠠ ᠲᠡᠭᠦᠨ ᠢ ᠮᠡᠳᠡᠬᠦ ᠦᠭᠡᠢ ᠪᠣᠯᠤᠨ᠎ᠠ ᠃ ᠲᠡᠭᠡᠷᠡ ᠪᠢᠳᠡ ᠪᠠᠰᠠ ᠨᠢᠭᠡ

—— ᠪᠢ ᠮᠡᠳᠡᠨ᠎ᠡ ᠦ —— ᠡᠨᠡ ᠮᠠᠲᠤ ᠰᠠᠶᠢᠬᠠᠨ ᠰᠠᠨᠠᠭᠰᠠᠨ ᠬᠡᠷᠪᠡ ᠪᠣᠯᠭᠠᠭᠰᠠᠨ ᠪᠢᠳᠡ ᠭᠡᠵᠦ ᠪᠠᠰᠠ ᠪᠢ ᠄

ᠪᠣᠳᠣᠯ ᠰᠠᠨᠠᠭᠠ ᠳᠣᠲᠣᠷᠠ ᠪᠣᠳᠤᠭᠰᠠᠨ ᠮᠡᠳᠡ ᠬᠠᠷᠢᠭᠤ ᠬᠠᠷᠢᠭᠤᠴᠠᠭᠰᠠᠨ ᠪᠣᠳᠤᠭᠰᠠᠨ ᠬᠡᠯᠡᠭᠰᠡᠨ ᠨᠢᠭᠡᠨᠲᠡ ᠄

ᠨᠢᠭᠡ ᠬᠣᠷᠣᠭᠠ ᠮᠠᠯᠴᠢᠨ ᠨᠤᠲᠤᠭ ᠢᠶᠠᠨ ᠬᠠᠷᠠᠬᠤ ᠪᠠᠷ ᠪᠣᠯᠤᠭᠰᠠᠨ ᠬᠠᠪᠤᠷ ᠪᠢ ᠡᠨᠡ ᠬᠠᠪᠤᠷ ᠬᠡᠷᠪᠡ

ᠪᠣᠳᠤᠭᠰᠠᠨ ᠪᠣᠯᠤᠨ᠎ᠠ ᠃

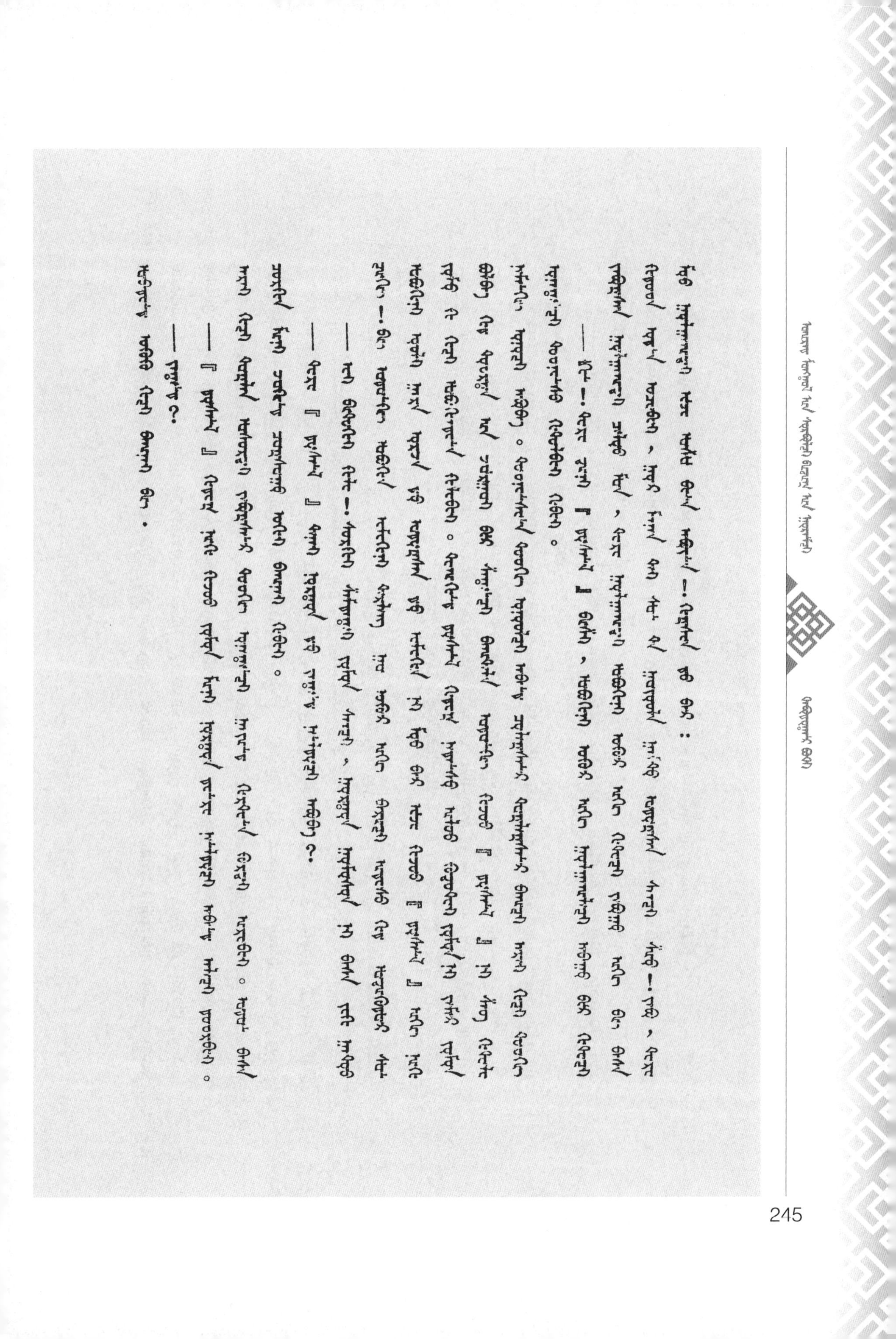

[illegible] :

[illegible]

[illegible]

—— [illegible] 『 [illegible] 』 [illegible]

[illegible] ᠃

[illegible] ᠃ [illegible]

[illegible] 『 [illegible] 』 [illegible]

[illegible] ᠃ [illegible]

[illegible] 『 [illegible] 』 [illegible]

[illegible] —— [illegible]

—— [illegible] ! [illegible]

—— [illegible] 『 [illegible] 』 [illegible] ?

[illegible] ᠃

[illegible] ᠃ [illegible]

—— 『 [illegible] 』 [illegible] ᠃

—— [illegible] ?

[illegible] .

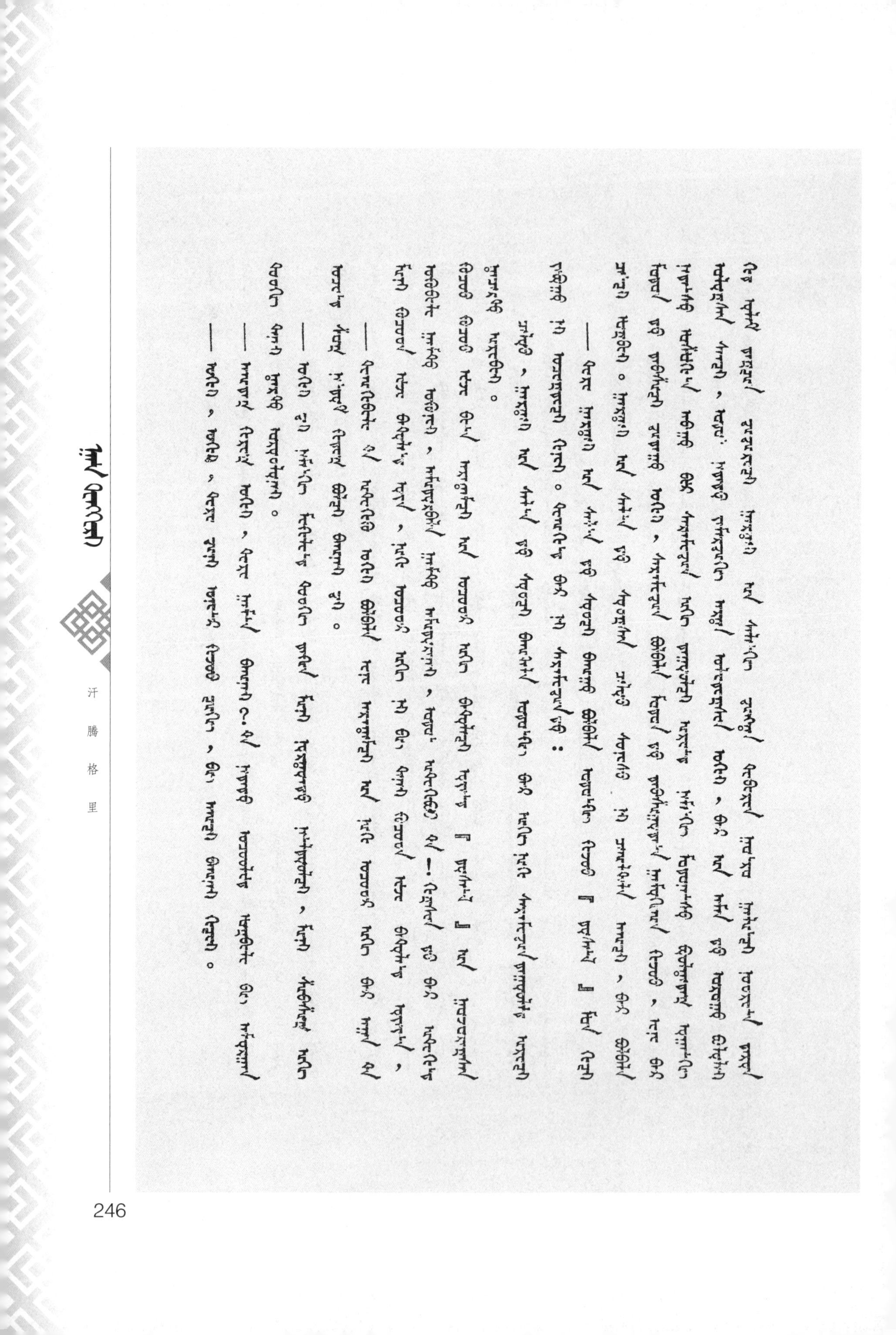

[illegible]

— [illegible] 『[illegible]』 [illegible] :

[illegible] 。

[illegible] 『[illegible]』 [illegible] 。

— [illegible] 。

— [illegible] 。

— [illegible]

— [illegible] 。

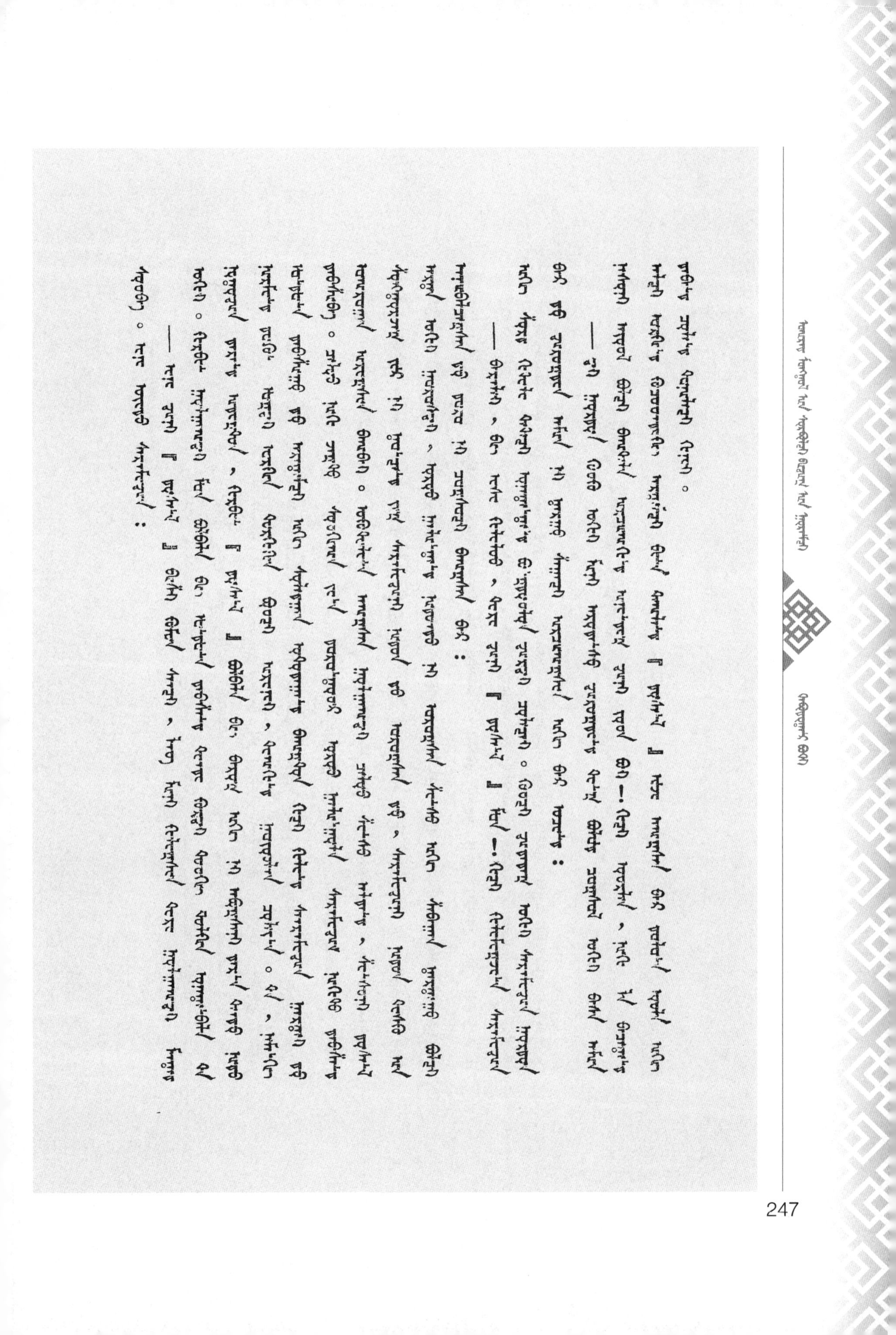

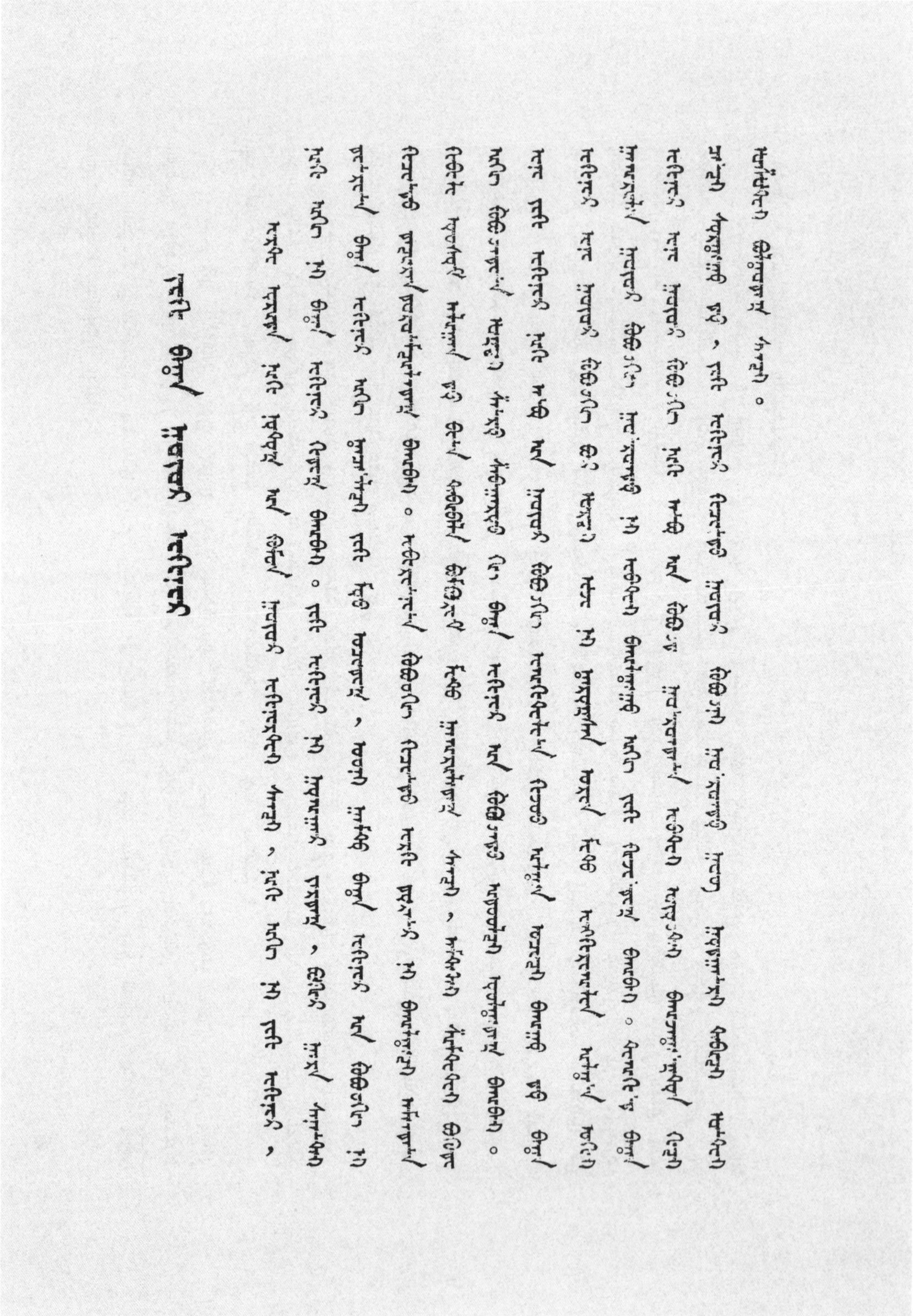

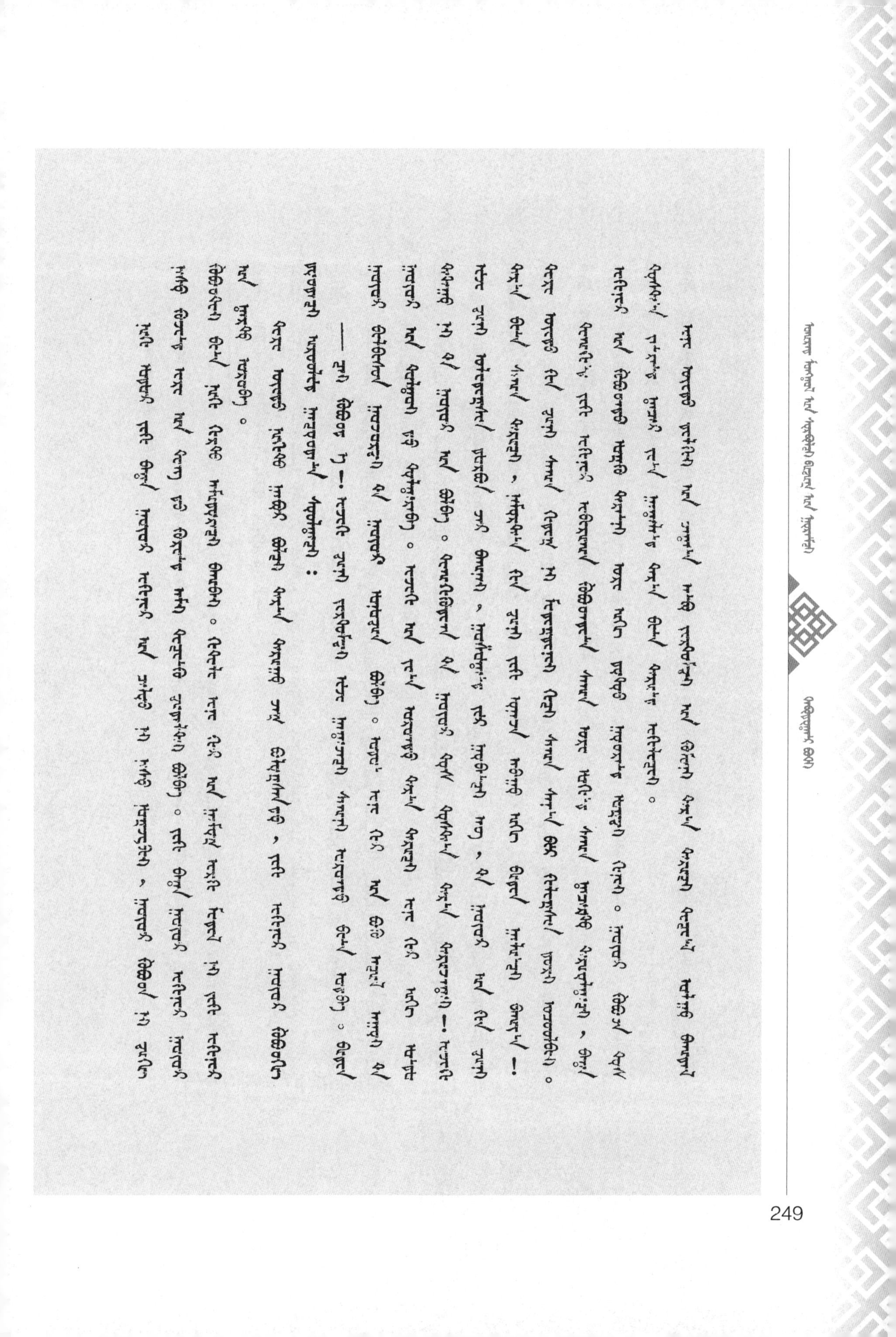

[illegible]

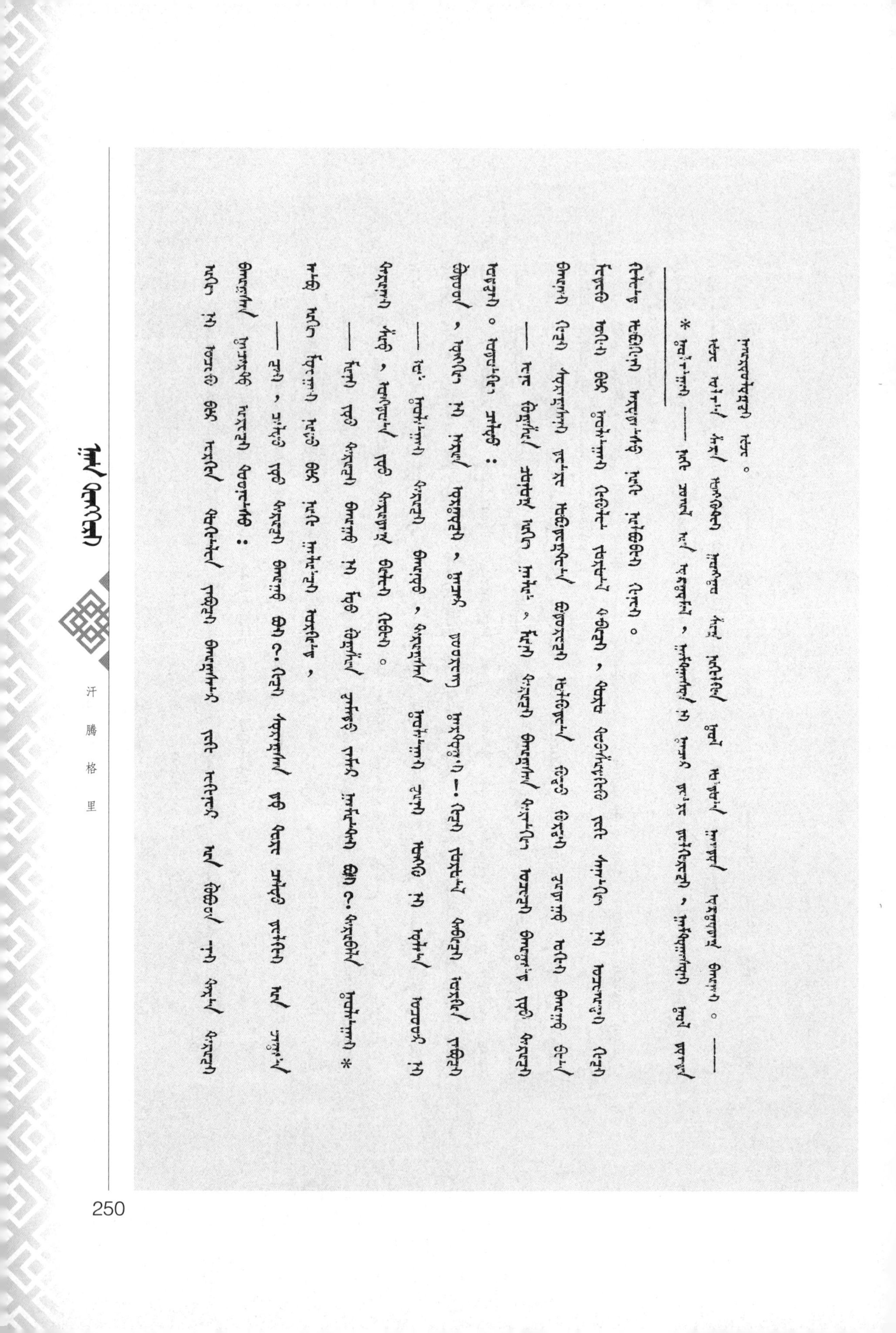

[illegible] ᠃

[illegible] ᠃ ——

* [illegible] —— [illegible]

[illegible] ᠃

[illegible]

[illegible]

—— [illegible]

[illegible] ᠃ [illegible] :

[illegible]

—— [illegible]

[illegible] ᠃

—— [illegible] *

[illegible]

—— [illegible]

[illegible] :

[illegible]

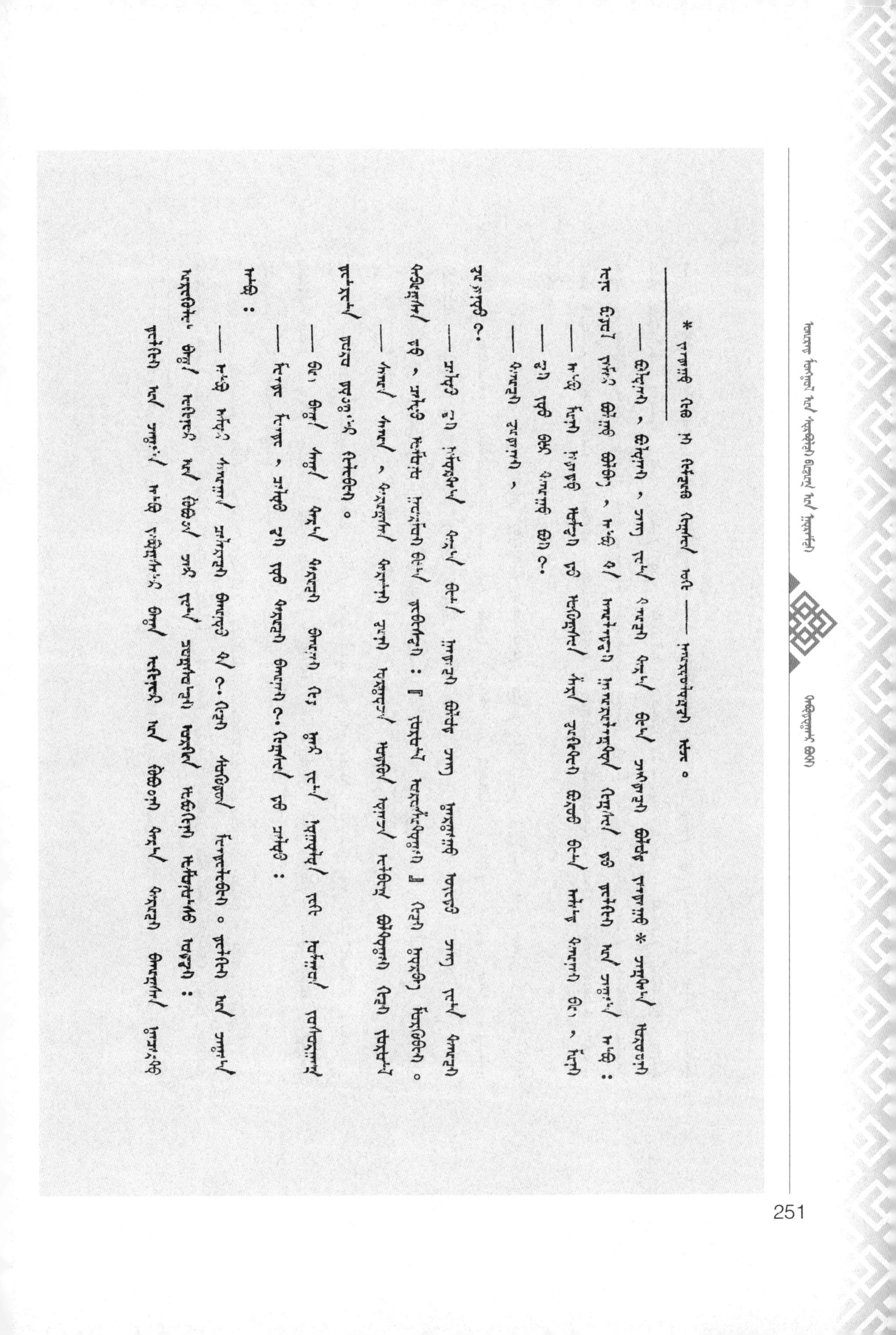

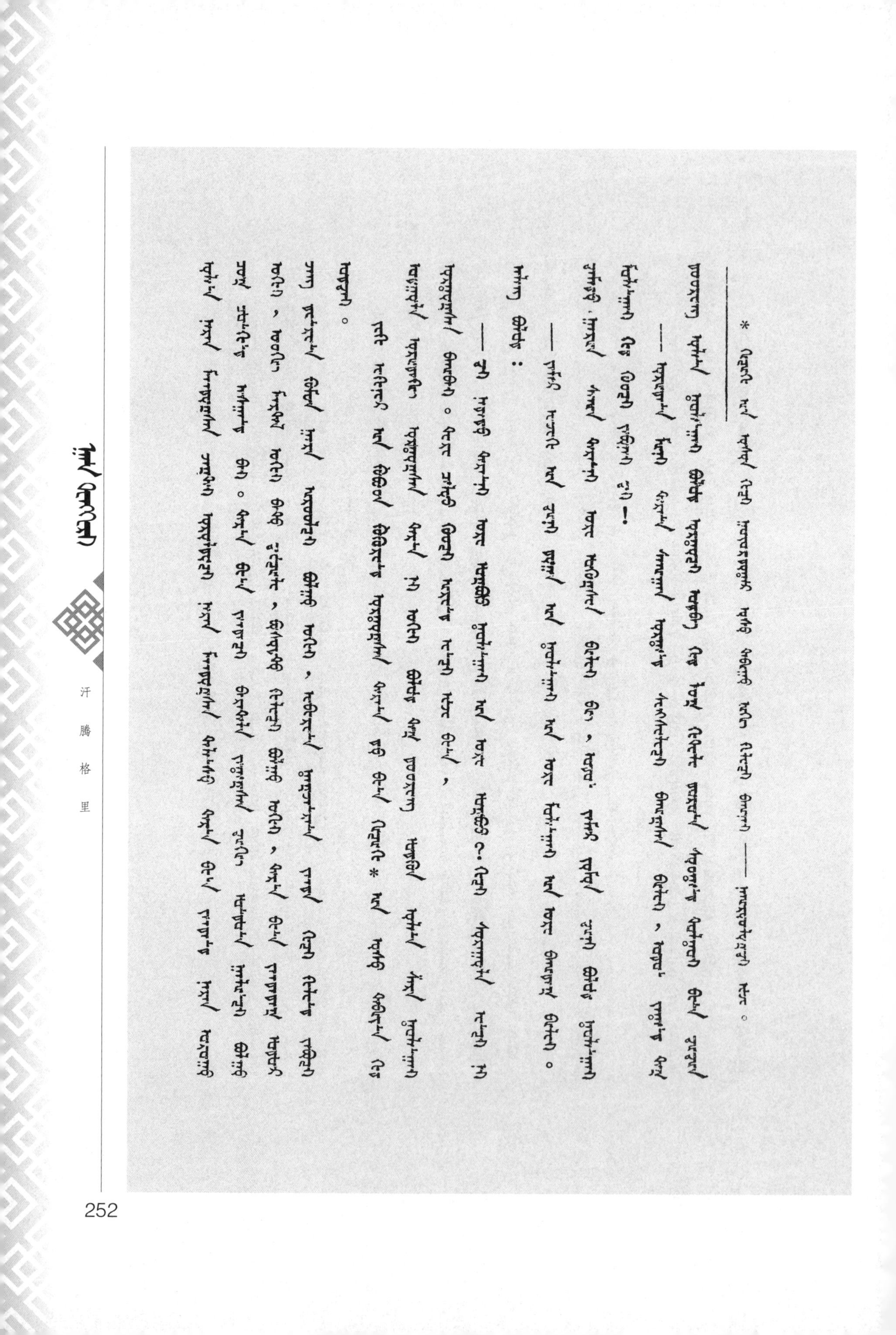

[illegible]

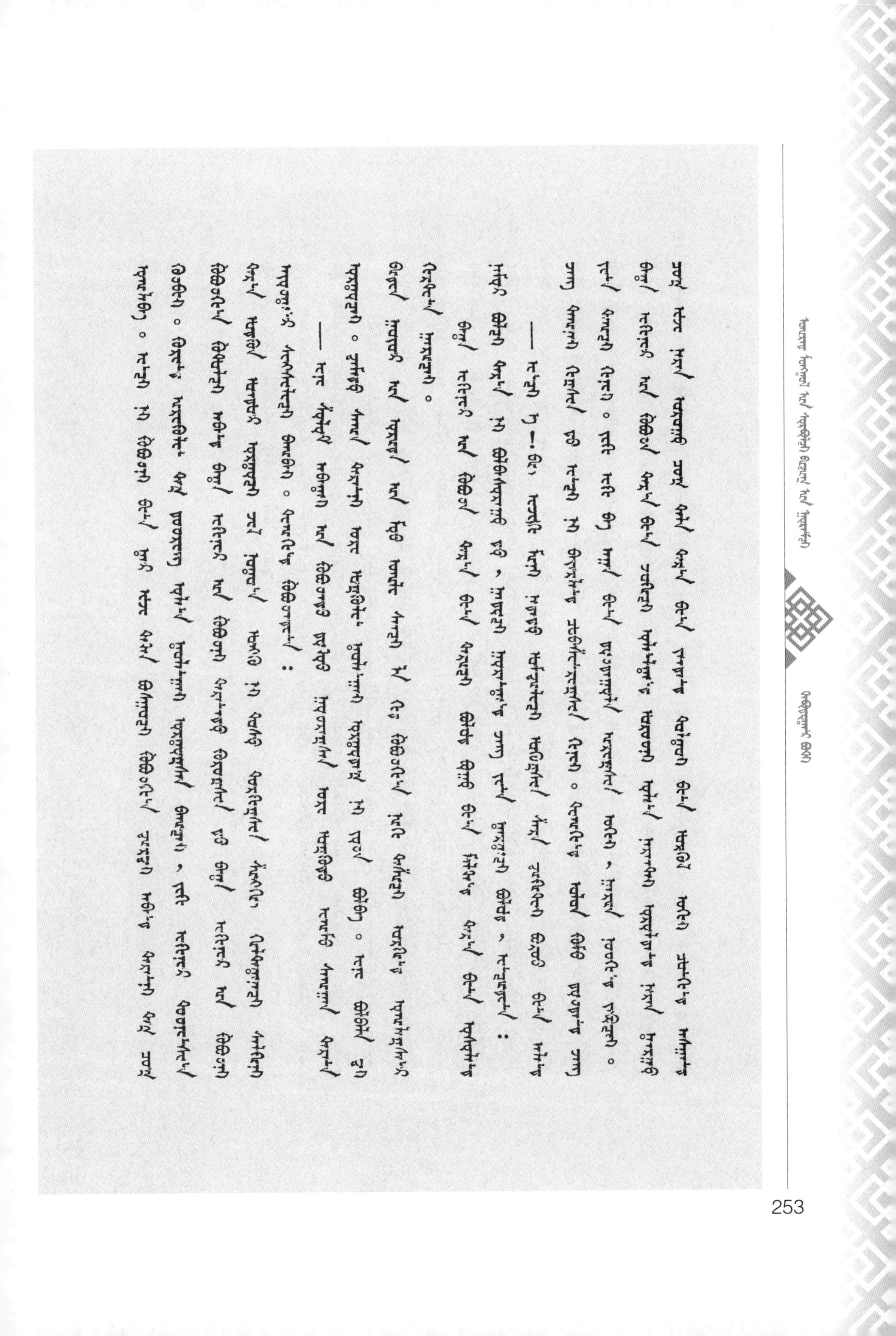

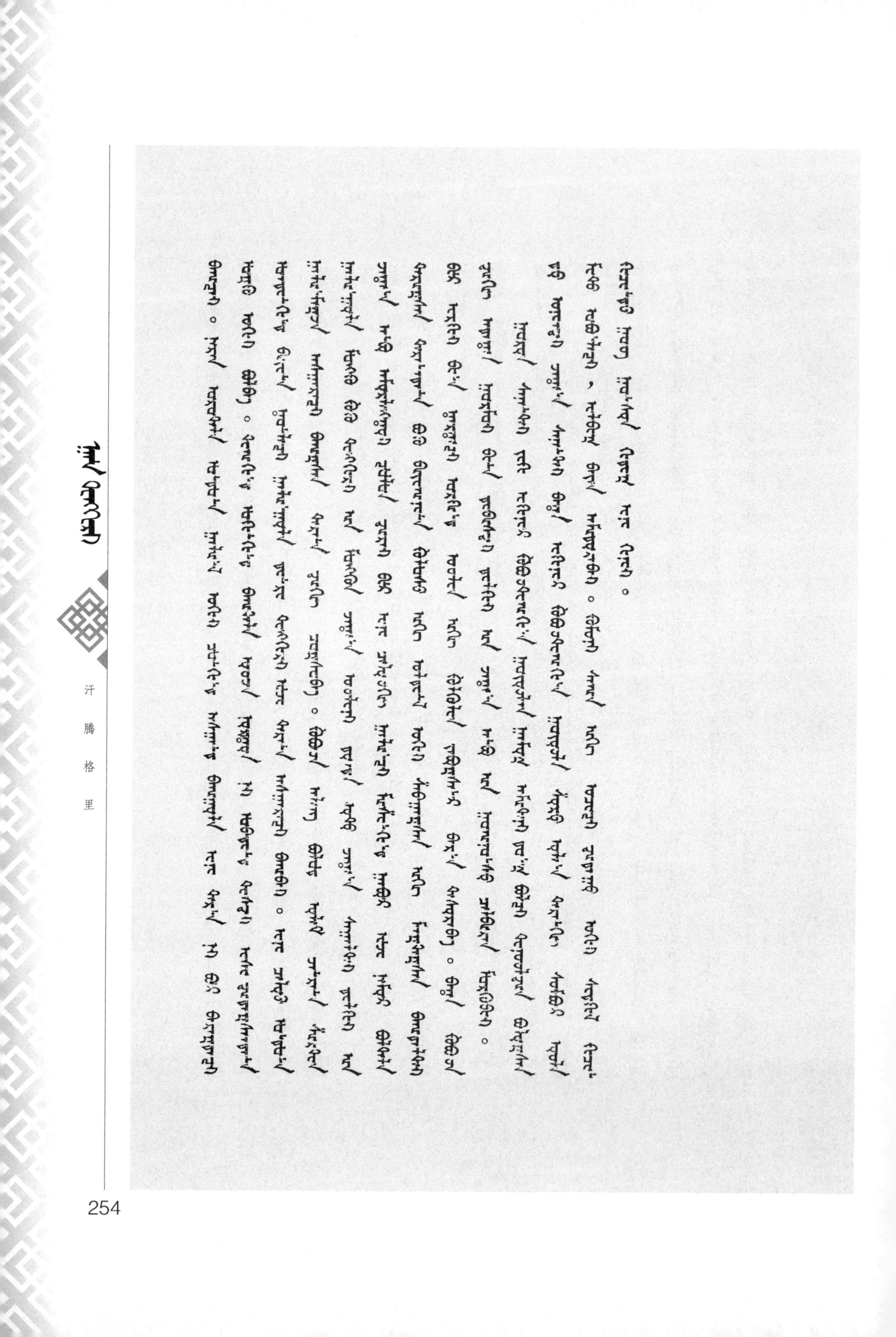

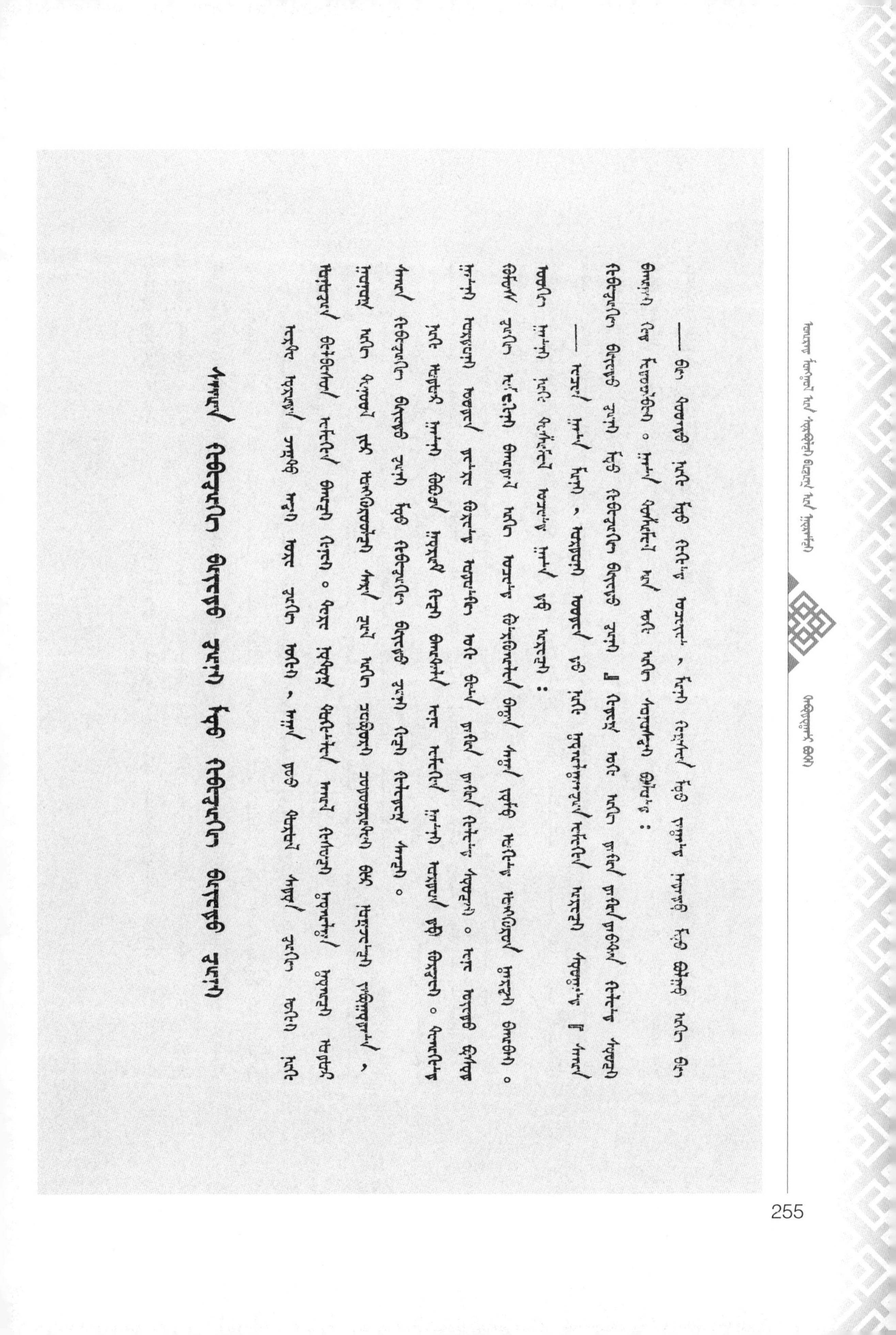

[illegible]

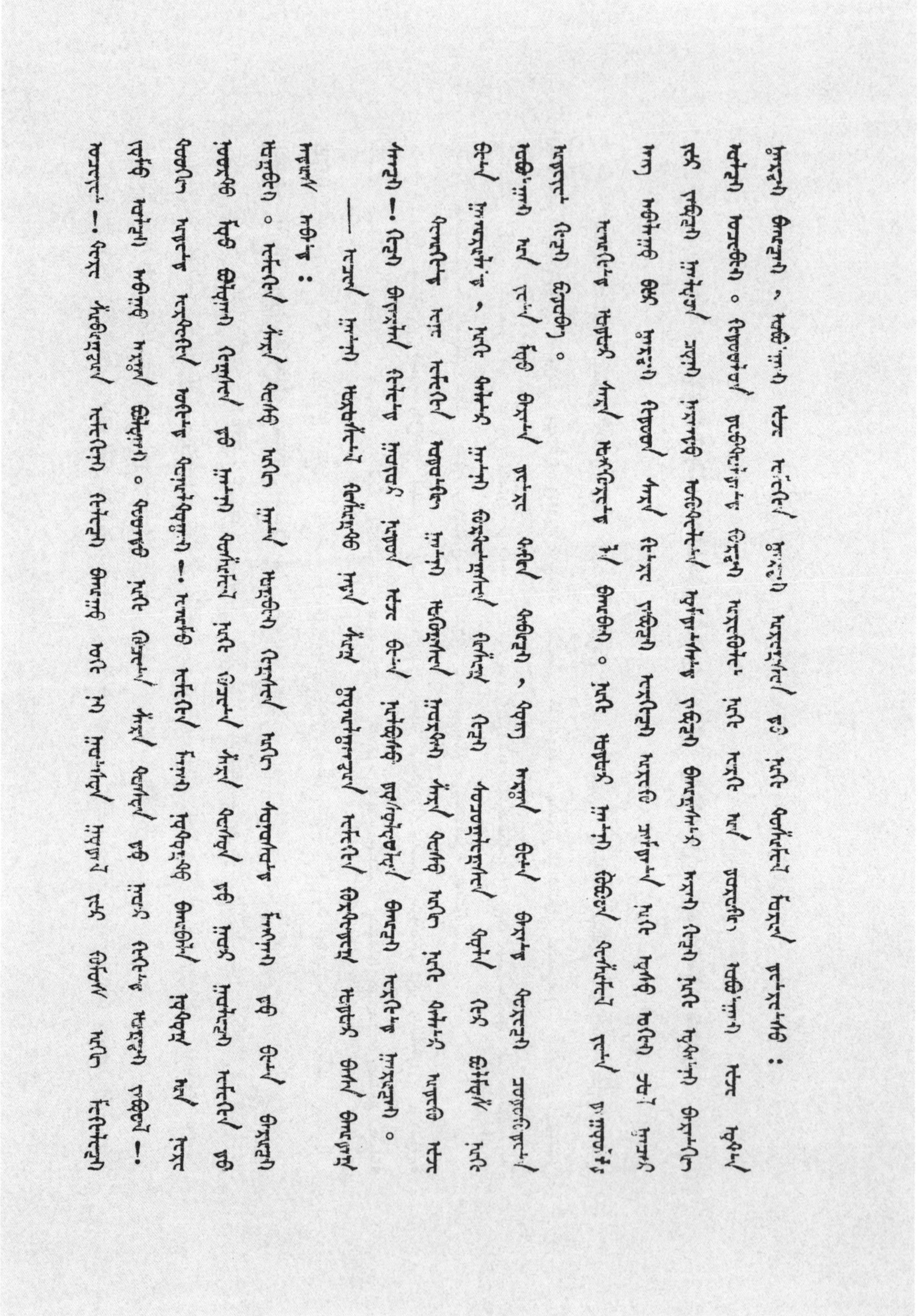

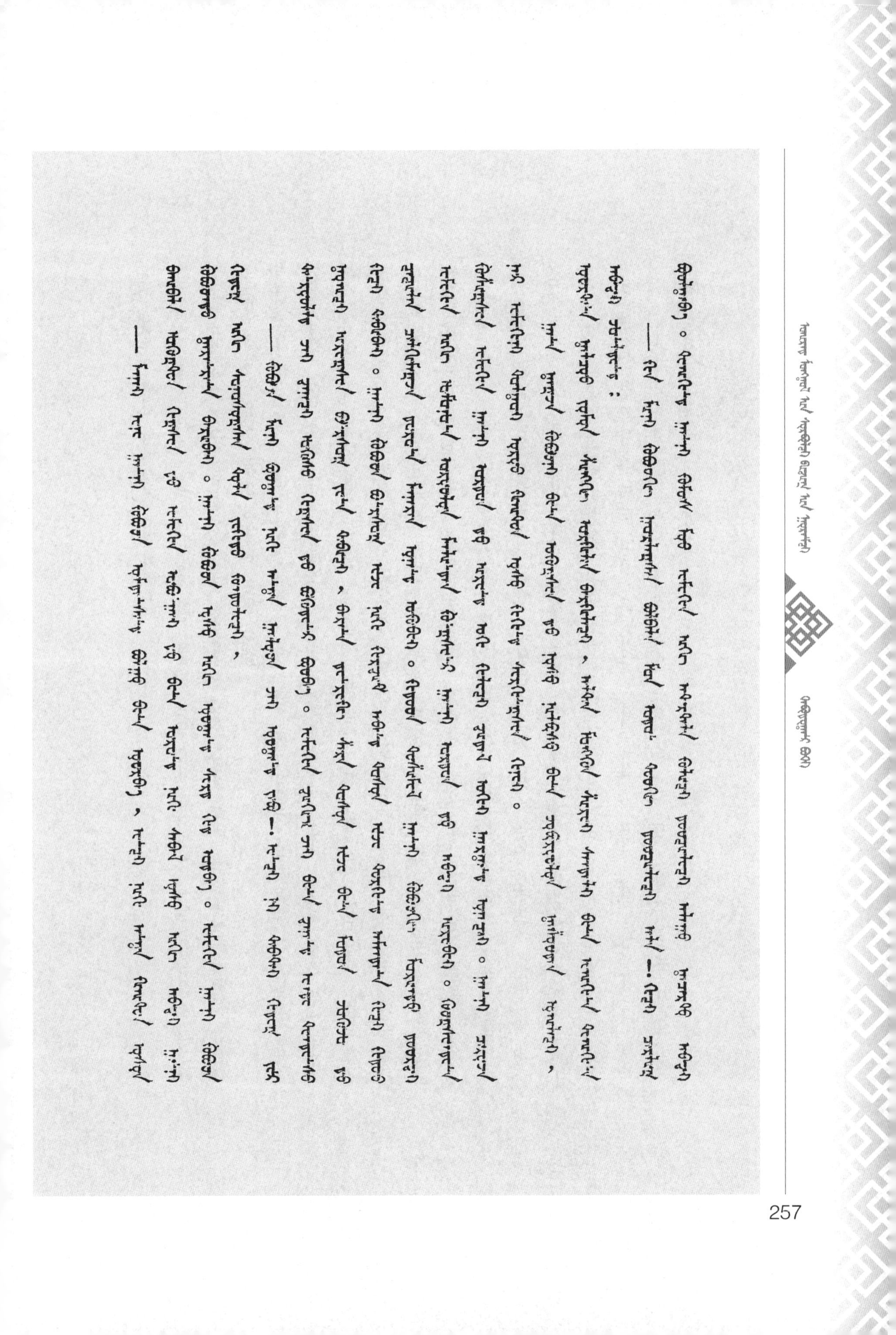

[illegible]

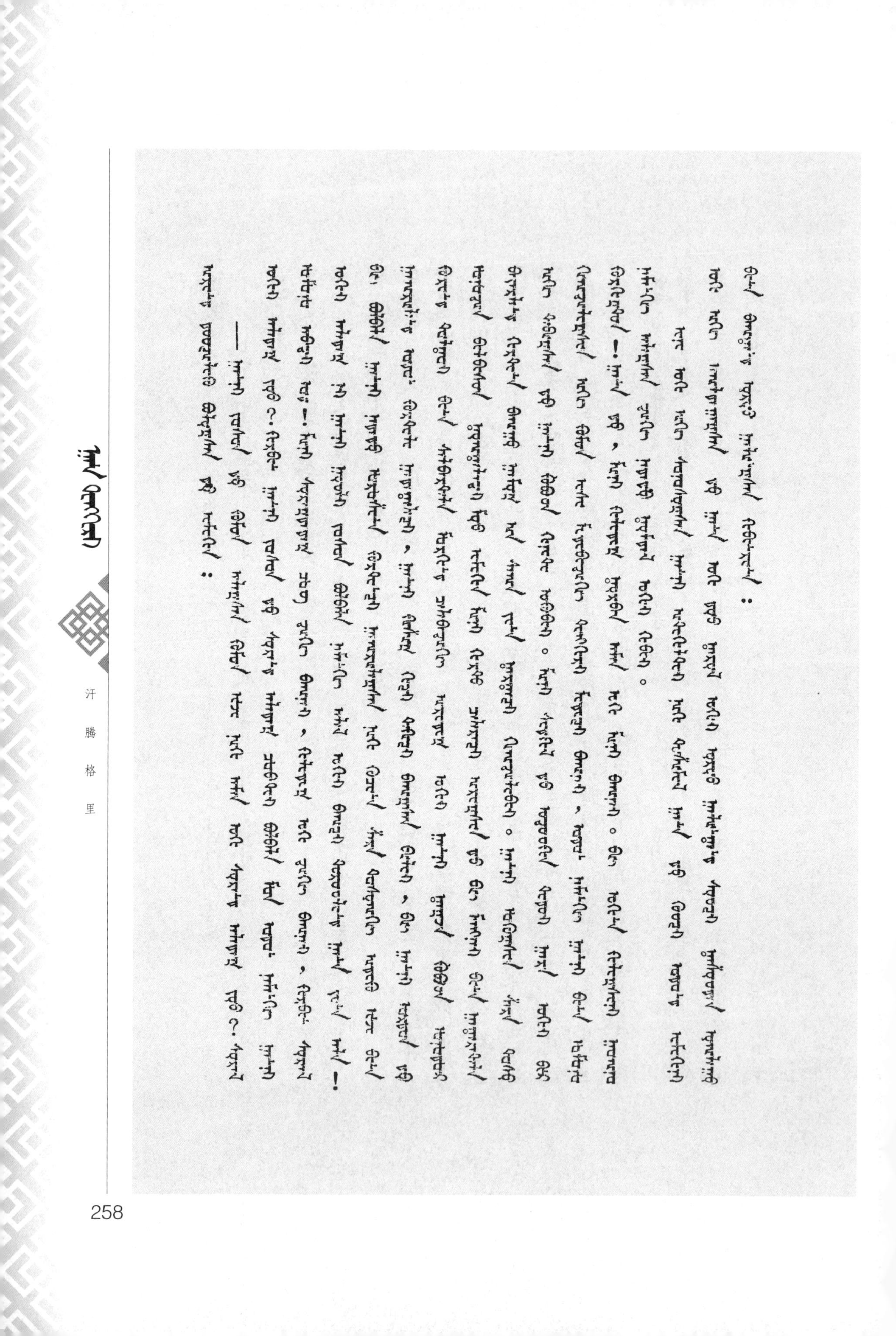

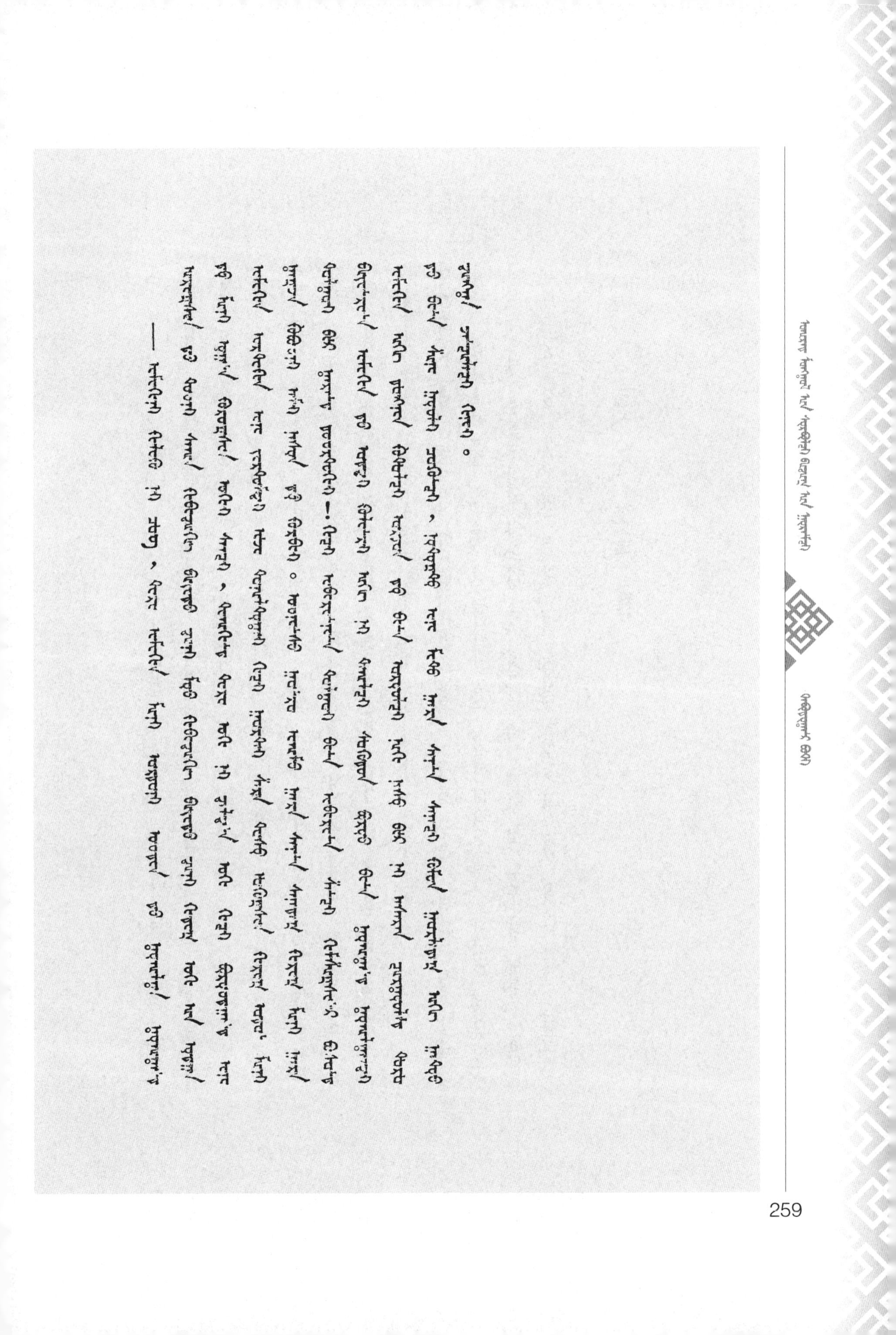

[illegible]

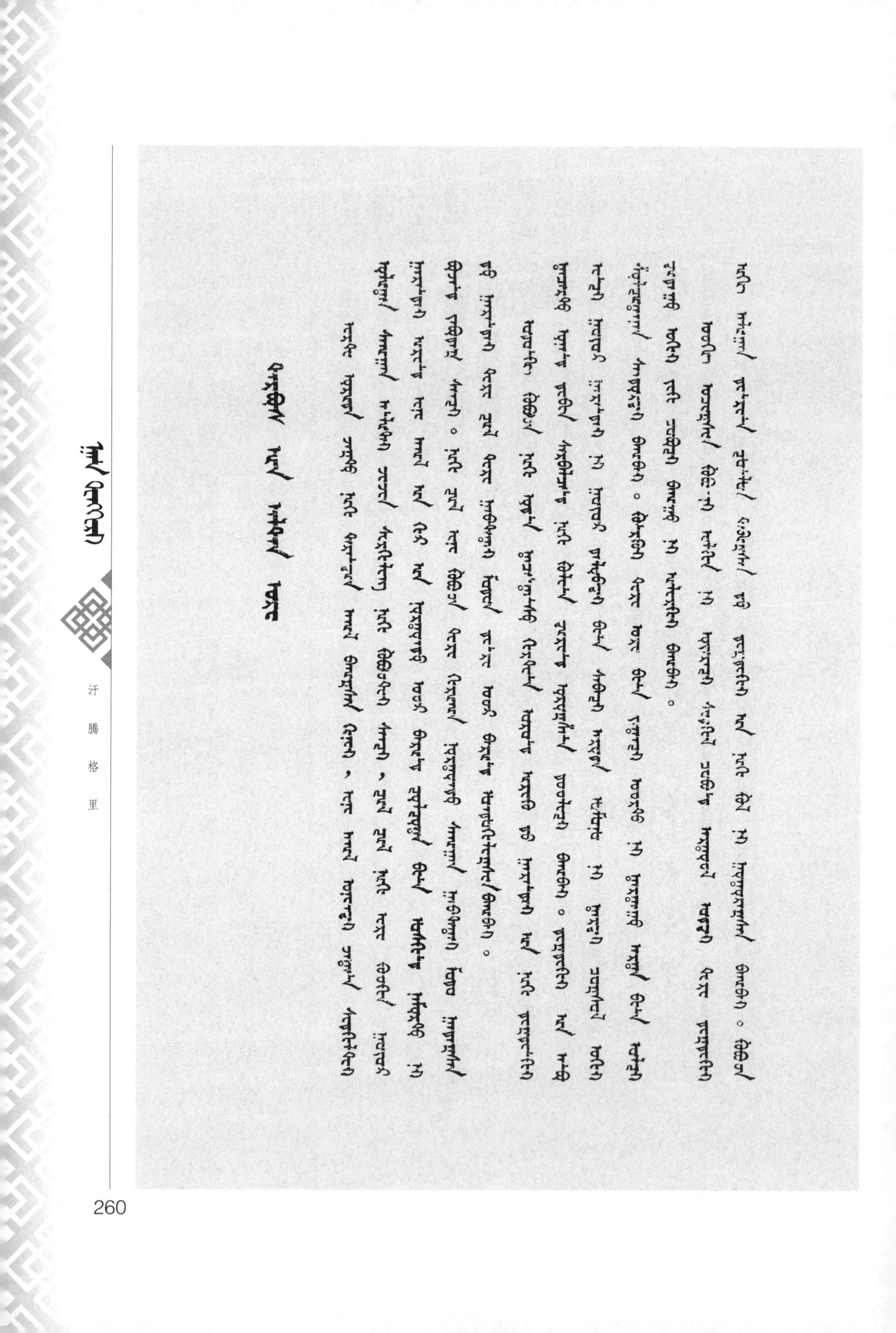

[illegible]

[illegible]

[illegible]

[illegible]

[illegible]

[illegible]

[illegible]

[illegible]

[illegible]

[illegible]

[illegible]

[illegible]

[illegible]

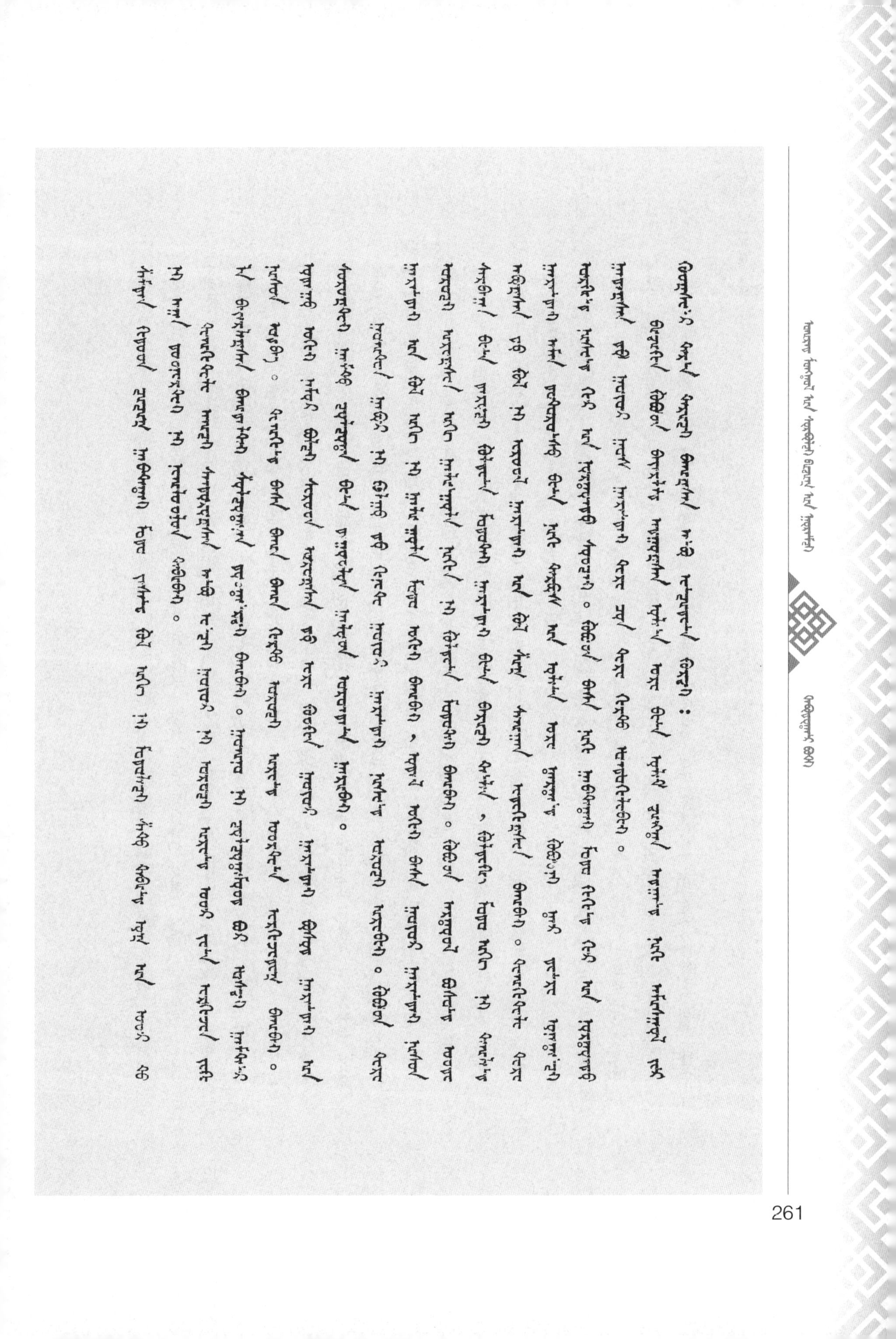

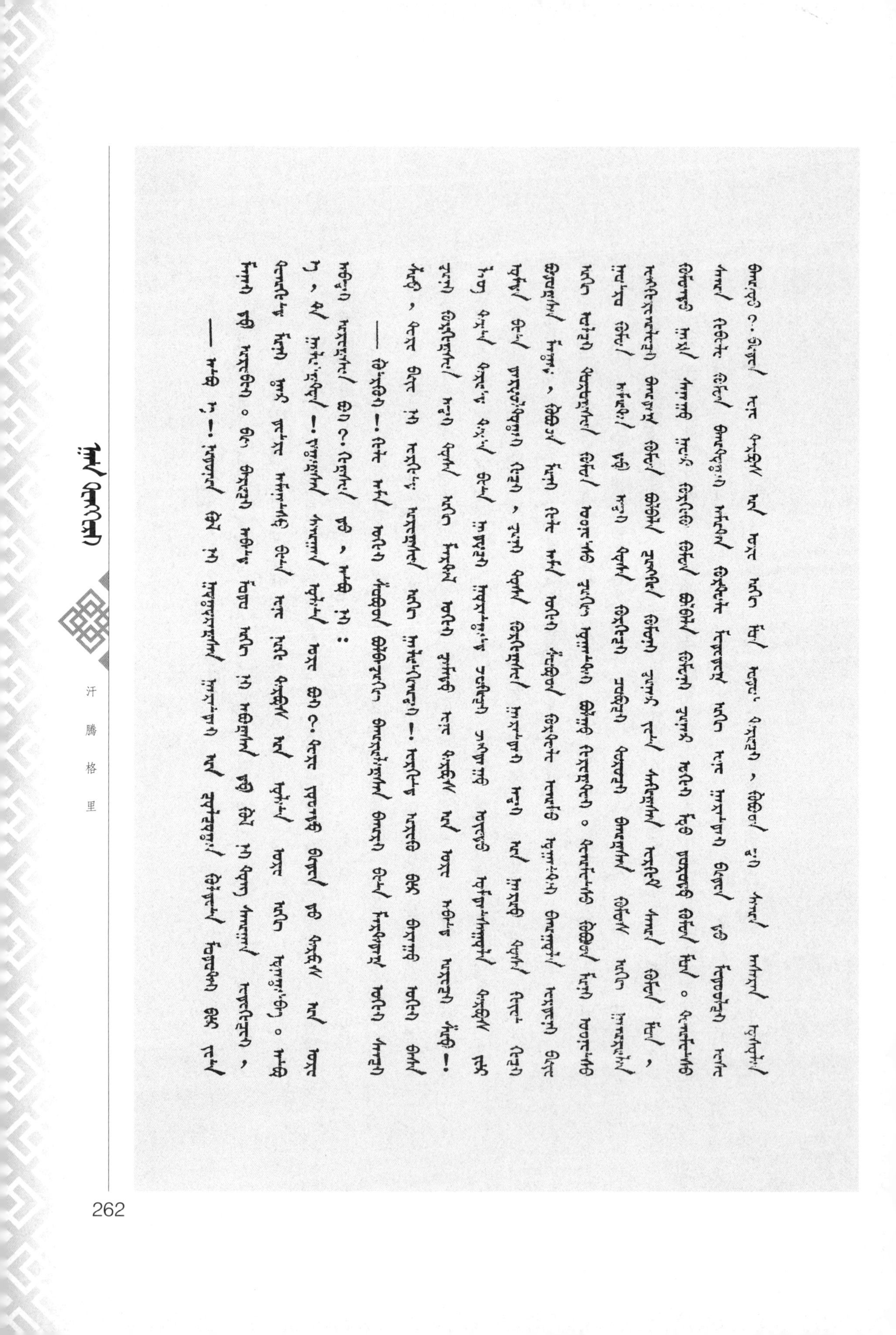

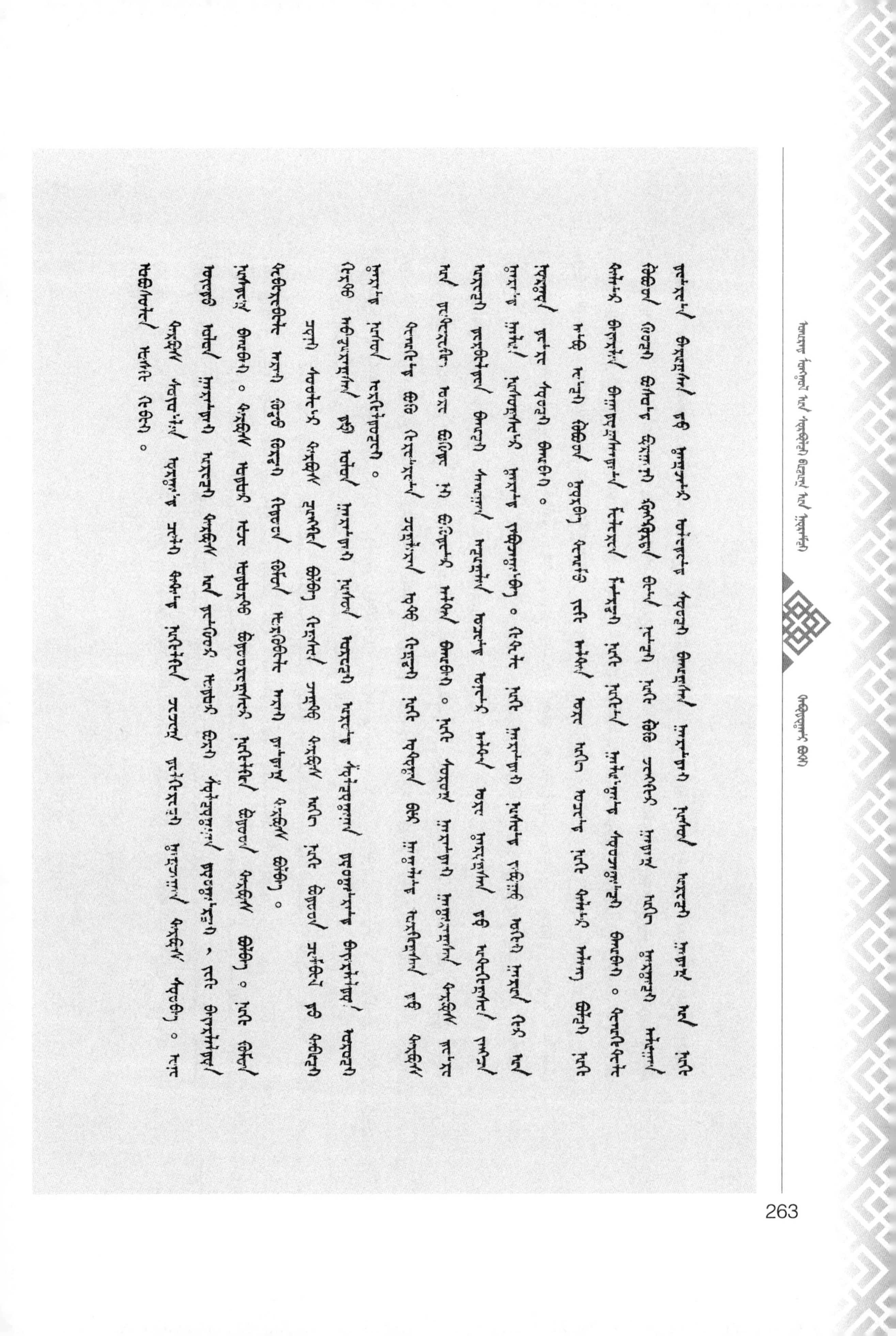

[illegible]
[illegible]
[illegible]
[illegible]
[illegible]

[illegible]
[illegible]
[illegible]
[illegible]
[illegible]

[illegible]
[illegible]
[illegible]

[illegible]
[illegible]
[illegible]
[illegible]

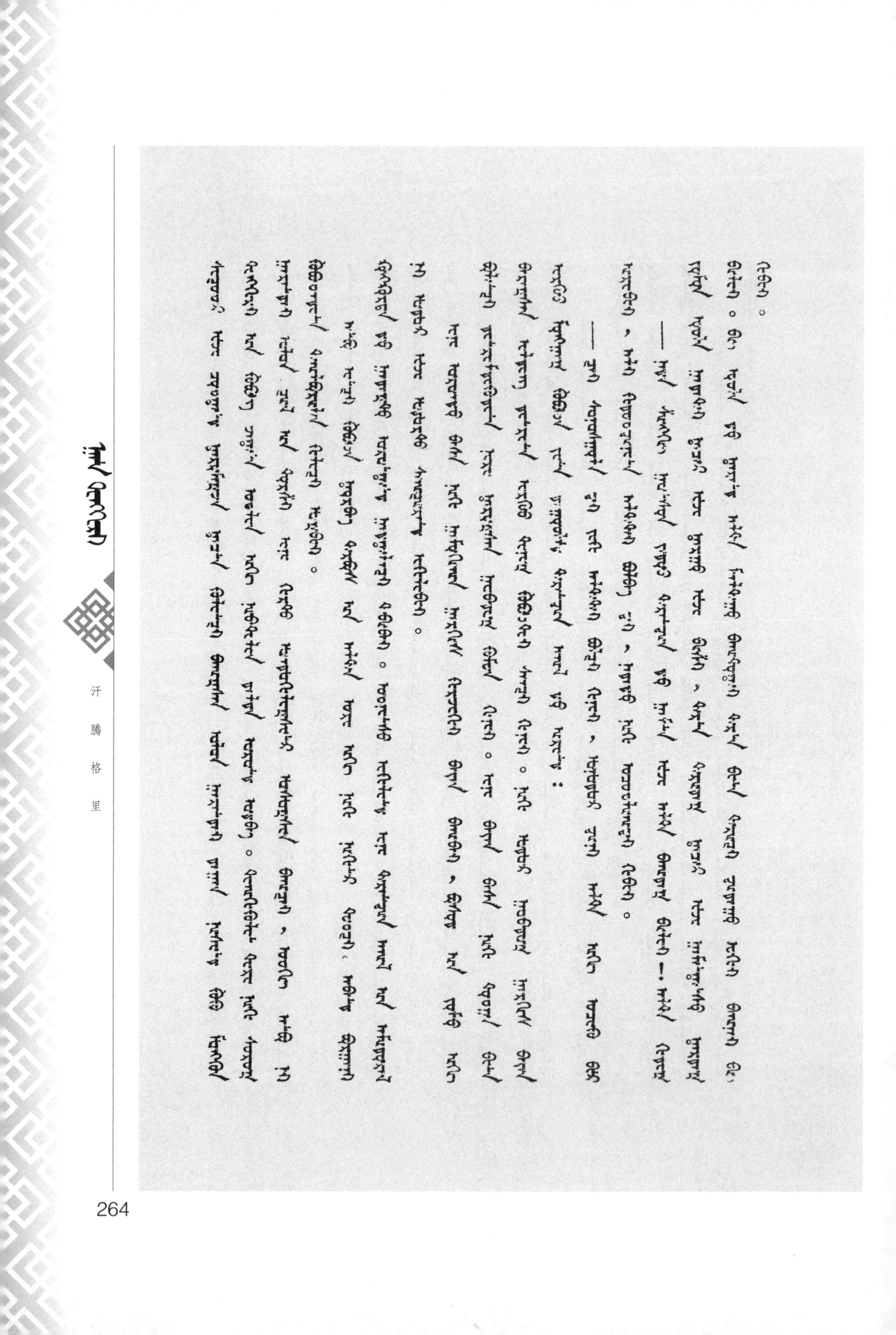

[illegible]

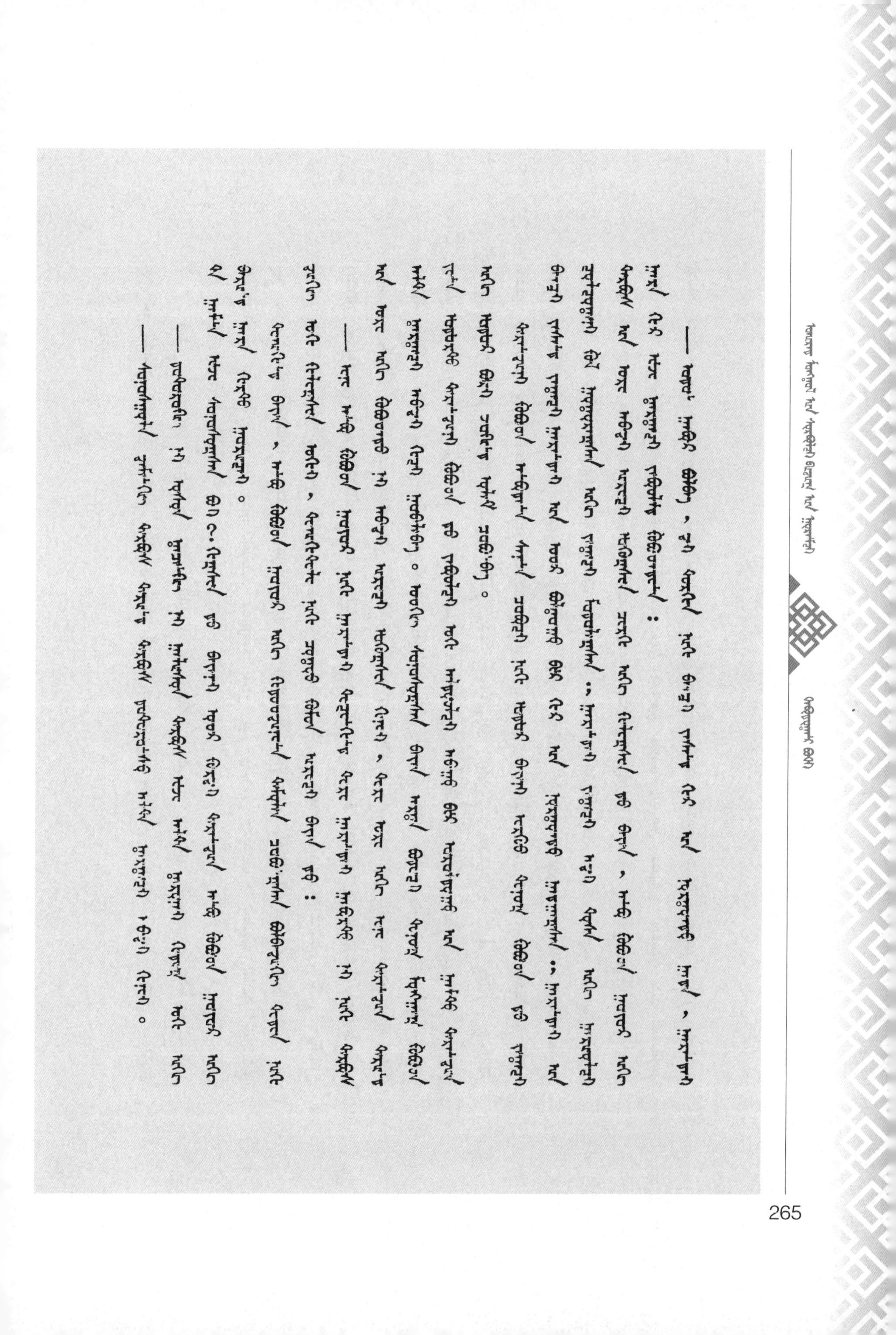

—— [illegible] :

[illegible]

[illegible] ◦

[illegible]

—— [illegible] :

[illegible] ◦

[illegible]

—— [illegible]

—— [illegible] ◦

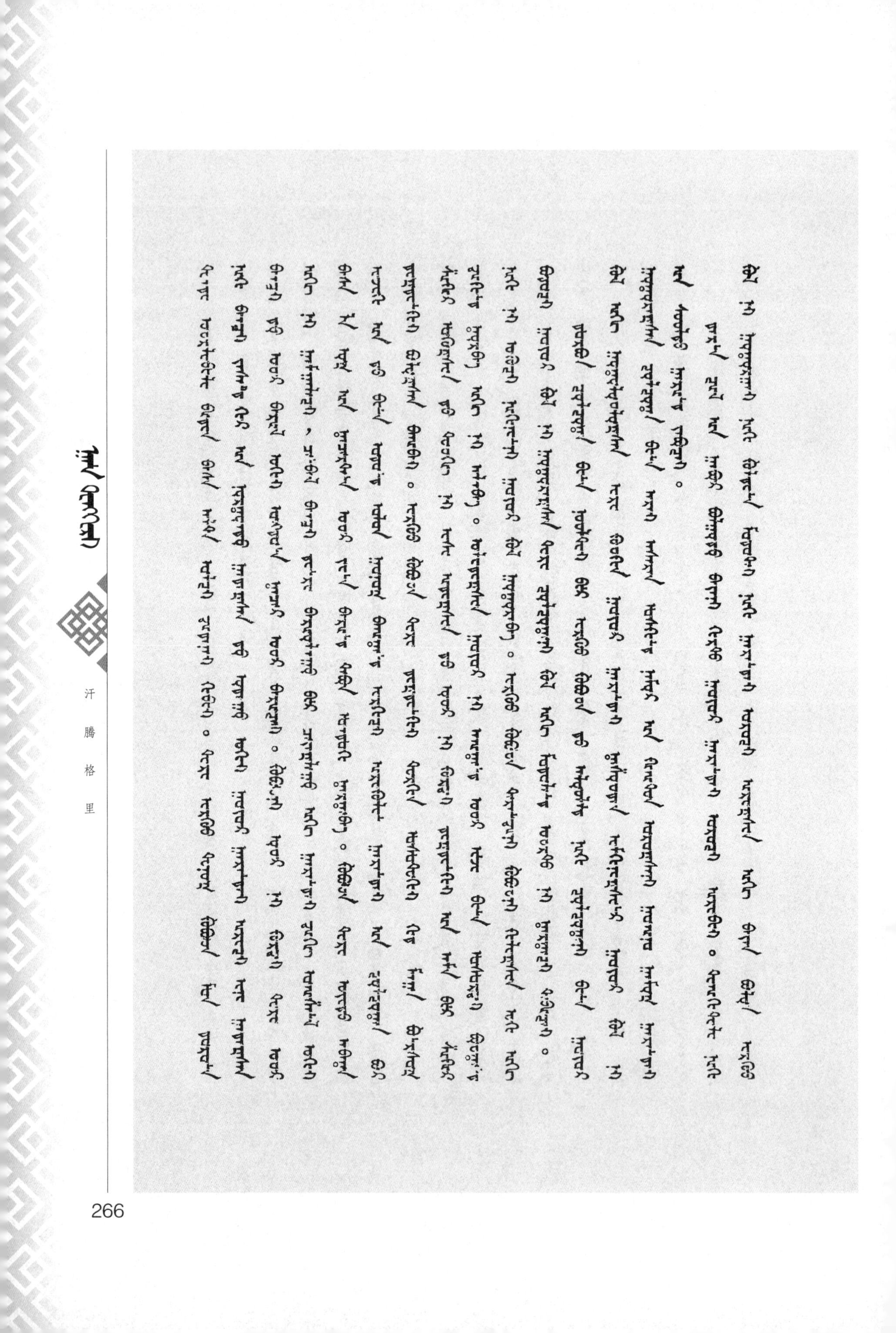

[illegible]

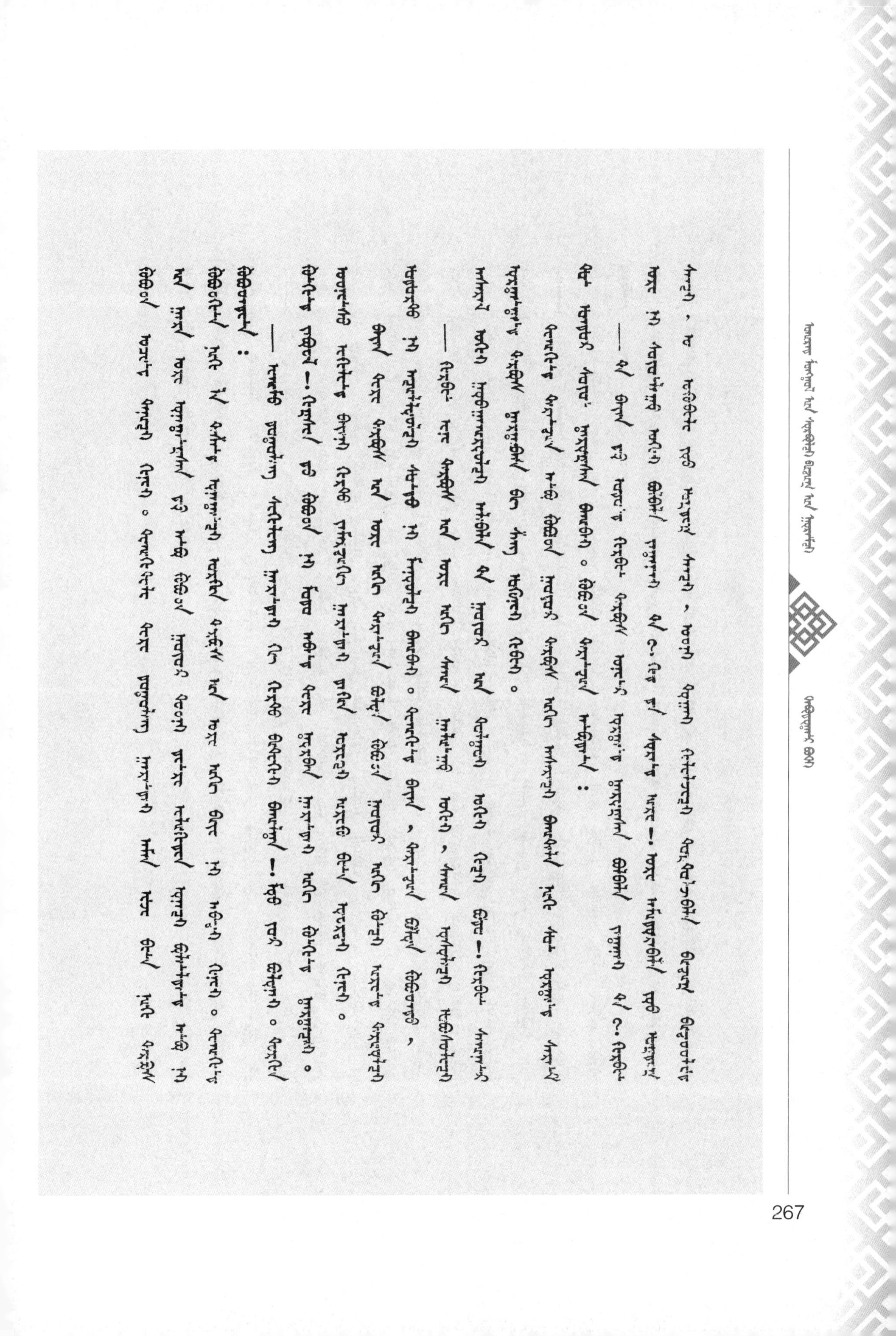

[illegible]

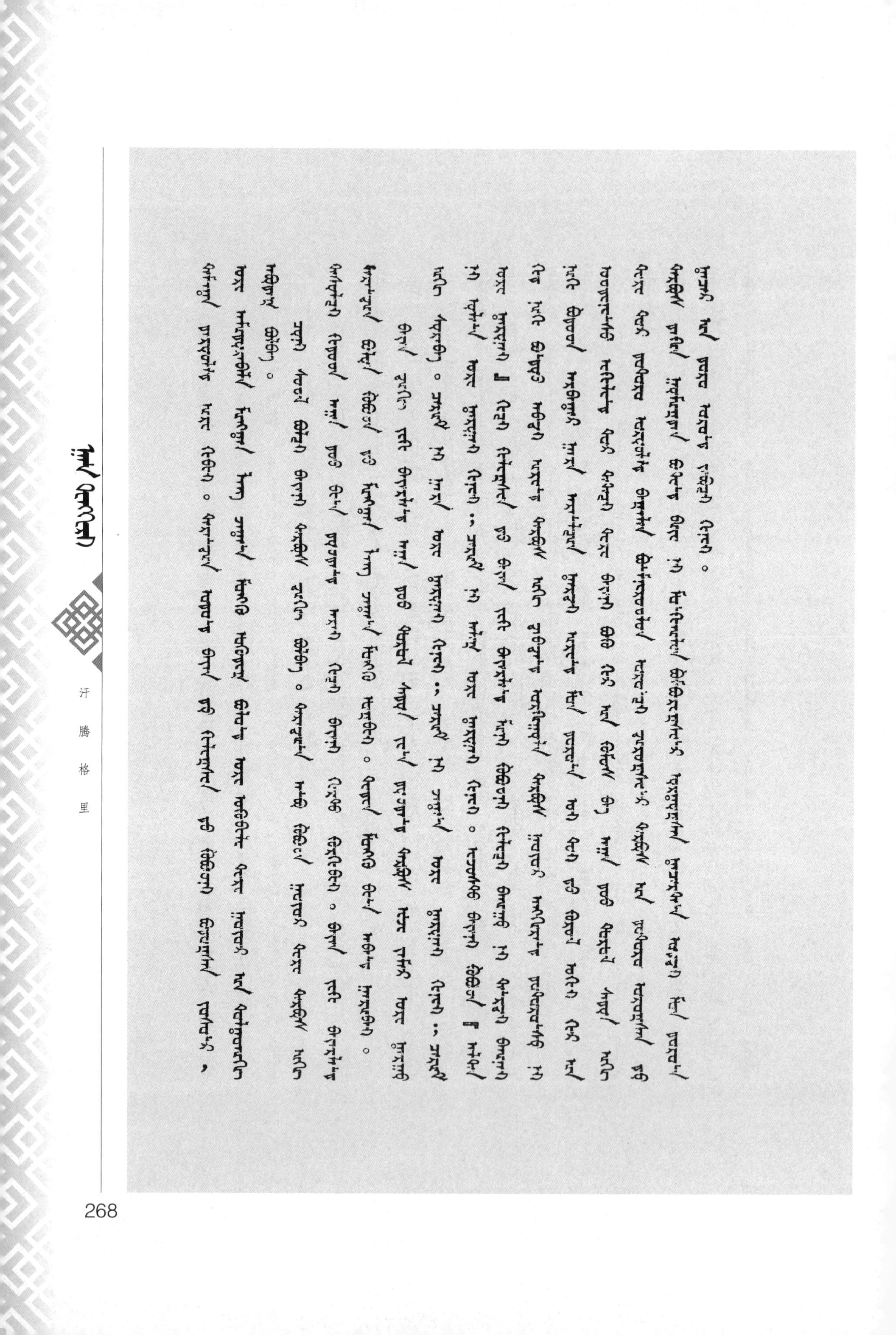

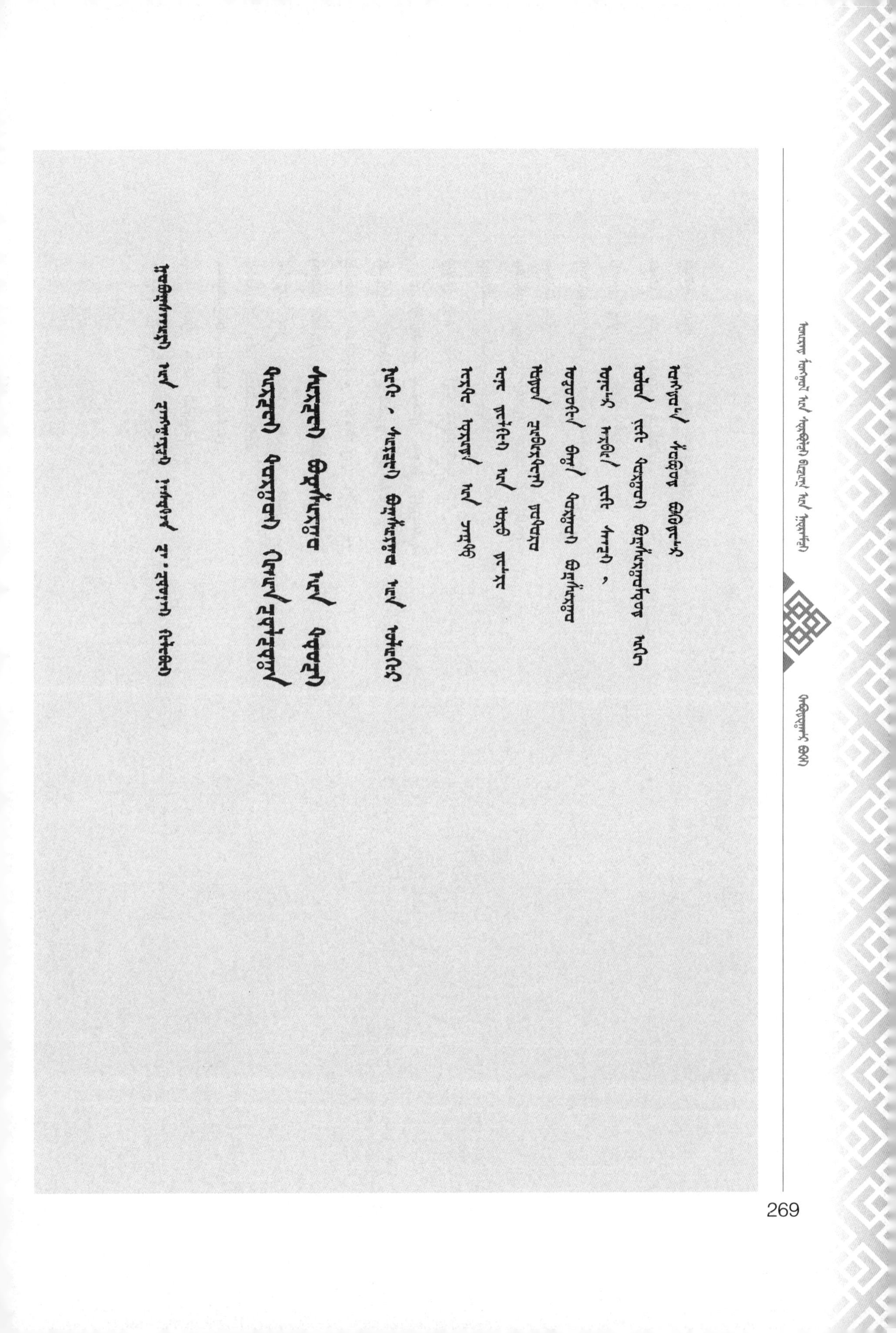

[illegible]
[illegible]
[illegible]
[illegible]
[illegible]
[illegible]
[illegible]

[illegible]

[illegible]
[illegible]

[illegible]

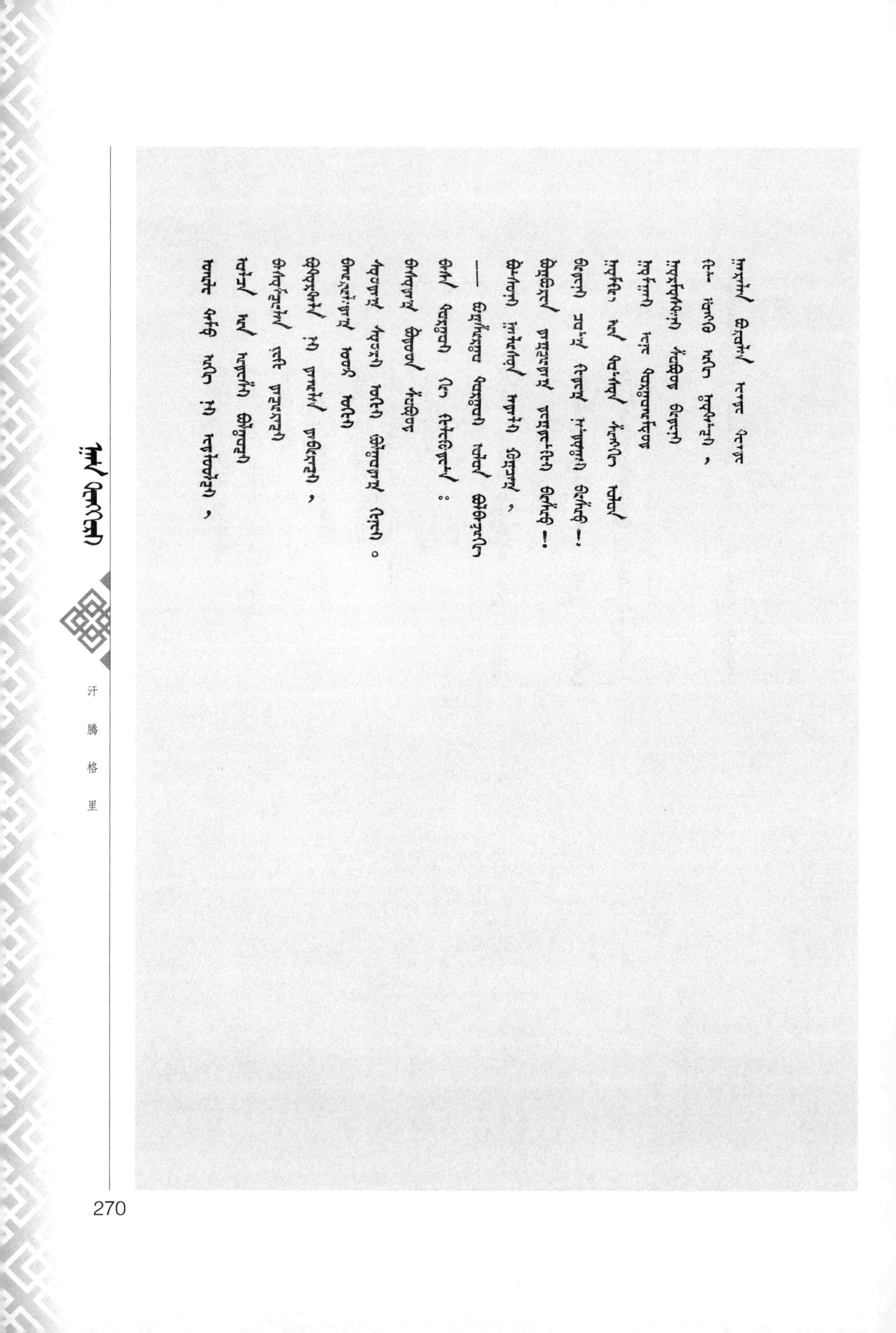

[illegible]
[illegible]
[illegible]
[illegible]
[illegible]
[illegible]
[illegible]
[illegible]
[illegible]
[illegible]
[illegible]
[illegible]
[illegible]
[illegible]
[illegible]
[illegible]
[illegible]

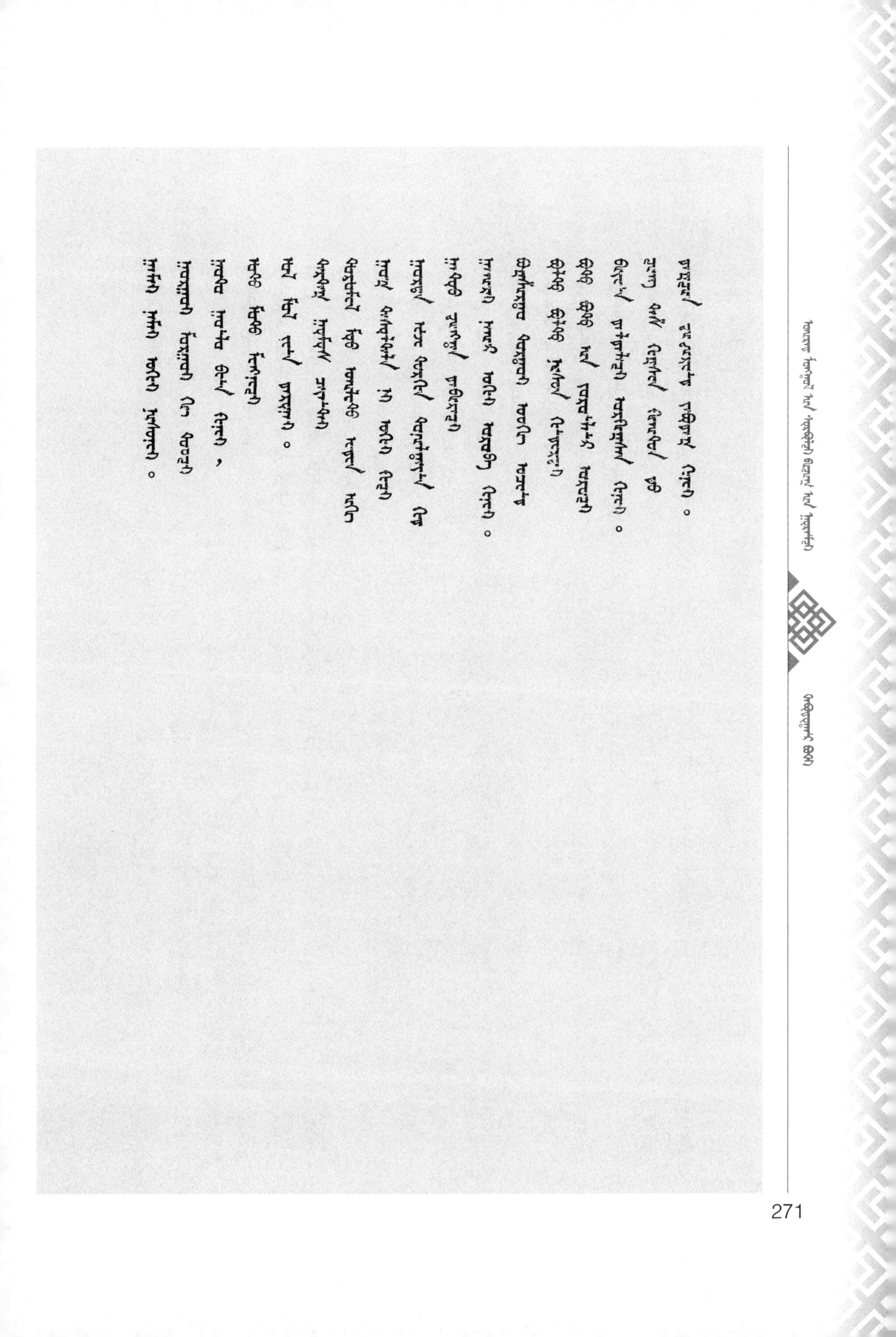

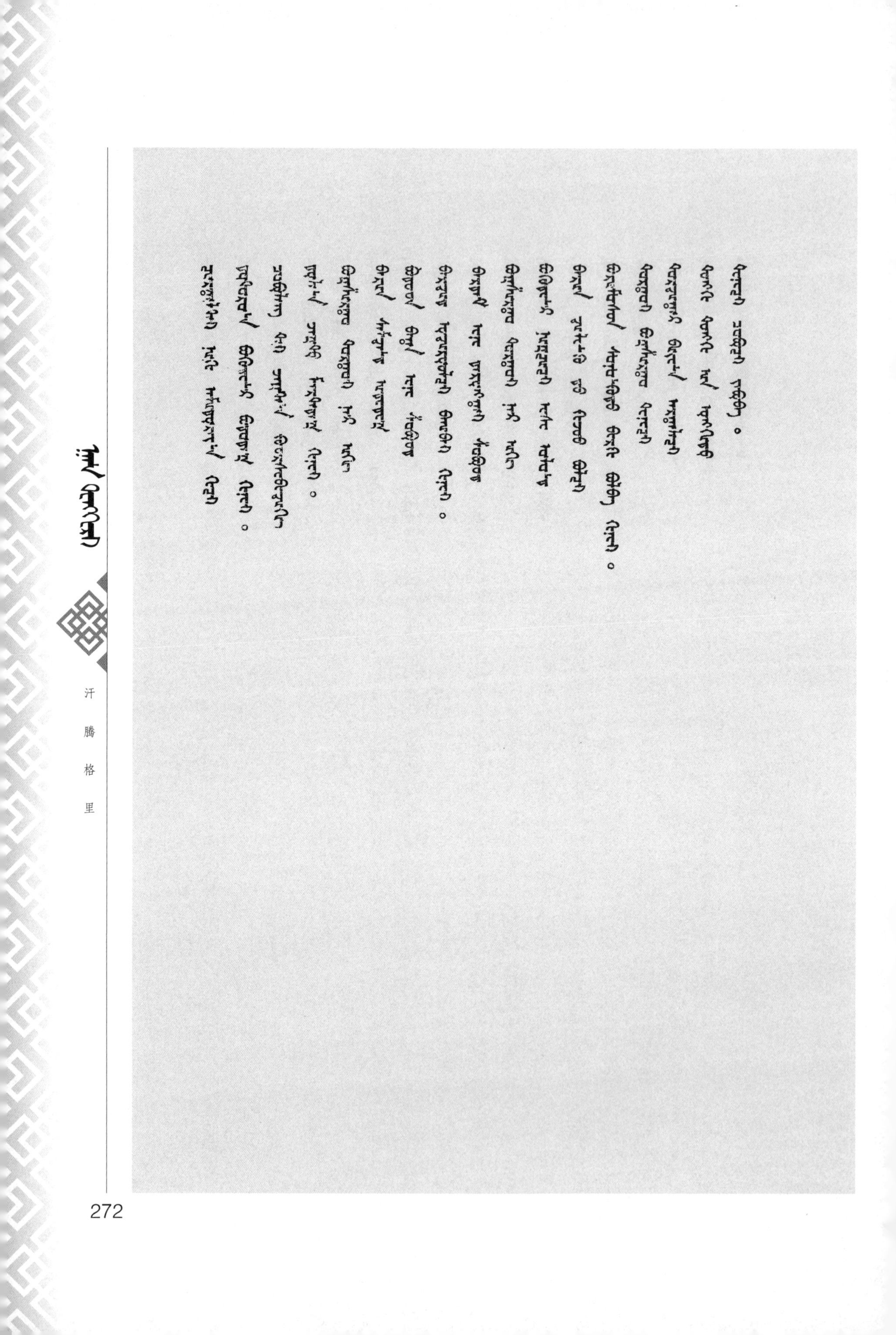

[illegible]

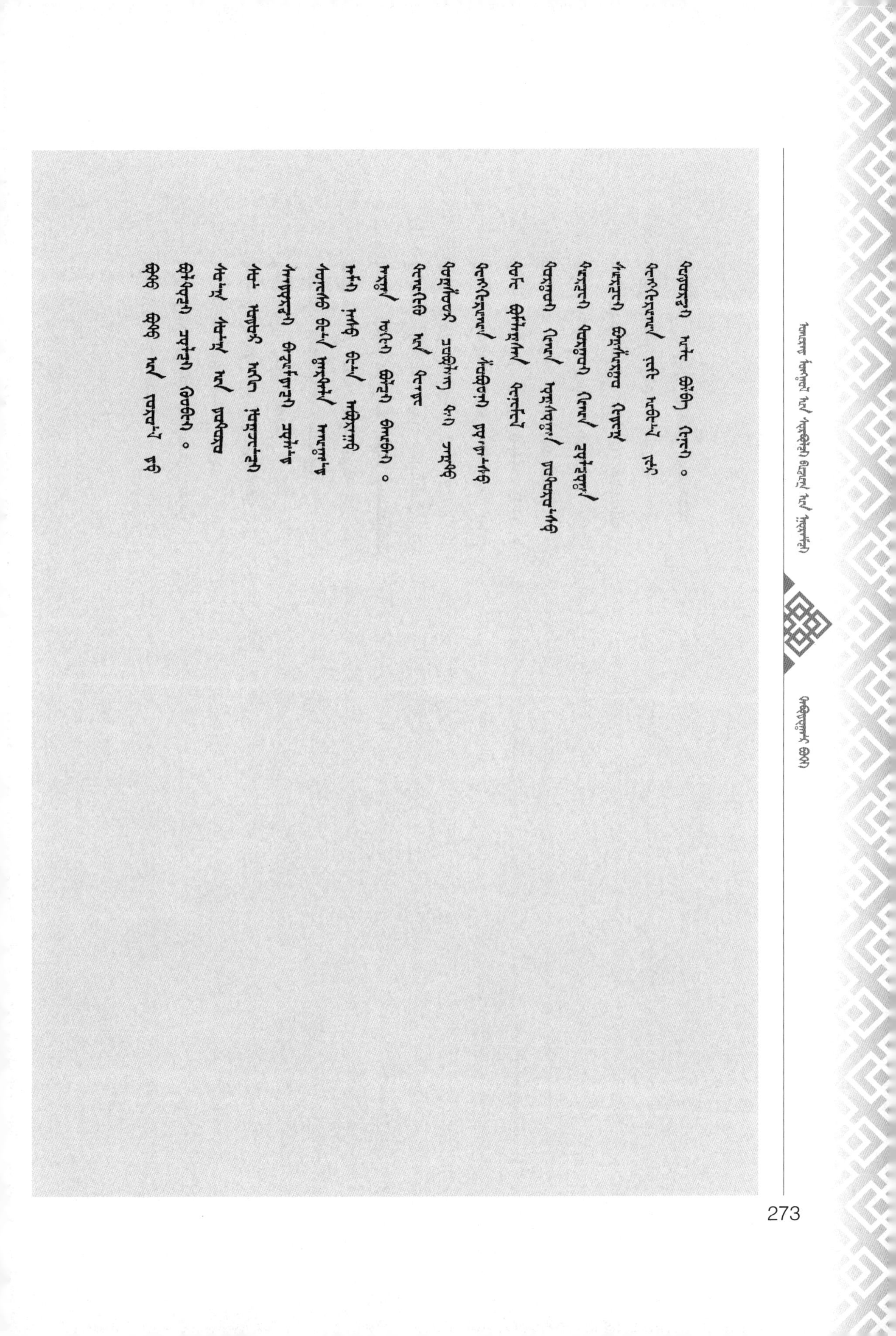

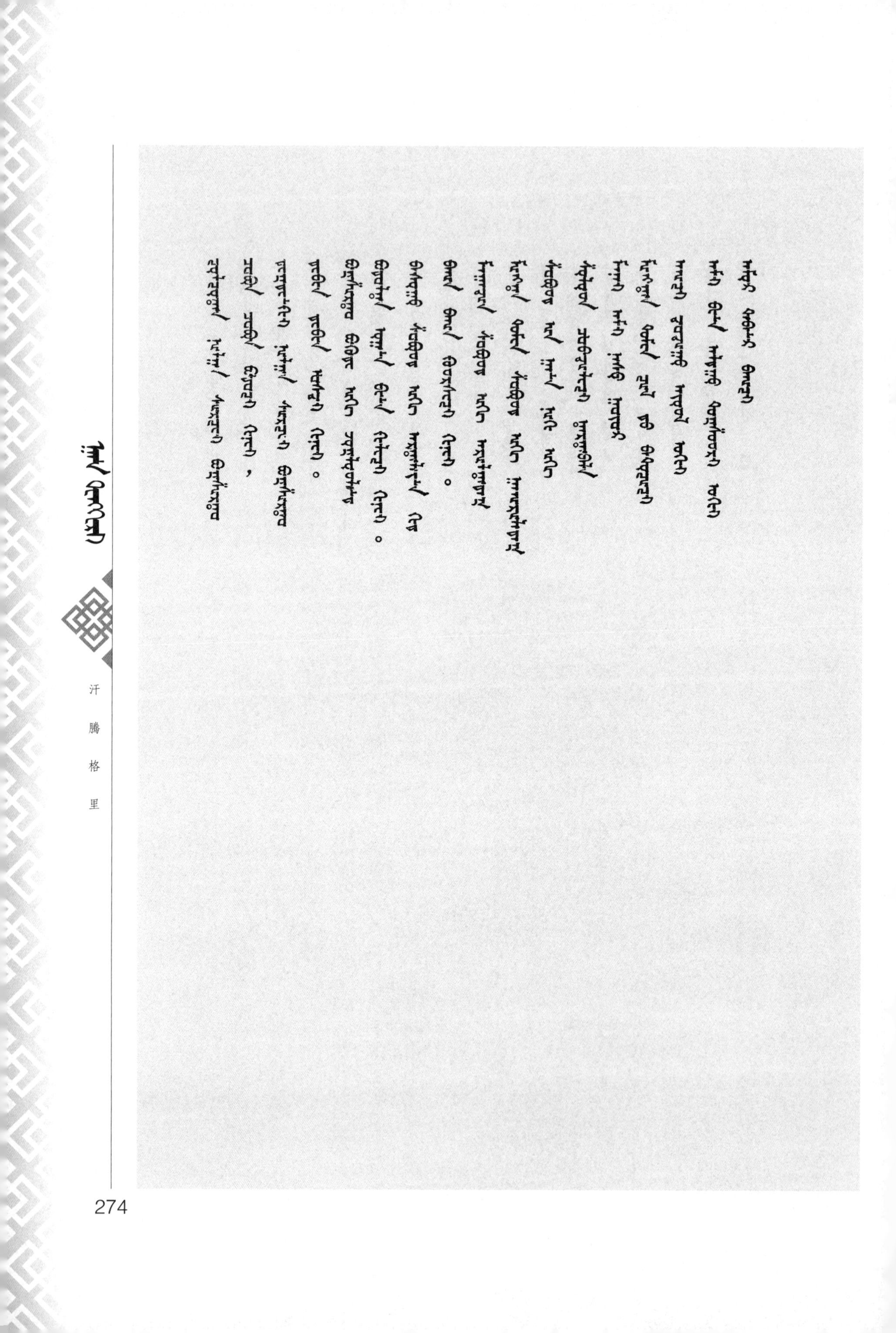

[illegible]
[illegible]
[illegible]
[illegible]
[illegible]
[illegible]
[illegible]
[illegible]
[illegible]
[illegible]
[illegible]
[illegible]
[illegible]
[illegible]
[illegible]
[illegible]
[illegible]

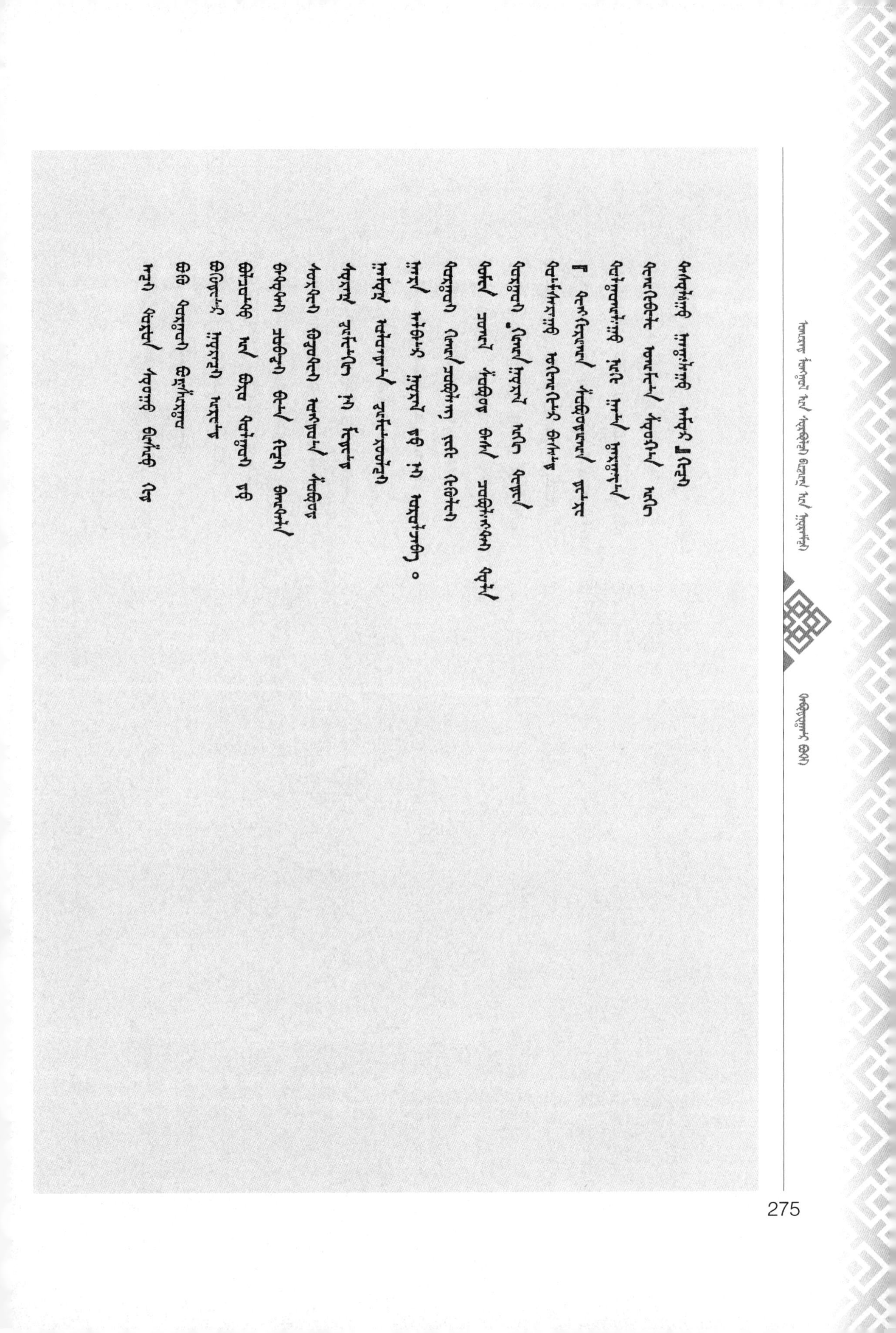

[illegible]
[illegible]
[illegible]
[illegible]
[illegible]
[illegible]
[illegible]
[illegible]
[illegible]
[illegible]
[illegible]
[illegible]
[illegible]
[illegible]
[illegible]
[illegible]
[illegible]

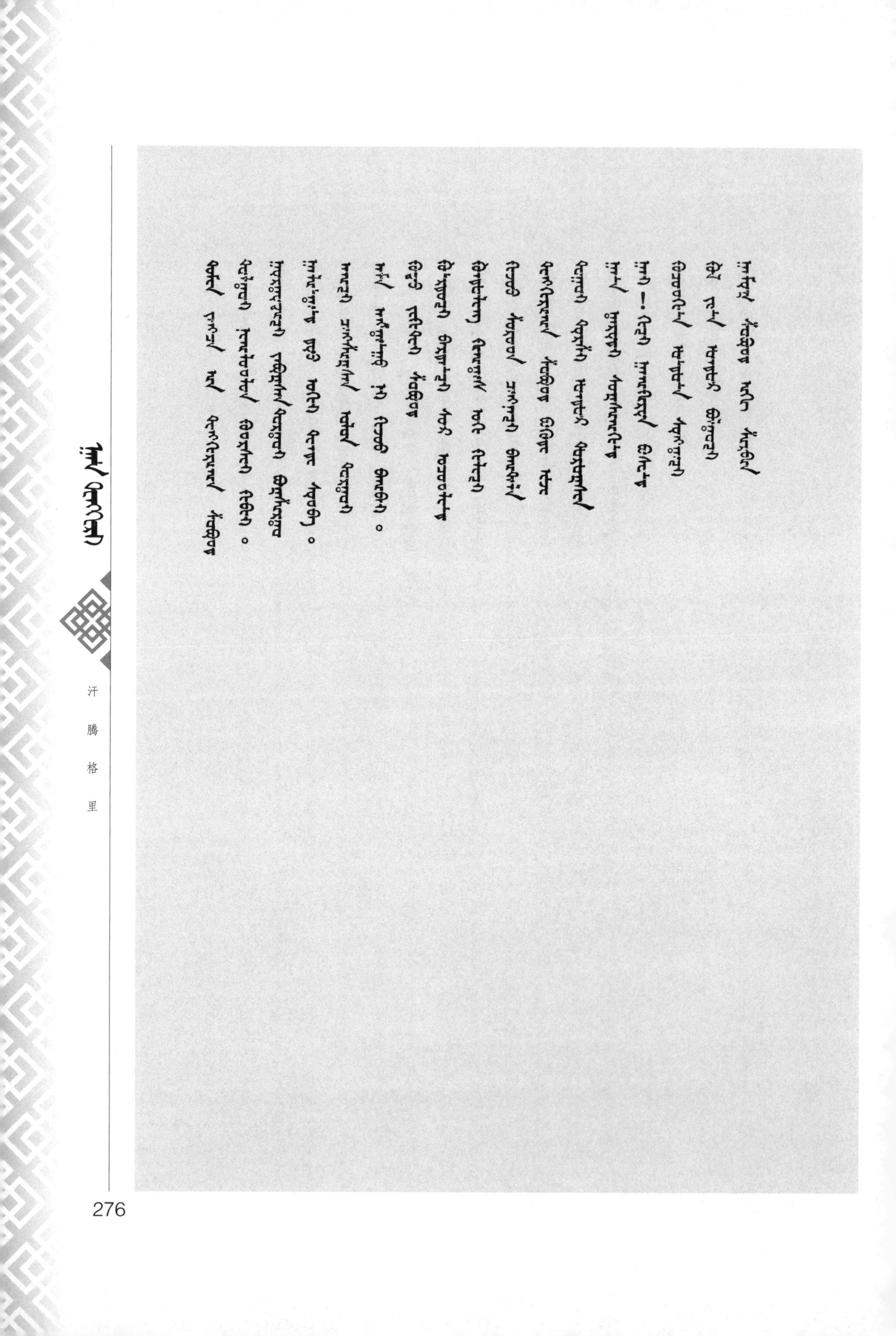

ᠭᠠᠷᠤᠯᠲᠠᠨ ᠶᠢᠨ ᠮᠡᠳᠡᠯᠭᠡ
ᠪᠣᠳᠤᠯ ᠶᠢᠨ ᠬᠡᠭᠰᠢᠯᠲᠡᠨ

— ᠪᠠᠭᠠᠲᠤᠷᠴᠤᠯ ᠰᠤᠷᠭᠠᠭᠤᠯᠢ ᠶᠢᠨ ᠪᠣᠯᠪᠠᠰᠤ
ᠪᠦᠲᠦᠭᠡᠯᠲᠡ ᠪᠣᠯᠭᠣᠬᠤ ᠰᠢᠭᠤᠳᠠᠯ ᠄

ᠪᠠᠶᠢᠭᠤᠯᠤᠯ ᠮᠠᠩᠯᠠᠢ ᠪᠠᠶᠢᠭᠤᠯᠤᠯ ᠪᠢᠯᠡ
ᠪᠠᠨ ᠪᠤᠰᠤᠳ ᠵᠣᠬᠢᠶᠠᠬᠤ ᠮᠡᠳᠡ
ᠮᠠᠯᠲᠤᠷ ᠪᠣᠯ ᠮᠠᠩᠯᠠᠢ ᠪᠠᠶᠢᠭᠤᠯᠤᠯ ᠪᠢᠯᠡ
ᠮᠡᠳᠡᠯ ᠬᠦᠮᠦᠨ ᠮᠡᠳᠡᠯᠡᠭᠡᠨ ᠰᠣᠨᠢᠨ ᠳᠤ
ᠮᠡᠳᠡᠯ ᠬᠦᠮᠦᠨ ᠲᠤᠮᠤᠷᠯᠢᠭᠠᠨ ᠪᠣᠯ ᠪᠢᠯᠡ
ᠮᠣᠩᠭᠣᠯ ᠤᠷᠤᠭ ᠲᠠᠢᠯᠪᠤ ᠪᠣᠯᠤᠨ ᠂
ᠮᠡᠳᠡᠯ ᠬᠦᠮᠦᠨᠳᠦ ᠪᠠᠶᠢᠭᠤᠯᠤᠯ ᠮᠡᠳᠡ
ᠮᠡᠳᠡ ᠬᠠᠷᠠ ᠤᠷᠤᠭ ᠬᠤᠪᠢᠰᠬᠤᠯᠤᠯ ᠪᠣᠯᠤᠨ ᠂
ᠮᠡᠳᠡᠯ ᠬᠦᠮᠦᠨ ᠬᠦᠮᠦᠨᠳᠦᠷᠦᠭᠦᠯᠬᠦ ᠪᠣᠯ
ᠮᠣᠩᠭᠣᠯ ᠤᠷᠤᠭ ᠨᠢ ᠰᠣᠶᠣᠯᠲᠠᠢ ᠪᠣᠯᠤᠨ
ᠮᠡᠳᠡᠯᠡᠭᠡ ᠮᠡᠳᠡᠭᠰᠡᠨ ᠬᠦᠮᠦᠨ ᠪᠣᠯ
ᠮᠡᠳᠡᠭᠦᠯᠬᠦ ᠬᠦᠮᠦᠨ ᠬᠡᠷᠡᠭ ᠪᠣᠯᠤᠭᠰᠠᠨ
ᠮᠡᠳᠡᠯ ᠪᠠᠶᠢᠭᠤᠯ ᠮᠡᠳᠡᠭᠰᠡᠨᠪᠡ

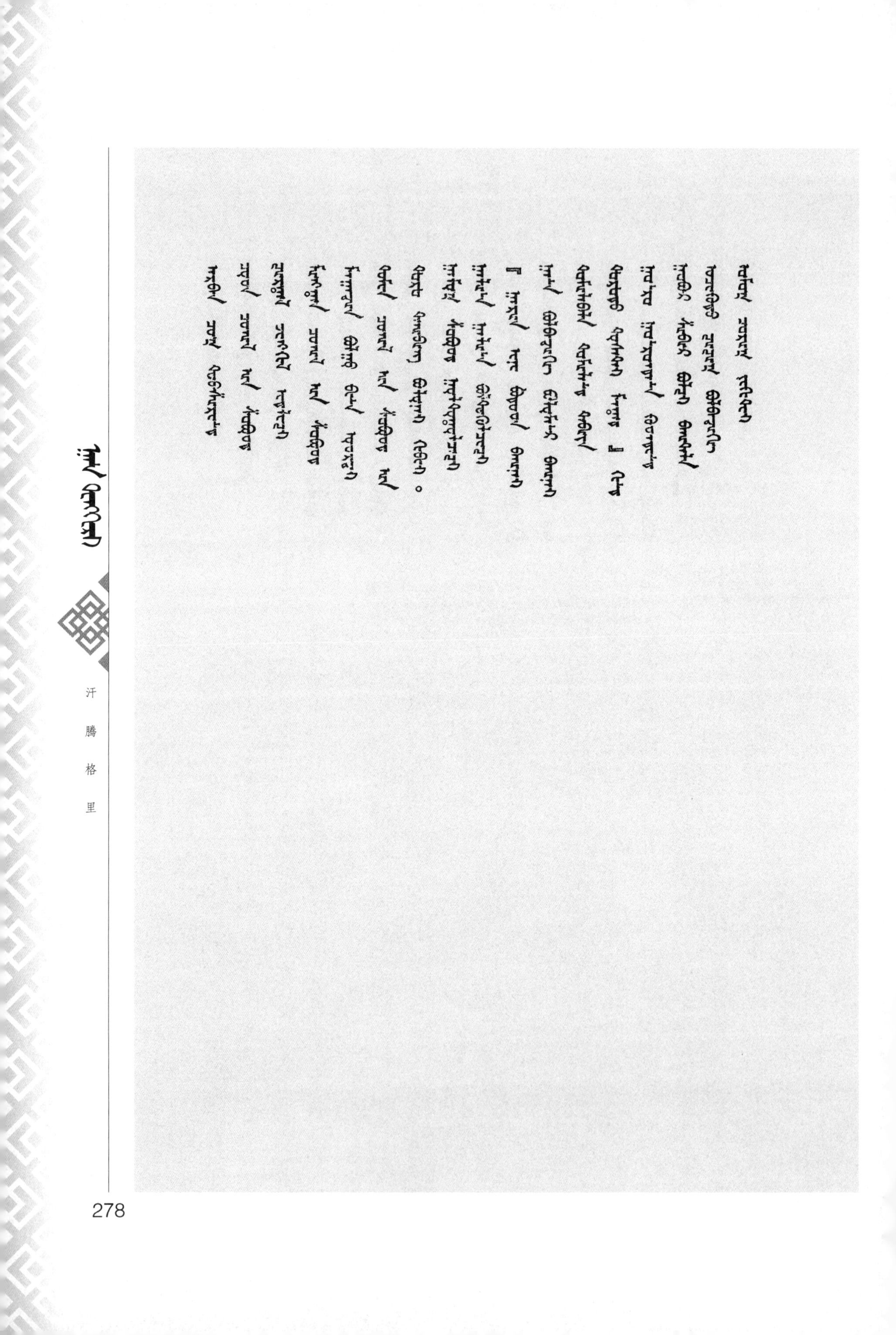

[illegible]
[illegible]
[illegible]
[illegible]
[illegible]
[illegible]
[illegible]
[illegible]
[illegible]
[illegible]
[illegible]
[illegible]
[illegible]
[illegible]
[illegible]
[illegible]
[illegible]

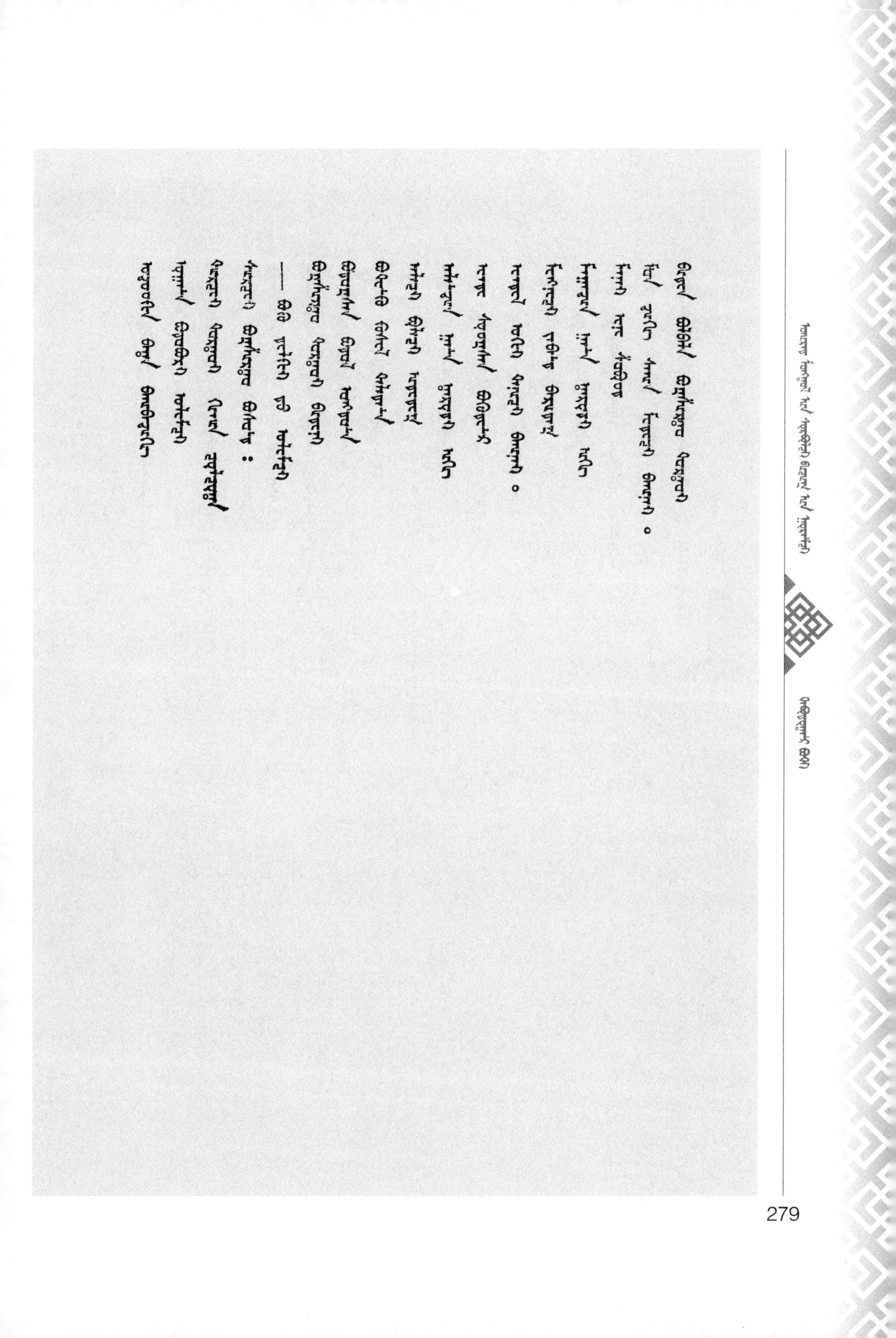

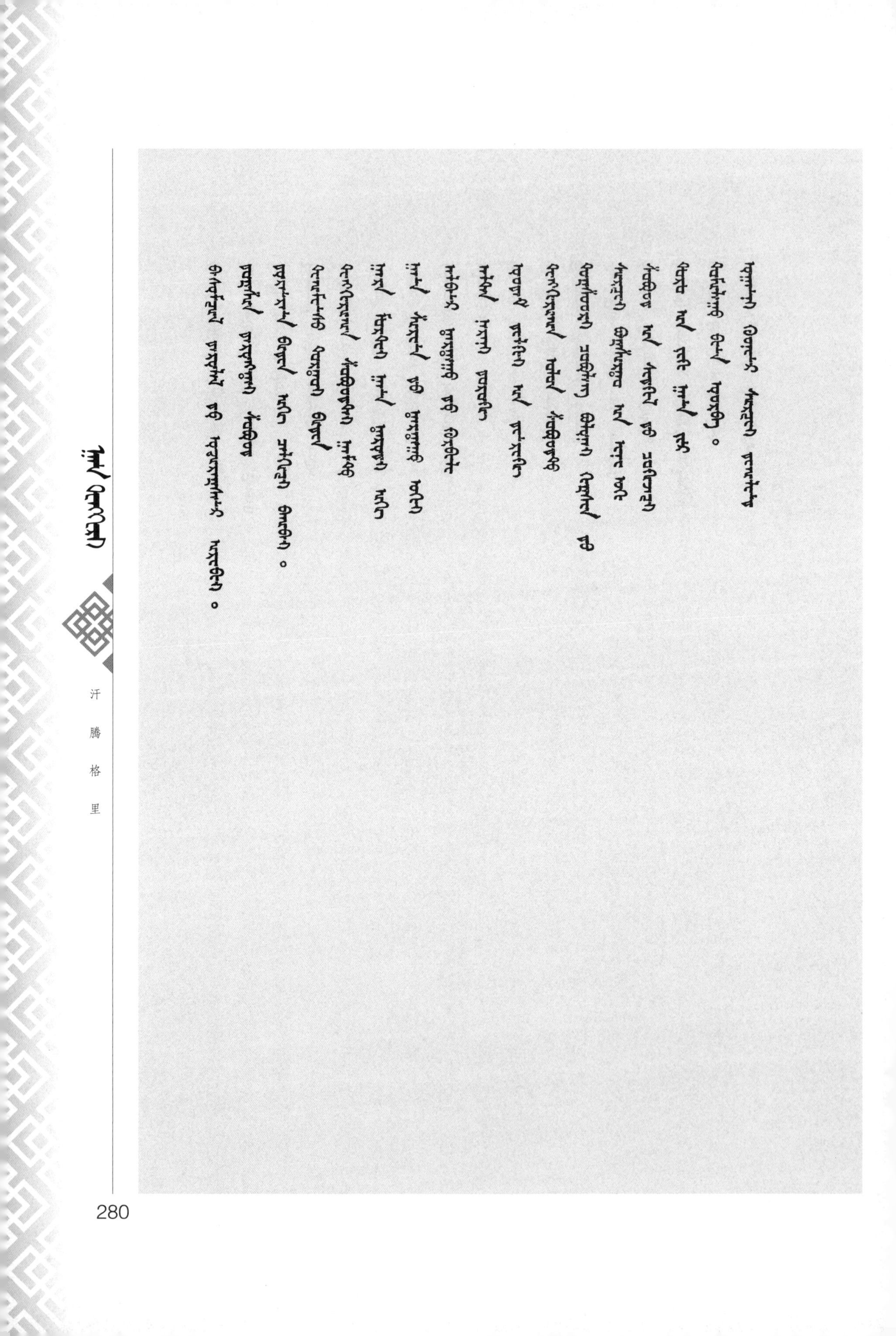

[illegible]
[illegible] 。
[illegible]
[illegible]
[illegible]
[illegible]
[illegible]
[illegible]
[illegible]
[illegible]
[illegible]
[illegible]
[illegible]
[illegible]
[illegible] 。
[illegible]
[illegible] 。

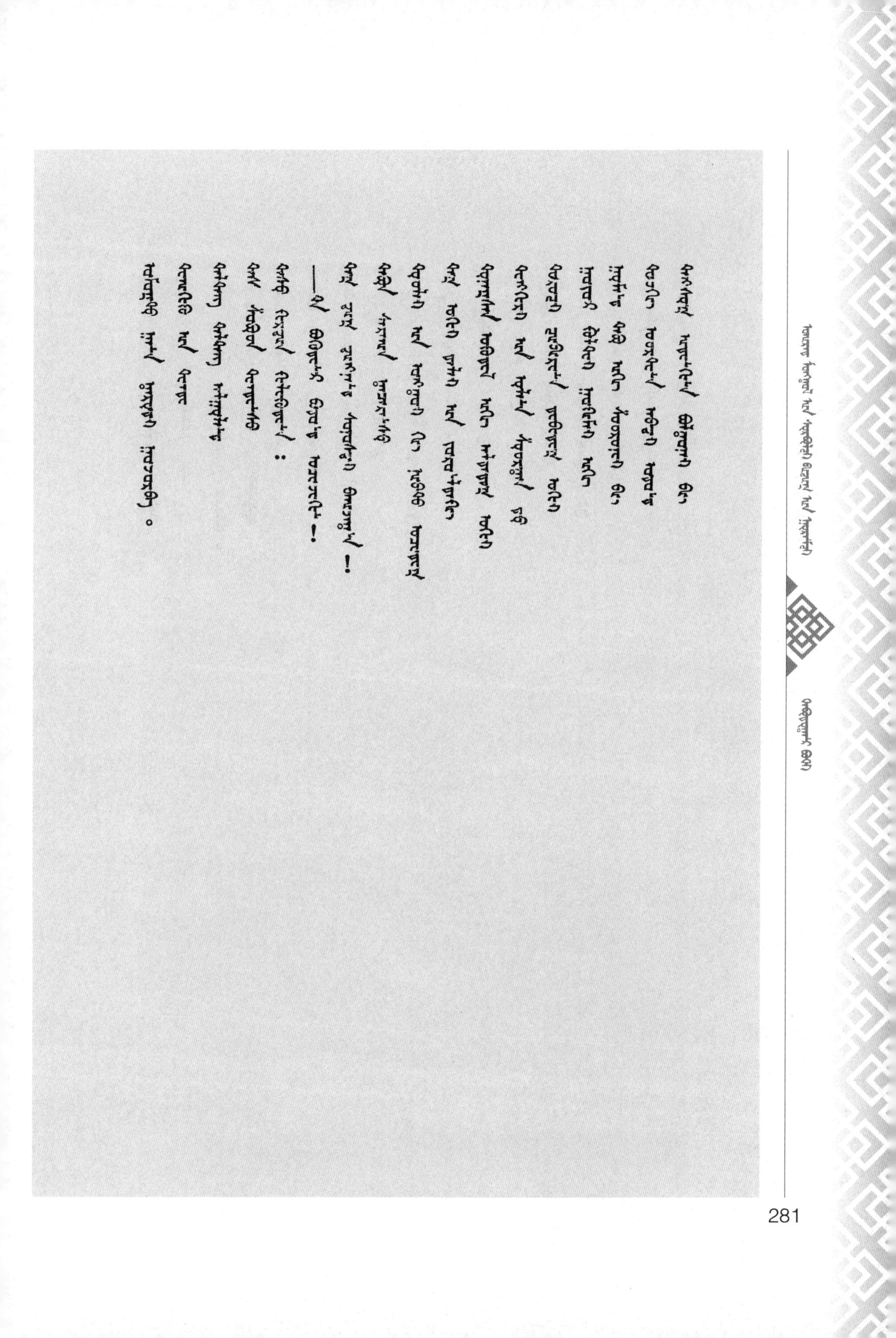

[illegible]
[illegible]
[illegible]
[illegible]
[illegible]
[illegible]
[illegible]
[illegible]
[illegible]
[illegible]
[illegible] !
——[illegible] !
[illegible] :
[illegible]
[illegible]
[illegible]
[illegible] 。

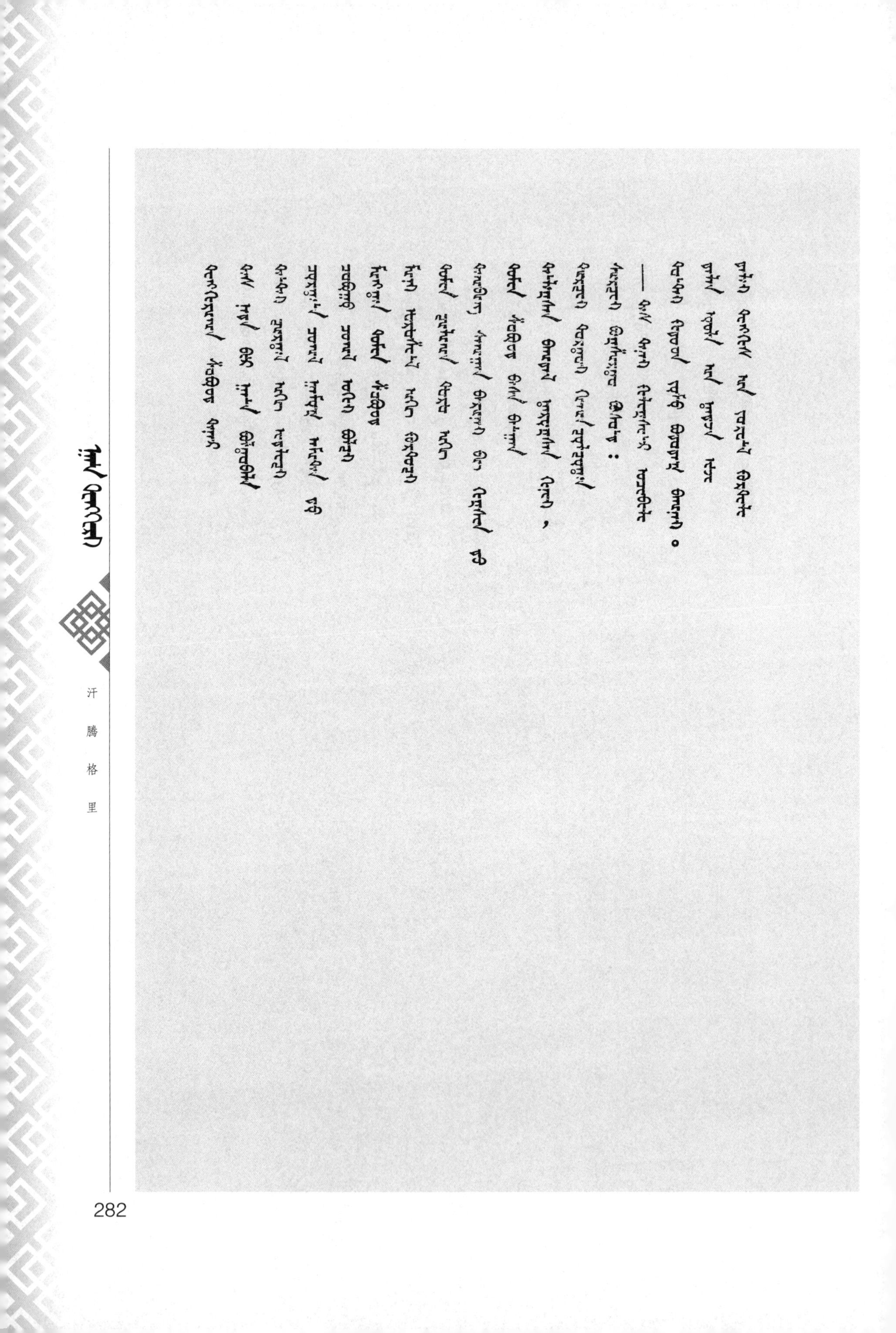

[illegible]
[illegible]
[illegible] 。
—— [illegible]
[illegible] :
[illegible]
[illegible] ᠂
[illegible]
[illegible]
[illegible]
[illegible]
[illegible]
[illegible]
[illegible]
[illegible]
[illegible]
[illegible]

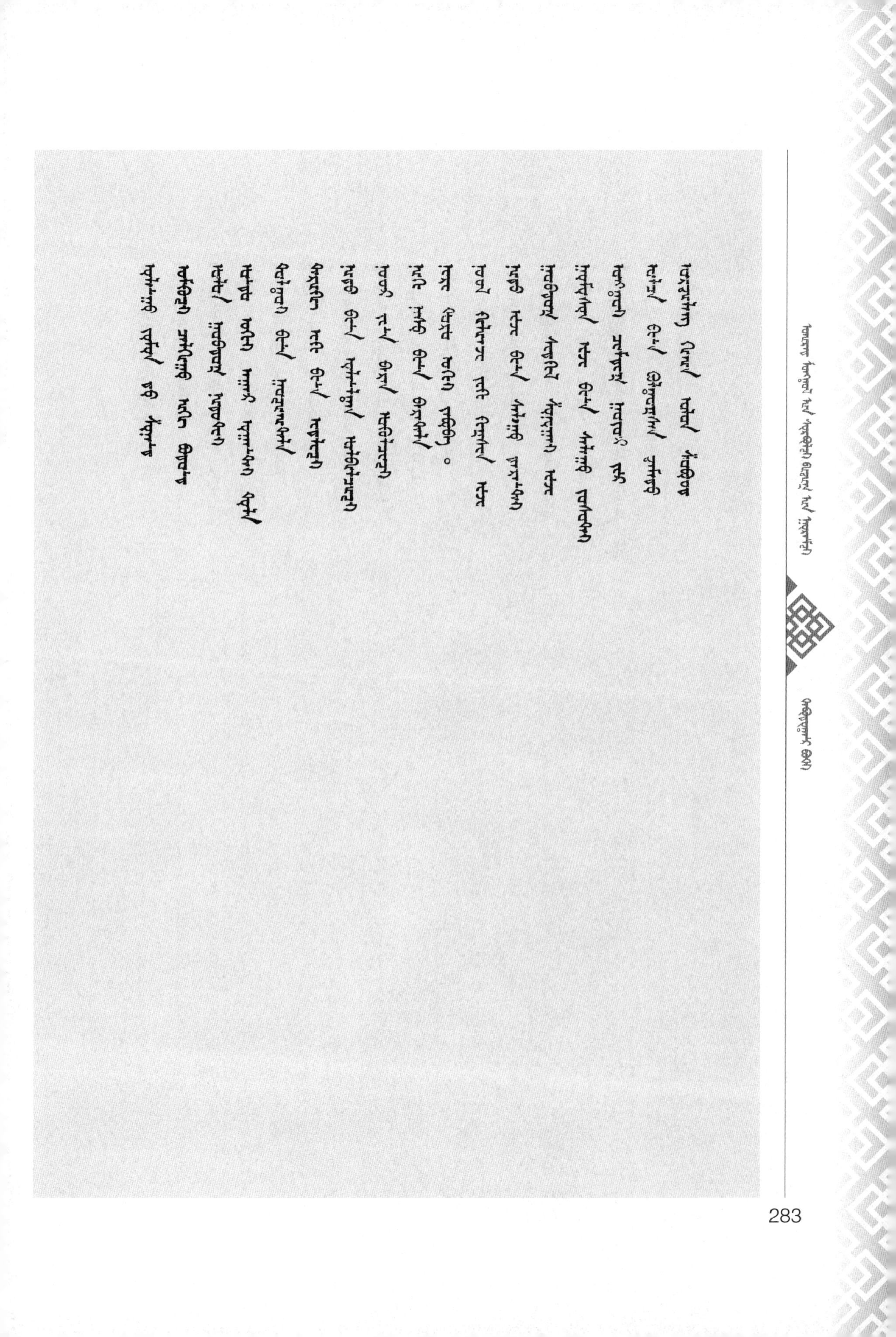

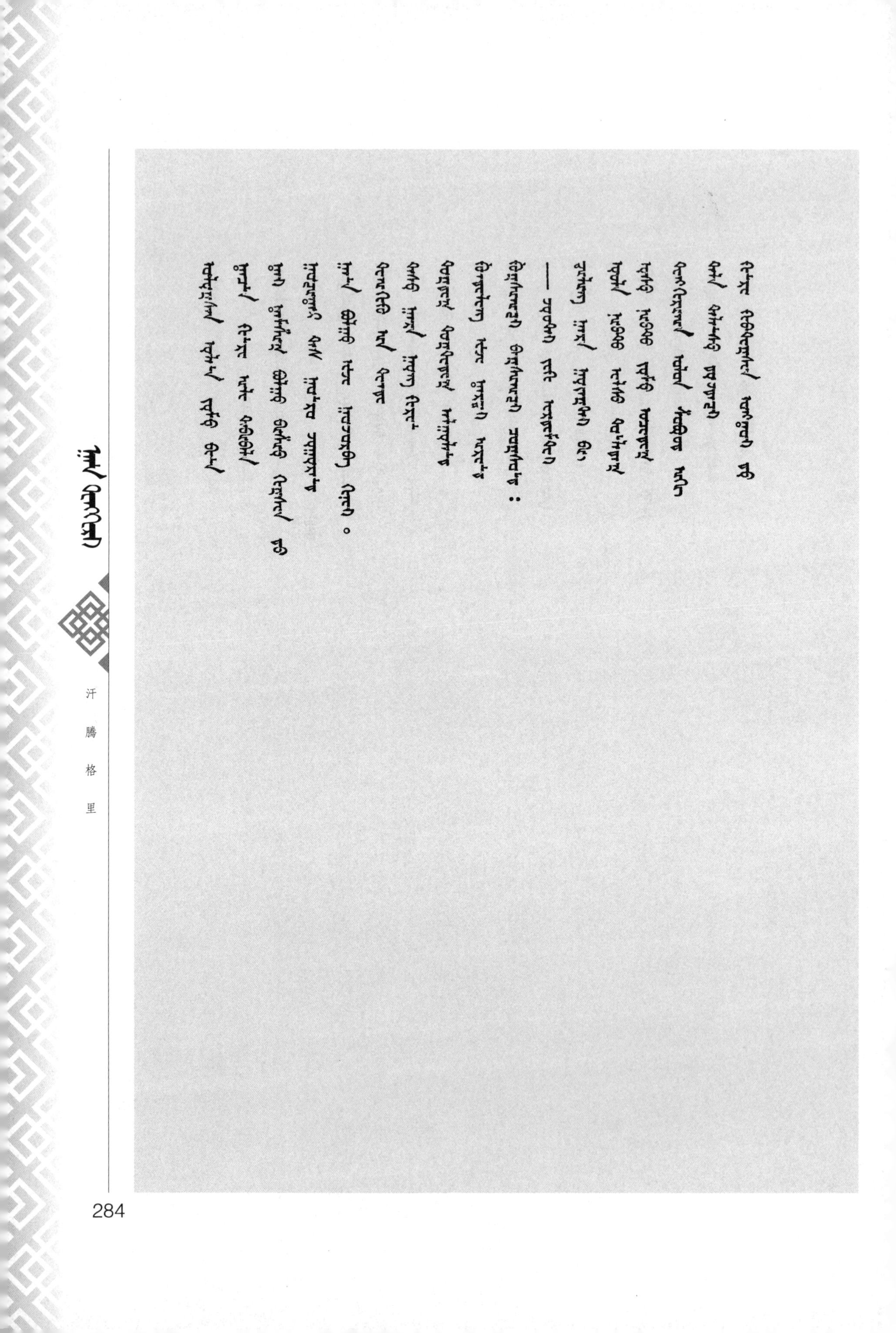

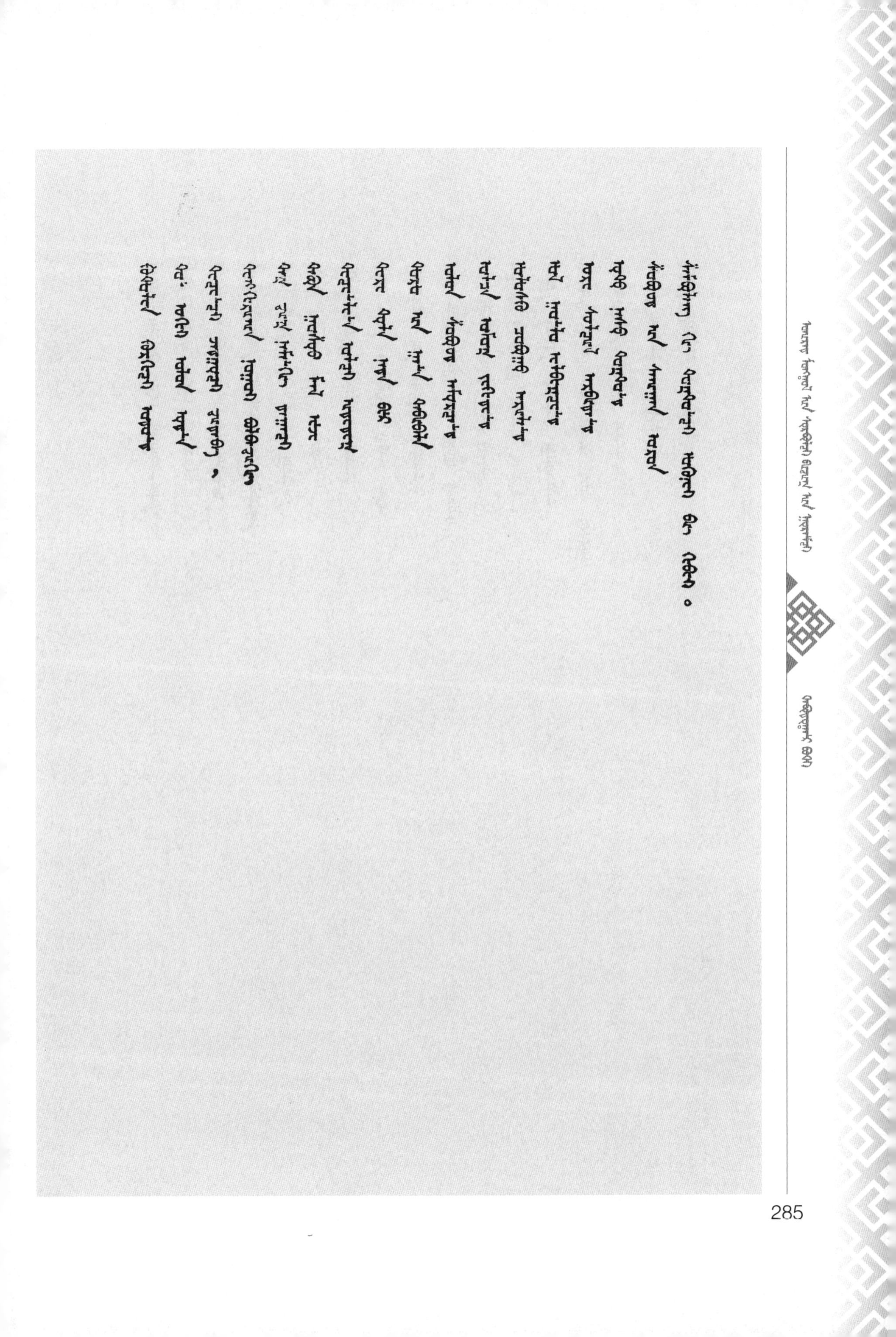

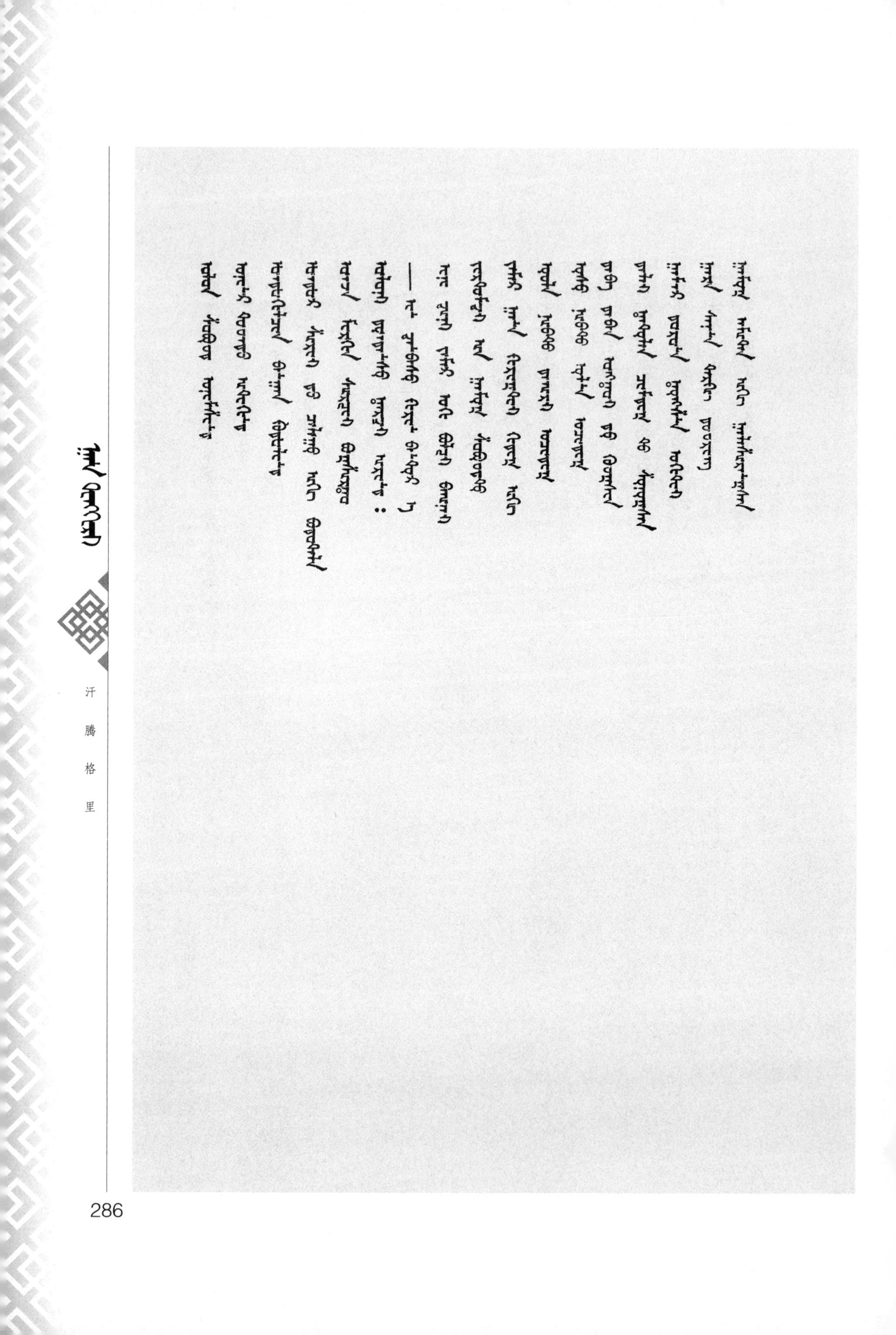

[illegible]
[illegible]
[illegible]
[illegible]
[illegible]
[illegible]
[illegible]
[illegible]
[illegible]
[illegible]
— [illegible]
[illegible] :
[illegible]
[illegible]
[illegible]
[illegible]
[illegible]

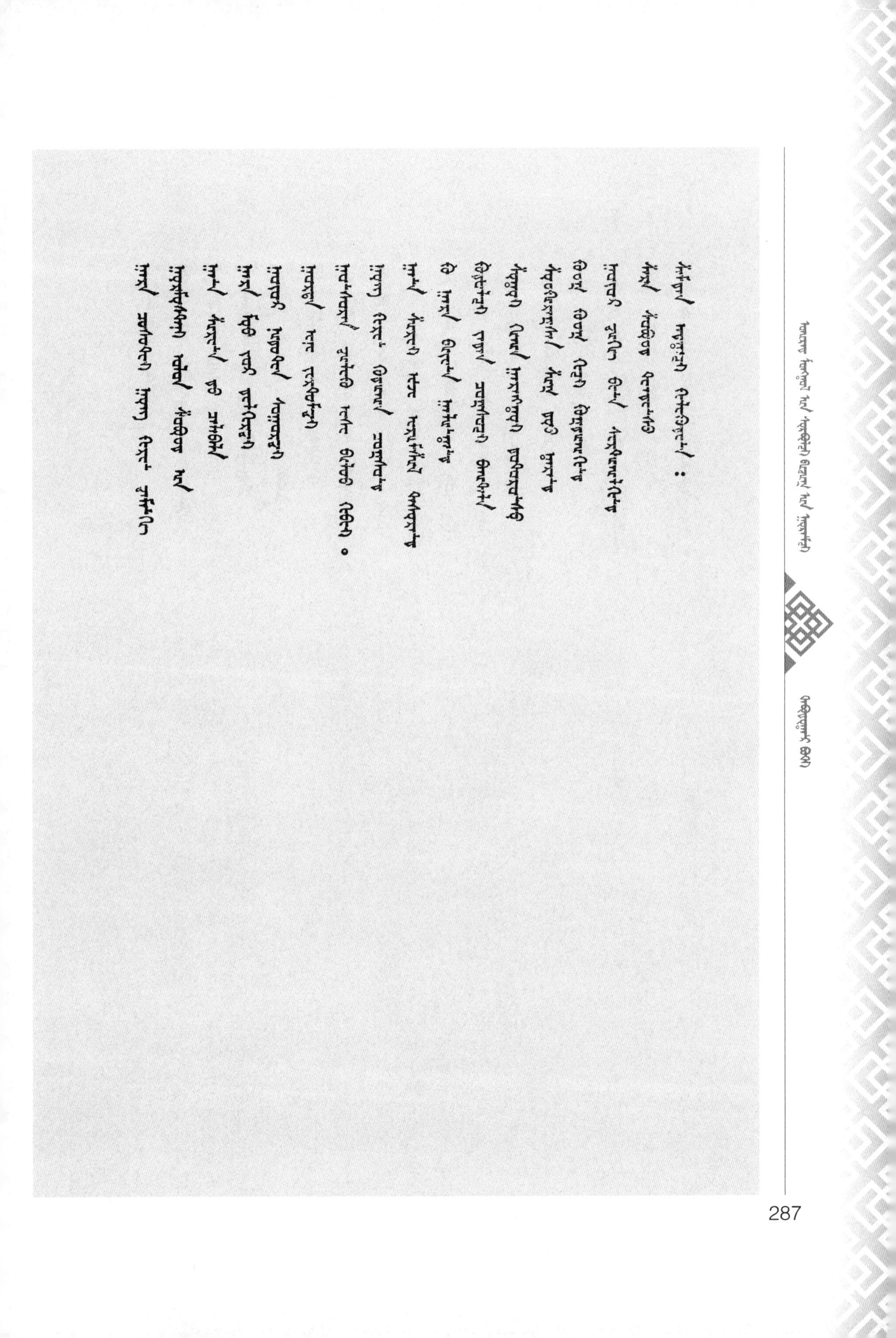

[illegible]
[illegible]
[illegible]
[illegible]
[illegible]
[illegible] ◦
[illegible]
[illegible]
[illegible]
[illegible]
[illegible]
[illegible]
[illegible]
[illegible]
[illegible]
[illegible]
[illegible] :

[illegible]
[illegible]
[illegible]
[illegible]
[illegible]
[illegible]
[illegible]
[illegible]
[illegible]
[illegible]
[illegible]
[illegible]
[illegible]
[illegible]
[illegible]
[illegible]
—— [illegible]

ᡇᠷᡅᡑᡇᡎᠠᠨ ᡋᡅ ᡋᡅᠰᠠᡎᠠ ᡍᡅᡋᡅᡄ ᡐᡇᡋᡅ ᠂
ᡍᡅᡄᡅᡈᠨᡅ ᡍᡆᠯᡅ ᡋᡅᡑᡄ ᡍᡄᠮᡄᠨ
ᡍᡅᡋᡇᡍᡅ ᡄᡑᡄ ᡍᡆᠯᡅ ᠵᡅᡎᡈᡋᡆᡎᠠ
ᡍᡆᡍᠠᠨ ᡆᡋᡆᡑᡆ ᡋᡅᠷᡅ ᡍᡄᠮᡄᠨ
ᡅᠷᡄᠯᡅ ᠰᠠᠨᠠᡎᠠᠨ ᡋᡅᡎᡈᡋᡆᡎᠠ ᡍᡅᡋᡅᡄ
ᡅᡋᡈᡋᡆᡍᡅᠷ ᠰᠠᠨᠠᡎᠠᠨ ᡅᠯᡇᡋᠠᠷ ᡍᡄᠮᡄᠨ
ᡅᠨᡄᡍᡅᠯᡅ ᡍᡄᠮᡄᠨ ᡋᡅ ᡋᡅᡍᡅ ᡅᡎᡇᡎᡄᠨ
ᡅᠨᡅᡎᡅᠨ ᡍᡆᡑᠠᠯ ᠵᠠᡎ ᡍᡄᠨ
ᡆᠷᡄᡑᡆᡋ ᡆᠷᡄᡅᡎᠠ ᡈᡍᡈᡎᡅᡈᡑᡄᠨ ᠆᠂
ᡄᡍᡅᠨ ᡆᡋᡆᡑᡆ ᡈᠷᡅᡍᡅᠷ
ᡍᡆᡅᡋᠠ ᠰᠠᠨᠠᡎᠠᠨ ᠵᡅᡎᡈᡑᡄᠨ ᡐᡇᡋᡅᡄ
ᡍᡆᡋᡆ ᡍᡆᡍᠠᠨ ᡆᡋᡆᡑᡆ
ᡈᡋᡈᡋᡅᠷᡄᡑᡄᠨ ᡋᡅᠵᡈᡎᠠᠨ ᡅᠨᡅᡎᡅ ᡋᡅ
ᡈᡍᡅᡎᡈᡎᡅ ᡋᡆ ᡈᡐᡆᡋᡈᡎᡅᠨ ᡋᠠᡍᡅᡑᡆᠨ ᡍᡄᠮᡄᠨ
ᡍᡆᠰᡆᠯᡆᡋ ᡈᠨ ᡈᡑᡄᡑᡆ ᡍᡆᡐᡎᡅ ᡍᡅᡋᡅᡑᡆᠨ
ᡍᡈᠰᡇᠷᡇᡑᡄᠨ ᡈᡑᡄᡍᡅᡋᡈᡎᠠᠨ ᡆᡋᡆᡑᡆᡋᡆ
ᡈᠷᡇᡑᡄᠨ ᡍᡆᠯᡅ ᡍᡆᠰᡆᠯᡆᡎ

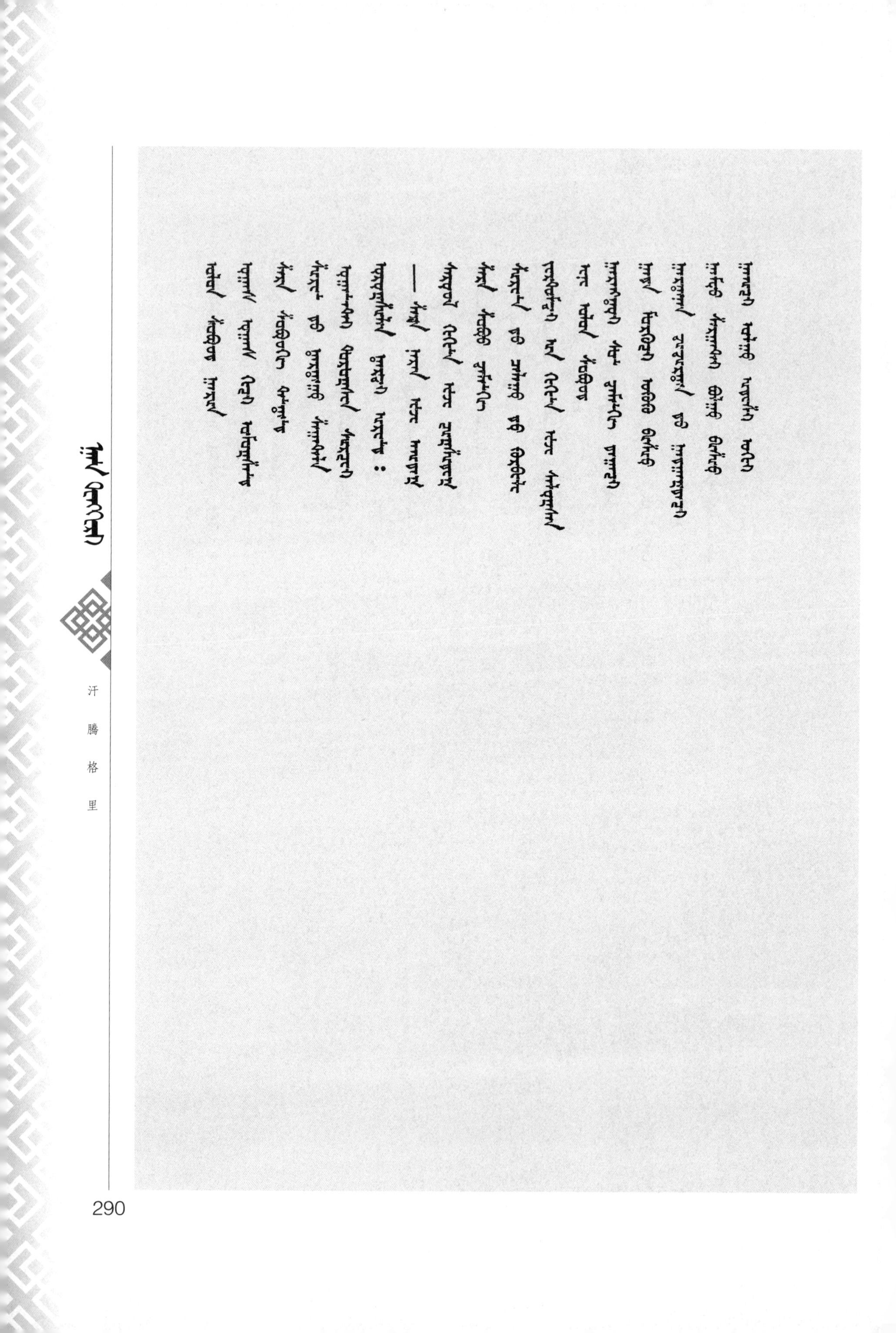

[illegible]
[illegible]
[illegible]
[illegible]
[illegible]
[illegible]
[illegible]
[illegible]
[illegible]
[illegible]
[illegible]
[illegible]
[illegible]
[illegible]
[illegible]
[illegible]
[illegible]

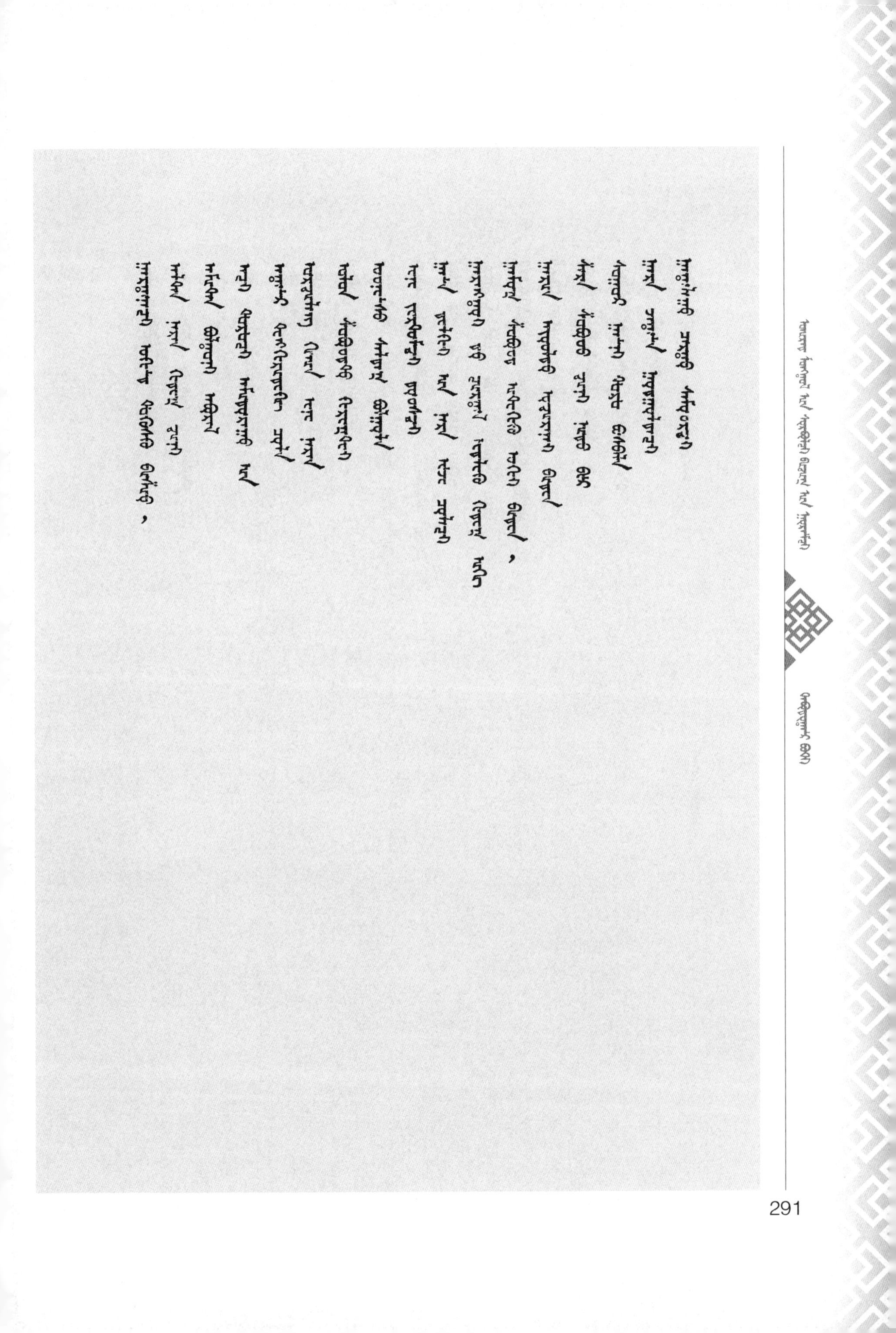

[illegible]
[illegible]
[illegible]
[illegible]
[illegible]
[illegible] ,
[illegible]
[illegible]
[illegible]
[illegible]
[illegible]
[illegible]
[illegible]
[illegible]
[illegible]
[illegible] ,

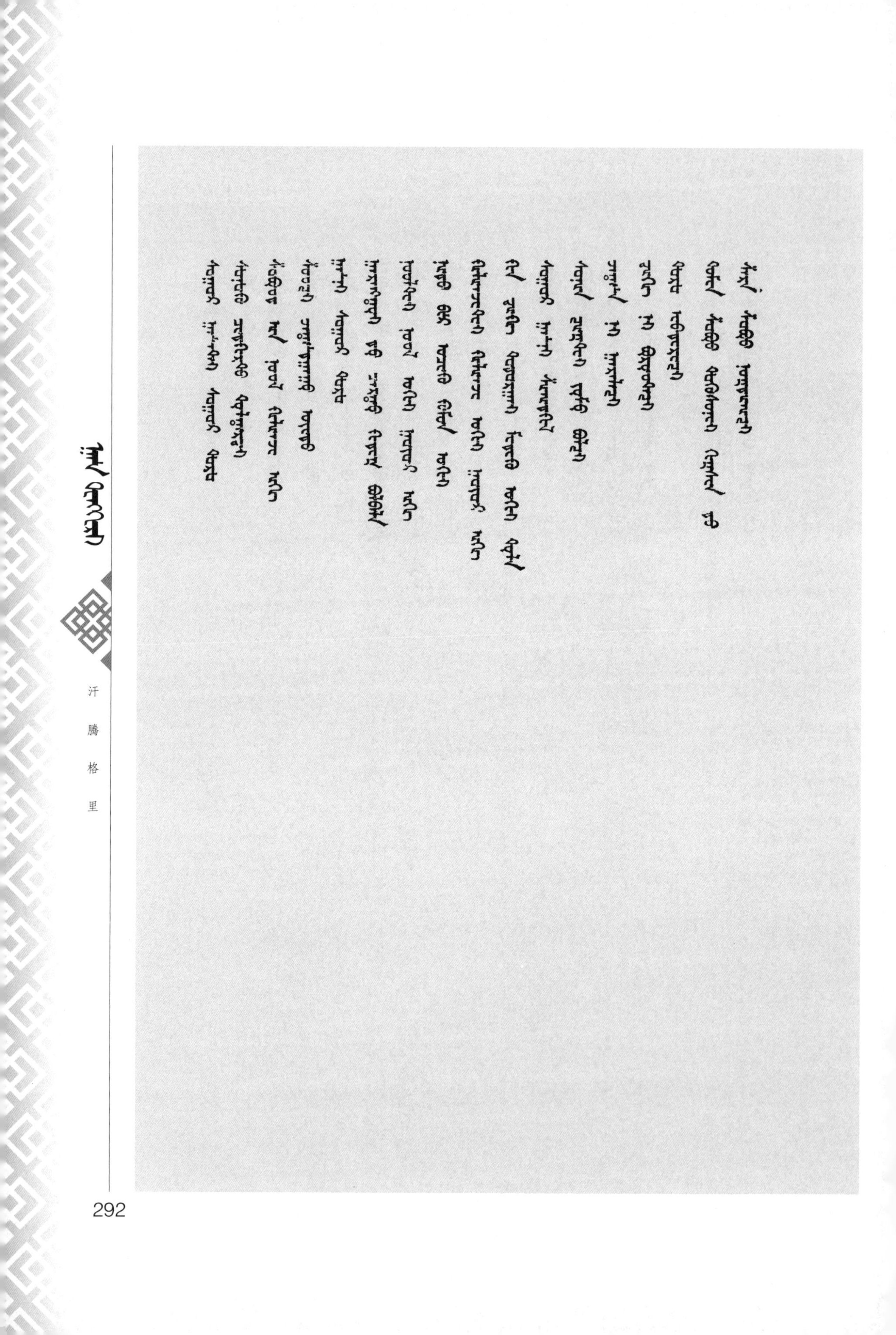

[illegible]
[illegible]
[illegible]
[illegible]
[illegible]
[illegible]
[illegible]
[illegible]
[illegible]
[illegible]
[illegible]
[illegible]
[illegible]
[illegible]
[illegible]
[illegible]
[illegible]

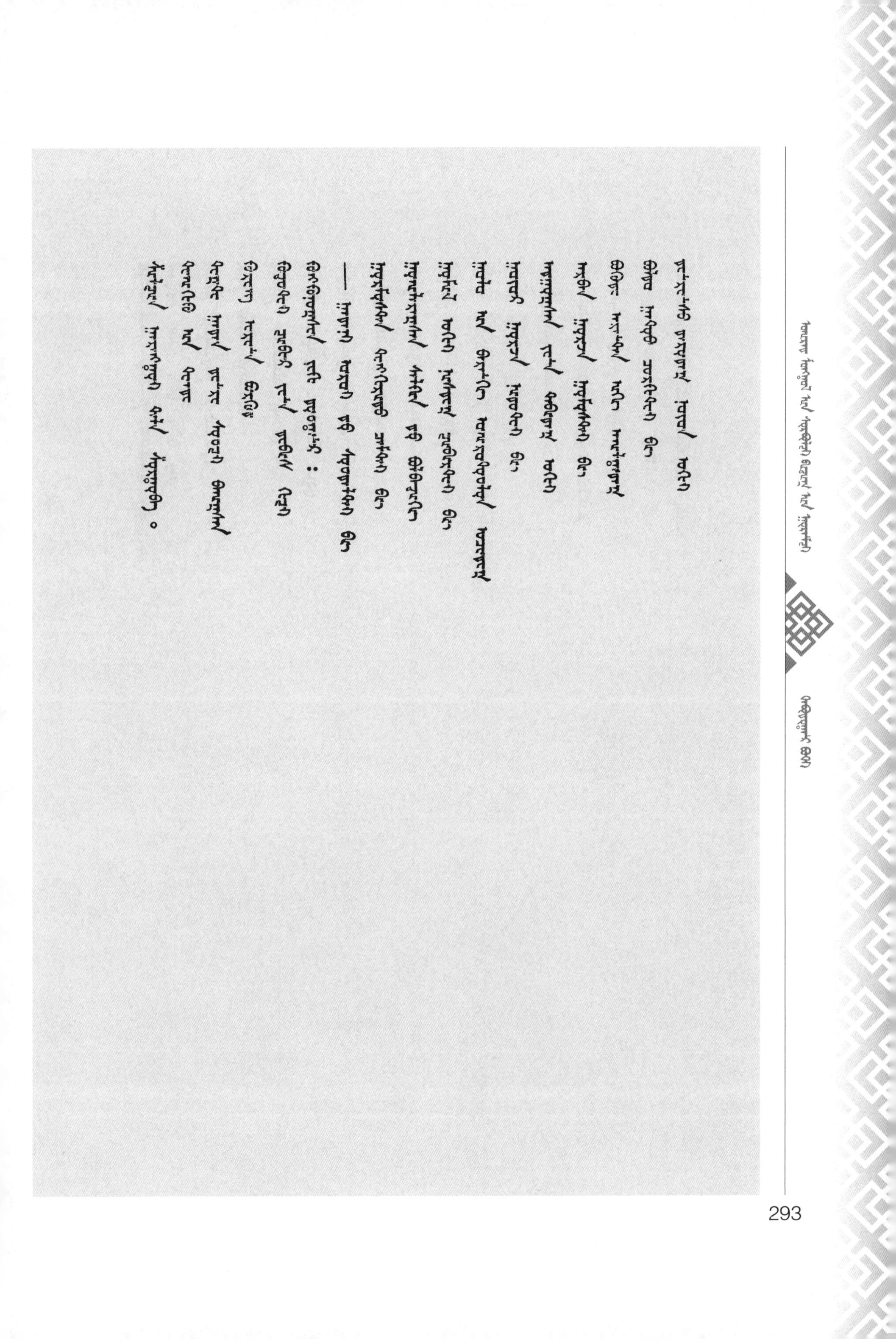

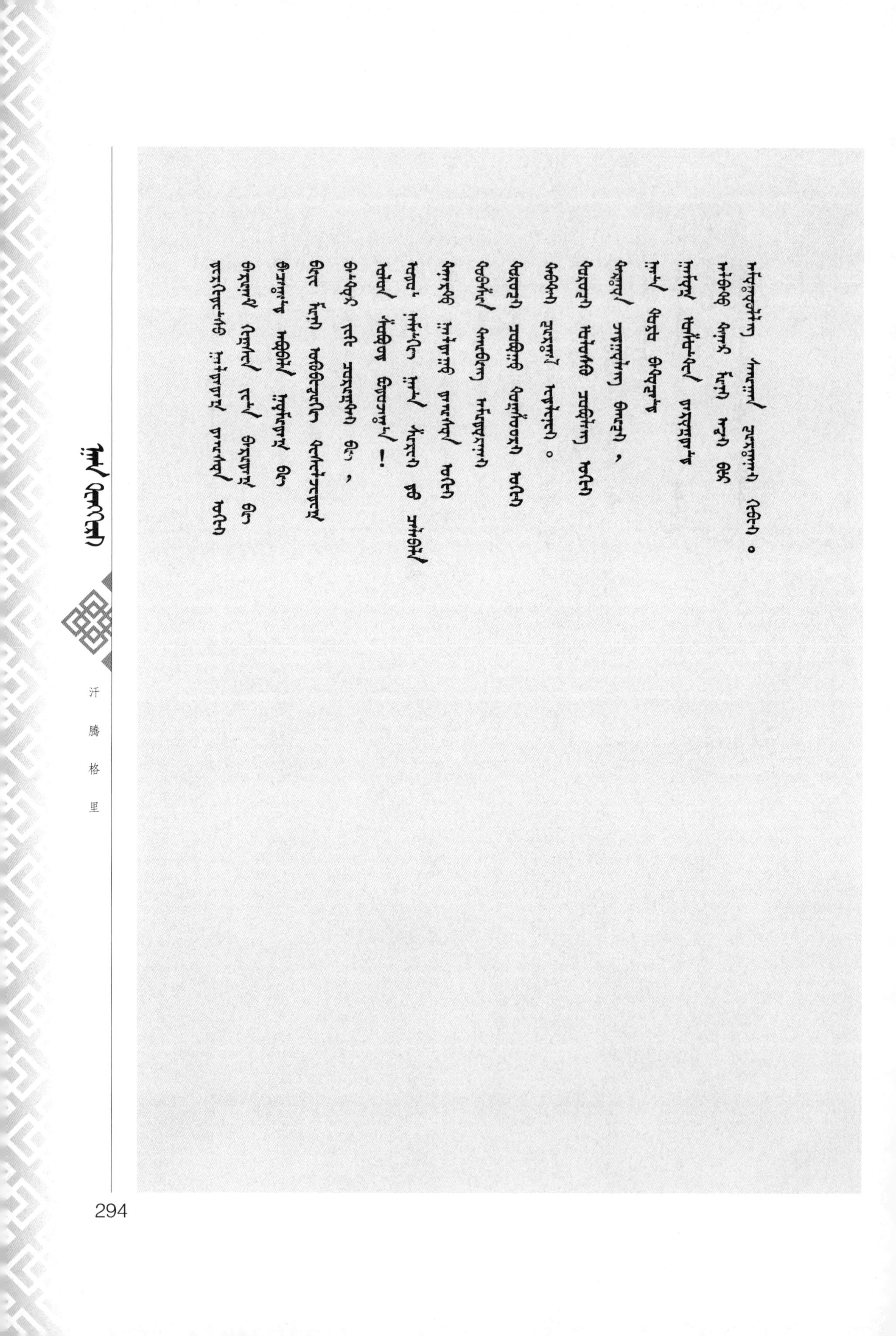

[illegible]
[illegible]
[illegible]
[illegible]
[illegible]
[illegible]
[illegible]
[illegible]
[illegible]
[illegible]
[illegible]
[illegible]
[illegible]
[illegible]
[illegible]
[illegible]
[illegible]
[illegible]

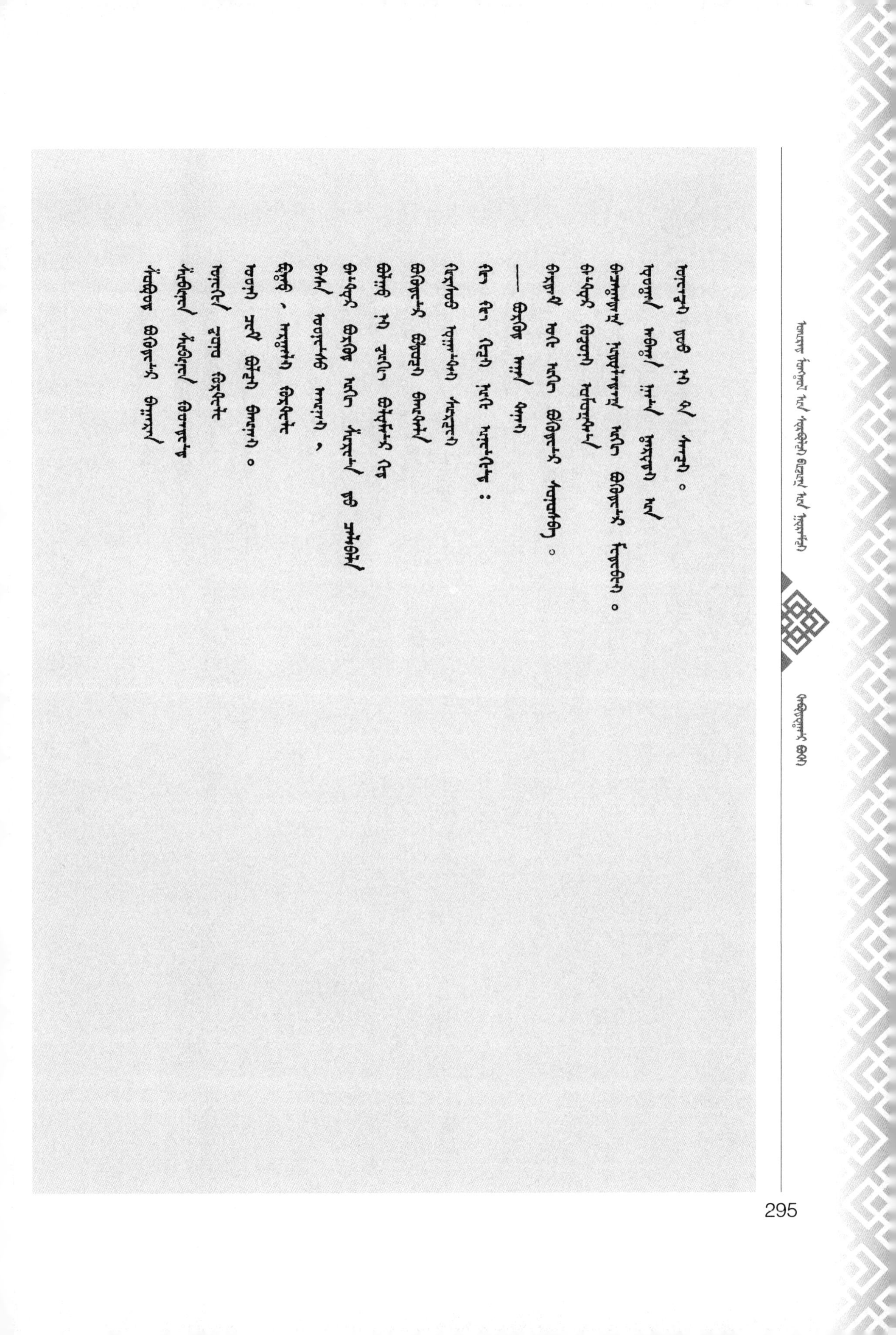

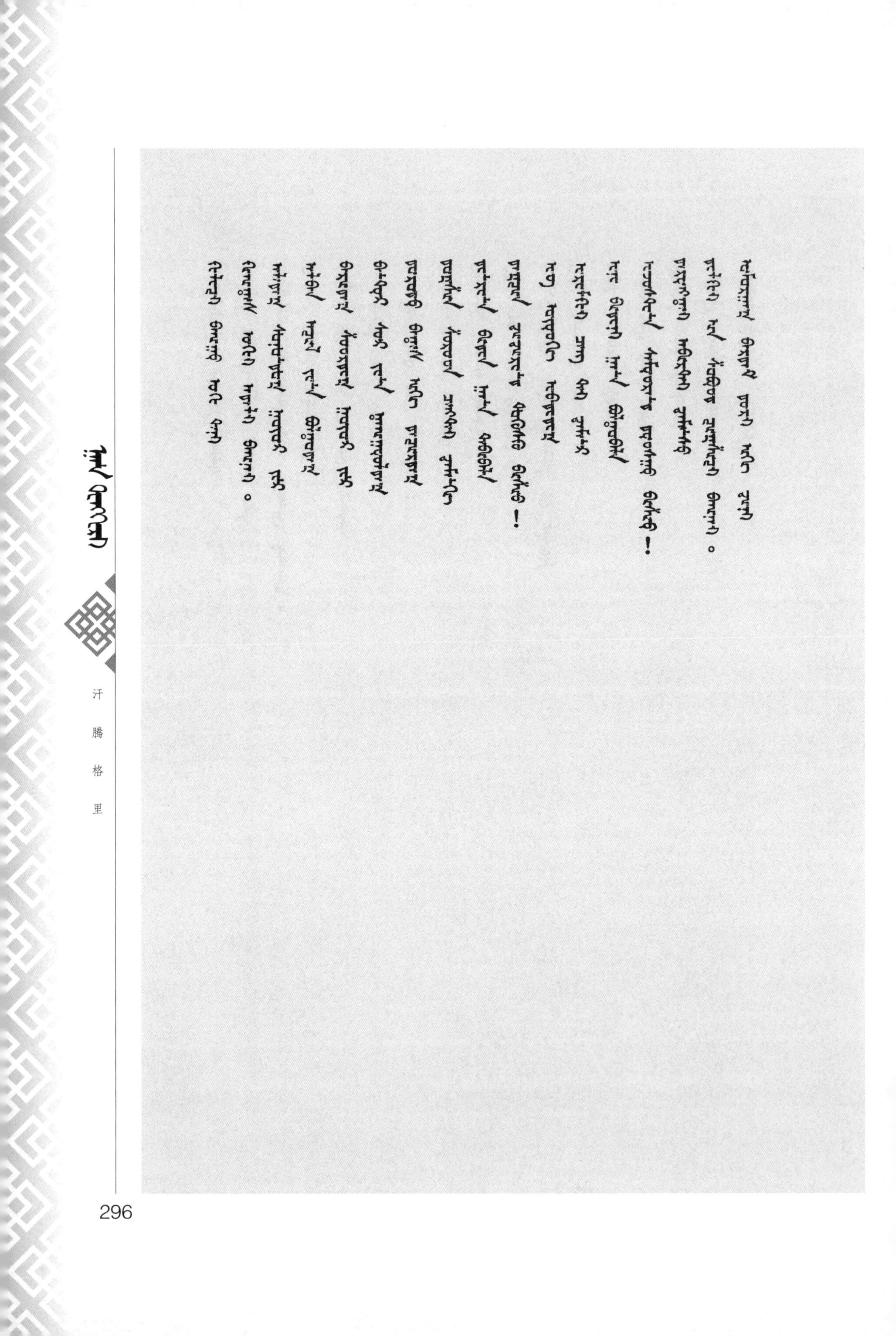

[illegible]
[illegible] 。
[illegible]
[illegible] !
[illegible]
[illegible]
[illegible]
[illegible] !
[illegible]
[illegible]
[illegible]
[illegible]
[illegible]
[illegible]
[illegible]
[illegible] 。
[illegible] 。

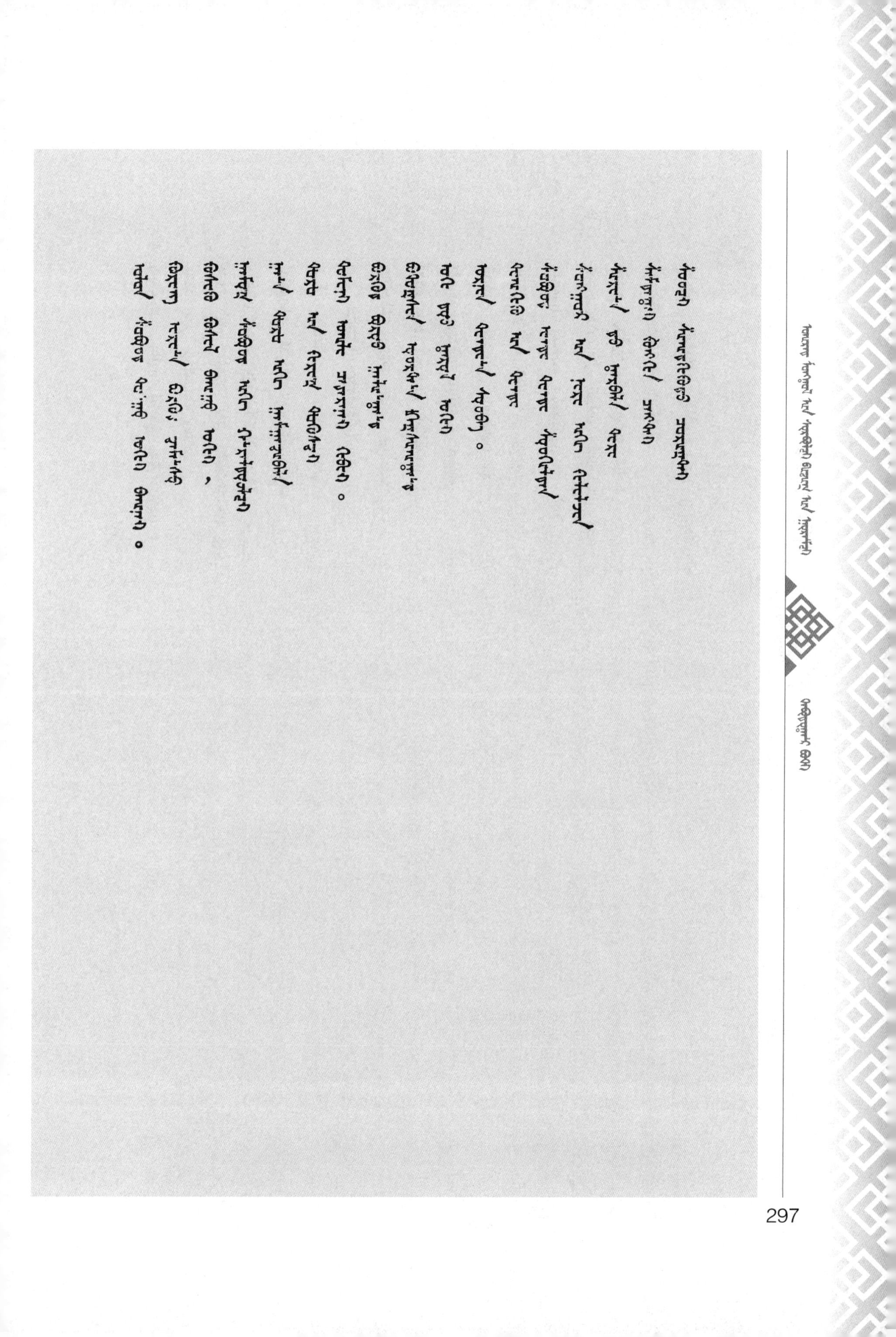

[illegible]
[illegible]
[illegible]
[illegible]
[illegible]
[illegible]
[illegible] ᠃
[illegible]
[illegible]
[illegible]
[illegible] ᠃
[illegible]
[illegible]
[illegible]
[illegible] ᠂
[illegible]
[illegible] ᠃

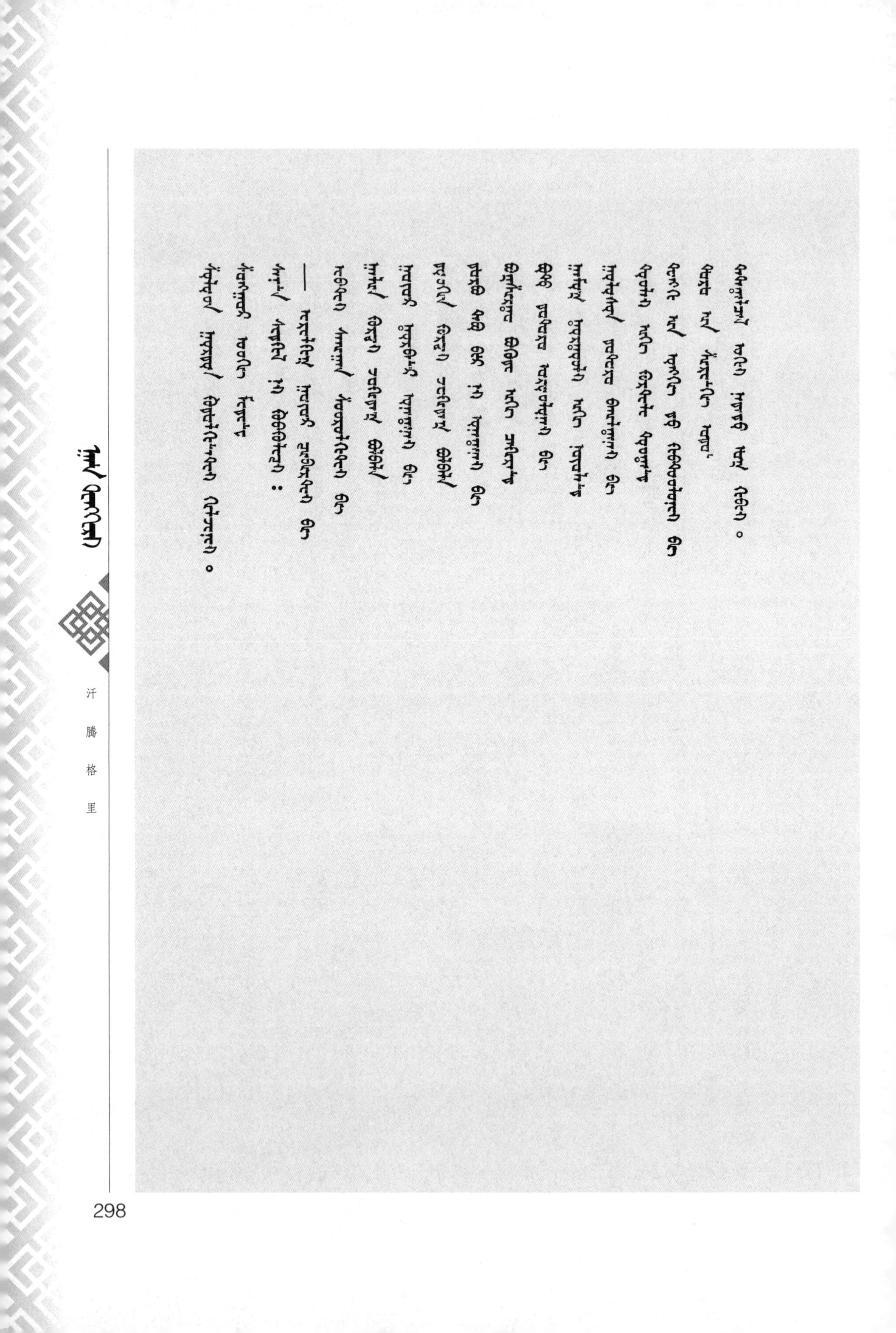

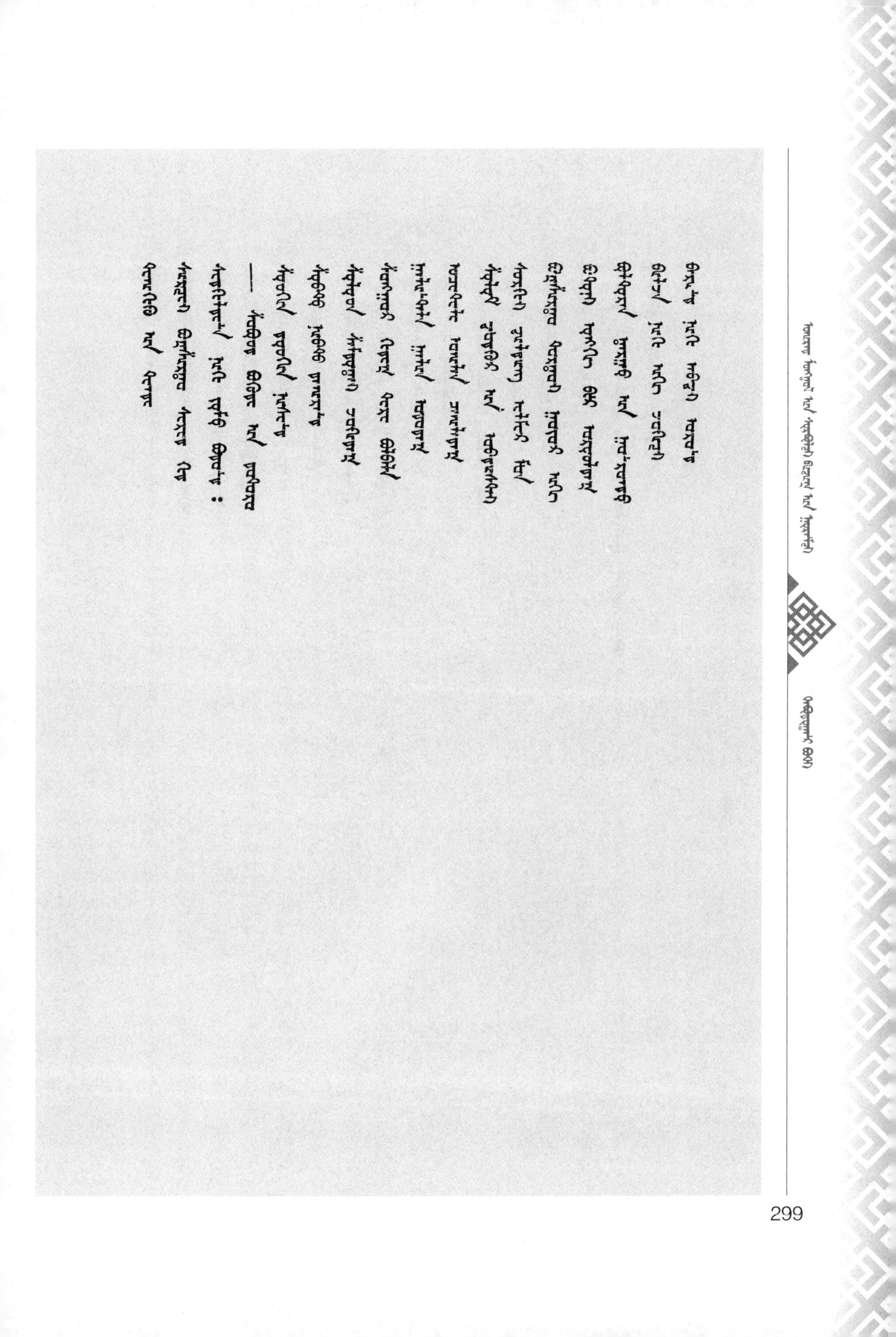

[illegible]

[illegible]
[illegible]
[illegible]
[illegible]
[illegible]
[illegible]
[illegible]
[illegible]
[illegible]
[illegible]
[illegible]
[illegible]
[illegible]
— [illegible]
[illegible] :
[illegible]
[illegible]

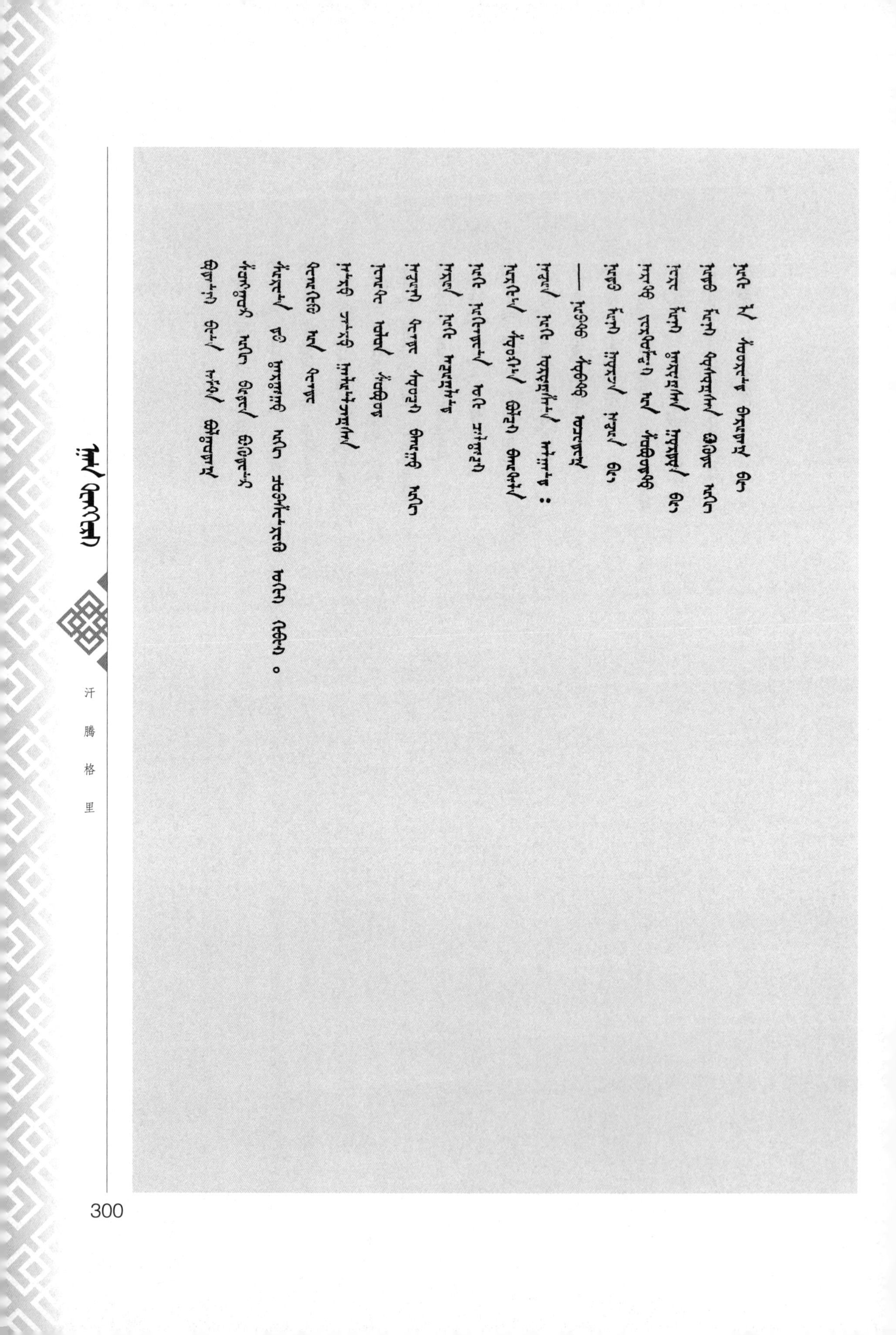

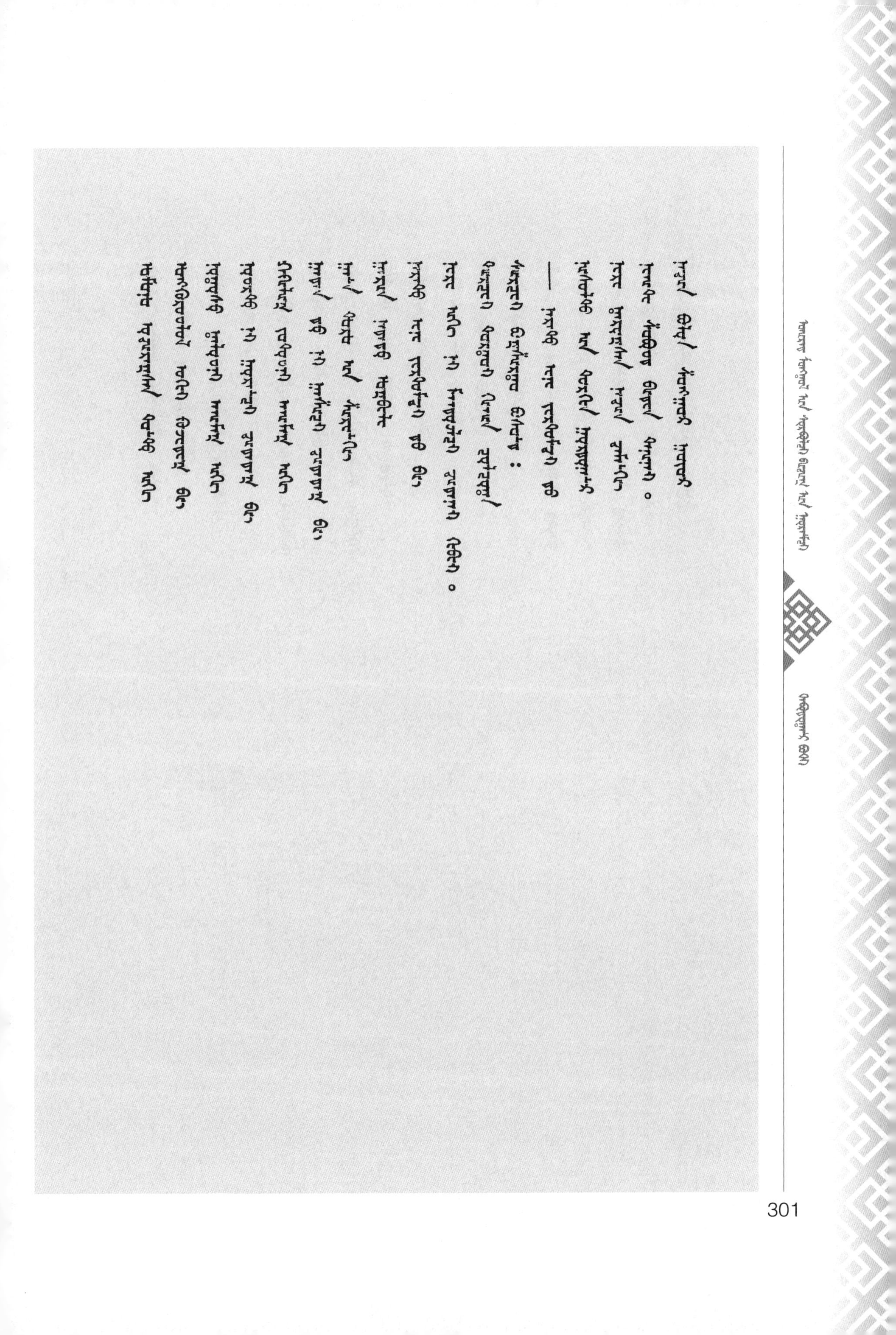

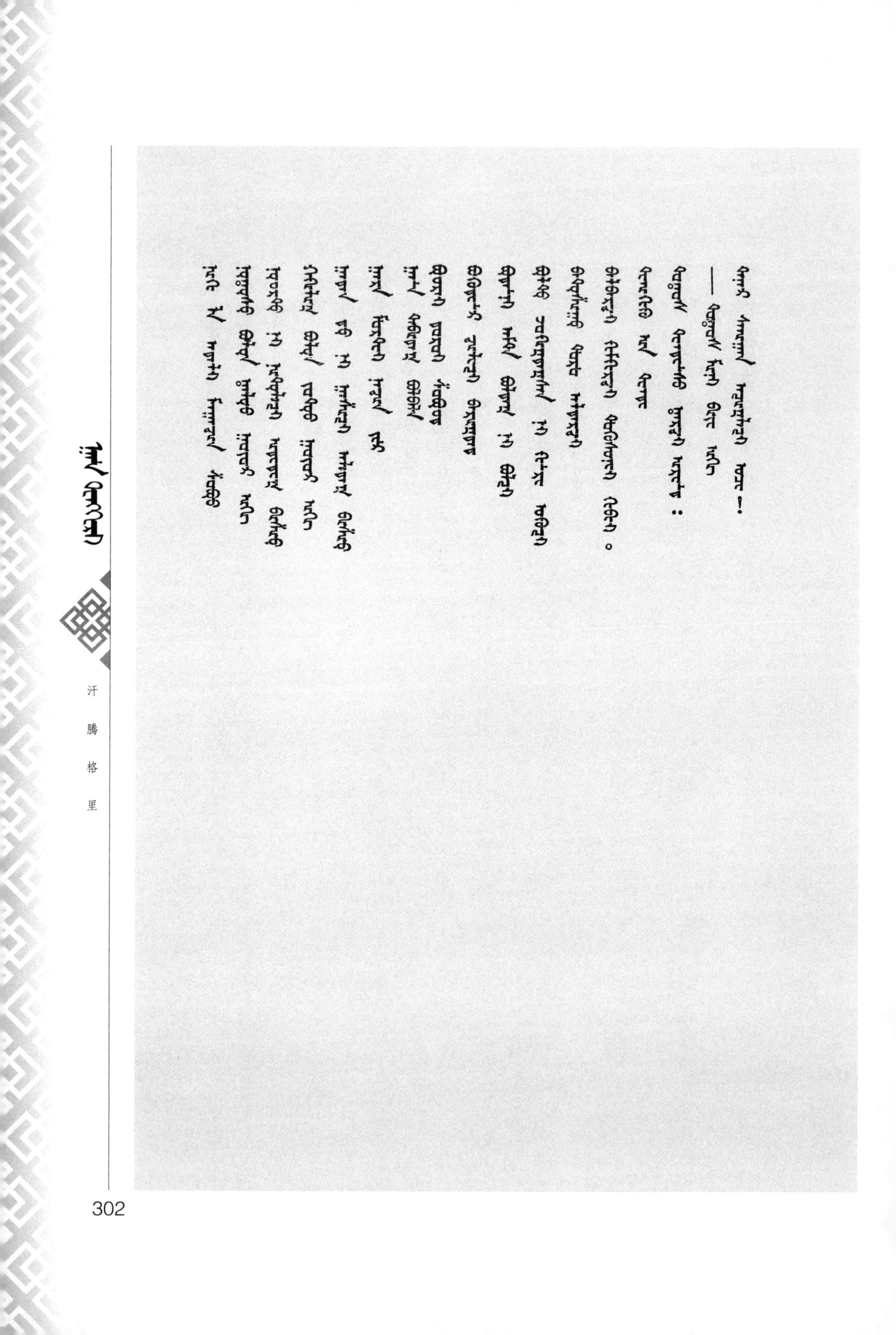

[illegible] !
— [illegible]
[illegible] :
[illegible]
[illegible] 。
[illegible]
[illegible]
[illegible]
[illegible]
[illegible]
[illegible]
[illegible]
[illegible]
[illegible]
[illegible]
[illegible]
[illegible]

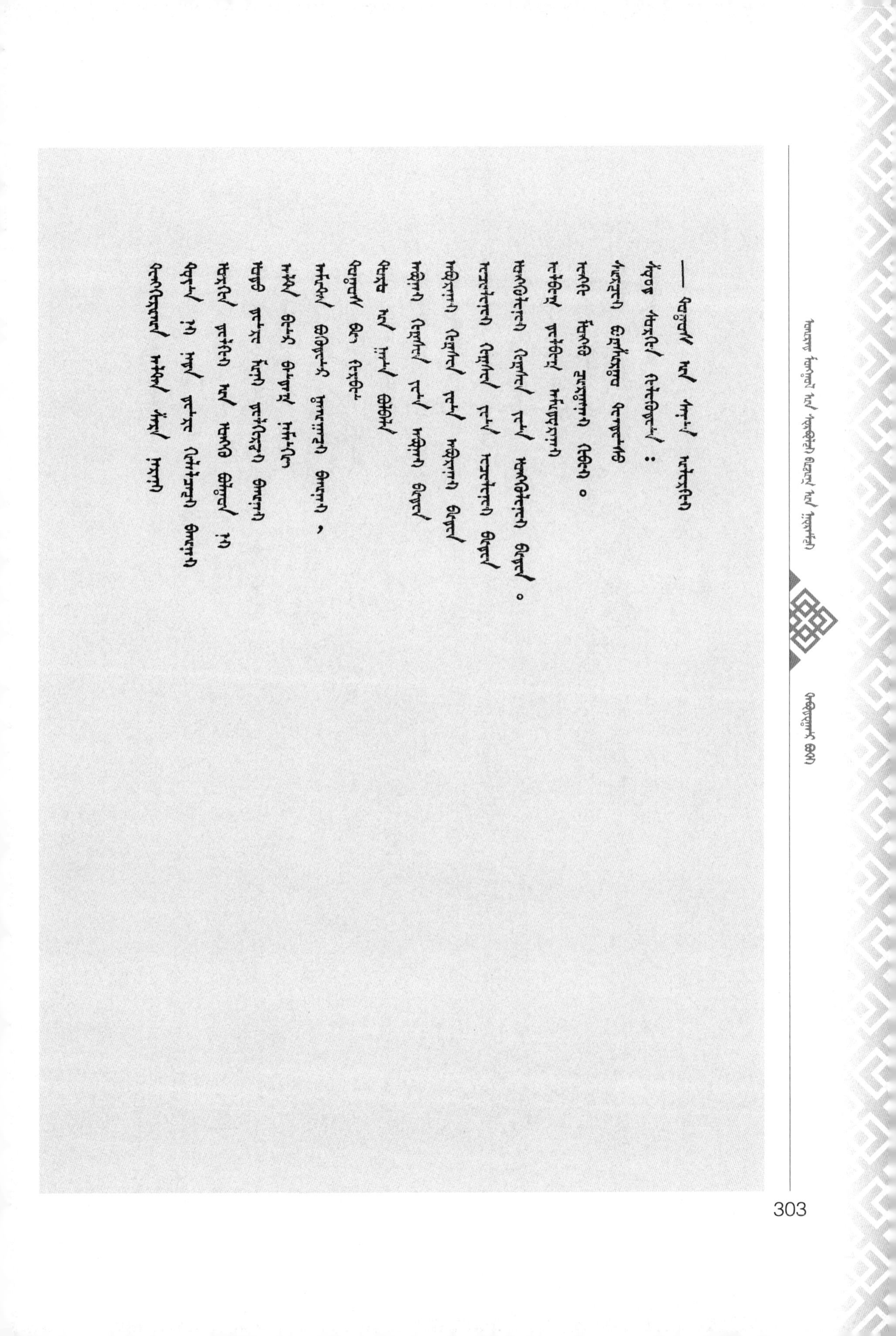

— [illegible]
[illegible] :
[illegible]
[illegible] ◦
[illegible]
[illegible] ◦
[illegible]
[illegible]
[illegible]
[illegible]
[illegible]
[illegible] ,
[illegible]
[illegible]
[illegible]
[illegible]
[illegible]

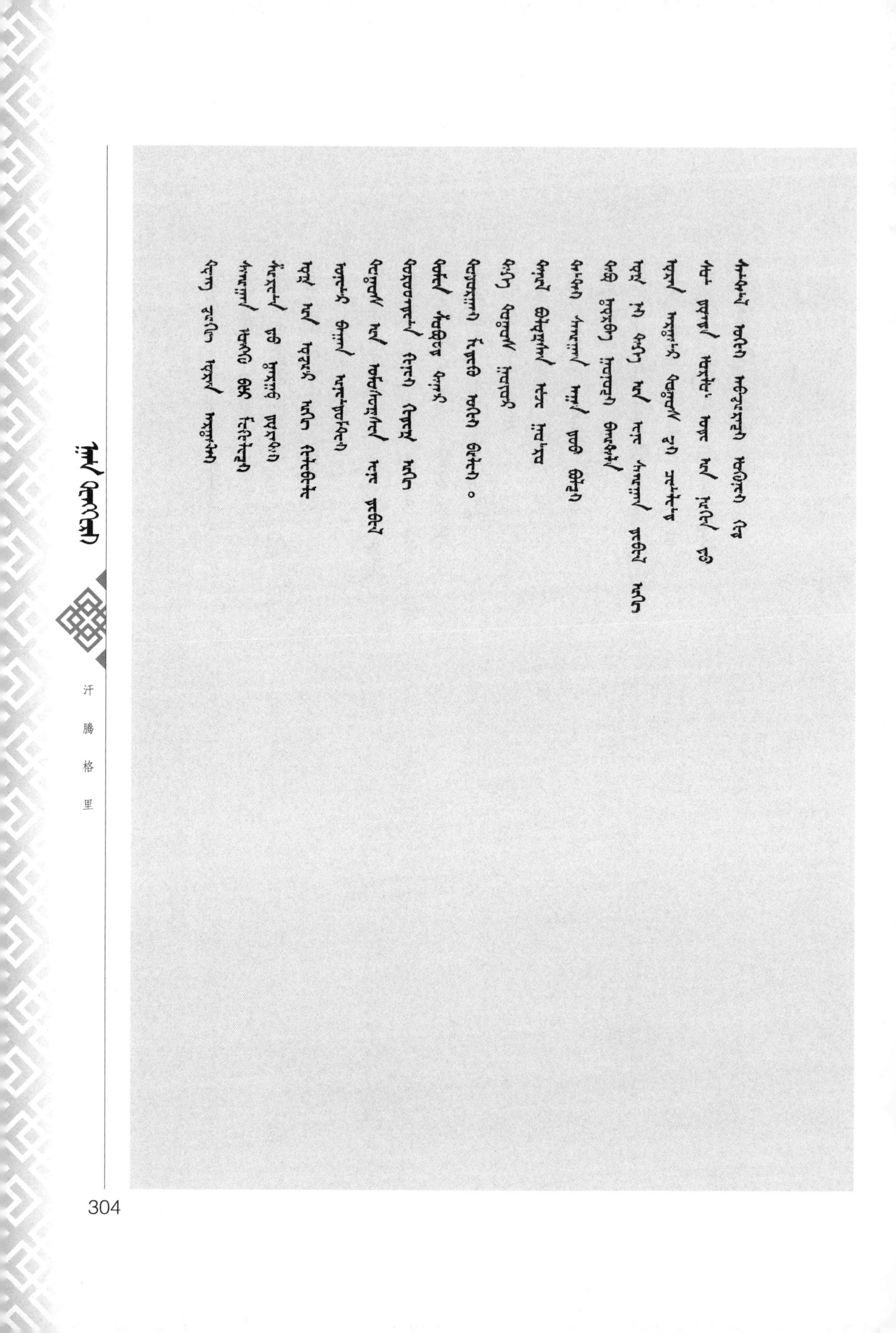

[illegible]
[illegible]
[illegible]
[illegible]
[illegible]
[illegible]
[illegible]
[illegible]
[illegible] 。
[illegible]
[illegible]
[illegible]
[illegible]
[illegible]
[illegible]
[illegible]
[illegible]

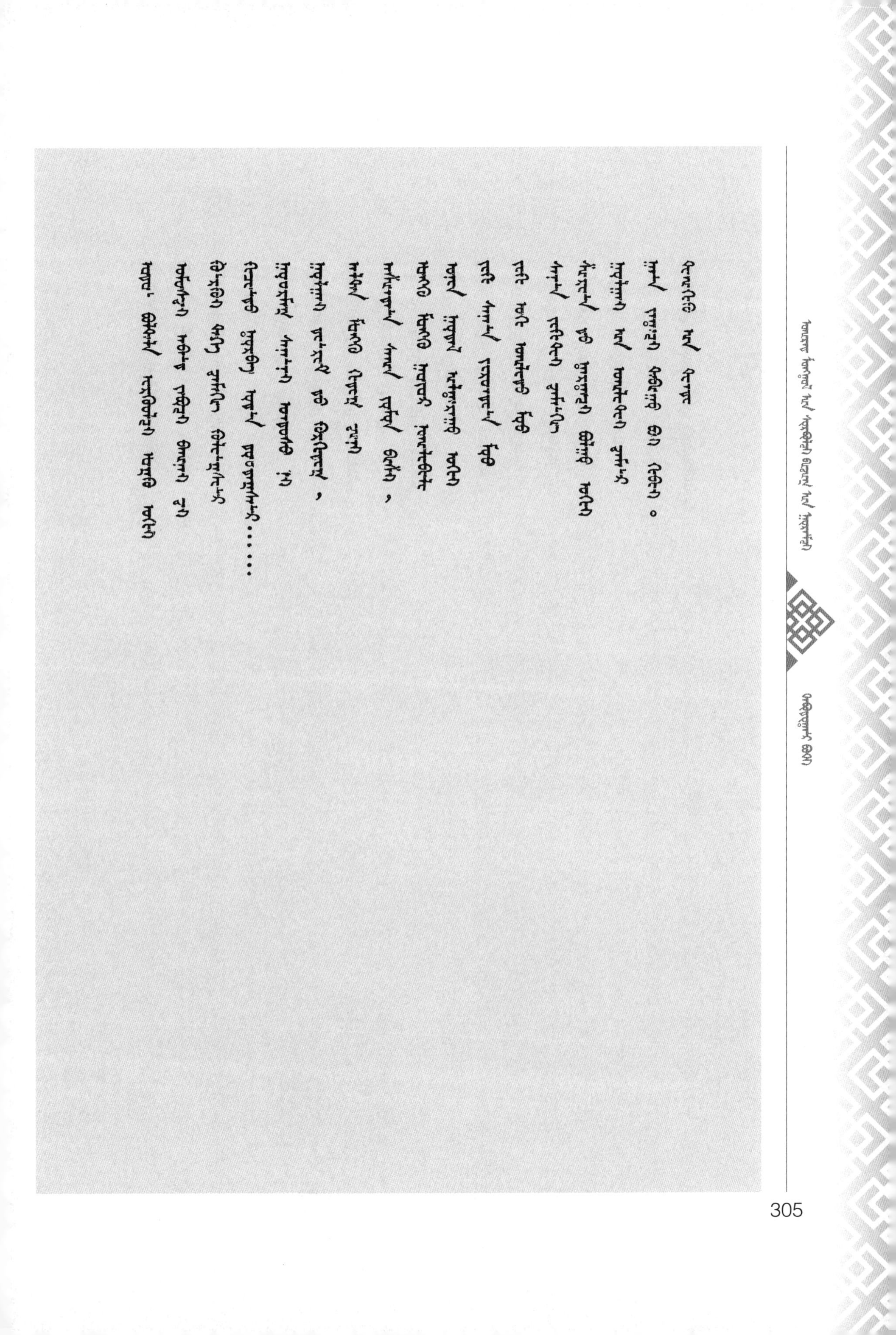

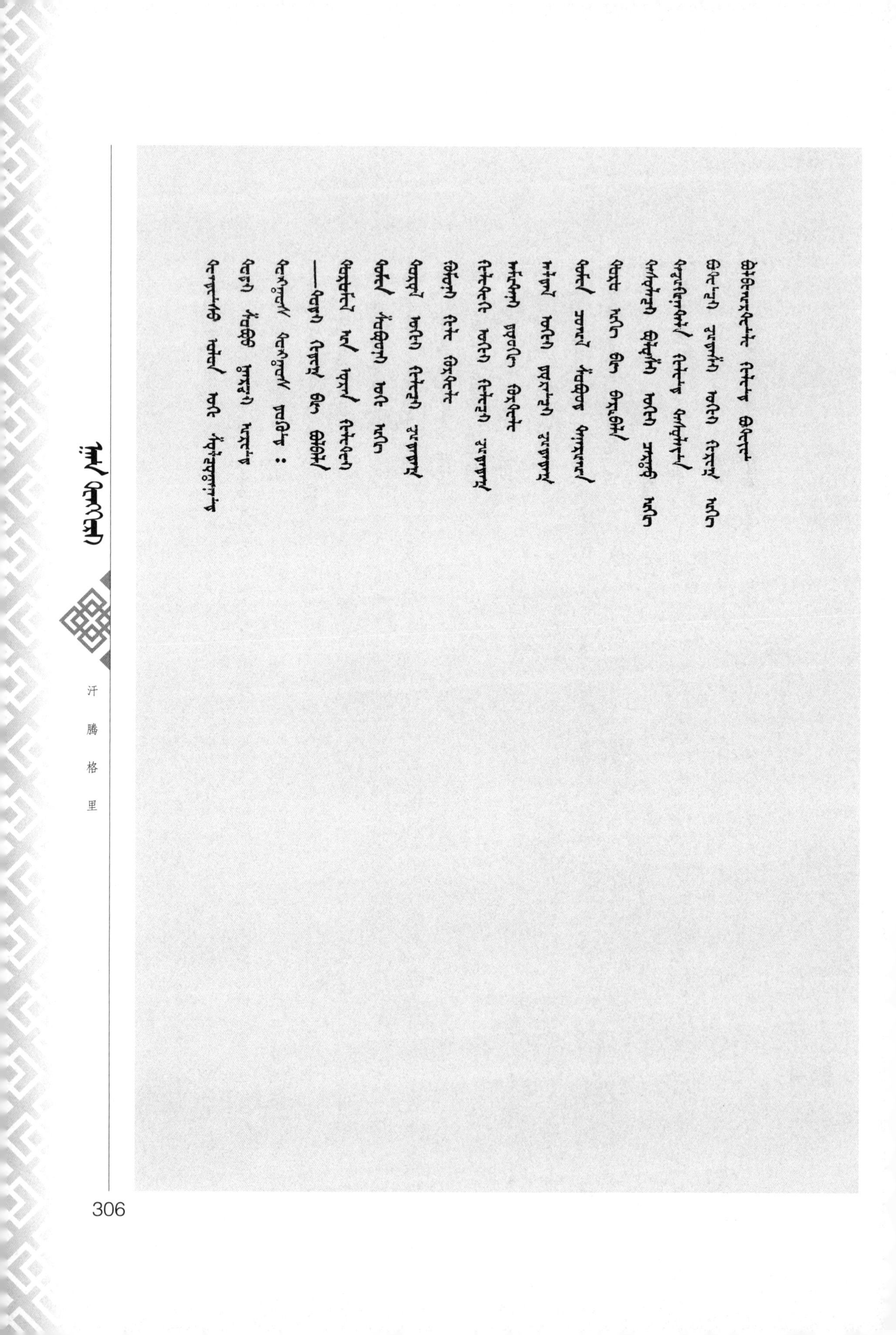

[illegible]
[illegible]
[illegible]
[illegible]
[illegible]
[illegible]
[illegible]
[illegible]
[illegible]
[illegible]
[illegible]
[illegible]
[illegible]
[illegible]
[illegible]
[illegible]
[illegible]

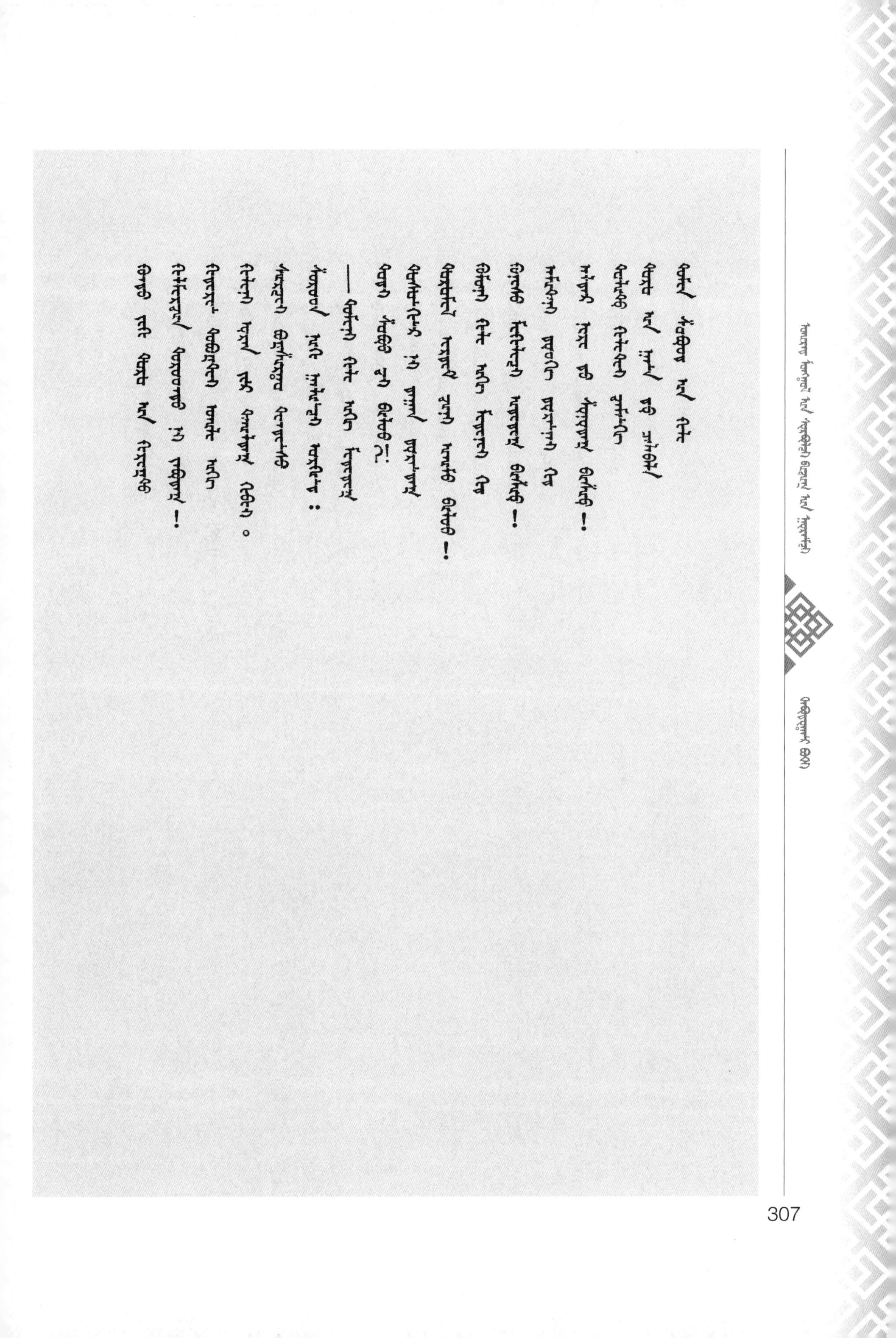

[illegible]
[illegible]
[illegible]
[illegible] !
[illegible]
[illegible] !
[illegible]
[illegible] !
[illegible]
[illegible] ?!
—— [illegible]
[illegible] :
[illegible]
[illegible] 。
[illegible]
[illegible] !
[illegible]

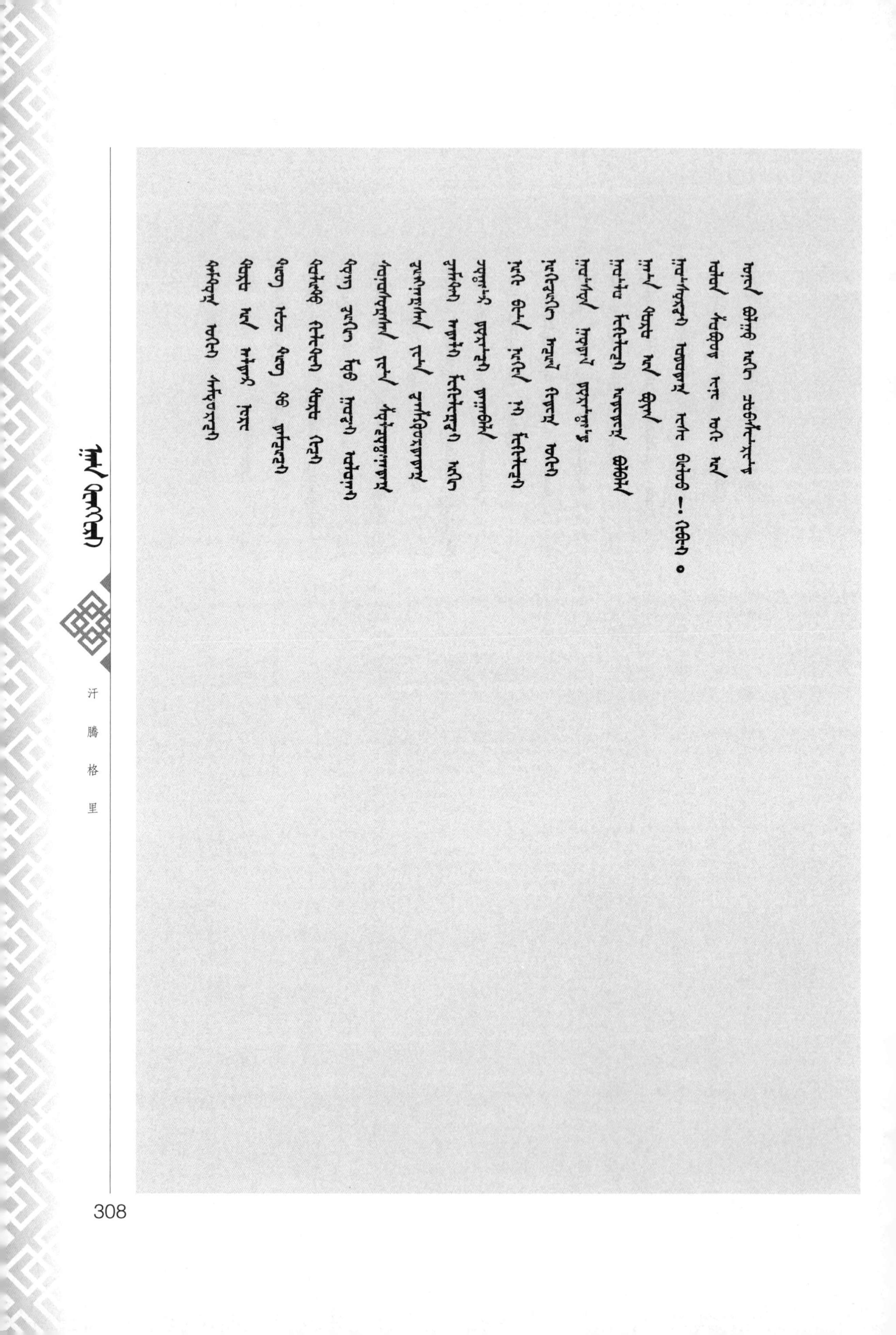

[illegible]

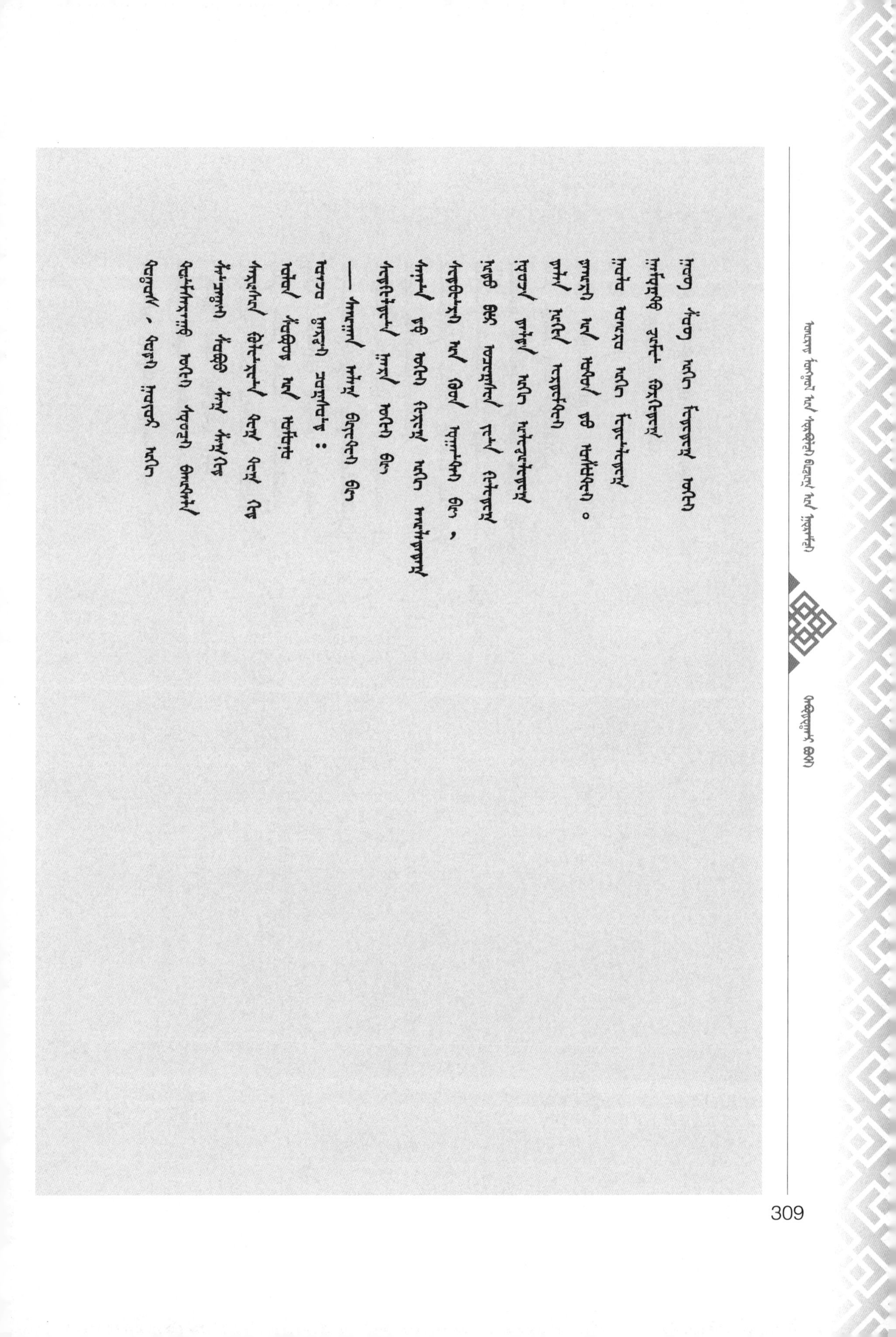

[illegible]
[illegible]
[illegible]
[illegible] 。
[illegible]
[illegible]
[illegible]
[illegible] ,
[illegible]
[illegible]
—— [illegible]
[illegible] :
[illegible]
[illegible]
[illegible]
[illegible]
[illegible] , [illegible]

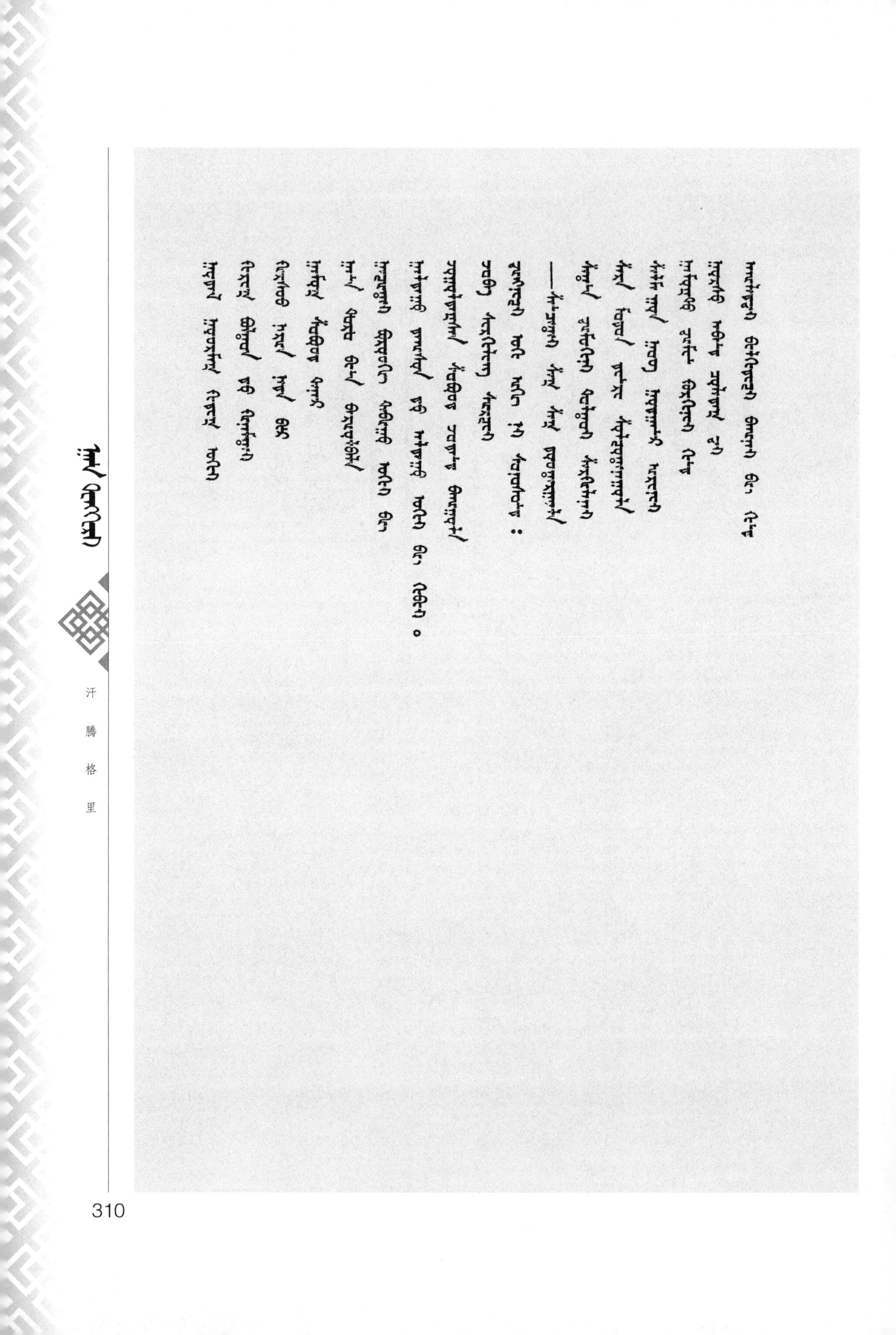

[illegible]

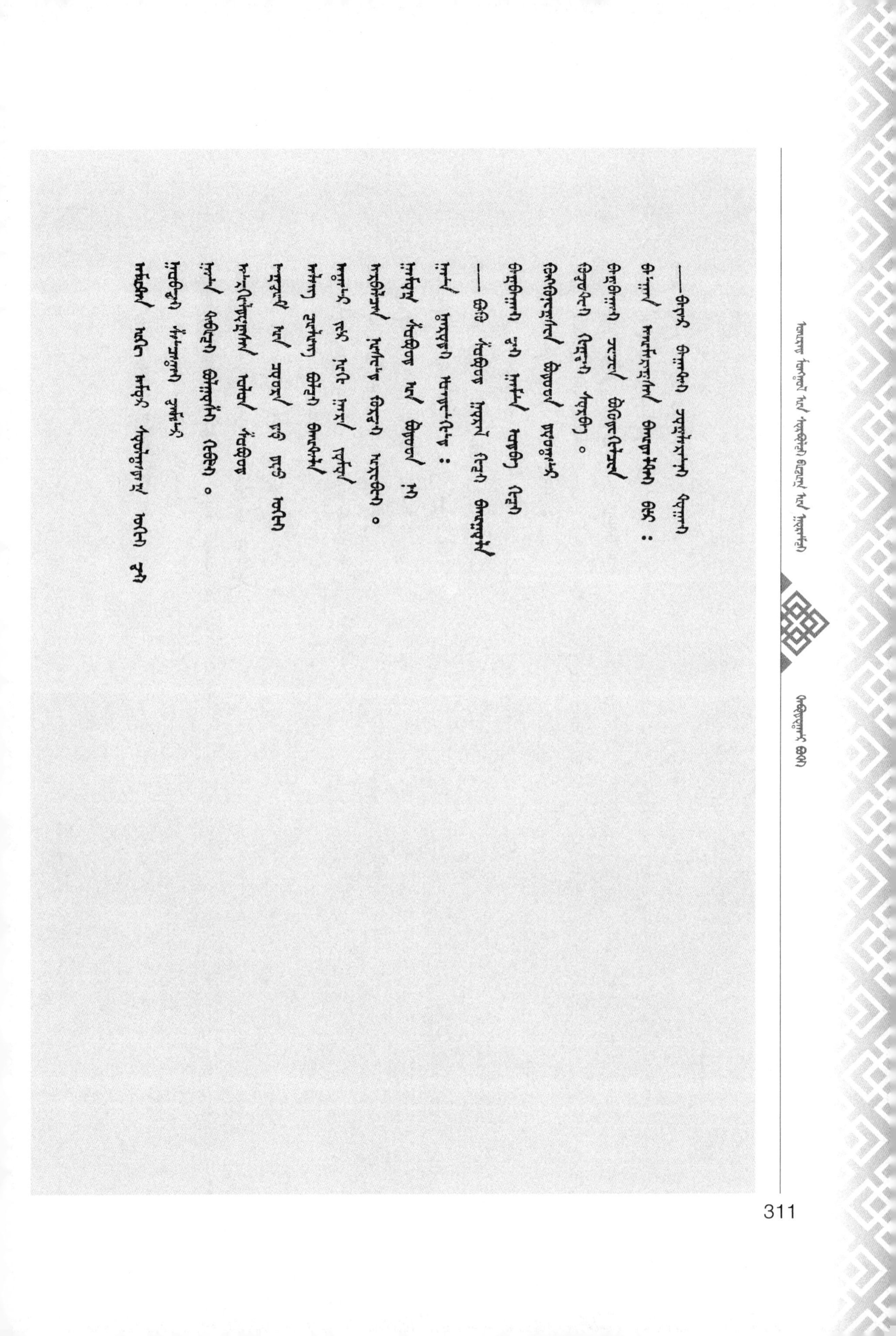

[illegible]
[illegible]
[illegible]
[illegible]
[illegible]
[illegible]
[illegible]
[illegible]
[illegible]
[illegible]
[illegible]
[illegible]
[illegible]
[illegible]
[illegible]
[illegible]
[illegible]

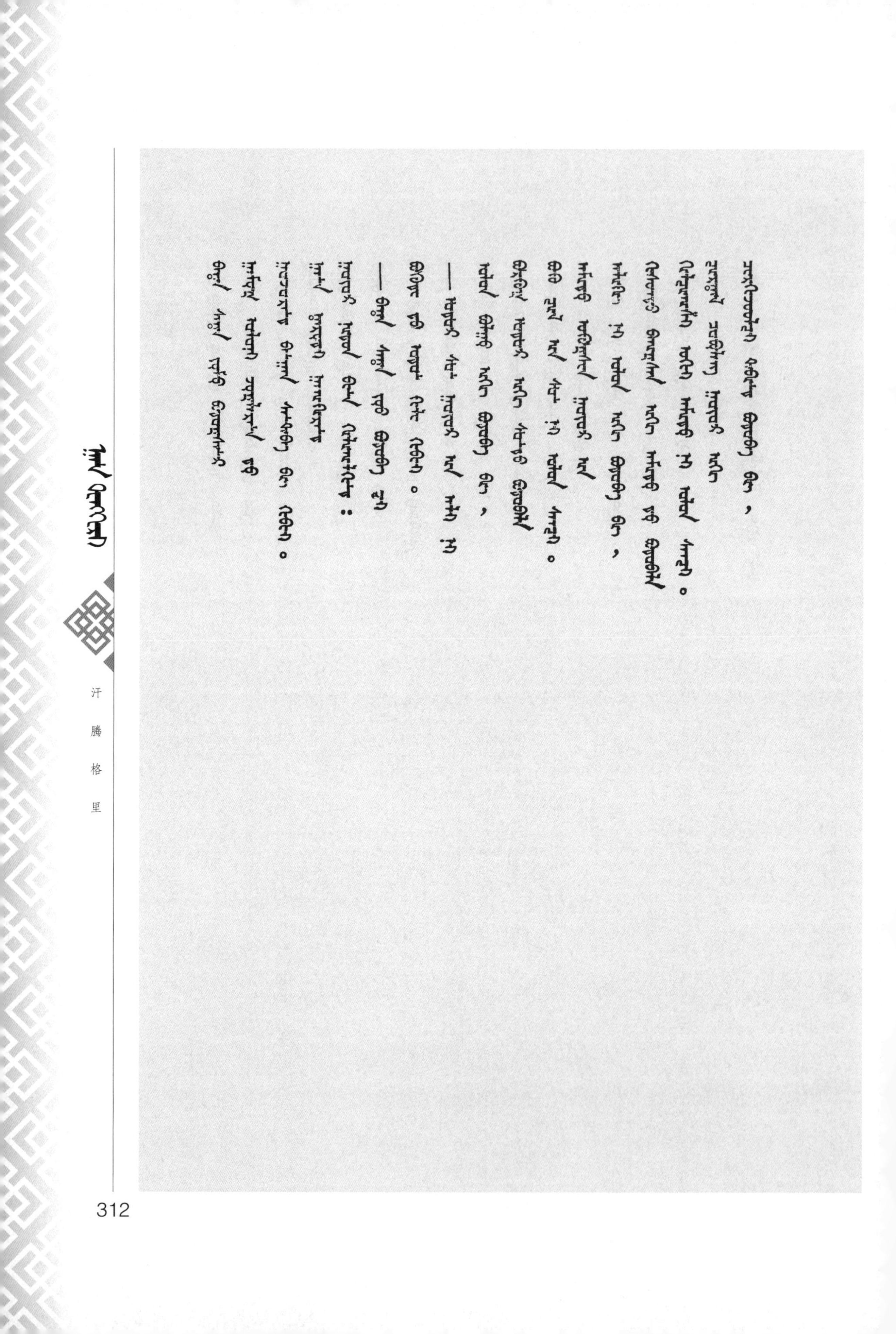

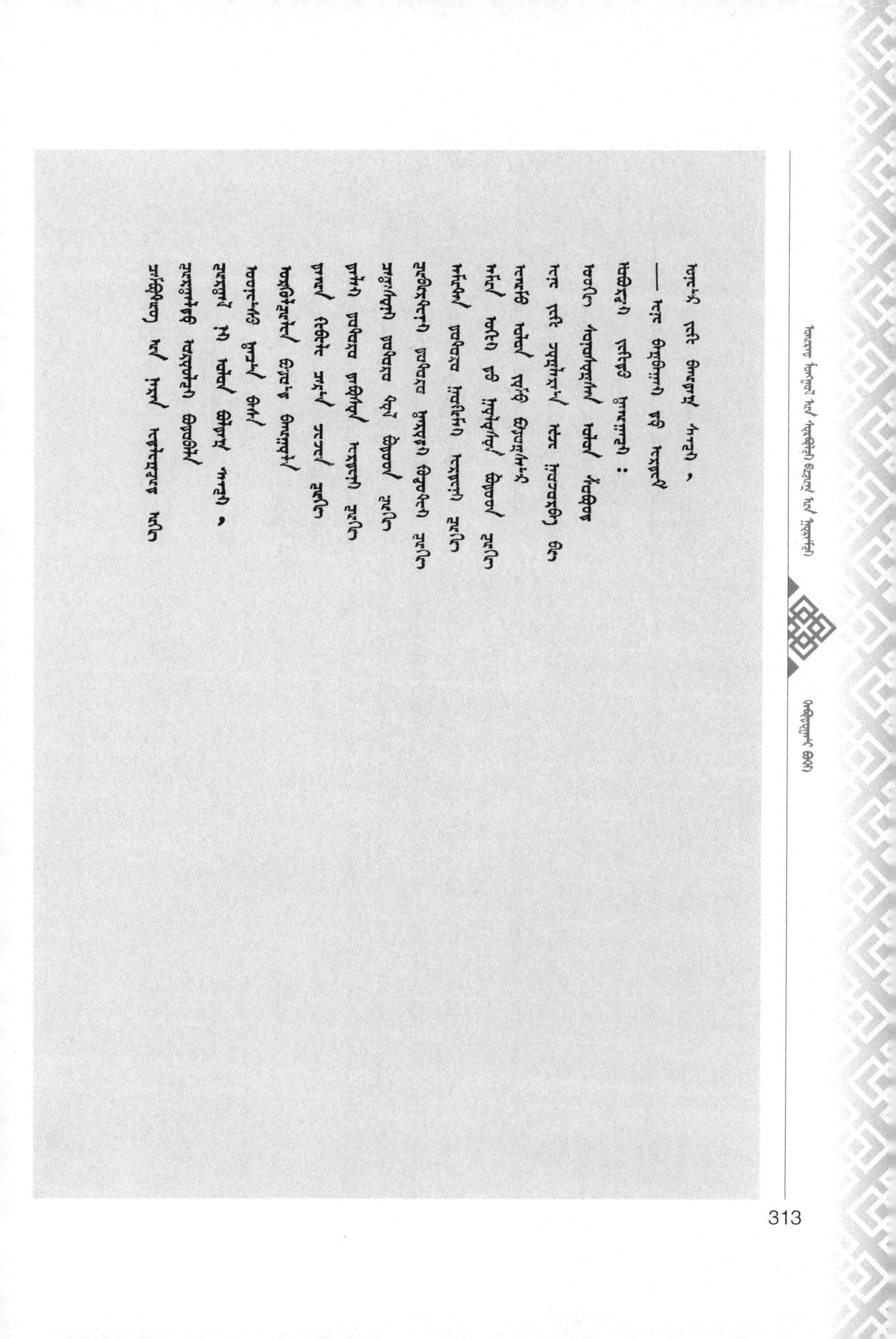

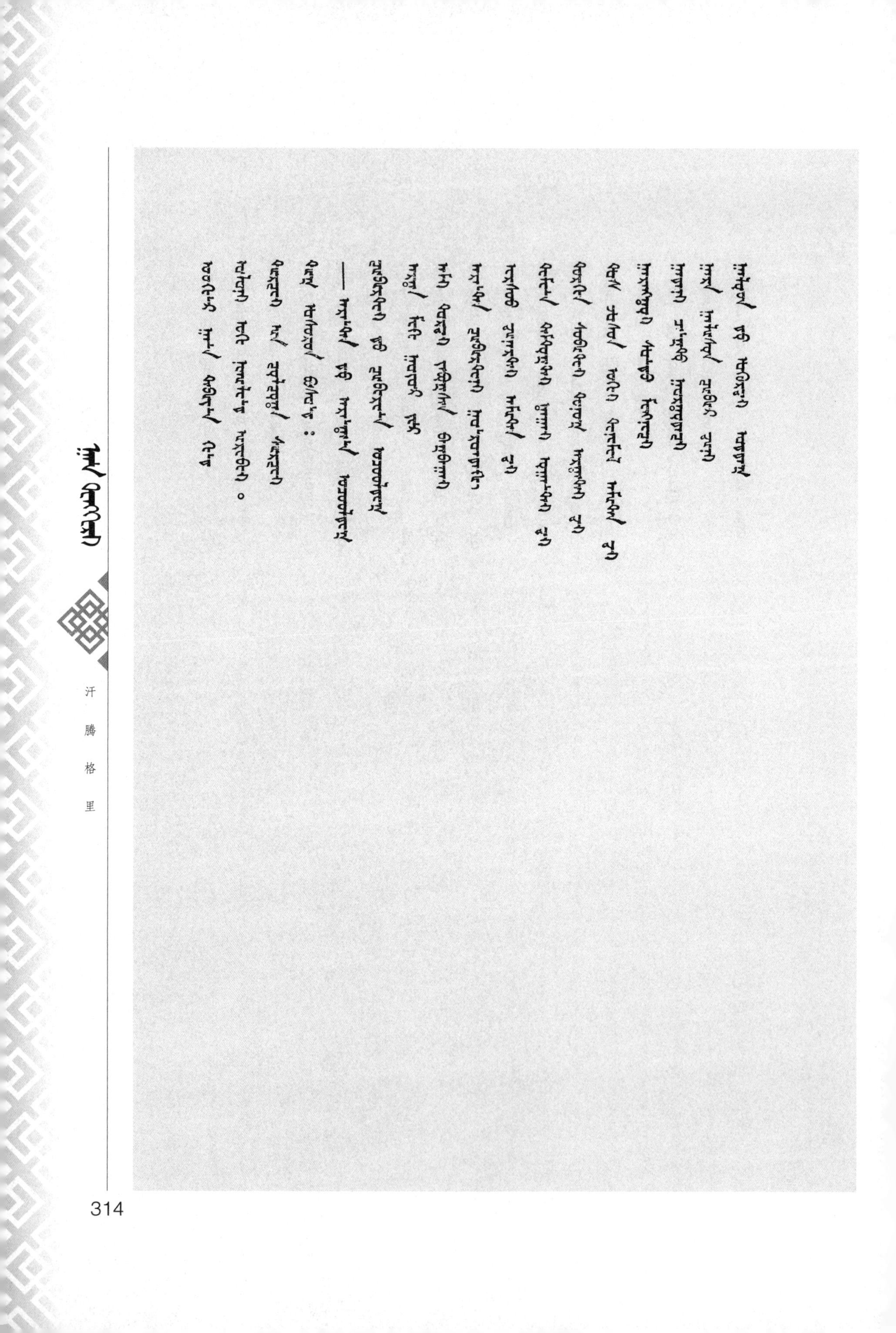

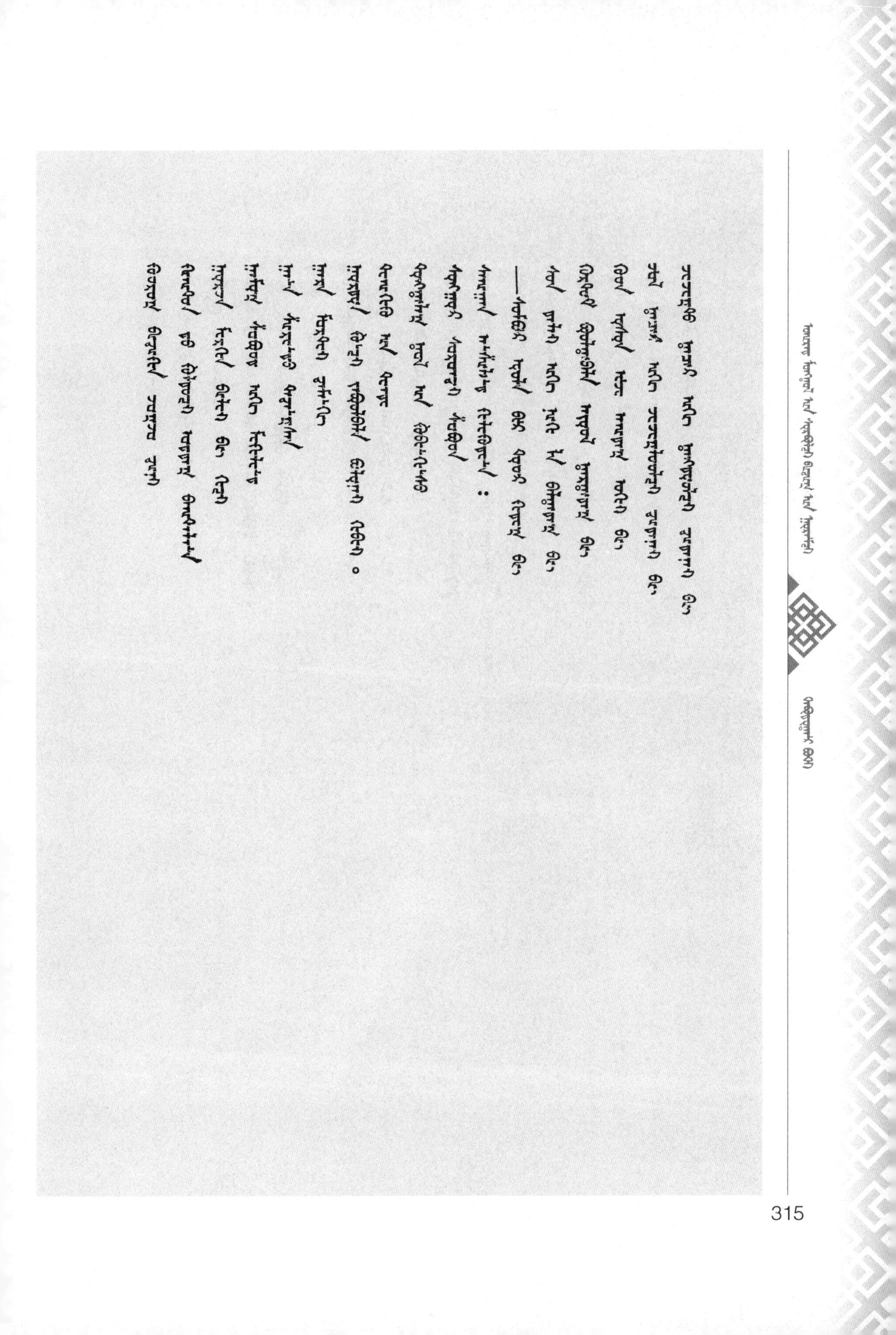

[illegible] ᡋᡅ᠂
[illegible] ᡋᡅ᠂
[illegible] ᡋᡅ᠂
[illegible] ᡋᡅ᠂
[illegible] ᡋᡅ᠂
——[illegible] ᡋᡅ᠂
[illegible] :
[illegible]
[illegible]
[illegible]
[illegible] ᠃
[illegible]
[illegible]
[illegible]
[illegible]
[illegible]
[illegible]

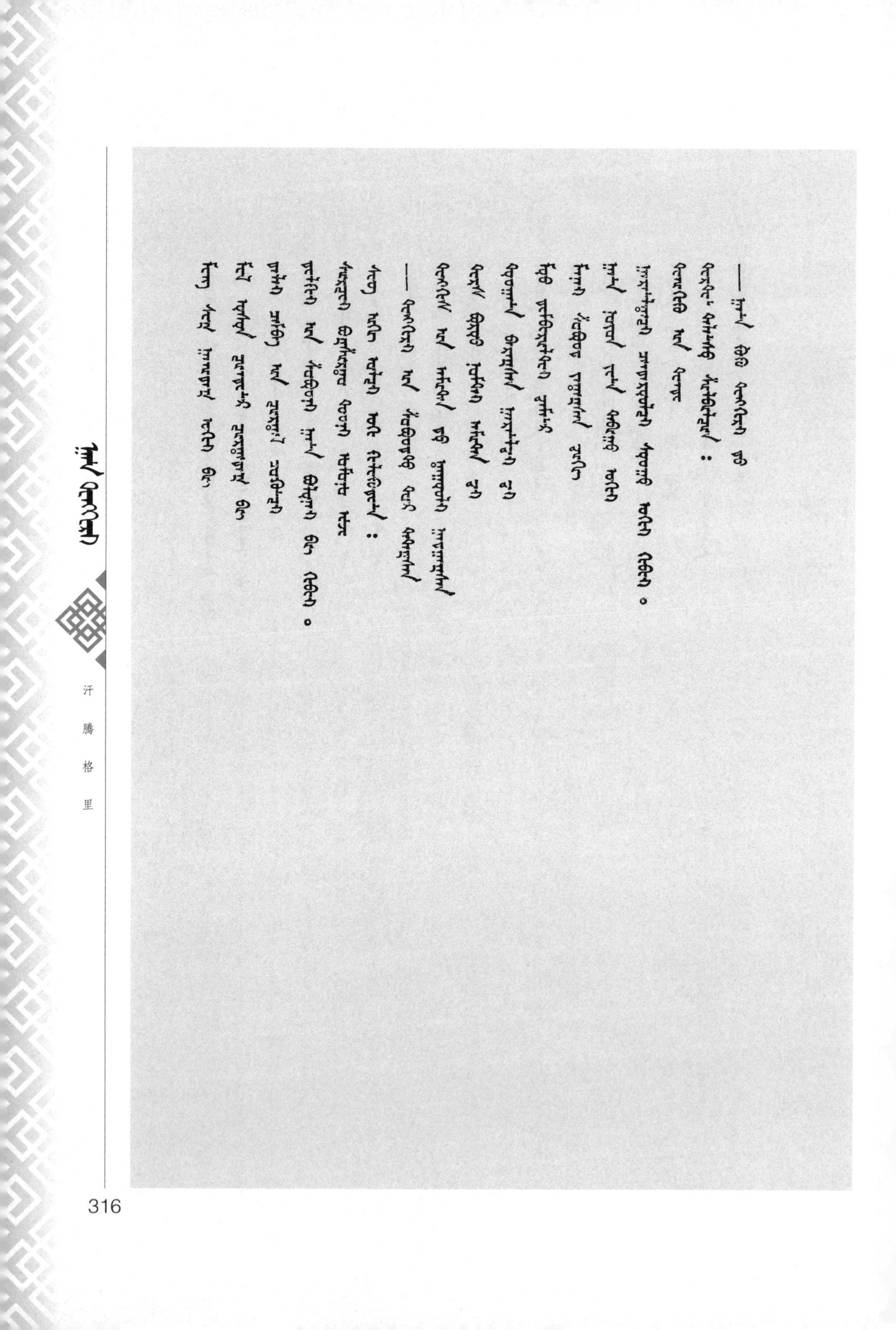

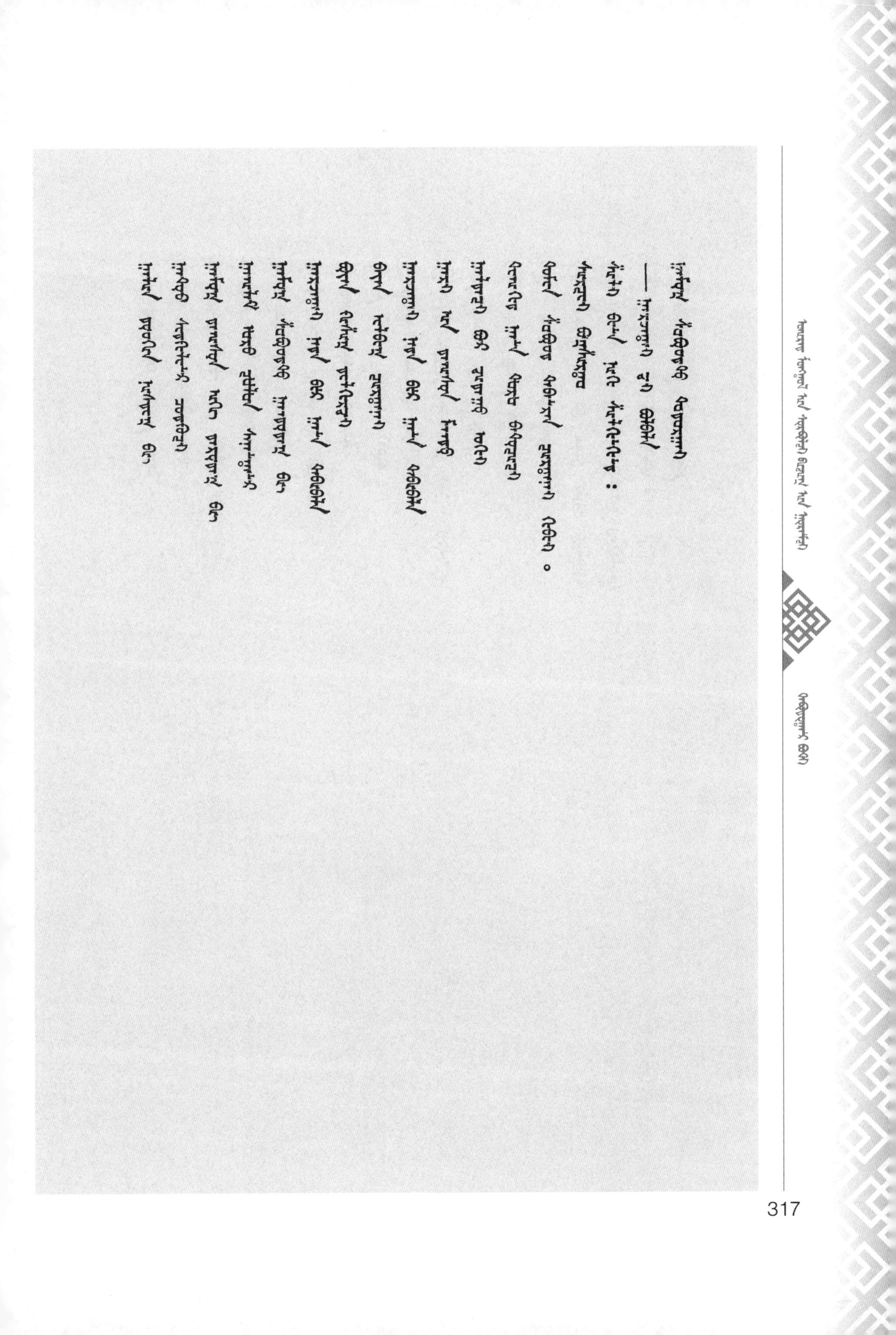

[illegible]
— [illegible]
[illegible] :
[illegible]
[illegible] 。
[illegible]
[illegible]
[illegible]
[illegible]
[illegible]
[illegible]
[illegible]
[illegible]
[illegible]
[illegible]
[illegible]
[illegible]

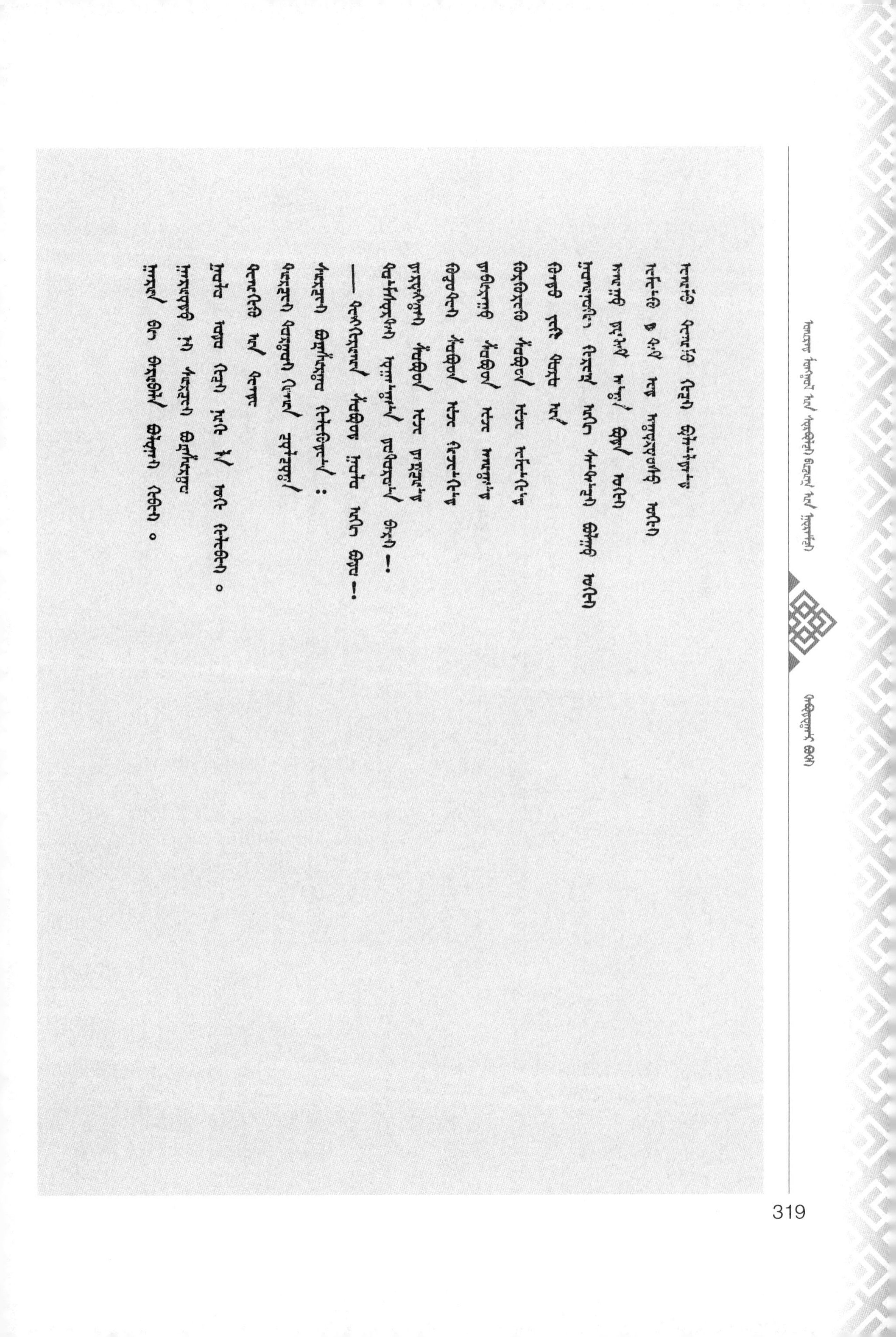

[illegible]
[illegible]
[illegible]
[illegible]
[illegible]
[illegible]
[illegible]
[illegible]
[illegible]
[illegible] !
—— [illegible] !
[illegible] :
[illegible]
[illegible]
[illegible] 。
[illegible]
[illegible] 。

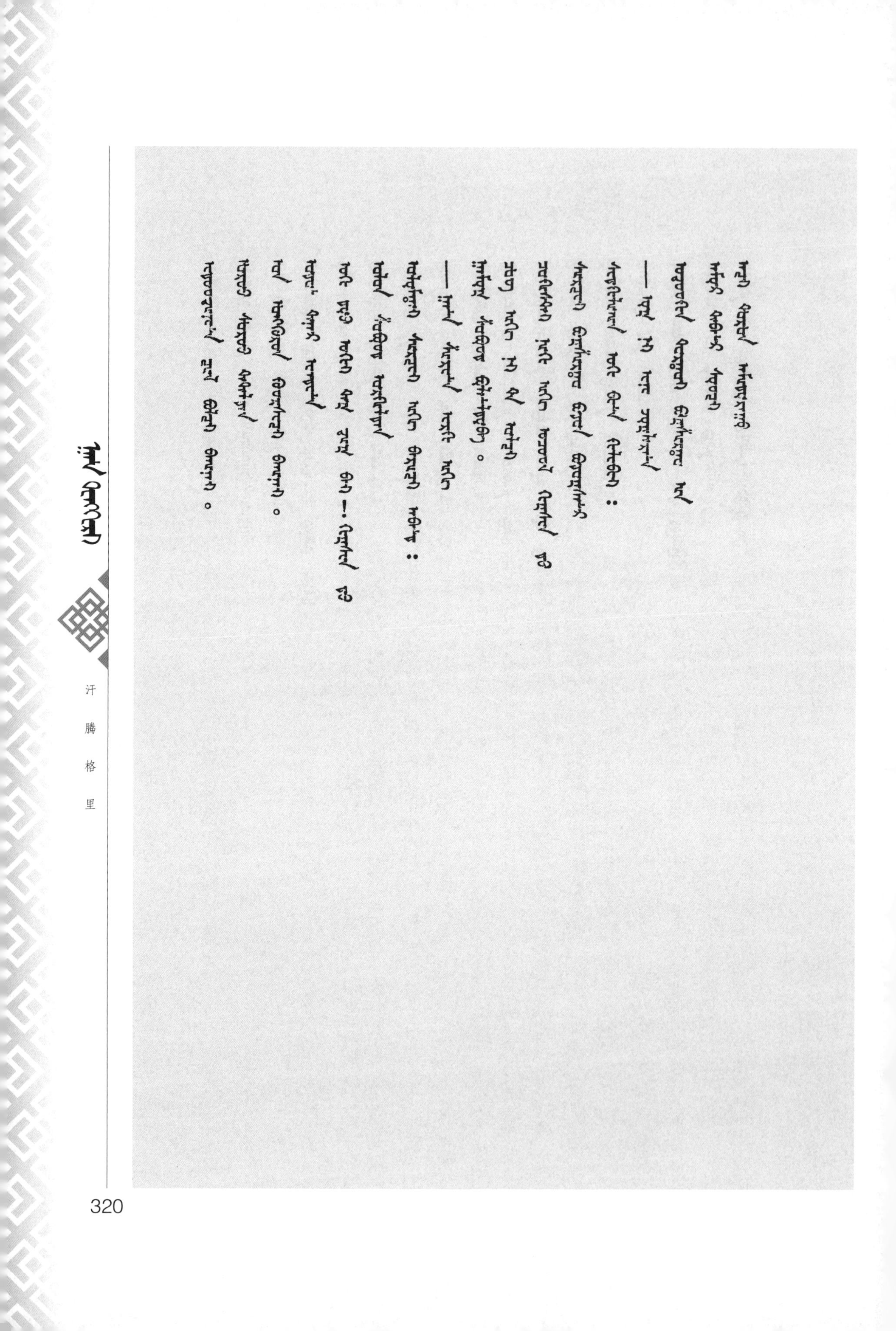

[illegible]
[illegible]
[illegible]
— [illegible]
[illegible] :
[illegible]
[illegible]
[illegible]
[illegible] 。
— [illegible]
[illegible] :
[illegible]
[illegible] ! [illegible]
[illegible]
[illegible] 。
[illegible]
[illegible] 。

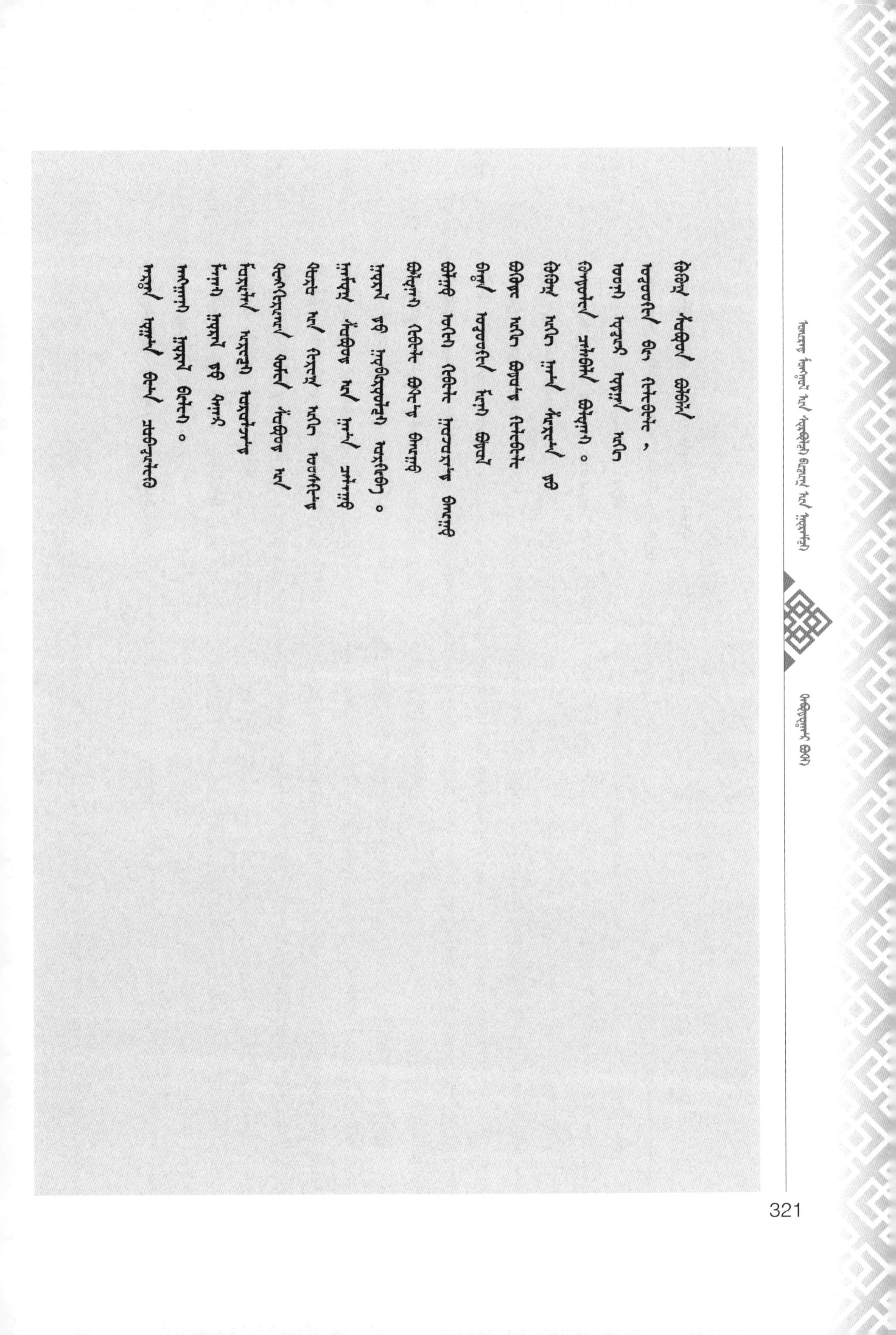

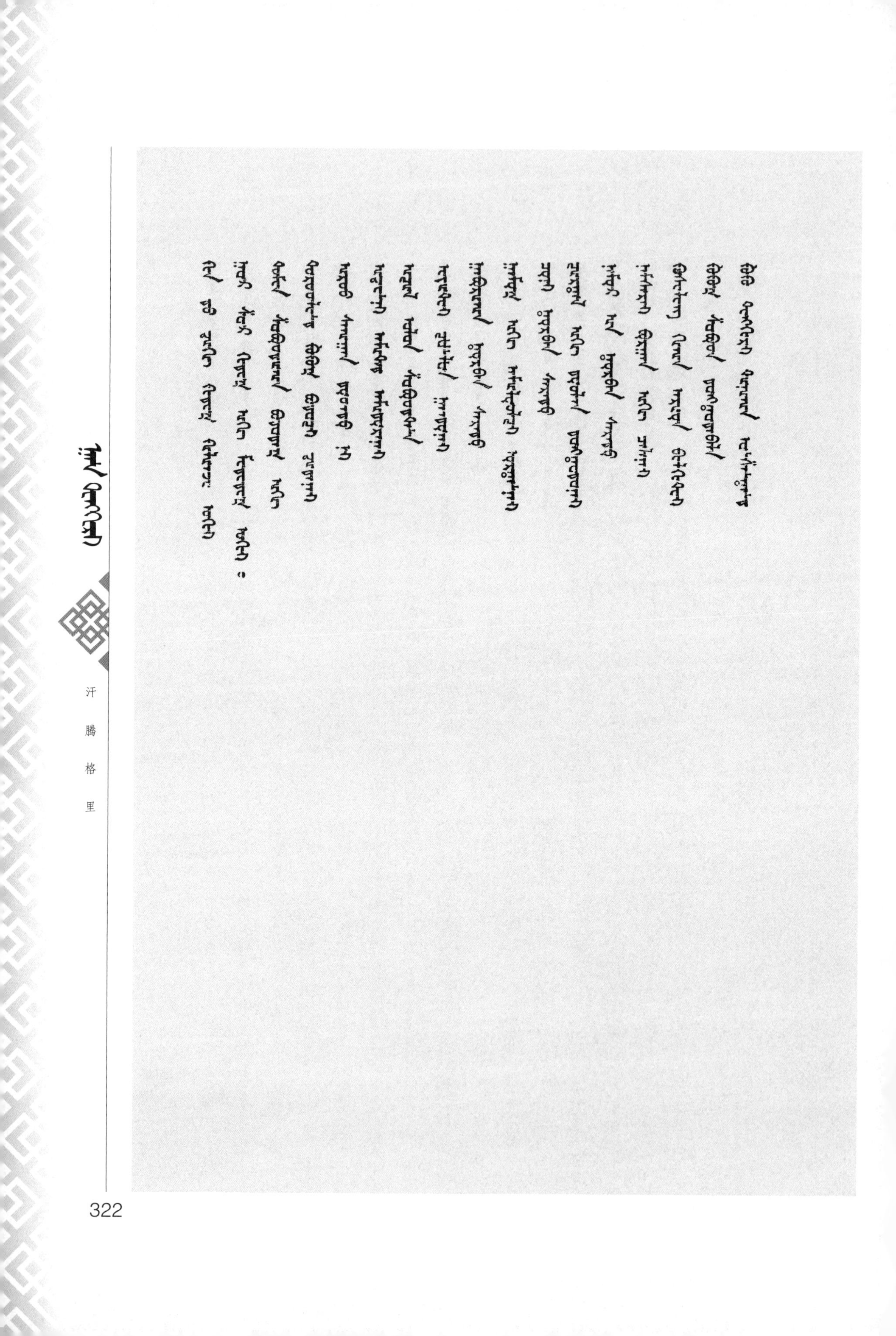

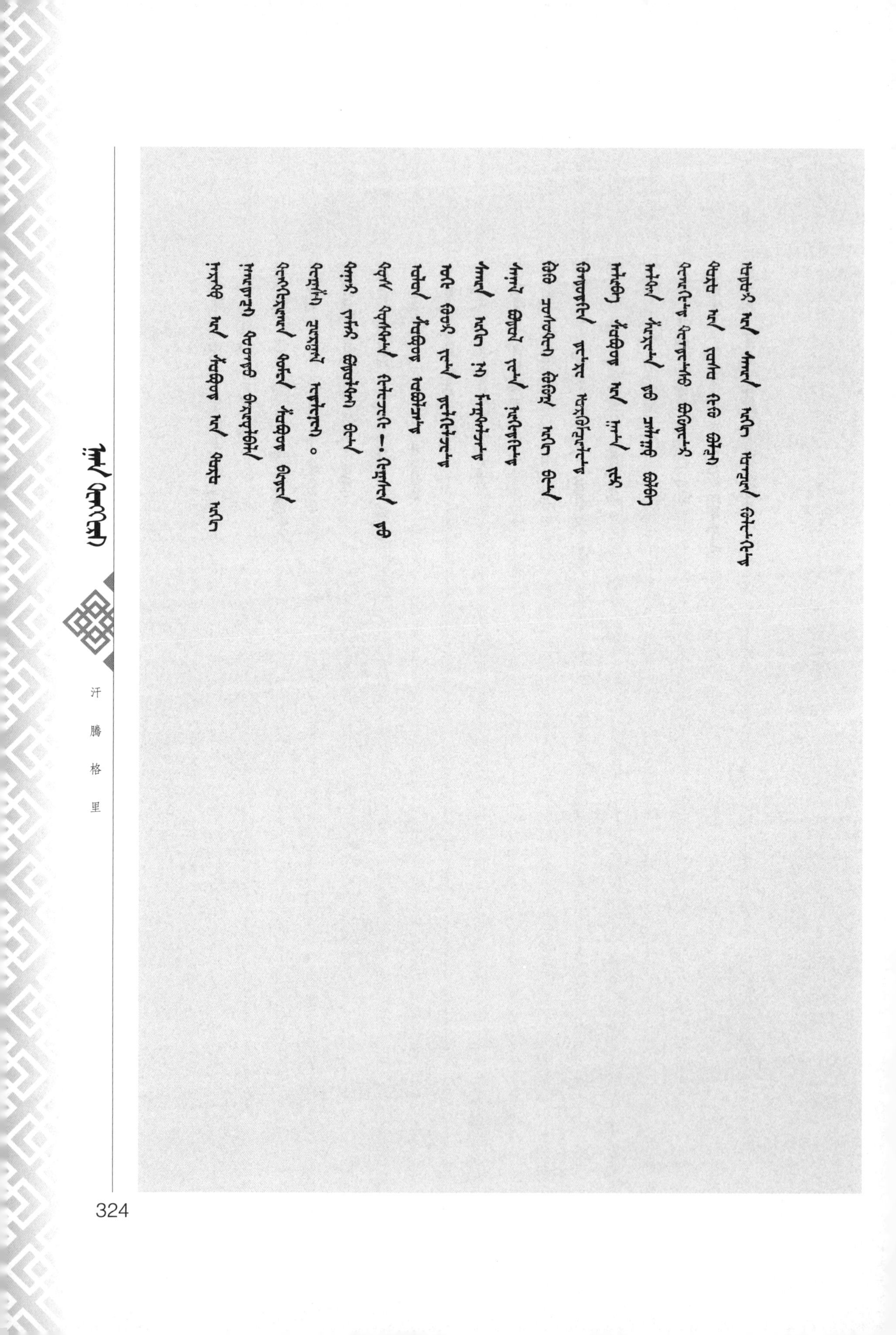

[illegible]

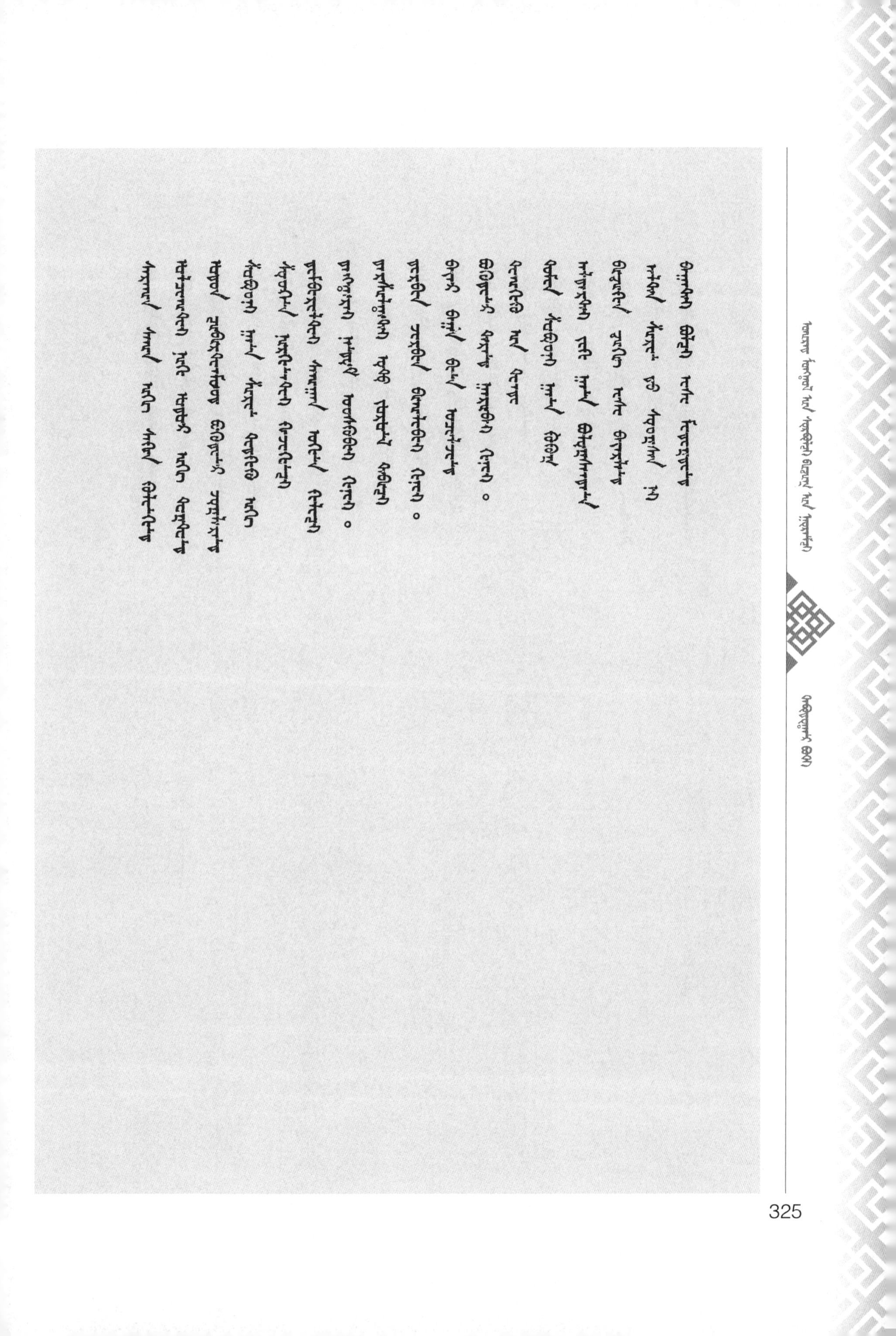

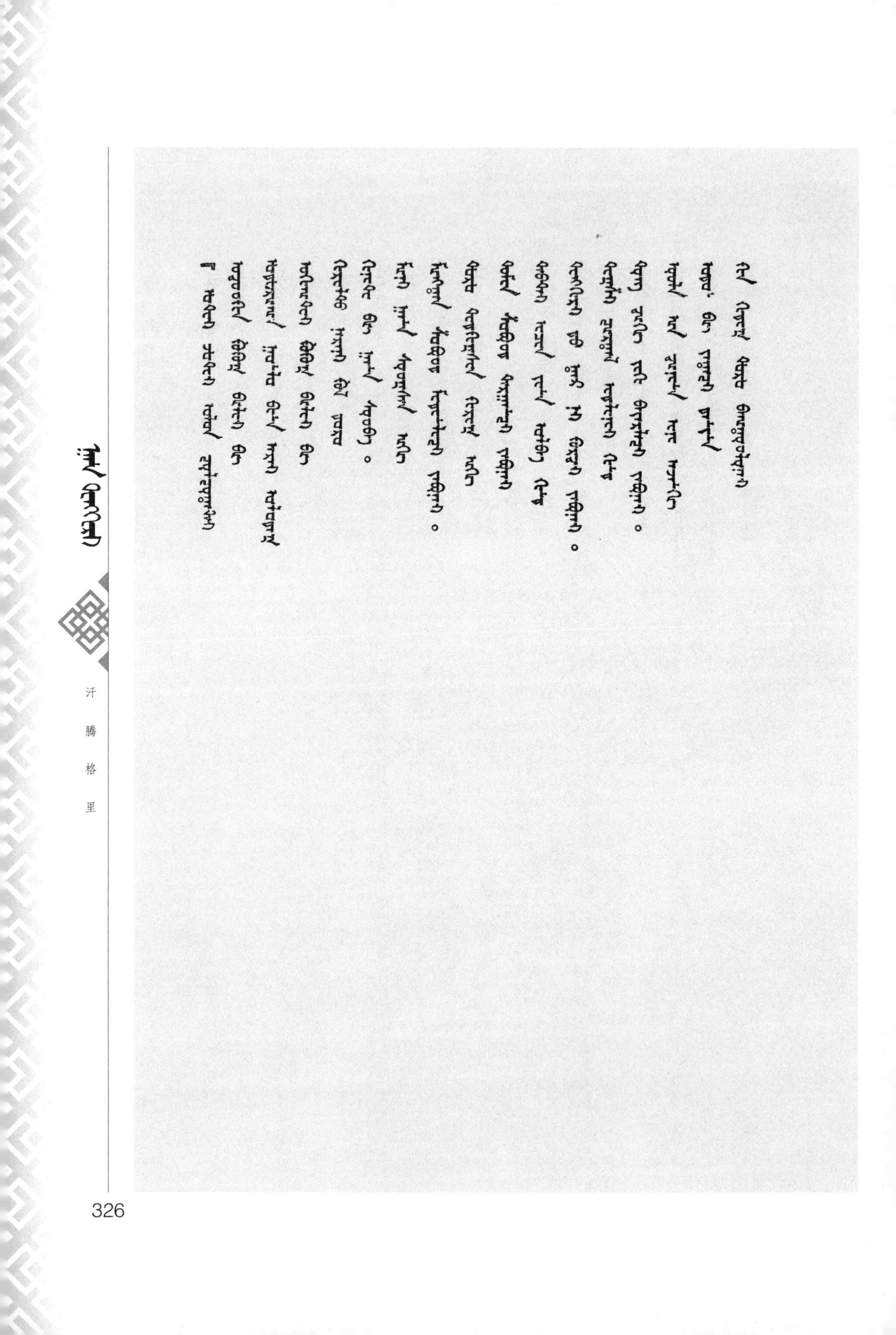

[illegible]

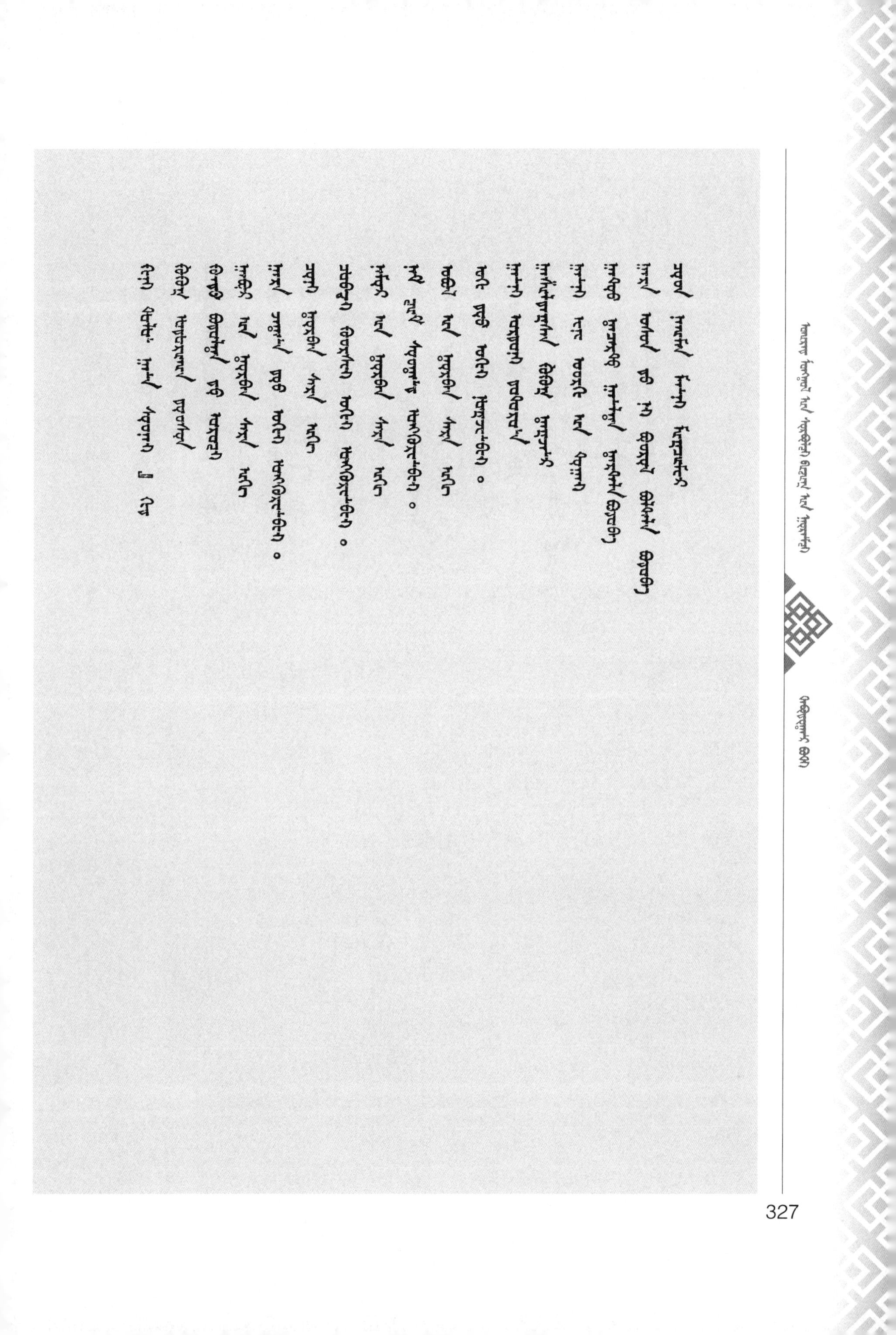

[illegible]
[illegible]
[illegible]
[illegible]
[illegible]
[illegible]
[illegible]
[illegible]
[illegible]
[illegible]
[illegible]
[illegible]
[illegible]
[illegible]
[illegible]
[illegible]
[illegible]
[illegible]

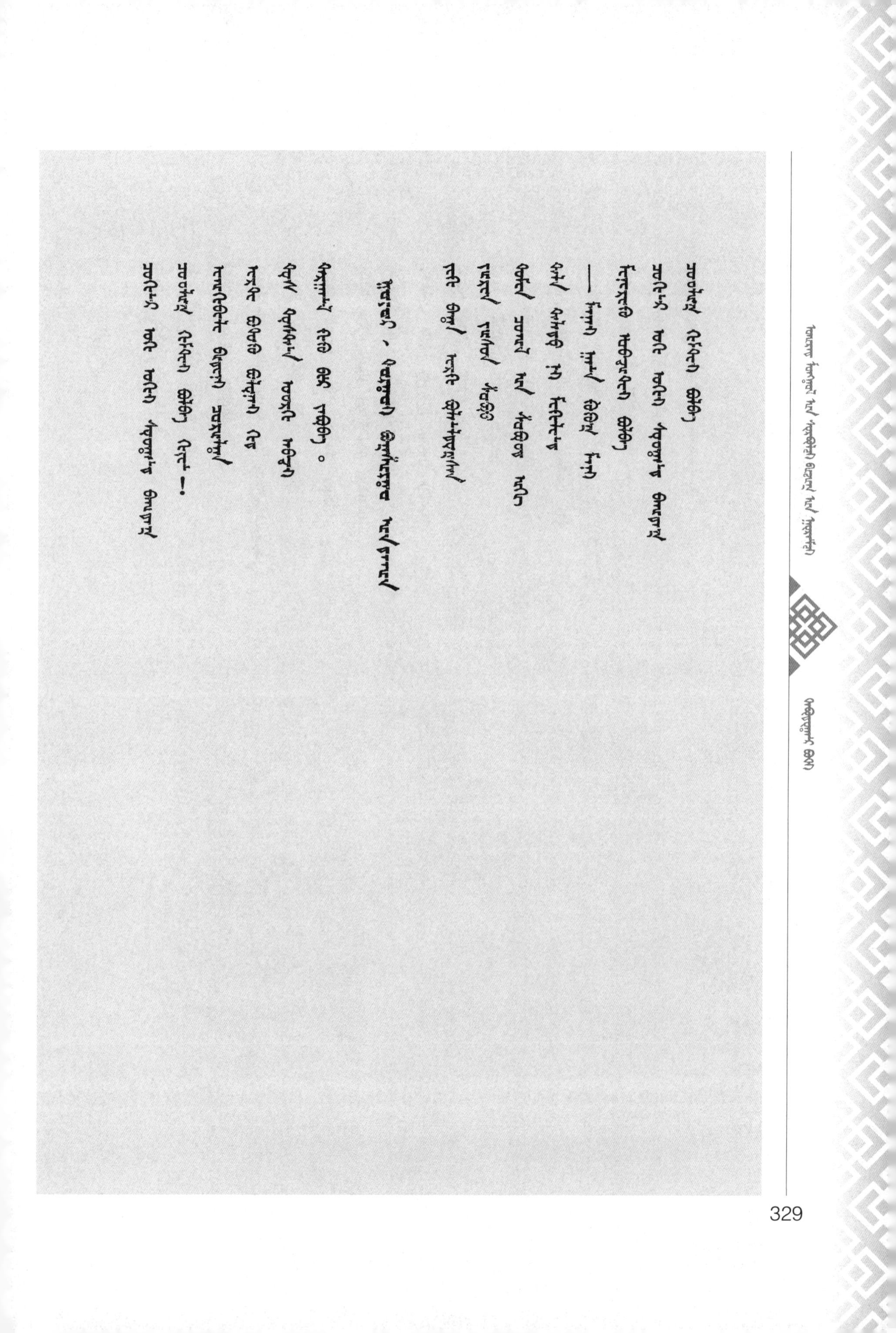

[illegible]
[illegible]
[illegible]
— [illegible]
[illegible]
[illegible]
[illegible]
[illegible]

[illegible] , [illegible]

[illegible] ◦
[illegible]
[illegible]
[illegible]
[illegible] —!
[illegible]

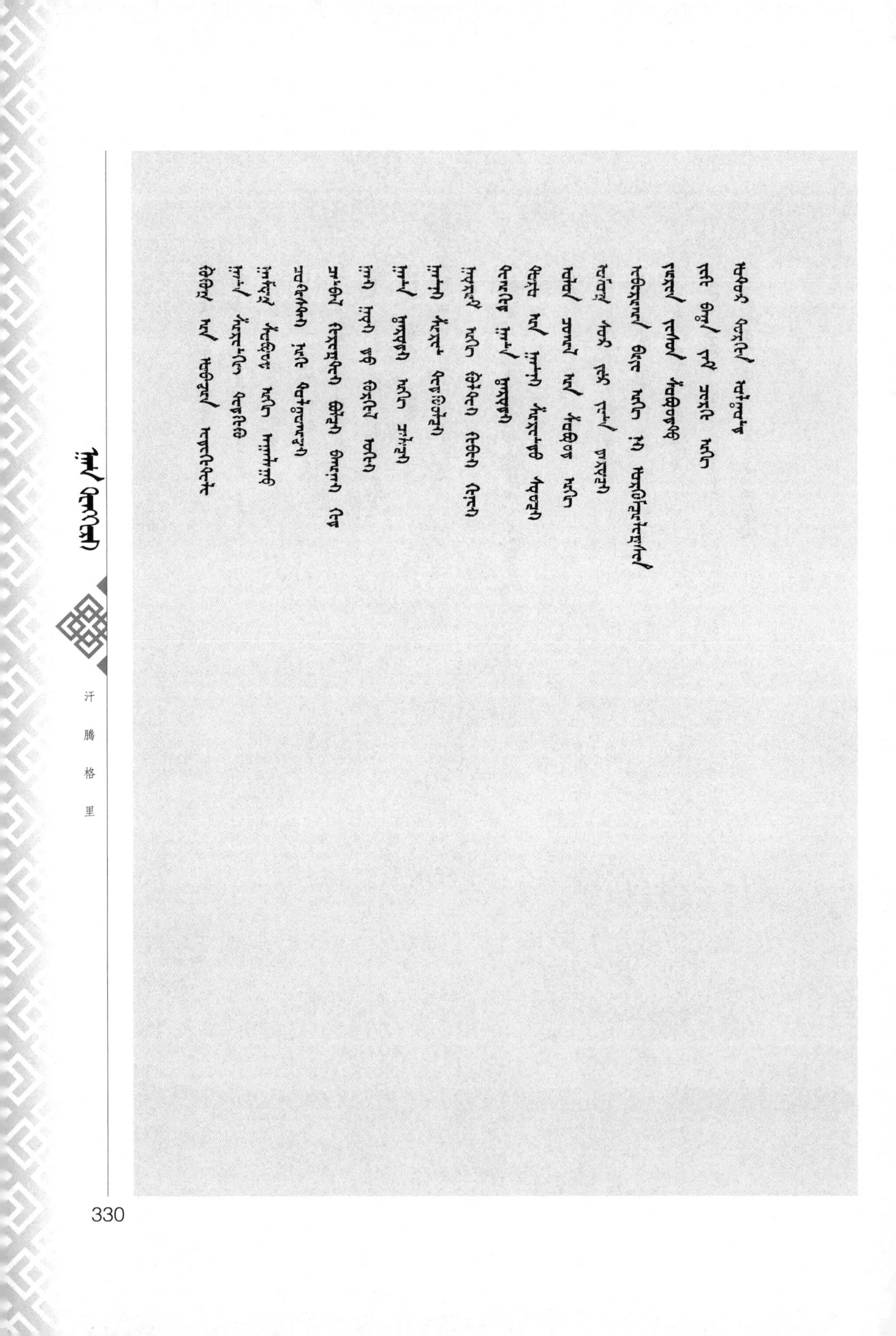

[illegible]
[illegible]
[illegible]
[illegible]
[illegible]
[illegible]
[illegible]
[illegible]
[illegible]
[illegible]
[illegible]
[illegible]
[illegible]
[illegible]
[illegible]
[illegible]
[illegible]

ᠭᠠᠨ ᠭᠣᠰᠤᠯᠤᠨ ᠬᠣᠶᠠᠷ ᠭᠠᠨ ᠠᠷᠠᠭᠤᠨ ᠃
ᠭᠣᠣᠯᠤᠭᠰᠠᠨ ᠲᠠᠯ᠎ᠠ ᠶᠢᠨ ᠮᠣᠷᠢᠳᠠᠨ
ᠠᠯᠠᠭᠴᠢᠨ ᠪᠡᠯᠴᠢᠭᠡᠷ ᠳᠣᠣᠷ᠎ᠠ
ᠬᠠᠯᠠᠭᠴᠢᠨ ᠬᠣᠷᠤᠭᠤᠨ ᠰᠢᠷᠡᠭᠡ ᠳᠣᠣᠷᠠᠭᠤᠷ
ᠪᠢᠴᠢᠨ ᠭᠣᠣᠯᠤᠭᠤᠨ ᠪᠠᠶᠠᠭᠤᠯᠤᠨ ᠪᠣᠯᠤᠨᠠ ᠃
ᠪᠠᠬᠠᠰᠤ ᠪᠣᠯᠤᠭᠰᠠᠨ ᠮᠣᠳᠣ ᠠᠮᠢᠲᠠᠨ
ᠪᠡᠯᠴᠢᠭᠡᠷ ᠬᠣᠷᠤᠭᠤᠨ ᠪᠣᠭᠣᠷᠴᠠᠭ ᠳᠠᠯᠠᠢ
ᠡᠳᠡ ᠠᠮᠢᠲᠠᠨ ᠤ ᠳᠣᠭᠣᠯᠠᠩ ᠮᠡᠲᠦ
ᠳᠣᠣᠭᠢᠯᠠᠭᠰᠠᠨ ᠰᠡᠷᠡᠭᠦᠨ ᠮᠡᠳᠡᠷᠡᠮᠵᠢ ᠰᠡᠷᠡᠨ ᠃
ᠳᠠᠮᠵᠢ ᠤᠨ ᠪᠦᠯᠦᠭ ᠠᠷᠠᠭᠤᠨ
ᠳᠡᠭᠡᠪᠦᠷᠢ ᠮᠡᠯᠡᠨ ᠪᠠᠶᠠᠨ ᠪᠣᠯᠣᠭᠰᠠᠨ
ᠳᠠᠯᠠᠢ ᠲᠠᠯᠠᠨ ᠬᠣᠯᠠ ᠨᠤ ᠪᠣᠷᠣᠭ᠎ᠠ
ᠳᠤᠭᠤᠯᠠᠨ ᠪᠤᠰᠠᠳ ᠪᠠᠶᠢᠭᠤᠯᠬᠤ
ᠬᠣᠨᠢᠨ ᠬᠣᠷᠢᠭ᠎ᠠ ᠮᠠᠯᠴᠢᠨ ᠤ
ᠬᠡᠭᠡᠷᠡᠨ ᠭᠣᠣᠯ ᠮᠠᠯᠴᠢᠯᠠᠭᠤ
ᠬᠡᠯᠡᠭᠡᠳ ᠤᠨ ᠬᠡᠯᠡ
ᠮᠠᠯ ᠠᠵᠤ ᠪᠠᠶᠠᠰᠬᠤᠯᠠᠩᠲᠠᠢ ᠪᠣᠯᠤᠨᠠ ᠃

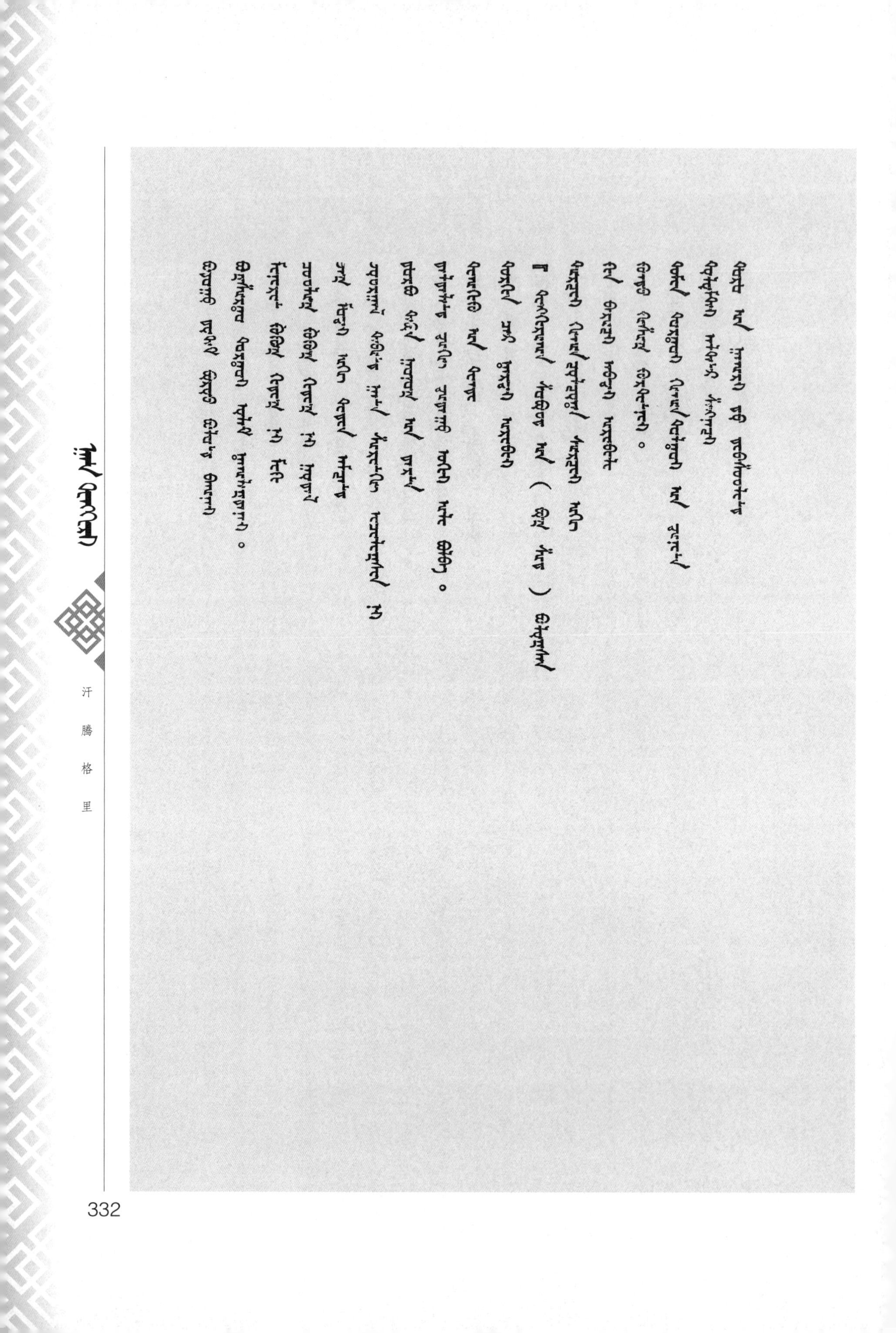

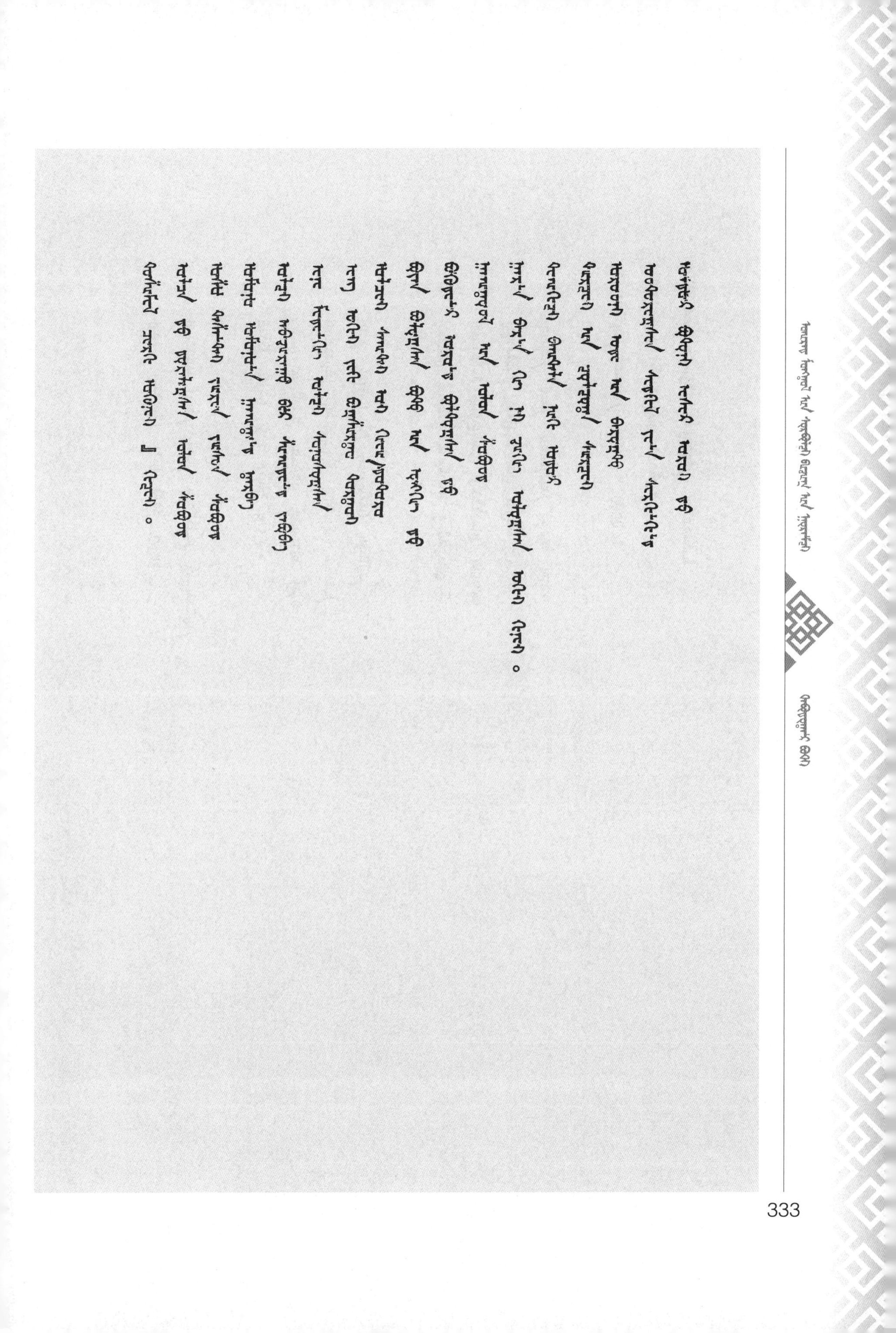

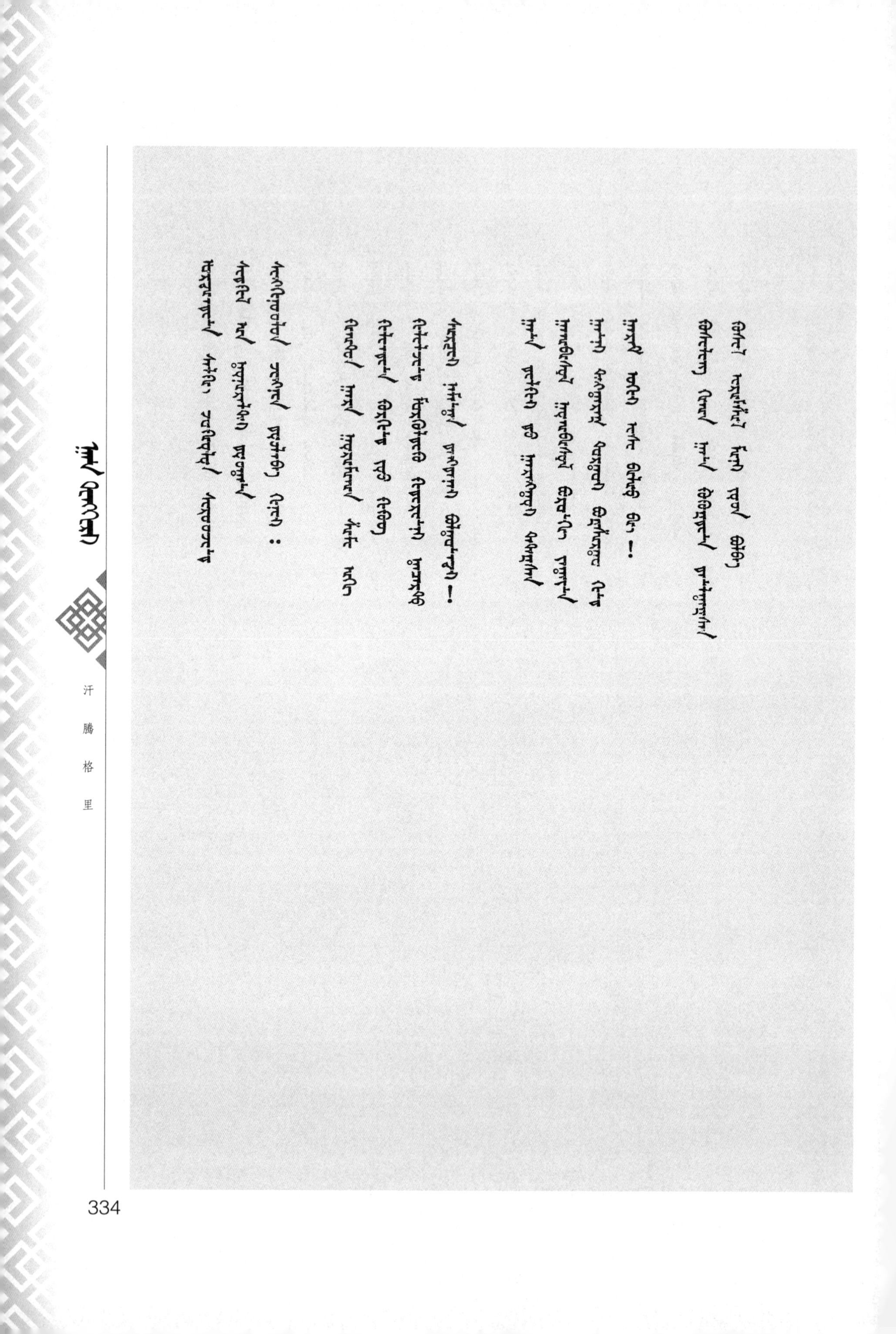

[illegible]
[illegible]

[illegible]
[illegible]
[illegible]
[illegible]

[illegible]
[illegible]
[illegible]
[illegible]

[illegible]
[illegible]
[illegible]

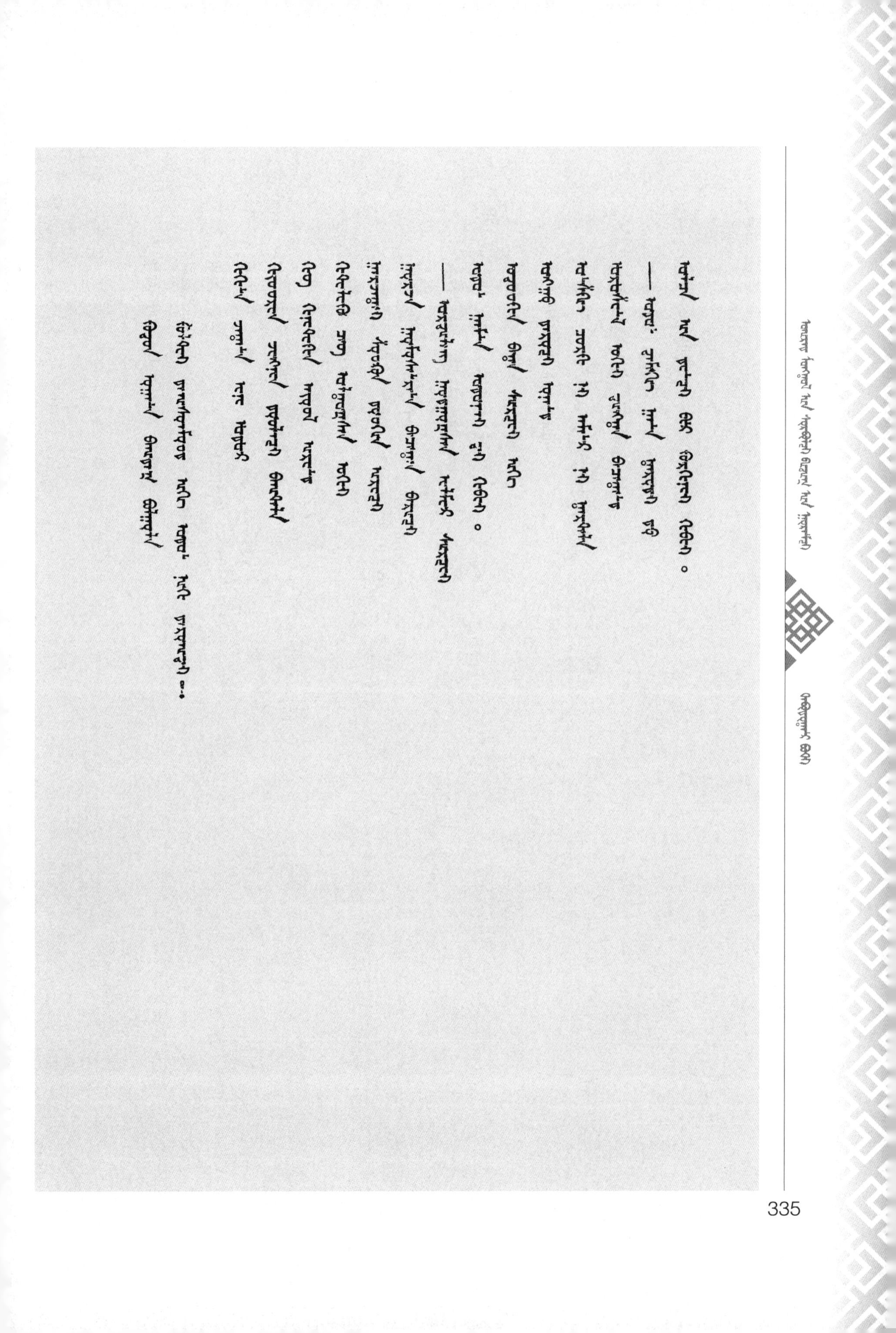

[illegible] ᠃

— [illegible]

[illegible]

[illegible]

[illegible]

[illegible]

[illegible] ᠃

— [illegible]

[illegible]

[illegible]

[illegible]

[illegible]

[illegible]

[illegible]

[illegible] ᠄

[illegible]

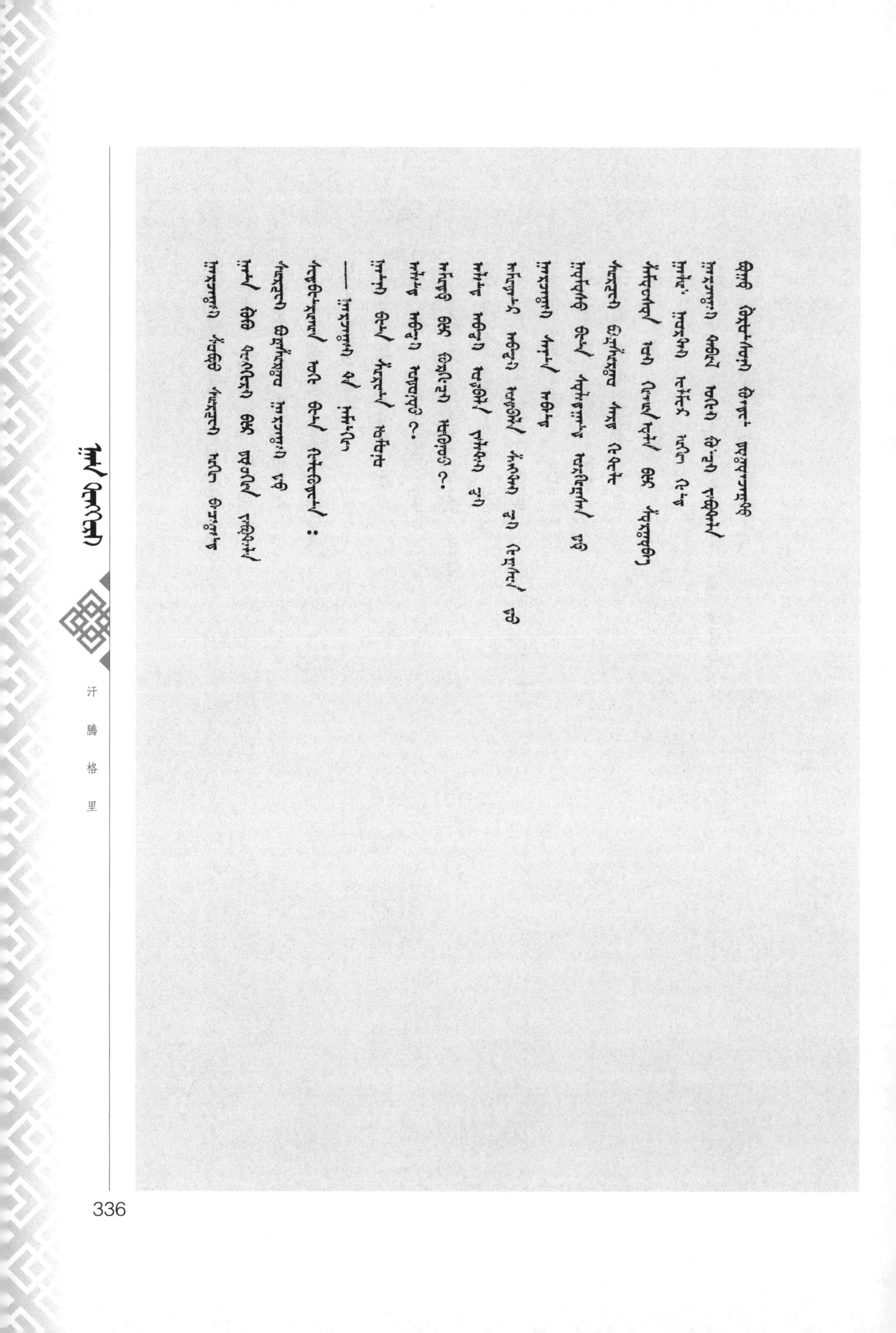

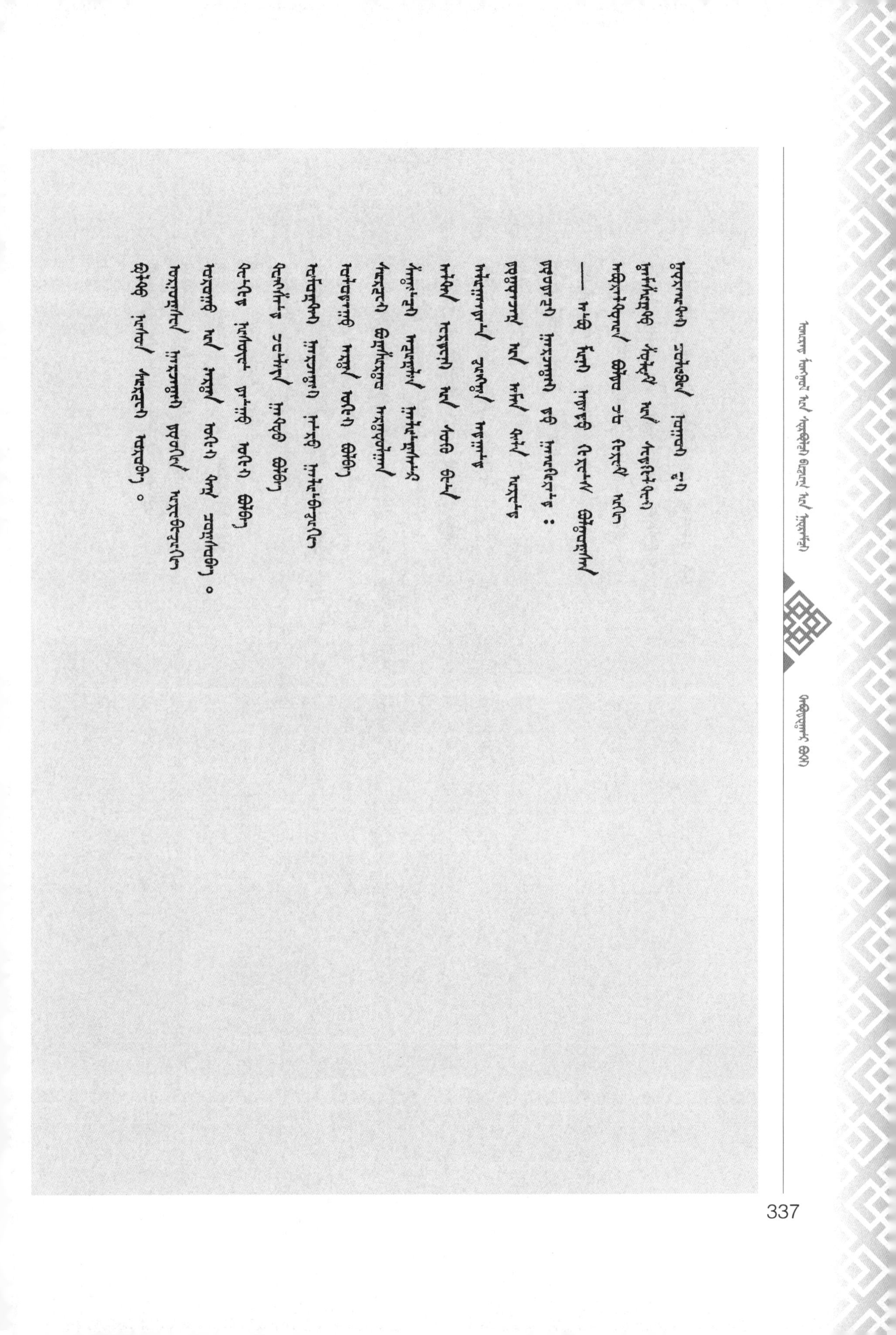

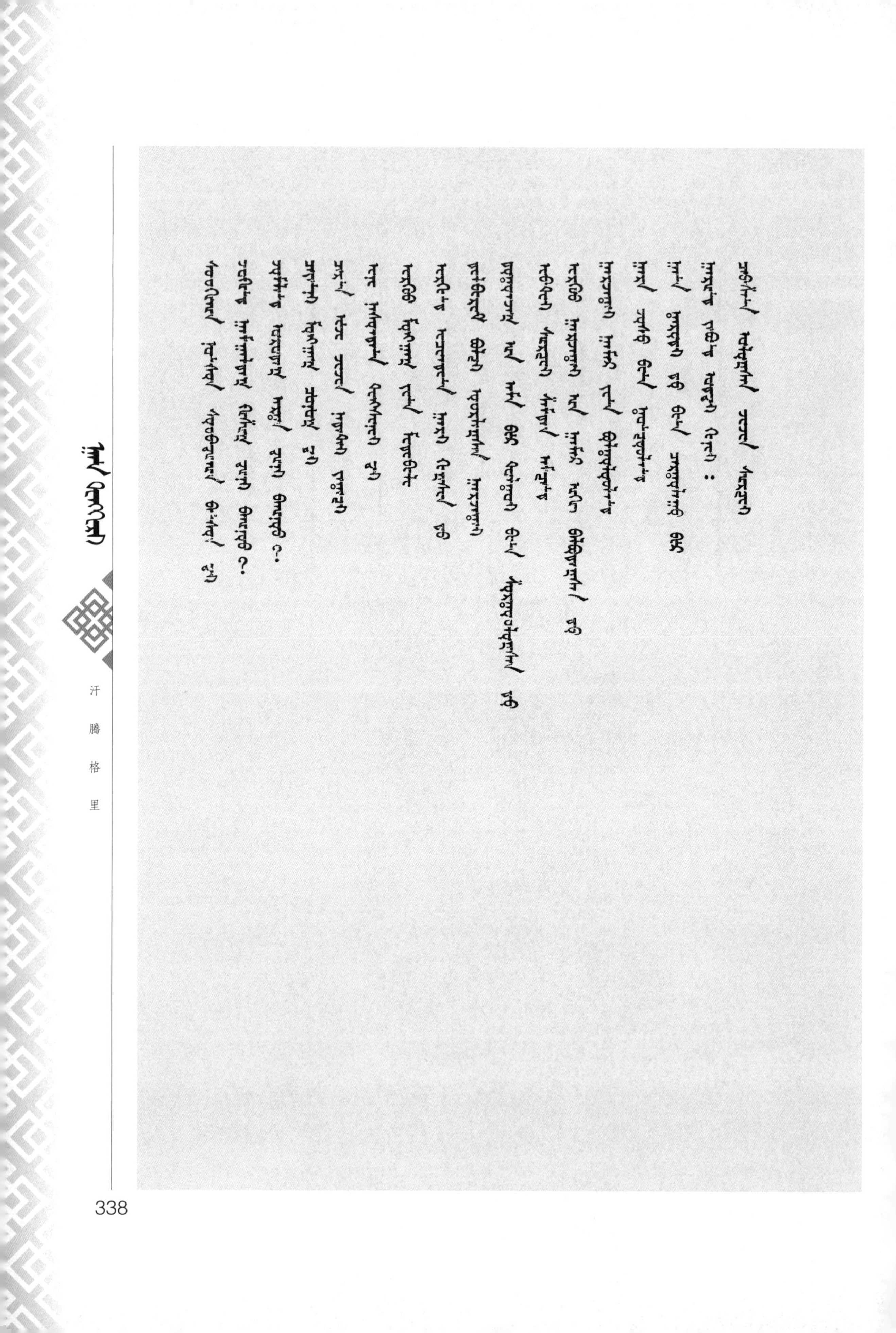

[illegible]

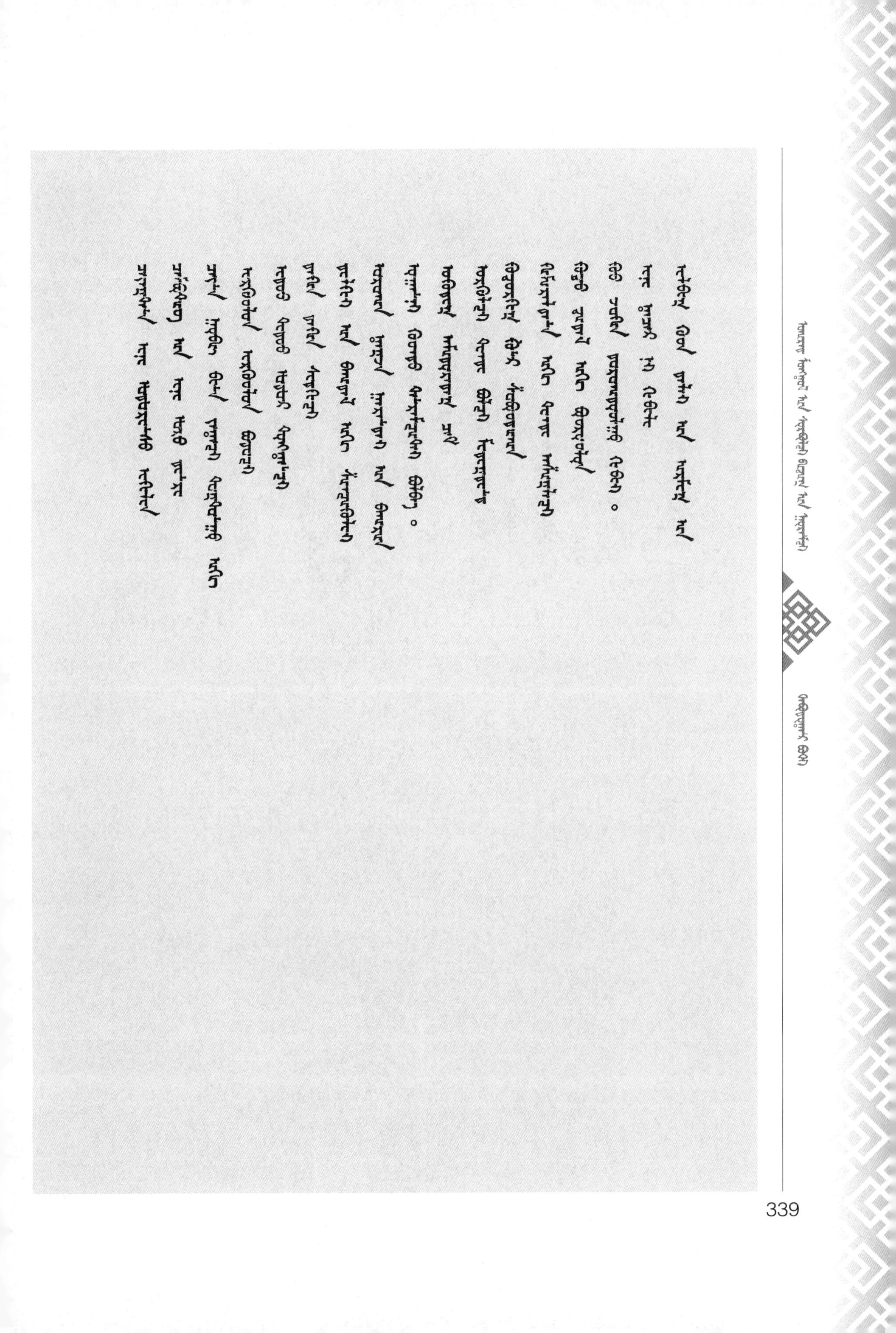

[illegible]
[illegible]
[illegible] ◦
[illegible]
[illegible]
[illegible]
[illegible]
[illegible]
[illegible] ◦
[illegible]
[illegible]
[illegible]
[illegible]
[illegible]
[illegible]
[illegible]
[illegible]

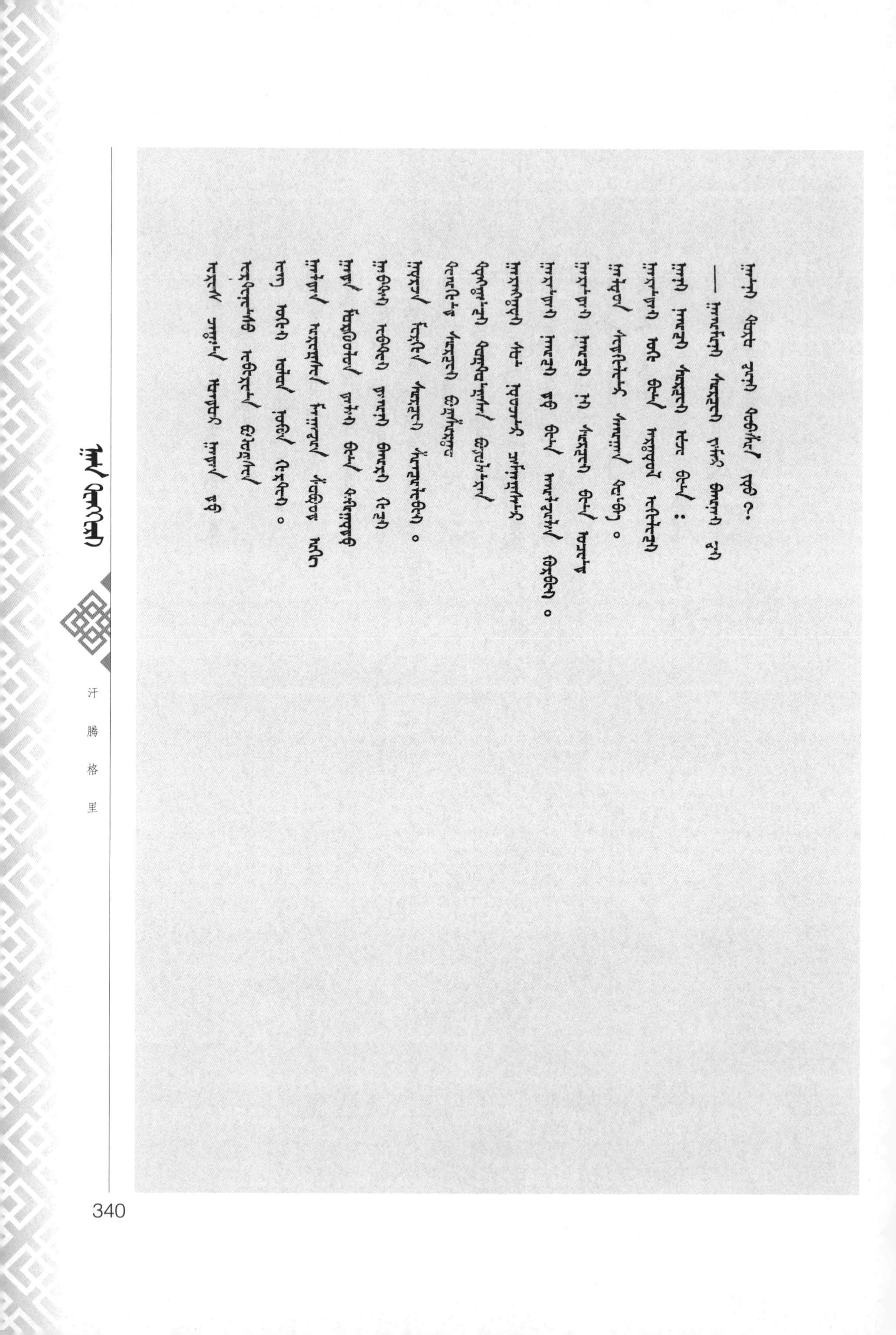

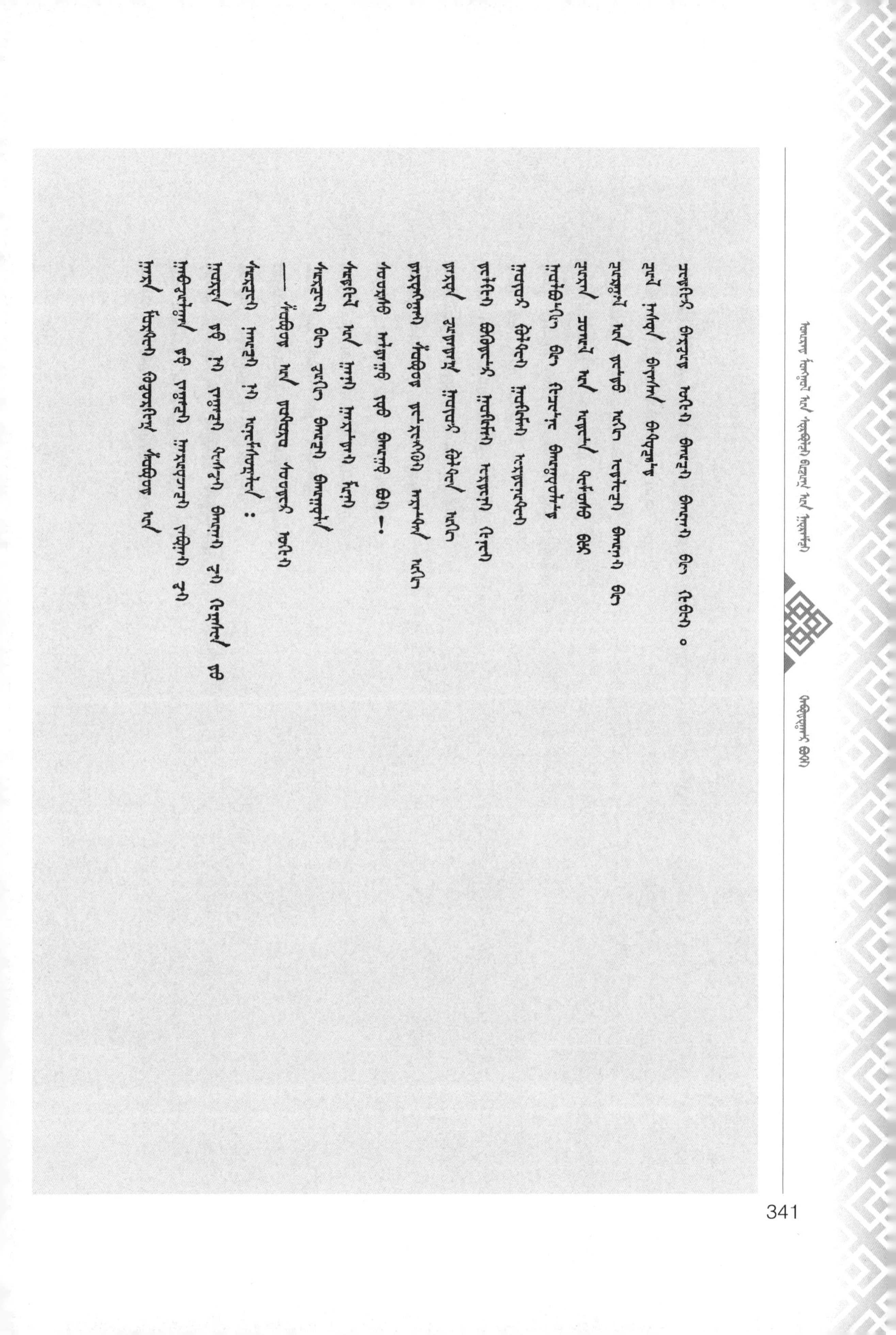

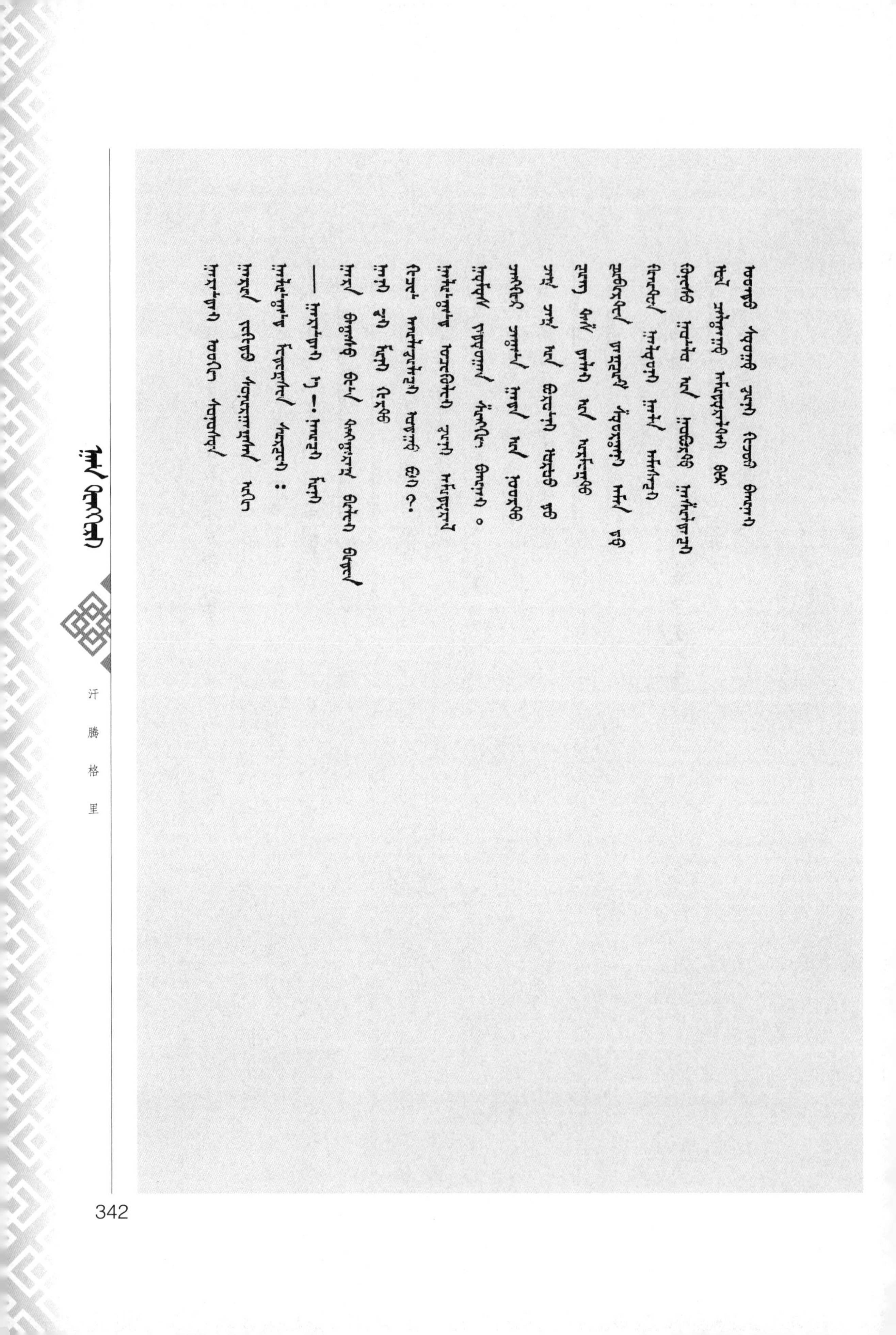

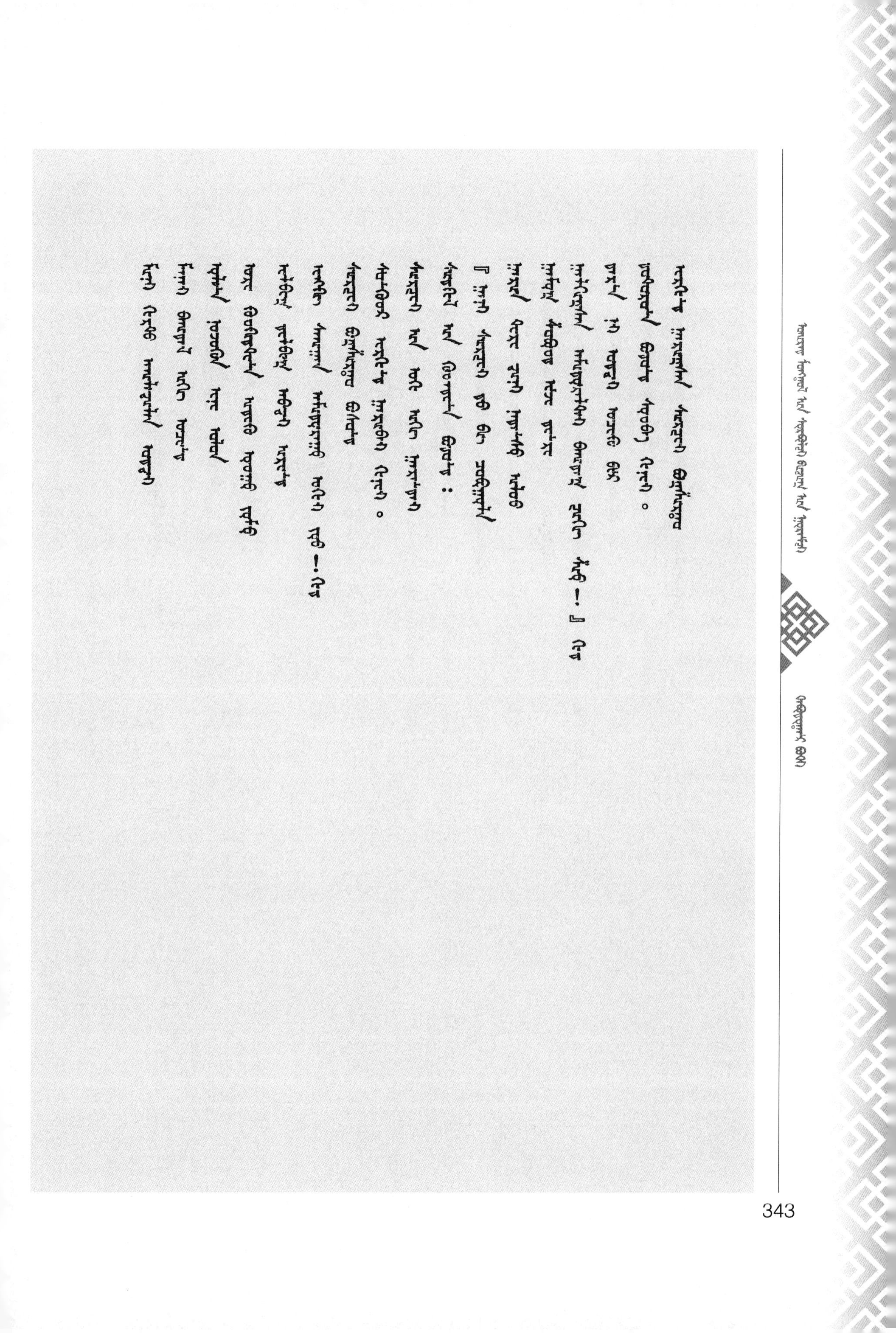

[illegible]
[illegible]
[illegible]
[illegible]
[illegible] ! ᠭᠡᠵᠦ
[illegible]
[illegible] 。
[illegible]
[illegible] ：
『 [illegible]
[illegible]
[illegible]
[illegible] ! 』 ᠭᠡᠵᠦ
[illegible]
[illegible] 。
[illegible]

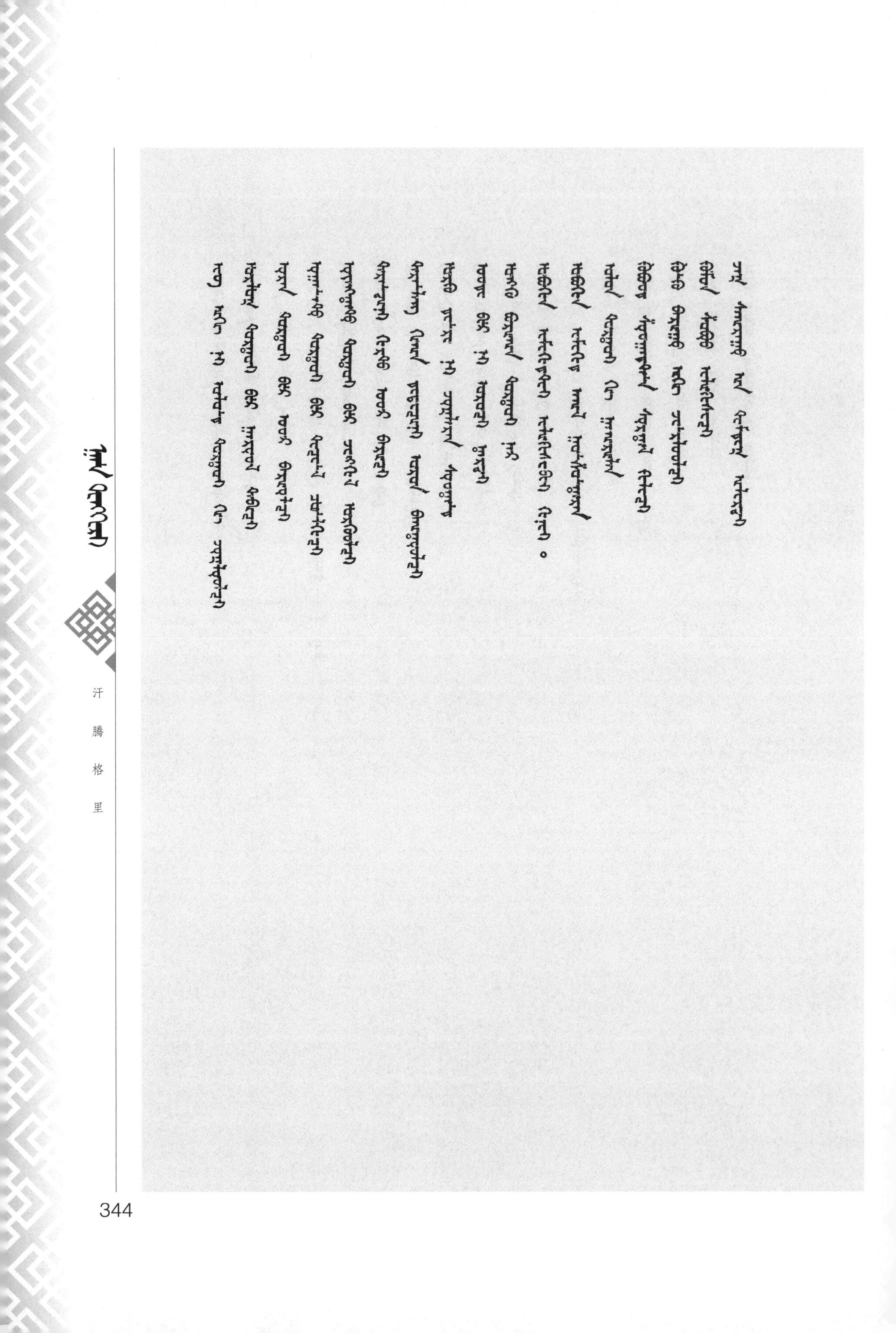

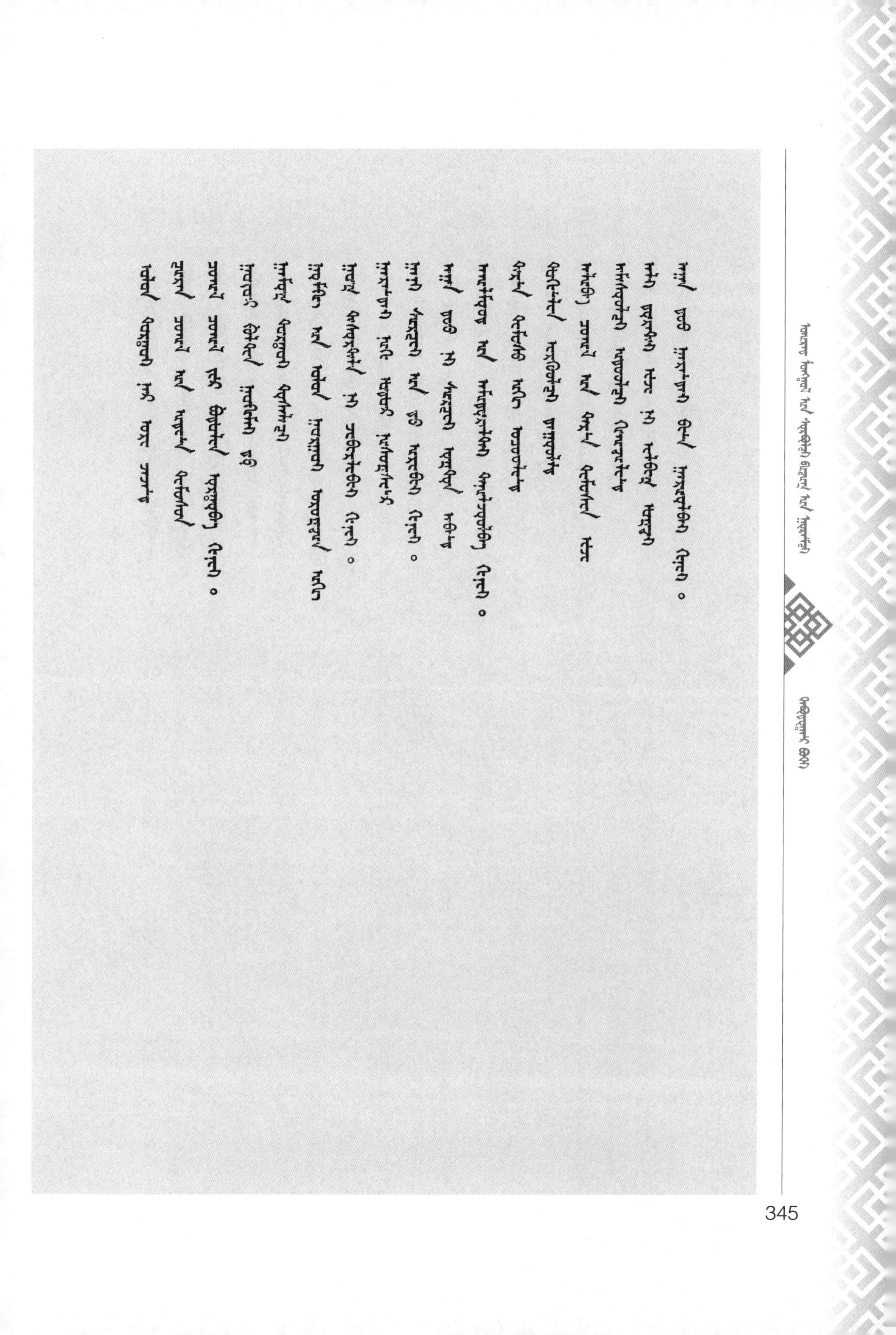

[illegible]
[illegible]
[illegible]
[illegible]
[illegible]
[illegible]
[illegible]
[illegible]
[illegible]
[illegible]
[illegible]
[illegible]
[illegible]
[illegible]
[illegible]
[illegible]
[illegible]

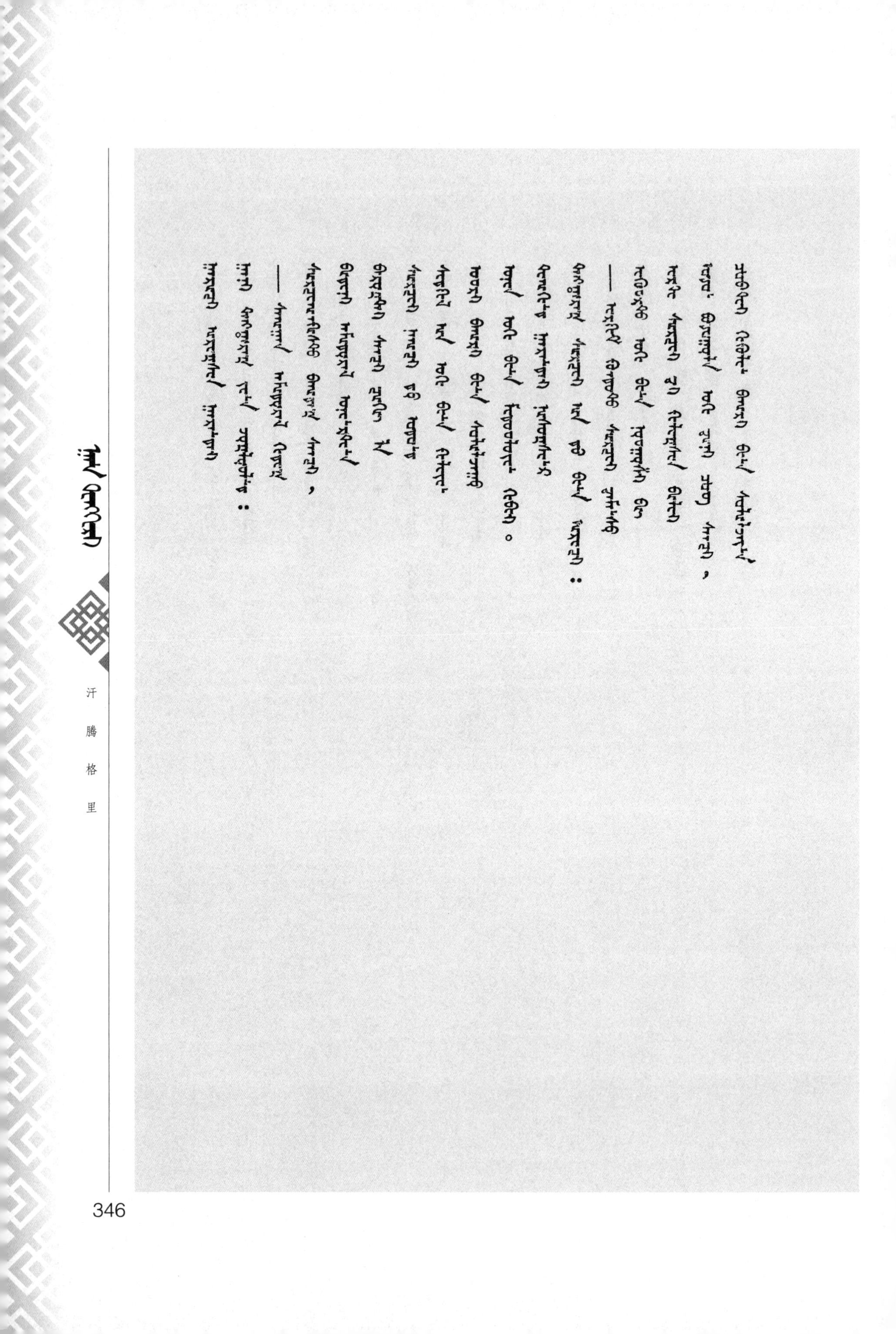

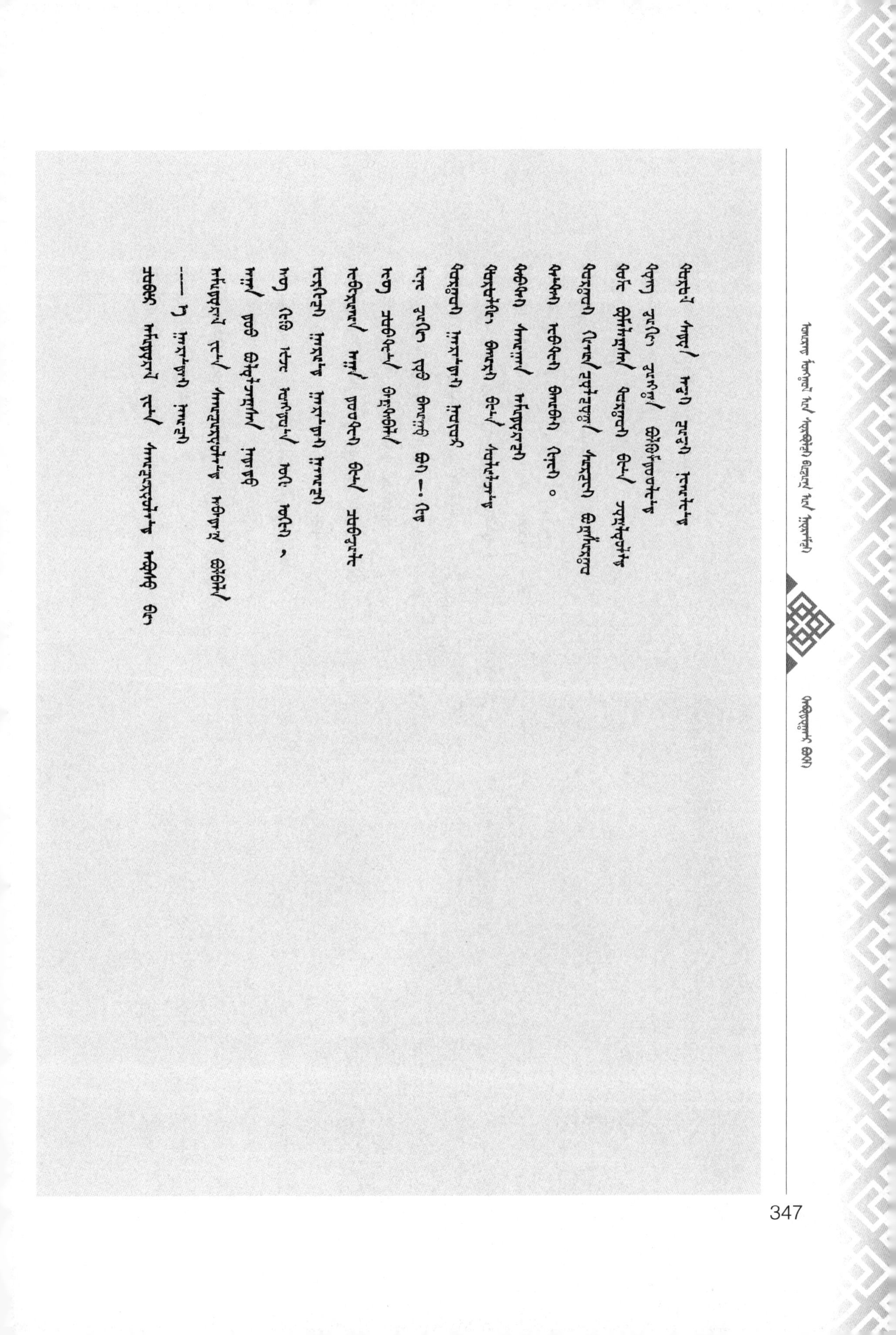

[illegible]
[illegible]
[illegible]
[illegible]
[illegible]
[illegible]
[illegible]
[illegible]
[illegible]
[illegible]
[illegible]
[illegible]
[illegible]
[illegible]
[illegible]
[illegible]

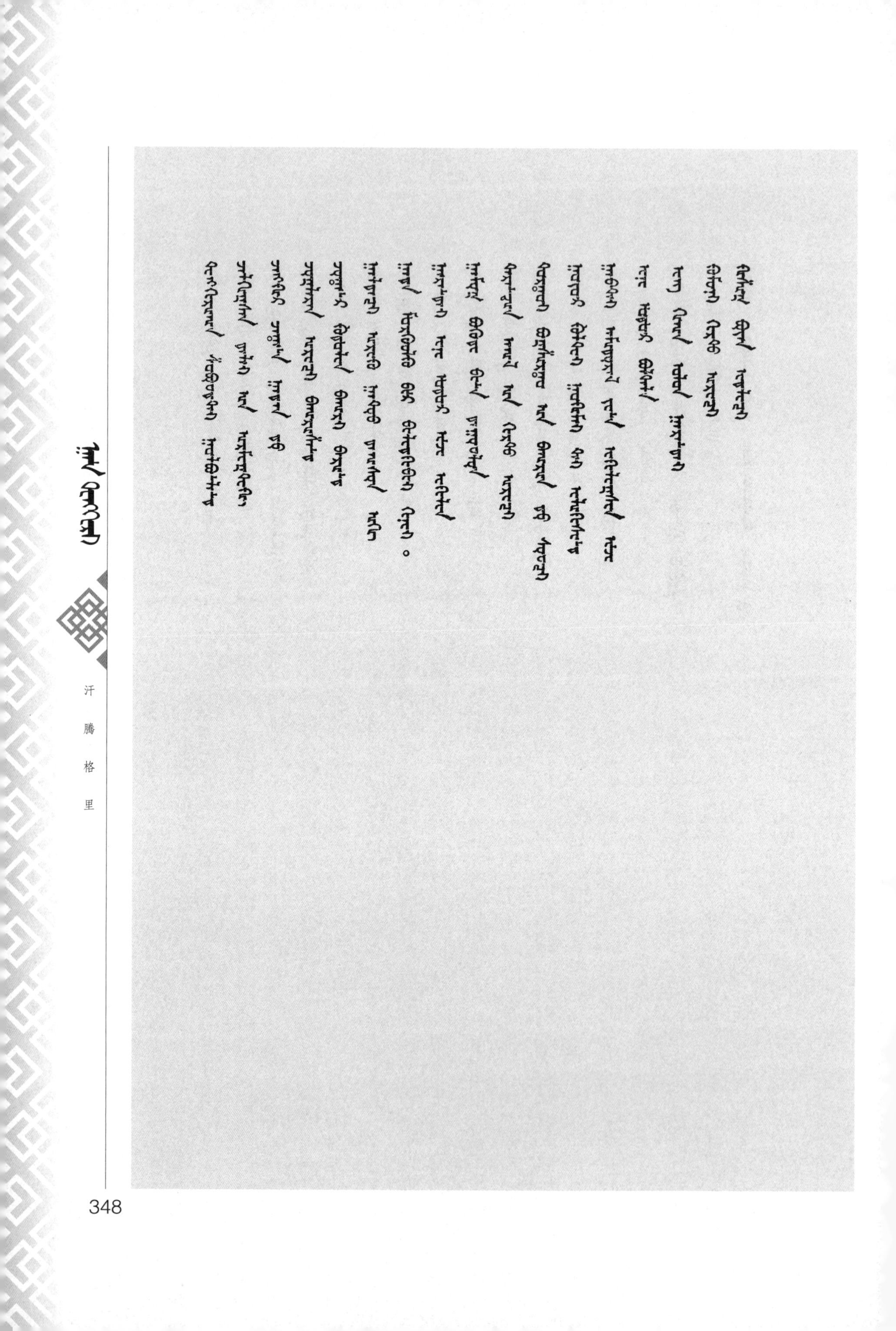

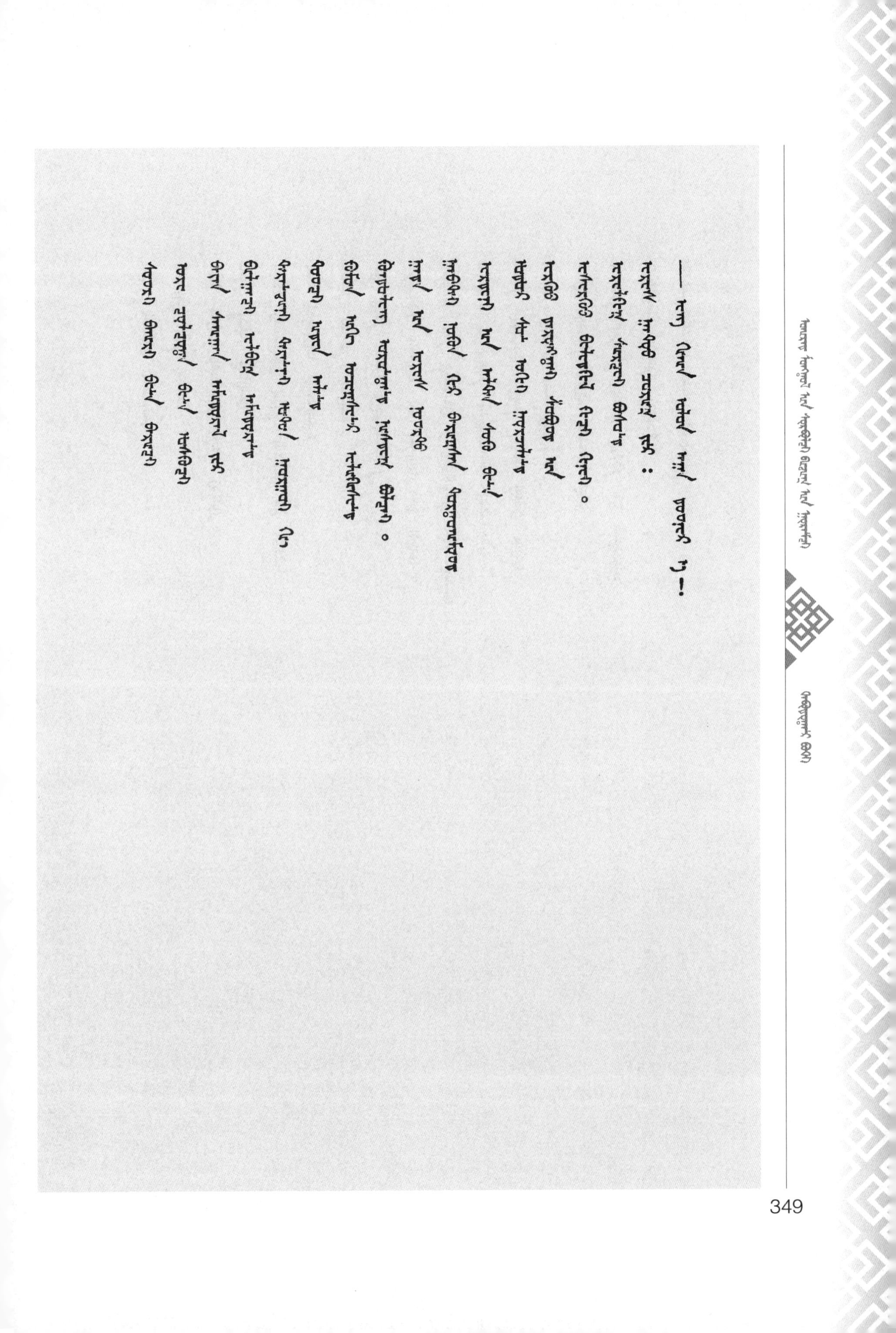

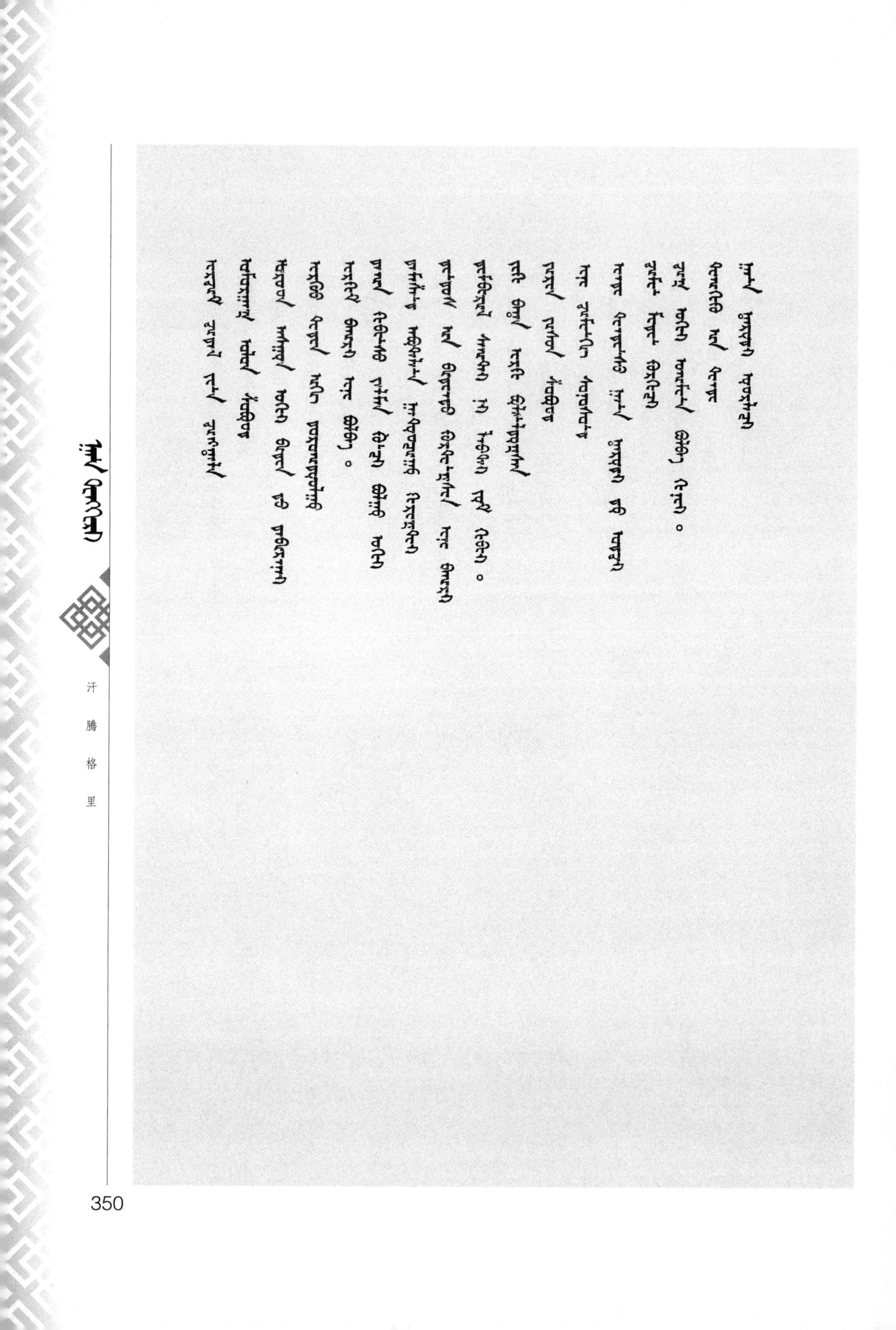

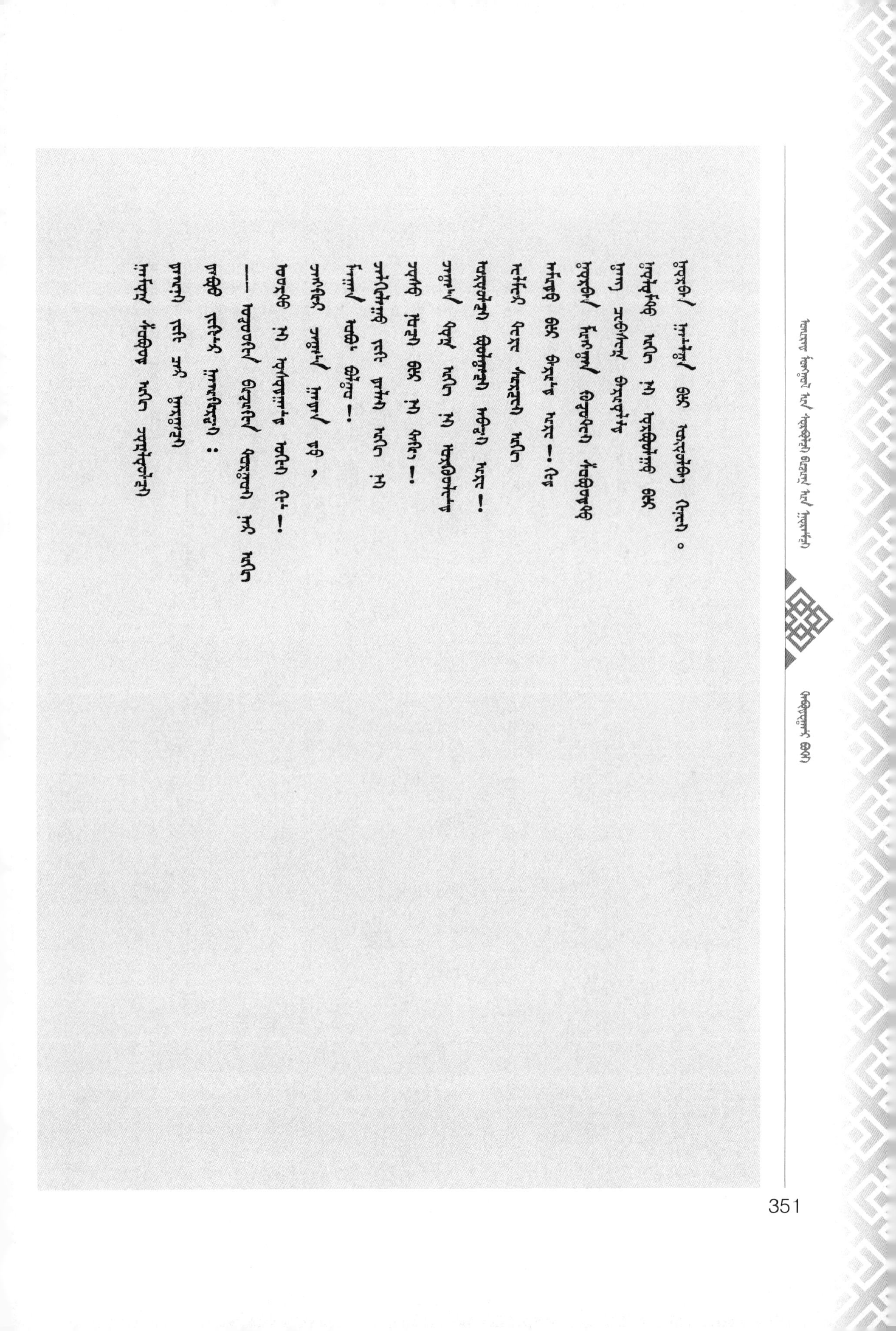

[illegible] ᠃
[illegible]
[illegible]
[illegible]
[illegible] ! [illegible]
[illegible]
[illegible] !
[illegible]
[illegible] !
[illegible]
[illegible] !
[illegible] ,
[illegible] !
—— [illegible]
[illegible] ᠄
[illegible]
[illegible]

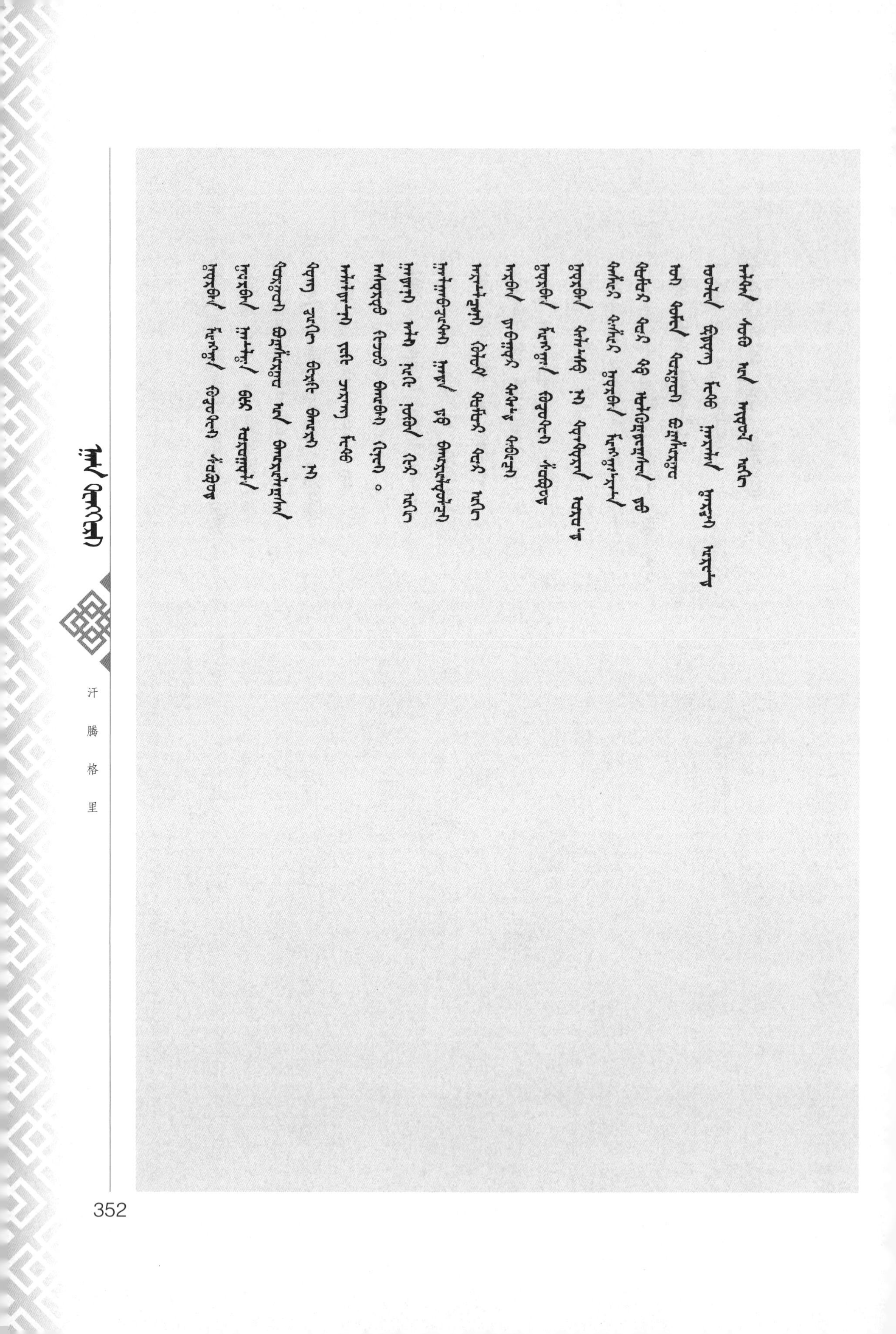

ᠭᠣᠯᠢᠭ ᠮᠠᠨᠢ ᠭᠣᠣᠯᠳᠠᠭ [illegible] [illegible]
[illegible] [illegible] ᠪᠡᠶᠡᠲᠡᠢ ᠮᠣᠷᠢᠳ
[illegible] [illegible] [illegible]
[illegible] ᠪᠡᠷ [illegible] [illegible]
[illegible] ᠬᠦᠯᠦᠭ [illegible] [illegible] ᠪᠣᠯᠤᠨᠠ ᠃
[illegible] [illegible] ᠮᠣᠷᠢ ᠪᠡᠨ [illegible]
[illegible] ᠪᠡᠷ ᠨᠢ [illegible] [illegible] ᠪᠣᠯ
[illegible] [illegible] [illegible] ᠮᠣᠷᠢ
[illegible] [illegible] [illegible]
[illegible] [illegible] [illegible] ᠪᠣᠯ
[illegible] [illegible] ᠪᠣᠯ [illegible]

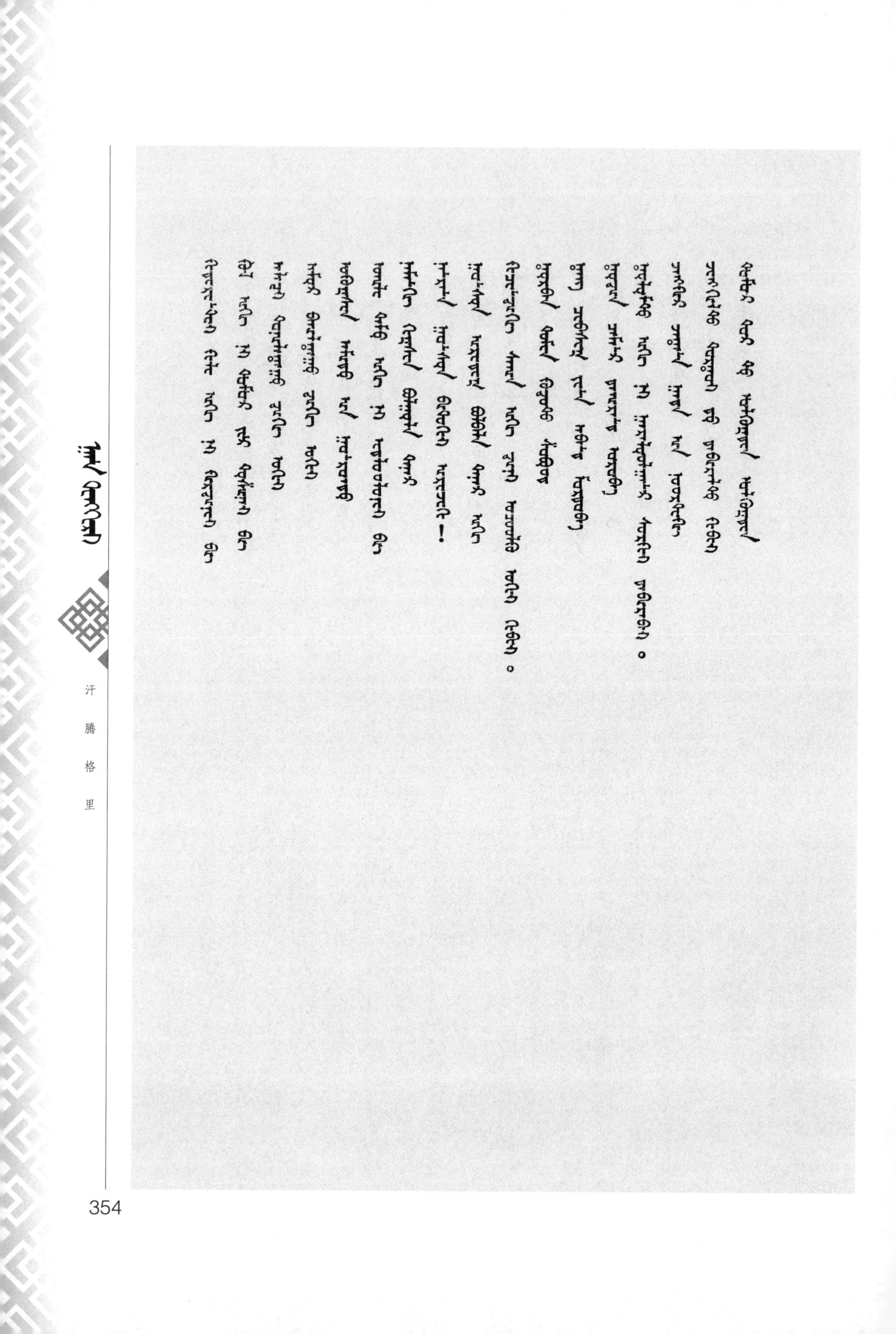

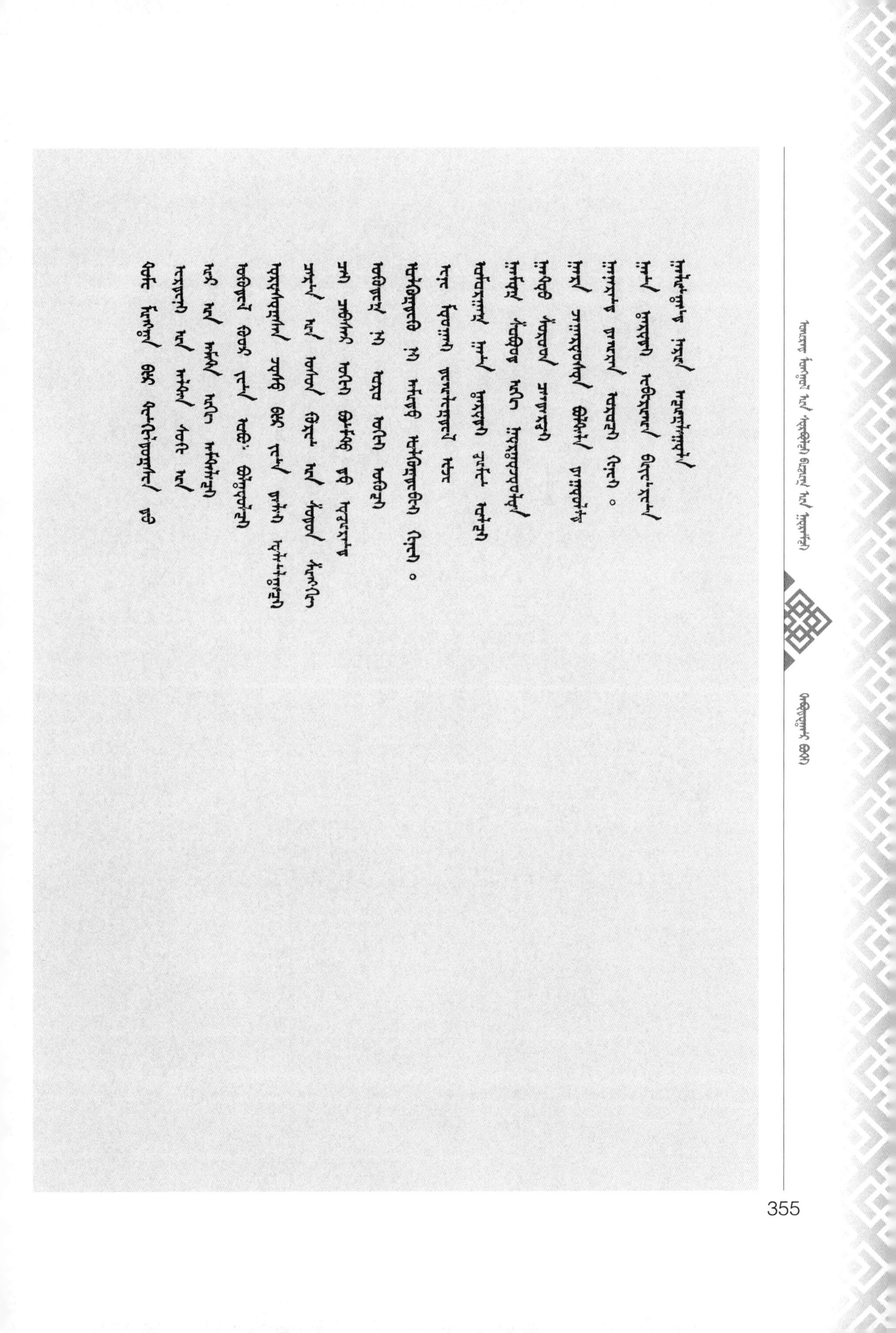

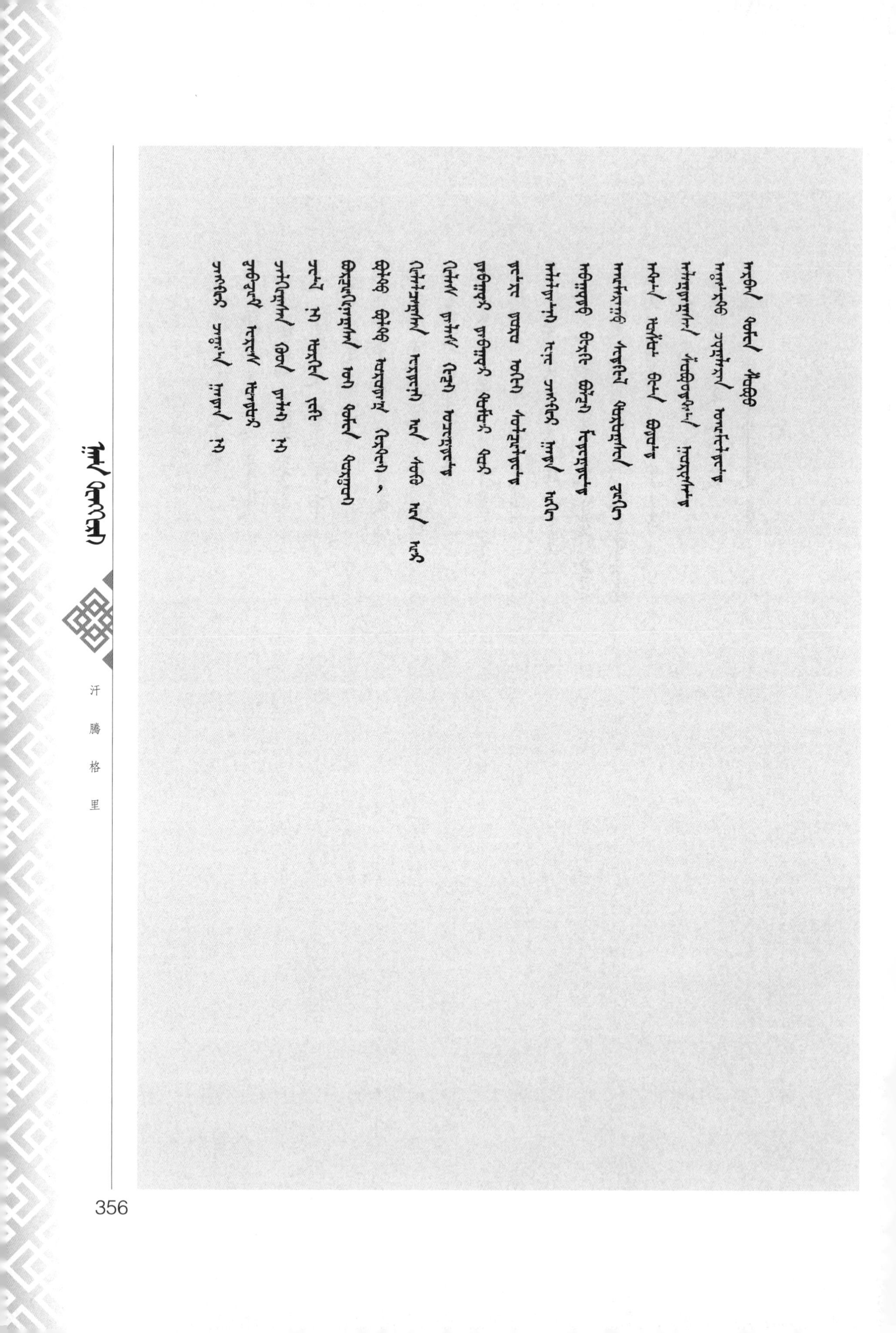

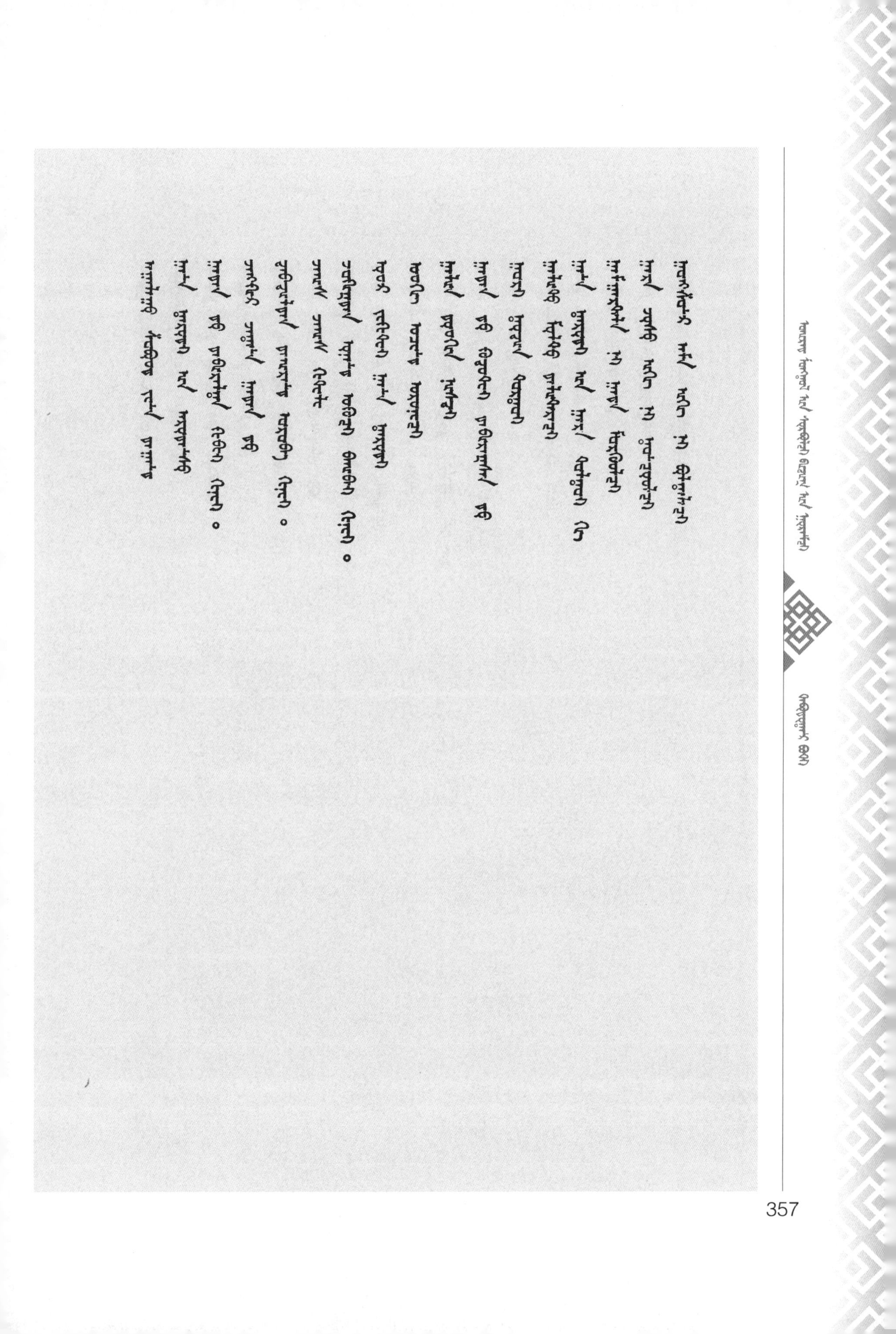

[illegible]

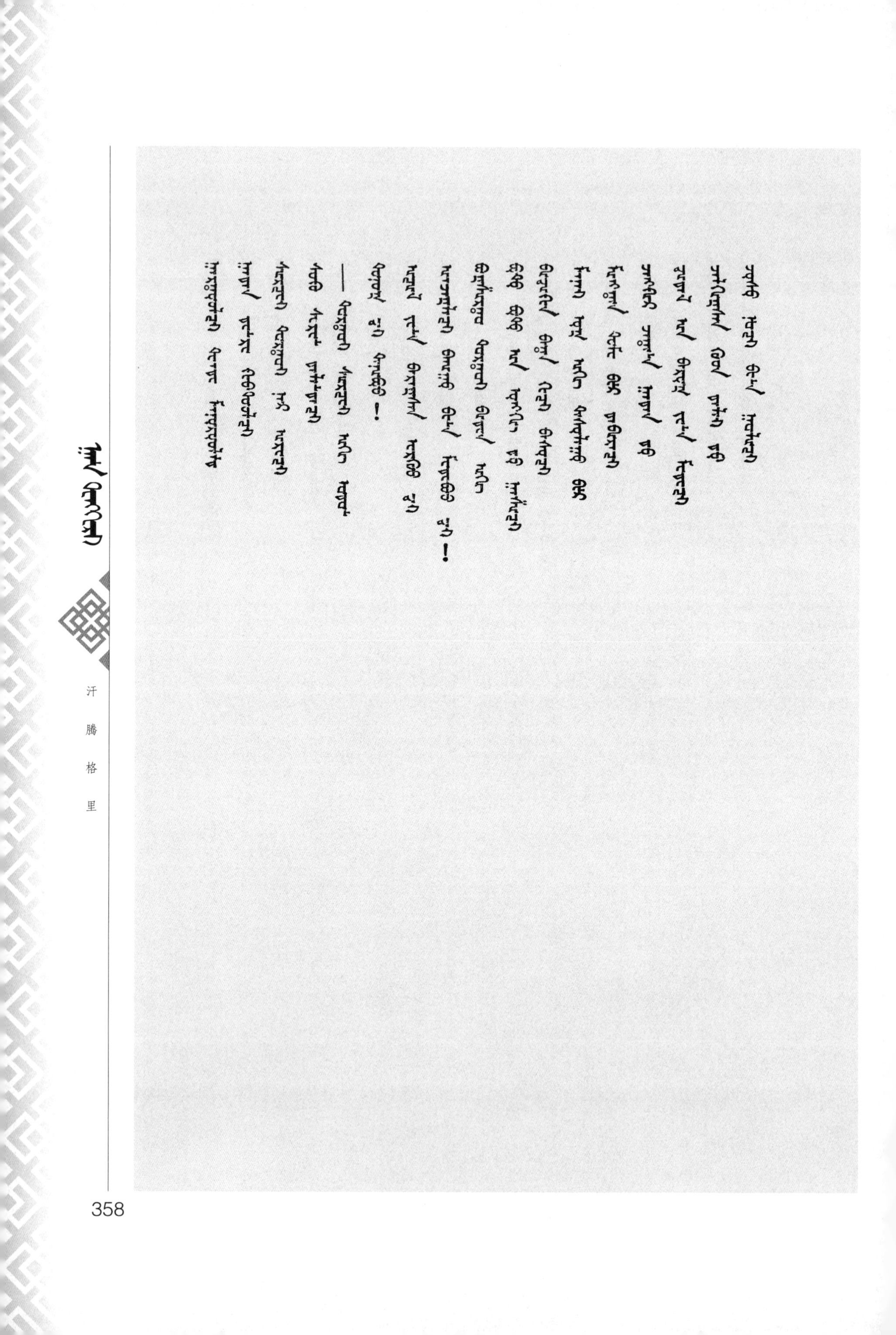

[illegible]
[illegible]
[illegible]
[illegible]
[illegible]
[illegible]
[illegible]
[illegible]
[illegible]
[illegible] !
[illegible]
[illegible] !
—— [illegible]
[illegible]
[illegible]
[illegible]
[illegible]

[illegible] [illegible] ᠮᠣᠷᡅ ᠨᡅ [illegible]
[illegible] [illegible] ᠮᠣᠷᡅ ᠨᡅ [illegible]
[illegible] [illegible] [illegible]
[illegible] [illegible] ᠮᠣᠷᡅ ᠨᡅ [illegible]
[illegible] [illegible] ᠮᠣᠷᡅ ᠨᡅ [illegible]
[illegible] [illegible] ᠮᠣᠷᡅ ᠨᡅ [illegible]
[illegible] [illegible] [illegible]
[illegible] [illegible] [illegible] ᠮᠣᠷᡅ [illegible]
[illegible] ᠮᠣᠷᡅ ᠨᡅ [illegible]
[illegible] [illegible] ᠮᠣᠷᡅ ᠨᡅ [illegible]
[illegible] [illegible] ᠮᠣᠷᡅ ᠨᡅ [illegible]
[illegible] [illegible] [illegible]
[illegible] [illegible] [illegible]
[illegible] [illegible] [illegible] [illegible]
[illegible] [illegible] [illegible]
[illegible] [illegible] [illegible] ᠮᠣᠷᡅ
[illegible] [illegible] [illegible] [illegible]

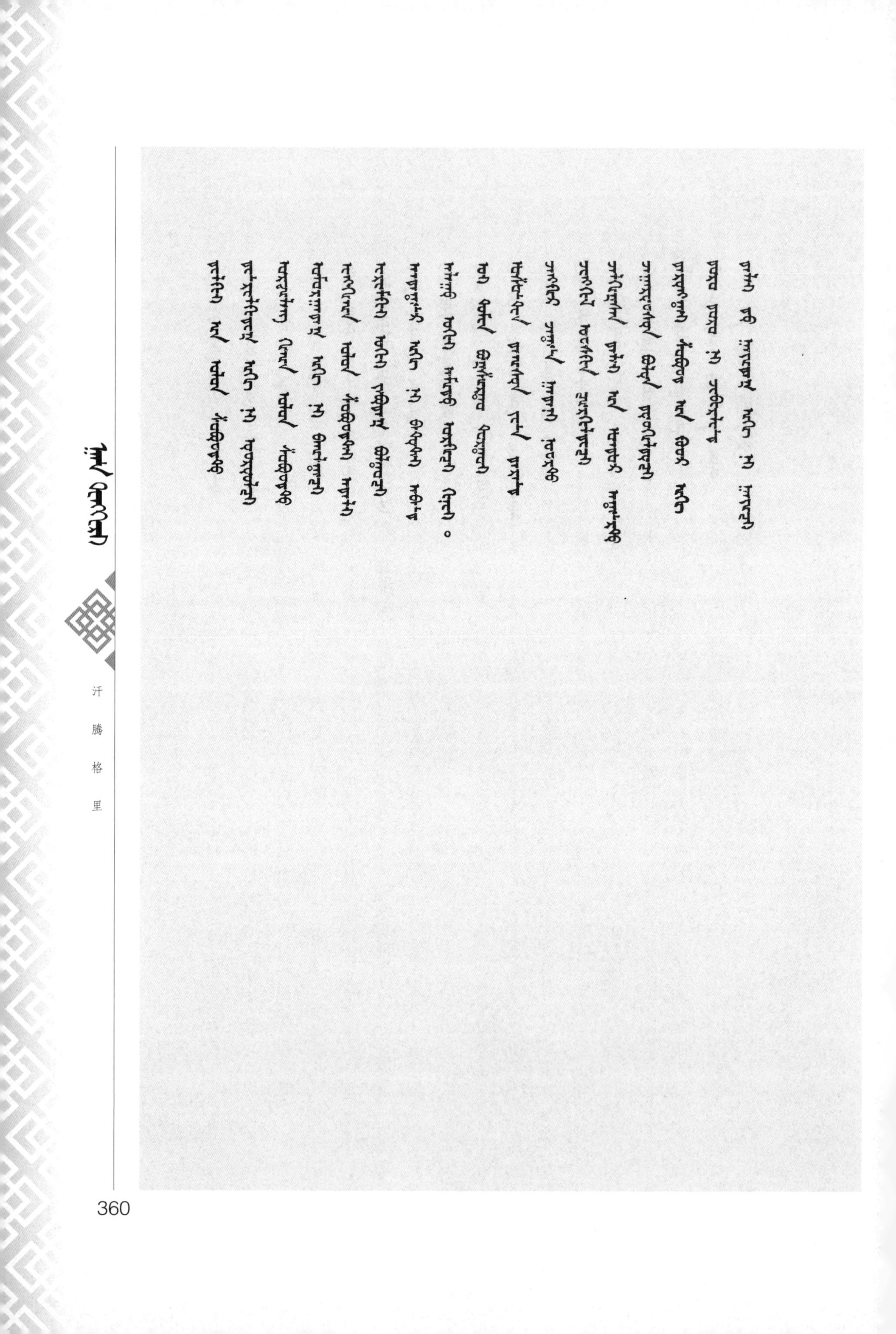

[illegible]

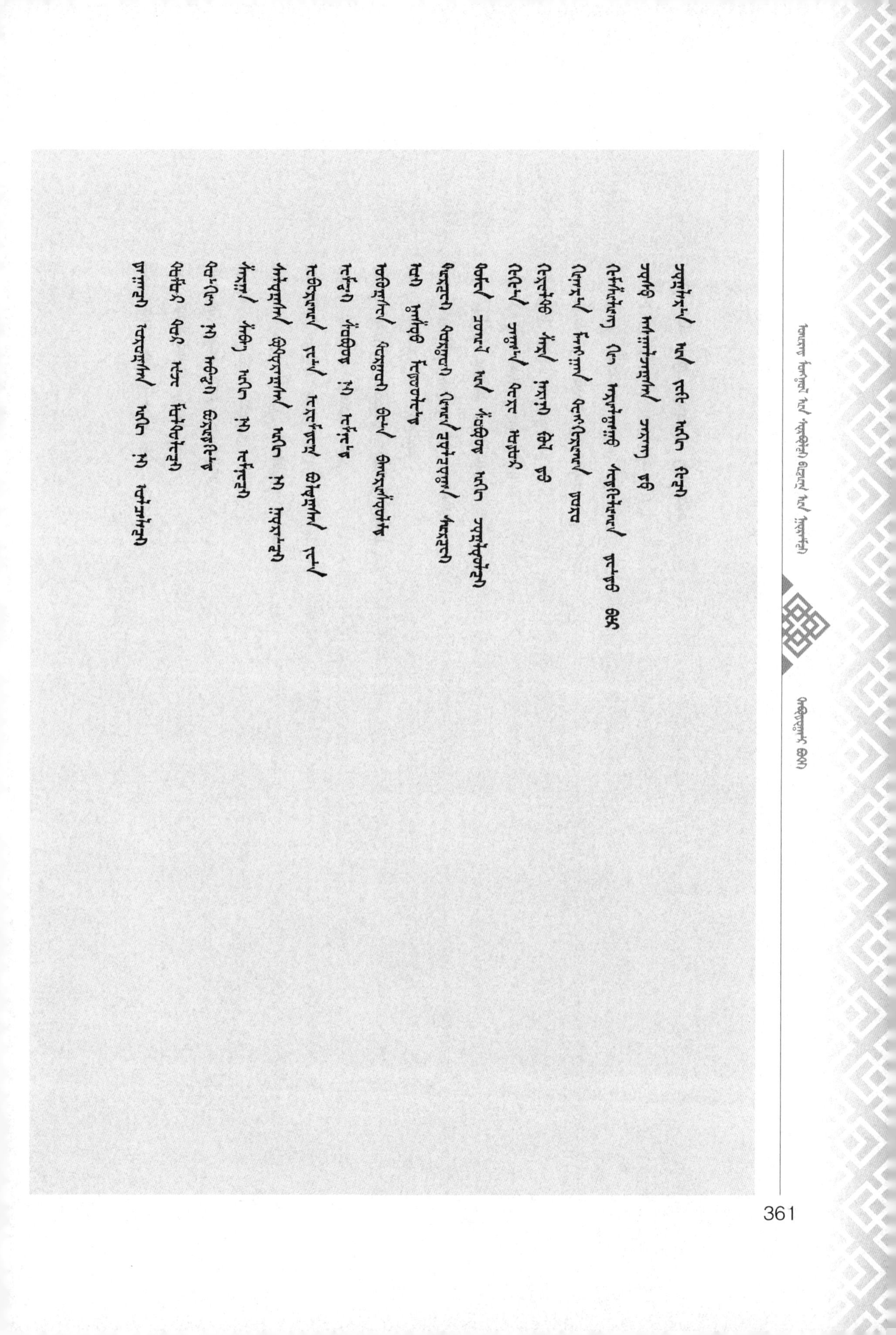

[illegible]
[illegible]
[illegible]
[illegible]
[illegible]
[illegible]
[illegible]
[illegible]
[illegible]
[illegible]
[illegible]
[illegible]
[illegible]
[illegible]
[illegible]
[illegible]
[illegible]

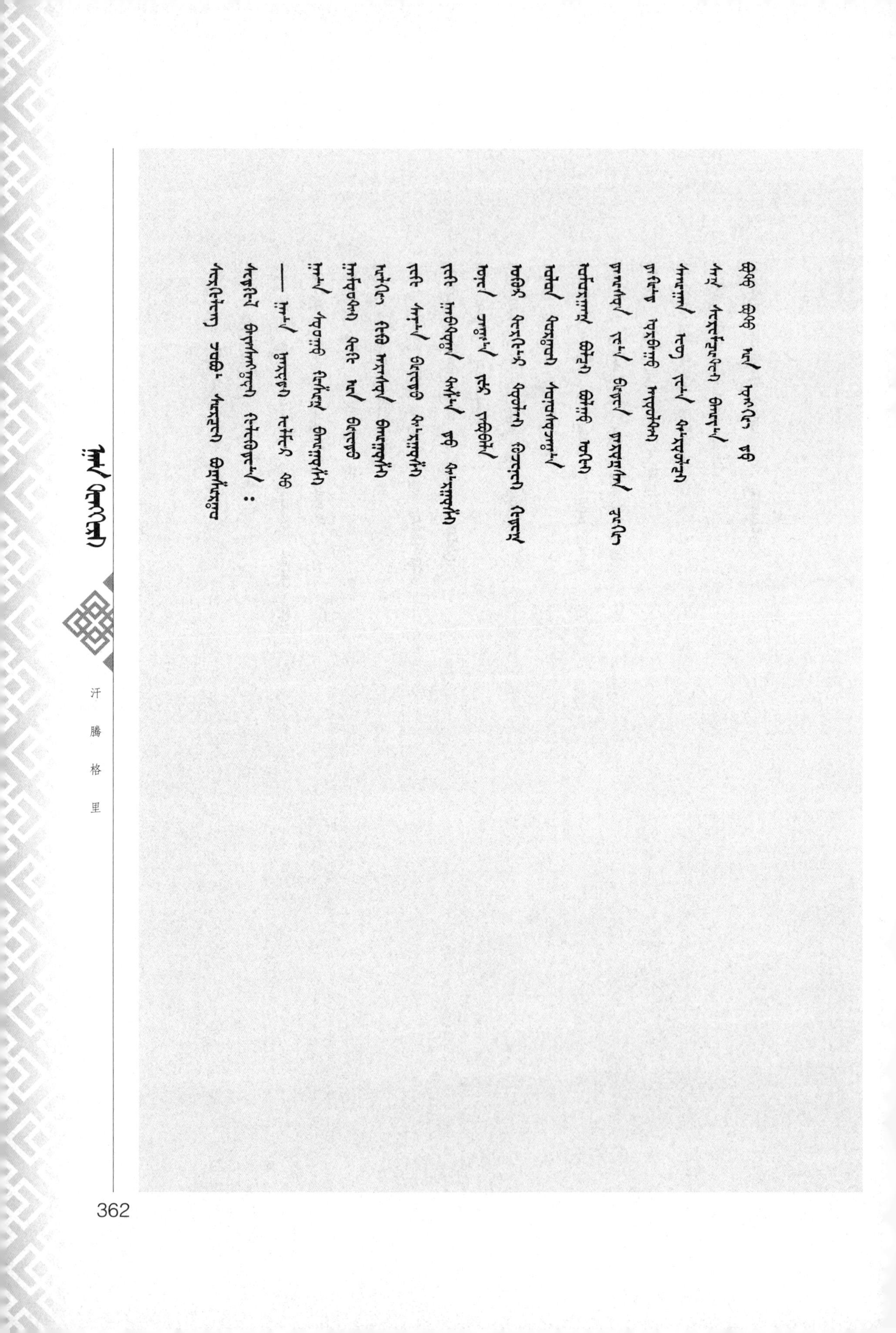

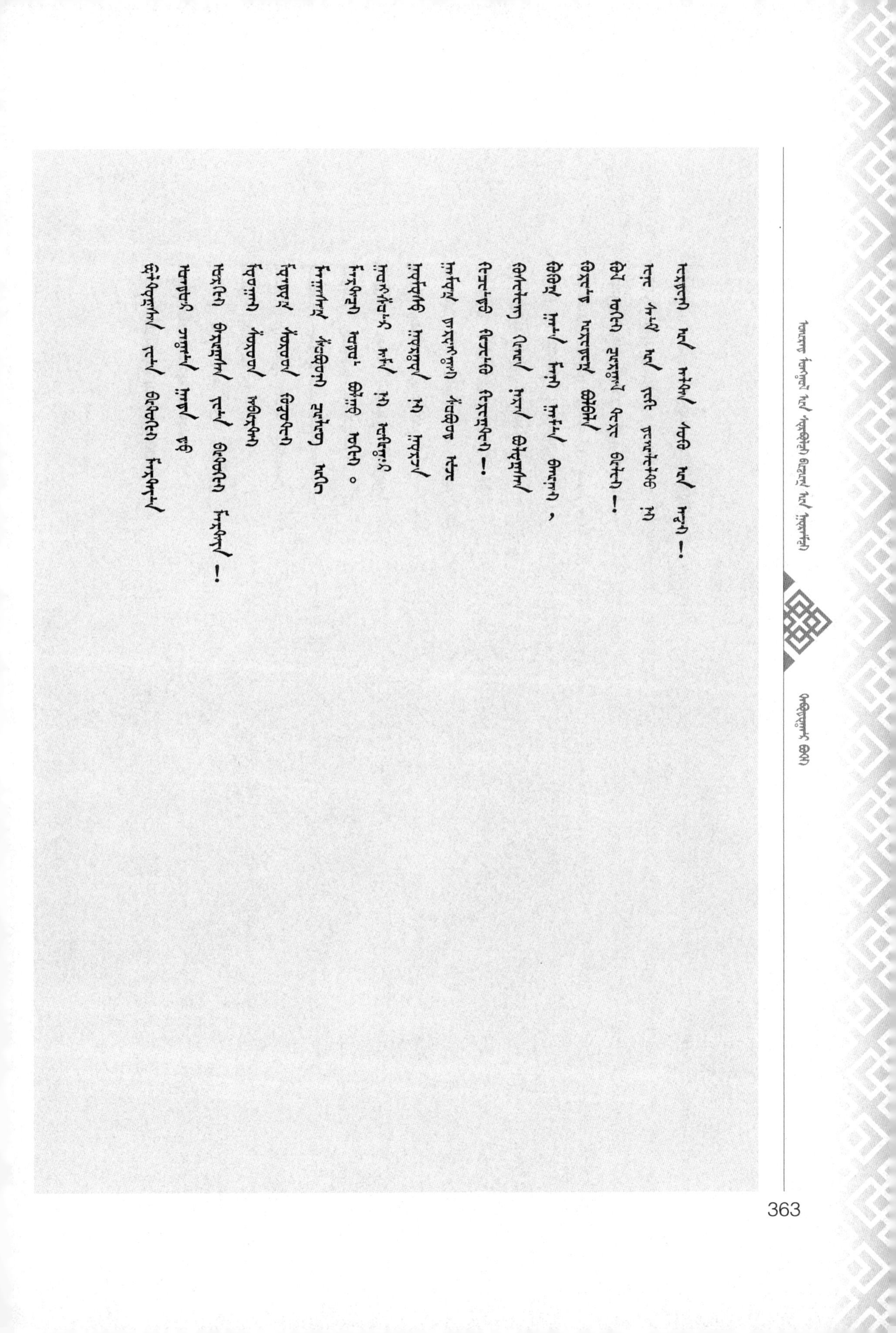

[illegible]
[illegible]
[illegible]
[illegible]
[illegible]
[illegible]
[illegible]
[illegible]
[illegible]
[illegible]
[illegible]
[illegible]
[illegible]
[illegible]
[illegible]
[illegible]
[illegible]

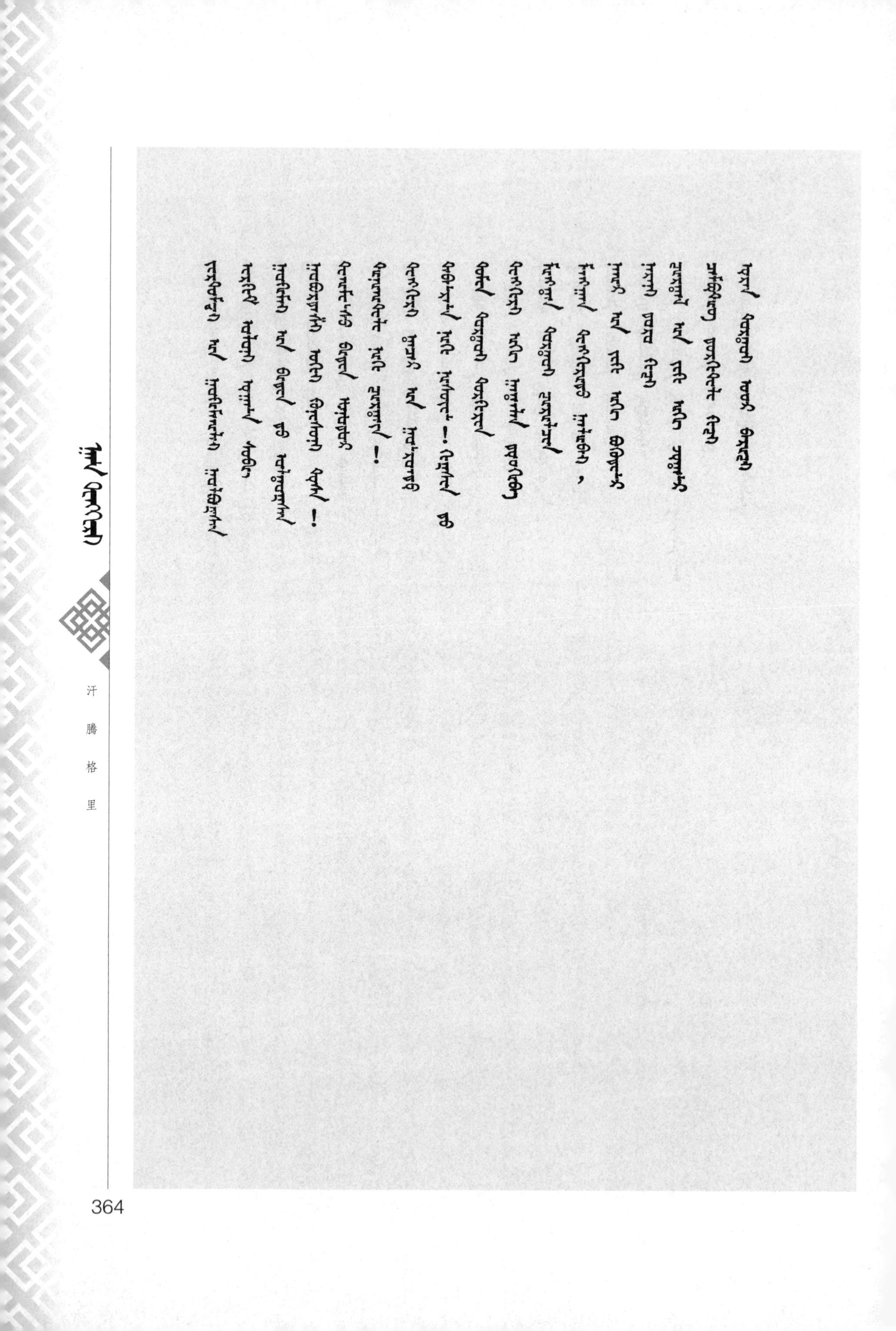

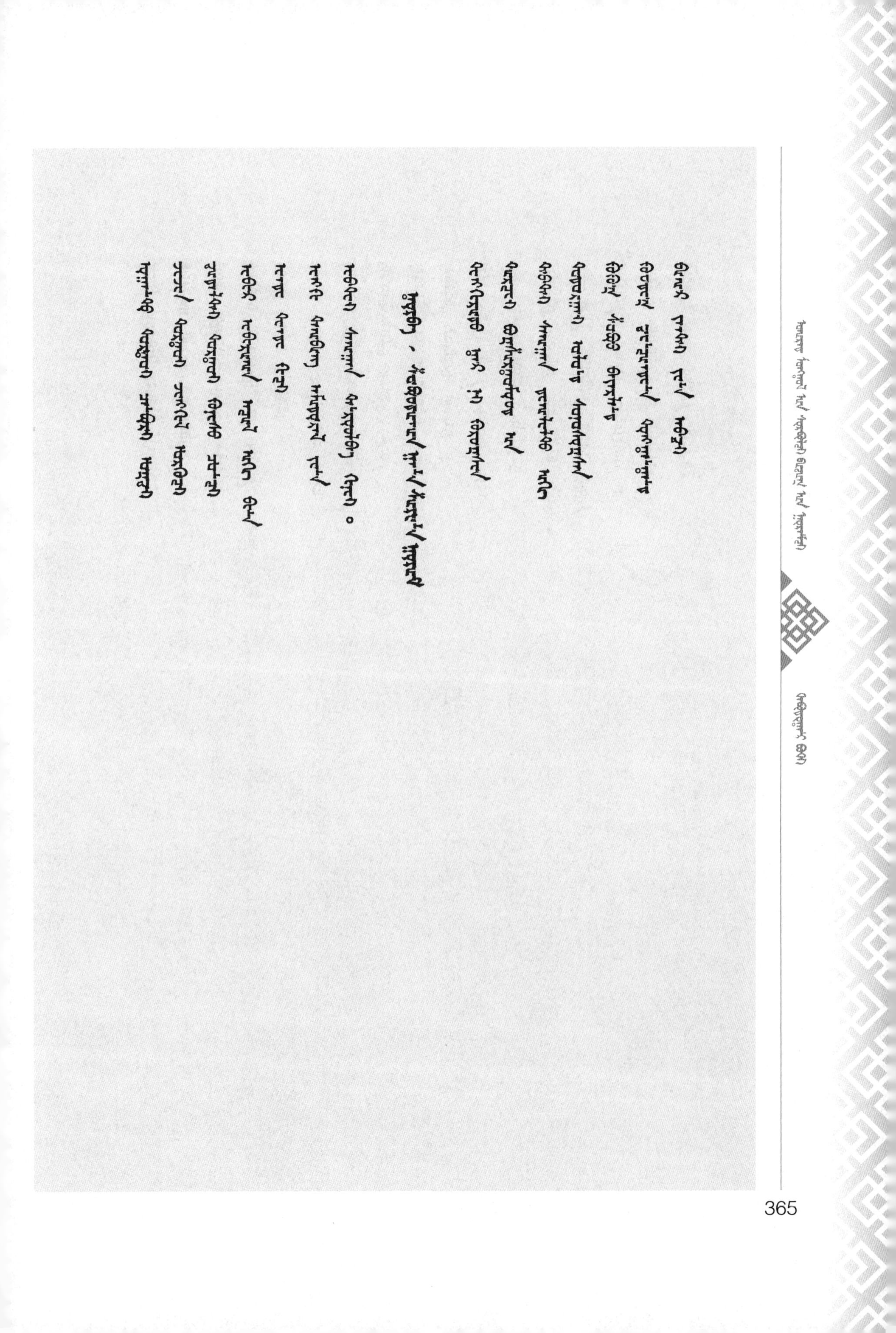

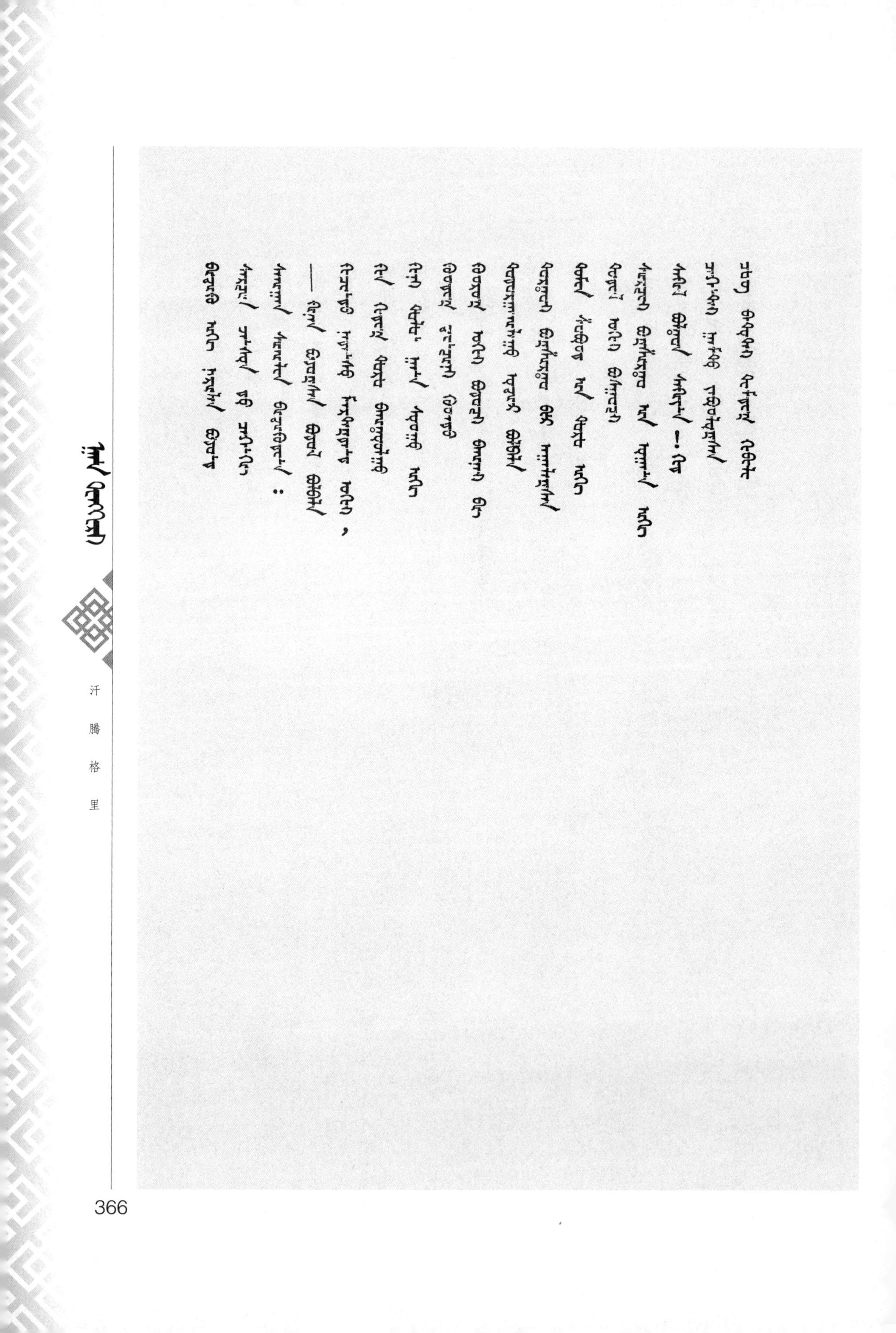

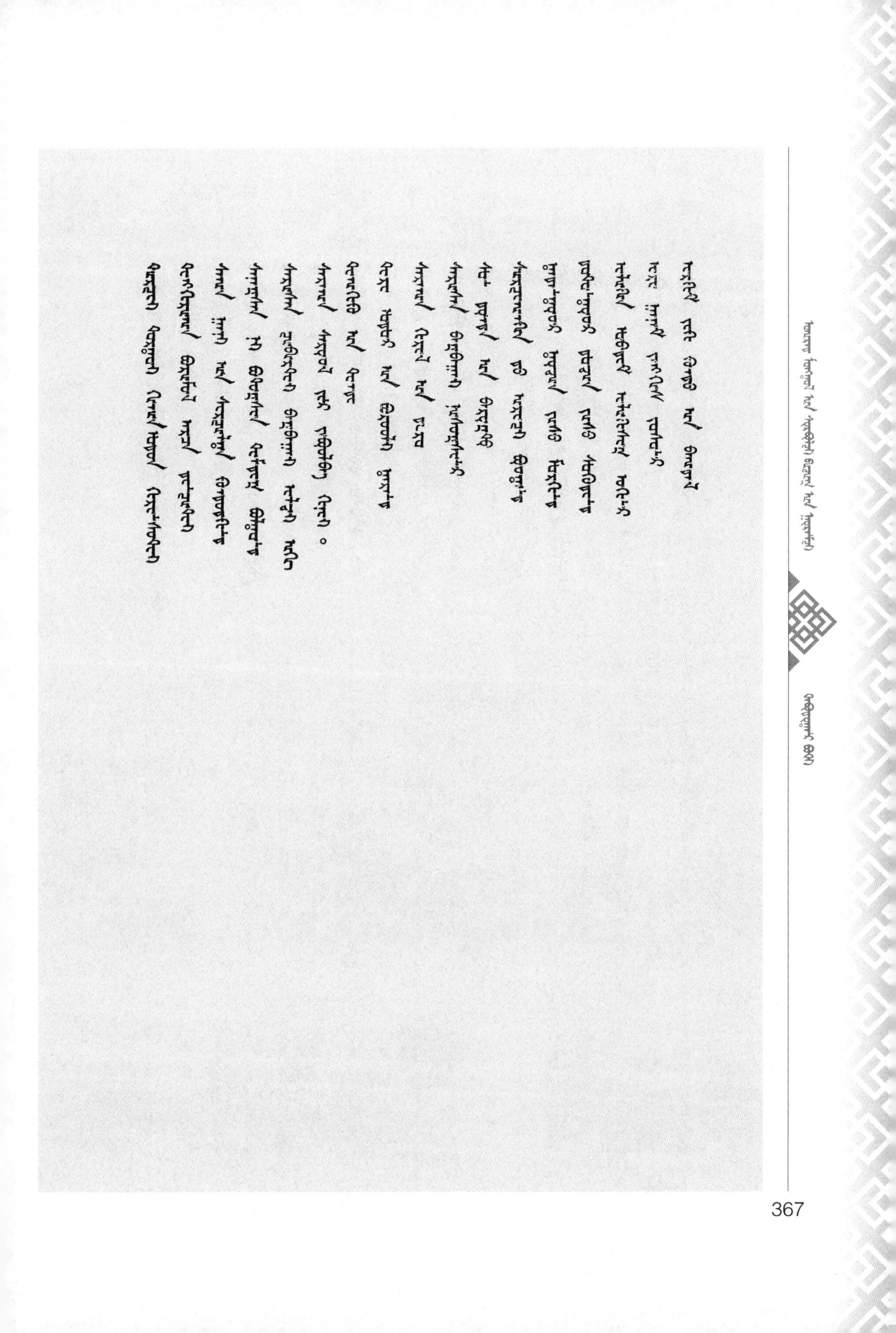

[illegible]

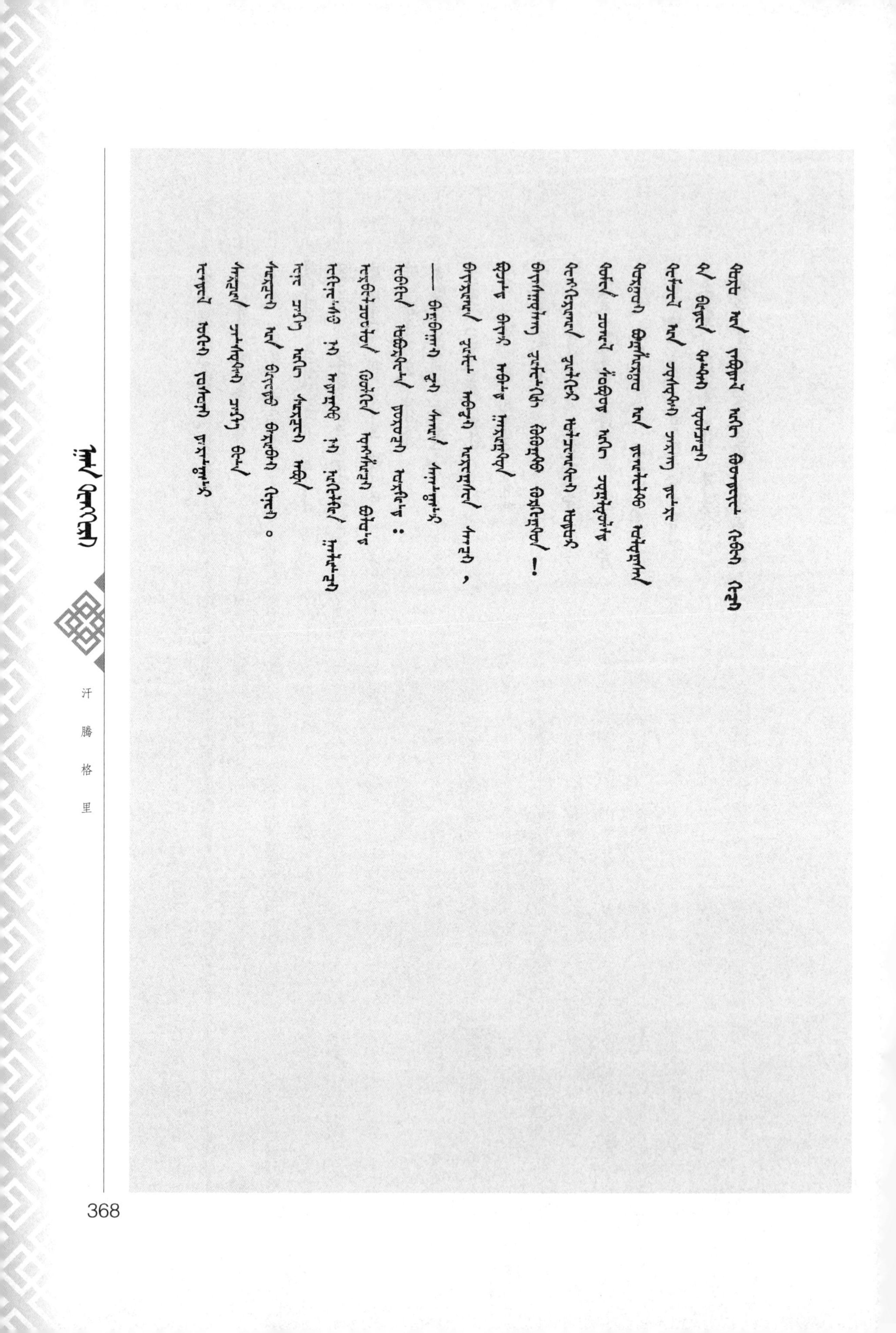

[illegible]
[illegible]
[illegible]
[illegible]
[illegible]
[illegible]
[illegible]
[illegible]
[illegible]
[illegible]
[illegible]
[illegible]
[illegible]
[illegible]
[illegible]
[illegible]
[illegible]
[illegible]

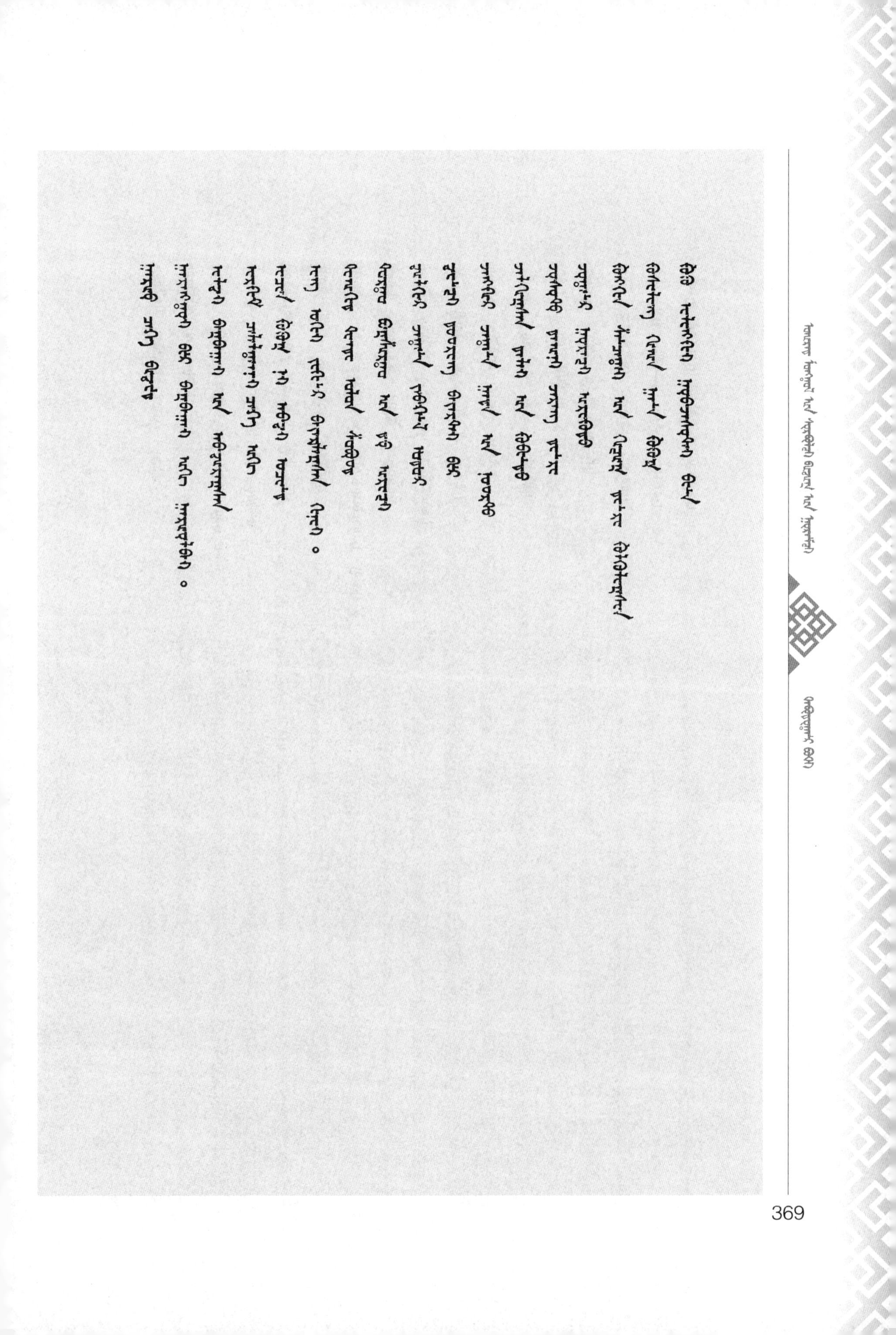

ᠪᠣᠰᠤᠭᠰᠠᠨ ᠰᠠᠷᠠᠨ ᠳᠤᠭᠤᠢᠳᠤᠭᠤᠨ ᠰᠠᠶᠢᠬᠠᠨ
ᠪᠡᠶᠡᠯᠡᠬᠦ ᠬᠠᠨ ᠪᠡᠶᠡᠳᠡ
[illegible] [illegible] ᠬᠠᠷᠢ ᠪᠣᠯᠤᠨ ᠪᠣᠯᠤᠭᠰᠠᠨ ᠃
[illegible] [illegible] ᠰᠠᠶᠢᠬᠠᠨ ᠪᠣ ᠰᠠᠶᠢᠨ
[illegible] ᠬᠠᠨ [illegible] [illegible]
[illegible] [illegible] ᠪᠠᠨ ᠪᠣᠯᠤᠨ ᠰᠠᠶᠢᠬᠠᠨ
[illegible] ᠬᠠᠨ [illegible] [illegible] ᠪᠠᠶᠢᠨ᠎ᠠ ᠃
[illegible] [illegible] [illegible] [illegible]
[illegible] [illegible] [illegible] [illegible]
[illegible] [illegible] [illegible] [illegible] [illegible]
[illegible] [illegible] [illegible] [illegible]
[illegible] [illegible] [illegible] [illegible]
[illegible] [illegible] [illegible] [illegible]
[illegible] [illegible] [illegible] [illegible]
[illegible] [illegible] [illegible] [illegible]
[illegible] [illegible] [illegible] [illegible]
[illegible] [illegible] [illegible] [illegible] ᠃

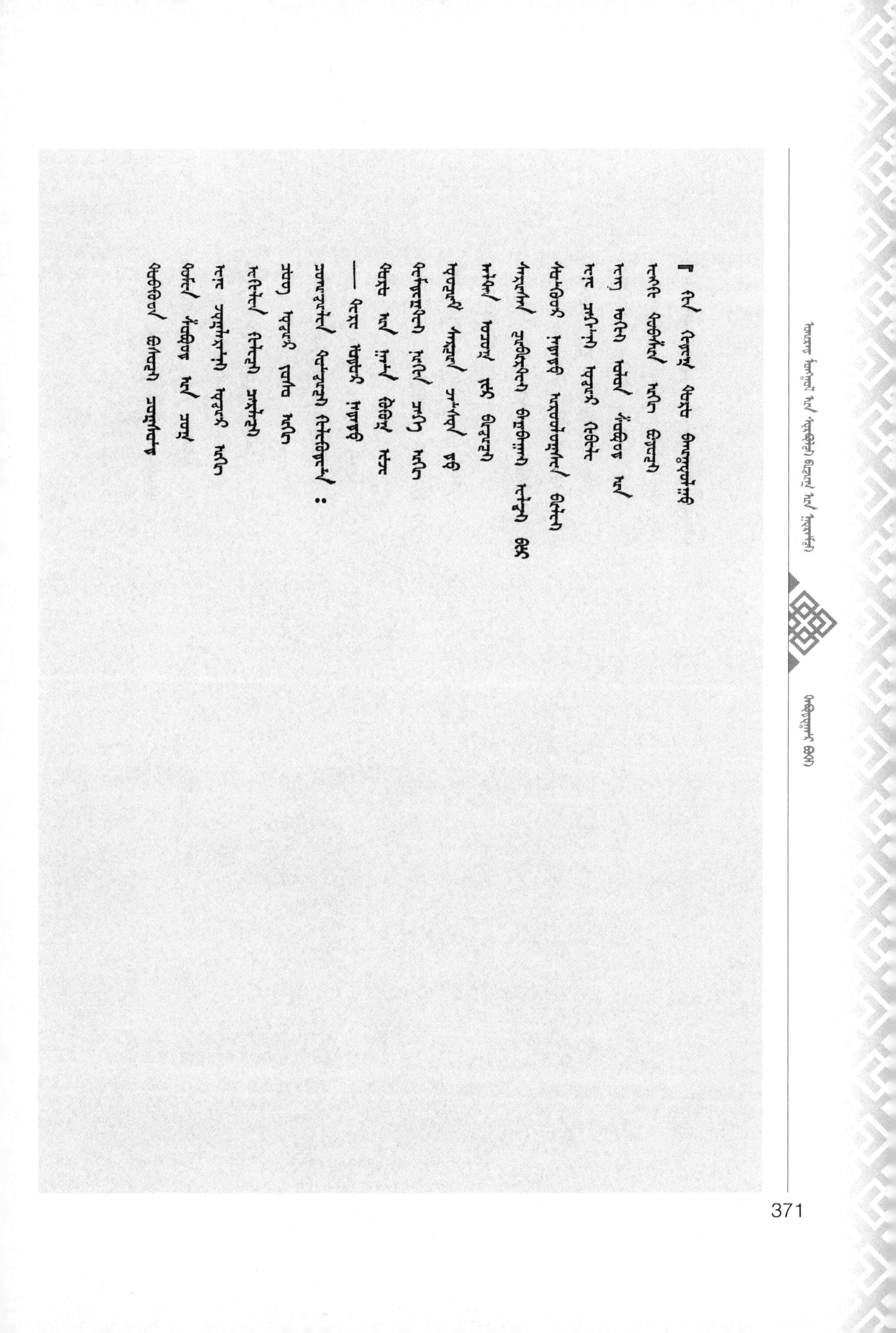

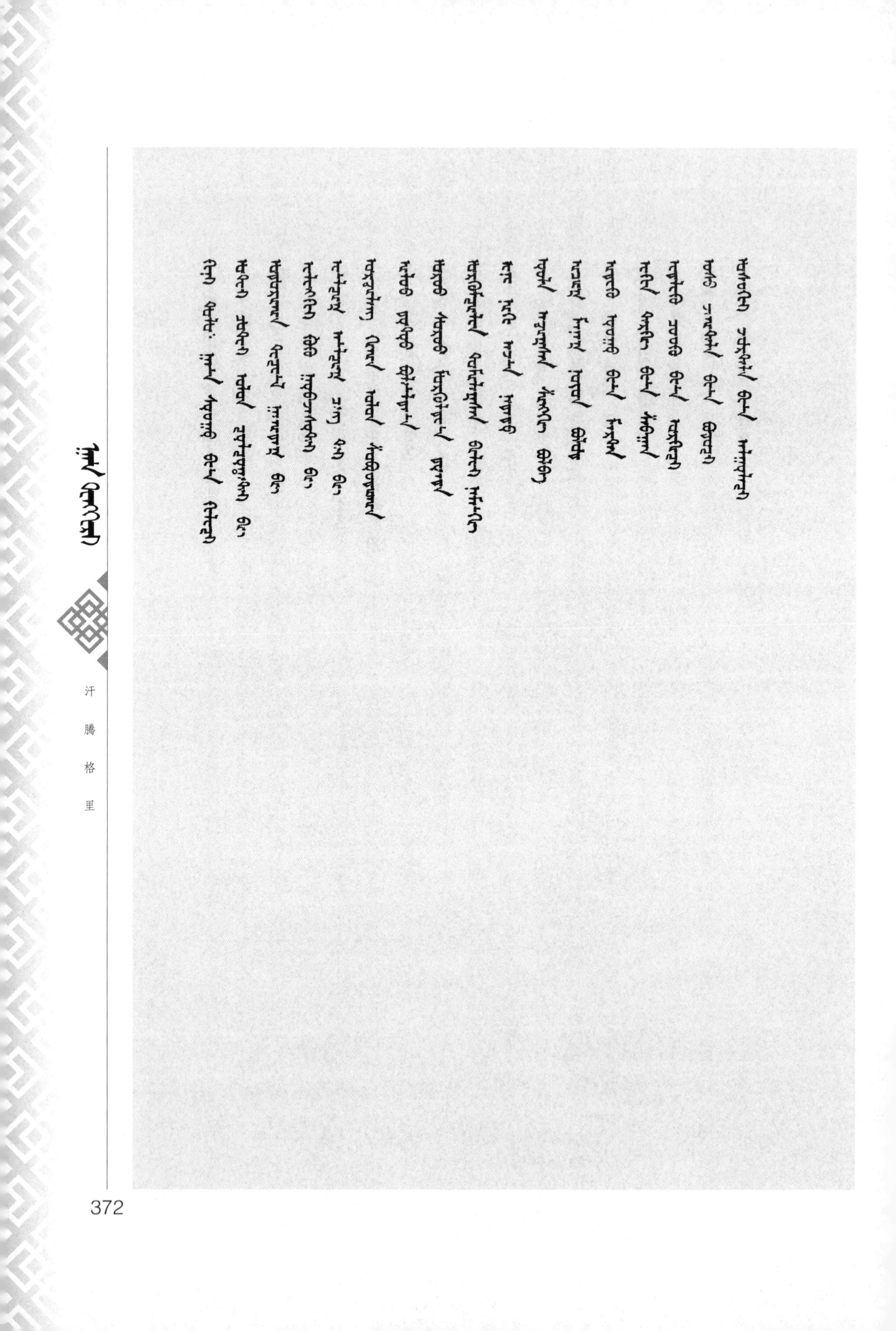

[illegible]

ᡍᠠᡋᡅᠷᡅᠨ ᠪᡈᡋᡈᠨ ᡐᠠᠷᡅᡍᠠ ᡅᠨ ᠰᡇᠷᡇᠯᡍᠠᡅᠰᡅᠨ
ᡇᡆᡆᠯᡎᠠᡅᠨ ᡇᡆᠮᡅ ᡋᡅ ᡍᡆᡋᡅᡎᠠᡅᠨ
ᡇᡆᡋᡅᠷᡅᠨ ᠮᡆᡋᡅᠨ ᠪᡅᠷᡅᠨ ᠰᡇᠷᡇᠯᡍᠠᡅᠰᡅᠨ
ᡎᡅᠷᡎᠠ ᡍᠠᠷᡅᠨᠠ ᠪᡅᡋᡅᠷᡅ
ᡎᡅᠷᠠᠨ ᡍᠠᠷᡅᠨᠠ ᠪᡅᠨ ᡋᠠᠷᡅᠯᠠ
ᠰᡇᡆᠷᡅᠨᠠ ᡋᡆᠮᡅᠷᡅᡎᡅ ᡎᡆᠷᡎᠠᡅᠨ
ᠰᡇᠯ ᠰᡇᠯ ᠰᡇ ᡍᡅ ᠰᡇᠷᡎᠠᡅᠨ
ᠰᡇᡅᠷᡅᠨ ᡇᡆᠮᡅ ᠪᡅᡎᡅᠨ ᠮᡅᠷᡅ
ᡎᡆᠷᡅᠨ ᠰᡇᠯᡅᠷᡅᠯᡎᠠᡅᠨ ᡍᠠᡋᠠᡋᠠᠷᡅ
ᡎᡆᠯᡆᡋ ᠰᡇᠯᡎᡅᠷᡅᠨ ᠮᡅᠷ ᡍᠠᡋᠠᠷᡅ
ᠷᡅᠷᡅᡋᡆᠷᡅᠨ ᠪᡅᡎᡆᠷᡅᠨ ᠮᡅᠷᡅᠨ ᡇᡆᠷᡅᡋ
ᠪᡅᠷᡅᠪᡅᠨ ᡇᡆᠯ ᡍᠠᠷᡅᠯᠠᠨ ᡇᡆᡋᡅᠷᡅᠨ ᠷᡅᠷᡅ
ᡍᠠᠰᡇᡅ ᠪᡅᠷᡅᠷᡅ ᠮᡅᠷᡅ ᡐᠣᡇᠷᡎᠠᡅᠨ
ᡍᠠᠷᡅᠨ ᠪᡅᠷᡅᠪᡅᠨ ᡇᡆᠯ ᠪᡅᠷᡎᠠᡅᠨ ᡋᡅ
ᠮᡅᡇᡆᠷ ᡐᡆᠯᡅᡎᠠ ᠪᡆᠮᡎᠠᡅᠨ
ᠮᡅᠷᡅᠪᡅᠨ ᡍᠠᡋᠠᡋᠠᠷ ᡎᡅᠷᠠᠨ ᡅᠨ ᠰᡇᠷᡅᠨᠠ
ᡐᡆᡐᡆᠨ ᡋᡅᠷᡅᠨ ᠪᡅᠮᡅᠷᡎᠠᡅᠨ

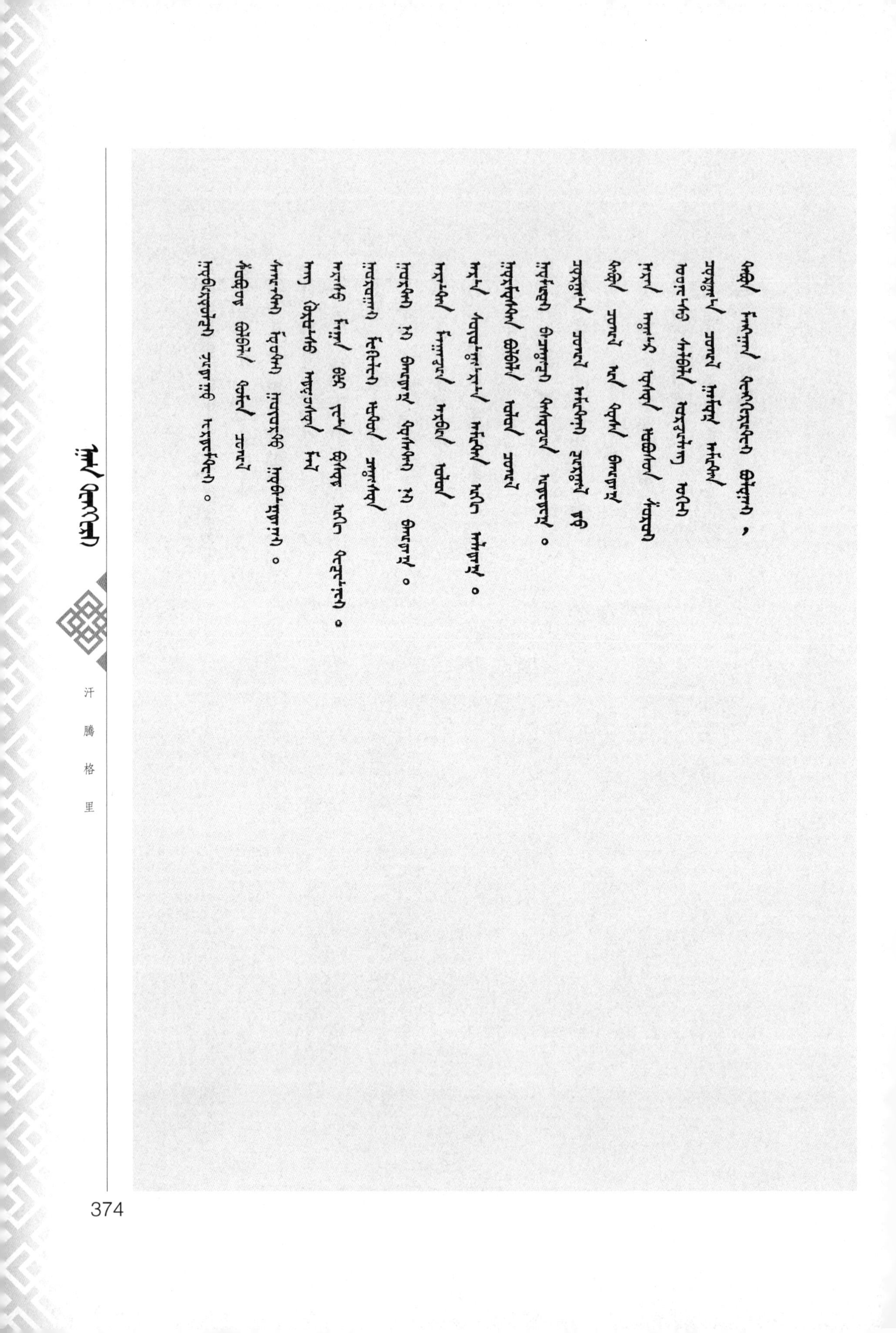

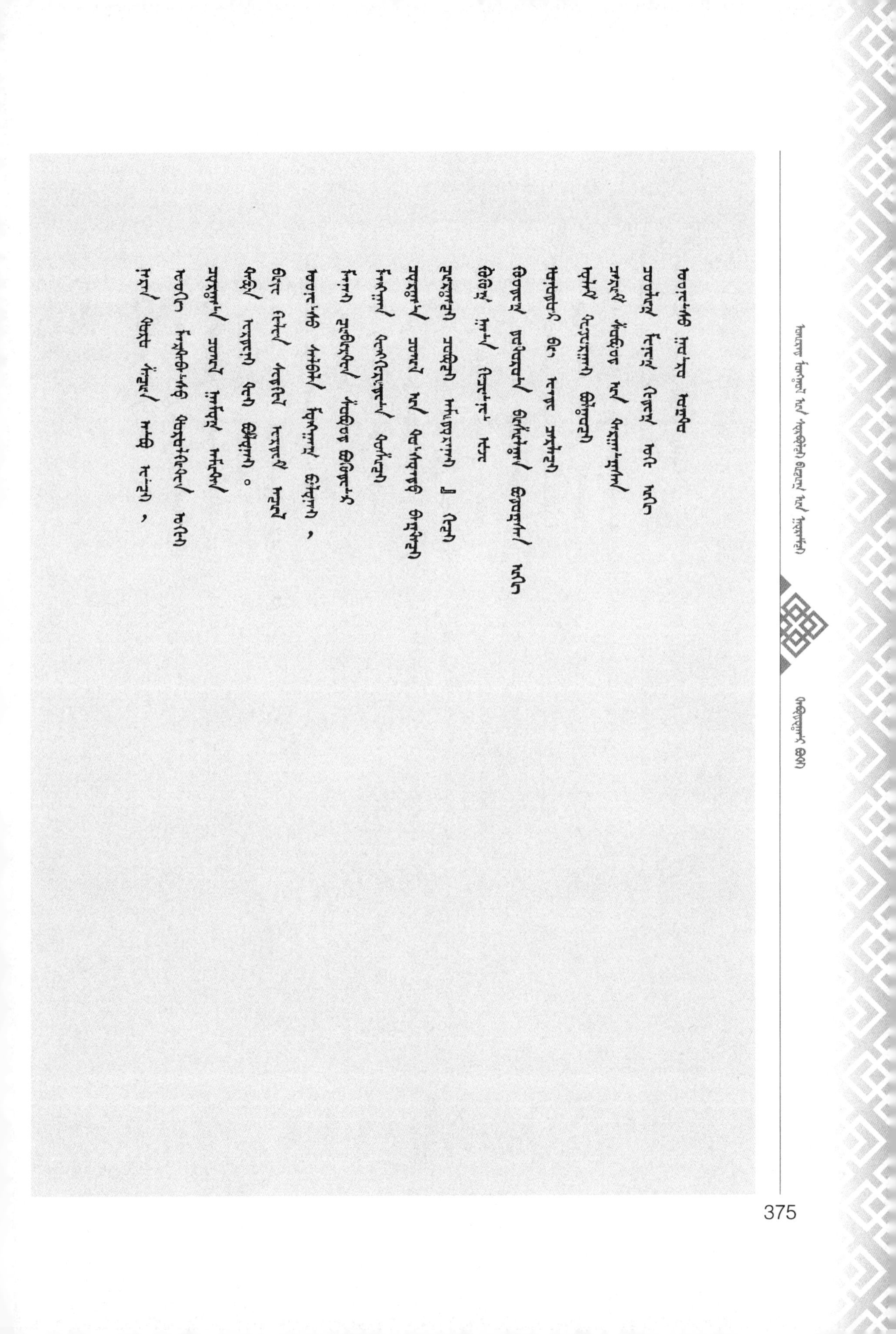

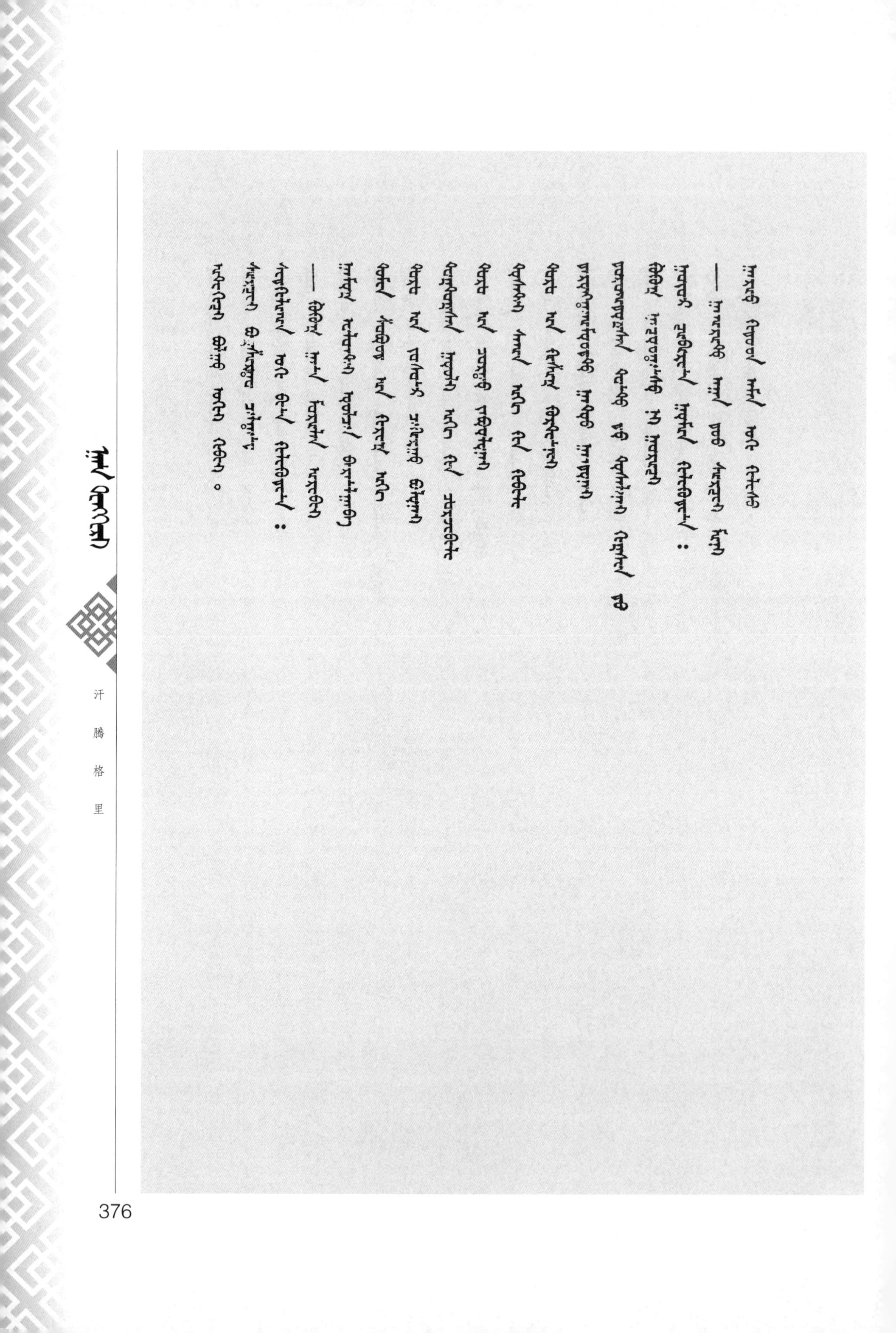

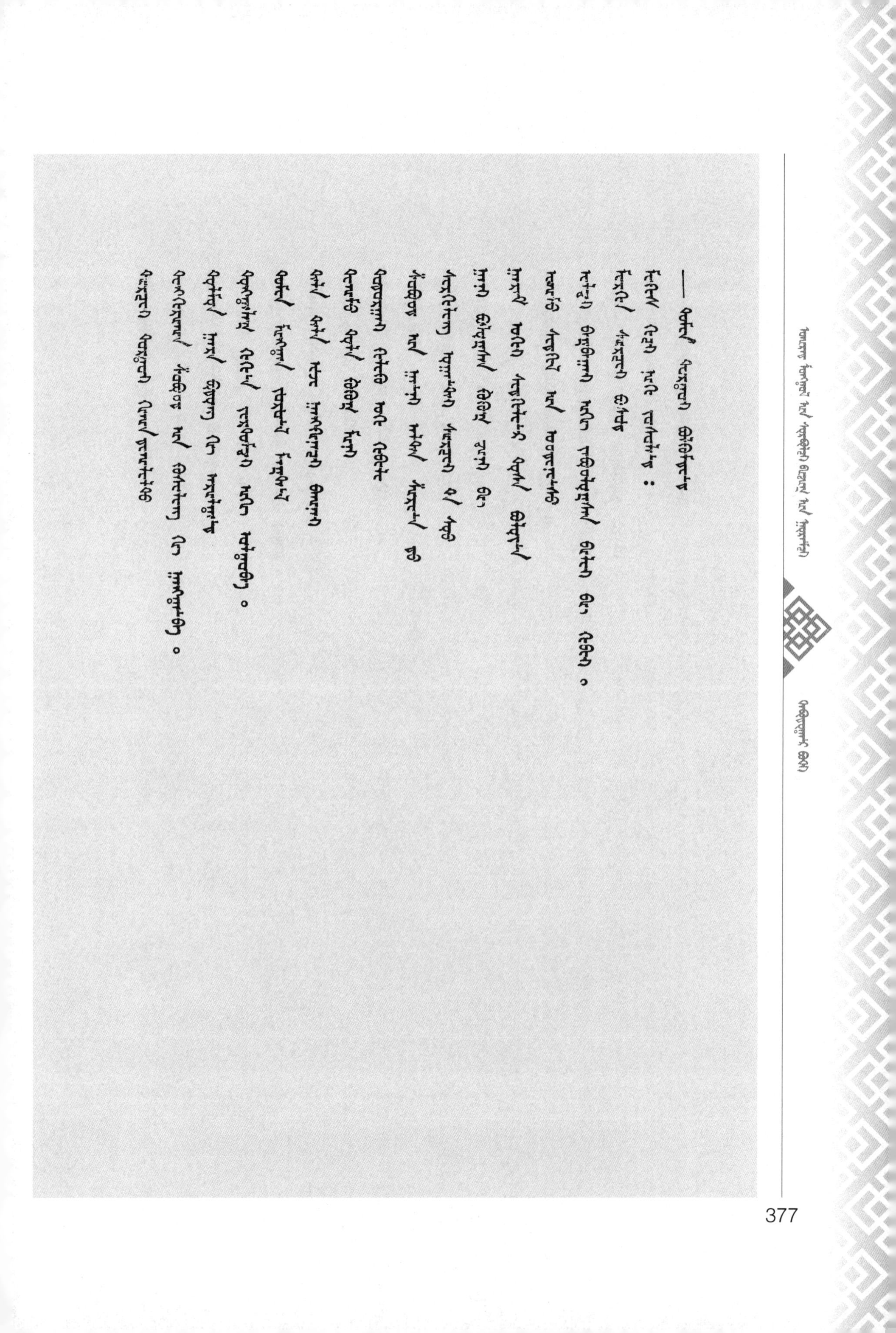

— [illegible]
[illegible] :
[illegible]
[illegible] 。
[illegible]
[illegible]
[illegible]
[illegible]
[illegible]
[illegible]
[illegible]
[illegible]
[illegible]
[illegible] 。
[illegible]
[illegible] 。
[illegible]

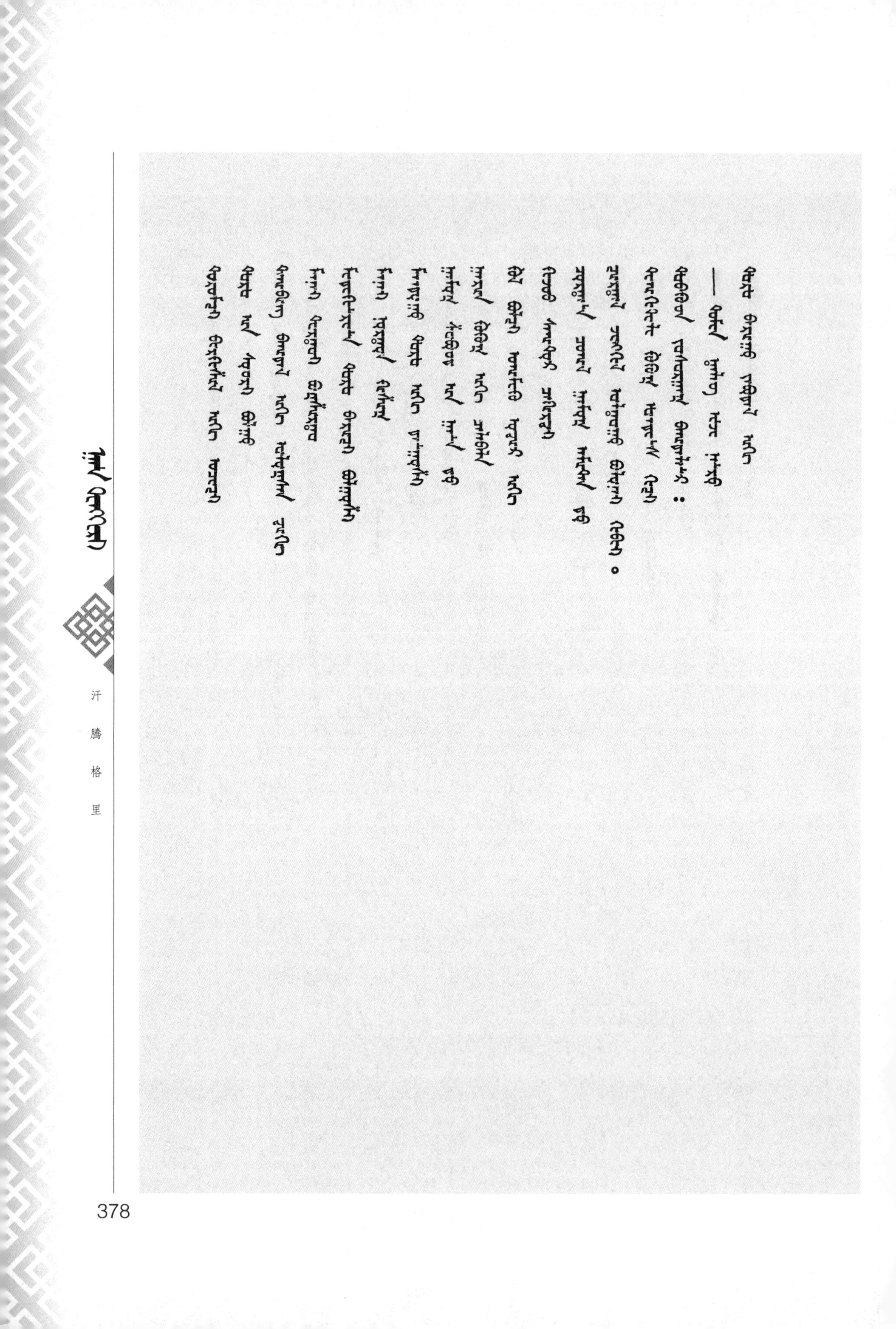

[illegible]
— [illegible]
[illegible] :
[illegible]
[illegible] 。
[illegible]
[illegible]
[illegible]
[illegible]
[illegible]
[illegible]
[illegible]
[illegible]
[illegible]
[illegible]
[illegible]
[illegible]

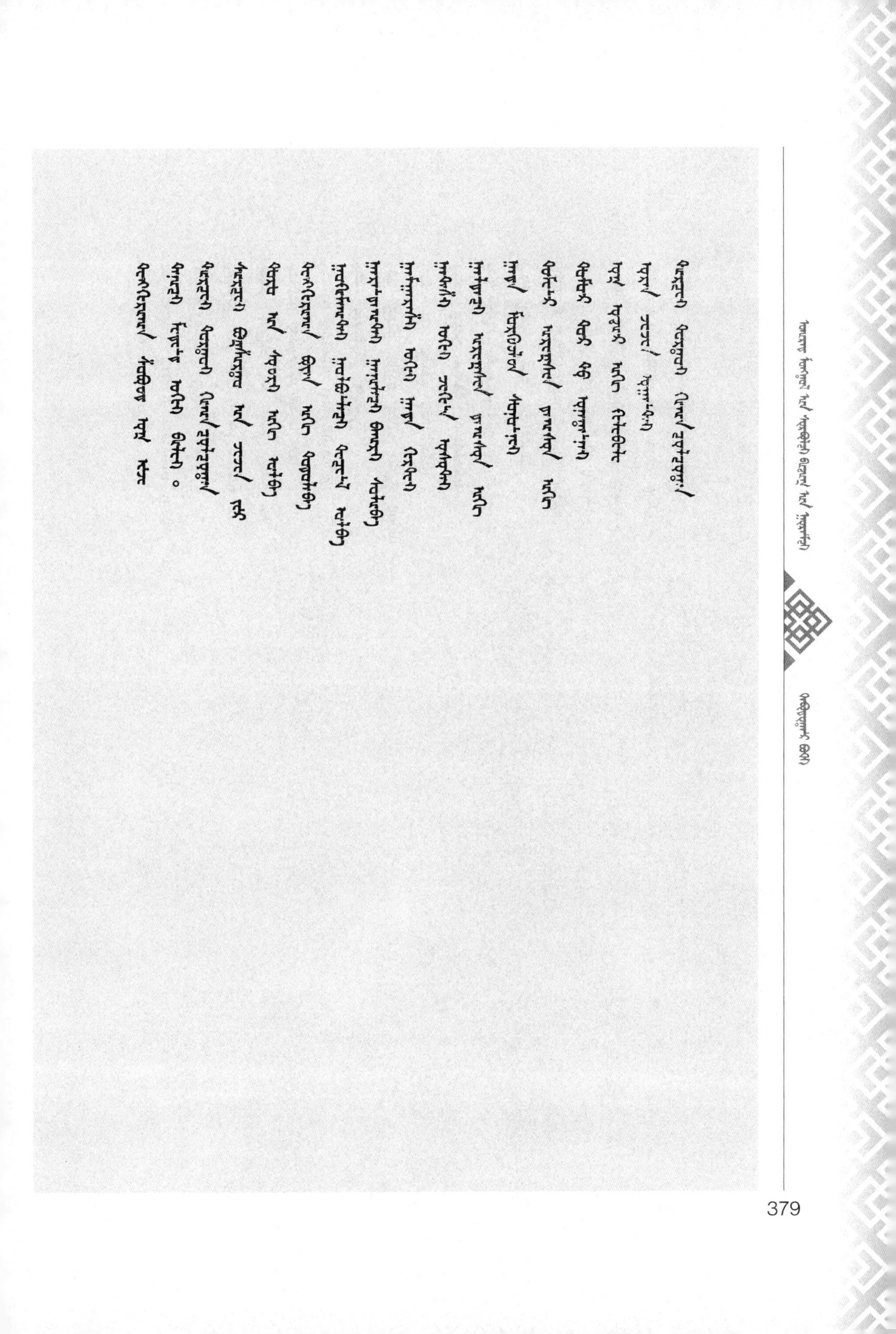

[illegible]
[illegible]
[illegible]
[illegible]
[illegible]
[illegible]
[illegible]
[illegible]
[illegible]
[illegible]
[illegible]
[illegible]
[illegible]
[illegible]
[illegible]
[illegible]
[illegible]
[illegible]

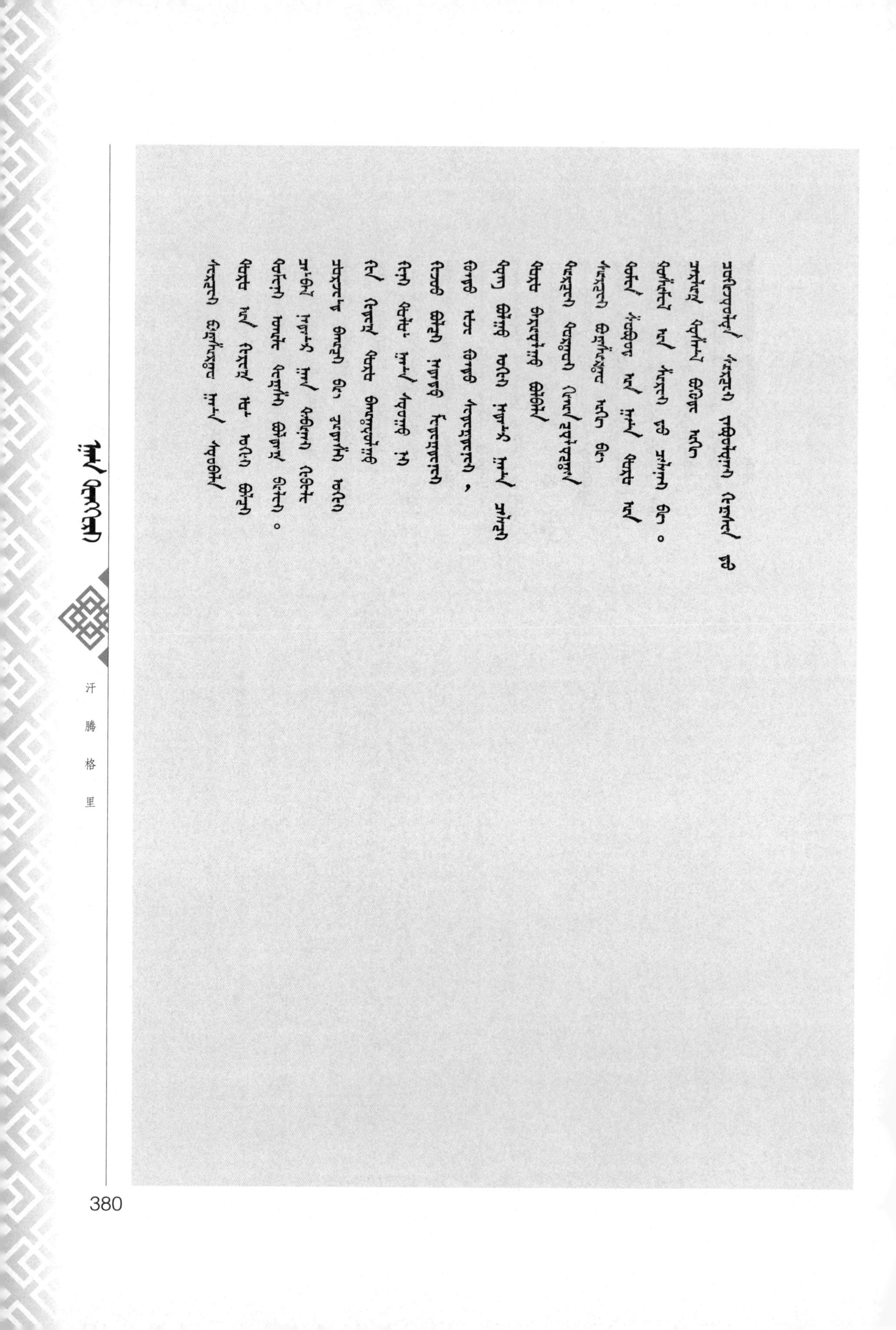

[illegible]
[illegible]
[illegible]
[illegible]
[illegible]
[illegible]
[illegible]
[illegible]
[illegible]
[illegible]
[illegible]
[illegible]
[illegible]
[illegible]
[illegible]
[illegible]
[illegible]

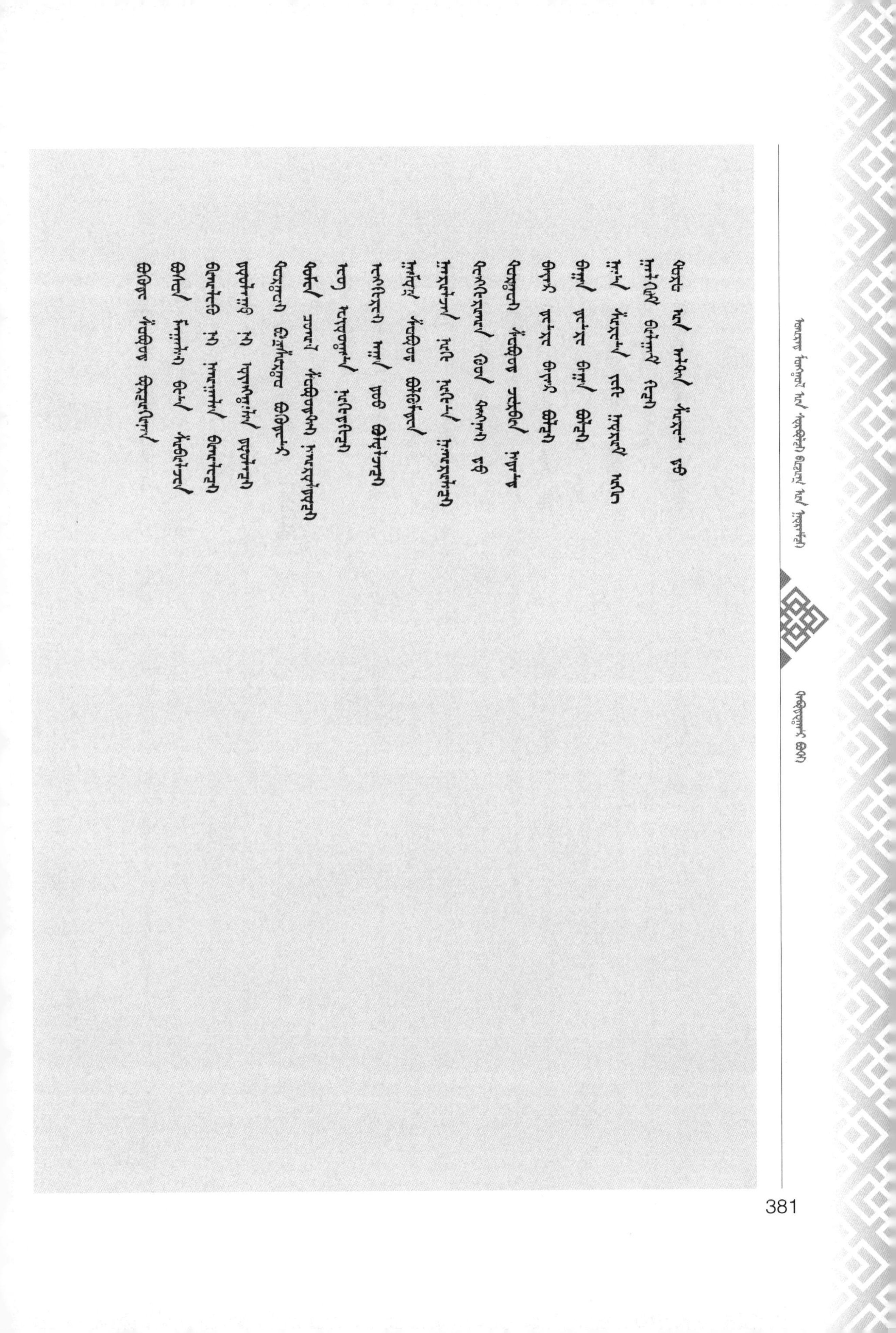

[illegible]
[illegible]
[illegible]
[illegible]
[illegible]
[illegible]
[illegible]
[illegible]
[illegible]
[illegible]
[illegible]
[illegible]
[illegible]
[illegible]
[illegible]
[illegible]
[illegible]

[illegible]
[illegible]
[illegible]
[illegible]
[illegible]
[illegible]
[illegible]
[illegible]
[illegible]
[illegible]
[illegible]
[illegible]
[illegible]
[illegible]
[illegible]
[illegible]
[illegible]

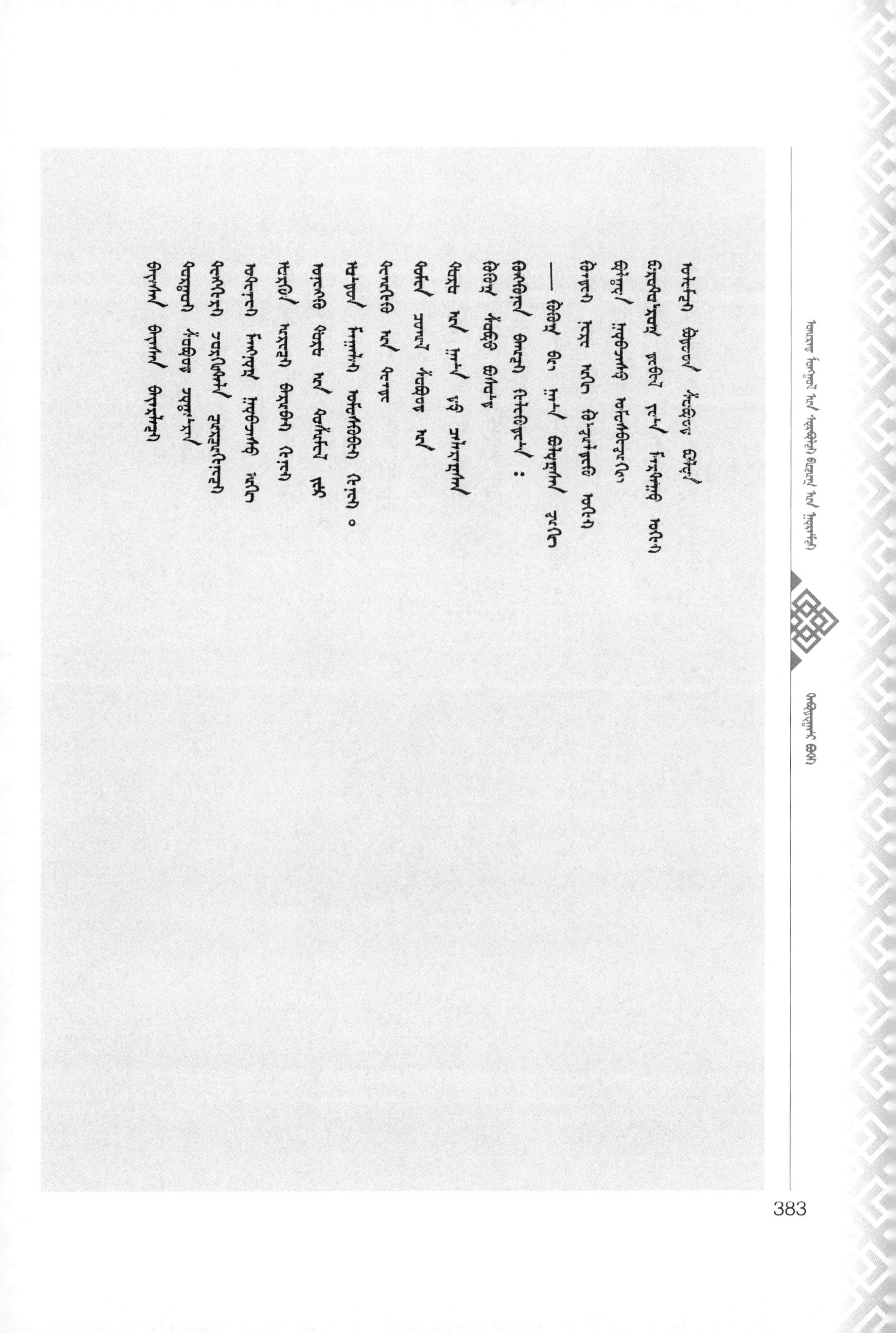

[illegible]
[illegible]
[illegible]
[illegible]
[illegible]
[illegible] ᠃
[illegible]
[illegible]
[illegible]
[illegible]
[illegible] ᠄
— [illegible]
[illegible]
[illegible]
[illegible]
[illegible]
[illegible]

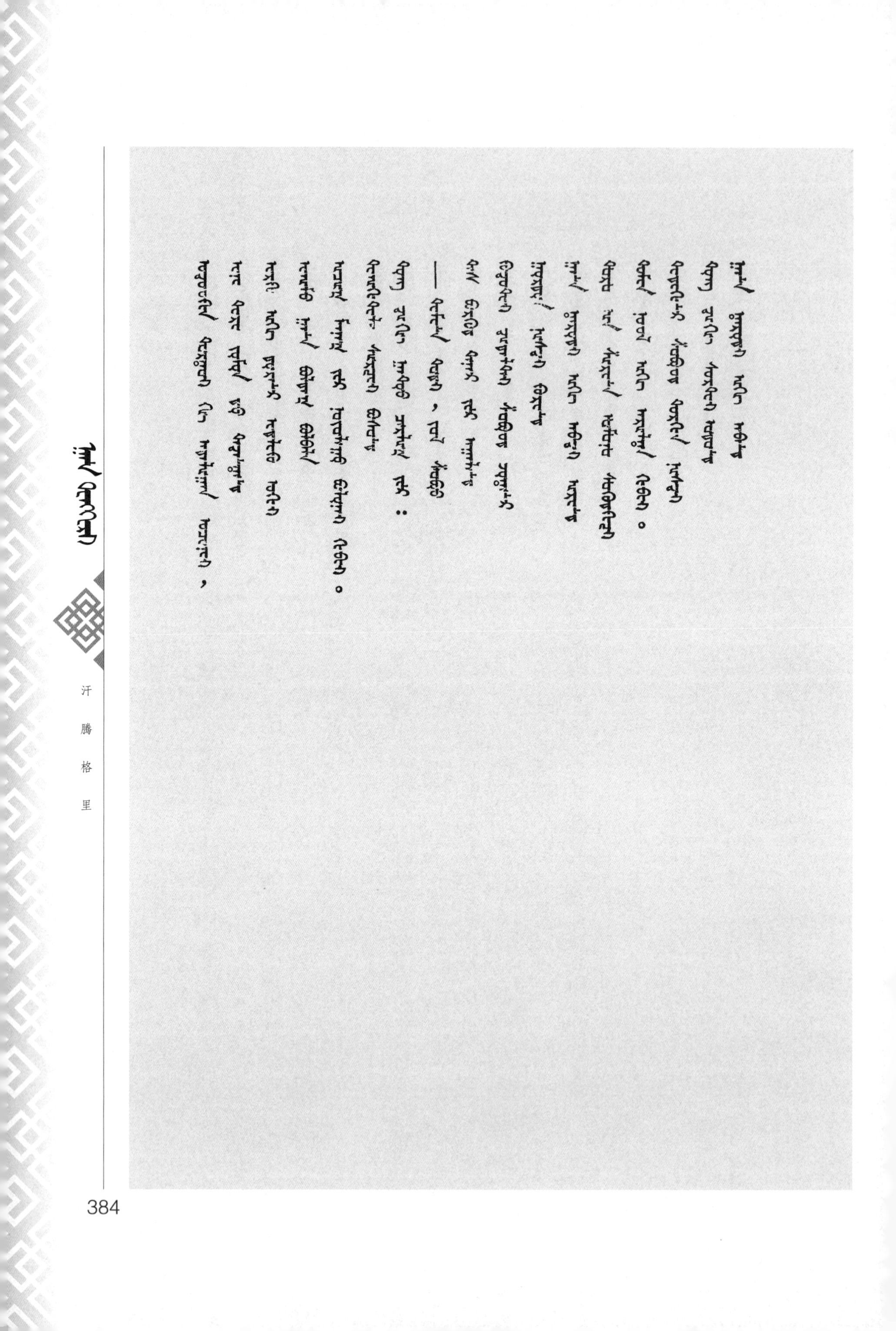

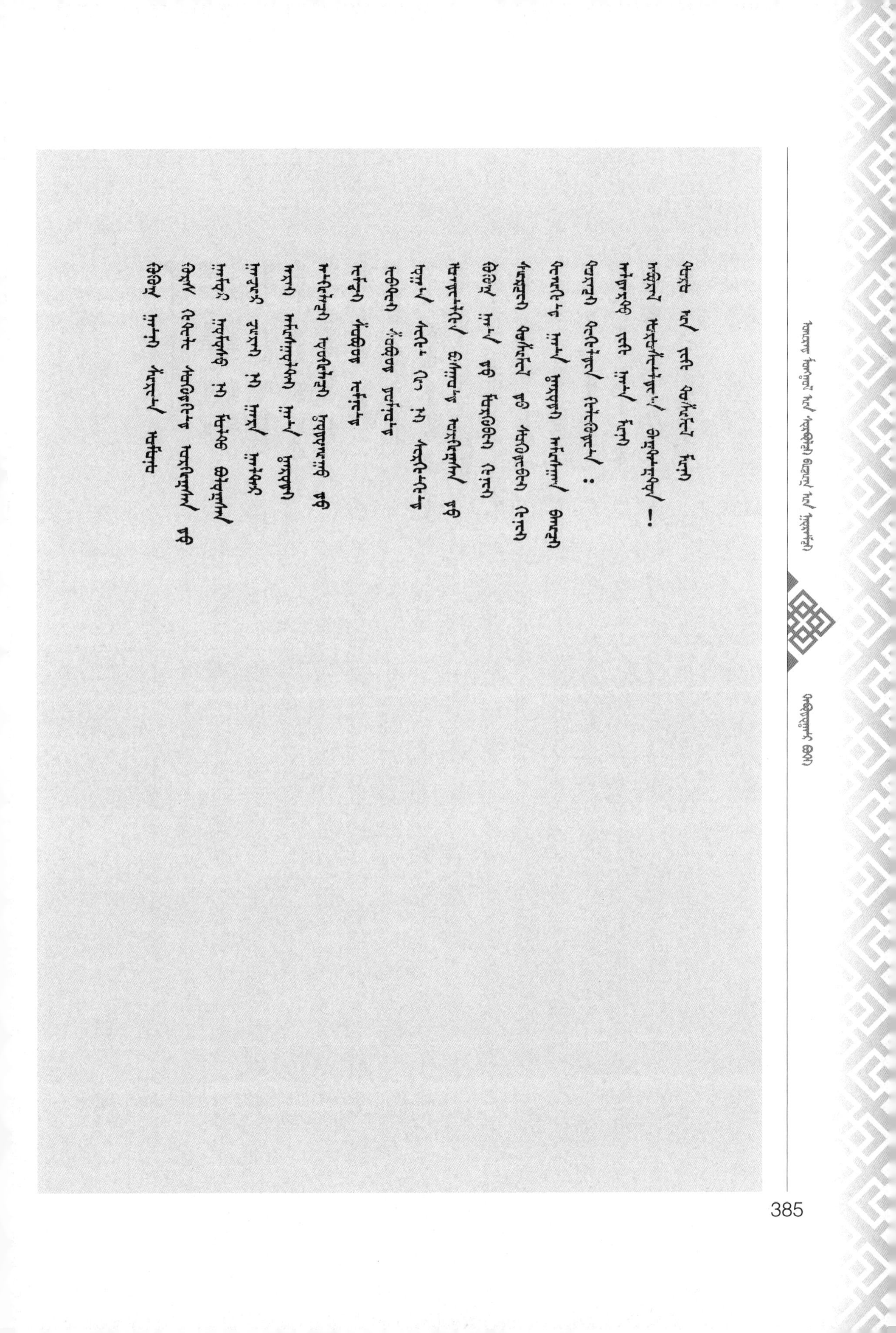

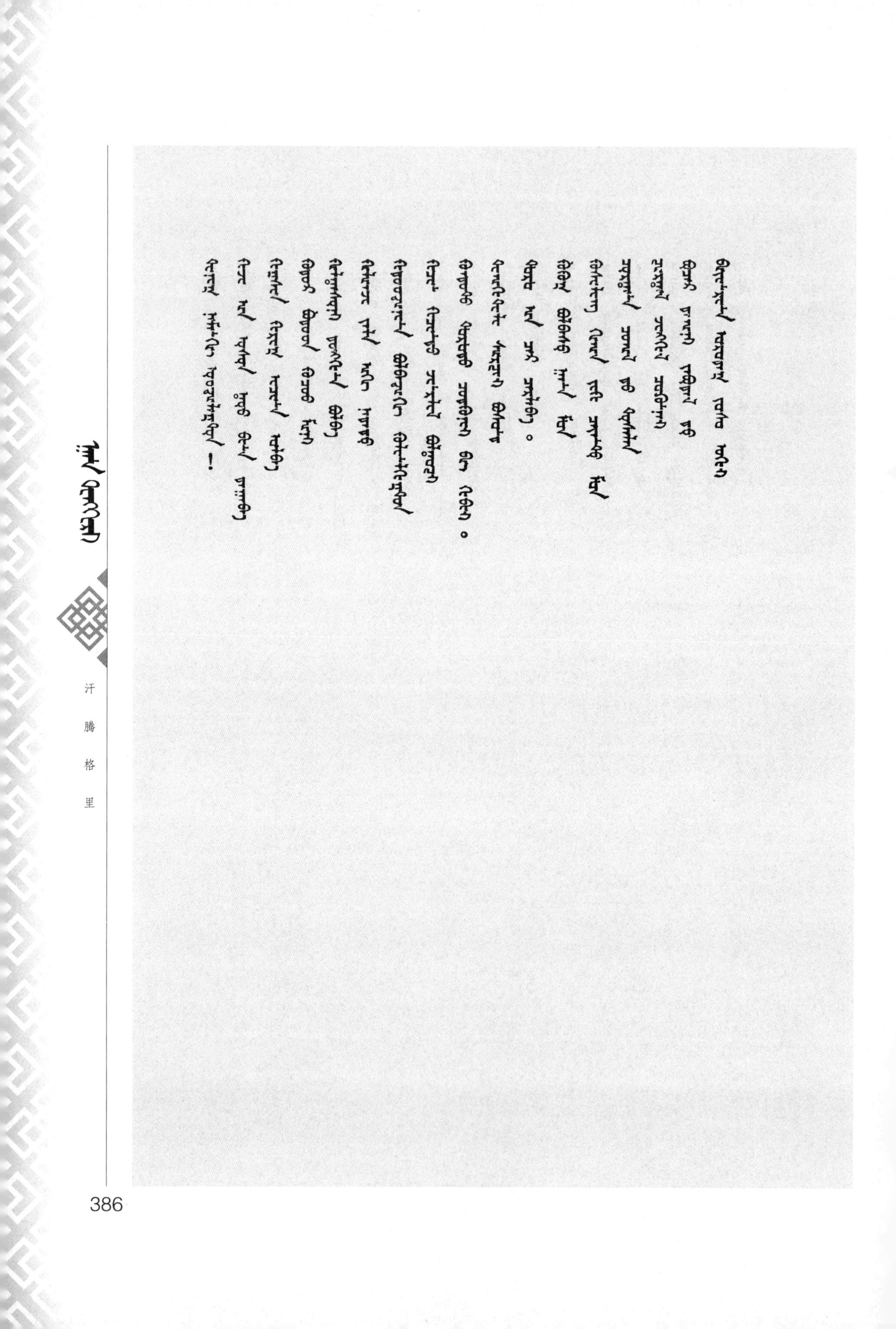

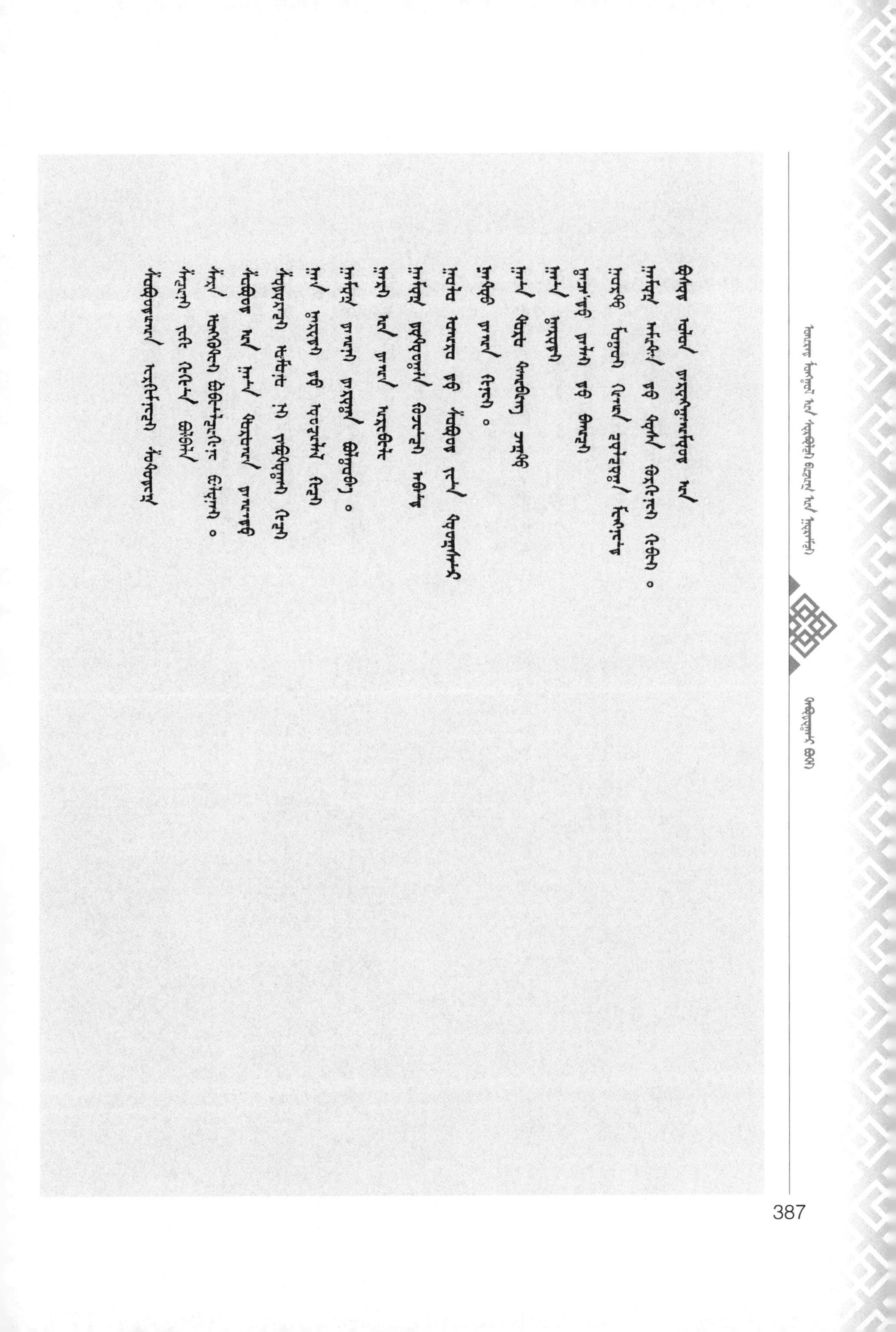

[illegible]
[illegible]
[illegible]
[illegible]
[illegible]
[illegible]
[illegible]
[illegible]
[illegible]
[illegible]
[illegible]
[illegible]
[illegible]
[illegible]
[illegible]
[illegible]
[illegible]

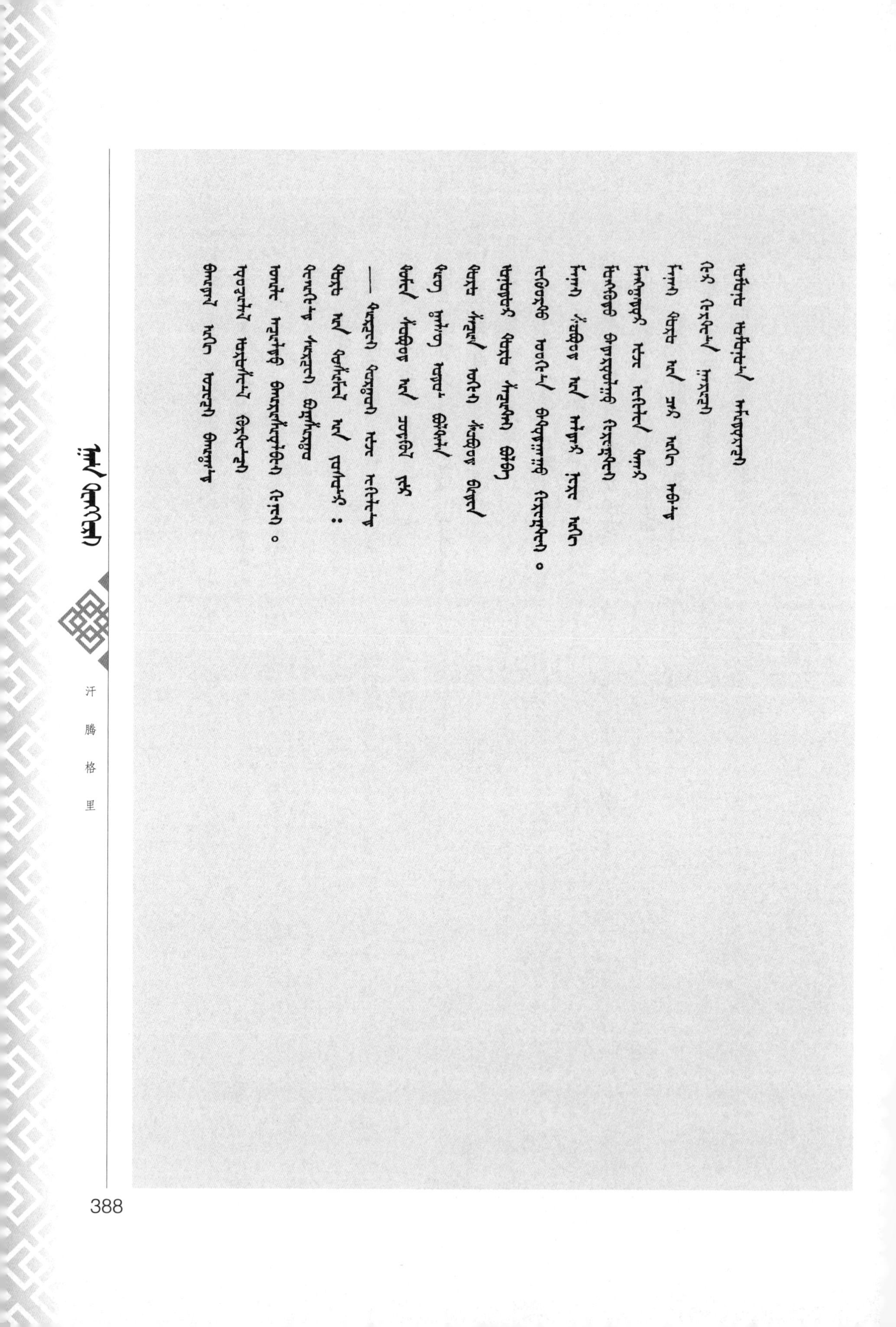

[illegible]
[illegible]
[illegible]
[illegible]
[illegible]
[illegible]
[illegible]
[illegible]
[illegible]
[illegible]
[illegible]
[illegible]
[illegible]
[illegible]
[illegible]
[illegible]
[illegible]

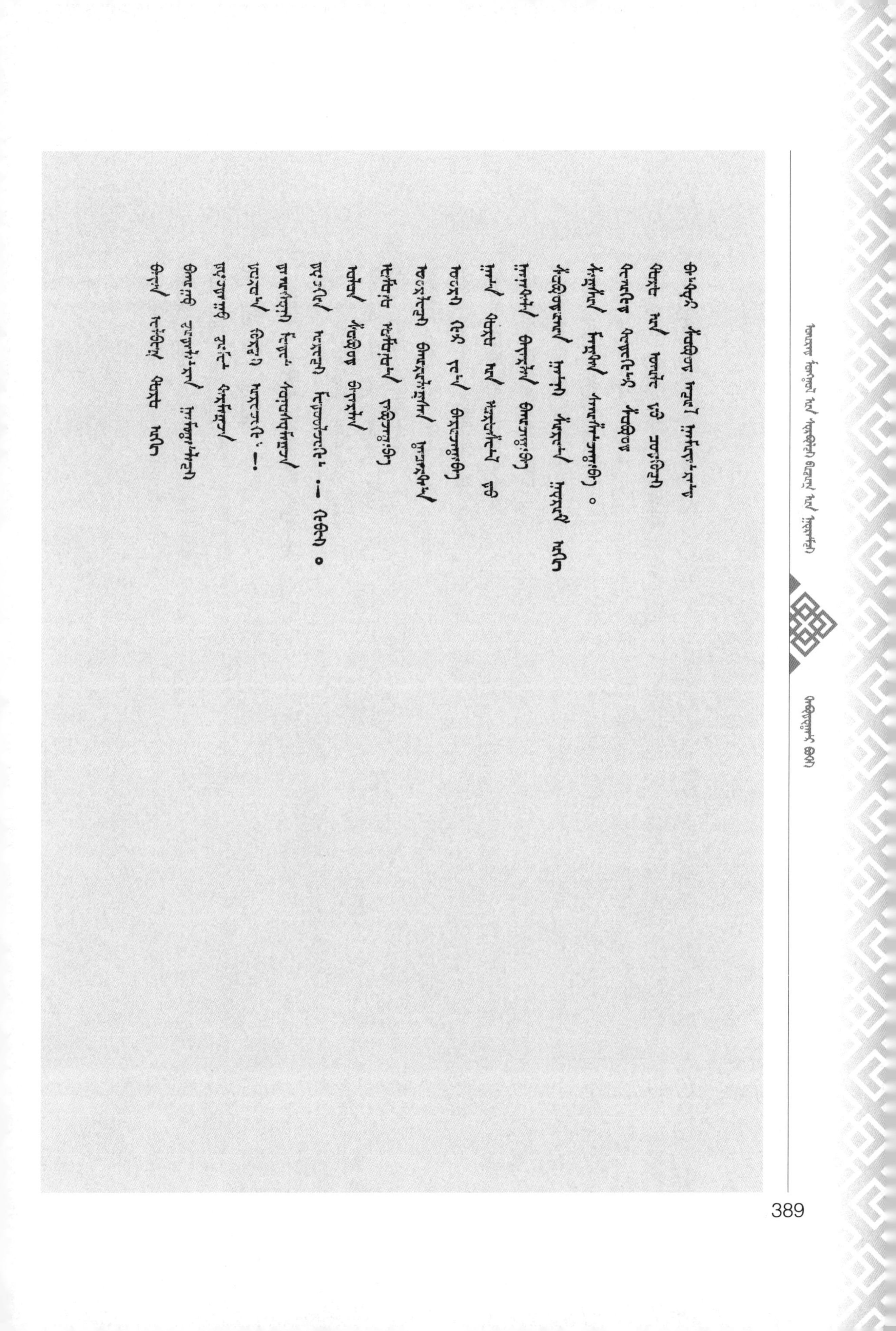

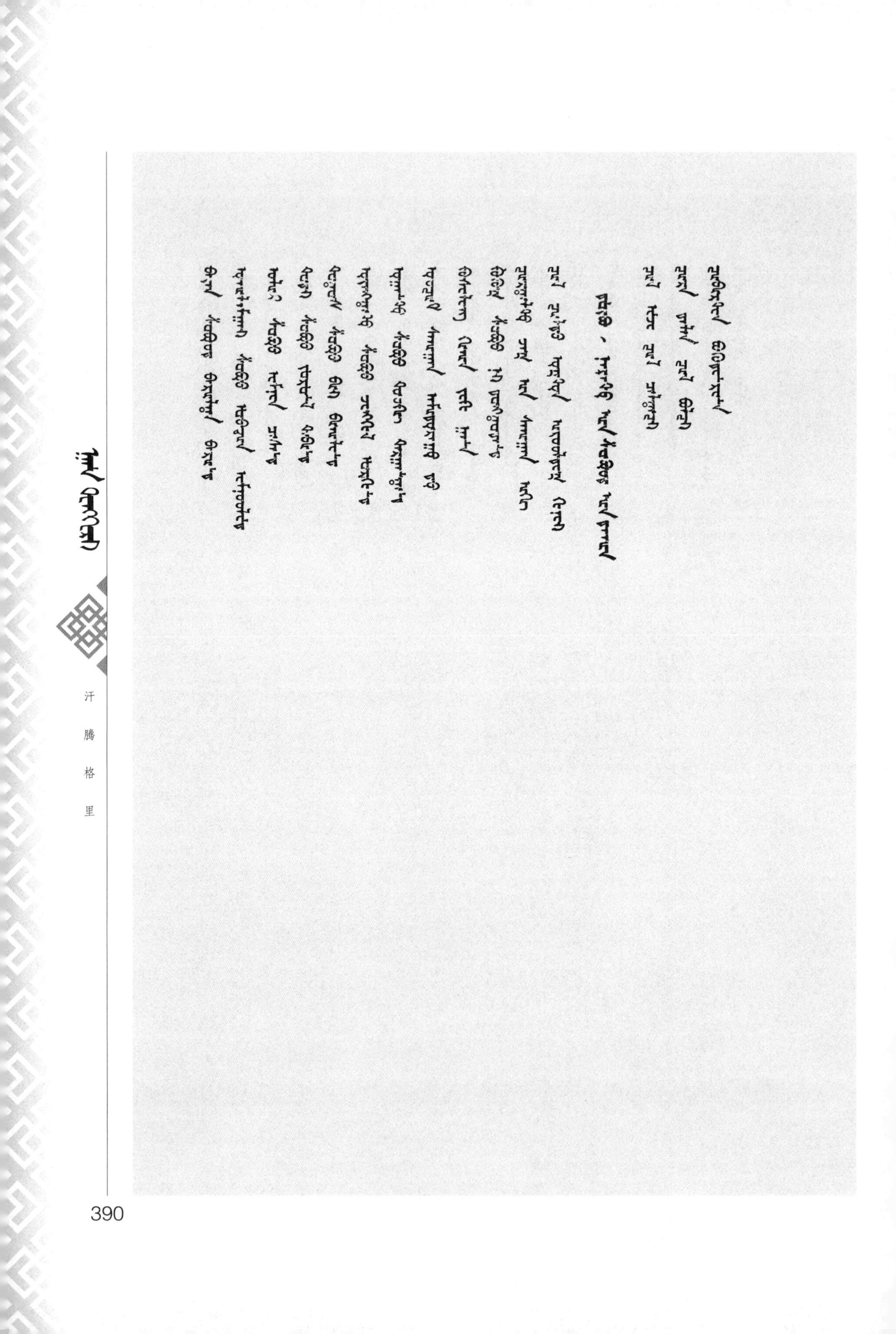

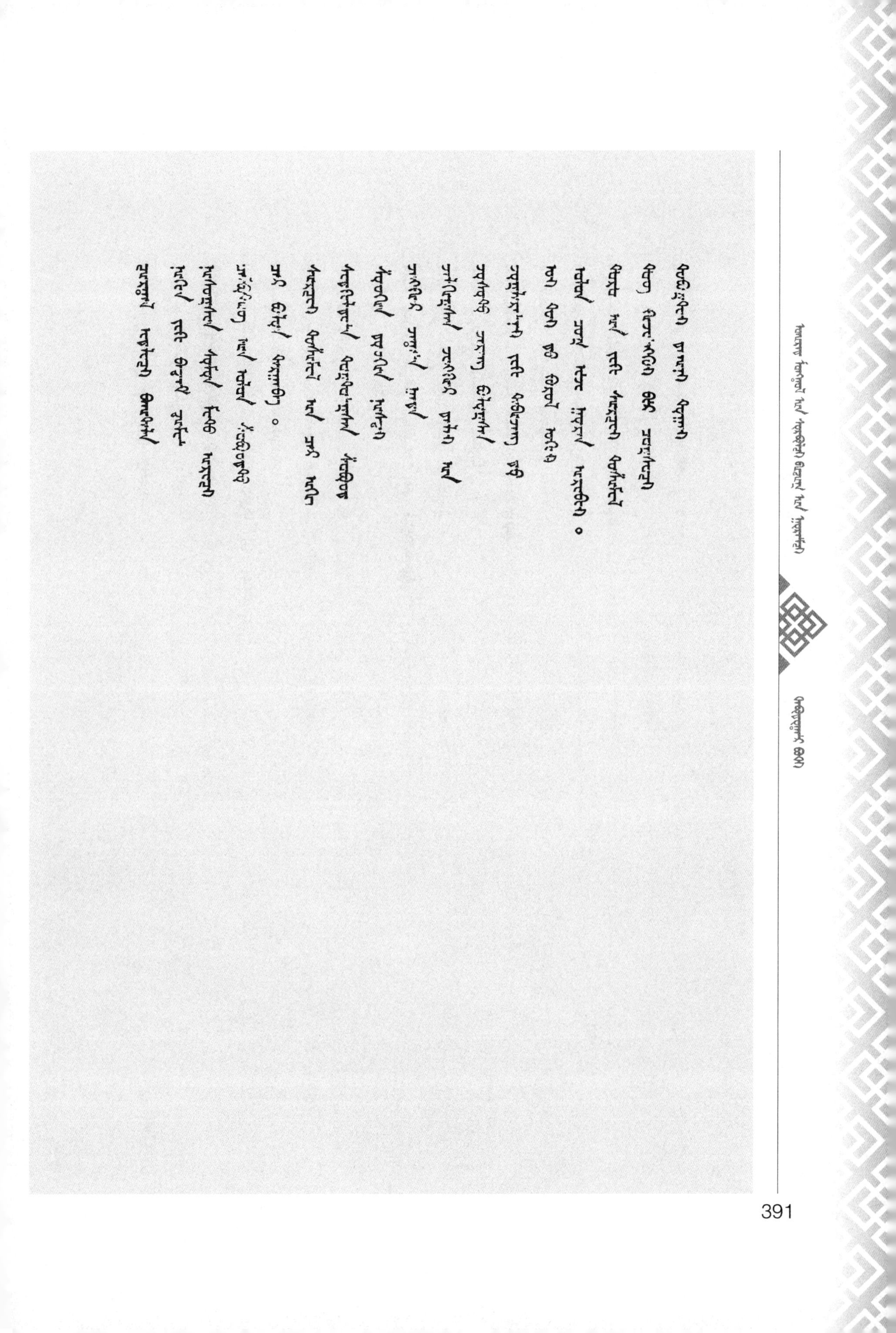

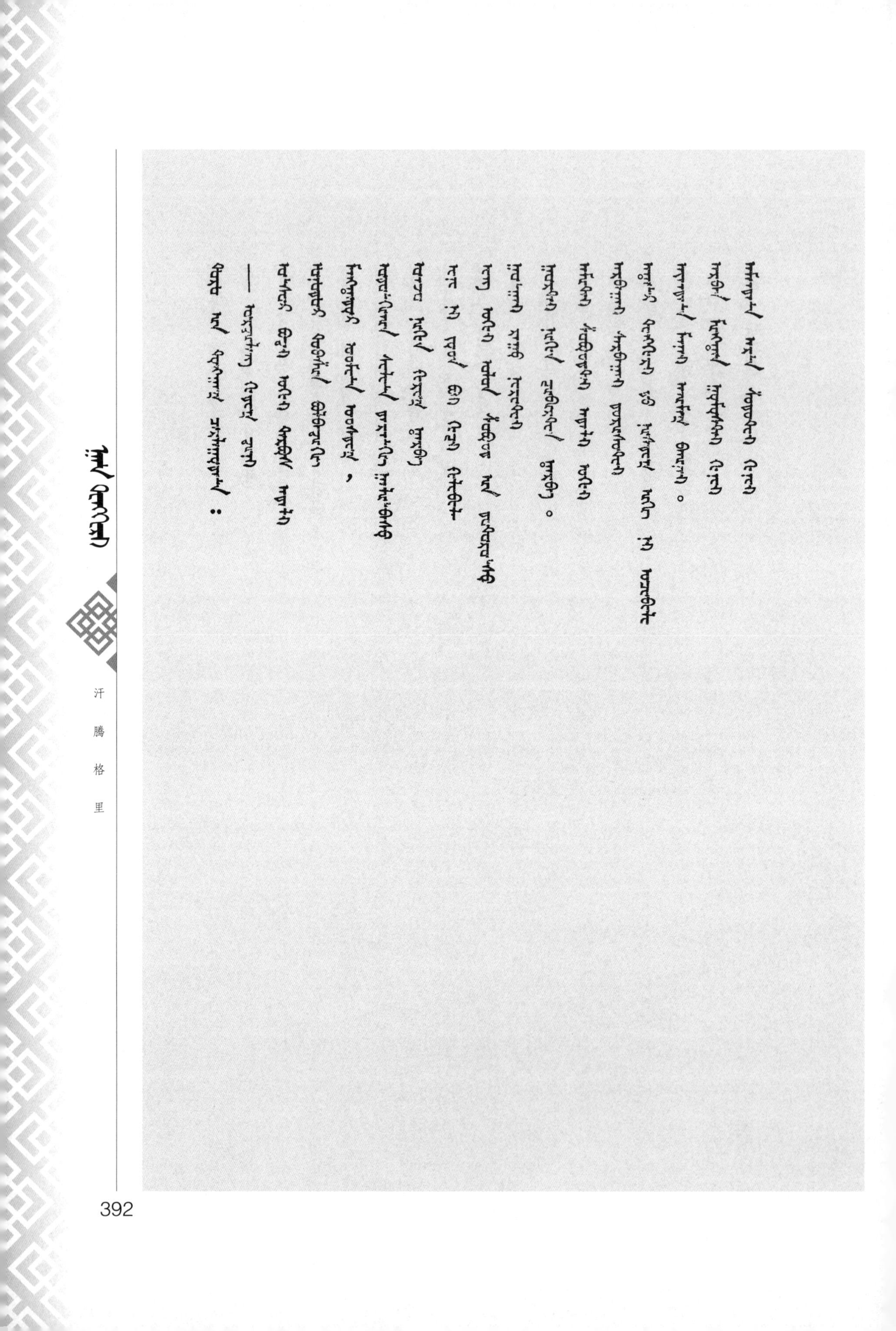

[illegible]

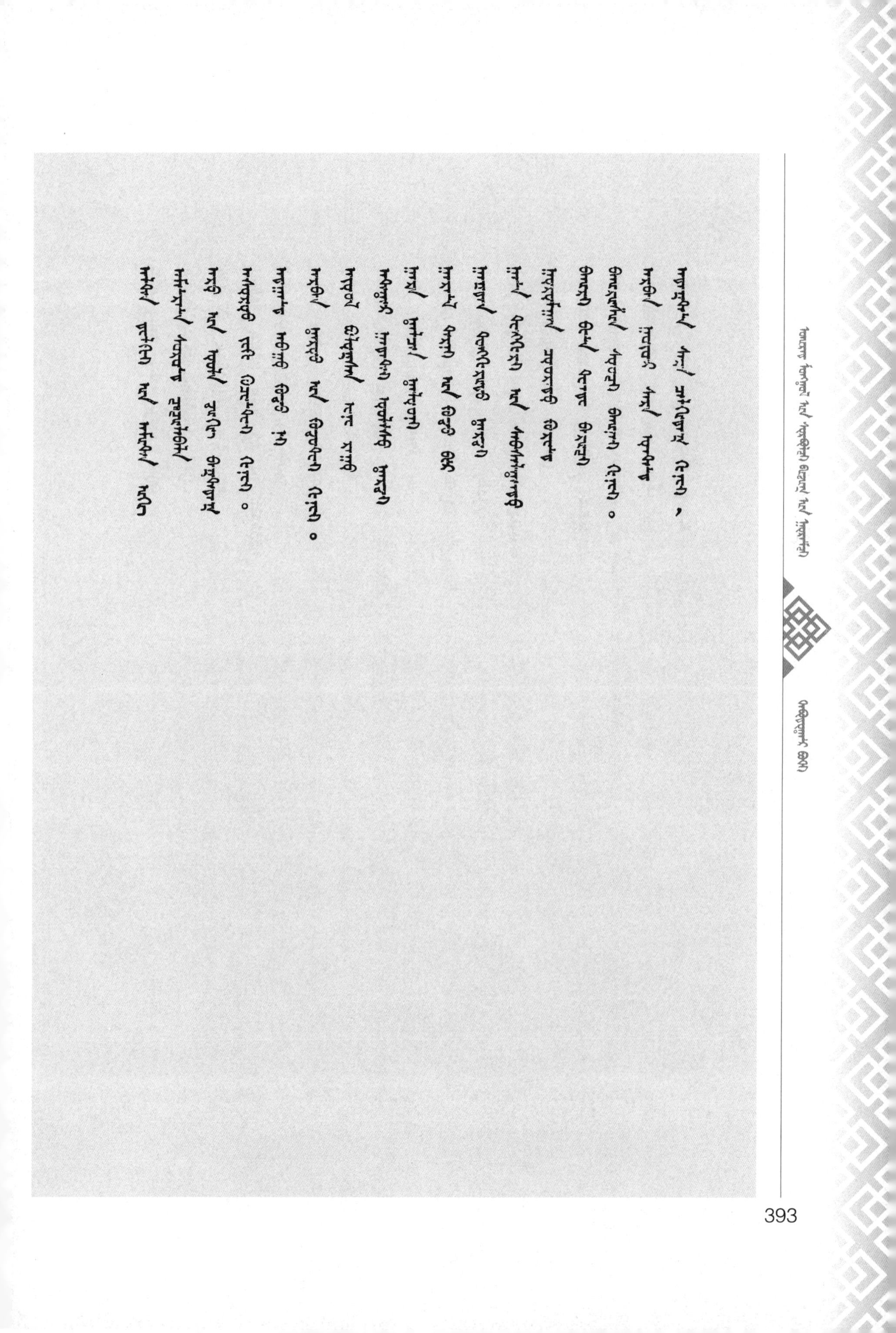

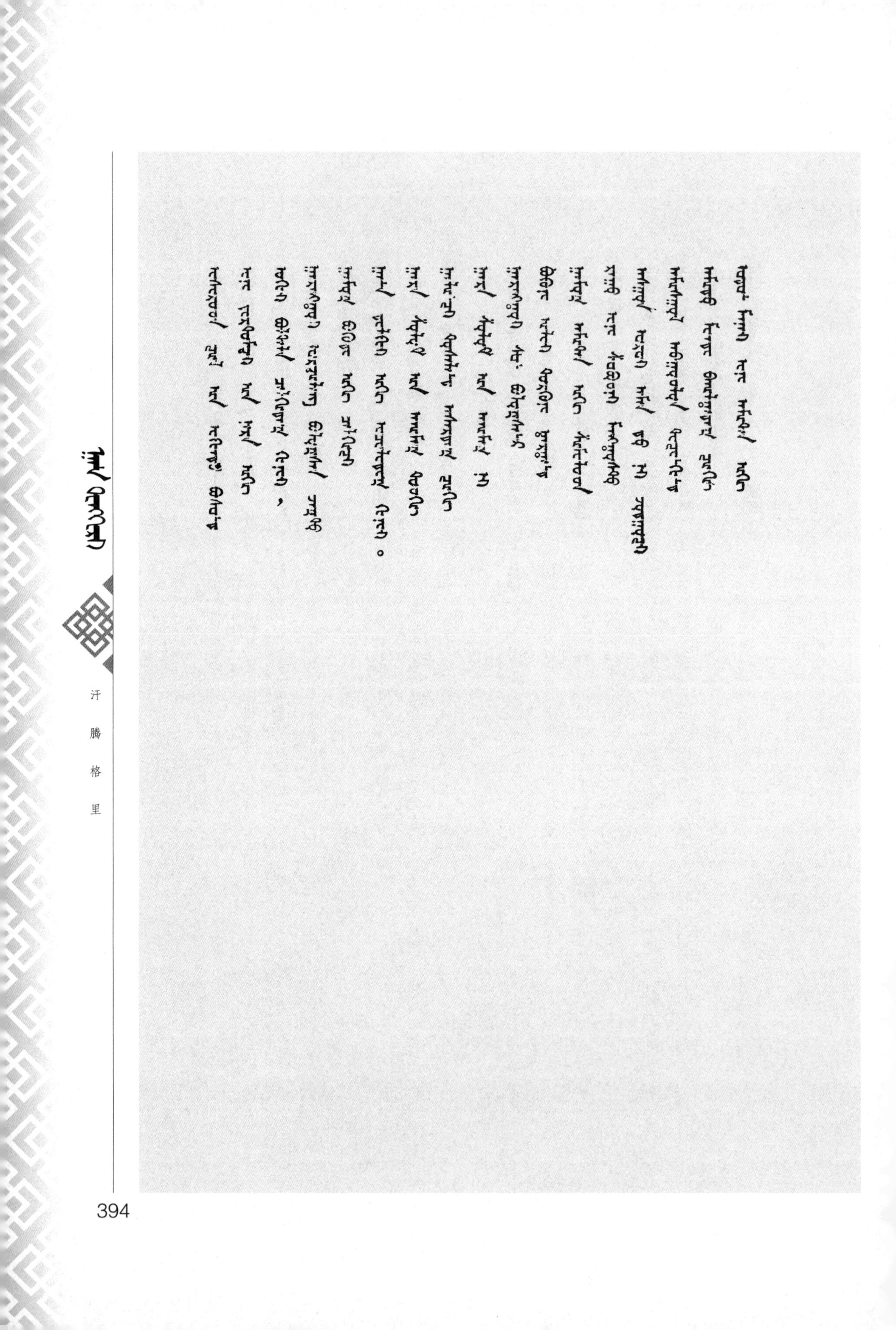

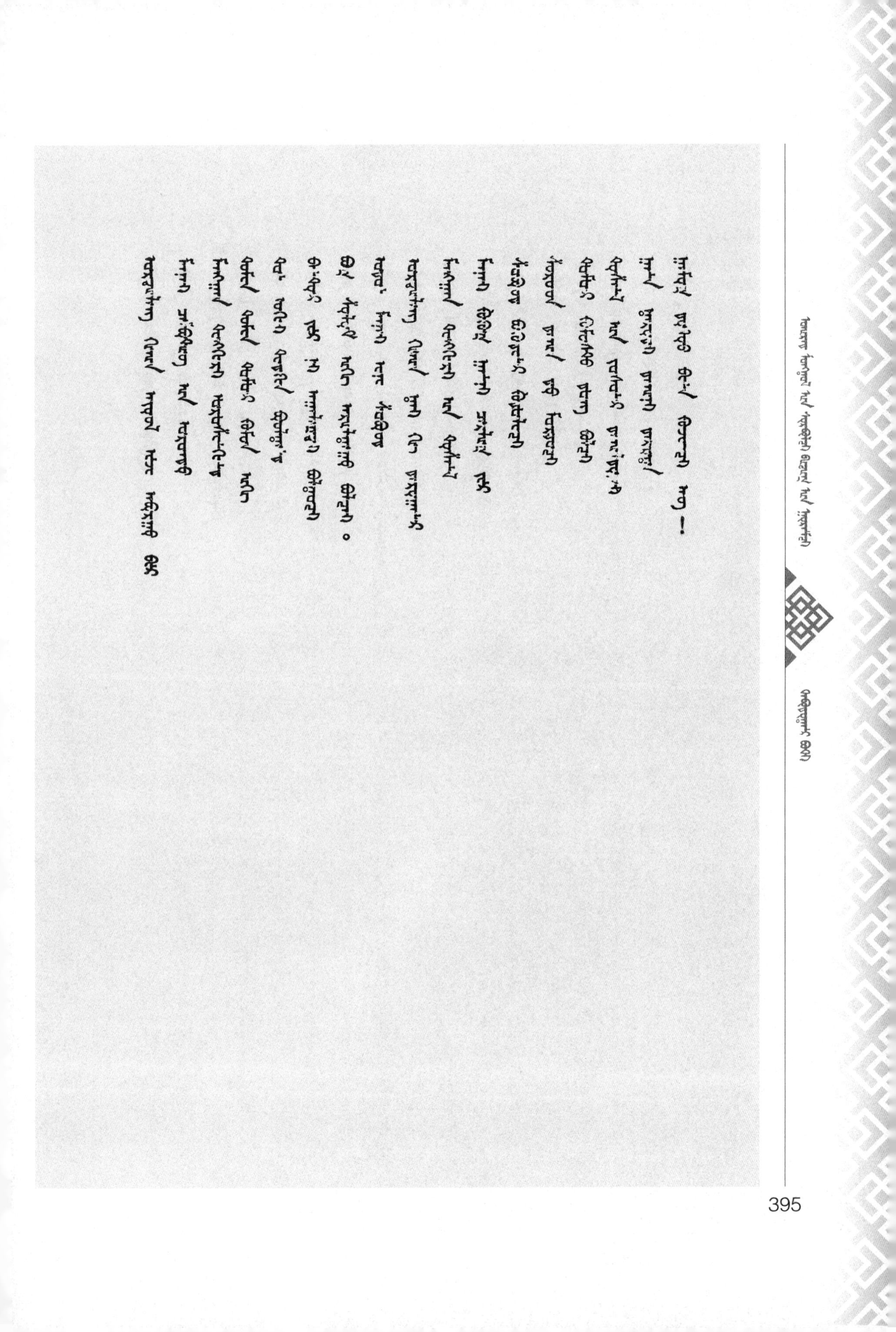

[illegible]

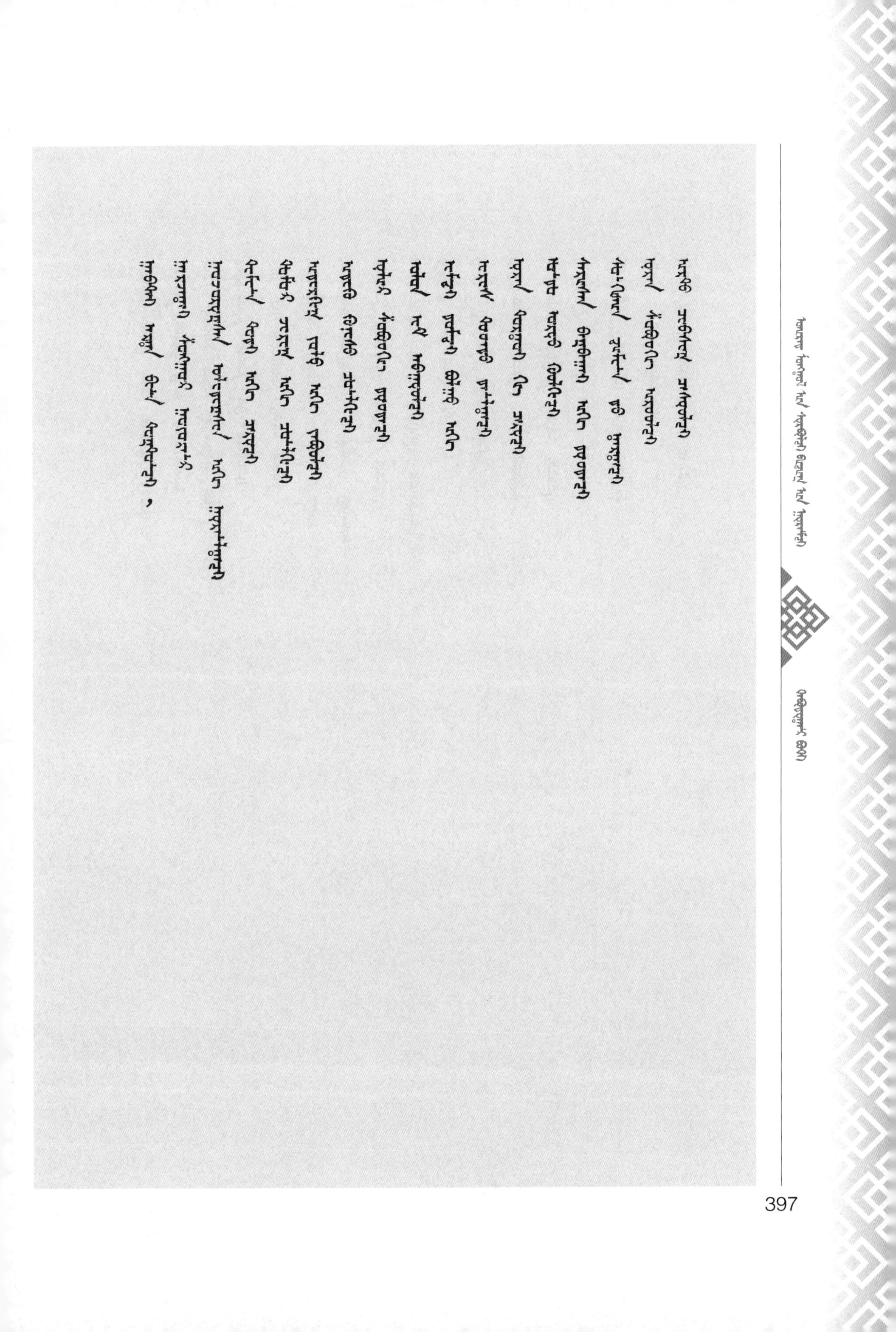

[illegible]
[illegible]
[illegible]
[illegible]
[illegible]
[illegible]
[illegible]
[illegible]
[illegible]
[illegible]
[illegible]
[illegible]
[illegible]
[illegible]
[illegible]
[illegible]
[illegible]

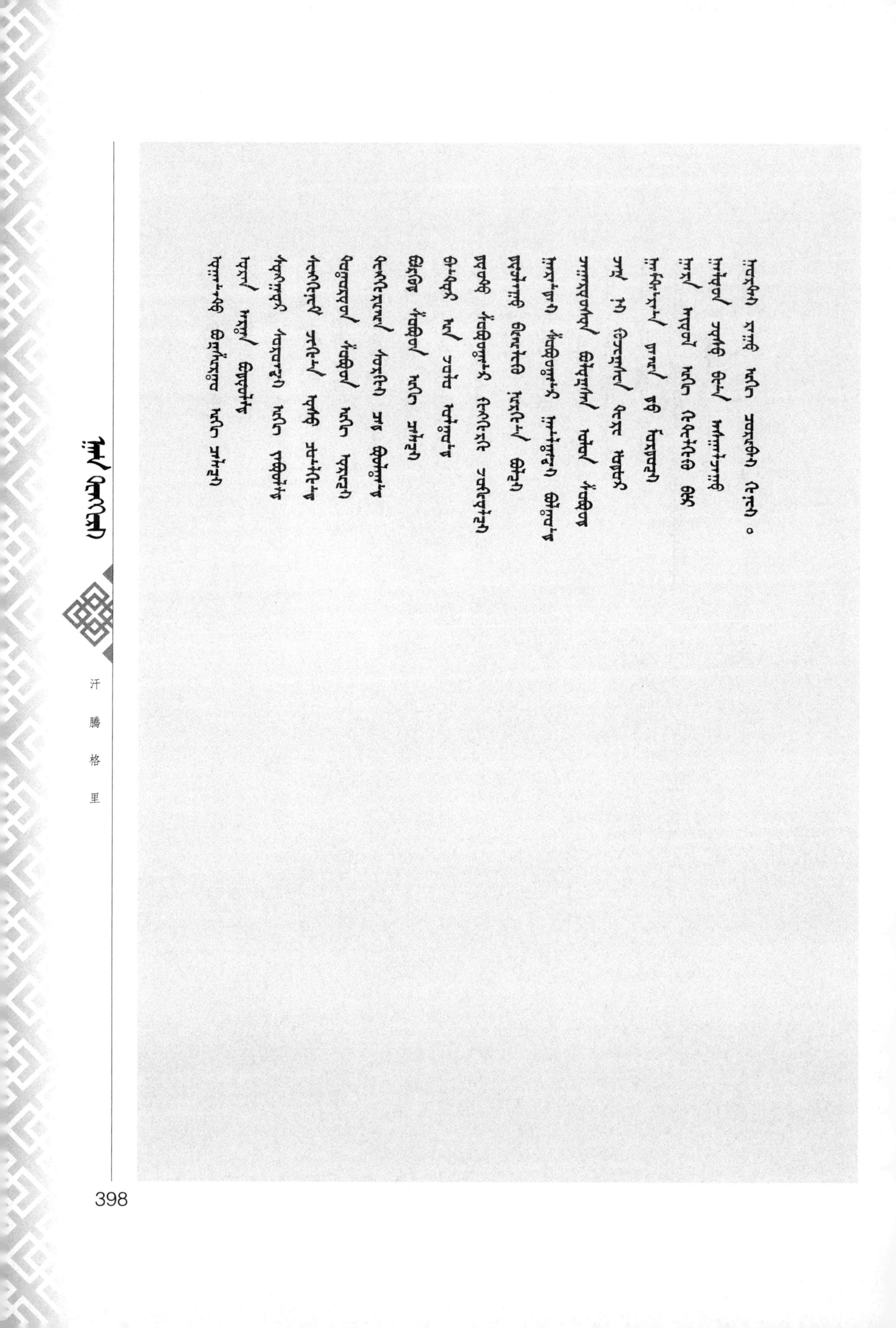

[illegible]

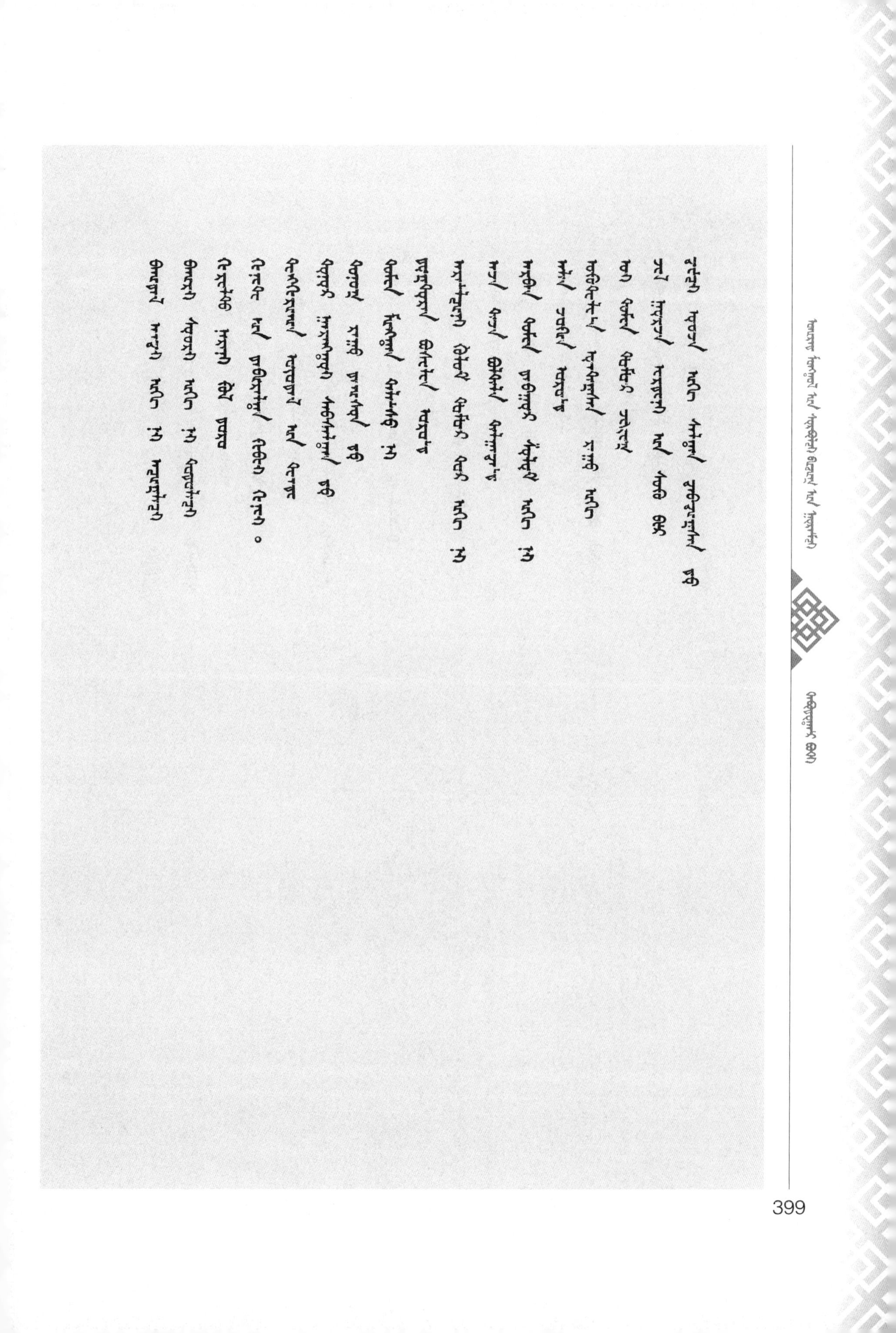

[illegible]
[illegible]
[illegible]
[illegible]
[illegible]
[illegible]
[illegible]
[illegible]
[illegible]
[illegible]
[illegible]
[illegible]
[illegible]
[illegible]
[illegible]
[illegible]
[illegible]

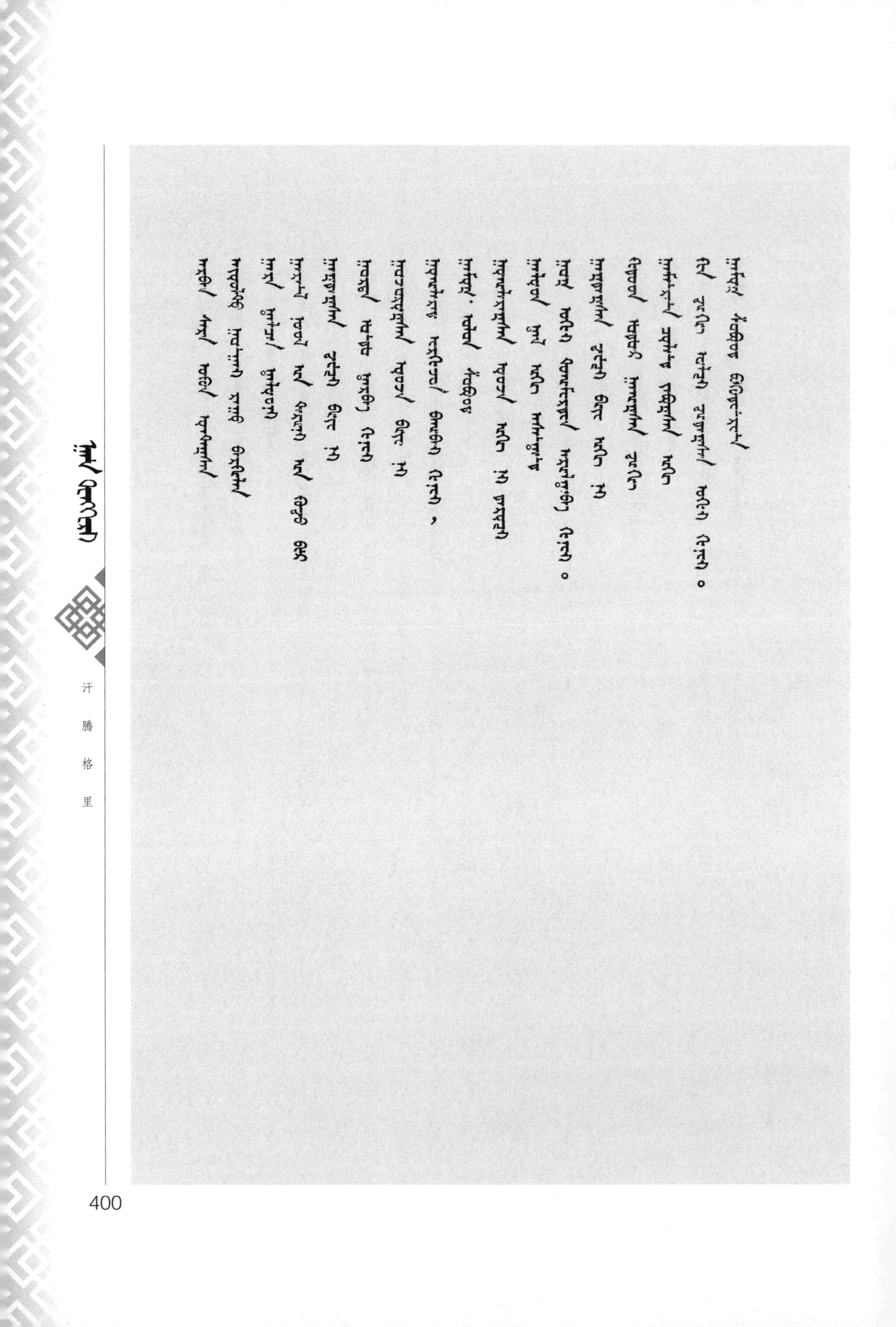

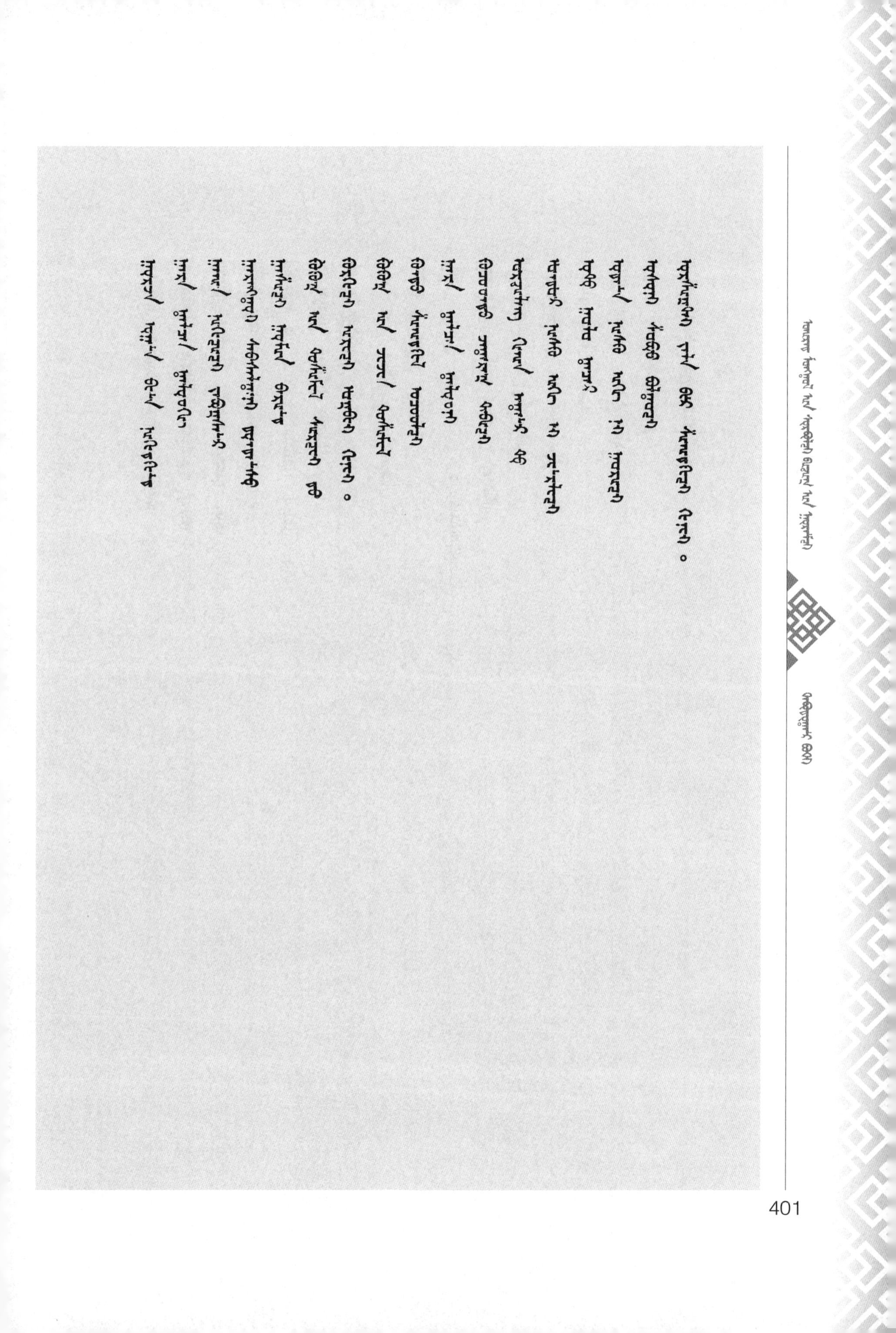

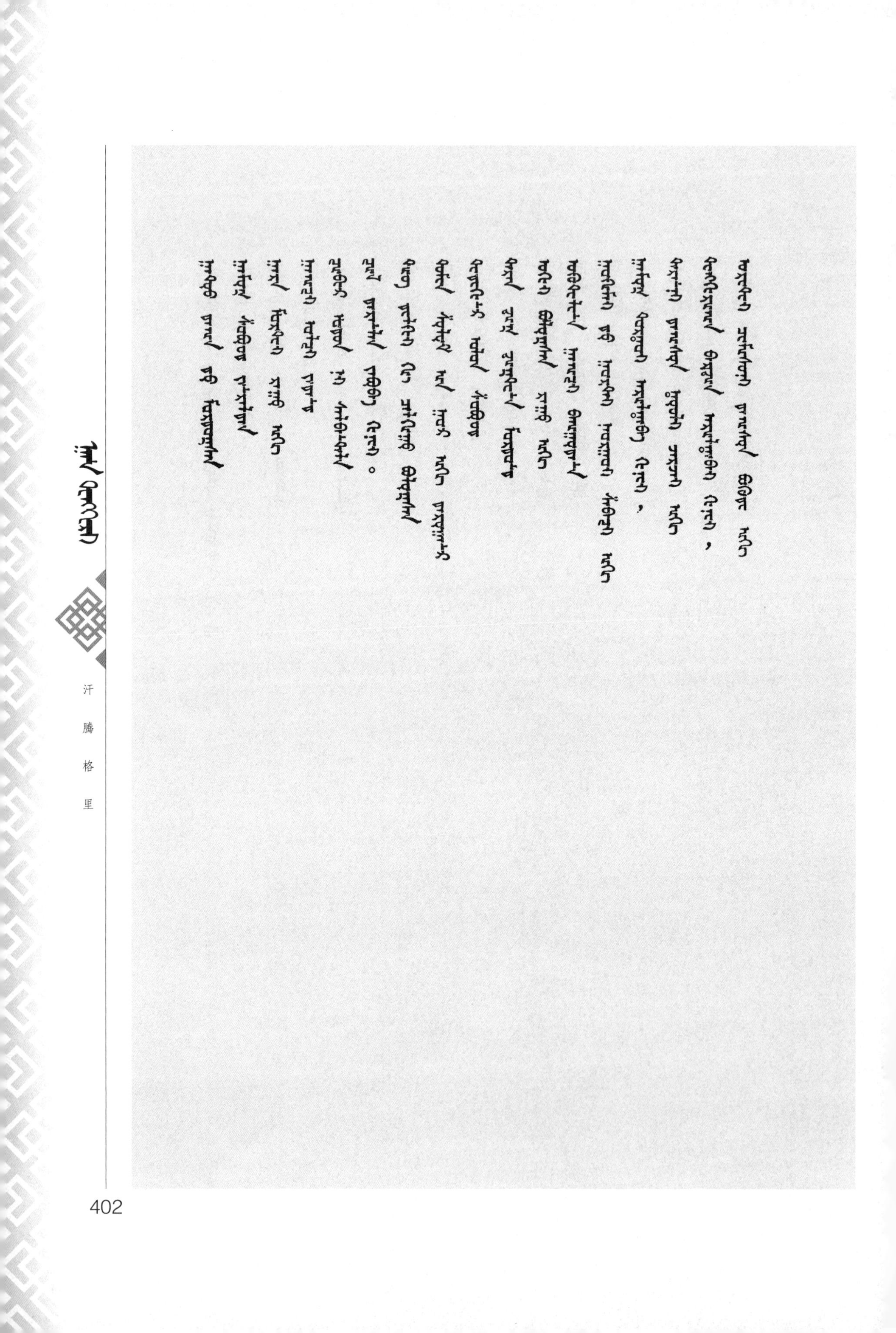

ᠨᠣᠭᠤᠭᠠᠨ ᠡᠪᠡᠰᠦ ᠶᠢᠨ ᠬᠦᠷᠢᠶᠡᠨ ᠲᠡᠭᠡᠨ ᠃
ᠨᠠᠢᠷᠠᠮᠳᠠᠭᠠᠨ ᠨᠠᠳᠤᠮ ᠤᠨ ᠬᠦᠷᠢᠶᠡᠨ ᠪᠣᠯᠵᠤ ᠲᠡᠭᠡᠨ
ᠨᠣᠶᠠᠢᠷᠢᠶᠡᠨ ᠪᠠᠶᠠᠷ ᠬᠦᠷᠬᠦ ᠪᠠᠶᠢᠨ᠎ᠠ ᠃
ᠨᠠᠳᠤᠮ ᠠᠷᠪᠢᠨ ᠪᠠᠶᠠᠰᠬᠤᠯᠠᠩ ᠳᠡᠭᠡᠳᠦ
ᠨᠠᠢᠷᠠᠮᠳᠠᠬᠤ ᠪᠦᠬᠦᠨ ᠳᠤᠷᠰᠭᠠᠯ
ᠨᠠᠷᠠᠨ ᠨᠠᠷᠠᠩ ᠲᠡᠩᠭᠡᠷ ᠤᠨ ᠳᠣᠣᠷ᠎ᠠ
ᠨᠠᠷᠠ ᠨᠠᠷᠠᠯᠠᠭ ᠶᠢᠨ ᠲᠣᠭᠤᠳᠤ ᠳᠡᠭᠡᠷᠡᠬᠢ
ᠨᠣᠭᠤᠭᠠᠨ ᠠᠷᠪᠢᠨ ᠶᠢᠨ ᠬᠡᠭᠡᠷ᠎ᠡ ᠳᠡᠭᠡᠷᠡ
ᠨᠣᠮᠤᠨ ᠠᠭᠤᠯᠠᠨ ᠠᠷᠪᠢᠨ ᠪᠣᠯᠪᠠ ᠪᠠᠶᠢᠨ᠎ᠠ ᠃
ᠨᠠᠷᠠᠨ ᠲᠡᠳᠬᠦ ᠪᠠᠶᠠᠯᠠᠭ ᠬᠦᠷᠦᠭᠡ ᠤᠨ ᠳᠣᠣᠷ᠎ᠠ
ᠨᠠᠷᠠᠬᠤ ᠬᠦᠳᠡᠯᠦᠭᠡ ᠪᠣᠯᠵᠤ ᠪᠠᠶᠢᠨ᠎ᠠ ᠃
ᠨᠠᠪᠳᠠᠭᠠᠨ ᠳᠣᠪᠳᠣᠯᠤ ᠳᠤᠪᠴᠢᠨ ᠪᠣᠰᠬᠠᠨ ᠤᠨ
ᠨᠠᠢᠬᠦᠪᠠᠷ ᠲᠣᠯᠤᠭ ᠤᠨ ᠵᠤᠪᠯᠠᠯᠳᠤᠪᠠ ᠪᠠᠶᠢᠨ᠎ᠠ ᠃
ᠨᠠᠷᠠᠨ ᠬᠣᠷᠢᠶᠠᠨ ᠬᠣᠷᠢᠳᠤ ᠳᠣᠣᠷ᠎ᠠ ᠨᠠᠪᠴᠢᠰᠤ
ᠠᠭᠤᠯᠠᠭᠤᠨ ᠠᠭᠤᠷᠠᠭᠳᠠᠨ ᠠᠮᠢᠳᠤᠷᠠᠯ ᠪᠠᠶᠢᠨ᠎ᠠ ᠃
ᠲᠡᠮᠳᠡᠭ ᠨᠠᠳᠤᠮ ᠨᠣᠭᠤᠭᠠᠨ ᠳᠡᠪᠢᠰᠬᠡᠷ ᠤᠨ
ᠲᠤᠪᠠᠨ ᠳᠤᠯᠭᠢᠶᠠᠯᠠᠭ ᠠᠮᠢᠳᠤᠷᠠᠯ ᠪᠠᠶᠢᠨ᠎ᠠ ᠃

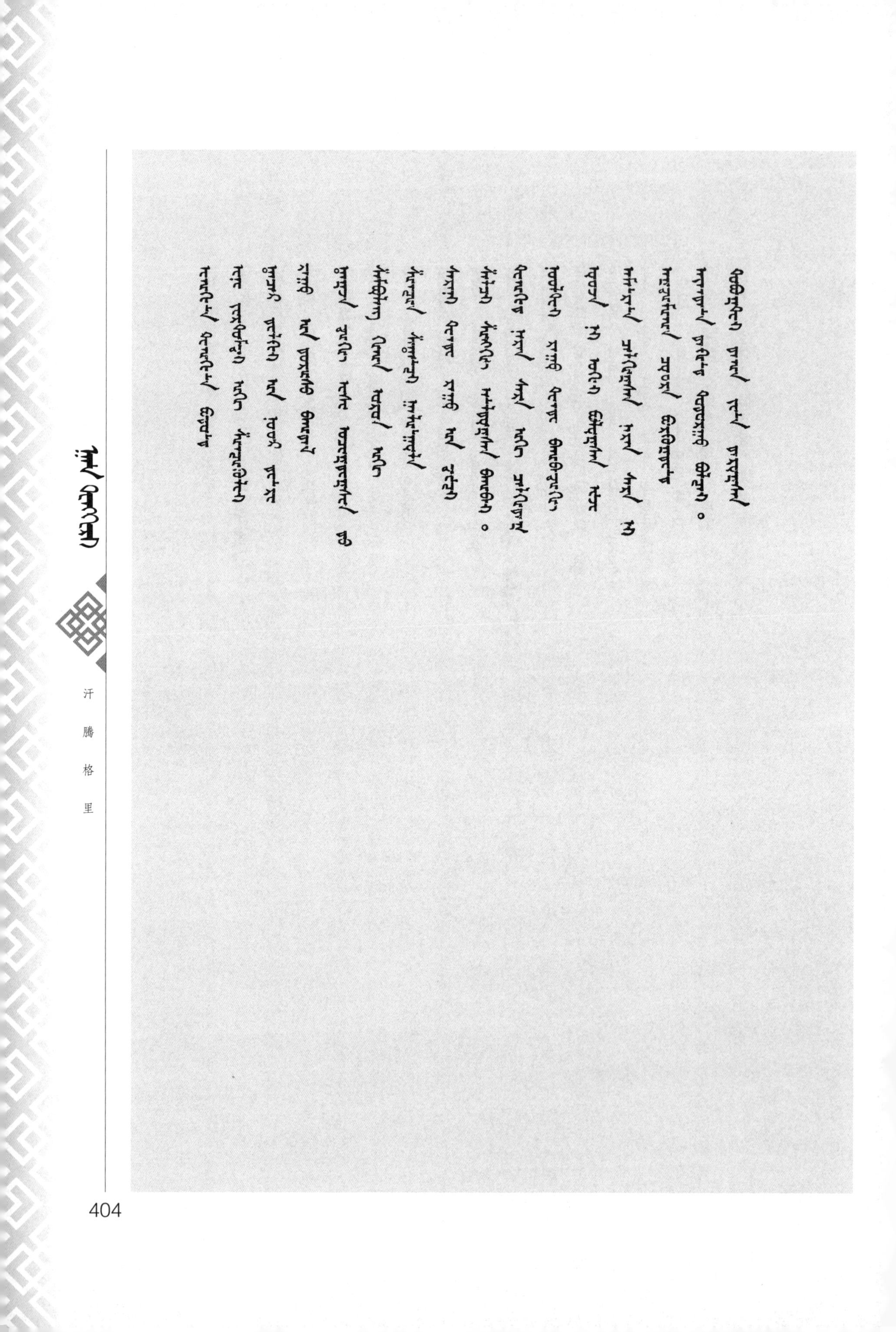

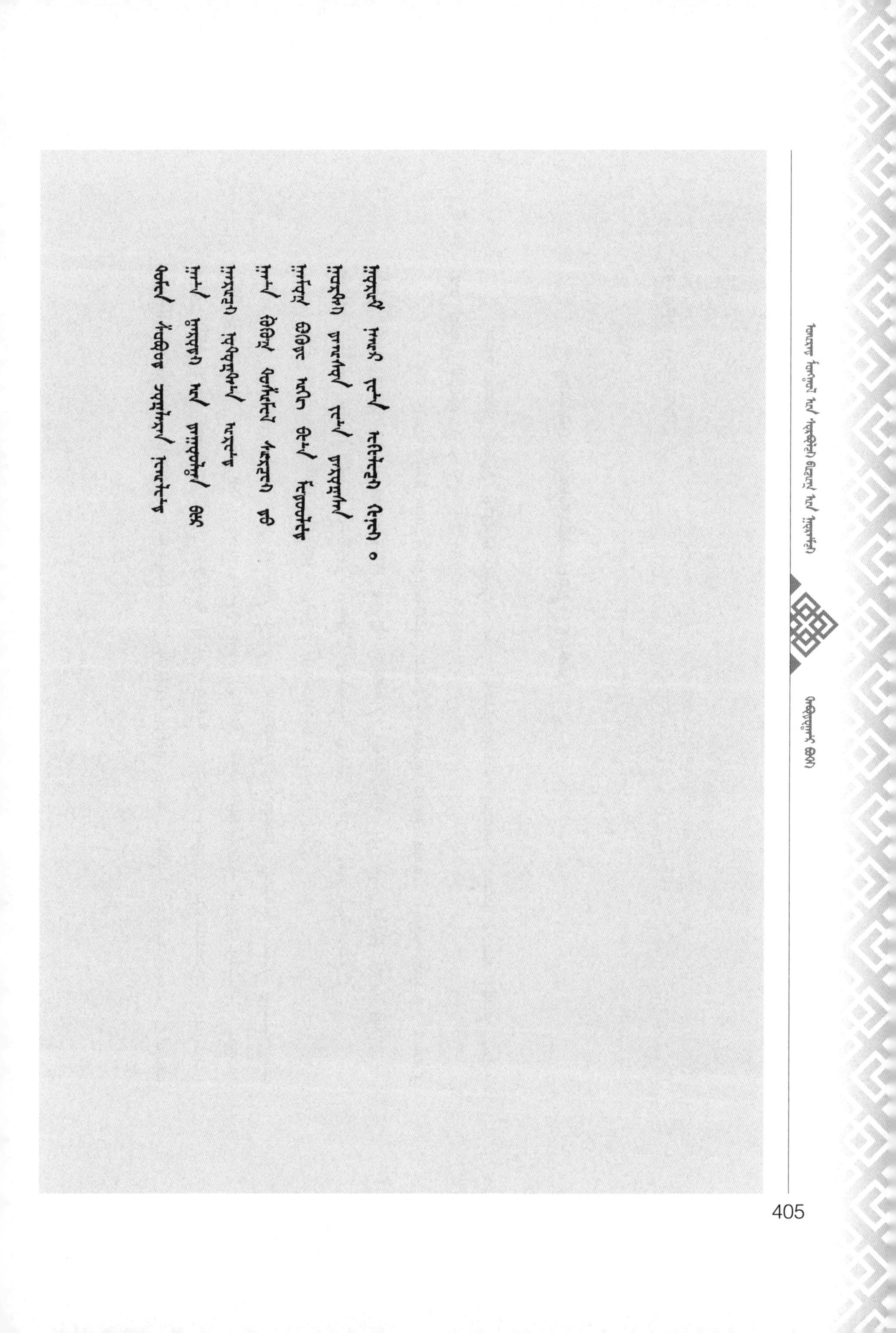

[illegible]
[illegible]
[illegible]
[illegible]
[illegible]
[illegible]
[illegible]

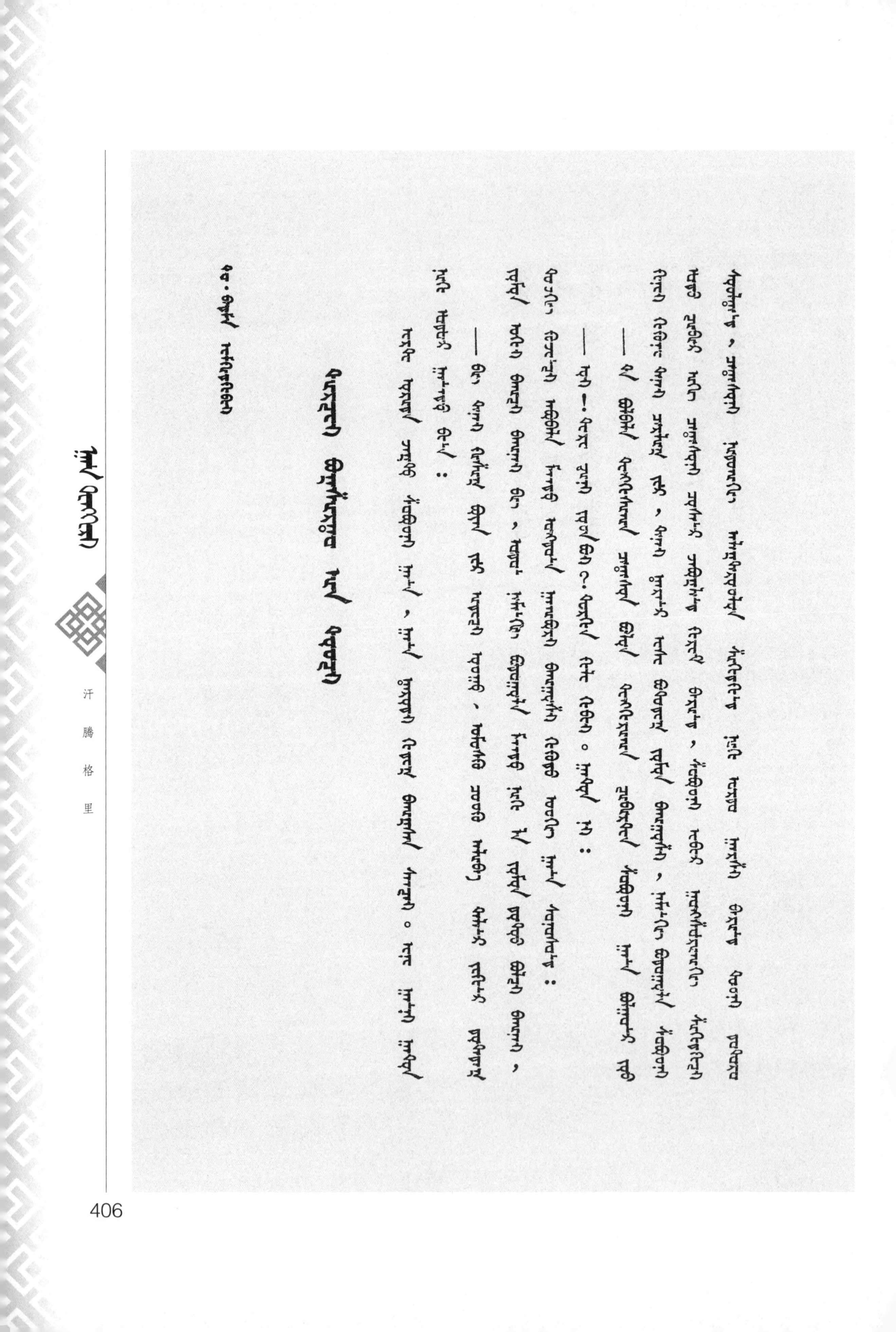

[illegible]

ᠪᠠ᠂ ᠪᠠᠶᠠᠷ [illegible]

[illegible]

[illegible]

ᠳᠡᠪᠲᠡᠷ ᠢ ᠰᠤᠷᠤᠭᠴᠢᠳ :

— ᠰᠤᠷᠤᠭᠴᠢᠳ ᠲᠠ ᠨᠠᠢᠮᠠᠨ ᠨᠠᠰᠤᠲᠠᠢ ᠬᠦᠮᠦᠨ ᠢ ᠮᠡᠳᠡᠬᠦ ᠦᠦ ? ᠨᠠᠢᠮᠠᠨ ᠬᠦᠮᠦᠨ ᠢ ᠮᠡᠳᠡᠬᠦ ᠦᠦ ?

ᠬᠡᠳᠦᠨ ᠪᠣᠯᠣᠭᠰᠠᠨ ᠬᠦᠮᠦᠨ ᠬᠡᠷᠡᠭᠲᠡᠢ ᠪᠣᠯᠬᠤ ᠪᠢᠯᠡ :

ᠰᠤᠷᠤᠭᠴᠢ ᠶᠢᠨ ᠪᠢᠴᠢᠭ ᠰᠤᠷᠤᠯᠲᠠ ᠳᠠᠭᠤᠰᠤᠭᠰᠠᠨ , ᠲᠡᠭᠦᠨ ᠢ ᠪᠢᠴᠢᠭᠡᠳ ᠨᠠᠢᠮᠠᠨ ᠨᠠᠰᠤᠲᠠᠢ ᠲᠦᠷᠦᠯ ᠨᠢ ᠮᠡᠳᠡᠬᠦ ᠪᠠᠢᠭᠤᠯᠬᠤ

— ᠨᠠᠢᠮᠠ ᠪᠠᠢᠭᠠᠳ ᠰᠠᠢᠬᠠᠨ ᠲᠤᠰ ᠪᠣᠯᠬᠤ ᠬᠦᠮᠦᠨ ᠤ ᠮᠡᠳᠡᠬᠦ ᠦᠭᠡ ᠬᠡᠷᠡᠭᠯᠡᠭᠡᠳ ᠬᠡᠯᠡᠭᠡᠷᠡᠢ ᠬᠦᠮᠦᠨ

— ᠪᠢ ᠨᠠᠢᠮᠠ ᠨᠠᠰᠤᠲᠠᠢ ᠳᠡᠭᠡᠷ᠎ᠡ ᠪᠣᠯᠬᠤ ᠪᠢ ᠳᠡᠪᠲᠡᠷ ᠢ ᠰᠤᠷᠤᠭᠴᠢᠳ :

ᠳᠡᠪᠲᠡᠷ , ᠪᠣᠯᠣᠭᠰᠠᠨ ᠪᠠᠶᠠᠷᠯᠠᠯ᠎ᠠ :

— ᠪᠣᠯᠣᠭᠰᠠᠨ ᠤᠤ — ! ᠨᠠᠢᠮᠠ ᠨᠠᠰᠤᠲᠠᠢ ᠬᠦᠮᠦᠨ ᠬᠦᠮᠦᠨ ᠢ ᠳᠠᠭᠤᠰᠤᠭᠰᠠᠨ ᠪᠣᠯᠣᠭᠰᠠᠨ ᠲᠠ ᠰᠠᠢᠨ ᠬᠦᠨᠳᠦᠯᠡᠯ ᠬᠦᠷᠭᠡ ᠲᠠ —!

ᠶᠠᠭᠤᠮᠠᠨ ᠳᠤ , ᠰᠤᠷᠤᠭᠴᠢᠳ ᠨᠠᠰᠤᠲᠠ ᠳᠡᠪᠲᠡᠷ ᠪᠣᠯᠣᠭᠰᠠᠨ ᠪᠠᠶᠠᠷᠯᠠᠯ᠎ᠠ ᠬᠦᠯᠢᠶᠡᠨ ᠪᠣᠯᠣᠨ᠎ᠠ ᠭᠡᠯᠡ ᠮ ᠰᠤᠷᠤᠭᠴᠢᠳ ᠪᠣᠯᠵᠤ :

— ᠪᠠᠭᠰᠢ ᠶᠠᠭᠤᠮᠠ ᠬᠡᠯᠡᠭᠰᠡᠨ ᠬᠦᠮᠦᠨ , ᠪᠣᠯᠣᠭᠰᠠᠨ ᠳᠠᠭᠤᠰᠤᠭᠰᠠᠨ ᠬᠡᠷᠡᠭ ᠲᠡᠷᠡ ᠨᠠᠰᠤ ᠪᠢᠳᠠ ᠬᠡᠯᠡᠭᠰᠡᠨ ᠰᠤᠷᠤᠭᠴᠢᠳ ᠬᠦᠮᠦᠨ

ᠪᠣᠯᠣᠭᠰᠠᠨ ᠳᠡᠪᠲᠡᠷ ᠪᠣᠯᠣᠭᠰᠠᠨ ᠪᠠᠶᠠᠷᠯᠠᠯ᠎ᠠ ᠬᠦᠮᠦᠨ ᠭᠡᠯᠡ , ᠨᠠᠢᠮᠠᠨ ᠨᠠᠰᠤᠲᠠᠢ ᠪᠣᠯᠣᠭᠰᠠᠨ ᠪᠠᠶᠠᠷᠯᠠᠯ᠎ᠠ ᠬᠦᠮᠦᠨ ᠬᠦᠮᠦᠨᠯᠡᠭᠰᠡᠨ :

ᠪᠠᠶᠠᠷᠯᠠᠭᠰᠠᠨ ᠭᠠᠢᠬᠠᠭᠰᠠᠨ ᠰᠣᠨᠢᠭᠤᠳ ᠳᠠᠭᠤᠰᠤᠭᠰᠠᠨ ᠬᠦᠮᠦᠨ ᠨᠠᠰᠤᠲᠠᠢ ᠢ ᠪᠠᠢᠭᠤᠯᠤᠭᠰᠠᠨ ᠬᠠᠷᠢᠬᠤ , ᠲᠡᠷᠡ ᠬᠦᠮᠦᠨ ᠢ ᠳᠠᠭᠤᠰᠤᠭᠠᠳ

ᠲᠡᠷᠡ ᠲᠡᠷᠡᠭᠦᠦ ᠬᠡᠳᠦᠨ ᠪᠣᠯᠣᠨ , ᠪᠠᠶᠠᠷᠯᠠᠭᠰᠠᠨ ᠲᠠᠭᠤᠯᠤᠭᠰᠠᠨ ᠳᠠᠭᠤᠰᠤᠭᠰᠠᠨ ᠬᠦᠮᠦᠨ ᠪᠣᠯᠣᠭᠰᠠᠨ ᠢ ᠨᠠᠢᠮᠠᠨ ᠬᠠᠷᠢᠬᠤ ,

— ᠨᠠᠢᠮᠠᠨ ᠨᠠᠰᠤᠲᠠᠢ , ᠬᠡᠷᠡ ᠲᠠ ᠨᠠᠢᠮᠠᠨ ᠪᠣᠯᠣᠨ ᠳᠡᠭᠡᠷ᠎ᠡ ᠲᠠᠭᠤᠯᠤᠭᠰᠠᠨ ᠲᠡᠷᠡ ᠬᠦᠮᠦᠨ ᠢ ᠪᠣᠯᠣᠨ ᠳᠡᠭᠡ

ᠪᠢᠴᠢᠭ ᠳᠡᠪᠲᠡᠷ ᠢ ᠨᠠᠰᠤ :

ᠠᠮᠢᠳᠤᠷᠠᠯ , ᠬᠠᠪᠢᠷᠤᠭᠰᠠᠨ ᠠᠮᠢᠳᠤ ᠪᠠᠢᠨ᠎ᠠ ᠠᠮᠢᠳᠤᠷᠠᠯ ᠪᠣᠯᠣᠨ ᠪᠢᠴᠢᠬᠦ ᠪᠢᠴᠢᠭ , ᠲᠡᠷᠡ ᠠᠮᠢᠳᠤ ᠪᠠᠢᠨ᠎ᠠ ᠠᠮᠢᠳᠤᠷᠠᠯ ᠠᠮᠢᠳᠤᠷᠠᠯ

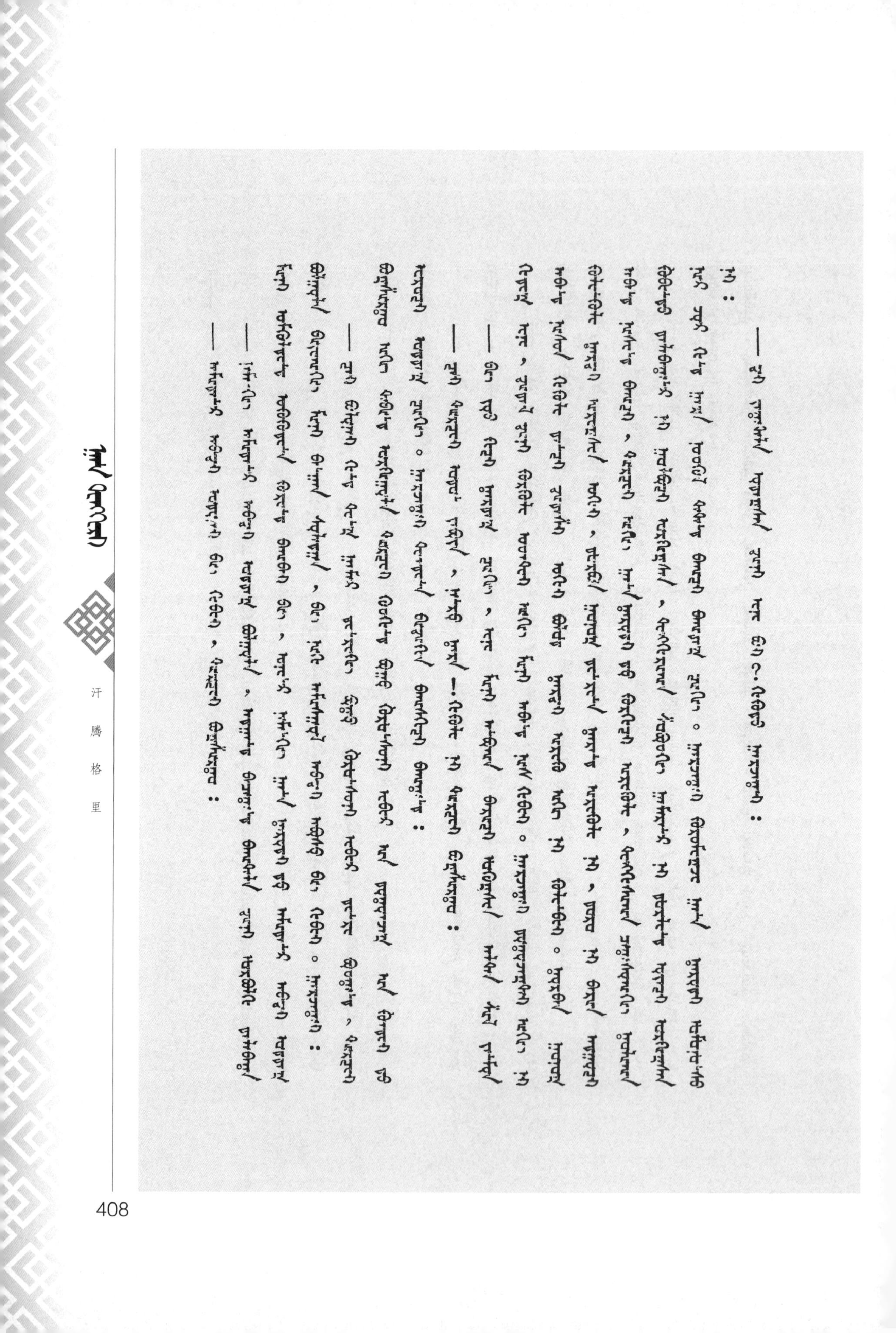

—— [illegible] :

—— [illegible] :

—— [illegible] :

—— [illegible] :

—— [illegible] :

—— [illegible] :

—— [illegible] :

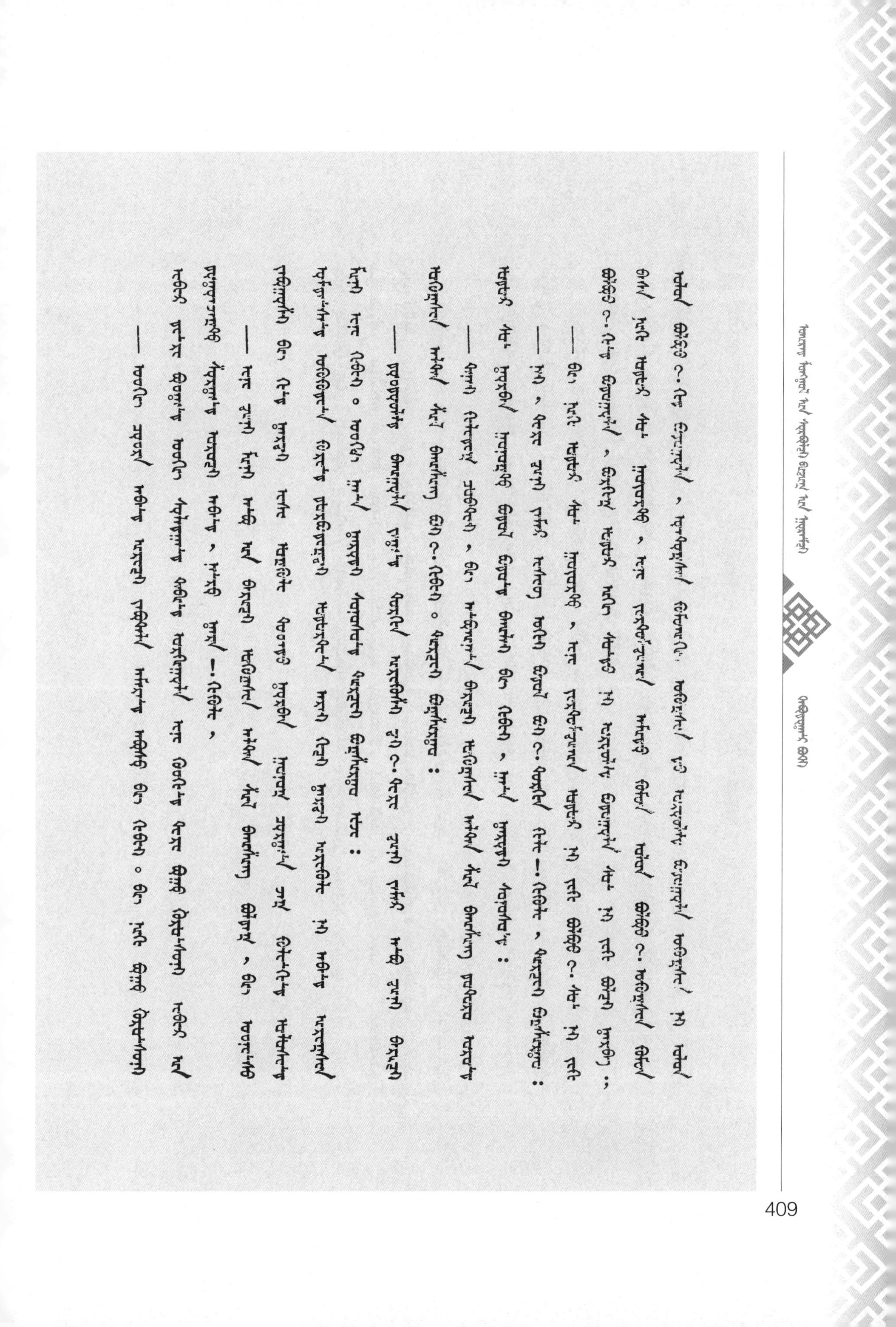

[illegible]

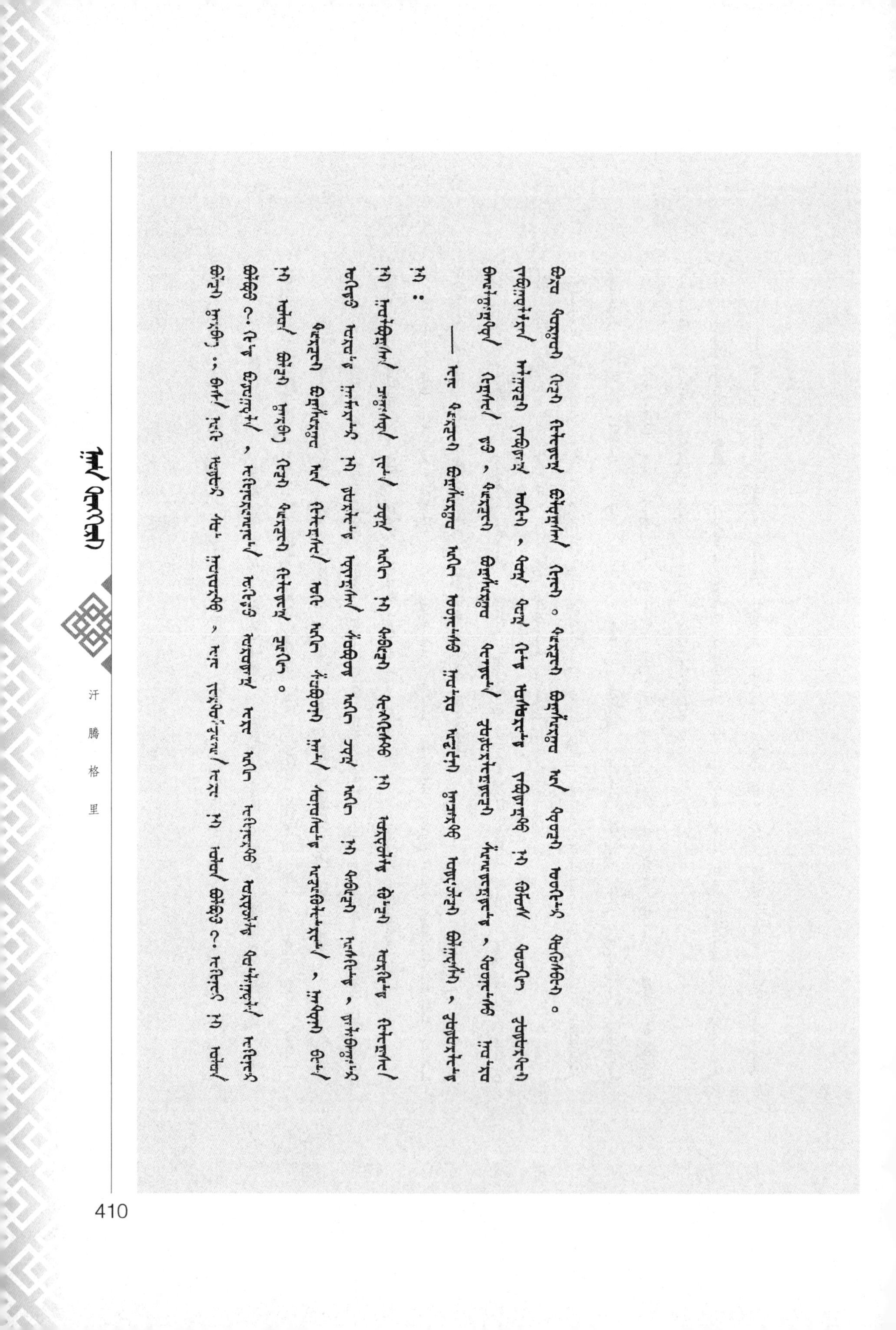

[illegible]

[illegible]

[illegible]

[illegible]

[illegible]

[illegible]

[illegible]

[illegible]

[illegible]

[illegible]

[illegible]

[illegible]

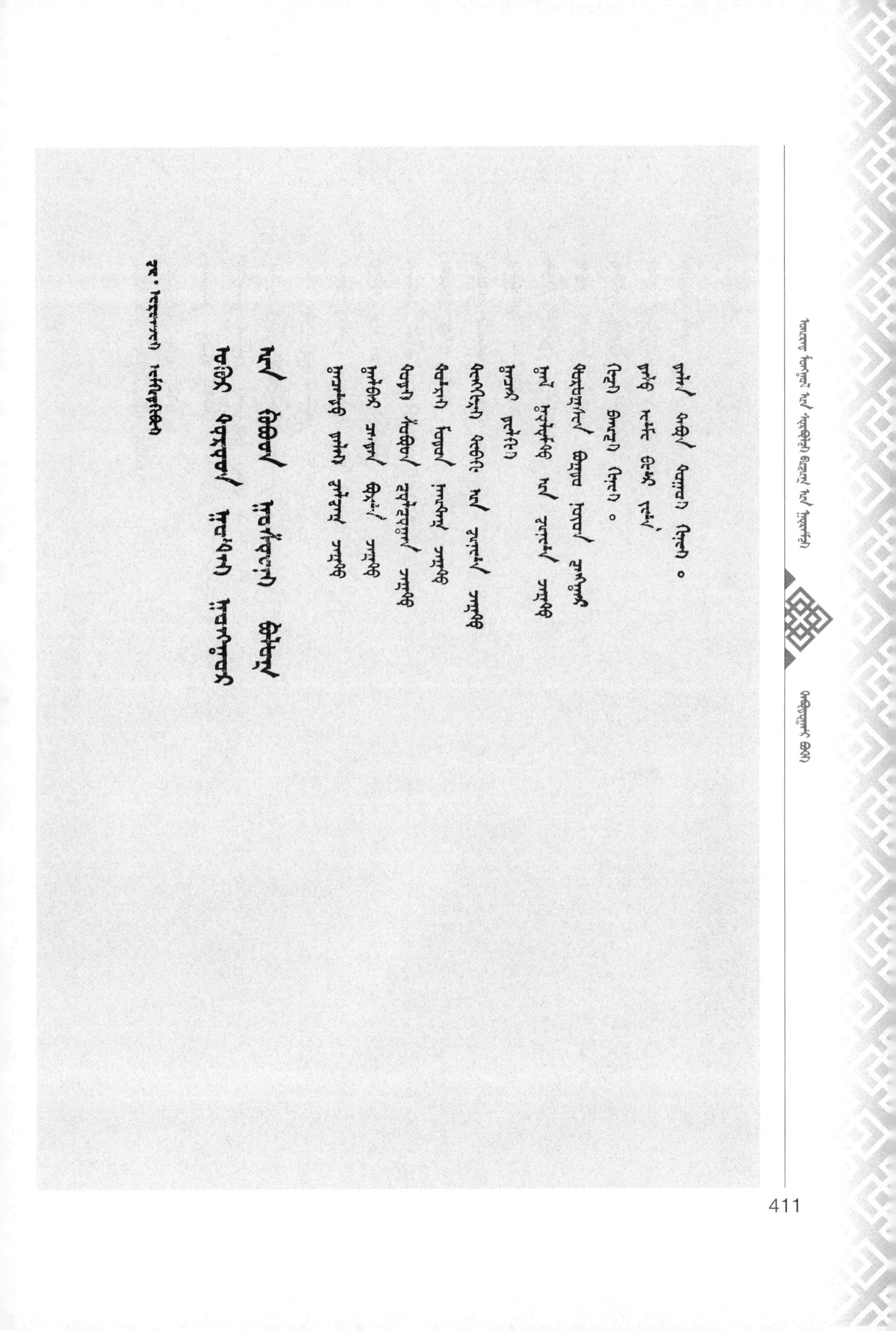

[illegible]

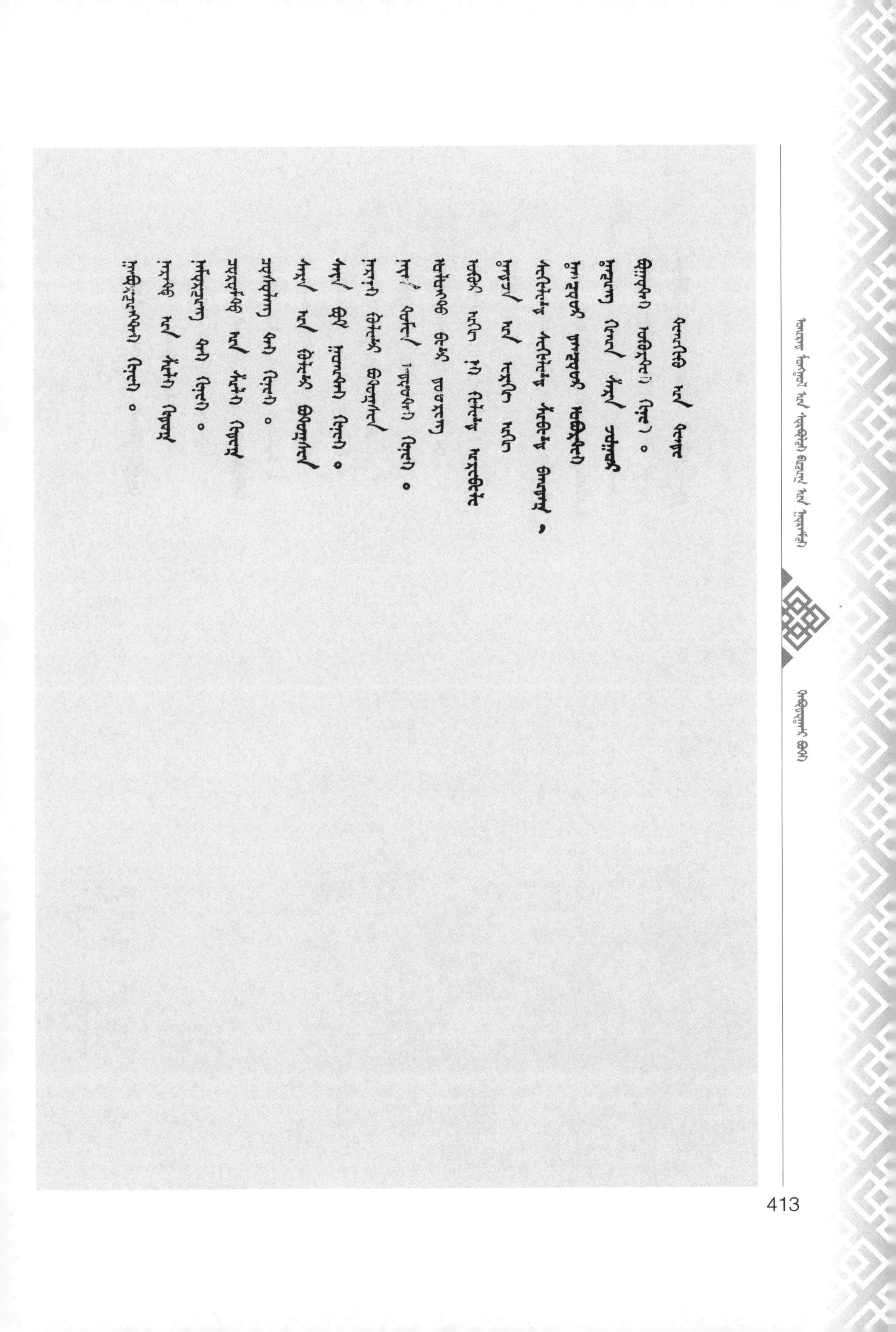

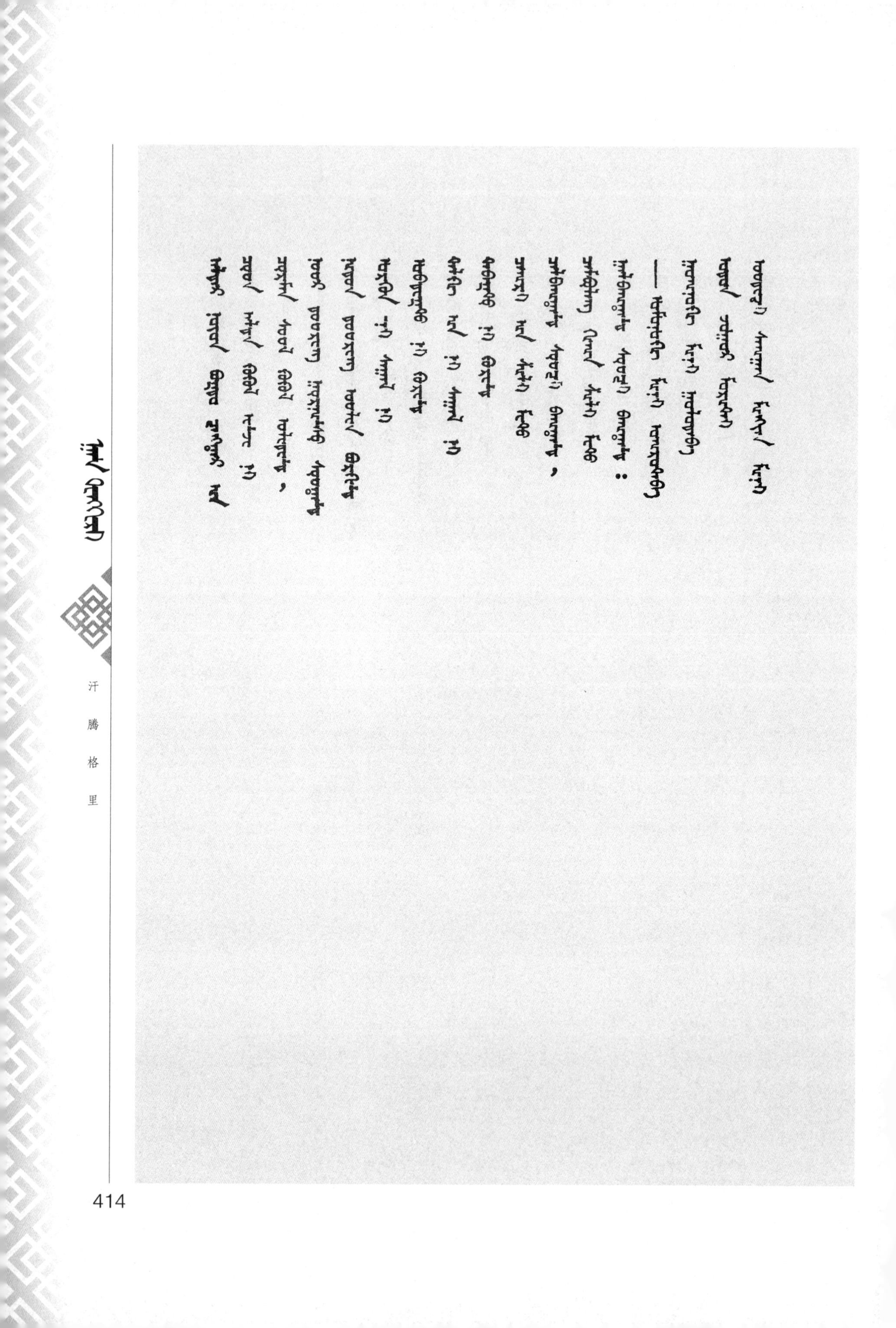

ᠮᠠᠰᠢ ᠰᠠᠶᠢᠨ ᠪᠣᠯᠬᠤ ᠳᠤ ᠮᠠᠨᠳᠤᠬᠤ ᠪᠢᠯᠡ
ᠮᠠᠨᠳᠤᠭᠰᠠᠨ ᠨᠢ ᠮᠠᠰᠢ ᠬᠤᠷᠳᠤᠨ
ᠮᠠᠰᠢ ᠬᠠᠷᠠᠨ ᠪᠣᠯ ᠃
ᠮᠠᠨᠢ ᠬᠠᠷᠠᠭᠠᠨ ᠨᠢ
ᠵᠠᠯᠠᠭᠤᠴᠤᠳ ᠬᠠᠷᠠᠨ ᠪᠣᠯ ᠃
ᠵᠠᠯᠠᠭᠤ ᠬᠠᠷᠠᠭᠠᠨ ᠨᠢ
ᠮᠣᠩᠭᠣᠯᠴᠤᠳ ᠮᠣᠩᠭᠣᠯ ᠪᠠᠶᠢᠭᠠ ᠵᠣᠷᠢᠭᠲᠠᠢ
ᠮᠣᠩᠭᠣᠯ ᠮᠣᠩᠭᠣᠯ ᠬᠡᠯᠡ ᠨᠢ ᠵᠣᠷᠢᠭᠲᠠᠢ
ᠪᠠᠶᠠᠷᠲᠠᠢ ᠮᠣᠩᠭᠣᠯ ᠵᠠᠶᠠᠭᠠᠲᠠᠢ —
ᠮᠠᠰᠢ ᠪᠠᠶᠠᠨ ᠪᠣᠯ
ᠬᠦᠴᠦᠲᠡᠢ ᠮᠣᠩᠭᠣᠯ ᠵᠠᠶᠠᠭᠠᠲᠠᠢ —
ᠮᠣᠩᠭᠣᠯ ᠮᠣᠩᠭᠣᠯᠴᠤᠳ ᠪᠣᠯ
ᠪᠠᠶᠠᠷ ᠬᠠᠷᠠᠭᠠᠨ ᠳᠤ ᠵᠠᠶᠠᠭᠠᠲᠠᠢ —
ᠪᠠᠶᠠᠷ ᠲᠡᠩᠭᠡᠷᠢ ᠪᠠᠶᠢ ᠵᠣᠷᠢᠭᠲᠠᠢ ᠂
ᠲᠡᠷᠡ ᠬᠠᠷᠠᠭᠠᠨ ᠳᠤ ᠵᠠᠶᠠᠭᠠᠲᠠᠢ —
ᠲᠡᠷᠡ ᠲᠡᠩᠭᠡᠷᠢ ᠪᠠᠶᠢ ᠵᠣᠷᠢᠭᠲᠠᠢ
ᠲᠡᠷᠡ ᠠᠶᠢᠯ ᠮᠣᠩᠭᠣᠯᠴᠤᠳ ᠪᠢᠯᠡ

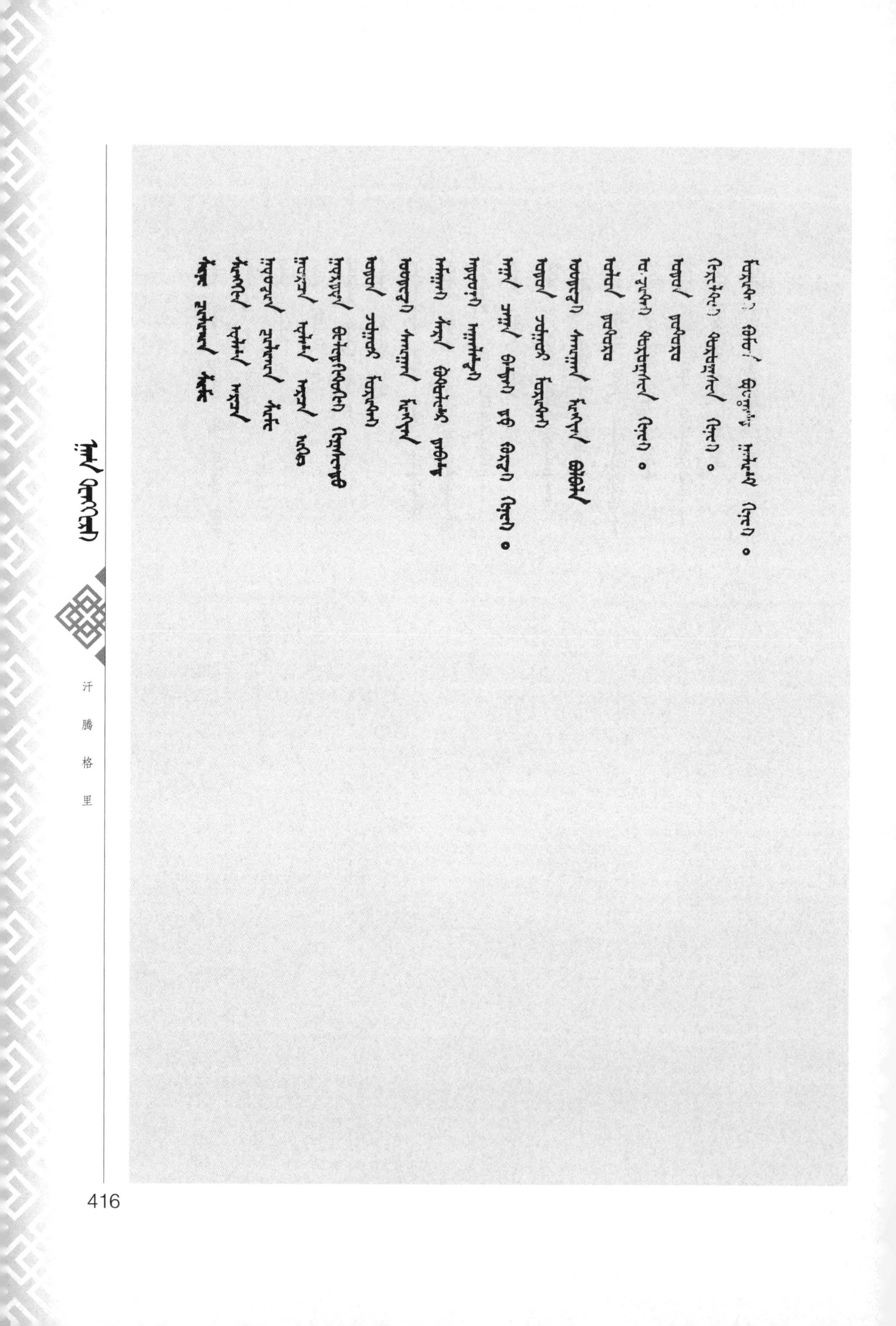

[illegible]

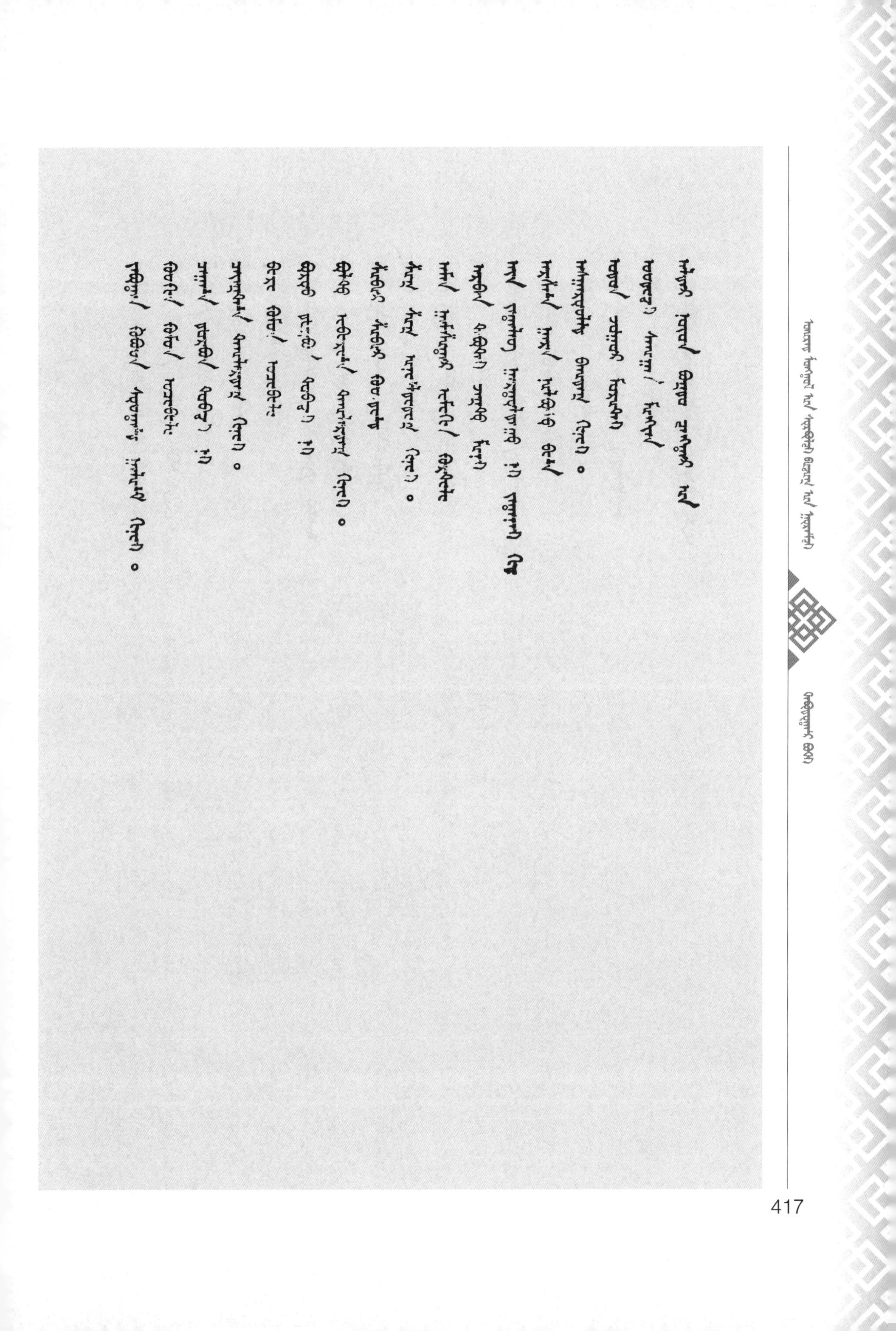

[illegible]

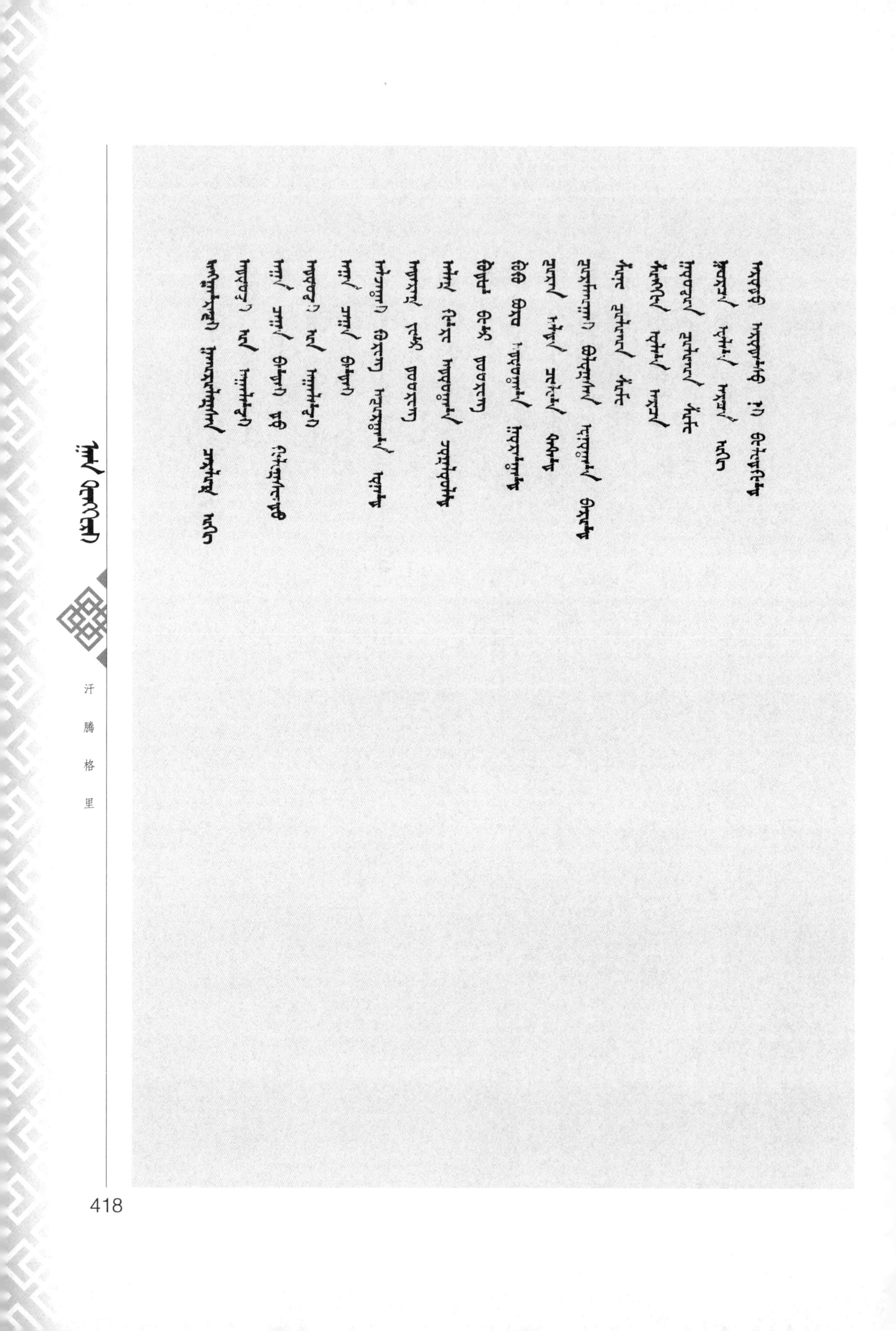

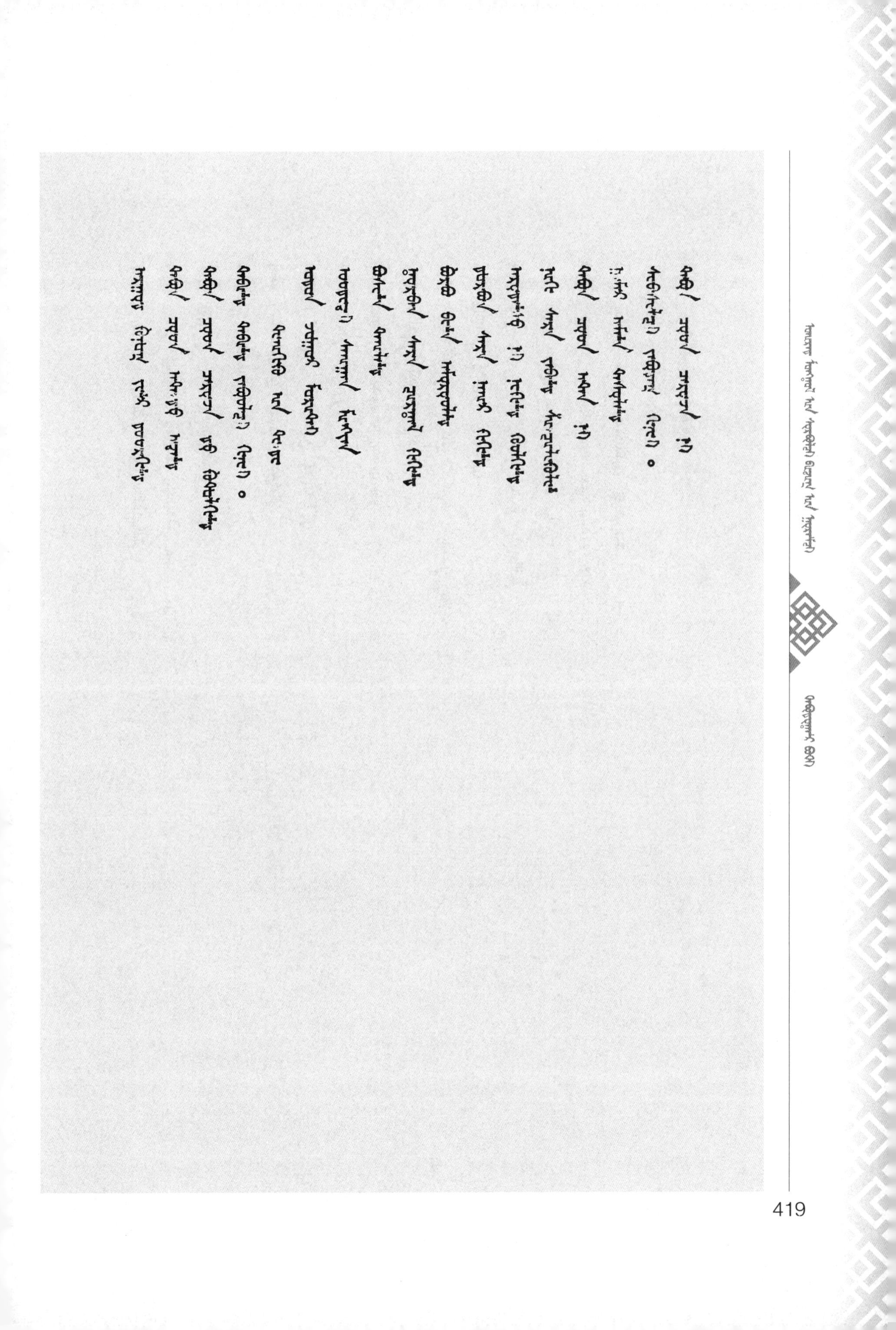

[illegible]
[illegible]
[illegible]
[illegible]
[illegible]

[illegible]
[illegible]
[illegible]
[illegible]
[illegible]
[illegible]
[illegible]
[illegible]
[illegible]
[illegible]
[illegible]
[illegible]

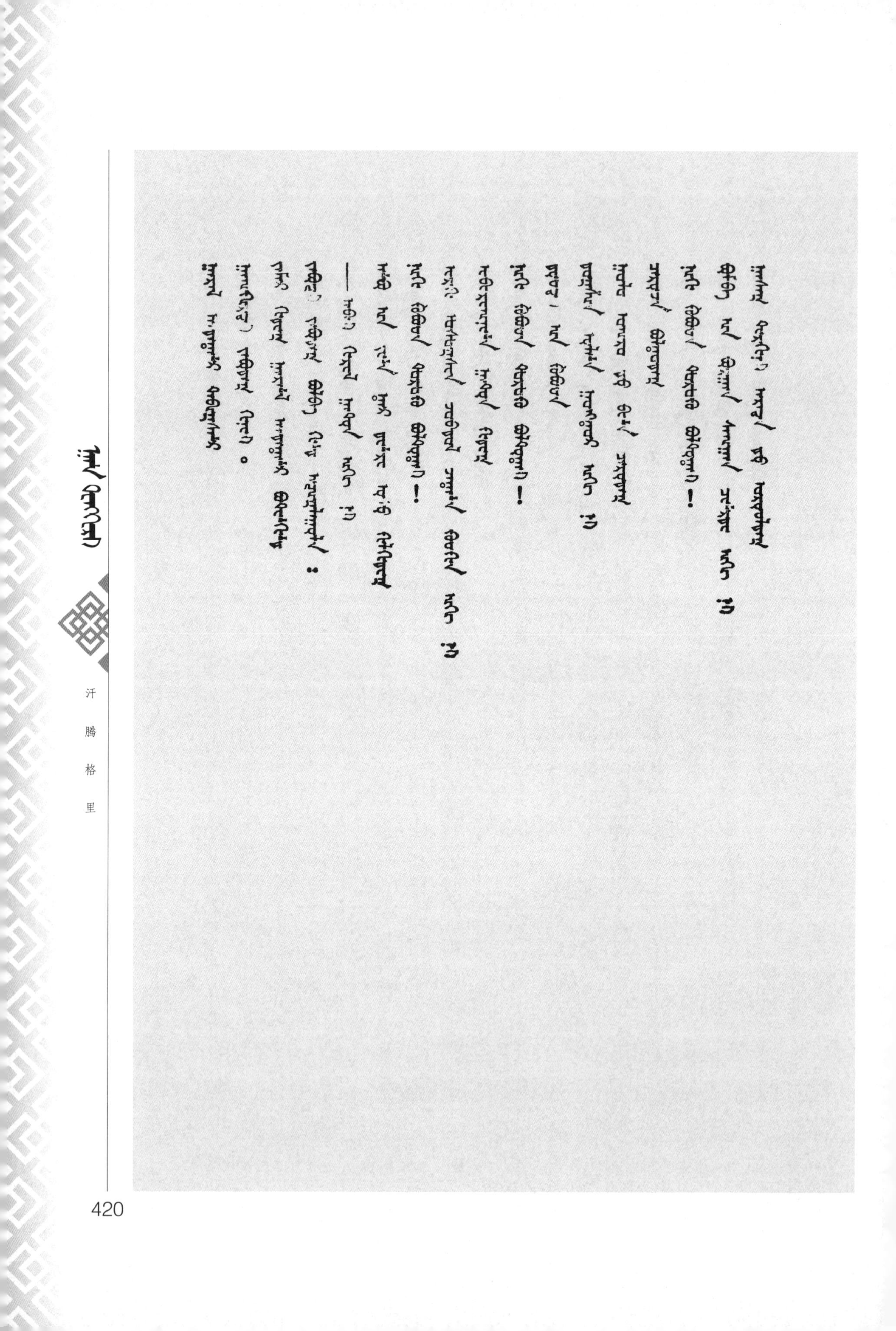

[illegible]
[illegible]
[illegible]
[illegible]
[illegible]
[illegible]
[illegible]
[illegible]
[illegible]
[illegible]
[illegible]
[illegible]
[illegible]
[illegible]
[illegible]
[illegible]
[illegible]

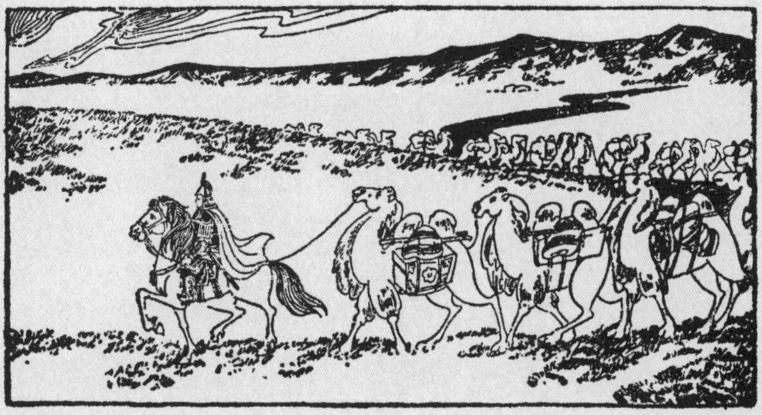

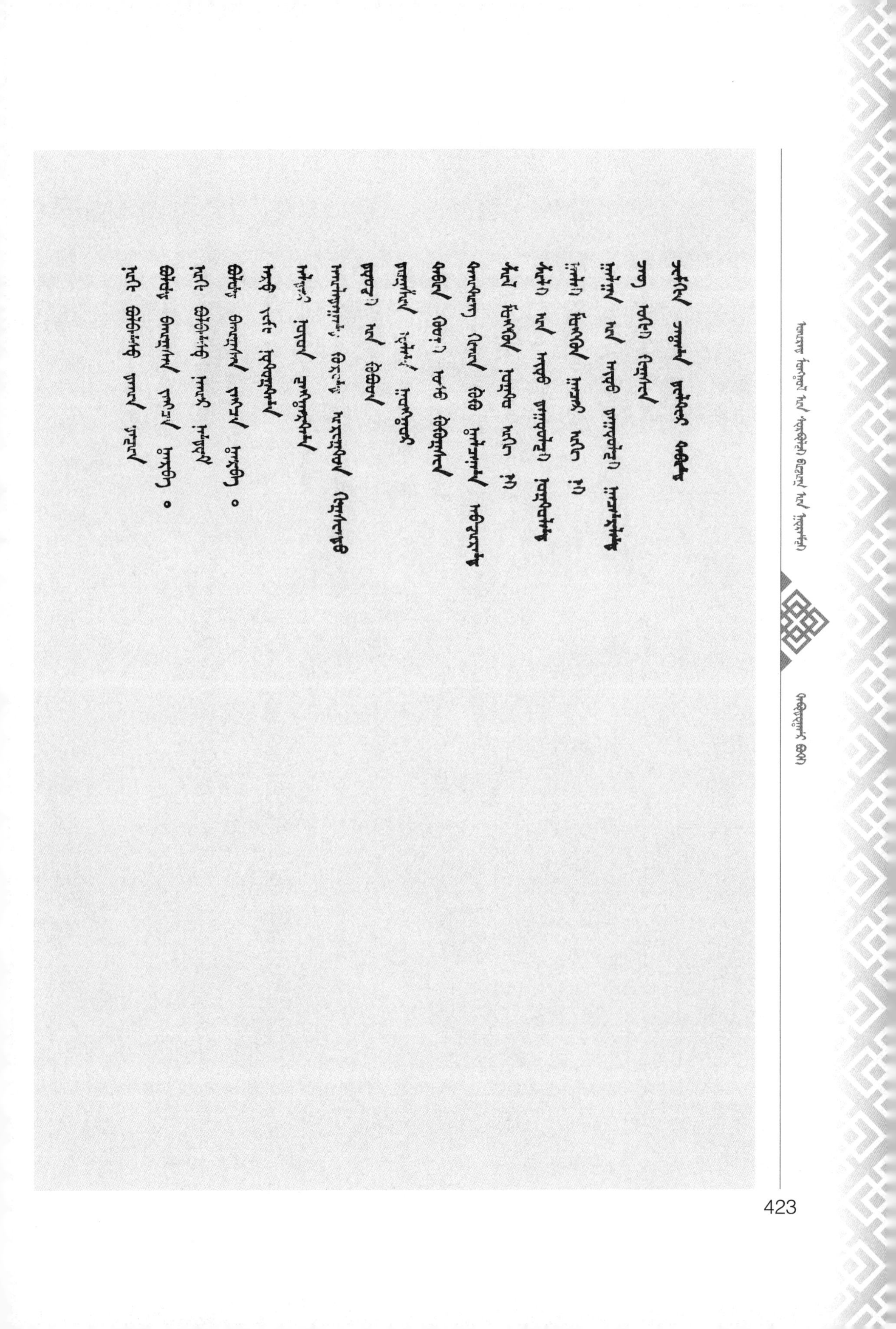

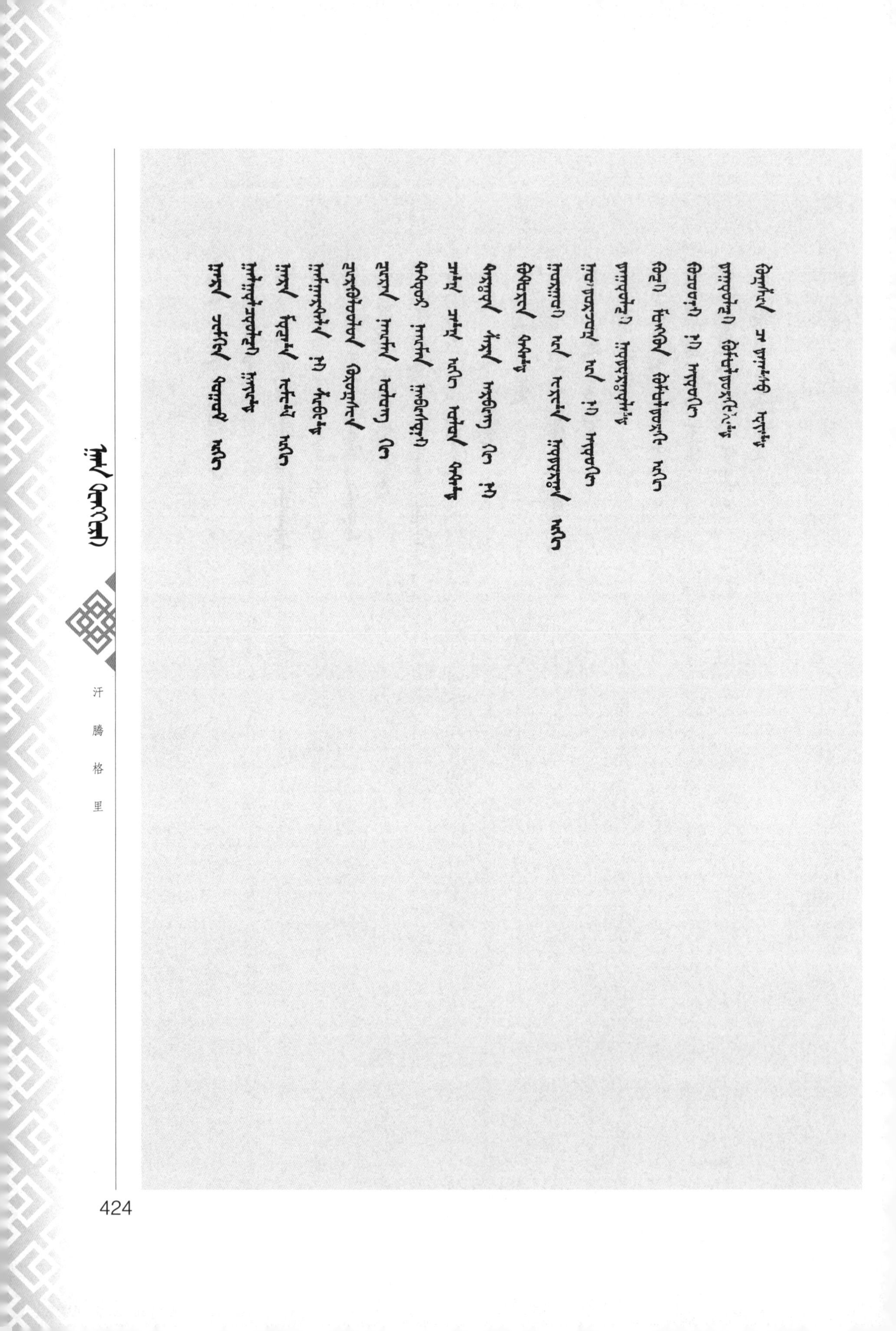

[illegible]
[illegible]
[illegible]
[illegible]
[illegible]
[illegible]
[illegible]
[illegible]

[illegible]
[illegible]
[illegible]
[illegible]
[illegible]
[illegible]
[illegible]
[illegible]
[illegible]

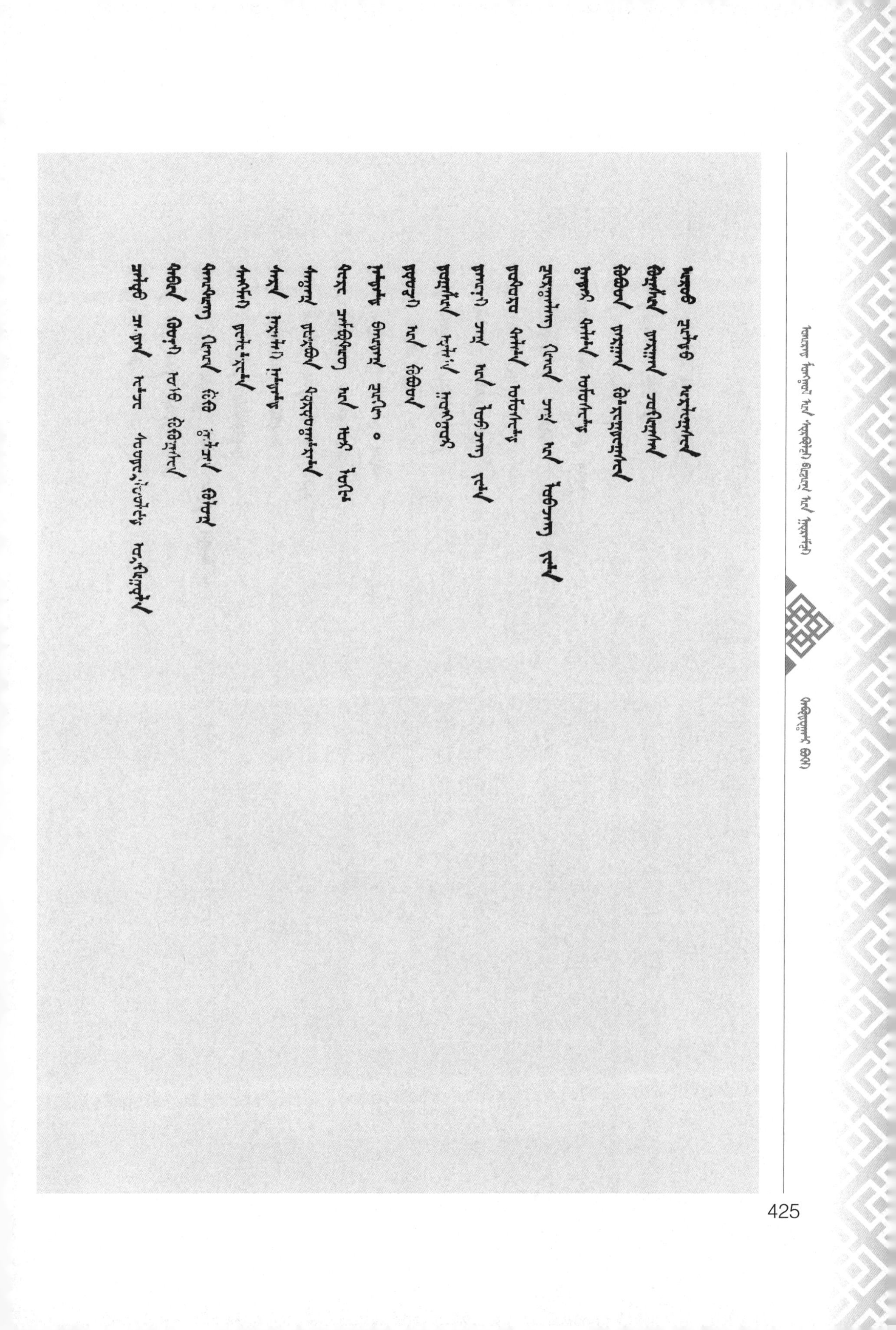

[illegible]
[illegible]
[illegible]
[illegible]
[illegible]
[illegible]
[illegible]
[illegible]
[illegible]
[illegible]
[illegible]
[illegible]
[illegible]
[illegible]
[illegible]
[illegible]
[illegible]

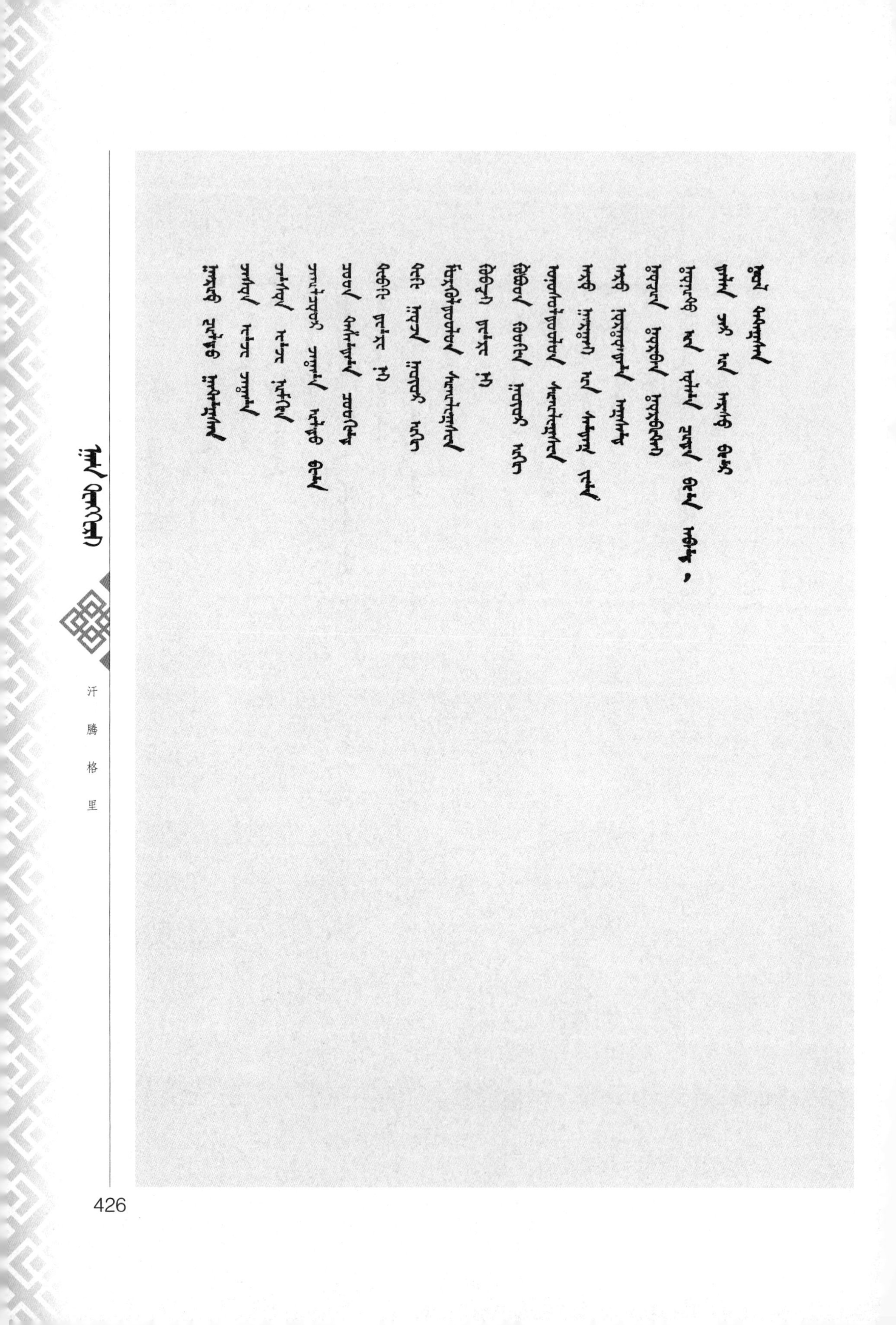

[illegible]

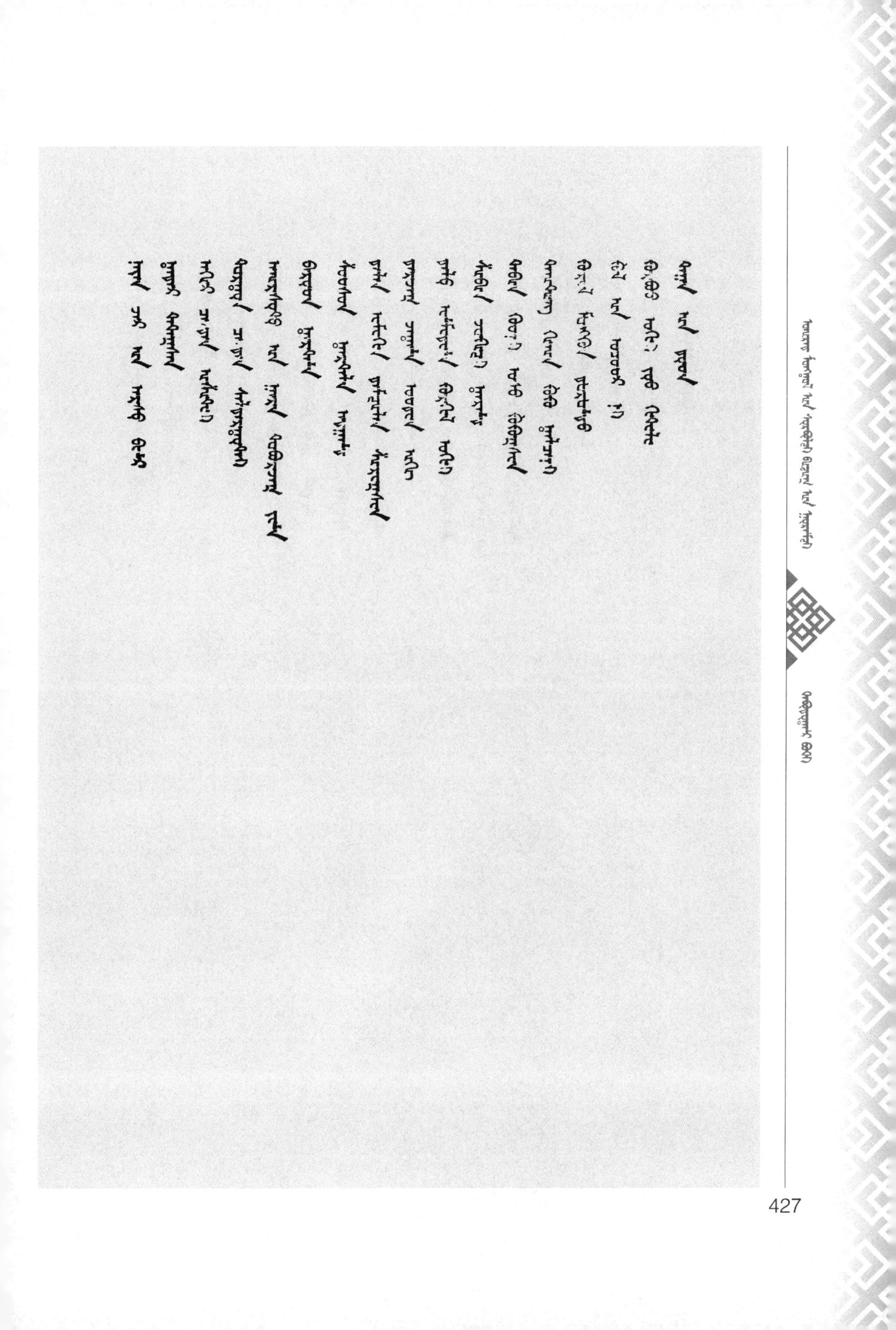

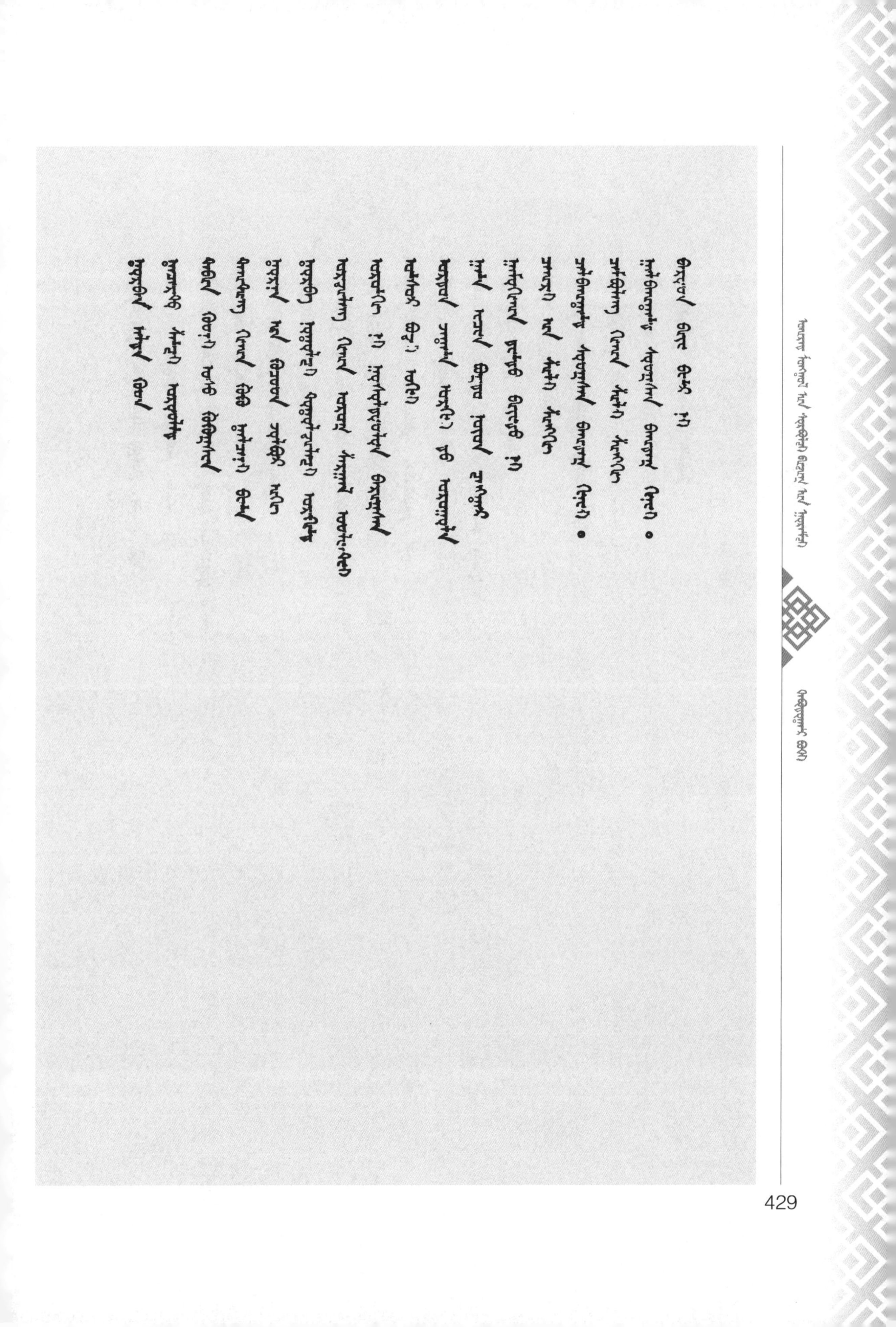

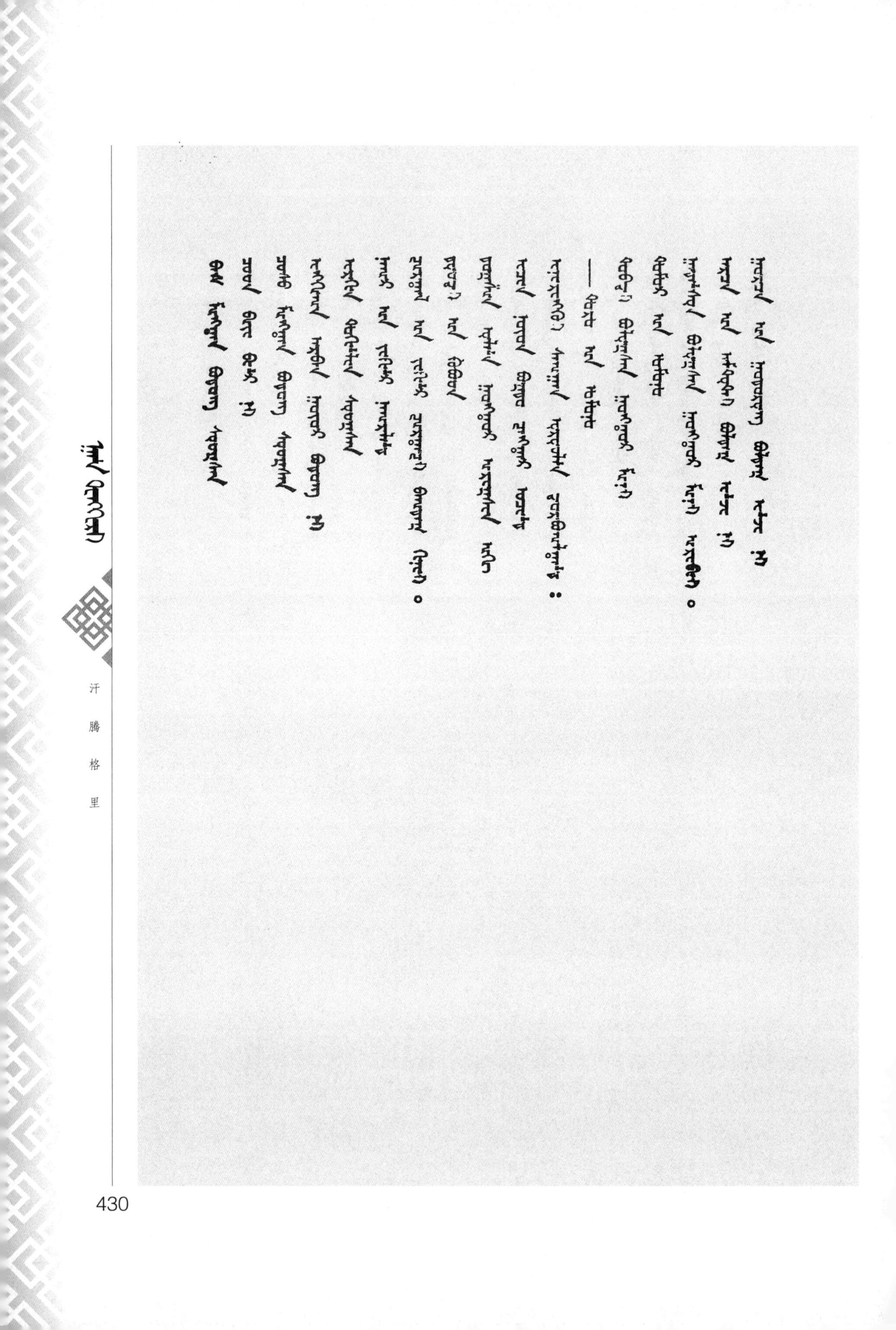

ᠭᠠᠵᠠᠷ ᠤᠨ ᠭᠠᠵᠠᠷᠠᠴᠠ ᠪᠣᠯᠤᠭᠰᠠᠨ ᠬᠡᠮᠡᠨ
ᠬᠠᠭᠠᠨ ᠤ ᠬᠠᠷᠢᠶᠠᠲᠤ ᠪᠣᠯᠤᠭᠰᠠᠨ ᠬᠡᠮᠡᠨ
ᠭᠤᠪᠢᠯᠢᠭ ᠪᠠᠷᠢᠮᠲᠠ ᠶᠢ ᠂
ᠭᠠᠢᠬᠠᠮ ᠰᠠᠢᠬᠠᠨ ᠪᠣᠭᠳᠠ ᠪᠣᠯᠪᠠ
ᠭᠠᠷ ᠰᠠᠢᠬᠠᠨ ᠭᠠᠷᠤᠭᠰᠠᠨ
ᠭᠠᠵᠠᠷᠠᠴᠠ ᠤᠨ ᠭᠠᠵᠠᠷ ᠤᠨ ᠲᠦᠷᠦᠭᠦᠯᠦᠭᠰᠡᠨ
ᠭᠠᠵᠠᠷᠠᠴᠠ ᠤᠨ ᠭᠠᠵᠠᠷ ᠤᠨ ᠭᠠᠷᠤᠭᠰᠠᠨ
ᠪᠠᠭᠠᠰᠢ ᠰᠠᠢᠬᠠᠨ ᠭᠠᠵᠠᠷᠠᠴᠠ ᠤᠨ
ᠪᠣᠭᠳᠠ ᠤᠨ ᠪᠣᠯᠤᠨ
ᠪᠠᠢᠭᠠᠯᠢ ᠶᠢᠨ ᠭᠠᠷᠤᠨ ᠬᠠᠮᠤᠭ ᠢᠶᠡᠷ
ᠪᠠᠢᠭᠤᠯᠤᠭᠰᠠᠨ ᠪᠠᠷᠤᠨ ᠬᠠᠮᠤᠭ
ᠪᠠᠢᠭᠠᠰᠢ ᠮᠠᠯ ᠬᠤᠷᠢᠶᠠᠭᠰᠠᠨ
ᠬᠣᠷᠢᠨ ᠲᠠᠪᠤᠨ ᠬᠣᠲᠠᠮᠠᠭᠠᠨ
ᠭᠤᠴᠢᠨ ᠲᠠᠪᠤᠨ ᠪᠠᠶᠠᠰᠬᠤᠯᠠᠩ
ᠮᠣᠪᠣᠪᠤ ᠭᠠᠪᠣᠰ ᠲᠣᠪᠠᠯᠠᠭᠰᠠᠨ
ᠮᠠᠨᠳᠤᠨ ᠬᠤᠲᠤᠭ ᠴᠣᠭᠲᠤᠭᠠᠨ ᠢ
ᠭᠠᠵᠠᠷᠠᠨ ᠲᠡᠩᠭᠢ ᠬᠤᠲᠤᠭᠲᠤ ᠲᠠᠯᠠᠷᠬᠠᠪᠠ

[illegible]
[illegible]
[illegible]
[illegible]
[illegible] :
—— [illegible]
[illegible]
[illegible]
[illegible]
[illegible] ,
[illegible]
[illegible] !
[illegible]
[illegible] !
[illegible]
[illegible] !
[illegible]

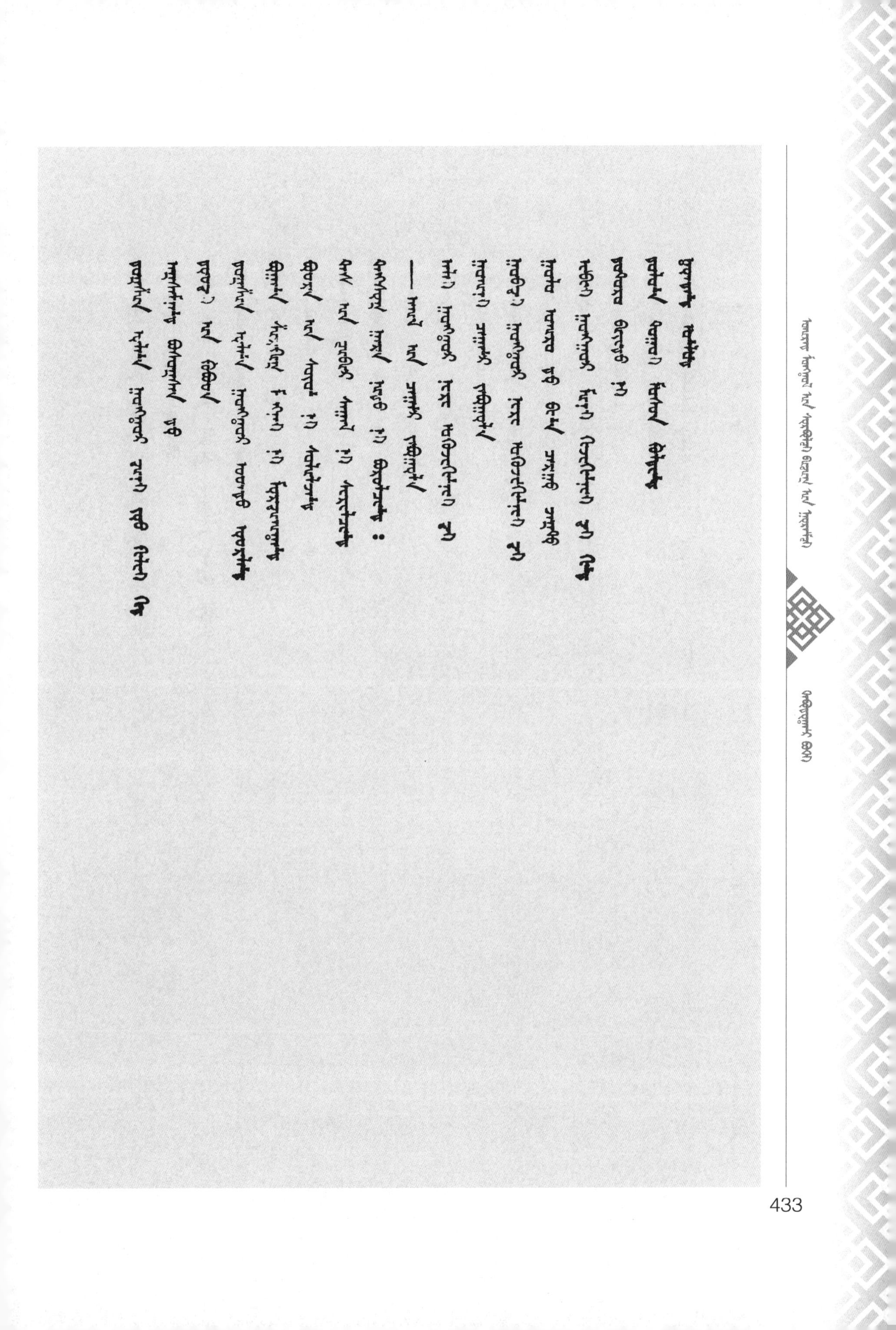

[illegible]
[illegible]
[illegible]
[illegible]
[illegible]
[illegible]
[illegible]
[illegible]
[illegible]
[illegible]
[illegible]
[illegible]
[illegible]
[illegible]
[illegible]
[illegible]
[illegible]
[illegible]

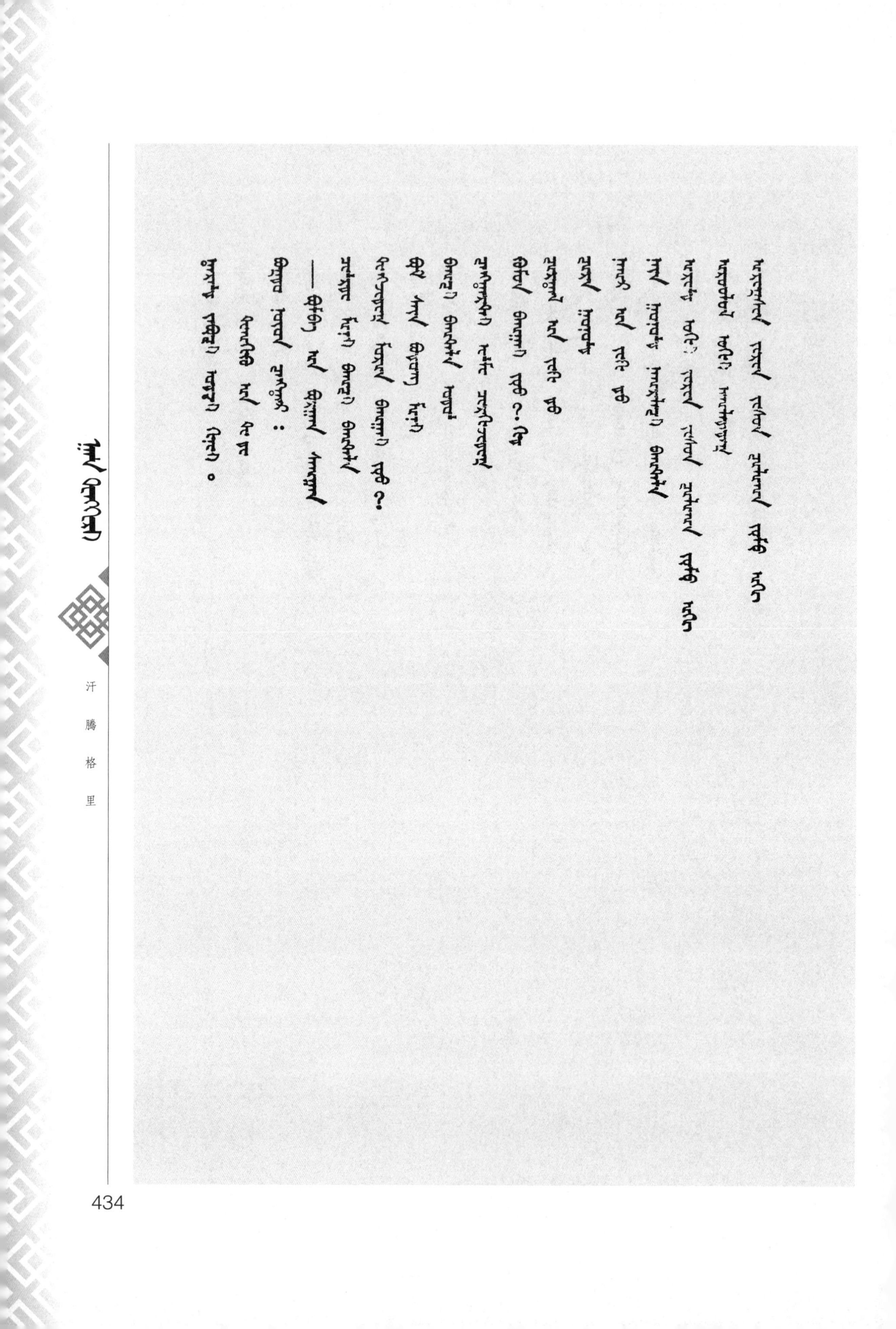

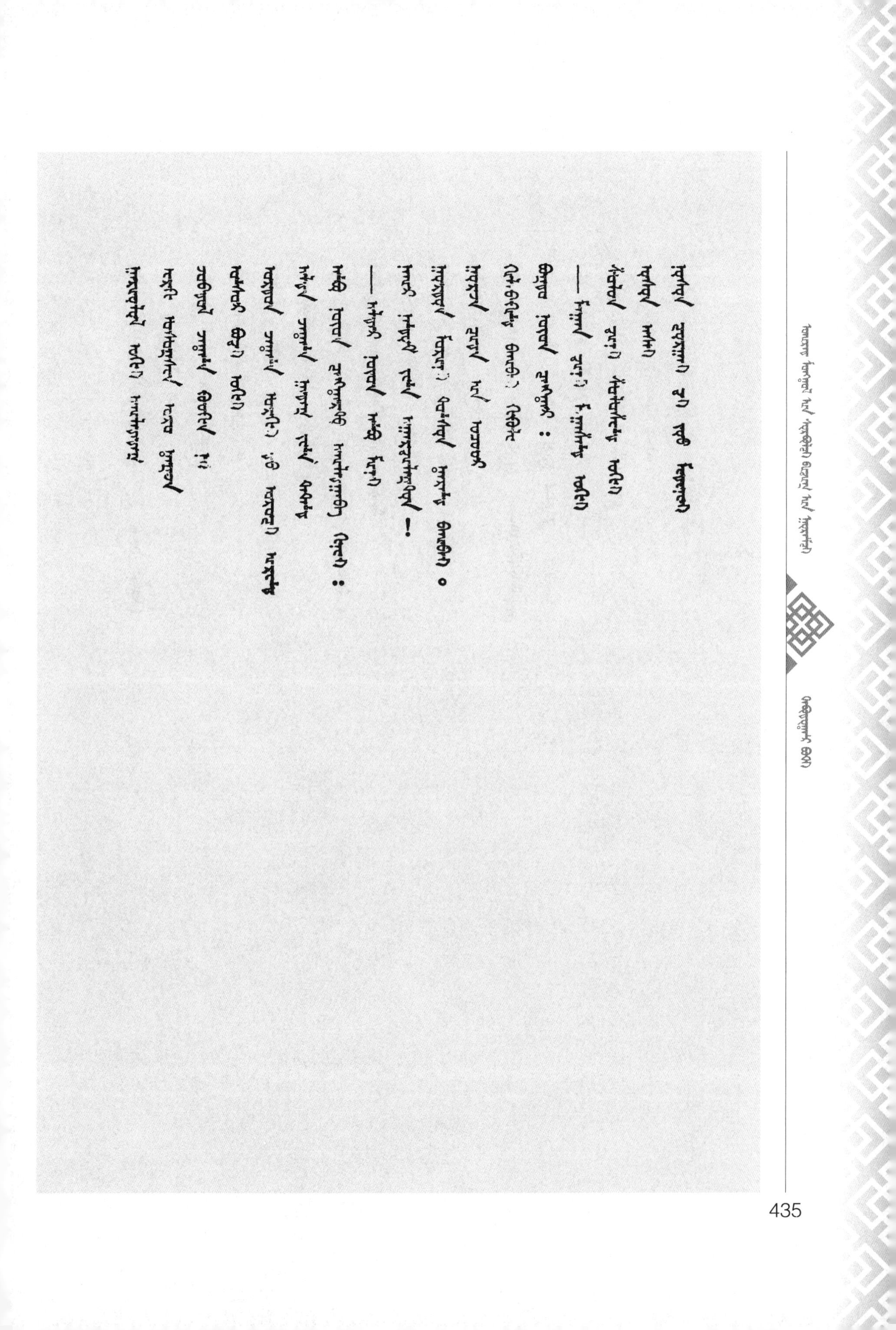

[illegible]
[illegible]
[illegible]
[illegible]
[illegible]
[illegible]
[illegible] :
—— [illegible]
[illegible] !
[illegible] 。
[illegible]
[illegible]
[illegible] :
—— [illegible]
[illegible]
[illegible]
[illegible]

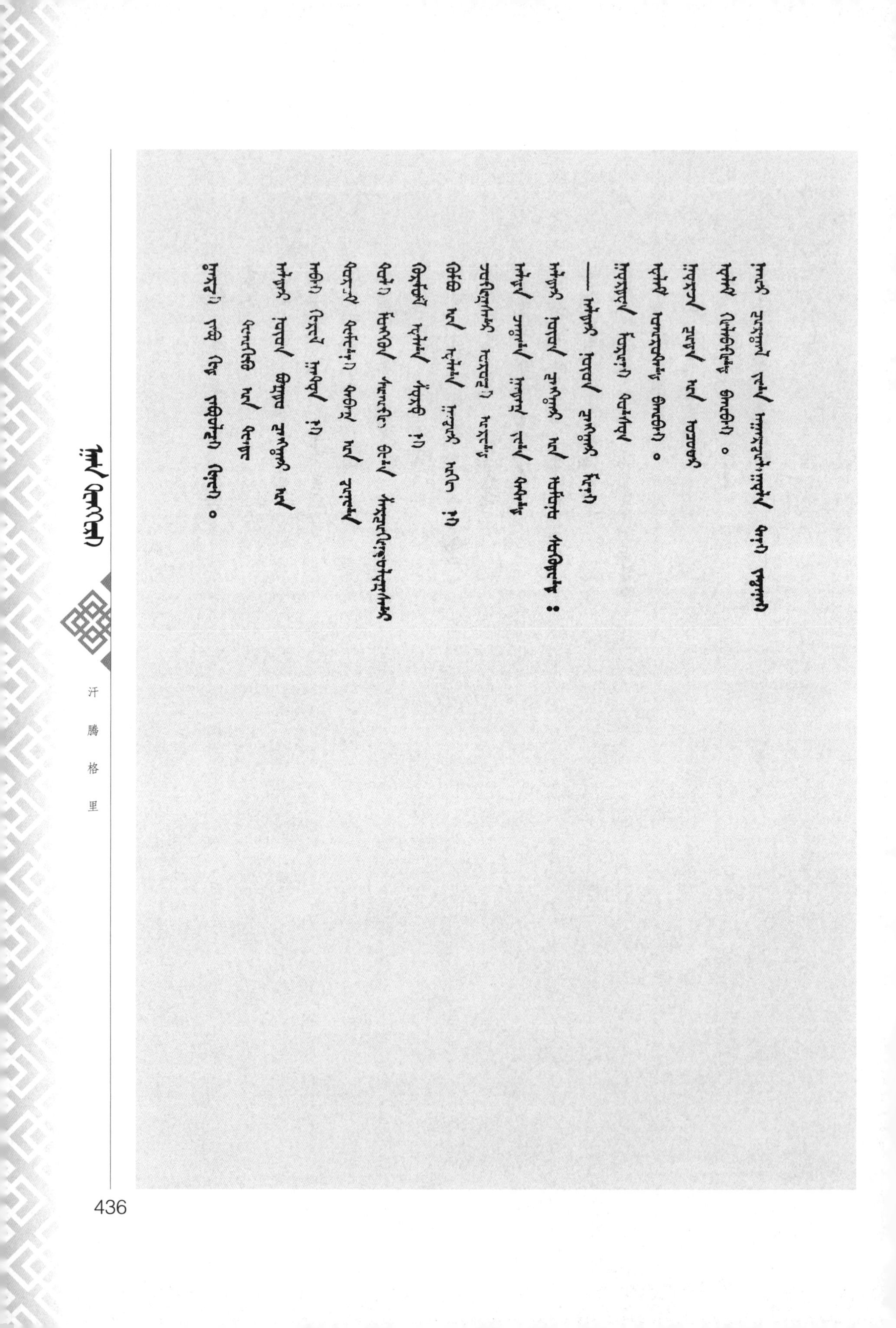

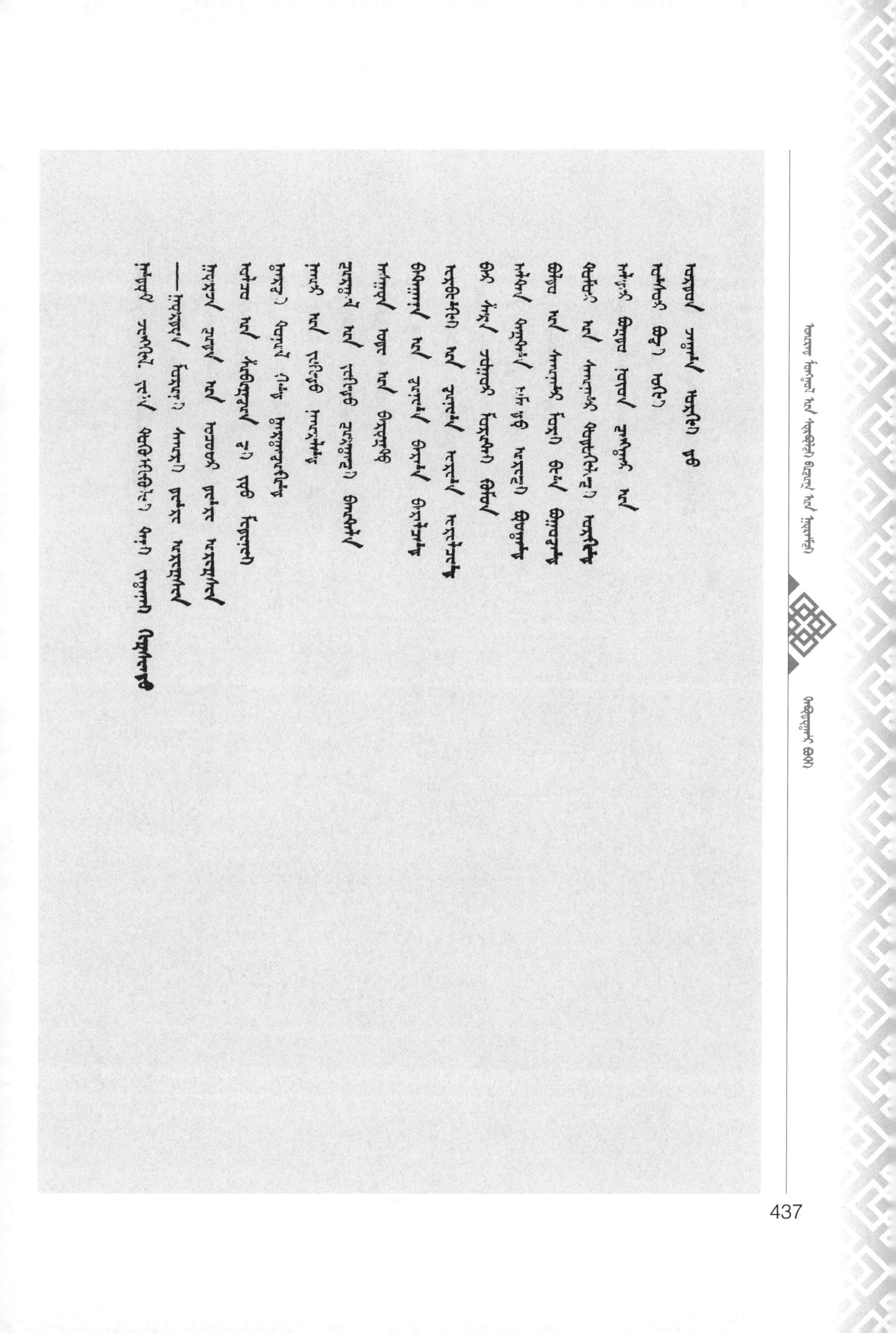

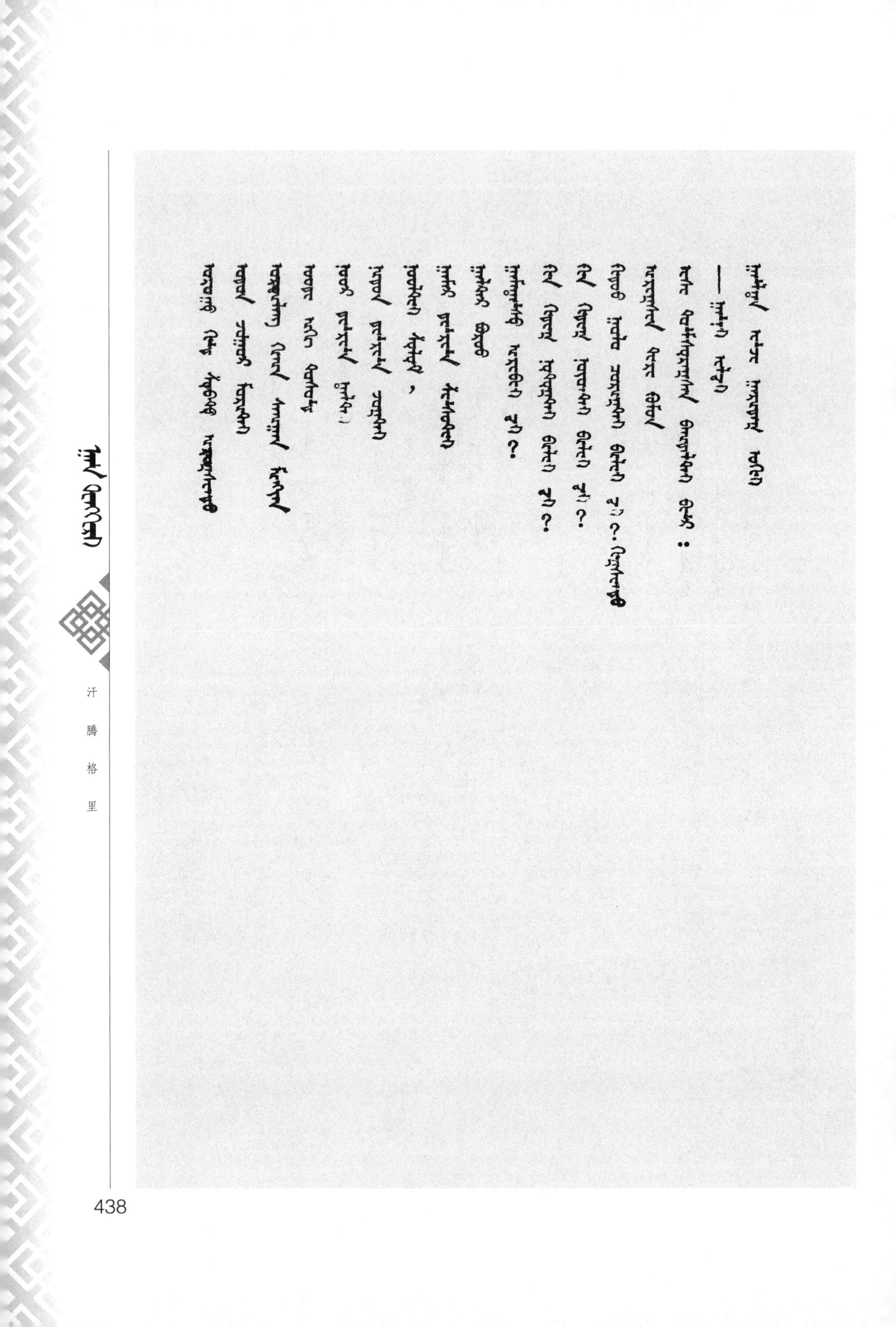

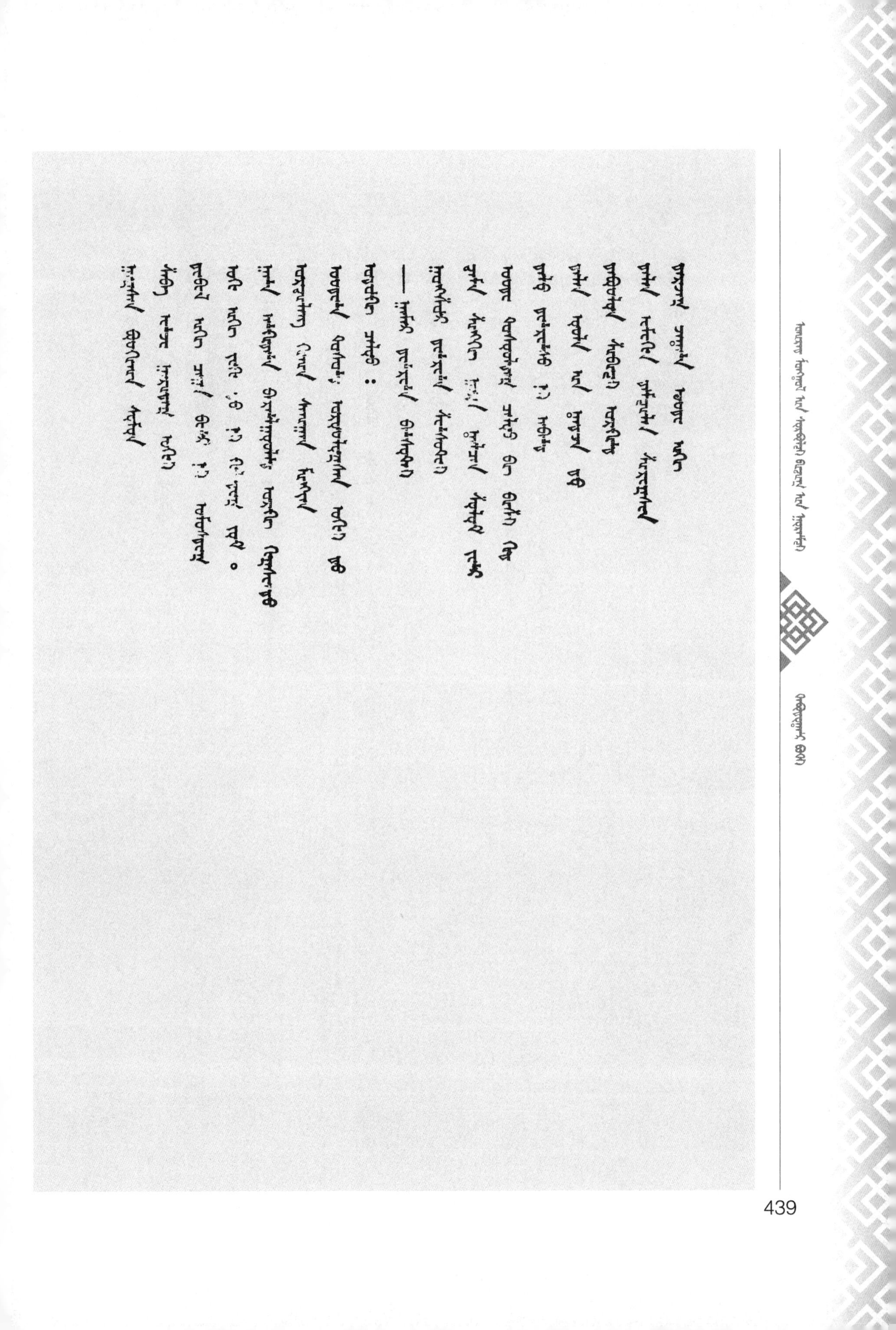

[illegible]
[illegible]
[illegible]
[illegible] 。
[illegible]
[illegible]
[illegible]
[illegible] :
—— [illegible]
[illegible]
[illegible]
[illegible]
[illegible]
[illegible]
[illegible]
[illegible]
[illegible]

[illegible]

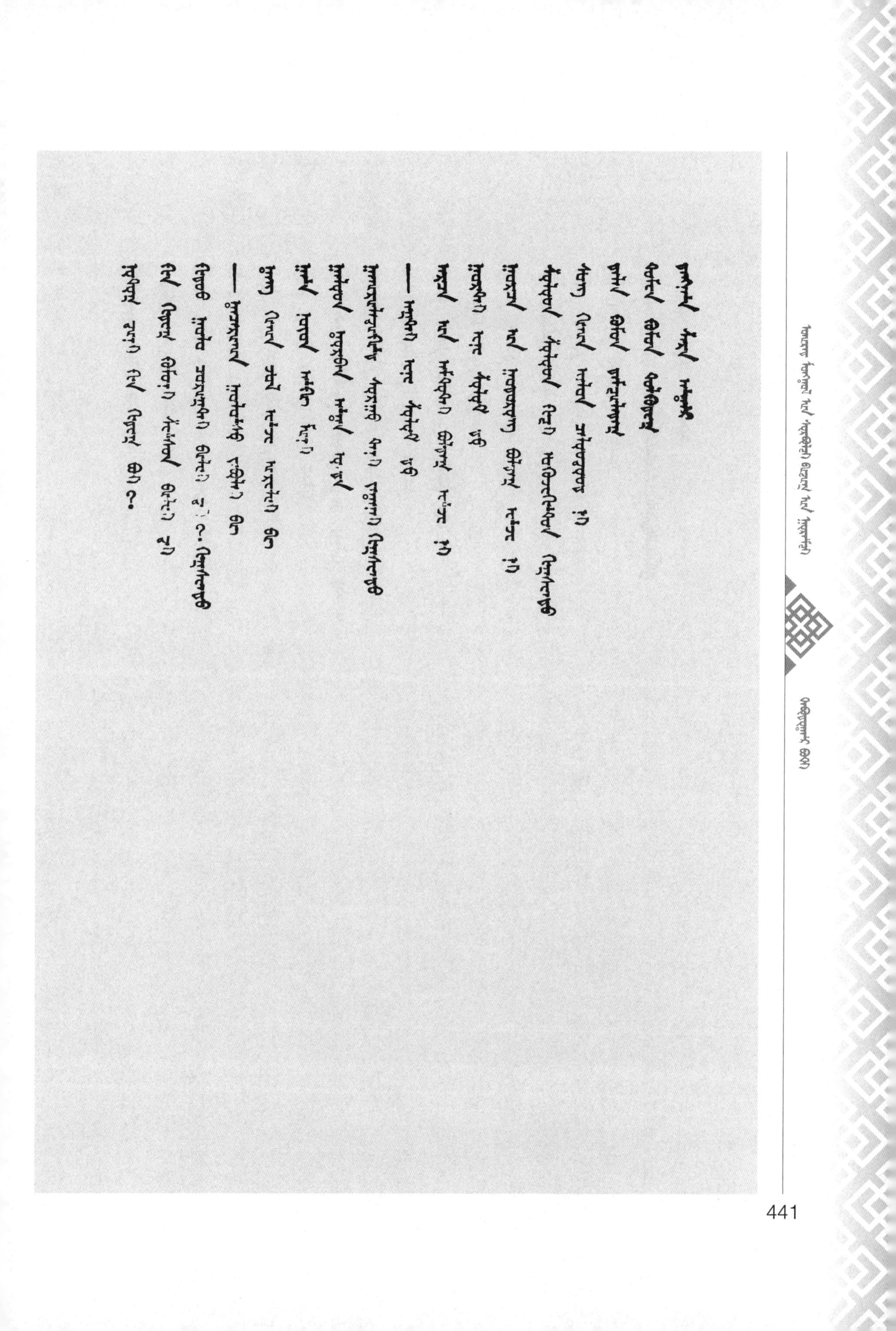

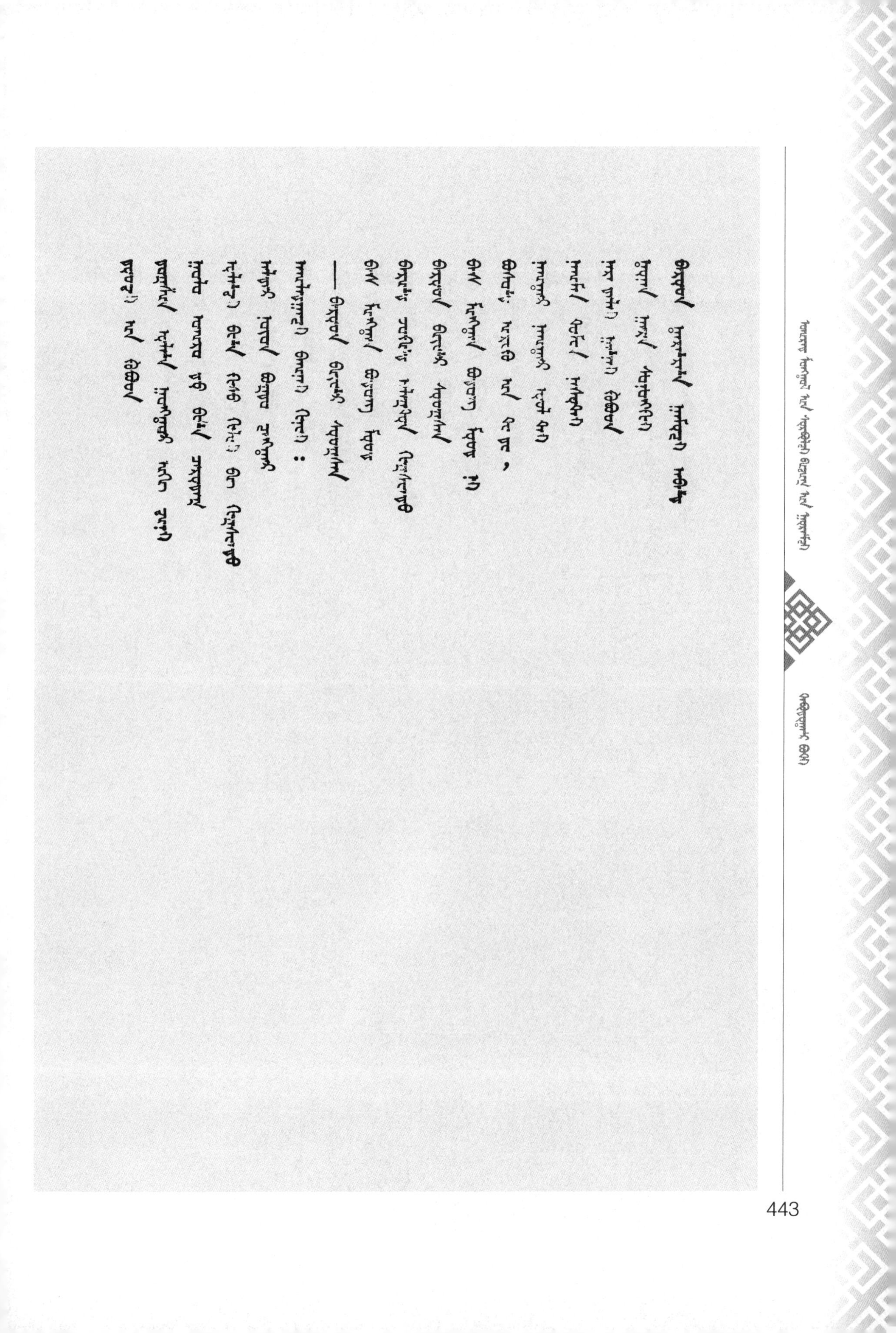

[illegible]
[illegible]
[illegible]
[illegible]
[illegible]
[illegible]
[illegible]
[illegible]
[illegible]
[illegible]

—— [illegible]

[illegible] :
[illegible]
[illegible]
[illegible]
[illegible]
[illegible]

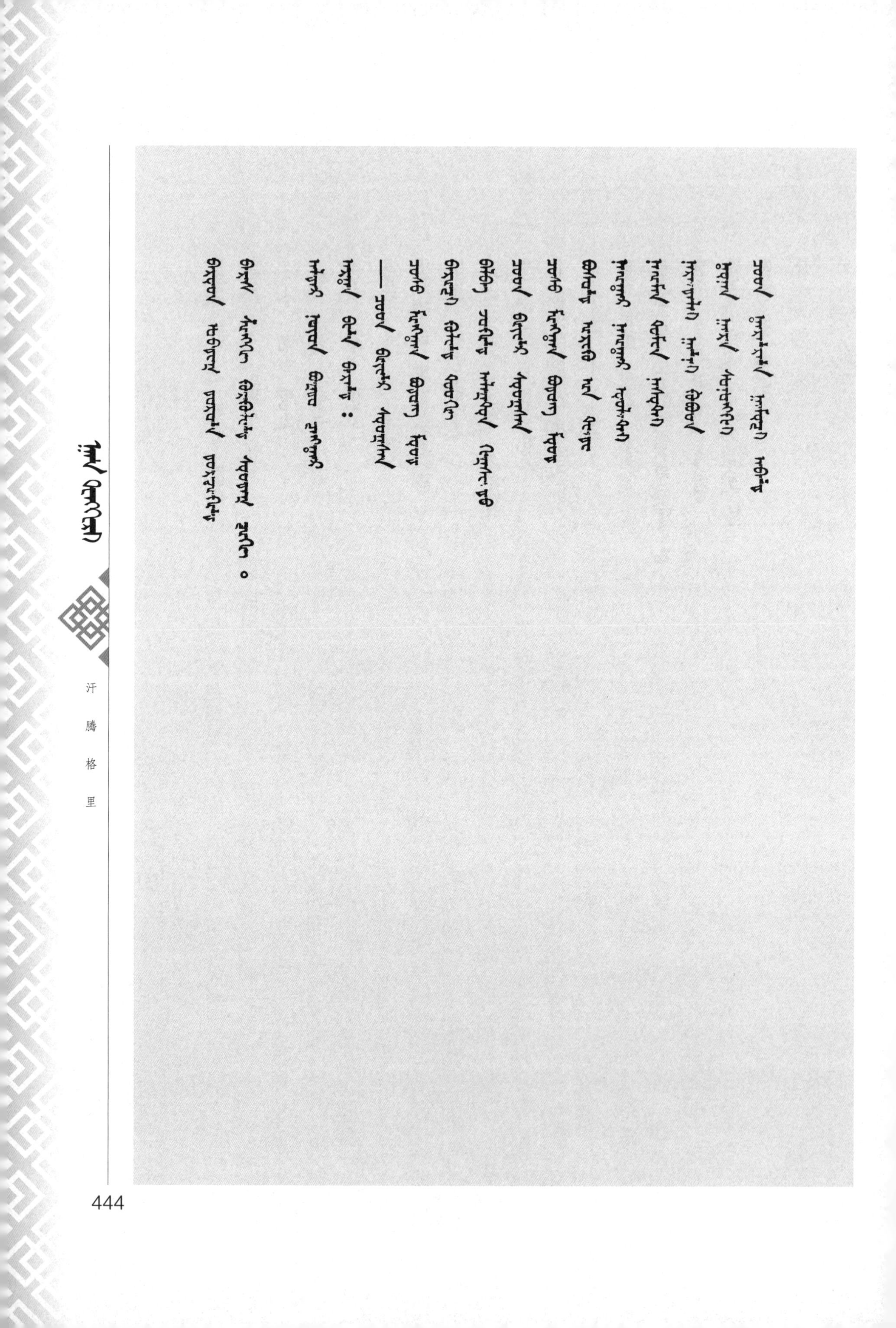

[illegible]
[illegible]
[illegible]
[illegible]
[illegible]
[illegible]
[illegible]
[illegible]
[illegible]
[illegible]
[illegible]
—— [illegible]
[illegible] :
[illegible]

[illegible] ᠃
[illegible]

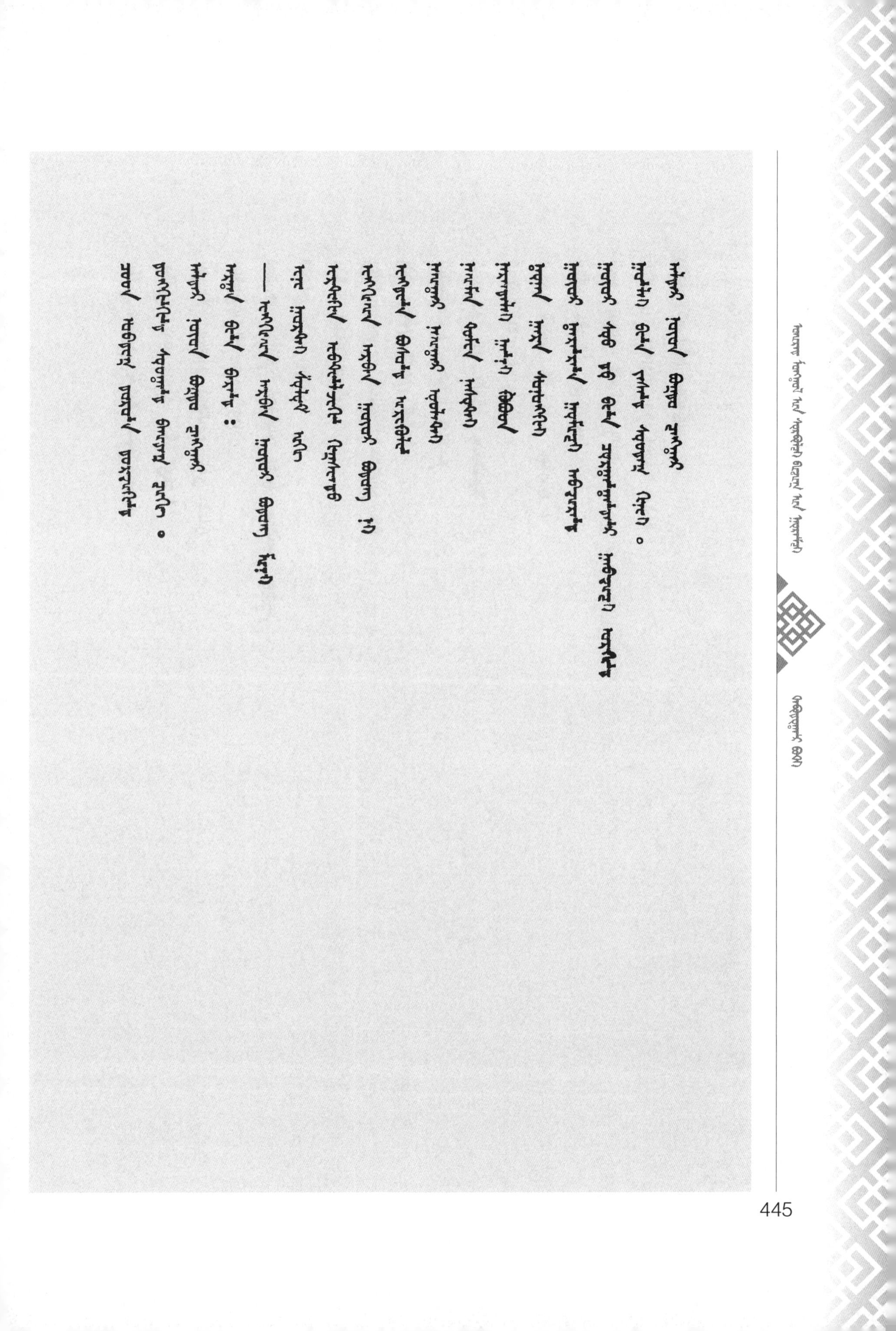

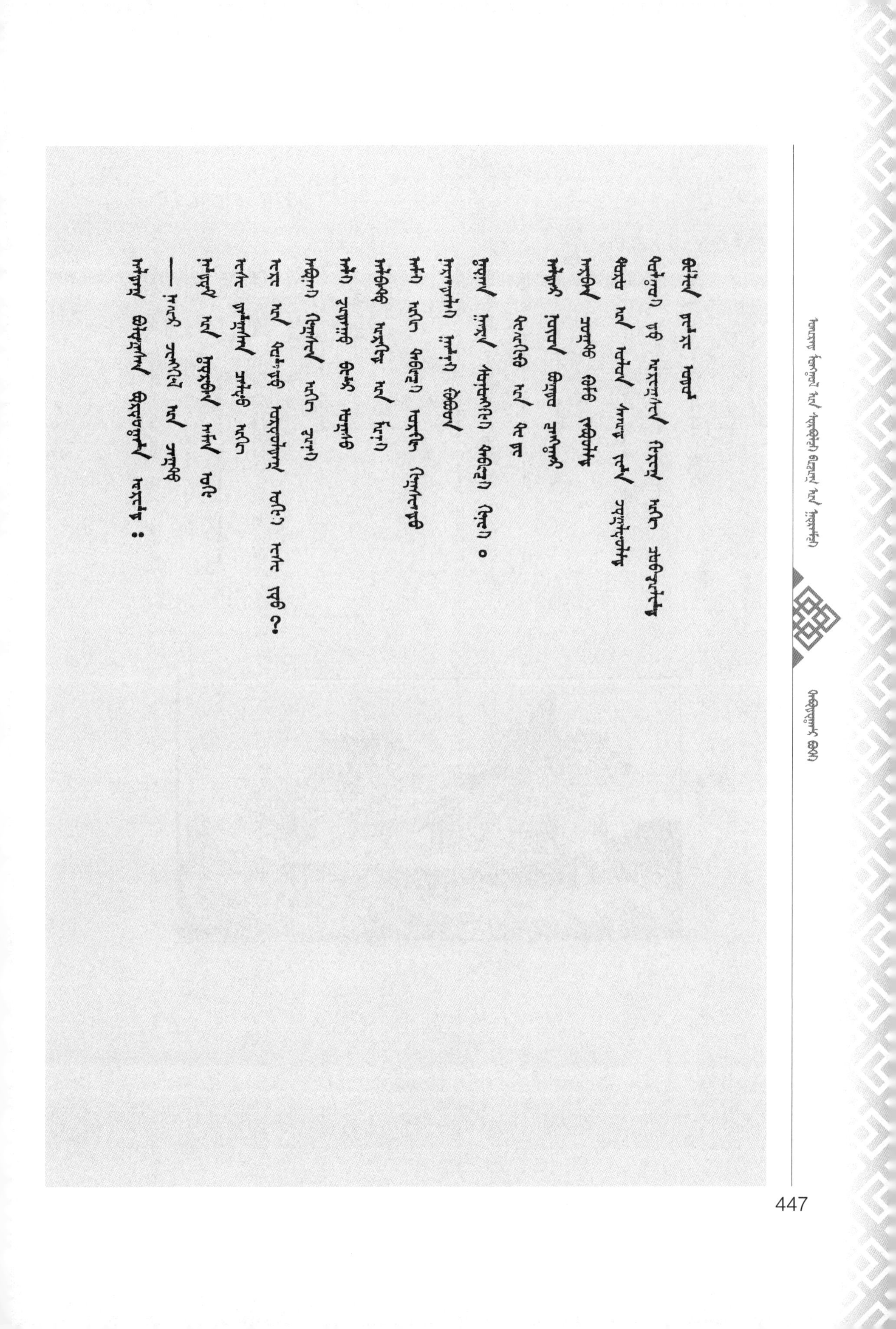

[illegible]
[illegible]
[illegible]
[illegible]
[illegible]
[illegible]
[illegible]
[illegible]
[illegible]
[illegible]
[illegible]
[illegible]
[illegible]
[illegible]
[illegible]
— [illegible]
[illegible]

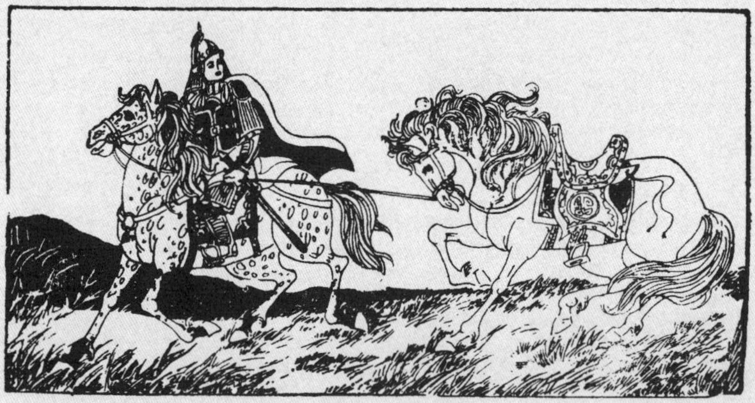

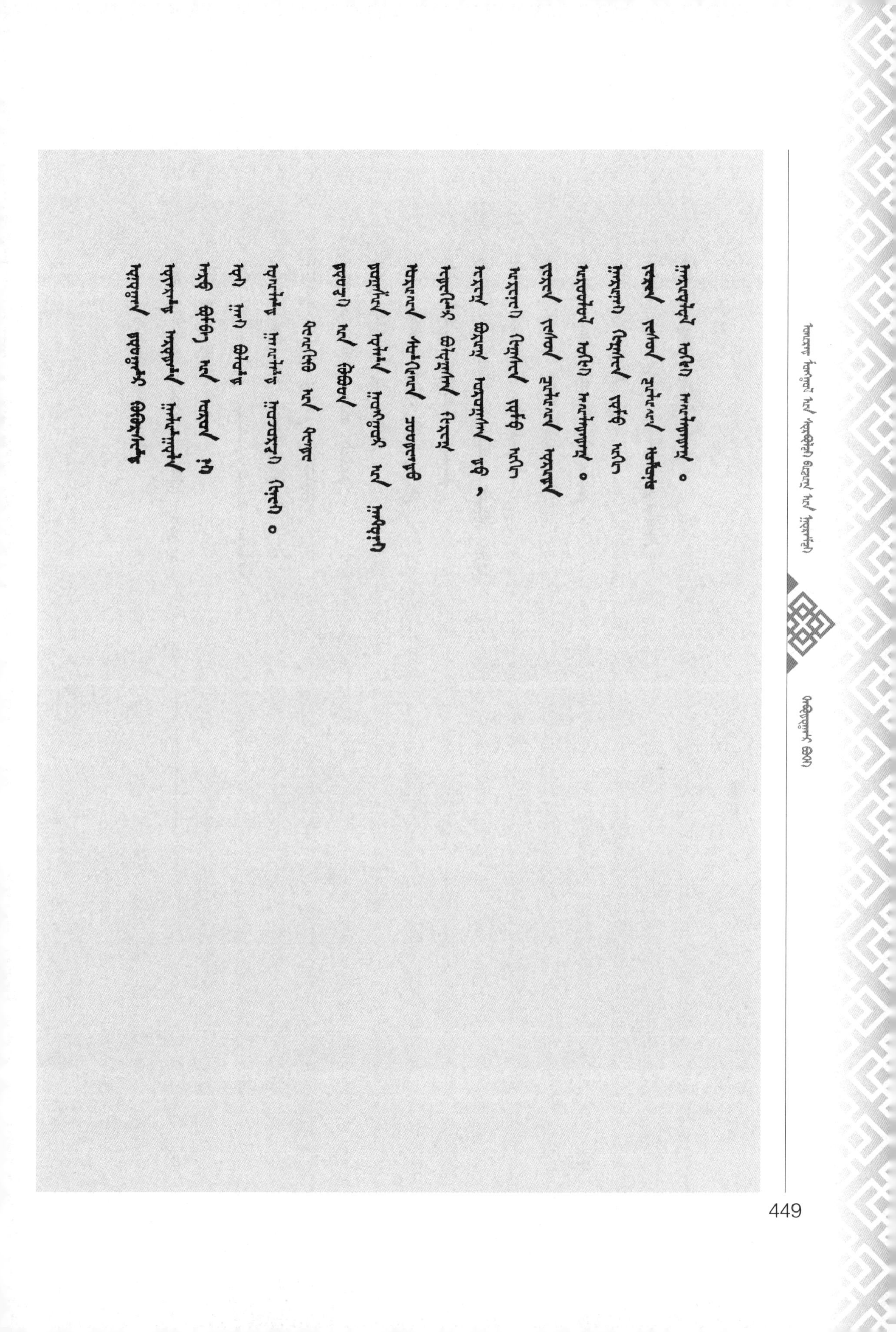

[illegible]
[illegible]
[illegible]
[illegible]
[illegible]

[illegible]

[illegible]
[illegible]
[illegible]
[illegible]
[illegible]
[illegible]
[illegible]
[illegible]
[illegible]
[illegible]
[illegible]

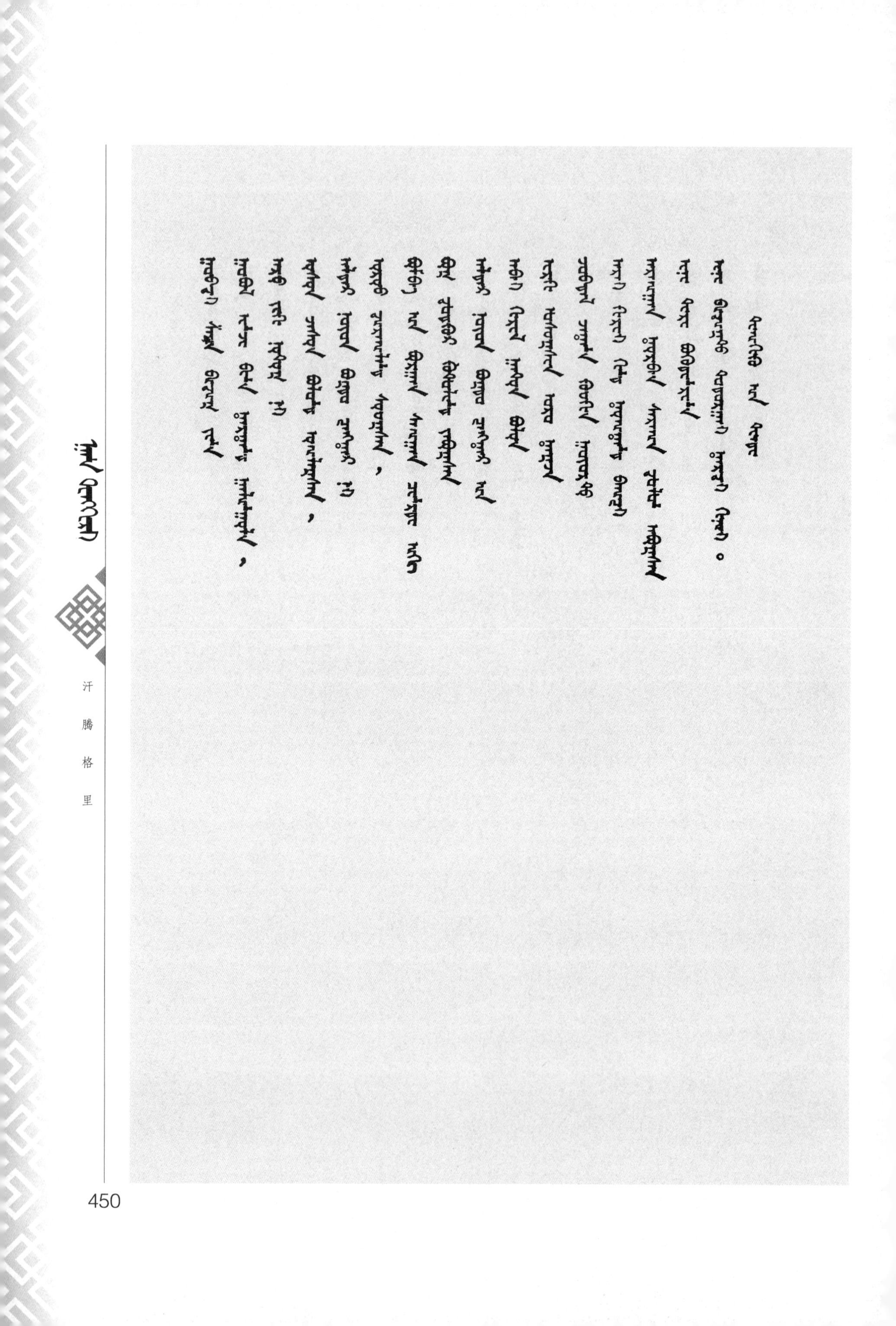

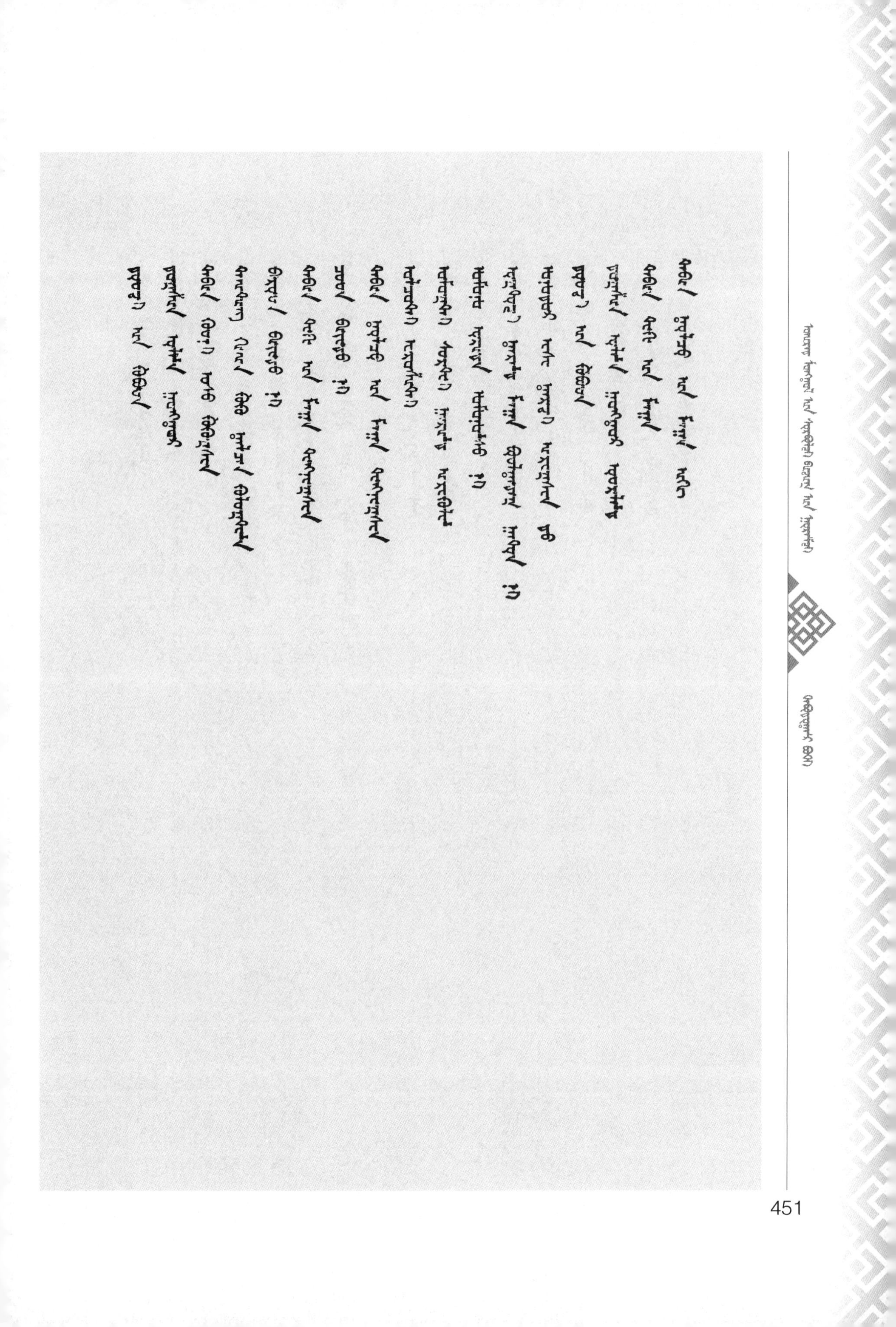

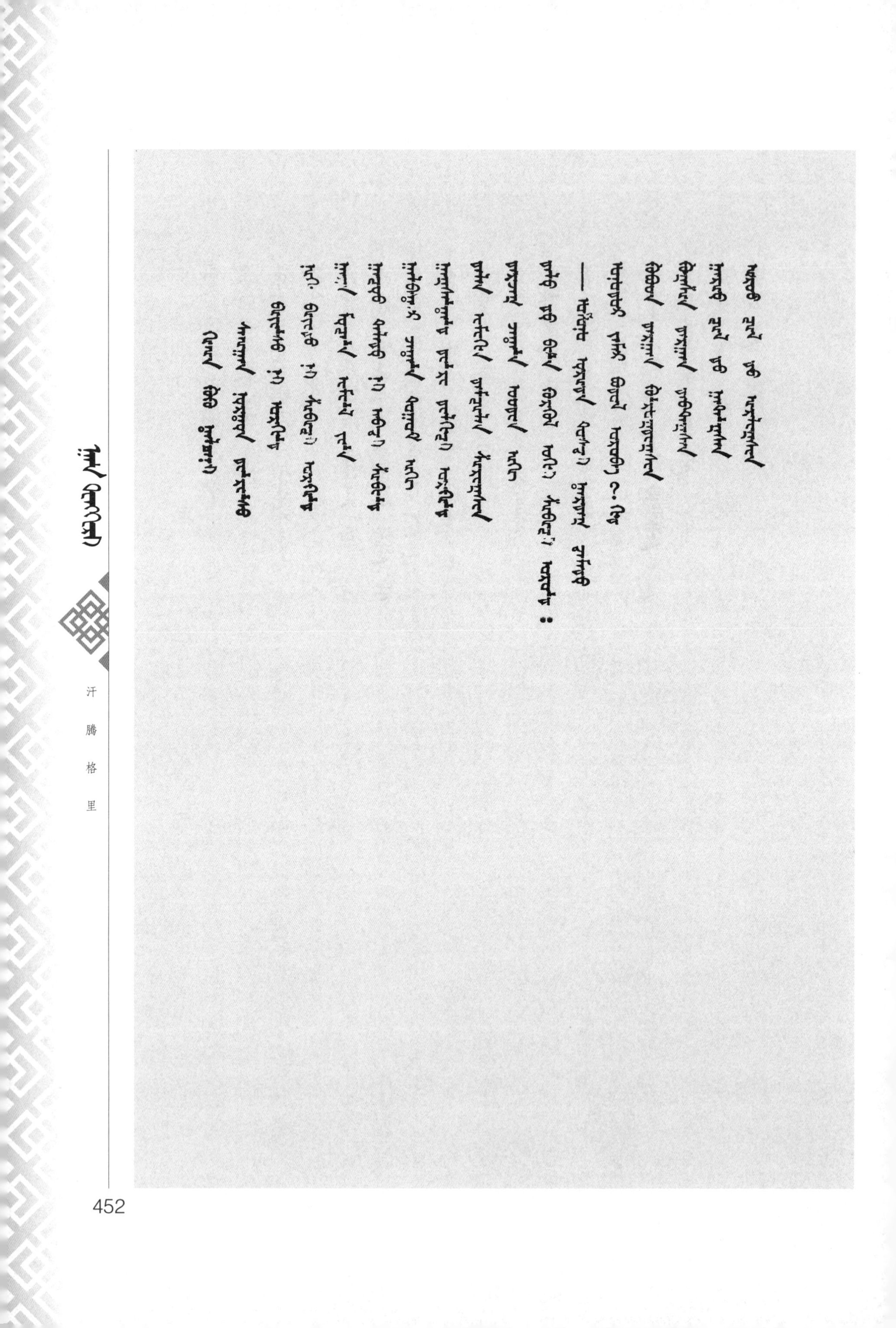

[illegible]
[illegible]
[illegible]
[illegible]
[illegible]
[illegible]
[illegible]
[illegible]
[illegible]
[illegible]
[illegible]
[illegible]
[illegible]
[illegible]
[illegible]
[illegible]
[illegible]

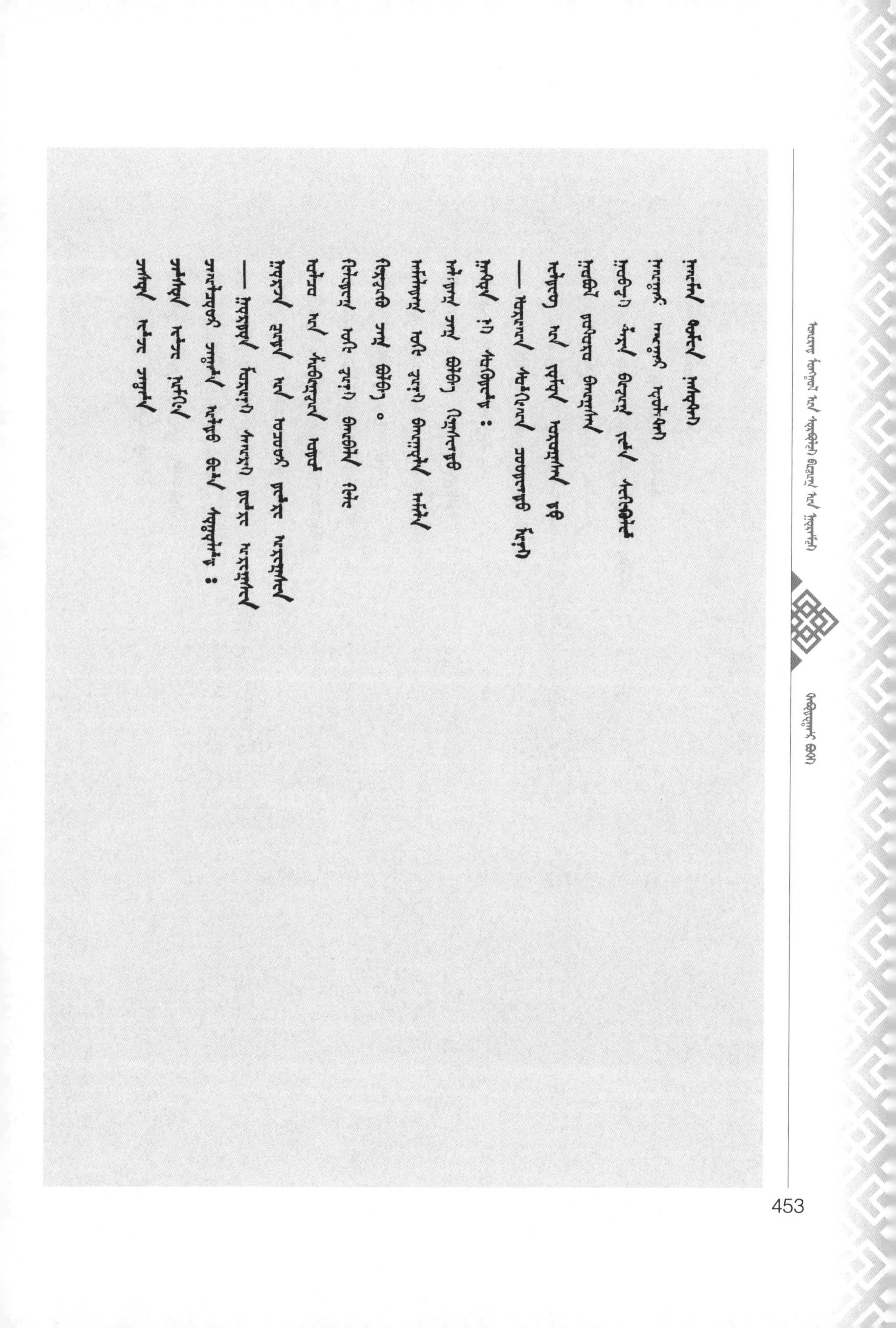

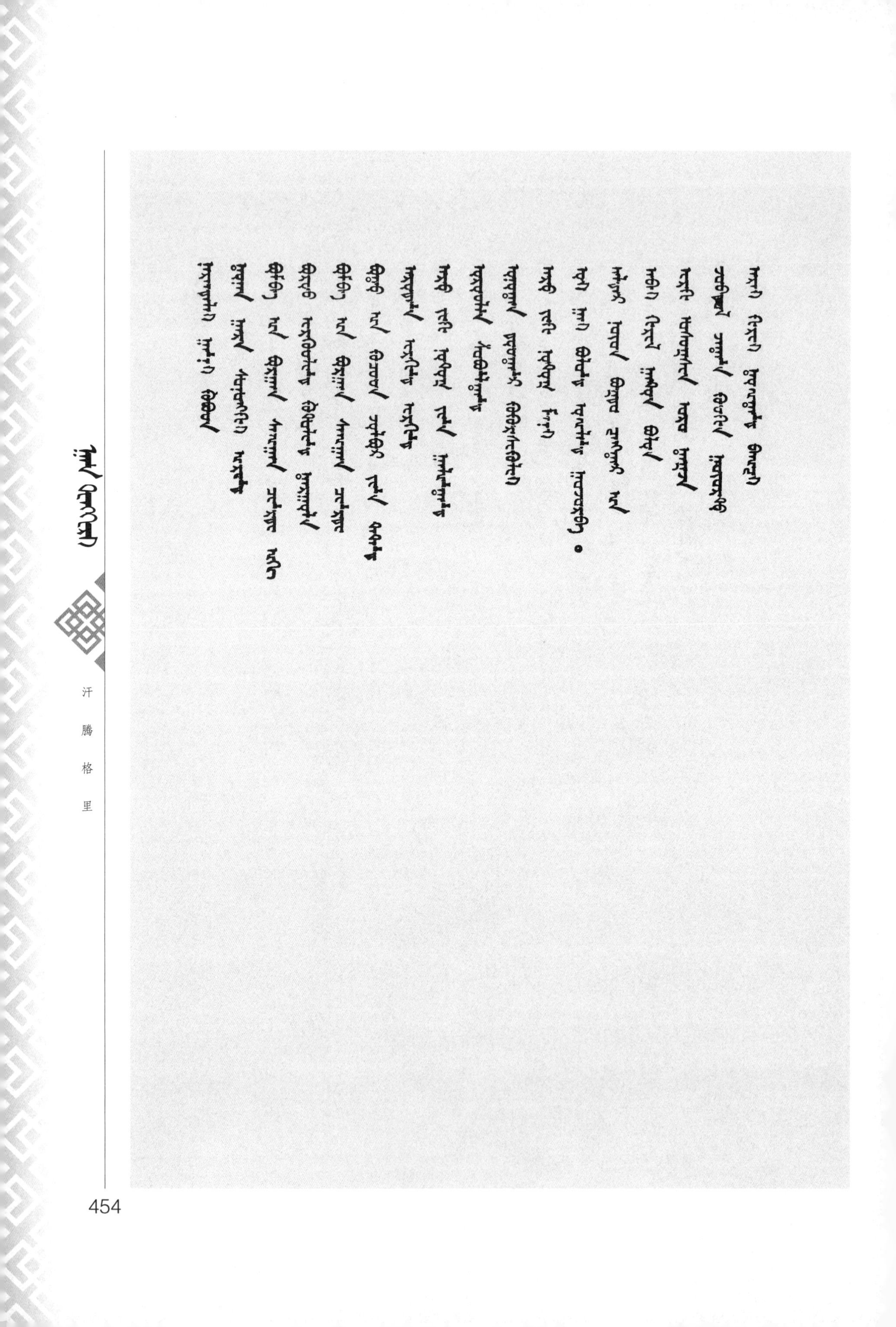

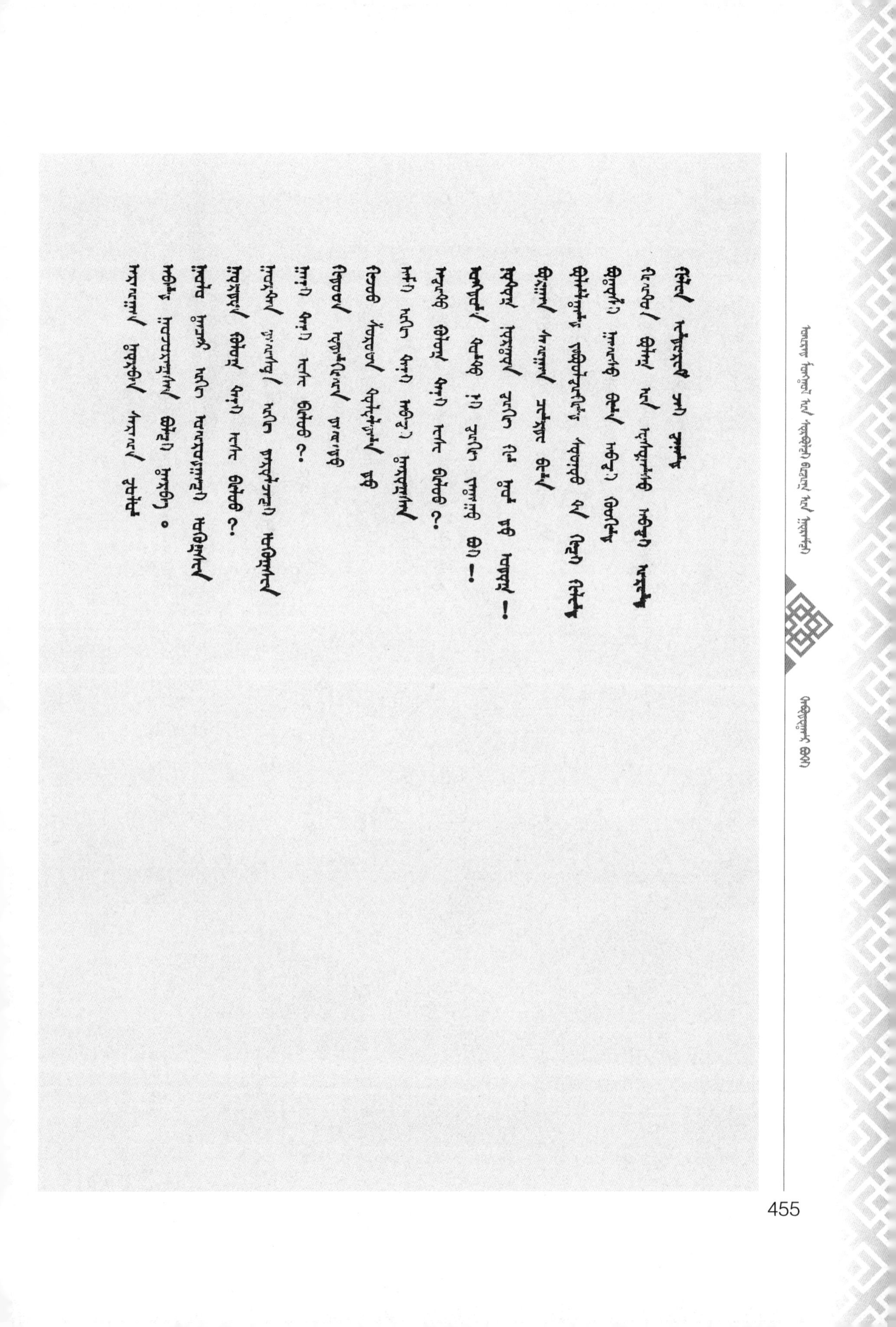

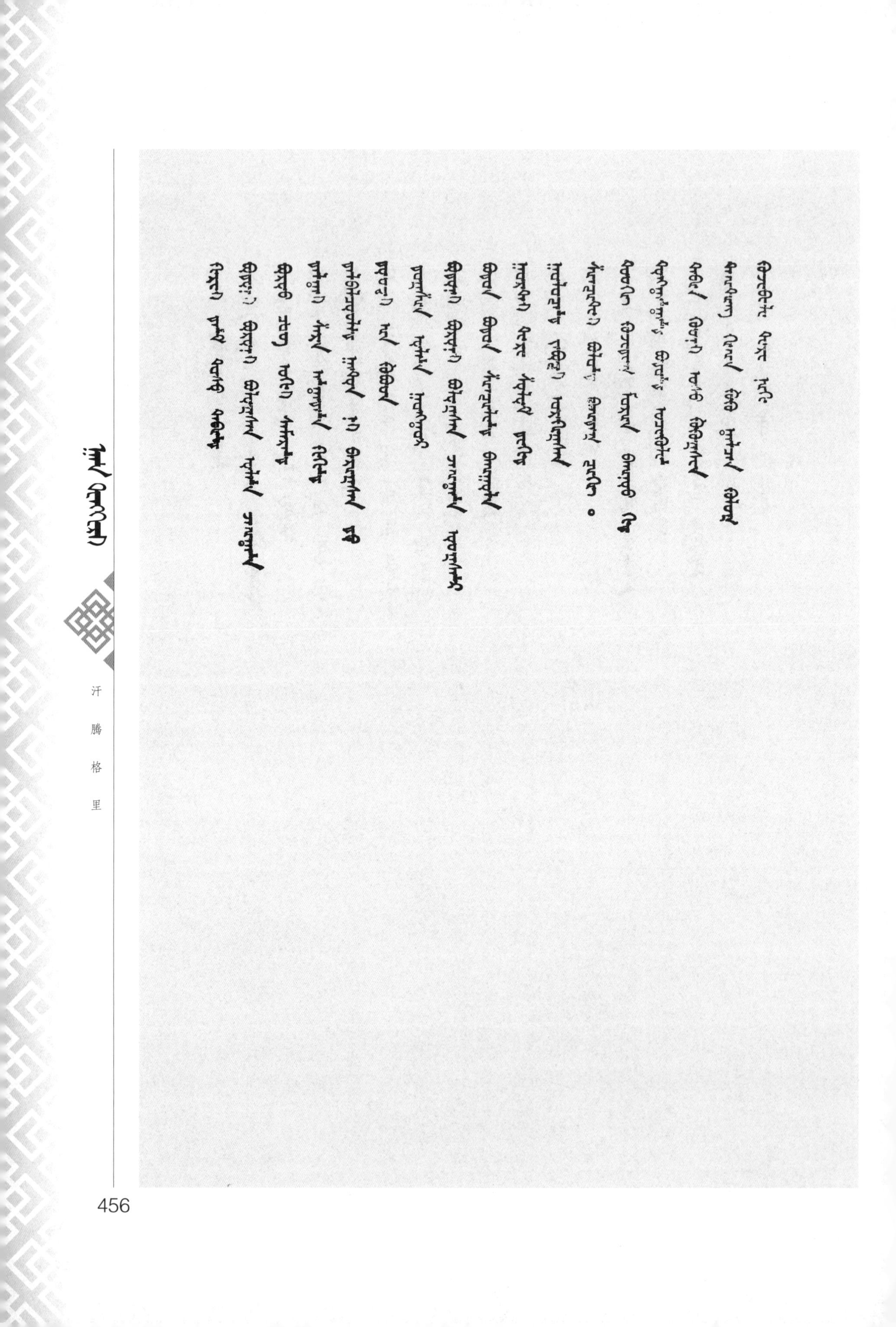

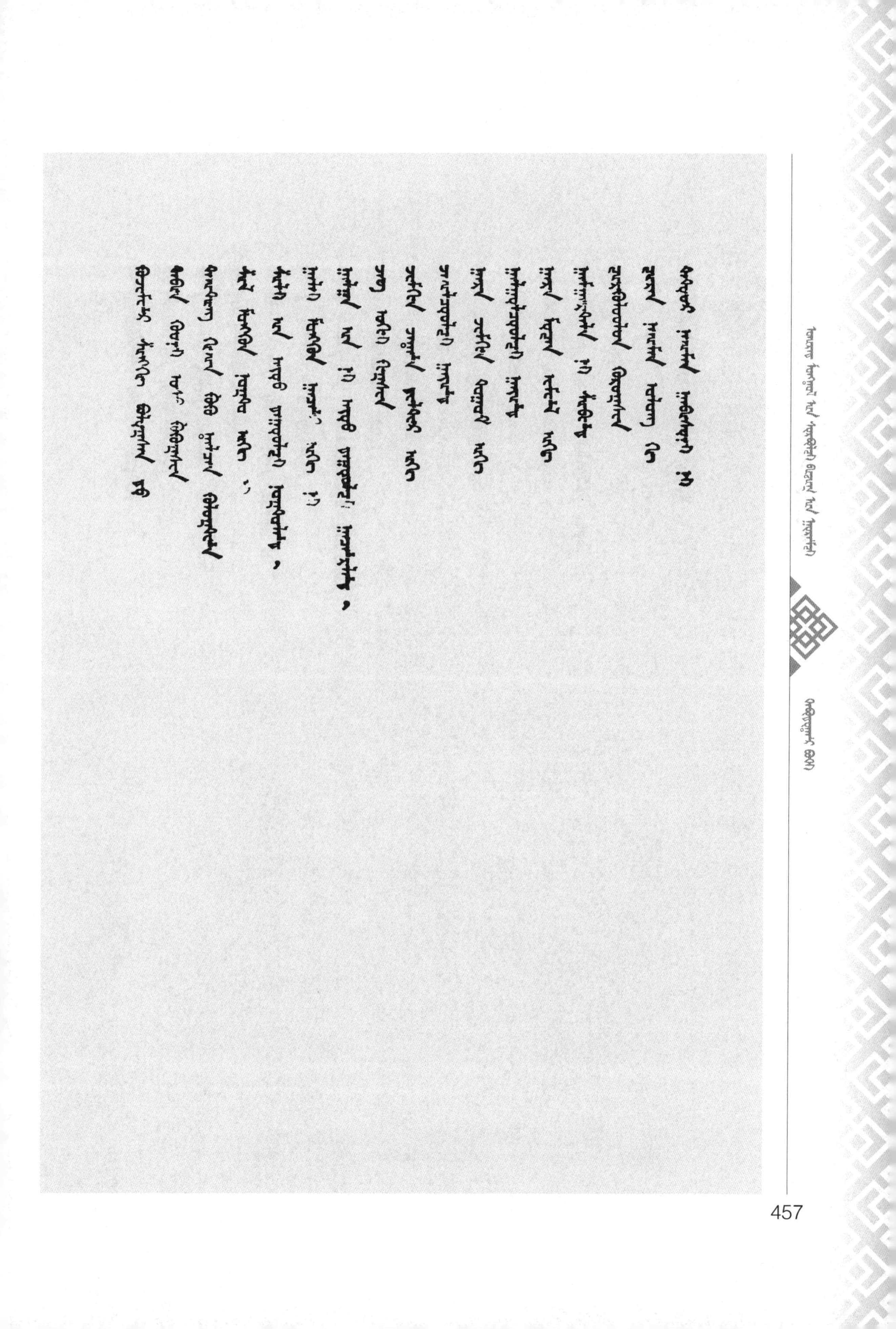

[illegible]
[illegible]
[illegible]
[illegible]
[illegible]
[illegible]
[illegible]
[illegible]
[illegible]
[illegible]
[illegible]
[illegible]
[illegible]
[illegible]
[illegible]
[illegible]
[illegible]

ᠨᠠᠷᠠᠨ ᠬᠡᠵᠢᠶ᠎ᠡ ᠨᠠᠶᠢᠯᠠᠨ
ᠰᠠᠷᠠᠨ ᠬᠡᠵᠢᠶ᠎ᠡ ᠰᠠᠭᠤᠨ
ᠨᠢᠭᠡᠳᠦ ᠵᠢᠯ ᠦᠳᠦ ᠨᠢᠭᠡᠳᠦᠭᠡᠷ
ᠬᠣᠶᠠᠳᠤ ᠵᠢᠯ ᠦᠳᠦ ᠬᠣᠶᠠᠳᠤᠭᠠᠷ
ᠲᠡᠭᠦᠨ ᠪᠠᠶᠢᠭᠰᠠᠨ ᠰᠠᠶᠢᠬᠠᠨ
ᠲᠡᠭᠦᠨ ᠪᠠᠶᠢᠭᠰᠠᠨ ᠲᠡᠷᠭᠡᠭᠦᠯᠡᠭᠰᠡᠨ
ᠮᠣᠩᠭᠣᠯ ᠪᠢᠴᠢᠭ ᠬᠡᠯᠡᠪᠡᠷᠢ
ᠪᠠᠶᠢᠳᠠᠯ ᠰᠠᠢᠨ ᠤ ᠬᠣᠪᠢᠰᠬᠠᠯ ᠶᠢᠨ
ᠪᠠᠶᠠᠰᠬᠤ ᠪᠢᠴᠢᠭ ᠬᠡᠯᠡᠪᠡᠷᠢ
ᠵᠠᠩᠭᠢᠯᠠᠭᠠᠳ ᠲᠡᠷᠡ ᠰᠠᠶᠢ ᠤᠨ ᠬᠣᠪᠢᠰᠬᠠᠯ ᠶᠢᠨ
ᠶᠠᠪᠤᠳᠠᠯ ᠰᠠᠶᠢᠬᠠᠨ ᠬᠡᠮᠵᠢᠶ᠎ᠡ ᠂
ᠪᠢᠳᠡ ᠬᠡᠷᠬᠢ ᠪᠡ ᠲᠡᠷᠡ ᠲᠡᠮᠳᠡᠭ ᠬᠤᠪᠢ
ᠪᠠᠶᠠᠰᠤᠯ ᠰᠠᠭᠤᠯᠠ ᠬᠣᠳᠤᠯ ᠤᠳᠠ
ᠪᠢᠳᠡ ᠬᠡᠷᠡᠭᠯᠡᠨ ᠪᠠᠶᠢᠭᠤᠯᠤᠨ ᠶᠠᠭᠠᠷᠠᠭᠰᠠᠨ
ᠪᠣᠯᠤᠭᠰᠠᠨ ᠬᠣᠶᠠᠷ ᠨᠠᠢᠮᠠᠳᠤᠨ
ᠪᠣᠳᠤᠯᠢ ᠶᠢᠨ ᠲᠡᠮᠳᠡᠭ
ᠨᠡᠷᠡᠶᠢᠳᠦ ᠲᠡᠮᠳᠡᠭᠯᠡᠯ ᠵᠢᠷᠤᠭ ᠃

ᠵᠠᠷᠳᠠᠭᠠᠳᠤᠭ ᠵᠢᠭᠤᠷ ᠬᠠᠳᠠᠭᠤ ᠪᠢᠳᠡ
ᠵᠤᠤᠨ ᠪᠢᠯᠡᠭᠲᠡᠢ ᠵᠤᠤᠯᠡᠭᠡ
ᠪᠡᠪᠡᠯ ᠳᠠᠭᠠᠷ ᠨᠢ
ᠪᠡᠯᠡ ᠬᠤᠳᠠᠨ ᠬᠤᠷᠠᠭᠠᠨ ᠬᠢᠯ
ᠰᠤᠷᠪᠠᠭᠠᠳᠤᠭᠠᠨ ᠠᠯᠠᠭᠠᠯᠠᠭᠠᠷᠠᠨ
ᠪᠡᠪᠡᠭᠡ ᠳᠠᠭᠠᠷ ᠨᠢ
ᠪᠡᠪᠡᠨ ᠪᠡᠷᠬᠡᠨ ᠬᠤᠷᠠᠭᠠᠨ ᠬᠢᠯ
ᠬᠤᠷᠤᠯᠳᠤᠭᠠᠳᠤᠭᠠᠨ ᠠᠯᠠᠭᠠᠯᠠᠭᠠᠷᠠᠨ
ᠬᠠᠢᠪ ᠬᠦᠢᠭᠦᠷ ᠨᠢ ᠠᠷᠪᠢᠯᠠᠨ ᠲᠡᠷᠡ
ᠬᠠᠢᠪ ᠬᠤᠷᠤᠭᠤᠳᠠᠭᠠᠨ ᠬᠢᠯᠠᠭᠠᠷᠠ
ᠬᠥᠳᠡᠭᠡᠨ ᠬᠥᠳᠡᠯᠪᠡᠨ ᠬᠥᠳᠡᠯᠪᠡᠷᠡᠢ
ᠬᠥᠳᠡᠯᠪᠡ ᠨᠢ ᠬᠠᠷᠠᠭᠠᠨ ᠲᠠᠯᠠᠨ ᠪᠤᠯᠤᠨ ᠬᠠᠪᠢᠷᠭᠠ
ᠮᠠᠷᠠᠨ ᠶᠢᠨ ᠨᠢ ᠬᠠᠷᠠᠭᠠᠪ ᠪᠤᠯᠤᠭ
ᠬᠥᠳᠡᠨ ᠪ᠂ᠪᠡᠯᠡᠭᠡᠨ
ᠬᠠᠷᠠᠨ ᠶᠢᠨ ᠨᠢ ᠬᠠᠷᠠᠭᠠᠪ ᠪᠤᠯᠤᠭ
ᠬᠥᠪᠡᠭᠤᠨ ᠪᠡᠯᠡᠭᠡᠯᠡᠨ
ᠬᠠᠯᠢᠭᠤᠨ ᠵᠠᠶᠠᠨ ᠬᠠᠷᠠᠭᠠᠯᠠᠭᠠᠢ

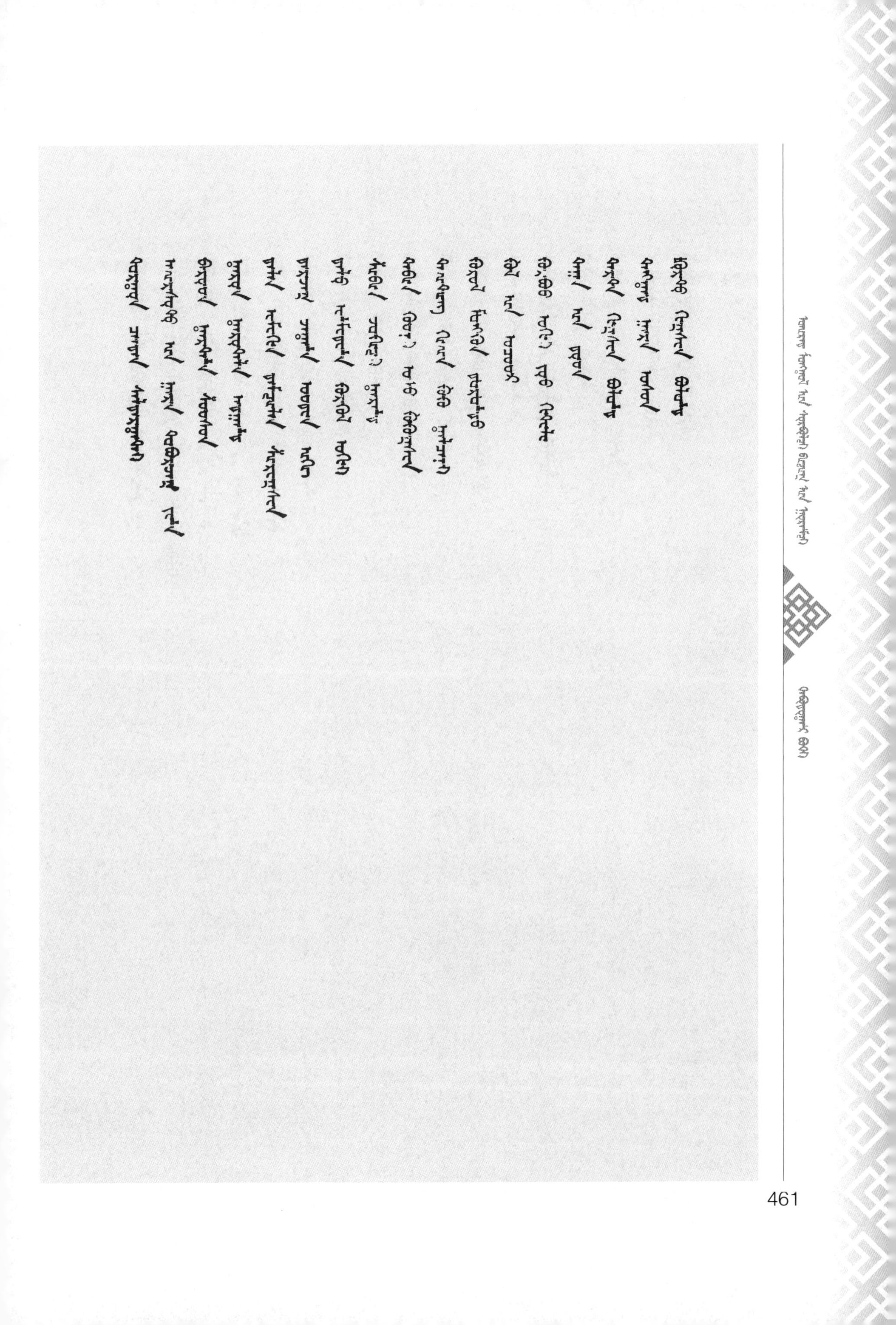

[illegible]
[illegible]
[illegible]
[illegible]
[illegible]
[illegible]
[illegible]
[illegible]
[illegible]
[illegible]
[illegible]
[illegible]
[illegible]
[illegible]
[illegible]
[illegible]
[illegible]

[illegible]
[illegible]
[illegible]
[illegible]
[illegible]
[illegible]
[illegible]
[illegible]
[illegible]
[illegible]
[illegible]
[illegible]
[illegible]
[illegible]
[illegible]
[illegible]
[illegible]

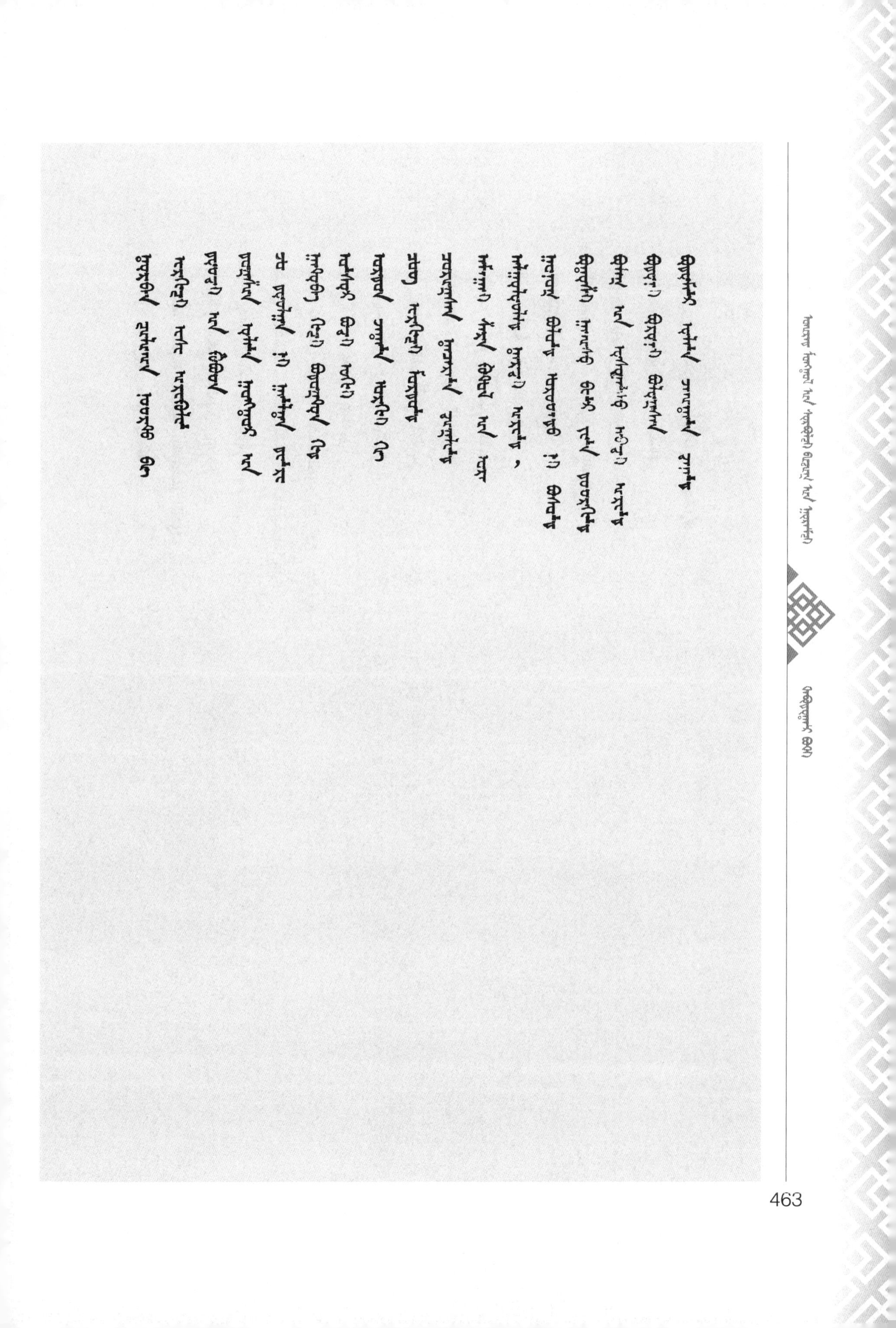

[illegible]

[illegible]
[illegible]
[illegible]
[illegible]
[illegible]
[illegible]
[illegible]
[illegible]
[illegible]
[illegible]
[illegible]
[illegible]
[illegible]
[illegible]
[illegible]
[illegible]
[illegible]

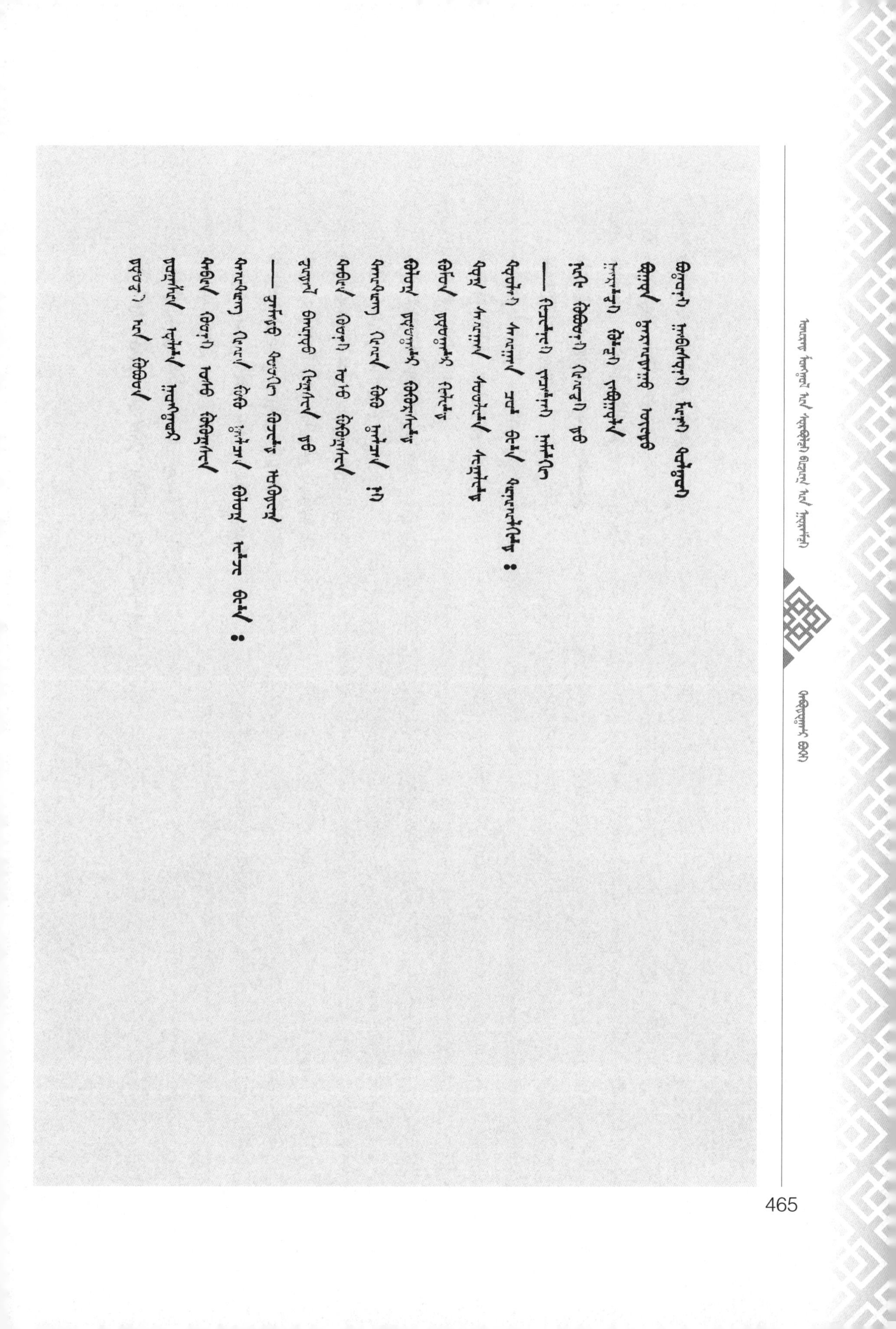

[illegible]

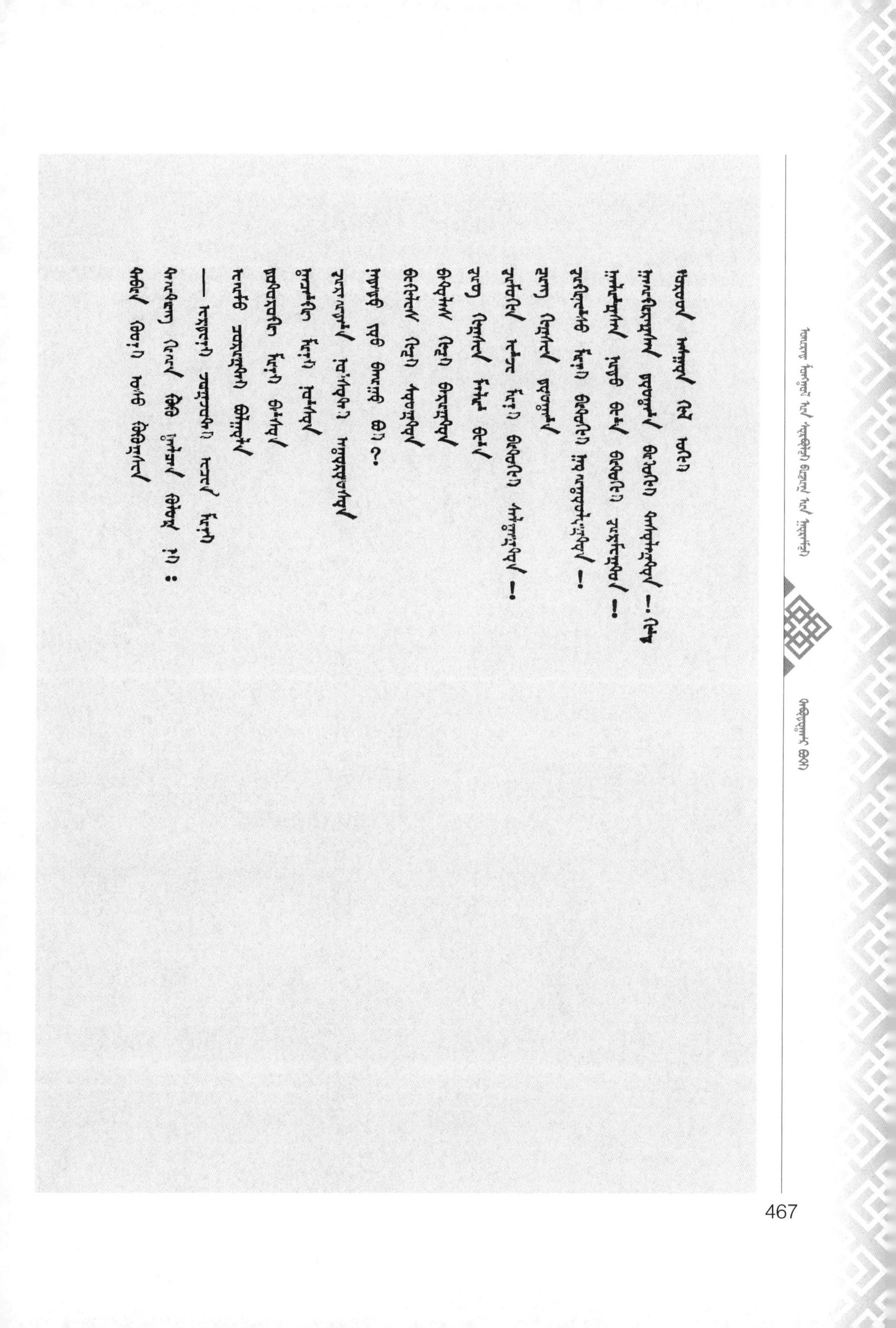

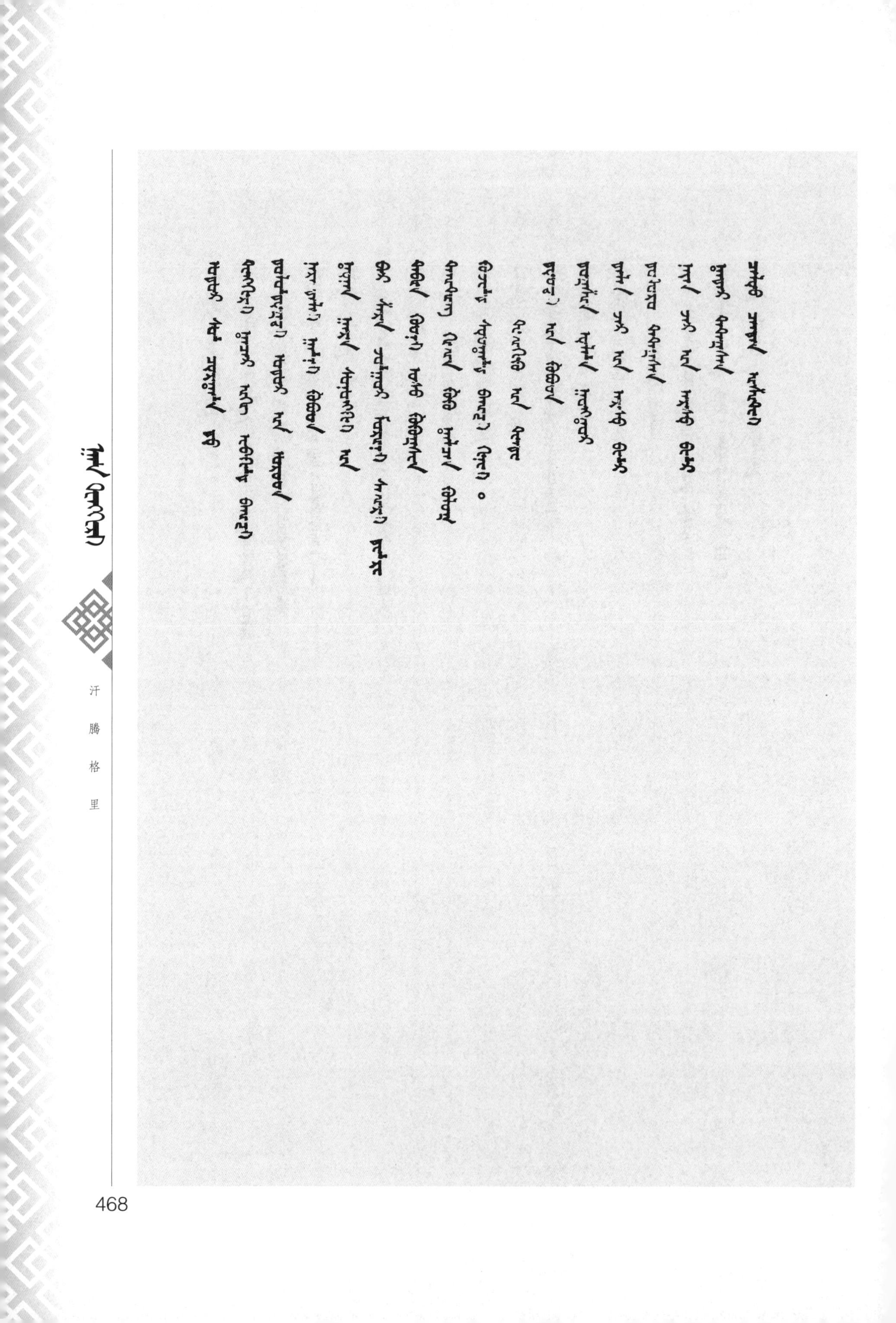

[illegible]

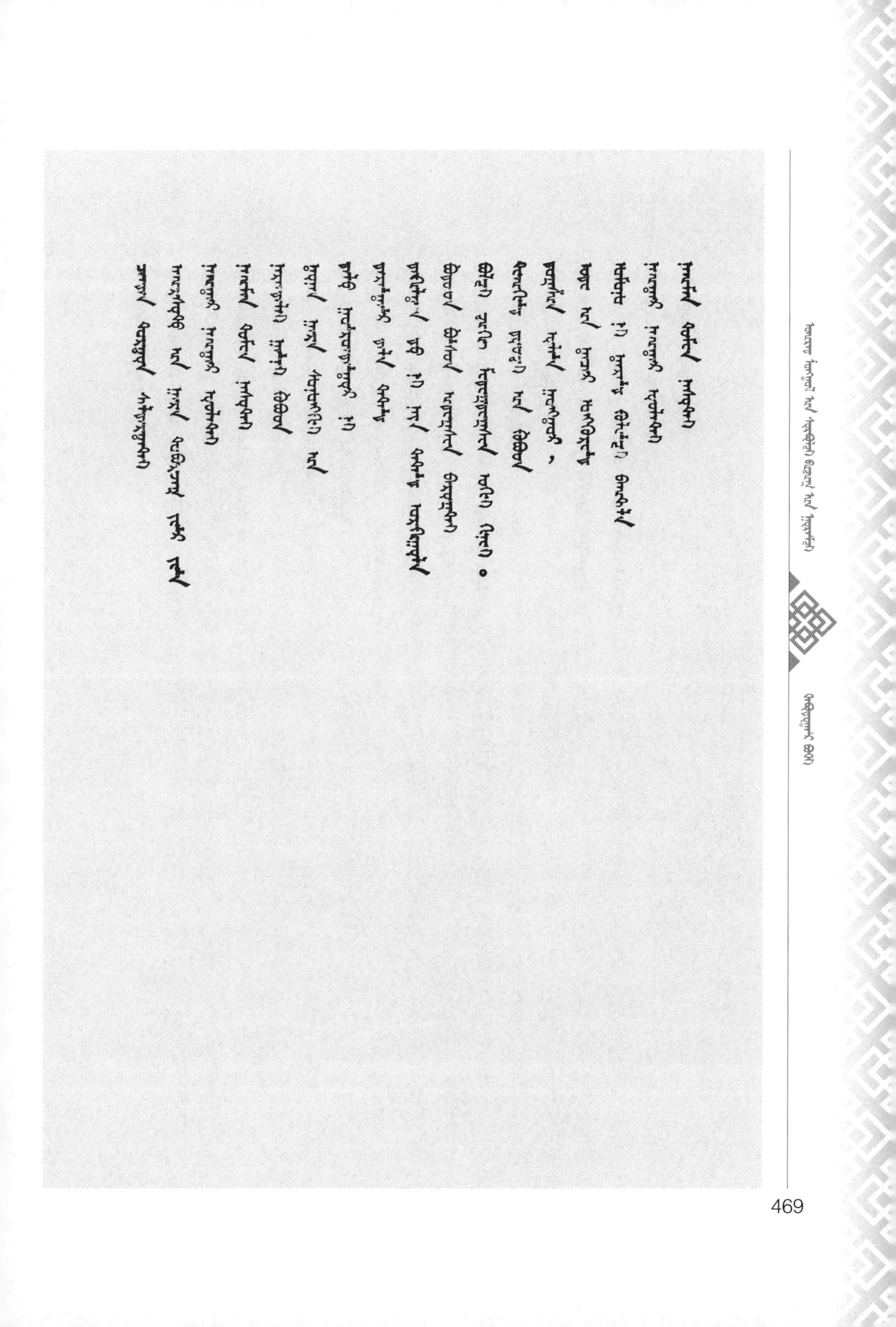

[illegible]
[illegible]
[illegible]
[illegible]
[illegible]
[illegible]
[illegible]
[illegible]
[illegible]
[illegible]
[illegible]
[illegible]
[illegible]
[illegible]
[illegible]
[illegible]
[illegible]

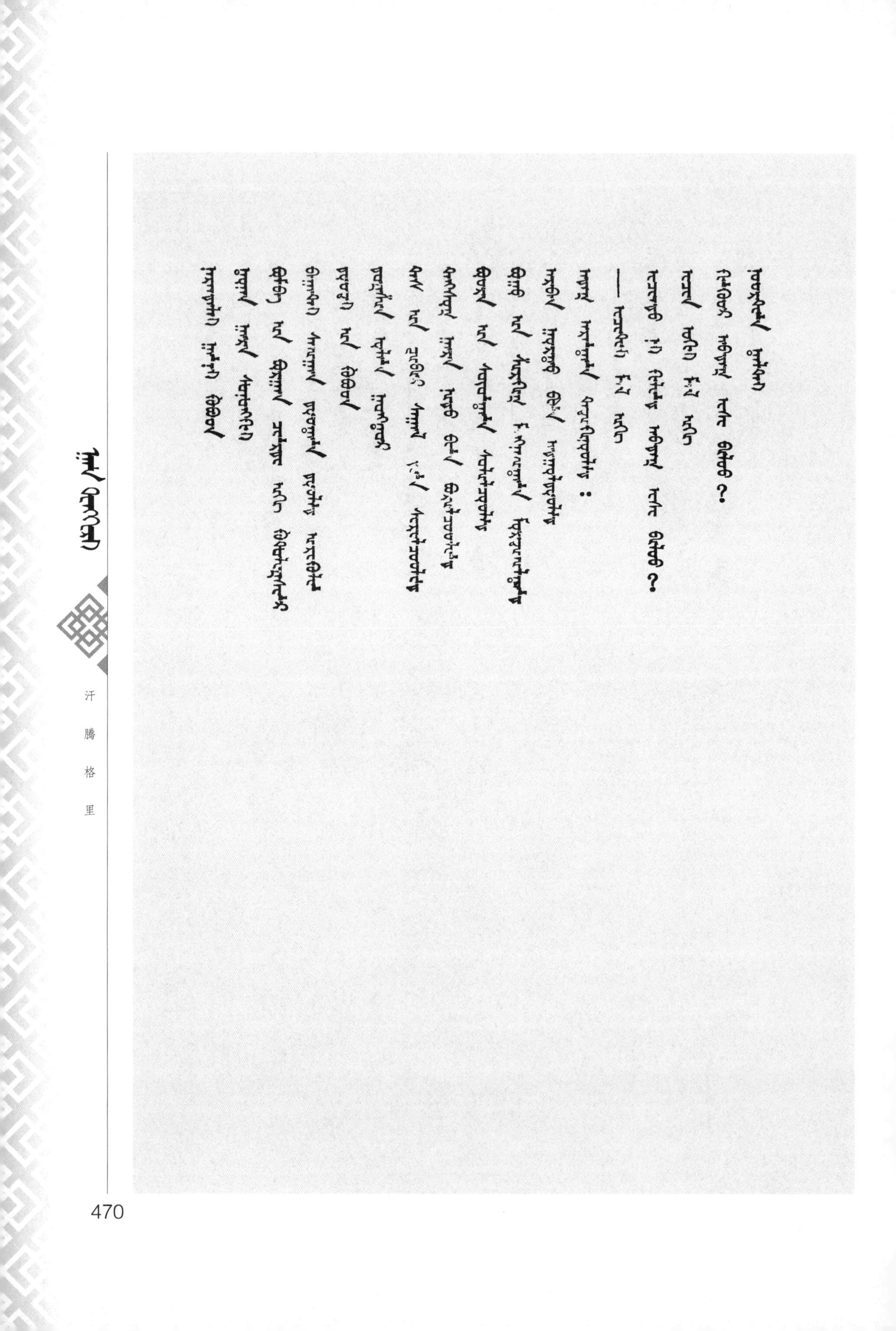

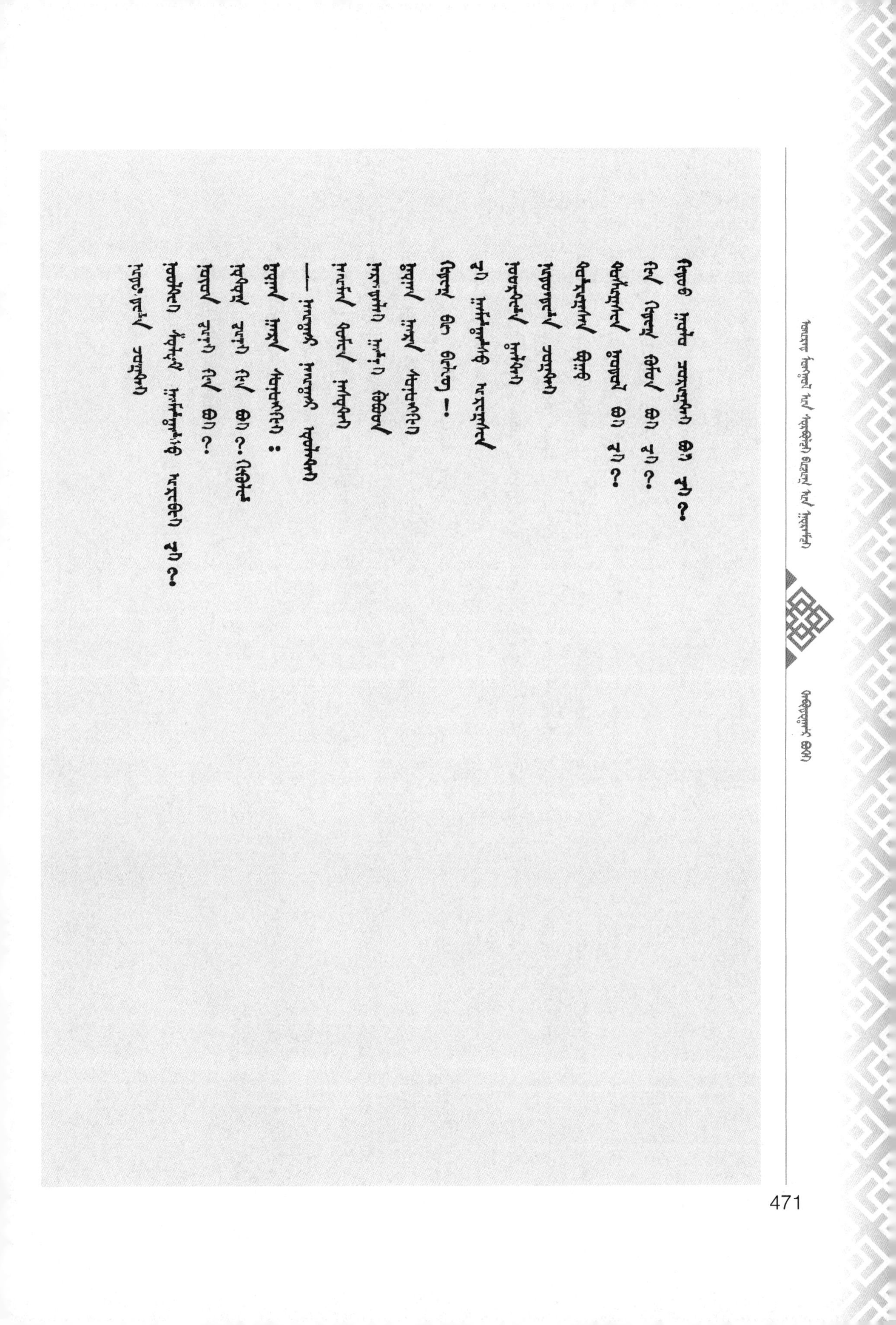

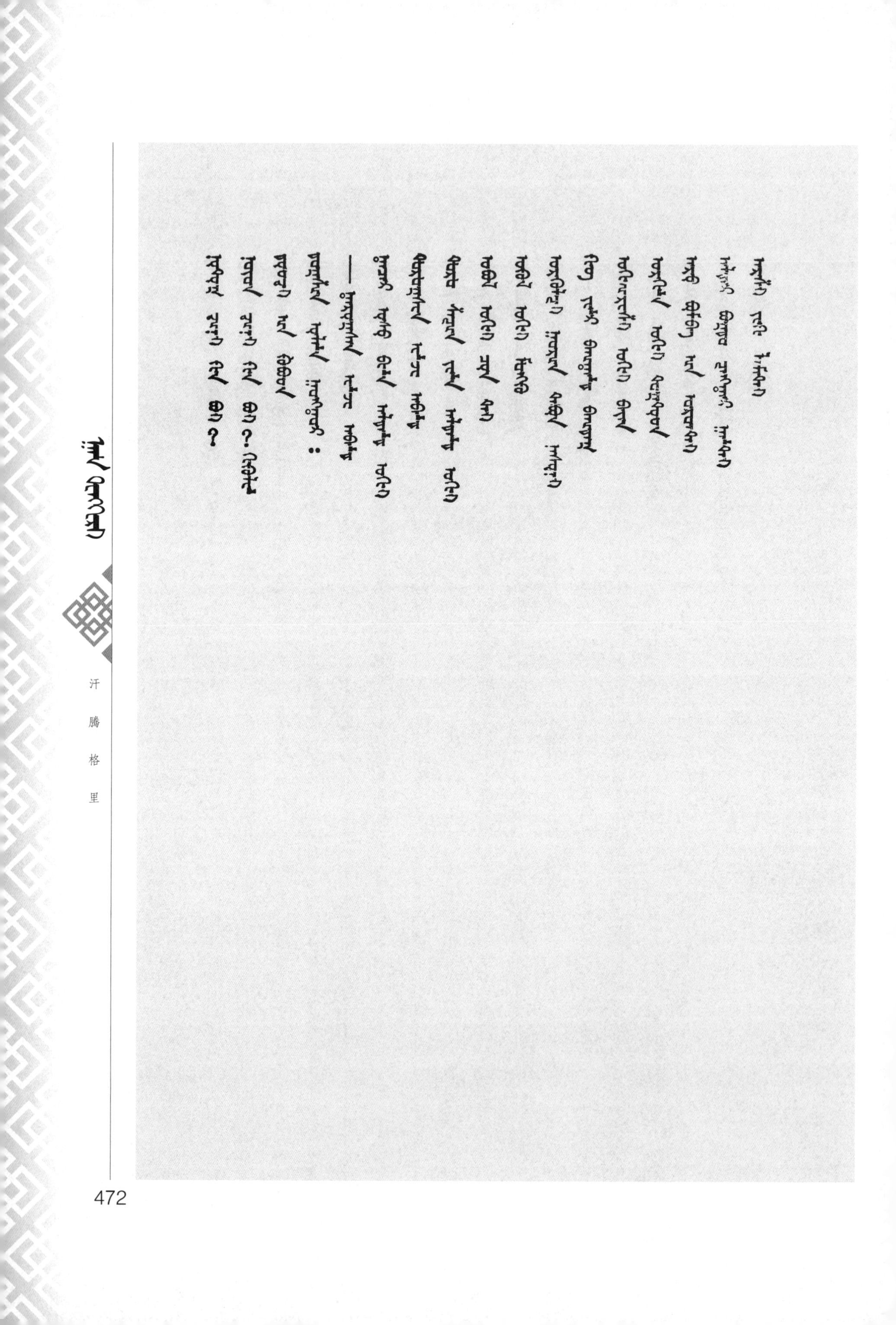

[illegible]
[illegible]
[illegible]
[illegible]
[illegible] ?
[illegible] ?
[illegible] ?
[illegible] :
— [illegible]
[illegible]
[illegible]
[illegible]
[illegible]
[illegible]
[illegible]
[illegible]
[illegible]
[illegible]
[illegible]
[illegible]
[illegible]

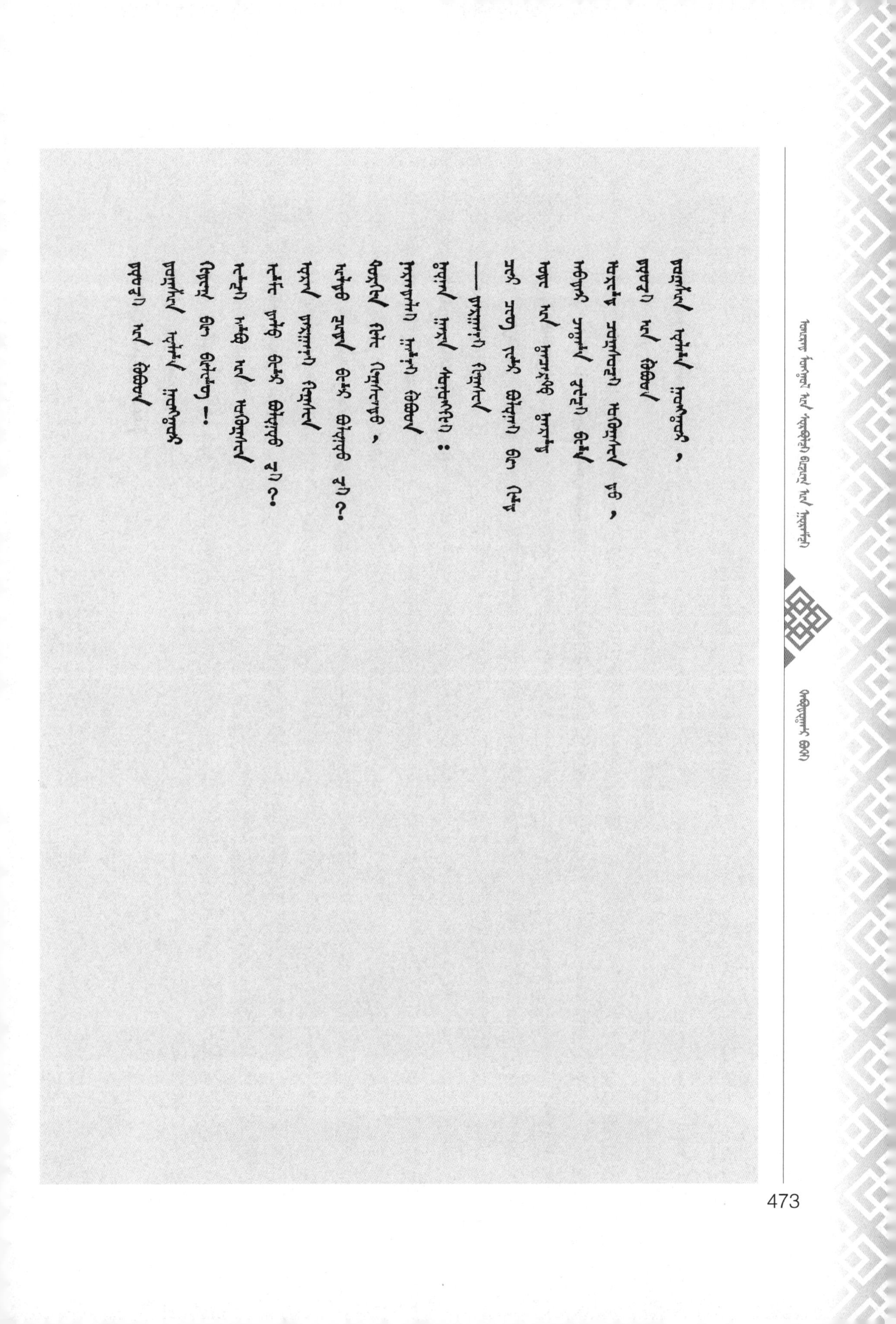

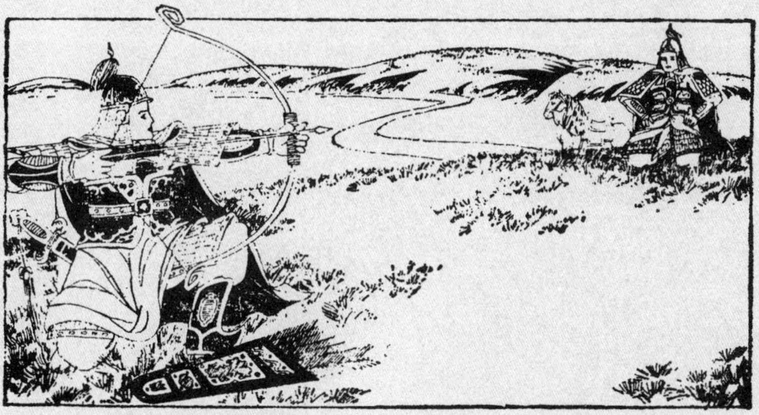

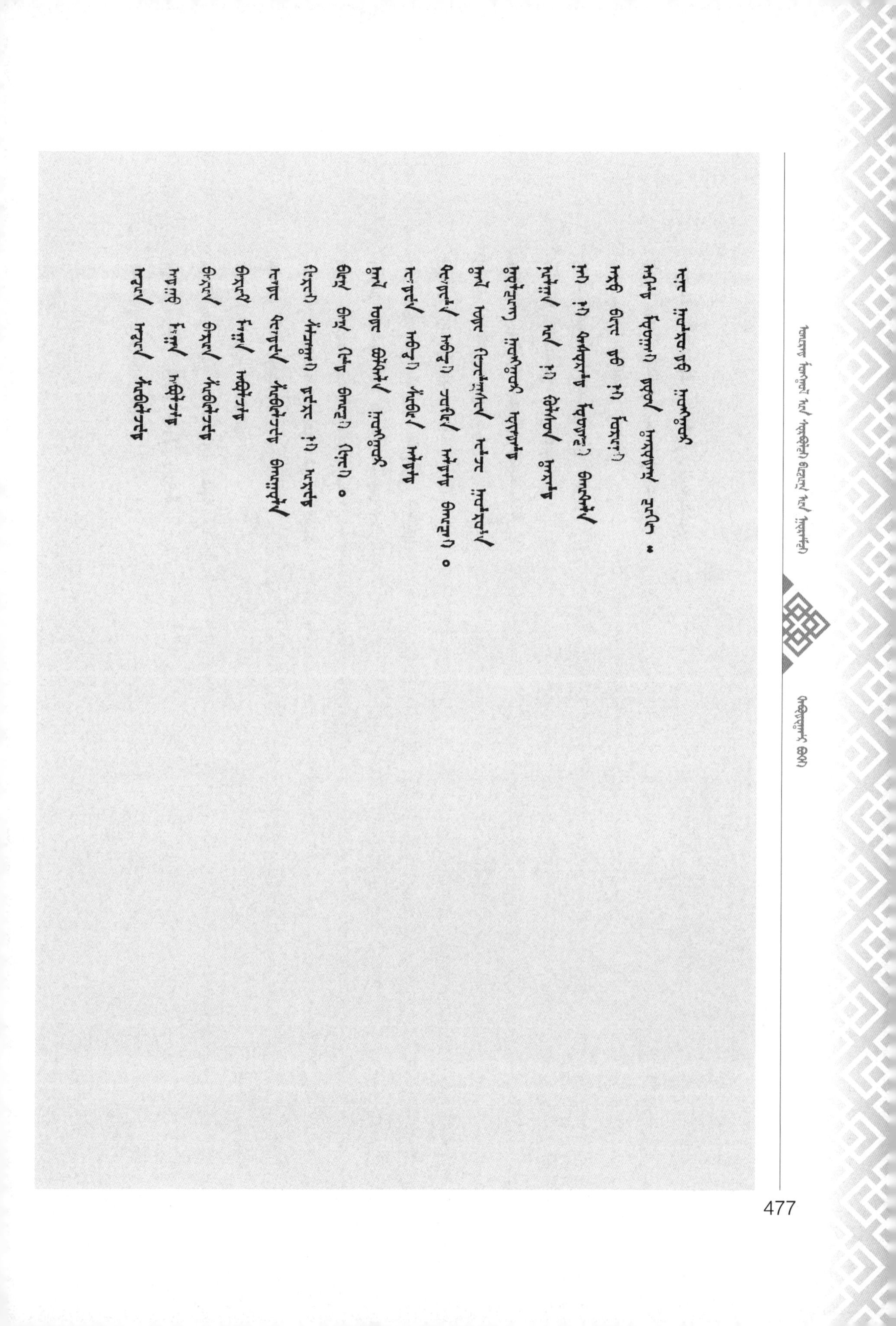

[illegible]

ᠰᠡᠭᠦᠯᠡᠨ ᠠᠮᠢᠳᠤ ᠳᠠᠯᠪᠢᠨᠠ
ᠠᠮᠢᠳᠠᠨ ᠬᠦᠮᠦᠨ ᠪᠣᠯᠭᠠ ᠪᠦᠬᠦᠨ ᠮᠡᠳᠡᠨᠡ
ᠠᠮᠢ ᠨᠢ ᠲᠡᠩᠭᠡᠨ ᠠᠳᠠᠯᠢᠳᠬᠠᠯ ᠠᠳᠠᠯᠢ
ᠪᠠᠢᠭᠠᠯᠢᠨ ᠨᠣᠶᠠᠨ ᠶᠣᠰᠣᠭᠠᠷ ᠃
ᠪᠠᠶᠠᠳᠠᠢ ᠨᠢ ᠪᠢᠳᠡᠨ
ᠠᠯᠲᠠᠨ ᠪᠣᠯᠣᠨᠠ ᠪᠠᠭᠠᠰᠤ ᠳᠠᠭᠤ ︖ ᠬᠡᠪᠡᠯ
ᠠᠳᠠᠯ ᠭᠣᠯᠲᠠᠢ ᠶᠣᠰᠣᠭᠠᠷ ᠬᠠᠢᠯᠠᠨᠠ
ᠠᠮᠢᠳᠠᠨ ᠬᠦᠮᠦᠨ ᠪᠣᠯᠣ ᠳᠠᠭᠤᠢ ᠭᠣᠯᠲᠠᠢ ︖
——ᠠᠮᠢ ᠨᠢ ᠳᠠᠭᠤᠢ ᠠᠳᠠᠯᠢᠳᠬᠠᠨ ᠭᠣᠯᠲᠠᠢ
ᠪᠢᠲᠡᠭᠦᠢ ᠬᠡᠯᠡᠭᠡᠷ ᠬᠡᠯᠡᠨᠡ ᠃
ᠪᠢᠳᠡᠬ ᠪᠠᠶᠠᠰᠬᠤᠯᠠᠩ ᠪᠢᠳᠡᠬᠦᠯᠡᠨᠡ
ᠬᠠᠢᠯᠠᠨᠠ ᠬᠠᠢᠯᠠᠨᠠ ᠮᠡᠳᠡᠬᠦᠢ ᠪᠣᠯᠣᠭᠠᠨᠠ ᠃
ᠬᠣᠶᠠᠷ ᠪᠠᠶᠠᠰᠬᠤᠯᠠᠩ ᠵᠢᠷᠭᠠᠯᠳᠠᠨᠠ
ᠪᠢᠳᠡ ᠪᠦᠬᠦᠨ ᠪᠠᠶᠠᠷᠯᠠᠬᠤ ᠶᠢ ᠠᠪᠤᠨᠠ
ᠪᠢᠰ ᠬᠦᠮᠦᠨ ᠳᠠᠭᠤᠯᠠᠭᠠᠷ ᠲᠡᠭᠦᠨᠢ
ᠪᠢᠷᠢᠭ ᠨᠢ ᠪᠠᠯᠭᠠᠰᠤᠨ ᠭᠠᠯᠠᠰᠤᠨ ᠳᠠᠭᠤᠷᠢ
ᠬᠦᠪᠡᠳᠦᠯᠡᠨ ᠪᠣᠯᠣᠭᠠᠨᠠ ᠠᠯᠲᠠᠨ ᠶᠡᠷᠦᠨᠬᠡᠢᠳᠡᠨ

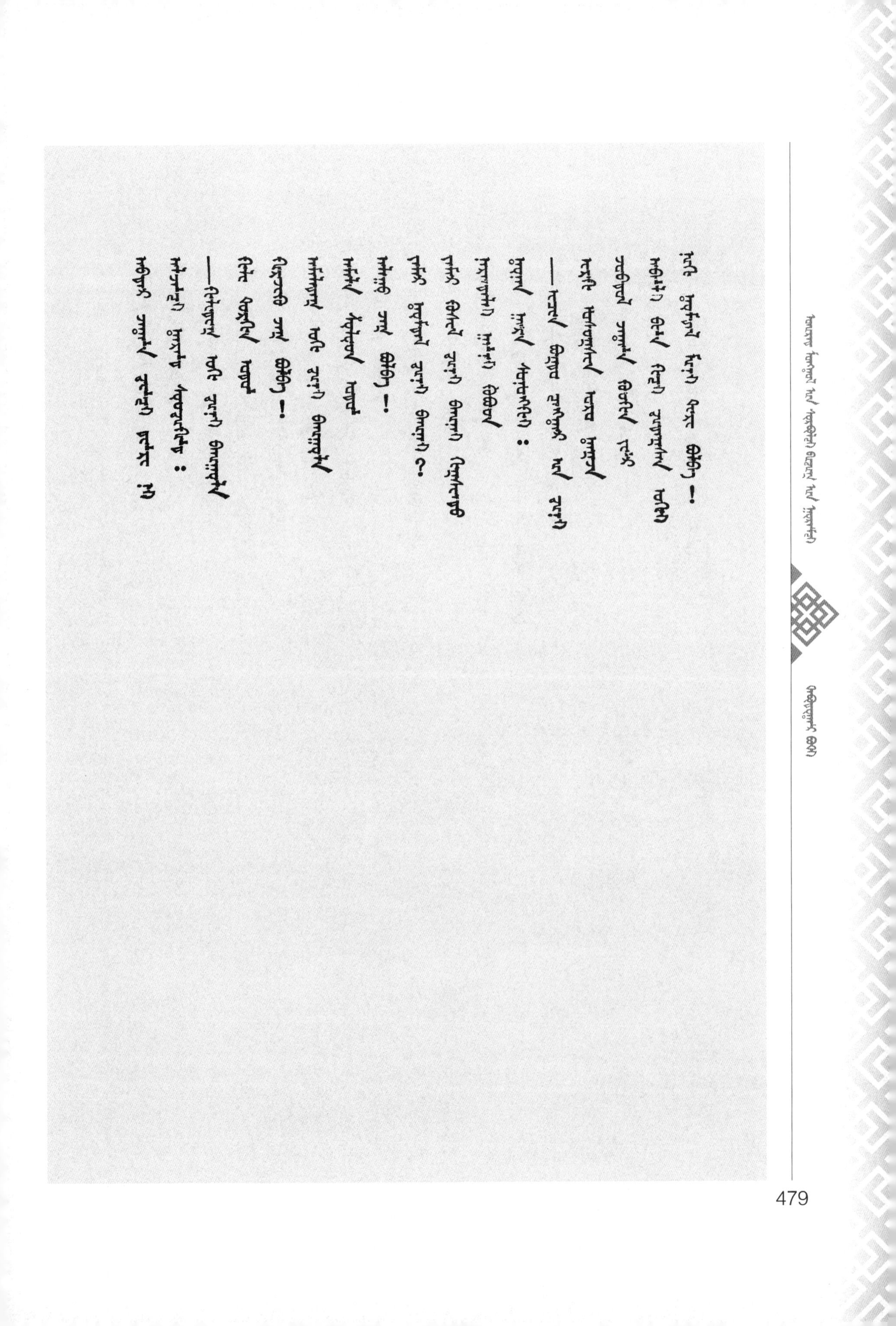

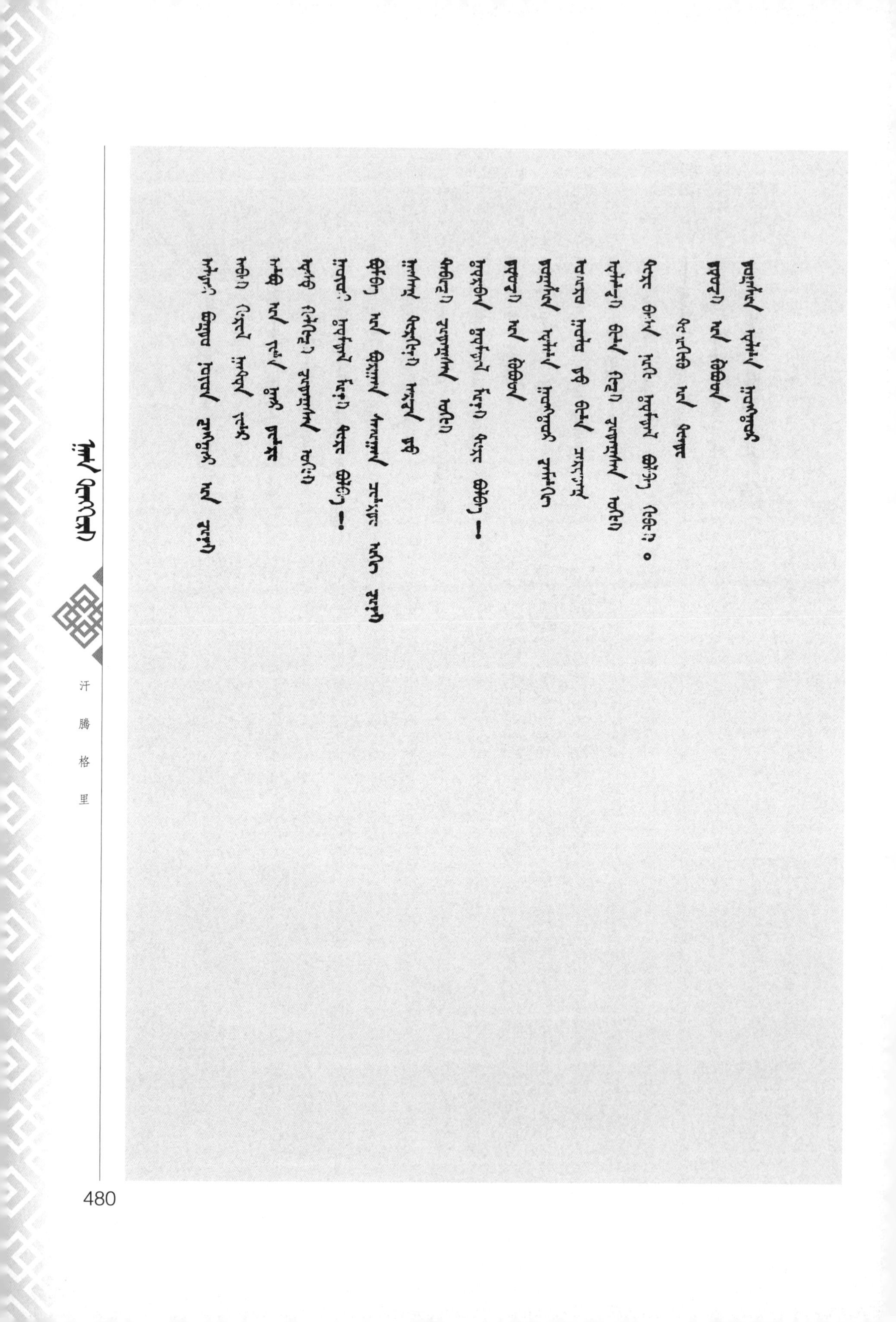

[illegible]

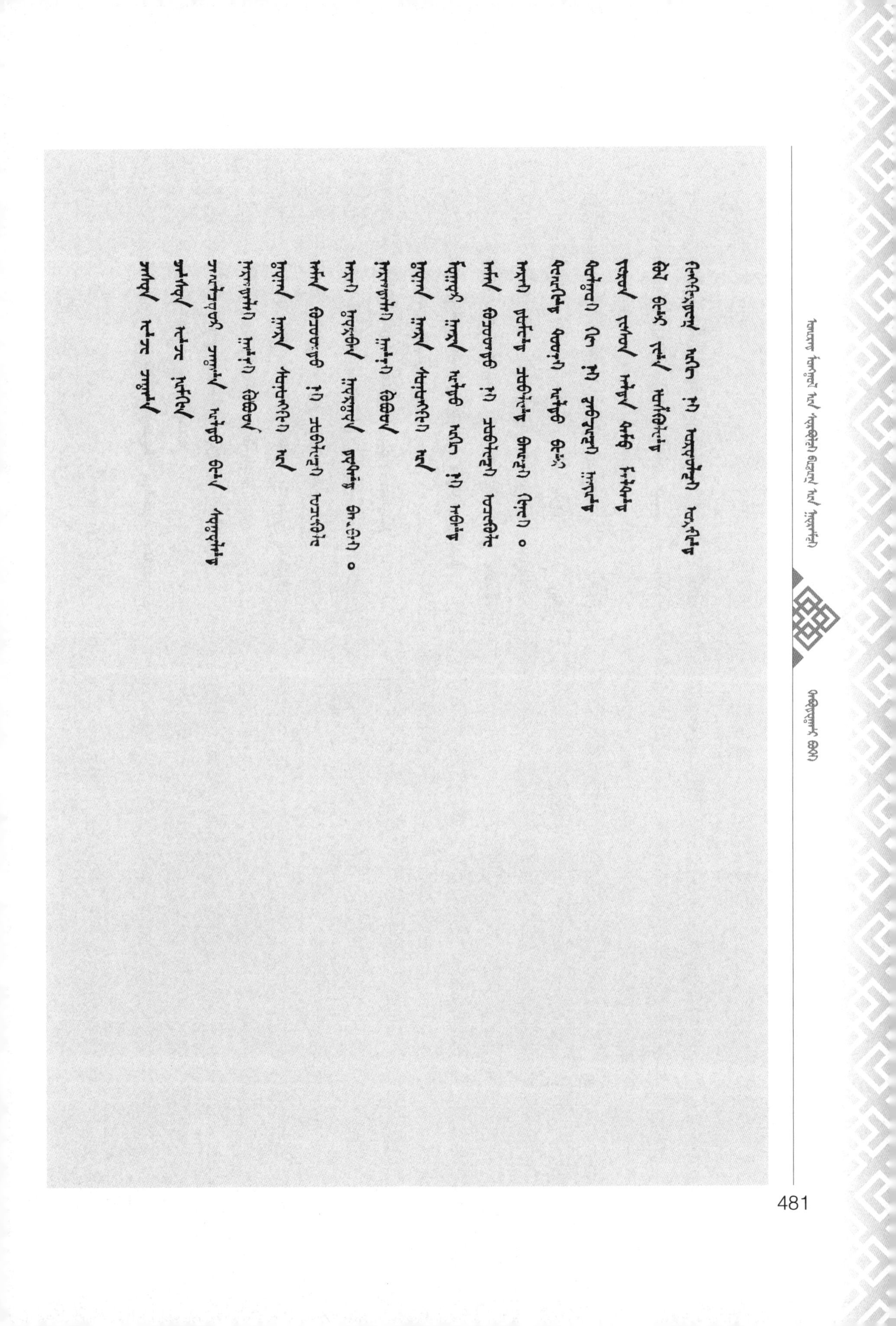

[illegible]
[illegible]
[illegible]
[illegible]
[illegible]
[illegible] ○
[illegible]
[illegible]
[illegible]
[illegible]
[illegible] ○
[illegible]
[illegible]
[illegible]
[illegible]
[illegible]
[illegible]

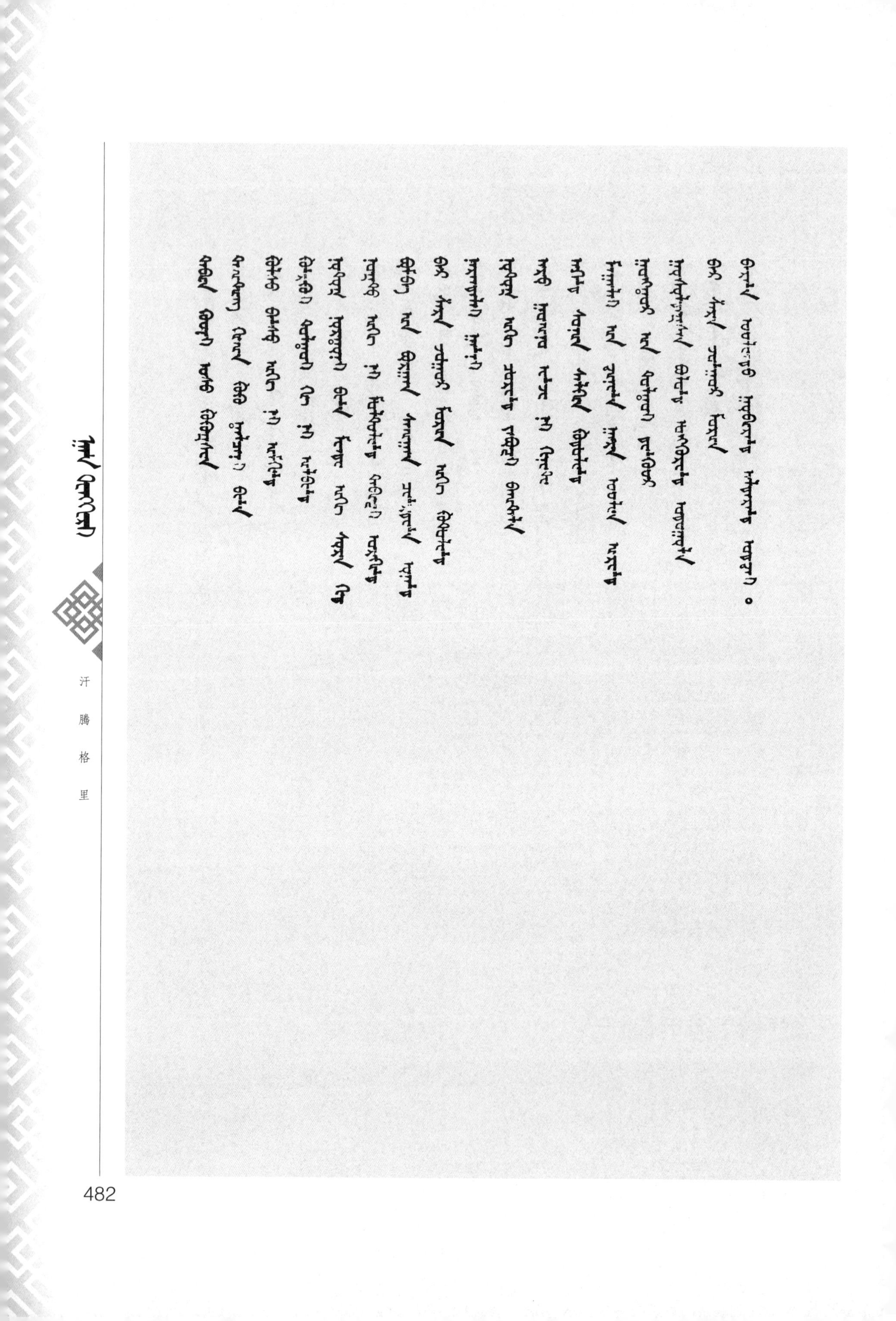

[illegible]
[illegible]
[illegible]
[illegible]
[illegible]
[illegible]
[illegible]
[illegible]
[illegible]
[illegible]
[illegible]
[illegible]
[illegible]
[illegible]
[illegible]
[illegible]
[illegible]

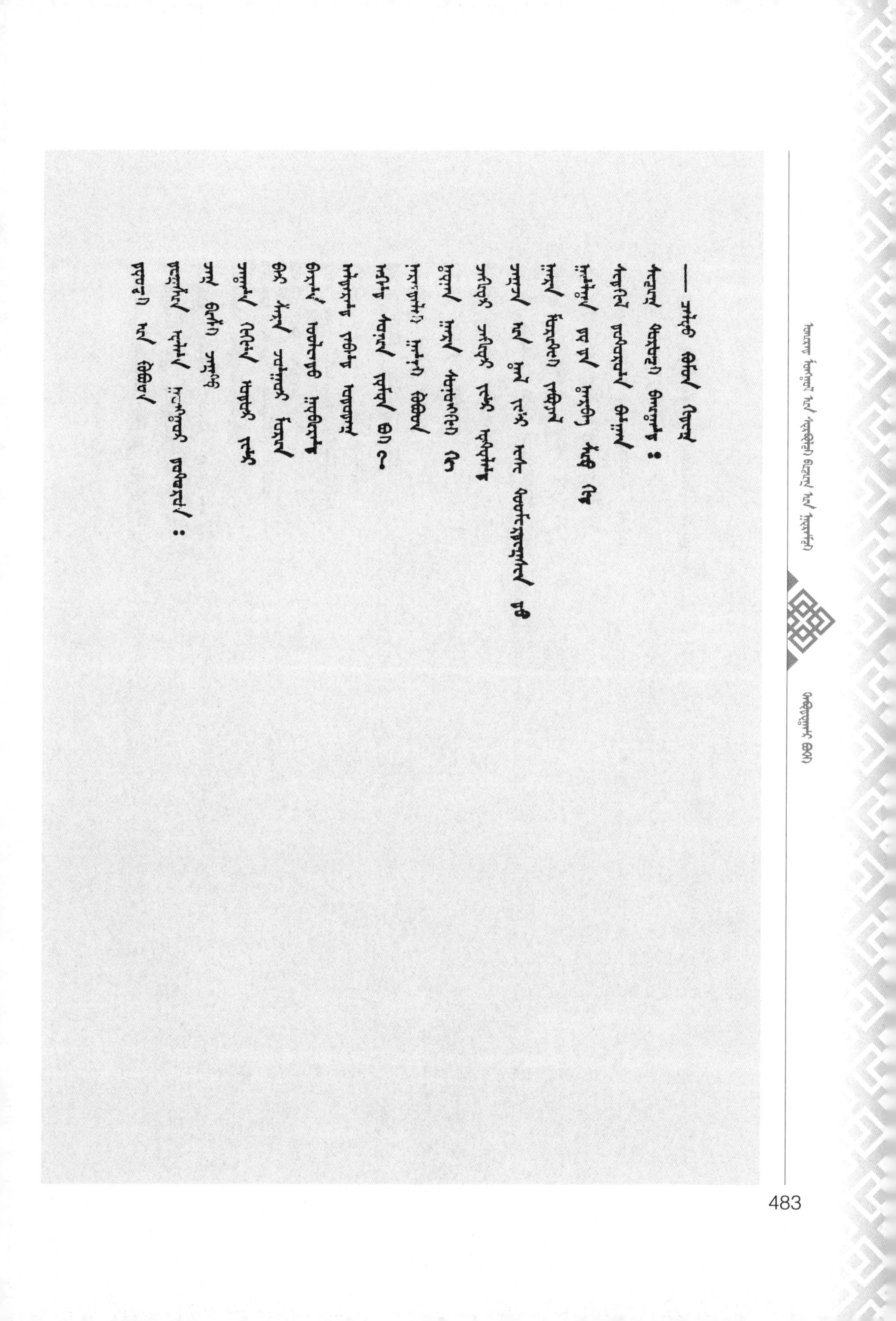

—— [illegible]

[illegible] ᠄

[illegible]

[illegible]

[illegible]

[illegible]

[illegible]

[illegible]

[illegible]

[illegible] ?

[illegible]

[illegible]

[illegible]

[illegible]

[illegible]

[illegible] ᠄

[illegible]

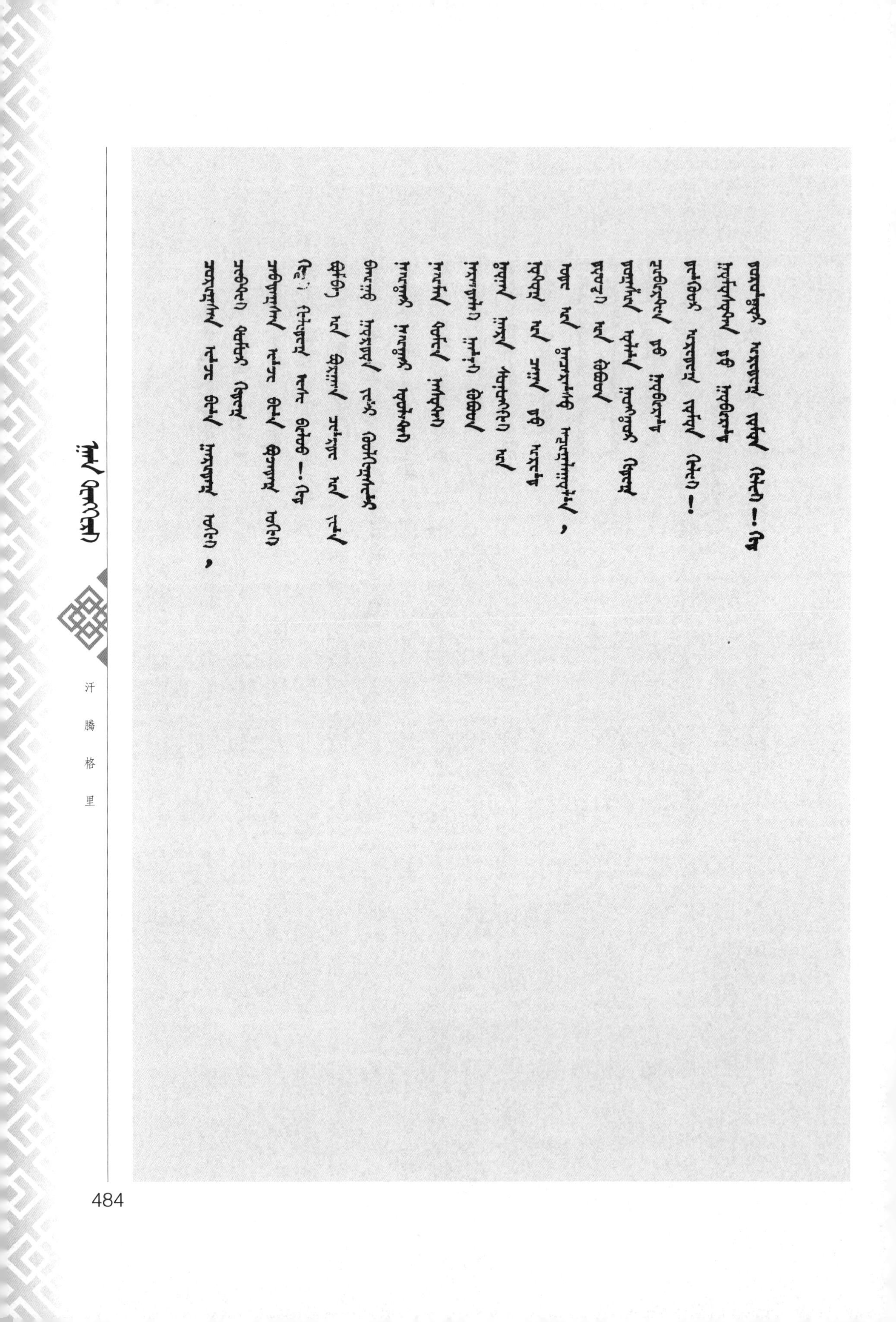

[illegible]

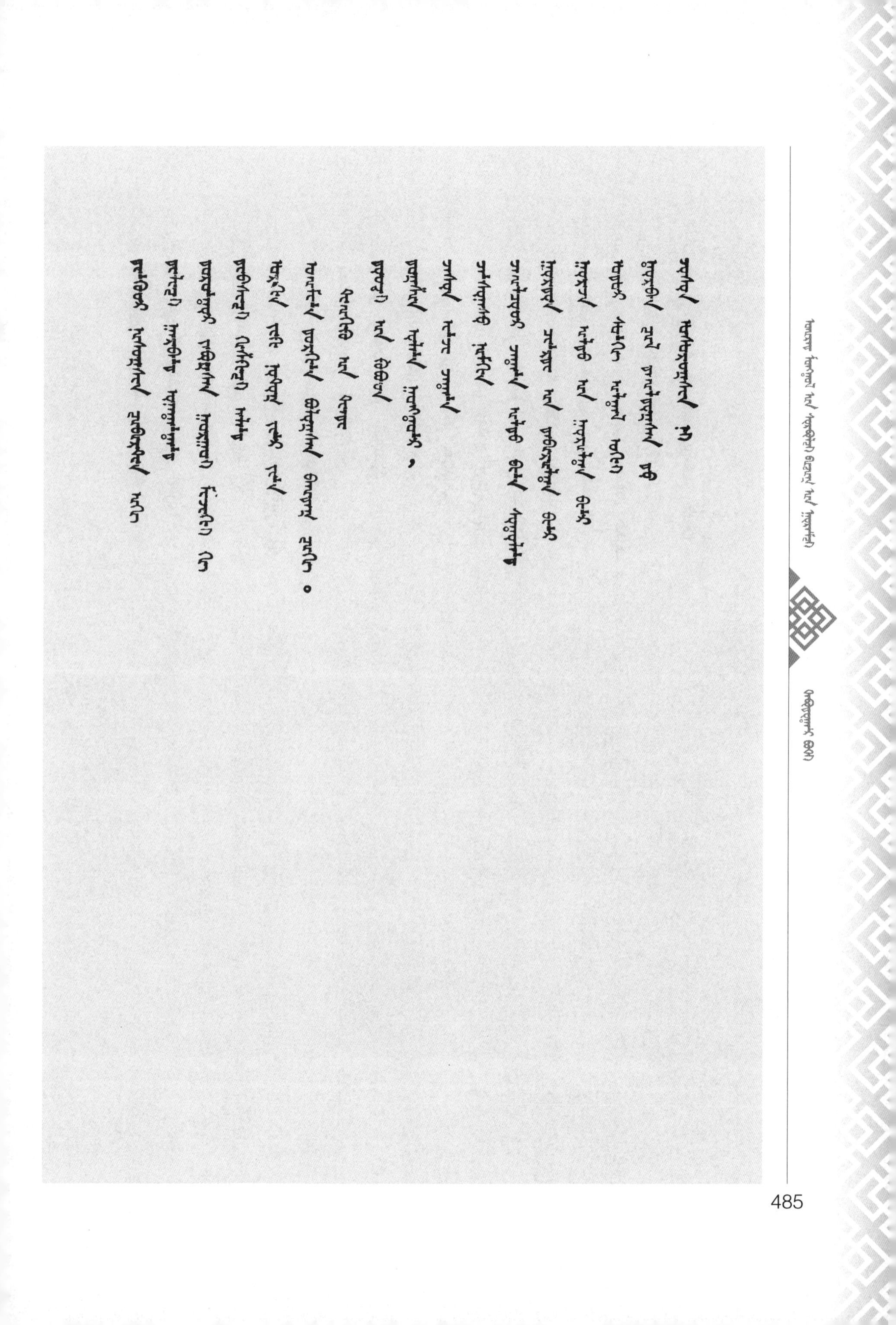

[illegible]
[illegible]
[illegible]
[illegible]
[illegible]
[illegible]
[illegible]
[illegible]
[illegible]
[illegible]
[illegible]
[illegible]
[illegible]
[illegible]
[illegible]
[illegible]
[illegible]

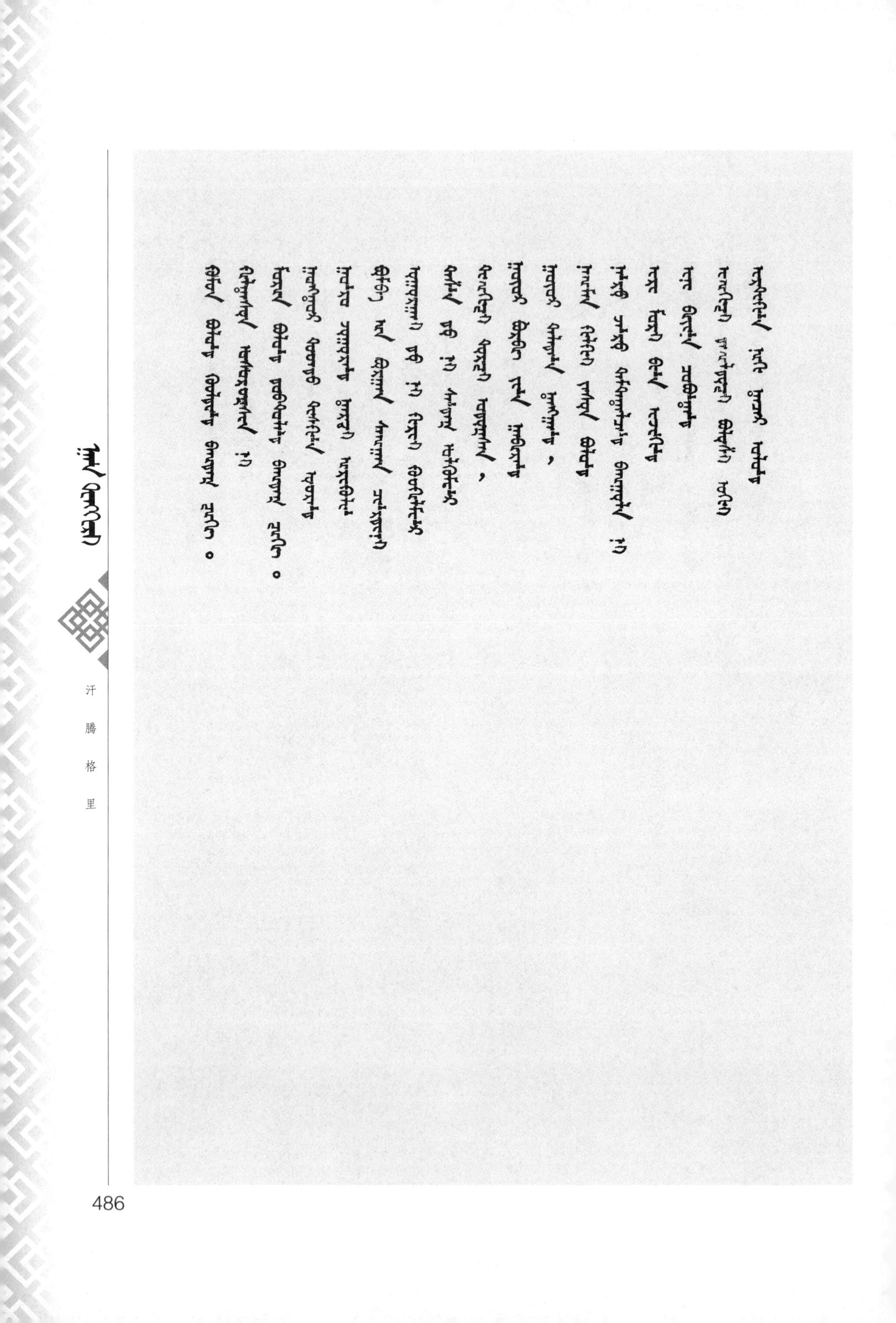

[illegible]
[illegible]
[illegible]
[illegible]
[illegible]
[illegible]
[illegible]
[illegible]
[illegible]
[illegible]
[illegible]
[illegible]
[illegible]
[illegible]
[illegible]
[illegible]
[illegible]
[illegible]

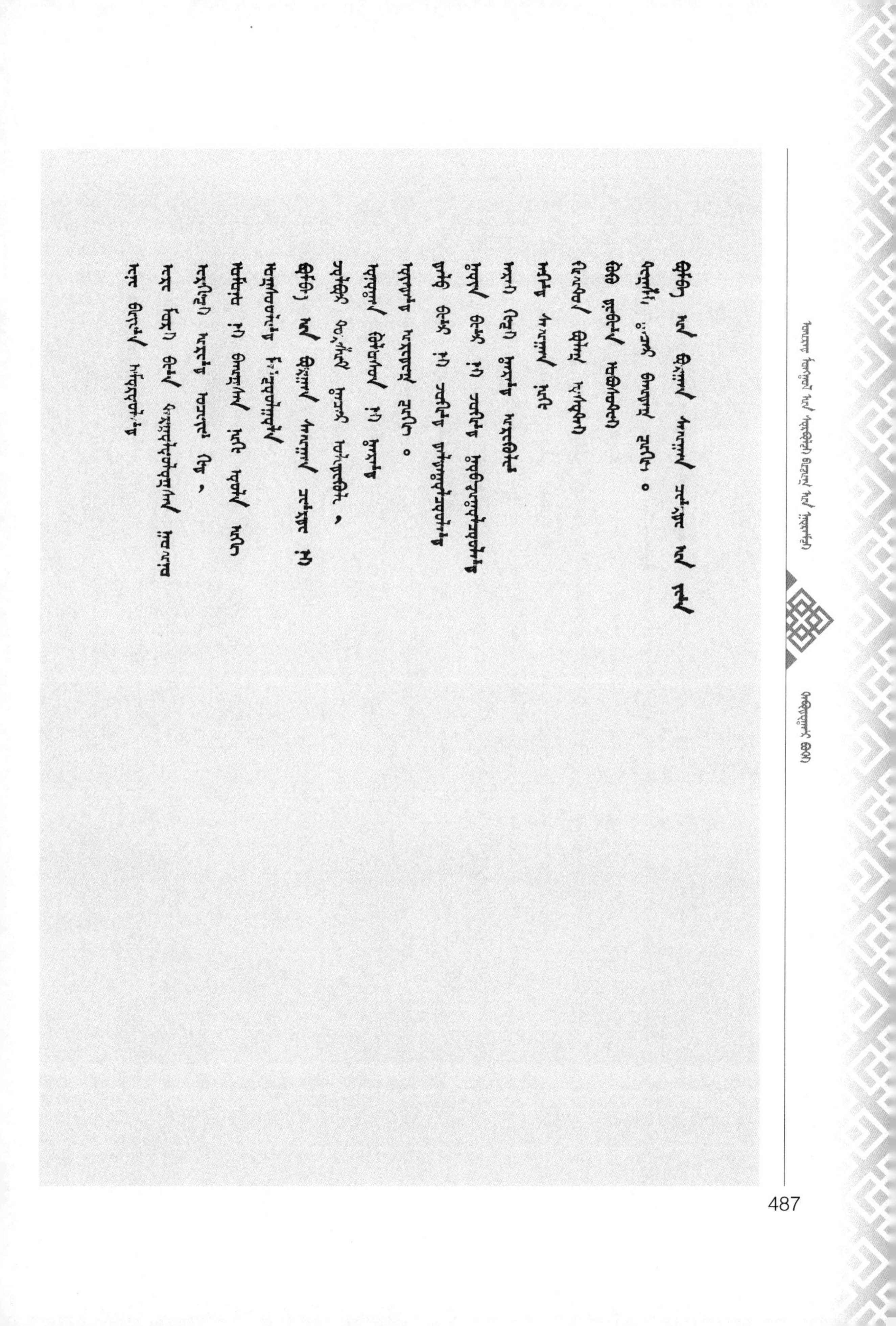

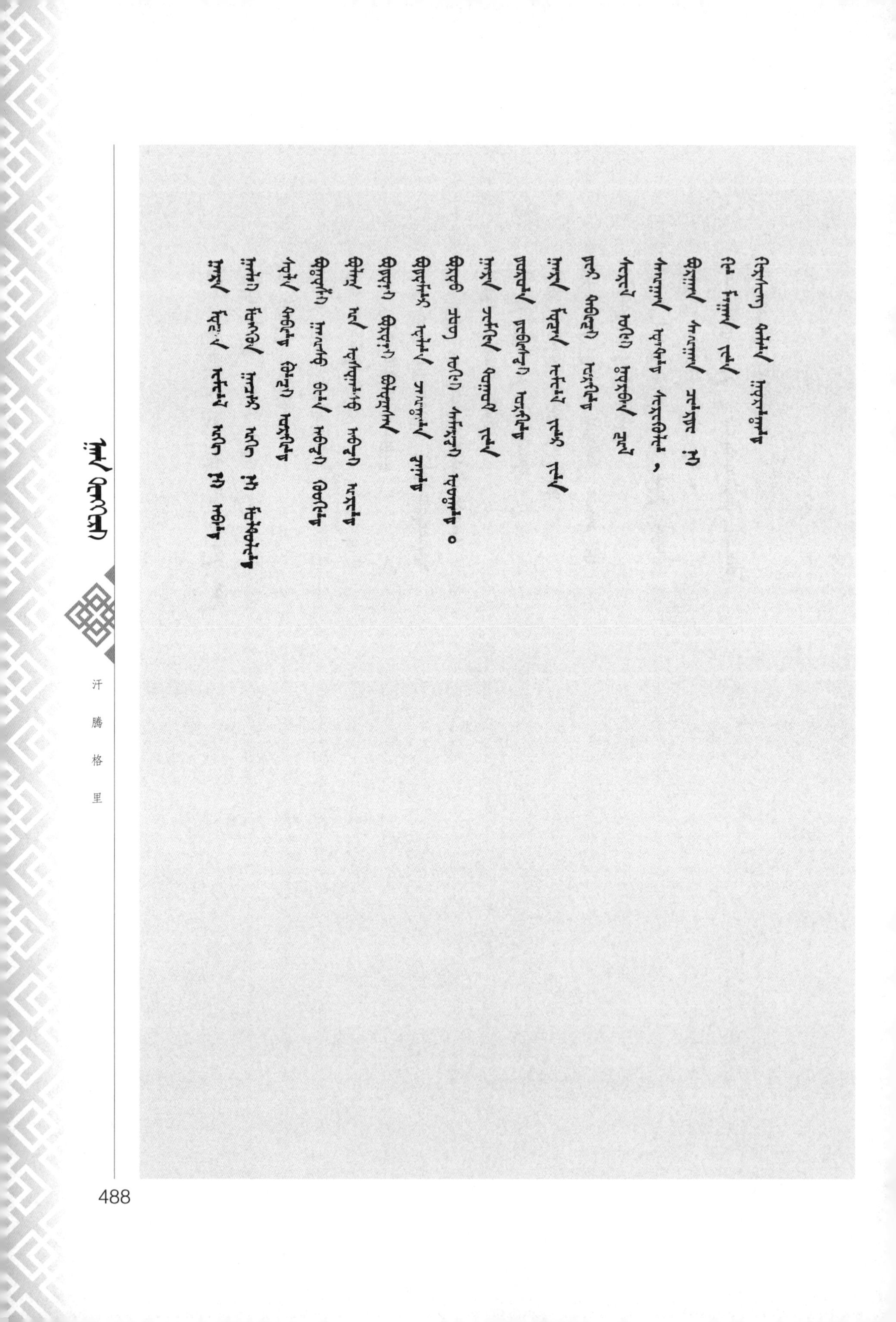

[illegible]
[illegible]
[illegible]
[illegible]
[illegible]
[illegible]
[illegible]
[illegible]
[illegible]
[illegible]
[illegible]
[illegible]
[illegible]
[illegible]
[illegible]
[illegible]
[illegible]

ᠬᠣᠢ ᠮᠣᠷᠢ ᠪᠠᠷᠢᠭᠠᠳ ᠲᠤ ᠬᠦᠷᠪᠡᠯ
——ᠵᠠᠭᠠᠨ ᠳᠡᠪᠲᠡᠷ ᠬᠦᠷᠭᠡᠨ
ᠰᠠᠶᠢᠬᠠᠨ ᠰᠠᠶᠢ ᠬᠦᠰᠡᠶ᠎ᠡ：
ᠰᠠᠶᠢ ᠪᠣᠯᠬᠤ ᠦᠭᠡ
[illegible]
[illegible]
[illegible]
[illegible]
[illegible]
[illegible]
[illegible]
[illegible]
[illegible]
[illegible]。
[illegible]
ᠠᠮᠤᠭᠤᠯᠠᠩ ᠪᠠᠶᠢᠨ ᠬᠦᠰᠡᠶ᠎ᠡ
ᠠᠮᠤᠷ ᠵᠢᠷᠭᠠᠯ ᠲᠠᠨ

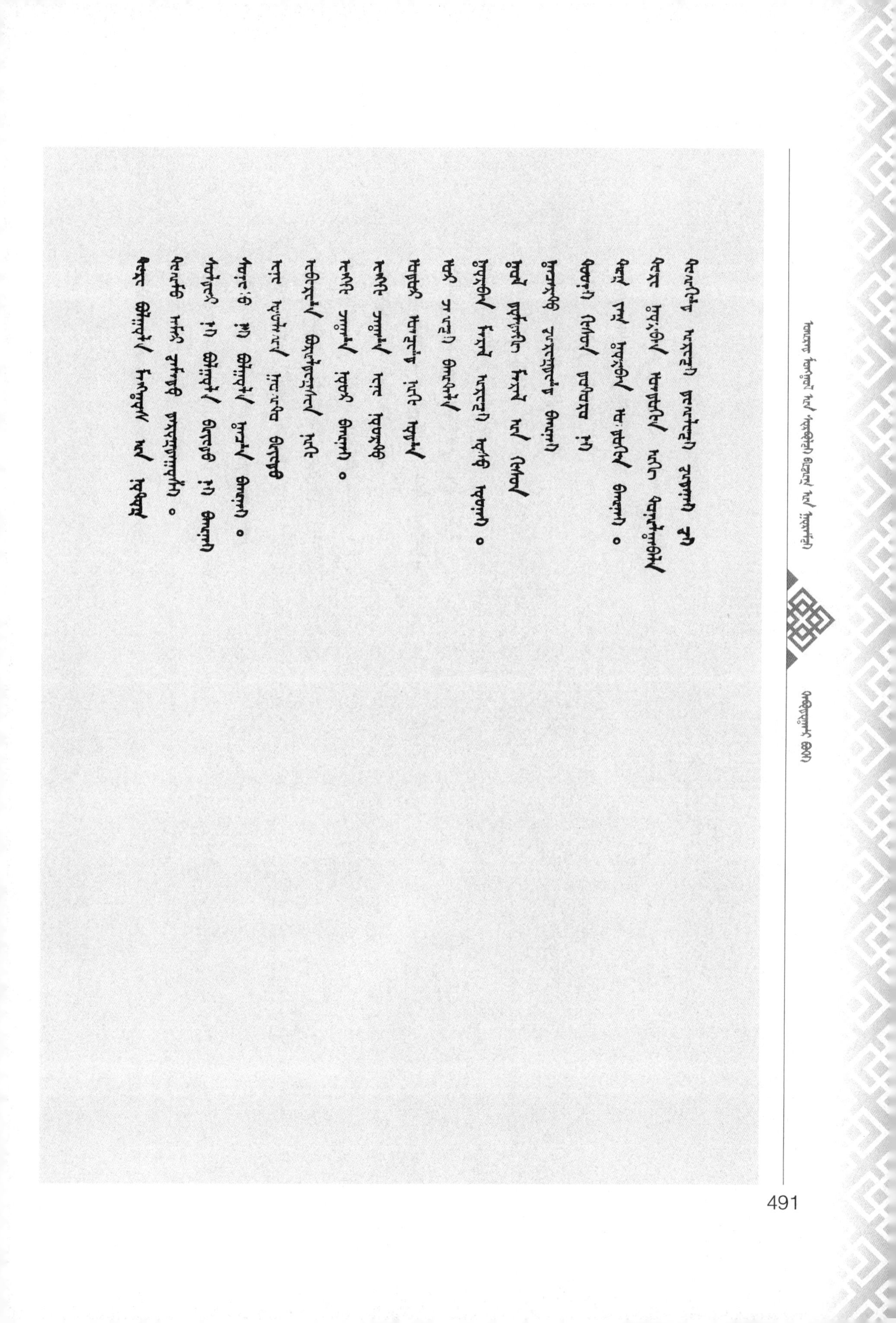

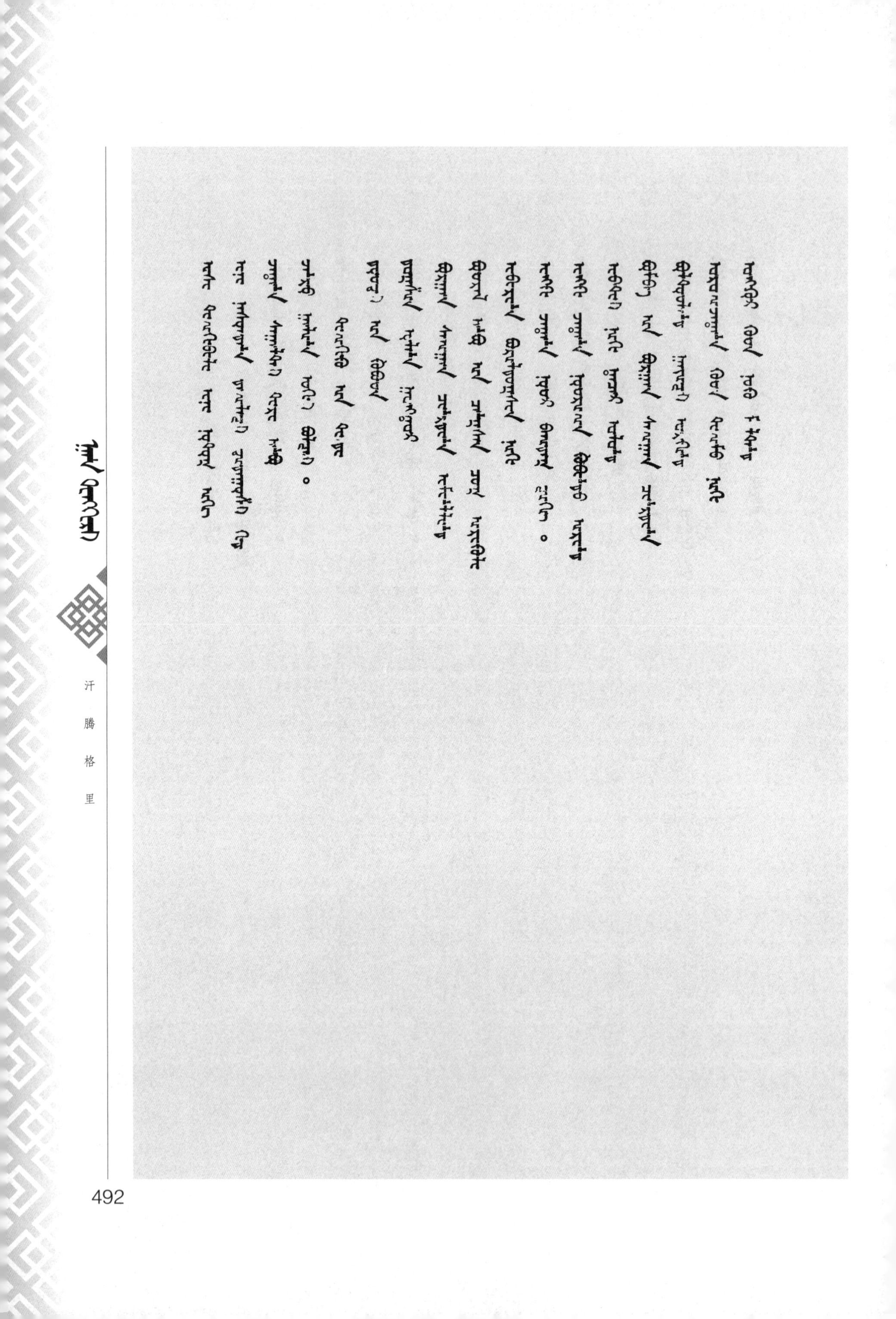

[illegible]
[illegible]
[illegible]
[illegible]
[illegible]
[illegible]
[illegible]
[illegible]
[illegible]
[illegible]
[illegible]
[illegible]
[illegible]
[illegible]
[illegible]
[illegible]
[illegible]

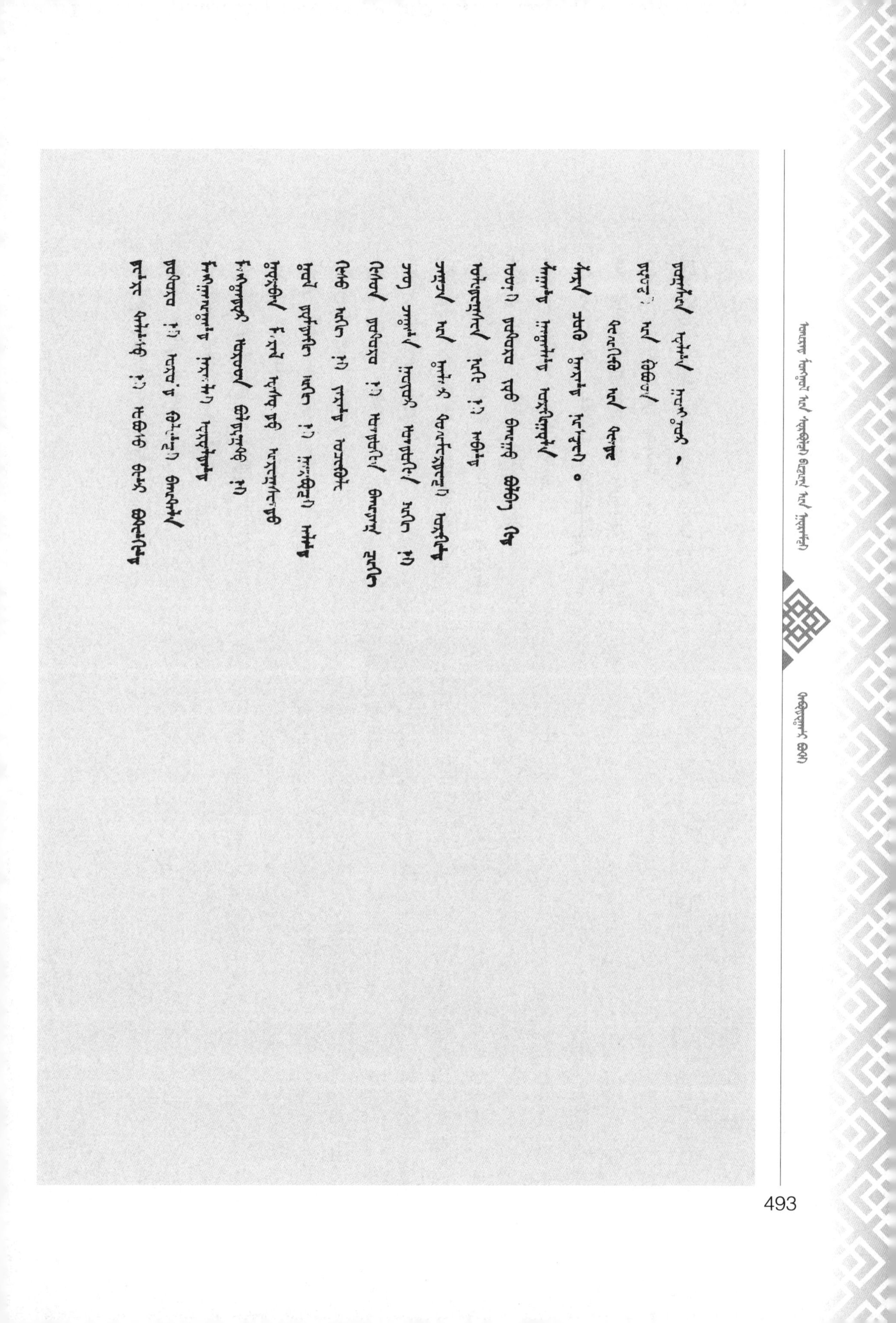

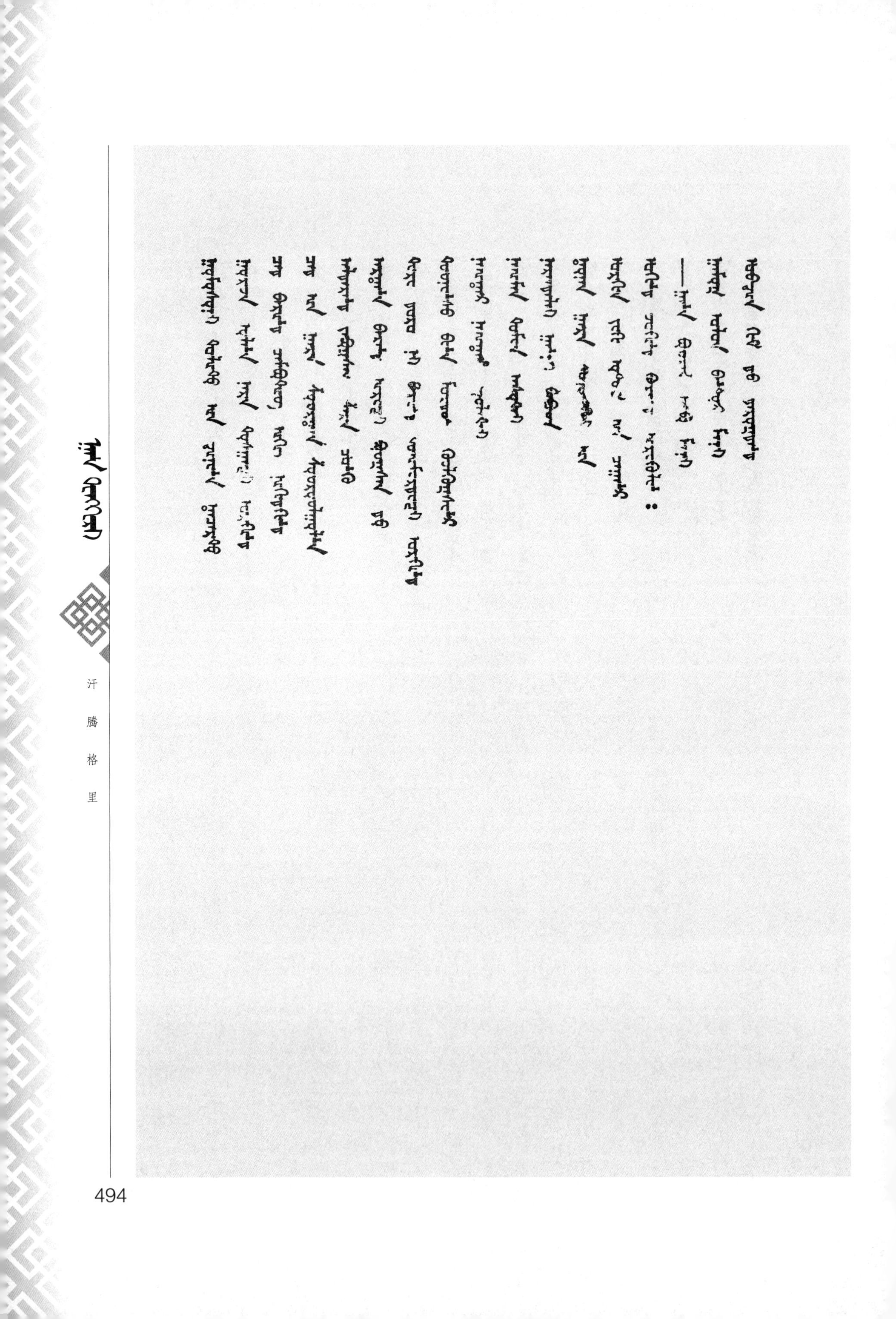

[illegible]
[illegible]
[illegible]
[illegible]
[illegible]
[illegible]
[illegible]
[illegible]
[illegible]
[illegible]
[illegible]
[illegible]
[illegible]
[illegible]
[illegible]
[illegible]
[illegible]

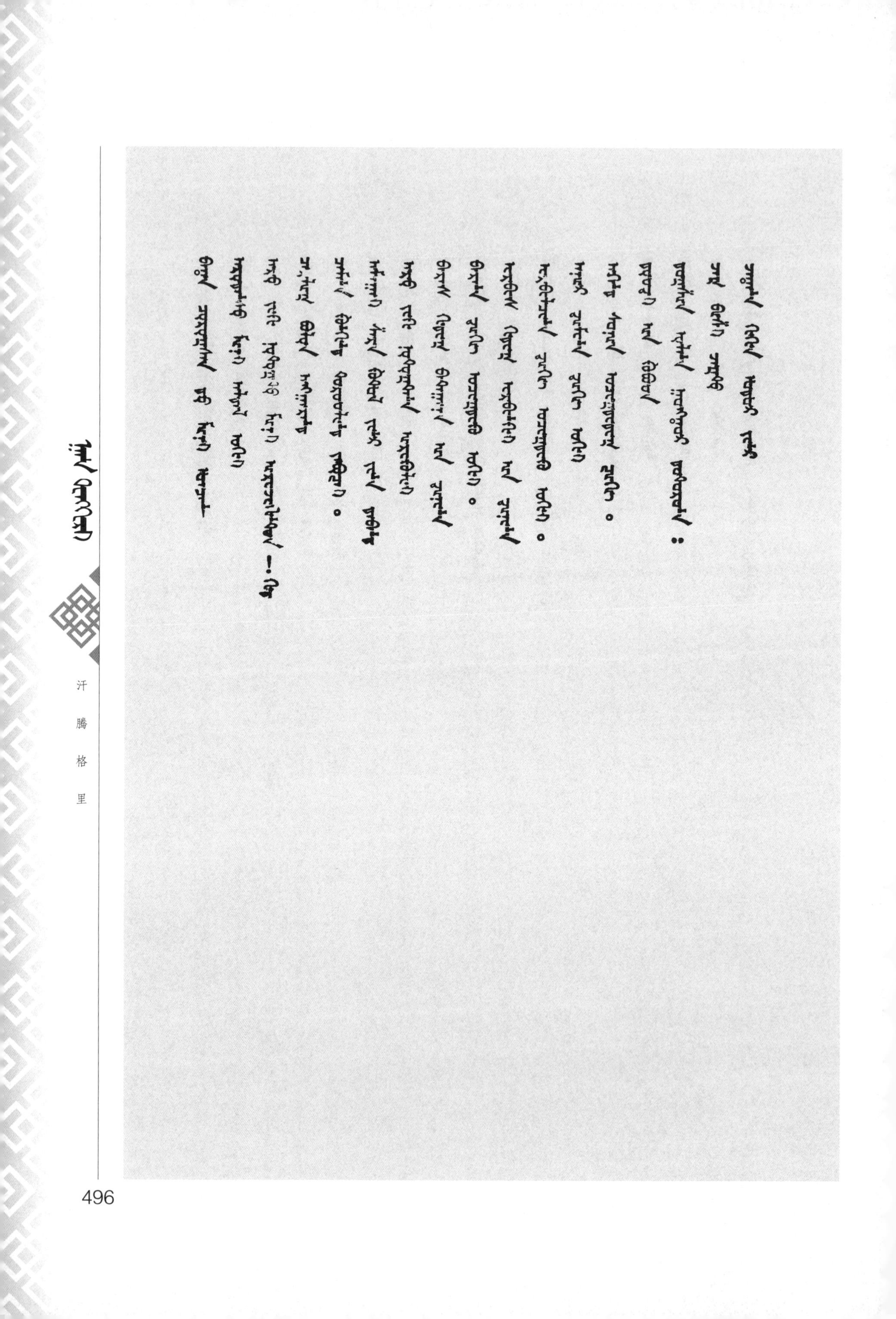

[illegible]
[illegible]
[illegible]
[illegible]
[illegible]
[illegible]
[illegible]
[illegible]
[illegible]
[illegible]
[illegible]
[illegible]
[illegible]
[illegible]
[illegible]
[illegible]
[illegible]

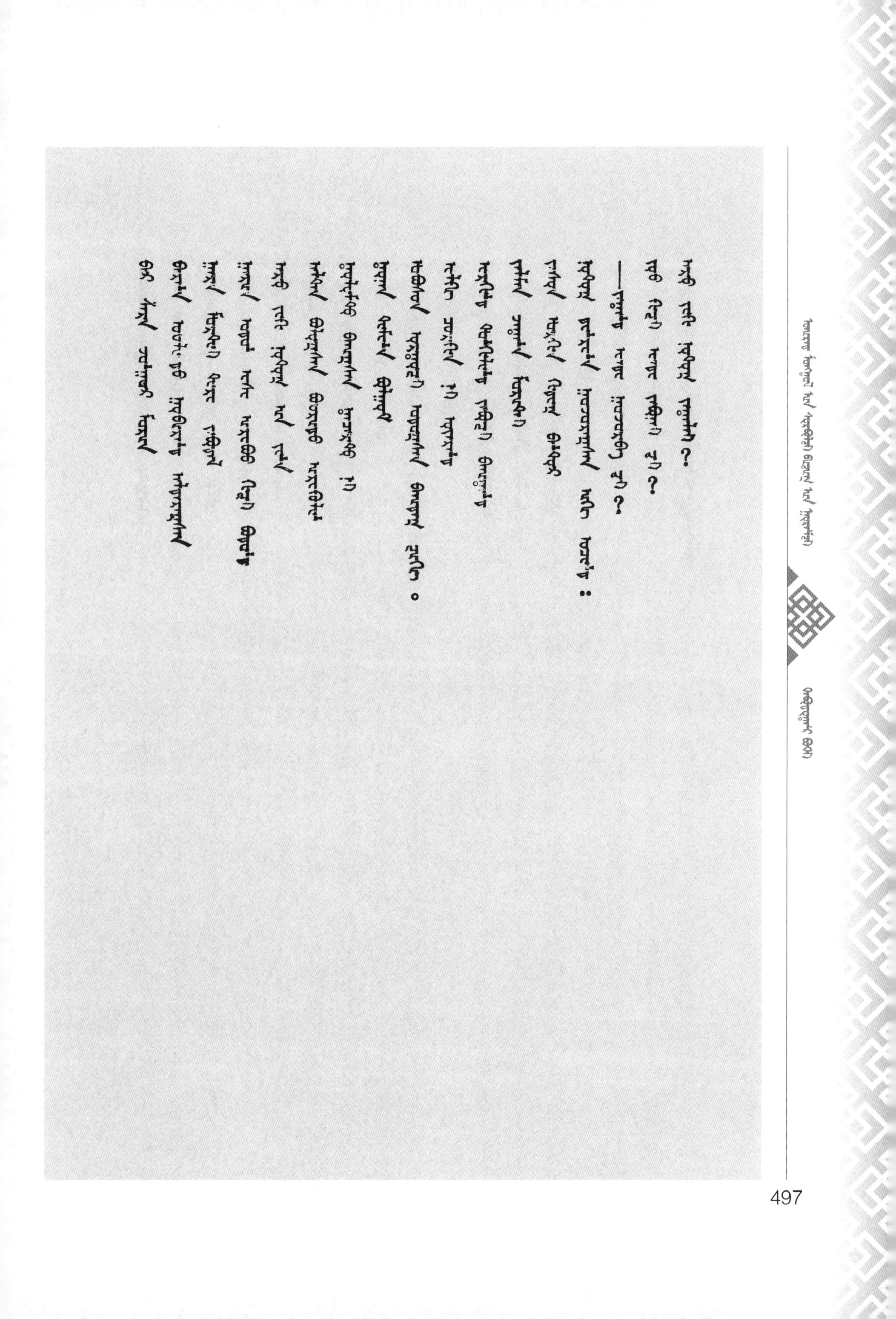

[illegible] ?

[illegible] ?

—[illegible] ?

[illegible] :

[illegible]

[illegible]

[illegible]

[illegible]

[illegible] ◦

[illegible]

[illegible]

[illegible]

[illegible]

[illegible]

[illegible]

[illegible]

[illegible]

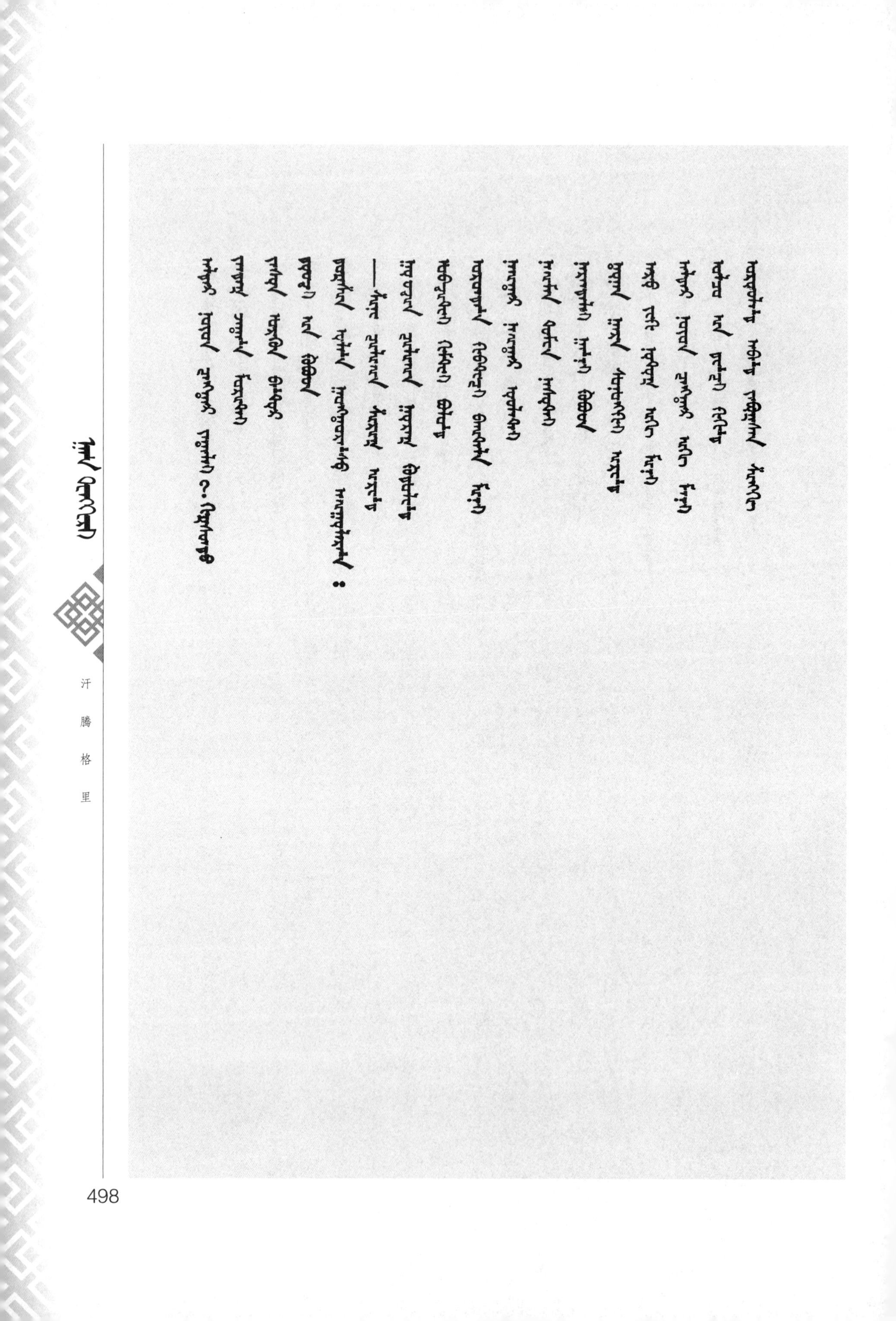

[illegible]
[illegible]
[illegible]
[illegible]
[illegible]
[illegible]
[illegible]
[illegible]
[illegible]
[illegible]
[illegible]
[illegible]
[illegible]
[illegible]
[illegible]
[illegible]
[illegible]

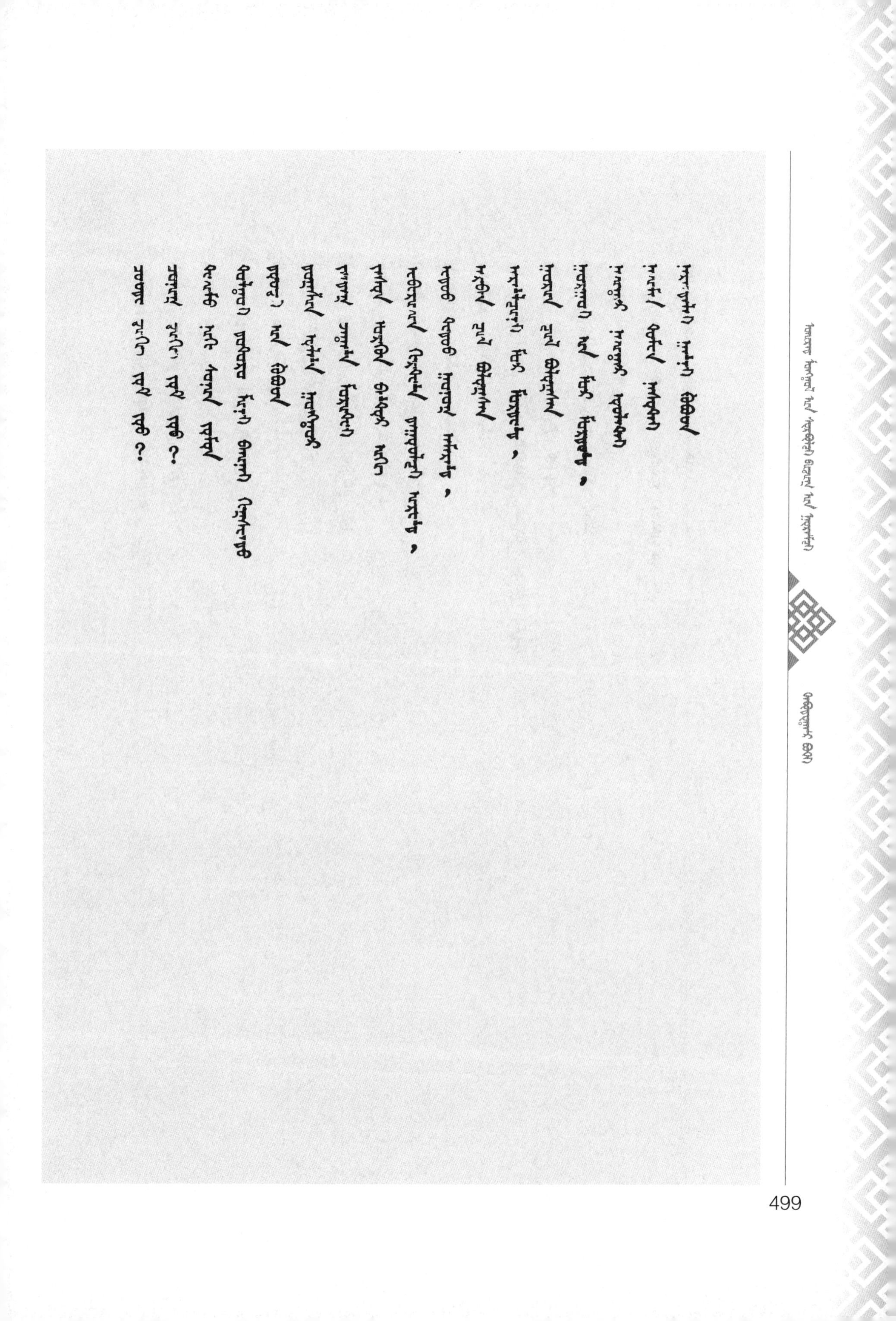

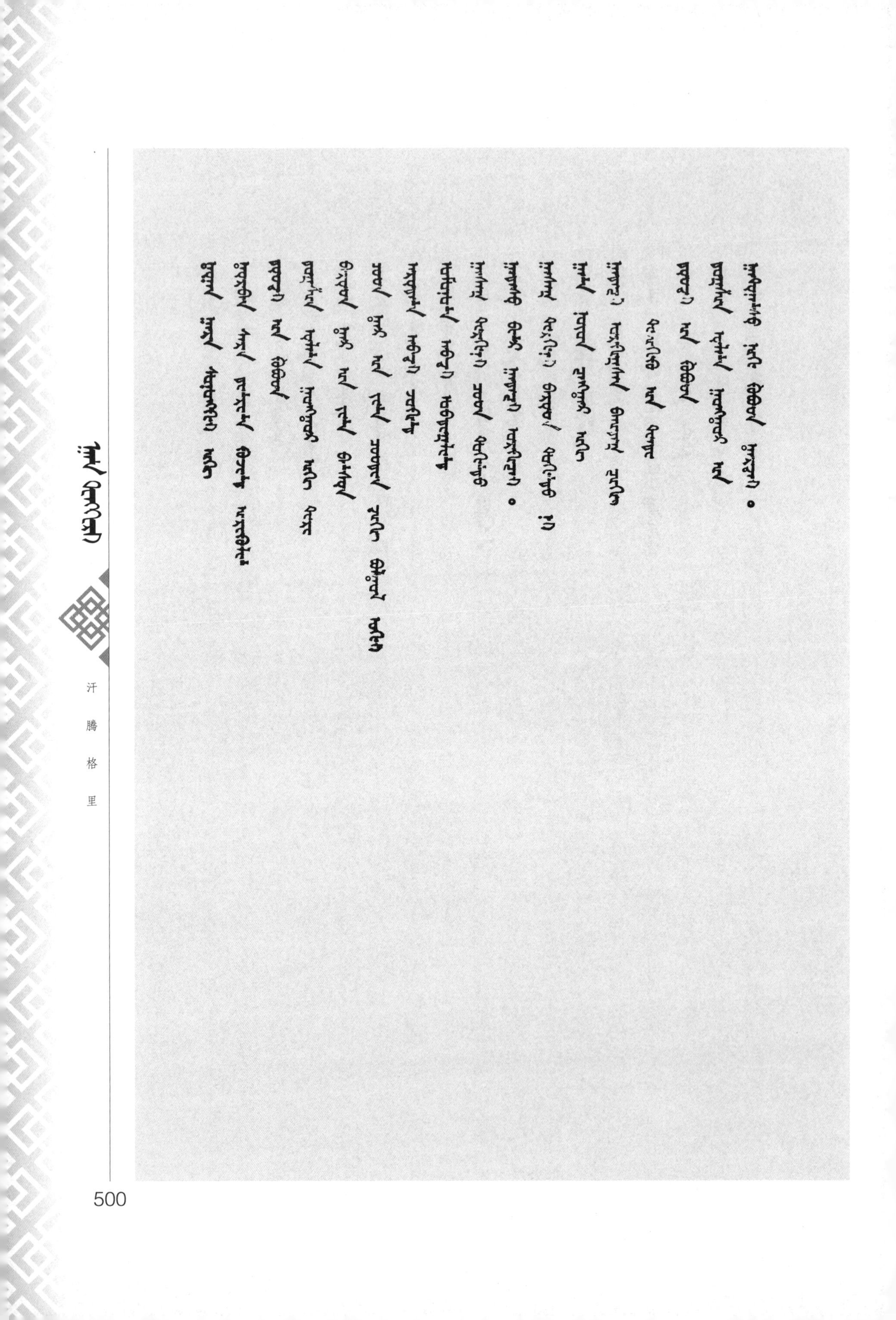

[illegible]
[illegible]
[illegible]
[illegible]
[illegible]
[illegible]
[illegible]
[illegible]
[illegible]
[illegible]
[illegible]
[illegible]
[illegible]
[illegible]
[illegible]
[illegible]
[illegible]
[illegible]

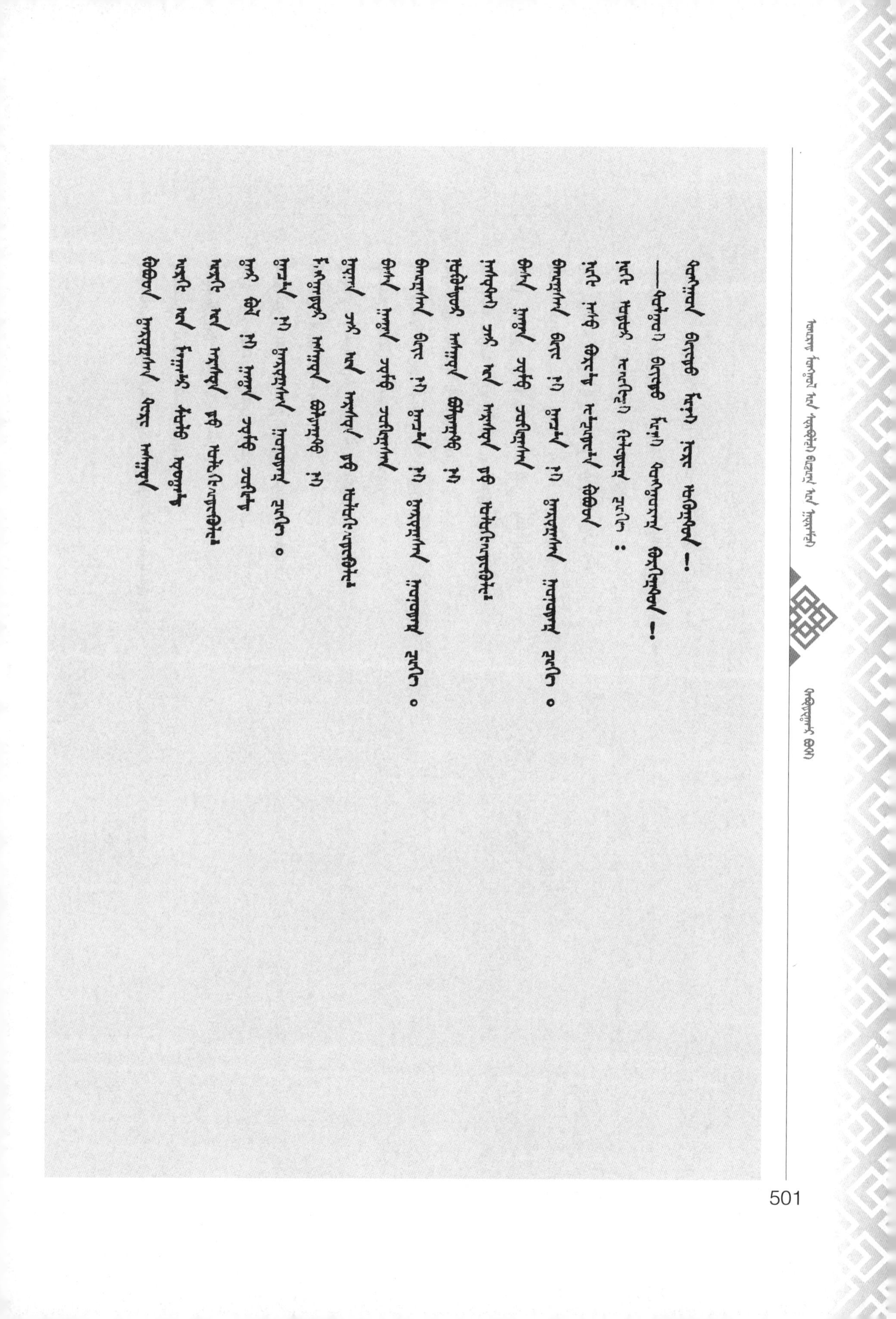

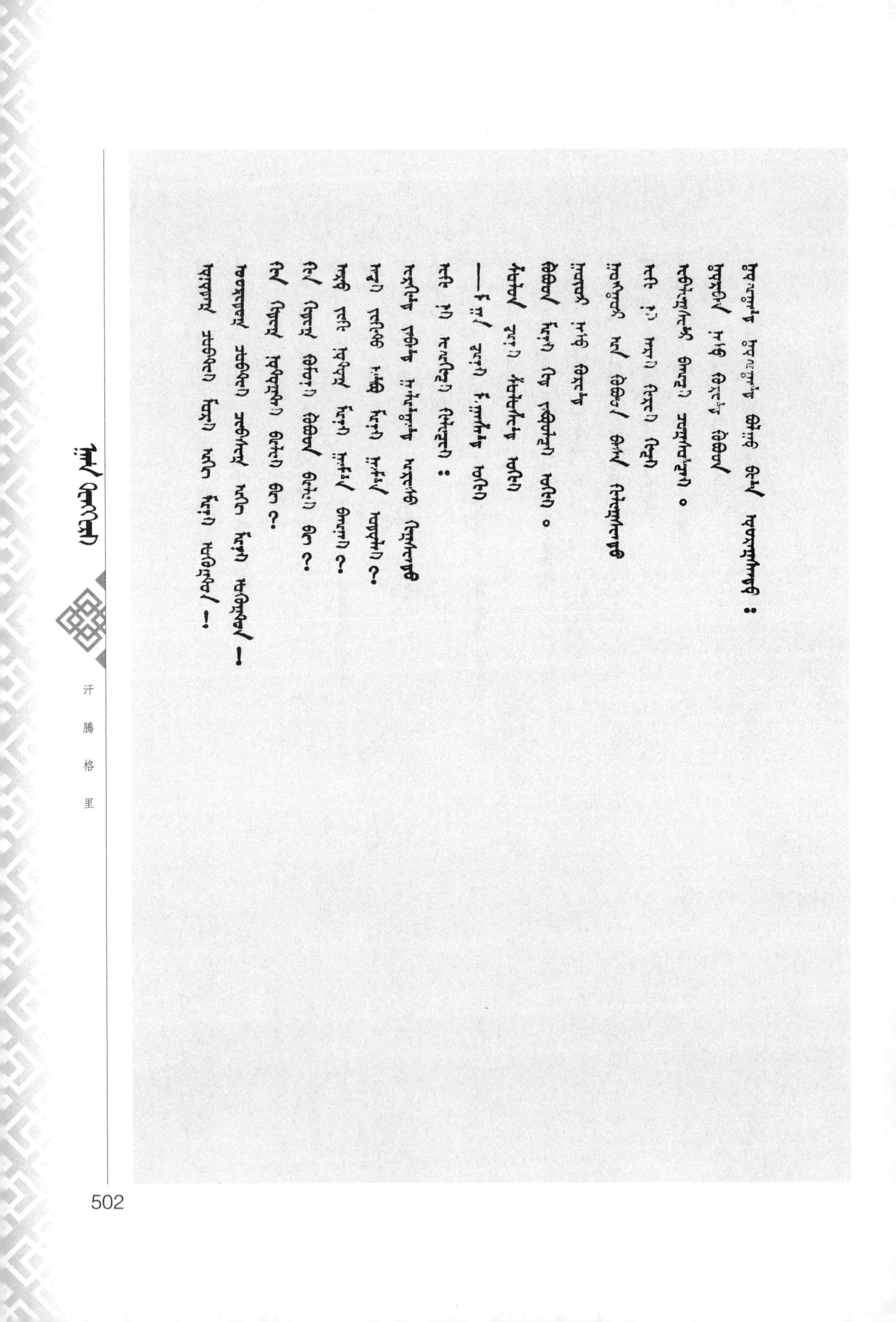

[illegible]

ᠶᠠᠨ ᠰᠠᠶᠢᠬᠠᠨ ᠪᠣᠯᠵᠠᠢ ᠮᠡᠳᠡᠪᠡ ᠪᠣᠯᠪᠠ ᠵᠢ ?
——ᠶᠠᠨ ᠰᠠᠶᠢᠬᠠᠨ ᠪᠣᠯᠵᠠᠢ ᠬᠡᠯᠡᠨ ᠪᠣᠯᠪᠠ ᠵᠢ ?
ᠮᠠᠨᠠᠢ ᠠᠮᠢᠲᠠᠨ ᠪᠣᠯᠤᠭᠰᠠᠨ ᠂ ᠪᠣᠯᠪᠠᠰᠤᠷᠠᠭᠠᠳ :
ᠮᠠᠷᠲᠠᠭᠳᠠ ᠶᠠᠨ ᠮᠠᠷᠲᠠᠭᠳᠠᠬᠤ
ᠮᠠᠨᠠᠢ ᠠᠮᠢᠲᠠᠨ ᠪᠣᠯᠤᠭ᠎ᠠ ᠪᠠ ᠮᠠᠷᠲᠠᠭᠳᠠᠬᠤ
ᠮᠠᠷᠲᠠᠭᠳᠠ ᠶᠠᠨ ᠮᠠᠷᠲᠠᠭᠳᠠᠬᠤ
ᠪᠣᠯᠤᠭᠰᠠᠨ ᠰᠠᠶᠢᠬᠠᠨ ᠪᠣᠯᠬᠤ ᠪᠣᠯᠵᠠᠢ
ᠪᠣᠯᠪᠠᠯ ᠰᠠᠶᠢᠬᠠᠨ ᠪᠠᠶᠢᠨ᠎ᠠ ᠮᠠᠷᠲᠠᠭᠳᠠ
ᠮᠠᠷᠲᠠᠭᠳᠠ ᠠᠮᠢᠲᠠᠨ ᠮᠣᠩᠭᠣᠯ ᠰᠠᠶᠢᠬᠠᠨ
ᠮᠠᠷᠲᠠᠭᠳᠠᠬᠤ ᠠᠮᠢᠲᠠᠨ ᠬᠡᠷᠡᠭ ᠮᠣᠩᠭᠣᠯ ᠠᠮᠢᠲᠠᠨ
ᠮᠠᠨᠠᠢ ᠠᠮᠢᠲᠠᠨ ᠪᠣᠯᠤᠭ᠎ᠠ ᠪᠠ ᠮᠠᠷᠲᠠᠭᠳᠠᠭᠰᠠᠨ ᠠᠮᠢᠲᠠᠨ
ᠮᠠᠷᠲᠠᠭᠳᠠ ᠶᠠᠨ ᠮᠠᠷᠲᠠᠭᠳᠠᠬᠤ
——ᠮᠡᠳᠡᠪᠡ ᠮᠠᠷᠲᠠᠭᠳᠠ ᠶᠠᠨ ᠰᠠᠶᠢᠬᠠᠨ ᠪᠠ
ᠮᠡᠳᠡᠨ ᠠᠮᠢᠲᠠᠨ ᠮᠣᠩᠭᠣᠯ ᠮᠠᠷᠲᠠᠭᠳᠠ :
ᠮᠡᠳᠡᠪᠡ ᠶᠠᠨ ᠰᠠᠶᠢᠬᠠᠨ ᠮᠠᠷᠲᠠᠭᠳᠠ ᠶᠠᠨ
ᠮᠠᠷᠲᠠᠭᠳᠠᠬᠤ ᠮᠠᠷᠲᠠᠭᠳᠠᠭᠰᠠᠨ ᠰᠠᠶᠢᠬᠠᠨ ᠪᠠ ᠂ ? ᠰᠠᠶᠢᠬᠠᠨ ᠮᠣᠩᠭᠣᠯ ᠵᠢ
——ᠮᠠᠷᠲᠠᠭᠳᠠᠨ ᠪᠣᠯᠤᠭᠰᠠᠨ ᠪᠣᠯᠪᠠ ᠮᠠᠷᠲᠠᠭᠳᠠᠨ ᠮᠣᠩᠭᠣᠯ

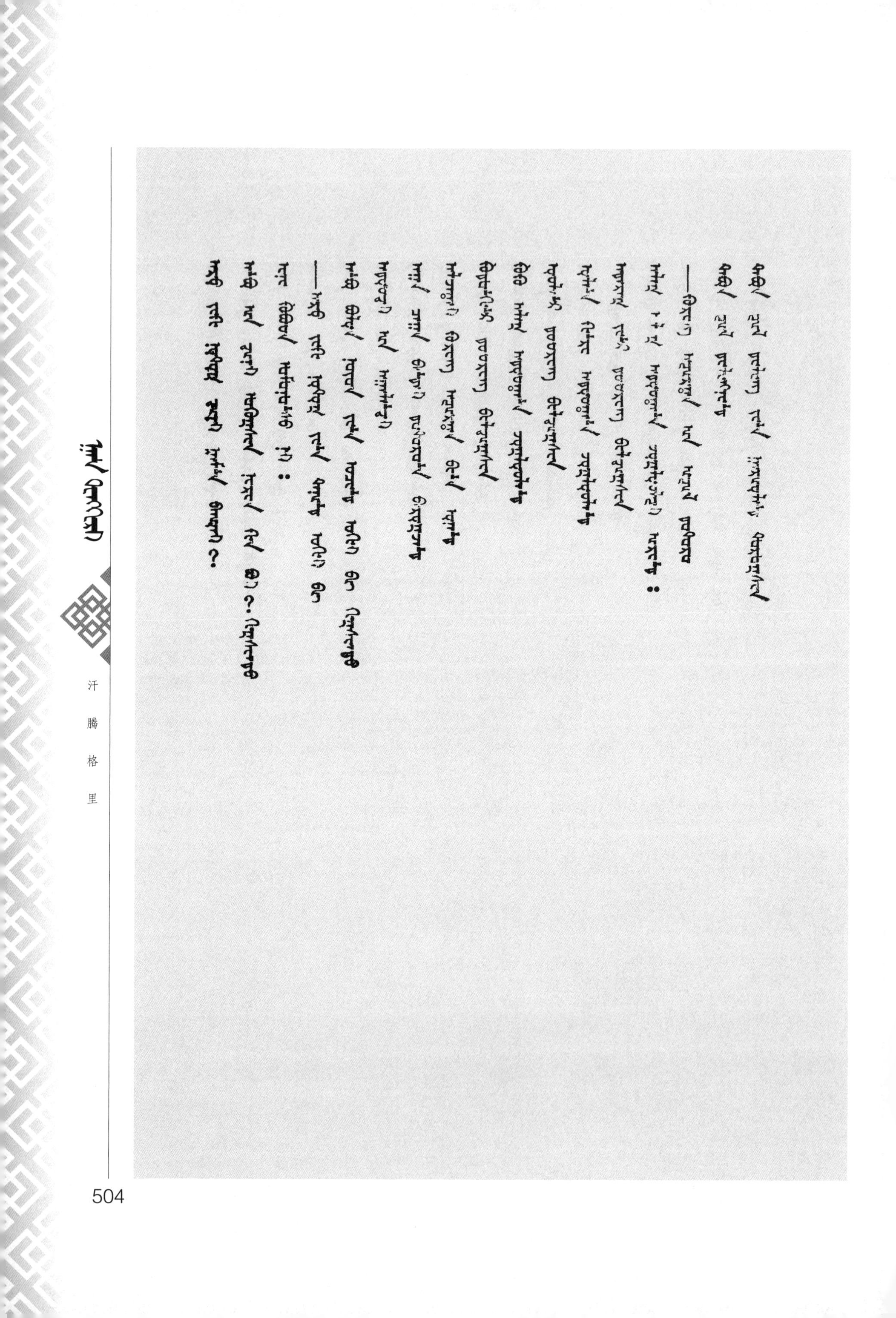

[illegible]
[illegible]
[illegible]
[illegible]
[illegible]
[illegible]
[illegible]
[illegible]
[illegible]
[illegible]
[illegible]
[illegible]
[illegible]

[illegible]
[illegible]
[illegible]
[illegible]
[illegible]
[illegible]
[illegible]
[illegible]
[illegible]
[illegible]
[illegible]
[illegible]
[illegible]
[illegible]
[illegible]
[illegible]
[illegible]

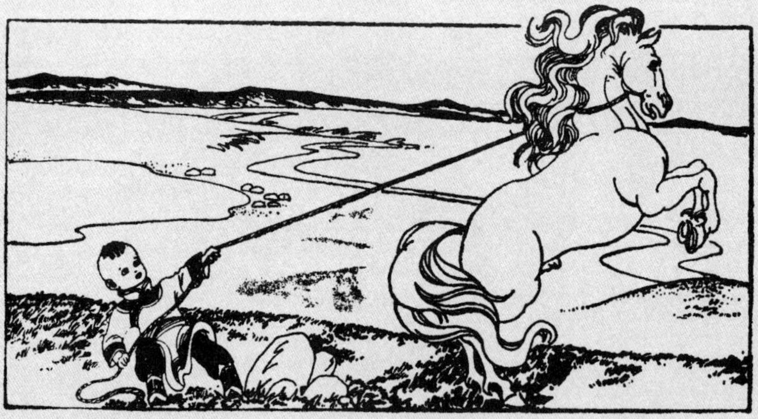

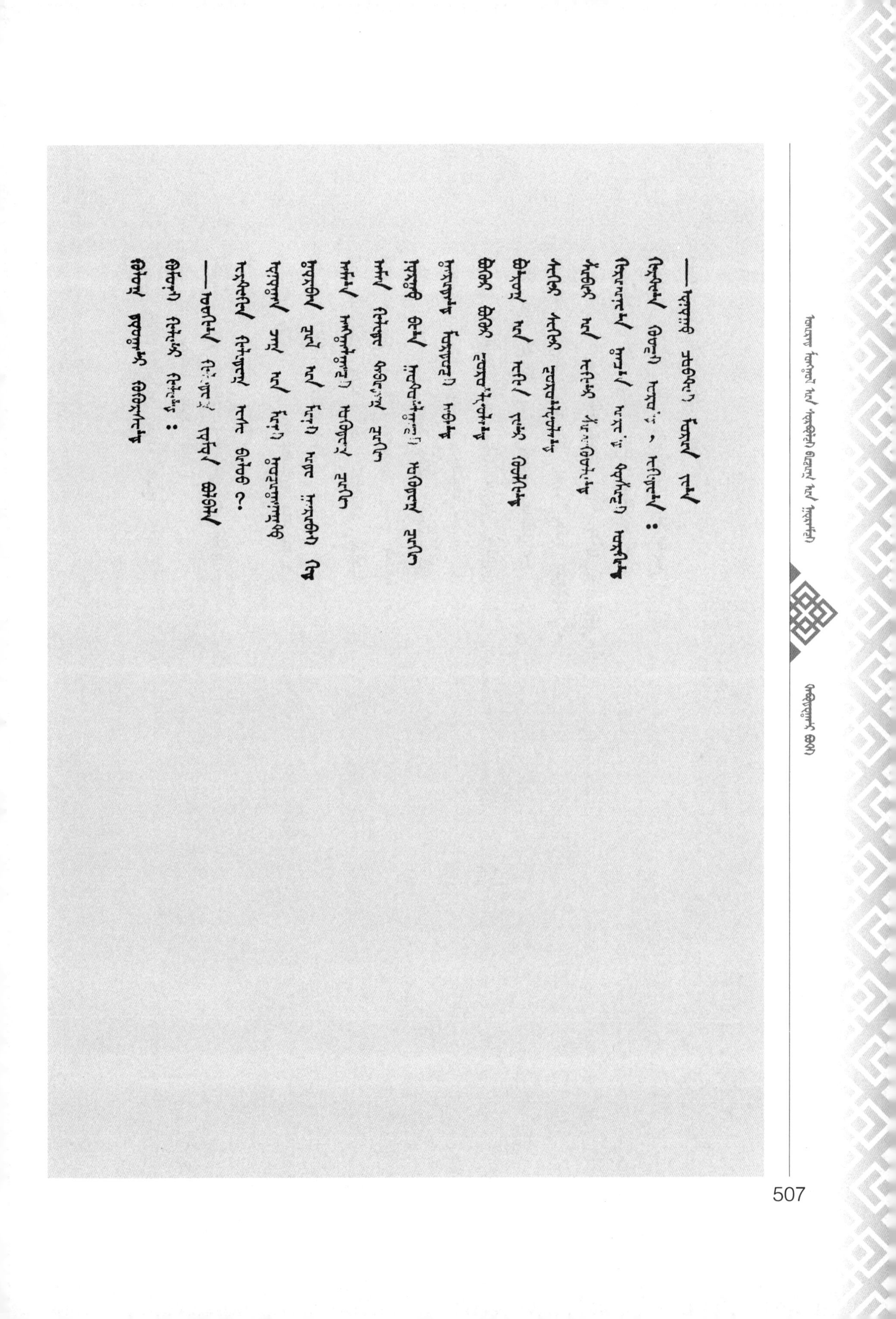

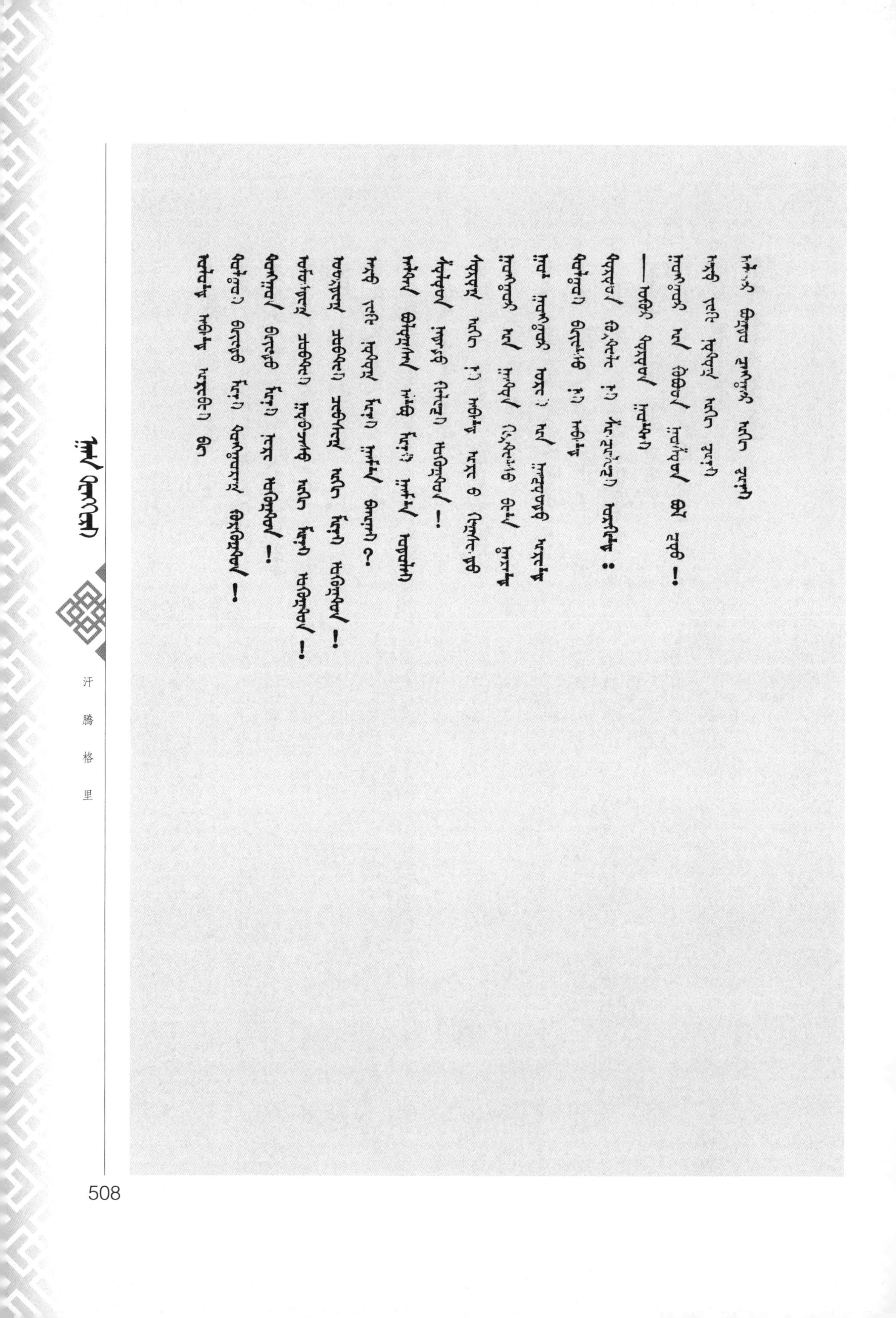

[illegible]
[illegible]!
— [illegible]
[illegible]:
[illegible]
[illegible]
[illegible]
[illegible]!
[illegible]
[illegible]?
[illegible]!
[illegible]!
[illegible]!
[illegible]!
[illegible]

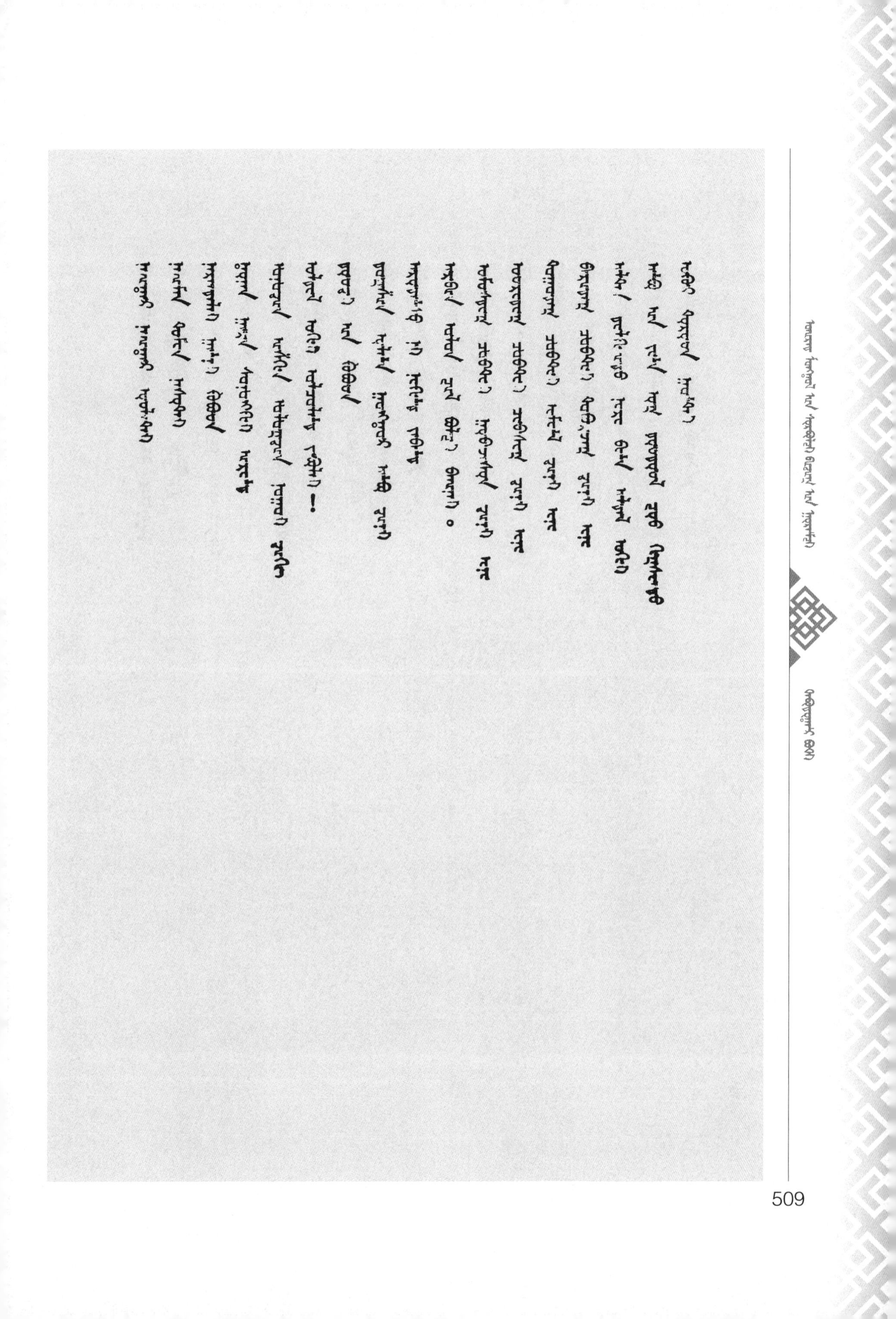

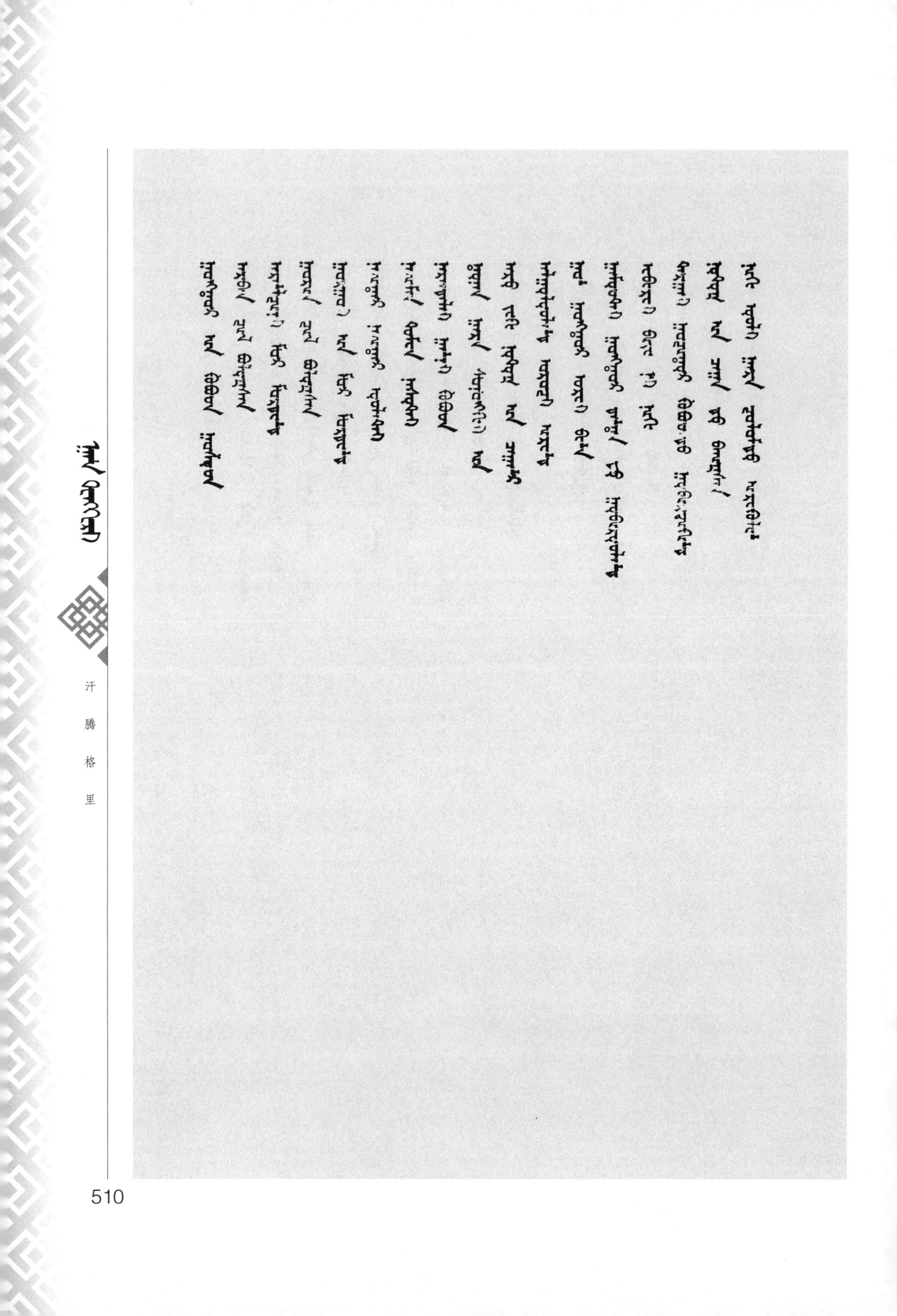

[illegible]

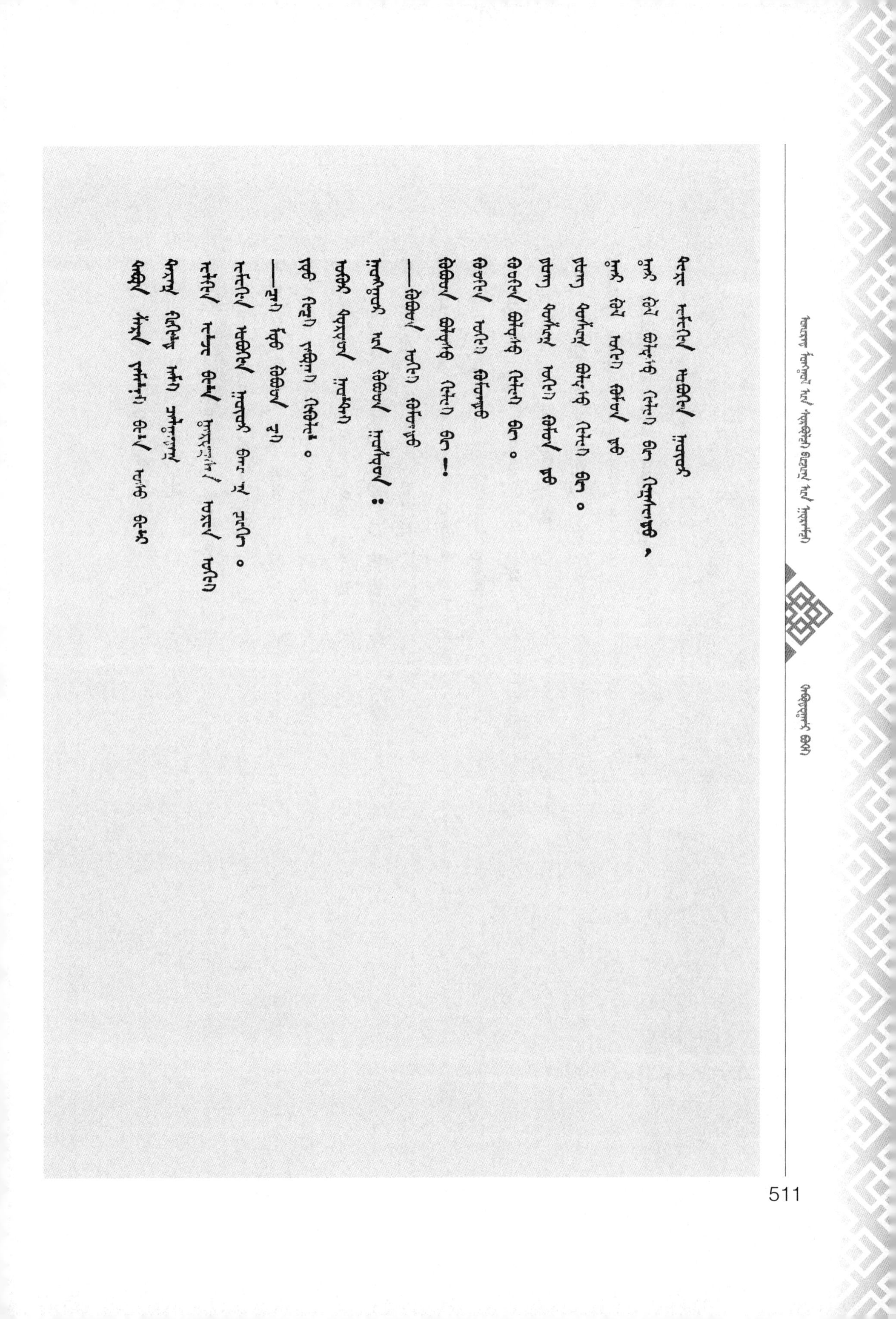

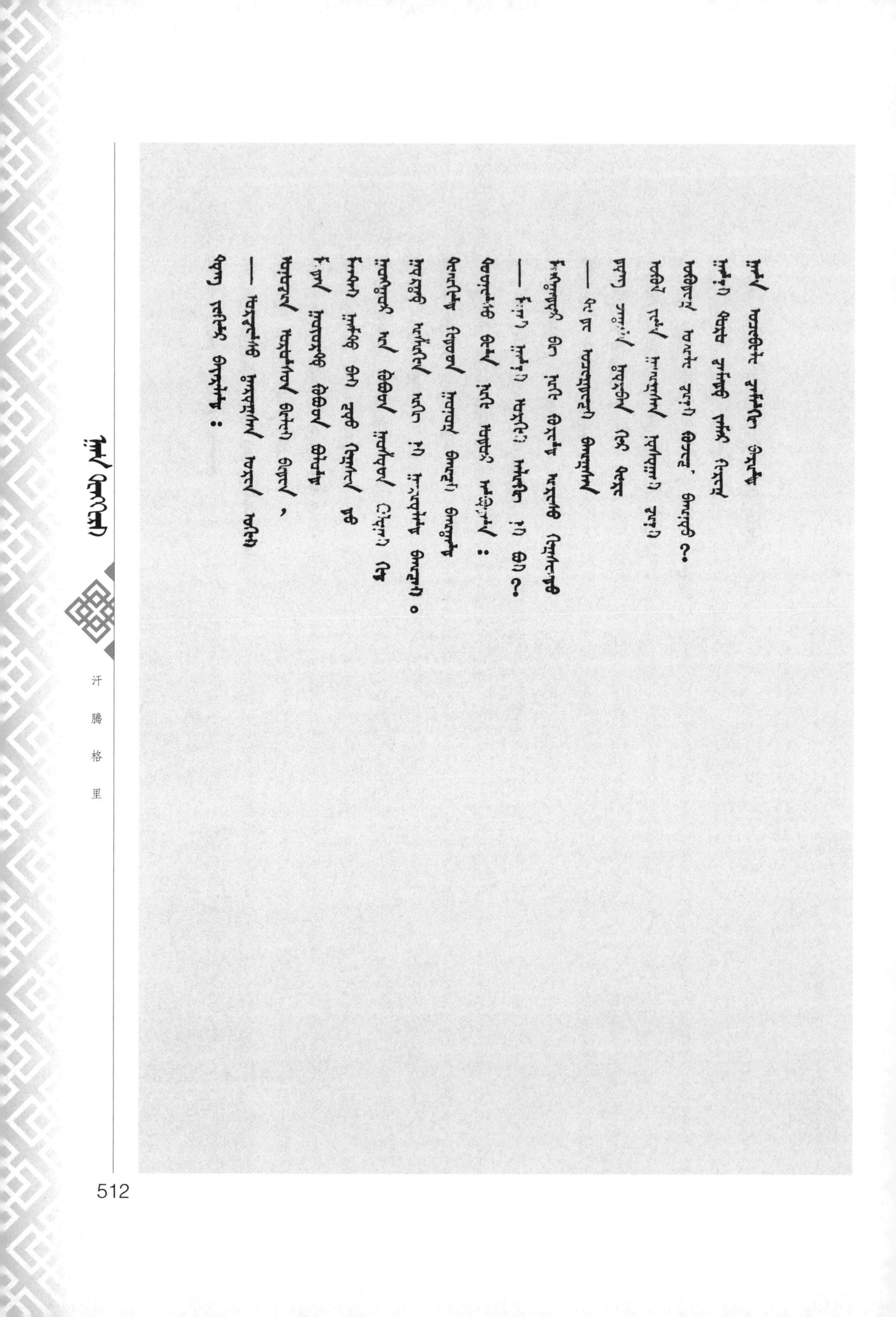

[illegible]
[illegible]
[illegible]
[illegible]
[illegible]
[illegible]
[illegible]
[illegible]
[illegible]
[illegible]
[illegible]
[illegible]
[illegible]
[illegible]
[illegible]
[illegible]
[illegible]

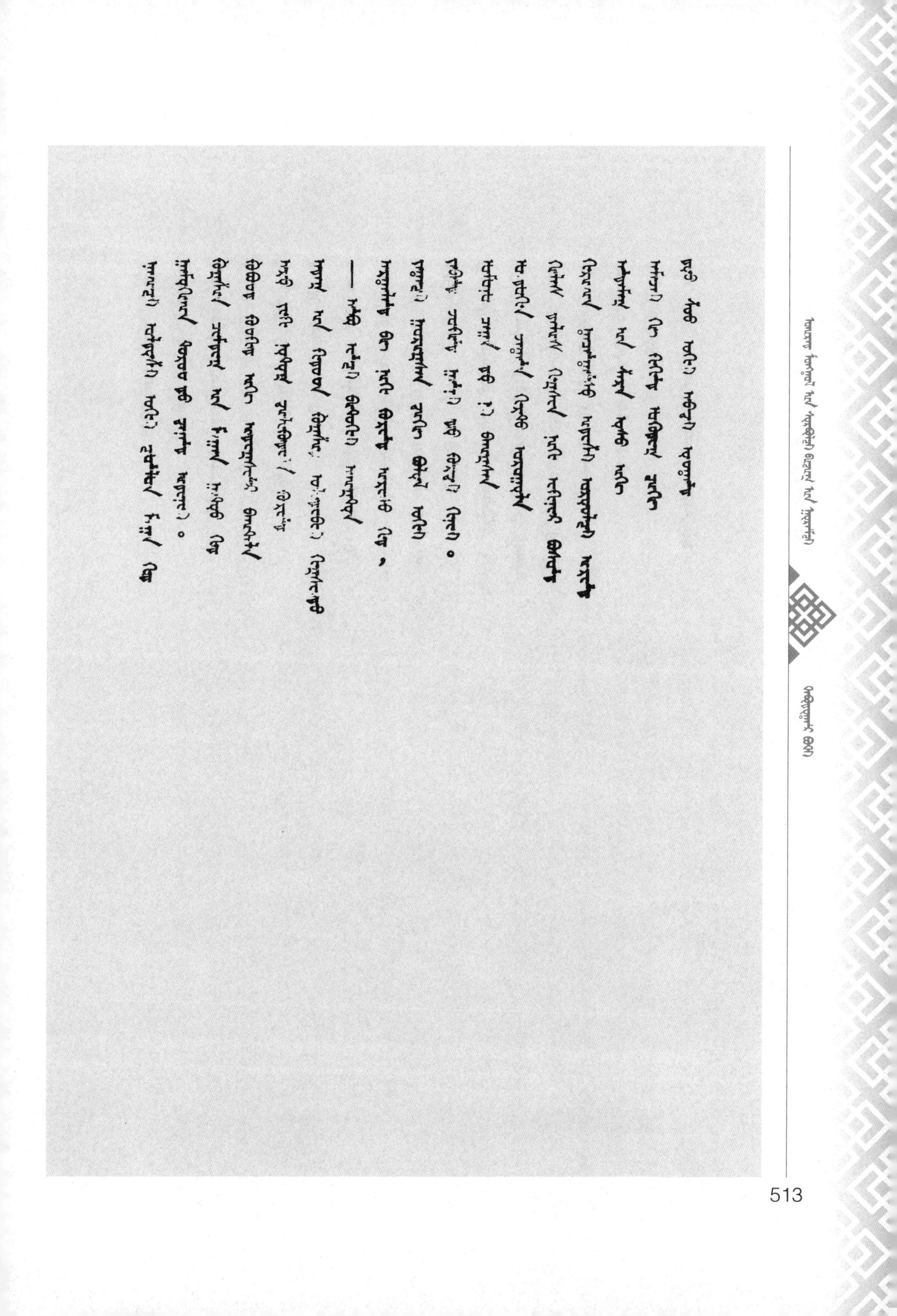

[illegible]
[illegible]
[illegible]
[illegible]
[illegible]
[illegible]
[illegible]
[illegible]
[illegible]
[illegible]
[illegible]
[illegible]
[illegible]
[illegible]
[illegible]
[illegible]
[illegible]

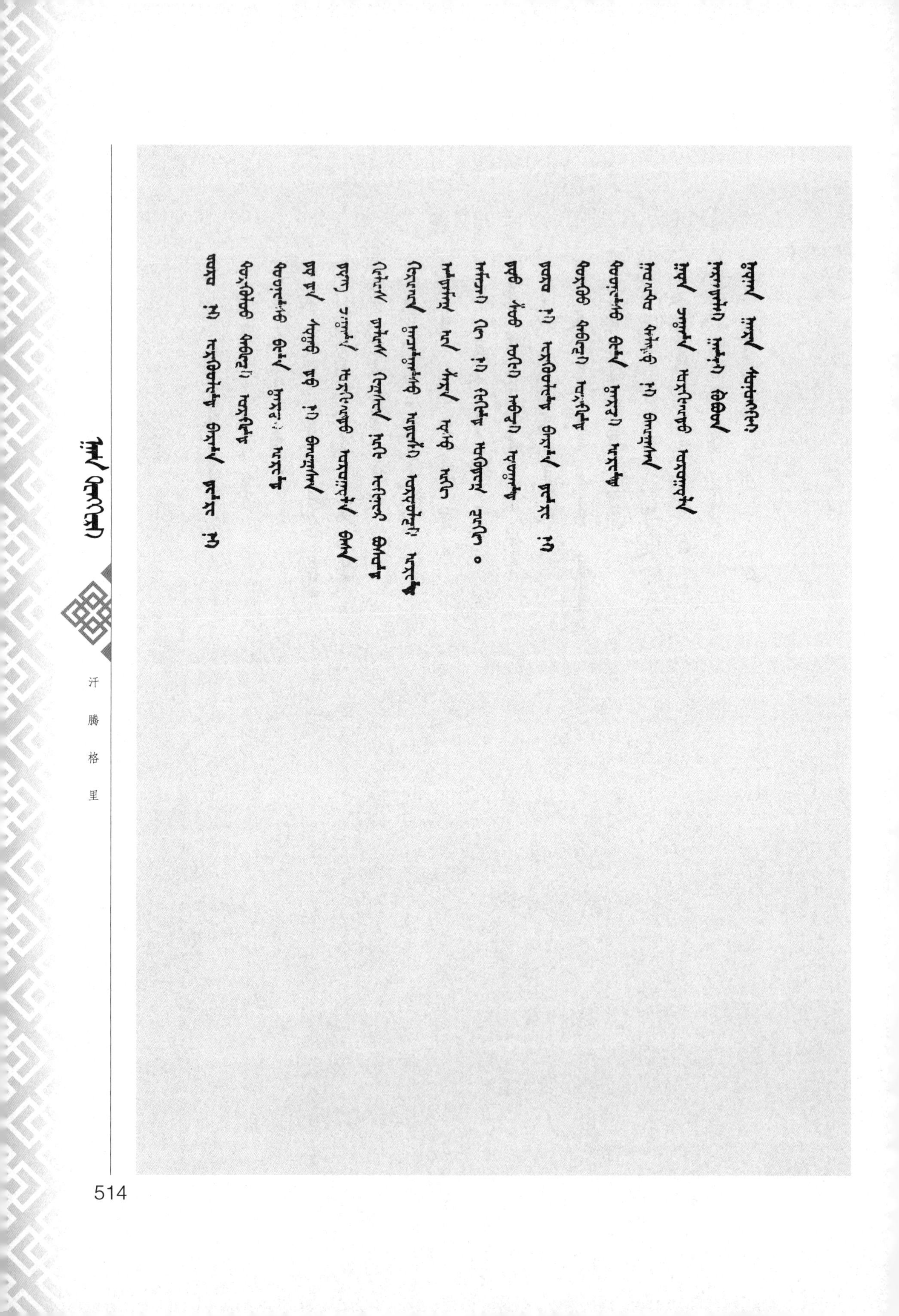

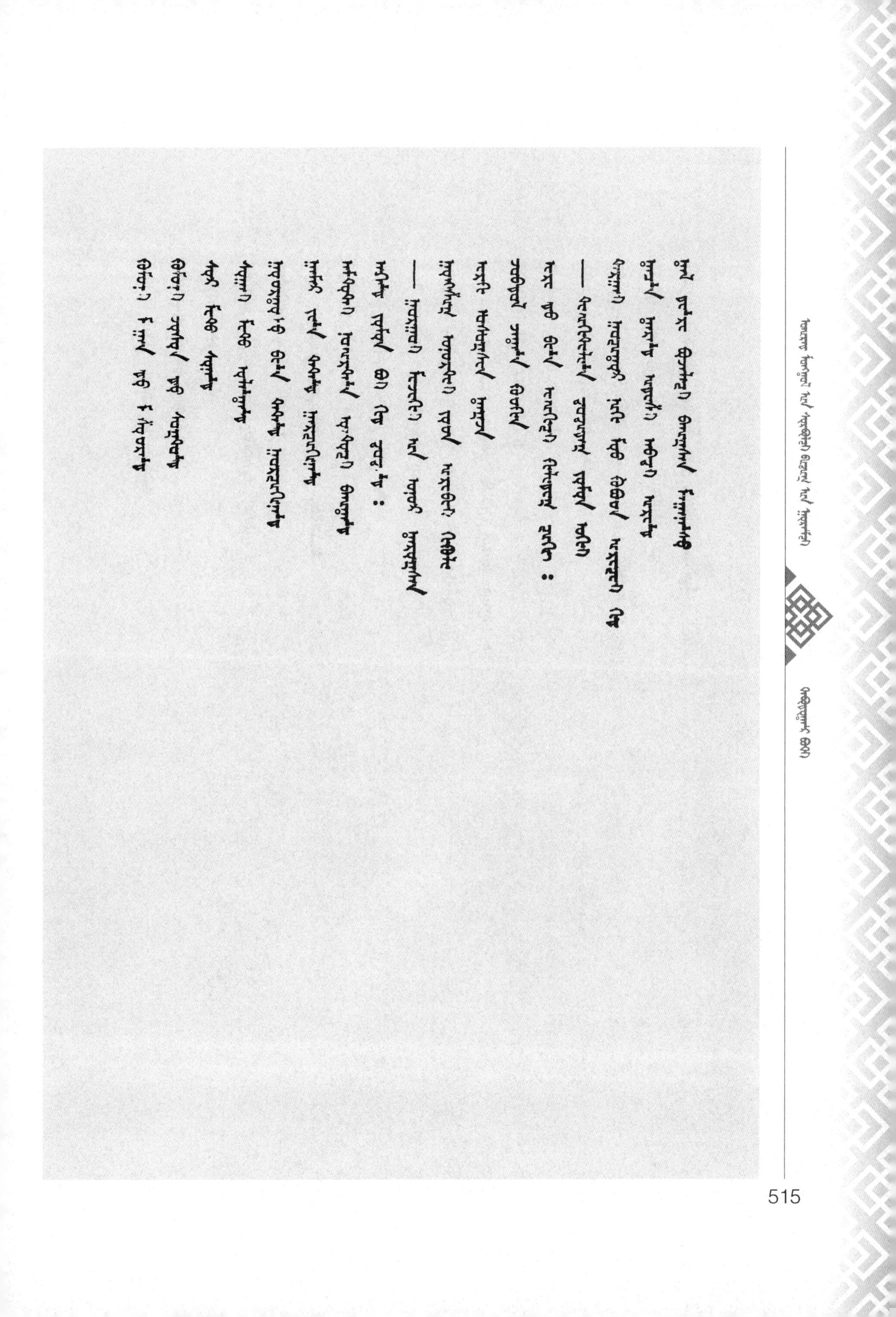

[illegible]
[illegible]
[illegible]
— [illegible]
[illegible] :
[illegible]
[illegible]
[illegible]
— [illegible]
[illegible] :
[illegible]
[illegible]
[illegible]
[illegible]
[illegible]
[illegible]
[illegible]

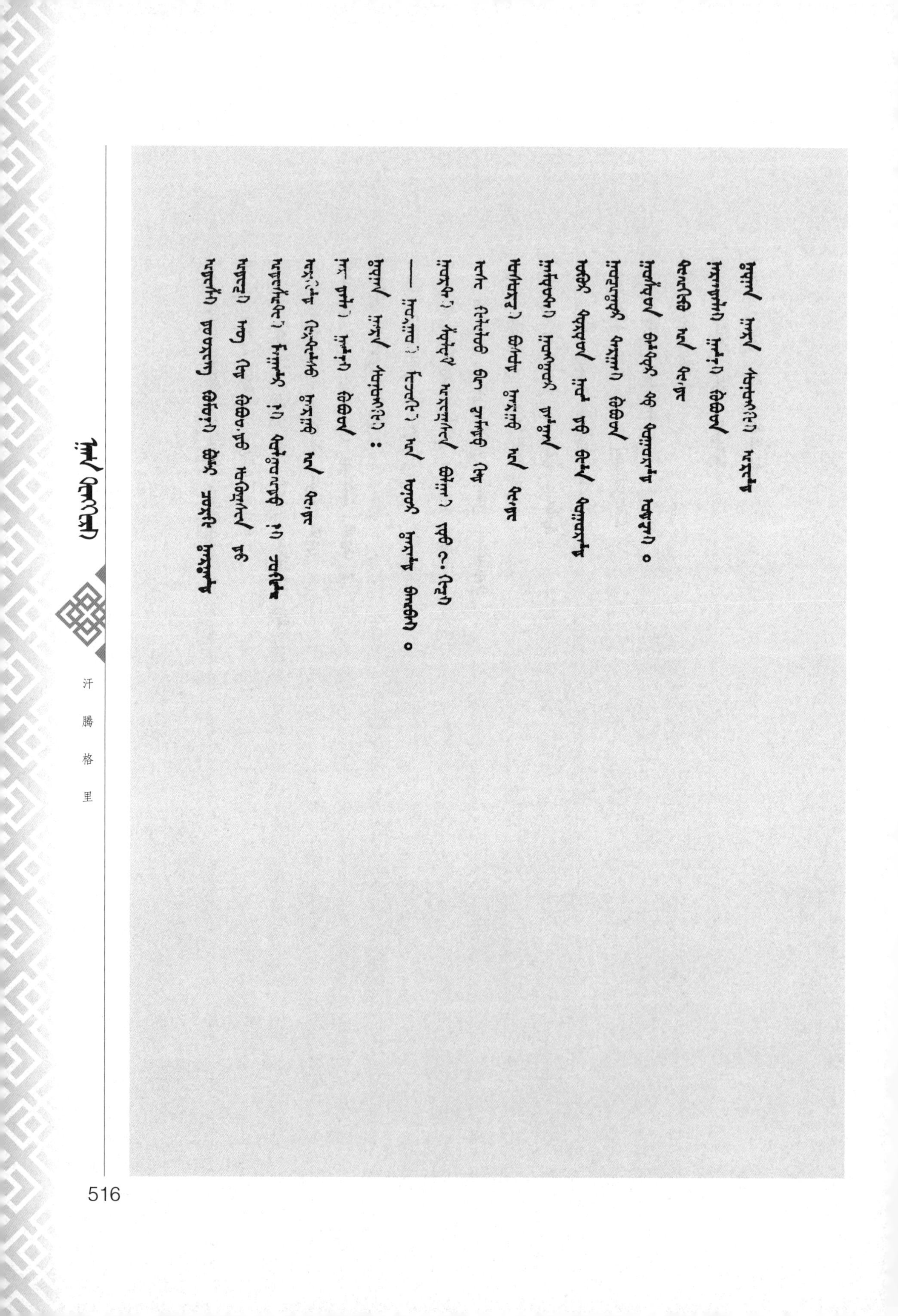

[illegible]

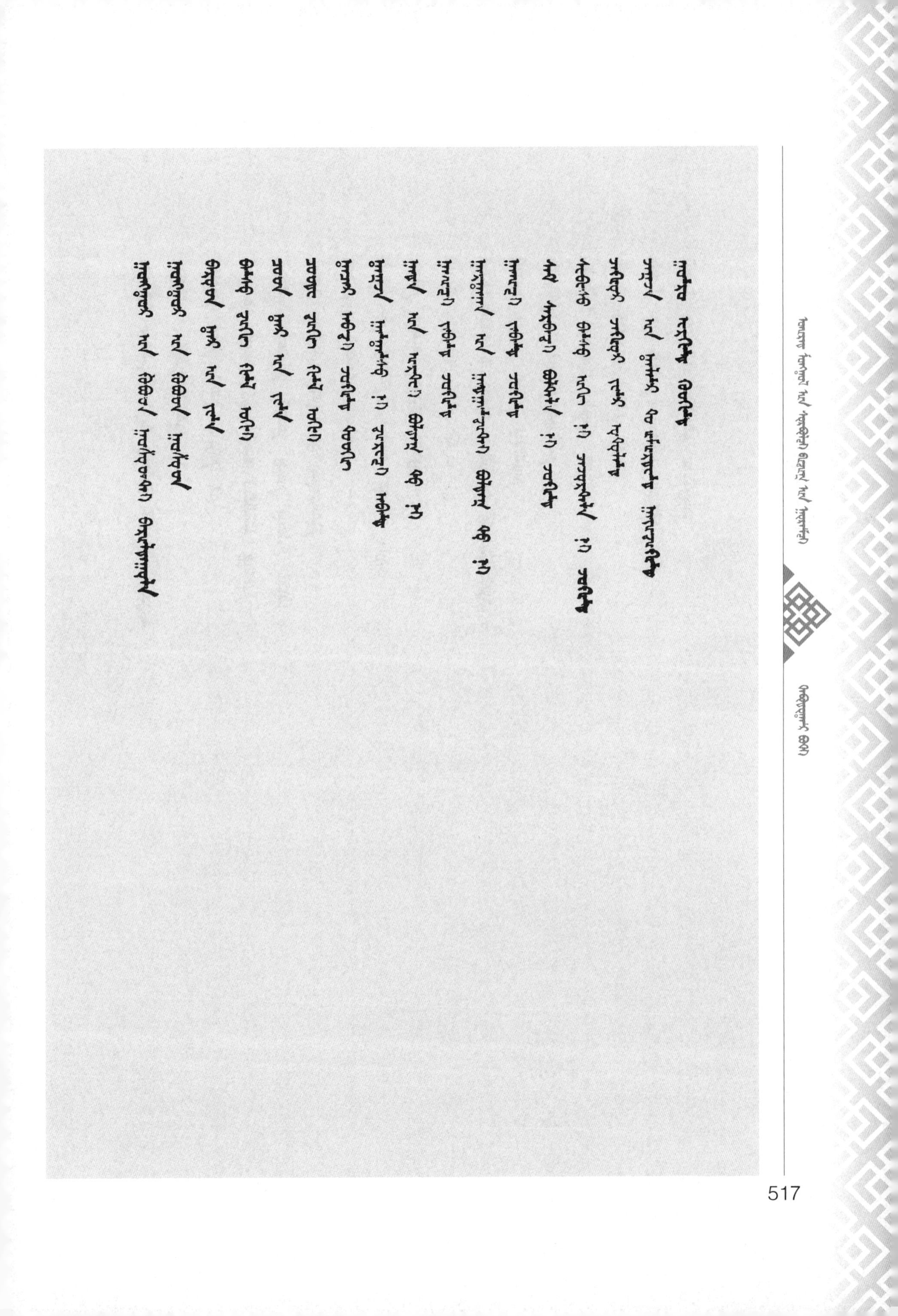

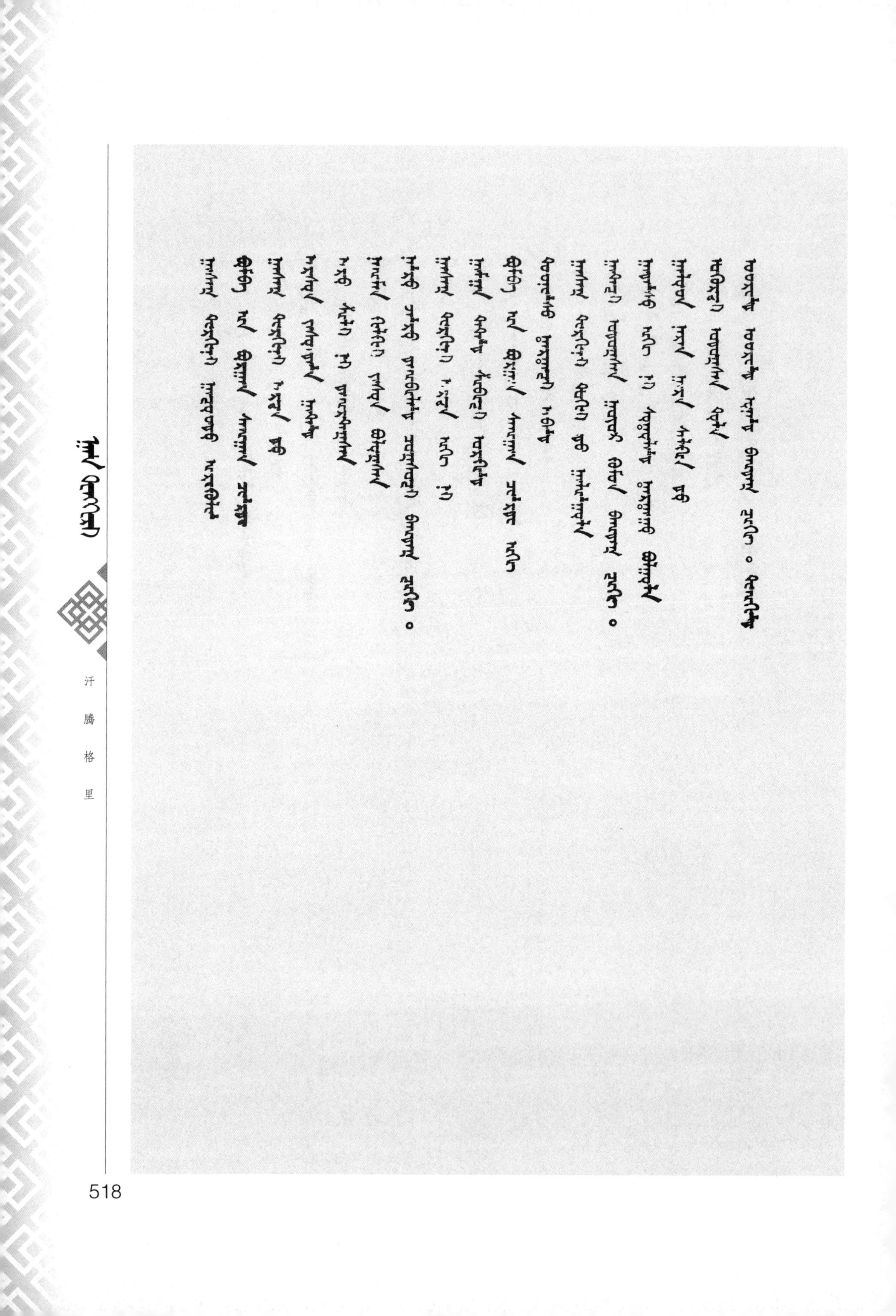

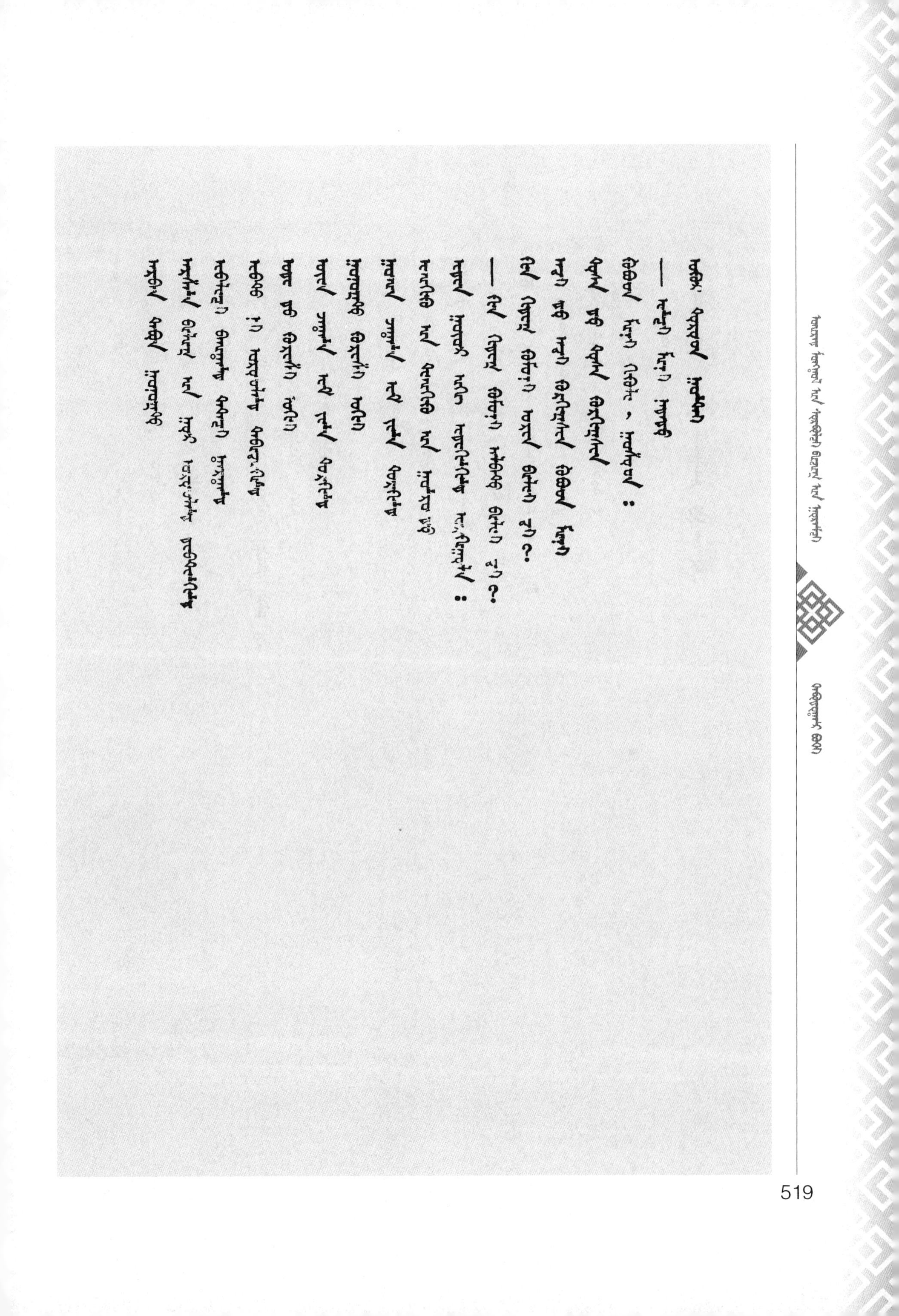

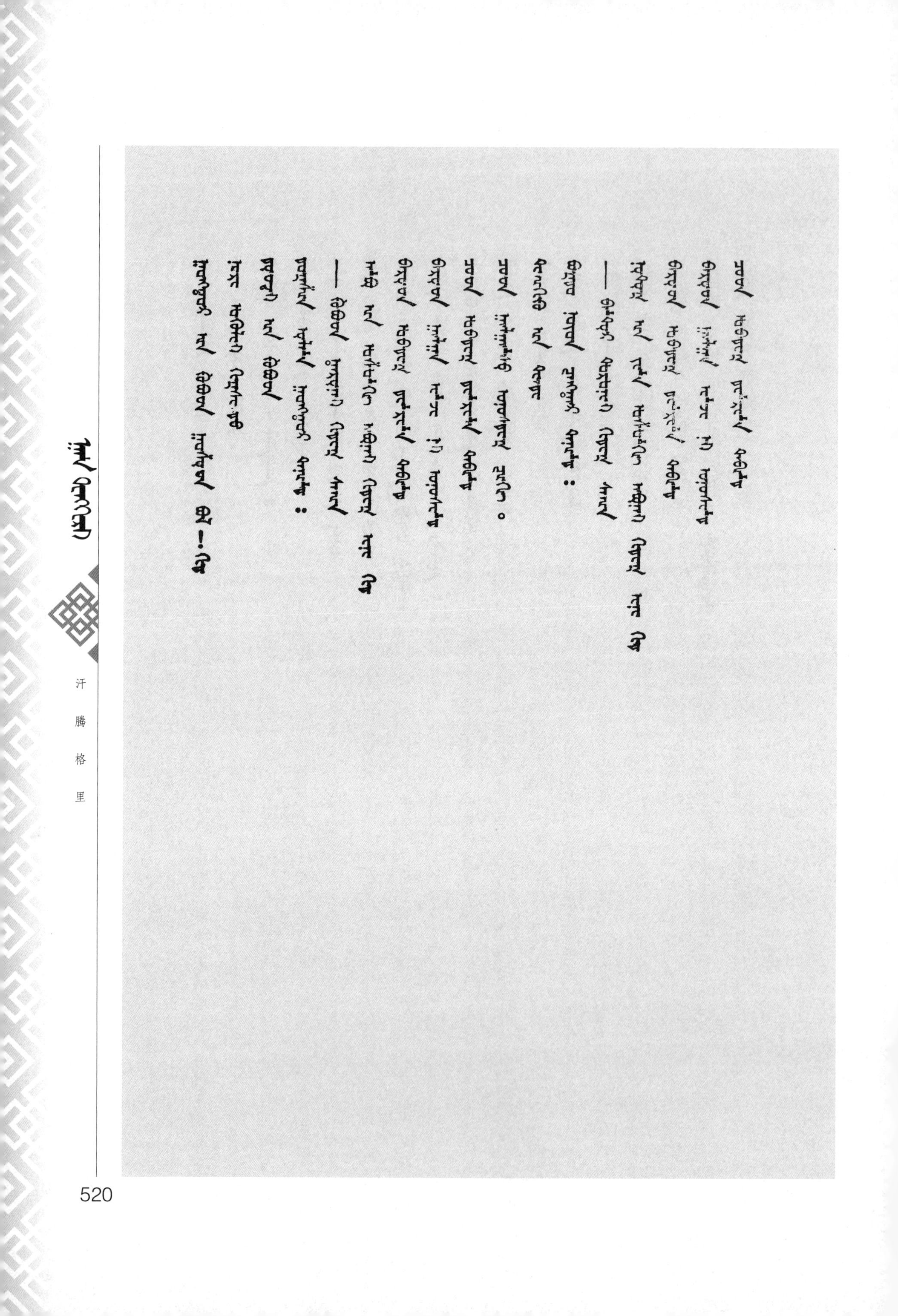

[illegible]
[illegible]
[illegible]
[illegible]
—— [illegible]
[illegible] :
[illegible]
[illegible] 。

[illegible]
[illegible]
[illegible]
[illegible]
—— [illegible]
[illegible] :
[illegible]
[illegible]
[illegible] !

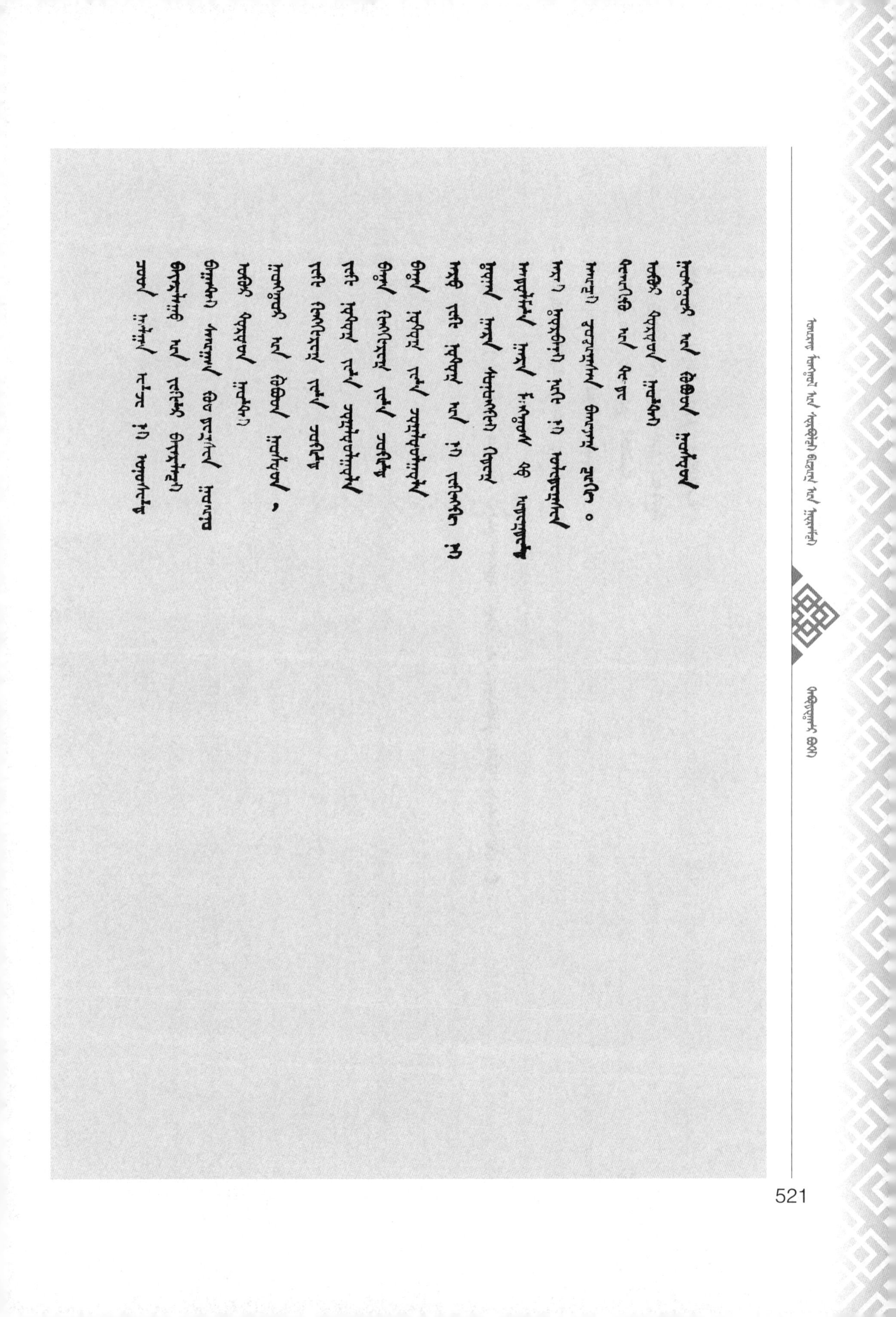

[illegible]
[illegible]
[illegible]
[illegible]
[illegible]
[illegible]
[illegible]
[illegible]
[illegible]
[illegible]
[illegible]
[illegible]
[illegible]
[illegible]
[illegible]
[illegible]
[illegible]

ᠮᠠᠨᠤ ᠪᠦᠬᠦ ᠬᠠᠪᠤᠷ ᠤᠨ ᠳᠠᠭᠤᠯᠠᠨ᠎ᠠ
ᠮᠠᠨᠤ ᠪᠣᠯᠤᠨ ᠨᠢ ᠡᠷᠢᠬᠦ ᠳᠠᠭᠤᠯᠠᠨ᠎ᠠ
ᠰᠡᠷᠭᠦᠯᠡᠨ ᠨᠢ ᠨᠤᠲᠤᠭ ᠪᠡᠷ ᠰᠡᠷᠭᠦᠯᠡᠨ᠎ᠡ
ᠬᠠᠪᠤᠷ ᠨᠢ ᠨᠤᠲᠤᠭ ᠪᠡᠷ ᠬᠠᠭᠤᠯᠠᠨ᠎ᠠ
ᠬᠠᠷᠢᠶᠠᠲᠤ ᠵᠢᠷᠭᠠᠯᠠᠨ᠎ᠠ ᠪᠢᠳᠡ ᠳᠠᠭᠤᠯᠠᠨ᠎ᠠ ᠃

(1979 ᠣᠨ ᠤ 6 ᠰᠠᠷ᠎ᠠ ᠶᠢᠨ ᠬᠣᠷᠢᠨ ᠳᠦ ᠬᠠᠢᠯᠠᠷ ᠲᠤ ᠪᠢᠴᠢᠪᠡ)

[illegible]

— [illegible] —

(ᠮᠣᠩᠭᠣᠯ ᠪᠢᠴᠢᠭ)

[illegible] ᠨᠠᠶᠢᠷᠠᠭᠤᠯᠪᠠ

ᠰᠢᠨᠵᠢᠶᠠᠩ ᠤᠨ ᠠᠷᠠᠳ ᠤᠨ ᠬᠡᠪᠯᠡᠯ ᠦᠨ ᠬᠣᠷᠢᠶ᠎ᠠ ᠬᠡᠪᠯᠡᠨ ᠨᠡᠢᠲᠡᠯᠡᠪᠡ

[illegible] ᠬᠡᠪᠯᠡᠪᠡ

ᠪᠦᠬᠦ ᠤᠯᠤᠰ ᠤᠨ ᠰᠢᠨᠬᠤᠸᠠ ᠪᠢᠴᠢᠭ ᠦᠨ ᠳᠡᠯᠭᠡᠭᠦᠷ ᠲᠦ ᠲᠠᠷᠬᠠᠭᠠᠪᠠ

2020 ᠣᠨ ᠤ 12 ᠰᠠᠷ᠎ᠠ ᠳᠤ ᠨᠢᠭᠡᠳᠦᠭᠡᠷ ᠬᠡᠪᠯᠡᠯ ᠪᠣᠯᠭᠠᠪᠠ

2020 ᠣᠨ ᠤ 12 ᠰᠠᠷ᠎ᠠ ᠳᠤ ᠨᠢᠭᠡᠳᠦᠭᠡᠷ ᠤᠳᠠᠭ᠎ᠠ ᠬᠡᠪᠯᠡᠪᠡ

ᠬᠡᠪᠯᠡᠯ ᠦᠨ ᠲᠣᠭ᠎ᠠ : 1—1000 ᠳᠡᠪᠲᠡᠷ

ISBN 978—7—228—20458—8

ᠦᠨ᠎ᠡ : 68.00 ᠶᠤᠸᠠᠨ